BASTEI
LÜBBE

WOLFGANG HOHLBEIN IM TASCHENBUCH-PROGRAMM:

DER HEXER-ZYKLUS

14 336 Band 1 Der Hexer von Salem
14 337 Band 2 Neues vom Hexer von Salem
14 338 Band 3 Der Dagon-Zyklus
14 339 Band 4 Die sieben Siegel der Macht
14 340 Band 5 Der Sohn des Hexers
14 341 Band 6 Auf der Spur des Hexers / Das Labyrinth von London

13 328 Geisterstunde
13 421 Die Moorhexe
13 453 Die Hand an der Wiege
13 453 Der Inquisitor
13 871 Der Widersacher
13 969 Die Rückkehr der Zauberer
14 197 Wolfsherz
20 130 Die Heldenmutter
21 204 Die Kinder von Troja
28 319 Die Schatten des Bösen

DER DRACHEN-ZYKLUS
20 152 Die Töchter des Drachen
20 306 Der Thron der Libelle

CHARITY
23 096 Band 1 Die beste Frau der Space Force
23 098 Band 2 Dunkel ist die Zukunft
23 100 Band 3 Die Königin der Rebellen
23 102 Band 4 In den Ruinen von Paris
23 104 Band 5 Die schlafende Armee
23 106 Band 6 Hölle aus Feuer und Eis
23 110 Band 7 Die schwarze Festung
23 115 Band 8 Der Spinnen-Krieg
23 117 Band 9 Das Sternen-Inferno
23 121 Band 10 Die dunkle Seite des Mondes
23 207 Band 11 Überfall auf Skytown
23 213 Band 12 Der dritte Mond

KEVIN VON LOCKSLEY
18 605 Band 1 Kevin von Locksley
18 606 Band 2 Der Ritter von Alexandria
18 607 Band 3 Die Druiden von Stonehenge
18 610 Band 4 Der Weg nach Thule

Wolfgang Hohlbein

DIE SIEBEN SIEGEL DER MACHT

Ein Hexer-Roman

BASTEI LÜBBE

BASTEI LÜBBE TASCHENBUCH
Band 14 339

Erste bis sechste Auflage:
März 1991 bis Oktober 1998
Siebte Auflage:
März 2000

Lektorat: Stefan Bauer
Titelbild: Arndt Drechsler
Umschlaggestaltung: QuadroGrafik, Bensberg
Satz: KCS GmbH, Buchholz / Hamburg
Druck und Verarbeitung: 49204
Groupe Hérissey, Évreux, Frankreich
Printed in France
ISBN 3-404-14339-6

Der Preis dieses Bandes versteht sich einschließlich der gesetzlichen Mehrwertsteuer

Inhalt

PROLOG
Seite 7

ERSTES BUCH
Seite 15

ZWEITES BUCH
Seite 91

DRITTES BUCH
Seite 165

VIERTES BUCH
Seite 245

FÜNFTES BUCH
Seite 321

SECHSTES BUCH
Seite 405

SIEBTES BUCH
Seite 485

ACHTES BUCH
Seite 585

NEUNTES BUCH
Seite 665

ZEHNTES BUCH
Seite 749

ELFTES BUCH
Seite 831

Prolog

Heute glauben wir, der Erde all ihre Geheimnisse entrissen zu haben, glauben, daß Technik und Wissenschaft auf jede Frage eine passende Antwort zu finden vermag. Wir stoßen in die Tiefen des Alls vor, mit Teleskopen und Raumfahrzeugen, wir erforschen den Grund der Ozeane und die letzten weißen Flecken auf unserem Globus.

Wir glauben, so viel zu wissen.

Dabei ahnen wir nicht einmal, was das Leben selbst ist. All das Forschen und Suchen nach Erkenntnis sind nur die lächerlichen Bemühungen einer Spezies, die mit beschränktem Geist an der Oberfläche einer Wahrheit kratzt, die uns auf immer verschlossen bleiben mag. Und während wir uns als die Krone der Schöpfung wähnen, vernichten wir uns selbst, durch Eigennutz, Habgier und den Hunger nach Macht.

Selbst den Glauben an die Existenz der Magie haben wir längst abgelegt. Das war nicht immer so. Auch der Mensch des zwanzigsten Jahrhunderts trägt das *Erbe* in sich, das in jedem von uns verankert ist. Ein verschüttetes Wissen, das mit den Jahrhunderten verloren ging und das nur noch wenige zu nutzen verstehen.

Es geht zurück in eine Vergangenheit, von der nicht einmal Fossilien blieben, die heute Aufschluß geben könnten über das, was einst geschah. Es ist eine Epoche, die die Wissenschaft nicht mehr zu erfassen vermag, eine Zeit vor dem Phanerozoikum, das begann, als vor einer Milliarde Jahre die ersten vielzelligen Lebewesen das Urmeer bevölkerten. Doch schon lange davor trug die Erde höher entwickeltes Leben, ähnlich dem, wie wir es aus Versteinerungen kennen. Es war die Zeit der *Ersten Genesis*.

Aber sie war zum Scheitern verdammt, im gleichen Moment, als Kreaturen die Erde betraten, die von den Sternen kamen. Es waren bizarre Geschöpfe, so unsagbar fremd, daß allein ihre Architektur genügt hätte, den menschlichen Geist in den Wahnsinn zu treiben. Und ihre Namen waren so fremdartig wie ihre Gestalt: *Yog-Sothoth, Shub-Niggurath, Nyarlathotep, Azathoth, Shudde-M'ell,* und *Cthulhu*, der ihr Anführer war.

Vor Äonen gelangten sie auf den dritten Planeten einer kleinen Sonne – und nahmen ihn in Besitz. Denn sie waren Eroberer, machthungrige Wesen, schrecklich in Gestalt und Geist und bar jeder Empfindung, die nicht Haß oder Tod war. Sie unterjochten die Geschöpfe der Erde, und sie labten sich an deren Pein. Sie nannten sich selbst die GROSSEN ALTEN, und obwohl ihre Zahl klein war, herrschten sie doch über Tausende von Planeten. Zumeist waren es kalte, tote Welten, denn die GROSSEN ALTEN vernichteten alles Leben, dessen sie habhaft wurden.

Die Erde aber sollte langsam sterben, denn sie barg überraschend mannigfaltiges Leben, das zu töten den ALTEN viel Kurzweil bereiten würde. So schufen sie ein Transportsystem, die *Tore*, mit deren Hilfe sie jeden Ort des Planeten in Sekundenschnelle erreichen konnten und die durch ein Hirn aus reinem Kristall gesteuert wurden.

Und sie beschlossen, sich Diener zu suchen, die sie zu Statthaltern des Bösen machen konnten. Doch unter den Geschöpfen der Erde war keines, das genügend Intelligenz aufbrachte, um den uralten Dämonen zu Diensten zu sein.

Und so begingen die GROSSEN ALTEN ihren größten Fehler.

Sie schufen selbst Diener aus unheiligem Protoplasma, furchterregende Kreaturen, die ihre Gestalt nach Belieben verändern konnten und die sie *Shoggoten* nannten. Damit aber mißachteten sie das Gesetz des Lebens, nicht an der Schöpfung selbst zu rühren. Denn glaubten die GROSSEN ALTEN in ihrem Größenwahn auch, allmächtig zu sein, so gab es doch Wesen, die mächtiger waren als sie.

Die ÄLTEREN GÖTTER wurden auf ihr Treiben aufmerksam, und sie kamen von den Sternen, um ihm Einhalt zu gebieten. Sie warnten die GROSSEN ALTEN, doch die finsteren Dämonen lachten nur über sie und fuhren fort, die Schöpfung zu verhöhnen.

Es kam, wie es kommen mußte. Ein Krieg brach aus und ließ die Erde in ihren Grundfesten erbeben. Der Himmel stand in Flammen, als die Mächte des Guten und die des Bösen aufeinanderprallten. Die Erdkruste riß auf, und der junge Planet blutete glühende Lava. Alles Leben wurde vernichtet, in einer einzigen feurigen Nacht, und die Erde formte sich neu. Die GROSSEN ALTEN aber starben nicht, denn was nicht wirklich lebt, das vermögen nicht einmal die Götter zu töten.

Und so fielen sie in einen traumlosen Schlaf, der ewig währen sollte, und wurden von den ÄLTEREN GÖTTERN verbannt in Verliese jenseits der Wirklichkeit, in Dimensionen, wo sie keine Körper mehr sind sondern nur Geist. Ihre Kreaturen wurden vernichtet und in alle Winde zerstreut, und jede Spur der GROSSEN ALTEN wurde vom Antlitz der Erde getilgt.

Mächtige Magie verschloß die Kerker, die gesichert wurden mit sieben Siegeln, die kein lebendes Wesen je brechen sollte. *Sieben Siegel der Macht*, jedes von anderer Form, die versenkt wurden im Blut der Erde.

Damit war die Herrschaft der GROSSEN ALTEN beendet, und das Wissen um ihre Existenz war nur noch ein feuriger Hauch, der über der brodelnden Lava schwebte. Ein Wissen, das später in den Geist eines jeden lebenden Wesens eingehen sollte, auf daß die Warnung vor der Macht der ALTEN nie wirklich verstummen sollte.

Die Jahrmillionen verstrichen. Das Leben entwickelte sich neu, und diesmal wurde es von niemandem gestört. Die Einzeller eroberten das Meer, Lurche krochen an Land, und gewaltige Dinosaurier bevölkerten die Kontinente.

Doch die Zeit hinterließ auch ihre Spuren an Dingen, die besser nie mehr ans Licht der Sonne gekommen wären. Wasser und Wind rieben das Lavagestein auf und befreiten die *Sieben Siegel der Macht* aus seiner Umklammerung; einzige Relikte einer längst vergessenen Zeit. Und als schließlich der Mensch auf der Erde erschien, fand er die *Siegel* und nahm sie an sich. Einige wurden zu Heiligtümern, andere blieben fast unbeachtet.

Niemand wußte, daß es eine Verbindung zwischen den sieben Kleinoden gab, und die Entfernung der *Siegel* zueinander war zu groß, als daß irgend jemand sie hätte zusammenführen können. Doch die Menschen spürten die Magie, die in den *Siegeln* verankert war, und so gingen sie nicht mehr verloren. Auch das Kristallhirn überdauerte die Zeiten und fiel schließlich in die Hände einer Bruderschaft, der Tempelritter. Unter ihrem Führer Jean Balestrano versuchten sie das Geheimnis zu lösen, das dem Hirn innewohnte, und beschworen mit ihrem Tun das Unheil herauf. Einer ihrer magisch begabten *Master*, Sarim de Laurec, verfiel dem Wahnsinn, als ein Splitter des Kristallhirnes in seine Schläfe drang. Der Tod hielt Einzug in die Reihen der Tempelritter …

Auch an den Kerkern selbst ging die Zeit nicht spurlos vorüber. Der Bann, mit dem die ÄLTEREN GÖTTER den Zugang einst verschlossen hatten, begann brüchig zu werden. Noch war der Riß in den Dimensionen nicht groß genug, die ALTEN entkommen zu lassen, und er würde wohl auch nie groß genug werden. Doch er bewirkte, daß dreizehn der schlafenden Dämonen zu träumen begannen. Ein Teil ihres Geistes glitt durch den Riß – und belebte die Shoggoten erneut! Die treuen Diener der GROSSEN ALTEN sollten die *Sieben Siegel* finden und vereinen. Nur so war es möglich, sie zu brechen und den Kerker zu sprengen.

Die Suche nach den *Siegeln* begann. Aber nicht nur die Shoggoten machten sich auf den Weg. Denn auch bei den Menschen entdeckten die träumenden Dämonen Wesen, die ihren Dienern ähnlich waren – äußerlich Menschen, aber von einer grenzenlosen Bosheit und Niedertracht. Und die GROSSEN ALTEN wählten einen dieser Menschen aus, ihren Willen zu erfüllen: Necron, den Alten vom Berge, einen alten bösen Magier, dessen finstere Residenz die Drachenburg war, irgendwo in den unendlichen Weiten der Mojave-Wüste. Sie machten ihn unsterblich, und sie gaben ihm das *Buch des Bösen,* das NECRONOMICON, ein Quell fast unbegrenzter Macht. Necron scharte eine Armee von gedungenen Mördern um sich: die Drachenkrieger. Kämpfer, die keine Skrupel kannten und vor keiner Gefahr zurückscheuten. Meister in der Kunst des Tötens und doch nur Adepten gegen Necron, ihren Herrn.

Aber Necron merkte bald, daß er einen Gegner hatte, einen mächtigen Zauberer des Guten, in dem die Warnung vor den GROSSEN ALTEN und der Geist der ÄLTEREN GÖTTER stark war.

Dieser Mann war Roderick Andara, den die Menschen den *Hexer* nannten. Sie mieden ihn ob seiner Fremdartigkeit, obwohl er seine Kräfte nur dazu nutzte, den Kampf gegen das Böse zu führen.

Die Shoggoten setzten sich auf Andaras Spur, und sie versuchten mehrmals, ihn zu töten. Immer wieder konnte Andara ihnen entkommen und viele von ihnen vernichten – bis zu jenem schicksalhaften Tag im Jahre des Herrn 1883, da er mit dem Schiff von Amerika nach England übersetzte. Ein Shoggote, der die Gestalt des GROSSEN ALTEN Yog-Sothoth angenommen hatte, zerschmetterte das Schiff und zog es hinab auf den Grund des Meeres. Nur eine Handvoll Männer überlebte – unter ihnen Robert Craven, Roderick Andaras Sohn.

Auf ihn ging das Erbe Andaras über. Das Erbe des Hexers. Und damit auch die Aufgabe, die *Sieben Siegel der Macht* noch vor den Dienern der ALTEN aufzuspüren.

Das erste *Siegel*, ein kleiner, grünglitzernder Stein, fanden Craven und Necron zur gleichen Zeit. Es war an Bord eines Schiffes, mit dem die Anhänger des Fischgottes Dagon in ihr verheißenes Land reisen wollten. Es wurde eine Reise in den Tod, denn Dagon betrog seine Jünger. Um sie zu retten, mußte Craven das Siegel, das er schon in seinem Besitz hatte, aufgeben. Necrons Drachenkrieger standen schon bereit, es an sich zu nehmen.

Das zweite *Siegel* war ein heiliges Relikt. Es lag tief unter der Vulkaninsel Krakatau und verhinderte mit seiner Magie, daß das Wasser durch einen unterseeischen Zufluß in den Vulkankrater strömen konnte. Als die leuchtende, glasähnliche Kugel entfernt wurde, kam es zu der vernichtenden Katastrophe, der sechsunddreißigtausend Menschen zum Opfer fielen. Und auch dieses *Siegel* fand seinen Weg zu Necron.

Zwei *Siegel* waren damit in seiner Hand. Doch der alte Hexenmeister hatte erkannt, daß er seinen Gegenspieler nicht unterschätzen durfte. Nicht, daß er Robert Craven fürchtete, o nein. Er wußte wohl, daß ein sterblicher Mensch ein Nichts war gegen die Macht der GROSSEN ALTEN. Doch er traf Maßnahmen, um Craven unschädlich zu machen: Er entführte Priscylla, das Mädchen, das Craven abgöttisch liebte. Nicht einmal die Tatsache, daß Necrons bester Schüler Shannon sich gegen seinen Meister und dessen Plan stellte, konnte ihn daran hindern. Sollte es dem Hexer tatsächlich gelingen, Necron zu bedrängen, so hatte der Vasall der GROSSEN ALTEN ihn mit dieser Geisel in der Hand. Und auch Shannon, der sich mit Craven angefreundet hatte, würde nicht ohne Gewicht sein in diesem Plan.

Ein ganzes Jahr verstrich, in der Robert Craven verzweifelt eine Spur von Necron oder Priscylla suchte. Dann endlich erfuhr er, wo Necrons Drachenburg zu finden sein sollte – irgendwo in der Mojave.

Ein Wettlauf gegen die Zeit begann. Hatte Necron in der

Zwischenzeit weitere *Siegel* in seinen Besitz gebracht? Wenn der Hexenmeister triumphierte, so war dies das Ende der Welt, der Tag des Jüngsten Gerichts. Die dreizehn GROSSEN ALTEN lauerten in ihren Verliesen zwischen den Dimensionen, bereit, endgültig zu erwachen, und begierig, ihre Schreckensherrschaft über die Erde neu anzutreten.

Ein einziger Mann konnte Necron noch aufhalten. Allein Robert Craven besaß das Wissen um die Macht der *Sieben Siegel*.

Dies ist seine Geschichte …

Erstes Buch

BRÜCKE AM ENDE DER WELT

Kopf und Schultern des Mannes waren nach vorne gesunken. Sein Gesicht lag auf dem rauhen Holz der Tischplatte, das sich von seinem eigenen, schon vor Stunden eingetrockneten Blut dunkelbraun verfärbt hatte. Sein Kopf war zur Seite gefallen, so daß man den entsetzten Ausdruck in den gebrochenen Augen noch deutlich erkennen konnte; der Ausdruck eines Entsetzens, das die Grenzen des Vorstellbaren überschritten haben mußte.

Sein Mund war wie zu einem stummen Schrei geöffnet, und in seiner Hand lag noch immer das Messer, mit dem er sich selbst die Kehle durchgeschnitten hatte …

Reynaud de Maizieres wandte sich mit einem Ruck ab, verzog angewidert das Gesicht und schlug mit der linken Hand das Kreuzzeichen. Die Geste war nicht echt, nur ein Reflex, und das Gefühl, das sie begleiten sollte, blieb aus. Seine Augen waren kalt. Alles, was Jean Balestrano darin las, war ein mühsam unterdrückter Zorn.

»Du mußt ihm vergeben, Bruder«, sagte er.

»Vergeben?« Reynaud de Maizieres runzelte die Stirn. Der Blick, mit dem er Balestrano maß, war beinahe feindselig, und seine Lippen zuckten, als hielte er mit Mühe Worte zurück, die ihm als Antwort richtig schienen. Aber sein Respekt vor dem Ordensleiter war größer als sein Zorn. Wenn auch nicht viel.

»Sein Geist war verwirrt«, fuhr Balestrano nach einer Pause fort. »Bruder Henri wußte nicht mehr, was er tat.«

»Er hat gesündigt!« beharrte Reynaud de Maizieres. »Das weißt du so gut wie ich, Bruder.« Seine Stimme wurde scharf; vielleicht eine Spur schärfer, als er sich dem Ordensmeister Jean Balestrano gegenüber erlauben konnte. »Das Leben ist heilig. Auch das eigene! Muß ich dich daran erinnern, daß der Herr ausdrücklich verboten hat, Hand an sich selbst zu legen?«

»Nein«, antwortete Balestrano, auch er in einem hörbar schärferen Ton als zuvor. »Das mußt du nicht, Bruder. So wenig, wie ich dich daran erinnern muß, warum ich dich rufen ließ.«

Reynaud de Maizieres verstand den Tadel sehr wohl. Demütig senkte er den Blick, aber das harte Glitzern in seinen Augen blieb. Balestrano konnte sich nicht erinnern, Reynaud de Maizieres jemals anders als ernst und verbissen erlebt zu haben. Er war ein Mann, dessen Gesicht unfähig schien zu lachen. Aber er war auch einer der tapfersten und besten Männer, denen Balestrano jemals das Treuegelöbnis abgenommen hatte, auch wenn er niemals den Schritt zum *Master* des Templerordens tun würde.

Balestrano hatte stets bedauert, daß Reynaud de Maizieres jegliche magische Begabung so gänzlich abging. Einen Mann seiner Geradlinigkeit und Treue hätte er im inneren Zirkel des Ordens bitter nötig gebrauchen können, vor allem jetzt, wo ihre Zahl in so kurzer Zeit so drastisch geschrumpft war. Und gleichzeitig war er beinahe froh, daß es so war. Reynaud de Maizieres als *Master*, mit Mächten, die die Schöpfung selbst erschüttern mochten – das war ein Gedanke, der ihm einen eisigen Schauer über den Rücken jagte.

Er verscheuchte die Vorstellung. Es fruchtete nichts, über Dinge nachzudenken, die hätten sein können.

»Sein Platz muß besetzt werden«, sagte er mit einer Geste auf den Toten. »Du weißt, warum ich dich rufen ließ.«

Reynaud de Maizieres nickte. Ein sanfter Zorn glomm in seinem Blick auf. »Ja«, antwortete er. »Und es gefällt mir nicht.«

Balestrano antwortete nicht, aber sein Blick sprach Bände. Es kam selten vor, daß es jemand wagte, ihm in solcher Offenheit zu widersprechen. Trotzdem war seine Stimme sanft und freundlich wie immer, als er fragte: »Warum nicht?«

»Das weißt du genau, Bruder Jean«, fauchte Reynaud de Maizieres. »Es war Bruder Henrys Aufgabe, Bruder de Laurec zu bewachen. Einen Verräter. Einen Mann, der sich Satan verschrieben und die Hand gegen seine eigenen Brüder erhoben hat. Einen Mann, der –«

»Der deiner Meinung nach hätte getötet werden müssen, ich weiß«, unterbrach ihn Balestrano. »Du hast es oft genug gesagt!«

»Das habe ich«, bestätigte de Maizieres wütend. »Und ich bleibe dabei!«

»Und das aus dem Munde eines Mannes, der noch vor Augenblicken sagte, das Leben sei heilig?« erwiderte Balestrano mit sanftem Spott.

Reynaud de Maizieres wischte seine Worte mit einer zornigen Bewegung zur Seite. »Leben im Geiste des Herrn, ja!«

sagte er wütend. »Sarim de Laurec hat sich von uns losgesagt und damit von Gott. Er hat versucht, dich mit Hilfe seiner mechanischen Puppen zu töten. Er hat sich selbst zum Heiden gemacht! Du kannst nicht von mir verlangen, daß ich eine Kreatur bewache, die sich selbst und aus freien Stücken in Satans Fänge begeben hat!«

Balestranos Züge verdüsterten sich, als er das Wort ›Kreatur‹ aus Reynaud de Maizieres' Mund hörte. Er war nicht das Wort allein, das ihn schaudern machte, sondern die Art, in der Reynaud de Maizieres es aussprach. Vielleicht war es doch gut, daß de Maizieres niemals die Macht eines *Masters* erringen würde, dachte der weißhaarige Führer des Templerordens.

Aber er sprach nichts von alledem aus, sondern wandte sich mit einem verzeihenden Lächeln zur Tür, öffnete sie und winkte Reynaud de Maizieres, ihm zu folgen. »Komm mit mir, Bruder«, sagte er. »Ich werde dir etwas zeigen, von dem nur sehr wenige Menschen wissen. Nicht einmal alle meine engsten Vertrauten.«

Reynaud de Maizieres runzelte die Stirn, beeilte sich aber gehorsam, Balestrano zu folgen und die Kammer zu verlassen – wenn auch nicht, ohne dem toten Templer hinter sich noch einen fast angeekelten Blick zuzuwerfen. Balestrano bemerkte ihn sehr wohl, tat aber auch diesmal so, als sehe er nichts. *Wenn dies alles hier vorüber ist, dachte er, werden wir über Bruder Reynaud de Maizieres reden müssen. Sein Fanatismus ist gefährlich.*

Schweigend gingen sie nebeneinander her durch einen schier endlosen, nur schwach erhellten Gang; einen von zahllosen, gleichförmigen Gängen, die das Pariser Templerkapitel – das gleichzeitig auch das Hauptquartier dieses geheimen Ordens darstellte – durchzogen. Wer das Gebäude von außen gesehen hätte, dem wäre nichts Außergewöhnliches daran aufgefallen; abgesehen von seiner Größe vielleicht. Es war ein riesiger Bau, reich verziert mit Stuckarbeiten und steinernen Skulpturen. Er nahm einen ganzen Häuserblock ein und war an seiner höchsten Stelle neun Stockwerke hoch.

In seinem Innern war das Hauptquartier ein Labyrinth aus buchstäblich Tausenden von Räumen und Sälen, zahllosen Gängen und Korridoren und Treppenfluchten. Und dieses Labyrinth setzte sich tief in den Erdboden hinein fort. Selbst

Reynaud de Maizieres, der nicht das erste Mal hier weilte, war erstaunt, wie endlos tief sich die eng gewundene steinerne Treppe in die Erde bohrte, die Jean Balestrano ihn hinabführte. Längst hatten sie das dreifache Kellerstockwerk über sich zurückgelassen, aber noch immer folgte eine Stufe der anderen, ein Absatz dem nächsten, bis sie endlich in einem winzigen, halbrunden Raum mit kuppelförmiger Decke befanden, der von einer einzelnen blakenden Fackel erhellt wurde.

Die einzige Tür, die es in der winzigen Kammer gab, wurde geöffnet, kaum daß sie die letzte Stufe hinter sich gebracht hatten, und ein schweigender Mann in der weißen Uniform der Tempelherren lud sie mit einer Handbewegung ein, näherzutreten.

Reynaud de Maizieres sah sich verwirrt um. Natürlich hatte er geahnt, daß er längst nicht alle Geheimnisse des Templerordens kannte, auch wenn er sich zu den engsten Vertrauten Jean Balestranos zählen konnte. Aber diese finsteren Gewölbe, die von Schatten und drückender Schwüle und dem Geruch nach faulendem Wasser erfüllt waren und deren schimmelbewachsenen Wände das rote Licht der Fackeln aufzusaugen schienen, erfüllten ihn mit Furcht.

Sie mußten eine halbe Meile durch den niedrigen Stollen gelaufen sein, bis Balestrano abermals stehenblieb und auf eine Tür deutete, die sein vorderes Ende abschloß. Reynaud de Maizieres fiel auf, wie überaus massiv sie war: Aus oberschenkelstarken Bohlen gefertigt und mit gewaltigen Nägeln zusammengehalten, erschien sie ihm stabil genug, selbst einem Kanonenschuß zu widerstehen. Was mochte sich hinter dieser Tür verbergen?

»Ich muß dich noch einmal bitten, mit niemanden über das zu reden, was du jetzt sehen wirst, Bruder Reynaud«, sagte Balestrano ernst. In seinen Augen stand ein Ausdruck, der Reynaud de Maizieres schaudern ließ. Ohne ein Wort nickte er.

»Das, was ich dir zeigen werde, wird dich erschrecken«, fuhr Balestrano fort. »Und vielleicht wirst du an der Richtigkeit dessen zweifeln, was du erleben wirst. Doch du mußt gehorchen. Glaube mir, ich habe es mir gut überlegt, ausgerechnet dir diese Aufgabe zu übertragen, doch nach dem unerklärlichen Selbstmord Bruder Henris bist du der einzige, der die Kraft hat, sie zu bewältigen.« Er lächelte, wandte sich um und hob die Hand, und wieder wurde die Tür geöffnet, als sie darauf zutraten.

Sie wurden von einer ganzen Abteilung weißgekleideter Tempelritter erwartet. Balestrano nickte den Männern flüchtig zu, sagte jedoch kein Wort, sondern wartete nur, bis die Wächter die Tür hinter ihm und Reynaud de Maizieres wieder sorgsam verschlossen hatte, ehe er weiterging und schließlich vor einer weiteren, sehr niedrigen Tür stehenblieb. Mit einer Handbewegung deutete er Reynaud de Maizieres, an seine Seite zu treten.

Der Templer gehorchte.

Die Tür war nur eine von vielen, die die Wände des nach Moder und Fäulnis riechenden Ganges durchbrachen, aber im Gegensatz zu den meisten anderen stand sie nicht offen, sondern war mit einem übergroß erscheinenden Riegel verschlossen und aus den gleichen massiven Bohlen gefertigt wie die am Anfang des Ganges. In Kopfhöhe war ein schmales, zusätzlich vergittertes Fensterchen in das steinharte Holz geschnitten worden, durch das Reynaud de Maizieres jetzt blickte.

Was er sah, ließ ihn zornig die Luft einsaugen. Der Raum auf der anderen Seite der Tür war eine Zelle; ein Kerker, gerade drei mal drei Schritte groß und leer bis auf einen dreibeinigen Tisch und ein schmales, mit Stroh bedecktes Bett. In einer Ecke standen eine Wasserkanne und ein Eimer für Exkremente. Eine halb heruntergebrannte Kerze verbreitete trübes, gelbes Licht.

Auf dem Bett saß Sarim de Laurec. Obwohl er den Blick abgewandt hatte und die rückwärtige Wand der Zelle anstarrte, erkannte Reynaud de Maizieres ihn sofort. Aber er schluckte die scharfe Bemerkung, die ihm auf der Zunge lag hinunter. Balestrano hatte ihn wohl kaum hierhergeführt, nur um ihn wütend zu machen. Aufmerksam musterte er die Gestalt des ehemaligen Tempelritters. Er stand lange so da, sicher fünf Minuten, aber Sarim de Laurec rührte sich kein einziges Mal in dieser Zeit. Man mußte sogar sehr genau hinsehen, um überhaupt festzustellen, daß er atmete.

»So sitzt er immer da«, sagte Balestrano leise. »Er bewegt sich nie. Man muß ihn füttern und sauberhalten wie ein kleines Kind.«

Reynaud de Maizieres verzog angeekelt das Gesicht. Dann fiel ihm etwas auf. »Was ist das da an seinem Kopf?« fragte er. An de Laurecs linker Schläfe war eine kleine, kaum daumennagelgroße Wunde. Ein einzelner Blutstropfen glitzerte auf seiner Haut.

»Etwas, das niemand von uns versteht, Bruder«, antwortete Balestrano. »Er hat diese Wunde, seit er hierhergebracht wurde.«

»Seit er –« Reynaud de Maizieres brach erstaunt ab. »Aber das ist Monate her!« rief er ungläubig.

Balestrano nickte. »Und sie blutet noch immer. Die besten Ärzte konnten sie nicht schließen.« Er seufzte, machte eine Handbewegung, als wolle er das Thema beiseite schieben, und deutete den Gang hinab. »Aber das ist es nicht, was ich dir zeigen wollte. Komm!«

Sie gingen weiter. Der Gang zog sich gute dreißig Schritte dahin und endete vor einer niedrigen, mit einem kompliziert aussehenden Schloß versperrten Tür, die Jean Balestrano mittels eines Schlüssels in der Form eines Kreuzes öffnete, den er an einer dünnen silbernen Kette um seinen Hals trug.

Reynaud de Maizieres wollte eintreten, aber der Tempelherr hielt ihn mit einer raschen Geste zurück, richtete sich auf und winkte einem der Wächter, eine Fackel zu bringen. Erst dann bückte er sich unter dem niedrigen Eingang hindurch und winkte Reynaud de Maizieres, ihm zu folgen.

Ein sonderbarer Geruch schlug dem Tempelritter entgegen, als er Balestrano folgte und sich auf der anderen Seite des niedrigen Durchganges wieder aufrichtete.

Was er sah, ließ ihn erstarren.

Der Raum war groß, aber vollkommen leer.

Auf den steinernen Boden, der so sorgsam geglättet worden war, daß er wie ein matt gewordener Spiegel das Licht der Fackel zurückwarf, war mit blutroter Kreide ein gewaltiger, fünfzackiger Stern aufgemalt – ein Pentagramm, dachte Reynaud de Maizieres entsetzt, das Zeichen schwarzer Magie, das Symbol des Satans! Ohne das er sich der Bewegung überhaupt bewußt geworden wäre, glitt seine Hand an die rechte Seite seines Gürtels, dort wo das Schwert hing, wenn er sein Templergewand trug.

»Warte!« sagte Balestrano rasch. »Urteile nicht vorschnell!

Ich habe dir gesagt, daß dich Schlimmes erwartet. Sieh!« Er deutete mit der Fackel auf das Pentagramm.

Mühsam kämpfte Reynaud de Maizieres den Sturm einander widerstrebender Gefühle nieder, der in seinem Innern tobte, und beugte sich vor, wobei er allerdings peinlich darauf achtete, den roten Kreidestrich des Drudenfußes nicht zu nahe zu kommen.

Das Pentagramm war nicht leer.

In seinem Zentrum lag ein grün flimmerndes, sonderbares Etwas, das wie unter einem unheimlichen inneren Licht zu glühen schien. Im ersten Moment erkannte Reynaud de Maizieres kaum etwas, aber seine Augen gewöhnten sich rasch an das flackernde Licht von Balestranos Fackel.

Das grüne Etwas war ein Kristall. Ein kinderkopfgroßer Kristall von der genauen Form eines *menschlichen Gehirns!*

»Großer Gott!« keuchte Reynaud de Maizieres. »Was ist das?!« Er war nicht einmal das bizarre Äußere des kristallenen Gehirns, auch nicht das unheimlich pulsierende Licht, das aus seinem Innern drang, was ihn so über die Maßen erschreckte.

Vielmehr war es das, was er *fühlte* ...

Das grüne Kristallgehirn atmete das Böse aus.

Es war Reynaud de Maizieres unmöglich, es anders als mit diesen Worten zu beschreiben. Er spürte den Atem der Hölle, als er das Kristallgehirn anblickte. Er sah jetzt, daß es beschädigt war: Ein gezackter Riß spaltete es nahezu in zwei Hälften, und dünne Sprünge liefen wie ein Spinnennetz durch den Kristall. Aber das änderte nichts an seiner furchtbaren, höllischen Ausstrahlung.

»Was ist das?« flüsterte Maizieres noch einmal. Er starrte Balestrano an. Seine Augen waren weit und dunkel vor Schrecken.

»Wir wissen es nicht«, antwortete Jean Balestrano leise. »Etwas Böses, Bruder Reynaud, etwas unendlich Böses. Es wurde von Wesen erschaffen, die uns so fremd sind, daß wir sie nicht einmal vorzustellen vermögen. Wesen, die schlimmer sind als Satan.«

»Aber was tut es hier?« keuchte Reynaud de Maizieres.

Balestrano lächelte milde, aber sein Blick blieb ernst. »Es fiel dem Orden in die Hände«, erklärte er – wobei Reynaud de Maizieres ganz genau spürte, daß dies eine höchst freie Interpretation dessen war, was wirklich geschehen sein mußte. »Wir haben lange beraten, was damit zu geschehen hat. Wir wußten die Antwort nicht. Deshalb ist es hier. Bewacht von den treuesten und tapfersten unserer Brüder. Ich meine es ernst, Bruder Reynaud, wenn ich sage, daß dieses Gebilde vielleicht die Macht in sich trägt, die Welt zu vernichten.«

»Dann müßt ihr es zerstören«, rief Reynaud de Maizieres erregt.

»Das geht nicht«, antwortete Balestrano leise. »Wir haben es versucht. Bruder Sarim hat es versucht. Du kennst das Ergebnis.«

Reynaud de Maizieres keuchte. »Du willst sagen, daß ... daß dieses Ding ihn verändert hat?«

»Ich fürchte«, sagte Balestrano. »Und wenn es so ist, dann trifft mich ein Teil Schuld an seinem Schicksal. Doch dieses Rätsel werden wir wohl niemals lösen.« Er seufzte. »Bruder Henri nahm ein schweres Los auf sich, als ich ihm die Verantwortung für dieses Werk des Teufels übertrug«, fuhr er in verändertem – aber womöglich noch ernsterem – Ton fort. »Nun wirst du es sein, der sie tragen muß. Wenn du es willst.« Er sah Reynaud de Maizieres ernst an. »Willst du das tun? Ich werde es dir nicht ankreiden, wenn du es ablehnst.«

»Ich werde gehorchen«, antwortete Reynaud de Maizieres.

Balestrano lächelte. Er wollte etwas sagen, aber er kam nicht mehr dazu.

Denn in diesem Moment drang vom Gang her ein unmenschlicher Schrei an ihre Ohren!

Der Sturm hatte eine Stunde vor Sonnenaufgang begonnen. Und ich war ziemlich sicher, daß er innerhalb der nächsten fünf Jahre nicht mehr aufhören würde.

Wenn mein Zeitgefühl nicht ebenso kaputt war wir meine Taschenuhr, die ich mir beim Sturz auf den Felsen zerschlagen hatte, mußte es fast Mittag sein, aber rings um mich herum herrschte tiefste Nacht. Der Himmel war schwarz, nur ab und zu zuckte ein greller Blitz auf und tauchte die felsige Landschaft in unheimliches, flackerndes Licht, und der Sturm erfüllte die Luft mit einem ungeheuerlichen Heulen und Brüllen, als wären sämtliche Dämonen der Hölle auf einmal auf uns losgelassen worden. Staubfein zermahlener Sand prasselte auf den Felsen, hinter dem ich Deckung gesucht hatte, war in meinem Haar, in meiner Kleidung, in meinem Mund und meinen Augen, in meinen Ohren und meiner Nase.

Der Sturm hatte das kleine Lager, das mein indianischer Führer und ich aufgebaut hatten, innerhalb einer einzigen Minute so gründlich zerstört, daß selbst Dschingis Khan vor Neid erblaßt wäre, und die Überreste in einer weiteren Minute auf tausend Quadratmeilen verteilt. Und er hatte unsere Pferde samt einem Gutteil der Ausrüstung auf Nimmerwiedersehen verschluckt und die fast mannstiefe Senke, in der unser Lager stand, derart mit Sand zugeschaufelt, daß ich bis zum Hals darin versunken wäre, hätte ich den Fehler begangen, mich auf den Schutz des felsigen Randes zu verlassen.

Wieder wetterleuchtete es über uns, und wahrscheinlich erfolgte auch gleich darauf ein Donnerschlag, der aber im Heulen und Brüllen des Sturmes unterging. Kurz bevor der Sturm losgebrochen war, hatte ich, nur wenige Steinwürfe entfernt, eine Vertiefung in der Felswand ausgemacht – mit etwas Glück war es eine Höhle.

Vorsichtig erhob ich mich hinter meiner Deckung, wartete ab, bis der Sturm für einen Moment innehielt – freilich nur, um danach mit doppelter Wut wieder losheulen zu können – und sprintete los.

Es waren nur wenige Schritte; nicht einmal zehn Yards. Trotzdem hätte ich es fast nicht geschafft.

Der Sturm packte mich, als ich drei Viertel der Strecke hinter mich gebracht hatte, hob mich wie ein Blatt vom Boden hoch und schleuderte mich drei, vier Yards weit durch die Luft. Wäre ich auf Felsen statt auf weichen Sand gestürzt, hätte ich mir zweifellos sämtliche Knochen im Leibe gebrochen. Aber auch so kostete es mich meine letzte Kraft, mich auf Hände und Knie hochzustemmen und in den Schutz des nächsten Felsens zu kriechen.

Eine Hand streckte sich mir plötzlich entgegen, als ich auf den Felsen zurobbte, packte die meine und zog mich mit erstaunlicher Kraft in die Deckung des Steines. Ich nickte Ixmal dankbar zu. Zum Sprechen fehlte mir der Atem. Außerdem hätte das Heulen des Sturmes ohnehin jeden Laut verschluckt.

»Wir müssen hier weg, Blitzhaar!« brüllte mir Ixmal ins Ohr. Es war der Name, den er mir bei unserer ersten Begegnung gegeben hatte. Und ich mußte zugeben, daß er haargenau paßte – im wahrsten Sinne des Wortes. »Der Sturm wird schlimmer!«

Ixmal sah mich an, und als ich seinem Blick begegnete, wußte ich, daß er maßlos untertrieben hatte.

»Was wird passieren?!« brüllte ich zurück.

Statt einer Antwort hob Ixmal die Hand und deutete nach Osten, direkt in den heulenden Sandsturm hinaus. Ich folgte der Geste, aber so sehr ich mich auch anstrengte, alles was ich sah, war eine brüllende Wand aus Schwärze und apokalyptischer Bewegung.

»Was wir bisher erlebt haben«, schrie Ixmal, »war nur das Vorspiel! Der wirkliche Sturm beginnt erst!«

Während der wenigen Worte war die schwarze Wand schon wieder deutlich nähergekommen. An ihrem Fuß war eine vage, mahlende Bewegung, als würde der Wüstenboden selbst dort in die Höhe gerissen und zu Staub zermahlen. Wahrscheinlich war es so.

Ixmal hob die Hand und deutete auf den Berg hinter uns. Seine Flanke ragte annähernd lotrecht über uns in die Höhe, aber alles, was mehr als acht oder zehn Yards entfernt war, verlor sich in tobender Bewegung und irrsinnig tanzenden Sandschwaden.

»Da vorn ist eine Höhle!« bestätigte Ixmal meine eigene Beobachtung. »Komm, Blitzhaar – wir müssen uns beeilen!« Ohne meine Antwort abzuwarten, sprang er auf die Füße, fuhr herum und zerrte mich einfach hinter sich her.

Während der ersten paar Dutzend Schritte war es beinahe einfach, denn der Sturm schob uns geradewegs vor sich her, so daß wir nicht einmal hätten stehenbleiben können, wenn wir es gewollt hätten.

Die zweite Hälfte des Weges wurde zu einem Spießrutenlaufen durch die Hölle. Der schwarze Granit des Berges tauchte so unvermittelt vor uns auf, daß wir das Unglück nicht verhindern konnten. Ixmal versuchte noch stehenzubleiben, aber als hätte der Sturm nur auf diesen Augenblick gewartet, fauchte in diesem Moment eine brüllende Bö heran, riß ihn von den Füßen und nach vorne und schmetterte ihn gegen den Berg.

Seine Miene verzerrte sich vor Schmerz. Mit haltlos rudernden Armen brach er zusammen, hob schützend die Hände vor das Gesicht und stieß gleich darauf einen Schmerzensschrei aus, als die nächste Bö auch mich ergriff und gegen ihn schleuderte.

Benommen stemmte ich mich in die Höhe, sah ein braunschwarzes Etwas auf mich zurasen und drehte hastig den Kopf, ehe der Sand, den die Sturmbö heranschleuderte, mir das Gesicht wegschmirgeln konnte. Mit aller Kraft stemmte ich mich in den Boden und versuchte, irgendwo Halt zu finden.

Trotzdem wurde ich in die Höhe und gegen den Fels geschleudert, daß mir die Luft wegblieb. Ich fiel, rollte instinktiv herum und barg den Kopf zwischen den Armen. Sand war in meinem Mund und meiner Nase. Meine Kehle brannte, als hätte ich gemahlenes Glas eingeatmet. Ich konnte nichts mehr sehen. Das Heulen des Sturmes steigerte sich zu einem unbeschreiblichen Crescendo. Blutige Kreise tanzten vor meinen Augen. Mein Herz raste zum Zerspringen.

Dann hatte ich den rettenden Spalt erreicht. Ixmal mit mir zerrend, stolperte ich hinein. Im buchstäblich letzten Moment!

Der Sturm steigerte sich zu unbeschreiblicher Wut. Funken stoben aus dem Fels. Kopfgroße Steine regneten von der Decke der Höhle auf uns herab und zerbrachen rings um uns, und plötzlich hob sich dicht vor meinen Füßen der Boden und zerriß zu einem halben Meter breiten gezackten Schlund.

Ixmal setzte mit einer eleganten Bewegung über den Spalt hinweg und stürmte tiefer in das Dunkel hinein. Offenbar hatte er sich nicht ernsthaft verletzt. Ich folgte ihm, so schnell ich konnte.

Kurz bevor wir um eine Ecke bogen und den wütenden Sturm hinter uns ließen, warf ich einen letzten Blick zurück.

Unser Lager, die Mojave-Wüste, der Himmel – alles war verschwunden. Statt dessen brodelte dort etwas Gigantisches, Schwarzes, das rasend schnell herankam, Sand und Steine und mannsgroße Felsen wie dürres Laub in die Höhe reißend, zermalmend.

Es war der Urgroßvater aller Stürme, der dort draußen heranbrauste.

Reynaud de Maizieres sah die Schwertklinge heransausen, duckte sich instinktiv darunter hinweg und schlug dem Mann die geballten Fäuste in den Leib, ohne auch nur zu denken. Der Templer krümmte sich mit einem keuchenden Laut, taumelte zurück und fiel mit schmerzverzerrtem Gesicht auf die Knie, aber sofort war ein zweiter Mann zur Stelle, drosch mit dem Schwert nach Reynauds Kopf und versuchte gleichzeitig, ihm die Beine unter dem Leib wegzutreten.

De Maizieres fing den Schwertarm des Mannes mit dem Unterarm ab, packte blitzschnell sein Handgelenk und verdrehte es mit einem kurzen, harten Ruck. Der Krieger ließ seine Klinge fahren und fiel schreiend zu Boden, aber Reynaud de Maizieres beachtete ihn gar nicht mehr. Blitzschnell hob er das Schwert auf, packte die Klinge mit beiden Händen und führte einen gewaltigen Rundschlag.

Er traf niemanden, aber die drei Templer, die ihren beiden Kameraden zur Hilfe hatte eilen wollen, brachten sich mit schnellen Sprüngen in Sicherheit, und für einen Moment hatte de Maizieres Luft. Hastig wich er zurück, hob auch die Waffe des zweiten Tempelritters auf und warf sie Jean Balestrano zu, der das Schwert geschickt auffing und mit gespreizten Beinen festen Stand suchte.

Erst jetzt kam Reynaud de Maizieres der furchtbare Anblick richtig zu Bewußtsein, den der Gang vor ihm bot. Von den anderthalb Dutzend Kriegern, die sie bei ihrer Ankunft hier unten erwartet hatten, lebte noch gut die Hälfte – und diese Krieger waren dabei, sich gegenseitig umzubringen!

Aber Reynaud de Maizieres blieb nicht einmal Zeit, sich nach dem *Warum* dieses schrecklichen Geschehens zu fragen, denn schon wurden er und Balestrano erneut angegriffen, diesmal von gleich vier Männern, die offensichtlich aus dem Schicksal ihrer beiden Vorgänger gelernt hatten, denn sie versuchten nicht mehr, den Tempelherren im ersten Ansturm zu überwältigen, sondern umkreisten ihn in respektvollem Abstand und suchten nach einer Lücke in seiner Deckung.

Reynaud de Maizieres musterte die Angreifer kalt. Er hatte keine Angst; die hatte er niemals, wenn er kämpfte, selbst gegen einen so übermächtigen Gegner wie jetzt. Außerdem war er ziemlich sicher, es selbst mit diesen vier Männern zugleich aufnehmen zu können. Nicht umsonst galt er als einer der gefährlichsten Männer, die jemals das weiße Gewand der Tempelherren angezogen hatten.

Was ihn vielmehr entsetzte, war die Tatsache, daß die Männer ihn und Balestrano angriffen. Jean Balestrano war das Oberhaupt des Templerordens, und diese Krieger waren einzeln und sorgsam ausgewählt worden. Ein Verrat auch nur eines einzigen dieser Elitemänner war undenkbar! Und jetzt war gleich die Hälfte von ihnen zu Verrätern geworden.

»Brüder!« rief Balestrano. »Besinnt euch! Ihr wißt nicht, was ihr tut!«

Die Antwort eines der Angreifer bestand aus einem irren Lachen und einem Schwerthieb nach Balestranos Hals, der den alten Mann mit Sicherheit getötet hätte, hätte sich Reynaud de Maizieres nicht gedankenschnell dazwischengeworfen und den Hieb mit seiner eigenen Klinge aufgefangen.

Auf diesen Moment hatten die drei anderen nur gewartet. Gleichzeitig rissen sie ihre Schwerter hoch und drangen auf Reynaud de Maizieres ein. Reynaud fing einen der Hiebe mit seiner eigenen auf, blockte den Waffenarm eines zweiten Mannes mit der bloßen Hand ab und spürte einen furchtbaren Schmerz an der Seite, als die Klinge des dritten über seine Rippen schrammte und eine blutige Furche in seine Haut grub.

Das schien die letzte Barriere zu brechen. Reynaud de Maizieres wurde zum Berserker. Seine Klinge zischte wie ein silberner Blitz durch die Luft und fällte die drei Männer mit einem einzigen, unglaublich kraftvollen Hieb. Den vierten Angreifer richtete Jean Balestrano selbst.

Aber es war nur eine kurze Atempause, die den beiden Tempelherren vergönnt war. Der Kampf vor ihnen näherte sich rasch seinem Ende. Die wenigen Templer, die nicht dem Wahnsinn verfallen waren, wurden einer nach dem anderen niedergemacht, und schon nach Augenblicken sahen sich Balestrano und Reynaud de Maizieres abermals einer erdrückenden Übermacht von Gegnern gegenüber.

»Ich flehe euch an, Brüder, besinnt euch!« rief Balestrano. Seine Stimme zitterte, und seine Augen waren weit vor Furcht. Aber Reynaud de Maizieres begriff rasch, daß es nicht die Angst vor dem Tode war; die kannte Jean Balestrano so wenig wie er, wußten sie doch beide, daß nach dem Ende ihrer körperlichen Existenz nur der Übergang in eine andere weit bessere Welt folgen würde.

Nein, das was das Oberhaupt des Templerordens schier zur Verzweiflung trieb, was das unglaubliche Geschehen selbst. Noch vor Minuten hätte jeder dieser Männer mit Freuden sein Leben gegeben, um Jean Balestrano zu schützen. Jetzt hatten sie sich in gnadenlose Killer verwandelt!

Die sieben übriggebliebenen Männer – drei von ihnen waren schwer verwundet, wie Reynaud mit einem raschen Blick feststellte – rückten nun in breiter Front gegen ihn und Balestrano vor. Reynaud de Maizieres fuhr sich nervös mit der Zungenspitze über die Lippen. In der Enge des Stollens war ein Ausweichen so gut wie unmöglich. Seine Beweglichkeit, die einen Gutteil seiner Überlegenheit im Kampf ausmachte, würde ihm hier nicht mehr viel nutzen.

Noch einmal versuchte Balestrano die wahnsinnig gewordenen Templer zur Vernunft zu bringen. »Beruhigt euch, Brüder!« rief er. »Was immer geschehen sein mag, wir können darüber reden!«

Einer der Männer lachte häßlich und täuschte einen Angriff vor, zog sich aber hastig zurück, als Reynaud de Maizieres mit dem Schwert nach ihm schlug.

Ganz langsam rückte die Reihe der sieben Angreifer vor. Und im gleichen Maße wichen Reynaud de Maizieres und Jean Balestrano zurück. De Maizieres machte sich keine Illusionen mehr. Sie waren in die Enge getrieben, und sie standen Männern gegenüber, denen es offensichtlich vollkommen gleichgültig war, was mit ihnen geschah. Selbst wenn es ihm gelang, die meisten oder gar alle der Angreifer zu töten, würden sie gemeinsam sterben. Ein Mann, der keine Rücksicht mehr auf sein eigenes Leben nimmt, ist ein unschlagbarer Gegner.

Schließlich waren sie bis an die rückwärtige Wand zurückgetrieben. Reynaud de Maizieres hieß Balestrano mit einer Kopfbewegung, hinter ihn zu treten, nahm mit gespreizten Beinen vor dem greisen Tempelherren Aufstellung und packte sein Schwert mit beiden Händen.

Aber der Angriff, auf den er wartete, kam nicht.

Die Reihe der sieben Tempelritter rückte weiter vor, blieb dann aber plötzlich wie auf geheimes Kommando hin stehen, wenngleich mit stoßbereit erhobenen Klingen, so daß Reynaud es nicht wagte, auch nur einen Schritt zu tun.

Und dann, wie aus dem Nichts, erschien eine weitere Gestalt hinter den Tempelrittern.

Der Mann war groß, relativ schlank und hatte dunkles Haar, dazu einen dunklen, sehr sorgfältig ausrasierten Bart, der ihn älter erschienen ließ, als er sein mochte. Er war eine Spur zu elegant gekleidet, um auf einer normal belebten Straße nicht aufzufallen. In der rechten Hand trug er einen Spazierstock mit einem übergroßen, leicht gelblich schimmernden Knauf aus einem sonderbaren Kristall, in den ein dunkles Etwas eingeschlossen war. Das Sonderbarste aber war sein Haar, denn über seinem linken Auge beginnend zog sich eine schlohweiße, blitzförmig gezackte Strähne bis weit über seinen Scheitel hin.

Der Mann war Reynaud de Maizieres vollkommen unbekannt, aber Jean Balestrano stöhnte bei seinem Anblick erschrocken auf.

»Sie?« keuchte er.

Der Mann mit der gezackten Haarsträhne lachte leise, machte eine Bewegung mit der Linken und scheuchte die Templer beiseite, die Balestrano und Reynaud de Maizieres noch immer in Schach hielten. Er kam näher. Daß er dabei in die Reichweite von Reynaud de Maizieres' Schwert geriet, schien ihn nicht zu stören. Ein böses, heimtückisches Funkeln erschien in seinen dunklen Augen.

Reynaud de Maizieres drehte sich halb herum und sah Balestrano an. »Du kennst diesen Mann, Bruder Jean?« fragte er.

Balestrano antwortete nicht. Statt dessen lachte der unheimliche Fremde erneut, hob seinen Spazierstock und tippte Reynaud de Maizieres mit seinem Ende vor die Brust. Reynaud mußte sich zurückhalten, um nicht mit dem Schwert zuzuschlagen.

»Sie!« keuchte Balestrano noch einmal. »Was ... was hat das zu bedeuten? Warum bringen Sie meine Leute dazu, sich gegenseitig zu töten?«

»Nur die, die sich meinem geistigen Einfluß widersetzen«, sagte der Fremde lakonisch.

Balestranos Gesicht verhärtete sich. »Sie beginnen einen Krieg, Craven«, sagte er. »Das ist Ihnen klar. Sie können mich töten, und Bruder Reynaud hier auch, aber wir sind ersetzbar. Nach uns werden andere kommen, die den Kampf fortsetzen. Sie werden für das bezahlen, was hier geschehen ist.«

Craven lachte. »Aber nicht doch. Ich habe nicht vor, Ihnen oder Ihrem Begleiter ein Haar zu krümmen. Geben Sie mir, was ich haben will, und Sie werden mich niemals wiedersehen.« Er hob den Spazierstock und deutete damit auf die niedrige Tür, vor der Balestrano und Reynaud de Maizieres Aufstellung genommen hatten.

Balestrano erbleichte. »Das Gehirn?« keuchte er.

Craven nickte. »Das Gehirn«, bestätigte er. »Sie haben die Wahl, Bruder Jean. Sie können es mir freiwillig ausliefern und leben, oder ich töte Sie und nehme es mir.«

»Niemals!« keuchte Balestrano.

»Wie du willst, alter Narr«, sagte Craven. Mit einem Male klang seine Stimme hart, kaum mehr menschlich, sondern fast wie die einer Maschine. »Dann eben anders.«

Reynaud de Maizieres spannte sich, auf einen Angriff der sieben Templer gefaßt. Aber statt dessen traten die Männer auf einen Wink Cravens hin einen Schritt zurück. Der Mann mit der weißen Haarsträhne hob seinen Spazierstock. Etwas klickte, und plötzlich glitt eine dünne, rasiermesserscharf geschliffenen Klinge aus dem hölzernen Schaft, der in Wahrheit nichts anderes als ein Stockdegen war.

Reynaud de Maizieres blickte fast verblüfft auf die zerbrechliche Klinge, dann auf das wuchtige Breitschwert in seinen Händen. War dieser Craven verrückt geworden? Ein einziger Hieb seines Breitschwertes mußte seine Spielzeugwaffe wie einen Zahnstocher zerspringen lassen.

Der Tempelherr knurrte siegesgewiß, ließ seine Klinge pfeifen und drang mit einem gellenden Kampfschrei auf Craven ein. Aber der Mann mit der weißen Haarsträhne sprang mit einem behenden Satz zur Seite, stieß mit einer unglaublich raschen Bewegung nach Reynaud de Maizieres' Waffenhand und fügte ihm einen zwar ungefährlichen, aber heftig blutenden Stich im Handgelenk zu.

»Gib acht, Bruder Reynaud«, sagte Balestrano. »Er ist ein Magier!«

Craven lachte schrill, als er diese Worte hörte. Ein häßliches, unbeschreiblich höhnisches Lächeln verzerrte seine Lippen, und in seinen Augen loderte ein fast wahnsinniges Feuer. Immer schneller und schneller zuckte seine Klinge nach Reynaud de Maizieres' Gesicht und Kopf, und immer schwerer fiel es dem Templer, dem tödlichen Stahl auszuweichen. Er schwang sein eigenes Schwert mit beiden Händen und versuchte, die zerbrechliche Klinge von Cravens Stockdegen zu treffen, aber der Fremde kämpfte mit einer Schnelligkeit und Eleganz, wie es Reynaud de Maizieres noch niemals zuvor im Leben gesehen hatte.

Ohne daß er es selbst bemerkt hatte, mußte er Craven doch getroffen haben, denn auf seinem Gesicht war plötzlich Blut, und Reynaud sah, daß er eine winzige, aber tiefe Wunde an der linken Schläfe hatte. Der Anblick erinnerte ihn an irgend etwas, aber Craven gab ihm keine Zeit, seine Gedanken zu ordnen.

Abermals griff er an, und diesmal so schnell, daß Reynaud de Maizieres' Reaktion nicht mehr rasch genug kam. Seine Klinge kreiselte in einer eigentlich unmöglichen Bewegung um die de Maizieres' herum und traf seine Waffenhand. Mit einem Schmerzensschrei ließ Reynaud de Maizieres seine Klinge fallen, sank auf die Knie und preßte die verwundete Hand gegen den Leib. *Das also ist das Ende,* dachte er, matt und ohne jede Furcht oder Bitterkeit.

Aber Craven tötete ihn nicht. Statt dessen lachte er abermals sein schrilles, höhnisches Lachen, stieß die Klinge in ihre hölzerne Hülle zurück – und schlug Jean Balestrano den kristallenen Knauf des Stockes gegen den Schädel.

Ohne einen Laut ging der Oberherr des Templerordens zu Boden.

Craven fuhr herum, hob seinen Stock und ließ den Knauf auf Reynaud de Maizieres' Schläfe niederkrachen.

Das letzte, was der französische Tempelherr sah, war das Gesicht Robert Cravens, zu einem hämischen Lachen verzerrt. Und dann, eine halbe Sekunde, ehe ihn die barmherzige Dunkelheit umfing, die weit offen stehende Tür von Sarim de Laurecs Zelle.

Sie war leer.

Die Höhle war im Grunde keine Höhle, sondern ein Riß im Fels, so schmal, daß wir hintereinander stehen mußten, aber durch eine Laune der Natur war der Berg so geborsten, daß wenige Schritte hinter dem Eingang des Hohlraumes ein Knick von fast neunzig Grad entstanden war. Die Wut des Sturmes reichte nicht aus, diese Biegung mitzumachen, und so standen wir zwar wie die Ölsardinen hintereinander, waren aber wenigstens aus dem tosenden Weltuntergang heraus. Ich konnte sogar atmen, ohne jedesmal ein Pfund Sand zu schlucken.

Eine Unterhaltung hingegen war nicht möglich. Der Sturm steigerte sich zu einem apokalyptischen Inferno, und sein Brüllen wuchs derart an, daß wir uns selbst hier drinnen die Ohren zuhalten mußten.

Länger als eine Stunde standen wir so da, in einer äußerst unbequemen, aber sicheren Stellung, bis das Lärmen und Tosen allmählich abnahm und schließlich ganz verstummte. Ixmal erbot sich, hinauszugehen und nach dem Rechten zu sehen, und ich willigte ein.

Er blieb länger weg, als mir lieb war. Wahrscheinlich war es nicht sehr viel mehr als eine Minute, aber ich litt Höllenqualen während dieser Zeit. Schließlich kam der junge Indianer zurück und verkündete, daß der Sturm vorbei und alles in Ordnung sei. Sein Gesicht war sonderbar ausdruckslos bei diesen Worten.

Als ich auf Händen und Knien aus dem Berg kroch, verstand ich auch warum.

So warnungslos, wie er aufgekommen war, war der Sturm weitergezogen, um anderswo weiterzutoben; vielleicht hatte er sich in seiner Wut auch selbst aufgezehrt. Aber der felsige Hang, an dem wir am Abend zuvor unsere Lager aufgeschlagen hatten, hatte sich vollkommen verändert.

Um mit dem Schlimmsten zu beginnen – unser Lager war fort.

Nicht etwa zerstört oder verwüstet oder vom Sand zugeschüttet, sondern weg.

Wo der flache Felskrater gewesen war, erstreckte sich eine ebene, leicht geriffelte Sandmasse. Unser Zelt war verschwunden, genauso wie die Pferde. Aber auch die Landschaft, die sich dahinter erstreckte, hatte sich auf erschreckende Weise verändert. Am Abend zuvor, als wir im letzten Licht der brennenden Wüstensonne unser Lager aufgeschlagen hatten, hatte sich das Schatten- und Felslabyrinth einer Steinwüste dort erstreckt, bis es am Horizont mit dem Abendhimmel verschmolz.

Jetzt sah ich nur noch Sand. Sand, soviel ich wollte.

»Gütiger Gott!« flüsterte ich. »Was ist da passiert?«

»Nichts Außergewöhnliches«, sagte Ixmal schlicht. »Mit solchen Stürmen muß man rechnen, mitten in einer Wüste.«

»Nichts Außergewöhnliches?« wiederholte ich mit überschnappender Stimme. »Wir verlieren unsere gesamte Ausrüstung, unser Wasser, die Tiere und unsere Karten, und das ist *nichts Außergewöhnliches?!«*

»Hier nicht«, bestätigte Ixmal, in einem Ton, der beinahe gelangweilt klang. In seine Augen blitzte es auf, als er mich ansah. »Ich habe dich gewarnt, Blitzhaar«, sagte er. »Die Mojave ist kein Ort für einen Stadtmenschen. Der Sturm war nur ein Vorgeschmack.«

Zum Teufel, er hatte ja recht. Andererseits konnte ich die Suche nach Necrons Drachenburg nicht einfach abbrechen, nur weil *die Wüste kein Ort für mich war.* Zuviel hing davon ab, daß ich sie fand. Vielleicht sogar das Schicksal der Menschheit.

Doch so, wie die Sache im Moment aussah, war es Selbstmord, auch nur einen Schritt weiterzugehen. Wir haben keine Ausrüstung mehr, keine Pferde, keinen einzigen Schluck Wasser. Und die Drachenburg konnte noch hundert Meilen entfernt sein. Oder tausend.

Die auf so bizarre Weise veränderte Wüste erstreckte sich vor mir so weit ich blicken konnte, und wahrscheinlich noch ein gehöriges Stück darüber hinaus. Selbst wenn ich die genaue Lage von Necrons Burg gekannt hätte, wäre es aussichtslos gewesen, weitergehen zu wollen.

Es war zum Verzweifeln! Alles hatte so gut begonnen, trotz aller Schwierigkeiten! Es hatte lange genug gedauert, bis ich in Ixmal einen Führer gefunden hatte, der sich bereiterklärt hatte, ein Yankee-Bleichgesicht wie mich auf dieser wahnsinnigen Expedition zu begleiten. Dreißig Meilen tief waren wir in diese verdammte Wüste vorgedrungen. Noch einen Tag, vielleicht zwei, und ich hätte Necron einen Überraschungsbesuch abstatten können, den er niemals vergessen würde.

Für wenige Stunden hatte ich sogar echte Hoffnung geschöpft. Vielleicht hätte ich sogar eine Chance gehabt, Necron zu überwinden. Oder ihn wenigstens so lange hinzuhalten, bis ich Priscylla befreit hatte.

Und dies alles zunichte gemacht worden von etwas so Banalem wie einem *Sandsturm!* Ich hätte schreien können vor Wut.

»Es gibt zwei Möglichkeiten«, drang Ixmals Stimme in meine Gedanken. »Die eine ist, wir machen kehrt und versuchen die nächste Stadt zu erreichen, ehe uns die Sonne oder der Durst umbringen. Dort kannst du in aller Ruhe überlegen, wie du diese ... Drachenburg doch noch finden willst. Oder wir bleiben hier und gehen elend zugrunde.«

Das wirkte. Ixmal hatte recht. Die Burg des Zauberers existierte seit Tausenden von Jahren, und Pri, meine geliebte Pri, die zu befreien ich hierhergekommen war, befand sich nun schon seit annähernd einem Jahr in Necrons Klauen. Ein paar Tage mehr oder weniger – was machte das schon?

Das jedenfalls war es, was mein Verstand mir sagte.

Mein Gefühl behauptete etwas anderes.

Jede Sekunde, die ich länger von Priscylla getrennt sein mußte, bedeutete eine Ewigkeit der Qual für mich.

Ich drehte mich zu Ixmal um. Der braungebrannte Indianer sah mir fest in die Augen. Er war fast einen Kopf kleiner als ich und von geradezu schmächtiger Gestalt, aber ich hatte in den vergangenen Stunden gelernt, daß sich dieses Volk nicht mit oberflächlichen Maßstäben messen ließ. Dieser Ixmal war das zäheste und mutigste Geschöpf, das mir je über den Weg gelaufen war.

»Okay«, sagte ich. »Kehren wir um.«

Es wurde sehr still in dem großen, abgedunkelten Raum, nachdem Balestrano aufgehört hatte, mit seiner leisen, angenehmen Stimme zu erzählen. Sie waren allein. Balestrano hatte die Diener hinausgeschickt, sobald das Essen und der Wein aufgetragen worden waren, und sich anschließend noch einmal davon überzeugt, daß auch wirklich niemand vor der Tür stand und lauschte – etwas, das noch vor Tagesfrist schier unmöglich gewesen wäre, denn bis zu diesem schicksalsschweren Abend hatte der Begriff Mißtrauen ebensowenig zum Wortschatz der Tempelherren gehört wie die Worte Verrat und Brudermord. Jetzt, schlagartig, hatte sich alles geändert.

Reynaud de Maizieres war nicht sicher, ob er die wahre Tragweite des unglaublichen Geschehens bisher wirklich begriffen hatte. Dort unten, in den geheimen Kellern des Templerkapitels, war weit mehr geschehen, als das große Aufbegehren einiger abtrünniger Brüder gegen ihn und Bruder Jean. Was er erlebt hatte, war das Ende eines Mythos; Häresie, wie sie schlimmer nicht vorstellbar war.

Zum ersten Mal seit Bestehen dieses Hauses, ja, seit Gründung des Ordens der Tempelherren hatten Brüder gegen Brüder gekämpft, hatte ein Templer die Hand und das Schwert gegen einen anderen Templer erhoben. Er selbst, Reynaud de Maizieres, hatte Träger der weißen Kutte erschlagen, und obwohl er keine Schuld daran trug und Bruder Balestrano ihm auf sein Bitten hin zweimal die Beichte abgenommen und ihn gesegnet hatte, fühlte er sich beschmutzt; besudelt auf eine Weise, die er nicht wieder würde gänzlich abwaschen können.

Aber schlimmer noch als dies alles war die vergangene Stunde gewesen. Balestrano und er waren nahezu gleichzeitig aus der Bewußtlosigkeit erwacht. Sie hatten den Stollen leer gefunden, de Laurecs Zelle verwaist, die Katakombe des Kristallgehirns beraubt. Die Verräter hatten selbst ihre Verwundeten mitgenommen. Mit letzter Kraft hatte de Maizieres sich und Bruder Balestrano nach oben geschleppt, die zahllosen Stufen der geheimen Treppe hinauf in den Teil des Kellers, in dem sie auf Hilfe hoffen konnten.

Was danach kam, verschwamm in Reynauds Erinnerungen. Sie waren gefunden und nach oben gebracht worden, wo sich Ärzte und gleich ein Dutzend Offiziere der Wachmannschaft um ihn und Balestrano gekümmert hatten. Ein paarmal war er ohnmächtig geworden, und das nächste, woran er eine klare Erinnerung hatte, war der darauffolgende Morgen, als er in seinem Gelaß im Westflügel des Kapitels erwacht war.

Jetzt war es beinahe Abend.

Natürlich hatte Reynaud de Maizieres sofort versucht, Kontakt mit Balestrano aufzunehmen, aber er war nicht einmal bis ins Vorzimmer des Tempelherren gekommen. Irgend etwas ging in dem riesigen Gebäudekomplex vor, etwas, das ihn über die Maße beunruhigte.

Männer kamen und gingen in großer Zahl, die meisten von ihnen hohe Würdenträger des Ordens, und obgleich Reynaud de Maizieres trotz hartnäckigen Fragens nicht einmal eine Andeutung zu hören bekam, fiel ihm doch eines auf: Manche von den Tempelrittern, die er sah, waren Männer, die Dienst in weit entfernten Ländern taten – in Amerika, Australien, Indien, Neukaledonien ...

Und es war durch und durch unmöglich, daß sie innerhalb eines einzigen Tages den Weg nach Paris bewältigt haben sollten, nicht einmal mit dem schnellsten Schiff!

Aber er hatte sich gedulden müssen, bis es abermals dunkelte, ehe Balestrano ihn endlich zu sich rufen ließ. Der alte Mann trug einen Turban aus weißem Verbandstoff, und seine Augen glänzten krank. Vielleicht war es auch Angst, die Reynaud in seinem Blick las.

Und dann, endlich, hatte Balestrano zu erzählen begonnen, und Reynaud de Maizieres hatte zugehört, über eine Stunde lang und mit ständig wachsenden Schrecken und Unglauben. Er erfuhr Dinge, von denen er niemals zu träumen gewagt hätte – Balestrano erzählte ihm die Geschichte Sarim de Laurecs und seines Zusammentreffens mit Robert Craven. Er erfuhr von Necron, dem Herrn der Drachenburg, und der unseligen Allianz, die der Templerorden mit ihm eingegangen war, von den GROSSEN ALTEN und ihren schrecklichen Dienern, die hundertmal schlimmer waren als Satan und seine höllischen Heerscharen, vom Fluch des Labyrinths von Amsterdam und dem Kristallgehirn, das es beherrschte. Dies und noch viel mehr, sehr viel mehr.*

Als Jean Balestrano mit seinem Bericht zu Ende gekommen war, wußte Reynaud de Maizieres, daß der Ausdruck in seinen Augen Angst war. Und er verstand ihn. Denn auch er spürte das gleiche ungläubige Entsetzen, das er im Blick des alten Mannes gelesen hatte.

»Nun weißt du alles, Bruder Reynaud«, schloß Balestrano. »Du bist einer der wenigen, die die ganze Wahrheit erfahren haben.« Er lächelte bitter. »Unser finsteres Geheimnis. Ich muß dir den Schwur abverlangen, es niemanden anzuvertrauen, und sollte dein Leben davon abhängen.«

* siehe Band Der Dagon-Zyklus«

Reynaud de Maizieres nickte. »Meine Lippen werden versiegelt sein«, sagte er und schlug das Kreuzzeichen.

Balestrano beugte sich vor und hob mit zitternden Fingern das Weinglas, um seine vom langen Sprechen trocken gewordenen Lippen zu befeuchten. »Aber ich habe dich nicht nur zu mir gebeten, um dir all dies zu erzählen«, fuhr er fort.

»Auch das ist mir klar, Bruder Jean«, sagte de Maizieres. »Ich habe Augen. Ich sehe.«

Balestrano lächelte milde. Dann wurde er wieder ernst. »Du kennst nun die Macht des Kristallhirns«, fuhr er fort. »Und die Gefahr ist jetzt weit größer als damals, als es in unsere Hände fiel. Dieses unselige Gebilde des Teufels, zusammen mit der Macht Robert Cravens und dem Wissen von Bruder Laurec, das ist kaum vorstellbar. Wir müssen alles in unseren Kräften Stehende tun, es wieder in unsere Hände zu bekommen.«

»Und Sarim de Laurec und Robert Craven zu töten«, fügte Reynaud de Maizieres hinzu.

Balestrano schwieg einen Moment. Das Nicken, mit dem er Reynaud schließlich zustimmte, wirkte sehr mühsam. »Ja«, sagte er, »ich fürchte, es gibt keine andere Wahl mehr. Was gestern geschehen ist, beweist, daß nicht einmal die Mauern unserer Kerker fest genug sind, dem Ansturm übler Magie zu trotzen. Diese beiden müssen sterben, und das Kristallhirn muß wieder hierhergebracht werden. Diesmal wird niemand erfahren, wo ich es hinbringe. Und ich werde dieses Geheimnis mit ins Grab nehmen.« Seine Augen wurden dunkel vor Sorge. »Ich habe gefehlt, Bruder Reynaud«, sagte er leise. »Was gestern hier geschehen ist, ist auch meine Schuld.«

»Unsinn«, protestierte Reynaud de Maizieres, aber Balestrano brachte ihn mit einer abrupten Geste zum Verstummen und sagte noch einmal:

»Ich bin schuld, Bruder Reynaud. Ich hätte das Kristallhirn zerstören sollen, gleich, wie hoch der Preis dafür gewesen wäre. Aber ich habe geglaubt, daß wir oder einer unserer Nachfolger sein Geheimnis ergründen und uns seine Kräfte nutzbar machen könnten. Ich wollte das Böse mit Kräften des Bösen bekämpfen und habe Böses dabei bewirkt.« Er schüttelte heftig den Kopf. »Nein«, sagte er. »Dieses unselige Ding muß vernichtet werden, ganz gleich, was es kostet.«

»Ich werde dir helfen, Bruder Jean«, sagte Reynaud de Maizieres impulsiv, aber wieder winkte Balestrano ab.

»Dir habe ich eine ganz andere Aufgabe zugedacht«, sagte er. »Du hast gesehen, daß ich die meisten unserer Brüder zu mir habe rufen lassen, sie von der Gefahr zu unterrichten, doch damit allein ist es nicht getan. Es müssen Boten in die Welt geschickt werden, um auch alle unsere Verbündeten zu warnen. Du wirst einer dieser Boten sein.«

Reynaud de Maizieres nickte. Er hatte halbwegs mit diesen Worten gerechnet, nach Balestranos komplizierter Einleitung. »Und wohin soll ich gehen?« fragte er.

Balestrano zögerte einen winzigen Moment. »Ich ... habe dich auserwählt, einen der schwersten Gänge zu tun«, sagte er stockend. »Du wirst zusammen mit einigen unserer Brüder nach Amerika gehen, um dort Necron, den Herrn der Drachenburg, zu unterrichten.«

»Den –« Reynaud de Maizieres fuhr auf, aber Balestrano brachte ihn zum drittenmal mit einer befehlenden Geste zum Schweigen.

»Ich weiß, daß es dir widerstrebt, dorthin zu gehen und mit einem Mann zu sprechen, der sich Mächten und Wesenheiten bedient, die unsere Feinde sind«, sagte er streng. »Und auch ich habe lange gezögert, den unseligen Pakt zu erneuern. Doch wie es scheint, bleibt uns keine andere Wahl. Craven und de Laurec werden das Kristallhirn erwecken, und wenn es ihnen gelingt, werden wir jede Hilfe brauchen, die wir bekommen können.«

»Auch die des Teufels?« entfuhr es Reynaud de Maizieres.

Balestrano starrte ihn erschrocken an, und auch Reynaud kam erst jetzt wirklich zu Bewußtsein, was er gerade gesagt hatte. Aber dann nickte Bruder Jean nur; der erwartete strenge Verweis blieb aus.

»Wenn es sein muß, auch die«, sagte er und ahnte nicht einmal, welch schweren Fehler er in diesem Moment beging. »Aber keine Sorge. Necron mag unser Feind sein, aber er fürchtet Robert Craven und die Macht der GROSSEN ALTEN wie wir. Wir müssen Burgfrieden mit ihm schließen. Du wirst zu ihm gehen und ihm dies sagen.«

»Der ... Weg ist sehr weit«, begann Reynaud de Maizieres.

Balestrano lächelte. »Nicht für dich. Ich werde dir ein weiteres Geheimnis unseres Ordens offenbaren, Bruder Reynaud. Vielleicht das größte überhaupt.« Er stützte die Hände auf die reich mit Schnitzereien verzierten Lehnen des Stuhles, stemmte sich mühsam in die Höhe und bedeutete Reynaud de Maizieres mit einer Geste, ihm zu folgen.

Sie verließen den Saal durch eine schmale, halb hinter einem Vorhang verborgenen Tür, die in ein fensterloses Gelaß führte. Im ersten Moment sah Reynaud de Maizieres nichts. Aber dafür spürte er um so deutlicher, daß sie nicht allein waren. Jemand war mit ihnen im Raum; jemand oder etwas, dachte er schaudernd. Die Luft hier drinnen roch sonderbar; alt und verbraucht, aber auch nach irgend etwas Fremdem. Reynaud de Maizieres schauderte erneut. Obwohl es hier drinnen so warm wie drüben im Saal war, fror er plötzlich.

Dann entzündete Balestrano eine Fackel, und der rote Schein vertrieb die Gespenster der Furcht, die mit der Dunkelheit herangekrochen waren.

Mit klopfendem Herzen sah sich Reynaud de Maizieres um. Der Raum war sehr klein und vollends leer, sah man von einem halb in die gegenüberliegende Wand eingelassenen, mit schweren, goldbeschlagenen Türen verschlossenen Schrank ab. Bruder Balestrano trat jetzt auf diesen Schrank zu, wechselte die Fackel von der Rechten in die Linke und machte sich mit der freien Hand an der Tür zu schaffen. Reynaud de Maizieres konnte nicht erkennen, ob er einen Schlüssel drehte, oder was er genau tat, aber die beiden Türen schwangen plötzlich wie von Geisterhand bewegt auf, und dahinter lag ...

Reynaud de Maizieres schrie gellend auf, als sein Blick auf das grünleuchtende, wabernde Etwas fiel, das hinter den Schranktüren zum Vorschein gekommen war.

Im ersten Moment glaubte er, in einen Tunnel zu blicken, einen Tunnel von unbestimmbarer Form und Länge, dessen Wände sich auf schier unmöglicher Weise wanden und drehten und wie die unter einem inneren, unheimlich grünen Feuer leuchteten. Aber dann bewegte sich der Höllenschlund; ein schweres, irgendwie *schluckendes* Zusammenziehen und Strecken, ein Teil des vermeintlichen Stollens kippte nach rechts und unten, wesenlose grüne Schatten trieben durch das Bild, und etwas Dünnes, Peitschendes griff aus der Decke, ringelte sich wie eine blind tastende Schlange hierhin und dorthin und verschmolz wieder mit dem grünleuchtenden Etwas.

»Es ... es *lebt!*« keuchte Reynaud mit schriller, überkippender Stimme. »Bei Gott, es ... es *lebt!!!*«

»Nein«, sagte Balestrano ruhig. »Aber es ist auch nicht tot.«

Entsetzt starrte Reynaud de Maizieres den Tempelherren an. »Was ... was ist das?« keuchte er.

»Ein *Tor*«, sagte Balestrano leise. »Ein Überbleibsel jener Wesen, von denen ich berichtete, der GROSSEN ALTEN. Wir wissen nicht, wozu es wirklich gedient hat während der Zeit ihrer Herrschaft. Vielleicht ein Transportsystem, vielleicht auch etwas, das wir niemals begreifen können. Dir jedoch wird es helfen, in der Zeit eines Gedankens nach Amerika zu gelangen.«

Reynaud de Maizieres' Herz machte einen schmerzhaften Sprung. »Ich ... ich soll dort *hineingehen*?« keuchte er. Allein der Gedanke, auch nur einen Fuß auf diese widerlich grüne, pulsierende, *lebende* Masse setzen zu sollen, trieb ihm den Angstschweiß auf die Stirn.

»Es ist ungefährlich«, sagte Balestrano. »Zumindest so lange du nicht versuchst, vom vorgegebenen Weg abzuweichen. Und es dauert nicht lange. Du wirst sehen.« Diesmal war es keine Bitte mehr. Diesmal *befahl* er.

Und nach weiteren endlosen Sekunden des Zögerns nickte Reynaud de Maizieres.

»Ich werde gehen«, bestätigte er. Mühsam löste er den Blick von der pumpenden grünen Masse jenseits der Schranktüren. »Wann?«

»Die Krieger, die dich begleiten werden, sind bereit«, sagte Balestrano. »Und die Zeit ist knapp. Es wäre das Beste, du würdest gleich gehen.«

»Nun, um so eher bin ich zurück, nicht?« antwortete Reynaud de Maizieres. Aber seine Stimme zitterte bei diesen Worten, und in seinen Augen stand ein Flackern, das den scherzhaften Ton Lügen strafte.

Balestrano nickte, wandte sich halb um und klatschte in die Hände.

Die Tür, durch die sie gekommen waren, wurde abermals geöffnet, und fünf weißgekleidete Tempelritter traten ein. Auf ihren Gesichtern stand das gleiche lähmende Entsetzen geschrieben, das auch Reynaud de Maizieres beim Anblick des Tores verspürt hatte. Aber keiner von ihnen protestierte auch nur mit einem Laut, als Jean Balestrano auf den offenstehenden Schrank und das wabernde Maul des *Tores* deutete.

Wenige Augenblicke später beobachtete Reynaud de Maizieres, wie der erste Krieger durch die Tür trat und in einer flimmernden Wolke aus Licht und giftgrünem Glanz verschwand.

Er hatte Angst.

Die Sonne stand nicht mehr ganz so hoch am Himmel, sondern näherte sich bereits dem letzten Drittel ihrer Bahn, aber die Hitze hatte nicht nachgelassen. Das Gehen fiel mir schwer – und nicht nur mir –, obwohl wir unter allen gegebenen Umständen sogar noch Glück gehabt hatten. Der Sturm hatte die Wüstenlandschaft zwar vollkommen verändert, aber in der Richtung, in die wir uns schleppten, überwog der Anteil von Fels und betonhart zusammengebackenem Boden, so daß wir mühelos von der Stelle kamen.

Trotzdem erschien mir jeder Schritt, den ich tat, unendlich mühsam. Denn es war nicht nur ein Schritt aus der Wüste heraus; nicht bloß ein weiterer Schritt, der uns näher an die kleine Postkutschenstation brachte, von der aus unsere fehlgeschlagene Expedition gestartet war, sondern zugleich auch ein Schritt, der mich fort von Priscylla führte, fort von Necrons Rattennest und allem, was ich dort zu finden hoffte.

Jetzt, im Nachhinein und bei klarer Überlegung betrachtet, gibt es wohl keine zufriedenstellende Erklärung für das, was ich an jenem Nachmittag tat. Vielleicht waren es einfach die Entbehrungen und die Mühen der letzten Tage und Wochen, vielleicht die nicht enden wollende Kette von immer wieder neu geschürten und auf grausame Weise enttäuschten Hoffnungen, vielleicht hatte mir auch einfach nur die Sonne ein wenig zu lange aufs Hirn geschienen – aber ich war in diesem Moment nicht mehr bei klarem Verstand.

Die Wüste, die Sonne, der sanft auf und ab tanzende Staub, den der Sturm wie einen letzten Gruß in der Luft zurückgelassen hatte, das alles wurde unwichtig, nahm plötzlich die Realität einer Traumlandschaft an.

Ich fühlte mich niedergeschlagen; deprimiert wie niemals zuvor in meinem Leben. Alles schien rings um mich zusammenzustürzen. Mein ganzer endloser Kampf gegen übermächtige Gegner schien mir plötzlich sinnlos geworden. Wenn ich jetzt aufgab, dann würde ich Priscylla endgültig verlieren.

Vielleicht wäre trotz allem nichts geschehen, hätte ich mich in diesem Moment – warum, wußte ich selbst nicht zu sagen – nicht herumgedreht und in die Richtung zurückgeblickt, aus die wir gekommen waren. Der Berg – eigentlich nur ein Haufen übereinandergetürmter Felsen, die wie von einer Riesenhand so lange ineinandergequetscht worden waren, bis ein bergähnliches Etwas entstanden war – lag bereits Meilen hinter uns, denn Ixmal schlug ein gehöriges Tempo an. Aus der großen Entfernung betrachtet, erschien es mir um so lächerlicher, daß all meine Hoffnungen am Fuße dieses Dreckklumpen ein so jähes Ende gefunden haben sollten.

Und dann sah ich …

Schatten.

Etwas, das wie Nebel aussah, aber keiner war, ein flüchtiges Huschen unheimlicher grauer Schemen, als teile sich die Wirklichkeit.

Und dann sah ich die Drachenburg.

Eigentlich war es nur eine Silhouette, ein fast absurd geformter Umriß, der für den Bruchteil einer Sekunde über der Wüste aufblitzte, gigantisch und dräuend und in den Farben des Wahnsinns gehalten.

Hätte ich auch nur einen winzigen Moment klar über meine Beobachtung nachgedacht, wäre mir klargeworden, daß ich nichts anderes als eine Luftspiegelung beobachtet haben konnte, vielleicht nicht einmal das, sondern nur ein Trugbild, das mir mein Unterbewußtsein vorgaukelte.

Aber ich dachte in diesem Moment nicht mehr.

Das Bild war längst verschwunden, aber es stand immer noch vor meinen Augen. und dann sah ich noch etwas: ein schmales, von schulterlangem Haar eingerahmtes Gesicht, dunkle Augen, in denen ein verzweifeltes Flehen stand …

Priscyllas Gesicht!

Ich blieb stehen, wandte mich um und blickte zu Ixmal hinüber. Er hatte noch nichts bemerkt und war weitergegangen; zwischen uns lagen schon gut fünfzehn Schritte.

Ich zögerte eine einzelne, endlose Sekunde.

Dann fuhr ich abermals herum und rannte zurück in die Richtung, in der der Berg und die Drachenburg lagen.

Geradewegs in die hitzezerkochte Endlosigkeit der Mojave-Wüste hinein ...

Es hatte nur Sekunden gedauert. Aber es waren Sekunden, die Reynaud de Maizieres in seinem ganzen Leben niemals mehr vergessen sollte. Als letzter der insgesamt sechs Männer war er in das grauenerregende Gebilde getreten, das Bruder Balestrano mit dem harmlosen Namen *Tor* bezeichnet hatte, und für Sekundenbruchteile hatte er nichts außer einem blendenden, giftgrünen Licht wahrgenommen, einen grellen Schein, in dem sich sein Körper auflöste, wie er es bei den vor ihm gehenden Männern beobachtet hatte.

Er hatte sich herumgedreht, um noch einmal zu Balestrano zurückzublicken, aber der Schrank und der fensterlose Raum waren verschwunden gewesen; hinter ihm hatte sich das gleiche wahnsinnig machende grün Etwas gestreckt und gebogen, das er schon zuvor beobachtet hatte, ein gräßlicher *lebender* Schlauch, aus dessen Wänden gestaltlose Dinge nach ihm und den Männern griffen. Der Boden unter seinen Füßen hatte gezittert und gebebt, und manchmal schienen riesige, lippenlose Münder nach ihm zu schnappen. Etwas Unsichtbares, Feuchtes und Warmes war über sein Gesicht geglitten, und während er von unsichtbaren Händen durch den Schlauch gezerrt und geschleudert wurde, jagten dunkle Schlünde an ihm vorbei, Abzweigungen, die geradewegs in den Wahnsinn führten. Balestranos Warnung fiel ihm wieder ein, und er widerstand der Versuchung, auch nur einen Blick in diese anderen Welten zu werfen.

Dann war es vorbei, so schnell, wie es begonnen hatte. Ein heller, pulsierender Fleck erschien am Ende des Tunnels, raste mit unglaublicher Geschwindigkeit auf Reynaud de Maizieres zu – und spie ihn auf einen schmalen, felsigen Sims.

Vor Überraschung verlor der Tempelritter das Gleichgewicht. Er fiel, stürzte auf Hände und Knie herab und warf sich mit einem krächzenden Schrei zurück, denn dicht vor ihm gähnte ein gut hundert Meter tiefer Abgrund, dessen Boden mit nadelspitzen Felsdornen gespickt war.

Eine Hand packte ihn bei der Schulter, riß ihn in die Höhe und ein Stück vom Rande des Felsabbruches zurück. Reynaud sah das Gesicht eines Templers vor sich, bleich vor Schrecken. Mit einem dankbaren Nicken streifte er die Hand des Mannes ab, fuhr sich glättend über das Haar und sah sich um.

Sie standen an der Flanke eines zerborstenen, annähernd lotrecht in die Höhe strebenden Berges. Der schmale Sims, auf dem sie herausgekommen waren, zog sich auf eine Strecke von vielleicht hundert Schritten unverändert am Berg entlang, machte dann einen scharfen Knick nach rechts und ragte, zum Anfang einer geländerlosen Brücke werdend, gute zehn Schritte ins Nichts hinaus, ehe er entlang einer zerborstenen Bruchkante endete. Reynaud de Maizieres schauderte. Einen Schritt weiter, und …

Er zwang sich, den Gedanken nicht zu Ende zu denken, sondern wandte sich mit einem Ruck wieder um und sah den Mann an, der ihm auf die Füße geholfen hatte. »Ich danke dir, Bruder«, sagte er, wenn auch mit einiger Verspätung. Der Mann nickte stumm.

»Wie geht es weiter?« fragte Reynaud.

Wieder antwortete der Mann ohne zu sprechen. Seine Hand deutete auf den Sims, dann auf die zersplitterte Felsbrücke hinauf und weiter nach Osten, direkt ins Nichts hinein. Reynaud de Maizieres' Herz schien einen schmerzhaften Sprung zu machen, als er begriff, was die Geste zu bedeuten hatte.

»Dort entlang?« vergewisserte er sich.

»Der Weg beginnt dort«, bestätigte der Templer. »Kommt, Herr.«

Reynaud schluckte die Antwort, die ihm auf der Zunge gelegen hatte, im letzten Moment hinunter. Äußerlich war er vollkommen ruhig, als er dem Tempelritter folgte und auf den jäh in die Höhe strebenden Brückenstumpf hinauftrat. Innerlich zitterte er vor Angst.

Die Hitze war ins Unerträgliche gestiegen. Jeder einzelne Schritt war eine Qual. Ich versank bis über die Knöchel im Sand; Staub wirbelte in dichten Schwaden rings um mich in der Luft, und das erbarmungslos grelle Licht gaukelte meinen

Augen Dinge vor, die nicht da waren. Ich hatte Durst. Gräßlichen Durst. Der Sand, durch den ich stolperte, schien sich an meine Beine zu klammern und mich festhalten zu wollen, und der Wind zerrte an meinem Haar und meinen Kleidern; ein heißer, böiger Wind, der meinen ohnehin ausgelaugten Körper auch noch das letzte bißchen Flüssigkeit zu entziehen trachtete.

Ich wußte längst nicht mehr, wie lange ich schon unterwegs war. Die Sonne berührte als rot lodernder Flammenball den Horizont; es mußte Abend sein, aber nach meinem Gefühl taumelte ich seit einem Jahrhundert durch die Wüste. Ein Dutzend Male war ich daran gewesen, aufzugeben und umzukehren, und ebenso oft hatte ich wieder Priscyllas Gesicht vor meinem geistigen Auge gesehen.

Als ich endlich begriffen hatte, daß der Weg, den ich einschlug, allenfalls in den Tod führen konnte, war es zu spät. Selbst wenn ich es wollte, hätte ich nicht mehr umkehren können. Mein Kompaß war zusammen mit dem Rest des Lagers vom Winde verweht worden, und mein Orientierungssinn mußte mir irgendwo unterwegs abhanden gekommen sein. Ich hätte den Rückweg nicht einmal mehr gefunden.

Alles, woran ich mich hatte orientieren können, war der Berg gewesen, an dessen Fuß unser Lager gelegen hatte. Aber auch der war in der endlosen Weite der Mojave verschwunden, und jetzt stolperte ich durch eine gigantische Einöde aus glattgeschliffenen Felsen und Sand und Hitze und noch einmal Sand und noch mehr Hitze. Mein Herz schlug sonderbar schwer und langsam, und der ganze Durst, der auf den ersten Meilen nur störend gewesen war, hatte die Grenze echten körperlichen Schmerzes erreicht und überstiegen.

Keuchend fiel ich auf die Knie. Ich versuchte den Sturz abzufangen, aber meine Hände versanken fast bis an die Ellbogen im lockeren, staubfeinen Sand. Wäre ich nicht zu schwach gewesen, hätte ich schallend gelacht, als mir klar wurde, welch jämmerliches Ende ich nehmen würde. Und dies alles nur, weil ich für einen Moment auf mein *Gefühl* gehört hatte statt auf das, was mir mein logisches Denken sagte. Es war zum Wahnsinnigwerden. Ich hatte gegen Gegner gekämpft – und sie besiegt! –, deren Macht der von Titanen gleichkam. Und jetzt würde ich hier jämmerlich verdursten, besiegt von einer Wüste, über deren Gefährlichkeit ich nur zu gut informiert worden war. Nun ja, dachte ich sarkastisch. Wenn es dem Esel zu wohl geht, geht er eben aufs Eis. Genauer gesagt, auf Sand.

Irgend etwas bewegte sich vor mir. Vielleicht eine Windbö, die mit Sand und Staub spielte, um mich zu narren, vielleicht auch ein weiterer grausamer Schmerz meines Unterbewußtseins, das mir – warum auch immer – ganz offensichtlich den Krieg erklärt hatte.

Aber dann wiederholte sich die Bewegung, sehr viel deutlicher als beim erstenmal, und diesmal war ich sicher, daß es mehr als ein Spiel von Wind und Sand war.

Mühsam stand ich auf – was sich als gar nicht so einfach erwies, denn der lockere Sand gab immer wieder unter meinen Füßen nach –, sah mich instinktiv nach allen Seiten um und näherte mich der Stelle, an der ich die Bewegung ausgemacht zu haben glaubte.

Erst jetzt fiel mir auf, daß ich wieder an der Flanke eines der sonderbaren Geröllberge stand, die typisch für diesen Teil der Mojave waren. Offenbar hatte ich ganz instinktiv diese Richtung eingeschlagen, um überhaupt irgendein Ziel zu haben und nicht blind von einer Sanddüne zur anderen zu stolpern.

Dicht vor mir fiel der Boden in sanftem Winkel ab, und erst jetzt sah ich, daß er eine regelrechte Senke bildete, einen flachen, absolut gleichförmigen Trichter, an dessen tiefster Stelle der Sand vollkommen eben war. Irgend etwas an diesem Anblick alarmierte mich, aber ich wußte nicht, was.

Einen Moment lang blieb ich stehen und sah mich um. Die Bewegung wiederholte sich nicht. Trotzdem ging ich weiter, setzte behutsam einen Fuß auf die Trichterwand und prüfte die Festigkeit des Sandes. Sie war nicht gerade groß, aber wenn ich vorsichtig ging, würde er mich tragen.

Trotzdem schlitterte ich mehr in den Trichter hinab, als ich ging.

Der Boden unter meinen Füßen zitterte. Ganz sacht nur, aber doch spürbar.

Abrupt blieb ich stehen, rutschte auf dem feinen Sand aber doch ein gutes Stück weiter und fand erst Halt, als ich mich mit beiden Beinen und dem Ende meines Stockdegens in den Boden stemmte.

Für einen Moment.

Dann wiederholte sich das Zittern, und plötzlich drang ein tiefes, machtvolles Grollen und Knirschen direkt aus dem Boden heraus.

Dann explodierte der Trichter.

Eine Sandfontäne schoß zehn, fünfzehn Yards in die Höhe, und in ihrem Zentrum wuchs etwas Gewaltiges, Glitzerndes heran, bäumte sich mit einem furchtbaren, gleichzeitig zischelnden wie grollenden Laut auf und fiel krachend zurück in den Sand. Etwas Schlankes, Horniges zuckte wie eine Peitschenschnur in meine Richtung, grub eine armlange Furche in den Sand neben mit und zog sich wieder zurück.

Entsetzt starrte ich das Monstrum an. Die furchtbare Erschütterung hatte mich von den Füßen gerissen und ein Stück weiter in die Trichterwand hinabschlittern lassen, und noch immer regnete Sand und Staub auf mich herab, aber trotzdem konnte ich die Kreatur, die da so urplötzlich aus dem Boden gebrochen war, deutlich erkennen. Und jetzt wußte ich auch, woran mich der so harmlos erscheinende Trichter im Sand erinnert hatte. Nur kam diese Erkenntnis ein wenig zu spät ...

Das *Ding*, das mich aus faustgroßen Augen anstarrte, war nichts anderem als ein Ameisenlöwe, einer jener hinterhältigen Insektenfresser, die in kleinen Sandmulden darauf warten, daß ihnen Ameisen und andere Kriechtiere in die Falle laufen; eine Falle, die aus nichts anderen als eben diesem Trichter besteht, dessen Wände so fein zerkaut sind, daß der Sand kaum mehr Konsistenz als Wasser aufweist und ein Entkommen daraus schier unmöglich wird.

Nur daß dieses Exemplar jener unfreundlichen Gattung halb so lang war wie ein ausgewachsener Mensch und über Mandibeln verfügte, die mir mit einem freundlichen Zwicken den Arm abtrennen konnten ...

Trotzdem schien das Ungeheuer zu zögern, einen Gegner von meiner Größe anzugreifen. Seine dunkelvioletten Augen musterten mich mit stummer Wut, und die übermannslangen, dünnen Peitschenfühler, die beiderseits seines Maules aus dem Schädel wuchsen, zuckten nervös hierhin und dorthin und wirbelten den Sand auf. Aber es griff noch nicht an. Vielleicht war ich ihm wirklich ein wenig zu groß als Zwischenmahlzeit; vielleicht war es auch nur irritiert, weil es noch nie eine Ameise mit Bart und Lackschuhen gesehen hatte.

Gleichwie – der Moment erschien mir günstig, die Flucht zu ergreifen. Vorsichtig, um nicht auf dem lockeren Sand abermals den Halt zu verlieren und kopfüber zwischen die ungeputzten Zähne des Ungeheuers zu purzeln, stemmte ich mich hoch und begann rücklings den Trichter hinaufzugehen.

Genauer gesagt, ich versuchte es.

Der lockere Sand gab unter meinen Füßen nach wie Staub. Ich fiel, schlitterte einen weiteren Yard in die Tiefe und kam mit einem entsetzten Keuchen wieder zum Stillstand. Der Ameisenlöwe stieß einen grollenden Laut aus. Seine chitingepanzerten Beine wühlten im Sand.

Panik stieg in mir hoch. Ich wälzte mich herum, krallte Hände und Füße in den lockeren Sand und begann mit verzweifelter Kraft, den Hang hinaufzukriechen.

Ein Fehler, der mich um ein Haar den Kopf gekostet hätte. Im wortwörtlichen Sinne.

Das Rieseninsekt war vielleicht zu blöde, um zu erkennen, daß ich ganz und gar keine Ameise war – aber es war nicht zu dumm, meine reichlich lächerlichen Schwimm- und Kraulbewegungen als das zu erkennen, was sie darstellen sollten: nämlich als Flucht. Und es reagierte, wie ein Raubtier auf ein flüchtendes Opfer nun einmal reagiert.

Die Bestie stieß ein fürchterliches Röhren aus und bäumte sich auf. Plötzlich klatschte einer ihrer Peitschenfühler auf mich herab, bildete vor meinem Gesicht eine Schlinge und zog sich mit einem kurzen, harten Ruck zusammen. Hätte ich nicht blitzartig den Kopf zwischen die Schultern gezogen und mich gleichzeitig wieder ein Stück nach unten rutschen lassen, wäre es um mich geschehen gewesen.

Ich fuhr herum, sah einen titanischen Schatten auf mich zufliegen und riß instinktiv meinen Stock in die Höhe.

Ein heftiger Schlag traf meine Arme und trieb meine Ellbogen bis zu den Handgelenken in den Sand. Der Stock wurde mir entrissen. Dann schien ein Berg auf mich herabzustürzen. Die Luft wurde mir aus den Lungen getrieben. Ich sah nichts mehr.

Drei, vier Sekunden lang lag ich vollkommen reglos, bis die Erkenntnis, daß ich noch lebte, ganz langsam in mein Bewußtsein drang. Das Zischeln und Grollen des Ungeheuers hatte aufgehört, und statt dessen hatte sich eine fast unheimliche Stille über den Sandtrichter gebreitet.

Vorsichtig öffnete ich die Augen – und blickte direkt in das weitaufgerissene Maul des Ameisenlöwen. Seine Zähne befanden sich nur noch wenige Inches von meinem Gesicht entfernt. Die beiden Mandibeln hatten sich beiderseits meines Kopfes tief in den Sand gewühlt, bereit, zuzuschnappen und nachzuholen, was seinem Peitschenfühler mißlungen war.

Aber das Ungeheuer stellte keine Gefahr mehr da. Es war tot. Sein eigener Sprung, mit dem es sich geworfen hatte, hatte den Stockdegen so tief in seinen Leib getrieben, daß seine Spitze aus den zerborstenen Chitinplatten seines Rückens hervorragte. Es mußte auf der Stelle tot gewesen sein. Hätte es auch nur eine halbe Sekunde länger gelebt, oder hätten sich seine Muskeln im Todeskampf noch einmal zusammengezogen …

Ich verscheuchte diese wenig erfreuliche Vorstellung aus meinen Gedanken, schob ächzend die Hände unter den gepanzerten Leib des Monstrums und stemmte es in die Höhe. Es war leichter, als ich angesichts seiner ungeheuerlichen Größe vermutet hatte. Mein Stoß reichte aus, es in die Höhe und bis auf den gegenüberliegenden Trichterwand zu schleudern. In einer Wolke von stiebendem Sand schlitterte es hinab, schlug einen grotesken Purzelbaum und begann im lockeren Sand des Trichterbodens zu versinken.

Zusammen mit meinen Stockdegen, der noch immer in seinem Leib steckte!

Mit einem keuchenden Schrei sprang ich hoch, stolperte ihm nach und riß die Waffe aus seinem Leib, wobei ich sorgsam darauf achtete, nicht auf den runden Fleck von Treibsand zu treten, in dem das tote Monstrum versank. Sonderbarerweise klebte nicht ein Tropfen Blut am polierten Hartholzschaft des Degens.

Erst jetzt, als der erste Schrecken vorüber war und meine Gedanken wieder in gewohnt logischen Bahnen zu laufen begannen, fiel mir auf, daß dies bei weitem nicht alles war, was hier nicht stimmte. Das Ungeheuer war viel zu leicht gewesen, und obgleich der Schaft meines Stockes aus sehr hartem Holz war, hätte er seinen Chitinpanzer normalerweise nicht durchdringen können. Es gibt kaum etwas Härteres als das Panzerhemd, das Mutter Natur ihren Insektenkindern auf den Leib geschneidert hat.

Aber der Kadaver des Ungeheuers war auf Nimmerwiedersehen im Treibsand verschwunden; ich würde dieses Rätsel ohnehin nicht mehr lösen können. Ebensowenig wie die Frage, wo dieser Alptraum von einem Ameisenlöwen herkam.

Achselzuckend wandte ich mich um, ließ mich behutsam auf Hände und Knie herabsinken und begann auf diese wenig elegante Art, die Trichterwand hinaufzukriechen. Es dauerte lange, bis ich wieder auf sicherem Grund stand.

Und ich war nicht sehr sicher, ob es eine besonders kluge Entscheidung gewesen war, wieder hier heraufzukommen.

Ich war nicht mehr allein.

Wenige Schritte vor mir krochen drei braunrote Ameisen aus einer Felsspalte. Ich gehöre normalerweise nicht zu denen, die beim Anblick eines Insekts in Schreikrämpfe ausbrechen; erst recht nicht bei einem so harmlosen und nützlichen Tier wie einer Ameise. Aber jetzt stand ich kurz davor.

Ich kann nicht beurteilen, ob diese drei Ameisen in irgendeiner Form nützlich waren. Was ihre Harmlosigkeit anging, sah ich die Sache etwas konkreter. Es waren Prachtexemplare von Ameisen. Und sie waren ein wenig größer, als Formiciden normalerweise werden. Um genau zu sein – jede einzelne von ihnen hätte eine prachtvolle Mahlzeit für den Ameisenlöwen abgegeben, dem ich gerade mit Mühe und Not entkommen war …

Und als wäre mein plötzlicher Schrecken ein Angriffsignal für die drei schäferhundgroßen Biester gewesen, schossen sie im gleichen Augenblick auch schon auf mich los.

Mit einem verzweifelten Hüpfer brachte ich mich außer Reichweite der schnappenden Beißzangen und trat nach dem vordersten der Mini-Ungeheuer.

Mein Fuß traf seinen Schädel und zertrümmerte ihn wie eine Eierschale.

Fassungslos vor Unglauben blieb ich mitten im Schritt stehen und starrte die tote Ameise an. So groß sie war, schien ihr Körper nicht wesentlich widerstandsfähiger als der einer normal gewachsenen Ameise zu sein. Sicher, ich hatte mit der Kraft der Verzweiflung zugetreten, aber eine Ameise von der

Größe eines Schäferhundes hätte – wären ihre Körperkräfte im gleichen Verhältnis mitgewachsen – mit Leichtigkeit ein Haus davontragen können!

Die beiden überlebenden Formiciden nutzten den Augenblick meines Staunens, sich mit schnappenden Kiefern auf mich zu stürzen. Die handlangen Beißzangen der einen schlossen sich um meinen Oberschenkel, während die andere mich schlichtweg ansprang; ein Verhalten, das bei einer Ameise einfach undenkbar ist. Instinktiv riß ich den linken Arm hoch, um mein Gesicht zu schützen, schlug mit der anderen Hand zurück und spürte, wie der Brustpanzer des Ungeheuers wie Glas zersprang. Mit zuckenden Beinen fiel die Bestie zu Boden.

Ich fuhr herum, packte die Beißzangen der dritten Ameise, bog sie auseinander und brach beinahe versehentlich eine davon ab. Die Ameise sprang mit einem wütenden Zischen zurück und funkelte mich an. Der ganze bizarre Kampf hatte nicht länger als eine halbe Minute gedauert.

Ich zog meinen Stockdegen aus der Hülle, packte die Waffe fester und drehte mich einmal im Kreis. Mißtrauisch musterte ich den Felsspalt, aus dem die drei Riesenameisen herausgekrochen waren. In den finsteren Schatten dahinter bewegte sich etwas Großes, Glänzendes, Krabbelndes. Aber wenn dort weitere verhinderte Riesenameisen hockten, so hatten sie offensichtlich aus dem Schicksal ihrer drei Kumpel gelernt. Ich war beinahe enttäuscht, daß sich keines der Rieseninsekten mehr blicken ließ.

Trotzdem beendete ich meine Drehung und musterte aufmerksam jeden Quadratzoll meiner Umgebung, ehe ich mich vor einer der drei Ameisen in die Hocke sinken ließ und sie vorsichtig mit der Spitze meines Degens anstupste. Ihr Körper rollte hin und her wie eine leere Hülle. Wie bei dem Ameisenlöwen zuvor war nicht ein Tropfen Blut zu sehen.

Dafür kroch eine fette, schwarzbehaarte Spinne aus dem zerborstenen Brustpanzer hervor.

Eine eisige Hand schien über meinen Rücken zu fahren, als ich das achtbeinige Kriechtier erblickte. Es war eine Tarantel, schwarz, am ganzen Körper behaart und so groß wie meine Hand. Ihre ausdruckslosen Facettenaugen musterten mich mit stummer Feindseligkeit.

Dann sprang sie mich an. Wie ein pelziger Ball federte das widerliche Tier vom Boden hoch, verfehlte mein Gesicht um Millimeter und prallte gegen meine Schulter. Ihre Beine hakten sich in den Stoff meiner Jacke, und etwas Weiches, widerlich Flaumiges tastete über meine Wange und berührte meinen Mundwinkel.

Ich schrie auf, warf mich zur Seite und schlug in heller Panik mit den Händen nach dem ekelhaften Tier. Ich traf. Die Spinne wurde davongeschleudert, flog zwei, drei Yards durch die Luft und prallte mit einem sonderbar weichen Geräusch in den Sand. Einen Moment lang blieb sie benommen hocken, dann drehte sie sich herum und hielt aus glitzernden Augen nach mir Ausschau. Eines ihrer Beine war gebrochen; ein einzelner, glitzernder Blutstropfen schimmerte in ihrem Fell, und die dünnen Fühler rechts und links ihres dreieckigen Insektenmaules zitterten erregt.

Ich brauchte all meine Kraft, den Ekel niederzukämpfen, der mir die Kehle zusammenschnürte. Mein Gesicht fühlte sich besudelt und geschwollen an, wo mich die Spinnenbeine berührt hatten. Meine Lippe war taub, und allein der Gedanke, daß das leise Tasten, das ich darauf verspürt hatte, die Berührung eines *Spinnen*beines gewesen war, trieb mich schier in den Wahnsinn. Wenn es etwas gab, das ich wie die Pest haßte und gleichzeitig vielleicht noch mehr fürchtete als Necron und seine tentaklige Bande, dann waren es Spinnen. Wie jeder Mensch hatte ich einen schwachen Punkt, etwas, bei dem mir keine Logik und kein klares Überlegen mehr nutzten und bei dem irgend etwas in mir schlichtweg ausrastete. Es waren Spinnen. Wenn ich die Wahl hätte, mit einer Tarantel oder mit einem schlechtgelaunten Berglöwen ein Zimmer teilen zu müssen, würde ich wohl den Berglöwen vorziehen.

Und es war, als lese die Spinne meine Gedanken. Ganz langsam, das gebrochene Bein nachschleifend, kam sie näher. Ihre Beine bewegten sich in einem komplizierten Takt wie Stelzen einer gräßlichen Maschine. Ihre Augen glitzerten. Die winzigen Beißzangen rechts und links ihres Maules zitterten gierig.

Für einen Moment drohte mir vollends die Beherrschung zu schwinden. Eine Woge brüllender Panik überschwemmte meine Gedanken. Dann schien irgend etwas in mir zu zerbrechen. Mit aller Kraft, die ich aufbringen konnte, sprang ich auf die Tarantel zu und stampfte sie in den Boden. Ein trockenes Knacken erklang, dann ein unbeschreiblich widerwärtiges, weiches Geräusch, als presse man einen vollgesogenen Schwamm aus. Mit einem gellenden Schrei sprang ich zurück, den rechten Fuß, mit dem ich die Spinne zertreten hatte, so weit von mir gestreckt wie möglich.

Es dauerte lange, bis Übelkeit und Furcht meine Gedanken so weit losließen, daß ich mir meiner Umwelt wieder bewußt wurde.

Und mein Blick auf die zersplitterte Riesenameise fiel.

Sie war aufgebrochen, als hätte eine unsichtbare Kraft das glänzende Chitin von innen heraus gesprengt.

Und aus dem gezackten Riß quollen Spinnen. Taranteln.

Faustgroße schwarze Taranteln.

Hunderte.

Und im gleichen Moment, in dem ich mit einem krächzenden Schrei hochfuhr, formierten sie sich zu einer kribbelnden schwarzen Armee und rasten auf mich zu.

Reynaud de Maizieres' Herz schlug fast bis zum Zerspringen. Der Wind, der hier oben, rund hundert Meter über dem Wüstenboden, in wütenden Böen fauchte und heiß wie die Hölle war, kam ihm im Augenblick eisig vor, und der gähnende Abgrund vor seinen Füßen erschien ihm wie ein gierig aufgerissenes Maul. Seine Hände zitterten.

»Das ... das ist schwarze Magie«, flüsterte er. »Teufelswerk.«

Sein Blick hing wie hypnotisiert am Ende der zerborstenen Brücke. Wo vor Augenblicken noch ein zerfranstes, wie von einem wütendem Drachen abgebissenes Ende gewesen war, setzte sich der steinerne Pfad jetzt fort, in schwindelerregendem Winkel gebogen und ohne irgendeine Abgrenzung oder gar ein Geländer, anderthalb Meter breit und so massiv, wie eine Felsbrücke nur sein konnte. Aber er hatte doch *gesehen,* daß der Felsen dort abbrach! Seine Augen sagten ihm, daß es eine Fortsetzung des Steges gab, aber seine Erinnerungen behaupteten das Gegenteil. Er war fest davon überzeugt, daß er wie ein Stein in die Tiefe stürzen würde, wenn er auch nur einen Fuß auf dieses vermeintliche Felsband setzte.

»Nein, Herr, es ist keine Magie«, sagte der Templer neben ihm. Reynaud de Maizieres fuhr herum und starrte ihn aus angstvoll geweiteten Augen an, aber der Mann schüttelte nur sehr ernst den Kopf. »Es ist der einzige Weg, zur Feste Necrons zu gelangen.«

»Aber die ... die Brücke war gerade noch ... noch nicht da«, keuchte Reynaud.

»Sie war da«, behauptete der Templer. »Nur unsichtbar. Der Herr der Drachenburg ist ein mißtrauischer Mann. Und er ist der König der Lügen und Illusionen. Niemand kann seine Burg betreten ohne seine ausdrückliche Einwilligung. Jeder Versuch, gegen seinen Willen dort einzudringen, wäre tödlich.«

»Und ... und du glaubst, wir hätten diese Einwilligung?« fragte Reynaud de Maizieres nervös.

Der Mann deutete mit einem Lächeln auf die kühn geschwungene Felsbrücke. »Die Tatsache, daß wir die Brücke sehen, beweist es. Komm jetzt, Herr.«

Reynaud de Maizieres gab sich einen sichtlichen Ruck. Der Templer hatte in ruhigem, ja beinahe besänftigendem Ton gesprochen, und vielleicht war es gerade das, was ihn wieder zur Vernunft brachte. Er war nicht irgendwer, sondern der Anführer dieser Männer, der Mann, den Jean Balestrano als seinen Vertrauten und Repräsentanten zu Necron gesandt hatte. Er durfte sich keine Schwäche leisten.

Trotzdem schlug sein Herz schmerzhaft schnell, als er mit einem Schritt auf die Brücke ins Nichts hinaustrat.

Ich rannte wie von Sinnen. Die Spinnen waren hinter mir, Hunderte, wenn nicht Tausende der widerwärtigen, krabbelnden schwarzen Ungeheuer, und immer noch quollen mehr und mehr der ekelhaften Tiere aus dem Chitinpanzer der Riesenameise. Der winzige Teil meines Denkens, der noch zu logischer Überlegung fähig war, sagte mir, daß das vollkommen unmöglich war; die Zahl der Tiere, die in dem leeren Panzer Platz gefunden hätten, war bereits um das Zehnfache übertroffen, und noch immer nahm der wirbelnde Strom kein Ende. Aber dem anderen, weit größeren Teil meines Ichs war diese Logik vollkommen egal. Die Spinnen waren da, ganz gleich, ob das nun nach allen Regeln des Verstandes möglich war oder nicht, und sie kamen rasend schnell näher.

Mein Vorsprung war auf vielleicht zwanzig Schritte angewachsen, und er dehnte sich beständig weiter aus. Selbst eine noch so wütende Tarantel läuft nicht so schnell wie ein Mensch, dem die Furcht im Nacken sitzt. Aber es waren Tausende Tiere, und ihre Kräfte erlahmten nicht halb so rasch wie die meinen. Mein Atem ging schon jetzt so schnell und ungleichmäßig, daß ich keuchte, und meine Beine schienen mit jedem Schritt schwerer zu werden. Zudem behinderte mich der staubfeine Sand beim Laufen, so daß meine Kräfte mit fast jedem Schritt abnahmen.

Eine Ansammlung rundgeschliffener grauer Felsen tauchte vor mir auf, und aus meinem Rennen wurde ein verzweifelter Zickzacklauf, der mich abermals Kraft – und vor allem Zeit! – kostete, während die Spinnenarmee wie eine braunschwarze Flut einfach über die Felsen hinwegwogte und mein Vorsprung auf etwas weniger als die Hälfte zusammenschmolz.

Der Anblick spornte mich noch einmal zu größerer Schnelligkeit an. Ich ignorierte die pochenden Schmerzen in meiner Brust, setzte mit einem Sprung, den ich unter normalen Umständen niemals geschafft hätte, über einen weiteren Felsen hinweg – und versank bis zur Hüfte im Sand.

Verzweifelt warf ich mich zurück und herum, streckte die Hände nach dem Felsen aus, über den ich gerade hinweggesprungen war – und zog die Arme mit einem Schrei wieder zurück.

Auf dem Stein erschien der haarige Schädel einer Spinne, dann eine zweite, dritte, vierte, fünfte …

Binnen Sekunden verschwand der halb mannshohe Felsbuckel unter einer schwarzen, wogenden Decke. Tausende ausdrucksloser Spinnenaugen starrten auf mich herab. Ein furchtbares Rascheln und Zischen lag in der Luft. Mit verzweifelter Kraft versuchte ich mich aus dem Sand emporzustemmen, um den Spinnen zu entkommen. Es gelang mir nicht. Meine Beine saßen fest, wie einzementiert. Aber die Spinnen griffen auch nicht an.

Rings um mich erschienen weitere der widerwärtigen Insekten. Hunderte, schließlich Tausende, die einen dichten schwarzen Teppich bildeten, der mich von allen Seiten umschloß.

Aber keine einzige kam näher als einen Yard an mich heran.

Und plötzlich begriff ich auch, warum.

Es war nicht meine Wenigkeit, die ihnen einen solchen Respekt einflößte – sondern der zwei Yards durchmessende Fleck von *Treibsand, in den ich hineingesprungen war!*

Etwas Unsichtbares, Weiches zerrte an meinen Füßen, und plötzlich glitt ich eine Handbreit tiefer in den Sand. Ich schrie auf, warf mich zurück und machte verzweifelte Schwimmbewegungen mit den Händen, aber alles, was ich damit erreichte, war, noch tiefer in den Treibsand hineinzusinken.

Mit aller Kraft zwang ich mich zur Ruhe. Mein Einsinken hörte zwar damit nicht auf, verlangsamte sich aber zumindest ein wenig. Sanfte Wellenbewegungen kräuselten die Oberfläche des Sandes. Die Spinnen huschten hierhin und dorthin. Das Zischen und Rascheln, mit denen sie ihre haarigen Leiber aneinanderrieben, nahm zu. Und der Zug an meinen Beinen wurde stärker.

Wieder sank ich ein Stück weit in den Boden. Der Treibsand reichte mir jetzt bis zu den Achseln, so daß ich die Arme heben mußte. Für einen Moment überlegte ich ernsthaft, den Felsen zu ergreifen und mich lieber den Spinnen zum Kampf zu stellen, als hilflos im Sand zu ersticken, verwarf den Gedanken aber so rasch, wie er gekommen war.

Wieder erfolgte ein sanfter, aber ungemein kraftvoller Ruck an meinen Beinen, und erneut sank ich tiefer in den Sand ein. Noch eine Minute, vielleicht zwei, und ich würde sterben.

»Blitzhaar! Wach auf!«

Die Stimme schien von weither zu kommen. Und es war eine Stimme, die ich kannte.

Ixmals Stimme!

Ich fuhr hoch – wodurch ich so weit in den Sand hineinglitt, daß er mir jetzt im wahrsten Sinne des Wortes bis zum Hals stand – und starrte aus schreckgeweiteten Augen in die Runde. Tatsächlich – es war mein indianischer Führer! Er tauchte zwischen den Felsen auf und lief geradewegs auf mich zu. Aber seine Bewegungen waren seltsam langsam, fast, als würde er durch eine zähflüssige Masse laufen. Und er schien die Spinnen zu seinen Füßen gar nicht zu bemerken!

»So wach doch auf!« schrie Ixmal wieder.

Aber die Angst hatte mich viel zu fest in ihrem Griff, als daß ich den Sinn dieser Worte auch nur begriff. Schreiend stemmte ich mich noch einmal mit aller Gewalt gegen den saugenden Sand und streckte beide Arme in Ixmals Richtung. Er kam herbeigerannt, stolperte plötzlich und fiel der Länge nach zwischen die Spinnen. Mit einer blitzartigen Bewegung schloß sich die Decke über ihm.

Aber mir blieb nicht einmal Zeit, einen erschrockenen Laut auszustoßen, da sprang er auch schon wieder auf, rannte weiter und fiel dicht am Rande des Treibsandloches auf die Knie. Spinnen krabbelten über seinen Körper, hielten sich mit zitternden Beinen in seinem Haar fest und tasteten nach seinem Gesicht. Und noch immer schien er es nicht einmal zu bemerken. Mit einem verzweifelten Keuchen warf er sich vor, ergriff meine Hand und zerrte mich mit einem unglaublich kraftvollen Ruck ein Stück aus dem Sand hervor. Seine linke Hand griff nach meiner Schulter und krallte sich in den Stoff meiner Jacke.

Eine schwarze, fette Tarantel fiel aus Ixmals Haar auf die Schulter und raste mit wirbelnden Beinen über seinen Arm – direkt auf mich zu. In ihren blitzenden Facettenaugen schien ein hämisches Lachen zu stehen.

Der Anblick ließ meine Selbstbeherrschung vollends zusammenbrechen. Ich schrie auf, riß meine Hand los und schlug Ixmals Linke mit einem verzweifelten Hieb beiseite. Gleichzeitig kippte ich nach hinten, von der Kraft meiner eigenen Bewegung abermals in den Sand hineingetrieben.

Diesmal versank ich rasend schnell. Der Treibsand flutete wie scheuerndes Wasser an meinem Leib hinauf, erreichte mein Kinn, stieg weiter, überflutete meinen Mund, verschloß meine Augen; Sand kroch in meine Nase, zwängte sich zwischen meinen verzweifelt zusammengepreßten Zähnen hindurch und floß meine Kehle hinab. Ich wollte husten, konnte es aber nicht. Rote Ringe tanzten vor meinen Augen.

Plötzlich fühlte ich mich gepackt und mit unglaublicher Kraft in die Höhe gerissen, heraus aus dem Treibsand – und mitten hinein in den zuckenden Teppich aus Tausenden von Spinnleibern!

Halb wahnsinnig vor Panik begann ich, um mich zu schlagen. Ixmal wollte meine Hand festhalten, aber das Entsetzen gab mir übernatürliche Kräfte. Ich schlug seinen Arm beiseite, versetzte ihm einen Stoß, der ihn rücklings taumeln und zum zweiten Male in die Spinnenarmee hineinstürzen ließ, fuhr herum und fiel ebenfalls auf die Knie. Spinnen krochen an meinen Beinen empor, hakten sich mit drahtigen Klauen in meine Kleider, krabbelten in meine Jackenärmel und meine Weste, fingerten nach meinem Haar und meinem Gesicht.

Ich schrie, sprang hoch und begann auf die Biester einzuschlagen. Dutzende von ihnen starben, aber für jede, die ich erschlug, hasteten zehn neue herbei, und plötzlich lief eine schwerfällige, wogende Bewegung durch die gewaltige Masse der Tiere. Dann begann sich das grauenerregende Heer rings um mich zusammenzuziehen. Meine Beine verschwanden bis zu den Waden in der zuckenden schwarzen Masse, dann bis zu den Knien, den Oberschenkeln …

Eine Hand packte mich an der Schulter und riß mich grob herum. Ich sah einen Schatten auf mich zurasen und zog instinktiv den Kopf ein. Das letzte, was ich spürte, war Ixmals geballte Faust an meinem Kinn. Ich verlor das Gleichgewicht und fiel nach hinten, mitten hinein in die wogende Masse der Spinnen …

Es war ein von Gott verlassener Ort. Kalt und klamm, dazu von einem stetigen feuchten Dunst durchzogen, stockfinster und nach Moder und Verfall stinkend.

Sie wußte nicht mehr, wie lange sie schon hier war. Irgendwann war auch das Zeitgefühl geschwunden, lange nach der letzten Hoffnung, je wieder das Licht des Tages zu erblicken.

Vor zwei Tagen – oder Wochen? – hatte sie sogar aufgehört zu beten und Gott anzuflehen, er möge sie endlich erlösen.

Aber der Herr schwieg. Sie wußte nicht, warum.

Wäre eine auch noch so kleine Lichtquelle in der Kerkerzelle gewesen, so hätte man sehen können, wie sie in ihren Ketten hing. Aber auch, daß sie nichts von ihrer Schönheit verloren hatte. Ihr Kleid war noch immer so weiß wie frisch gefallener Schnee, ihr Teint war unberührt von den unzähligen Folterungen, die sie bisher hatte erleiden müssen, und ihr Haar war noch immer lang und weich und wie aus Silberfäden gesponnen. Und selbst ihre Flügel, die man ihr immer und immer wieder gebrochen hatte, waren unversehrt wie am ersten Tag ihrer Gefangenschaft.

Denn Engel sind unsterblich.

Aber gerade das machte ihr am meisten Angst. Das Wissen, für ewig hier unten eingesperrt zu sein. In der Gewalt eines Mannes, der die Inkarnation des Bösen selbst war.

Sie wußte, daß sie versagt hatte. Und daß ihr Schicksal nur die gerechte Buße für ihr Versagen war.

Sie wünschte sich, wenigstens weinen zu können.

Der Berg lag noch keine zwanzig Schritte hinter ihnen, aber Reynaud de Maizieres hatte trotzdem das Gefühl, seit einer Ewigkeit über den schmalen, spiegelglatten Fels der Brücke zu balancieren. Der steinerne Pfad führte nicht nur steil in die Höhe, er fiel auch nach beiden Seiten in sanfter Krümmung ab, und zu allem Überfluß war der Felsen so glatt, daß selbst seine groben Stiefel kaum ausreichend Halt fanden. Der Wind zerrte an seinem Haar und seiner Kleidung, und vor ihm, unendlich weit entfernt am Ende der Brücke, wogen Schatten und gestaltlose finstere *Dinge*.

Reynaud de Maizieres hatte Angst. Eine Angst wie niemals zuvor in seinem Leben. In seinem Mund war ein bitterer Geschmack, und seine Kleidung klebte in großen dunklen Flecken an seinem Körper. Er wußte, daß er stürzen würde, wenn er den Fehler beging, auch nur einmal in die Tiefe zu blicken. Vielleicht war es wirklich so, wie der Templer es gesagt hatte: daß diese Brücke immer da war und nur für die Augen derer, die Necron nicht ausdrücklich in seine Burg einlud, unsichtbar blieb. Für Reynaud de Maizieres jedoch war allein die Vorstellung, über einen Pfad zu gehen, den es in Wirklichkeit vielleicht doch nicht gab, grauenhaft.

Im gleichen Moment, in dem er diesen Gedanken dachte, begannen seine Füße in den Fels zu sinken.

Reynaud de Maizieres blieb mit einem keuchenden Schrei stehen. Seine Augen quollen vor Entsetzen ein Stück aus den Höhlen, als er sah, wie seine Füße im schimmernden Fels verschwanden, als wäre er plötzlich zu Wasser geworden. *Ich hatte recht!* durchzuckte es ihn. *Diese Brücke existiert nicht! Sie ist nichts als ein Trugbild, ein Spuk, der meine Sinne narrt!*

Reynaud de Maizieres begann zu schreien. Schneller und schneller sank er in den massiven Fels ein. Unter ihm war kein Boden mehr, nur noch ein schwammiges, weiches Etwas, das immer rascher unter seinem Körpergewicht nachgab! Schon war er bis an die Knie eingesunken, dann bis an die Oberschenkel.

»Bruder Reynaud!« Die Stimme des Templers überschlug sich fast. »Du darfst nicht zweifeln! Bei Gott im Himmel, du darfst nicht an der Brücke zweifeln! Sie trägt dich! Der Fels ist massiv!«

Reynaud warf sich mit einem Schrei herum. Seine Hände scharrten über den Fels, suchten verzweifelt Halt, aber da war nichts. Seine Finger glitten durch den schwarzschimmernden Granit hindurch, und er sank immer noch weiter in den Fels ein, war jetzt schon bis zu den Hüften darin verschwunden und stürzte weiter.

Eine Hand packte ihn am Kragen, riß ihn zurück und nach oben. »Du darfst nicht zweifeln!« keuchte die Stimme des Tempelritters. »Es ist Necrons Zauber! Die Brücke existiert, aber sie verschwindet, wenn du daran zweifelst!«

»Nein!« kreischte Reynaud de Maizieres. Verzweifelt schlug er um sich, versuchte irgendwo Halt zu finden und fegte den Mann, der ihn hielt, dabei um ein Haar in die Tiefe. »Es ist Zauberei!« kreischte er. »Das ist das Werk des Satans! Diese Brücke gibt es nicht!«

Und im gleichen Moment erscholl vor ihm ein gellender Schrei. Vor Reynaud de Maizieres' entsetzt geweiteten Augen stürzte einer der Tempelritter durch den massiven Fels hindurch und verschwand in der Tiefe ...

Ich lag auf dem Rücken im heißen Wüstensand, als ich aufwachte.

Etwa eine Sekunde lang.

Dann fielen mir die Spinnen wieder ein und der Treibsand, ich fuhr mit einem gellenden Schrei in die Höhe.

Ixmal, der neben mir gekauert hatte, schrak ebenfalls hoch, hielt mich mit erstaunlicher Kraft fest und zwang mich, mich zu beruhigen. »Es ist alles in Ordnung, Blitzhaar«, sagte er. »Du bist in Sicherheit.«

Einen Herzschlag lang drohten mich trotz der beruhigenden Worte die Erinnerungen zu übermannen. Ich glaubte etwas Schwarzes, Kriechendes zu sehen, das unter dem Sand grub und wühlte, sich mit dünnen, haarigen Beinen in meine Richtung arbeitete, mich anstarrte, gierig, geifernd, mit schnappenden, winzigen Kiefern …

Ich lag nur wenige Schritte von der Stelle entfernt, an der ich in die heimtückische Falle des Ameisenlöwen geraten war. Aber weder von dem gewaltigen Sandtrichter noch von seinem hinterhältigen Bewohner oder den drei Ameisen – oder gar den Spinnen! – war auch nur eine Spur zu sehen!

Verwirrt starrte ich Ixmal an. »Was ist … geschehen?« fragte ich stockend.

»Die gleiche Frage wollte ich dir gerade stellen, Blitzhaar«, antwortete Ixmal. »Du mußt von Sinnen sein, einfach in die Wüste hineinzulaufen.« Er machte eine heftige Bewegung mit der geballten Faust. »Hätte ich dich nicht gefunden, wärst du jetzt tot.«

»Du hast … mich gesucht?« Das war eine reichlich dämliche Frage, wie mir im gleichen Augenblick zu Bewußtsein kam.

»Es war nicht sehr schwer, deine Spur zu finden«, entgegnete Ixmal. »Und dich schreien zu hören.«

»Die … Hitze«, begann ich stotternd.

»Es war nicht die Hitze«, sagte Ixmal ruhig. »Warum bist du zurückgelaufen?«

Seine Worte brachten mich noch mehr in Verlegenheit. »Ich … muß wohl für einen Moment die Beherrschung verloren haben«, gestand ich. »Ich dachte, ich …« Ich brach ab, schüttelte den Kopf und nahm eine Handvoll Sand auf, um sie durch die Finger rinnen zu lassen.

Nein. Es war keine Halluzination. Je länger ich darüber nachdachte, um so weniger konnte ich daran glauben, einfach nur phantasiert zu haben. Gut, die Vision von Necrons Burg allein hätte man noch als Fata Morgana durchgehen lassen können. Aber die Rieseninsekten und die Taranteln? So realistisch konnte keine Luftspiegelung sein. Ixmal hatte ganz offensichtlich nichts davon bemerkt. Also – und das war der einzig logische Schluß – waren diese Trugbilder ganz allein für mich bestimmt gewesen.

Welche Argumente brauchte ich noch? Es mußte Necrons Werk gewesen sein. Also befand ich mich ganz in der Nähe seiner Drachenburg, auch wenn ich sie nicht sehen konnte.

»Du dachtest … was?« hakte Ixmal nach.

»Ich habe sie gesehen«, antwortete ich. »Für einen kurzen Moment sah ich Necrons Burg auf den Felsen.«

»Und bist prompt in die Wüste gerannt«, murmelte Ixmal kopfschüttelnd. »Ich verstehe immer weniger, wie es euer Volk schaffen konnte, die Herrschaft über die ganze Welt zu erringen. Weißt du denn nicht, daß hier in der Wüste …«

»Ich weiß, was du sagen willst«, unterbrach ich ihn. »Aber so ist es nicht. Ich bin mir sicher, daß die Drachenburg wirklich da war. Ich muß nur herausfinden …«

Mir kam eine Idee, und ich kämpfte mich hoch. Solange wir uns von Necrons Festung fortbewegt hatten, war nichts geschehen. Erst als ich mich der Drachenburg genähert hatte, waren die magischen Trugbilder erschienen.

Ich ging ein paar Schritte an Ixmal vorbei.

Nichts geschah.

Dann drehte ich mich um und ging in die entgegengesetzte Richtung.

Eine rasche, einzeln nicht wahrnehmbare Wellenbewegung schien durch die Wüste zu laufen. Es war, als würden zwei Bilder übereinander geschoben, die sich durch Details unterschieden, die im ersten Moment nicht einmal sichtbar waren. Dann …

Der Sand dicht vor meinen Füßen begann sich zu bewegen. Ein leises Rascheln und Wispern erklang und etwas Dünnes, Schwarzbehaartes schob sich durch die körnige, weißgelbe Schicht.

Eine eisige Hand griff nach meinem Nacken und fuhr prickelnd mein Rückgrat hinunter.

Ein zweites Spinnenbein erschien neben dem ersten, dann ein drittes, viertes, fünftes … schließlich schob sich ein faustgroßer pelziger Ball durch den Sand. Ausdruckslose Facettenaugen starrten mich mit stummer Wut an.

Wieder lief eine rasche, wellenförmige Bewegung durch den Sand und neben der ersten Tarantel erschien eine zweite. Und irgendwo, sehr weit entfernt, aber rasch näherkommend, begann etwas Schwarzes, Wirbelndes wie eine lebende Decke das Gelb der Wüste zu verschlingen …

Mit einem krächzenden Schrei fuhr ich herum.

Und die Spinnen verschwanden.

Von einer Sekunde auf die andere lag die Wüste wieder so still und tot da wie immer. Nur der Sand tanzte in verspielter Bosheit im Wind. Von den Spinnen war keine Spur mehr zu erblicken …

Ich hatte also recht gehabt. Der Herr der Drachenburg wußte sein Territorium sehr wohl zu schützen. Er hatte einen magischen Schirm errichtet, den niemand zu durchdringen vermochte, der auf der Suche nach der Drachenburg war. Jeder von ihnen würde wahrscheinlich etwas anderes erleben. Denn jeder Mensch, jedes lebende Wesen, hat irgendein ganz privates Grauen, gegen das er hilflos ist. Bei mir waren es Spinnen.

Normale Eingeborene, die hier vorbeizogen, waren keine Gefahr für Necron; sie wären durch die Schreckensvisionen nur aufmerksam geworden.

Ich wandte mich an Ixmal. »Ich weiß, du wirst es nicht verstehen«, sagte ich und deutete nach Osten, »doch ich bin überzeugt davon, daß die Drachenburg in dieser Richtung zu finden ist. Necron hat einen Schutzschild darum gelegt, und die Visionen, die ich sah, sollten mich erschrecken und am Weitergehen hindern. Wer weiß – vielleicht wäre ich vor Angst sogar gestorben, wenn du nicht rechtzeitig aufgetaucht wärest.«

»Einen … Schild?« fragte Ixmal verständnislos.

Ich nickte. »Vielleicht ist die Bezeichnung falsch, aber das tut nichts zur Sache. Wer immer in den Bereich von Necrons Magie gerät, verliert den Verstand. Du bist davon verschont geblieben, weil du nach mir und nicht nach der Drachenburg gesucht hast.«

»Und nun ist der Weg für dich frei?« fragte Ixmal.

Eine gute Frage. Konnte ich tatsächlich das Grauen unterdrücken, jetzt, da ich wußte, daß die Spinnen nicht Wirklichkeit waren?

Wahrscheinlich nur für eine kurze Zeit, gestand ich mir ein. Ich war nicht so vermessen, mir einzubilden, daß ich meine Psyche völlig unter Kontrolle halten konnte. Irgendwann würde der Punkt erreicht sein, an dem ich Realität und Wahn nicht mehr zu unterscheiden vermochte.

Aber es mußte doch irgendeinen Weg geben! Ich spürte eine Mischung aus Zorn und fast körperlich schmerzender Enttäuschung wie selten zuvor. Und Hilflosigkeit.

In diesem Moment erscholl direkt *über* uns ein gellender, langgezogener Schrei. Ixmal und ich fuhren in der gleichen Sekunde herum.

Gerade noch rechtzeitig, um den in Weiß und Silber gekleideten menschlichen Körper zu sehen, der keine zwanzig Yards von uns entfernt wie ein Stein aus dem Himmel stürzte und auf den Felsen zerschellte.

Ixmal schloß mit einem *lautlosen* Seufzen die Augen und wandte sich ab, als der Mann mit einem dumpfen, sonderbar weichen Laut auf den Felsen aufschlug. Ich selbst blieb wie erstarrt stehen und sah mit einem eisigen Schaudern, wie der Körper des Mannes an den Felsen herabrollte. Alle Knochen darin mußten zerschmettert sein.

Der Mann war tot, daran bestand kein Zweifel. Von seiner aufgeplatzten Unterlippe sickerte Blut, und in seinen weit aufgerissenen Augen stand ein Ausdruck ungläubigen Entsetzens. Zumindest konnte er kaum mehr Schmerz verspürt haben.

Doch daran dachte ich kaum, als ich nähertrat und auf den Leichnam herabsah.

Mein Blick hing wie hypnotisiert an dem schneeweißen, ärmellosen Hemd, das der Mann über seinem silbernen Kettenpanzer und den Hosen aus gleichen Material trug. Ein weißes Hemd mit einem gleichschenkeligen, blutrotem Kreuz, das von einem metallbesetzten Gürtel gehalten wurde. An der linken Seite diese Gürtels hing ein Schwert, zerbrochen beim Sturz, aber noch in der ledernen Hülle steckend, und auf dem Kopf des Mannes prangte eine silbergraue Kappe aus Metallgeflecht. Der Tote sah aus wie ein Ritter.

Um genau zu sein, wie ein Tempelritter …

Langsam, ganz langsam trat ich zurück, hob den Kopf und blickte nach oben, im gleichen Moment, in dem auch Ixmal seinen Blick von dem Toten löste und in den Himmel hinaufblinzelte.

Wir standen wenige Schritte neben der Flanke des Felsberges; einer Flanke, die gut hundert Yards senkrecht in die Höhe strebte, um dann in eine auswärts gebogene zerfranste Felsnase überzugehen. Mit einiger Phantasie konnte man darin den Anfang einer Brücke ausmachen, nur einen Stumpf zwar, aber doch deutlich.

Und ein gutes Stück dahinter, geradewegs in der leeren Luft, marschierten fünf weißgekleidete Gestalten. Unter ihnen war nichts, aber sie gingen so ruhig dahin, als liefen sie auf massivem Fels.

Ich versuchte, die Krümmung der abgebrochenen Felsnase in Gedanken fortzusetzen. Es war schwer, weil wir in gerader Linie darunterstanden, aber wenn sich der Winkel wie der eines Brückenbogens fortgesetzt hätte, hätte er genau dort geendet, wo die fünf Gestalten entlang gingen.

»Bei allen Göttern, was ist das?« flüsterte Ixmal neben mir.

Es fiel mir schwer zu antworten. Meine eigene Stimme klang dumpf in meinen eigenen Ohren, als ich die Hand hob und auf die weißgekleideten Gestalten der Tempelritter über uns deutete.

»Das, wonach ich gesucht habe, Ixmal«, sagte ich. »Der Weg zu Necrons Drachenburg.«

Der Wind war zu einem brüllenden, glühendheißen Sturm angewachsen, so daß Reynaud de Maizieres all seine Kraft und Konzentration brauchte, auf dem spiegelglatten Untergrund der Brücke nicht den Halt zu verlieren und einfach wie ein trockenes Blatt davongeweht zu werden.

Vielleicht war es das, was ihm das Leben gerettet hatte.

Vielleicht waren es auch seine Gebete. Vielleicht beides.

Reynaud verschwendete keinen Gedanken mehr an die Frage, sondern konzentrierte sich mit jedem bißchen Kraft, das er noch aufbringen konnte, darauf, einen Fuß vor den anderen zu setzen, sich schräg gegen den Wind zu stemmen und einfach zu gehen. Über massiven, harten Untergrund zu gehen, über Fels, dessen Härte er durch die Stiefelsohlen spürte, der den Wind brach, so daß er heulte und wimmerte wie eine Meute unsichtbarer Wölfe, der da war, so massiv und kompakt wie ein Stück Fels nur sein konnte.

Reynaud de Maizieres konzentrierte sich auf jede noch so winzige Einzelheit, ertastete mit halb geschlossenen Augen jede Unebenheit der kühn geschwungenen Brücke, jede rauhe

Stelle, jeden haarfeinen Riß im Stein, klammerte sich an jeden Schatten, jede Lichtspiegelung auf dem glattpolierten Felsen, alles, was sein Denken davon überzeugen konnte, daß dieser Fels wirklich da war und nicht nur ein Trugbild.

Eine Ewigkeit – die in Wahrheit sicher nicht mehr als zehn, allerhöchstens fünfzehn Minuten andauerte – schleppte er sich so über den schmalen Felsbuckel. Der wogende Schatten am Ende dieser Wahnsinnsbrücke wuchs allmählich heran, wurde jedoch nicht deutlicher. Nach einer Weile bemerkte er, daß sich die Brücke wie ein bizarrer Viadukt wieder nach unten zu neigen begann, schon wenige Augenblicke später begann ein gewaltiger Felspfeiler aus der nebeligen Entfernung heranzuwachsen.

Instinktiv beschleunigte Reynaud de Maizieres seine Schritte. Nichts sprach dafür, daß dieser Felspfeiler in irgendeiner Form realer sein sollte als die Brücke, über die er ging, aber allein die Illusion, daß er mit dem Boden verbunden war, daß unter ihm irgend etwas war außer saugender Leere, erschien ihm wie eine Erlösung.

Als sie näherkamen, sah Reynaud, daß der Pfeiler nicht leer war. Der schmale Steg, der in kühnem Bogen zu ihm hinführte, verbreiterte sich zu einer runden, vielleicht fünfzig Schritte messenden Plattform, an deren äußeren Enden zwei bizarr geformte Türmchen standen. Der Anblick erinnerte Reynaud de Maizieres auf unangenehme Weise an ein Bollwerk. Etwas an ihm war aggressiv, auf schwer in Worte fassende Weise.

Und es war nicht nur ein Gefühl. Die kleine Gruppe erreichte das felsige Rund und hielt an, aber kaum hatte der erste Mann den Stein der schimmernden Plattform betreten, da öffneten sich kleine Tore in den Türmen, und etwas wie ein wirbelnder Schatten huschte hinaus.

Reynaud de Maizieres blieb verblüfft stehen. Im ersten Moment war er nicht sicher, ob er *wirklich* etwas sah, oder ob ihm seine überreizten Nerven schlicht und einfach einen Streich spielten, aber dann kamen die Schatten näher, mit sonderbar gleitenden, flatternden Bewegungen. Ein Splitter von Rot blitzte im wirbelnden Grau auf. Für Bruchteile von Sekunden glaubte Reynaud ein verzerrtes Gesicht zu sehen; eine teuflische Fratze, schmal, rot, gehörnt, und mit einem höhnisch verzerrten, dreieckigen Insektenmaul statt eines Mundes. Ein mannslanger Schweif peitschte. Die Luft stank nach Schwefel.

Mit aller Kraft verscheuchte Reynaud de Maizieres die Vorstellung, und im gleichen Moment wurde der Schatten wieder zu einem flackernden, grauen Schemen mit den ungefähren Formen eines menschlichen Körpers. Nur größer. Und irgendwie drohender.

Lautlos trieben die beiden Schattenwesen auf die kleine Gruppe der Tempelritter zu, wie Nebel, den der Wind vor sich herjagt. Reynaud bemerkte, wie die Hände seiner Männer zu den Schwertern krochen, die ihnen gegen diese Schattenwesen ohnehin nichts nutzen würden. In den Gesichtern der vier Krieger stand die gleiche entsetzte Furcht, die auch er verspürte.

»Ruhig, Männer«, murmelte er. »Uns kann nichts geschehen. Gott der Herr steht auf unserer Seite.«

War es Einbildung oder hörte er in diesem Moment wirklich ein ganz leises, unsagbar hämisches Lachen?

Reynaud de Maizieres schüttelte den Gedanken ab, straffte die Schultern und trat den beiden Nebelwesen mit einem entschlossenen Schritt entgegen.

»Gebt den Weg frei!« sagte er so fest er konnte. »Wir kommen als Boten und wollen zu eurem Herrn.«

Die beiden Unheimlichen reagierten nicht, sondern schwebten weiter lautlos und flatternd vor ihm und seinen Männern in der Luft. Was hatte er erwartet?

Abermals glaubte er ein kurzes Flackern von Rot in der grauwirbelnden Masse zu erkennen, und wieder verging der Eindruck, ehe er sich sicher sein konnte, ihn wirklich gesehen zu haben. Die Nebelgestalten erfüllten ihn mit Angst. Aber er durfte sich nichts davon anmerken lassen. Irgend etwas sagte ihm, daß sein Leben – und das seiner Männer – verwirkt wäre, wenn er sich seine Furcht ansehen ließe.

Zehn, fünfzehn Sekunden lang starrte er die beiden Wesen an, dann hob er – ohne den Blick von den beiden Unheimlichen zu nehmen – die Hand und gab seinen Begleitern das Zeichen zum Weitergehen.

Lautlos wichen die Schattenwesen vor ihm zur Seite.

Aber Reynaud de Maizieres hatte das Gefühl, den Atem der Hölle zu spüren, als er zwischen ihnen hindurch ging.

Sie schreckte auf, als sich Schritte ihrer Zelle näherte, und straffte ihren schlanken, hochgewachsenen Körper. Nein, sie würde sich keine Blöße geben. Er sollte die Genugtuung nicht bekommen, eine El-o-hym gebrochen zu haben.

Der Schlüssel drehte sich im Schloß, die Tür schwang auf. Ein greller Lichtstrahl – in Wahrheit nur der trübe Schein einer Laterne, aber nach Tagen der absoluten Finsternis eine gleißende Sonne in ihren Augen – fiel in die kleine, verkommene Zelle.

Sie kannte den Träger der Laterne nur zu gut. Und obwohl Engel eigentlich gar nicht hassen können, begann sich in ihr ein Gefühl zu regen, das sie bisher nicht gekannt hatte und das wohl Haß sein mochte.

»Nun, stolze El-o-hym?« klang eine höhnische Stimme auf. »Siehst du endlich ein, daß dein Gott dir nicht helfen will?« Ein leises, unendlich boshaftes Lachen erfüllte den Raum. »Nun, ich an seiner Stelle würde auch nicht mehr viel um dich geben. Ich glaube, er hat für Versager genauso wenig übrig wie ich. Das macht ihn mir fast schon sympathisch.«

Sie wand sich in ihren Ketten, doch sie antwortete nicht. Necron erwartete ohnehin keine Antwort. Ihm genügte es, sie zu quälen und zu demütigen. Ihm war das Unmögliche gelungen: eine El-o-hym gefangenzunehmen, und diesen Triumph wollte er auskosten bis zur Neige.

»Vielleicht interessiert es dich«, fuhr Necron im Plauderton fort, »daß ich einen Gast erwarte, sehr bald schon. Möglich, daß ihn dasselbe Schicksal ereilt wie dich, wenngleich er sich wohl kaum als so … widerstandsfähig erweisen wird.« Wieder lachte er – ein durch und durch böses Lachen ohne jede Spur von Humor. »Oder er wird mir helfen, weitere dieser kleinen Schätze zu finden … diese – na, du weißt schon.«

Und ob sie es wußte. Und es versetzte ihr einen weiteren Stich, der schlimmer wog als alle Folter zusammen, die sie hatte erdulden müssen.

Die *Sieben Siegel der Macht.* Sie zu finden und vor Necron in Sicherheit zu bringen, war ihr Auftrag gewesen. So wie Necron ein Vasall des absolut Bösen war, hatte sie den Mächten des Lichtes gedient.

Bevor sie auf die Erde hinabgestiegen war, hatte sie einen anderen Namen angenommen. Hier nannte sie sich *Shadow,* und als Shadow war sie auch in Necrons Hände gefallen, in eben dem Augenblick, da sie eines der Siegel aufgespürt hatte und an sich nehmen wollte. Sollte Necron jemals ihre wahre Identität erfahren, dann … aber daran weigerte sie sich zu denken. Die Konsequenzen wären zu schrecklich.

Aber er würde es herausfinden, früher oder später. Ein Engel konnte beinahe alles ertragen, aber irgendwann würde auch ihre Kraft erschöpft sein.

Nicht zum ersten Male wünschte sie sich, sterblich zu sein, Mensch zu werden und endlich sterben zu dürfen.

Es gab eine Möglichkeit. Und sie hatte ihren Plan bis ins letzte Detail durchdacht. Aber er war undurchführbar, solange sie in diesem Verlies eingesperrt war.

Sie mußte hier heraus, koste es, was es wolle – und sei es um den Preis der Unsterblichkeit ihrer Seele.

Es dauerte fast eine Stunde, bis wir einen Weg den Berg hinauf fanden. Dabei waren seine beiden nach Osten gewandten Flanken nicht einmal sehr steil, aber eine Million Jahre Wind und Erosion hatte den Granit so gründlich glattgeschliffen, daß der Versuch, den Berg zu besteigen, dem gleichkam, eine steil geneigte Glaswand hinaufzuklettern. Wir mußten den Berg dreimal umrunden, ehe wir auf eine dunkle Linie stießen, die in atemberaubendem Hin und Her den Berg hinaufführte. Es war ein Riß, nicht sehr viel breiter als ein dürrer Finger, und auch nicht sehr viel vertrauenerweckender.

Es wäre müßig, über die gute halbe Stunde zu berichten, die wir, immer einen Fuß oder eine Hand in den schmalen Riß gekrallt, den anderen Fuß und die Finger der anderen Hand mit aller Kraft gegen die schräg abfallende Flanke des Riesenfelsens gepreßt, die hundert Meter Höhenunterschied zwischen der Wüste und dem schmalen Sims überwanden. Es war eine sonderbare Art des Bergsteigens, aber es ging erstaunlich gut, sah ich davon ab, daß es eine unglaublich kraftraubende Weise war, einen Felsen zu erklimmen. Aber wir schafften es, und nach einer weiteren halben Stunde und einer viel zu kurzen Rast hatten wir den Berg umrundet und standen vor dem zerborstenen Brückenanfang, den ich von unten aus gesehen hatte.

Natürlich war von den Templern keine Spur mehr zu sehen. Auch nicht von irgendeiner Brücke oder einem Steg. Die steil in die Höhe strebende Felsnase brach einfach ab, und dahinter lag … nichts.

Ich blickte nach unten, wo der zerschmetterte Leichnam des Tempelritters lag. Prompt wurde mir schwindelig. Es ist eine Sache, gute hundert Yards weit einen Felsen hinaufzukriechen, und eine ganz andere, diese Entfernung dann zu sehen in Form eines schier bodenlosen Abgrundes, der wie ein gierig aufgerissenes Maul auf einen wartet.

Hastig trat ich zurück, bis ich harten Fels in meinem Rücken spürte, preßte mich dagegen und schloß einen Moment die Augen. Das Schwindelgefühl verging. Aber ich wußte, daß es wiederkommen würde.

»Bist du … vollkommen sicher, daß dies der richtige Weg ist?« fragte Ixmal, und in seiner Stimme klang ein Ton mit, als hätte er mich gefragt, ob mein Geist in die Ewigen Jagdgründe eingegangen wäre und nur vergessen hätte, meinen Körper mitzunehmen.

»Es gibt nur diesen einen«, sagte ich und bemühte mich, möglichst überzeugend zu klingen. Natürlich gelang es mir nicht.

Aber es änderte nicht daran, daß ich meine Worte genau so meinte, wie ich sie ausgesprochen hatte. Wenn es einen Weg in die Drachenburg gab, dann war es der über diese unsichtbare Brücke.

»Keine Sorge«, fügte ich rasch hinzu. Meine Gedanken mußten wohl ziemlich deutlich auf meinem Gesicht gestanden haben. »Die Brücke ist da. Sie ist unsichtbar. Aber sie wird uns tragen.«

»Dort drüben ist irgend etwas«, sagte Ixmal plötzlich. »Etwas lauert dort.«

»Lauert?« fragte ich verblüfft. »Was meinst du damit?«

»Böse Geister«, antwortete Ixmal. Aus dem Mund jedes normalen Mannes hätten diese Worte schlichtweg lächerlich geklungen. Aber daß ein Indianer sie sagte – und vor allem, *wie* er sie sagte –, ließ mich schaudern.

»Etwas Böses lauert dort«, wiederholte Ixmal. Er hob die Hand und deutete nach Westen über dem zerborstenen Steg hinaus ins Nichts. »Ich weiß nicht, was, aber ich spüre es. Mein

Großvater ist ein mächtiger Medizinmann und er hat mir von den Geistern der Wüste erzählt. Ich habe ihm nie recht geglaubt, aber jetzt ... Wir sollten umkehren.«

Vielleicht hätte ich es sogar getan, denn mit einem Male war ich mir gar nicht mehr so sicher, ob die Beunruhigung, das Gefühl körperloser Bedrohung und meine Nervosität wirklich nur auf Müdigkeit und Erschöpfung zurückzuführen waren. Vielleicht hatte Ixmal recht und wir rannten mit offenen Augen in den Tod – oder Schlimmeres –, wenn wir diese unsichtbare Brücke betraten. Ja, vielleicht hätte ich in diesem Moment ausnahmsweise einmal auf die Stimme der Vernunft gehört und das Richtige getan, aber der Gedanke an meine geliebte Priscylla war stärker.

»Nein«, sagte ich fest. »Ich kann dich nicht bitten, mich zu begleiten, Ixmal, aber *ich* werde gehen. Ich bin davon überzeugt, daß die Brücke existiert.«

Und plötzlich war die Brücke da.

Es ging unglaublich schnell. Von einer Sekunde auf die andere spannte sich dort, wo vorher nichts gewesen war, ein massives Band aus schwarzem, wie poliert schimmerndem Stein!

Ich selbst war nicht minder überrascht als Ixmal, der mit einem erschrockenen Laut zurücktaumelte, bis er mit dem Rücken gegen nackten Felsen stieß. Aber ich wußte, daß ich die Chance nutzen mußte. Jetzt oder nie.

Ich blieb dicht vor der nunmehr verschwundenen Kante des Felspfeilers stehen und setzte prüfend einen Fuß auf den Stein, wie um mich davon zu überzeugen, daß er auch wirklich da war und nicht bloß ein Trugbild.

Und tatsächlich glaubte ich im ersten Moment kaum Widerstand zu fühlen, allerhöchstens etwas Weiches, Schwammiges, das unter meinem Fuß davonhuschte ...

»Du hattest recht, Blitzhaar«, sagte in diesem Moment Ixmal. »Die Brücke ist wirklich da. Daß man sie nicht sehen konnte, war nur ein Trick dieses Zauberers.«

Im gleichen Moment spürte ich harten Granit unter den Füßen.

Ich ging los. Und Ixmal folgte mir.

Sie hatten die Burg erreicht; Reynaud wußte nicht, nach wie vielen Stunden. Aus den wahnsinnig machenden Nebeln am Ende der Brücke waren Schatten geworden, dann massiver Fels und ... *Dinge,* die Reynaud de Maizieres' Augen sah, die sein Verstand sich aber weigerte zu erkennen.

Er war dem Wahnsinn nahe, im wortwörtlichen Sinne. Er konnte den Atem Satans, der wie ein unsichtbarer schwarzer Odem über dem schmalen Felssims lag, überdeutlich spüren. Dies alles hier war das Werk des Antichristen, davon war Reynaud in diesem Moment vollkommen überzeugt. Er verstand nicht mehr, wie sich Bruder Jean jemals mit dem Herrn dieser Feste verbünden konnte, ganz gleich, gegen welchen Gegner es ging, um welchen Einsatz.

Trotzdem würde er seinen Auftrag erfüllen. Und danach würde er Antworten von Jean Balestrano verlangen. Sehr stichhaltige Antworten.

Hinter ihm trat der letzte Templer von der Brücke herab und ließ sich mit einem erleichterten Seufzer auf den massiven Fels sinken, über dem sich die Drachenburg erhob. Reynaud de Maizieres konnte das erleichterte Aufatmen des Mannes nur zu gut verstehen. Auch er hatte den Boden geküßt, als er von der Brücke getreten war, und auch er verspürte noch immer den eisigen Griff der Angst, die ihn beinahe um den Verstand gebracht hätte.

Reynaud de Maizieres schämte sich dieser Angst nicht. Er hatte gelernt, daß Furcht etwas Nützliches war, dessen man sich nicht zu schämen brauchte, sondern dessen man sich im Gegenteil bedienen konnte. Und wo die finstere Magie des Teufels im Spiele war, was nutzten da noch menschlicher Mut und menschliche Tapferkeit?

Er schüttelte den Gedanken ab und versuchte, sich ganz auf seine Aufgabe zu konzentrieren. Es war schwer, aber es ging. Mühsam, denn jeder Schritt war wie ein Schritt in die Hölle und verlangte schier übermenschliche Willenskraft von ihm, wandte er sich um und trat auf das gewaltige Tor in der Form eines aufgerissenen Drachenmaules zu. Seine Hände zitterten so stark, daß er sich einen Moment allen Ernstes fragte, ob er noch die Kraft aufbringen würde, die Arme zu heben und an das Tor zu klopfen. Dahinter, davon war er felsenfest überzeugt, lauerte die Hölle. Oder etwas Schlimmeres.

Aber die Entscheidung wurde ihm abgenommen. Er war noch zwei Schritte vom Tor entfernt, da ballte sich etwas vor ihm in der Luft zusammen, ein grauer, hin und her wogender Schemen wie brodelnder Nebel, aber von den ungefähren Umrissen eines menschlichen Körpers. Mit einem krächzenden Schrei prallte Reynaud de Maizieres zurück und senkte die Hand auf das Schwert.

Der Nebel verdichtete sich weiter. Einen Moment lang schien so etwas wie ein wirbelnder Mahlstrom zu entstehen, ein Strudel, der Materie aus dem Nichts heraus ansaugte – und dann standen Reynaud de Maizieres und seine vier Begleiter einem Mann gegenüber.

Zumindest vermutete Reynaud, daß es ein Mann war.

Die Gestalt war sehr groß, ohne freilich ein Riese zu sein, und von Kopf bis Fuß in schwarze Tücher gehüllt, die nur einen kaum fingerbreiten Streifen über Augen und Nasenwurzel freiließen. Die Haut, die Reynaud de Maizieres sah, war sehr dunkel, die Augen groß und stechend. Es waren Augen, unter deren Blick sich Reynaud de Maizieres fast sofort unwohl zu fühlen begann. War dies einer der schrecklichen Drachenkrieger, vor denen sie Bruder Balestrano gewarnt hatte? Er wußte nicht genau, was er erwartet hatte, vielleicht wirklich einen Drachen, vielleicht ... irgend etwas eben, aber *nicht das*.

Er versuchte, sich nichts von seiner Verwirrung anmerken zu lassen, sondern straffte die Schultern und trat mit einem schon fast übermäßig festen Schritt auf den so plötzlich aus dem Nichts aufgetauchten Fremden zu.

»Mein Name ist Reynaud de Maizieres«, begann er. »Ich komme –«

»Ich weiß, warum du kommst, Bruder Reynaud«, unterbrach ihn der Fremde. Das schwarze Tuch vor seinem Gesicht bewegte sich, als er sprach. Er hatte eine sehr unangenehme Stimme. Sie klang, als benutze er sie nicht sehr oft.

Bruder? dachte Reynaud de Maizieres verstört. Wieso redete ihn dieser Diener des Satans auf die vertraute Art des Ordens an?

»Mein Herr Necron erwartet dich und deine Begleiter«, fuhr der Fremde fort. »Aber er bittet euch, sich noch eine kurze Weile zu gedulden.«

»Warum?« fragte Reynaud de Maizieres, alle Regeln der Höflichkeit vergessend.

»Es steht dir nicht zu, nach dem Warum zu fragen, wenn Necron entscheidet«, entgegnete der Drachenkrieger scharf. »Ich will dir deine Frage trotzdem beantworten, aber merke es dir für die Zukunft.«

Reynaud starrte den Drachenkrieger an und schwieg, und nach einer Weile hob dieser den Arm und deutete auf die Brücke. »Ihr seid nicht die einzigen, die Einlaß in Necrons Burg verlangen«, sagte der Schwarzgekleidete. »Doch dieses Tor öffnet sich nicht oft. Ein mächtiger Zauber schützt es vor jedem, der sich ihm nähert. Seht unserem Herrn deshalb nach, daß er euch bittet, euch noch zu gedulden, bis seine anderen Gäste eingetroffen sind.«

»Seine anderen Gäste? Wer soll das sein?« fragte Reynaud scharf.

Für einen winzigen Moment schien es in den Augen des Schwarzgekleideten fast spöttisch aufzublitzen. Aber seine Stimme klang so ruhig und ausdruckslos wie zuvor, als er antwortete: »Einer von ihnen ist dir nicht fremd, Reynaud de Maizieres. Du wirst ihn wiedererkennen. Gedulde dich.«

Und damit verschwand er, auf die gleiche unheimliche Art, auf die er erschienen war.

Aber es dauerte lange, bis Reynaud de Maizieres den Blick von der Stelle löste, an der er gestanden hatte, und sich wieder der Brücke zuwandte. Sie war leer.

Noch.

Die Burg war nähergekommen. Wo zu Anfang nur wogende, undeutliche Entfernung gewesen war, waren bald Schatten erschienen, etwas wie eine gigantische Wolke aus grauem Nebel, dann ein gigantische, auf unheimliche Weise falsch wirkender Umriß, der mit jeden Schritt um eine Winzigkeit heranwuchs, aber auf absurde Weise nicht deutlicher wurde.

Jetzt lag die Drachenburg Necrons nur mehr wenige hundert Schritte vor uns, allein getrennt von einem schwarzen Stück Granitbrücke und dem letzten der gewaltigen Felspfeiler, die die bizarre Konstruktion trugen.

Es waren sehr sonderbare Pfeiler: schwarze, absolut lotrecht aufstrebende Steingiganten, die an ihrem oberen Ende wie riesige Pilze auseinanderstrebten und gleichmäßig geformte, runde Plattformen bildeten, auf denen wir ab und zu einen Moment ausgeruht hatten. Auf manchen dieser Plattformen erhoben sich bizarr geformte Türmchen wie Tropfen aus erstarrter, glitzernder Lava, und irgendwie spürte ich, daß sie nicht leer waren. Es war das Gefühl, angestarrt, nein schlimmer noch, *belauert* zu werden. Und die nervösen Blicke, die Ixmal auf die sonderbaren Gebilde geworfen hatte, sagten mir deutlich, daß ich mit diesem Gefühl nicht allein war.

Jetzt standen wir auf der letzten dieser Plattformen, hundert Yards über dem Wüstenboden. Ohne daß es eines Wortes bedurft hätte, hatten wir im gleichen Moment haltgemacht, wie um noch einmal Kraft für das letzte Stück des Weges zu sammeln.

Ich war ganz ruhig. Ich stand am Ende meiner schier endlosen Suche nach Priscylla und nach Necrons Versteck, aber ich fühlte weder Erregung noch Nervosität oder gar Furcht. Allenfalls ein wenig Verwunderung, daß wir überhaupt bis zu diesem Punkt gelangt waren, ohne mindestens ein Dutzend Male auf ebenso viele verschieden Arten umgebracht worden zu sein.

Oder wenigstens angegriffen. Nach dem schier unglaublichen Aufwand, den Necron betrieben hatte, seine Burg vor ungebetenen Besuchern zu schützen, war es einfach unmöglich, daß ihm unsere Annäherung entgangen sein sollte. Im Grunde gab es nur zwei halbwegs befriedigende Erklärungen für dieses Rätsel. Die eine war, daß er im Augenblick so mit anderen Dingen beschäftigt war, daß ihm unsere Annäherung herzlich egal war. Die andere, daß er uns absichtlich so weit hatte kommen lassen.

Ich war mir nicht ganz sicher, welcher dieser beiden Möglichkeiten ich den Vorzug geben sollte …

»Gehen wir weiter«, sagte ich leise.

Wir setzten uns wieder in Bewegung. Aber es wurden nicht mehr als fünf Schritte daraus. Denn im gleichen Moment, in dem ich die unsichtbare Grenzlinie zwischen den beiden Lavatürmchen überschritt – *erschien die Drachenburg.*

Wie ein fürchterlicher Spuk schälte sie sich aus dem Nichts.

Und der Anblick war so unglaublich, daß ich zurückprallte und beinahe einen Schrei ausgestoßen hätte.

Die grauen Schwaden trieben auseinander, als wäre ein Sturm in sie gefahren, und offenbarten uns ein geradezu ungeheuerliches Bild.

Necrons Burg war ein Alptraum. Ihre genaue Form war schwer zu erkennen und noch schwerer in Worte zu fassen. Die zahllosen Türmchen, Erker, Zinnen, Wehrgänge, Dächer und Mauern, die in Schwarz und schmutzigem Gold und grau gewordenem Silber schimmerten, folgten keiner einheitlichen Linie oder gar etwas, das auch nur annähernd mit dem Wort Architektur hätte beschrieben werden können. Sie sahen aus, als hätte ein Gigant diese Ansammlung bizarrer Gebäude gepackt und so lange geknetet und ineinandergestaucht, bis dieses Alptraumgebilde daraus entstanden war, ein entsetzliches Ding, dessen bloßer Anblick mich schwindeln ließ. Es war eindeutig die Arbeit von Menschen, die ich sah, aber auf ihre Weise war ihr Anblick so unangenehm wie die sinnverdrehende Architektur der GROSSEN ALTEN.

Der einzige Teil dieser Irrsinnsburg, der einigermaßen symmetrisch oder wenigstens einer erkennbaren Form folgend gebaut war, waren die Mauern.

Was nicht hieß, daß ihr Anblick weniger erschreckend gewesen wäre.

Im gleichen Moment, in dem ich sie sah, wußte ich, woher die Drachenburg ihren Namen hatte. Ihre Mauern waren Drachen.

Steinerne Drachen, deren hochgereckte Schädel, hundert bis hundertfünfzig Fuß über dem Boden und mit weit aufgerissenen Mäulern, die vier Ecktürme der Burg bildeten. Ihre steinernen Schwingen waren im Winkel von jeweils fünfundvierzig Grad abgespreizt, als hätten sie gerade Schwung geholt, sich in die Luft zu schwingen, und bildeten so, sich jeweils in der Mitte treffend, die vier Mauern der Burg. Am Treffpunkt dieser Flügel befand sich jeweils ein gewaltiges Tor in der Form eines aufgerissenen Drachenmaules. Selbst über die noch große Entfernung hinweg fiel mir auf, wie unglaublich kunstfertig die gewaltigen Tiere aus dem Stein gemeißelt waren.

Und auf dem schmalen steinernen Sims, der der eigentlichen Burg vorgelagert war, standen fünf weiße Gestalten. Die Entfernung war noch zu groß, sie deutlicher denn als winzige Spielzeuggestalten erkennen zu lassen, aber was ich sah, reichte aus, meinen Verdacht zu bestätigen. Die Männer trugen weiße Kleider, auf deren Brust und Rückenteil große gleichschenkelige Kreuze in blutroter Farbe glänzten.

Die Ordenstracht der Tempelritter ...

Wir gingen weiter.

Und im gleichen Moment begann der Angriff der Schatten.

Die Gestalten – zwei Männer, so viel konnte Reynaud erkennen – waren im Laufe der letzten Minuten nähergekommen, dann aber, wie er und seine vier Begleiter zuvor, auf dem letzten der Brückenpfeiler stehengeblieben. Reynaud konnte sich lebhaft vorstellen, welches Entsetzen sie empfinden mochten; schließlich war es ihm und seinen Leuten nicht anders ergangen, als auch sie jenen letzten Brückenpfosten erreichten und die Wahnsinnsburg jäh aus dem Nichts erschienen war.

Reynaud de Maizieres konnte keinen der beiden wirklich erkennen, und trotzdem las er eine Menge aus ihrem Näherkommen heraus. Zum einen, daß sie zum ersten Male hier waren, denn sonst wären sie kaum stehengeblieben und hätten minutenlang fasziniert die Schreckensburg betrachtet. Zum anderen, daß sie nicht unbedingt Freunde des Zauberers waren. Ihre Bewegungen, selbst die Art, in der sie nur dastanden, waren die von Menschen, die Angst hatten.

Reynaud überlegte, ob er ihnen entgegengehen und sie begrüßen sollte. Wer immer diese Fremden waren, es waren wenigstens Menschen, keine körperlosen Geister, die aus dem Nichts auftauchten und ebenso wieder verschwanden. Und wenn sie wirklich Feinde Necrons waren, so waren sie potentiell seine Verbündeten.

Ganz gleich, was Bruder Jean ihm gesagt und befohlen hatte, er spürte instinktiv, daß sie nicht hier sein sollten, daß Necron niemals zu einem treuen Bundesgenossen des Ordens werden würde. Ebenso wie er instinktiv spürte, daß nur Böses aus dieser unseligen Allianz erwachsen konnte.

Und dann geschah etwas, was Reynaud de Maizieres' Überlegungen mit einem Schlag über den Haufen warf: Aus den beiden Lavatürmchen, zwischen denen die beiden Fremden standen, quollen Schatten. Brodelnd wie grauer Rauch legten sie sich über die Felsplattform, begannen die zwei Gestalten zu umkreisen, schneller und schneller zu wirbeln – und griffen sie an!

De Maizieres war viel zu weit entfernt, irgendwelche Einzelheiten zu erkennen, aber der wilde, fast lächerlich wirkende Tanz, in den das reglose Starren der beiden Männer mit einem Male überging, ließ nur einen einzigen Schluß zu.

Eine einzige, aber schier endlose Sekunde lang stand Reynaud de Maizieres reglos da und sah der entsetzlichen Szene zu, dann zuckte seine Hand fast ohne sein bewußtes Zutun zum Schwert. Mit einem Satz war er am Rand der Brücke und winkte seinen Kriegern, ihm zu folgen.

Drei der vier Männer gehorchten, so stumm und präzise, wie es Tempelherren zu tun gewohnt waren. Auch der vierte zog seine Waffe, regte sich aber nicht von der Stelle.

»Worauf wartest du?« fauchte Reynaud. »Wir müssen ihnen helfen!«

Der Mann nickte, lief aber immer noch nicht los. Seine Zungenspitze fuhr nervös über seine Lippen.

»Es wird ... Necron nicht recht sein, wenn wir uns in den Kampf einmischen«, sagte er zögernd. »Ich bitte dich, Bruder, bedenke, daß wir als Gäste hier sind, während jene« – er deutete auf die beiden von Schatten umtanzten Gestalten – »wohl Eindringlinge sind.«

»Eindringlinge oder nicht«, schnappte Reynaud de Maizieres wütend. »Welche Rolle spielt das? Es sind *Menschen!*«

»Wir könnten unsere Mission gefährden, würden wir uns einmischen, Bruder«, sagte nun auch einer der anderen Krieger.

»Dann gefährden wir sie eben!« schrie Reynaud de Maizieres. »Muß ich euch an Euren Eid erinnern, Brüder? Dort kämpfen Menschen gegen die Geschöpfe Satans!«

Und diese Worte wirkten. Der Zweifel in den Blicken der Tempelritter erlosch übergangslos. Ihre Hände schlossen um die Schwerter.

Reynaud de Maizieres rannte los, so schnell er konnte. Er verschwendete nicht einmal einen Gedanken an die Tatsache, daß ihn der Fels, über den er stürmte, noch vor Minuten mit

Entsetzen erfüllt hatte. Alles, woran er denken konnte, waren die zwei Gestalten dort vorne, die von Dämonen der Hölle bedrängt wurden.

Reynaud de Maizieres betete, daß sie nicht zu spät kommen würden.

Es ging so schnell, daß ich hinterher nicht einmal zu sagen wußte, in welcher Reihenfolge sich die Ereignisse wirklich abgespielt hatten. Von einen Augenblick auf den anderen waren wir von Schatten umkreist, wirbelten Fetzen aus grauen Nichts, die mit gierigen Armen nach uns zu greifen schienen. Kälte hüllte uns ein, und ein durchdringender, an- und abschwellender Ton marterte mein Gehirn.

Dann berührte einer der Fetzen Ixmal.

Der junge Indianer schrie auf, schlug die Hände vor das Gesicht und brach in die Knie. Ich fuhr herum und wollte die Hände nach ihm ausstrecken, aber im gleichen Augenblick erreichten die wirbelnden Nebel auch mich.

Es war wie eine neue Variation des Wahnsinns, der mich schon einmal gepackt hatte.

Die Brücke, der Fels, die Plattform, die wirbelnden Schatten, das alles verschwand von einer Sekunde auf die andere, und ich glaubte mich auf einer vollkommen leeren Ebene zu befinden. Leer bis auf ein gewaltiges Netz, schimmernd wie versponnenes Silber.

Das Netz einer Spinne.

Ich war in dem Netz gefangen, verstrickt in die klebrigen Fäden, die nicht sehr viel dicker als ein Haar waren, mich aber wie stählerne Taue festhielten.

Und von überallher kamen die Spinnen heran.

Keine Taranteln mehr, sondern widerliche, gigantische Dinger mit Leibern so groß wie aufgedunsene Fußbälle, Beine so lang wie mein Unterarm und rasiermesserscharfen Fängen, die gierig klapperten. Mit unglaublicher Schnelligkeit turnten sie an den straff gespannten Seilen des Netzes heran, kamen von allen Seiten auf mich zu. Ich war mir der Tatsache vollkommen bewußt, daß dies alles nicht Wirklichkeit war, nur eine Illusion, der Wahnsinn Necrons, der mich mit den schlimmsten Schrecken meines Unterbewußtseins konfrontierte, aber dieses Wissen nutzte rein gar nichts, denn ich sah die Spinnen, hörte das Rasseln und Zischeln ihrer behaarten Beine, konnte ihren Geruch riechen, spürte, wie das Netz unter meinem Gewicht zu erzittern begann, als ich mich hin und her warf. Ich schrie so laut und gellend, daß meine Kehle zu zerreißen schien, zerrte mit aller Kraft an den klebrigen Fäden des gigantischen Netzes und verstrickte mich so nur noch tiefer darin. Die Spinnen kamen näher, näher und näher …

Es ist alles nur eine Illusion! dachte ich verzweifelt. *Nur eine Illusion! Ein Trugbild!*

Immer und immer wieder hämmerte ich mir diese Worte ein, und ganz allmählich begann sich mein Herzschlag zu beruhigen. Gleichzeitig zogen sich auch die tödlichen Nebel zurück.

Fast glaubte ich schon, das Grauen überwunden zu haben. Ich sollte mich schrecklich täuschen.

Denn im gleichen Augenblick platzten die beiden Lavatürme wie unter unsichtbaren Hammerschlägen auseinander, und aus ihrem Innersten quollen die entsetzlichsten Wesen, die ich jemals gesehen hatte; groteske, mehr als zwei Meter große Karikaturen menschlicher Gestalten, vierarmige, grüngeschuppte Dinger ohne Gesichter, die nur aus Zähnen und Klauen zu bestehen schienen.

Ich zerrte meinen Stockdegen aus der Hülle und stellte mich den Angreifern.

Er war ungefähr so aussichtsreich wie der Versuch, wütende Elefantenbullen mit einer Kuchengabel aufhalten zu wollen. Das vorderste der Monstren walzte heran, rannte geradewegs in meinen Degen hinein – und lief weiter. Die Spitze meiner Waffe vermochte seine Schuppenhaut nicht einmal zu ritzen! Der Degen bog sich durch, flog mit einem sirrenden Laut zur Seite und wurde mir aus der Hand geschlagen. Eine halbe Sekunde später ging ich unter dem Ansturm des Scheusals zu Boden.

Instinktiv zog ich den Kopf zwischen die Schultern, wälzte mich herum und hörte, wie harte Krallen den Felsen aufrissen, genau dort, wo ich eine halbe Sekunde zuvor noch gelegen hatte. Ich versuchte auf die Füße zu kommen, erhielt einen Schlag gegen die Seite, der mich davonschleuderte, und sah den mißgestalteten Leib eines der Alptraummonster über mir aufragen. Seine Arme waren gespreizt, seine Krallen wie Zinken einer stählernen Gabel auf mein Gesicht gerichtet ...

Aber der Hieb, auf den ich wartete, kam nicht.

Das Ungeheuer erstarrte.

Aus seiner Brust ragte ein fingerlanges, stählernes Dreieck. Langsam, als würde es von unsichtbaren Fäden gehalten wie einen Marionette, brach es in die Knie, drehte sich halb um seine Achse und fiel vollends nach vorne.

Die drei anderen Ungeheuer überlebten es nur um Sekunden.

Es dauerte einen Moment, bis ich begriff, wer die weißgekleideten Gestalten waren, die wie aus dem Nichts aufgetaucht und unter Necrons Ungeheuer gefahren waren. Die Templer, die wir am Tor der Drachenburg gesehen hatten! Sie mußten den Kampf beobachtet und zu unseren Gunsten eingegriffen haben.

Die fünf Männer ließen den Bestien nicht die Spur einer Chance. Ihre Schwerter durchbrachen die Panzerhaut der Monster und töteten sie auf der Stelle.

Als ich mich auf die Knie erhob, war der Kampf bereits vorüber. Keine der Bestien lebte noch.

Mit zitternden Händen griff ich nach meinem Degen, schob ihn in seine Hülle zurück und richtete mich auf.

Eine starke Hand griff nach meinem Arm und stützte mich, und als ich aufsah, blickte ich in ein ernstes, aber nicht unfreundliches Gesicht. Ein sonderbares Flackern stand im Blick des Templers, der Ausdruck einer Furcht, die nicht mir galt, nicht einmal den Ungeheuern, die diese Männer gerade erschlagen hatten.

Ich bedankte mich mit einem Kopfnicken, wandte mich um und trat auf den Anführer der kleinen Templerarmee zu. Ich erkannte ihn sofort, denn er war mit Abstand der Älteste, und das flammenrote Kreuz auf seinem Gewand war das einzige, dessen Schenkel nicht gleich waren. Der Mann sah mich nicht an, sondern hatte sich zuerst um Ixmal gekümmert, der auf dem Boden lag, bis auf eine leichte Benommenheit aber unverletzt schien.

Zwei Schritte hinter dem Mann blieb ich stehen, räusperte mich übertrieben und wartete darauf, daß er sich herumdrehte. Er tat mir den Gefallen.

So ruhig wie ich konnte deutete ich eine Verbeugung an, lächelte knapp und machte die komplizierte Geste mit der rechten Hand zum Herzen und zur Stirn, mit der sich die Mitglieder des Templerordens untereinander begrüßten.

»Guten Tag, mein Herr«, sagte ich. »Ich weiß zwar nicht, wer Sie sind und wie Ihre Leute hierherkommen, aber Sie haben uns das Leben gerettet. Ich möchte Ihnen dafür danken, Herr ...?«

»De Maizieres«, sagte der Templer mit sonderbar flacher, beinahe tonloser Stimme. Seine Augen waren weit. Ein Ausdruck von Entsetzen stand darin, der auch mich schaudern ließ. Was mochten diese Männer erlebt haben auf dem Weg hierher? »Reynaud de Maizieres.«

»Monsieur de Maizieres«, wiederholte ich. »Ich danke Ihnen noch einmal von ganzem Herzen. Mein Name ist –«

»Craven«, sagte Reynaud de Maizieres tonlos. »Robert Craven.«

Diesmal war ich es, der ihn anstarrte. »Das ... ist richtig«, sagte ich verblüfft. »Sind wir uns schon einmal begegnet, Monsieur?«

»Craven«, flüsterte de Maizieres. Seine Stimme bebte. Und dann, ganz plötzlich schlug das Entsetzen in seinem Blick in Haß um. Die Hände des Templers begannen zu zittern, so stark, daß er für einen Moment Mühe hatte, das Schwert zu halten.

»Craven«, keuchte er. »Robert Craven. Sie! Ich ... ich habe *Sie* gerettet!«

»Verzeihen Sie meine Unwissenheit, Monsieur de Maizieres«, sagte ich verwirrt. »Aber ich wüßte nicht, woher –«

Im nächsten Moment mußte ich einen raschen Ausfallschritt zurück machen. Hätte ich es nicht getan, wäre ich jetzt tot gewesen.

Denn Reynaud de Maizieres' Schwert sirrte geradewegs dort durch die Luft, wo sich eine halbe Sekunde zuvor noch meine Kehle befunden hatte!

Mit einer verzweifelten Bewegung tauchte ich unter einem zweiten Schwerthieb des Tempelritters hindurch und brachte mich mit einem erneuten Sprung in Sicherheit.

»Sind Sie wahnsinnig geworden?« brüllte ich. »Was ist in Sie gefahren, de Maizieres?«

De Maizieres' Antwort bestand in einem wilden Kampfschrei und einem weiteren beidhändig geführten Schwerthieb.

Abermals sprang ich zurück, aber nur gerade so weit, daß die Klinge meinen Hals um Haaresbreite verfehlte, federte in der gleichen Bewegung wieder vor und trat Reynaud gegen das Bein. Der Tempelritter keuchte, fiel auf die Knie herab und holte zu einem erneuten Schwerthieb aus. Ich packte sein Handgelenk, verdrehte es und gab ihm einen Stoß, als er sein Schwert fallen ließ. Hastig trat ich die Waffe fort, packte ihn am Kragen und und zerrte ihn auf die Füße.

Aber Reynaud de Maizieres reagierte weitaus kraftvoller und schneller, als ich angesichts seiner grauen Haare und seines gealterten Gesichtes vermutet hatte. Statt sich gegen meinen Griff zu stemmen, sprang er in die Höhe, brachte mich damit aus dem Gleichgewicht und knallte mir kurz hintereinander beide Ellbogen in den Leib. Keuchend ließ ich ihn los, taumelte einen Schritt zurück und rang mühsam nach Atem.

Als ich wieder halbwegs klar sehen konnte, hatte er sein Schwert wieder erhoben und kam mit kleinen, tänzelnden Schritten auf mich zu. Seine Augen flammten vor Haß.

»De Maizieres«, keuchte ich. »Kommen sie zu sich, Mann! Was soll das heißen? Ich bin Ihr Verbündeter!«

Reynaud de Maizieres lachte wild, blieb stehen und wechselte das Schwert ein paarmal von der rechten in die linke Hand; so rasch, daß mir auf sehr drastische Weise zu Bewußtsein kam, wie gut der französische Tempelherr mit dieser Waffe umzugehen verstand.

Aber auch seine Männer schienen durch den plötzlichen Angriff des Templers überrascht. Jedenfalls machte keiner von ihnen auch nur Anstalten, ihrem Anführer zur Hilfe zu eilen.

Vielleicht hielten sie es auch nicht für nötig.

»Robert Craven!« keuchte Reynaud de Maizieres zum wiederholten Male. »Dies ist Robert Craven! Der Mann, der mich und Bruder Jean in den Katakomben angegriffen hat!«

Hätte er behauptet, ich sei der Antichrist persönlich, wäre ich nicht weniger überrascht gewesen.

»Was reden Sie da?« stammelte ich. »Ich ... ich habe niemanden angegriffen, de Maizieres, und Sie schon gar nicht. Jean Balestrano und ich sind *Freunde!*«

Statt einer Antwort sprang Reynaud de Maizieres vor, stach

mit dem Schwert nach meinem Gesicht und trat nach mir, als ich der Klinge auswich. Der Tritt war nicht sehr heftig, aber er brachte mich aus dem Gleichgewicht. Ich machte einen raschen Schritt zurück, spürte plötzlich keinen Widerstand mehr unter dem Fuß und warf mich im letzten Moment zur Seite. De Maizieres' Schwert kam mit einem blitzenden Bogen herunter. Ich rollte mich herum, federte mit einer verzweifelten Kraftanstrengung auf Hände und Knie hoch und kroch hastig ein Stück auf die Brücke hinaus, ehe ich es wagte, mich herumzudrehen.

Es war ein Versuch von äußerst kurzer Dauer, denn ich hatte die Bewegung kaum halb vollendet, da war der Tempelherr auch schon hinter mir, täuschte einen Schwerthieb mit der Linken an und knallte mir die geballte Rechte vor die Schläfe, als ich auf die Finte hereinfiel und seinem vermeintlichen Stich auszuweichen versuchte.

Diesmal schwanden mir die Sinne. Ich fiel, prallte halb besinnungslos auf den Boden und klammerte mich instinktiv irgendwo fest.

Als sich mein Blick wieder klärte, schwebte die Spitze von Reynaud de Maizieres' Schwert einen Fingerbreit vor meinen Augen. Das Gesicht des Templers war verzerrt vor Wut.

»Bruder Reynaud!« keuchte ich verzweifelt. »Was tun Sie? Ich ... ich habe Sie in meinem ganzen Leben noch nicht einmal gesehen, zum Teufel noch mal!«

Reynaud de Maizieres lachte, aber es war ein Laut, der mir einen eisigen Schauer über den Rücken laufen ließ. »Ja!« höhnte er. »Ruf ihn ruhig an, deinen Herrn! Aber es wird dir nichts nutzen. Du wirst bezahlen für den ungeheuerlichen Frevel, den du begannen hast.« Er trat einen halben Schritt zurück und winkte mir mit der freien Hand, aufzustehen.

Vorsichtig gehorchte ich. Reynauds Schwertspitze folgte meiner Bewegung wie eine stählerne Schlange. Die Klinge zitterte. Ich konnte direkt sehen, wieviel Überwindung es Reynaud de Maizieres kostete, mir die Waffe nicht kurzerhand zwischen die Rippen zu rammen.

»Du hast es nicht verdient, Craven«, sagte er kalt. »Aber ich gebe dir die Chance, wie ein Mann zu sterben. Zieh deine Waffe und kämpfe!« Er deutete mit einer Kopfbewegung auf meinen Stockdegen, der noch immer auf dem Boden der Steinbrücke lag. *Woher zum Teufel wußte dieser Mann, daß sich in dem harmlos aussehenden Spazierstock eine Waffe verbarg?*

»Nein«, sagte ich ruhig. »Das wäre nicht sehr fair. Und ich habe keinen Grund, mit Ihnen zu kämpfen. Lassen Sie uns reden. Ich bin sicher, es wird sich eine Erklärung finden.«

Gleichzeitig versuchte ich, seinen Geist mit sanften, suggestiven Impulsen zu überschwemmen.

Aber es ging nicht. Entweder blockierte die Nähe der Drachenburg meine magischen Fähigkeiten, oder Reynaud de Maizieres war so verrannt in seine Wut, daß er meinen hypnotischen Angriff gar nicht bemerkte.

»Du willst nicht kämpfen?«

Ich schüttelte abermals den Kopf.

Reynaud nickte. »Dann spring«, sagte er mit einer Geste in den Abgrund.

Zumindest mein Herz schien ihm zu gehorchen, denn es hüpfte mit einem Satz bis an meine Kehle hinauf und hämmerte dort rasend schnell weiter. »Was ... was meinen Sie?« keuchte ich.

Reynaud de Maizieres lachte böse. »Kämpfe oder stirb wie ein Feigling«, sagte er. »Entscheide dich. Du hast die Wahl.« Gleichzeitig bewegte sich seine Schwertspitze ein Stück weiter in die Höhe und berührte nun fast mein Kinn.

»Das verbiete ich, Bruder Reynaud«, sagte eine Stimme hinter dem Templer. Und irgend etwas war darin, etwas so Zwingendes, Befehlendes, daß der Tempelritter tatsächlich seine Klinge sinken ließ und einen halben Schritt zurücktrat. Sein Blick erlosch. Doch nur für eine Sekunde.

Aber so kurz die Zeit auch war, sie reichte. Mit allem Mut, der mir verblieben war, duckte ich mich unter seiner nur mehr halb erhobene Klinge hindurch, trat mit einem raschen Schritt an ihm vorbei und sprang wieder auf die Pfeilerplattform hinauf.

Wir waren nicht mehr allein. Fast ein Dutzend sehr groß gewachsener, in die Farbe der Nacht gekleidete Männer war rings um uns buchstäblich aus dem Nichts aufgetaucht. Drachenkrieger! Angeführt wurden sie von einem Mann, der auf die gleiche Art gekleidet war, aber ein wenig größer und muskulöser war als die anderen. Und irgend etwas Unsichtbares umgab ihn. Es war wie eine Aura der Macht, so intensiv, daß sie beinahe greifbar erschien. Selbst ich hatte die zwingende Kraft seines Befehles gespürt, obgleich er mir gar nicht gegolten hatte.

Erst als ich die Sicherheit der Plattform wieder erreicht hatte und stehengeblieben war, erwachte Reynaud de Maizieres wieder aus seiner Starre. »Was bedeutet das?« keuchte er. »Dieser Mann –«

»Steht unter dem Schutze Necrons, meines Herren«, unterbrach ihn der Drachenkrieger. Er wandte sich mit einer befehlenden Geste an die vier Tempelritter. »Tretet zurück!«

»Das werdet ihr nicht tun!« schrie Reynaud de Maizieres »Ich verbiete es.«

Der Drachenkrieger wandte mit einer fast gelangweilten Bewegung den Kopf, sah Reynaud für die Dauer eines Herzschlages an und zuckte mit den Schultern. »Wie ihr wollt, *Bruder Reynaud*«, sagte er. »Tötet sie.«

Der Befehl galt den Drachenkriegern.

Die vier Tempelritter hatten nicht einmal die Spur einer Chance. In den Händen der schwarzgekleideten Killer blitzen Messer auf, und schon in der nächsten Sekunde brachten die Templer lautlos zusammen.

»Verrat!« keuchte Reynaud de Maizieres. »Das ist … ist Verrat!«

Der Anführer der Drachenkrieger lachte leise; ein unangenehmer, angstmachender Ton. »Ganz wie du meinst. Ich gab dir einen Befehl, du hast nicht gehorcht!«

»Du hast mir nichts zu befehlen, du verdammter Mörder!« keuchte Reynaud. Er hob sein Schwert, blieb aber mitten im Schritt stehen, als der Drachenkrieger eine kaum wahrnehmbare Bewegung mit der Rechten machte.

»Hier gelten nur die Befehle Necrons«, sagte der Drachenkrieger schneidend. »Wer sich ihnen widersetzt, stirbt. Wie ist es mit dir, Bruder Reynaud? Willst du gehorchen oder sterben?«

»Zieh deine Waffe!« keuchte Reynaud. »Du wirst für diesen Verrat bezahlen. Kämpfe mit mir!«

»Kämpfen?« Der Drachenkrieger schien einen Moment zu überlegen. Dann schüttelte er den Kopf. »Wie überflüssig. Ach, ehe ich es vergesse«, fügte er in fast beiläufigen Ton hinzu, »die Brücke, auf der du zu stehen glaubst, gibt es gar nicht, weißt du?«

Reynaud de Maizieres keuchte vor Schrecken, blickte instinktiv nach unten – *und fiel wie ein Stein in die Tiefe!*

Er kam nicht einmal mehr dazu, einen erschrockenen Laut auszustoßen. Der scheinbar so massive Fels verschwand von einem Sekundenbruchteil auf den anderen.

Der Drachenkrieger wandte sich um. Der Blick seiner Augen war vollkommen ausdruckslos, als er mich anstarrte.

»Und nun zu dir, Robert Craven«, sagte er kalt. »Mein Herr Necron erwartet dich. Folge mir.«

Schweigend nahm das Dutzend schwarzgekleideter Mörder Ixmal und mich in die Mitte und geleitete uns das letzte Stück Weg zur Drachenburg hinauf. Hinter uns blieben vier tote Tempelritter zurück und eine Brücke, die es in Wirklichkeit gar nicht gab.

Vielleicht auch alle Hoffnungen, die ich jemals gehabt hatte.

Zweites Buch

NECRON – LEGENDE DES BÖSEN

Er lebte noch. Bruder Arnaud Leclerc verstand nicht, warum das so war. Er war auch nicht in der Lage, mehr als einen Gedanken an dieses Wunder zu verschwenden.

Er blutete aus zahllosen Wunden, seine Hände waren gefühllos und taub, und wo er entlangkroch, blieb eine glitzernde rote Spur auf dem Fels zurück. Er spürte nicht einmal den Schmerz, der ihn nach seinem Erwachen schier in den Wahnsinn hatte treiben wol-len. Jedes bißchen Kraft, das er noch hatte, galt der Aufgabe, weiterzukriechen, seinen geschundenen Leib Stück für Stück über den schwarzen Granit zu ziehen, über diese verfluchte Brücke und immer weiter auf das Ziel zu, das irgendwo vor ihm lag.

Das *Tor* …

»Wartet hier.« Der schwarzgekleidete Drachenkrieger machte eine bestimmte Bewegung mit der Linken, um seine Worte zu unterstreichen, wandte sich um und verschwand gebückt durch die niedrige Tür, die den Gang vor uns abschloß. Es war die einzige Tür dieses Ganges, die einzige *Öffnung* überhaupt, sah man von dem zerborstenen Loch ab, durch das wir das titanische Hauptgebäude der Burg betreten hatten. Das dumpfe Krachen, mit dem sie hinter ihm ins Schloß fiel, erinnerte mich an das Zuschlagen eines Sargdeckels.

Ich schauderte. Für einen kurzen Augenblick hatte ich das Gefühl, von den nachtschwarzen Wänden erdrückt zu werden. Selbst das zuckende rote Licht der Fackeln, die in regelmäßigen Abständen in Halterungen an den Wänden steckten, schien in dem schwarzen Granit zu versickern.

Ich versuchte die Vorstellung abzuschütteln, aber ich gehöre seit jeher zu jenen bedauernswerten Menschen, die mit einer lebhaften Phantasie geschlagen sind. Statt sich dorthin zu trollen, wo sie hergekommen waren, wurden die entsetzlichen Visionen eher schlimmer. Für ein paar Sekunden glaubte ich das Gewicht der zahllosen Tonnen Fels und Mauerwerk, die sich über unseren Köpfen türmten, beinahe körperlich zu fühlen.

Necron mußte die ganze Zeit über gewußt haben, daß ich auf dem Weg zu ihm war. Er hatte einfach nur warten müssen, bis ich mich ihm selbst auslieferte.

Ich machte mir schwere Vorwürfe. Nicht, weil ich es hätte verhindert können. Aber es war absolut unnötig gewesen, Ixmal in diese Sache mit hineinzuziehen. Er hätte vor der Brücke umkehren können. Warum zum Teufel hatte ich nicht darauf bestanden? Vielleicht, weil der Gedanke, wenigstens einen Gefährten an meiner Seite zu haben, wenn ich schon zur Schlachtbank marschierte, zu verlockend gewesen war?

Fast schämte ich mich meiner egoistischen Gedanken. Aber dieses Gefühl war seltsam diffus, so, als wenn es sich selbständig meinem Zugriff entziehen würde.

Seit wir das Tor der Drachenburg durchschritten hatten, war eine sonderbare Veränderung mit mir vonstatten gegangen. Ich schien zweimal zu existieren: Es gab einen Robert Craven, der halb wahnsinnig vor Angst war und sich ebenso verzweifelt wie vergeblich fragte, welcher Teufel ihn geritten haben mochte, freiwillig hierher zu kommen; eine Entscheidung, die etwa der gleichkam, freiwillig die Hand ins Maul eines mürrischen Haifisches zu legen und ihm am Gaumen zu kitzeln.

Aber es gab noch einen anderen Teil in mir, der alles, was bisher geschehen war – und alles, was noch geschehen mochte! – mit beinahe stoischem Gleichmut betrachtete. Der Tod der fünf Tempelritter, unser eigenes Schicksal, das bevorstehende Treffen mit Necron und die einzig mögliche Konsequenz daraus – nämlich ein rasches, aber sicherlich höchst unerfreuliches Ende – das alles ließ mich vollkommen unberührt.

Es gab nur noch einen einzigen Gedanken, der irgendwie von Bedeutung war – nämlich den, daß ich Priscylla wiedersehen würde.

Vielleicht würde ich danach sterben, aber wenn, dann hatte es sich gelohnt. Ich war in diesem Moment bereit, alles zu ertragen, was mir Necron antun konnte, wenn ich zuvor nur ein einziges Mal noch Priscyllas Gesicht sah.

»Dieser Ort ist nicht gut«, sagte Ixmal halblaut. »Wir sollten hier nicht sein.«

Um ein Haar hätte ich gelacht. Aber dann begegnete ich seinem Blick, und die spöttische Bemerkung, die mir auf den Lippen lag, blieb mir buchstäblich im Halse stecken. Ixmal pflegte gewiß nicht die Art von Sarkasmus, die mir zu eigen war. Es war eben seine natürliche Art, Gedanken knapp und präzise auszudrücken, ohne die ganz und gar überflüssigen Schnörkel, die wir sogenannten zivilisierten Menschen uns angewöhnt hatten. Und treffender als er konnte man unsere Lage wohl kaum beschreiben. So nickte ich nur, warf ihm ein Lächeln zu und versuchte mich auf unsere Umgebung zu konzentrieren.

Es gab nicht viel zu sehen. Der Gang, durch den uns der Drachenkrieger geleitet hatte, verlief fenster- und türlos dreißig, vierzig Schritt weit geradeaus und endete vor einem schmucklosen, aber äußerst massiven Tor. Er erinnerte mich mehr an einen aus dem Berg gehauenen Stollen, als an einen von Menschenhand erbauten Gang, und vielleicht war es das auch, denn ein Gutteil der bizarren Burg schien direkt aus dem Fels herausgemeißelt zu sein. Möglicherweise befanden wir uns in Wahrheit schon tief unter der Erde statt auf dem Gipfel eines Berges.

Möglicherweise auch nicht einmal mehr in unserer Welt.

Ich hatte den Berg in seiner ganzen Größe gesehen. Er war ein Gigant, ein zyklopischer Kegel aus schwarz erstarrter Lava und Granit, gut zwei Meilen hoch und mit Flanken, die wie glattpoliertes schwarzes Glas schimmerten. Hätte es diesen Berg irgendwo in den Weiten der Mojave-Wüste tatsächlich gegeben, wäre er kaum über Jahrhunderte hinweg unentdeckt geblieben, Necrons Wahnsinnsschirm und all seinen Heimtücken zum Trotz.

Nein – ich war ziemlich sicher, daß diese Burg *nicht* in der Mojave-Wüste lag. Vielleicht begann der Weg zu ihr irgendwo in ihren hitzedurchglühten Weiten, aber das war auch alles.

Als ich an diesem Punkt angekommen war, beschloß ich, den Gedanken nicht weiter zu verfolgen. Es wäre müßig gewesen. Die Chance, lebend hier herauszukommen, stand ungefähr eine Million zu Null. Aber die Schätzung war eher zu optimistisch.

»Jemand kommt«, sagte Ixmal.

Ich schrak aus meinen Gedanken auf und lauschte. Natürlich hörte ich nichts, aber wenige Augenblicke später wurde die Tür unsanft aufgestoßen, und der Drachenkrieger kehrte zurück.

»Kommt.« Wir gehorchten. Ohne ein weiteres Wort folgten wir dem schwarzgekleideten Killer.

Mein Herz begann schneller zu schlagen.

Sie waren zu fünft, den sterbenden Mann nicht mitgerechnet.

Und doch waren sie mehr. Fünf Männer, dachte Jean Balestrano schaudernd, fünf Männer, die, wären sie zusammen über einen der belebten Boulevards der Stadt gegangen, niemandem aufgefallen wären. Und doch stellten sie zusammen eine größere Macht dar als ein gewaltiges Heer.

Fünf Männer, von denen einer – er – die Macht hatte, mit einem Wort über das Schicksal eines Menschen, einer Stadt oder eines ganzen Landes zu entscheiden, und die vier anderen die Macht, seinen Befehl *auszuführen.* Ganz gleich, wie er gelautet hätte. Jean Balestrano schauderte, als er daran dachte, was diese vier Männer, die die schmale Pritsche mit dem Sterbenden umstanden, tun *konnten.*

Sie hatten es nie getan, und Gott gebe, daß sie es nie tun würden, aber allein der Gedanke ließ Jean Balestrano, oberster Befehlshaber der Tempelritter, frösteln. Die Macht eines einzigen Mannes reichte aus, die Welt aus den Angeln zu heben. Zusammen konnten sie vielleicht –

Ja, dachte er kalt, gefühllos und ohne den entsetzten Schrekken, der allein der Gedanke hätte begleiten müssen, zusammen waren sie vielleicht stark genug, einen Gott zu stürzen.

Und vielleicht, fügte er mit einem raschen Gedanken hinzu, würden sie es sogar tun müssen. Schon sehr bald.

»Wieso lebt er noch?« fragte Hayworthy. Die Stimme des grauhaarigen Lords war ausdruckslos. Aber in seinen Augen stand ein tiefer, ungläubiger Schrecken, als er aufsah und seine Frage mit einem halb fordernden, halb zweifelnden Blick in Balestranos Richtung unterstrich.

Jean Balestrano verscheuchte hastig die gotteslästerlichen Gedanken, die sich seiner Gedanken bemächtigt hatten, straffte sichtlich die Schultern und trat zwischen Hayworthy und de la Croix hindurch an das schmale Bett, auf dem Bruder Leclerc lag.

Die Augen des Templers waren weit geöffnet, aber er sah Bruder Jean Balestrano nicht. Sein Blick war verschleiert. Ab und zu zuckte sein Gesicht wie das eines Schlafenden, der einen üblen Traum erlitt. Sein Atem ging rasselnd und wurde von einem furchtbaren, keuchenden Geräusch begleitet.

Langsam ließ sich Jean Balestrano auf der Bettkante nieder, griff nach der Hand des Sterbenden und barg sie behutsam in der eigenen. Leclercs Haut war heiß und fühlte sich an wie Sandpapier. *Ich habe kein Recht dazu, ihm das anzutun,* dachte Balestrano matt. Niemand hatte das Recht, einem Menschen einen würdevollen Tod vorzuenthalten.

Er hatte es getan.

Er mußte es.

»Er lebt nicht mehr«, sagte er schließlich. Er sah die anderen nicht an bei diesen Worten. »Nicht mehr wirklich. Sein Körper lebt noch. Sein Herz schlägt. Aber das ist auch alles.«

Hayworthy erbleichte, als er begriff, was Balestranos Worte bedeuteten. »Du hast ihn –«

»Ich habe getan, was ich tun mußte«, unterbrach ihn Jean Balestrano; eine Spur härter, als vielleicht gut gewesen wäre. Er wußte, daß diesen Männern nichts entging. Ihre Sinne waren hundertmal schärfer als die anderer Menschen. Schon diese kleine Unsicherheit mochte ihnen mehr über seine wirklichen Gedanken verraten, als ihm recht sein konnte.

Gott im Himmel, dachte Balestrano entsetzt. *Was ist das? Wieso habe ich Angst vor meinen eigenen Brüdern?*

»Was ist geschehen?« fragte von Schmid leise. Wie immer klang die Stimme des Deutschen kalt und monoton. Balestrano fragte sich, ob der grauhaarige Mann, der *Animal-Master* des Ordens, überhaupt zu echten Gefühlen fähig war. Er hatte ihn niemals anders als ruhig und beherrscht erlebt, bis hin zur Grenze echter Kälte. Niemals in Gegenwart von Menschen, hieß das. Bei Tieren hingegen …

Von den vier Männern, die ihn und Leclerc umstanden, war es vielleicht Herzog Botho von Schmid, der Balestrano die größte Furcht einjagte.

Vielleicht nur, weil er ihn nicht verstand, als einzigen. Er begriff einfach nicht, wie ein Mann, der beim Anblick eines toten Vogels Tränen in den Augen hatte, wie der gleiche Mann, der eine Woche lang nicht schlief und aß, um den gebrochen Lauf einer Katze zu heilen, wie dieser Mann ohne eine Miene zu verziehen einem Kind die Kehle durchschneiden konnte Balestrano hatte es mit eigenen Augen gesehen.

»Was ist geschehen, Bruder Jean?« wiederholte Schmid, als Balestrano nicht antwortete. Er deutete auf den Sterbenden. »Welche Nachricht hat er gebracht, die so wichtig war, daß du ihm die Glückseligkeit vorenthältst?«

Balestrano registrierte den Tadel in der Stimme des Bruders sehr wohl, aber er tat so, als überhöre er ihn.

»Seht selbst«, sagte er matt.

Er stand auf, warf den vier Männern nacheinander einen ernsten Blick zu und trat zurück, als sie sich, einer nach dem anderen, zu Bruder Leclerc hinabbeugten und die Hände auf seine Stirn legten. Eine Minute verging, dann eine zweite, und dann richteten sich die vier *Master* in einer einzigen, synchronen Bewegung wieder auf. Bruder Leclerc stöhnte ein letztes Mal, aber diesmal klang der Laut erleichtert. Seine Augen brachen.

Balestrano trat rasch an sein Lager, schloß die Lider und schlug das Kreuzzeichen auf seiner Stirn. Sein Blick begegnete dem von von Schmid, als er aufsah. Der *Animal-Master* nickte fast unmerklich, als er die Frage in Balestranos Augen las. Er war es gewesen, der Leclerc von seinen Leiden erlöst hatte.

Balestrano war ihm dankbar dafür. Gleichzeitig fürchtete er sich fast noch mehr vor ihm, obwohl es nichts als ein Akt der Barmherzigkeit gewesen war.

»Deshalb also«, murmelte van Velden. Seine Stimme zitterte ganz leicht.

»Deshalb«, bestätigte Balestrano. »Ihr wißt jetzt, warum ich euch gerufen habe.« Er lächelte, aber es wirkte traurig. »Glaubt mir, die Entscheidung ist mir nicht leicht gefallen. Aber die Gefahr ist größer, als ich glaubte.

»Und wenn ... wenn er sich getäuscht hat?« fragte Hayworthy stockend. Er deutete auf den Toten. »Wenn es nichts als die Phantasien eines sterbenden Mannes waren? Wenn ihm Schmerz und Furcht die Sinne verwirrt haben?«

»Unsinn«, sagte de la Croix leise. »Ich begreife deine Gefühle, Bruder Rupert, aber du weißt so gut wie ich, daß das, was wir gesehen haben, die Wahrheit war. Necron hat uns verraten.«

»Ja«, bestätigte Balestrano düster. »Nach allem, was geschehen ist, glaube ich sogar, daß er es war, der hinter dem Überfall Cravens stand.«

»Eine kühne Behauptung«, sagte von Schmid ruhig. »Du weißt, was sie bedeutet.«

»O ja, ich weiß es, Bruder«, flüsterte Balestrano. »Aber es ist das einzige, was Sinn ergäbe. Robert Craven mag ein Mann mit geheimnisvollen Kräften sein, aber er ist jung und hat seine wahre Macht noch nicht einmal entdeckt. Er allein könnte mit dem Kristallhirn rein gar nichts anfangen. Im Gegenteil. Es würde ihn verderben, so wie es Bruder Sarim vernichtete, und er weiß es. Nur ein Magier von solcher Macht und Erfahrung wie Necron kann es wagen, sich der Kräfte des Kristallhirns zu bedienen.«

»Und selbst wenn es anders wäre, müßte er für den Verrat bezahlen, den er an Bruder Reynaud und den anderen beging«, fügte van Velden heftig hinzu.

Balestrano schwieg. Der Desert-Master des Templer-Ordens war der Jüngste hier im Kreis, ein Mann von kaum vierzig Jahren, in dem noch das Feuer der Jugend brannte. Er hatte das Recht, zornig zu sein.

»Nehmen wir an, du hast recht, Bruder Jean«, sagte de la Croix. »Dann weißt du, was zu tun ist.«

Balestrano nickte. Die Bewegung kostete unendliche Mühe. Er schwieg, und für endlose Sekunden tastete sein Blick noch einmal – und fast voller Angst – über die Gesichter der vier weißgekleideten Männer vor ihm. Botho von Schmid, der *Animal-Master*. Ein Killer, dachte Balestrano schaudernd. Ein Mann, der auf seine Art vielleicht schlimmer war als Necron.

André de la Croix, *Storm-Master* der Templer, ein Mann, der mit einer Bewegung des kleinen Fingers Länder verwüsten und Städte dem Erdboden gleichmachen konnte.

Nies van Velden, der *Desert-Master*, für das, was vor ihnen lag, vielleicht der wichtigste Mann, aber auch der unberechenbarste, denn er war das ganz genaue Gegenteil von von Schmidt. Er war möglich, daß er an sich selbst zerbrach, wenn er gezwungen war, zu töten.

Und Sir Rupert Hayworthy, jeder Zoll ein schottischer Edelmann, der in jedem, der ihn sah, das Bild eines gütigen alten Großvaters wachrief; ein Mann, der an einem lauen Frühlingsabend, eine Pfeife schmauchend, seine Enkelkinder auf dem Schoß schaukelte und ihnen Geschichten erzählte, während er mit der linken Hand die Katze streichelte. Der *War-Master* des Ordens. Vor vier Jahren war Jean Balestrano dabeigewesen, wie er ganz allein und mit einer klaffenden Wunde im Rücken vier der gefürchteten Ninja-Krieger des japanischen Kaisers getötet hatte.

Mit bloßen Händen.

Jean Balestrano schauderte. *Herr im Himmel,* dachte er, *was geschieht, wenn diese vier Männer ihre geistige Macht verschmelzen und zu einer Einheit werden?*

Und doch waren es genau seine nächsten Worte, die eben dies bewirkten, und er wußte es.

»Es gibt keine andere Wahl, Brüder«, sagte er leise. »Necron muß sterben. Unten in den Katakomben stehen fünfhundert unserer besten Krieger bereit, sein Burg zu stürmen. Ich selbst werde den Angriff leiten.« Er zögerte einen Moment, ehe er hinzufügte: »Ich und ihr.«

Keiner der vier Männer zeigte auch nur die Spur eines Schreckens. Sie alle hatten gewußt, was geschehen würde, im gleichen Moment, in dem sie sich mit dem Geist des sterbenden Kriegers verschmolzen und durch seine Augen gesehen hatten, was vor den Toren der Drachenburg geschehen war.

»Wann?« fragte von Schmid schließlich.

Jean Balestrano atmete hörbar ein.

»Jetzt«, sagte er.

Er hatte sich nicht verändert.

Ich hatte vergessen, wie häßlich Necron war.

Das hieß – *häßlich* war vielleicht nicht einmal das richtige Wort. Necron war nicht wirklich häßlich, nicht abstoßend im körperlichen Sinne oder irgendwie entstellt. Er war ein alter, ein uralter Mann sogar, gebeugt von den zahllosen Jahren, die er wider aller Natur gelebt hatte, mit einem Gesicht wie aus rissigem Leder, stechenden Augen und einem Mund, der wie eine geschlitzte Narbe aussah, Lippen aus gerissenem Pergament ohne Blut, Hände, die so dürr waren, daß sich die Haut direkt über den Knochen zu spannen schien, und die vielmehr wie gräßliche Raubvogelkrallen aussahen denn wie menschliche Hände.

Und doch war es nicht das, was mich abstieß.

Necron war *böse.*

Ich hatte die wirkliche Bedeutung dieses Wortes niemals richtig begriffen, bis zu diesem Augenblick.

Niemand hatte das, der nicht Necron selbst gegenübergestanden hat. Er war nicht schlecht, nicht mordlustig und gemein und heimtückisch und sadistisch, nichts von all den Schimpfworten und Verwünschungen, mit dem ich ihn im Laufe des letzten Jahres in Gedanken in Verbindung bedacht hatte. Er war nur böse; kein Mensch, sondern ein finsteres, dräuendes *Ding,* das nur in eine menschliche Gestalt geschlüpft war. Jegliches Gefühl, selbst Haß und Bosheit und Wut, mußten dieser Kreatur abgehen. Wenn es so etwas wie den Teufel in Person gab, dann stand ich ihm in diesem Moment gegenüber.

Ich hatte nicht einmal mehr Angst. Aber das hatte nichts mit Tapferkeit zu tun. Ich war nicht mehr fähig, Angst zu empfinden; geschweige denn irgendein anderes Gefühl.

»Nun, Robert Craven?« sagte Necron leise. »Bist du zufrieden mit dem, was du siehst?« Er lachte; ein Laut, als würden kleine Glassplitter tief in seiner Kehle zermahlen.

Ich versuchte zu antworten, aber ich konnte es nicht. Necrons Nähe lähmte mich. Irgend etwas von ihm, ein Teil seiner finsteren Ausstrahlung, legte sich wie ein lähmender Mantel um meine Gedanken. Mein Wille war ausgeschaltet. Necron richtete sich ein wenig auf. Das dunkelgrüne, mit barbarischen Stick-Ornamenten versehene Gewand, das er trug, raschelte wie getrocknete Haut. »Verzeihen Sie, wenn ich alle Regeln der Höflichkeit vergaß, mein lieber Freund«, sagte er. »Ich heiße Sie und Ihren Begleiter in meinem bescheidenen Heim willkommen. Ich liebe Gäste, müssen Sie wissen. Sie kommen zwar unangemeldet, aber nicht unerwartet.« Er lächelte dünn, stand mit einer erstaunlich kraftvollen Bewegung auf und sprang von seinem Stuhl herunter.

Erst jetzt sah ich, daß es in Wahrheit eher ein Thron war – ein gewaltiges, barbarisches Möbel, das zur Gänze aus Knochen und schimmernden Bein gefertigt war. Da und dort glaube ich einen menschlichen Totenschädel zu erkennen, aber auch die Knochen von Tieren und …

… und ein paar andere Dinge, die ich mir lieber nicht näher besah.

Necron trat ganz dicht auf mich zu und starrte mich an. Wieder fiel mir auf, wie klein er war. Er mußte den Kopf in den Nacken legen, um mir in die Augen blicken zu können – was allerdings rein gar nichts an der Tatsache änderte, daß ich es war, der sich unter seinem Blick klein und hilflos vorkam.

In Necrons Augen blitzte es amüsiert. »Ich weiß, was Sie jetzt denken, mein lieber Craven«, sagte er. Er kicherte. »O ja, Sie fragen sich, warum Sie nicht die Gelegenheit nutzen, mich zu töten, wo ich doch schon einmal so dicht vor Ihnen stehe.«

»Ich hätte es etwas weniger gepflegt ausgedrückt«, antwortete ich kalt. »Aber Sie treffen den Kern der Sache, ja.«

Necron lachte. »Aber mein lieber Robert«, sagte er. »Ich bitte Sie, keine Beleidigungen. Ich weiß, daß Sie mich hassen, aber Sie tun mir Unrecht, glauben Sie mir. Wenn ich Ihnen wirklich nach dem Leben trachtete, wären Sie schon lange tot. Oder bilden Sie sich wirklich ein, Sie hätten meine Burg betreten können, gegen meinen Willen?«

Er schüttelte den Kopf und fuhr sich mit der Rechten über den dünnen Spitzbart. »Nun, ich hatte schon mit Ihnen gerechnet; ich muß sogar gestehen, daß ich allmählich ungeduldig zu werden begann. Ich habe Ihnen schließlich ein Geschäft vorzuschlagen.«

»Ein Geschäft?« wiederholte ich. »In Ordnung. Wieviel muß ich zahlen, damit Sie sich freiwillig vom höchsten Turm dieser Burg stürzen? Nennen Sie Ihren Preis. Keine Hemmungen. Ich bin reich.«

Necron lachte nicht. Seine Rechte ballte sich mit einer blitzartigen, zornigen Bewegung zur Faust, aber das war auch die ganze Reaktion auf meine Worte.

»Reich?« wiederholte er, auf eine Art, die mir ganz und gar nicht gefiel. »Möglich. Ja, sicher, nach den Maßstäben Ihrer sogenannten Zivilisation sind Sie ein vermögender Mann. Und doch gibt es etwas, das sie sich mit all Ihrem Geld nicht kaufen konnten, nicht wahr?« Er lächelte häßlich. »Etwas, das ich besitze. Und das zu holen Sie hergekommen sind.«

Ich starrte ihn an, preßte die Kiefer so fest aufeinander, daß es schmerzte, und verwarf den Gedanken, ihm auf der Stelle den Hals umzudrehen. Das wäre viel zu schnell gegangen.

»Ich gebe es Ihnen«, sagte Necron plötzlich. »Sie sind hier, um Ihre Braut zu holen, nicht wahr? Gut – Sie sollen sie haben. Folgen Sie mir. Ihr indianischer Freund kann solange hier warten. Ich denke, ihm wird nicht langweilig werden.«

Und damit wandte er sich um und ging ohne ein weiteres

Wort zu einer schmalen Tür in der Südwand des Zimmers. Er überzeugte sich nicht einmal davon, ob ich ihm wirklich folgte.

Das war auch nicht nötig.

In der hitzeflimmernden Luft schienen die Gestalten der Männer zu verschwimmen. Ein tiefer, an- und abschwellender Ton lag in der Luft, der dumpfe Herzschlag einer so großen Menschenmenge, zusammengesetzt aus Tausenden einzeln nicht wahrnehmbarer Laute; da und dort ein helles Klirren, wenn Metall gegen Stein traf, das Rascheln von Stoff, mit dem der Wind spielte, Sand, der gegen die Zeltbahnen geworfen wurde.

Jean Balestrano hörte nichts von alledem.

Sein Blick war nach Osten gerichtet, auf die endlose Stein- und Sandeinöde der Mojave, die sich irgendwo zwischen dem Berg und dem Horizont in silbernen Spiegelungen und tanzender Weite verlor. Sein Herz schlug sehr langsam und schwer, und seine Lippen waren trocken, obgleich er vor Augenblicken erst getrunken hatte.

Seit einer Stunde war er hier, als letzter der fünfhundert Männer, die den Weg durch das Nichts angetreten und im Bruchteil einer Sekunde von Paris hierher an die Grenze der Mojave-Wüste gelangt waren. Bis zur letzten Sekunde hatten von Schmid, Hayworthy, de la Croix und van Velden versucht, ihn davon abzubringen, aber er hatte keines ihrer Argumente – obwohl manche von ihnen sehr gut gewesen waren – gelten lassen, sondern darauf bestanden, das Heer zu leiten.

Vielleicht hatte er sich damit selbst zum Tode verurteilt, wie jeden einzelnen der fünfhundert Krieger. Aber das nahm er in Kauf. Er mußte hier sein, nicht um den Angriff zu leiten – das konnte Hayworthy tausendmal besser als er –, sondern um auf ihn und die drei anderen *Master* achtzugeben.

Balestrano fragte sich, ob die vier Männer wohl wußten, daß er sie fast ebenso fürchtete wie den Mann, den zu vernichten sie hergekommen waren. *Von Schmid*, dachte er. Ja. Der deutsche Herzog würde es wissen. Allein, weil er selbst so zu denken gewohnt war. Von Schmid traute keinem menschlichen Wesen, nicht einmal sich selbst.

Das Geräusch der Zeltplane schreckte ihn aus seinen Gedanken hoch. Balestrano drehte sich herum und erkannte van Velden, der hinter ihm aus dem Zelt getreten war. Er lächelte. Der *Desert-Master* erwiderte sein Lächeln, aber es war nicht ganz echt. Van Velden war auf sonderbare Weise verändert, seit sie aus dem *Tor* getreten und hierhergekommen waren. Die Wüste war sein Element, etwas, das er so gut kannte wie vielleicht kein anderer lebender Mensch auf der Welt. Aber Balestrano spürte ganz deutlich, daß er *Angst* vor ihr hatte! Vielleicht gerade, weil er sie so gut kannte.

»Es ist alles bereit, Bruder Jean«, sagte van Velden leise.

Balestrano nickte, schwieg aber. Van Velden war nicht gekommen, um ihm das zu sagen, was er selbst schon wußte.

»Sobald die Sonne untergeht, marschieren wir los«, fuhr der Flame fort. Er trat einen weiteren Schritt auf Balestrano zu und blickte aus eng zusammengekniffenen Augen an ihm vorbei auf das Meer aus sandfarbenen Zelten herab. Trotz der vorgerückten Stunde kochte die Luft über der Wüste noch immer vor Hitze. Die Männer in ihren silberrotweißen Uniformen sahen aus wie buntgescheckte Fische, die in bewegtem Wasser auf und ab hüpften.

Balestrano verspürte ein rasches, sonderbares Gefühl von *Macht*, als er auf das Heerlager und die kleine Armee hinabblickte. Aber er hatte sich gut genug in de Gewalt, das Gefühl zu verscheuchen.

»Du bist noch immer der Meinung, daß es ein Fehler war, das Heer schon jetzt hierher zu bringen, Bruder?« fragte er. Ganz bewußt baute er van Velden damit eine Brücke, die der Flame auch sofort betrat. Schließlich war er aus keinem anderen Grund hier herausgekommen, als mit ihm zu reden.

»Ich bin es«, bestätigte van Velden heftig. »Du kennst die Wüste nicht, Bruder Jean.«

»Nein«, gestand Balestrano lächelnd. »Aus diesem Grunde bist du hier.«

»Dann solltest du auf meinen Rat hören«, sagte van Velden, beinahe zornig. »Glaube mir, Bruder, die Wüste ist nicht einfach nur ein Stück leerer Erde, auf dem zufällig Sand liegt. Das haben schon viele geglaubt. Die meisten von ihnen sind jetzt tot.«

»Was ist sie denn?« fragte Balestrano leise.

Van Velden schnaubte. »Sie ist ein Ungeheuer, Bruder«, sagte er heftig. »Eine Bestie, wie du sie dir schlimmer nicht vorstellen kannst. Sie wird jeden einzelnen dieser Männer verschlingen, wenn du sie hineinschickst. Sie wartet nur auf uns.

Balestrano schwieg einen Moment. Wieder glitt sein Blick nach Osten, in die Wüste hinein. Der Anblick berührte ihn sonderbar. Er sah nichts, nichts außer einer gewaltigen, sinnverwirrenden Leere, die ihn schwindeln ließ, weil sein Blick nirgendwo einen Punkt fand, an dem er rasten konnte.

»Du sprichst in einem Ton von ihr, als würde sie leben, Bruder«, sagte er leise.

»Das tut sie auch!« antwortete van Velden hitzig.

»Aber du sprichst in einem Ton von ihr, in dem man über einen Feind spricht«, fuhr Balestrano fort. »Du beherrschst sie doch.«

»Beherrschen?« Van Velden schrie fast. »O nein, Bruder. Ich hasse sie. Und fürchte sie wie die Pest. Gerade weil ich sie kenne. Du hast recht, Bruder Jean – die Wüste lebt. Sie ist ein Ungeheuer, eine blutrünstige Bestie, die sich unter dem Mantel von Stille und Leblosigkeit verbirgt. Aber in Wahrheit ist sie ein Monstrum.«

»Und was hätten wir tun sollen?« fragte Balestrano, nun schon in einem schärferen, ungeduldigen Tonfall.

»Was ich gesagt habe!« antwortete van Velden heftig. »Die Männer in Paris zurücklassen und erst holen, wenn ich einen Weg gefunden habe, die Wüste zu durchqueren. Es ist Mord, auf gut Glück mit einem Heer in die Mojave zu marschieren!«

»Wir marschieren nicht auf gut Glück los«, sagte Balestrano tadelnd. »Das weiß du. Und wir konnten die Männer nicht zurücklassen. Sobald Necron merkt, daß wir hier sind, wird er das Tor verschließen – oder in eine Falle umwandeln.«

»Dann gib mir wenigstens einen Tag!« sagte van Velden. »Bleib mit den anderen hier, bis ich zurück bin. Ich werde einen Weg finden. Ich allein habe eine hundertmal bessere Chance –«

»– getötet zu werden?« unterbrach ihn Balestrano. Er schüttelte den Kopf. »Nein, Bruder Nies. Ich verstehe und ehre deine Beweggründe, aber wir marschieren gemeinsam. Du bist vielleicht der wichtigste Mann überhaupt bei dem, was wir tun müssen. Ich kann es mir nicht leisten, dich zu gefährden.«

»Auch nicht, wenn das Leben von fünfhundert unserer Brüder auf dem Spiel steht?« fragte van Velden.

»Nicht einmal, wenn es fünftausend wären«, antwortete Balestrano. »Wenn wir diesen Krieg verlieren, Bruder Nies, dann steht vielleicht mehr auf dem Spiel als nur unser Leben oder die Existenz des Ordens.«

Er sprach nicht weiter, aber das war auch nicht nötig.

Ohne ein weiteres Wort wandte sich Nies van Velden um und verschwand wieder im Zelt.

Balestrano blickte ihm nach, sehr ernst, voller Sorge, ja, beinahe Angst. Wer würde der nächste Tote sein in diesem Krieg?

Die Halle war gigantisch. Ihre Decke, spitz zulaufend wie das Dach einer gotischen Kathedrale, bildete hundert, hundertfünfzig Fuß über unseren Köpfen ein steinernes Dach, und in zwei der vier Wände gab es sogar Fenster, aber irgend etwas Düsteres, Unsichtbares war in der Luft, was das hereinfallende Licht schon nach wenigen Yards aufsaugte, so daß hier Fackeln und lodernde Kohlebecken für eine unheimlich düster-rote Beleuchtung sorgten.

Und in der Mitte der Halle stand ... ja, was eigentlich?

Das Gebilde sah aus wie ein ins Absurde vergrößerter Altar, ein schwarzer Monolith aus lichtschluckendem Stein, so groß, daß ein Dutzend Stufen zu seiner rechteckigen Plattform hinaufführten. Darauf errichtet war eine Art steinerner Baldachin, getragen von vier gewaltigen schwarzen Säulen, die auf widerwärtige Weise zu leben schienen, denn irgend etwas auf oder besser gesagt unter ihrer Oberfläche zuckte und bebte ununterbrochen. Für einen kurzen Moment glaubte ich Gesichter zu erkennen, menschliche Gesichter, zu schrecklichen Grimassen verzerrt.

Ich sah mit einem Ruck weg, konzentrierte mich genau auf das, was zwischen den lebenden Steinsäulen aufgebaut war.

Eine Sekunde später schon bedauerte ich diesen Entschluß.

So gräßlich wie die lebenden Pfeiler gewesen sein mochten, worauf Necron jetzt mit einem kalten Lächeln deutete, waren schlimmer.

Es waren Särge.

Zwei Yards lange Särge, auf mattschwarzen Sockeln stehend und aus einem sonderbar glitzernden Glas gefertigt, so daß ich die nackten Körper der beiden Menschen, die darin aufgebahrt lagen, nur als verschwommene Schemen erkennen konnte.

Es waren ein Mann und eine Frau.

Für einen Moment konzentrierte ich mich darauf, das blasse Jungengesicht des Mannes anzustarren, der in dem linken der beiden Särge lag. Ich hatte Angst, den Verstand zu verlieren, wenn ich in den anderen blickte.

Es war Shannon. Jetzt, ohne die barbarischen Kleider der Drachenkrieger, ohne seine Waffen, ohne das freundliche Lächeln, das immer in seinen Augen gestanden hatte, schlafend und reglos, sah er noch jünger und verwundbarer aus als sonst. Keine Mann, sondern ein zu groß gewachsener Knabe mit einem sonderbar weichen Zug um den Mund, der trotzdem irgendwie männlich wirkte.

Dann waren meine Kräfte erschöpft, ich konnte einfach nicht mehr, und mein Blick wandte sich gegen meinen eigenen Willen dem zweiten Glassarg zu.

Auf den blauen Samtkissen, mit denen er ausgeschlagen war, lag eine Frau.

Ein Mädchen.

Schlank, beinahe knabenhaft gewachsen, dunkelhaarig, mit einem schmalen, nicht mehr ganz kindlichen, aber auch nicht ganz fraulichen Gesicht. Priscylla.

Priscylla.

Der Schock, die Freude, Furcht, Haß, Erleichterung – was immer jetzt hätte kommen müssen, es kam nicht. Ich fühlte … nichts.

Überhaupt nichts.

Beinahe blicklos starrte ich auf die wie tot daliegende Gestalt Priscyllas herab, aber in mir war gar nichts. Nur eine unglaubliche, saugende Leere.

»Warum … zeigen Sie mir das?« fragte ich mühsam. Meine Zunge war so trocken, daß ich kaum sprechen konnte. Irgend etwas würde geschehen, gleich, das spürte ich. Etwas Schreckliches. Gott, wie lange konnte ich diesen Druck noch ertragen?

»Vielleicht, um genau die Reaktion zu sehen, die Sie mir jetzt bieten, mein lieber Robert«, antwortete Necron. Dann machte er eine rasche, bestimmende Handbewegung und fuhr mit veränderter, deutlich kälterer Stimme fort: »Zur Sache. Ich biete Ihnen ein Geschäft an.«

»Ein Geschäft?« fragte ich. »Ich wüßte nicht, was Sie mir zu bieten hätten. Oder umgekehrt ich Ihnen.«

»Frieden«, sagte Necron einfach.

Ich blinzelte verblüfft. »Frieden?«

»Ist das so lächerlich?« fragte Necron ernst. Er seufzte, schüttelte den Kopf und ließ sich mit einer lässigen Bewegung auf die Kante von Shannons Glassarg sinken. Der Blick, mit dem er mich maß, wirkte beinahe ehrlich.

»Schauen Sie, Sie sind hierhergekommen, um dieses Mädchen zu befreien, und vielleicht, um mich zu töten.« Er sah mich fragend an, bekam aber keine Antwort. »Aber warum wollen Sie das tun?« fuhr er fort.

»Warum?« wiederholte ich verwirrt.

Necron nickte. »Warum«, bestätigte er. »Ich meine es ernst. Wir beide haben Fehler gemacht, Robert – ich weiß, daß ich versuchte, Sie für die Verbrechen Ihres Vaters verantwortlich zu machen. Es war dumm, Shannon auf Ihre Spur zu setzen, und es war vielleicht ein unverzeihlicher Fehler, Sie anzugreifen und dieses Mädchen zu entführen, nur aus billigem Rachedurst heraus. Ich gebe es zu.« Er lächelte. »Es hat mir nichts genutzt, aber es hat Sie dazu gebracht, Ihren kleinen Privatkrieg gegen mich anzuzetteln. Ich gestehe, daß Sie mir eine Menge Ärger gemacht haben, Robert.«

»Und jetzt?« fragte ich böse.

»Jetzt sind Sie in meiner Gewalt«, sagte Necron freundlich. »Ich könnte Sie töten. Aber das wäre dumm. Dumm und nutzlos. Außerdem wäre es eine Verschwendung. Sie sind ein begabter junger Mann, Robert.«

»Stehen Sie auf, und ich zeige Ihnen, wie begabt!« fauchte ich.

Necron seufzte. »Sehen Sie, Robert, genau das habe ich gemeint. Wir beide, Sie und ich, wir verschwenden unsere Kräfte dabei, uns gegenseitig zu bekriegen. Ich will Sie nicht töten. Ich will Sie kaufen.«

»Sie –«

»Antworten Sie nicht, ehe Sie mein Angebot gehört haben«,

sagte Necron rasch. »Und erzählen Sie keinen Unsinn von wegen Ehre und Prinzipien. Jeder Mensch ist käuflich. Ich biete Ihnen das Leben. Ein Leben an der Seite Ihrer Braut, ein Leben im Wohlstand und Sicherheit. Unsterblichkeit – nach menschlichen Maßstäben zumindest. Und größere Macht, wie Sie sich jemals erträumt haben.«

»Sie sind vollkommen verrückt«, murmelte ich. »Ein Leben als Ihr Vasall, Necron? Als Diener der GROSSEN ALTEN?«

»Als Diener der GROSSEN ALTEN, ja«, bestätigte Necron. »Als mein Vasall nicht. Als mein Verbündeter. Was ist so schlecht daran, in meinen Diensten zu stehen? Ich werde nicht von Ihnen verlangen, was Ihrer albernen Menschlichkeit zuwiderläuft. Ich werde nicht von Ihnen verlangen, jemanden zu töten oder auch nur irgendeinem Wesen ein Leid oder Unrecht zuzufügen. Und was ist so schlimm an den GROSSEN ALTEN?« Er beugte sich ein wenig vor. Seine Augen wurden schmal. »Sind Sie Christ, Robert?« fragte er.

Ich nickte.

»Ein gläubiger Christ?«

»Wenn Sie damit meinen, ob ich in die Kirche gehe – nein«, antwortete ich. »Aber ich habe meinen Glauben.«

»Den Glauben an einen Gott, den Sie niemals gesehen haben und dessen Wirken Sie nicht einmal erahnen können«, fuhr Necron fort. »Der Glaube an einen Gott, der hart und teilnahmslos ist. Ich könnte Sie jetzt töten, Robert. Sie hätten draußen in der Wüste jämmerlich verdursten können, und Ihr Gott hätte keinen Finger gerührt, Sie zu retten. Ich biete Ihnen etwas anderes. Ich biete Ihnen einen Gott, den Sie sehen können. Einen Gott, dem Sie gegenüberstehen werden, mit dem Sie reden – und der Ihnen antworten wird! Er verlangt keine Gegenleistung dafür, Robert. Sie brauchen nichts zu tun, seine Gunst zu erkaufen. Alles, was wir verlangen, ist Ihr Stillhalten.«

»Mehr nicht?« fragte ich höhnisch.

»Mehr nicht«, bestätigte Necron. »Hören Sie auf, uns zu bekämpfen.«

»Wenn das alles ist, warum bringen Sie mich dann nicht einfach um, Necron?« fragte ich ruhig.

Necron starrte mich wütend an. Dann nickte er. »Gut«, sagte er zornig. »Das ist nicht alles. Sie haben recht, Robert –

es gibt ein paar Dinge, zu denen ich Ihre Hilfe brauche. Jetzt noch nicht. Vielleicht wird es fünfzig Jahre dauern, bis Sie Ihre Kräfte soweit entwickelt haben, um mir wirklich von Nutzen sein zu können. Vielleicht hundert. Vielleicht nie. Aber bis es soweit ist, biete ich Ihnen ein Leben in Glück und Sicherheit. Überlegen Sie sich Ihre Antwort gut, Robert. Ein Menschenleben voller Glück ist mehr, als die meisten anderen bekommen.« Er lächelte dünn. »Und wenn es an der Zeit ist, können Sie sich immer noch überlegen, ob Sie nicht doch lieber die Seiten wechseln wollen«, fügte er hinzu.

Damit stand er auf, wandte sich mit einem Ruck um und streckte beide Hände über den Glassarg mit Priscyllas Körper aus. Etwas wie silberner Staub rieselte zwischen seinen Fingern hervor, berührte das matte Glas und durchdrang es.

Und eine halbe Minute später schlug das Mädchen, das bisher wie tot darin gelegen hatte, die Augen auf.

Mit der Dämmerung war Wind aufgekommen; eine sanfte aber beständig wehende Bö, die Sand und feinen Staub herantrug und die Luft mit einem unheimlichen, an- und abschwellenden Rascheln und Raunen erfüllte, wie das Geräusch zahlloser horniger Käferbeine, die sich aneinanderreiben.

Die Männer hatten ihre Schilde von den Rücken gelöst und vor die Gesichter erhoben, damit ihnen der Sand nicht vollends die Sicht nahm, aber sie kamen trotzdem nicht gut voran. Der Sand war hier so fein, daß sie bei jedem Schritt bis über die Waden in den Boden einsanken, und ein- oder zweimal waren Männer bereits in Treibsand geraten und nur im letzten Moment von ihren Kameraden gerettet worden.

Sie waren seit einer Stunde unterwegs, aber sie hatten seither nicht viel mehr als ein, allerhöchstens zwei Meilen zurückgelegt. Und wie es aussah, würde das Tempo ihres Vorwärtskommens eher noch sinken, denn der Sturm nahm zu, und mit der Dunkelheit war auch Kälte gekommen, die die von der Hitze des Tages ausgelaugten Männer zusätzlich schwächte.

De la Croix hatte sich angeboten, den Wind zu beruhigen, aber Balestrano hatte es ihm verboten, obgleich es sicher eine große Erleichterung für die Männer gewesen wäre. Aber er spürte irgendwie, daß es ein Fehler wäre, die Macht der vier *Master* schon jetzt einzusetzen. Wenn sie überhaupt eine

Chance haben wollten, die Drachenburg Necrons lebend zu erreichen, dann nur, wenn sie ihre wahre Stärke verbargen.

Und es mochte sein, daß sie jedes bißchen Kraft, das sie hatten, noch dringend nötig brauchen würden.

Er zwang sich mit aller Macht, an etwas anderes zu denken, senkte den schweren hölzernen Schild ein wenig und hielt über seinen Rand hinweg nach von Schmid und den drei anderen *Mastern* Ausschau. Sie gingen wenige Schritte vor ihm, gegen seinen Befehl, aber so, wie er erwartet hatte. Nicht einmal die scheinbar zufällige Formation, in der sie sich bewegten, war wirklich zufällig. Balestrano hatte darauf bestanden, nicht anders als der geringste seiner Männer behandelt zu werden, aber natürlich waren solche Forderungen nichts als leere Gesten, obgleich ernst gemeint, nicht durchführbar. Von Schmid, de la Croix, van Velden und Hayworthy hätten ihr Leben geopfert, um das seine zu schützen.

So wie die dreißig Krieger, die Hayworthy zu Balestranos persönlichem Schutz ausgewählt hatte. Die Besten der Besten.

Und trotzdem fühlte sich Jean Balestrano mit jedem Schritt, den sie weiter nach Osten gingen und tiefer in die Wüste eindrangen, unsicherer. Es war keine Angst vor dem Tod oder den namenlosen Schrecken, die Necron für sie bereithalten mochte, sondern eine völlig neue, gestaltlose Art von Furcht, die mit dem Wind herantrieb, sich auf dürren Spinnenbeinen in seine Seele schlich und sie vergiftete. Gegen die er wehrlos war.

Er war nicht einmal sicher, ob sie es wirklich mit Necron zu tun hatten. Vielleicht war es einfach die Angst vor der Wüste, von der van Velden ihm erzählt hatte.

Ein gellender Schrei wehte von der Spitze der Kolonne heran, seltsam dünn und weit entfernt in der klaren Nachtluft, bis er mit erschreckender Plötzlichkeit abbrach.

Die Stille, die ihm folgte, war beinahe noch schrecklicher.

Aber sie währte nur eine Sekunde. Dann begann eine zweite Stimme zu schreien, gleich darauf eine dritte, vierte.

Balestrano ließ mit einem Ruck seinen Schild sinken. Die Kolonne war zum Stehen gekommen, und irgendwo weiter vorne, verborgen hinter den Schatten der Nacht, bewegten sich Körper, harte Stiefelsohlen trampelten über den Sand,

Männer riefen aufgeregt durcheinander, Metall klirrte. Und dazwischen gellten immer noch diese entsetzlichen Schreie.

Eine Gestalt vertrat ihm den Weg, als er aus der geordneten Formation der Kolonne ausschwenken und nach vorne laufen wollte. Es war von Schmid. »Bleib hier, Bruder«, sagte er hastig. »Bruder Rupert und Bruder Nies sind vorausgegangen.«

Balestrano wollte den Herzog einfach aus dem Wege schieben, aber von Schmid stand wie ein Fels da. Er wirkte sehr entschlossen. Balestrano begriff, daß Botho von Schmid nötigenfalls sogar Gewalt anwenden würde, um ihn am Weitergehen zu hindern. Das Schreien hielt noch immer an.

»Was geht dort vorne vor?« fragte Balestrano scharf. »Werden wir angegriffen?»

Von Schmid schien einen Augenblick in sich hineinzulauschen, dann schüttelte er den Kopf. Trotz der herrschenden Dunkelheit konnte Balestrano deutlich den Schrecken erkennen, der plötzlich in seinen Augen aufglomm. »Nein«, flüsterte er. »Kein ... Angriff. Es ist ...« Er verstummte, starrte einen Moment lang aus weit geöffneten Augen ins Nichts und fuhr plötzlich herum. »Komm mit!« keuchte er.

Sie liefen los, begleitet von André de la Croix und den dreißig Elitekriegern.

Die geordnete Vierer-Formation, in der das Heer durch die Wüste gezogen war, war zu einem heillosen Chaos geworden. An die zweihundert Männer drängelten sich am Fuße einer mächtigen, sanft ansteigenden Düne, aufgeregte Stimmen hallten durch die Nacht. Von Schmid und seine dreißig Krieger mußten mit Gewalt eine Gasse für sich und Balestrano durch die Masse bahnen.

Als Jean Balestrano den Fuß der Sanddüne erreichte, verstand er von Schmids Schrecken.

Van Velden und Bruder Hayworthy knieten im Sand, und dicht vor ihnen lagen die verkrümmten Leichen von vier Tempelrittern. Ihre Kehlen waren durchgeschnitten.

In dem Augenblick, in dem Balestrano herabsank, erhob sich Bruder Hayworthy, nahm eine Handvoll Sand auf und wischte damit das Blut von der Klinge seines Schwertes. Voller Entsetzen begriff Balestrano, daß er es gewesen war, der diese vier Männer getötet hatte. Eine Sekunde lang starrte er den *War-Master* voller ungläubigem Schrecken an, dann eilte er weiter, blieb aber sofort wieder stehen, als Hayworthy hastig die Hand hob.

»Geh nicht weiter«, sagte der Schotte. »Oder dir geschieht dasselbe wie diesen vier.« Er deutete mit einer Kopfbewegung auf die Toten. Seine Augen wurden dunkel vor Schmerz. »Es gab keine Rettung mehr für sie.«

»Aber was ... was ist geschehen?« stammelte Balestrano hilflos.

»Eine Falle, Bruder Jean.« Diesmal war es van Velden, der antwortete.

Instinktiv sah sich Balestrano um. Die Wüste lag reglos und still vor ihnen, so wie sie sich die ganze Zeit über präsentiert hatte.

»Komm!« Rupert Hayworthy streckte die Hand aus. »Das beste ist, wir zeigen es dir. Geh weiter. Aber langsam.«

Zögernd gehorchte Balestrano. Sein Blick heftete sich auf die Gesichter der vier Templer. In ihren Augen stand der Wahnsinn geschrieben. Er begriff plötzlich, daß es wirklich ein Akt der Barmherzigkeit gewesen war, als Hayworthy sie tötete. Aber was war nur geschehen?

Er machte einen Schritt. Hayworthys Hand schloß sich um die seine. Nichts geschah.

Balestrano zögerte erneut, ergriff instinktiv Hayworthys Hand fester, spürte, wie van Velden nach seiner Linken griff, und machte einen weiteren Schritt.

Im gleichen Moment bewegte sich einer der Toten.

Balestranos Herz schien einen entsetzten Sprung zu tun. Eine eisige Hand legte sich um seinen Nacken und glitt kribbelnd seinen Rücken hinab.

Der Mann war eindeutig tot! Aber *er bewegte sich*! Langsam, unendlich langsam richtete er sich auf, hob die Hände und starrte Balestrano aus seinen gebrochenen Augen an. Sein Mund klaffte auf wie eine geschlitzte Wunde. Etwas Schwarzes, Glitzerndes wand sich darin.

Und dann begann er zu sprechen!

»Du hast mich umgebracht, Bruder Jean!« krächzte er mit entsetzlich verzerrter, quäkender Totenstimme. »Du hast mich getötet! Du hast mir das Leben genommen, das der Herr mir gab.«

Und mit einem Male sprachen auch die anderen, stimmten in den grauenhaften, monotonen Singsang des lebenden Leichnames ein, immer und immer wieder die gleichen furchtbaren Worte. »Du hast uns getötet, Bruder Jean!«

Balestrano wollte zurückweichen, aber das Entsetzen lähmte ihn. Unfähig, auch nur einen Muskel zu rühren, starrte er die furchtbaren Gestalten an. Ein ungeheures Entsetzen breitete sich in seinen Gedanken aus, ein Schrecken, der alles überstieg, was er jemals erlebt hatte.

Und dann veränderten sich die Toten.

Ihre Gesichter zerfielen. Was sonst Monate dauerte, geschah in Sekunden. Ihre Haut wurde grau, riß auf und zerfiel. Das Fleisch zerbröckelte wie alt gewordenes Brot. Aber darunter kam nicht der Totenschädel eines Menschen zum Vorschein, sondern eine dunkelrote Teufelsvisage, mit Augen, in denen ein höhnischer Triumph loderte.

»Sie sind mein!« kicherte das Teufelsgesicht. »Jetzt gehören sie mir. Und du hast sie mir geschenkt. Ich danke dir, Bruder Balestrano. Und bald gehörst du auch mir.«

Der Sand stob auf. Rotes Entsetzen überschwemmte Jean Balestrano. Dunkle, schuppenhäutige Dämonenhände griffen nach seinen Beinen, klammerten sich mit furchtbarer Gewalt daran fest und versuchten ihn in den Sand hinabzuzerren, den Sand und die Hölle, die darunter lauerte.

Balestrano schrie gellend auf, spürte, wie Hayworthy und van Velden mit einem hastigen Schritt zurückwichen, und – dann war es vorbei.

Von einer Sekunde auf die andere war der Sand wieder glatt, die Hände verschwunden, und die Toten lagen wieder so da, wie sie niedergestürzt waren, unverändert.

»Mein Gott, was ... was war das?« keuchte Balestrano. Er versuchte vergeblich, die entsetzlichen Bilder aus seinem Geist zu verdrängen. »Was war das?« flüsterte er noch einmal.

»Dasselbe, was diesen Männern passiert ist«, sagte Hayworthy mit einer Geste auf die Toten. »Eine Falle, Bruder Jean. Schwarze Magie. Jeder, der in ihren Wirkungsbereich gerät, verliert den Verstand. Und die Grenze –« Er ließ Balestranos Hand los, drehte sich um und zeichnete mit der Schwertspitze eine Linie in den Sand »– verläuft hier.«

Jean Balestrano starrte den grauhaarigen Tempelherrn ungläubig an. »Magie?« flüsterte er. »Bist du sicher?«

Hayworthy schürzte zornig die Lippen. »Magie, das Werk des Teufels – nenne es, wie du willst. Es ist Necrons Einfluß. Eine Falle.« Er nickte grimmig und stieß einen Laut aus, der fast wie ein Lachen klang. »Wir sind ihm näher, als wir dachten. Bruder Botho und ich haben es schon eine ganze Weile gespürt, aber wir wußten nicht, was es ist. Und wir wußten nicht, wie nahe wir ihm schon waren.«

»Ihr habt es gewußt?« Balestrano versuchte vergeblich, den Schrecken aus seiner Stimme zu verbannen, und Hayworthy registrierte den unausgesprochenen Vorwurf in seinen Worten sehr wohl.

»Wir wußten, daß hier irgend etwas war, ja«, bestätigte er in fast aggressivem Tonfall. »Nicht, was. Und Opfer müssen einkalkuliert werden, wenn man einen Krieg beginnt«, fügte er hinzu.

Balestrano schluckte ein paarmal. Bittere Galle sammelte sich unter seiner Zunge. *Gott, was geschieht mit uns*? Er hatte Bruder Rupert niemals so erlebt wie jetzt. Der *War-Master* redete über den Tod von vier seiner Brüder, als wären es Schachfiguren!

Aber er sprach nichts von alledem aus, sondern wandte sich nach einem letzten Blick auf die vier Toten um und winkte von Schmid und de la Croix zu sich.

»Laßt die Männer ein Stück zurückgehen«, sagte er. »Und stellt Wachen auf, damit niemand aus Versehen oder gar aus Neugierde in den gefährlichen Bereich gerät. Wir rasten hier. Sobald das Lager aufgeschlagen ist, kommt ihr und Bruder Rupert und Bruder Nies zu mir. Wir müssen beraten, was zu tun ist.«

Ich weiß nicht mehr, wie lange ich dagestanden und Priscylla angestarrt hatte, Minuten, Stunden oder Ewigkeiten. Die Zeit spielte keine Rolle mehr, denn ich war nicht in der mehr in der Lage, ihr Verstreichen zu registrieren. Geschweige denn, irgendeinen halbwegs vernünftigen Gedanken zu fassen.

Wie oft hatte ich mir diese Szene vorgestellt? Sicher öfter, denn dies war der Augenblick, für den ich im Grunde das ganze Jahr gelebt hatte, der Moment, für den ich um die halbe Welt gereist und um dessentwillen ich mich mit Mächten angelegt hatte, deren wahre Macht ich auch jetzt noch immer nicht vollends begriff.

Priscylla!

Vor mir stand meine Priscylla, der einzige Mensch auf der Welt, den ich jemals wirklich geliebt hatte. Ich hatte gezweifelt, an mir, an meiner Liebe zu ihr, o ja, mehr als einmal. Aber all dies war Vergangenheit, endgültig vergessen, im gleichen Moment, in dem ich sie aufrecht und wach vor mir stehen sah.

Sie war erwacht.

Blaß, nur in Necrons grünschwarzen Mantel gehüllt und noch so schwach auf den Beinen, daß sie sich auf die Schulter des Magiers stützen mußte, stand sie da. Ihr Blick war noch leer, aber das war nur zu natürlich bei einem Menschen, der fast ein Jahr in tiefer Bewußtlosigkeit dagelegen hatte, und ich bezweifelte, daß sie mich überhaupt erkannt hätte, hätte ich sie jetzt angesprochen.

Aber das tat ich auch nicht. Ich konnte es nicht. Wie oft hatte ich mir vorgestellt, wie es sein würde, wenn ich sie endlich aus Necrons Gefangenschaft befreit hatte, wie es sein mußte, sie endlich wieder in die Arme zu schließen, sie an mich zu drücken und ihre Nähe zu spüren, dieses wunderbare, mit Worten nicht zu beschreibende Gefühl des Glücks, sie einfach da zu wissen.

Aber ich tat nichts von alledem, sondern stand nur wie gelähmt und starrte sie an.

»Nun, Robert Craven?«

Es dauerte lange, bis ich begriff, daß Necrons mißtönige Stimme sich direkt an mich gewandt hatte und daß er eine Antwort erwartete. Mühsam löste ich meinen Blick von Priscyllas Gesicht und sah Necron an. Die Miene des greisen Magiers war ausdruckslos. Nur in seinen Augen glühte ein böser Triumph.

»Du siehst, ich halte mein Wort«, fuhr er fort, und der lodernde Triumph in seinen Augen wandelte sich für Augenblicke in Spott. Er schwieg einen Moment, dann sah er auf, als lausche er, und klatschte in die Hände. Wie aus dem Nichts erschienen zwei schwarzverhüllte Gestalten hinter ihm.

Einer der Drachenkrieger trat hinter Priscylla und ergriff sie sehr behutsam bei den Schultern, um sie zu stützen, als Necron wieder auf mich zutrat. »Gehen wir an einen anderen Ort, wo es sich besser redet«, sagte er.

Ich rührte mich nicht von der Stelle.

»Keine Sorge, Robert«, sagte Necron. »Ihre Freundin wird uns begleiten.« Abermals klatschte er in die Hände. Auch der zweite Drachenkrieger trat neben Priscylla und griff behutsam unter ihren anderen Arm. Sie versuchte einen Schritt zu machen, aber ohne die Hilfe der beiden Männer wäre sie wohl sofort gestürzt. Ihr Blick war noch immer leer, und als sie ging, waren ihre Bewegungen wie die einer Puppe.

»Was ... was haben Sie mit ihr gemacht, Sie Ungeheuer?« fragte ich. Meine eigene Stimme klang fremd in meinen Ohren.

Necron wurde mit einem Male sehr ernst. »Ich habe nichts mit ihr gemacht, Robert. Sie ist in dem gleichen Zustand, in dem sie zu mir kam. Für sie ist keine Zeit vergangen«, sagte er, und – ohne daß ich einen Grund dafür anzugeben wußte – ich glaubte ihm sogar.

Priscylla war krank gewesen, als er sie aus meinen Haus am Ashton Place 9 in London entführt hatte, schwer krank sogar, aber das hatte ich vergessen.

So lächerlich es klingt – das war die Wahrheit. Ein Jahr lang hatte ich sie gesucht, und in diesem Jahr war kaum ein Tag vergangen, an dem ich nicht an sie gedacht hatte, aber meine Erinnerung hatte mir einen Streich gespielt. Ich hatte mich an alles erinnert, was ich an Priscylla geliebt hatte: ihr Haar, ihre sanfte Stimme, die Zerbrechlichkeit ihrer Erscheinung, der Blick, der mich immer an den eines scheuen Rehs erinnert hatte, ihre Verwundbarkeit ...

Aber etwas in mir hatte die andere Priscylla verdrängt, das Mädchen, das vom Geist einer Hexe besessen gewesen war und dies niemals überwunden hatte ...*

»Und er?« Ich deutete mit einer fordernden Geste auf den zweiten kristallenen Sarg, in dem Shannons ausgestreckte Gestalt lag, im gleichen magischen Schlaf gefangen wie Priscylla zuvor.

Aber diesmal schüttelte Necron nur den Kopf. »Nein«,

* siehe das Taschenbuch »DER HEXER VON SALEM«

sagte er hart. »Er ist nicht Teil meines Angebotes. Dieser Mann hat mich verraten. Er gehört mir.«

»Und wenn ich auf seiner Freilassung bestehe?»

Necron antwortete nicht.

Aber im Grunde war sein Schweigen Antwort genug.

Es war sehr still in dem kleinen Zelt, das im Zentrum des hastig improvisierten Lagers aufgeschlagen war; wie durch Zufall so, daß trotz der drückenden Enge, in der die fünfzig braunweißen Zelte vor der unsichtbaren Todeslinie standen, ein Abstand von fünf, sechs Schritten zum nächsten Zelt gewahrt blieb. Nicht genug, es wirklich isoliert erscheinen zu lassen, aber ausreichend, daß niemand die Worte hören konnte, die in seinem Inneren gesprochen wurden. Über dem geschlossenen Eingang prangte das Emblem des Ordens: ein Pferd mit zwei Reitern, von denen einer eine Lanze trug, darunter ein rotes, mit dünnen goldenen Linien eingefaßtes Kreuz mit gespaltenen Enden.

Es war das Zelt Balestranos, das Zelt nicht nur des Leiters dieser Expedition, sondern des Oberhauptes der Tempelritter überhaupt. Trotzdem stand keine Wache vor dem Eingang. Jean Balestrano hatte sie persönlich fortgeschickt. So, wie er sich selbst davon überzeugt hatte, daß niemand in ihrer Nähe war, ehe er das Zelt hinter den vier Mastern betreten und die Plane sorgsam wieder vorgelegt hatte.

Keinem der vier Männer war entgangen, wie überaus sorgfältig und übergenau Jean Balestrano bei allem vorgegangen war. Und auch jetzt waren seine Bewegungen von der abgehackten, fast mühsam wirkenden Art eines Menschen, der sich bei dem, was er tat, nicht den allergeringsten Fehler erlauben durfte.

Er hatte eine Kiste geöffnet, das einzige Gepäckstück, das er aus Paris mitgebracht hatte: klein, aus morsch gewordenem Holz und äußerlich unansehnlich, von innen jedoch mit kostbarem dunkelroten Samt ausgeschlagen, auf den sonderbare, auch den vier Tempelherren fremd erscheinende Symbole mit dünnen Goldfäden gestickt waren. Darauf lag ein Stein, rund und glatt wie eine Münze und von einem bodenlos tiefen Schwarz.

»Was bedeutet das alles, Bruder Jean?« fragte Hayworthy. Er war der erste der vier, der das Schweigen brach und auch seine Stimme hatte etwas von der gewohnten Stärke verloren. Wie die drei anderen Master spürte wohl auch er, daß das, dessen Zeuge sie wurden, nicht mehr viel mit dem normalen Tun des Ordens gemein hatte. Etwas Unheimliches, mit Worten kaum zu Beschreibendes ging von dem schwarzen Stein in Balestranos Hand aus.

Das Oberhaupt des Templerordens war ans Kopfende des kleinen Tisches getreten, der die gesamte Einrichtung des Zeltes bildete. Der Stein war in seiner zur Faust geschlossenen Rechten verborgen. Ein sonderbar angespannter Ausdruck lag auf seinen Zügen.

Zehn, fünfzehn endlose Sekunden lang schwieg Balestrano. Dann hob er den Arm, legte den Stein auf den Tisch und bedeckte ihn mit der flachen Hand. Die Stille in dem kleinen Zelt wurde fast greifbar.

»Ihr werdet jetzt etwas sehen, von dem außer mir nur noch drei andere lebende Menschen wissen«, begann Balestrano mit leiser, mühsam beherrschter Stimme. »Es ist das größte Geheimnis unseres Ordens. Wäre die Lage weniger ernst, würde ich euch nicht damit belasten, Brüder. So aber bleibt uns keine andere Wahl.«

Keiner der vier sagte etwas, aber auf ihren Gesichtern begann sich ein dumpfer Schrecken in die Neugier zu mischen, die ihre Züge bisher beherrscht hatte.

Ohne ein weiteres Wort öffnete Balestrano die Hand. Nichts geschah. Der münzförmige Stein lag einfach da, reglos, so tot wie ein Stein nur sein konnte, von einem unheimlichen, lichtschluckenden Schwarz.

Sekunden vergingen. Dann eine Minute. Zwei, drei. Dann …

Hayworthy war der erste, der es bemerkte, und auch er war sich nicht ganz sicher, im ersten Augenblick.

Es wurde dunkler. Das flackernde rote Licht der Feuer, die das Lager erhellten und das bisher auch durch die dünnen Zeltwände gedrungen war, nahm an Intensität ab, ganz langsam, aber stetig. *Es war*, dachte Hayworthy schaudernd, *als sauge der Stein die Helligkeit auf.*

Herzog Botho von Schmid setzte dazu an, etwas zu sagen, aber Balestrano gebot ihm mit einer raschen, beinahe erschrockenen Geste zu schweigen, hob beide Hände über den

Tisch und streckte sie, flach nebeneinander und die Handflächen nach unten gerichtet, über den Stein aus.

Die schwarze Scheibe begann zu wachsen.

Jedenfalls war es das, was Bruder Hayworthy im ersten Moment dachte.

Aber dann sah er, daß das nicht stimmte. Der Stein selbst blieb unverändert, aber er schien plötzlich von einem düsteren Halo aus schwarzem Licht umgeben, einer Aura der Finsternis und Kälte, die im gleichen Maße wuchs, wie das von außen hereindringende Licht abnahm. Lautlos und rasch breitete sich die unheimliche Aura im Zelt aus, bis sie auch das letzte bißchen Helligkeit gefressen hatte und die fünf Männer nur noch als Schemen zu erkennen waren.

»Was … was tust du, Bruder Jean?« flüsterte van Velden. In seiner Stimme war ein Klang, als hielte er nurmehr mit letzter Mühe die Panik zurück.

»Schweigt!« flüsterte Balestrano erschrocken. »Es ist noch nicht vorbei. Schweigt und seht.«

Und sie sahen …

Die Dunkelheit wurde noch tiefer, obgleich Hayworthy und die anderen dies nicht mehr für möglich gehalten hatten. Aber es gab eine Steigerung von Schwarz, und das war es, was sie erlebten: eine Finsternis, die nichts mehr mit der Anwesenheit von Licht zu tun hatte, sondern auf die Gegenwart von irgend etwas anderem, unsäglich Fremden und Bösen zurückzuführen war. Als wäre das Zelt samt seinen Insassen aus der Welt heraus und in einen Kosmos aus Leere und abgrundtiefer Schwärze hineingeschleudert worden. Hayworthys Atem ging schneller. Sein Herz jagte.

Und dann spürte er, wie sich irgend etwas aus dem Nichts heraus zwischen ihnen materialisierte.

Gesichter erschienen über dem Tisch. Unsichtbar und mit Linien aus widerlich zuckendem Schwarz auf finsterem Untergrund gemalt, aber trotzdem auf entsetzliche Weise sichtbar; höllische Fratzen, die böse Verhöhnung menschlichen Seins. Dann blitzende Splitter von Rot, die von der Schwärze wieder aufgesaugt wurden, für den millionsten Teil einer Sekunde eine gräßlich verzerrte Gestalt, rot und teufelsschwänzig, mit fürchterlichen Ziegenhufen anstelle von

Füßen, gewaltigen, vielfach gedrehten Hörnern und einem Antlitz, dessen wahrer Anblick tödlich gewesen wäre.

Hayworthy wollte schreien, herumfahren und aus dem Zelt fliehen, aber er konnte es nicht. Das Entsetzliche lähmte ihn, machte ihn unfähig, irgendeinen klaren Gedanken zu fassen, geschweige denn, sich zu bewegen.

»Jetzt, Brüder!« befahl Balestrano. »Öffnet euch. Öffnet euren Geist!«

Und die vier anderen *Master* gehorchten.

Es war grauenhaft.

Sir Rupert Hayworthy wußte hinterher nicht, was er wirklich erlebt hatte, aber es war das mit Abstand Entsetzlichste, dem er jemals ausgesetzt worden war. Irgend etwas griff nach seinem Geist, wühlte sich durch seine Gedanken und drang bis in die tiefsten, verborgenen Bereiche seiner Seele vor, las seine intimsten Geheimnisse und wälzte das unterste zuoberst.

Und etwas in ihm starb. Hayworthy konnte das grauenerregende Gefühl nicht anders beschreiben: Das *Etwas* erfüllte ihn mit Kraft, mit schier unglaublicher, übermenschlicher Stärke, aber es stahl ihm auch etwas dafür, verlangte einen Preis, den er jetzt noch gar nicht abschätzen konnte. Irgend etwas, das bisher in ihm gewesen war, sein Leben lang, ohne daß er es auch nur gewußt hätte, war plötzlich fort.

Für einen Moment mußten ihm wohl die Sinne geschwunden sein, denn das nächste, woran er sich erinnerte, war von Schmids starke Hand, die ihn in die Höhe zog. Das Gesicht des Herzoges war dicht vor dem seinen, und für einen unendlich kurzen Moment begegneten sich ihre Blicke.

Im gleichen Moment, in dem er in die Augen des *Animal-Masters* sah, wußte er, daß es ihm ebenso ergangen war. Von Schmids Augen waren kalt wie Kugeln aus poliertem Stahl und erfüllt von einer Kraft, die unbeschreiblich war. Und die gleiche Kraft pulsierte auch in Hayworthy, ein düsteres, ungeheuer machtvolles Etwas, das sich seinem bewußten Zugriff entzog, das aber da sein würde, wenn er es brauchte. Bei ihm, bei van Velden und auch bei de la Croix. Was immer ihnen dieses entsetzliche Wesen genommen hatte, es hatte etwas anderes dafür dagelassen. Hayworthy fror plötzlich.

Erst jetzt kam ihm zu Bewußtsein, daß es wieder hell

geworden war. Das unheimliche schwarze Licht war wieder dem düsterroten Schein der Feuer gewichen, und auch die entsetzliche Stille war fort. Durch die dünne Zeltplane drangen jetzt wieder die alltäglichen Geräusche des Lagers herein, sonderbar laut und aufdringlich, als bemühten sie sich, die dämonische Stille zu neutralisieren.

»Was ... was war das, Bruder Jean?« fragte von Schmid. Er sprach schleppend. Ein Ausdruck ungläubigen Entsetzens hatte sich in seine Züge gegraben.

Balestrano starrte ihn an. Sein Blick war leer, vollkommen ohne Ausdruck. Langsam streckte er die Hand aus, schloß sie um den schwarzen Stein und trug ihn wieder zu seiner Kiste zurück. Erst als er sie sorgsam verschlossen hatte, wandte er sich wieder von Schmid und den anderen zu.

»Ich ... ich verlange eine Antwort!« keuchte von Schmid. »Was hast du getan, Bruder Jean?»

»Etwas, von dem ich hoffte, es niemals tun zu müssen«, antwortete Balestrano halblaut. »Aber mir blieb keine Wahl. Es tut mir leid, Brüder.«

»Es tut mir leid?« Von Schmids Stimme zitterte. »Was tut dir leid, Bruder Jean? Daß du unsere Seelen dem Antichristen verkauft hast?»

Hayworthy fuhr zusammen wie unter einem Hieb. Entsetzt starrte er von Schmid an, dann Balestrano. Aber er brachte keinen Laut hervor.

»Das ist nicht wahr«, stammelte van Velden. »Sag uns, daß ... daß es nicht wahr ist. Es war nicht –«

»Es war Baphomet, den ihr gesehen habt, nicht der Teufel. Einer der niederen Dämonen der Hölle«, sagte Balestrano ruhig.

Von Schmid fuhr wie unter einem Schlag zurück und starrte das Oberhaupt seines Ordens aus hervorquellenden Augen an. Van Velden erstarrte, und auch Hayworthy fühlte sich, als habe man unversehens einen Kübel Eiswasser über ihn ausgegossen. Nur de la Croix stand unbewegt da. Auf seinem Gesicht war nicht einmal wirkliches Erstaunen zu sehen.

»Dann ist es also wahr«, murmelte er. »Alles, was man sich über den Orden der Tempelherren erzählte. Die Geschichten, die man hinter vorgehaltener Hand flüsterte und von denen uns erzählt wurde, es wären Lügen, in die

Welt gesetzt, um den Orden zu diskriminieren. Es ist alles wahr!«

»Diese Geschichten sind erlogen!« sagte Balestrano scharf. »Man sagt, daß unser wahrer Gott nicht Gott der Herr sei, sondern Baphomet. Aber das stimmt nicht. Wir dienen Gott dem Herren, keinem anderen!«

»Und dieses ... dieses *Ding*?« keuchte von Schmid.

Balestrano schwieg einen Moment. Sein Blick wurde traurig. »Ich wollte es euch ersparen, Brüder, glaubt mir«, sagte er mit sehr leiser Stimme.

»Was wolltest du uns ersparen?« brüllte von Schmid. »Die Gotteslästerung, deren Zeuge wir wurden?« Mit einer wütenden Bewegung riß er sein Schwert halb aus dem Gürtel und trat auf Balestrano zu.

Aber so schnell er auch war, Hayworthy, der *War-Master*, war schneller. Mit einem blitzschnellen Schritt vertrat er ihm den Weg, hob die linke Hand und legte die andere auf den Gürtel, einen Zoll neben dem Schwertgriff. Von Schmid erstarrte mitten im Schritt. In seinem Gesicht arbeitete es. Einen kurzen Moment lang sah es so aus, als wolle er sich trotz allem auf den viel kleineren und schmächtigeren Schotten stürzen. Aber dann behielt seine Vernunft die Oberhand; er sah ein, daß er gegen Hayworthy keine Chance haben würde.

»Laß ihn, Bruder«, sagte Balestrano leise. »Er hat ein Recht, zornig zu sein. Ich kann ihn verstehen.«

»Er hat kein Recht, die Waffe gegen dich zu ziehen, Bruder«, sagte Hayworthy schneidend, ohne den Deutschen dabei aus den Augen zu lassen. »Nicht einmal denken darf er so etwas.«

»Und doch verstehe ich ihn nur zu gut«, flüsterte van Velden. Hayworthy sah mit einem wütenden Ruck auf, aber wieder war es Balestrano selbst, der ihn mit einer raschen, aber irgendwie trotzdem müde wirkenden Geste zum Schweigen brachte.

»Haltet ein, Brüder«, sagte er. »Hört mir zu. Was ihr gesehen habt, war nicht der Antichrist und was er von euch genommen hat, war nicht eure Seele.«

»Der Teufel oder einer seiner Diener«, fauchte von Schmid. »Wo ist der Unterschied?«

»Er ist groß, Bruder«, sagte Balestrano ernst. »Größer, als du glaubst. Der Antichrist ist unser Feind, der nur unser Verderben im Sinne hat.«

»Und Baphomet unser Freund?« höhnte von Schmid.

Balestrano schüttelte ernst den Kopf. »Nein, aber er ist auch nicht der Freund Lucifers. Er ist niemandes Freund. Doch er gibt uns Kraft. Eine Kraft, die wir brauchen werden, wollen wir Necron besiegen. Unsere beschränkten menschlichen Kräfte reichen nicht aus, die Sperre des Wahnsinn zu durchdringen, die er um seine verfluchte Burg errichtet hat.«

»Deshalb also«, sagte de la Croix. Seine Stimme klang noch immer so kalt und gefühllos wie zuvor. »Hast du es deshalb getan?»

Balestrano nickte. »Ja«, gestand er. »Mir blieb keine Wahl, Brüder. Das Leben von fünfhundert unseren oder ein Pakt mit Baphomet. Ich habe euch auserwählt, die Träger seiner Kraft zu werden, weil ich hoffte, daß ihr die Stärke und Festigkeit hättet, diese Prüfung zu ertragen. Mit seiner Hilfe könnt ihr Necrons Zauber aufheben. Nur ihr vier, sonst keiner.« Er sah sie der Reihe nach ernst an. »Spürt ihr es nicht? Fühlt ihr nicht die Kraft, die er euch gab? Benutzt sie. Fügt sie euren eigenen Mächten hinzu, und ihr könnt Necron besiegen. Allein niemals.«

O ja. Hayworthy fühlte, was Balestrano meinte; ein dumpfes, machtvolles Brodeln und Raunen tief am Grunde seiner Seele, eine ungeheure Ballung schwarzer, destruktiver Energie, die darauf wartete, hervorzubrechen und zu töten. Er hatte Angst.

»Und ... was mußten wir ihm dafür geben?« fragte er stockend. »Unsere Seligkeit? Die Unberührtheit unserer Seelen?»

Balestrano schüttelte den Kopf. »Nein«, sagte er. »Wenn alles vorbei ist, werde ich euch die Beichte abnehmen und euch segnen. Die heiligen Sakramente schützen euch, selbst vor dem Zugriff Baphomets. Euer Seelenheil war niemals in Gefahr.«

»Was dann?« fragte von Schmid scharf. Er schrie fast. »Was dann, Bruder Balestrano?»

Balestrano atmete hörbar ein. Hayworthy sah, wie schwer es ihm fiel, die Frage zu beantworten.

»Energie« , sagte er leise. »Das Wesen das ihr Baphomet

nanntet, gibt euch Kraft, aber es verlangt etwas dafür. Energie. Die Kraft die euch am Leben erhält. Einen normalen Menschen würde es töten, im Augenblick der Berührung. Ihr habt die geistige Stärke, seine Berührung zu überleben. Doch nicht umsonst. Etwas von eurer Lebenskraft ist fort.«

»Wieviel?« fragte von Schmid. »Um wieviel eher werden wir sterben, Bruder Jean. Wieviel Zeit hast du uns gestohlen?»

Balestrano sah ihn nicht an, als er antwortete. »Zehn Jahre, Bruder«, sagte er leise. »Zehn Jahre eures Lebens.«

»Sie sehen, ich meine es ernst, Robert«, sagte Necron. Es war nicht das erste Mal, daß er das sagte, seit wir diese entsetzliche Halle tief unter dem Boden der Drachenburg verlassen und hier heraufgekommen waren, in einen der zahllosen Türme dieses gemauerten Alptraumes.

Die Kammer, in die uns Necron geführt hatte, war klein, gerade groß genug für den einfachen Tisch, die fünf unbequemen Schemel, die sich darum gruppierten, und den barbarischen, halb in die südliche Wand hineingemauerten Thron, auf dem Necron selbst Platz genommen hatte. Daneben, auf einem Tischchen, dessen Material eine höchst beunruhigende Ähnlichkeit mit menschlichem Gebein hatte, lagen drei mit einem weißen Tuch abgedeckte Gegenstände. Ich hatte eine sehr bestimmte Ahnung, worum es sich dabei handeln mochte. Aber ich hatte einfach nicht die Kraft, mehr als einen flüchtigen Gedanken daran zu verschwenden. Noch immer starrte ich Priscylla an. Er fiel mir selbst jetzt schwer, mich auf Necron zu konzentrieren.

Necron lachte, bewegte sich unruhig auf seinem Thron hin und her und deutete mit einer irgendwie ungeduldig wirkenden Geste auf Priscylla.

»Sie gehört Ihnen, Robert«, sagte er. »Nehmen Sie sie als ... sagen wir: Geschenk, um meinen guten Willen zu demonstrieren.«

Seine Worte versetzten mich in Zorn. »Sie sprechen über einen Menschen, Necron«, sagte ich wütend. »Nicht über ein Ding, mit dem Sie nach Belieben verfahren können!«

»Ach?« antwortete Necron gelangweilt. »Sind Sie sicher, Robert?»

Ich schnaubte vor Zorn, fuhr halb von meinem Schemel hoch und beherrschte mich im letzten Augenblick.

»Verzeihen Sie«, sagte Necron. »Natürlich haben Sie recht, Robert. Ich war taktlos. Aber Sie müssen zugeben, daß Ihre Verlobte ...« Er zögerte einen Moment, sah erst Priscylla, dann mich und dann wieder Priscylla an. »Drücken wir es so aus: Die Frau, die ich aus Ihrem Domizil in London entführte, war nicht viel mehr als eine leere Hülle. Ich kann Ihnen zurückgeben, was ich Ihnen weggenommen habe: ihren Körper. Für das, was mit ihrem Geist geschah, trifft mich keine Schuld.«

Er beugte sich leicht vor und starrte mich an. Sein scharfgeschnittenes Gesicht erinnerte mich plötzlich an das einer Krähe. »Aber ich kann ein übriges tun«, fuhr er fort. »Ich weiß, daß Sie die besten und sicher auch die teuersten Ärzte Englands konsultiert haben, um Ihrer Verlobten zu helfen, und ich weiß auch, daß es keinem von ihnen gelungen ist. Ich kann es.«

Eine Sekunde lang starrte ich ihn an, reglos, schockiert wie von einem Faustschlag. »Sie können ... was?« krächzte ich.

»Ich kann sie heilen«, sagte Necron ruhig. »Ihr Geist ist verwirrt, aber nicht zerstört. Glauben Sie mir, Robert – ich hatte Zeit genug, mich mit ihr zu beschäftigen. Was Sie hier sehen –« Er deutete mit einer bewußt dramatischen Handbewegung auf Priscylla, die noch immer reglos und mit leerem Blick neben seinem Thron stand und von einem seiner schwarzvermummten Krieger gestützt wurde, »– ist nicht mehr viel mehr als ein Kerker, in dem ihr Geist gefangen ist. Die Macht Ihrer sogenannten Ärzte wird ihr nicht helfen können. Ich kann es, und ich werde es tun, wenn Sie es wünschen.«

Mit diesen Worten sprang er auf und riß mit einer zornigen Bewegung das weiße Leinentuch von dem kleinen Tischchen, das neben seinem Thron stand.

Darunter lagen drei der *Siegel der Macht. Drei*! Er hatte also bereits ein weiteres *Siegel* aufgespürt und erbeutet. Es sah aus wie ein Auge, ein perfekt aus einem bläulichen Kristall herausgearbeitetes Auge.

»Woher haben Sie das dritte *Siegel*?« fragte ich tonlos. Ein Kloß schien mit einem Male in meiner Kehle zu sitzen.

Necron winkte ab. »Was interessiert es Sie, woher ich es habe?« fragte er. »Akzeptieren Sie einfach die Tatsachen, Robert. Auch, daß ich die weiteren *Siegel* finden werde.«

»Um die dreizehn GROSSEN ALTEN endgültig zu erwecken!«

»Verbünden Sie sich mit mir, Robert, und Sie haben nichts zu befürchten, wenn es geschieht.«

»Verbünden?« Ich schrie es fast. »Sind Sie wahnsinnig, Necron? Diese Monster kennen keine Ehrbegriffe! Sie werden Sie töten, sobald Sie Ihre Schuldigkeit getan haben!«

»Sie irren sich«, antwortete Necron ruhig. »Die ALTEN gaben mir die Macht. Ich weiß mehr über sie als irgendein anderes Lebewesen. Sie werden ihr Versprechen halten. Die GROSSEN ALTEN mögen schreckliche Götter sein, von Ihrer Warte aus gesehen, Robert, aber sie brauchen uns. Sie werden das menschliche Volk nicht vernichten. Wir werden ihre Herrschaft nicht einmal spüren, glauben Sie mir, und wenn, welchen Unterschied macht es, ob wir Christus oder Buddha oder Cthulhu anbeten? Wir werden Diener sein, aber Diener, die gleichzeitig Herrscher sind, denn unter ihrer Herrschaft werden wir nicht nur diesen, sondern auch andere Planeten beherrschen, und schon bald.«

»Hören Sie auf!« sagte ich. »Das ist Gotteslästerung.«

»Das ist es nicht«, antwortete Necron sehr ernst. »Ich glaube nicht an Ihren Gott, Robert, aber wenn es ihn gibt, dann sind Cthulhu und seine Brüder ebenso seine Geschöpfe wie Sie und ich.«

»Was Sie verlangen, ist unmöglich!« protestierte ich, sehr viel heftiger, als notwendig gewesen wäre. »Sie wollen, daß ich Ihnen helfe, aus den Menschen ein Volk von Sklaven zu machen?»

»Dienern«, verbesserte mich Necron. »Und ist der Diener eines Königs nicht mehr zu beneiden als der König eines Volkes von Bettlern?«

Er sprach weiter, aber ich konnte seinen Worten nicht mehr folgen. Vor meinem inneren Auge stieg eine entsetzliche Vision auf. Ich sah Länder, bedeckt mit Leichen, brennende Städte und kochende Flüsse, Meere, die unter unglaublicher Glut verdampften und Wolken, aus denen Feuer auf ein verbranntes Land herabregnete …

Er war das Ende der Welt.

Und es würde geschehen, wenn ich diesen Wahnsinnigen nicht aufhalten konnte.

Die Nacht war noch dunkler geworden. Der Mond hatte sich hinter grauschwarzen Wolken verkrochen wie ein großes, bleiches Gesicht, das sich angstvoll vor dem verborgen hielt, was kommen mochte, und wie um die Hitze des Tages zu verhöhnen, wehte ein eisiger Wind von Osten her und peitschte den Männern Sand und Kälte in die Gesichter.

Das Heer kroch wie eine gewaltige, aus fünfhundert einzelnen weißen Segmenten bestehende Schlange durch die Wüste, den großen Dünen und Felsformationen ausweichend, aber immer nach Osten.

Sie waren seit einer Stunde unterwegs, eine Stunde jenseits der unsichtbaren Barriere aus Wahnsinn, die Necron um seine Burg gelegt hatte, und obgleich die Nacht so finster war, daß der Blick nicht einmal von einem Ende der Kolonne zum anderen reichte, spürte Balestrano doch, daß es nicht mehr weit sein konnte. Er konnte die Nähe des Magiers fühlen. Wie einen üblen Geruch, der sich über der schwarzen Wüste ausbreitete.

Das Geräusch leiser, aber sehr hastiger Schritte auf dem weichen Wüstensand ließ Jean Balestrano abrupt aus seinen Gedanken hochschrecken. Er sah auf, erblickte einen Schatten und erkannte Augenblicke später Nies van Velden, den *Desert-Master*. Trotz der Dunkelheit glaubte er einen besorgten Ausdruck auf den schmalen Zügen des Flamen zu erkennen. »Was ist geschehen?« fragte Balestrano alarmiert.

Van Velden deutete nach vorne zur Spitze der Kolonne. »Die Kundschafter haben jemanden gesehen«, sagte er.

»Wen?»

»Kundschafter«, antwortete van Velden. Er lächelte, als ihm klar wurde, wie verwirrend seine Worte klangen, und fügte hastig hinzu: »Späher Necrons, Bruder. Es sind zwei.«

»Haben sie unsere Männer gesehen?« fragte Balestrano.

Van Velden schüttelte den Kopf. »Noch nicht. Aber ihre Anwesenheit allein gibt mir Grund zur Besorgnis.«

»Necron ist ein vorsichtiger Mann«, sagte Balestrano.

»Sie dürften nicht hier sein«, beharrte van Velden. »Die Wüste ist gefährlich, selbst für Männer, die sie kennen. Und Necron müßte sich sicher fühlen hinter seinem Wahnsinnsschirm. Sicher genug zumindest, das Leben seiner Männer nicht sinnlos aufs Spiel zu setzen. Wenn er Wachen aufstellt, so weit von seiner Burg, hat er einen Grund. Vielleicht weiß er, daß wir kommen.«

»Du bist zu pessimistisch, Bruder«, sagte Balestrano. »Er kann es nicht wissen.« Trotzdem fügte er hinzu: »Aber vielleicht hast du recht, und wir dürfen kein Risiko eingehen. Laß die Männer anhalten. Bruder Botho, du und ich gehen allein.«

Abermals schien der Flame widersprechen zu wollen, aber dann nickte er nur gehorsam, wandte sich mit einer hastigen Bewegung um und verschwand wieder in der Dunkelheit. Kurz darauf erscholl ein gedämpfter, nicht sehr weit hörbarer Ruf und das kleine Templerheer hielt an. Balestrano trat mit einem raschen Schritt aus den Reihen seiner Bewacher heraus.

Wenige Augenblicke später schon bewegten sich Jean Balestrano und die beiden *Master* des Templerordens an der Reihe wartender Krieger vorbei nach vorne. Hayworthy und de la Croix hatten wie üblich protestiert, den Oberherren des Ordens allein gehen zu lassen, und Balestrano hatte ihnen wie üblich befohlen, zurückzubleiben und für die Sicherheit des Heeres zu sorgen. Das war nicht der wahre Grund, aus dem er allein mit von Schmid und dem Flamen ging. Der wirkliche Grund war, daß er es nicht zu riskieren wagte, die vier zusammenzubringen; nicht in einem Moment, von dem er nicht wußte, ob er mit einem Kampf enden würde.

Er verscheuchte den Gedanken, ging schneller und konzentrierte sich auf die schwarzen Schatten der Sanddünen, die wie eine Mauer aus geronnener Schwärze in der Nacht vor ihnen aufragten. Sie waren noch nicht sehr weit vom Heer entfernt, aber schon war nicht mehr der mindeste Laut zu hören. Sie hätten genauso gut die einzigen Menschen in dieser Unendlichkeit aus Sand und Leere sein können.

Vorsichtig stiegen sie den sanft in die Höhe strebenden Hang einer Düne empor und blieben stehen, kurz bevor sie ihren Kamm erreichten. Van Velden deutete mit einer stummen Geste nach vorne. »Dort«, wisperte er. »Im nächsten Dünental.«

Balestrano lauschte. Er hörte nichts außer dem Pochen seines eigenen Herzens und dem leisen Wispern und Rascheln des Windes, aber wenn van Velden sagte, daß die Männer da waren, dann stimmte das auch. Balestrano hätte getrost seine Kopf darauf verwettet. Noch traute er den vier *Mastern*.

Sie sahen die Männer gleich, kaum daß sie die Düne auf Händen und Knien vollends erklommen hatten: drei schwarze, fast formlose Flecken, die um ein halb erloschenes Feuer herumsaßen und die Hände über die wärmenden Flammen hielten. Sie redeten miteinander; Balestrano hörte ihre Stimmen, ohne die Worte zu verstehen.

»Es sind drei!« sagte von Schmid leise.

Van Velden nickte. Seine Lippen waren zu einem schmalen Strich zusammengepreßt. »Vorhin waren es nur zwei«, murmelte er. »Der dritte muß in den letzten Minuten zu ihnen gestoßen sein.«

»Und das heißt«, führte von Schmid den Satz zu Ende, »daß unter Umständen auch noch ein vierter oder fünfter da sein könnte.« Er seufzte.

»Das sind keine Kundschafter«, sagte van Velden plötzlich.

»Wieso?« fragte Balestrano.

»Späher benehmen sich nicht so«, behauptete der Flame. »Sie würden kein Feuer entzünden. Und schon gar nicht so offen in der Gegend herumsitzen und reden.« Er verzog die Lippen zur bösen Karikatur eines Lächelns. »Aber das werden wir gleich wissen.«

Balestrano hätte um ein Haar zu spät bemerkt, was der Flame tat. Es war so dunkel, daß ihm der angespannte Ausdruck entging, der plötzlich auf van Veldens Züge lag, und das unentwegte Wispern und Rascheln des Windes verschluckte auch das helle, sonderbar rhythmische Scheuern, das plötzlich erklang. Aber mit einem Male schien sich der Sand unter Balestranos Körper zu bewegen und für einen Moment hatte er das Gefühl, ein schwerfälliges, aber unglaublich machtvolles Gleiten und Heben auf den gegenüberliegenden Dünenkämmen zu sehen.

»Um Gottes willen, Bruder, was tust du?« keuchte er, so laut, daß van Velden und Schmid erschrocken zusammenfuhren und zu den drei Schatten unter ihnen herabsahen, ehe sie sich an ihn wandten. Die Wüste hörte auf, sich zu bewegen.

Balestrano zog sein Schwert, wobei er die Klinge zwischen Daumen und Zeigefinger der Linken hindurchgleiten ließ, damit sie kein verräterisches Geräusch verursachte. »Wir sind drei, und sie sind drei. Wir werden sie auch so besiegen. Necron würde es spüren, wenn wir unsere *Macht* gegen sie einsetzten, Bruder«, sagte er mahnend.

Van Velden sah ihn fast erschrocken an, widersprach aber nicht mehr, sondern erhob sich lautlos auf die Knie und zog wie Balestrano seine Waffe. Auch von Schmid nahm sein Schwert zur Hand und sah ihn erwartungsvoll an.

Jean Balestrano sah noch einmal zu den drei Schatten hinab. Sie hatten sich nicht gerührt, sondern saßen unverändert um das Feuer herum und unterhielten sich, aber irgend etwas war *falsch*. Balestrano wußte nur nicht, was ...

»Jetzt!« sagte er.

Sie sprangen auf, waren mit einem Satz über dem Hügelkamm und stürmten die jenseitige Böschung herab. Als sie die halbe Strecke hinter sich gebracht hatten, schrie einer der drei erschrocken auf, sprang auf die Füße und zerrte einen blitzenden Säbel unter seinem Gewand hervor und auch die beiden anderen schwarzgekleideten Gestalten taten es ihm gleich.

Sie hatten keine Chance. Die drei Drachenkrieger mochten zu den besten und gefährlichsten Einzelkämpfern der Welt gehören, aber von Schmid und van Velden waren besser. Balestrano kam nicht einmal dazu, seine Waffe zu heben, da sprang der grauhaarige Herzog schon unter die drei Männer, ließ seine Klinge pfeifen, tötete den ersten mit einem Streich und schlug den anderen das Schwert aus der Hand. Van Velden überrannte den dritten Mann kurzerhand, schlug sein hochgerissenes Schwert mit einem Hieb beiseite und durchbohrte ihn, als er sich wieder aufrichten wollte.

»Bruder Botho – nicht!« rief Balestrano erschrocken, als von Schmid seine Waffe hob, um dem verwundeten Drachenkrieger den Gnadenstoß zu versetzen. Von Schmid erstarrte mitten in der Bewegung, das Schwert hoch erhoben, und für einen Moment glaubte Balestrano fast so etwas wie Enttäuschung auf seinen Zügen zu erkennen. Er erschrak. Jetzt schon?, dachte er. Beginnt es schon jetzt? Aber es ist zu *früh! Viel zu früh!*

Aber von Schmid beherrschte sich. Langsam senkte er sein Schwert, stieß es dann mit einem fast zornig klingenden Laut in den Sand und zerrte den Verwundeten am Kragen in die Höhe.

»Halte ihn, Bruder«, sagte Balestrano leise. »Aber tu ihm nicht mehr weh als nötig.« Von Schmid packte den Mann, verdrehte seinen unverletzten Arm auf den Rücken und krallte die Linke in sein Haar, so daß sein Kopf in den Nacken gebogen wurde und er Balestrano ansehen mußte. Das Gesicht des Mannes zuckte vor Schmerz und Zorn, aber er gab nicht den mindesten Laut von sich.

»Du brauchst keine Angst zu haben«, sagte Balestrano ruhig. »Dir wird nichts geschehen, wenn du tust, was man dir sagt.«

Der Mann schwieg. Aber sein Blick flammte vor Zorn.

Balestrano trat einen weiteren Schritt auf ihn zu, hob den Arm und legte die rechte Hand auf die Schulter des Schwarzgekleideten. Seine Finger suchten und fanden einen bestimmten Nervenknoten an seinem Hals. Sehr sanft drückte er zu. »Du wirst antworten«, sagte er, ganz ruhig, doch mit sonderbar veränderter, irgendwie gleichzeitig monoton wie zwingend klingender Stimme. »Du wirst mir gehorchen, Bruder. Ich bin dein Freund. Du vertraust mir.«

Der Blick des Drachenkriegers begann sich zu verschleiern. Er zitterte. Kleine glitzernde Schweißperlen erschienen auf seiner Stirn. Balestrano spürte wie sein Widerstand zu wanken begann.

»Du vertraust mir«, sagte er noch einmal. Gleichzeitig verstärkte er den Druck seines Fingers und verdoppelte seine Anstrengung, den geistigen Widerstand des Kriegers zu brechen.

Aber es war, als renne er gegen eine unsichtbare Mauer an. Kein normaler Mensch hätte sich dem suggestiven Zwang seines Blickes länger als einige Sekundenbruchteile widersetzen können, aber irgend etwas war im Geist des Kriegers, etwas Dunkles und Mächtiges, das nicht aus ihm selbst kam.

»Du vertraust mir!« sagte Balestrano zum dritten Mal. »Antworte! Wo liegt eure Burg?! Wie viele seid ihr?!«

Der Mann stöhnte. Ein Ausdruck entsetzlicher Furcht glomm in seinem Blick auf. Plötzlich begann er am ganzen Leibe zu zittern.

Und dann war er tot.

Es ging unglaublich schnell. Für den millionsten Teil einer Sekunde spürte Balestrano wie die Mauer um seinen Geist zu wanken begann, Risse bekam und brach – und dann stieg irgend etwas Dunkles, Vernichtendes aus den Tiefen seines Geistes empor und zerstörte ihn. Der Krieger sackte in von Schmids Griff zusammen und hörte auf zu atmen.

»Großer Gott!« keuchte van Velden. »Was ist geschehen?«

»Das, was ich befürchtet habe«, seufzte Balestrano. Er gab von Schmid ein Zeichen, den Mann loszulassen, kniete neben ihm nieder und schloß mit einer fast behutsamen Bewegung seine weit geöffneten, leeren Augen. Seine beiden Begleiter schwiegen respektvoll, als er das Kreuzzeichen über dem Toten schlug und ihn segnete.

»Ein hypnotischer Bann«, sagte Balestrano, nachdem er wieder aufgestanden war. »Necron traut nicht einmal seinen eigenen Männern. Sie sterben, bevor sie ihn verraten können.« Er ballte in einem Ausflug sinnlosen Zornes die Faust, wandte sich zu von Schmid um – und erstarrte.

Auf dem Dünenkamm hinter dem *Animal-Master* war ein Schatten erschienen, die Silhouette eines Reiters, groß, schlank, in die Farbe der Nacht gekleidet und mit einem blitzenden Schwert in der Rechten. Balestrano war sicher, daß der Mann angegriffen hätte, hätte er ihn nicht in diesem Moment bemerkt.

Auch von Schmid fuhr herum und erblickte den Reiter. Mit einem erschrockenen Ruf zog er sein Schwert und wollte loslaufen.

Der Reiter riß sein Tier herum, gab ihm die Sporen und sprengte davon und von Schmid blieb mit einem enttäuschten Knurren stehen. »Zum Teufel!« fauchte er. »Das hätte nicht passieren dürfen. Er wird uns verraten!«

»Er mag unser Hiersein verraten«, lenkte Balestrano ruhig ein, »aber Necron weiß nicht, wer wir sind, noch, welche Kräfte uns zur Verfügung stehen.«

»Aber wenn er zu ihm reitet und Necron meldet, was er gesehen hat –«, protestierte van Velden.

»Dann werden wir kämpfen müssen, Bruder«, unterbrach ihn Balestrano ruhig. »Dazu sind wir schließlich hier, oder?«

Nassirs Pferd brach zusammen, als er den Fuß den Berges erreichte. Das Tier strauchelte, verlor auf dem lockeren Sand das Gleichgewicht und fiel und sein Begleiter wurde in hohem Bogen aus dem Sattel geschleudert. Nur der weiche Wüstensand bewahrte ihn vor einer wirklich schweren Verletzung. Trotzdem blieb er sekundenlang benommen liegen, ehe er wenigstens die Kraft fand, sich auf Hände und Knie hochzustemmen.

Himmel und Erde begannen sich vor seinen Augen zu drehen. Sein Atem ging schnell und mühsam und die Luft brannte wie Feuer in seinen Lungen. Aber er mußte weiter! Er mußte zurück und die Fremden melden, die dort draußen in der Wüste waren, nicht einmal eine Stunde vom Fuße des Berges entfernt.

Mit einer Kraft, von der der junge Drachenkrieger nicht einmal selbst wußte, woher er sie noch nahm, stemmte er sich auf die Füße und taumelte weiter.

Als er den schmalen, steingesäumten Weg zum Kastell fast erreicht hatte, trat eine Gestalt aus dem Schatten hervor und hob die Hand. Nassir erschrak. Instinktiv zuckte seine Hand zum Dolch, obwohl er kaum mehr die Kraft hatte, sich auf den Beinen zu halten, geschweige denn zu kämpfen.

Aber dann erkannte er die schwarze Kleidung, das gleichfarbige Gesichtstuch und den schmalen Krummsäbel, den der Mann am Gürtel trug, und statt die Waffe zu ziehen, sank er mit einem erschöpften Seufzer auf die Knie. Er war am Ziel. Selbst wenn er nicht mehr die Kraft haben sollte, die Burg zu erreichen, konnte er die anderen warnen.

Der zweite Drachenkrieger trat auf ihn zu, blieb in wenigen Schritten Abstand stehen und sah auf ihn herab.

»Wer bist du?« fragte er scharf. »Was ist mit dir? Bist du verwundet?«

Nassir schüttelte den Kopf. »Nur ... erschöpft«, stammelte er. »Warnen ... du ... mußt Necron ... warnen.«

»Warnen?« Die Augen des anderen wurden schmal. »Wovor? Was ist geschehen? Red endlich, Kerl!«

»Feinde«, keuchte Nassir. Ihm wurde übel. Sein Herz jagte immer schneller. Er war geritten wie nie zuvor in seinem Leben und vielleicht würde er das Schicksal seines Tieres teilen und hier und jetzt sterben. Aber das war ihm gleich, solange er Necron und die anderen warnen konnte.

»Feinde«, wiederholte er. »Eine ... eine ganze Armee. Draußen in ... in der Wüste. Es sind ... Hunderte.«

»Wovon redest du?« fragte der andere. »Was für eine Armee, zum Teufel?«

»Tempel ... ritter«, stöhnte Nassir. »Geh und ... warne Necron. Kümmere dich nicht um ... um mich.«

Der andere schwieg einen Moment. Dann seufzte er, kam näher und hob die Linke an den Gesichtsschutz, während seine andere Hand den Dolch aus dem Gürtel zog. »Ich würde dir ja gerne den Gefallen tun, mein Freund«, sagte er beinahe sanft. »Aber ich fürchte, ich *muß* mich um dich kümmern.«

Nassir verstand nicht, was das bedeutete. Mühsam sah er auf, kämpfte seine Übelkeit mit aller Macht nieder und versuchte auf die Füße zu kommen. Aber er führte die Bewegung nicht zu Ende, denn in diesem Moment zog der andere das schwarze Tuch von seinem Gesicht.

Nassirs Augen wurden rund vor Staunen. »*Du*?!« keuchte er.

»Ja«, antwortete der andere. »Ich. Es tut mir leid, Nassir.«

Nassir versuchte zu schreien, aber er kam nicht mehr dazu. Er fühlte nicht einmal mehr die Dolchklinge, die ihn tötete.

Draußen, vor den unverglasten, aber vergitterten Fenstern, war die Sonne längst untergegangen und bei aller Pracht, mit der die Kammer eingerichtet war, gab es keine Möglichkeit, Licht zu machen.

Trotzdem fand ich keinen Schlaf.

Unsere bizarre Unterhaltung hatte nicht mehr sehr lange gedauert. Necron hatte verkündet, daß er uns eine Nacht Bedenkzeit lassen wolle, um in aller Ruhe über sein Angebot nachzudenken und mich dann von vier seiner schwarzvermummten Diener fortbringen lassen. Die Drachenkrieger hatten mich sehr höflich behandelt, aber es war jene Art von Höflichkeit gewesen, hinter der sich Unnachgiebigkeit verbarg.

Ich hatte protestiert, als man Ixmal von mir getrennt hatte, denn ich fühlte mich verantwortlich für den jungen indianischen Führer, aber es hatte nichts genutzt. Ich war hierher gebracht worden, in einen sehr behaglich, ja schon fast verschwenderisch eingerichteten Raum, dessen einziger Schönheitsfehler vielleicht die Tatsache war, daß seine Tür auf der Innenseite keine Klinke hatte, dafür aber einen sehr massiv aussehenden Riegel auf der anderen.

Eine Stunde später, vielleicht auch zwei, waren noch einmal zwei von Necrons Drachenkrieger erschienen und hatten ein Tablett mit Wein und einer sehr großzügigen bemessenen Mahlzeit auf dem Tisch abgestellt.

Es stand immer noch dort und es war immer noch unberührt. Ich hatte Hunger und Durst und ich war müde, aber ich fühlte mich wie gelähmt, unfähig, an die profanen Bedürfnisse meines Körpers zu denken, geschweige denn, sie zu befriedigen. Hinter meiner Stirn tobte ein wahrer Vulkan von Gefühlen.

Priscylla. Sie war erwacht. Und ich hatte sie zurück. Ein Wort von mir, ein einziges, aus nur zwei Buchstaben bestehendes Wort, und sie wäre frei! Alles, wofür ich ein ganzes endloses Jahr gekämpft hatte, würde einen Sinn bekommen. Ich konnte Priscylla mit mir nehmen und mit ihr nach Hause gehen, ein normales Leben führen und …

Ja – und? Und was?, dachte ich bitter.

Necron gehorchen? Zu seinem Sklaven werden? Ein Diener des Mannes, den ich wie nichts auf der Welt haßte und der mir letztendlich all dies angetan hatte? Lächerlich!

Aber sein Angebot ausschlagen und – selbst wenn er Wort halten und mich nicht töten würde (was schlichtweg undenkbar war) – ohne Priscylla fortgehen, sie in seinen Klauen zurücklassen?

Das war ebenso unmöglich.

Zum Teufel, es war eine der Situationen, von denen ich gehört, die ich aber nicht wirklich für möglich gehalten hatte. Eine Lage, in der alles, was man tut konnte, falsch war. Ganz gleich, wie ich mich entschied – es war ein Fehler.

Ein leises Scharren drang in meine Gedanken.

Ich sah auf, blickte mich suchend um, konnte aber nichts Verdächtiges oder Außergewöhnliches erkennen und wollte mich schon zurückfallen lassen, als ich den Laut ein zweites

Mal hörte, ein wenig deutlicher jetzt, so daß ich die Richtung auszumachen vermochte, aus der er kam, von der Tür her nämlich.

Mißtrauisch setzte ich mich ganz auf, schwang die Beine vom Bett – und erstarrte mitten in der Bewegung.

Die Tür schwang lautlos auf, nur einen Spaltbreit, und ein schmaler, irgendwie fließender Schatten huschte in mein Gefängnis. Einen Moment lang blieb er stehen, als überzeuge er sich davon, nicht bemerkt worden zu sein, dann drückte er die Tür hinter sich zu und wandte sich zu mir um. Für einen ganz kurzen Moment lag das Gesicht der Gestalt im silbernen Licht des Mondes, das durch die schmalen Fenster hereinströmte.

Ich unterdrückte im allerletzten Moment einen Schrei.

Es war Priscylla!

»Du?« keuchte ich. »Aber wie –?«

Priscylla war mit einem Satz bei mir, legte warnend den Zeigefinger über die Lippen und machte mit der anderen Hand eine erschrockene Geste. »Nicht so laut, Robert!« flüsterte sie. »Wenn Necron merkt, daß ich hier bin, ist alles verloren!«

Ich verstummte gehorsam – was allerdings mehr an meiner Überraschung lag als etwa daran, daß ich in diesem Moment etwa begriffen hätte, was sie sagte.

Priscylla blickte noch einmal zur Tür zurück, dann trat sie vollends auf mich zu, warf sich mit einem kleinen, nur mühsam unterdrückten Schrei an meine Brust und umklammerte mich mit den Armen, so heftig, daß mir die Luft wegblieb. Instinktiv öffnete ich den Mund, um wie ein Fisch auf dem Trockenen nach Luft zu schnappen.

Priscylla küßte mich.

Es war wie ein elektrischer Schlag.

Eine Sekunde lang stand ich nur starr da, wie gelähmt, dann schien etwas in mir aufzuflammen wie ein Stück zundertrockenes Holz, an das man eine Fackel hält. So heftig, daß es ihr weh tun mußte, preßte ich Priscylla an mich, erwiderte ihren Kuß und vergrub die Hände in ihrem Haar. Der klägliche Rest, der von meinem logischen Denken bisher noch geblieben war, wurde hinweggespült. Ich dachte nicht mehr, sondern spürte nur noch ihre Nähe, roch den Duft ihres Haares, spürte die berauschende Wärme ihres Körpers, den festen, aber sehr sanften Griff ihrer Finger in meinem Nacken …

Es dauerte lange, bis wir uns voneinander lösten, und es war Priscylla, die meinen Griff mit sanfter Gewalt sprengte und den Kopf zur Seite drehte, um wenigstens die Lippen freizubekommen. Ihr Gesicht glühte. Etwas war in ihren Augen, was ich noch niemals darin gesehen hatte und das wie ein Funken auf mich übersprang und mich abermals in Flammen setzte. Wieder wollte ich sie an mich ziehen, aber diesmal wehrte sie mich ab.

»Nicht, Robert«, sagte sie. »Noch nicht. Wir müssen reden.«

Gehorsam ließ ich sie los – aber nur, um sie sofort wieder an mich zu ziehen, diesmal aber sehr sanft. Plötzlich spürte ich, wie schlank und zerbrechlich ihr Körper war und mir wurde klar, daß ich ihr mit meiner stürmischen Umarmung weh getan haben mußte. Behutsam hob ich die Hand, streichelte mit nur zwei Fingern ihre Wange und zog sie an mich, um ihre Augenlider zu küssen. Ich konnte spüren, wie Priscylla unter der Berührung meiner Lippen erschauderte.

»Du bist wach«, flüsterte ich. »Mein Gott, du … du bist wieder du selbst. Necron hat dich nicht –«

»Necron ist ein Narr«, sagte Priscylla. »Ich war vom ersten Moment an wach.« Sie lächelte. »Aber ich dachte mir, daß es vielleicht besser wäre, wenn er das nicht weiß.« Sie lachte, schob mich ein Stückweit von sich fort und öffnete mit einer raschen Geste die Spange, die ihren Mantel zusammenhielt. Darunter trug sie nichts als ein dünnes, halb durchsichtiges Gewand aus Seide, das von ihrem Körper mehr entblößte als verhüllte.

Verblüfft starrte ich sie an, aber noch bevor ich irgend etwas sagen konnte, trat sie schon wieder auf mich zu, umschlang mich mit den Armen und verschloß meine Lippen mit den ihren. Ihre Hände glitten in meinen Nacken, spielten einen Moment lang mit meinem Haar und krochen tiefer. Gleichzeitig begann ihr linker Fuß an meiner Wade emporzukriechen, kitzelte einen Moment lang meine Kniekehle – und trat dann so wuchtig hinein, daß ich das Gleichgewicht verlor und nach hinten kippte. Priscylla half der Entwicklung noch ein wenig nach, indem sie sich in diesem Augenblick noch fester an mich preßte. Ich fiel nach hinten, landete reichlich unsanft auf dem Bett und zog Priscylla mit mir.

Wieder vergingen sehr viele Minuten, ehe sich unsere Lippen voneinander lösten und Priscylla die Augen öffnete.

»Was ... was tust du?« keuchte ich mühsam. Mein Herz jagte, und jeder einzelne Nerv in meinem Körper schien in Flammen zu stehen. Meine Hände, die noch immer auf Priscyllas Rücken lagen, zitterten.

Priscylla lachte leise. »Du stellst ziemlich dumme Fragen, findest du nicht?« sagte sie – während *ihre* Hände sich ganz und gar nicht mehr auf meinem Rücken befanden ...

»Aber das ... das ist Wahnsinn«, stammelte ich. »Bitte, Pri, wir dürfen nicht ...«

»Was?« fragte sie harmlos.

»Das, was ... was du da ... machst ...«

»Gefällt es dir nicht?« erkundigte sich Priscylla, gab mir jedoch keine Chance zu antworten, sondern beugte sich abermals vor und küßte mich, diesmal so heftig, daß mir im wahrsten Sinne des Wortes die Luft wegblieb.

»Aber ... Necron!« protestierte ich mühsam.

Priscylla richtete sich ein wenig auf, legte den Kopf auf die Seite und sah mich nachdenklich an. »Wenn es dir mit ihm mehr Spaß machen würde, rufe ich ihn dir gerne«, erklärte sie ernsthaft. »Es sei denn ...«

Sie sprach nicht weiter, sondern richtete sich mit einer plötzlichen Bewegung auf, zog auch das dünne Nichts aus Seide mit einem Ruck über den Kopf und ließ sich wieder auf mich sinken. Ihre Hände machten dort weiter, wo sie vor Augenblicken aufgehört hatten.

Und ich für meinen Teil hörte auf, mich dagegen zu wehren. Nicht, daß mir das, was sie tat, direkt unangenehm gewesen wäre. Im Gegenteil. Ganz im Gegenteil ...

Der Berg und die Festung ragten wie eine zornig geballte Faust aus schwarzem Stein gegen den Nachthimmel empor. Der Wind hatte sich gelegt, aber in der Wüste war noch immer Bewegung, ein Rascheln und ein Schaben hier, ein Huschen dort, ein leises Schleifen da ... es war nichts Konkretes, nichts, worauf man deuten oder was man auch nur in Worte fassen konnte, aber es war da: ein lautloses, aber unüberhörbares Flüstern und Wispern, irgendwo dicht jenseits der Wirklichkeit.

»Du spürst es auch, nicht wahr, Bruder Jean?«

Balestrano schrak aus seinen Gedanken hoch, drehte sich herum und erkannte Bruder van Velden in der schlanken Gestalt, die sich wie ein heller Schatten vom nachtdunklen Hintergrund der Wüste abhob. Er hatte nicht gehört, wie der *Desert-Master* nähergekommen war.

»Sie lebt«, fuhr van Velden fort, ohne auf eine Antwort Balestranos zu warten. »Die meisten Menschen halten sie einfach für ein Stück nutzloser Erde, auf dem nur Sand und Steine und allenfalls ein paar giftige Spinnen und Skorpione leben, aber das stimmt nicht. Die Wüste lebt. Und sie registriert sehr genau, wer sie betritt und was er tut.«

Jean Balestrano antwortete noch immer nicht. Er wandte sich wieder um und blickte zum Schatten der Bergfestung hinauf. Trotz ihres unheimlichen und angstmachenden Äußeren war sie nur als Schatten zu erkennen, wie ein kolossales schwarzes Loch in der Wirklichkeit. Mann konnte nicht sehen, wo der natürlich gewachsene Fels aufhörte und das Mauerwerk der Drachenburg begann.

»Sie müssen jetzt bereits wissen, daß wir kommen«, murmelte van Velden, der seinen Blick bemerkt hatte. »Sie werden uns angreifen, sobald wir den Anstieg beginnen.«

Balestrano sah ihn nachdenklich an. »Glaubst du?«

»Jedenfalls würde ich das tun«, sagte er. »Die Späher sind zurück. Das ist auch der Grund, aus dem ich dich gesucht habe. Was sie melden, gefällt mir nicht besonders. Dieser Berg.« Van Velden deutete mit einer Kopfbewegung auf den zyklopischen Schatten, der ein ganzes Drittel der Horizonts vor ihnen einnahm. »Es gibt nur einen einzigen Weg hinauf. Zehn Mann können ihn gegen eine Armee verteidigen.«

Balestrano schwieg. Van Veldens Worte überraschten ihn kein bißchen. Er wußte zehnmal besser als der *Desert-Master* wie uneinnehmbar die Wüstenfestung Necrons war. Wären sie allein auf die Kampfkraft ihrer Krieger angewiesen, hätten sie auch mit der zehnfachen Anzahl von Männern keine Chance gehabt, sie zu stürmen.

Nach einer Weile wandte er sich schweigend um, bedeutete van Velden mit einer Kopfbewegung, ihm zu folgen, und ging zum Lager zurück, das zwischen zwei gewaltigen Sanddünen errichtet worden war. Selbst Balestrano staunte ein wenig wie still und diszipliniert die fünfhundert Mann sich verhielten. Nicht der geringste Laut war zu vernehmen und selbst ihre Gestalten schienen mit den Schatten der Nacht zu verschmelzen. Ein flüchtiges Gefühl von Stolz machte sich in ihm breit, als er zwischen den schweigend dahockenden Männern hindurchging.

Von Schmid, Hayworthy und de la Croix erwarteten ihn bereits, zusammen mit zwei anderen Männern, offensichtlich den Spähern, von denen van Velden gesprochen hatte.

Balestranos Blick huschte über die Gesichter der drei *Master*. Von Schmid starrte mit einer steinernen Miene ins Nichts, während sich auf Bruder Andrés Zügen ein eindeutig angespannter Ausdruck breitgemacht hatte. Nur Hayworthy sah aus wie ein freundlicher grauhaariger Großvater, der gerade überlegt, welches Märchen er seinen Enkeln vor dem Einschlafen erzählen sollte. Nichts an ihnen wirkte irgendwie verändert.

Und doch …

Balestrano spürte seine Anwesenheit überdeutlich. Er war da, unsichtbar und lautlos wie ein übler Geruch, der sich in Wirklichkeit festgesetzt hatte, wartend, bereit. Ein Wort von ihm, ja ein Gedanke würde genügen, *ihn* zu entfesseln, die vier noch immer ahnungslosen *Master* in lebende Kampfmaschinen zu verwandeln, denen kein noch so mächtiger Gegner standhalten konnte. Aber er würde seinen Preis verlangen. Balestrano fühlte sich schuldig. Nicht wegen dem, was er bereits getan hatte, denn das hatte er tun müssen, sondern wegen dem, was er diesen vier Männern noch antun mußte …

»Wir sind bereit«, drang Bruder Andrés Stimme in seine Gedanken. Balestrano schrak beinahe schuldbewußt hoch, sah den *Storm-Master* einen Moment lang verwirrt an und rettete sich in ein Lächeln. Er hoffte, daß er und die drei anderen nichts von seiner Unsicherheit spürten. Aber selbst wenn, dann würden sie es sicher auf den bevorstehenden Kampf schieben.

Er nickte und wandte sich an einen der beiden Späher. »Was habt ihr herausgefunden?»

»Das, was wir erwartet haben«, antwortete Bruder Botho anstelle des Kundschafters. »Dieser Berg ist eine Festung. Eine Falle wie sie perfekter nicht sein könnte.« Er seufzte. Eine steile Falte erschien zwischen seinen Brauen. »Es wird viel Blut kosten, uns den Weg zur Burg hinauf zu erkämpfen, Bruder Jean«, sagte er. »Hätten wir noch den Vorteil der Überraschung auf unserer Seite, könnte es uns gelingen, bis zur Burg vorzustoßen, ehe sie überhaupt merken, wie ihnen geschieht. Aber so …«

Er sprach nicht weiter, aber Balestrano hörte deutlich den Vorwurf in seiner Stimme. »Wie viele Krieger hast du gesehen?« fragte er den Kundschafter.

»Keinen«, antwortete der Mann. »Nicht direkt jedenfalls. Es gibt ein kleines Kastell auf halber Höhe, das bemannt ist. Aber auf dem Weg selbst ist niemand.«

»Das ist es ja gerade, was mir nicht gefällt«, sagte Bruder Hayworthy stirnrunzelnd.

»Du vermutest eine Falle?»

Hayworthy antwortete erst gar nicht.

»Und wenn unser Kommen noch nicht gemeldet worden ist?« fragte van Velden plötzlich.

Von Schmid lachte leise. »Ein verlockender Gedanke«, sagte er. »Aber nicht sehr wahrscheinlich. Der Späher hat uns gesehen. Und er wird kaum die Freundlichkeit gehabt haben, an einem Herzschlag dahinzuscheiden, ehe er Necron alarmieren konnte.«

»Kaum«, gab van Velden gereizt zurück. »Aber möglich wäre es immerhin.«

»Was?« fragte von Schmid böse. »Daß er auf einem Felsen hockt und in der Nase bohrt, während er darüber nachdenkt wie er seinem Herr die schlechte Nachricht besonders schonend beibringen kann?»

Van Velden fuhr herum. Balestrano sah wie sich seine Hände zu Fäusten ballten; als er drohend auf den mehr als einen Kopf größeren Deutschen zutrat. Von Schmid erwiderte seinen Blick gelassen.

»Brüder!« sagte Balestrano scharf. »Hört auf!«

Van Velden atmete hörbar ein, trat aber gehorsam zurück und wandte sich wieder um, während von Schmid ein leises, abfälliges Lachen hören ließ.

Balestrano erschrak. *Schon jetzt*?, dachte er. *Geht es schon los?*

»Möglicherweise hat Bruder Nies recht«, sagte Hayworthy plötzlich. Von Schmid blickte überrascht auf, sagte aber nichts, und auch Bruder Balestrano wandte sich verwundert an den Schotten.

»Ich denke die ganze Zeit darüber nach«, fuhr Hayworthy fort. »Wenn ich dort oben in dieser Festung sitzen und über ein paar hundert Männer befehligen würde, wäre von unseren Kriegern jetzt schon keiner mehr am Leben. Diese Männer kennen sich hier aus, vergeßt das nicht. Necron müßte ein Narr sein, einen Angreifer so dicht an sich herankommen zu lassen. Für jemanden, der die Wüste kennt, ist ein zahlenmäßig überlegener Angreifer kein Hindernis.«

»Bruder Nies allein könnte es mit tausend von ihnen *aufnehmen*«, sagte de la Croix ernsthaft. »Die Wüste würde sie verschlingen.«

»Aber das weiß Necron nicht«, antwortete Hayworthy ernst. »Bruder Nies hat recht – irgend etwas stimmt hier nicht. Vielleicht weiß Necron wirklich noch nicht, daß wir kommen. Es wäre Wahnsinn, würden wir diesen Vorteil verschenken.«

»Und was schlägst du vor?« fragte von Schmid abfällig.

»Wir sollten nur wenige Männer dort hinaufschicken«, sagte Hayworthy. »Ein kleiner Troß. Zehn, allerhöchstens fünfzehn Männer. Genug, um das Kastell zu nehmen, aber auch nicht so viele, daß sie auffallen.«

»Fünfzehn Männer?« Von Schmid lachte böse. »Und ich nehme an, einer davon wirst du sein.«

Hayworthy nickte. »Und du, Bruder. Dazu noch dreizehn unserer besten Krieger. Und wir müssen schnell machen. In zwei Stunden wird es Tag. Dann wird man uns sehen von der Burg aus.« Er drehte sich herum und sah fragend zu Balestrano hinüber. »Nun?»

Jean Balestrano zögerte lange. Aber schließlich nickte er.

Der Glassarg war zerborsten. Das obere Drittel des Deckels war schlichtweg verschwunden, als wäre es unter einem ungeheuren Hieb regelrecht pulverisiert worden. Breite, wild gezackte Risse zogen sich durch den Rest des kristallenen Gebildes und auf dem blauen Samt, mit den es ausgeschlagen gewesen war, waren häßliche braunrote Flecke.

»Er muß verwundet sein, Herr«, sagte der Drachenkrieger

leise. »Auf den Kissen ist Blut. Und auch hier auf den Stufen, seht ihr?«

Necron drehte sich langsam herum, blickte jedoch nicht in die Richtung, in die der ausgestreckte Arm des Mannes wies, sondern starrte ihm in die Augen. Der Drachenkrieger hielt seinem Blick weniger als eine Sekunde stand, dann senkte er hastig den Kopf. Obwohl sein Gesicht bis auf einen schmalen Streifen über den Augen vom schwarzem Tuch seiner Tracht verhüllt war, konnte Necron sehen, wie groß die Angst war, die er ausstand. Er hatte versagt. Und es gab nur eine einzige Strafe für Diener Necrons, die versagten.

»Wie konnte das geschehen?« fragte Necron leise.

Der Mann zögerte, ehe er antwortete. Seine Stimme zitterte, ganz leicht nur, aber doch hörbar. »Ich weiß es nicht, Herr«, sagte er. »Yaccor und ich haben unseren Posten nicht verlassen.« Necron starrte ihn an, hob die Hand und ergriff die Schulter des Drachenkriegers. Seine Finger krallten sich so heftig in den schwarzen Stoff seines Gewandes, daß der Mann vor Schmerz zusammenzuckte.

»Ihr habt eure Posten nicht verlassen, so?« schnappte er. »Und ihr habt auch nichts Verdächtiges gehört?»

»Nein, Herr«, sagte der Drachenkrieger. »Ich ... ich schwöre euch, daß es so war. Niemand hat den Saal betreten oder verlassen!«

Necrons Gesicht verzerrte sich zu einer Grimasse. Er ließ die Schulter des Mannes los, hob den Arm und ballte die Faust, als wolle er ihn schlagen, tat es aber dann doch nicht, sondern fuhr mit einer abgehackten Bewegung herum und starrte zornig auf den zertrümmerten Glassarg herab.

»Er lebt«, flüsterte er. »Shannon lebt, und er ist wach. Ich fühle es. Ich kann seine Nähe spüren.«

»Soll ich ... soll ich die Festung durchsuchen lassen?« fragte der Krieger. »Ich bin sicher, wir fangen ihn wieder, wenn er –«

»Nein!« unterbrach ihn Necron hart. »Er würde euch alle töten. Und es ist auch nicht notwendig. Ich bin sicher, er wird zu mir kommen, wenn die Zeit reif ist.« Er schwieg einen Moment, dann fuhr er abermals herum und wies mit einer befehlenden Geste zum Ausgang. »Geh und alarmiere meine Garde«, sagte er. »Ich denke, es ist an der Zeit, unseren Gästen einen Besuch abzustatten.«

Von unten aus betrachtet hatte der Berg nicht einmal so hoch ausgesehen. Er war ein Koloß, massig und finster, aber nicht sonderlich hoch; wenigstens war es das, was Rupert Hayworthy geglaubt hatte.

Aber es stimmte nicht. Sie waren seit einer guten halben Stunde unterwegs, und der mißgestaltete Schatten der Burg auf seinem Gipfel war keinen Deut näher gekommen, fast als wüchse der Berg im gleichen Maße über ihnen empor, in dem sie ihn erklommen.

Bruder Hayworthy lächelte über diesen albernen Gedanken, aber es gelang ihm nicht vollends, ihn dorthin zurückzutreiben, wo er hergekommen war. Etwas blieb zurück, eine Unsicherheit, die ihm fremd war, und ein Gefühl körperloser Bedrohung, das ihn ängstigte.

»Nervös, Bruder Rupert?« fragte von Schmid spöttisch.

Hayworthy antwortete nicht gleich, sondern drehte nur den Kopf und sah den Herzog an, der wie er im Schutze eines mächtigen Felsblockes niedergekniet war und zum Turm des kleinen Kastells hinaufblickte. In unregelmäßigen Abständen erschien ein Schatten hinter den sonderbar geformten Zinnen des bizarren Bauwerkes. Aber Hayworthy wußte, daß sie nicht in Gefahr waren, entdeckt zu werden.

Nach einer Weile nickte er. »Ein wenig«, gestand er. »Du nicht?«

Von Schmid zuckte die Achseln. »Vielleicht.« Er deutete mit einer Kopfbewegung nach oben. »Wenn sie wissen, daß wir kommen, wird es nicht leicht werden. Dieser ganze Berg ist eine verdammte Festung.« Er seufzte. »Ich würde mich wohler fühlen, wenn wir ein paar gute Gewehre hätten, statt dieser Spielzeuge hier.« Er ließ die Linke auf das Schwert klatschen, das an seinem Gürtel hing.

Hayworthy lächelte dünn. Obwohl sie so verschieden waren, war er doch einer der wenigen Templer, zu denen Herzog Botho von Schmid so etwas wie Vertrauen gefaßt hatte, manchmal jedenfalls.

»Worum machst du dir Sorgen?« fragte er. »Du bist ein ausgezeichneter Fechter.«

»Das sind die Männer dort oben mit Sicherheit auch«, grollte von Schmid. »Zum Teufel, diese Hunde können uns aufreiben, wenn sie nur mit Steinen schmeißen!«

»Wenn Bruder Jean hören könnte, wie du redest, wäre er entsetzt«, sagte Hayworthy lächelnd.

Von Schmid grinste. »Er hört es ja nicht, oder?« Übergangslos wurde er wieder ernst. »Wir müssen dieses Kastell nehmen, Rupert, ganz gleich, wie.«

Hayworthy verstand sehr gut, was von Schmid mit diesen Worten wirklich sagen wollte, aber er ging nicht darauf ein. Er hatte Bruder Balestranos Warnung nicht vergessen.

Aber er wußte auch, daß von Schmid nur zu recht hatte. Man mußte kein Meisterstratege wie er sein, um zu erkennen, daß diese an sich winzige, halb aus dem Fels herausgemeißelte Festung allein reichte, eine ganze Armee aufzuhalten. Der Weg hier herauf war so schmal, daß zwei Männer nicht nebeneinander gehen konnten, und er verlief schnurgerade, ohne die allergeringste Deckung. Der *Animal-Master* hatte nicht übertrieben: ein einziger Mann, der hinter den Zinnen des Kastells stand, konnte eine Armee aufhalten, indem er nur mit Steinen warf.

»Wir warten noch«, sagte er schließlich.

Von Schmid schnaubte, widersprach aber nicht mehr, und für fünf Minuten, die sich zu Ewigkeiten zu dehnen schienen, versanken sie wieder in Schweigen. Dann näherten sich fast lautlose Schritte ihrem Versteck, und eine geduckte Gestalt erschien zwischen den Felsen. Von Schmid hob für eine halbe Sekunde die Hand hinter seiner Deckung hervor und der Templer huschte auf sie zu.

»Nun?« fragte Hayworthy hastig.

Der Krieger schüttelte den Kopf. »Nichts, Brüder«, sagte er. »Bruder Raimund und ich haben jeden Quadratzoll abgesucht.« Er deutete auf den schwarzen Schatten des Kastells. »Kein zweiter Eingang. Die Wände sind glatt wie Glas.«

Hayworthy seufzte. »Wachen?«

»Einer auf der anderen Seite«, bestätigte der Templer. »Und dieser dort oben. Sie scheinen sich sicher zu fühlen.«

»Ja«, grollte von Schmid. »Oder sie wollen, daß wir genau das denken.« Er schüttelte den Kopf und ballte gleich darauf zornig die Faust. »Wir müssen –«

»Wir müssen tun, was Bruder Jean befohlen hat«, unterbrach ihn Hayworthy scharf. »Nichts anderes.«

Aber diesmal gab der Herzog nicht mehr nach. In seinen Augen blitzte es zornig auf. »Zum Teufel, was sollen wir tun? Das Kastell einfach stürmen? Das ist unmöglich, und das weißt du besser als ich, Rupert!«

Hayworthy setzte zu einer neuerlichen scharfen Antwort an. Aber er sprach die Worte nicht aus, die ihm auf der Zunge lagen. Irgend etwas sagte ihm, daß es besser wäre, auf Balestranos Warnung zu hören. Wenn er von Schmid jetzt gestattete, seine besonderen Kräfte einzusetzen, dann verspielten sie vielleicht den einzigen Trumpf, den sie hatten …

Und trotzdem …

Sein Blick wanderte wieder zum Kastell. Die schwarzen Mauern aus geglätteter Lava waren nicht einmal sonderlich hoch – zehn, allerhöchstens fünfzehn Meter, schätzte er. Und er glaubte nicht, daß die winzige Festung mehr als ein Dutzend Männer beherbergte.

Aber von Schmid hatte trotzdem recht. Der Posten, der dort oben stand, patrouillierte in unregelmäßigen Abständen und er schien nicht sonderlich aufmerksam zu sein. Aber die Pausen zwischen seinen Rundgängen waren niemals groß genug, als daß sie ausgereicht hätten, einer der Männer die Wand ersteigen zu lassen. Und sie konnten sich nicht auf einen Kampf einlassen, selbst wenn sie ihn gewannen. Ein einziger Schrei, und keiner von ihnen würde die Burg auf dem Berggipfel erreichen.

»Bitte, Rupert«, sagte von Schmid. »Laß mich den Posten ausschalten. Nicht mehr. Bruder Jean wird es nicht einmal merken!«

Hayworthy hätte erschrecken müssen, denn das was von Schmid vorschlug, war Ketzerei. Die Worte des obersten Tempelherrn waren Gesetz.

Aber zum ersten Mal im Leben war sich Sir Rupert Hayworthy nicht mehr ganz sicher, ob Jean Balestrano nicht irrte. Irgend etwas war mit ihm geschehen, etwas, das er selbst nicht verstand und das ihn erschreckte – aber er hatte sich verändert. Und es war eine Veränderung, die noch lange nicht abgeschlossen war, das spürte er.

»Gut«, sagte er schließlich. »Tu es. Aber nur diesen Mann. Niemanden sonst.«

Botho von Schmid nickte. »Niemanden sonst.« Einen

Moment lang blickte er Hayworthy noch ernst an, dann wandte er sich um, blickte zum Kastell hinauf und hob die linke Hand. Ein angespannter Ausdruck erschien auf seinen Zügen …

… während der Wächter, fünfzehn Meter über ihnen, aus dem Turm heraustrat und seine ruhelose Wanderung hinter den gerundeten Zinnen des Kastells fortsetzte. Er war nicht sehr aufmerksam. Das war nicht nötig, denn seine Wache hatte mehr symbolische Bedeutung als irgendeinen praktischen Nutzen. Sie waren sicher hier oben, sicherer als an irgendeinem anderen Ort auf der Welt, und das schon einzig aus dem Grund, weil niemand von ihrem Hiersein wußte. Und der Wahnsinnsschirm rings um den Berg würde nachhaltig dafür sorgen, daß auch niemand durch Zufall den Berg fand.

Trotzdem erfüllte der Mann seine Aufgabe gewissenhaft, wenn auch mit mäßigem Engagement.

Aber vermutlich wäre ihm der daumengroße Schatten, der hinter ihm über die Zinnen huschte und auf dürren Beinchen hinter ihm hertrippelte, auch entgangen, wenn er aufmerksamer gewesen wäre.

Der Skorpion lief mit einer für seine Art vollkommen untypischen Unsicherheit auf den hochgewachsenen Mann zu, verhielt aber dann plötzlich mitten in der Bewegung, gelenkt von einem Willen, der nicht der seine war. Seine Fühler zuckten nervös hin und her und vielleicht begriff er auch mit seinem primitiven Verstand, daß er etwas tat, wofür er überhaupt keinen Grund hatte. Aber seine Intelligenz reichte bei weitem nicht aus, sich gegen den Zwang dieses fremden Willens aufzulehnen.

Er hatte auch nicht genug Geist, sich zu wundern, als plötzlich ein zweiter und dritter Schatten neben ihm erschien, beide kaum größer als er selbst: ein weiterer Skorpion und neben ihm, in friedlicher Eintracht, eine haarige graue Wüstentarantel, nur halb so groß wie eine Kinderfaust, aber ebenso giftig wie die beiden Skorpione.

Die Tiere warteten, während der Wächter seine Runde beendete, am jenseitigen Rand des Wehrganges einen Moment stehenblieb und sich dann umwandte, um gemächlich zurückzugehen.

Als er noch drei Schritte von den drei winzigen Killern entfernt war, gewahrte er eine Bewegung aus den Augenwinkeln.

Er blieb stehen, runzelte die Stirn und beugte sich vor, um aus zusammengepreßten Augen auf die beiden Käfer herabzublicken, die neben ihm auf der Mauerkrone erschienen waren.

Es waren ausgesprochen häßliche Tiere – zehn Zentimeter lange Miniatur-Ungeheuer mit scharfen Zangen und langen glänzenden Beinen, die sehr selten waren und in diesem Teil der Wüste im Grunde nichts verloren hatten. Der Mann wußte, daß die Tiere nicht ungefährlich waren; schon der Biß eines einzigen konnte zu schwerem Fieber und Krämpfen führen. Aber er war nicht beunruhigt, sondern allerhöchstens verwundert. Und fast dankbar für die Abwechslung im monotonen Einerlei seiner Wache.

Einen Moment lang betrachtete er die beiden Käfer, dann zog er einen Dolch aus dem Gürtel und stubste eines der Tierchen behutsam mit der Spitze an.

Im gleichen Moment kroch der erste Skorpion in sein rechtes Hosenbein.

Der Mann bemerkte es nicht einmal. Ein dünnes, schadenfrohes Lächeln erschien auf seinen Lippen, während er den Käfer auf den Rücken warf und zusah, wie er hilflos mit den Beinen strampelte.

Der zweite Skorpion kroch in sein linkes Hosenbein, während die Spinne an seinem Umhang emporzuklettern begann und sich lautlos seinem Nacken näherte.

Auch das bemerkte er nicht. Er war viel zu sehr damit beschäftigt, den zweiten Käfer mit dem Dolch auf die Mauerkante zuzutreiben, wo er in die Tiefe stürzen mußte.

Aber er kam niemals dazu, sein grausames Spiel zu Ende zu bringen. Ein dünner, aber sehr tief gehender Schmerz schoß plötzlich durch seine rechte Wade. Er keuchte, fuhr herum und schlug instinktiv mit der rechten Hand nach der schmerzhaften Stelle.

Irgend etwas knackte: sehr leise, aber deutlich, dann rutschte ein winziges hartes Etwas an seinem Bein hinab und kollerte über den Boden.

Die Augen des Mannes weiteten sich entsetzt, als er den zermalmten Skorpion erkannte. Ein halblauter, krächzender Schrei kam über seine Lippen.

Dann stach der zweite Skorpion zu.

Der Wächter keuchte, machte einen Schritt nach vorne und fiel. Seine Beine hatten mit einem Male nicht mehr die Kraft, das Gewicht seines Körpers zu tragen. Mühsam wälzte er sich herum, versuchte sich auf Hände und Knie hochzustemmen.

Plötzlich berührte etwas seinen Nacken. Ganz leicht nur, beinahe sanft.

Aber nur für eine Sekunde. Dann schoß ein stechender Schmerz durch seinen Hals.

Der Mann bäumte sich auf, wollte schreien, aber seine Kehle war wie zugeschnürt. Dem Schmerz folgte eine Woge betäubender Lähmung. Seine Muskeln verkrampften sich. In seinem letzten verzweifelten Aufbäumen warf er sich herum, griff in seinen Nacken und spürte etwas Kleines, Haariges zwischen den Fingern. Er zerquetschte es.

Aber er war tot, ehe er auch nur begriff, was ihn umgebracht hatte …

… und Bruder von Schmid richtete sich mit einem erschöpften Seufzen auf. Schweiß bedeckte seine Stirn, und als er zu Hayworthy hinübersah, verschwamm die Gestalt des grauhaarigen Schotten für einen Moment vor seinem Blick.

»Was hast du?« fragte Hayworthy besorgt.

»Nichts«, antwortete von Schmid ausweichend. »Es war … sehr anstrengend. Ich … ich bin wohl etwas müde.«

Hayworthy antwortete nicht, aber sein Blick sagte sehr deutlich, daß er sich mit dieser Antwort nicht zufrieden gab.

Und es wahr auch nicht die Wahrheit, dachte von Schmid schaudernd.

Die Wahrheit war, daß es ihm noch niemals so leicht gefallen war, Macht über den Willen eines Tieres zu erlangen wie jetzt.

Und daß er noch niemals zuvor eine solche Freude am Töten verspürt hatte wie heute. Ein winziges Stückchen von ihm war im Geist der fünf Tiere gewesen, die den Drachenkrieger getötet hatten.

Gott, dachte von Schmid schaudernd. Was geschieht mit mir?

Aber er bekam keine Antwort.

Nur tief, sehr sehr tief in sich, glaubte er ein dunkles böses Lachen zu hören.

Priscylla blieb länger als zwei Stunden und wir verbrachten nur die letzten zehn oder fünfzehn Minuten dieser Zeit mit Reden (was aber nun ganz und gar nicht heißt, daß wir uns in der übrigen Zeit etwa gelangweilt hätten ...).

Als sie sich – es mußte lange nach Mitternacht sein, wenn meine innere Uhr nicht vollends durcheinandergeraten war – schließlich auf dem Bettrand aufsetzte und nach ihrem Negligé angelte, fühlte ich mich so erschöpft und ausgelaugt wie selten zuvor in meinem Leben – allerdings auf eine höchst angenehme Art und Weise. Meine Glieder schienen mit Blei gefüllt zu sein, und ich mußte schon alle Willenskraft aufbieten, auch nur die Lider zu heben und zu ihr aufzusehen.

Der Anblick, der sich mir bot, entschädigte mich allerdings bei weitem für diese kleine Anstrengung, denn Priscylla war gerade damit beschäftigt, ihr Kleid über den Kopf zu streifen, wodurch sie mir noch einmal ihre phantastische Figur präsentierte, in einer so aufreizenden, aber dabei ganz und gar nicht anzüglichen Pose, daß ich für einen Moment ernsthaft überlegte, meinen inneren Schweinehund in seine Hütte zurückzuschicken und unsere Unterredung um einen weiteren Diskussionspunkt zu verlängern.

Aber dazu war ich im Grunde viel zu müde und so beschränkte ich mich darauf, sie weiterhin anzublicken und mich mit dieser Art der Sinnesfreuden zu begnügen.

Priscylla mußte meinen Blick wohl bemerkt haben, denn sie hielt plötzlich inne, blickte auf mich herab und zog in übertriebenen dargestellten Ärger die Nase kraus.

»Was starrt Er mich so an, unverschämter Lümmel?« fragte sie in geschauspielerter Empörung. »Weiß Er nicht, was sich gehört, wenn Er eine Dame schon die Peinlichkeit nicht ersparen kann, im gleichen Raum zu sein, wenn sie sich ankleidet?«

»Und ob Er das weiß«, murmelte ich und streckte die Hand nach ihr aus. Aber Priscylla wich blitzschnell zurück, schlug mir auf die Finger und ballte drohend die Faust vor meiner Nase.

»Benimm dich, du Lustmolch!« sagte sie drohend. »Oder ich schreie um Hilfe!«

»Das ist eine Drohung«, gab ich zurück. »Du allein hast mich schon fast an den Rand eines Herzschlages –«

Priscylla erstickte den Rest meines Satzes, indem sie sich

auf mich warf, meine Arme mit den Knien auf das Bett nagelte und sich über mich beugte, um mich abermals zu küssen. Mühsam bekam ich eine Hand frei und wollte sie erneut umarmen, aber wieder wich sie mir aus, zwar noch immer lachend, aber auf eine Art und Weise, die mir ziemlich eindeutig sagte, daß diese Ablehnung endgültig war.

Ich setzte mich auf, rutschte in eine halbwegs bequeme Lage und sah sie an. »Du erstaunst mich immer wieder, Pri«, sagte ich.

»Wieso? Ich habe niemals behauptet, eine Nonne zu sein, oder? Und schließlich habe ich länger als ein Jahr auf dich gewartet.«

»Es hat sich gelohnt, oder?«

Priscylla kicherte. »Was willst du hören, mein Held? Daß ich dich für den Größten halte?«

»Wieso halte?« entgegnete ich beleidigt. »Ich *bin* es, oder etwa nicht?«

Diesmal lachte Priscylla nicht und mit einem Male spürte ich, daß sie nicht nur hierhergekommen war, um mit mir zu schlafen. »Was hast du?« fragte ich. Ich setzte mich auf, schlüpfte in meine Beinkleider und rutschte auf der Bettkante zu Priscylla hinüber. Sie zitterte, als ich die Hand um ihre Schulter legte.

»Du bist in Gefahr, Robert«, sagte sie, mit einem Male sehr leise und sehr ernst. »Und nicht nur du. Auch der Indianer, der dich begleitet.«

»Was weißt du, Pri?« fragte ich.

Priscylla schüttelte den Kopf und löste sich aus meiner Umarmung, wich aber nicht von mir fort, sondern schmiegte sich weiter an meine Seite. Es war ein unbeschreiblich wohltuendes Gefühl, eine Wärme und Geborgenheit, die sich mit Worten nicht beschreiben ließ. Für einen Moment schoß mir ein vollkommen verrückter Gedanke durch den Kopf: Ganz gleich, was jetzt geschah – selbst wenn ich in der nächsten Minute sterben sollte – es hatte sich gelohnt.

»Es geht um Necron«, fuhr Priscylla fort, meine Frage mit einiger Verspätung beantwortend. »Du … du darfst ihm nicht glauben, Robert. Ganz gleich, was er dir bietet, glaube ihm nicht.«

»Ich hatte nicht vor, ihm zu glauben«, entgegnete ich. Gut,

er hatte mir Gastfreundschaft und Sicherheit versprochen, wenn auch nur für eine Nacht, und sein Versprechen gehalten. Er hatte mir Priscylla versprochen und ich hielt sie in den Armen. Aber das hieß noch lange nicht, daß ich ihm jemals mein Vertrauen schenken würde.

»Dann bleibe bei deinem Vorsatz!« sagte Priscylla heftig. »Du glaubst Necron zu kennen, aber das stimmt nicht!«

»Kennst du ihn denn?«

Priscylla zögerte einen ganz kurzen Moment, dann nickte sie. »Vergiß nicht, daß ich länger als ein Jahr seine Gefangene war.« Ihre Stimme zitterte bei diesen Worten so heftig, daß ich sie instinktiv fester an mich preßte. Was mochte sie erlitten haben in diesem einen Jahr? Welche unvorstellbaren Qualen mußte sie ausgestanden haben, eingekerkert in ihren eigenen Körper, nichts als ein Geist, abgeschnitten von allen äußeren Eindrücken?

Ich versuchte mir vorzustellen, wie es sein mußte: blind, taub, gelähmt, unfähig, irgend etwas zu empfinden oder zu fühlen; eine Ewigkeit lang. Der Gedanke war so entsetzlich, daß sich etwas in mir dagegen sträubte, ihn auch nur zu denken.

Aber ich fragte Priscylla nicht danach, und nach einer Weile redete sie von sich aus weiter.

»Er hat mich in diesen magischen Schlaf versetzt«, begann sie. »Aber ich habe nicht immer geschlafen. Necron hat ... ich weiß nicht ganz genau was, aber er hat wohl versucht, so etwas wie einen geistigen Kontakt zu mir herzustellen. Vielleicht, um mehr über dich zu erfahren. Aber dabei habe ich auch eine Menge über ihn in Erfahrung gebracht, Robert. Ich ... ich weiß, wer er wirklich ist.«

»Wer er wirklich ist?« wiederholte ich verwirrt. »Willst du damit sagen, daß Necron nicht Necron ist?«

»Natürlich«, antwortete Priscylla. »Er ist ein Magier, ein uralter, unglaublich mächtiger Magier, und die Gestalt, in der du ihn kennst, ist nicht seine einzige. Er ... er wechselt seinen Körper wie du dein Hemd. Er ist alt, Robert, uralt.«

»Ich weiß«, antwortete ich. Ich begriff noch immer nicht wirklich, worauf Priscylla hinaus wollte. Vielleicht wollte ich es auch nicht begreifen. »Er muß an die hundert Jahre alt sein.«

»Hundert?« Priscylla lachte, aber es klang nicht sehr amüsiert. »Hundert mal hundert kommt der Sache wohl näher, Robert.«

Eine Sekunde lang starrte ich sie an, unfähig zu begreifen, was sie gerade gesagt hatte. Ich ließ ihre Schulter los, rückte ein Stück von ihr weg und sah ihr fassungslos in die Augen. »Willst du damit sagen, Necron ist ... ist unsterblich?« keuchte ich.

»In gewissem Sinne ja«, bestätigte Priscylla. »Sein Körper ist verwundbar und sterblich wie jeder andere auch, aber er vermag ihn zu verlassen. Necron ist Necron, wie du ihn kennst, aber er war vorher auch der Marquis de Sade, Attila, der Hunnenkönig, Nero ...« Sie breitete die Hände aus. »Die Reihe ließe sich beliebig lang fortsetzen, Robert. Necron ist das lebende Böse. Er ist eine Legende, die zum Leben erwacht ist und die weiterleben wird, selbst wenn du seinen Körper zerstörst.«

»Aber wenn ... wenn das stimmt«, stammelte ich, »dann ist er unbesiegbar. Dann ist unser Kampf sinnlos!«

»Nein«, widersprach Priscylla. »Auch er kann besiegt werden. Ich weiß nicht wie und ich weiß nicht womit und wann, aber nichts, was irgendwie lebt, kann nicht auch irgendwie zerstört werden. Du darfst ihm nicht trauen, Robert. Es wäre dein Tod, meiner und der zahlloser anderer auch.«

»Und was sollen wir tun?« fragte ich. »Necron wird uns nicht freiwillig gehen lassen. Und ein Kampf gegen seine Drachenkrieger wäre Selbstmord. Wir sind hier im Zentrum seiner Macht, Priscylla. Er kann uns mit einer Handbewegung vernichten.«

»Und er würde es tun, wenn er wüßte, daß ich hier bin«, fügte Priscylla hinzu. »Aber ich habe einen Plan. Morgen früh, wenn –«

Sie brach erschrocken ab und blickte zur Tür und auch ich sah auf, denn in diesem Moment wurden draußen auf dem Gang harte polternde Schritte laut und eine Stimme begann in einer mir fremden Sprache Befehle zu erteilen.

»Necron!« keuchte Priscylla. »Er ... er kommt hierher, Robert!«

Wie um ihre Worte zu bestätigen, brachen die Schritte mit einem Male ab und dann hörte ich ein dumpfes Poltern und Knirschen, als der mächtige Riegel auf der anderen Seite der Tür zurückgeschoben wurde.

»Halte ihn auf, Robert!« flüsterte Priscylla entsetzt. »Wenn er mich hier findet, tötet er dich! Schnell!« Und damit versetzte sie mir einen Stoß, der mich in die Höhe und auf die Tür zutaumeln ließ, bevor ich überhaupt begriff wie mir geschah.

Die Tür wurde aufgestoßen, noch ehe ich sie erreichte. Zwei von Necrons schwarzgekleideten Drachenkriegern stürmten in den Raum, beide mit gezückten Klingen. Der eine versetzte mir einen Stoß, der mich zur Seite und gegen die Wand prallen ließ, während der andere mit zwei, drei raschen Schritten das Zimmer durchquerte und mit gespreizten Beinen hinter mir Aufstellung nahm.

Dann trat Necron selbst ein

Anders als am Tage zuvor trug er ein einfaches schwarzes Gewand aus Seide, dessen einziger Schmuck eine barbarische Gürtelschließe aus Silber war. Er sah müde aus. Unter seinen Augen lagen dunkle, tief eingegrabene Ringe und seine Haut hatte einen ungesunden grauen Schimmer. Er wirkte wie ein Mann, der unvermittelt aus dem Schlaf gerissen worden war.

Und entsprechend war auch seine Laune.

Ohne mich mehr als eines einzigen, allerdings alles andere als freundlichen Blickes zu würdigen, ging er an mir vorbei, blieb in der Mitte des Zimmers stehen und drehte sich einmal im Kreis. Mein Herz machte einen schmerzhaften Hüpfer bis in meinen Hals hinauf, als ich sah, wie sein Blick auf dem zerwühlten Bett haften blieb.

Von Priscylla war keine Spur zu entdecken, aber die Auswahl an Verstecken war nicht sonderlich groß – sie mußte sich entweder unter der Decke verkrochen haben, die wie durch Zufall zu einem unordentlichen Haufen am Fußende des Bettes zusammengeknüllt war, oder hinter dem Vorhang stehen, der einen Teil der Wand verdeckte. Necron wandte sich wieder an mich. Sein Blick war hart wie Stahl und das Lächeln in seinen Augen eine reine Farce. »Verzeihen Sie die Störung, Mr. Craven«, sagte er kalt. »Ich hoffe, ich habe Sie nicht geweckt.«

»Nicht direkt«, antwortete ich nervös. »Was ist geschehen?«

Wieder wanderte Necrons Blick zu dem zerwühlten Bett. Mein Herz raste wie ein Hammerwerk. Necron mußte schon blind sein, nicht zu sehen, daß hier irgend etwas nicht stimmte!

»Mir scheint, Sie haben einen sehr unruhigen Schlaf«, fuhr er fort. »Oder ist Ihnen das Abendessen nicht bekommen? Unsere Küche ist nicht jedermanns Sache, das gebe ich zu.« Er drehte sich um, trat ganz dicht an das Bett heran, streckte die Hand nach der Decke aus, führte die Bewegung aber nicht zu Ende, sondern sah mich über die Schulter hinweg an und lächelte dünn. »Sie gestatten, daß ich Ihr Bettzeug ein wenig ordne?« fragte er.

Mit einem einzigen Ruck riß er die Decke herunter.

Das Bett war leer.

Während sich der Raum ganz allmählich um mich herum zu drehen begann, sah Necron einen Moment lang mit zornig zusammengepreßten Lippen auf das weiße Laken herab, fuhr plötzlich herum und starrte den Vorhang an, das einzige Versteck im Zimmer, das groß genug war, mehr als einen kleinen Hund zu verbergen. Wieder sah er mich an und wieder erschien dieses kleine böse Lächeln auf seinen Lippen. Er drehte sich herum, ging auf den Vorhang zu und hob die Hand.

»Necron!«

Necron blieb stehen. Ich sah wie sich seine linke Hand fast unmerklich bewegte. Hinter mir waren ganz plötzlich leise Schritte.

»Ja, Mr. Craven?« fragte er lauernd. »Wollen Sie mir etwas sagen?«

Meine Kehle war wie zugeschnürt. Nervös fuhr ich mir mit der Zungenspitze über die Lippen. Ich war mir durchaus der Tatsache bewußt, daß ich mich so auffällig benahm wie es überhaupt nur ging. Aber wenn er diesen Vorhang herunterriß, dann würde er Priscylla entdecken!

»Was wollen Sie hier?« fragte ich. »Warum kommen Sie mitten in der Nacht hierher und wecken mich auf?«

»Reine Gastfreundschaft, Mr. Craven, reine Gastfreundschaft«, sagte Necron lächelnd. »Ich möchte mich nur persönlich davon überzeugen, daß Sie auch gut untergebracht sind. Sehen Sie, dieser Vorhang zum Beispiel – wie leicht könnte sich irgendwelches Ungeziefer dahinter verbergen? Eine Spinne oder eine Ratte – oder gar ein Einbrecher?«

Und damit zerrte er den Vorhang samt einem Teil der Messingstange, die ihn hielt, herunter.

Aber dahinter war nur die Wand. Priscylla war fort!

Es war beinahe zu leicht.

Bruder Hayworthy war der erste gewesen, der die Mauer erklommen hatte, den Dolch zwischen den Zähnen und jeden Nerv bis zum Zerreißen angespannt. Aber seine Vorsicht hatte sich als überflüssig erwiesen. Der Leichnam des Drachenkriegers war das einzige Zeichen menschlichen Lebens weit und breit und trotz des flackernden rötlichen Fackellichtes, das aus den schmalen Fenstern des Kastells drang, lag die Festungsanlage wie ausgestorben unter ihnen. Einer nach dem anderen waren auch die übrigen Krieger über die Zinnen der Mauer gestiegen, Bruder von Schmid als letzter. Zwei der Männer waren davongehuscht, um sich des zweiten Postens anzunehmen, der auf der anderen Seite der Festung patrouillierte. Sie waren bisher nicht zurückgekommen, aber das besagte nichts. Rupert Hayworthy war sehr sicher, daß sie ihre Aufgabe zuverlässig erfüllen würden. Seine ganze Aufmerksamkeit galt jetzt der Festung.

Der rechteckige Innenhof des kleinen Kastells lag wie ausgestorben unter ihnen, ein schwarzes Loch, dessen Boden nicht zu erkennen war. Aus einem der schmalen Fenster sickerte rotes Licht, aber es wirkte seltsam irreal, als gehöre es nicht in diesen Teil der Welt und hätte sich nur hierher verirrt. Kein Laut war zu hören. In Gedanken korrigierte Hayworthy seine Schätzung über die Größe der Kastellbesatzung um ungefähr die Hälfte nach unten.

Botho von Schmid deutete mit einer fragenden Geste auf den Turm, aus dem der Wächter gekommen war. Hayworthy nickte. Wahrscheinlich würden sie dort eine Treppe finden, die nach unten führte. Und wenn nicht, waren sie dort drinnen zumindest vor einer zufälligen Entdeckung sicher.

Er schob den Dolch in den Gürtel, zog statt dessen sein Schwert und trat als erster durch die niedrige Tür. Dahinter lag ein kleiner, bis auf einen lehnenlosen Stuhl vollkommen leerer Raum. Ein Teller mit kaltem Fleisch und ein großer Krug mit Wasser standen auf dem Boden und in der gegenüberliegenden Wand war ein zweiter Durchgang, hinter dem die ersten Stufen einer steil in die Tiefe führenden Treppe sichtbar waren. Rötliches Licht drang aus der Tiefe des Treppenschachtes empor und als Hayworthy einen Moment lauschte, hörte er leise murmelnde Stimmen, dann ein kehliges Lachen.

»Sie scheinen wirklich nicht zu wissen, daß wir hier sind«, flüsterte von Schmid neben ihm. Er runzelte verwirrt die Stirn. »Aber wieso? Der Kundschafter muß uns doch gemeldet haben.«

Hayworthy überlegte einen Moment, dann zuckte er mit den Achseln. »Ich verstehe es auch nicht«, murmelte er. »Wenn es eine Falle ist, dann die raffinierteste, die ich je gesehen habe.« Er spürte einfach, daß sich die Männer dort unten am Ende der Treppe sicher fühlten. Er hatte zu viele Kämpfe erlebt, um nicht zu fühlen, ob er in eine Falle lief. Jean Balestrano hatte ihn nicht umsonst zum *War-Master* des Ordens gemacht.

Er bedeutete von Schmid mit einer Geste, von nun an still zu sein, wechselte das Schwert von der rechten in die linke Hand und näherte sich auf Zehenspitzen der Treppe. Das Stimmengemurmel und Lachen wurde lauter. Er blieb stehen, lauschte abermals und schlich weiter, noch immer mit angehaltenem Atem und jeden Augenblick auf einen Angriff gefaßt.

Aber der kam nicht. Unbehelligt erreichten Hayworthy, von Schmid und ihre Begleiter die Treppe, schlichen die ausgetretenen Stufen hinab und blieben vor der letzten Biegung der eng gewendelten Treppe stehen. Das rote Licht war heller geworden und mit den Stimmen wehte ein Hauch angenehmer Wärme und Duft von gebratenem Fleisch zu ihnen herüber.

Hayworthy tauschte einen raschen Blick mit von Schmid. Der deutsche Herzog nickte. »Keine Gefangenen«, flüsterte er.

Dann stürmten sie los.

Hinter der Treppe lag ein weitläufiger, nur spärlich möblierter Raum, der den größten Teil der gesamten Festung einnehmen mußte. An einem Tisch vor der rückwärtigen Wand saßen fünf Gestalten, alle in schwarze, burnusartige Gewänder gekleidet, die auch von ihren Gesichtern nur schmale Streifen über Augen und Nasenwurzel freiließen. Und ihre Überraschung war vollkommen.

Hayworthy zog seinen Dolch und schleuderte ihn, noch ehe der erste Drachenkrieger auch nur Zeit fand, einen überraschten Schrei auszustoßen. Die Klinge zuckte wie ein silberner Blitz durch die Luft, bohrte sich in den Rücken eines der Krieger und tötete ihn auf der Stelle. Die anderen sprangen erschrocken auf und griffen nach ihren Waffen.

Sie hatten keine Chance.

Hayworthy und von Schmid fuhren lautlos unter sie und ließen ihre Klingen pfeifen.

Schon ihr erster, ungestümer Angriff tötete zwei der vier überlebenden Männer. Die beiden anderen versuchten sich zurückzuziehen, aber sie überlebten ihre Kameraden nur um Sekunden.

Der Kampf dauerte nicht einmal ganz fünf Sekunden. Keiner von Hayworthys und von Schmids Begleitern kam auch nur dazu, seine Waffe zu heben.

Aber es war noch nicht vorbei.

Hayworthy stand mit gespreizten Beinen über dem Mann, den er zuletzt erstochen hatte. Seine Hände umklammerten das Schwert und irgend etwas Finsteres, unglaublich machtvolles umklammerte gleichsam seinen Geist. Hayworthy verspürte mit einem Male das schreckliche Bedürfnis, seine Klinge zu nehmen und in den reglosen Körper vor seinen Füßen zu treiben. Natürlich tat er es nicht, aber es kostete ihn ungeheure Anstrengung, und er spürte, wie dieses furchtbare Etwas in ihm stärker und stärker wurde. Es war wie ein Ungeheuer, das bis zu diesem Moment tief in seiner Seele geschlummert hatte und das nun erwacht war.

Er stöhnte. Kalter Schweiß bedeckte seine Stirn. Seine Hände begannen zu zittern. »*Töte*!« wisperte eine Stimme in ihm.

»*Töte*!«

Hayworthy sah auf. Von Schmids Gesicht schien vor ihm auf und ab zu tanzen, immer wieder zu verschwimmen, als woge ein unsichtbarer Nebel vor seinem Gesicht. Aber er sah trotzdem, daß es dem *Animal-Master* nicht anders erging als ihm. Auch in seinen Augen flackerte das Grauen.

»Was ... was ist ... das, Bruder Botho?« flüsterte er. »Was geschieht mit uns?«

Von Schmid antwortete nicht, sondern stieß ebenfalls ein

fast qualvolles Stöhnen aus. Blasiger Schaum erschien auf seinen Lippen und für einen Moment verzerrte sich sein Gesicht wirklich. Hayworthy begriff, daß er die gleichen Höllenqualen ausstand wie er selbst.

Und es wurde dunkel.

Das dunkle Etwas in Hayworthys Geist wuchs, krallte sich in sein Bewußtsein und schaltete seinen Willen Stück für Stück aus. Und er war unfähig, sich dagegen zu wehren.

Plötzlich erscholl hinter ihnen ein gellender Schrei.

Hayworthy und von Schmid fuhren in einer beinahe synchronen Bewegung herum.

Auf der anderen Seite der Halle, dicht neben der Treppe, über die sie hier heraufgekommen waren, war eine Tür aufgegangen und ein weiterer Drachenkrieger hatte den Saal betreten. Einen Moment lang stand er erstarrt vor Schrecken da, als er sich statt seiner Kameraden den fünfzehn weißgekleideten Tempelrittern gegenübersah, aber die Überraschung währte nur eine halbe Sekunde. Dann zuckte seine Hand zur Waffe.

Er führte die Bewegung nie zu Ende.

Es ging unglaublich schnell und trotzdem sah Rupert Hayworthy jede noch so winzige Einzelheit mit beinahe übernatürlicher Klarheit.

Die drei Templer, die der Tür am nächsten standen, hoben ihre Schwerter und drangen auf den Schwarzgekleideten ein, aber auch sie erreichten ihn nicht, denn in diesem Moment ließ Herzog Botho seine Waffe fallen und streckte beide Hände nach dem Drachenkrieger aus. Ein kehliger Schrei kam über seine Lippen. Hayworthy glaubte, die vernichtenden Energien wie einen Hauch der Hölle zu spüren, die der *Animal-Master* auf den Drachenkrieger schleuderte.

Für den tausendstel Teil einer Sekunde schien sein Körper von innen heraus aufzuglühen, dann brach ein unglaublich grelles, gleißendes Licht aus ihm hervor und riß ihn auseinander.

Und irgend etwas in Hayworthy stieß einen gellenden Triumphschrei aus.

Rupert Hayworthy schloß mit entsetztem Stöhnen die Augen und wandte sich ab. Aber das Bild der zerrissenen Drachenkriegers blieb vor seinem inneren Auge bestehen. Dies und der Ausdruck des Triumphes in Botho von Schmids Augen.

»Bruder Jean«, flüsterte er entsetzt, »was hast du uns angetan?«

Aber dann wurde das dunkle Etwas in ihm noch stärker, griff nach seinem Bewußtsein und fegte auch diesen Gedanken davon.

Für immer.

Necron wechselte kein Wort mehr mit mir, bis wir seinen Thronsaal erreicht hatten, aber sein und das Benehmen seiner beiden Begleiter ließen keinen Zweifel an der Tatsache, daß ich nun wirklich sein Gefangener war. Ich hatte ein paarmal versucht, den Grund für diesen plötzlichen Sinneswandel von ihm zu erfragen, aber ich hatte keine Antwort bekommen.

Nicht, daß ich ihn mir nicht denken konnte. Necron mußte Priscyllas Verschwinden bemerkt haben und es gehörte sicherlich nicht allzu viel Phantasie dazu, sich auszurechnen, wo er sie finden konnte. Der arme Bursche mußte reichlich frustriert gewesen sein, mich nicht *in flagranti* erwischt zu haben.

Warum das allerdings so war, konnte ich mir in diesem Moment wohl am allerwenigsten erklären. Priscyllas so spurloses Verschwinden war mir schlichtweg rätselhaft. Und ich war auch nicht sehr sicher, ob ich die Erklärung dafür wirklich wissen wollte. Wenn es Priscylla gelang, binnen einer Sekunde aus einem vollkommen verschlossenen Zimmer zu verschwinden, dann mußte sie in dem Jahr, in dem wir uns nicht gesehen hatten, eine Menge Dinge gelernt haben. Dinge, von denen selbst ich mich fürchtete.

Wir erreichten den Thronsaal, wo sich uns ein weiteres halbes Dutzend schwarzvermummter Krieger anschloß, aber wir blieben nicht dort, sondern gingen weiter, bis wir die Halle erreichten, in der Necron am Nachmittag Priscylla erweckt und mir sein verrücktes Angebot gemacht hatte.

Sie war nicht leer. Mehrere Dutzend Fackeln verbreiteten rotes Licht und am Fuße der schwarzen Empore, auf der die beiden gläsernen Särge standen, hielten sich gute zwei Dutzend weitere Drachenkrieger auf.

Necron machte eine befehlende Geste und einer seiner Männer verpaßte mir einen groben Stoß zwischen meine Schulterblätter, der mich haltlos nach vorne stolpern und bei den Särgen auf Hände und Knie herabfallen ließ. Mühsam rappelte ich mich auf, warf dem Drachenkrieger einen arsengetränkten Blick zu und wandte mich an Necron.

»Das war außerordentlich zuvorkommend von Ihnen«, sagte ich böse. »Ist das Ihre wahre Art, Gäste zu behandeln?«

Necron verzog abfällig die Lippen. »Mitnichten, mein lieber Robert. Aber normalerweise habe ich auch keine Gäste, die mich hintergehen.« Er starrte mich finster an und machte eine zornige Handbewegung, als ich zu einer Antwort ansetzte.

»Sparen Sie sich die Mühe, Ihre Unwissenheit zu beteuern«, sagte er wütend. »Ich habe Ihnen ein Angebot gemacht und ich habe es ehrlich gemeint. Aber Sie haben mich betrogen.«

»Verdammt noch mal – was soll das?« fauchte ich. Ich verstand überhaupt nichts mehr. Wenn er nicht genügend auf seine Gefangenen aufpassen konnte – warum trug dann ich daran die Schuld?

Necron seufzte. »Bitte. Wenn Sie belieben, Spielchen zu spielen ...« Er deutete auf die beiden gläsernen Särge über uns. »Irgend jemand hat im Laufe der Nacht diesen Raum betreten und meinen Gefangenen befreit«, sagte er.

Es dauerte einen Moment, bis ich begriff.

»Shannon?« murmelte ich. »Er ist ... er ist wach?«

Necron nickte wütend. »Genau. Und ich glaube, ich täusche mich nicht, wenn ich den Verantwortlichen dafür in Ihnen vermute.«

»Sie sind verrückt, Necron«, antwortete ich. »Wie hätte ich das wohl bewerkstelligen sollen? Ich war eingeschlossen! Und bewacht von Ihren Prügelknaben!«

Necron seufzte. »Spielen Sie doch nicht den Narren, Craven«, sagte er. »Aber bitte – wenn es Ihnen Freude macht. Machen wir ein Spielchen, das Sie sicher noch aus Ihrer Schulzeit kennen.« Er lächelte, aber es wirkte nicht besonders humorvoll. »Ich will wissen, ob Sie Shannon erweckt haben. Und wo er ist. Reden Sie nicht freiwillig, werde ich jemanden an Ihrer Stelle bestrafen. Zum Beispiel ihren indianischen Freund. – Aber natürlich«, fügte er mit einem süffisanten Grinsen hinzu, »wollen wir auch Ihre geschätzte Verlobte nicht vergessen, Robert.«

»Das wagen Sie nicht!« keuchte ich.

»Nein?« fragte Necron harmlos. »Und was sollte mich

daran hindern? Oder wer, besser gesagt? Ich glaube nicht, daß –«

Weiter kam er nicht. Draußen auf dem Gang erscholl ein lautstarkes Gebrüll, Metall klirrte und plötzlich wurde die Tür so heftig aufgestoßen, daß Necron mitten im Wort abbrach und herumfuhr.

Ein Drachenkrieger stolperte herein, fiel zwei Schritte vor ihm auf die Knie und senkte den Kopf. Sein Atem ging so schnell, als wäre er eine Meile aus Leibeskräften gerannt.

»Was fällt dir ein, Kerl?« fauchte Necron. »Wer hat dir erlaubt, hier einzudringen?«

»Feinde, Herr!« keuchte der Drachenkrieger. Er sah auf. Sein Gesicht glänzte vor Schweiß. »Es sind Feinde im Kastell!«

Necron erstarrte. Eine Sekunde lang starrte er den Boten ungläubig an, dann schrie er auf, packte ihn an der Schulter und riß ihn grob in die Höhe. »Was sagst du da?« brüllte er. »Bist du von Sinnen? Das ist unmöglich!«

»Aber es ist wahr, Herr!« wimmerte der Krieger. »Ich habe es mit eigenen Augen gesehen!«

»Was hast du gesehen?!« schrie Necron.

»Das Kastell!« keuchte der Mann. Necron hatte ihn so fest gepackt, daß er kaum mehr atmen konnte. »Es … es ist gefallen. Sie sind alle tot. Ich wäre es auch, hätten sie mich bemerkt, aber ich konnte mich verbergen. Ihr … Ihr müßt Alarm geben, Herr. *Die Drachenburg wird angegriffen*!«

Drittes Buch

Buch der tausend Tode

Über der Wüste wurde es Tag. Und wie immer in diesem Teil der Welt, der vielleicht zu den menschenfeindlichsten und gefährlichsten überhaupt zählte, ging die Sonne mit ungeheurer Pracht auf. Der Horizont war in flammendes Rot getaucht und die Kälte der Nacht wich bereits jetzt einem ersten warmen Hauch, der bald zu stickiger Hitze und nicht viel später zu unerträglicher Glut werden würde. Manchmal brachte der Wind Geräusche mit sich: dasRascheln des Sandes, ein leises Klirren, der schwer zu beschreibende Laut sorgsam eingefetteten Leders, das über hartes Lavagestein schleifte, Fetzen einer gemurmelten Unterhaltung. Und dann war da die Festung: ein Koloß wie eine zornig geballte Lavafaust vor dem flammend roten Himmel.

Jean Balestrano hob die linke Hand über das Gesicht, um sich vor dem Sonnenlicht zu schützen, und blickte konzentriert zum schwarzen Schatten der Drachenburg hinauf. Obwohl es noch längst nicht vollends hell geworden war, konnte er jede noch so winzige Einzelheit dort oben erkennen, denn die Luft war hier über der Wüste von geradezu phantastischer Klarheit. Und der Weg war auch nicht mehr weit: keine halbe Meile mehr, die ihn und seine Begleiter von Necrons Burg trennten.

Dort oben rührte sich nichts. Balestrano wußte genau, daß mißtrauische Augen jede noch so winzige Bewegung hier unten verfolgten, aber zu sehen war nichts. Nur die vier gigantischen steinernen Drachen, denen Necrons Burg ihren Namen verdankte und die mit ihren Leibern die vier Ecktürme und mit ihren wie zum Sprung geöffneten riesigen Schwingen die Mauern der Burg bildeten, schienen auf ihn herabzustarren. Balestrano wußte wie unsinnig dieser Gedanke war – aber für einen Moment glaubte er wirklich, den Blick ihrer gigantischen, aus schwarzem Granit gemeißelten Augen zu spüren.

Er schüttelte den Gedanken ab, drehte sich herum und wollte zur Treppe gehen, die von der Mauer des kleinen Kastells hinab in seinen winzigen Innenhof führte. Aber er machte nur einen einzigen Schritt, blieb wieder stehen und blickte zu der hochgewachsenen, in strahlendes Weiß und blutfarbenes Rot gekleideten Gestalt hinüber, die im Schatten des Turmes stand. »Bruder Botho?« fragte er.

Der deutsche Herzog nickte. »Ja. Verzeih, wenn ich dich gestört habe.«

»Das hast du nicht«, sagte Balestrano. »Wie lange stehst du schon hier?«

»Nicht sehr lange«, antwortete von Schmid, der den unausgesprochenen Tadel in Balestranos Worten sehr wohl gehört hatte. Er trat mit zwei, drei raschen Schritten an die Mauer neben Balestrano, stützte sich schwer mit den Unterarmen darauf und blickte einen Moment zum Schatten der Drachenburg empor.

»Ich bringe eine Nachricht«, sagte er, ohne Balestrano dabei anzusehen. »Aber als ich dich hier stehen sah, wollte ich nicht stören. Vielleicht ist es das letzte Mal. Der Morgen vor der Schlacht ...« Er seufzte. »Mein Gott, warum muß er immer so schön sein?«

Bruder Balestrano, der Ordensherr der Templer, antwortete nicht. Was hätte er auch sagen sollen? Es war ein ausnehmend schöner Morgen, voller Ruhe und Frieden und einer schwer in Worte zu fassenden Sanftheit, und trotzdem hatte der Tod bereits seine häßliche Klaue nach dem kommenden Tag ausgestreckt. Er lauerte in den Schatten, verbarg sich in den leise flüsternden Stimmen, die der Wind herantrug und wartete dort oben in den finsteren Gewölben der Burg. Vielleicht würde keiner von ihnen den nächsten Sonnenaufgang erleben. Bruder Schmid und die drei anderen Master mit Sicherheit nicht. Er fragte sich, ob die vier wohl ahnen mochten, welches Schicksal ihnen bevorstand.

»Welche Nachricht?« fragte er, als von Schmid auch nach einer geraumen Weile keinerlei Anstalten machte, von sich aus zu reden.

»Er regiert«, antwortete der grauhaarige Herzog.

»Necron?«

Von Schmid nickte.

»Die Späher melden, daß an die hundert Männer auf dem Wege hierher sind.« Er deutete zur Burg hinauf. »Es muß einen zweiten Ausgang aus diesem Rattennest geben. Sie versuchen uns in den Rücken zu fallen.« Er lachte. Es klang wie ein

Schrei. »Was befiehlst du, Bruder Jean? Greifen wir sie an, oder soll sich Bruder André allein um sie kümmern?«

Jean Balestrano zögerte. »Was ... sagt Bruder Rupert?« fragte er schließlich.

Von Schmid zuckte mit den Achseln. »Er sagt, daß es kein Problem ist, mit diesen Männern fertig zu werden. Wir sind fünfmal so viel wie sie, und jeder von uns ist fünfmal soviel wert wie einer von ihnen. Andererseits ist Necron kein Narr. Wenn er hundert seiner Krieger praktisch opfert, wird er einen Grund haben. Und wenn Bruder André sie vernichtet –«

»– weiß Necron, mit wem er es zu tun hat«, führte Balestrano den Satz zu Ende, als der Deutsche nicht weitersprach. »Ich verstehe.« Er seufzte. »Wie lange dauert es noch, bis die Männer uns gefährlich werden können?«

»Eine Stunde«, antwortete von Schmid nach kurzem Überlegen. »Kaum länger.«

Balestrano schwieg einen Moment, dann schüttelte er den Kopf. »Nein«, sagte er schließlich. »Wir werden es schwer genug haben, die Burg zu stürmen, selbst mit dem Vorteil der Überraschung auf unserer Seite. Gib Befehl, daß hundert der unseren hinuntergehen und diese Krieger aufhalten.«

»Nur hundert?«

Balestrano nickte. »Hast du nicht selbst gesagt, jeder wäre fünfmal soviel wert wie einer von Necrons Kriegern? Hundert sind genug. Sie sollen sie stellen und vertreiben, aber nicht verfolgen. Es reicht, wenn sie sie in die Flucht schlagen. Und ich will kein sinnloses Blutvergießen.«

Botho von Schmid schien widersprechen zu wollen. Für einen Moment flammte Trotz in seinem Blick auf, dann purer Zorn: sein Gesicht verzerrte sich zu einer Grimasse, die Balestrano schaudern ließ. Aber dann schien er sich im allerletzten Moment zu besinnen, wem er gegenüberstand, und statt aufzufahren nickte er demütig, legte die Hand auf das Schwert an seiner Seite und entfernte sich mit raschen Schritten.

Jean Balestrano verzichtete darauf, ihm zu folgen. Er blieb hinter den Zinnen des kleinen Kastells stehen und blickte weiter starr zur Drachenburg hinauf. Die Sonne stieg jetzt rasch über den Horizont und das Licht wurde heller.

Aber Necrons Burg blieb, was sie war: ein düsterer, unheilverkündender Schatten. Wie ein Loch in der Wirklichkeit.

Jean Balestrano fror mit einem Male.

»Ich bin enttäuscht von Ihnen, Mr. Craven. Wirklich – tief enttäuscht.« Necron legte seine Stirn in Falten, schüttelte ein paarmal den Kopf und beugte sich auf seinem barbarischen Thron vor, wobei er die Hände unter dem Kinn faltete und den Kopf darauf stützte.

Ich spürte, daß seine Geduld erschöpft war. Daß er am Grunde seiner schwarzen Seele vor Wut kochte. Darüber vermochten auch die scheinbar gelassenen Worte nicht hinwegzutäuschen, mit denen er mich anstelle einer Begrüßung empfangen hatte. Necron hatte ganz in einem Ton gesprochen, in dem sich zwei Geschäftspartner unterhalten mochten, deren Transaktionen nicht unbedingt zur Zufriedenheit des einen abgelaufen waren. Was nichts daran änderte, daß mich seine ›Enttäuschung‹ gut und gerne den Kopf kosten konnte.

Ich sah zu ihm auf und versuchte, in eine halbwegs erträgliche Stellung zu rutschen, aber der Griff der beiden Männer, die mich hielten, war zu fest. »Wieso enttäuscht?« fragte ich in einer genau berechneten Mischung aus Zorn und Unverstehen. »Es ist nicht meine Schuld, daß Ihr Versteck aufgeflogen ist, Necron.«

Necron blinzelte, als verstünde er erst gar nicht, worüber ich sprach. Dann lachte er. »Oh, Sie meinen die Narren, die dort draußen sind und glauben, mich besiegen zu können? Nicht doch, mein Lieber. Davon rede ich nicht. Diese Lappalie wird schneller erledigt sein, als Sie glauben. Nein, nein, ich meine etwas ganz anderes – und Sie wissen sehr wohl, was.« Er hob die Hand und drohte mir spielerisch mit dem Zeigefinger, als hätte er einen leicht vertrottelten Neunjährigen vor sich statt des Mannes, der ihm den Tod geschworen hatte.

»Sie hatten Besuch, mein lieber Freund«, fuhr er fort. »Heute nacht. Ich schätze es nicht, wenn meine Gastfreundschaft ausgenutzt wird.«

»Dann werfen Sie mich und Ixmal doch raus«, gab ich patzig zurück. »Ein Wort von Ihnen genügt, und wir gehen.«

Necron kicherte. »Sie haben Humor. Das ist gut. Sie werden

ihn nämlich brauchen. Sehr dringend.« Plötzlich wurde der Blick seiner Augen stechend und hart wie Stahl. »Wo ist Shannon?« fragte er.

»Woher soll ich das wissen?« fauchte ich. »Als ich ihn das letzte Mal sah, lag er in Ihrem Dornröschensarg und wartete auf einen häßlichen alten Mann, der ihn wachküßt.«

Necron sog so scharf die Luft ein, daß es sich fast wie das wütende Zischen einer Schlange anhörte. Aber der Wutausbruch, auf den ich wartete, kam nicht. »Es ist sonderbar, Robert«, sagte er, erstaunlich ruhig. »Aber ich glaube Ihnen sogar. Aus einem Grund, den ich selbst nicht verstehe, glaube ich Ihnen. Was nichts daran ändert, daß ich Shannon *wiederhaben* will.«

Seine Worte riefen einen fast irrationalen Zorn in mir wach. Er wollte ihn wiederhaben! Herrgott, der Kerl sprach über Shannon wie über ein Spielzeug, das ihm gestohlen worden war, nicht wie über einen lebenden Menschen! Und genau das sagte ich ihm.

Necrons Antwort bestand aus einem meckernden Lachen. »Sie junger Narr«, sagte er abfällig. »Sie haben nichts gelernt, wie? Sie glauben immer noch an Worte wie Freundschaft und Treue? Sie haben ganz recht – Shannon gehört mir. Er ist mein Geschöpf. Ich habe ihn erschaffen. Ich habe ihn zu dem gemacht, was er ist.«

»Das stimmt«, antwortete ich. »Zu Ihrem Feind.«

Necron schluckte. Diesmal schien ich ihn ernsthaft getroffen zu haben. Der Anblick erstaunte mich selbst ein wenig. Ich war mir nicht sicher gewesen, ob diese alte Vogelscheuche überhaupt so etwas wie ein Gemüt hatte, das man verletzen konnte.

»Gut, Robert«, fuhr Necron nach einer Weile fort. »Sie wollen es nicht anders. Ich wollte fair zu Ihnen sein, aber bitte – ich will wissen, wer Shannon befreit hat, und wo er ist. Ich bin sehr sicher, daß es sich dabei um die gleiche Person handelt, die heute nacht in Ihrem Gemach war. Also?«

Ich schwieg.

Necron starrte mich eine Weile an, lehnte sich dann wieder zurück und schüttelte den Kopf. »Oh, oh, Robert, Sie enttäuschen mich immer wieder«, murmelte er. »Aber gut, ich werde Ihnen die Entscheidung ein wenig erleichtern. Sie haben zwei

Stunden Zeit, sich zu überlegen, ob Sie mir nicht doch besser die Wahrheit sagen. Wenn –«

»Sparen Sie sich die Zeit«, sagte ich, aber Necron sprach unbeeindruckt weiter.

»– Sie bis dahin noch keine Vernunft angenommen haben, mein Lieber, dann lasse ich erst ihren Indianerfreund und dann ihre Geliebte töten. Vor Ihren Augen.« Er kicherte böse. »Sie haben die Wahl, sie zu retten, Robert. Nutzen Sie die Chance. Bringt ihn in seine Zelle.«

Die letzten Worte galten den Männern, die mich gepackt hielten, und die beiden reagierten auf der Stelle. Ziemlich unsanft wurde ich in die Höhe gerissen und von Necrons Thron fortgeschleift. Ich versuchte, mich zu wehren, erreichte damit aber nichts anderes, als daß sie mir die Arme noch mehr verdrehten. Ich stellte meinen Widerstand ein, kaum daß wir Necrons Thronsaal verlassen hatten.

Er war ohnehin nur eine Geste von allerhöchstens symbolischer Bedeutung gewesen. Die beiden Männer, die mich gepackt hielten, waren Drachenkrieger, Necrons unbesiegbare Killer, die wahrscheinlich zu den gefährlichsten und am besten ausgebildeten Einzelkämpfern der Welt gehörten. Es war sicher kein Zufall, daß sie in ihrer Kleidung und der Art, sich zu bewegen, an die legendären Ninja-Krieger erinnerten, die während des siebzehnten und achtzehnten Jahrhunderts den fernen Osten unsicher gemacht hatten.

Aber selbst wenn es mir gelungen wäre, sie zu überwinden – was schwer, aber nicht *unmöglich* war, wie ich selbst schon bewiesen hatte – hätte es nicht viel genutzt. Dies hier war nicht London, wo ich nur meine Bewacher überwinden und aus dem Kellerfenster klettern mußte, um in Sicherheit zu sein, sondern Necrons Drachenburg, die an einem der gottverlassensten Punkte – vielleicht im wahrsten Sinne des Wortes – der Welt lag. Wenn sie so etwas wie ein Kellerfenster überhaupt hatte, dann führte es wahrscheinlich geradewegs in die Hölle hinein. Und wenn Necron auch bisher mit all den Zauberkunststückchen, mit denen ich gerechnet hatte, sehr geizig umgegangen war, zweifelte ich keine Sekunde daran, daß diese ganze verdammte Burg mit magischen Fallen gespickt war wie ein Straßenköter mit Flöhen.

Meine beiden Bewacher schleiften mich durch ein Labyrinth fensterloser Gänge, eine steile Steintreppe hinab und zurück in die winzige Kerkerzelle, in der ich die zweite Hälfte der Nacht zugebracht hatte: ein stinkendes Loch, gerade groß genug, daß ich gebückt darin stehen konnte, ohne ein Fenster oder gar den Luxus von so etwas wie Stroh auf dem Boden. Aber zumindest verzichteten sie diesmal darauf, mich auch noch zu fesseln, wie sie es das erste Mal getan hatten.

Niedergeschlagen hockte ich mich in eine Ecke, lehnte den Kopf gegen den feuchtkalten, mit Schimmel überwachsenen Fels und schloß die Augen. Für einen Moment drohte mich Müdigkeit zu übermannen, trotz allem, denn die Nacht, die hinter mir lag, war sehr anstrengend gewesen. Immerhin war Necron nicht der einzige unerwartete Besucher gewesen in den letzten zwölf Stunden. Ganz und gar nicht.

Ich hatte Priscylla wiedergefunden. Endlich. In einem Moment, in dem ich kaum mehr damit gerechnet hatte, ihr liebreizendes Gesicht noch einmal im Leben zu sehen, hatte ich sie wiedergefunden, und – mehr noch – ich hatte sie in den Armen gehalten und eine Nacht mit ihr verbracht, die meine kühnsten Träume überstiegen hatte.

Und dann, im Moment des höchsten Glückes, war alles anders gekommen. Ich mußte an den dummen Spruch denken, nach dem der, der hoch steigt, auch tief fällt, und ich war mit einem Male nicht mehr so sicher, ob er wirklich so dumm war. Ich war tief gefallen in den letzten Stunden, verdammt tief sogar. Vielleicht tiefer, als ich jetzt schon ahnte.

Meine Chancen, noch einmal lebend hier herauszukommen, standen – gelinde gesagt – miserabel.

Und ich wußte nicht einmal, warum das alles so war. Necron hatte mich und meinen indianischen Führer durchaus freundlich empfangen – zugegebenermaßen etwa mit der Freundlichkeit der Grinsekatze aus *Alice in Wonderland,* aber immerhin freundlich genug, uns nicht auf der Stelle umzubringen, sondern mir im Gegenteil ein Angebot zu machen, das mich überraschte. Natürlich dachte ich nicht im Traum daran, es anzunehmen – wer würde schon freiwillig auf das Angebot einer Tarantel eingehen, es sich doch über Nacht in ihrem Netz bequem zu machen, – aber es verschaffte uns Zeit, und das war vielleicht das Kostbarste, was wir im Moment hatten. Aber dann hatte irgend jemand Shannon aus seinem magischen Schlaf geweckt, und ein anderer *jemand* war draußen vor der Burg erschienen und hatte reichlich grob angeklopft, und dann war Priscylla gekommen, und –

Priscylla!

Der Gedanke ließ mich so elektrisiert hochfahren, daß ich vergaß, wie niedrig mein Gefängnis war, und ziemlich unsanft mit dem Schädel gegen die Decke krachte. Aber ich spürte den Schmerz kaum.

Priscylla! Herr im Himmel, was war ich doch für ein Idiot gewesen! Hatte ich nicht mit eigenen Augen gesehen wie sie praktisch durch eine *geschlossene* Tür hindurch in mein Zimmer gekommen war und hatte sie mir nicht selbst erzählt, daß sie eine Menge von Necron gelernt hatte, ohne daß er es wußte?

Ich hätte mich ohrfeigen können, nicht mehr daran gedacht zu haben. Vielleicht war doch noch nicht alles verloren.

Zitternd vor plötzlicher Aufregung setzte ich mich wieder, lehnte mich abermals gegen die Wand und versuchte mich zu konzentrieren. Ich hatte niemals zuvor versucht, ganz bewußt Kontakt mit dem Bewußtsein eines anderen Menschen aufzunehmen: nicht auf diese Weise. Diesmal mußte ich es, wenn ich nicht tatenlos hier herumsitzen und darauf warten wollte, daß Necron mich holen ließ, damit ich Richter über Leben und Tod spielen durfte.

Es war noch immer nicht vollends hell geworden, wenigstens nicht hier, auf der sonnenabgewandten Seite des zyklopischen Berges, dessen Schatten in die Wüste hinauswies und das Sonnenlicht auffraß. Der Wind, der aus der Wüste herüberwehte und die Männer hinter Laguerre mit einem beständigen Bombardement kleiner harter Sandkörner überschüttete, war noch kalt.

Der Fels, auf dem er lag, war warm.

Es war keine angenehme Wärme. Nicht die gespeicherte Sonnenhitze des vorangegangenen Tages, die der Stein jetzt allmählich wieder freigab, sondern eine unangenehme, irgendwie *schmierige* Wärme, als brodele tief unter dem Fuß dieses Höllenberges ein schwarzes Feuer, dessen tödlichen Hauch sie fühlten.

Laguerre versuchte, den Gedanken abzuschütteln und sich auf seine eigentliche Aufgabe zu konzentrieren, aber es gelang ihm nur zum Teil. Die Männer, auf die sie warteten, waren irgendwo vor ihnen, und er spürte, daß sie nicht mehr sehr weit entfernt waren – aber er sah sie nicht. Der Fels war so schwarz wie ein Stück gefrorener Nacht. Necrons Krieger hätten fünf Schritte vor ihnen sein können, und er hätte sie nicht gesehen.

Und da war etwas, was Laguerre noch mehr verstörte.

Er konnte die gleichförmig gewellten Sanddünen der Mojave sehen, jenseits des Bergschattens, so klar wie es nur hier in der Wüste möglich war, und er konnte den schwarzen Lavastein sehen, auf dem er lag – aber dazwischen war nichts.

Es schien, als existiere der Ausschnitt der Welt, auf dem sich Necrons Krieger verbergen mußten, einfach *nicht*.

»Das ... das ist Zauberei«, murmelte eine Stimme neben ihm. Laguerre wandte den Blick und erkannte Devereaux, den rothaarigen Bretonen, der ihm bei diesem Angriff als Adjutant zugeteilt worden war. Devereaux hatte das schwarze Gewand eines Novizen erst vor wenigen Wochen gegen das weiße Hemd der Ritterschaft eingetauscht und Laguerre verstand bis jetzt nicht so recht, was der Bretone überhaupt hier suchte. Alle anderen Mitglieder dieser verzweifelten Expedition zum Ende der Welt waren Elitekämpfer, die besten der besten, wie auch Laguerre selbst.

Aber er sprach den scharfen Verweis, der ihm auf der Zunge lag, nicht aus. Im Grunde hatte Devereaux nur ausgesprochen, was er insgeheim dachte. Was *sie alle* insgeheim dachten. Diese lichtfressende Schwärze dort vor ihnen war nur noch mit Zauberei zu bezeichnen.

»Wahrscheinlich ist es nur ein Trick dieser Hunde«, murmelte er, ohne daß es ihm allerdings gelang, seine Stimme überzeugend klingen zu lassen. »Es wird ihnen nichts nutzen. Und jetzt still.«

Er machte eine befehlende Geste, um seine Worte zu unterstreichen, lächelte Devereaux aber noch einmal flüchtig zu und wandte sich dann wieder dem Berghang und dem unheimlichen Schatten zu.

Es war *beinahe* die letzte Bewegung seines Lebens – und *tatsächlich* die letzte, die Devereaux sah.

Die Gestalt tauchte wie ein Schatten über ihnen auf; ein Dämon, den die Nacht ausgespieen hatte und der lautlos und schnell wie der Tod war. Laguerre fand gerade noch Zeit, erschrocken zusammenzufahren und nach seiner Waffe zu greifen, da blitzte es über ihm auf. Der Säbel des schwarzgekleideten Drachenkriegers beschrieb einen engen, unglaublich *raschen* Halbkreis, trennte Devereaux' Kopf von den Schultern und hackte noch in der gleichen Bewegung nach Laguerre. Der Templer warf sich verzweifelt herum; trotzdem zerfetzte die rasiermesserscharf geschliffene Klinge sein Wams und das Kettenhemd darunter und hinterließ eine tiefe, schmerzhafte Wunde in seiner Schulter. Der Templer brüllte vor Schmerz und Schrecken, kam endlich auf die Füße und parierte den blitzschnell nachgesetzten Hieb des Angreifers mit seiner eigenen Klinge.

Es war, als hätte er auf Stahl geschlagen. Sein eigenes Schwert, ungeschickt und viel zu schnell gehoben, wurde ihm aus der Hand geprellt und der dumpfe Schmerz zuckte bis in seine Schultermuskeln hinauf. Aber wenigstens nahm er dem Hieb genug von seiner Kraft, so daß die Klinge ihn zwar noch traf und zu Boden schleuderte, sein Panzerhemd aber nicht mehr durchschnitt.

Laguerre reagierte, ohne zu denken, blindlings den Reflexen und Reaktionen gehorchend, die er sich selbst im Laufe endloser Jahre antrainiert hatte. Als der Angreifer herumfuhr und sein Schwert mit beiden Händen hob, um den vermeintlich hilflos vor ihm Liegenden zu töten, stieß er ihm den linken Fuß vor das Knie, vollführte mit dem anderen Bein eine blitzartige, scherenförmige Bewegung und hakte seinen Fuß hinter den des Schwarzgekleideten. Der Krieger taumelte. Seine eigene Bewegung, mit der er Schwung geholt hatte, um Laguerre endgültig zu erledigen, wurde ihm zum Verhängnis.

Er fiel. Er stürzte nicht vollends, sondern sank auf die Knie herab und fand im letzten Moment mit den Händen Halt an einem Felsen, aber der Augenblick reichte Laguerre, um auf die Füße zu kommen und mit einem Sprung hinter ihm zu sein.

Die Gedanken des Templers überstürzten sich. Er hätte sich bücken und Devereaux' Schwert aufheben können, aber seine rechte Schulter war noch immer verkrampft und halb gelähmt von der ungeheuren Wucht, die im Schwerthieb des Angreifers gesteckt hatte. Er wußte, daß er dem Mann mit *dieser* Waffe nicht gewachsen war. Wer immer sich unter dem schwarzen Mantel verbarg, mußte die Körperkräfte eines Herkules haben. Aber Laguerre hatte nicht nur mit dem Schwert zu kämpfen gelernt …

So kompliziert dieser Gedankengang gewesen war, er hatte nur den Bruchteil einer Sekunde in Anspruch genommen. Noch während der Drachenkrieger mit wild rudernden Armen um sein Gleichgewicht kämpfte, schlang Laguerre den linken Arm von hinten um seinen Hals und tastete mit den Fingerspitzen nach dem Kinn, das sich unter dem schwarzen Stoff der Gesichtsmaske verbergen mußte; gleichzeitig legte sich sein rechter Arm um den Schädel des Kriegers, die Armbeuge gegen die rechte, die gespreizten Finger gegen die linke Schläfe des Mannes gepreßt.

Der Krieger bäumte sich auf, als er begriff, was Laguerre tat. Seine Hände ließen das Schwert fallen, tasteten nach oben, zerrten einen Moment lang vergeblich an Laguerres Handgelenken und glitten weiter, auf der Suche nach seinem Gesicht und den Augen.

Sie erreichten sie nie.

Laguerre atmete tief ein, konzentrierte sich nur auf seine Hände und stieß einen gellenden Schrei aus. Jedes bißchen Kraft, das in seinem Körper war – und es war eine Menge! – lag in dieser einen, blitzartigen Bewegung, in der er die Arme gegeneinander bewegte.

Unter dem schwarzen Stoff in seinen Händen erscholl ein Laut, als zerbreche ein trockener Ast. Der Körper in Laguerres Armen erschlaffte.

Aber nur für einen Moment …

Oben, im Hauptturm des kleinen Wachkastells, das der Drachenburg wie ein zwergenwüchsiger Wächter vorgelagert war, bäumte sich Bruder Hayworthy plötzlich auf, als hätte er den Stich eines weißglühenden Dolches gespürt. »Um Gottes willen!!!« kreischte er, mit einer Stimme, die vor Entsetzen schier überschnappte. »Ruft die Männer zurück! RUFT SIE ZURÜCK!!!«

Es war schwer; unendlich schwer.

Im ersten Moment spürte ich nichts; nichts außer Kälte und der widerlichen Feuchtigkeit der gemauerten Wand in meinem Rücken, aber beides sehr viel intensiver, als normal gewesen wäre. Dann …

Es war, als erwache ich aus einem tiefen Schlaf und öffnete die Augen, aber wenn, dann tat ich es in einem Raum, der vollkommen finster war. Trotzdem hatte ich das Gefühl, nicht mehr in meiner Zelle zu sein, sondern …

irgendwo

gefangen und doch frei

eingesperrt in einem kerker aus unendlichkeit

gefesselt in einem netz, das aus den stricken des wahnsinns gewoben war und

in dessen herzen die spinne einsamkeit hockte lauernd und gierig und mit gigantischen fängen,

eine Spinne mit necrons gesicht

Mit einem Schrei fuhr ich hoch und krachte erneut gegen die Decke. Diesmal spürte ich den Schmerz überdeutlich und trotzdem genoß ich ihn beinahe, denn er holte mich endgültig in die Wirklichkeit zurück. Stöhnend sank ich zusammen, preßte die Hand gegen meinen schmerzenden Schädel und fühlte ein wenig Blut unter den Fingern. Gleichzeitig fuhr ich mir mit der anderen Hand immer und immer wieder durch das Gesicht. Ich wurde das Gefühl, mich besudelt zu haben, nicht los. Es war, als wäre das widerwärtige Netz Wirklichkeit gewesen und ich glaubte die stinkenden klebrigen Fäden noch immer auf meiner Haut zu spüren. Und war da nicht ein leises, aber furchtbar widerwärtiges Rascheln und Raunen, dicht neben meinem linken Ohr? Und dann die Berührung von etwas Weichem, Dünnem, Flaumigem …?

Ich mußte all meine Kraft aufbieten, um nicht abermals, und diesmal endgültig, dem Wahnsinn zu verfallen. Ich ballte die Fäuste, preßte die Kiefer so fest aufeinander, daß meine Zähne zu schmerzen begannen und spannte jeden einzelnen Muskel in meinem Körper an, so fest ich nur konnte.

Es half.

Ganz langsam zogen sich die grauen Spinnweben aus meinem Geist zurück. Mein Herz hörte auf wie ein außer Kontrolle geratenes Hammerwerk zu arbeiten und die Geräusche, die ich hörte, waren jetzt nur noch das Rauschen meines eigenen Blutes und meine eigenen schnellen Atemzüge. Länger als zehn Minuten saß ich da, angespannt bis zum Zerreißen, aber wieder in der Wirklichkeit zurück, und je mehr sich mein aufgewühltes Inneres beruhigte, desto lauter wurde auch die dünne gehässige Stimme in meinen Gedanken, die mir zuflüsterte, daß ich mich – nicht unbedingt zum ersten Mal, seit ich die Rolle des Hauptdarstellers in dieser verrückten Geschichte übernommen hatte – wie ein kompletter Idiot benommen hatte.

Herr im Himmel, dies hier war Necrons Hauptquartier! Das Herz seiner Macht! Und er war ein Magier, dessen Macht ich mir nicht einmal im Traume vorzustellen vermochte!

Und ich hatte mir wirklich eingebildet, ihn mit meinen bescheidenen eigenen Fähigkeiten auf diesem Gebiet übertölpeln zu können! Natürlich wußte Necron um meine Fähigkeit und ebenso natürlich hatte er Vorsorge getroffen, daß sie mir nichts nutzte. Er hatte mich ja sogar gewarnt, keinerlei Magie anzuwenden, solange ich sein ›Gast‹ war. Wahrscheinlich, dachte ich düster, hatte ich Glück, daß ich überhaupt noch lebte.

Das Geräusch des Riegels riß mich endgültig in die Wirklichkeit zurück. Die Tür wurde geöffnet und vor dem Hintergrund des düsterrot erleuchteten Ganges erschien der schwarze Schatten eines Drachenkriegers.

Ich stand auf, ehe der Mann in die Verlegenheit kam, mich aus meinem Gefängnis herauszerren zu müssen, duckte mich unter der niedrigen Tür hindurch und blickte das schwarzvermummte Gesicht vor mir fragend an. »Ist die Zeit schon vorüber?« fragte ich.

Ich hatte nicht ernsthaft damit gerechnet, eine Antwort zu bekommen, und ich bekam auch keine, aber zumindest verzichteten meine Bewacher diesmal darauf, mich mit Gewalt zwischen sich herzuschleifen. Einer von ihnen machte eine einladende Geste den Gang hinab, während der andere die leere Zelle hinter mir sorgsam wieder verriegelte. Dann gingen wir los.

Wir erreichten die Treppe, gingen durch einen weiteren, schier endlosen Gang und eine weitere, sehr steile Steintreppe hinauf, an deren oberem Ende eine Tür geöffnet wurde, als wir auf halber Höhe waren. Für einen Moment sah ich helles Kerzenlicht hinter der Öffnung, vor dem sich der Schatten eines weiteren Drachenkriegers wie ein drohender Schemen abzeichnete, dann schloß sich die Tür wieder, der Mann kam mit raschen Schritten auf uns zu und hob die Hand zum Gruß, als er zwei Stufen über uns war. Einer meiner Bewacher erwiderte die Bewegung.

Vielleicht hätte er es besser nicht getan, denn der Drachenkrieger packte seinen grüßend erhobenen Arm, verdrehte ihn mit einem ungeheuer schnellen, harten Ruck und versetzte seinem Besitzer einen Stoß, der ihn zuerst gegen die Wand und dann kopfüber die Treppe hinunterstürzen ließ. Noch bevor er ihn richtig losgelassen hatte, fuhr er herum, trat dem anderen in den Leib und riß das Knie hoch, als der Mann sich krümmte Der Krieger keuchte, prallte rücklings gegen die Wand, verharrte jedoch nur einen Sekundenbruchteil in dieser Stellung, ehe er sich hochrappelte und mit einem zornigen Knurren auf den Angreifer stürzte.

Das hieß – wenn ich ganz ehrlich sein soll – stürzte er wohl mehr über meinen ausgestreckten Fuß.

Diesmal fiel er wirklich. Er fand zwar mit erstaunlicher Behendigkeit auf den steil abfallenden Stufen Halt, aber der Angreifer gab ihm keine zweite Chance. Blitzschnell war er neben ihm, riß seinen Kopf in den Nacken und versetzte ihm einen Schlag gegen die Kehle. Ohne einen weiteren Laut stürzte der Mann nach hinten, kollerte ein Stück weit die Treppe hinab und blieb mit ausgebreiteten Armen liegen. In seinem schwarzen Gewand sah er aus wie eine vom Himmel gefallene Fledermaus.

Langsam wandte ich mich um. Ich wußte, wen ich vor mir hatte. Es gab nur einen Mann in dieser Festung, der die Kleidung eines Drachenkriegers trug und trotzdem auf meiner Seite stand. Und trotzdem gelang es mir nur mit Mühe, einen erfreuten Schrei zu unterdrücken, als der Schwarzgekleidete die Hand hob und das Tuch fortnahm, unter dem sich sein Gesicht verbarg.

»Shannon!« murmelte ich. »Du lebst!«

Fast kam ich mir bei diesen Worten selbst albern vor – und nicht unbedingt zu Unrecht – aber es war einfach das einzige, was ich im Moment hervorbringen konnte. Ich war beinahe gelähmt vor Freude und Erleichterung. Es war ein Gefühl, das sich nicht in Worte kleiden ließ, aber es war fast so intensiv wie das vom Tage zuvor, als ich Priscylla wiedergesehen hatte.

Und dem jungen Drachenkrieger schien es kein bißchen anders zu ergehen. Einen Moment lang blickte er mich auf seine unnachahmlich spöttische Art an, aber dann lachte er und streckte die Arme aus und für endlose Augenblicke taten wir nichts anderes, als uns gegenseitig zu umarmen und auf die Schultern zu klopfen; zwei alte Freunde, die sich nach einer Ewigkeit wiedergesehen hatten.

Aber wie immer war Shannon derjenige von uns, der zuerst auf den Boden der Realität zurückfand. Entschlossen löste er sich aus meiner Umarmung, schob mich ein Stück weit von sich und deutete auf die beiden reglosen Gestalten am Fuße der Treppe. »Wir müssen hier weg, Robert«, sagte er. »Die beiden da waren nicht allein. Wenn Necron uns erwischt, wirst du dir wünschen, niemals geboren zu sein.«

Er drehte sich um, um die Treppe wieder hinaufzugehen und zog mich dabei am Arm mit sich, aber ich blieb stehen und deutete in die Richtung zurück, aus der wir gekommen waren. »Wir müssen zurück und Ixmal befreien. Necron wird sich an ihm rächen, wenn er meine Flucht bemerkt. Außerdem ist Priscylla irgendwo dort unten.«

Shannon blieb auch tatsächlich stehen, aber in seinem Blick war plötzlich etwas, das mir gar nicht gefiel. »Necron hat im Moment anderes zu tun«, sagte er ausweichend. »Und Priscylla ist ohnehin … nicht dort.«

Das unmerkliche Zögern in seinen Worten entging mir keineswegs. Ich hatte plötzlich das sichere Gefühl, daß Shannon in Wahrheit etwas ganz anderes hatte sagen wollen.

»Was soll das heißen?« fragte ich scharf.

Shannon sog hörbar die Luft ein. »Das soll heißen, daß sie nicht dort unten ist«, antwortete er unwillig. »Und um deinen indianischen Freund kümmern wir uns später. Nun komm, zum Teufel! Ich kenne ein paar Verstecke, in denen wir sicher sind. Aber nur, wenn wir sie auch lebend erreichen.«

Diesmal widersprach ich nicht mehr.

Es war unmöglich. UN-MÖG-LICH! hämmerten Laguerres Gedanken, immer und immer wieder. Es war *vollkommen unmöglich*! Er hatte *gehört* wie das Genick des Mannes gebrochen war, hatte *gespürt* wie sich sein Körper in einem letzten entsetzlichen Krampf aufbäumte und dann urplötzlich erschlaffte, als das Leben aus ihm wich. Er war tot! TOT!

Aber er bewegte sich.

Langsam, mit seltsam ziellos wirkenden, umständlichen Bewegungen, stemmte er sich auf Hände und Knie hoch, taumelnd und fahrig (und tot), aber er bewegte sich.

Laguerre wich mit einem keuchenden Laut vor der entsetzlichen Erscheinung zurück, hob beide Hände wie schützend vor das Gesicht und schlug mit der Linken das Kreuzzeichen, ohne sich dessen auch nur bewußt zu werden. Seine Augen quollen vor Entsetzen fast aus den Höhlen, während er dem unglaublichen Schauspiel folgte.

Rings um ihn wich die Stille des Wüstenmorgens einem Chor überraschter Schreie und dann den Lauten eines rasch heftiger werdenden Kampfes, als plötzlich überall die Schatten lebendig zu werden begannen und Dutzende der schwarzvermummten Krieger über die überraschten Tempelherren herfielen, aber das registrierte Laguerre nur am Rand, mit einem Teil seines Bewußtseins, das wie durch ein Wunder noch zu rationalem Denken fähig, aber vollkommen machtlos über seinen Körper war. Für einen Moment spürte Laguerre den eisigen Griff des Wahnsinns in seinem Gehirn, als sich die Gestalt vor ihm vollends aufrichtete und ihr Schwert hob, noch immer mit diesen fahrigen, fürchterlichen Bewegungen.

Wie eine Marionette, deren Fäden durcheinandergeraten waren, dachte Laguerre entsetzt.

Taumelnd bewegte sich die Gestalt auf ihn zu, das Schwert nur halb erhoben, der Kopf pendelnd, als hätten die Muskeln nicht die Kraft, ihn allein zu halten – und dann sah Laguerre das Gesicht!

Aus dem entsetzten Keuchen des Tempelritters wurde ein überschnappendes Kreischen, in dem nun wirklich der Wahnsinn mitschwang.

Sein Angriff hatte das schwarze Tuch heruntergerissen, hinter dem sich das Gesicht des Kriegers bisher verborgen hatte – und was Laguerre dahinter sah, war nicht das Gesicht eines lebenden Menschen, sondern die grauenerregende Visage eines Mannes, der vielleicht schon vor Jahrzehnten gestorben war!

Dünne, wie ausgetrocknetes Pergament gerissene Haut spannte sich über den Knochen, so daß es viel mehr Ähnlichkeit mit einem Totenschädel hatte als mit den Zügen eines lebenden Menschen. Die Augen waren eingesunken, ausgetrocknet und zu zerknitterten, halb durchsichtigen Hautsäcken geworden, die wie trübe gewordene Glaskugeln haltlos in ihren Höhlen hin und her rollten, und aus dem Mund, der halb offen stand, hing ein zerfetzter Lappen, der einmal eine Zunge gewesen war.

Torkelnd kam die entsetzliche Kreatur näher und hob das Schwert, das sie – auch das sah Laguerre erst jetzt – mit einer fast bis auf das Skelett abgemagerten Totenhand führte. Und es war das Blitzen des tödlichen Stahles, das Laguerre wieder in die Wirklichkeit zurückriß.

Er sprang zurück, wich der niederpfeifenden Klinge im letzten Augenblick aus und trat nach der Waffenhand des Angreifers. Noch vor einer Minute hätte er damit sein Leben aufs Spiel gesetzt, denn der Mann (*Mann*?!?) hätte zweifellos die Gelegenheit genutzt, seinen Fuß zu ergreifen und ihn zu Boden zu schleudern. Aber seine Reaktionen waren langsamer geworden, als müsse er sich erst von diesem zweiten Tod erholen, und Laguerres Fuß traf, zerbrach sein Handgelenk und schleuderte die Waffe davon.

Der lebende Tote wankte. Einen Moment lang suchte er mit weit ausgebreiteten Armen nach seiner Balance, dann fiel er nach hinten, prallte gegen einen Felsen und begann sich mühsam wieder in die Höhe zu stemmen. Laguerre schleuderte ihn mit einem Fußtritt zurück und versetzte ihm rasch hintereinander drei, vier harte Hiebe.

Das Ungeheuer gab nicht einmal einen Laut von sich, sondern versuchte sofort wieder, auf die Beine zu kommen. *Wie soll man einen Gegner töten, der längst nicht mehr lebt*?, dachte Laguerre verzweifelt.

In diesem Moment fiel sein Blick auf den Leichnam Devereaux', über den er gerade fast gestolpert wäre. Die Hand des jungen Bretonen lag noch auf dem Schwert, das zu ziehen ihm keine Zeit mehr geblieben war.

Laguerre unterdrückte den Widerwillen, den der Anblick des enthaupteten Jungen in ihm wachrief, bückte sich blitzschnell und schloß die Hand um Devereaux' Schwert.

Er kam nicht einmal mehr dazu, es vollends aus der Scheide zu ziehen. Denn in diesem Moment bewegte Devereaux den Arm und schloß die Finger um Laguerres Handgelenk!

Der Tempelherr begann zu kreischen.

Die Töne, die aus seiner Kehle kamen, hatten nichts Menschliches mehr an sich. Aber er wehrte sich nicht mehr. Er versuchte nicht einmal mehr, davonzulaufen, als sich Devereaux' schrecklicher, kopfloser Torso vor ihm aufrichtete und mit der anderen Hand nach seiner Kehle tastete ...

»Das reicht«, flüsterte Shannon. »Wenn wir hier nicht sicher sind, dann nirgends.« Er drehte sich herum, sah mich einen Moment lang an – wieder mit seinem unvergleichlichen, spöttisch-freundschaftlichen Lächeln – wurde aber sofort wieder ernst und deutete mit einer befehlenden Geste auf die niedrige Tür, durch die wir die Höhle betreten hatten. Es war eine Höhle, keine Halle, eher einem Bergwerksstollen gleich als einem gemauerten Korridor. Wäre nicht ab und zu eine Tür oder eine roh aus dem Boden geschlagene Treppe dagewesen, hätte ich kaum mehr geglaubt, daß wir uns noch im Inneren eines von Menschenhand geschaffenen Bauwerkes befanden.

Aber auch so war ich mir nicht sicher, ob wir wirklich noch im Inneren von Necrons Drachenburg waren. Der Weg, den wir während der letzten halben Stunde genommen hatten, hatte fast ununterbrochen nach unten geführt. Wir mußten uns tief – sehr tief – unter den Grundmauern von Necrons bizarrem Hauptquartier aufhalten.

»Was ist das hier?« fragte ich. Meine Stimme zitterte vor Anstrengung. Ich war nicht unbedingt in Hochform, nach der strapaziösen Nacht, die hinter mir lag. Trotzdem registrierte ich, daß das Geräusch meiner Stimme nicht verklang, sondern als leises, lang nachhallendes Echo zurückgeworfen wurde. Jenseits der Mauer aus finsteren Schatten, die wenige Schritte hinter Shannon lag, mußte der Raum noch sehr viel größer sein, als ich bisher angenommen hatte.

»Ein Teil der Anlage, von deren Existenz Necron nichts weiß«, antwortete Shannon und fügte hinzu: »Wenigstens hoffe ich es.«

Die Art, in der er das Wort *Anlage* aussprach, ließ irgendwo tief in meinem Inneren eine Alarmglocke anschlagen, aber ich war viel zu erschöpft, um den Gedanken weiter zu verfolgen. »Und wenn nicht?« fragte ich.

»Dann ändert es auch nichts«, sagte Shannon ernst »Er würde niemals hierher kommen.«

»Warum nicht?«

Shannon seufzte auf jene ganz bestimmte Art, auf die man jemandem sagt, daß er einem gehörig auf die Nerven zu gehen beginnt. Aber er antwortete trotzdem, und wieder tat er es mit jenem sonderbaren ernst, der mich schauern ließ, ohne daß ich wußte, warum.

»Weil er Angst davor hätte, Robert.« Er hob rasch die Hand, als ich eine weitere Frage stellen wollte, bewegte sich ein paar Schritte zurück und blieb wieder stehen. Erst jetzt fiel mir auf, wie abgehackt und fahrig seine Bewegungen waren: *müde*. Ja, das war es – er bewegte sich wie ein Mann, der am Ende seiner Kräfte angelangt war.

»Was ist passiert, Shannon?« fragte ich leise. »Ich meine – bevor du mich befreit hast. Wer hat dich geweckt?«

»Geweckt?« Shannon lächelte, aber es war ein sehr bitteres Lächeln. »Niemand, Robert. Ich war die ganze Zeit wach.« Er stockte. Sein Adamsapfel bewegte sich ruckartig auf und ab. Ich spürte, daß er mit aller Macht um seine Beherrschung kämpfte, als er weitersprach. »Necron hat sich einen kleinen Scherz ausgedacht, ganz für mich persönlich. Ich war ...« Er machte eine schwer zu deutende Handbewegung » ... paralysiert, würdest du es wohl nennen. Mein Körper war gelähmt. Aber ich war wach. Die ganze Zeit über.«

Seine Worte jagten mir eisigen Schauer über den Rücken. »Wie lange ... war das?« fragte ich.

Shannon zuckte mit den Achseln. »Wochen ... Monate ... ich weiß es nicht. Sehr lange. Es war ... nicht besonders angenehm. Aber ich habe dich nicht hier herunter gebracht, um dir mein Leid zu klagen, Robert. Wir haben Wichtigeres zu tun.« Er kam auf mich zu, ergriff mich am Arm und schob mich mit sanfter Gewalt zur Wand zurück, wo wir uns beide im Schneidersitz niederließen. Erneut fiel mir auf, daß er ganz kurz in die Höhle zurücksah. Er war nervös.

Irgendwo hinter der schwarzen Wand aus Schatten schien etwas zu sein, das ihm Angst machte.

»Ich habe jedes Wort gehört, Robert«, begann er. »Als du mit Necron gesprochen hast. Du hast einen Moment ernsthaft überlegt, sein Angebot anzunehmen, nicht wahr?«

Jeden anderen Mann, der mir diese Frage gestellt hätte, hätte ich in diesem Moment belogen; allenfalls gar nicht geantwortet. Bei Shannon konnte ich es nicht. Lange Sekunden starrte ich ihn an, dann senkte ich den Blick, atmete tief und hörbar aus – und nickte. »Ja«, sagte ich, so leise, daß er das Wort kaum hörte, obwohl er unmittelbar neben mir saß.

»Obwohl du weißt, daß er dich betrogen hätte.« Es war keine Frage, sondern nur eine Feststellung. Und sie war auch frei von allem Vorwurf.

Wieder nickte ich und plötzlich hob Shannon die Hand und berührte ganz leicht meine Schulter. »Du liebst dieses Mädchen sehr, nicht wahr?«

»Mehr als alles andere«, antwortete ich. »Mehr als diese ganze verdammte Welt, Shannon.«

»Wir können jetzt nichts für sie tun, Robert«, fuhr er in verändertem, gezwungen kaltem Ton fort. »Aber wir können etwas anderes tun.«

»Ja«, sagte ich zornig. »Hinaufgehen und diesem Ungeheuer endlich den Hals durchschneiden.«

Shannon lächelte, aber nur für eine Sekunde, dann wurde er sofort wieder ernst. »Das würde nicht viel nutzen, Robert«, sagte er.

Diesmal war ich wirklich sprachlos.

Shannon nickte, um seine eigenen Worte zu bestätigen. »Es ist nicht Necron, gegen den wir kämpfen.«

»Nicht … Necron?« stammelte ich.

»Natürlich ist es Necron«, sagte Shannon. »Aber er ist nur eine Marionette, an deren Fäden ein anderer zieht.«

Ich starrte ihn an. Für eine Sekunde mußte ich daran denken, daß Priscylla mir während ihres nächtlichen Besuches etwas Ähnliches erzählt hatte. Aber ich hatte es so wenig verstanden wie die geheimnisvollen Andeutungen des jungen Drachenkriegers jetzt.

»Necron zu töten, ja, selbst diese ganze Burg zu vernichten, würde nicht viel ändern, Robert«, fuhr Shannon fort. »Glaubst du wirklich, er wäre noch am Leben, wenn alles damit erledigt wäre?« Er lachte. Es klang böse. »Ich bin sein bester Schüler, Robert, vergiß das nicht. Er ist von seinen Kriegern umgeben und diese Burg ist gespickt mit Fallen, aber wenn ich wirklich gewollt hätte, wäre ich an ihn herangekommen. Vermutlich hätte es mein eigenes Leben gekostet, aber ich hätte ihn erwischt und bei Gott, ich hätte es getan. Aber es würde nichts nutzen. Du hättest allenfalls eine Atempause gewonnen, nach der alles nur noch viel schlimmer geworden wäre. Er ist nur eine Marionette. An den Fäden, an denen er hängt, zieht längst ein sehr viel Mächtigerer.«

»Und wer?« fragte ich.

Shannon stand auf und deutete mit einer Kopfbewegung auf die Mauer aus dräuenden Schatten vor uns.

»Komm mit«, sagte er.

Der Weg war nicht sehr weit. Und die Wand aus Schwärze – von der ich nun sehr sicher war, daß es sich *nicht* nur um Dunkelheit handelte – wich im gleichen Maße vor uns zurück, in dem wir uns ihr näherten. Aber schon nach kurzer Zeit tauchte etwas anderes, viel Finstereres vor uns auf, etwas, das nicht vor uns zurückwich, sondern im Gegenteil immer größer und größer wurde, bis es sich schließlich als eine Art See entpuppte, der den allergrößten Teil der Höhle einzunehmen schien, denn seine Ufer verloren sich rechts und links in wogender Finsternis.

Zwei Schritte vor seinem Ufer blieben wir stehen. Er enthielt kein Wasser, sondern eine schwarze, zäh aussehende Substanz, die mich irgendwie an einen Sumpf erinnerte, und von der ein entsetzlicher Gestank emporstieg.

Ich wollte mich weiter nähern, aber Shannon hielt mich mit einer raschen, warnenden Handbewegung zurück und schüttelte zusätzlich den Kopf.

»Was ist das?« fragte ich verwirrt.

»Unser Feind, Robert«, antwortete Shannon leise. »Shub-Niggurath. Die Inkarnation eines GROSSEN ALTEN.«

»Er wacht auf.« De la Croix' Stimme zitterte vor Erregung.

Der schwarzhaarige Franzose war bleich geworden, während er neben Hayworthy niedergekniet und ihn mit raschen, kundigen Bewegungen untersucht hatte. Seine Hände zitterten. Zum ersten Male, seit Balestrano ihn kannte, sah er wirkliche Angst in seinem Blick. Er hatte nicht gewußt, daß de la Croix und der kleinwüchsige Schotte sich so nahe standen. Der dünne, brennende Schmerz in seinem Herzen wurde heftiger.

Rasch wandte er den Blick, kniete neben dem *War-Master* nieder und ergriff Hayworthys Hand, als dieser sich unruhig zu bewegen begann. Die Lippen des grauhaarigen Schotten formulierten Worte; sinnlose Fetzen zuerst, dann klare, aber zusammenhanglose Worte. Dann, ganz plötzlich, öffnete Hayworthy die Augen und sein Blick war klar.

Aber Balestrano las ein Entsetzen darin, das die Grenzen dessen überstieg, was er sich bisher hatte vorstellen können.

»Sie sind tot, Bruder Jean«, flüsterte Hayworthy. »Sie ... sie sind alle tot.«

»Tot?« Balestrano tauschte einen raschen Blick mit von Schmid, der auf der anderen Seite niedergekniet war, aber der Herzog zuckte nur fast unmerklich die Achseln.

»Wovon sprichst du, Bruder Rupert?« fragte Balestrano geduldig. »Was ist geschehen?«

Hayworthy schluckte, fuhr sich mit der Zunge über die Lippen und richtete sich auf. In seinem Blick spiegelte sich ein mildes Erstaunen, als begriffe er nicht ganz, wieso er ausgestreckt auf dem Boden lag und die anderen ihn so besorgt ansahen.

»Du hast plötzlich geschrien«, sagte Balestrano, der die Frage in seinem Blick erkannte. »Und dann hast du die Besinnung verloren. Aber nicht für lange. Was hast du damit gemeint – sie sind alle tot?«

Hayworthy fuhr unter seinen Worten zusammen wie unter einem Hieb. »Die Männer«, murmelte er. »Die ... die Krieger, die wir hinuntergeschickt haben. Sie sind tot.«

»Tot?« von Schmid keuchte. »Was soll das heißen?«

»Es war eine Falle«, murmelte Hayworthy. »Ich habe es gespürt, aber es ... es war zu spät.«

»Was soll das bedeuten, Bruder Rupert?« fragte Balestrano streng. »Sprich nicht in Rätseln. Was ist dort unten geschehen?«

Hayworthy blickte ihn an. Seine Augen waren weit vor Schrecken. »Ich weiß es nicht, Bruder«, sagte er. »Ich ... ich spürte, daß etwas geschah, etwas Schreckliches, aber dann ... dann griff irgend etwas nach meinem Geist, und ... und ...« Seine Stimme versagte, als triebe ihn allein die Erinnerung an das, was er erlebt hatte, wieder an den Rand eines Zusammenbruchs. »Aber ich fühle, daß sie alle tot sind. Keiner ist entkommen«, fuhr er nach einer kurzen Atempause fort. »Irgend etwas Entsetzliches ist dort unten geschehen, Bruder Jean.«

»Wir müssen nachsehen, was er meint«, sagte van Velden plötzlich.

»Nein!« Hayworthy schrie fast. »Nicht noch mehr. Schickt niemanden mehr hinunter, ich beschwöre euch! Keiner würde zurückkommen.«

»Zum Teufel, was sollen wir tun?« fragte von Schmid ärgerlich. »Hier sitzen und abwarten, bis uns dasselbe zustößt wie diesen Männern?«

»Geht nicht hinunter!« stammelte Hayworthy. »Es ... es wäre Selbstmord. Schlimmer.«

»Gut!« sagte von Schmid entschlossen. »Dann sehe ich nach. Auf meine Weise.«

»Das verbiete ich«, sagte Balestrano rasch. »Wir dürfen Necron nicht verraten, über welche Möglichkeiten wir verfügen, das wißt ihr alle. Wir müssen –«

»Er weiß es längst«, sagte Hayworthy leise.

Balestrano erstarrte. »Was ... hast du gesagt?« murmelte er.

Hayworthy blickte ihn an, nickte fast unmerklich und sagte noch einmal: »Er weiß es längst, Bruder Jean. Ich ... ich habe es gefühlt, als dieses Etwas mich streifte. Es war ... es war wie höhnisches Gelächter. Er weiß alles. Und er wartet auf uns.« Er lächelte nervös, stand vorsichtig auf und stützte sich rasch an der Tischkante ab, als seine Kräfte abermals zu versagen drohten. Er war bleich wie ein Toter. Sein Atem ging schnell. »Gebt Bruder Botho die Erlaubnis, zu tun, was er vorschlug«, sagte er leise. »Es ist die einzige Möglichkeit. Wir müssen wissen, was dort unten auf uns lauert.«

Balestrano zögerte noch immer. Er wußte, daß Hayworthy nur zu recht hatte – sie waren der Drachenburg so nahe wie vermutlich noch kein Feind jemals zuvor, erst recht kein feindliches Heer – aber zwischen ihnen und der Burg lagen immer noch gute anderthalb Meilen. Selbst wenn die Besatzer der Burg nicht über magische Kräfte geboten hätten, hätten sie es sich einfach nicht leisten können, eine unbekannte Gefahr im Rücken zu haben, während sie versuchten, ihre gewaltigen Mauern zu stürmen.

Aber nur ein Fehler, dachte er, ein einziger dummer Fehler, und alles war verloren.

Er hatte niemals im ernst daran gedacht, diese Alptraumburg, die wie ein steinernes Krebsgeschwür über ihnen auf dem Gipfel des Berges hockte, nur mit Hilfe der fünfhundert Männer in seiner Begleitung erobern zu können. Dazu hätten nicht einmal fünfhunderttausend Männer gereicht. Seine wahre Waffe, das waren André de la Croix, Nies van Velden, Botho von Schmid und Rupert Hayworthy, die vier *Master* des Templer-Ordens. Sie und ihre übersinnlichen Kräfte – oder das, wozu er sie gemacht hatte. Wenn Necron von ihnen erfuhr, ehe sie ihre wahre Macht einsetzen konnten, dann war alles verloren, bevor es wirklich begonnen hatte.

Aber wenn sie die Burg angriffen und plötzlich hinter ihrem Rücken tausend oder zweitausend von Necrons schwarzen Mördern auftauchten, war es auch aus.

Es war zum Verzweifeln, dachte Balestrano. Was er auch tat – es war *falsch*!

»Gut«, sagte er schließlich. »Ich gebe dir die Erlaubnis, Bruder Botho. Aber ich flehe dich an – sei vorsichtig.«

Von Schmid lächelte. »Ich werde lautlos sein wie eine Fliege«, sagte er.

Im ersten Moment verstand Balestrano nicht, was von Schmid überhaupt meinte, aber dann folgte er dem Blick des deutschen Herzogs und gewahrte einen kleinen schwarzen Punkt, der dicht neben dem Fenster an der Wand klebte. Keiner von ihnen hatte das winzige Tierchen bisher auch nur bemerkt. Keiner außer von Schmid.

»Eure Hände, Brüder«, sagte von Schmid. »Bildet einen Kreis.«

Sie gehorchten. Balestrano ergriff die Hände van Veldens und Bruder Andrés, und nach kurzem Zögern reihte sich auch Hayworthy in den noch offenen Kreis ein und ergriff die gewaltige Pranke von Schmids.

»Jetzt schließt die Augen«, sagte von Schmid leise. »Und öffnet euren Geist. Und keine Furcht.«

Balestrano schloß gehorsam die Augen.

Im ersten Moment sah er nichts als Dunkelheit, und dann –

– dann war das Zimmer wieder da, aber aus einem vollkommen fremden, schwindelerregenden Blickwinkel und zu ungeheurer Größe explodiert, zersplittert in Tausende und abertausende einzelner kleiner Bilder, die sich zu einem verwirrenden Kaleidoskop bizarrer Farben und Formen zusammenfügten. Er sah sich selbst und die anderen, wie sie dastanden, sich an den Händen haltend und einen Kreis bildend, zu absurder Größe aufgeblasene Ungeheuer, häßlicher als alles, was er jemals zuvor erblickt hatte, den Tisch, groß wie ein Berg und mit einer zerklüfteten Platte. Dann kippte das ganze Bild nach rechts, begann zu torkeln und auf und ab zu hüpfen und war plötzlich verschwunden, als die Welt rings um ihn herum in einem unglaublich intensiven, blauroten Licht zu erstrahlen begann.

Mit dem winzigen Rest seines Bewußtseins, das noch zu klarem Denken fähig war, begriff Balestrano, daß die Fliege, durch deren Augen sie alle sahen, sich von ihrem Platz am Fenster gelöst und – von Schmids Willen gehorchend – hinaus geflogen war. Das Kastell stürzte unter ihnen in die Tiefe, eine gigantische schwarze Masse, zu groß, als daß er Einzelheiten erkennen konnte. Wind ergriff die Fliege und brachte sie von ihrem eingeschlagenen Kurs ab, bedrohlich nahe an einen der gewaltigen schwarzen Türme heran. Aber von Schmids Willen lenkte das Tier sicher über das Hindernis hinweg und in einem weit geschwungenen Bogen hinab, zum Fuß des Berges und auf seine andere Seite.

Es dauerte lange, bis das winzige Insekt den Berg zur Hälfte umrundet hatte, sicherlich eine halbe Stunde, wenn nicht mehr, aber das vermochte Balestrano nicht zu beurteilen, denn auch sein Zeitgefühl war nicht mehr das eines Menschen. Überhaupt fiel es ihm immer schwerer, sich gegen die Woge dunkler, animalischer Impulse zu wehren, die aus dem geknechteten Bewußtsein des Tieres in seinen Geist fließen wollten. Es war kein wirkliches *Denken*. Das Tier hatte kein Bewußtsein wie ein Mensch oder ein höher entwickeltes Säugetier. Statt dessen war da ein düsterer Sumpf aus Instinkten und angeborenem Wissen, ein quälender, niemals ganz zu stillender Hunger und andere, Balestrano vollkommen fremde – und erschreckende! – Gefühle.

Es war nicht einmal besonders unangenehm.

Und es war verlockend. Der Wunsch, sich fallen zu lassen, alles zu vergessen und mit dem vor Energie und Lebenskraft pulsierenden Geist des Tieres ein für allemal zu verschmelzen, wurde immer stärker. Balestrano hatte plötzlich eine schwache Ahnung davon, welch ungeheure Willenskraft es von Schmid immer wieder abverlangte, dieser Verlockung zu widerstehen.

Dann waren sie um den Berg herum und was sie durch die Augen der Fliege sahen, ließ Balestrano alles andere vergessen.

Die Krieger waren da, aber sie waren nicht allein.

Und sie waren auch nicht tot.

In einer langgezogenen, leicht schwankenden Kette bewegten sie sich am Fuße des Berges entlang, den Weg zurück, den sie gekommen waren. Und bei ihnen war eine ungefähr gleich große Anzahl von Necrons schwarzgekleideten Drachenkriegern. Und auch sie waren ganz und gar nicht tot.

Jedenfalls war es das, was Balestrano im ersten Moment dachte …

Dann kam die stumme Prozession näher, scheinbar betrunken auf und ab hüpfend durch den torkelnden Flug der Fliege, und was Balestrano und die anderen sahen, ließ ihre Herzen vor Entsetzen stocken.

Viele der Männer waren verletzt. Die weißen Kriegsgewänder der Tempelritter, in die sie gekleidet waren, waren rot von ihrem Blut. Manchen von ihnen fehlten Hände oder Arme.

Ein paar hatten keine Köpfe mehr.

Aber sie bewegten sich weiter.

Stur und unaufhaltsam wie eine Prozession von Sarim des Laurecs gräßlicher lebensgroßer Puppen, marschierten sie um den Berg herum, begleitet von einer Hundertschaft schwarzvermummter Gestalten, ebenso tot wie sie, und auf ebenso entsetzliche Weise sich weiter bewegend. Es war wie eine gräßliche Verhöhnung des Lebens selbst.

Balestrano öffnete mit einem Schrei die Augen und taumelte zurück.

Seine Bewegung zerbrach den Kreis. Auch die anderen torkelten auseinander, und selbst Bruder von Schmid wankte, prallte gegen die Wand und blieb einen Moment keuchend und um Atem ringend stehen. Auf seiner Stirn perlte Schweiß.

»Satan!« stammelte Hayworthy. »Das ... das ist das Werk Satans. Die Toten erheben sich.«

»Nicht Satan, Bruder«, murmelte Balestrano. Es fiel ihm schwer, zu sprechen. Obgleich er den entsetzlichen Anblick nur durch die fremden Augen der Fliege gesehen hatte, in falschen Farben und auf unbeschreibliche Weise verzerrt und entstellt, wurde er ihn nicht mehr los. Aber plötzlich war er fast dankbar, das Bild nicht auf die gewohnte Weise gesehen zu haben. Hätte er es mit eigenen Augen und in aller Klarheit erblickt, hätte es ihn vielleicht um den Verstand gebracht.

Für lange, sehr lange Zeit sagte keiner von ihnen ein Wort. Sie alle schwiegen, starrten aus weit aufgerissenen Augen vor sich hin und versuchten auf die eine oder andere Weise, mit dem Entsetzlichen fertig zu werden, das sie gesehen hatten. Und schließlich war es wieder Bruder Balestrano, der das lähmende Schweigen brach.

»Sie werden uns angreifen«, murmelte er. »Wie lange werden sie brauchen, um hier zu sein?«

Die Frage galt Bruder Hayworthy, aber wie schon zuvor dauerte es Sekunden, bis der *War-Master* überhaupt begriff, daß er angesprochen wurde. »Eine Stunde«, sagte er nervös. »Vielleicht zwei. Sie ... sind nicht sehr schnell.«

»Zwei Stunden.« Balestrano seufzte. Es klang wie ein unterdrückter Schmerzlaut. »Zu wenig. Viel zu wenig.«

»Dann vernichten wir sie«, klang van Velden hart. »Jetzt haben wir keine Wahl mehr.«

Ja, dachte Balestrano. *Und wahrscheinlich ist es ganz genau das, was Necron von uns erwartet.*

Trotzdem nickte er nach einem abermaligen, kurzen Zögern.

André de la Croix und Nies van Velden wandten sich schweigend um und verließen den Raum.

»Es beginnt«, sagte das Mädchen.

Der alte Mann nickte. Im düsteren Licht der glühenden Kohlebecken sah sein Gesicht aus, als wäre es mit halb geronnenem Blut eingerieben. Die Falten darin schienen tiefe, klaffende Wunden geworden zu sein und in seinen Augen lag ein unheimlicher, lodernder Glanz. Beinahe liebkosend strichen seine dürren Finger über die Seiten des gewaltigen Buches, das auf dem kleinen Tischchen vor ihm lag.

»Ja, mein Kind«, sagte er. »Es beginnt. Jetzt tu, was ich dir gezeigt habe. Und mache es gut. Der Einsatz ist hoch.«

»Ich weiß, Herr«, sagte Priscylla.

Ich muß wohl länger als fünf Minuten wie versteinert dagestanden haben und ich weiß bis zum heutigen Tage nicht, was ich in diesem Moment dachte – wenn ich *überhaupt* irgend etwas dachte – denn das nächste, woran ich mich erinnerte, war Shannons Hand, die ziemlich unsanft an meiner Schulter rüttelte und seine Stimme, die immer wieder meinen Namen rief. So mühsam, als müsse ich gegen unsichtbare Stricke ankämpfen, wandte ich mich von der entsetzlichen schwarzen Masse vor unseren Füßen ab, setzte dazu an, etwas zu sagen, brachte aber nur einen unverständlichen Ton hervor und schüttelte ein paarmal den Kopf.

»Alles in Ordnung?« fragte Shannon besorgt.

Ich nickte – was eine glatte Lüge war –, atmete tief ein und spürte plötzlich Übelkeit in mir aufsteigen. *Shub-Niggurath. DAS TIER. Die schreckliche schwarze Ziege mit den tausend Jungen.* Das war alles, woran ich denken konnte. Immer und immer wieder.

»Aber es ist unmöglich«, flüsterte ich schließlich. »Wie kann einer der GROSSEN ALTEN …«

»Es ist nicht Shub-Niggurath selbst, den du siehst«, antwortete Shannon sehr ernst. »Es ist einer von zahllosen Körpern, deren er sich bedient. Ein Shoggote, der seinen Körper angenommen hat und in dem ein Teil seines Geistes wohnt. Diese Wesen kennen Wege, die Gesetze der Logik zu umgehen.«

»Dann ist er also doch erwacht«, murmelte ich matt. Alles erschien mir plötzlich so sinnlos. Alles, was ich getan, all die Gefahren und Entbehrungen, die ich überstanden hatte, all die entsetzlichen Dinge, die ich mitangesehen und die Unschuldigen widerfahren waren, waren vollkommen sinnlos gewesen. Das Ungeheuer lebte.

Shannon ergriff mich abermals bei der Schulter und schüttelte mich. »Robert – hör mir zu!« sagte er beschwörend. »Wir haben nicht mehr viel Zeit!«

Ich nickte, aber es war nur ein bloßer Reflex auf den Klang seiner Stimme, keine wirkliche Antwort. Trotzdem fragte ich:

»Können wir es vernichten?«

»Diesen Körper? Selbstverständlich«, antwortete Shannon, und fügte hinzu: »Wir könnten es beispielsweise verbrennen. Oder die Ausgänge dieser Höhle verstopfen, so daß es erstickt. Es ist lebende Materie. Es muß atmen. Aber es würde nichts nutzen.«

Seine Worte versetzten mich jäh in Zorn, der wahrscheinlich nichts als eine Schutzreaktion meines Geistes war, damit ich nicht vollends den Verstand verlor. »Wie bitte?« keuchte ich. »Es würde nichts nutzen? So wie bei Necron? Oder –«

»Robert, bitte!« sagte Shannon scharf. »Ich will es dir ja erklären. Hör mir zu. Hör mir nur eine Minute zu.«

Ich nickte, trat einen halben Schritt zurück und blickte wieder auf die schwarzglänzende Masse zu meinen Füßen herab. Es war ein unbeschreiblich widerwärtiger Anblick – ein glatter, mattglänzender Spiegel, der nur auf den ersten Blick leblos zu sein schien. Sah man genauer hin, gewahrte man ein ganz sanftes Pulsieren und Beben, ein Zucken wie von einem riesigen fauligen Organ, das sich dicht unter der Oberfläche dieser Alptraummasse verbarg.

»Das hier«, begann Shannon, »ist nichts als Protoplasma. Ein Teil Shub-Nigguraths; ein wichtiger, aber doch ersetzbarer. Im Augenblick ist es nichts als eine gewaltige Masse lebender, aber gehirnloser Zellen. Shub-Niggurath teilt sich unentwegt. Das ist seine größte Waffe. Er ist verwundbar, vielleicht als einziger der GROSSEN ALTEN, aber eine einzige Zelle reicht, daraus ein neues Wesen entstehen zu lassen. Daher hat er seinen Namen. Er wurde unzählige Male vernichtet und er hat sich unzählige Male wieder erneuert. Wenn es Necron gelingt, die *Sieben Siegel* zu vereinen, dann werden aus diesem Plasmasee die Körper der dreizehn GROSSEN ALTEN entstehen, in die ihr befreiter Geist fahren kann.« Er seufzte.

»Aber es würde nichts nutzen, ihn zu vernichten.«

Ich sah ihn fragend an und wieder huschte ein fast wehleidiges Lächeln über Shannons Züge. »Es ist so schwer zu verstehen«, murmelte er hilflos. »Ich weiß auch nicht viel, nicht mehr, als Necron mir verraten hat und das war wenig genug, selbst als er mir noch vertraute. Das hier –«, er wies auf den See, »– ist nicht mehr als vergängliche Materie. Aber es gibt eine ...«, er suchte nach Worten, »... eine Art Mutterzelle. Ein Stück des wirklichen Ungeheuers, das irgendwo verborgen ist.«

»Irgendwo?«

Shannon zuckte mit den Achseln. »Hier, in der Burg, in einer anderen Stadt – vielleicht am anderen Ende der Welt. Es muß hierherkommen, um die Wiedererweckung zu vollziehen, aber ich glaube nicht, daß es *jetzt* hier ist. Du hast den GROSSEN ALTEN schon zu sehr geschadet, als daß sie nicht wüßten wie gefährlich du bist. Es wird sich verbergen, bis der entscheidende Moment gekommen ist.«

»Ich verstehe«, antwortete ich düster. »Und wenn wir das hier vernichten, dann wird es irgendwo neu entstehen.«

Shannon nickte. »Ich fürchte, ja. Deshalb wäre es nicht nur sinnlos, sondern auch gefährlich, es zu zerstören. Außerdem würde es Necron verraten, wo wir sind.«

»Warum hast du mich dann hierher gebracht?« fragte ich zornig. »Während wir hier herumstehen, ist Necron vielleicht damit beschäftigt, Priscylla auch noch zu töten.«

»Das wird er ganz bestimmt nicht tun, Robert«, antwortete Shannon. »Und ich habe dich aus einem ganz bestimmten Grund hierher geführt. Ich möchte dir etwas zeigen.«

Etwas in seiner Stimme ließ mich alarmiert aufsehen. Etwas, das mir ganz und gar nicht gefiel. »Und was?« fragte ich.

»Dies hier«, antwortete Shannon. Und damit ergriff er meine Hand, so schnell, daß ich keine Gelegenheit mehr fand, mich zu widersetzen.

Und ich *sah*.

Es war genau wie die Male zuvor, als ich durch Shannons Augen geblickt hatte. Die Welt kippte um, aus Weiß wurde

Schwarz, aus Dunkel Helligkeit, alle Farben waren fort, aber statt ihrer vermochte ich andere Dinge zu sehen, Dinge, die dem normalen menschlichen Auge auf immer verborgen bleiben: die pulsierenden Energielinien des komplizierten Gefüges, das das Universum zusammenhält und die düsteren, spinnwebartigen Linien magischer Ströme, an denen sich Shannon zu orientieren vermochte.

Aber diesmal war es schlimmer als je zuvor.

Die Halle war durchzogen von Strängen schwarzer, auf entsetzliche Weise pulsierender Stränge, einem irrsinnigen Spinnennetz gleich, aus Tausenden und abertausenden einzelner Stränge geflochten.

Und sie alle endeten in dem gewaltigen schwarzen Protoplasmasee zu unseren Füßen.

»Sieh!« sagte Shannon.

Gehorsam hob ich den Blick und starrte den zuckenden dünnen Energietentakel an, auf den seine ausgestreckte Hand deutete.

Es war, als würde mein Blick von ihm aufgesogen. Ich konnte mich nicht dagegen wehren. Es war wie ein Sturmwind, der mich packte und mit sich riß, in einer rasenden, unglaublich schnellen Fahrt, wie auf einer außer Kontrolle geratenen Bergwerkslore.

Die Halle sackte unter mir weg, dann war ich plötzlich wieder in einem anderen Teil der Burg, durchquerte Räume und Hallen und Gänge – und dann stand Necron unter mir.

Und neben ihm –

Der Anblick war so entsetzlich, daß ich aufschrie und mich mit aller Gewalt aus Shannons Griff losriß. Ich taumelte zurück und wäre um ein Haar in die schwarze Gallertmasse gestürzt. Shannon wollte mir aufhelfen, aber ich schlug seine Hand beiseite, schrie abermals wie unter Schmerzen auf und krümmte mich am Boden.

Das kann nicht sein!, hämmerten meine Gedanken. Es durfte nicht wahr sein! Nicht nach allem, was geschehen war.

Und trotzdem wußte ich, daß es so war. Das Bild, das ich gesehen hatte, entsprach der Realität.

Necron.

Necron, der hoch aufgerichtet in einer winzigen Kammer stand, neben einem Tisch, auf dem ein aufgeschlagenes Exemplar des NECRONOMICON lag.

Necron, der neben Priscylla stand, die Hand in einer fast väterlichen Geste auf ihre Schulter gelegt.

Aber das war nicht das Entsetzlichste gewesen. Ich hätte es ertragen, wäre es nur das.

Ich hätte es auch noch ertragen, Priscylla in diesem wahnsinnig machenden Buch lesen und dabei gräßliche, stimmbandverdrehende Worte flüstern zu hören, denn ich hätte mir immer noch einreden können, daß es letztlich Necrons Magie war, die ihren Willen beherrschte.

All das hätte ich ertragen können.

Aber ich hatte noch mehr gesehen.

Ein Netz normalerweise unsichtbarer schwarzer Energielinien, das aus Boden, Decke und Wänden der kleinen Kammer drang, und *an einer Stelle dicht unter Priscyllas Herzen in ihren Körper eindrang*!!!

Die Spitze der entsetzlichen Kolonne lebender Toter war noch eine gute Meile entfernt, aber die klare Luft über der Wüste ließ den Eindruck entstehen, es wären nurmehr wenige Dutzend Schritte. Jetzt, als es vollends hell geworden war, war es wirklich *heiß*, und die Luft flimmerte wie durchsichtiges Wasser, was den taumelnden Gang der Untoten noch schlimmer aussehen ließ. Ein Geruch wie nach heißem Stein wehte aus der Wüste herüber, aber in van Veldens Phantasie wurde er zum Gestank verwesenden menschlichen Fleisches, so wie das Raunen und Wispern des Windes in seinen Ohren zu schrecklichen, feuchten Schritten wurde. Es kostete ihn all seine Kraft, die Vorstellung abzuschütteln und sich auf die bevorstehende Aufgabe zu konzentrieren.

»Irgend etwas stimmt nicht«, murmelte de la Croix neben ihm.

Van Velden riß sich mühsam von dem entsetzlichen Anblick los und blickte zu dem schwarzhaarigen *Storm-Master* des Templer-Ordens hinüber. Sie standen auf zwei dicht nebeneinander liegenden Felsbuckeln im Schatten des Berges. Wie zwei Feldherren, dachte er spöttisch, die ihre Heere beobachteten.

Aber so falsch war dieser Vergleich nicht einmal. Nur daß ihre Armeen unsichtbar waren und die Schlacht, in die sie sie schickten, nahezu lautlos.

»Was meinst du?« fragte er mit einiger Verspätung.

De la Croix antwortete nicht sofort, sondern hob statt dessen in einer hilflosen Geste die Schultern und blickte einen Moment aus zusammengekniffenen Augen zur Burg hinauf, die wie eine häßliche Stachelkrone auf dem Berg hockte. Auch das war etwas, was keiner von ihnen verstand – ganz gleich, von wo aus, und ganz gleich, aus welchem Blickwinkel: Necrons Burg war immer zu sehen.

Aber vielleicht war es auch umgekehrt.

Vielleicht gab es nirgendwo einen Punkt, der von der Burg aus nicht zu überblicken war. Er schauderte. Trotz der erdrückenden Hitze, die der Tag gebracht hatte, fror er mit einem Male.

»Wahrscheinlich ist es nichts«, antwortete de la Croix. »Wahrscheinlich macht mich nur dieser verfluchte Berg nervös.«

Van Velden nickte. »Laß uns anfangen«, sagte er. Eine Sekunde lang blickten die beiden ungleichen Männer sich noch an, dann wandten sie sich um und sahen in die Wüste hinaus, dem allmählich näherrückenden Heer der lebenden Toten entgegen.

Ganz langsam hoben Nies van Velden und André de la Croix die Hände, bis sie in einer fast absurden Haltung dastanden, mit ausgestreckten Armen, weit gespreizten Händen, die Augen geschlossen und jeden Muskel im Körper verkrampft. Ein Ausdruck höchster Konzentration erschien auf ihren Gesichtern. Ihre Lippen begannen Worte zu murmeln, die nur sie kannten und nur sie kennen durften, und ihrer beider Geist tat Dinge dazu, die unaussprechlich waren.

Nichts geschah.

Der Wind heulte weiter, die Sonne brannte unverändert vom Himmel, und das Heer der lebendigen Toten kam näher. Vielleicht nahm der Wind ein bißchen zu, aber wenn, dann bemerkten es die Kreaturen nicht einmal, denn das, was anstelle eines Bewußtseins in ihren Schädeln war, hatte nur Platz für wenige, grausame Gedanken. Sie waren tot und sie waren gerufen worden, um ihrerseits zu töten.

Keinem von ihnen fiel auf, daß sich das Heulen des Windes ein wenig änderte. Daß die Wüste mit einem Male auf schwer in Worte zu fassende Weise anders war. Dann stolperte der

Mann an der Spitze. Sein Fuß, zu einem mühsam schleppenden Schritt erhoben, senkte sich wieder auf den Sand, aber er fand plötzlich keinen Widerstand mehr, sondern sank weiter ein, versank wie in körnig geronnenem Blut bis über die Knöchel, die Wade, schließlich bis ans Knie. Der Templer fiel nach vorne, mit beiden Händen Halt suchend, aber auch seine Arme versanken. Der Sand teilte sich unter ihm, brodelte und kochte einen Moment – und verschlang ihn.

Unbeeindruckt marschierten die hinter ihm Gehenden weiter. Ein zweiter Mann begann zu versinken, dann ein dritter, vierter. Aber sie marschierten weiter, unbeeindruckt, wie seelenlose Maschinen, stiegen über die versinkenden Körper der anderen hinweg und marschierten weiter. Und die, die bereits eingesunken waren, versuchten sich wieder auszugraben, wühlten mit rissigen Händen wie große bizarre Tiere im Sand, plumpe Schwimmbewegungen vollführend, tot, nicht mehr in der Lage, noch einmal zu sterben, immun gegen den erstickenden Sand.

Der Vormarsch der Alptraumarmee kam ein wenig ins Stocken, aber bald war die Grube mit Treibsand, die sich so jäh gebildet hatte, gefüllt, und der höllische Marsch ging weiter. Die Kette aus Leibern war jetzt zerbrochen, aber das änderte nichts.

Die beiden *Master* sahen den Ungeheuern ruhig entgegen. Keiner von ihnen war überrascht von dem, was geschehen war. Sie hatten gewußt, daß es schwer werden würde; die Wesen, gegen die sie kämpften, waren keine sterblichen Gegner. Aber die Kraft der beiden Tempelherren war noch lange nicht erschöpft.

Wieder war es beinahe unmerklich, zuerst.

Eine große, auf sonderbare Weise schwerfällige Bewegung lief durch die Wüste, ein mühsames Zucken wie von einem ungeheuerlichen Körper, der sich in Krämpfen wand. Sehr weit von dem Berg und der Totenarmee entfernt rutschte eine Düne zusammen, eine andere explodierte wie von einer lautlosen Gewalt auseinandergerissen, dann ging ein sanftes, aber lang anhaltendes Beben durch die Wüste. Sand begann zu rascheln und zwischen den Dünen bildete sich ein Spalt wie ein gefrorener gezackter Blitz. Zuerst war es nur eine dünne, kaum wahrnehmbare Linie, die von nachstürzendem

Sand fast rascher wieder gefüllt wurde, als sie entstehen konnte.

Aber eben nur *fast*.

Ganz allmählich wurde die Linie breiter, wuchs zu einem fingerbreiten Spalt, schließlich einem klaffenden, bodenlosen Riß, der die Wüste spaltete, unendlich tief bis hinein in ihr steinernes Herz. Und der Riß wuchs auch in der Länge. Sein Ende raste in einem irrsinnigen Zickzack auf den düsteren Berg am Horizont zu, zerfetzte Dünen, verschlang Sand und Staub und Erde und wurde immer schneller und schneller.

Gleichzeitig begann der Sturm.

Binnen Sekunden wuchs der Wind zu einem heulenden Höllenchor heran, der Tonnen von Sand in die Höhe riß und die Luft über der Wüste erst braun, dann schwarz färbte. Wie ein Heer unsichtbarer apokalyptischer Reiter schloß sich der Sturmwind dem dahinrasenden Riß an, Sand und Felsbrocken wie tödliche Geschosse mit sich reißend. Es sah aus, als näherte sich eine schwarze, kochende Mauer dem Berg.

Und als sie auf ihn prallte, war es wie ein Weltuntergang.

Selbst oben, in der schwarzen Festung auf dem Gipfel des Berges, konnte man die dumpfe Erschütterung spüren, mit der der Sturm den Fuß des Lavakolosses traf.

Unten war es die Hölle.

Das heranmarschierende Heer verschwand von einer Sekunde auf die andere in einer schwarzen, kochenden Masse, die barmherzig verbarg, was in ihrem Inneren vor sich ging. Die Männer wurden in die Höhe gerissen wie Spielzeuge, die plötzlich kein Gewicht mehr hatten. Der Sturm packte sie, schleuderte sie durch- und übereinander, riß sie hoch und schmetterte sie gegen den schwarzen Fels. Der Sand, mit der Geschwindigkeit und Wucht dieses Höllensturmes herangetragen, zerfetzte ihre Gewänder und ließ Funken aus den metallenen Teilen ihrer Waffen und Rüstungen stieben. Dann, eine Sekunde später, war der Riß heran.

Der Boden erbebte ein zweites Mal, und plötzlich klaffte die Wüste auseinander. Eine gigantische, von düsterroter Glut erfüllte Wunde tat sich im Boden auf, verschluckte Sand und Felsen und hilflos rudernde Körper. Wie von einer unsichtbaren Macht angezogen, torkelten die Untoten in diesen Riß hinein und stürzten in die Tiefe, einer nach dem anderen, bis auf den letzten Mann. Dann schloß sich das riesige steinerne Maul wieder.

Von Necrons Armee lebender Toter war nichts mehr geblieben, nichts bis auf ein paar Kleiderfetzen hier und da, Stücke von zerbrochenen Waffen und gebleichte Knochen …

Van Velden nahm langsam die Arme herunter, öffnete die Augen und atmete hörbar ein. Er und de la Croix waren unversehrt geblieben, sicher auf zwei winzigen, ruhigen Inseln inmitten des tobenden Weltuntergangs; nicht einmal sein Haar war zerzaust. Aber er fühlte sich ausgelaugt und zum Sterben müde, wie immer, wenn er seine geheimnisvollen Kräfte vollends entfesselt hatte. Die Macht, die ihm zur Verfügung stand, forderte ihren Preis.

Aber es war noch nicht vorbei. Die Wüste war wieder zu einem Stück scheinbar lebloser Erde geworden, der gewaltige Riß, den van Velden der Erde nur Kraft seines Willens aufgezwungen hatte, so spurlos verschwunden, wie er entstanden war – aber der Sturm tobte weiter.

Er hatte sich ein Stück zurückgezogen, eine halbe Meile fort vom Berg und den zwei einsamen Männern, aber er war noch da wie ein gewaltiges, lauerndes Tier, das Beute geschlagen hatte, aber nicht zufrieden war. Hinter der schwarzen Wand blitzte und funkelte es ununterbrochen und van Velden spürte selbst über die große Entfernung hinweg einen Hauch glühend heißer Luft.

Mit einem keuchenden Laut fuhr er herum und starrte de la Croix an. »Bruder André!« rief er entsetzt. »Was tust du?«

Aber André de la Croix schien seine Worte gar nicht zu hören.

Er stand da, noch immer mit wie beschwörend erhobenen Armen und das Gesicht vor Anstrengung verzerrt, aber jetzt mit weit geöffneten Augen. Helle, irrsinnig klingende Töne kamen über seine Lippen. In seinen Augen loderte ein Feuer, das van Velden frösteln ließ.

»André!« schrie er. »Hör auf! Es ist vorbei!«

»Nein!« kreischte de la Croix. Seine Stimme hatte kaum noch Ähnlichkeit mit dem weichen Bariton, den van Velden kannte. »Nicht vorbei!« kicherte er. »Mehr! Ich will mehr. Ich will sie haben, Nies! Alle!«

Und dann fuhr er herum, schrie noch einmal gellend auf

und deutete mit einer zornigen Geste auf die Burg hoch über ihren Köpfen.

Als van Velden begriff, was die Geste zu bedeuten hatte, war es zu spät. Sein entsetzter Aufschrei ging im Heulen des Sturmes unter, der sich wie ein brüllendes Ungeheuer den Berg hinaufzuwälzen begann …

»Das ist die Wahrheit, Robert.«

Shannons Stimme schien von weit, weit her an mein Bewußtsein zu dringen, obgleich sein Mund nur Zentimeter neben meinem rechten Ohr war, denn er war niedergekniet und hatte den Arm um meine Schulter gelegt. Aber ich hörte sie kaum. Es *durfte* einfach nicht sein. *Nicht das.*

Mühsam sah ich auf, atmete tief die stinkende Luft der Höhle ein und blickte Shannon an. Für einen Moment schien sein Gesicht vor mir zu verschwimmen, dann begriff ich, daß es meine eigenen Tränen waren, die meinen Blick verschleierten. »Du … du hast mir das nicht nur gezeigt, um –«

Ich sprach nicht weiter. Meine Stimme versagte mir den Dienst. Aber Shannon wußte auch so, was ich hatte sagen wollen. Beinahe unmerklich schüttelte er den Kopf.

»Ich würde meine eigene Mutter belügen, um Necron zu erledigen«, sagte er leise. »Aber dich nicht, Robert. Bitte glaube mir. Priscylla war niemals frei. Nicht eine Sekunde. Es war nichts als ein gemeiner Betrug Necrons.«

»Du lügst!« brüllte ich. Plötzlich, wie es in Augenblicken höchster emotionaler Erregung oft geschieht, schlug mein Schmerz in rasenden Zorn um. Ich packte ihn, riß ihn in die Höhe und schlug ihm mit der flachen Hand ins Gesicht, ein Hieb, der meine eigene Hand schmerzen ließ. Shannon machte nicht einmal einen Versuch, ihn abzuwehren, sondern blickte mich nur weiter sehr ernst an.

»Du lügst!« brüllte ich noch einmal. »Das ist nicht wahr! Priscylla gehört nicht zu ihm! Sie … sie war bei mir, vergangene Nacht! Ich habe mit ihr gesprochen! Ich habe sie ge-«

»Das war nicht Priscylla«, sagte Shannon ruhig.

Ich schrie auf, packte ihn noch fester und holte zu einem weiteren Hieb aus. Aber ich führte die Bewegung nicht zu Ende.

»Was sagst du da?« flüsterte ich.

»Die Wahrheit, Robert«, sagte er. »Von mir aus schlage mich. Schlag mich zusammen, wirf mich in den See, ersteche mich – es wird nichts ändern. Priscylla ist in Necrons Gewalt. Sie war es immer und wird es immer sein, so lange er lebt.«

Ich ließ ihn los. Meine Hände hatten plötzlich nicht mehr die Kraft, ihn zu halten. »Aber ... aber wer ... wer war es dann, der ...«

»Ein Wesen, das ich letzte Nacht aus einem Kerker befreit habe«, sagte Shannon leise. »Eine El-o-hym, die Necron gefangen hatte.«

»El-o-hym?« Ich schüttelte verwirrt den Kopf. »Was soll das sein? Und warum sah sie aus wie Priscylla?«

Shannon faßte mich bei den Handgelenken und sah mich eindringlich an. »Was ich dir jetzt sage, Robert«, entgegnete er, »dürfte eigentlich kein sterblicher Mensch wissen. Du mußt schwören, das Geheimnis zu bewahren, bei deiner unsterblichen Seele.«

Meine Verblüffung wuchs, aber ich dachte nicht länger darüber nach. Ich *mußte* es wissen. »Gut«, sagte ich rasch. »Ich schwöre es, meinetwegen bei allem, was mir heilig ist. Rede, Shannon!«

Er holte tief Luft, zögerte eine Sekunde, sprach es dann aber doch aus.

»Ein Engel, Robert. Die El-o-hym sind die biblischen Engel.«

»Ein ... *Engel*?!« Ich hätte fast gelacht, obwohl mir alles andere als fröhlich zumute war. »Du willst damit sagen, ich ... ich habe mit einem Engel –«

»Nichts ist geschehen, was nicht geschehen sollte«, unterbrach mich Shannon ruhig. »Für die El-o-hym war es der einzige Weg. Robert, du und Necron, ihr seid nicht die einzigen, die nach den *Siegeln der Macht* suchen.« Er lachte leise. »Ein Mann wie Necron hat mächtige Feinde, Robert. Wenn man das absolut Böse anerkennt, muß man auch an das Gute glauben. Nenne ihn Gott, oder Buddha, Allah oder Manitou. Er hat Shadow geschickt, um zu verhindern, daß Necron alle *Siegel* an sich bringen kann.«

»Shadow?«

»Das ist ihr Name, hier in der Welt der Menschen. Sie sollte die *Siegel* vor Necron finden, wenigstens eines, damit sie nie zusammengefügt werden könnten. Aber sie hat versagt. Necron hat sie gefangengenommen, als sie eines der *Siegel* fand.«

Ich nickte. »Ich habe es gesehen. Ein Kristall in Form eines Auges.«

»Das dritte *Siegel der Macht.*« Shannon ließ meine Gelenke los. »Shadow büßt schrecklich für ihr Scheitern«, fuhr er fort. »Necron läßt sie fast ohne Unterlaß foltern, und was er ihrer Seele antut, würde einen Menschen schon nach den ersten Sekunden in den Wahnsinn treiben. Ich fand sie auf der Suche nach dir und ich versprach, ihr zu helfen.«

»Aber ich verstehe nicht, was Priscylla –«

»Ich will es dir ja erklären«, unterbrach mich Shannon. »Engel sind unsterblich, und ihre Folter hätte niemals geendet. Eine Flucht aus der Drachenburg wäre unmöglich für sie – Necrons Magie würde jeden Versuch im Keim ersticken. Ihre einzige Chance war es, sterblich zu werden.«

»Indem sie –«

»– mit dir schlief, ja. Damit kann sie Necrons Grausamkeit entfliehen. Ein Engel verliert seine Unschuld, wenn er sich mit einem sterblichem Menschen vereint.«

Jetzt war alles klar. Natürlich hatte die El-o-hym die Gestalt des Menschen angenommen, den ich am meisten liebte. Und jetzt wurden auch die seltsamen Andeutungen klarer, die die vermeintliche Pri mir gegeben hatte. Und ihr rätselhaftes Verschwinden. Ein Engel, ob sterblich oder nicht, mußte über magische Kräfte verfügen, die jenseits meiner Vorstellungskraft lagen.

Shannon riß mich aus meinen Gedanken. »Aber jetzt ist etwas geschehen«, sagte er, »womit niemand rechnen konnte.«

»Was?«

»Das, was ich dir gezeigt habe«, antwortete er. »Necron hat Priscylla gezwungen, die Kräfte des NECRONOMICON zu entfesseln.«

»Aber das … das kann niemand!« keuchte ich. »Nicht, ohne daran zu zerbrechen.«

Shannon zuckte mit den Achseln. »Glaubst du, das würde Necron stören?« fragte er böse. »O nein. Und außerdem – *sie* kann es. Necron hat das erkannt, schon kurz nachdem er sie hierher gebracht hat. Priscylla ist nicht das harmlose Kind, für das du sie hältst, Robert. Sie ist … begabt. Auf ihre Weise vielleicht stärker als du und ich. Ihre geistige Kraft reicht aus, die Macht des NECRONOMICON zu entfesseln – und zu lenken. Necron hat das sofort gespürt. Er hat den größten Teil des vergangenen Jahres damit verbracht, sie zu trainieren. Jetzt benutzt er sie. Das war es, was ich dir zeigen wollte.«

»Und was … was bedeutet das?« flüsterte ich. »Ist sie jetzt … vollkommen … verloren?«

»Ich weiß es nicht«, gestand Shannon nach kurzem Überlegen. »Vielleicht gibt es noch eine Möglichkeit, sie zu retten, aber ich wüßte nicht wie. Und selbst wenn – ich fürchte, uns bleibt kaum genügend Zeit. Der Angriff der Templer ändert alles.«

»Wieso?«

»Die Kräfte des NECRONOMICONS sind leichter entfesselt als gebändigt, Robert«, antwortete Shannon. »Necron hätte es niemals gewagt, sie jetzt schon zu erwecken, hätten ihm die Tempelritter nicht diese letzte Waffe praktisch aufgezwungen.« Seine Miene verdüsterte sich. »Diese Narren. Sie werden genau das herbeiführen, was zu verhindern sie eigentlich hergekommen sind. Hätten sie Necron auf andere Weise angegriffen, hätten sie ihn vielleicht sogar geschlagen. Aber so zwingen sie ihn, zum Letzten zu greifen.«

»Wovon zum Teufel redest du?« murmelte ich. »Ich verstehe kein Wort!«

Shannon lachte. »Das kannst du auch nicht, Robert«, sagte er. »Das NECRONOMICON ist nicht einfach nur ein Zauberbuch. Es … es lebt, wenn auch auf völlig fremde Art. Und keine Macht der Welt wird seine Kräfte bändigen können, wenn sie einmal entfesselt sind. Nicht einmal Necron.«

»Warum tut er es dann?«

»Weil ihm keine Wahl bleibt«, sagte Shannon düster. »Balestrano ist mit fünfhundert Männern draußen vor dem Berg aufmarschiert, Robert, unter ihnen die vier stärksten *Master*, die der Orden jemals hatte. Die Drachenburg ist nicht so unbezwingbar wie Necron immer behauptet. Ohne das NECRONOMICON bräuchten die Templer keine drei Stunden, sie zu erobern.«

»Erobern?« wiederholte ich verständnislos. »Die Drachenburg? Aber was ist mit Necrons Kriegern? Deinen ...«

»Kameraden, wolltest du sagen?« fragte Shannon, als ich nicht weitersprach. »Sie würden ihm nichts nutzen. Es sind nicht viele, Robert. Necron hat niemals mehr als ein paar Dutzend Krieger gehabt und er hat viele Männer verloren, in den letzten Monaten. Ich glaube nicht, daß alles in allem jetzt noch mehr als dreißig in der Burg sind. Nicht genug, es mit fünfhundert Templern aufzunehmen. Und die vier *Master* sind mehr als genug, Necrons Magie zu blockieren.« Er schüttelte niedergeschlagen den Kopf. »Nein, Robert – Necron ist sich seines Sieges nicht halb so sicher wie er dir gegenüber tat. Er hat nur noch diese eine Chance – das NECRONOMICON. Und Priscylla ist sein Schlüssel dazu.«

»Dann sollten wir sie suchen, statt hier herumzustehen«, sagte ich erregt. »Vielleicht ist doch noch nicht alles zu spät.« Ich deutete wieder nach oben. »Du weißt, wo diese Kammer ist?«

»Necrons Sanktuarium?« Shannon nickte. »Ja. Aber wir kämen niemals auch nur in seine Nähe. Necron weiß genau, daß ich seine kleinen Geheimnisse kenne. Verlaß dich darauf, daß dieser Raum nur so gespickt ist mit Fallen.«

Ich dachte flüchtig an meinen eigenen Versuch, auf geistigem Wege Kontakt mit Priscylla aufzunehmen, und nickte. Um ein Haar hätte ich ihn mit dem Leben bezahlt. Was mich gerettet hatte, war wahrscheinlich nur mein Mangel an magischem Talent gewesen. Hätte ich sofort Kontakt mit ihr gefunden, statt wie ein Blinder herumzutasten, hätte mich die geistige Rückkoppelung wahrscheinlich auf der Stelle getötet.

»Wir müssen anders vorgehen, wenn wir Necron schlagen wollen«, fuhr Shannon fort. »Solange er mit Priscylla zusammen ist, kommen wir nicht an ihn heran. Wenn es uns gelingt, ihn aus seinem Allerheiligsten fortzulocken ...« Er zuckte mit den Achseln. »Vielleicht haben wir dann eine Chance.« Er wandte sich um, trat einen Schritt auf den schwarzen See aus Protoplasma zu und ließ sich auf ein Knie herab.

»Vielleicht kommt er herunter, wenn wir den Shoggoten angreifen«, sagte ich, allerdings ohne sehr viel Überzeugung in der Stimme. Überdies hatte ich nicht die mindeste Vorstellung wie wir dieser monströsen Masse aus brodelndem schwarzen Fleisch auch nur gefährlich werden wollten. Shannon hatte erwähnt, es zu verbrennen – aber wenn das wirklich möglich war, dann brauchten wir ein verdammt großes Feuerzeug dazu …

»Die *Siegel*«, sagte Shannon. »Weißt du, wo er sie hat?«

Ich nickte, lächelte verlegen und schüttelte gleich darauf den Kopf. »Ich weiß, wo sie waren«, sagte ich. »Aber ich glaube nicht, daß sie noch dort sind.«

»Aber du kannst sie finden«, sagte Shannon.

»Ich?« Ich starrte ihn an. »Was bringt dich auf diese Idee?«

»Vielleicht der Umstand, daß du bereits zwei der *Sieben Siegel der Macht* gefunden hast«, antwortete Shannon ungeduldig. »Verdammt, Robert, bist du so dumm oder willst du es nicht wahrhaben? Du kannst sie aufspüren, ganz egal, wo sie sind. Tu es! Wenn Necron sie nicht bei sich hat, ist das vielleicht die Chance, ihn aus seinem Rattenloch herauszulocken!«

Einen Moment lang sträubte ich mich noch, Shannons Worten auch nur zu glauben – aber nur einen Moment. In Wahrheit wußte ich es ja längst. Es gab irgendeine magische Verbindung zwischen mir und den *Sieben Siegeln der Macht*, etwas, das ich nicht einmal in Ansätzen verstand, das es mir aber ermöglichte, sie immer und überall aufzuspüren.

Schließlich hatte ich es zweimal getan. Und diesmal *wußte* ich, daß drei der magischen *Siegel* in meiner unmittelbaren Nähe waren.

Ich seufzte, schloß die Augen – und konzentrierte mich.

Es war beinahe zu leicht.

Für einen ganz kurzen Augenblick spürte ich Verwirrung, gemischt mit einer dumpfen, gestaltlosen Angst, aber dann fühlte ich ihre Nähe – und kaum eine Sekunde später sah ich sie.

Alle drei.

Säuberlich aufgereiht auf dem kleinen Tischchen in Necrons Sanktuarium auf dem auch das NECRONOMICON lag.

Mit einem enttäuschten Seufzen öffnete ich die Augen, blickte Shannon an und schüttelte den Kopf. »Er hat sie bei sich«, sagte ich niedergeschlagen. »Ein Punkt für ihn.«

Shannon nickte düster, auf eine Art, als hätte er erwartet, genau das zu hören. »Dann bleibt mir keine Wahl mehr«, flüsterte er. »Ich hätte es gerne vermieden.«

»Was?« fragte ich mißtrauisch.

»Es gibt noch eine Möglichkeit«, sagte Shannon anstelle einer direkten Antwort. »Einen Weg, ihn aus seinem Versteck zu locken.«

»Und welchen?« fragte ich. Das ungute Gefühl, das seine Worte in mir geweckt hatten, wurde mit jedem Moment stärker.

Shannon seufzte, stand wieder auf und deutete mit einer nur angedeuteten Handbewegung auf meine rechte Hosentasche. »Dein Amulett, Robert«, sagte er. »Du hast es bei dir?«

»Amulett?« Im ersten Moment verstand ich nicht einmal, was er meinte. Dann griff ich in die Tasche, zog den kleinen, sternförmigen Anhänger heraus und drehte ihn fast hilflos in den Fingern. Es war Andaras Amulett, das letzte Andenken an meinen Vater. Ich hatte es verloren und wiedergefunden, und wie Shannon jetzt, war auch ich dem Irrtum erlegen, daß es ein besonders mächtiger magischer Talisman sein mußte, denn schließlich hatte mein Vater es getragen.

»Ich fürchte, ich muß dich enttäuschen«, sagte ich. »Ich habe es untersucht, mehr als gründlich. Und andere auch. Das hier ist nichts als ein Stück wertlosen Metalles.« Ich lächelte resignierend und streckte die Hand aus, damit Shannon den goldenen Stern genauer in Augenschein nehmen konnte, aber etwas Seltsames geschah: Shannon stieß einen halb erschrockenen Laut aus, prallte zurück und hob abwehrend die Hände, als hielte ich eine entzündete Dynamitstange in der Hand.

»Was hast du?« fragte ich. Ich lächelte nervös. »Es ist vollkommen harmlos!«

»Ja«, sagte Shannon säuerlich. »So harmlos, daß Necron seinen rechten Arm dafür gäbe, es zu bekommen.«

»Was soll das?« fragte ich allmählich zornig werdend. »Necron hat mich von Kopf bis Fuß durchsuchen lassen, Shannon. Er hat mir dieses Amulett zurückgegeben.«

»Weil er nicht weiß, was es wirklich ist«, sagte Shannon. Er deutete auf den Protoplasmasee. »Wirf es hinein.«

»Ich soll – was?« keuchte ich.

»Wirf es hinein«, wiederholte Shannon. Er unterstrich seine Worte mit einer einladenden Geste.

Ich rührte mich noch immer nicht. Shannon preßte ungeduldig die Lippen aufeinander, streckte plötzlich doch den Arm aus und nahm das Amulett aus meiner Hand, wobei er allerdings sorgsam darauf achtete, nur die dünne goldene Kette und nicht den Anhänger selbst zu berühren. Ich sah ihm an, welche Überwindung es ihn kostete, selbst dies zu tun. Den Arm so weit ausgestreckt, als hielte er eine schlechtgelaunte Klapperschlange am Schwanz, drehte er sich herum, kniete am Rand des schwarzen Sees nieder – und tauchte das Amulett mit einer blitzartigen Bewegung in die mattglänzende Masse.

Es war, als hätte er eine Fackel in ein Pulverfaß geworfen.

Dicht unter der Oberfläche des Sees flammte ein grelles Licht auf. Ein dumpfer Schlag erschütterte den Boden und ließ mich taumeln, und plötzlich schossen Flammen aus der brodelnden Masse, weißglühende Blitze fuhren peitschend in die Luft. Der See begann zu brodeln. Dünne gezackte Linien aus weißem Feuer zerrissen seine Oberfläche, brennende Spritzer der widerlichen Masse flogen hoch und trieben mich zurück.

Auch Shannon brachte sich mit einem raschen Sprung in Sicherheit, als der See immer stärker und stärker zu brodeln begann. Eine mannsdicke, mehr als zehn Yards hohe Feuersäule schoß in die Höhe, dort, wo er das Amulett eingetaucht hatte, überall blitzte und zischte es, und für einen Moment glaubte ich fast, der ganze gewaltige See begänne zu brennen.

Dann erlosch das Feuer wieder. Zuerst waren es die kleinen Flämmchen, die von der schwarzen Masse erstickt wurden, dann hörte das Kochen und Brodeln auf und schließlich sank selbst die gewaltige Flammensäule ganz langsam wieder zusammen, um am Schluß ebenfalls zu verlöschen.

Aber das bemerkte ich kaum.

Mein Blick hing wie gebannt an Shannons ausgestrecktem Arm und an der dünnen Kette, die er noch immer in den Fingern hielt. Das Amulett an ihrem Ende hatte sich vollkommen verändert. Es hatte noch immer die Form eines fünfstrahligen Sterns, etwas kleiner als eine Kinderfaust und von seltsam fremdartigen Proportionen. Aber es bestand jetzt nicht mehr aus mattem Gold.

Das, was jetzt am Ende der Kette hing, durch die Berührung des schwarzen Protoplasmas aus einem vielleicht Millionen Jahre währenden Schlummer gerissen und endlich zu voller

Macht erweckt, strahlte und lohte in einem gräßlichen, giftgrünen Licht, als wäre es wirklich ein winziger Stern.

Und im gleichen Moment, in dem ich es sah, wußte ich auch, was es war. Das Amulett, das ich seit fast einem Jahr in der Hosentasche herumtrug, das ich für ein Stück nutzloser Erinnerung gehalten und das Necron selbst mir zurückgegeben hatte, Andaras Amulett war –

– das vierte der *Sieben Siegel der Macht*!

Der Sturm traf das kleine Wachkastell wie ein Hammerschlag der Götter. Balestrano sah ihn kommen, in einem dumpfen, rasend schnell lauter werdenden Grollen und Dröhnen, wie das Hämmern von hunderttausend höllischen Reitern, die den Berg hinaufrasten: eine schwarze Wand, glitzernd wie poliertes Eisen, die den Fuß des Berges verschlang, wuchs und wuchs und plötzlich ein gutes Drittel des Himmels verdeckte, ehe sie brüllend und tobend über der kleinen Burg zusammenschlug und die Welt in ein Chaos aus Lärm und Schreien und zusammenstürzendem Mauerwerk verwandelte.

Die Männer, die oben auf dem Turm und den Zinnen Wache hielten, hatten keine Chance; ebensowenig wie die, die im Hohlweg zurückgeblieben waren, außerhalb der Festung. Der Sturm packte sie, riß sie in die Höhe und schmetterte sie gegen die Felsen. Die Welt vor dem kleinen Fenster, durch das Balestrano hinausgesehen hatte, ehe ihn eine unsichtbare Faust traf, von den Füßen riß und gegen von Schmid schleuderte, verschwand übergangslos, als der Sturm die Sonne verdunkelte. Ein unheimliches Blitzen und Funkeln war zu sehen, wo Sand, fünfhundert Meilen schnell und scheuernd wie Schmirgelpapier, den Fels glattschliff und Flammen aus den Waffen und Rüstungen der Männer schlagen ließ. Ein ungeheures Dröhnen und Kreischen marterte die Ohren der drei Männer, und plötzlich war überall Feuer, das über den Boden raste, knisternd an von Schmids und Hayworthys Schwertern emporlief und in Balestranos Augen stach.

Balestrano schrie vor Schmerz. Verzweifelt versuchte er sich in die Höhe zu stemmen, aber sein gebrochener Arm gab unter seinem Körpergewicht nach; er fiel erneut, schlug schwer auf dem bebenden Steinboden auf und sah von

Schmids Gesicht wie eine verzerrte Grimasse vor sich auftauchen. Dessen Mund formte Worte, die das Brüllen des Sturmes verschluckte, ehe sie Balestranos Ohr erreichen konnten. Aber der Ordensherr der Templer verstand auch so, was von Schmid sagen wollte. Mit aller Kraft, die ihm geblieben war, stemmte er sich hoch und versuchte auf Knien und Ellbogen auf von Schmid zuzurobben.

Es ging nicht.

Der Boden zitterte und bebte wie ein lebendes Wesen. Die gesamte Festung begann zu schwanken. Ein gewaltiger Schatten, schwärzer noch als das Schwarz des Sturmes, neigte sich draußen vor dem Fenster und verschwand, und eine Sekunde später erbebte das Kastell ein zweites Mal unter einem noch gewaltigeren Schlag, als eine seiner vier Mauern zusammenbrach und dem Sturm Einlaß gewährte. Balestrano glaubte die Schreie der Männer zu hören, die jetzt dort draußen starben.

Plötzlich fühlte er sich gepackt und herumgerissen. Die Bewegung ließ einen entsetzlichen Schmerz durch seinen gebrochenen Arm pulsieren; er schrie, bäumte sich auf und schlug blindlings um sich, aber die Hände, die ihn hielten und auf von Schmid zuschleiften, ließen nicht locker. Ein schmales Gesicht tauchte vor ihm auf, Hayworthys Mund formte Worte, die der Sturm zu brüllendem Hohngelächter machte, und dann hatten sie Herzog Botho von Schmid erreicht.

Und das Toben des Sturmes erlosch.

Nach dem höllischen Lärm der letzten Augenblicke traf das plötzliche Schweigen Balestrano wie ein Hieb. Er sank kraftlos in Hayworthys Armen zusammen und preßte den schmerzenden Arm an den Leib. Sein Herz raste und für einen Moment wurde der Schmerz so übermächtig, daß er glaubte, den Verstand verlieren zu müssen. Dann tat von Schmid irgend etwas an seiner Schulter. Der Schmerz erlosch nicht, aber er sank auf ein erträgliches Maß herab. Stöhnend öffnete Jean Balestrano die Augen und sah sich um.

Der kleine Raum bot einen Anblick der Verwüstung. Die Möbelstücke waren zermalmt worden. Der Boden stand seltsam schräg, und ein Teil der Decke war heruntergebrochen. Das Fenster glich einer gezackten Wunde, durch die der Sturm hereinfauchte, begrenzt von einer flammenden Lohe, wo Sand und Felsbrocken gegen den Stein prallten. Aber die Woge der

Vernichtung endete schon nach wenigen Schritten, als gäbe es da eine unsichtbare, aber undurchdringliche gläserne Wand, die ihn und die beiden anderen abschirmte.

Balestrano verspürte einen raschen, eisigen Schauder, als er begriff, daß von Schmid und Hayworthy ihn vom ersten Augenblick an geschützt hatten. Der Sturm, der ihn gepackt und durch den Raum geschleudert hatte, hätte ihn auf der Stelle in Stücke gerissen, wären nicht die magischen Kräfte der beiden *Master* dagewesen, ihn vor dem Allerschlimmsten zu bewahren. So wie sie auch jetzt einen unsichtbaren Schutzwall schufen, dem selbst die Gewalt des Sturmes nichts anzuhaben vermochte.

Und das, dachte Balestrano mit mattem Erschrecken, *war etwas, was keiner von beiden können dürfte.*

Aber als er aufsah und in von Schmids Augen blickte, war ihm nichts von dem Entsetzen anzumerken, das sich in ihm breitzumachen begann.

»Ich danke dir, Bruder Botho«, sagte er leise. »Du hast mir ... das Leben gerettet.«

Von Schmid machte eine wegwerfende Handbewegung. »Unsinn. Was zur Hölle geht hier überhaupt vor?«

»André«, sagte Hayworthy zornig. »Dieser verdammte Narr! Das ist sein Werk!«

Und auch das dürftest du nicht wissen, mein Freund, dachte Balestrano. Aber er sprach es nicht aus.

Statt dessen stemmte er sich vorsichtig auf dem unverletzten Arm hoch und begann ungeschickt auf die halb zusammengebrochene Südwand des Raumes zuzukriechen. Hayworthy und von Schmid folgten ihm, mit ausgestreckten Händen den Sturm zurücktreibend. Geschützt von magischen Kräften, die nicht die der beiden *Master* waren, erreichten sie die Bresche und sahen hinaus.

Der Sturm begann jetzt rasch an Kraft zu verlieren. Er war über das Kastell hinweggetobt und hatte es zerstört, und jetzt raste er weiter, den Berg hinauf und auf die Burg auf seinem Gipfel zu. Aber seine Kraft war gebrochen. Balestrano und die beiden anderen sahen, wie die schwarze Woge über den drachenhäuptigen Türmen der Burg zusammenschlug, aber sie sahen auch, daß ihre Gewalt längst nicht mehr ausreichte, ihnen Schaden zuzufügen. Vielleicht löste sie noch ein paar lockere Steine und vielleicht tötete oder verwundete sie die, die nicht rasch genug in Deckung gegangen waren – aber die Mauern hielten ihr stand.

Dafür waren die Verwüstungen, die die drei Männer hier unten erblickten, um so schlimmer.

Balestrano konnte sich nicht entsinnen, jemals ein Bild so vollkommener Zerstörung gesehen zu haben.

Das Kastell, in dem sich das Templerheer gesammelt hatte, um zum entscheidenden Sturm auf Necrons Burg anzusetzen, war verschwunden. Wo es gestanden hatte, erstreckte sich eine Landschaft aus zermalmten, glattgeschmirgeltem Stein, wirr durcheinandergeworfenen Trümmern und schwarzen Lavasplittern. Nur einer der vier Türme stand noch zu einem Drittel und schräg wie ein zerfranster Stumpf, der aus einem Berg kleingemahlenen schwarzen Steines ragte.

Und nirgends war auch nur die geringste Spur von Leben zu entdecken …

»Mein Gott!« flüsterte Hayworthy. »Sie … sie können doch nicht … nicht alle … tot sein!« Seine Stimme versagte beinahe.

Balestrano schwieg. Sein Blick tastete über die zerstörte Felslandschaft, die noch vor Minuten der Innenhof des Kastells gewesen war, den zermalmten Turm, dessen Südflanke, die dem Sturm zugewandt gewesen war, wie ein Spiegel glänzte, weiter über die zerborstenen Reste des steinernen Innengebäudes, in dem die meisten der Krieger Unterschlupf gesucht hatten.

»Ein paar müssen doch noch leben!« wimmerte Hayworthy. »Das … das kann doch nicht sein, Bruder Jean. Bitte, das …«

Ganz langsam stand Jean Balestrano auf. Der Schmerz in seinem gebrochenen Arm war vergessen, ja selbst das lähmende Entsetzen, das er vor Augenblicken noch verspürt hatte, war fort. Er fühlte sich nur noch leer. Sie waren tot, alle, das spürte er, jeder einzelne der fünfhundert Männer, die ihm vertraut und ihr Leben in seine Hände gelegt hatten. Aber der Gedanke erschien ihm seltsam abstrakt.

Es war zu schnell gegangen. Vor einer Minute noch waren sie ein Heer gewesen, eine stolze Armee, und jetzt …

Wieder tastete sein Blick über die zertrümmerte Landschaft, in die der Sturm die Festung verwandelt hatte, und wieder sträubte sich etwas in ihm mit aller Macht, das Bild, das ihm seine Augen zeigten, als wahr anzuerkennen. Sein Heer war vernichtet, restlos, bis auf den letzten Mann, in einer einzigen entsetzlichen Minute.

Was für ein Narr war er doch gewesen, zu glauben, es mit dem Herrn der Drachenburg aufnehmen zu können! Necron hatte seine Armee zerschlagen, ohne sich auch nur anzustrengen, mit den Kräften *seiner eigenen Männer*! Es war nicht einmal zu einer Schlacht gekommen!

»Bruder André«, flüsterte von Schmid neben ihm, »dafür töte ich dich.«

»Es ist nicht seine Schuld«, sagte Balestrano müde.

Von Schmid keuchte. »Nicht seine Schuld?« Er schrie fast. »Sieh dir an, was er getan hat! Sie sind tot, Jean – alle! Es ist aus! Wir sind geschlagen, und nur, weil –«

»Es ist nicht seine Schuld«, sagte Balestrano noch einmal, ein wenig schärfer und in eindeutig befehlendem Ton. Botho von Schmid verstummte, aber sein Blick sprühte vor Zorn und Trotz, als sich Balestrano umwandte und ihn ansah.

»Glaubst du wirklich, dieser Angriff hätte uns gegolten?« fragte Balestrano beinahe sanft.

»Natürlich nicht«, fauchte von Schmid. »Dieser verdammte Narr hat versucht, die Burg ganz allein zu vernichten.« Er ballte wütend die Faust. »Aber er hat uns getroffen und es ist mir verdammt noch mal völlig egal, ob er nun einfach schlecht gezielt hat oder ob Necron den Sturm umgeleitet hat! Es ist seine Schuld! Die fünfhundert Männer, die dort draußen gestorben sind, gehen auf sein Konto. Und ich werde ihm die Rechnung präsentieren, mein Wort darauf!« Er zog sein Schwert. »Ich töte ihn, im gleichen Moment, in dem er kommt!« versprach er.

»Das verbiete ich«, sagte Balestrano streng.

Von Schmid lachte böse. »So? Und wie willst du dieses Verbot durchsetzen, alter Mann?« Plötzlich verzerrte sich sein Gesicht zur Grimasse und wieder spürte Balestrano das Fremde, unsäglich Böse in ihm.

»Noch ist nicht alles verloren«, sagte er schnell. »Wir fünf sind noch am Leben.«

»Ja«, fiel ihm von Schmid ins Wort. »Wahrscheinlich, weil sich Necron für uns etwas ganz Besonderes einfallen lassen will. Oder warum sonst hat uns der Sturm verschont, glaubst du?«

Weil das Ding in dir uns geschützt hat, mein Freund, dachte Balestrano bitter. Aber das sprach er nicht aus. Statt dessen wiederholte er seine befehlende Geste und starrte von Schmid so lange an, bis dieser langsam sein Schwert senkte und der Haß in seinen Augen zu bloßem Trotz wurde. Dann trat so etwas wie Verwirrung in seinen Blick, und schließlich Schrecken. Für diesmal hatte Balestrano das Ungeheuer in von Schmid noch besiegt. Aber er war sich nicht sicher, ob es ihm noch einmal gelingen würde.

»Wir warten«, sagte er ruhig. »Necron wird nichts unternehmen, ehe wir nicht zusammen sind.«

»Wie schön«, sagte von Schmid spöttisch. »Und wenn Nies und André zurück sind, gehen wir hinauf und laden Necron zum Abendmahl ein, wie?«

Balestrano überhörte die Gotteslästerung geflissentlich. Es war nicht von Schmid, der sprach, das spürte er. Es war dieses *Ding* in ihm, das ihn provozieren wollte.

»Wir warten«, sagte er noch einmal. Sonst nichts.

Shannon hatte das Amulett zu Boden gelegt, aber es glühte und loderte noch immer wie ein winziger gefangener Stern und der giftgrüne Schein, den es ausstrahlte, schien eher noch zugenommen zu haben. Es war mir unmöglich, das Ding länger als wenige Sekunden anzusehen, ohne daß meine Augen zu tränen begannen, geblendet von der grellen Glut, die das *Siegel* verschleuderte.

»Jetzt brauchen wir nur noch zu warten«, sagte Shannon grimmig.

»Necron wird kommen.«

»Und wenn nicht?« fragte ich. »Was, wenn er ein Dutzend seiner Krieger schickt, um das *Siegel* zu holen?«

»Das wird er nicht tun«, antwortete Shannon und in seiner Stimme lag ein so bestimmter, überzeugender Klang, daß ich die Frage kein zweites Mal stellte. Mir wäre auch kaum Zeit dazu geblieben, denn Shannon, der bisher so ruhig und gelassen geblieben war, als befänden wir uns auf einem Sonntagnachmittags-Ausflug, entwickelte mit einem Male eine hektische Aktivität.

»Wir müssen uns verstecken«, sagte er und ergriff mich bei der Schulter. »Necron ist kein Narr. Er weiß garantiert, daß wir ihn erwarten.«

Ich glaube, es dauerte wirklich bis zu diesem Moment, ehe ich begriff. »Du ... du meinst, du willst *nichts* tun? Nur hier unten stehen und auf ihn warten?«

»Hast du eine bessere Idee?« fragte Shannon unwillig. »Oben in der Burg haben wir keine Chance. Es wimmelt dort oben von seinen Männern.«

»Und Priscylla?« keuchte ich. »Und Ixmal? Und diese Shadow? Was ist mit denen?«

»Nichts, Robert«, antwortete Shannon ernst. »Wir können nichts für sie tun. Weder für Priscylla noch für die beiden anderen. Nicht, solange Necron lebt.«

»Das ist vielleicht deine Meinung!« fuhr ich auf. »Ich werde hinaufgehen und –«

»Und was?« unterbrach mich Shannon zornig. »Und dich umbringen lassen?« Er lachte, griff in seinen Gürtel und zog einen gekrümmten zweischneidigen Dolch hervor, den er mir, mit dem Griff voran, hinhielt. Verstört blickte ich die Waffe an.

»Was soll ich damit?« fragte ich.

»Dir die Kehle durchschneiden«, antwortete Shannon in vollkommen ernstem Tonfall. »Das geht schneller und ist weitaus angenehmer als das, was dich erwartet, wenn Necron dich noch einmal in die Finger bekommt. Es wäre Selbstmord, dort hinaufzugehen. Du hast keine Chance, Necron allein zu besiegen.«

»Ich habe nichts dergleichen vor«, antwortete ich zornig. »Ich will Priscylla befreien, das ist alles.«

»Oh, mehr nicht?« Shannon verzog die Lippen. »Und du glaubst, er legt die Hände in den Schoß und sieht in aller Ruhe zu? Du –«

»Shannon, bitte«, unterbrach ich ihn. »Ich muß es tun. Ich habe die Verantwortung für Ixmal. Nur durch mich ist er in diese Lage geraten.«

»Er ist nicht in Gefahr. Ixmal ist viel zu unwichtig für Necron, als daß er sich mit ihm abgeben würde«, antwortete

Shannon ruhig. »Und für Shadow kannst du ohnehin nichts mehr tun.«

»Sie lebt doch noch?«

»Sie lebt«, bestätigte Shannon. »Aber –«

»Nichts aber.« Ich schnitt ihm mit einer wütenden Geste das Wort ab. »Es tut mir leid, Shannon. Du verstehst das vielleicht nicht, aber ich bin es ihnen einfach schuldig, es zu versuchen.«

»Auch wenn es dein Leben kostet?«

»Auch dann«, erwiderte ich, und in diesem Moment war es wirklich die Wahrheit. »Wenn du recht hast«, sagte ich mit einer Geste auf das grünleuchtende Amulett am Boden, »dann wird Necron in kurzer Zeit hier herunter kommen. Auch er kann nicht gleichzeitig an zwei verschiedenen Orten sein. Vielleicht kann ich Priscylla währenddessen befreien. Es muß eine Möglichkeit geben, sie aus dem Bann dieses verfluchten Buches zu reißen.«

»Du bist völlig verrückt«, sagte Shannon ruhig. »Was du da vorhast, ist glatter Selbstmord, Robert.«

Das Schlimme war, daß ich ihm insgeheim recht gab. Meine Aussichten, den Weg hinauf lebend zu überstehen, standen nicht sonderlich gut. Und selbst wenn es mir gelang, Necrons Killern zu entkommen und *nicht* in eine der zahllosen Fallen zu tappen, mit denen diese Burg gespickt war, standen meine Chancen, auch noch lebend wieder zurückzukommen, noch schlechter. Trotzdem schüttelte ich mit gespieltem Optimismus den Kopf.

»So wild wird es nicht kommen«, sagte ich. »Necron hat im Moment andere Sorgen, als nach mir zu suchen – hast du deine eigenen Worte vergessen?«

Shannon schwieg einen Moment. »Ich brauche dich, Robert«, sagte er schließlich, sehr leise und in fast flehendem Ton.

»Ich weiß«, antwortete ich ernst. »Und ich werde zurückkommen, so schnell ich nur kann. Das verspreche ich.«

Und damit drehte ich mich um und lief so schnell davon, daß es fast wie eine Flucht aussah.

Sehr viel weniger war es auch nicht.

Ich hatte mir den Weg hier hinunter nicht gemerkt – dazu war ich viel zu aufgeregt gewesen –, aber ich wandte mich einfach immer nach oben, wenn ich an eine Abzweigung oder eine Treppe kam, und nach einer Weile glaubte ich hier und da eine bekannte Stelle zu sehen, eine absonderlich geformte Tür, eine seltsam schräg anmutende Treppe oder Rampe. Die sinnverdrehende Architektur der Drachenburg kam mir nur zugute, denn es gab praktisch keinen Quadratmeter, der einem anderen glich, und vieles war so bizarr, daß man es einfach nicht vergessen konnte.

Ich fand den Weg hinauf in Necrons Kerker erstaunlich schnell – und wäre um ein Haar gegen einen schwarzvermummten Drachenkrieger geprallt, der mit vor der Brust verschränkten Armen vor einer verschlossenen Zellentür Wache stand.

Ich weiß nicht, wer überraschter war – er oder ich.

Und ich wußte auch hinterher nicht zu sagen, wieso ich die nächsten Sekunden überlebte.

Vielleicht war er einfach zu überrascht, um im ernst anzunehmen, daß ich tatsächlich die Dreistigkeit besitzen würde, ihn anzugreifen. Aber ich hatte sie.

Ich besaß sogar die Frechheit, auf ihn zuzuspringen und ihm in den Leib zu treten, und dann brachte ich sogar noch die Unverschämtheit auf, meinen Ellbogen mit aller Wucht in seinem Nacken zu plazieren, als er sich krümmte. Ohne einen weiteren Laut stürzte er nach vorne und blieb reglos liegen. Nein, dachte ich spöttisch, die feine englische Art war das nicht gewesen. Aber eine sehr wirksame.

Ich beugte mich zu ihm herab und überzeugte mich davon, daß er für mindestens eine Stunde außer Gefecht gesetzt war. Dann nahm ich sowohl seinen Säbel als auch seinen Dolch an mich, stand wieder auf und schob den Riegel der Zelle zurück, die er bewacht hatte.

Wie ich erwartet hatte, war sie nicht leer. Eine schmale, halbnackte Gestalt hockte in einer Ecke und sah auf, als ich eintrat.

»Ixmal!« Der indianische Führer sprang auf, als er mich erkannte.

»Blitzhaar!« murmelte er. »Bei Wakan Tanka – ich hatte schon keine Hoffnung mehr.«

Ich atmete auf. Wenigstens Ixmal war unverletzt. Ich hätte mir ewig Vorwürfe gemacht, wenn ihm etwas widerfahren oder sogar getötet worden wäre.

»Es ist alles in Ordnung«, sagte ich – was nicht nur leicht übertrieben war. »Ich bin hier, um dich zu befreien.« Ich zog ihn mit mir aus der Kammer.

»Verlassen wir die Burg?« fragte er hoffnungsvoll – und schwieg betroffen, als er in mein Gesicht sah.

»Nein«, entgegnete ich. »Noch nicht. Ich ... habe noch etwas zu erledigen. Vielleicht komme ich nicht mehr zurück. Ein Freund wird dich in seine Obhut nehmen. Sein Name ist Shannon.«

Ich erklärte ihm den Weg hinunter, so gut ich konnte. Damit verschob ich das Problem zwar nur, statt es zu lösen, denn einen Ausweg aus dieser gewaltigen steinernen Falle gab es auch unten in der Höhle nicht, aber wenigstens war Ixmal dort vor der unmittelbaren Gefahr, sofort wieder gefangen und womöglich umgebracht zu werden, sicher. Und wenn Necron tatsächlich hinunterkam und Shannon besiegte – nun, dann brauchten wir alle uns ohnehin um nichts mehr Sorgen zu machen.

Ich blickte ihm schweigend nach, als er sich umwandte und den Weg zurückzulaufen begann, den ich selbst vor wenigen Augenblicken gekommen war. Aber ich wartete noch, bis er das Ende des Korridors erreicht hatte und hinter der Biegung verschwunden war, ehe auch ich mich herumdrehte und die Zellen eine nach der anderen zu durchsuchen begann.

Sehr viele waren es ohnehin nicht. Der Korridor bestand praktisch aus nichts anderem als dicht nebeneinander liegenden Türen, hinter denen sich Zellen verbargen, aber die meisten standen offen, so daß ich sie auslassen konnte. Die erste Zelle, deren Tür ich öffnete, war leer, ebenso die zweite und dritte. In der vierten fand ich einen Toten, mumifiziert und ausgetrocknet, so daß er eher wie ein verschrumpelter Baumstumpf aussah denn wie ein menschlicher Leichnam, dann kam wieder eine leere Zelle, in der sich nur Spinnen und Wanzen tummelten – und dann fand ich die El-o-hym.

Irgendwie spürte ich ihre Präsenz, noch ehe ich den schweren Riegel zurückschob und die Tür öffnete. Etwas war an dieser Tür anders; etwas wie eine spürbare Ausstrahlung von Leid, in die ich hineintrat und die meine Bewegungen lähmte.

Meine Hände begannen zu zittern. Ich hatte Mühe, den Riegel überhaupt zu bewegen. Mein Herz begann zu rasen.

Und dann sah ich sie.

Im ersten Moment weigerte sich mein Verstand einfach, zu begreifen. Mein Gehirn schien sich zu einem eisigen Klumpen zusammenzuziehen, als ich auf das blutige Bündel hinunterstarrte, das einmal ein Engel gewesen war.

Sie hatte nicht mehr Priscyllas Gestalt. Aber das spielte in ihrem Zustand ohnehin keine Rolle mehr.

Sie lag vor mir, mit leicht gespreizten Armen und Beinen, die von eisernen Ringen am Boden gehalten wurden, und in der Wand, die der Tür gegenüberlag, brannte eine Fackel, als hätte Necron dafür sorgen wollen, daß jeder, der diese Zelle betrat, das entsetzliche Bild auch in allen Einzelheiten wahrnahm. Ihr Gewand hing in Fetzen, so daß ich die blutigen Spuren erkennen konnte, die Necrons Folterwerkzeuge in ihrem alabasterfarbenen Körper hinterlassen hatten.

Aber all das sah ich zwar, registrierte es aber eigentlich nur am Rande. Mein Blick hing wie gebannt an der furchtbaren Wunde zwischen Shadows Schulterblättern, an der Stelle, an der Engel normalerweise Flügel hatten …

Kein Zweifel; die El-o-hym war sterblich geworden. Durch mich.

Aber sie war nicht tot. *Noch* nicht.

Shadow bewegte sich. Mühsam hob sie den Kopf, blickte mich aus trübe gewordenen Augen an und stieß einen leisen, gepeinigten Laut aus. Ihre Hände ballten sich zu Fäusten, zerrten kraftlos an den rostigen Eisenringen und erschlafften wieder.

Und endlich erwachte ich aus meiner Erstarrung.

Mit einem keuchenden Laut war ich bei ihr, fiel neben ihr auf die Knie und zerrte und riß einen Moment lang mit verzweifelter Kraft an den eisernen Fesseln, ohne indes mehr damit zu erreichen, als mir die Fingernägel abzubrechen. Shadow begann zu stöhnen. Meine vergeblichen Befreiungsversuche mußten ihr Schmerzen bereiten. Ich fuhr hoch, sah mich mit wachsender Verzweiflung nach irgend etwas um, das ich als Hebel benutzen konnte, um die Fesseln aufzubrechen, und kam endlich auf die Idee, die eisernen Ringe genauer in Augenschein zu nehmen.

Kaum drei Sekunden später war Shadow frei, denn es gab eine simple Mechanik, die ein Kind hätte bedienen können, um die Ringe auseinanderzuklappen. Ich drehte die El-o-hym vorsichtig herum und bettete sie in meinen Schoß, wobei ich sorgsam darauf achtete, die Wunde in ihrem Rücken nicht zu berühren. Trotzdem spürte ich, wie sie wieder aufbrach und ihr Blut warm und in raschen Stößen über meine Beine lief.

Das Blut eines Engels, dachte ich. Es war ein absurder, völlig aberwitziger Gedanke, aber ich wurde ihn nicht los. *Engelsblut. Shadows Leben, das unaufhaltsam aus ihrem Körper herausströmte. Sie starb.*

Und als hätte sie meine Gedanken gelesen, öffnete sie in diesem Moment die Augen und sah mich an. Ihr Blick war jetzt klar, aber in ihren Augen glomm ein Ausdruck so unermeßlich tiefen Schmerzes, daß ich schauderte.

Ich beugte mich über sie, unfähig, auch nur ein Wort zu sprechen, preßte sie behutsam an mich und streichelte das Silbergespinst ihres Haares. In mir war nichts als Schmerz, Schmerz und ein Gefühl der Hilflosigkeit, das fast noch schlimmer war. Ich hatte sie gestern erst kennengelernt und sie hatte mich betrogen und mir Priscyllas Gestalt vorgegaukelt. Trotzdem fühlte ich mich mehr mit ihr verbunden, als mir selbst logisch erschien. Es war ein Gefühl, das ich nie gekannt hatte.

Sie starb. Ich konnte es fühlen. Es war absurd und durch nichts zu begründen, aber ich fühlte wie das Leben aus ihrem Körper wich, mit jedem Atemzug ein bißchen mehr, und wie etwas Dunkles nach ihrer Seele griff.

Und plötzlich begriff ich, daß ich sie liebte.

Es war durch nichts zu erklären und doch war es so. In dem Moment, da wir uns vereinigt hatten, waren unsere Seelen miteinander verschmolzen und hatten es gleichgültig gemacht, ob Priscylla in meinen Armen lag oder irgendein anderes Wesen. Und ich fühlte, daß sie genauso empfand.

»Robert, du … du mußt …«, stammelte Shadow.

»Nicht reden, Liebling«, flüsterte ich. »Du darfst dich nicht anstrengen. Ich bringe dich hier heraus.«

Shadow schüttelte den Kopf. Die Bewegung war so schwach, daß ich sie fast nur ahnte. »Keine … Zeit …«, flüsterte sie. Sie versuchte sich aufzurichten, sank mit einem keuchenden Laut zurück und begann am ganzen Leib zu zittern. Die Wunde in ihrem Rücken blutete immer stärker.

»Das … Buch«, flüsterte sie. »Robert, du … du mußt …« Ihre Stimme erstarb, sank zu einem ganz leisen, kaum mehr wahrnehmbaren Flüstern herab, so daß ich mich vorbeugen und das Ohr an ihre Lippen halten mußte, um sie überhaupt noch zu verstehen. Trotzdem waren es nur noch Wortfetzen, die ich hörte.

»Das Buch«, keuchte Shadow. »Geh und … Priscylla … ihr … Geist … in Gefahr … wir … das Tier … die … die Mutterzelle …«

Plötzlich brach sie völlig ab und für einen kurzen, entsetzlichen Moment dachte ich bereits, sie wäre tot. Aber dann bäumte sie sich noch einmal auf, mit solcher Macht, daß ich sie mit aller Kraft an den Schultern packen und halten mußte. Ihre Fingernägel gruben sich durch den Stoff meiner Jacke und rissen tiefe blutige Kratzer in meine Haut. Und mit einem Male war ihr Blick wieder ganz klar, und auch ihre Stimme wieder laut und deutlich.

»Geh zu Necron«, sagte sie. »Vernichte das Buch, ehe Priscylla seine ganze Kraft entfesselt, Robert. Zerstöre es. Sie sind in der Kammer unter der Turmspitze. Töte sie beide, wenn es sein muß, aber vernichte das Buch. Verbrenne es.«

Der kurze Ausbruch hatte ihre letzte Kraft verbraucht. Sie begann zu zittern, sank in meinen Armen zur Seite und schloß mit einem sonderbar müde klingenden Laut die Augen.

Ich schrie auf. »Nein!« brüllte ich. »Nicht, Shadow. Du darfst nicht sterben!«

Und Shadow öffnete noch einmal die Augen. Ihr Blick war jetzt frei von jedem Schmerz, aber es war ein Schatten darin, der mich noch mehr erschreckte als die Qual, die ich zuvor darin gelesen hatte.

Ihre Lippen verzogen sich zu einem letzten, fast spöttischen Lächeln.

»Du Narr«, sagte sie leise. »Weißt du denn nicht, daß Engel niemals sterben?«

Und dann starb sie.

Ihre Brust hörte auf, sich in unregelmäßigen Stößen zu heben. Ihr Atem stockte. Aus der Wunde zwischen ihren Schultern floß kein Blut mehr.

Shadow, die El-o-hym, der Engel, der sich in einen sterblichen Menschen verwandelt hatte, war tot.

Ich blieb sehr lange so sitzen, starr, reglos, ohne zu denken, ja fast ohne zu atmen, ihren leblosen Körper auf dem Schoß, ruhig, völlig ohne irgendeine Empfindung. Ich spürte keine Trauer. Keinen Schmerz. Nicht einmal Haß auf Necron.

Dann, irgendwann, nach Ewigkeiten wie es schien, legte ich Shadow behutsam zu Boden, schloß ihre Augen und faltete ihre Hände über der Brust. Dann stand ich auf, verließ die Zelle und wandte mich nach rechts.

Nach oben, der eigentlichen Burg zu. Dem Turm.

Necron.

Van Velden und Bruder André kamen eine Stunde später. Der Sturm hatte sich gelegt, und wie immer nach einem besonders heftigen Ausbruch der Naturgewalten war eine fast unheimliche Ruhe über dem Berg eingekehrt. Aber die Luft über dem zusammengebrochenen Kastell war noch immer voller Staub und Sand, so daß der Blick nicht sehr weit reichte und alles sonderbar schemenhaft und unwirklich aussah.

Balestrano war beinahe froh, daß es so war.

Er war nicht sicher, ob er den Anblick in allen gräßlichen Einzelheiten ertragen hätte, denn die zerborstene Alptraumlandschaft, die sich unter ihm ausbreitete, war nicht nur der Rest einer total zerstörten Festung, sondern auch ein Grab. Das Grab von fünfhundert tapferen, aufrechten Männern, die ihr Leben in seine Hände gelegt hatten. Sie hatten ihm vertraut. Und er hatte sie getötet.

Er hätte es wissen müssen. Von allen hier – selbst die vier *Master* eingeschlossen – war er der einzige, der *wirklich* gewußt hatte, mit welcher Macht sie konfrontiert wurden. Er war mitgekommen, weil er als einziger Necrons ganze Verschlagenheit kannte. Weil es *seine* Aufgabe gewesen wäre, sie zu warnen. Und er hatte versagt.

Eine Hand berührte ihn an der Schulter. Balestrano schrak aus seinen Gedanken hoch und sah direkt in das schmale, von grauem Haar eingefaßte Gesicht Rupert Hayworthys.

»Bruder André und Bruder Nies sind zurück«, sagte er leise.

»Ich weiß«, antwortete Balestrano. Er hatte die beiden einsamen Gestalten, die wie Geister aus dem wirbelnden roten Sand aufgetaucht waren, schon vor Minuten bemerkt. Augenblicke, bevor sie selbst die zertrümmerte Burg gesehen und wie erstarrt stehengeblieben waren. Sie standen noch immer dort, hundert Schritt entfernt, gelähmt von dem entsetzlichen Anblick, der sich ihnen bot. Von Schmid hatte ihnen entgegengehen wollen, aber Balestrano hatte es verboten und einen der anderen Männer geschickt. Nicht alle waren tot, wie er im ersten Moment geglaubt hatte – eine Handvoll Krieger hatte das Chaos überlebt, verschüttet unter gewaltigen Steinquadern, die so über ihnen zusammengebrochen waren, daß sie sie vor der schlimmsten Gewalt des Sturmes geschützt hatten. Aber es waren so wenige. Zwei Dutzend. Sechsundzwanzig Mann, wenn er die Verwundeten mitzählte. Sechsundzwanzig von fünfhundert!

»Woran denkst du, Bruder?« fragte Hayworthy plötzlich. Er lächelte entschuldigend. »Wenn die Frage nicht zu indiskret ist.«

Jeden anderen hätte Balestrano scharf zurechtgewiesen. Hayworthy nicht. Statt dessen lächelte er wehmütig, drehte sich wieder herum und starrte auf den mit Trümmern und Sand übersäten Hof der Burg hinab.

»Woran ich denke«, murmelte er. »Vielleicht an ... an eine Sünde.«

»Eine Sünde?« Hayworthy runzelte die Stirn.

»Ich frage mich, ob ich vielleicht Kredit habe, dort oben«, fuhr Balestrano mit einer Handbewegung zum Himmel fort. »Genug Kredit, mir eine Sünde leisten zu können.«

»Wer von uns ist schon frei von Sünde?«

»O nein«, antwortete Balestrano ruhig. »Ich meine keine Kleinigkeit, Bruder Hayworthy. Ich spreche nicht von den häßlichen Gefühlen Bruder von Schmids dem weiblichen Geschlecht gegenüber oder –«, er lächelte, »– deinen kleinen Betrügereien beim Kartenspiel, mit denen du deinen Servanten ihren sauer verdienten Sold abnimmst.« Plötzlich wurde er wieder ernst. »Ich meine eine Todsünde, Bruder. Ich frage mich, ob in dem großen Hauptbuch dort oben genug Guthaben auf meinem Konto ist, mir die Sünde des Selbstmordes zu verzeihen.«

Hayworthy erbleichte. »Das … das darfst du nicht einmal denken«, flüsterte er.

Aber Balestrano fuhr fort, ohne auch nur auf seine Worte zu reagieren. Vermutlich hatte er sie gar nicht gehört. »Vielleicht kommt es auch schon gar nicht mehr darauf an«, sagte er leise. »Ich habe den Tod von fünfhundert guten Männern zu verantworten. Glaubst du, daß es ein Unterschied ist, Bruder? Fünfhundert oder fünfhunderteins?«

»Sprich nicht so!« keuchte Hayworthy. »Das darfst du nicht. Dich trifft keine Schuld. Nicht die mindeste!«

»O doch, Bruder«, widersprach Balestrano. »Aber wahrscheinlich ist es längst egal, was ich denke oder tue. Ich glaube, es liegt nicht mehr in meiner Macht, irgend etwas zu ändern. Vielleicht hat es niemals darin gelegen. Alles wird so kommen, wie es kommen soll.« Er seufzte, wandte sich wieder zu Hayworthy um und wechselte abrupt das Thema. »Geh und hole Bruder Botho«, sagte er. »Und die beiden anderen. Und eilt euch.«

Hayworthy starrte ihn noch einen Sekundenbruchteil durchdringend an und Balestrano spürte genau, daß der kleinwüchsige Schotte noch etwas sagen wollte, irgend etwas Wichtiges, ganz Bestimmtes. Aber dann tat er es nicht, sondern drehte sich mit einem Ruck um und beeilte sich, Balestranos Befehl auszuführen.

Balestrano ging mit müden, schleppenden Schritten in das halb zerstörte Gebäude zurück. Von Schmid und Hayworthy hatten aufgeräumt, was noch aufzuräumen war, und der praktisch veranlagte Schotte hatte sogar den Tisch wieder repariert, so daß er – wenn auch ein wenig schräg – wieder auf vier Beinen stand.

Auf seiner Platte lag alles, was von Balestranos Habe übrig geblieben war: das kleine Kästchen mit dem schwarzen Stein, das er aus der versiegelten Kammer tief unter dem Pariser Templerkapitel mitgebracht hatte. Es war der einzige Teil seines Gepäcks gewesen, den der Sturm nicht gepackt und davongeschleudert hatte, und es war sicherlich kein Zufall.

Balestranos Hände begannen zu zittern, als er sich über den Tisch beugte und das winzige Kästchen aufklappte. Der schwarze Stein, der darin lag, schien ihn höhnisch anzugrinsen. Mit einem Male war ihm kalt, entsetzlich kalt. Und er wußte, daß es nicht nur Einbildung war, nicht nur Angst, sondern Realität. Die Temperaturen im Zimmer sanken rapide, bis Balestranos Atem als grauer Dampf vor seinem Gesicht erschien und seine Finger klamm und steif wurden. Die Hölle war kalt. Er war vielleicht der einzige Mensch auf der Welt, der das wirklich *wußte.*

Für endlose Minuten stand Balestrano einfach so da, in fast absurder Haltung, mitten in der Bewegung erstarrt, dann erwachte er mit einem Ruck aus seiner Lähmung, nahm den schwarzen Stein aus dem Kasten und verbarg ihn in seiner rechten Faust. Er war so kalt, daß seine Haut an der Oberfläche festklebte und ihm der Schmerz die Tränen in die Augen trieb. Aber er öffnete die Hand nicht. Er hätte sie sich eher abhacken lassen, als es zu tun.

Nach einer Weile näherten sich Schritte dem Haus und kurz darauf erschienen Hayworthy, von Schmid, van Velden und Bruder André. De la Croix' Gesicht war bleich vor Entsetzen, während in van Veldens Augen der Funken beginnenden Wahnsinns zu glimmen schien. Und ihnen beiden – nein, verbesserte sich Balestrano in Gedanken: allen vieren – haftete etwas körperlos Düsteres, Böses an wie ein übler Geruch.

»Bruder Jean«, begann de la Croix, »ich schwöre dir, daß ich –«

»Das brauchst du nicht, André«, unterbrach ihn Balestrano, in ruhigem, beinahe sanftem Ton. Seine linke Hand begann immer stärker zu schmerzen. Der schwarze Stein, den er darin verborgen hatte, pulsierte jetzt wie ein winziges, böses Herz. »Das brauchst du nicht«, wiederholte er. »Was hier geschah, ist nicht deine Schuld. Wenn überhaupt, trifft sie mich. Ich hätte wissen müssen, was geschieht, wenn ich euch Necrons Heimtücke ausliefere.«

»Es ... es war einfach stärker als ich«, fuhr de la Croix mit zitternder Stimme fort. Seine Augen schimmerten, als hielte er mit letzter Kraft die Tränen zurück. »Ich wollte es nicht. Aber dann, dann ... dann hat mich irgend etwas gezwungen, den Sturm weiter zu lenken. Aber ich wollte die Drachenburg treffen, nicht euch. Ich ... ich weiß nicht, was in mich gefahren ist!«

Aber ich, Bruder, dachte Balestrano düster.

»Genug jetzt«, sagte er, sanft, aber sehr bestimmt. »Was

geschehen ist, ist geschehen, und wir werden später die Schuld verteilen, wenn es etwas zu verteilen gibt. Jetzt müssen wir tun, was wir noch können, wenn das Opfer unserer Brüder nicht vollends umsonst gewesen sein soll.«

»Was wir können?« Van Velden keuchte. »Es ist aus, Bruder Jean! Wir haben verloren. Unser Heer ist vernichtet und wir haben gesehen, wie leicht –«

»Es gibt noch eine letzte Möglichkeit«, unterbrach ihn Balestrano. Er hob die Hand. Der schwarze Stein darin pulsierte jetzt so heftig, daß seine Finger zuckten und bebten, als hätte er einen Krampf. Ein unheiliges, giftgrünes Licht sickerte zwischen seinen zusammengepreßten Fingern hervor. »Es gibt noch etwas. Aber ich brauche eure Hilfe. Ihr müßt mir vertrauen.«

Langsam trat er an den vier *Mastern* vorbei, blieb unter der Tür stehen und blickte nach oben, hinauf zur Drachenburg.

»Ergreift meine Arme«, sagte er.

Die vier Männer gehorchten. Balestrano fühlte die Berührung ihrer Hände wie die glühenden Eisens. Seine Augen waren voller Tränen. »Jetzt, Baphomet«, flüsterte er. »Du kannst sie haben.« Und in Gedanken fügte er hinzu: *Verzeiht mir, Brüder.*

Dann gellte ein Schrei in seinen Ohren. Ein entsetzliches Kreischen und Wimmern, so schrill und spitz und voller Qual wie er es noch niemals zuvor gehört hatte. Das Schreien aus vier menschlichen Kehlen. Aber nicht sehr lange.

Die Burg schien so gut wie verlassen zu sein. Ich fand den Weg hinauf ins Licht leichter, als ich gefürchtet hatte, auf die gleiche Weise, auf die ich den Weg aus Shub-Nigguraths Höhle fand – indem ich einfach nach oben ging. Aber ich traf auf dem Wege nur einen einzigen von Necrons Kriegern. Er lebte nicht lange genug, mich auch nur mit einem erschrockenen Schrei zu verraten.

Über der Burg herrschte heller Tag, als ich endlich wieder aus dem Bauch der Erde hervorkam und auf den Hof hinaustrat. Das ungewohnte Licht schmerzte in meinen Augen; im ersten Moment war ich fast blind. Ich blinzelte, blieb stehen und sah mich aus tränenden Augen um.

Der Anblick hatte nichts von seiner bedrückenden Feindseligkeit verloren, aber alle Schatten kamen mir ein wenig härter vor, die Linien noch etwas fremdartiger, der Odem des Bösen, der über dieser verfluchten Burg hing, ein wenig deutlicher.

Ich verscheuchte den Gedanken, drehte mich einmal um meine Achse und entdeckte den Turm, von dem Shadow gesprochen hatte – ein korkenzieherartig gedrehtes, vollkommen absurdes Ding, das in einer obszön geformten Spitze endete. An seinem Fuß war eine Treppe mit unterschiedlich hohen Stufen, die zu einer einladend offenstehenden Tür von der Form eines aufgerissenen Drachenmaules führte.

Als ich sie hinaufging, vertrat mir ein schwarzgekleideter Krieger den Weg. Ich warf ihn gegen die Wand, nahm seine eigene Waffe auf und tötete ihn. Es ging so rasch und mühelos, daß ich fast selbst erschrak. Nicht über die Leichtigkeit, mit der ich mit dem Drachenkrieger fertig geworden war, ich hatte nichts anderes erwartet. Aber ich befand mich in diesen Momenten in einem Zustand, der nicht mehr normal war: jene Art von kalter, berechnender Raserei, in dem die Berserker der Frühzeit mit bloßen Händen Ochsen getötet hatten, oder in dem die Soldaten unserer Zeit weiterkämpften, während sie schon längst zu Tode verwundet waren. Ich hätte den Krieger auch besiegt, wenn er mir sein Schwert durch die Brust gebohrt hätte. Aber was mich erschreckte, war die Kälte, die ich dabei verspürte.

Der Turm war dunkel. Durch absurd geformte Fenster fiel zwar Licht auf die eng gewundene Treppe, die sein Inneres ausfüllte, aber irgend etwas schien die Helligkeit aufzusaugen, wie finsterer Nebel, der in der Luft hing. Trotzdem ging ich weiter, ohne auch nur im Schritt zu stocken, erreichte rasch den Treppenabsatz und trat gebückt durch eine niedrige Tür.

Eine Sekunde später sah ich mich einem zweiten Drachenkrieger gegenüber, der in der winzigen Kammer dahinter an einem Tisch saß und offensichtlich auf seinen Kameraden wartete, dem ich unten begegnet war. Bei meinem Eintreten fuhr er zusammen, griff nach seinem Schwert und versuchte aufzuspringen.

Ich half ihm ein wenig dabei und noch bevor er zwanzig Stufen unter mir auf der Treppe aufschlug, hatte ich die Kammer bereits durchquert und nahm den nächsten Treppenabsatz in Angriff. An ihrem Ende befand sich eine weitere, etwas größere Kammer – und in ihr wartete nicht nur einer, sondern gleich drei von Necrons schwarzvermummten Kreaturen.

Und sie waren nicht so überrascht wie die beiden, auf die ich unten gestoßen war. Ganz im Gegenteil.

Ich sah einen Schatten vor mir aufragen, riß instinktiv die Fäuste in die Höhe und spürte, daß ich traf. Der Mann torkelte zurück und prallte gegen den Tisch, aber fast im gleichen Moment griff eine Hand nach meinem Arm und drehte ihn auf den Rücken, eine zweite Faust krallte sich in mein Haar und riß meinen Kopf zurück. Eine halbe Sekunde später tauchte ein schwarzverhülltes Gesicht vor mir auf. Dunkle, grausame Augen musterten mich ohne eine Spur von Gefühl. Metall blitzte.

Zum ersten Mal, seit Shadow in meinen Armen gestorben war, spürte ich wieder Angst, als sich die rasiermesserscharf geschliffene Klinge meiner Kehle näherte. Panische Angst.

Plötzlich begriff ich, daß ich sterben würde.

Hier und jetzt.

Ich hatte verloren. In meiner Raserei war ich Necrons Männern direkt in die Arme gelaufen.

Ganz genau wie Shannon es mir prophezeit hatte.

Und dann geschah ... *irgend etwas*.

Der Drachenkrieger bewegte sich unglaublich schnell. Er hatte nicht vor, lange mit mir zu spielen, sondern schien entschlossen, der Sache ein rasches Ende zu bereiten. Aber wie oft, wenn einen echte Todesangst gepackt hat, schien die Zeit plötzlich stehenzubleiben: aus der rasenden Bewegung des Dolches wurde ein ganz langsames Gleiten, der helle Kampfschrei des Kriegers wurde zu einem unerträglichen Grölen und Dröhnen in meinen Ohren – und irgendwo tief in mir erwachte etwas.

Etwas Böses und ungeheuer *Mächtiges*.

Es war wie eine Eruption aus schwarzem Schlamm, die plötzlich irgendwo in den finsteren Tiefen meiner Seele erfolgte, eine lautlose, aber unglaublich kraftvolle Explosion pechschwarzer Energie, tausendmal stärker als das lächerliche Etwas, das ich bisher für das magische Erbe meines Vaters gehalten hatte.

Kraft raste durch meinen Körper, eine unglaubliche, unwiderstehliche Kraft. Irgend etwas ergriff Besitz von mir, schnell und lautlos. Der Dolch raste heran, schnitt mit einem widerwärtigen Geräusch durch mein Hemd und ritzte meine Kehle, aber seine Bewegung schien mit einem Male lächerlich langsam. Ich packte die Klinge mit bloßen Händen, zerbrach sie und tötete den Angreifer noch in der gleichen Bewegung, so schnell, daß er wohl nicht einmal begriff, was ich tat. Dann riß ich meinen Arm aus der Umklammerung des anderen los, fuhr herum und gab ihm einen Stoß, der ihn aus der Tür und rücklings die Treppe hinunterfliegen ließ.

Der dritte Drachenkrieger versuchte mich anzuspringen. Beinahe gemächlich trat ich aus dem Weg, schlug seine vorgestreckten Beine zur Seite und sah zu, wie er auf dem Boden aufschlug.

Dann wandte ich mich um und trat auf die Tür zu, die die drei Krieger vergebens zu bewachen versucht hatten. Mit einem einzigen Tritt sprengte ich sie auf und sah mich einer weiteren, allerdings sehr kurzen Treppe gegenüber. An ihrem oberen Ende lag eine wuchtige Tür, mit Eisen verstärkt und mit kabbalistischen Zeichen gesichert. Ich spürte den finsteren Einfluß der magischen Schutzformeln, aber sie prallten von mir ab, beiseite gefegt von dem schwarzen Etwas, das in meine Seele brodelte und mir Kraft gab. Jeden anderen Menschen – auch mich, unter normalen Umständen – hätte der bloße Anblick dieser Symbole getötet oder um den Verstand gebracht, aber in diesem Augenblick, geschützt von der ungeheuren magischen Kraft meines Erbes, nötigten sie mir nicht einmal ein Lächeln ab. Ohne auch nur im Schritt innezuhalten, stürmte ich los, auf die Tür zu. Dahinter war Necron. Ich wußte es mit solcher Gewißheit, als wäre sie aus Glas.

Die Treppe versuchte nach mir zu beißen. Aus den Stufen wurden klaffende Dämonenmäuler, gespickt mit fingerlangen Zähnen, von denen Säure troff. Ich brach die Zähne ab und trat die Mäuler zu und stürmte weiter. Eine mannsgroße Spinne materialisierte mitten in der Luft vor mir und griff mich an. Ich schleuderte sie die Treppe hinab und sah mich von einem ganzen Wald peitschender Tentakel attackiert, die ich eine nach dem anderen ausriß.

Nichts davon geschah wirklich. Was ich zu erleben glaubte,

in diesen wenigen endlosen Sekunden, in denen ich die Treppe hinaufstürmte, war nichts als ein simpler hypnotischer Angriff, eine letzte, teuflische Falle Necrons, aber für mich war es Realität und hätte mich das *Ding* in meinem Inneren nicht geschützt und mir die Kraft eines tobenden germanischen Gottes gegeben, wäre ich in Stücke gerissen worden. Aber das Erbe meines Vaters schützte mich. Necrons geistige Attacke verpuffte wie ein Wassertropfen auf glühendem Eisen.

Dann hatte ich die Tür erreicht. Beinahe ohne mein Zutun begannen sich meine Hände zu bewegen, löschten die schrecklichen Bannzeichen aus und zerbrachen den Riegel. Die Tür bewegte sich noch immer nicht, aber aus meinen Fingerspitzen strömte plötzlich Glut, grellweiße, wabernde Glut, die das Metall der Tür aufflammen und in brodelnden Tropfen herablaufen ließ.

Mit einem wütenden Brüllen riß ich die sicher eine Tonne wiegende Eisentür aus den Angeln, schleuderte sie die Treppe hinab und stürmte in den dahinterliegenden Raum. Direkt in den Wahnsinn hinein.

»Jetzt, mein Kind«, flüsterte Necron.

Priscylla nickte. Ihre Hände legten sich auf die gerissenen Seiten des Buches. Ein sanftes, böses Lächeln umspielte ihre Lippen, als sie zu lesen begann.

Der Sturz mußte ziemlich hart gewesen sein, denn mein Schädel dröhnte noch eine ganze Weile weiter, obwohl ich noch Glück gehabt und der dicke Teppich meinem Fall die ärgste Wucht genommen hatte. Ich hatte Mühe, überhaupt auf die Füße zu kommen. Mein Zimmer begann sich um mich zu drehen und als ich zu dem kleinen Teewagen neben dem Kamin ging und mir einen Drink eingoß, zitterten meine Hände so stark, daß ich ein Gutteil verschüttete. Miss Winden, meine Haushälterin, würde sicherlich wieder eine ihrer gefürchteten spitzen Bemerkungen von sich geben, wenn sie hereinkam und den Fleck sah, den ich auf dem teuren Berber hinterlassen hatte.

Der Gedanke an Miss Winden, die gleich kommen und auf

unnachahmliche Art die Stirn krausen würde, ließ mich lächeln. Ich vergaß den Sturz, den ich sicherlich nur einer Teppichfalte oder einer momentanen Unsicherheit zu verdanken hatte, auf der Stelle. Bedächtig leerte ich mein Glas, stellte es zurück und sah mich noch einmal prüfend in meinem Arbeitszimmer um. Alles war so wie es sein sollte. Andara würde nicht einmal merken, daß ich sein Büro benutzt hatte, wenn er in einer Stunde zurückkam, von einer dieser elendiglich langweiligen Aufsichtsratssitzungen, auf die er mich immer mitzunehmen versuchte. Wäre es nach ihm gegangen, hätte ich mein Leben sicherlich mit der Leitung seines Firmenimperiums verbracht, statt mich angenehmeren Dingen zu widmen.

Aber gottlob ging es ja nicht immer nach ihm.

Die letzten beiden Stunden zum Beispiel hatte ich mit weitaus angenehmeren Dingen verbracht als dem Wälzen von Kontobüchern und dem Aufsagen von Bilanzen. Wenn ich die Wahl hatte, zog ich Priscyllas Gesellschaft der von Andaras verknöcherten Buchhalter-Freunden vor.

Ich grinste still in mich hinein, als ich an Priscylla dachte, die vor wenigen Augenblicken durch die Tür des Umkleideraumes verschwunden war. Die Vorstellung, wie sie jetzt all die komplizierten und überflüssigen Kleidungsstücke, die Frauen nun einmal so tragen, eines nach dem anderen über den Leib streifte (ich hatte dasselbe vor nicht ganz zwei Stunden auch schon getan, wenngleich in umgekehrter Reihenfolge), erregte mich schon wieder. Rasch sah ich zur Uhr, überzeugte mich davon, daß mir noch Zeit blieb, verriegelte vorsichtshalber die Tür und ging ins Nebenzimmer.

Zu meiner Enttäuschung war Priscylla bereits wieder völlig angezogen. Sie saß an dem kleinen Tischchen vor dem Fenster, das Kinn in einer entzückenden Geste in die Hand gestützt, und blätterte in einer der alten Schwarten, die dieses Haus – und besonders Andaras Arbeitszimmer – füllten. Neben dem Buch lag ein ausgebleichter Totenkopf. Das war etwas, was mich an Priscylla störte. Sie hatte manchmal einen etwas morbiden Geschmack.

Aber dann sah sie auf und lächelte mich an, und ich vergaß den Totenschädel, ebenso wie die Spinne, die auf ihrer linken Schulter hockte. »Komm her zu mir, Robert«, sagte sie.

Ich nickte, schloß die Tür hinter mir und trat auf sie zu. Priscylla streckte mir die Arme entgegen, und ich sah jetzt, warum sie so rasch angezogen gewesen war – sie hatte einfach nur ihr Kleid übergestreift, sonst nichts. Etwas, dachte ich, das sich recht schnell rückgängig machen ließ.

Aber eine Sekunde, bevor ich in ihre Arme fallen konnte, hörte ich Hufschlag vor dem Haus, und statt mich auf ihren Schoß zu setzen, drehte ich mich rasch herum und trat ans Fenster. Immerhin war es möglich, daß Andara vor der Zeit zurückkehrte, und wenn er uns hier erwischte, würde es eine Szene geben. Was er gesagt hätte, wäre er vor einer halben Stunde gekommen, versuchte ich mir vorsichtshalber erst gar nicht vorzustellen. Mein Vater hatte mehr als einmal verlauten lassen, daß Priscylla und ich nun allmählich lange genug verheiratet wären, ihm einen Enkel zu schenken. Aber ich bezweifelte, daß er sehr von der Vorstellung erbaut gewesen wäre, daß wir die Bestellung gewissermaßen auf seinem Schreibtisch aufgegeben hatten.

Mit einer Mischung aus Ungeduld und Besorgnis zog ich die Gardine zurück und spähte auf die Straße hinunter. Es regnete und der Ashton Place glänzte wie ein gewaltiger grauer Spiegel. Aber es war nicht Andara, der zurückgekommen war. Vor dem Haus galoppierte nur eine Hundertschaft Leichen auf Skelettpferden entlang, angeführt von einem geköpften Mann auf einem Kamel.

Erleichtert drehte ich mich um.

»Wer war es?« fragte Priscylla. »Dein Vater?«

Ich verneinte. »Nur ein paar Tote«, sagte ich, »Sonst nichts. Aber er kann jeden Augenblick kommen.«

»Nun, *noch* ist er nicht da, oder?« kicherte Priscylla. ıcn kicherte zurück, rührte mich aber noch nicht vom Fenster weg, und nach einigen weiteren Sekunden stand Priscylla auf, klappte das Buch zu – ich erhaschte einen raschen Blick au seinen Deckel, auf dem mit üppigen goldenen Lettern das Wort NECRONOMICON stand – und griff nach ihrem Rocksaum. Mit einer raschen Bewegung streifte sie das Kleid über den Kopf und warf es hinter sich. »Komm her«, verlangte sie. Ein vielversprechendes Lächeln huschte dabei über ihre Züge.

Wieder streckte ich gehorsam die Hände aus, um mich in ihre ausgebreiteten Arme fallen zu lassen, und wieder führte ich die Bewegung nicht zu Ende. Ich wußte nicht was, aber irgend etwas störte mich. Etwas fehlte.

(Ihre Flügel! O Gott, was ist mit ihnen –)

»Was ist?« fragte Priscylla. »Wenn du noch lange da herumstehst, dann wird dein Vater wirklich zurückkommen. Er wird nicht sehr erbaut sein, wenn er sieht wie sein Söhnchen seine Schwiegertochter in seinem Kleiderschrank bumst, glaube ich.«

Wenn er sie was?, dachte ich. Ich wußte nicht warum, aber es fiel mir schwer, wirklich zu glauben, daß es Priscylla gewesen war, die dieses Wort aussprach. Aber dann verscheuchte ich den Gedanken und trat einen weiteren Schritt auf sie zu. In einem Punkt hatte sie recht – wir hatten nicht mehr viel Zeit.

Wieder glaubte ich ein rasches, weißes Flattern und Schweben hinter Priscyllas Rücken zu sehen und wieder blieb ich stehen. Was zum Teufel ging mit mir vor?

Ich stöhnte, hob die Hand an den Kopf und fuhr mir über die Augen.

(Ihre Flügel! Mein Gott, was hatte er damit gemacht? Blut, überall Blut, nichts als Blut. Dieses Ungeheuer! Dieses widerwärtige Ungeheuer!)

»Was hast du?« fragte Priscylla.

»Nichts«, antwortete ich schleppend. »Ich ... bin gestürzt, gerade eben. Muß mir wohl den Schädel angeschlagen haben. Es geht schon wieder.«

»Das will ich hoffen«, sagte Necron, der in der Ecke stand und seinen Bart zwirbelte. »Nun macht schon! Ich will was sehen für mein Geld!«

Ich nickte – ein wenig verlegen –, atmete tief ein und trat auf Priscylla zu. Ihre Hände schlossen sich um meinen Hals und glitten in mein Hemd. Sie waren eiskalt.

»Küß mich!« flüsterte Priscylla. Ihre Lippen öffneten sich ganz leicht, gaben den Blick auf ihre kleinen, regelmäßigen weißen Zähne und die Zunge frei, die sich glitzernd dahinter bewegte. »Küß mich!« wiederholte sie.

»Das würde ich nicht tun«, sagte eine Stimme hinter mir. Ich fuhr zusammen, drehte mich um und blickte schuldbewußt in

Andaras Gesicht. Er war durch die geschlossene Tür getreten, ohne daß ich es gehört hatte.

»Wirklich, Robert, das wäre ganz und gar nicht gut«, sagte er noch einmal.

»Was zum Teufel mischen Sie sich hier ein?« fauchte Necron. Wütend trat er auf Andara zu und begann mit den Händen zu fuchteln. Andara runzelte die Stirn, packte ihn und riß ihm den rechten Arm ab. »He da!« brüllte Necron. »Das ist nicht fair!«

»Habe ich jemals behauptet, daß es in diesem Spiel fair zugeht?« fragte Andara, zupfte an seinem anderen Arm und warf ihn achtlos zu Boden. Dann packte er Necron am Kragen, schraubte seinen Kopf ab und trat ihn mit einem fröhlichen Lachen durch das Fenster, das klirrend zerbarst.

»Das war aber nicht gerade nett«, sagte Priscylla. Sie kicherte, wandte sich wieder an mich und strahlte mich aus ihren leeren blutigen Augenhöhlen an. Ihre verstümmelten Flügel zuckten. Blut spritzte an die Tapeten. »Küß mich, Robert«, verlangte sie. »Überlege dir gut, was du tust, Robert«, sagte Andara. »Necron kann ich dir vom Hals halten, aber mit ihr mußt du selbst fertig werden.«

»Hör nicht auf den alten Knacker«, flüsterte Priscylla. »Der ist doch nur neidisch, weil er's selbst nicht mehr bringt. Und jetzt küß mich, zum Teufel noch mal!«

Plötzlich riß sie mich mit erstaunlicher Kraft an sich. Ihre Lippen berührten die meinen. Andara seufzte. Sein Blick wurde vorwurfsvoll. »Ja«, flüsterte Priscylla. »Ja, so ist es gut, Robert. Jetzt gehörst –«

Ich schrie auf, sprengte ihre Umarmung und stieß sie von mir, so fest ich konnte.

Und die Welt zersplitterte.

»Jetzt, Baphomet«, sagte Balestrano. *»Du hast bekommen, was du wolltest. Ich habe bezahlt. Jetzt bezahle auch du!«*

Hinter ihm erscholl ein leises, meckerndes Lachen. Kein Laut, wie ihn die Kehle eines Menschen – oder irgendeines anderen Wesens – zustandebringen konnte. Balestrano drehte sich nicht herum. Sein Blick war starr auf die Drachenburg gerichtet.

Und langsam, ganz langsam begann etwas Gigantisches aus dem Schatten zu kriechen und sich über der Burg zu ballen.

Es sah aus wie eine sechsfingrige Kralle.

Beinahe.

»DU!« kreischte Necron. Nur dieses eine Wort, aber in ihm war aller Haß, aller Zorn, zu dem er nur fähig war. Sein häßliches Gesicht hatte sich zu einer abstoßenden Grimasse verzerrt, einer widerlichen sabbernden Visage, dem Wahnsinn näher als dem Normalen. Seine Augen loderten, nicht nur im übertragenen, sondern im wortwörtlichen Sinne. Kleine grünliche Blitze magischer Energie umspielten seine Gestalt.

Er war bestürzt, als ich Priscylla von mir gestoßen hatte, denn sie war gegen ihn geprallt, hatte den Tisch mit dem Buch und den drei *Siegeln* zu Boden gerissen und schließlich auch ihn. Seine linke Hand mußte gebrochen sein, so wie er sie hielt. Er war daraufgefallen.

Ich war wieder zurück in der Wirklichkeit, wenn diese Wirklichkeit auch schlimmer war als der Alptraum, aus dem ich im allerletzten Moment zurückgekommen war. Vor mir lag eine winzige, kaum drei Schritte im Quadrat messende Kammer, vollkommen leer bis auf den Tisch mit dem NECRONOMICON und einem Gitterbecken voll glühender Kohlen.

»Du!« kreischte Necron noch einmal. »Du! Ich werde dich vernichten. Ich töte dich, Andaras Sohn. Du wirst tausend Tode sterben!«

Er sprang auf, riß die Arme in die Höhe und schleuderte einen sengenden Blitz nach mir. Wie von einem Faustschlag getroffen, taumelte ich zurück, schreiend vor Schmerz. Aber das unerträgliche Brennen und Reißen hörte fast so schnell auf wie es begonnen hatte und ich spürte wie das *Ding*, das noch immer in meinem Inneren tobte, die frische Kraft gierig aufsog und zu seiner eigenen machte.

Necrons Augen weiteten sich, als er begriff, daß er mich *(mich??!)* nicht getötet, sondern nur noch weiter gestärkt hatte. Er kreischte, wich einen Schritt zurück und bückte sich blitzschnell nach dem Buch, das zu Boden gefallen war, aber das Ding in mir war schneller, packte ihn mit unsichtbaren Händen und schmetterte ihn mit grausamer Wucht gegen die Wand. Necron brüllte, aber diesmal vor Schmerz.

Und dann spürte ich wie sich die unsichtbare Macht in meinem Inneren ballte, zu einer finsteren, brodelnden Faust aus Haß werdend, bereit, auf Necron herabzufahren und ihn zu zermalmen. Ich hatte ihn vor mir. Der Mann, der meine Priscylla entführt hatte, der für den Tod so vieler meiner Freunde verantwortlich war, das widerwärtige Ungeheuer, das Shadow zu Tode hatte foltern lassen – er war in meiner Gewalt. Eine Bewegung, ein *Gedanke* von mir reichte, ihn zu vernichten. Der Alptraum hätte ein Ende.

Aber ich tat es nicht.

Ich konnte es nicht. Ich wollte es tun, mit jeder Faser meines Seins, aber ich konnte es nicht. Er lag vor mir, hilflos, mit gebrochenen Gliedern und die Augen voller Angst, und ich *konnte* ihn nicht töten. Plötzlich sah ich ihn, wie er wirklich war – nichts als ein schmutziger, alter Mann.

Voller Verachtung wandte ich mich um und kniete neben Priscylla nieder. Sie war dort liegengeblieben, wo sie gestürzt war. Ihre Augen waren geschlossen und ihr Atem ging gleichmäßig. Ihre rechte Hand lag wie durch Zufall zwischen den Seiten des NECRONOMICON.

Und im gleichen Moment, in dem ich sie berührte, spürte ich die düstere, unheilvolle Verbindung, die noch immer zwischen ihr und diesem Buch bestand. Das Bündel pulsierender Energiestränge, die ich durch Shannons Augen gesehen hatte, es existierte noch immer. Priscylla war noch immer eine Gefangene dieses entsetzlichen Buches.

Mit einem zornigen Schrei fuhr ich herum und packte Necron am Kragen. »Sprich sie los!« schrie ich. »Löse sie von diesem Buch, oder ich töte dich!«

Necron kreischte vor Schmerz und Angst – und dann begann er zu lachen. »Den … den Teufel werde ich tun!« stammelte er. Ich schlug ihn, nur mit der flachen Hand, aber sehr fest. Necron stöhnte, wand sich mit aller Kraft unter meinem Griff und stellte jeden Widerstand ein, als ich ihn ein zweites Mal schlug.

»Sprich sie frei!« sagte ich drohend. »Oder ich erwürge dich, alter Mann!«

»Dann … dann tu es doch!« stieß Necron haßerfüllt hervor.

»Töte mich. Bring mich um – aber sie wird nicht frei sein.« Er kicherte, richtete sich auf, so weit es mein Griff zuließ, und starrte mich aus lodernden Augen an. »Ja!« sagte er sabbernd. »Töte mich doch, Hexer. Du hast gewonnen. Du hast mich geschlagen. Aber sie – sie wird niemals frei sein. Du –«

Er sprach nicht weiter, denn ich stieß ihn zurück und wandte mich wieder Priscylla zu, streckte die Hände aus, um sie zu berühren, und führte die Bewegung nicht zu Ende, als ich das Knistern ungeheuerlicher Energien spürte, die sich zwischen ihr und dem höllischen Buch spannten.

Necron kicherte hinter mir. »Du hast gewonnen, Hexer! Ich bin geschlagen. Jetzt nimm dir deinen Preis. Du bist doch ihretwegen gekommen, oder etwa nicht? Nimm sie dir. Aber du kannst nur beides haben. Nur ich weiß wie du sie retten könntest. Und ich sage es dir nicht. Der einzige andere Weg ist ihr Tod. Und du wirst es sein, der sie umbringen muß. Ist das nicht herrlich? Sag, Hexer, ist das nicht ein höllisch gutes Ende?«

Die Dämonenkralle berührte die Burg, tastete über Zinnen und Mauern, huschte über Dächer und Stein, sprühende Funken aus blauem Elmsfeuer hinterlassend, tötete fast beiläufig einen Drachenkrieger, der ihren Weg kreuzte, glitt über das Tor und zurück, suchend.

Dann senkte sie sich rasch nacheinander auf die vier gigantischen steinernen Drachen hinab, die die vier Türme der Burg bildeten.

Und erlosch.

Priscylla stöhnte leise. Ihre Hände zuckten, als versuche sie, irgend etwas zu greifen, sich irgendwo festzuklammern, um nicht vollends hinabgesogen zu werden in den schwarzen Sumpf des Wahnsinns. Ihre Brust hob und senkte sich in raschen, krampfartigen Stößen. Und sie ... *verfiel.*

Der Vorgang war nicht zu sehen, aber desto deutlicher spürte ich ihn. Irgend etwas in ihr schmolz dahin, wurde schwächer und schwächer, im gleichen Maße, in dem die düstere Macht des NECRONOMICON in ihrer Seele stärker wurde, immer stärker und stärker und stärker. Es war, als verginge sie vor meinen Augen, und als entstünde statt ihrer eine vollkommen gleiche, aber finstere, böse Kopie.

»Nein«, flüsterte ich. »Nicht ... nicht sie auch noch. Bitte, laß sie nicht auch noch sterben. Nicht *auch noch sie*!«

Wie zur Antwort stimmte Necron hinter mir ein höhnisches Gelächter an. »Mit wem redest du, Hexer?« kicherte er. »Mit deinem Gott? Er wird dich nicht hören.«

Ich fuhr herum und ballte die Fäuste, und Necron hob ängstlich beide Hände über sein Gesicht. Aber ich schlug ihn nicht.

»Retten Sie sie!« sagte ich. »Ich beschwöre Sie, Necron, retten Sie sie! Ich ... ich werde tun, was immer Sie verlangen. Lassen Sie nicht zu, daß ... daß sie stirbt.«

Necron starrte mich an. »Was höre ich?« sagte er spöttisch. »Ist das derselbe Robert Craven, der mich noch vor Augenblicken einen widerwärtigen alten Mann genannt hat?« Er kicherte böse.

»Bitte, Necron!« flehte ich. »Retten Sie sie! Sie ... Sie können mich haben. Töten Sie mich, aber ... aber geben Sie Priscylla frei!«

»Töten?« Necron lachte hämisch. »Aber warum sollte ich so etwas tun? Das wäre zu leicht, findest du das nicht auch, Robert? Du wirst leben. Sehr lange leben. Schließlich«, fügte er mit einem glucksenden Lachen hinzu, »sollst du die Gesellschaft deiner entzückenden Braut lange genießen können. Du hast dich genug angestrengt, sie zurückzubekommen.«

»Bitte, Necron!« flehte ich. »Ich –«

Ein dröhnender Schlag traf den Turm.

Ich spürte, wie das gewaltige Gebäude in seinen Grundfesten erbebte, sich in einer absurd langsamen Bewegung auf die Seite neigte und im letzten Moment wieder aufrichtete, bevor es vollends zerbrechen konnte. Ein Teil der südlichen Wand barst und verschwand und plötzlich war die Luft voller Staub und fliegender Steintrümmer und ungeheuerlichem Lärm. Ein zweiter, noch härterer Schlag traf den Turm und riß mich von den Füßen. Ich fiel, rollte verzweifelt herum und versuchte wieder in die Höhe zu kommen –

– und erstarrte.

Die Drachenburg zerfiel. Rings um den Turm schien die Luft zu kochen – überall waren Staub und fliegende Steintrümmer, Teile der gewaltigen Wehrmauer waren bereits zusammengefallen, als wäre eine ungeheuerliche Granate hoch über der Burg in der Luft explodiert, und einer der riesigen Drachentürme begann sich in diesem Moment zu neigen und zu –

Aber es war gar kein Turm mehr.

Der Anblick ließ mich an meinem Verstand zweifeln.

Der Drache war lebendig.

Der gigantische, fünfzig Yards hohe Drache aus schwarzem Granit *war zum Leben erwacht*! Er bestand noch immer aus Granit – ich konnte die Fugen zwischen den einzelnen Steinen erkennen, das grauenhafte Splittern und Bersten hören, mit dem sie auseinanderbrachen – aber trotzdem bewegte er sich, reckte den gewaltigen Schädel in die Luft und spreizte die Schwingen zu einem ungeheuerlichen Schlag, der die Burg verwüstete. Das Leben des Ungeheuers währte nur wenige Sekunden. Seine gemauerten Schwingen zerbarsten, auseinandergerissen von einer Bewegung, für die sie nicht erschaffen waren – aber sie zerstörten dabei alles, was ihnen in den Weg kam.

Und so wie dieser eine waren auch die drei anderen Ungeheuer zu zerstörerischem, sich selbst verzehrendem Leben erwacht!

Hinter mir schrie Necron gellend auf – und diesmal registrierte ich die Bewegung, die dem Schrei folgte, nicht mehr schnell genug. Ich fuhr herum und griff nach ihm, aber der Magier warf sich zur Seite und entschlüpfte mir, kroch mit einer robbenden Bewegung auf Priscylla zu und umschlang sie und das Buch mit den Armen –

– und verschwand.

Ein Ring grünglühenden Feuers bildete sich um die beiden aneinander geklammerten Körper und ich begriff beinahe zu spät, was Necron tat.

Er schuf ein *Tor*! Er schuf, mit der puren Kraft seines Willens, sein *Tor*, eine magische Brücke über das Nichts, durch das er mir wieder zu entkommen drohte.

Und Priscylla mit ihm.

Ich sah eine Bewegung aus den Augenwinkeln, fuhr herum und sah, wie eine der gigantischen steinernen Drachenschwingen wie eine Granitsense auf den Turm zugerast kam, bereits im Zerbrechen begriffen, aber schnell genug, ihn noch zu treffen und zu zerschmettern.

Wenn ich noch einen Grund gebraucht hätte, *nicht* zu zögern – jetzt hatte ich ihn.

Ich griff hastig nach den drei *Siegeln*, die achtlos zu Boden gefallen waren, und stopfte sie unter mein Hemd, während ich hinter Necron hersprang und mich an ihm festkrallte.

Und das *Tor* verschlang die Wirklichkeit.

Dunkelheit umgab mich. Für den Bruchteil einer Sekunde hatte ich das Gefühl, schwerelos in der Luft zu hängen, dann begann ich zu stürzen, sah schwarzen Fels auf mich zurasen und schlug mit grausamer Wucht auf. Für eine Sekunde verlor ich das Bewußtsein, erwachte aber schon wieder, ehe ich vollends zum Liegen kam. Priscylla und Necron waren dicht neben mir, Priscylla noch immer ohne Bewußtsein und noch immer an das Buch geklammert und Necron mit geschwollenem, blutendem Gesicht, aber wach.

Ich versuchte mich hochzustemmen. Necron fauchte, trat nach mir und sprang hoch. Dann erst sah ich, daß er nicht sprang, sondern in die Höhe gerissen wurde, von einem hünenhaften, schwarzgekleideten Mann. Und endlich begriff ich, wo wir waren. Das *Tor*, das Necron geschaffen hatte, hatte uns geradewegs in die Höhle des GROSSEN ALTEN geschleudert, hin zu dem *Siegel*, das Necron wohl instinktiv angepeilt hatte.

Und – zu seinem Pech – auch in Shannons Hände.

Der junge Drachenkrieger stieß einen Triumphschrei aus, riß Necron nur am Hals in die Höhe und schüttelte ihn wie eine Puppe. In seiner freien Hand blitzte ein Messer.

»Nicht!« rief ich erschrocken. »Töte ihn nicht, Shannon. Ich brauche ihn!«

Und damit sprach ich Shannons Todesurteil aus.

Mein Schrei lenkte ihn ab, nur für den Bruchteil einer Sekunde.

Aber zu lange. Ich sah das Blitzen in Necrons Hand, aber meine Warnung kam zu spät. Necron riß den Arm hoch, schlug Shannons Hand beiseite – und stieß ihm den Dolch, den er unter seinem Gewand getragen hatte, bis ans Heft in die Brust.

Shannon keuchte. Seine Augen wurden groß und dunkel vor Schmerz. Er taumelte, ließ Necron los und versuchte vergeblich, seine eigene Waffe zu heben, um sie dem Magier ins

Herz zu stoßen. Langsam, ganz langsam brach er in die Knie, schlug die Hände vor der Brust zusammen und versuchte etwas zu sagen, brachte aber nur einen gequälten, halberstickten Laut hervor. Helles Blut glitzerte zwischen seinen Fingern. Dann kippte er nach vorne, fiel auf das Gesicht und blieb reglos liegen.

Necron keuchte, wich drei, vier Schritte zurück und blieb wieder stehen, nur noch einen halben Schritt vom Ufer des schwarzen Protoplasmasees entfernt. Er keuchte vor Anstrengung, aber sein Gesicht flammte vor Triumph.

Und irgend etwas in mir zerbrach.

Für einen Moment sah ich alles mit unnatürlicher, grausamer Klarheit. Necron, der hoch aufgerichtet am Ufer des Plasmasees stand. Shannon, der tot vor mir lag, das letzte Opfer dieses widerwärtigen Ungeheuers. Der letzte meiner Freunde, den er getötet hatte. Priscylla, die neben mir lag, zusammengekrümmt wie ein Fötus und dieses furchtbare Buch an die Brust gepreßt, das ihr die Lebenskraft aussaugte wie ein Vampir seinem Opfer das Blut. Andaras Amulett, das wenige Inches neben meiner ausgestreckten Hand lag und leuchtete wie ein gefangener Stern.

Und plötzlich wußte ich, was ich zu tun hatte.

Necron war meinem Blick gefolgt, und jetzt sah auch er den Anhänger. Seine Augen flammten auf. »Gib es mir!« flüsterte er. Seine Stimme vibrierte vor Gier. Speichel rann aus seinen Mundwinkeln. Auf der Klinge des Dolches, den er noch immer in der Hand hielt, glitzerte Blut.

Shannons Blut.

»Gib es mir!« kreischte Necron. »Es gehört mir. Gib mir das *Siegel*!«

»Ich gebe es dir, Necron«, sagte ich. »Hier! Fang!«

Und damit warf ich das *Siegel*, mit aller Gewalt, die mir der Zorn gab. Wie ein kleines, goldgrünleuchtendes Geschoß flog es auf Necron zu, prallte gegen seine Schulter und platschte in die glitzernde schwarze Masse hinab, um darin zu versinken, nur einen Schritt vom Ufer entfernt.

Necron fuhr herum und sprang in den schwarzen Sumpf hinein. Er versank bis über die Knie, fand aber sofort wieder festen Grund unter den Füßen und beugte sich vor, um mit den Händen in der teerartigen Masse herumzusuchen.

Und genau in diesem Moment explodierte der See.

Das Feuer war längst erloschen, aber ich hockte noch immer in der gleichen Haltung da, in der ich mich über Priscylla geworfen hatte, erstarrt und wie gelähmt. Das ungeheure Tosen und Brüllen war verstummt und der See, in dem sich die schwarze Brut Shub-Nigguraths gesuhlt hatte, war zu einer zerborstenen Ebene aus toter Schlacke geworden. Die Luft stank unerträglich, aber sie war jetzt wenigstens nicht mehr so heiß, daß ich das Gefühl hatte, flüssiges Feuer zu atmen. Das Amulett lag neben meiner ausgestreckten Hand. Es hatte getan, wozu es bestimmt gewesen war, und war zu mir zurückgekehrt, nachdem sein Werk der Zerstörung beendet war.

Ich hatte gesiegt.

Irgendwie mogelte sich dieser Gedanke durch den Wust aus Schmerz und Entsetzen, der sich hinter meiner Stirn gebildet hatte.

Gesiegt.

Das Wort klang bitter. Wie böser Spott.

Gesiegt …

Aber war es wirklich ein *Sieg* gewesen? Necron war tot, seine Drachenburg vernichtet, Shub-Nigguraths Körper zerstört. Priscylla war frei und das NECRONOMICON in meiner Hand. Sogar die drei *Siegel der Macht* trug ich bei mir. Das hieß – mit dem Amulett meines Vaters waren es nunmehr vier.

Ja, ich hatte gesiegt. Alles war vorbei, der entsetzliche Kampf ausgestanden.

Und ich hatte einen entsetzlichen Preis dafür bezahlt. Shannon war tot. Shadow war tot. Priscyllas Geist war tiefer denn je verstrickt in die klebrigen Spinnfäden finsterer Magie, und ich –

O ja, ich hatte gesiegt. Und ich hatte bezahlt.

Ich hatte gesiegt, aber ich hatte zahllose Leben gegeben, um eines zu retten. Ich hatte bezahlt. Nicht einmal ich – andere. So, wie fast immer andere den Preis bezahlten, der mir zugestanden hätte. Einen Preis, der zu hoch war. Viel zu hoch.

Viertes Buch

DIE MACHT DES NECRONOMICON

Hier oben lebte nichts mehr.

Eine Laune des Schicksals hatte die eiserne Toreinfassung stehen lassen, während die schwarzen Basaltmauern zu beiden Seiten niedergebrochen und die Torflügel selbst – fünfmal so groß wie ein Mann und jeder einzelne sicherlich mehrere Tonnen schwer – aus ihren Angeln gerissen und davongeschleudert worden waren, fasteine Meile weit, wo sie nun wie Stücke aus verbogenem Kupferblech im heißen Sand der Mojave lagen.

Obgleich viele Stunden vergangen waren, seit die gigantische Festung in einem einzigen, ungeheuerlichen Ausbruch finsterer magischer Energien unterging, war die Luft noch immer voller Staub, der nur langsam herabsank, um sich wie ein körniges graues Leichentuch über die zerborstenen Mauern und Türme zu senken.

Es war ein Leichentuch, dachte Balestrano düster. Wer immer hier gewesen war, als sich die ungeheuerlichen Kräfte Baphomets in einem schwarzen Blitz Gestalt gewordenen Hasses entluden, mußte tot sein; vernichtet von den brodelnden Energien des Dämons oder erschlagen von den Trümmern der zusammenbrechenden Wände und Türme. Es fiel dem weißhaarigen Ordensherren der Templer schwer, in diesem Bild aus Chaos und Verwüstung noch die dräuende schwarze Zackenkrone zu erkennen, als die sich die Drachenburg noch bei Tagesanbruch auf dem Berggipfel erhoben hatte. Diese Burg war alt gewesen, unglaublich *alt*. Vielleicht hatte sie schon hier gestanden, bevor es Menschen auf diesem Kontinent gab, möglicherweise auf der ganzen Welt. Weder die Jahrhunderttausende noch die zahllosen Feinde, die in ihrem Verlauf vor ihren Toren erschienen waren, hatten ihr etwas anhaben können.

Er hatte sie vernichtet. Mit einem einzigen Wort.

Balestrano verdrängte den Gedanken, stieg vorsichtig über ein zermalmtes Etwas hinweg, das aus Metall bestand, dessen ursprüngliches Aussehen er aber nicht einmal mehr erraten konnte, und wartete, bis das knappe Dutzend Tempelritter, das ihm folgte, zu beiden Seiten ausgeschwärmt war, um ihren weiteren Weg zu sichern. Er spürte, daß keiner der Männer, die diese Burg besetzt hatten, noch am Leben war. Aber Necron war ein Magier gewesen, und nicht alle

Feinde, auf die sie stoßen mochten, mußten *lebende* Wesen sein …

Jean Balestrano wischte auch diesen Gedanken beiseite, stieg umständlich über ein zyklopisches Gewirr von Stein- und Metalltrümmern hinweg und sah sich mit einer Mischung aus Furcht und Neugier um.

Er empfand nicht die geringste Spur von Triumph beim Anblick all dieser Vernichtung. Er war hierhergekommen, um die Drachenburg zu zerstören und ihren Herren zu töten. Er hatte beides getan, das war alles. Und er hatte dafür bezahlt. Schrecklich hoch bezahlt.

Aber alles, was er empfand, war eine Art kalten, fast wissenschaftlichen Interesses – und eine noch leise, aber allmählich aufkeimende Sorge. Necron war geschlagen, seine Burg vernichtet, aber das hieß nicht, daß die Gefahr vorüber war. Es war nur eine weitere Runde in dem niemals endenden Ringen zwischen Gut und Böse gewesen, die er gefochten und zu seinen Gunsten entschieden hatte, aber das Böse war zäh, und in dieser durcheinandergewirbelten Ruine allein mochten genug Schrecken verborgen sein, es neu und vielleicht schlimmer auferstehen zu lassen.

Für einen Moment hatte Balestrano eine Vision – eine fürchterliche Vision: Er sah Menschen durch die Überreste dieser verfluchten Burg stolpern, fasziniert von dem, was sie entdeckt hatten, und besessen von dem Gedanken an Gold und Schätze, die sie aus den Trümmern ausgraben konnten. Und dann sah er sie, beladen mit Dingen aus Gold und edlen Steinen, in denen das Böse schlummerte wie ein unsichtbares Gift, wieder zurückgehen und das Böse in die Welt der Menschen tragen.

Nein, dachte er. So weit durfte es nicht kommen. Es stand nicht in seiner Macht, diese Burg und alles, was unter ihren Trümmern verborgen lag, vollkommen zu vernichten, aber er würde Sorge dafür tragen, daß sie bewacht wurde. Der Heilige Orden des Tempels Salomon würde einen neuen, geheimen Stützpunkt bekommen; hier, an einem der verlassensten Orte der Welt.

Aber im Moment gab es Wichtigeres zu tun.

Flüchtig dachte er an die vier Toten, die in der Ruine des Kastells eine halbe Stunde bergab lagen und darauf warteten, beigesetzt zu werden, dann hob er die Hand und winkte einen seiner Männer herbei.

»Du wirst die Leute aufteilen«, sagte er. »Bildet kleine Gruppen, immer zwei oder drei Mann. Und rührt nichts an, ganz gleich, wie harmlos oder verlockend es scheint.«

Der Templer nickte. Es gelang ihm nicht ganz, seine Nervosität zu verbergen. Und seine Angst. Sie alle spürten den Atem finsterer Magie überdeutlich, der noch immer zwischen den Trümmern der Burg hing. Balestrano wußte, daß seine Warnung ganz und gar überflüssig war. Die Männer wußten genau, was sie suchten.

Einen Toten. Genauer gesagt – zwei.

Den Leichnam Necrons, ohne dessen Anblick Balestrano niemals die absolute Gewißheit haben würde, den finsteren Magier wirklich getötet zu haben.

Und den eines zweiten Mannes, den Jean Balestrano beinahe ebensosehr haßte wie Necron, wenn auch noch nicht so lange. Aber auch für ihn galt dasselbe wie für Necron. Balestrano würde nicht eher ruhen, bis er vor ihm lag.

Der Leichnam Robert Cravens.

Der Berg erschien vor uns, als tauche er aus glasklarem sprudelndem Wasser auf. Die Luft, die schon jetzt vor Hitze flimmerte, obwohl der Tag noch keine Stunde alt war, ließ den gigantischen Pfeiler aus schwarzgrauem Granit flimmern und hüpfen. Ein Schemen, wenig realer als eine Fata Morgana, und in der klaren, heißen Luft über der Wüste ohne klare Entfernung; es konnten genausogut zwei wie zweitausend Meilen sein. Es machte keinen Unterschied mehr – ich hatte weder die Kraft, die eine noch die andere Strecke zu gehen. Während der vergangenen zehn oder zwölf Stunden hatten sich meine Muskeln zuerst in Pudding und dann in schmerzende verkrampfte Bündel verwandelt, und jeder Schritt kostete mich mehr Anstrengung als der vorausgegangene. Priscyllas Körper, den ich auf den Armen trug, schien Tonnen zu wiegen.

Dann begann die Wüste neben mir zu brodeln; der Sand kräuselte sich, warf Blasen und sprudelte wie kochendes Wasser und plötzlich griffen schwarze peitschende Tentakel aus dem Boden hervor, wickelten sich um meine Arme und Beine, zerrten mit grausamer Kraft an

Priscylla. Ich schrie auf und warf mich zurück, aber der Griff der Tentakel war viel zu stark für mich. Und plötzlich teilte sich der Sand, eine flache, von brodelnder widerwärtiger Schwärze erfüllte Grube entstand, und aus ihrer Tiefe stieg Necron empor, das Gesicht zu einem höhnischen Grinsen verzerrt und Shannons Kopf in der Rechten.

»Du hast etwas vergessen, Robert!« kicherte er. »Hier, das gehört doch dir, oder?« Damit warf er mir den Kopf zu und ich schrie abermals gellend auf, taumelte nach hinten, ließ Priscylla und das Buch fallen –

– und erwachte.

Es dauerte einen Moment, bis ich in die Wirklichkeit zurückfand. Ich war mir des Umstandes, daß ich geträumt hatte, vollends bewußt, aber es war ein Traum von der unangenehmen, hartnäckigen Sorte gewesen, der einen noch ein gutes Stück ins Wachsein verfolgt und einfach nicht kapiert, daß er dort nichts verloren hat. Ich brauchte einige Augenblicke, mich vollends von ihm zu lösen; um so mehr, als es dort, wo ich mich wiederfand, genauso heiß war wie in der Alptraumwelt meines Traumes und mein Durst kaum weniger groß.

Ich versuchte zu sprechen, aber meine Kehle war wie ausgedörrt und ich brachte nur ein mühsames Krächzen zustande. Aber irgendwer in meiner Nähe reagierte darauf und wenige Augenblicke später wurde mein Kopf sanft angehoben und eine Schale mit kühlem Wasser berührte meine Lippen. Ich leerte sie bis zur Neige, mit so tiefen, gierigen Schlucken, daß mir fast sofort übel wurde und ich all meine Kraft zusammennehmen mußte, die kostbare Flüssigkeit nicht gleich wieder zu erbrechen.

»Immer mit der Ruhe, Blitzhaar«, sagte eine Stimme irgendwo hinter mir. »Es ist genug Wasser da. Du bist außer Gefahr.«

Ich kannte diese Stimme, aber ich wußte nicht, woher. Ein Gesicht erschien vor mir, als ich aufsah, schmal, kräftig, eingerahmt von halblangem schwarzen Haar und etwas sagte mir, daß ich auch dieses Gesicht gut kennen mußte. Aber irgend etwas stimmte nicht mit meinen Erinnerungen. Hinter meiner Stirn führten die Gedanken einen irren Veitstanz auf. Bilder, Namen, Erinnerungen und Fetzen von Gesprächen wirbelten wie verrückt durcheinander, gemischt mit Szenen aus dem Alptraum, dem ich gerade entronnen war. Und immer wieder glaubte ich Shannons Gesicht zu erkennen, starr und tot und mit weit geöffneten Augen, die absurderweise noch zu leben schienen, denn es war ein Vorwurf darin, der ...

Stöhnend schloß ich die Augen, ließ mich wieder zurücksinken und versuchte, mich mit Gewalt zur Ruhe zu bringen. Nur ganz langsam beruhigte sich mein rasender Puls.

Als ich die Augen – nach einer Ewigkeit, wie es mir schien – wieder öffnete, war Ixmals Gesicht noch immer über mir, und diesmal erinnerte ich mich auch an seinen Namen.

Woran ich mich nicht erinnerte, war, wie ich hierhergekommen war – wo immer dieses *hier* auch sein mochte.

Ich lag auf einer Felldecke und die Helligkeit über meinem Kopf fiel durch die dicke Lederbespannung eines Zeltes. Aber die letzte halbwegs klare Erinnerung, die ich hatte, war die gigantische Höhle unter Necrons Drachenburg, in der –

– aber halt, das stimmte nicht. Da war der Traum, und je länger ich darüber nachdachte, desto weniger sicher war ich, daß es wirklich nur ein Traum gewesen war. Ich war eine Nacht und einen Teil des darauffolgenden Tages durch die Wüste getaumelt, Priscylla und dieses verfluchte Buch auf den Armen tragend, und begleitet von Ixmal und Necron, der ...

Meine Gedanken begannen sich schon wieder zu verwirren. Ich schloß erneut die Augen, preßte die Lider so fest aufeinander, daß bunte Kreise vor meinen Augen erschienen, und atmete gezwungen tief ein.

»Alles in Ordnung?« fragte Ixmal, als ich die Augen wieder öffnete.

Natürlich war ganz und gar *nichts* in Ordnung. Aber ich nickte trotzdem, versuchte so etwas wie ein Lächeln auf meine Züge zu zwingen und setzte mich vorsichtig auf. Hätte mich Ixmal nicht blitzschnell festgehalten, wäre ich seitlich von der Liege gestürzt, denn in meinem Kopf begann sich sofort wieder alles zu drehen.

»Du bist noch sehr schwach, Blitzhaar«, warnte mein indianischer Freund.

Ich schob seine Hand beiseite und blickte mich um. Ich befand mich tatsächlich in einem Zelt – einem Wigwam, das überfüllt war mit Decken, Krügen, Schilden, Werkzeugen, einer großen Truhe und allerlei Gebrauchsgegenständen. Dem grellen Licht nach zu schließen, das durch den nur halb geschlossenen Eingang fiel, mußte es Mittag sein.

»Wo zum Teufel bin ich überhaupt?« murmelte ich.

Ixmal lächelte, wurde aber sofort wieder ernst. »Diese Frage hast du schon dreimal gestellt«, sagte er. »Und ich habe sie schon dreimal beantwortet«.

»Dann beantworte sie ein viertes Mal«, sagte ich matt.

Er nickte. »Du bist seit zwei Tagen hier«, sagte er. »Erinnerst du dich nicht?«

Ich verneinte.

»Wir haben uns durch die Wüste gekämpft«, fuhr Ixmal fort. »Dreißig Meilen weit hast du deine Freundin und dieses … Buch getragen und mir nicht einmal erlaubt, dir zu helfen. Schließlich bist du zusammengebrochen.«

»Und dann?« fragte ich, als er nicht von sich aus weitersprach.

»Ich bin allein weitergegangen. Ich wußte, daß wir den Rand der Mojave fast erreicht hatten. Hier lebt mein Großvater. Ich habe dir schon von ihm erzählt.«

»Der Medizinmann«, erinnerte ich mich.

»Er heißt Maatekaname. Er ist schon sehr alt. Vor einigen Jahren verließ er den Stamm, um hier in der Einsamkeit zu leben und mit den Geistern zu sprechen. Wir machten uns sofort auf den Weg, dich und das Mädchen zu holen.« Er seufzte, ließ sich auf dem Rand meiner Pritsche nieder und sah mir einen Moment lang sehr ernst in die Augen. »Du warst mehr tot als lebendig, als wir dich fanden«, fuhr er fort. »Maatekaname hat dich gerettet. Er versteht sich auf mächtige Zauber. Auch deine Freundin lebt. Aber …« Er sprach nicht weiter.

Eine entsetzliche Angst stieg in mir auf. »Was ist mit Priscylla?« fragte ich. »Ist sie …«

»Sie lebt«, wiederholte Ixmal hastig. »Keine Sorge. Mein Großvater hat sich um sie gekümmert. Es geht ihr gut … Körperlich wenigstens«, fügte er rasch hinzu. »Aber irgend etwas stimmt nicht mit ihr. Und mein Großvater … er scheint sich vor ihr zu fürchten.«

»Wo ist sie?« fragte ich. »Ich muß zu ihr!«

Ich stemmte mich, seine Schulter als Stütze mißbrauchend,

in die Höhe, blieb einen Moment schwankend stehen und ging mit unsicheren Schritten auf den Zeltausgang zu.

Licht und Hitze trafen mich wie ein Hieb, als ich ins Freie trat.

Das kleine Lager schmiegte sich in den Windschatten eines gewaltigen, von den Jahrtausenden glattgeschmirgelten Felsbrockens, aber die Sonne stand nahezu senkrecht über uns, und nirgendwo war ein Luxus wie Schatten zu gewahren. Die Luft war so heiß, daß ich das Gefühl hatte, durch unsichtbaren klebrigen Sirup zu gehen, und in meinem Kopf machte sich fast sofort wieder ein starkes Schwindelgefühl bemerkbar.

Ixmal deutete stumm auf ein kleines Zelt, das nur wenige Schritte entfernt stand, ein bißchen schräg und eng an die geborstene Flanke des Felsens gepreßt, ging hin und hielt die Plane vor dem Eingang zurück, damit ich hindurchtreten konnte.

An seine karge Einrichtung verschwendete ich nicht einmal einen Blick. Wie gebannt starrte ich auf die schlanke Mädchengestalt, die auf ein Fell gebettet im Zentrum des Zeltes lag. Ich hatte gewußt, was ich sehen würde, und eigentlich war es nicht einmal so schlimm, wie ich befürchtet hatte. Trotzdem ließ mich der Anblick aufstöhnen.

Priscylla lag schlafend dort, die Knie fest an den Körper gezogen und die linke Hand zur Faust geballt, in die sie hineingebissen hatte, die andere auf dem Einband des entsetzlichen Buches, mit dem ihr Geist untrennbar verbunden war.

Von allem war es vielleicht der Anblick des NECRONOMICON, der mich am härtesten traf. Das Buch kam mir vor wie materiegewordener Hohn, ein letztes böses Erbe, das Necron zurückgelassen hatte, um mich noch über seinen Tod hinaus zu quälen. Langsam trat ich an das schmale Bett heran, streckte die Hand aus, wie um Priscyllas Haar zu streicheln, und führte die Bewegung dann nicht zu Ende. Irgend etwas hielt mich davon ab, sie zu berühren, solange sie dieses entsetzliche *Buch* bei sich hatte.

»Ist sie ... erwacht?« fragte ich Ixmal, der hinter mir das Zelt betreten hatte.

»Ein paarmal«, antwortete der junge Indianer. »Aber sie war ...«, er zögerte, »ein wenig verwirrt«, führte er den Satz schließlich zu Ende.

Ein wenig verwirrt ... Seine Worte klangen wie böser Spott hinter meiner Stirn nach. Priscylla war nicht *ein wenig verwirrt* – sie war schlichtweg nicht bei Sinnen. Ihr Geist war in Abgründen des Wahnsinns gefangen und stand Höllenqualen aus, schlimmer als jemals zuvor. Necron hatte sich an mir gerächt. Und wie er sich gerächt hatte!

In diesem Moment wurde die Zeltplane erneut zurückgeschlagen und ein alter, gebeugter Mann trat herein. Maatekaname. Der Schamane.

Trotz – oder gerade wegen – seines Alters war er eine imposante Erscheinung. Er war klein, gut einen Meter sechzig groß, und so dürr, daß die lederne Kleidung um seinen Körper schlotterte wie ein Sack. Sein Gesicht war von Sonne und Wind gegerbt; unzählige Falten und Furchen durchzogen sein Antlitz. Um die Stirn trug er ein bunt verziertes Lederband und sein schlohweißes, aber volles Haar hing wirr darüber.

»Ich sehe, du bist erwacht«, sagte er – zu meiner Überraschung in fast einwandfreiem Englisch. »Ich freue mich, daß mein Zauber Wirkung gezeigt hat. Aber du mußt dich schonen.«

Ich verbeugte mich und versuchte ein Lächeln, was mir angesichts Priscyllas wie tot daliegender Gestalt nicht eben leicht viel. »Mein Name ist Robert Craven«, stellte ich mich vor.

Maatekaname verzog keine Miene. »Bleiben wir doch bei Blitzhaar«, sagte er. »Es ist ein guter Name.«

Er sah müde aus, als er mit kleinen schleppenden Schritten auf Priscyllas Schlafstatt zuging, aber nach zwei Schritten schon wieder stehenblieb. Ich spürte fast körperlich die Furcht, die ihn in ihren Klauen hielt. Und ich ahnte den Grund dafür. Trotzdem fragte ich ihn.

»Es ist dieses Buch, Blitzhaar«, sagte Maatekaname. »Ich fühle einen bösen Geist, der darin wohnt. Ein sehr mächtiger, sehr böser Geist. Und er beherrscht das Mädchen. Sie fängt an zu schreien, wenn man versucht, es ihr wegzunehmen.«

»Ich weiß«, antwortete ich, ohne ihn anzusehen. »Ihr würdet sie umbringen, wenn ihr es tätet.«

»Aber es tötet sie«, sagte Maatekaname leise. Er deutete auf das Buch. »Ich spüre das Böse«, wiederholte er eindringlich.

Für Sekunden starrte ich ihn nur an, aber er hielt meinem Blick ruhig stand. Dann sah ich wieder auf Priscyllas bleiches, leicht verzerrtes Gesicht, ein Gesicht, in das der Wahnsinn seine Krallen geschlagen hatte und hinter dem ihr Geist einen verzweifelten Kampf gegen die Kälte dieses verfluchten Buches kämpfte, und plötzlich war alles, was ich noch fühlte, Zorn. Eine rasende, ziellose Wut. Das Mädchen, dem meine ganze Liebe gehörte, das vielleicht der einzige Grund war, aus dem mein Leben noch so etwas wie einen Sinn hatte, lag vor mir, verletzt und leidend, und ich konnte ihr nicht einmal helfen! Ich hoffte, daß Necron in diesem Augenblick in der tiefsten Hölle schmorte.

»Ich spüre böse Dinge, die geschehen, Blitzhaar«, sagte Maatekaname, sehr ernst und in fast beschwörendem Ton. »Dieses Buch muß vernichtet werden. Die Geister sind in Aufruhr.«

»Er hat recht, Blitzhaar«, sagte Ixmal. »Sogar ich fühle mich ... unwohl, wenn ich in seiner Nähe bin. Irgend etwas stimmt nicht mit diesem Buch. Du solltest es verbrennen. Oder vergraben, so tief, daß es nie wieder gefunden werden kann.«

»Es ist ... unmöglich«, antwortete ich wütend. »Sie wird sterben, wenn ich versuche, das Buch zu vernichten.« Damit fuhr ich herum und stürmte an Maatekaname vorbei aus dem Zelt, so schnell ich konnte.

Eine Nacht und einen Tag lang hatten die vier Körper reglos dagelegen. Sie waren aufgebahrt worden, die Hände über der Brust verschränkt, das Zeremonienschwert umfassend, das sie zu Lebzeiten an den Seiten getragen hatten, und die Gesichter sorgsam mit weißen, geweihten Tüchern abgedeckt, damit niemand sah, wie entsetzlich sie sich verändert hatten.

Vier Männer, die zu den Mächtigsten gehört hatten, die jemals dem Orden der Tempelherren dienten:

Herzog Botho von Schmid, der *Animal-Master*.

Nies van Velden, *Desert-Master* des Ordens.

André de la Croix, *Storm-Master* der Templer.

Und Sir Rupert Hayworthy, der *War-Master*.

Sie alle waren tot. Geopfert, um – vielleicht – die Welt zu retten und das Ungeheuer zu füttern, das Jean Balestrano beschworen hatte, Necrons Drachenburg zu zerstören.

Die Handvoll überlebender Templer, die in der Ruine des Kastells zurückgeblieben waren, wären entsetzt gewesen, hätten sie gesehen, auf welch grauenerregende Weise sie sich verändert hatten, ehe sie starben, aber Balestrano hatte strengsten Befehl gegeben, daß niemand den kleinen Raum am westlichen Ende der Ruine betrat, ganz gleich, was geschah.

Und deshalb bemerkte auch niemand, wie sich das weiße Tuch über von Schmids Gesicht ganz sacht zu bewegen begann.

Es war wirklich nur eine ganz leise Bewegung, ein kaum wahrnehmbares Flattern, ein sanftes Heben und Senken, als spiele der Wind mit dem feinen seidenen Gewebe.

Aber es war nicht der Wind ...

Ich war ein Stück weit aus dem Lager gelaufen, wieder hinein in die Öde der Mojave, der ich gerade erst entkommen war, ehe sich meine Verzweiflung so weit gelegt hatte, daß ich wenigstens stehenbleiben konnte. Der kleine, vernünftig gebliebene Teil meines Selbst sagte mir, daß ich auf dem besten Wege war, mich selbst umzubringen und schleunigst ins Lager zurückkehren sollte, aber ich war viel zu aufgewühlt, um auf so etwas wie Vernunft zu hören. Die einzige Konzession, zu der ich überhaupt bereit war, war, mir einen Felsen zu suchen und mich in seinem Schatten niederzuhocken.

Ich weiß nicht wie lange ich dasaß und aus brennenden Augen in die Einsamkeit der Mojave hinausstarrte – eine halbe Stunde sicherlich, vielleicht auch eine ganze. Irgendwann, nach einer Ewigkeit, in der meine Gedanken im Kreise irrten und die Verzweiflung in mir immer stärker und stärker wurde, hörte ich Schritte, und ohne daß ich auch nur aufsah, wußte ich, daß es Maatekaname war, der mir nachgekommen war.

Der alte Schamane ließ sich mit einem leisen Ächzen neben mir in den Schatten des Felsens sinken, lehnte den Kopf gegen den heißen Stein und hielt mir einen Wasserschlauch entgegen. »Trink«, sagte er. »Du mußt durstig sein.«

Ich nahm den Behälter, löste den Verschluß und trank einen

großen Schluck. Das Wasser war warm und schal, aber es tat gut.

»Du solltest nicht hier sitzen«, sagte Maatekaname ernst. »Du bist noch sehr geschwächt. Du wirst dich umbringen.« Er lächelte. »Das wäre schade, Blitzhaar. Ich habe mich sehr anstrengen müssen, dich zu heilen.« Er seufzte. »Du liebst dieses Mädchen, nicht wahr?« fragte er unvermittelt.

»Sollte ich das nicht?« entgegnete ich. »Es war nicht ihre Schuld, Maatekaname. Ein böser Zauberer hat sie mit diesem Buch verbunden, aber sie ... sie kann nichts dafür!«

»Gewiß hast du recht«, sagte Maatekaname ernst. »Aber ich spüre das Böse, das in ihr ist.«

»Was du spürst, ist dieses verfluchte Buch!« entgegnete ich und wiederholte: »Es ist nicht ihre Schuld!«

»Der Kranke, der die Pest in den Stamm bringt, ist auch unschuldig«, antwortete Maatekaname sanft.

»Was verlangst du?« fragte ich. »Bist du hier, um mich davon zu überzeugen, daß wir Priscylla töten müssen, um die bösen Geister zu vernichten? Maatekaname, ich habe einen sehr schweren Kampf gekämpft, zusammen mit deinem Enkel Ixmal, weil ich Priscylla befreien wollte. Ich bin hierhergekommen, weil ein Magier namens Necron sie entführt hat, weil ich sie liebe und weil ich sie wiederhaben wollte.«

»Weil du sie liebst.« Maatekaname nickte. Dann lächelte er. Aber seine Augen blickten ernst. Es war ein Ausdruck darin, der mir nicht gefiel. »*Was* liebst du, Blitzhaar?«

»Was ... was meinst du?« antwortete ich verwirrt.

»Du liebst diese Frau, gut«, erwiderte Maatekaname. »Aber ich frage dich, was du liebst. Ihren Körper? Ihr Haar? Ihr Gesicht? Ihre Lenden? Ihr –«

»Hör auf!« unterbrach ich ihn. Meine Stimme zitterte vor Erregung. »Sprich nicht von ihr wie ... wie von ...«

»Von einem Stück Fleisch?« Maatekaname lachte ganz leise. »Aber mehr ist sie nicht, Blitzhaar. Sie ist nur noch ein Körper. Ein Ding, das atmet und ißt und trinkt und schläft, aber mehr nicht. Das Mädchen, das du gesucht hast, gibt es nicht mehr. In ihr ist ...« Er suchte einen Moment nach Worten. »Kälte. Ich spüre nichts als Leere und Kälte.«

»Hör auf!« sagte ich scharf. »Hör sofort auf, oder ich –«

»Oder was?« Maatekanames Blick wurde hart. »Willst du

mich schlagen? Tu es, wenn es dich erleichtert. Ich werde mich nicht wehren.« Er breitete die Arme aus. »Tu es. Du wirst feststellen, daß sich die Wahrheit nicht erschlagen läßt.«

Plötzlich kam ich mir schäbig vor, diesem alten Mann gedroht zu haben. Ohne ihn wäre ich nicht mehr am Leben, und er wollte mit Sicherheit nur mein Bestes. Betreten senkte ich den Blick.

»Verzeih«, sagte ich. »Ich … es tut mir leid.«

Maatekaname lächelte. »Schon gut. Manchmal sagt jeder Dinge, die er besser nicht ausgesprochen hätte. Komm mit mir zurück ins Lager. Wir müssen reden.«

»Es gibt nichts zu reden«, antwortete ich. »Ich trenne mich nicht von Priscylla.«

»Auch nicht, wenn es dein Tod wäre?«

»Auch dann nicht«, antwortete ich. »Aber das wird nicht geschehen. Ich werde ihr helfen.«

Maatekaname nickte. Und mit seinen nächsten Worten verblüffte er mich mehr, als ich zugeben wollte. »Du bist ein Mann von großer magischer Macht«, sagte er ruhig. »Du weißt Bescheid über Dinge, die anderen verborgen sind. Aber dir allein wird es nicht gelingen, den bösen Geist zu bezwingen. Du und ich, wir beide werden versuchen, den Geist des Mädchens vom Einfluß dieses Buches zu trennen. Nur einmal«, fügte er rasch und mit erhobener Stimme hinzu, als ich aufblickte. »Ein Versuch, Blitzhaar, nur ein einziger Versuch. Schlägt er fehl …«

Er sprach nicht weiter, aber das war auch nicht nötig. Wenn dieser eine Versuch fehlschlug, würde es nichts mehr geben, was zu retten ich versuchen konnte, das wußte ich und er wußte, daß ich es wußte. Aber hatte ich eine Wahl?

»Du … verlangst viel, Schamane«, sagte ich stockend. »Und es könnte … gefährlich sein. Auch für dich.«

»Ich weiß«, antwortete Maatekaname leise. »Willst du es tun?«

»Wann?«

»Heute nacht«, antwortete der alte Indianer. »Du wirst jetzt zurückgehen in dein Zelt, und ich werde dir einen Trank geben, der deine Kräfte zurückkehren läßt. Heute nacht, wenn der Mond am Himmel steht und die Macht der Geister am größten ist, werden wir es versuchen.«

Die Macht der Geister, wiederholte ich in Gedanken. Und dabei hoffte ich inbrünstig, daß Maatekaname genau wußte, von *welchen* Geistern er sprach.

Es dämmerte, als Balestrano zurückkehrte. Das schwächer werdende Licht des Tages verlieh der Burgruine etwas Gespenstisches: die Schatten waren wie finstere Mauern, hinter denen sich Dinge bewegten, die sich nicht bewegen sollen, und die Schritte der Männer neben ihm kamen ihm seltsam fremd vor. Das Wispern des Windes hatte etwas vom Geheul schattiger großer Wölfe und dort, wo noch Licht war, war .. irgend etwas.

Balestrano blieb stehen, blinzelte ein paarmal, um den verwirrenden Effekt zu verscheuchen und fuhr sich schließlich mit dem Handrücken über die Augen. Das Fremde, Beunruhigende, das sich in den Winkeln der Wirklichkeit eingenistet hatte, blieb trotzdem. Aber vielleicht war es auch nur Müdigkeit. Er war erschöpft und müde und enttäuscht und sein gebrochener und nur hastig geschienter Arm schmerzte fast unerträglich. Sie hatten weder Necron noch Robert Craven gefunden, dafür aber eine Menge anderer Dinge, die Balestranos düstere Vorahnungen vom Morgen zur Gewißheit hatten werden lassen. Die Ruine der Drachenburg war vollgestopft mit Zeugen übler Magie, gefährlichen Dingen, die vernichtet werden mußten, und er hatte nicht die geringste Ahnung, *wie*. Nein – er war nicht unbedingt in der Verfassung, über einen *Schatten* nachzudenken, der vermutlich nur seiner überreizten Phantasie entsprungen war.

»Fühlt Ihr Euch nicht wohl, Bruder Jean?«

Die Stimme des Kriegers riß Balestrano abrupt in die Wirklichkeit zurück. Er nahm die Hand herunter, lächelte verlegen und atmete hörbar ein. »Nein«, gestand er. »Ich bin müde und mein Arm schmerzt. Und wir sollten nicht hier sein.«

Der Templer – ein dunkelhaariger, breitschultrig gebauter Mann, nur wenig jünger als Balestrano, aber mit den kräftigen Händen eines Kriegers – nickte. »Dieser Ort macht mir Angst«, sagte er leise. »Wie lange bleiben wir noch hier?«

»Nicht mehr lange«, erwiderte Balestrano nach kurzem Überlegen. »Wir ... wir brechen morgen auf, gleich bei Sonnenaufgang. Ich werde andere schicken, die Ruine zu bewachen. Ihr habt alles getan, was ich verlangen konnte.« Irgendwie kam er sich bei diesen Worten schäbig vor. Die meisten Kameraden des Kriegers, der vor ihm stand, hatten ihr Leben gegeben, und das war verdammt viel *mehr* gewesen, als er verlangen konnte. Und wozu? dachte er bitter. Nur um einen machtlüsternen alten Mann zu schlagen, der mit seinem Tun mehr Unheil heraufbeschworen hatte, als irgendeiner von ihnen jemals erfahren würde.

»Laß alles für den Abmarsch vorbereiten«, sagte er. »Wir brechen bei Tagesanbruch auf. Die Männer sollen nur Wasser mitnehmen, sonst nichts. Alles andere ist ersetzbar.«

Der Templer nickte. Es gelang ihm nicht ganz, seine Erleichterung zu verbergen. Keiner von ihnen fühlte sich wohl an diesem Ort. Selbst hier, eine halbe Meile unter der Ruine der Drachenburg, war ihre verfluchte Magie noch überdeutlich zu spüren wie ein durchdringender Gestank, der die Luft verpestete.

»Soll ich Euch begleiten, Herr?« fragte der Krieger, als sich Balestrano umwandte und mit schleppenden Schritten auf die Turmruine zuging. Für einen Moment war Balestrano versucht, das Angebot anzunehmen. Er war so müde, so unendlich müde. Ein stützender Arm hätte gutgetan. Aber dann dachte er an das, was in den zerborstenen Überresten des Turmes auf ihn wartete, und schüttelte den Kopf. Keiner durfte sehen, was dort war. Dieses Geheimnis würde er mit in sein Grab nehmen. Und vielleicht darüber hinaus.

Balestrano war mit seinen Kräften am Ende, als er den halb niedergebrochenen Eingang des Turmes erreichte und das Gebäude betrat. Das Licht war schwach hier drinnen und im ersten Moment hatten seine Augen Mühe, überhaupt etwas zu erkennen. Trotzdem hielt er den Blick fast krampfhaft von den vier weißverhüllten Körpern abgewandt, die in einer Ecke des kleinen Raumes lagen. Er mußte sie nicht ansehen, um zu wissen, daß sie da waren. Sie würden immer da sein, ganz gleich wie lange er noch lebte und wie weit er vor ihnen floh. Heute nacht, wenn er sicher war, daß die anderen schliefen und ihn niemand überraschen konnte, würde er sie einbalsamieren und ihre Körper so zurechtmachen, daß niemand das Entsetzliche sah, das mit ihnen geschehen war, und am nächsten Morgen, ehe sie aufbrachen, würden die vier beigesetzt werden, hier, an dem Ort, an dem sie gestorben waren.

Und trotzdem würden sie ihn verfolgen, das wußte er. Er würde sie im Traum sehen. Ihre vor Entsetzen verzerrten Gesichter würden ihm entgegenstarren, wenn er die Heilige Messe las und in den Becher mit Meßwein blickte, ihr Grinsen würde ihn durch die Zeilen der Bibel hindurch anstarren, ihr Kichern würde aus den Schatten erklingen, das –

Balestrano fuhr wie unter einem Schlag zusammen.

Das Kichern entsprang nicht seiner überreizten Phantasie.

Es war Wirklichkeit!!!

Aus vor Schrecken schier aus den Höhlen quellenden Augen starrte Balestrano in die Dunkelheit hinein. Der Raum war finster, erfüllt von wabernden Schatten, die ihm plötzlich eine Winzigkeit zu dunkel vorkamen, vom flüsternden Raunen des Windes, in dem er mit einem Male düstere, höhnisch kichernde Stimmen zu hören glaubte, von raschelnder Bewegung, die nicht nur vom Wind aufgewirbelter Staub und Sand war ...

Und dann sah er die vier Bahren.

Ein halberstickter, würgender Laut entrang sich Jean Balestranos Kehle. Seine Hände begannen unkontrolliert zu zucken. Speichel lief zu seinem Mundwinkel, ohne daß er es auch nur bemerkte.

Die vier Bahren waren leer!

Die Toten waren nicht mehr da.

Aber aus den Schatten erklang das Kichern weiter. Lauter diesmal, meckernd und hell und unendlich *böse.*

Balestrano wollte aufspringen, schreien, davonlaufen, aber er konnte nichts von alledem. Zum ersten Mal in seinem Leben spürte er *wirklich,* was das Wort Entsetzen bedeutete. Er war gelähmt vor Grauen, unfähig, auch nur einen klaren Gedanken zu fassen oder das unkontrollierte Zucken seiner Hände zu unterdrücken.

Dann erscholl das Kichern wieder, und irgendwie brachte Balestrano die Kraft auf, seinen Blick von den leeren Bahren zu lösen und in die Richtung zu schauen, aus der der gräßliche Ton kam.

Er sah einen Schatten. Nur ein Schemen, groß und von den ungefähren Umrissen eines menschlichen Körpers. Er bewegte sich. Fahrig. Unsicher. Bewegungen wie die einer Spinne, dachte Balestrano entsetzt.

Mühsam stemmte er sich hoch, machte einen Schritt auf den Schatten zu und blieb wieder stehen, als sich dieser stärker bewegte. Etwas blitzte in der Dunkelheit wie ein Paar finsterer Augen, die das Licht reflektierten.

»Nun, Bruder?« erscholl eine leise, verzerrte Stimme aus den Schatten. »Bist du überrascht, uns zu sehen?«

Balestrano stöhnte vor Angst, als er die Stimme hörte. Sie klang ... *nicht menschlich*. Sie klang, als spräche ihr Besitzer mit den Stimmbändern eines Reptils. Und trotzdem erkannte er sie.

»Bruder ... Bruder Botho?« keuchte er.

Die Stimme antwortete mit einem meckernden Lachen. Der Schatten trat ein wenig näher an Balestrano heran und für einen Moment schimmerte das Weiß seiner Kleidung wie ein satanisches Irrlicht in der Dunkelheit. Darüber ein Gesicht, das zum Alptraum geworden war. Schwarz und verzerrt und mit grauenerregenden Zügen. Nicht mehr das Gesicht eines Menschen. Dann, als hätte er beschlossen, daß Balestrano – für diesmal – genug gesehen hatte, zog er sich wieder zurück.

»Baphomet«, stammelte Balestrano. »Du ... du bist ...« Er brach ab, atmete tief und hörbar ein und raffte an Mut zusammen, was ihm geblieben war. »Weiche von mir, Satan!« rief er mit zitternder Stimme. »Du hast bekommen, was du wolltest. Mein Wort ist gehalten. Jetzt geh. Weiche von mir in die Abgründe der Hölle, aus denen du gekommen bist.«

Aber der Schatten wich nicht. Seine einzige Reaktion auf Balestranos Worte war ein neuerliches, abgrundtief böses Lachen.

»So leicht ist es nicht, Bruder Jean«, kicherte er. »O nein, so leicht nicht.«

Eine eisige Hand schien sich um Balestranos Schädel zu legen und langsam zuzudrücken. All sein Mut verließ ihn. Plötzlich hatte er nur noch Angst. Ganz entsetzliche Angst. »Wer ... wer bist du?« stammelte er.

»Nicht der, für den du mich hältst, Bruder«, kicherte der Schatten. »Nicht Baphomet. Dein kleines Geschäft mit ihm ist schon in Ordnung gegangen.« Wieder kicherte er. »O ja, das schon. Du hast ihm unsere Seelen versprochen und er hat sie bekommen. Hörst du sie schreien? Hörst du wie sie dich verfluchen, Bruder Jean, dich, dem sie vertraut haben? Hörst du sie?«

Balestrano krümmte sich wie unter einem Hieb. »Hör auf!« wimmerte er. »Töte mich, wenn du willst, aber *hör auf!*«

»Töten?« Diesmal war es kein Kichern, sondern ein meckerndes, widerwärtiges Lachen. »Töten?« wiederholte er. »Aber nicht doch. Das könnte dir so gefallen, wie? Ein sauberes Geschäft und ein paar Alpträume als Zugabe, und niemand erfährt je, was du getan hast. Und vielleicht gibst du dir dann selbst noch die Absolution und bist frei, ehe du stirbst. Aber so leicht ist es nicht. Nicht diesmal.«

»Wer ... wer bist du?« wimmerte Balestrano. »Wer bist du, wenn nicht Baphomet?«

»Aber du hast meinen Namen doch gerade selbst genannt«, sagte der Schatten mit übertrieben gespielter Verwunderung. »Ich bin dein Bruder Botho – oder das, was du aus mir gemacht hast. Ich bin tot.« Er kicherte. »Ja ja, Bruder Jean. Ich bin tot, genau wie die drei anderen. Und trotzdem bin ich noch da. Ich werde immer da sein. *Wir* werden immer da sein. Solange du lebst. Wir warten auf dich. Morgen, wenn die Sonne aufgeht.«

Und damit verschwand der Schatten. Von einer Sekunde auf die andere spürte Balestrano, daß er nicht mehr da war.

Mit einem haltlosen Wimmern brach Jean Balestrano zusammen und begann zu weinen. Aber es half nichts.

Priscylla erwachte, als ich ins Lager zurückkam und das Zelt betrat. Das heißt, sie öffnete die Augen und ihre Hände, die bisher reglos auf dem ledernen Einband des Buches gelegen hatten, begannen sich fahrig zu bewegen, abrupt und ruckartig wie kleine, von bösartigem Eigenleben erfüllte Dinge.

Ich erschrak fast selbst über diesen Gedanken, aber genau das war es, was ich in diesem Augenblick dachte, und mit einem Male glaubte ich auch zu verstehen, was es war, das Maatekaname meinte. Selbst mir fiel es schwer, mich Priscyllas Lager zu nähern und nicht zurückzuprallen. Mein Blick glitt über ihr Gesicht, suchte ihre Augen. Sie standen weit offen, sehr starr, ohne zu blinzeln, und es war kein Erkennen in ihrem Blick. Ihre Augen waren leer und wenn irgendwo dahinter noch so etwas wie ein klares Bewußtsein war, dann mußte es tief, unendlich tief unter etwas anderem verborgen sein, etwas, das ...

Ach, zum Teufel, warum gab ich es nicht zu?, dachte ich wütend. Schließlich hatte mir Necron *gesagt*, was er getan hatte, und selbst wenn nicht, hätte ich schon ein kompletter Idiot sein müssen, es nicht selbst zu sehen. Das Mädchen, das da vor mir lag, war nicht mehr Priscylla. Es war genau wie Maatekaname behauptet hatte: sie war nicht mehr als eine leere Hülle, ein Körper, der von etwas ganz anderem beherrscht wurde als von ihrem Bewußtsein.

Was sie beherrschte, war kein Dämon, nicht der Geist einer Hexe wie damals, sondern etwas viel, viel Schlimmeres. Die Macht dieses satanischen Buches. Die Macht, die Necron entfesselt hatte, und die nur er allein – und vielleicht nicht einmal er – wieder zu bannen imstande gewesen wäre. Aber Necron war tot und mit ihm waren alle Hoffnungen dahin, Priscylla jemals wieder aus dem Griff des Wahnsinns zu befreien.

Der Gedanke war so entsetzlich, daß ich fast geschrien hätte, aber in diesem Moment wünschte ich mir nichts sehnlicher, als daß Necron noch am Leben wäre. Am Leben und hier in meiner Gewalt, so daß ich ihn zwingen konnte, Priscylla aus diesem unseligen Bann zu befreien.

»Komm jetzt, Blitzhaar«, sagte eine sanfte Stimme hinter mir. Ich drehte mich um, erkannte Ixmal und rang mich zu einem flüchtigen, aber ehrlich gemeinten Lächeln durch.

»Ist es soweit? fragte ich. »Zeit für die Henkersmahlzeit?«

Ixmal blieb ernst. »Mein Großvater ist bereit«, sagte er. »Ich soll dich holen.« Er trat an meine Seite, blickte einen Moment auf Priscylla herab und konnte ein Schaudern nicht ganz unterdrücken. Ich verstand nur zu gut, was er spürte.

»Was ihr vorhabt, ist ... gefährlich«, sagte er nach einer Weile und ohne mich dabei anzusehen.

Ich nickte. »Das ist möglich. Vielleicht. Vielleicht ist es auch ganz einfach. Und vielleicht geht es auch gar nicht.«

»Und vielleicht sterbt ihr auch alle beide«, fügte Ixmal düster hinzu. »Oder werdet wie ... wie sie.«

Ja, dachte ich, *und vielleicht war dann alles vorbei.* Der Gedanke schreckte mich nicht mehr; ganz im Gegenteil. Beinahe sehnte ich mich danach, endlich die Augen schließen zu können, für immer. Ich hatte den Kampf meines Lebens gekämpft und ich hatte ihn gewonnen. Aber der Triumph blieb aus. Vielleicht hatte ich mit meinem Sieg alles nur noch schlimmer gemacht ...

Aber ich sprach nichts von alledem aus, sondern wandte mich ohne ein weiteres Wort um und verließ das Zelt. Maatekaname erwartete mich bereits. Auf seinen Zügen hatte sich ein sonderbarer, nicht zu deutender Ausdruck breitgemacht. Der Schamane hielt mir eine flache hölzerne Schale entgegen, als ich vor ihm stehenblieb. »Trink.«

Ich gehorchte. In der Schale war eine farblose Flüssigkeit, die nicht sonderlich gut schmeckte, aber ich leerte sie tapfer bis zur Neige, reichte Maatekaname das Gefäß mit einem dankbaren Nicken zurück und trat in mein Zelt. Obgleich erst wenige Augenblicke vergangen waren, seit ich das Gebräu getrunken hatte, glaubte ich mich bereits schläfrig zu fühlen. Matt ließ ich mich auf die Pritsche sinken, verschränkte die Hände hinter dem Kopf und starrte die lederne Zeltbahn über mir an.

Irgendwann schlief ich ein.

Das Feuer brannte sehr hoch und trotz der Kälte, die die Wüstennacht gebracht hatte, war seine Wärme schon fast unangenehm. Die Flammen schlugen dreifach mannshoch gegen den Himmel und Funken stoben wie Schwärme kleiner brennender Käfer weit in die Nacht hinaus, ehe sie erloschen oder sich auf die Trümmerlandschaft herabsenkten.

Trotzdem warf Redirant immer wieder Holz nach. Die Hitze trieb ihm den Schweiß auf die Stirn und seine Hände und sein Gesicht glühten, aber er wurde nicht müde, mehr und mehr Holz auf den brennenden Stapel zu werfen.

Und keiner der beiden anderen, die mit ihm auf Wache standen, protestierte auch nur mit einem Wort gegen sein scheinbar sinnloses Tun, obgleich ihnen die Hitze so unangenehm sein mußte wie ihm. Aber auch sie schienen zu spüren, daß irgend etwas mit dieser Nacht nicht stimmte und wie Redirant drängten sie sich schützend in den Kreis blendender Helligkeit hinein, den das Feuer aus der Nacht riß. Dahinter lastete Schwärze. Eine Finsternis von solch absoluter Allumfassenheit wie sie keiner der drei Tempelherren jemals zuvor erlebt hatte. Und ... ja, und noch etwas ...

André Redirant verscheuchte den Gedanken, warf ein weiteres Scheit auf die prasselnde Glut und wischte sich gleichzeitig den Schweiß fort, den ihm die Hitze auf die Stirn trieb.

Seine Augen tränten und schmerzten von der Helligkeit, trotzdem sah er nicht weg, denn den Blick vom Feuer zu wenden hätte bedeutet, in diese grauenhafte Dunkelheit zu starren, die dahinter lauerte.

Für einen Moment mußte der Tempelritter mit aller Macht gegen die Vorstellung ankämpfen, daß diese Dunkelheit mehr war als die Abwesenheit von Licht, sondern etwas Großes, Finsteres, das mit unsichtbaren Zähnen an der schwankenden Front nagte, die ihm das Licht entgegenwarf.

Nervös blickte er auf, sah zu den beiden anderen hinüber und bückte sich dann, um die halb geleerte Feldflasche mit seinem Wasser aufzuheben.

Er zögerte einen ganz kurzen Moment, ehe er trank. Die Nacht war noch nicht zu einem Drittel vorüber, und sein Wasservorrat würde nicht reichen. Es gab zwar einen Brunnen, der wie durch ein Wunder nicht verschüttet worden war, als das Kastell zusammenbrach, aber er lag auf der anderen Seite des Hofes, hinter der Wand aus Finsternis und Angst, und er wußte, daß er nicht dorthin gehen konnte. Nicht um alles in der Welt. Und dann trank er doch, verschloß die Flasche sorgsam wieder und ging zu den beiden anderen Kriegern hinüber.

Keiner von ihnen sprach, als er neben ihnen in die Hocke ging, aber das war auch nicht nötig. Sie spürten dasselbe wie er, das bewies allein ihr Hiersein. Sie hätten es nicht gedurft, so wenig wie sie dieses gewaltige Feuer überhaupt hätten entzünden dürfen. Balestrano hatte sie bestimmt, über seinen und den Schlaf des knappen Dutzends anderer Überlebender zu wachen, die von ihrer so stolzen Armee übrig geblieben waren, und hätten sie sich nach seinem Befehl gerichtet, hätten sie an drei verschiedenen Punkten der Ruinenfestung stehen und in die Nacht hinauslauschen müssen, statt hier zu hocken und sich zitternd um das Feuer zu scharen.

Zum ersten Male, solange sich Redirant zurückerinnern konnte, mißachtete er einen Befehl. Er konnte nicht anders.

Am Morgen, wenn die anderen erwachten und sie aufbrachen, würde er zu Balestrano gehen und seine Verfehlung melden, und er würde die Strafe dafür demütig tragen. Jetzt hätte er sich eher beide Hände abhacken lassen, als in die Dunkelheit hinauszugehen.

Wie zur Antwort auf seine düsteren Gedanken erscholl irgendwo auf der anderen Seite des Feuers ein helles, trockenes Knacken. Redirant und die beiden anderen fuhren zusammen. In einer einzigen, blitzschnellen Bewegung legten sich ihre Hände auf die Schwerter, die sie an den Seiten trugen.

»Was war das?« flüsterte Redirant. Seine eigene Stimme kam ihm fremd vor, so sehr zitterte sie vor Furcht und nur mühsam unterdrücktem Entsetzen. Keiner der beiden anderen antwortete, aber für endlose Sekunden starrten sie wie er gebannt und aus weitaufgerissenen, schreckgeweiteten Augen in die Nacht hinaus und versuchten vergeblich, die Schwärze jenseits des Feuers mit Blicken zu durchdringen.

Dann wiederholte sich das Geräusch und es war sehr viel lauter diesmal: ein helles Knacken, wie das Brechen eines trockenen Zweigs unter einem Fuß. Und eine Sekunde später glaubte Redirant, einen Schatten zu sehen. »Wer ist da?« rief er. »Melde dich!«

Der Schatten antwortete nicht, blieb aber stehen: ein großer, finsterer Umriß, gerade an der Grenze des Sichtbaren. Die Silhouette eines Menschen.

Redirant stand auf, zog sein Schwert aus dem Gürtel und begann das Feuer zu umkreisen, so eng, daß die Flammen fast seine rechte Seite berührten. Einer der anderen begann auf der gegenüberliegenden Seite auf den Schatten zuzugehen, während der dritte stehenblieb, die Waffe halb erhoben.

»Wer ist da?« fragte Redirant noch einmal, sehr viel schärfer diesmal und mit einer Kraft in der Stimme, die ihm die Angst gab. Er hob das Schwert, machte einen Schritt auf die schattenhafte Gestalt zu und blieb wieder stehen. »Ich befehle dir –«, begann er. Aber dann sprach er nicht weiter, denn in diesem Moment löste sich der Schatten aus seiner unheimlichen Starre und trat seinerseits einen Schritt auf Redirant und das Feuer zu. Seine Gestalt erschien im hellen Lichtschein der Flammen und Redirant atmete hörbar erleichtert auf, als er sah, daß es keines der Ungeheuer war, die ihm seine zum

Zerreißen gespannten Nerven vorgegaukelt hatten und auch keiner der in schwarze Seide gekleideten Drachenkrieger Necrons, der von den Toten auferstanden war, um den Tod seiner Kameraden zu rächen, sondern einer seiner eigenen Kameraden. Das flackernde Weißorange des Feuers beschien ein zerfetztes weißes Zeremoniengewand, brach sich auf den silbernen Ringen des Kettenhemdes darunter und ließ das blutrote Kreuz auf der Brust des Mannes in unheimlichem Widerschein aufglühen.

Dann fiel Redirants Blick auf die Hände des Mannes und aus seinem erleichterten Aufatmen wurde ein ersticktes Keuchen.

Die Hände des Mannes waren schwarz.

Nicht dunkel von Schmutz oder geronnenem Blut, sondern *schwarz*, von einer Farbe, die das Licht aufzufressen schien, und es waren auch nicht die Hände eines Menschen …

Was Redirant sah, waren Krallen, raubvogelartig gekrümmte, lederhäutige Krallen, die in zollangen, scharfen Nägeln endeten, viel zu oft geknickt, als hätten sie ein paar Gelenke zuviel.

Und *sie bewegten sich*! Der Mann hielt die Hände vollkommen still, aber sie bewegten sich trotzdem, die Haut zuckte und bebte, zog sich zusammen und zitterte, als liefe eine Armee winziger Insekten darunter entlang.

Dann machte der Mann in der Templeruniform einen weiteren Schritt und nun lag auch sein Gesicht im hellen Lichtschein des Feuers. Redirant sah ihn an.

Er schrie.

Nur ein einziges Mal und nicht sehr lange oder sehr laut, aber in seinem Schrei lag alles Entsetzen der Welt; und noch ein bißchen mehr.

Das Gesicht des Mannes war …

Redirants Verstand weigerte sich, den Anblick als wahr zu akzeptieren. Etwas in ihm zerbrach. Von einer Sekunde auf die andere überschritt sein Geist die Schwelle zum Irrsinn, verkroch sich wie ein zitterndes Tier hinter den Barrieren des Verrücktseins. Aus André Redirant, dem Tempelritter, der zeit seines Lebens keine Gegner gefürchtet hatte, wurde ein Wahnsinniger, innerhalb eines einzigen Augenblickes. Hinter ihm begannen die beiden anderen wie von Sinnen zu kreischen, und aus den Augenwinkeln sah er wie weitere Schatten aus der Nacht emporwuchsen, aber er registrierte es nur, unfähig, in irgendeiner Weise darauf zu reagieren. Wie gelähmt starrte er das unmögliche *Ding* vor sich an.

Aber irgend etwas in ihm, vielleicht der Instinkt, wehrte sich noch. Der Mann mit dem Alptraumgesicht trat mit einem höhnischen Kichern auf Redirant zu und streckte seine schrecklichen Hände aus. Redirant schrie auf, prallte zwei, drei Schritte zurück und trat in die Flammen. Unter seinen Stiefeln zerbrach brennendes Holz. Flammen und Funken hüllten ihn ein, und sein Wams begann fast augenblicklich zu brennen, aber er spürte den Schmerz nicht einmal. Blind vor Angst und von dem puren Willen erfüllt, einfach nur zu überleben, hob er sein Schwert und schlug nach dem entsetzlichen Wesen. Seine Klinge zerfetzte das Wams des Angreifers, biß in seine Seite und brachte ihn aus dem Gleichgewicht. Der Mann fiel, versuchte mit wild rudernden Armen sein Gleichgewicht wiederzufinden und stürzte endgültig, als Redirant ihm einen Tritt versetzte.

Ohne einen einzigen Laut fiel er nach vorne, die Arme weit vorgestreckt, um den Sturz abzufangen – direkt in die lodernden Flammen hinein. Sein Körper verschwand bis zum Gürtel in der weißflammenden Hölle aus Feuer und Glut. Zerborstenes Holz und Funken stoben wie in einer lautlosen Explosion in die Höhe und senkten sich auf Redirant herab.

Aber er spürte auch diesen neuerlichen Schmerz nicht, denn sein Blick war noch immer wie hypnotisiert auf den Angreifer gerichtet. Er blieb nicht liegen.

Die Temperaturen dort, im Herzen des gigantischen Scheiterhaufens, mußten hoch genug sein, Eisen zu schmelzen, aber der Mann mit dem Alptraumgesicht *blieb nicht liegen*!

Er bewegte sich, stemmte sich hoch und herum und stand wieder auf.

Das Vorderteil seines Gewandes und sein Haar waren fort, binnen Sekunden zu Asche zerfallen.

Das dünne Gewebe aus Eisenringen, das sein Kettenhemd bildete, glühte hier und da in düsterem Rot.

Grauer Dampf stieg von der entsetzlichen Gestalt hoch.

Ihre Hände brannten.

Redirants Schreie steigerten sich zu einem irren Crescendo,

als die Gestalt ein meckerndes Kichern hören ließ und mit ihren brennenden Händen nach ihm griff …

Ixmal weckte mich lange nach Dunkelwerden. Ich erwachte übergangslos, und das allererste, was ich fühlte, war ein Strom neuer pulsierender Kraft, die durch meine Glieder floß. Ich spürte, daß ich nicht sehr lange geschlafen hatte, aber ich spürte auch, daß es ein sehr tiefer, ruhiger Schlaf gewesen war, der mir eine Menge der verlorengegangenen Kraft zurückgebracht hatte. Mit einem Ruck setzte ich mich auf, angelte nach Hemd und Hose und wollte Ixmal dankend zunicken, aber der junge Indianer hatte sich bereits herumgedreht und das Zelt wieder verlassen.

Rasch zog ich mich fertig an, nahm nach kurzem Zögern auch meinen Stockdegen und Andaras Amulett an mich und verließ das Zelt.

Die gute Laune, die sich meiner bemächtigt hatte, zerplatzte wie eine Seifenblase, als ich ins Lager hinaustrat.

Was noch am Tage ein ganz normales Zeltlager gewesen war, hatte sich in etwas verwandelt, was zu beschreiben mir im ersten Moment die Worte fehlten.

Am Fuße der Felsgruppe war ein ovaler, leerer Platz entstanden, hufeisenförmig eingefaßt von zerborstenem grauem Stein und sorgsam freigeräumt. In einem der beiden Brennpunkte der auf diese Weise gebildeten Ellipse brannte ein Feuer, mehr als mannshoch und mit Flammen, die einen sonderbar grünlichen Schein verbreiteten. In dem anderen befand sich Priscylla.

Sie stand an einer Konstruktion aus zusammengebundenen Lanzen, die mit Hilfe einiger Felsbrocken fast senkrecht aufgestellt worden waren, so daß es im ersten Augenblick aussah, als stünde Priscylla vor mir, lässig gegen das Gestell gelehnt und das Buch mit beiden Armen an sich gepreßt. Als ich aber näher kam, sah ich, daß sie mit dünnen Lederriemen daran gefesselt worden war. Sie hatte immer noch nicht die Kraft – vielleicht auch nur nicht den Willen – von selbst zu stehen. Nur das Buch hielt sie mit verzweifelter Kraft fest. Ihr Gesicht war ausdruckslos wie immer, aber in ihren weit geöffneten Augen schimmerte der erste Widerschein einer vagen, noch nicht ganz formulierten Angst. Instinktiv wollte ich auf sie zugehen, aber Maatekaname – der vor dem Zelt auf mich gewartet hatte, ohne daß ich ihn bisher überhaupt bemerkt hätte – vertrat mir rasch den Weg und schüttelte den Kopf. »Nicht«, sagte er. »Du wirst all deine Kraft brauchen für das, was wir tun werden.«

Ich blieb stehen. Der Anblick Priscyllas, die gefesselt und hilflos vor mir stand, brach mir fast das Herz, aber ich wußte, daß der alte Schamane recht hatte. Wenn wir überhaupt eine Chance hatten, etwas für Priscylla zu tun, dann nur, wenn wir es *schnell* taten.

»Komm.« Maatekaname ergriff mich am Arm und führte mich wie ein Kind in den Kreis aus Felsen hinein. Ixmal kam heran und trat neben mich und den Medizinmann. In seiner zur Faust geschlossenen Rechten glänzte etwas Kleines, Weißes, das ich nach einer Sekunde als eine Knochenflöte erkannte. Das dumpfe Gefühl von Furcht in mir steigerte sich. Nur noch mit Mühe konnte ich mich beherrschen, nicht loszuspringen, Priscyllas Fesseln zu zerschneiden und dem ganzen barbarischen Zirkus ein Ende zu bereiten.

Aber natürlich tat ich es nicht.

Zwei Schritte vor Priscylla blieben wir stehen. Maatekaname ergriff meine und Ixmals Hand und tauschte einen schweigenden Blick mit seinem Enkel, woraufhin der junge Indianer seine Flöte an die Lippen hob, die Augen schloß und einen einzigen, hellen Ton blies.

Ein eisiger Windstoß fuhr durch das Lager, ließ Staub wirbeln und die Flammen für einen Moment höher prasseln. Ich fuhr zusammen und ließ um ein Haar Maatekanames Hand los. Mein Herz begann schneller zu pochen. Irgend etwas geschah. Ich begann zu begreifen, daß die Zeremonie nicht erst jetzt begann. Maatekaname mußte ganz bewußt bis zum letzten Moment gewartet haben, ehe er Ixmal losschickte, mich zu wecken. Die Luft war geladen mit unsichtbarer knisternder magischer Energie.

Abermals blies Ixmal in seine Flöte. Ein sonderbar dünner, klagender Ton erscholl, schwang sich zu fast schmerzhaften Höhen auf und verklang. Aber etwas blieb zurück.

Dann begann das Trommeln.

Ich war sicher, nirgendwo im Lager eine Trommel oder

irgendein anderes Musikinstrument gesehen zu haben, und auch niemanden, der sie schlagen konnte, aber die Nacht war plötzlich erfüllt von dumpfem, unheimlichem Trommelschlag, einem arhythmischen, unangenehmen Dröhnen, das an- und abschwoll, lauter und leiser wurde, schneller und langsamer und mich ganz allmählich in seinen Bann zu ziehen begann. Ich spürte, wie mein Herz allmählich in den hämmernden Takt der unsichtbaren Trommel verfiel, mein Atem plötzlich im gleichen Auf und Ab erfolgte, ja selbst meine Gedanken plötzlich wie in einem bizarren Versmaß dem Rhythmus der Trommeln gehorchten.

Maatekaname begann zu summen. Gleichzeitig bewegten sich seine Beine und Arme im Takt der Trommeln, und auch meine eigenen Glieder begannen, fast schon gegen meinen Willen, rhythmische, stampfende Bewegungen auszuführen. Langsam, uns immer noch an den Händen haltend und dumpfe fremdartige Töne im Takt der barbarischen Musik summend, begannen wir Priscylla zu umkreisen.

Wieder fauchte der kalte Wind über das Lager und diesmal schossen die Flammen zehn, zwölf Yards in die Höhe, ehe sie wie gegen eine unsichtbare Wand geprallt, auseinander fächerten und ein brodelndes Pilzdach aus Flammen über dem ovalen Platz bildeten. Funken regneten auf uns herab und ein paar senkten sich auf meine Kleider, mein Haar, ja selbst mein Gesicht, aber ich empfand keinen Schmerz.

Maatekaname begann zu singen und obgleich es Worte in einer Sprache waren, die ich noch nie zuvor gehört hatte, stimmte ich nach wenigen Augenblicken in diesen Gesang ein. Für einen ganz kurzen Moment blitzte der Gedanke in mir auf, daß ich einen reichlich idiotischen Anblick bieten mußte wie ich so um ein Feuer tanzte, auf und ab hüpfte und Worte aus einer uralten Indianersprache grölte, aber ich war unfähig, irgendwie auf diesen Gedanken zu reagieren; der Rhythmus der Trommeln, der Gesang und das schwermütige Klingen von Ixmals Flöte hatten mich vollends in ihren Bann geschlagen.

Zum dritten Mal fauchte der eisige Wind über den Platz und diesmal spürte ich wie *irgend etwas* mit ihm kam, etwas entsetzlich Großes und Kaltes und Körperloses, das auf den Flügeln des Sturmes aus den Dimensionen des Wahnsinns in unsere Welt hinübertobte und aus unsichtbaren Flammenaugen auf uns herabstarrte.

In diesem Moment ließ Maatekaname meine Hand los. Ich stolperte, vom Schwung meiner eigenen Bewegung nach vorne getragen, fand im letzten Moment mein Gleichgewicht wieder und torkelte einen Schritt auf Priscylla zu, begleitet von Maatekaname und Ixmal, der noch immer seine Flöte blies. Auf der anderen Seite des Platzes loderte das Feuer zu wabernder Weißglut auf, bis das fünfzehn Schritte messende Oval im grellen Licht lag. Es gab keine Schatten.

Direkt zwischen Priscyllas Füßen entstand eine Flamme. Sie war klein und weiß und von einem Kranz giftgrüner Helligkeit eingefaßt und obwohl ich noch weit von ihr entfernt war, spürte ich einfach, daß sie keine Hitze verströmte, sondern irgend etwas anderes, etwas unfaßlich Fremdes und Böses.

Eine zweite Flamme erschien aus dem Nichts, nur ein Stück von der ersten entfernt, dann eine dritte, vierte, fünfte, bis Priscylla gänzlich von einem Kranz handspannengroßer giftgrüner Feuerkinder eingekreist war.

Dann begann das Buch zu glühen. Das rissige Schwarzbraun seines Einbandes erstrahlte wie unter einem unheimlichen, inneren Licht und mit einem Male brach Helligkeit zwischen den pergamentenen Seiten hervor, die gleiche giftgrüne Helligkeit wie sie auch die Flammen verstrahlten; ein Licht, das sich konzentrierte, sich ausbreiten wollte und von irgend etwas Unsichtbarem zurückgeworfen – und zu einem Band dünner peitschender Tentakel aus Licht wurde, das dicht unterhalb von Priscyllas Herzen in ihrem Körper endete!

Ich schrie auf, riß die Arme hoch, wollte auf Priscylla zuspringen, aber Maatekaname riß mich mit erstaunlicher Kraft zurück.

»Nicht!« schrie er. »Du verdirbst alles!«

Ich begriff, daß das grausame Licht nichts anderes war als das, was ich auch durch Shannons Augen gesehen hatte: der magische Nervenstrang, der den Geist des NECRONOMICON mit dem meiner geliebten Priscylla verband. Maatekanames Zauber mußte dem Shannons sehr ähnlich sein. Und jetzt sah ich auch, daß nicht alle Energiefäden in Priscyllas Brust endeten. Vier dünne, peitschende Ranken aus Licht strebten von ihr fort, in östlicher Richtung, um in der Nacht zu verschwinden.

»*Jetzt!*« schrie Maatekaname.

Im gleichen Moment ergriffen er und Ixmal mich wieder bei den Händen, und im gleichen Moment spürte ich, wie die Springflut indianischer Magie unsere Geister überflutete, sich mit etwas darin vereinigte und zu einem tobenden Orkan wurde.

Ein elektrischer Schlag schien meinen Körper zu treffen. Jeder einzelne Nerv in meinem Inneren flammte auf. Ich schrie, krümmte mich und riß instinktiv die Hände in die Höhe, die Finger gespreizt und in einer fast beschwörenden Geste gegen Priscylla und das Buch gerichtet. Rechts und links von mir vollführten Ixmal und Maatekaname die gleichen absurden Bewegungen.

Und langsam, ganz langsam gelang es mir, die fürchterlichen Ströme tödlicher Macht, die mich verbrennen wollten, zu leiten, sie zu kanalisieren und mich ihrer zu bedienen.

Ich schleuderte sie gegen das Buch.

Es war ein Moment absoluten Entsetzens. Ich war Teil dieser gräßlichen Energien und ich spürte wie sie in das NECRONOMICON eindrangen und auf irgend etwas trafen, etwas Finsteres und auf entsetzliche Weise *Lebendiges*, das darin lauerte, eine schleimige graue Spinne in einem Netz aus Dunkelheit. Etwas, das ebenso stark oder vielleicht stärker war als die Macht, derer wir uns bedienten.

Der Kampf war völlig lautlos. Für einen heimlichen Beobachter hätte es so ausgesehen, als wären Ixmal, Maatekaname und ich mitten in der Bewegung erstarrt, als stünden wir einfach nur da und starrten das Buch an, aber in Wahrheit war es eine Schlacht, ein ungeheuerliches Kräftemessen auf einer Ebene, die dem normalen Begreifen und Empfinden entzogen war. Und ich war dabei. Ich ritt an der Spitze eines Heeres apokalyptischer Reiter, die auf ein Schlachtfeld der Flammen preschten, spürte das Krachen von Thors Hammer, der gegen die Grundfesten der Welt prallte, fühlte die tödliche Umarmung des Sonnengottes Wakan Tanka, der die Nacht verschlang.

GEH! hämmerten meine Gedanken.

GEH! LASS SIE IN FRIEDEN UND GEH!! hämmerten Ixmals und Maatekanames Gedanken, immer und immer und immer wieder.

Und langsam begann der Wall zu brechen. Ich spürte wie die ungeheure Macht des NECRONOMICON zu wanken begann, erschüttert von einer Gewalt, die gleißender und zorniger und vielleicht sogar älter war als sie. Der erste leuchtende Energiefaden zerriß mit einem peitschenden Knall, pendelte einen Moment wie ein abgerissenes Insektenbein hin und her und erlosch, dann ein zweiter, dritter, vierter.

Aber noch war die Macht dieses höllischen Buches nicht gebrochen. Noch einmal bäumte sich sein unseliger Geist auf und wieder krümmten wir uns vor Schmerz. Aber wieder war das *Etwas,* das Maatekaname herbeigerufen hatte, stärker. Langsam, aber unbarmherzig, wurde das NECRONOMICON zurückgedrängt. Weitere Lichttentakel zerrissen und in die Wut und den Zorn, den ich spürte, mischte sich Pein. Und plötzlich erscholl vor mir ein unendlich tiefes, qualvolles Stöhnen. Ich sah auf und blickte Priscylla an –

– und es war nicht mehr Priscylla!

An dem wie ein Marterpfahl aufgerichteten Gerüst stand ein junger, blondhaariger Mann in einem schwarzen Burnus. Ein dunkler, feuchtglänzender Fleck verunzierte sein Gewand an einer Stelle dicht unter dem Herzen, und in seinen Augen, sehr klaren, hellblauen Augen, die mich mit tiefem Vorwurf anblickten, glomm ein furchtbarer Schmerz.

»Willst du das wirklich tun?« fragte Shannon.

Ich schrie auf. Neben mir fuhr Maatekaname zusammen und starrte mich aus schreckgeweiteten Augen an. Er sagte etwas, etwas, das beschwörend und verzweifelt war, aber ich verstand seine Worte nicht. Mein Blick hing wie gebannt an Shannons Gesicht. Aus seinen Augenwinkeln liefen blutige Tränen.

»Du hast mich schon einmal umgebracht, Robert«, sagte Shannon. »Hier – siehst du?« Und damit hob er seinen Burnus an, so daß ich den kleinen Dolch sehen konnte, der oberhalb seines Herzens aus seinem Leib ragte. »Tu es nicht noch einmal, ich bitte dich.«

»Nein!« kreischte Maatekaname mit überschnappender Stimme. »Nicht, Blitzhaar!«

Aber es war zu spät. Die brodelnden Energien, die mich noch immer durchpulsten, fanden kein Ziel mehr. Aber sie waren da. Und sie entluden sich.

Es dauerte nur eine einzige, furchtbare Sekunde und doch war es, als ginge die Welt unter.

Ein ungeheures Donnern und Krachen erscholl. Die Erde hob sich wie ein bockendes Pferd, bebte und sank wieder zurück. Ein handbreiter, gezackter Riß erschien direkt vor meinen Füßen im Boden, und noch während ich stürzte, zerriß ein neuerlicher, peitschender Donnerschlag die Nacht. Ein Gewitter dünner, peitschender Blitze brach aus dem Buch in Priscyllas Armen, brannte lodernde Furchen in den Boden und ließ Erdreich und trockenes Geäst aufflammen.

Ich fiel, rollte mich herum und schlug instinktiv die Arme über dem Kopf zusammen, auf weiteres Unheil gefaßt.

Aber es war vorbei.

Ich spürte es im gleichen Moment, in dem ich die Augen aufschlug. Hinter mir loderte das Feuer höher denn je, aber das Ringen unsichtbarer Urgewalten war vorüber. Die beiden unsichtbaren Giganten waren nicht mehr da.

Aber das, was ich sah, war noch schlimm genug.

Priscylla hing schlaff in den Fesseln. Ihre Augen waren noch immer geöffnet, aber ihr Blick war leer, und ihre Finger krallten sich fester denn je um das Buch. Das riesige Feuer war auseinandergefallen, als wäre eine Riesenfaust in den Holzstapel gefahren und hätte ihn zertrümmert. Brennende Äste waren in weitem Umkreis verstreut und hier und da glühte die Erde. Aus dem Riß, der eine Handspanne neben mir verlief, stoben Funken und heiße, übelriechende Luft.

Von jähem Schmerz erfüllt fuhr ich herum und sah Maatekaname neben mir knien, bei Bewußtsein, aber grau im Gesicht vor Schrecken und Schmerz. Seine Lippen bebten. Aus einer kleinen Wunde über seiner linken Braue lief Blut.

Ich wollte die Hände nach ihm ausstrecken, aber ich kam nicht dazu, die Bewegung zu Ende zu führen.

Irgendwo über mir, auf den Felsen, die die Hälfte unseres Lagers einfaßten, blitzte es auf, und eine halbe Sekunde später hörte ich das Peitschen eines Gewehrschusses. Eine Handspanne vor mir stob der Staub auf. Ich spürte einen Luftzug, als die Kugel abprallte und wenige Inches an meiner Wange vorbeizischte.

Plötzlich ging alles unglaublich schnell. Ich sah, wie Ixmal und Maatekaname herumfuhren und mitten in der Bewegung erstarrten, als weitere Schüsse krachten und rechts und links von ihren Füßen der Boden aufspritzte, dann erfolgte eine ganze Salve krachender Schüsse, und mit einem Male waren wir von mehr als einem Dutzend Menschen eingekreist, Männer in dunkelblauen, in der Nacht schwarz erscheinenden Uniformen, gelben Streifen an den Hosen und mit Gewehren in den Händen, deren Läufe sich drohend auf uns richteten.

Mühsam stemmte ich mich hoch. Ich wollte mich ganz erheben, aber einer der so plötzlich aufgetauchten Angreifer trat auf mich zu und machte eine drohende Bewegung mit seiner Winchester, die mich abermals erstarren ließ.

»Keine Bewegung!« sagte er drohend. »Wenn ich Sie wäre, Mister, würde ich nicht einmal zu heftig atmen.«

»Was … was soll das?« stammelte ich verwirrt. »Wer sind Sie überhaupt, und –«

»Mein Name ist Slaughter«, antwortete der Mann. »Captain James Slaughter von der elften US-Kavallerie, um genau zu sein. Und wenn Sie oder einer der beiden Roten auch nur falsch niesen, Mister, gebe ich Ihnen mein Wort, daß dieser Name das letzte ist, was Sie in Ihrem Leben hören.«

Die Schreie hatten ihn geweckt, aus einem Schlaf, der ohnehin nur sehr oberflächlich und von immer wechselnden Alpträumen und Visionen geplagt gewesen war. Jean Balestrano fuhr hoch, blinzelte einen Moment verstört in die Dunkelheit hinein, die ihn wie eine lastende schwarze Decke einhüllte, und setzte sich vollends auf.

Der Schrei wiederholte sich, länger anhaltend und in einer Stimmlage, die schlichtweg unmöglich war. Balestrano sprang auf, stolperte durch den mit Unrat und Trümmern übersäten Raum und fiel auf die Knie, als sich sein Fuß an einem Hindernis verhakte. Mit einem Schmerzlaut sprang er wieder auf, stolperte die letzten Schritte bis zur Tür – und blieb stehen, als wäre er vor ein unsichtbares Hindernis geprallt.

Vor ihm breitete sich ein Bild des Chaos aus. Nicht sehr

weit entfernt von ihm brannte ein Feuer, dessen Schein ihn jede noch so kleine Einzelheit mit fast gespenstischer Deutlichkeit erkennen ließ. Jeder einzelne Mann aus seiner zusammengeschmolzenen Armee war auf den Beinen, das Kastell hallte wider von durcheinanderschreienden Stimmen und Schritten und dem Klirren von Metall. Krieger rannten hin und her, Schwerter und Schilde in den Händen, die Flammen stoben hoch auf, und Brandgeruch wehte zu Balestrano hinüber. Trotzdem konnte er nicht erkennen, was wirklich geschah.

Stockend, den verletzten Arm, der wieder zu schmerzen begonnen hatte, eng an den Körper gepreßt, trat Balestrano aus dem Gebäude und winkte den nächstbesten Krieger zu sich heran. »Was ist geschehen?« fragte er. »Werden wir angegriffen?«

»Die Wache, Bruder«, stammelte der Templer. »Jemand hat die Wache ...mein Gott, es ...es ist schrecklich. Wir sind alle verloren!«

Balestrano starrte den Mann noch einen Moment lang durchdringend an, dann ging er mit weit ausgreifenden Schritten an ihm vorbei und auf das lodernde Feuer zu. Obgleich auf dem Hof noch immer ein heilloses Chaos herrschte und niemand wirklich zu wissen schien, wohin er lief und warum, begannen sich die Krieger doch allmählich dort zu versammeln und irgend etwas war an ihnen, das ...

Balestrano spürte ihren Schrecken, ehe er zwischen ihnen hindurchtrat und sah, was neben dem auseinandergerissenen Holzstapel lag. Der Anblick schnürte ihm die Kehle zu. Bittere Galle sammelte sich unter seiner Zunge.

»Was ... was ist hier passiert?« murmelte er.

»Das weiß niemand, Bruder«, antwortete der Mann zu seiner Rechten. Er sah Balestrano nicht an, schien unfähig, seinen Blick von den dunklen, an verkohltes Holz erinnernden Dingen zu lösen, die halb in, halb neben dem Feuer lagen. In einem davon stak ein Schwert. Die Klinge glühte rot.

»Wir hörten die Schreie, und ... und dann ... dann fanden wir sie«, fuhr der Templer fort. Seine Stimme versagte fast. »Gütiger Gott, jemand hat sie ...«

»Es sind nur zwei«, unterbrach ihn Balestrano. Es fiel ihm unendlich schwer, seiner Stimme wenigstens den Anschein von Festigkeit zu verleihen. »Ich hatte drei Männer zur Wache eingeteilt. Wo ist der dritte?«

Niemand antwortete, aber Balestrano spürte wie sich aller Blicke auf ihn konzentrierten. Und im gleichen Moment wußte er, was sie von ihm verlangten. Das, was er schon vor Stunden hätte tun sollen.

»Wir brechen auf«, sagte er laut. »Holt eure Mäntel und füllt eure Wasserschläuche. Alles andere bleibt hier. Wir gehen. Sofort!«

»Es sind fast dreißig Meilen, Bruder«, wandte einer der Krieger ein. »Wir werden kaum die Hälfte schaffen, bis es Tag wird.«

»Mit Gottes Hilfe erreichen wir den Berg!« Balestrano wischte den Einwand mit einer Handbewegung fort. Wie billig diese Worte plötzlich in seinen Ohren klangen. Mit Gottes Hilfe? Um ein Haar hätte er gelacht. Es war schwer vorstellbar, daß das, was hier geschehen war, wirklich Gottes Wille gewesen sein sollte. Vielleicht hatte er den Kredit, den das Schicksal ihm eingeräumt hatte, längst verspielt.

Trotzdem lief er zur Turmruine zurück, um seinen Mantel und die Wasserflasche zu holen. Eine kleine böse Stimme in seinem Kopf wollte ihm zuflüstern, daß es längst zu spät war, noch zu fliehen, aber er ignorierte sie. Vielleicht war es für ihn zu spät, aber wenn er auch nur das Leben eines einzigen dieser Männer retten konnte, mußte er alles tun, was in seiner Kraft stand.

Mit bebenden Fingern zerrte er seinen Mantel hervor, tastete im Halbdunkel nach der Wasserflasche und fand sie.

Als er sich aufrichtete, hörte er das Kichern.

Balestrano erstarrte. Er konnte ihn *spüren*. Er war hinter ihm, so dicht, daß er sich nur herumzudrehen und den Arm auszustrecken brauchte, um ihn zu berühren. Es war wie eine Woge knisternder unsichtbarer Hitze, die seinen Rücken berührte. Mit einem Male war der Raum von erstickendem, heißem Brandgeruch erfüllt.

»Wohin so eilig?« kicherte das *Ding*. Balestrano drehte sich nicht um. Er hatte Angst, den Verstand zu verlieren, wenn er es täte. Aber das Wesen sprach weiter, mit einer Stimme, die aus den tiefsten Abgründen der Hölle zu erschallen schien.

»Oh, ich verstehe, Bruder Jean«, kicherte es. »Du willst

weglaufen, wie? Fliehe den Ort deiner Schmach, Sünder!« Wieder kicherte der Dämon. »Das ist nicht nett, Bruder Jean, mich und die drei anderen einfach zurücklassen zu wollen. Oder hast du uns einfach nur vergessen?«

Das *Ding* bewegte sich. Obwohl Balestrano es noch immer nicht ansah, konnte er spüren, wie es näher kam, konnte seine schleifenden Schritte hören. Der Brandgeruch wurde stärker und nahm ihm jetzt fast den Atem.

»Aber geh ruhig«, fuhr der Entsetzliche höhnisch fort. »Du hast ja recht, Bruder. Dies ist ein ungemütlicher Ort. Lauf ruhig davon. Wer weiß, vielleicht erreichst du sogar den Berg und dein *Tor*. Vielleicht kommst du sogar zurück nach Paris.«

»Was willst du?« wimmerte Balestrano.

Der Unheimliche schwieg einen Moment. Als er antwortete, troff seine Stimme von grausamem Spott. »Stimmt ja, Bruder, stimmt ja«, sagte er meckernd, »ich bin ja nicht grundlos gekommen. Hier – ich habe etwas für dich.«

Und damit packte er Balestrano und riß ihn grob an seinem verletzten Arm herum.

Balestrano stöhnte auf vor Schmerz

Im ersten Moment.

Dann sah er, was der Schreckliche auf seinen ausgestreckten Armen trug, und seine Stimme versagte. Seine Augen quollen vor Entsetzen fast aus den Höhlen, als er auf das geschwärzte, qualmende Etwas herabblickte.

Balestranos Sinne schwanden endgültig, als Botho von Schmid ihm den Leichnam André Redirants vor die Füße warf und in die Schatten zurücktrat.

»Sie mißverstehen die Situation«, sagte ich eindringlich. »Wenn Sie sich die Mühe machen würden, mir einen Moment zuzuhören, würden Sie begreifen, wie gründlich Sie sich geirrt haben, Mr. Slaughter.«

»*Captain* Slaughter«, korrigierte mich Slaughter ruhig. »Oder einfach Slaughter, wie Sie wollen. Den *Mister* können Sie sich für komische Vögel wie Sie oder Ihre Freunde aufheben.« Er grinste böse. »Und was gibt es da mißzuverstehen?« Er schüttelte den Kopf, trat einen Schritt zurück und machte eine Bewegung mit dem Gewehrlauf, die den ganzen Platz einschloß. Dann richtete sich die Mündung seiner Waffe wieder auf mich. Was mich daran so nervös machte, war die Tatsache, daß die Winchester entsichert und durchgeladen war. Und daß Slaughters Zeigefinger am Abzug herumspielte.

Immerhin hatte er mir erlaubt, aufzustehen, nachdem zwei seiner Männer – es waren an die zwei Dutzend wie ich schätzte – Priscylla losgeschnitten und in den Wigwam des Schamanen getragen hatten.

»So, wie ich die Sache sehe, sind meine Leute und ich wohl gerade noch rechtzeitig gekommen, um dieser jungen Lady das Leben zu retten«, fuhr Slaughter nach einer kurzen Pause fort. »Schätze, sie ist nicht der Meinung, daß ich irgend etwas *mißverstehe*«, fügte er mit einem bösen Grinsen hinzu.

Irgendwie konnte ich ihn sogar verstehen. Für Slaughter sah die Sache wohl eindeutig genug aus: Er hatte eine Bande Verrückter vorgefunden, die ein hübsches junges Mädchen an einen improvisierten Marterpfahl gebunden hatten und sie umtanzten; einen offenbar geistesgestörten jungen Mann mit gefärbtem Haar und zwei Wilde. Wahrscheinlich konnten wir von Glück sagen, daß er seinen Leuten nicht gleich Befehl gegeben hatte, uns zusammenzuschießen. Aber was noch nicht war, konnte ja durchaus noch kommen …

»Sie … Sie glauben doch nicht etwa, daß wir Priscylla … daß wir der jungen Dame auch nur ein Haar krümmen wollten?!« keuchte ich.

Slaughter grinste. »Aber nein doch! Das war sicherlich nur eine Liebeserklärung auf indianisch, wie?«

»Hören Sie auf, Captain«, sagte ich, so ruhig ich konnte. »Sie mißverstehen die Situation wirklich. Ich kann alles erklären.«

»Schnauze!« bellte Slaughter.

»Aber ich kann –«

Weiter kam ich nicht. Slaughter rammte mir den Kolben der Winchester in den Leib. In seinen Augen blitzte es auf. »Ich denke, ich verstehe genug«, sagte er gefährlich leise. »Und das ist meine Art, mit Verbrechern umzugehen.«

Ich versuchte etwas zu sagen, bekam aber nur ein unverständliches Krächzen hervor, denn meine Lungen weigerten sich noch immer, richtig zu atmen. Dabei hatte Slaughter nicht einmal mit voller Kraft zugeschlagen. Ich beschloß, in Zukunft nichts mehr zu glauben, was ich über Leute las, die nach einem Kolbenhieb aufstanden und weiterkämpften, als wäre nichts geschehen.

»Hören Sie«, keuchte ich schließlich. »Mein Name ist Robert Craven –«

»Nie gehört«, brummte Slaughter – was mich in meiner Annahme bestätigte, daß er ein Analphabet sein mußte, denn die Zeitungen hatten meinen Namen in den letzten Monaten mehr als breitgewalzt.

»– einer der einflußreichsten und vermögendsten Männer des britischen Empire. Ich kann Ihnen gern meine Papiere zeigen«, fuhr ich rasch fort, bevor er mir wieder den Kolben in die Magengrube setzen konnte.

»So?« brummte Slaughter und starrte mich an. »Und wenn schon. Namen kann jeder erfinden. Und deine Papiere interessieren mich nicht. Die kannst du dem Richter zeigen, in Fort Harris.«

»Zum Teufel, was werfen Sie uns eigentlich vor?« fragte ich wütend. Der grausame Schmerz in meinen Eingeweiden trug nicht unbedingt dazu bei, meine Laune zu heben. »Wir haben nichts getan, was rechtswidrig wäre!«

»Nein?« Slaughter grinste. »Als ich hier ankam, sah ich ein Mädchen, das ganz offensichtlich gegen seinen Willen angebunden war und von einer Horde Verrückter gerade zu Tode gefoltert werden sollte. Ich denke doch, daß das verboten ist.«

»Verdammt noch mal, wir wollten Priscylla doch nichts antun!« fuhr ich auf. »Dieses Mädchen ist meine Braut, Sie Betonschädel! Wir wollten ihr *helfen*!«

»Helfen?« Slaughter hatte offensichtlich alle Mühe, nicht lauthals loszulachen. »Wobei denn, wenn ich fragen darf?«

»Sie ist ... krank«, antwortete ich ausweichend. »Schwer krank.«

»O ja, und Sie wollten gerade einen Zauberspruch aufsagen, um sie zu heilen, was?« fragte Slaughter höhnisch.

»So ... ungefähr«, gestand ich. »Ich weiß, daß es sonderbar klingt, aber –«

»Das tut es nicht«, unterbrach mich Slaughter. »Es klingt wie die bescheuertste Ausrede, die mir je untergekommen ist.«

»Und trotzdem ist es die Wahrheit, Pferdesoldat«, sagte Maatekaname.

Slaughter zog die linke Augenbraue hoch, setzte dazu an, etwas zu sagen, begann aber dann statt dessen zu grinsen. »Nun, wenn das so ist, warum fragen wir sie dann nicht einfach?« sagte er.

»Das hätte wenig Sinn«, sagte ich. »Sie ist ... nicht bei sich. Ich glaube nicht, daß sie Ihnen antworten würde.«

Slaughters Augen wurden zu dünnen, mißtrauisch zusammengepreßten Schlitzen. »Lassen wir es auf einen Versuch ankommen«, schlug er vor. »Vielleicht entlastet sie Sie ja. Oder haben Sie Angst vor dem, was sie sagen könnte?« Er wartete meine Antwort nicht ab, sondern stocherte mit dem Gewehrlauf in meine Richtung und machte gleichzeitig eine Handbewegung zum Zelt hin.

Ich widersprach nicht mehr. Slaughters plötzliche Zugänglichkeit täuschte mich keine Sekunde. Ich hätte mit Engelszungen reden und ihm alle Beweise der Welt vorlegen können – er hätte uns nicht geglaubt. Und dabei hatte ich das sichere Gefühl, daß das nicht nur an der vermeintlichen Opferung lag, deren Zeuge er geworden war. Slaughter und seine Männer waren sicher nicht zufällig hier aufgekreuzt. Ohne ein weiteres Wort folgten Maatekaname, Ixmal und ich ihm zu dem Zelt, in das seine Leute Priscylla gebracht hatten.

Priscylla lag auf den Fellen, als wir eintraten. Ihre Augen waren noch immer offen, ihr Blick war noch immer leer, und ihre Hände umklammerten noch immer das Buch, das sie mit aller Kraft an sich preßte. Sie war nicht allein. Ein junger Mann im blauen Uniformrock der US-Kavallerie kniete neben ihr und ein zweiter Soldat stand, das Gewehr mit beiden Händen vor der Brust haltend, im Hintergrund und beäugte Bill und mich mißtrauisch.

»Nun, Pedersen?« wandte sich Slaughter an den jungen Soldaten neben Pri. »Wie geht es ihr?«

Pedersen zuckte hilflos mit den Achseln. Ich glaubte nicht, daß er Arzt war, obgleich er eine schwarze Tasche neben sich stehen und eine Art primitives Stethoskop in der Hand hatte. Aber auf seinen Zügen lag ein Ausdruck solcher Anteilnahme und solchen Kummers, wie ihn sich ein wirklicher Arzt kaum leisten konnte, wollte er nicht an seiner Arbeit verzweifeln. Sanitätsoffizier, schätzte ich.

»Körperlich scheint sie gesund zu sein«, antwortete Pedersen nach einem spürbaren Zögern. »Bis auf ein paar Kratzer – und eine vollkommene Erschöpfung. Aber sonst ...«

»Was sonst?« schnappte Slaughter.

»Sie antwortet nicht«, sagte Pedersen ausweichend. »Sie ist wach und reagiert, wenn man sie anfaßt, aber sie ...« Er brach ab, blickte erst mich, dann Slaughter sehr unglücklich an und zuckte abermals mit den Achseln. »Sie muß einen furchtbaren Schock erlitten haben«, sagte er schließlich.

»Das glaube ich auch.« Slaughter warf mir einen bösen Blick zu, beugte sich über Pedersens Schulter und runzelte demonstrativ die Stirn, als er auf das NECRONOMICON herabblickte. »Was soll der Unsinn?« fauchte er. »Wieso nehmen Sie ihr dieses Ding nicht ab? Es muß einen Zentner wiegen!«

»Ich habe es versucht«, sagte Pedersen schnell. »Aber sie wehrt sich. Sie beginnt zu schreien, wenn man es nur anfaßt.«

»Humbug!« behauptete Slaughter. »Weg mit diesem blöden Ding! Die arme Kleine kriegt ja kaum mehr Luft!« Und damit beugte er sich vor und wollte das Buch mit beiden Händen fassen.

Aber Priscylla war schneller. Sie schrie auf, schlug nach Slaughters Händen und preßte das Buch mit aller Macht an sich. Ihr Gesicht verzerrte sich zu einer Grimasse der Angst.

»Sie bringen sie um, wenn Sie ihr das Buch wegnehmen, Captain«, sagte Maatekaname ernst.

Slaughter glaubte ihm ganz offensichtlich nicht. Aber er versuchte auch nicht noch einmal, Priscylla das Buch mit Gewalt zu entreißen, sondern tat etwas, von dem ich bisher nicht einmal angenommen hatte, daß er es konnte: er lächelte. Fast wie ein richtiger Mensch.

»Hören Sie, Miß«, sagte er. »Ich will Ihnen nichts tun. Ich will Ihnen auch das Buch nicht wegnehmen. Ich lege es nur neben Ihr Bett, damit Sie das Gewicht nicht so stört, okay? Direkt neben Sie. Niemand wird es anfassen, das schwöre ich.«

Und tatsächlich nahm Priscylla ganz langsam die Hände herunter. Slaughter grinste triumphierend, griff nach dem NECRONOMICON und runzelte verblüfft die Stirn, als er spürte, wie schwer es war. »Also, ich lege es nur neben das Bett«, sagte er noch einmal. »Wir sind Ihre Freunde, Priscylla. Niemand will Ihnen Böses. Glauben Sie mir?«

»Nein«, sagte Priscylla, hob blitzschnell die Hände, hielt mit der einen Slaughters Kinn fest und riß ihm mit der anderen das rechte Ohr ab.

Die Nacht mußte fast vorüber sein, aber am Horizont zeigte sich noch kein Licht. Auch der Mond war noch nicht untergegangen, ja, scheinbar nicht einmal weiter auf seiner Bahn gewandert, und auch die Sterne hatten sich nicht merklich bewegt, wenngleich sich Balestrano in diesem Punkt nicht sicher war; er hatte sich niemals um Sternbilder und ihre Wanderung das Firmament entlang gekümmert. Aber die Nacht *mußte* einfach vorüber sein, denn der Berg lag vor ihnen und das war etwas, was beinahe unmöglich war.

Aber eben nur beinahe, dachte Balestrano müde. Irgendwann nach Mitternacht waren sie aufgebrochen und sie waren in sehr scharfem Tempo marschiert, wobei er als Schwächster zwar die Geschwindigkeit bestimmte, trotz seines gebrochenen Arms aber kräftig ausgeschritten war, denn die Angst gab ihm zusätzliche Kraft. Jetzt hatten sie den Berg erreicht. Nur noch wenige hundert Schritte und dann ein Aufstieg, der ihnen vermutlich auch noch das letzte bißchen Kraft rauben würde, aber zu schaffen war. Und dann das *Tor*. Die Rettung. Wenigstens für die anderen.

Balestrano war sich vollkommen sicher, daß es der richtige Berg war, obgleich ihm der logische Teil seines Denkens sagte, daß das nicht möglich sei. Auf dem Weg zur Drachenburg hatten sie eine ganze Nacht und den guten Teil eines Tages gebraucht und da waren sie ausgeruht und im Vollbesitz ihrer Kräfte gewesen. Jetzt waren sie alle erschöpft und die meisten von ihnen verletzt und sie hatten kaum ein Drittel der Zeit gehabt.

Und trotzdem: Selbst in der Nacht war die spitze Nadel aus Lava unverkennbar, ein Dorn, der den tiefhängenden schwarzen Himmel aufzuspießen schien und im Dunkel der Nacht verschwamm, ehe er seinen Gipfel wirklich sehen konnte. Vielleicht, dachte Balestrano matt, war es Necrons Zauber gewesen, der den Weg hin zu seiner verfluchten Burg länger und kräftezehrender hatte werden lassen als zurück. Vielleicht war auch ein Wunder geschehen und Gott hatte beschlossen, wenn schon nicht ihn, dann wenigstens das Häufchen zu Tode erschöpfter Männer zu retten, das ihm folgte.

Er vertrieb den Gedanken, raffte noch einmal alle Kraft zusammen und ging ein wenig schneller, um an die Spitze der kleinen Kolonne zu gelangen. Die Männer machten ihm respektvoll Platz, aber Balestrano bemerkte auch die ängstlichen Blicke, mit denen sie ihn maßen. Noch vor Tagesfrist wäre er überzeugt gewesen, daß es Sorge war, was er in den Augen der Männer las. Jetzt war er sich dessen nicht mehr so sicher. Vielleicht sah man ihm seine Schuld auch deutlich an und er war der einzige Narr, der das bisher noch nicht bemerkt hatte.

Seine Gedanken begannen sich zu verwirren und er spürte, wie die Erschöpfung ihre knochige Hand nun auch nach seinem Geist ausstreckte. Für einen Moment war er versucht, der stummen Verlockung nachzugeben und sich einfach in den Sand sinken zu lassen und zu sterben. Aber solche Gedanken waren lästerlich und er bekämpfte sie mit dem bißchen Energie, das ihm noch geblieben war. Sein Leben gehörte längst nicht mehr ihm. Er hatte es verspielt, schon vor Tagen, und es war ihm nur noch geliehen worden, von den Männern mit den schwarzen Schreckensgesichtern. Balestrano wußte nur nicht, wozu.

Als sie den Berg erreicht hatten, blieb er stehen. Einen Moment lang machte sich echte Panik in ihm breit, als er den Pfad nicht fand, denn die Nacht schien mit einem Male noch dunkler zu werden und der Koloß aus Lava ragte wie ein Stück geronnener Schwärze vor ihm auf. Aber dann brach sich ein Lichtstrahl auf poliertem schwarzen Stein und als er genauer hinsah, entdeckte er den schmalen Pfad, der in engen Serpentinen den Berg hinauf und zu der kleinen Höhle auf halber Höhe führte.

Und er sah den Schatten.

Es war wie ein noch dunklerer Fleck auf dem Schwarz des Berges, nur für ihn sichtbar und nur für ihn voller Entsetzen. Für eine endlose Sekunde glaubte er Brandgeruch zu spüren, das Glitzern von Licht auf kleinen bösen Knopfaugen zu sehen. *Sie waren da!*

Sie warteten auf ihn, dort oben, einen Schritt vor dem Höhleneingang!

»Bruder?«

Balestrano fuhr wie unter einem Hieb zusammen, wirbelte herum und riß schützend die Arme vor das Gesicht.

Aber es war nur einer seiner Begleiter, der herangekommen war und die Hand erhoben hatte wie um ihn an der Schulter zu berühren. Balestranos scheinbar sinnlose Reaktion ließ ihn innehalten. Auf seinem Gesicht lieferten sich Sorge und stärker werdende Furcht ein stummes Duell.

Verlegen nahm Balestrano die Hände herunter, umklammerte seinen schmerzenden Arm mit der Hand und versuchte zu lächeln. »Verzeih«, sagte er leise. »Ich ... muß wohl in Gedanken gewesen sein. Ich bin müde.«

Der Templer nickte verständnisvoll. »Wir sind alle erschöpft«, sagte er. »Macht dir der Arm zu schaffen?«

Balestrano nickte. Es war das einfachste, es dabei zu belassen. Es gab Momente, in denen die Lüge der Wahrheit vorzuziehen war. »Ja«, sagte er. »Aber es ist bald überstanden. Was ... willst du?«

Der Templer zögerte einen Moment, fast, als müsse er erst überlegen, aus welchem Grund er überhaupt gekommen war. Dann hob er die Hand und deutete nach rechts, um den Berg herum. »Ein Lager«, sagte er. »Bruder Simon hat ein Lager entdeckt, auf der anderen Seite des Berges. Man sieht den Feuerschein ganz deutlich. Und man hört Stimmen.«

Balestrano schwieg sekundenlang. Er wußte, was der Mann von ihm hören wollte – trotz allem, was hinter ihnen lag, mußten die Männer halb wahnsinnig vor Furcht sein, das entsetzliche *Tor* noch einmal zu betreten, denn es verkörperte alles, was sie in ihrem Leben zu fürchten und hassen gelernt hatten. Und auf der anderen Seite des Berges waren Menschen. Menschen und Wärme und Schutz.

Aber vielleicht war es ja gerade das, was sie denken *sollten*.

Balestrano war der Verzweiflung nahe. Er wußte einfach nicht mehr, was richtig war, welche Entscheidung nun den Tod und welche die Rettung brächte, wenn überhaupt.

Er war hilflos. Hilflos und allein wie niemals zuvor im Leben. Um wie viele Züge waren ihm seine schrecklichen Gegenspieler voraus? Wie oft mußte er das Gegenteil dessen tun, was eigentlich richtig schien, um wirklich das Richtige zu tun? Und was, wenn er einen Schritt *zu weit* dachte?

Balestrano ballte in hilflosem Zorn die Faust und blickte wieder zu dem nur für ihn sichtbaren Schatten vor dem Höhleneingang hinauf.

Komm, flüsterte eine Stimme hinter seiner Stirn. *Komm, Bruder. Wir warten auf dich!*

Unsichtbar in der Nacht öffneten sich schreckliche Klauenhände. Ein dünner, geschlitzter Mund mit rasiermesserscharfen Knochenleisten anstelle von Zähnen verzog sich zu einem höhnischen Grinsen. In schwarzen Knopfaugen flammte die Mordlust.

»Nein!« sagte Balestrano laut. Der Krieger sah ihn verwundert an, schwieg aber. »Nein!« sagte Balestrano noch einmal. »Ich werde nicht kommen. Diesmal nicht, Brüder!«

Der Mann neben ihm runzelte die Stirn. Balestrano atmete hörbar ein, drehte sich auf dem Absatz herum und machte eine Kopfbewegung in die Richtung, in die der Mann zuvor gedeutet hatte. »Bruder Simon soll das Lager erkunden«, sagte er bestimmt. »Aber vorsichtig. Wir folgen ihm. Wenn es keine ...« Er brach ab, zögerte einen Moment und sprach mit deutlich veränderter Betonung weiter: »Wenn ihm die Menschen, die dort lagern, freundlich gesinnt erscheinen, werden wir zu ihnen gehen und uns ihnen anschließen.«

Die Erleichterung auf den Zügen des Templers war nicht zu übersehen. Er nickte, fuhr auf der Stelle herum und verschwand in der Dunkelheit, um Balestranos Befehl auszurichten.

Hoch über ihm, nur für Jean Balestrano hörbar, aber überdeutlich, erscholl ein enttäuschtes Fauchen. Wie das Zischen einer Schlange. Nur böser.

Pedersen trat gebückt durch den Eingang, schloß die Plane sorgfältig wieder hinter sich und setzte sich auf den Rand von Priscyllas Schlafstatt. Er sah erschöpft aus und obwohl es draußen sehr kalt geworden war, klebte seine Uniformjacke an seinem Leib; er roch durchdringend nach Schweiß.

Slaughter hatte Maatekaname, Ixmal und mich der Einfachheit halben zusammen mit Priscylla in das kleinere Tipi gesperrt und es kurzerhand als Gefangenenzelt deklariert.

»Alles in Ordnung«, sagte Pedersen matt. »Er hat sich ein bißchen beruhigt.«

»Was heißt das im Klartext?« fragte ich.

»Er schläft. Ich habe ihm etwas gegen seine Schmerzen gegeben. Möglicherweise war die Dosis ein wenig hoch.« Pedersen grinste, wurde aber sofort wieder ernst. »Morgen früh wird er mir dafür vermutlich die Zähne einschlagen, aber es war die einzige Möglichkeit. Ich habe einfach keine Lust, heute abend noch ein paar Leute zu verarzten.« Er seufzte, fuhr sich mit beiden Händen durch das Gesicht und musterte mich. »Wissen Sie eigentlich«, fuhr er nach einer Pause fort, »daß Sie jetzt genausogut hängen könnten, Mr. Craven?«

»Und warum?«

Pedersen grinste schief. »Slaughter ist ein sehr jähzorniger Mensch. Er ist der Meinung, Sie hätten gewußt, daß das Mädchen gemeingefährlich ist. Ich fürchte, er denkt, Sie hätten ihn absichtlich so nahe an sie herankommen lassen, damit sie ihm die Augen auskratzt oder so etwas.«

Ich zog es vor, überhaupt nicht darauf zu antworten, sondern ging – mit den trippelnden, kleinen Schritten, zu denen mich die Ketten zwangen, die sich um meine Fußknöchel schmiegten – auf ihn zu, ließ mich auf den Boden nieder und betrachtete abwechselnd ihn und Priscyllas im Schlaf entspanntes Gesicht. Nachdem sie Slaughter auf so dramatische Weise davon überzeugt hatte, daß er *wirklich* nicht mit ihr reden konnte, war sie fast sofort eingeschlafen. Ich wußte nicht, ob ich froh darüber sein sollte. Die Geschehnisse begannen sich allmählich zu einem beunruhigenden Ganzen zu formen. War es wirklich Zufall, daß Priscylla ausgerechnet jetzt das erste Mal wirklich ruhig schlief? Oder war nur irgend etwas in ihr zufriedengestellt worden, etwas, das Blut haben wollte und es bekommen hatte?

Ich vertrieb den Gedanken und wandte mich an Pedersen.

»Sie mögen Slaughter nicht, wie?«

Pedersen lächelte gequält; ungefähr auf die Art, als hätte ich ihn gefragt, ob er Zahnschmerzen möge.

»Niemand mag Slaughter«, sagte er schließlich. »Er ist ein Schwein, Mr. Craven. Aber ein verdammt guter Soldat.«

Das überraschte mich nicht. Ich kannte Typen wie Slaughter zur Genüge. Man traf sie oft in Positionen dicht unter der Spitze der Machtpyramide. Sie mußten gut sein, weil sie sonst untergingen. Ein Mann, der keine Freunde hat, dafür aber ein herausragendes Talent darin, sich Feinde zu machen, mußte in seinem Fach einfach gut sein, um zu überleben. Aber das beantwortete nicht die Frage, die mir schon auf der Zunge brannte, seit Slaughter und seine Männer hier aufgetaucht waren.

»Warum sind Sie hier, Pedersen?« fragte ich. »Sie sind doch nicht durch Zufall ausgerechnet hier aufgekreuzt, oder?«

Der junge Arzt – er war wirklich Doktor der Medizin, aber gerade erst vor zwei Monaten von der Universität gekommen – sah mich einen Moment lang ernst an, als überlege er, ob er mir mit der Antwort auf meine Frage nun ein Staatsgeheimnis verriet oder nicht. Dann schüttelte er den Kopf. »Nein«, sagte er. »Niemand kommt durch Zufall hierher, Mr. Craven. Wir wurden geschickt.«

»Von wem?«

»Vom Kommandanten von Fort Harris«, antwortete Pedersen. »Wir hörten ... Gerüchte.«

»Gerüchte?«

Pedersen nickte. »Ja. Normalerweise gibt Slaughter einen Dreck auf Gerüchte, aber es waren ein bißchen viele. Leute, die hier vorbeikamen, erzählten von sonderbaren Dingen, die vorgehen sollten. Seltsame Lichterscheinungen während der Nacht, unheimliche Laute, Spuren und vor allem Indianer, die sich hier herumtreiben sollten.«

»Oh, und da ist Ihr famoser Captain Slaughter natürlich sofort losgestürmt, um ein paar Skalps zu erbeuten, wie?«

Seltsamerweise reagierte Pedersen ganz anders, als ich erwartet hatte. Er schien nicht einmal verärgert zu sein, sondern blickte mich nur einen Moment lang stirnrunzelnd an, ehe er den Kopf schüttelte. »Jetzt tun Sie Slaughter Unrecht, Mr. Craven«, sagte er sanft. »Man kann eine Menge gegen Captain Slaughter sagen, aber ein Indianerhasser ist er nicht. Wäre er das, hätte er Sie und Ihre Begleiter ohne Warnung niederschießen lassen.«

»Wo liegt ihr Fort Harris überhaupt?« wechselte ich das Thema.

»Nicht weit von hier«, antwortete Pedersen. »Zwei Tagesritte westlich.«

»Im Westen?« Das war genau die entgegengesetzte Richtung, in die ich wollte. Nur in London, in meinem Haus am

Ashton Place, hatte ich die Möglichkeit Priscylla zu heilen, zusammen mit meinem Freund und Mentor Howard Lovecraft. Der gute Howard! Er mußte sich bereits die größten Sorgen um mich machen. »Hören Sie«, fuhr ich an Pedersen gewandt fort, »ich muß auf schnellstem Wege nach England. Und der führt über den Hafen von New York.«

»Nur keine Sorge, mein lieber Freund«, ertönte eine Stimme vom Eingang her. »Ein toter Mann braucht kein Schiff. Und die Galgen in Fort Harris sind mindestens genausogut wie die in New York.«

Ich sah, wie Pedersen zusammenfuhr und ein bißchen bleicher wurde, als er ohnehin schon war, als er Slaughters Stimme hörte. Keiner von uns hatte bemerkt, daß er hereingekommen war. Wahrscheinlich fragte sich der arme Kerl jetzt, wieviel von seinen Worten der Captain wohl gehört haben mochte.

Betont langsam drehte ich mich herum und blickte Slaughter an.

Wäre die Situation etwas weniger unangenehm gewesen, hätte er einen durchaus komischen Anblick geboten. Sein Gesicht war geschwollen und zur Hälfte rot angelaufen, und über seinem rechten Ohr lag ein dicker Verband, der mit einem Knoten unter seinem Kinn gehalten wurde. Er sah aus wie die typische Witzfigur im Wartezimmer eines Dentisten. Übrigens war er auch genauso übler Laune.

»Sie ... Sie sollten eigentlich schlafen, Sir«, stotterte Pedersen ängstlich. »Sie haben eine Menge Blut verloren.«

Slaughter brachte ihn mit einem einzigen eisigen Blick zum Verstummen. Pedersen schien ein Stück in sich zusammenzuschrumpfen und drehte sich hastig um, um sich über die schlafende Priscylla zu beugen.

»Der Posten meldet eine verdächtige Bewegung draußen in der Wüste«, sagte Slaughter plötzlich. Er starrte mich an. »Das sind nicht zufällig ein paar von Ihren rotärschigen Freunden, die gerade darüber nachdenken, wie sie uns am besten erledigen können, Mr. Craven? Das wäre nämlich äußerst peinlich für Sie.« Er grinste schief. »Ich gebe Ihnen mein Wort, daß Sie der erste sind, der in die ewigen Jagdgründe humpelt.«

»Dort draußen ist keiner meiner Brüder«, antwortete Maatekaname an meiner Stelle.

»Was du nicht sagst«, spottete Slaughter. »Dann kann ich mich ja beruhigt wieder hinlegen.«

Ich sprang auf. »Zum Teufel, Captain«, unterbrach ich ihn. »Was müssen wir noch tun, um Ihnen zu beweisen, daß wir weder Verbrecher noch verrückt sind? Das Ganze ist ein einziges großes Mißverständnis.«

»Ich weiß, ich weiß«, seufzte Slaughter. »Die Gefängnisfriedhöfe sind voll von Mißverständnissen, Craven.«

Ich seufzte, schluckte die wütende Antwort, die mir auf der Zunge lag, herunter und widerstand im letzten Moment der Versuchung, dem bösen Spiel ein Ende zu bereiten und ihn mit Hilfe meiner magischen Kräfte schlichtweg zu hypnotisieren. Über kurz oder lang würde mir wohl keine andere Wahl mehr bleiben, als dies zu tun, aber noch schreckte ich vor dieser letzten Möglichkeit zurück. Ich habe es immer gehaßt, einen Menschen seines freien Willens zu berauben. Es hat etwas Entwürdigendes.

Und davon ganz abgesehen war ich nicht mehr sicher, ob es mir gelingen würde, diesen Betonschädel geistig zu beeinflussen.

»Okay, Captain«, sagte ich. »Versuchen wir es noch einmal.« Ich deutete auf Priscylla. »Sie haben selbst erlebt, daß sie krank ist, oder? Ixmal und Maatekaname haben versucht, ihr zu helfen. Auf eine Weise, die Ihnen vielleicht seltsam vorkommt, das gebe ich zu. Aber sie war niemals in Gefahr.«

»So«, machte Slaughter und sah mich mit einer Mischung aus Neugier und Zorn an. »Wissen Sie, Mr. Craven«, fuhr er fort, »das Ganze ist mir zu kompliziert. Ich bin hierhergeschickt worden, weil es hier nicht mit rechten Dingen zugehen soll und was ich finde, scheint diese Tatsache zu bestätigen. Sollen sich andere die Köpfe darüber zerbrechen. Ich für meinen Teil werde tun, was mir befohlen wurde, und Sie allesamt sicher nach Fort Harris bringen.«

»Zum Teufel mit Ihrem Fort Harris!« Mir riß der Geduldsfaden. »Ich muß auf dem schnellsten Weg nach New York. Und das Mädchen da muß zu einem Arzt.«

»Pedersen kümmert sich um sie«, sagte Slaughter lächelnd. »Er ist zwar noch ein bißchen jung und redet vielleicht ein wenig zu viel –« Bei diesen Worten sah er Pedersen durchdringend an, und der junge Doktor schrumpfte ein weiteres Stück in sich zusammen. »– aber er ist ein verdammt guter Arzt, glauben Sie mir. Und jetzt kein Wort mehr.«

In diesem Moment wurde die Zeltplane ein weiteres Mal zurückgeschlagen. Ein hektisch gerötetes Gesicht unter einem blauen Käppi lugte herein und Slaughter drehte sich mit einem unheilschwangeren Stirnrunzeln herum.

»Was ist los?« fauchte er. »Ich hatte Befehl gegeben, mich nicht zu stören.«

»Ver ... zeihung, Sir«, stotterte der Soldat. »Aber Harris und Stone sind zurück. Sie haben einen Mann aufgegriffen, der vor dem Lager herumschlich.« Er lächelte verunglückt. »Sie ... sollten ihn sich ansehen«, fügte er hinzu.

Slaughters Stirnrunzeln vertiefte sich. Aber er sagte kein Wort mehr, sondern fuhr mit einer zackigen Bewegung auf dem Absatz herum, scheuchte den Mann beiseite und trat aus dem Zelt. Neugierig folgte ich ihm und blieb erst stehen, als sich der Gewehrlauf des Soldaten in meinen Magen bohrte. Aber zumindest scheuchte er mich nicht ins Zelt zurück, so daß ich mitansehen konnte, was draußen geschah.

Die beiden Soldaten, von denen der Mann gesprochen hatte, waren dicht vor dem Feuer stehengeblieben, wie um Sorge zu tragen, daß sie auch ja gut beleuchtet wurden. Zwischen ihnen stand eine gebeugte, heruntergekommene Gestalt.

Und als ich sie sah, wußte ich auch, was der ungläubige Ton in der Stimme des Soldaten zu bedeuten hatte.

Der Mann war etwas kleiner als ich, aber wesentlich breitschultriger. Unter dem zerrissenen Kettengewebe seiner seltsamen Kopfbedeckung quoll lockiges schwarzes Haar hervor, und sein Gesicht war gezeichnet von einer Anstrengung, die ihn bis an die Grenzen seiner Kräfte erschöpft haben mußte. An seiner Seite hing ein gut meterlanges, beidseitig geschliffenes Schwert. An seinem linken Arm prangte ein dreieckiger Schild, weiß und schartig und mit einem gleichschenkeligen roten Kreuz mit gespaltenen Enden bemalt. Das gleiche Symbol wiederholte sich auf der Brust seines zerfetzten weißen Rockes, unter dem das Silber eines Kettenhemdes blitzte.

Vor uns stand ein Tempelritter.

Captain Slaughter schien von dem unglaublichen Anblick noch um einiges mehr überrascht zu sein als ich, denn er blieb eine volle Minute wie vom Donner gerührt stehen und starrte den Templer an. Dann trat er, noch immer stockend und sichtlich um seine Fassung kämpfend, auf den Mann zu. Er versuchte sogar zu salutieren, aber das Ergebnis seiner Bemühungen war einigermaßen kläglich.

»Guten ... Abend«, stammelte er. »Ich bin ... Captain Slaughter von der elften US-Kavallerie. Und ... mit wem habe ich ... das ... äh, Vergnügen?«

Der Templer sah auf. Sein Blick war leer, und ich sah, daß er vor Erschöpfung schwankte. Aber seine Stimme war überraschend klar, als er antwortete.

»Ich bin Bruder Simon«, sagte er. »Und ich danke Gott dafür, daß wir Sie und Ihre Leute gefunden haben, Captain. Wir sind in großer Gefahr. Die Schergen des Teufels sind auf unserer Spur.«

Captain Slaughter machte: »Äh?« – was mir in Anbetracht der Situation ein äußerst geistreicher Kommentar zu sein schien, – und trat einen weiteren Schritt auf Bruder Simon zu.

Genauer gesagt – er wollte es.

Denn in diesem Moment hob der Tempelritter den Blick, sah zu mir herüber – und erkannte mich.

Seine Augen weiteten sich. Für eine Sekunde blitzte Unglauben in seinem Blick auf. Dann überschlug sich alles.

Der Templer bewegte sich mit einem Male so schnell, daß das Auge seinen Bewegungen kaum mehr zu folgen vermochte. Mit einem einzigen, unglaublich raschen Ruck riß er sich aus dem Griff der beiden Soldaten zu seinen Seiten los, stieß Slaughter zu Boden und zog einen Dolch aus dem Gürtel.

Er warf die Waffe mit aller Kraft.

Der Dolch schien sich in einen silbernen Blitz zu verwandeln. Ich sah ihn heranfliegen, und ich wußte, daß der Wurf mir galt und die Waffe mich töten würde. Verzweifelt warf ich mich zurück, doch meine Bewegungen erschienen mir lächerlich langsam im Vergleich mit dem heranrasenden Dolch.

Das Messer verfehlte mich.

Aber es traf Pedersen, der hinter mich getreten war, und tötete ihn auf der Stelle.

Er hatte die Schüsse gehört: zuerst einen, dann einen zweiten, dann eine ganze Salve peitschender Gewehrschüsse, die so schnell aufeinander erfolgten, daß sie fast wie eine einzige, nicht enden wollende Explosion klangen. Und er wußte ganz genau, was sie bedeuteten. Trotzdem fuhr er wie unter einem Peitschenhieb zusammen, als er die Schritte hörte und die Stimme, die mit einer Mischung aus Verzweiflung und Zorn schrie, daß sie Bruder Simon getötet hatten.

Balestrano wandte sich mit einem Ruck um, schlug die Hand vor die Augen und preßte die Zähne so fest zusammen, daß kleine feurige Pfeile durch seinen Kiefer schossen. Aber es half nicht. Der körperliche Schmerz vermochten den anderen, tiefergehenden, nicht zu vertreiben.

Wieder einer, dachte er verzweifelt. Sollte er denn gar keine Chance haben? Was denn alles, was er tat, falsch?

Herr im Himmel!, schrie er in Gedanken. *Wenn du meine Stimme noch hörst, dann hilf ihnen!*

Aber alles, was er zur Antwort bekam, war ein lautloses meckerndes Lachen in seinen Gedanken und es kam ganz und gar nicht aus dem Himmel.

Hinter ihm ertönten Schritte und als er sich herumdrehte, sah er einen Krieger auf sich zulaufen, taumelnd und so schwach vor Erschöpfung, daß er drei Schritte vor ihm auf die Knie fiel und sekundenlang würgend nach Luft rang, ehe er überhaupt sprechen konnte.

»Tot«, stammelte er. »Sie … sie haben ihn … erschossen, Bruder. Sie haben … Simon *ermordet*.«

»Was ist geschehen, Bruder?« fragte Balestrano mit erzwungener Ruhe. »Sprich.«

Der Templer keuchte, versuchte sich hochzustemmen und sank wieder in den Sand zurück, als seine Beine unter seinem Gewicht nachgaben. Die Adern an seinem Hals pochten so heftig, als wollten sie zerreißen.

»Ich bin Bruder Simon gefolgt«, begann er schweratmend. »Wie du befohlen hast. Er … er wurde von zwei Männern aufgegriffen, aber zuerst schienen sie freundlich. Trotzdem hielt ich mich noch weiter verborgen.«

»Das war richtig.« Balestrano nickte. »Weiter?«

»Sie brachten ihn ins Lager«, fuhr der Templer fort. »Ich

sah, wie ... wie er mit einem von ihnen sprach. Einem Mann in Uniform, vielleicht ihr Anführer, dachte ich.«

»Dachtest du?« Balestrano war die Wortwahl des Kriegers nicht entgangen.

Der Mann nickte. In seinem Gesicht zuckte ein Nerv. »Er ist bei ihnen, Bruder«, stammelte er. »Necrons Verbündeter. Der Mann mit der weißen Strähne im Haar.«

Balestrano keuchte. Sein Herz machte einen schmerzhaften Sprung. »Craven?« fragte er ungläubig. »Bist du sicher?«

»Ganz sicher!« antwortete der Templer. »Ich habe ihn erkannt. Ganz genau. Bruder Simon sah ihn auch und versuchte ihn zu töten, aber sie waren schneller. Sie ... sie haben ihn erschossen. Er hatte keine Chance.«

»Craven?« murmelte Balestrano, als hätte er die letzten Worte des Mannes gar nicht gehört. »Robert Craven? Er lebt? Und er ist hier?«

Der Mann nickte. Er sagte nichts mehr und auch Balestrano verfiel für lange Minuten in Schweigen. Hinter ihm bewegten sich Schatten. Die Dunkelheit grinste höhnisch. Aber das sah niemand.

Und selbst wenn Balestrano es gesehen hätte – jetzt wäre es ihm gleich gewesen.

»Ruf die anderen zusammen«, sagte er nach einer Weile. »Erzähle ihnen, was geschehen ist. Und dann haltet euch bereit.«

Plötzlich war alle Schwäche aus seiner Stimme gewichen. »Wir greifen das Lager an, noch ehe die Sonne aufgeht.«

»Ich kann ihm nicht mehr helfen.« Maatekaname seufzte, richtete sich mit einer hilflos wirkenden Bewegung auf und warf mir einen raschen Blick zu. Er hatte Pedersen untersucht, aber selbst seine geschickten Hände waren zu spät gekommen. Der junge Arzt mußte auf der Stelle tot gewesen sein.

»Mein Herz ist in Trauer«, sagte Maatekaname, diesmal an Slaughter gewandt, der mit steinernem Gesicht und vor der Brust verschränkten Armen vor dem Zeltausgang stand. Seit dem uns allen unerklärlichen Amoklauf des Tempelritters waren kaum drei Minuten vergangen, und draußen im Lager herrschte noch immer helle Aufregung. Durch die Zeltbahnen drangen aufgeregte Stimmen, Schritte und Schreie, dann und wann das Wiehern eines Pferdes oder Hufschlag.

Slaughter war vor wenigen Augenblicken wieder zu uns hereingekommen, nachdem er seine Männer auf die Felsen über dem Lager gescheucht hatte, wo sie mit entsicherten Gewehren Wache standen. Seltsamerweise hatte er kein Wort gesagt, bisher.

Jetzt aber blitzte es in seinen Augen auf. »Ihr Herz, so«, wiederholte er Maatekanames Worte. Seine Stimme hatte einen beißenden Klang. »Das sind ja wunderschön blumige Worte. Vielen Dank auch.« Er schürzte die Lippen, atmete hörbar ein und blickte einen Moment auf Pedersen herab, ehe er fortfuhr, viel leiser und mit völlig veränderter Betonung. »Es ist schön, wenn dein Herz in Trauer ist, Mann. Vor allem, wenn man bedenkt wie erfüllt Pedersens Leben bisher gewesen ist. Und wie verdammt lang.« Er sah auf, blickte aber mich an, als spüre er instinktiv, wer der Hauptverantwortliche für all das hier war. »Diese Mission hier war sein erster Befehl, wissen Sie das, Craven?«

»Bitte, Captain«, sagte ich. »Sie müssen uns glauben, daß es uns leid tut. Niemand wollte das.«

»Natürlich nicht, Craven«, antwortete Slaughter. »Dieser Irre wollte nicht Pedersen treffen, sondern Sie! Der Dolch galt Ihnen. So war es doch, oder?«

Ich nickte. Es wäre wohl ziemlich albern gewesen, das Offensichtliche abzustreiten.

»Warum?« fragte Slaughter ruhig.

»Ich habe keine Ahnung«, antwortete ich. »Ich weiß nicht einmal –«

Slaughter schlug warnungslos zu.

Ich sah seine Faust kommen, aber meine Reaktion war viel zu langsam. Slaughters Hieb ließ mich zurücktaumeln und stürzen. Einen Moment lang blieb ich benommen liegen, dann öffnete ich stöhnend die Augen, hob die aneinandergebundenen Hände und betastete meine Unterlippe. Sie war aufgeplatzt und blutete stark. Mein ganzer Kiefer war taub.

»Fühlen Sie sich jetzt besser?« fragte ich leise.

Slaughter starrte auf mich herab, kam näher und blieb breitbeinig über mir stehen. Seine Hände waren noch immer zu Fäusten geballt.

»Sie werden mir jetzt endlich sagen, was hier vorgeht, Craven«, sagte er, ganz ruhig, aber in einem so drohenden Ton, daß ich einen eisigen Schauder verspürte. Ich wollte antworten, aber Slaughter sprach mit der gleichen, eisigen Betonung weiter: »Ich will kein: *Ich weiß es nicht* und *das verstehen Sie ja doch nicht*! mehr hören, Craven, ist das klar? Es ist mir scheißegal, ob ich das Recht dazu habe oder nicht, aber ich werde die Wahrheit aus Ihnen herausprügeln, wenn es sein muß. Ich will wissen, was dieser Mumpitz zu bedeuten hat! Zuerst treffe ich auf eine Bande Verrückter, dann auf eine übergeschnappte Kannibalentochter und dann dieser Kerl im Affenkostüm, der herkommt und einen meiner Leute umlegt! Zum Teufel, ich will jetzt eine Antwort, oder ich hänge Sie höchstpersönlich auf, Craven!«

Ich wagte es nicht mehr, ihm zu widersprechen. Nicht einmal so sehr aus Angst, sondern vielmehr, weil ich ihn im Grunde verstehen konnte. Für jemanden, der die Vorgeschichte nicht kannte, mußte dies alles wie die Uraufführung eines Laienspielstückes aus dem Irrenhaus aussehen. Allerdings aus der geschlossenen Abteilung.

Mühsam setzte ich mich auf, wischte mir mit dem Handrücken das Blut vom Kinn und sah zu Slaughter hoch. »Glauben Sie mir, wenn ich sage, daß ich wirklich nicht weiß, warum der Templer versucht hat, mich zu töten?« fragte ich.

»Templer?«

»Der Mann im Affenkostüm wie Sie ihn nannten, Captain. Das, was Sie als Affenkostüm bezeichneten, ist die traditionelle Tracht der Rit-«

»Ich weiß, was ein Tempelritter ist«, unterbrach mich Slaughter. »Genauer gesagt, was sie waren. Dieser Orden ist vor fünfhundert Jahren aufgelöst worden. Denken Sie sich etwas Intelligenteres aus, wenn Sie mich für dumm verkaufen wollen.«

»Das ist verdammt noch mal die Wahrheit«, sagte ich. »Der Templerorden wurde offiziell ausgelöscht, aber in Wahrheit existierte er weiter. Es gibt ihn noch heute.«

Slaughter starrte auf mich herab und schwieg.

»Sie laufen natürlich nicht mehr in ihren historischen Gewändern herum«, fuhr ich fort, ein wenig unsicher geworden. »Eigentlich tragen sie sie nur noch, wenn sie sich im geheimen treffen.« *Oder wenn sie in den Kampf ziehen,* fügte ich in Gedanken hinzu. Aber das sprach ich vorsichtshalber nicht aus. Hätte ich auch noch versucht, Slaughter von Necron und der Drachenburg und allem anderen zu erzählen, hätte er mir wahrscheinlich schlichtweg einen Knebel verpaßt und mich ins nächste Irrenhaus geschleift. Oder auf der Stelle erschossen.

»Und?« sagte Slaughter, als ich nicht schnell genug weitersprach.

»Das *und* verstehe ich selbst nicht«, gestand ich. »Ich kenne diese Männer, recht gut sogar. Aber bis vor ein paar Minuten war ich der Meinung, daß wir … nun, zumindest Verbündete sind, wenn schon keine Freunde.«

Aber noch während ich diese Worte aussprach, mußte ich an eine Szene denken, die erst wenige Tage zurücklag: Der Mann, der Pedersen getötet hatte, war nicht der erste Templer gewesen, der versuchte, mich umzubringen. Reynaud de Maizieres hatte das gleiche versucht. Aber damals war einfach zu viel geschehen, als daß ich Zeit gefunden hätte, darüber nachzudenken. Was zum Teufel war in Paris geschehen, daß die Templer mit einem Male versuchten, mich umzubringen?

»Das ist also alles«, vergewisserte sich Slaughter.

Ich nickte. »Alles, was ich Ihnen im Moment erklären kann, Captain«, sagte ich. »Ich weiß nicht, wie dieser Mann hierher kommt. Und ich weiß noch viel weniger, warum er mich töten wollte. Das ist die Wahrheit.«

Ich sah ihn durchdringend an, und ich tat noch ein kleines bißchen mehr: Ich griff ganz behutsam nach seinem Geist. Nicht, daß ich ihn wirklich hypnotisierte oder ihm seinen freien Willen nahm, nein – aber ich gab ihm einen ganz kleinen Schubs in die richtige Richtung. Als ich den Blick senkte, war er deutlich mehr geneigt, mir zu glauben.

Was nicht etwa hieß, daß er auch nur einen Deut freundlicher geworden wäre.

»In Ordnung, Craven«, sagte er hart. »Für jetzt belassen wir es dabei. Ich finde auch ohne Ihre Hilfe heraus, was es mit diesen Verrückten auf sich hat, glauben Sie mir.«

»Was meinen Sie damit?« fragte ich.

Slaughter schnaubte. »Ich werde ein paar meiner Männer losschicken«, sagte er. »Möglicherweise schleichen ja draußen noch mehr von diesen … ausgestorbenen Tempelrittern herum. Dieser Wahnsinnige sprach in der Mehrzahl, haben Sie das vergessen?«

»Eine Patrouille?« Ich erschrak. »Um Gottes willen, tun Sie das nicht, Captain.«

Slaughters Augen wurden zu engen, mißtrauisch zusammengepreßten Schlitzen. »Und warum nicht, wenn ich fragen darf, Mr. Craven?«

»Weil Sie keinen Ihrer Männer wiedersehen würden, Captain«, antwortete ich. »Glauben Sie mir – wenn dort draußen wirklich noch mehr Tempelritter sind, reiten Ihre Leute in den sicheren Tod.«

»So?« fragte Slaughter. »Das klingt überzeugend. Allerdings gibt es noch eine andere Möglichkeit – nämlich die, daß Sie Angst davor haben, daß wir einen dieser Typen schnappen, Craven. Wer weiß, vielleicht könnte einer von ihnen etwas erzählen, was Ihnen nicht in den Kram paßt.«

»Captain, ich meine es ernst!« sagte ich. »Ihre Leute haben keine Chance«

»Gegen einen Haufen Verrückter in bunten Kleidern und mit langen Messern?« Slaughter lachte böse. »Dies hier ist die US-Kavallerie, Craven. Kein Kindergarten!« Ohne ein weiteres Wort drehte er sich herum und stampfte aus dem Zelt.

Es mußte eine gute halbe Stunde vergangen sein, seit Slaughter uns allein gelassen hatte – allerdings nicht, ohne eine gleich vierfache Wache draußen vor dem Zelt zurückzulassen. Ihre Umrisse waren als verschwommene Schatten auf der Lederbespannung des Zeltes zu sehen, und manchmal drang das leise Klirren von Metall herein, wenn sie mit ihren Waffen spielten. Ich glaubte ihre Nervosität beinahe riechen zu können.

Die Aufregung draußen im Lager indes hatte sich allmählich gelegt, wie ich durch den schmalen Spalt im Eingang erkennen konnte, und auch hier drinnen im Zelt war es sehr still geworden. Wir hatten kaum ein Wort gewechselt, seit Slaughters dramatischem Abgang. Maatekaname und Ixmal hockten in einer Ecke, der junge Indianer war sogar eingenickt.

Mit einem resignierenden Seufzer drehte ich mich herum und blickte wieder auf Priscylla herab. Sie schlief noch immer und auf ihren Zügen lag noch immer dieser seltsam *zufriedene*

Ausdruck. Ich spürte einen eisigen Schauer. Ich hatte mich lange gegen den Gedanken gewehrt, aber ganz langsam und unaufhaltsam begann ich *Angst* vor Priscylla zu empfinden. Nicht vor ihr natürlich, aber vor dem, in das sie sich verwandelt hatte. Ihr Geist war tiefer denn je im Banne finsterer Magie. Und ich bezweifelte, daß es mir jemals gelingen würde, ihn wieder ganz daraus zu lösen.

Mein Blick fiel auf das NECRONOMICON, diese in schwarzes Leder gebundene Monstrosität, die auf ihrer Brust lag, und fast ohne mein Zutun hob ich die Hand und streckte sie nach dem Buch aus.

Aber ich führte die Bewegung nicht zu Ende. Möglicherweise würde es mir sogar gelingen, dieses Buch zu nehmen und aufzuschlagen, und möglicherweise war es mir sogar möglich, das zu tun, was mir ein kleiner lästerlicher Kobold hinter meiner Stirn seit geraumer Zeit zuflüsterte: darin zu lesen, um einen Bannspruch zu finden, der Priscylla befreite. Ja ich war in diesem Moment sogar *sicher*, daß ich es gekonnt hätte.

Aber ich war auch genauso sicher, daß es nicht helfen würde. Vielleicht würde *ich* Priscyllas Geist befreien, aber was immer geschah, es würde nur schlimmer werden. Man konnte das Böse nicht mit dem Bösen bekämpfen, ohne mehr Böses zu erzeugen.

Die Minuten dehnten sich zu Stunden. Mehrmals übermannte mich der Schlaf, doch ich schreckte stets nach ein paar Sekunden wieder hoch. Schließlich – es mußten etwa zweieinhalb Stunden vergangen sein – wurden draußen vor dem Zelt Schritte laut und Slaughter kam zurück. Er wirkte aufgeregt. Der Verband über seinem Ohr war dunkel geworden und durchgeblutet, aber das schien er nicht einmal zu bemerken.

»Kommen Sie, Mr. Craven«, sagte er aufgeregt. »Ich denke, das dort draußen wird Sie interessieren.«

»Was ist passiert?« fragte ich.

»Die Patrouille kommt zurück«, erklärte Slaughter triumphierend. »Unversehrt. Und mit einem Ihrer *unbesiegbaren* Tempelheinis als Gefangenem!« Er trat vom Eingang zurück und fuchtelte ungeduldig mit den Händen, als wir nicht schnell genug aus dem Zelt kamen.

Ich teilte seinen Optimismus allerdings nicht zur Gänze. Wenn sich dort draußen in der Wüste wirklich eine Abteilung von Jean Balestranos Tempelrittern aufhielt, war es schwer vorstellbar, daß sie sich von ein paar Kavalleristen überrumpeln ließ.

Andererseits hatten die Soldaten den Vorteil der Überraschung auf ihrer Seite. Der Templer, der Pedersen getötet hatte, hatte sichtlich nicht damit gerechnet, *mich* bei den Soldaten anzutreffen, und den Vereinigten Staaten von Amerika hatten die Tempelherren meines Wissens den Krieg noch nicht erklärt. Möglicherweise waren es auch nur zwei oder drei Mann gewesen. Ich hatte den Untergang der Drachenburg mit eigenen Augen mitangesehen. Wenn ihn einige der Angreifer überlebt hatten, mußten sie am Ende ihrer Kräfte sein.

Aber all diese Fragen waren reine Zeilenschinderei. Ich würde die Antworten in wenigen Minuten bekommen.

Slaughters ganze Truppe war am westlichen Ende des Lagers zusammengelaufen, von wo sich der Hufschlag der Patrouille näherte. Einzig die drei Soldaten, die auf den Felsen oberhalb des Lagers Aufstellung genommen hatten und mit schußbereiten Gewehren in die Nacht hinausstarrten, rührten sich nicht.

Unvermittelt blieb ich stehen und blickte noch einmal zu den drei nur als bloße Schatten erkennbaren Männern auf den Felsen hinauf. Der Hufschlag war jetzt schon sehr nahe gekommen, und beinahe glaubte ich in der Dunkelheit jenseits des Feuers schon die Gestalten der vier Reiter zu erkennen – aber die Männer dort oben *bewegten sich nicht*.

»Slaughter!« rief ich.

Slaughter reagierte nicht.

»Slaughter!« rief ich noch einmal, und jetzt so laut, daß sich ein paar der Kavalleriesoldaten herumdrehten und stirnrunzelnd in meine Richtung blickten. »Irgend etwas stimmt hier nicht!«

Aber es war schon zu spät, selbst wenn Slaughter auf meine Warnung gehört hätte – was er nicht tat.

Die Reiter waren heran. Sie ritten nicht im Galopp, aber doch sehr schnell, so daß der Gefangene, der zwischen ihnen ging, aus Leibeskräften rennen mußte, um nicht von dem Lasso zu Boden gerissen und mitgeschleift zu werden, mit dem er gefesselt war. Sie nahmen ihr Tempo auch nicht zurück, als sie näherkamen, so daß Slaughters Soldaten, die zusammengelaufen waren, instinktiv zurückzuweichen begannen.

Und in diesem Moment bewegten sich die Soldaten oben auf den Felsen.

Was danach kam, ging so schnell, daß ich nicht einmal mehr Gelegenheit zu einem erschrockenen Ruf fand. Der Gefangene, der mit weit ausgreifenden Schritten zwischen den vier Reitern einherlief, stolperte plötzlich, schlug lang hin und wurde ein Stück weit mitgeschleift.

Dann ließ der das Seil los.

Und im gleichen Moment eröffneten seine vier Bewacher das Feuer auf Slaughters Männer.

Die Überraschung war vollkommen. Vier von Slaughters völlig überrumpelten Soldaten sanken getroffen zu Boden, aber schon peitschte die nächste Gewehrsalve, und wieder brachen zwei der Blauröcke in die Knie. Die anderen spritzten in heller Panik auseinander, als die vier Reiter ihren Tieren die Sporen in die Seiten trieben und auf sie zusprengten, unterstützt von dem fünften Mann, der jetzt kein Lasso, sondern ein Schwert in den Händen hielt. Und auch in den Händen der Reiter blitzten plötzlich tödliche Klingen, die sie auf die flüchtenden Soldaten heruntersausen ließen.

Abermals krachten Schüsse, aber nicht die vier Angreifer gaben sie ab, sondern die Wächter oben auf den Felsen! Instinktiv ließ ich mich fallen, rollte über die Schulter ab und landete unsanft auf der Nase, als ich die Bewegung beenden und aufspringen wollte, von meinen Fußfesseln aber nachhaltig daran gehindert wurde.

Mein Mißgeschick rettete mir das Leben, denn eine Kugel pfiff genau dort entlang, wo sich mein Kopf befunden hätte, wäre ich aufgestanden. Hastig kroch ich auf Händen und Füßen ein Stück zur Seite und richtete mich erst wieder auf, als ich im Sichtschutz des Wigwams angelangt war.

Was ich sah, ließ mich vor Entsetzen abermals erstarren. Seit dem heimtückischen Überfall war noch keine halbe Minute vergangen, aber das Lager glich einem Schlachtfeld. Die vier Templer waren aus den Sätteln gesprungen und wüteten unter Slaughters Männern. Es war ein bizarrer Anblick:

Die Soldaten waren bis an die Zähne bewaffnet und alles andere als Schwächlinge oder feige, und doch schienen sie keine Chance gegen die rasenden Templer zu haben. Wer jemals die Behauptung aufgestellt hat, daß Schußwaffen einem Schwert überlegen seien, der hat nie gesehen, was eine solche Waffe in der Hand eines Mannes anrichten kann, der wirklich damit umzugehen versteht. Hinzu kam die Überraschung, die wirklich vollkommen gewesen war. Und die Tatsache, daß es ein Selbstmordkommando war.

Die Templer mußten wissen, daß sie wenig Aussichten hatten, den Angriff zu überleben. Aber es war ihnen sichtlich egal. Ich sah, wie einer von Slaughters Männern endlich auf die Idee kam, seinen Revolver zu ziehen und auf einen der Angreifer anzulegen, aber der Templer machte nicht einmal den Versuch, auszuweichen, sondern drang mit erhobenem Schwert auf ihn ein.

Der Soldat drückte ab, traf, und der Templer stürmte weiter, rammte dem Kavalleristen das Schwert in den Leib und brach über seinem Opfer zusammen.

Wieder krachte eine ganze Salve dumpfer Gewehrschüsse. Zwei, drei von Slaughters Leuten brachen getroffen zusammen und irgend etwas fuhr mit einem hörbaren »Flopp!« dicht neben meiner Schulter durch die Zeltbahn und wühlte den Boden auf.

Schließlich war der Kampf zu Ende. Slaughters Soldaten, die sich endlich von ihrem Schrecken erholt hatten, hatten die fünf Tempelritter überwältigt.

Aber welchen Preis hatten sie dafür bezahlt!

Ich sah auf Anhieb mindestens sechs Tote. Und eine weitaus größere Anzahl mehr oder weniger schwer Verwundeter. Auch Slaughter selbst war nicht ganz ungeschoren davongekommen: Ein langer, wenn auch nicht sehr tiefgehender Schnitt zierte seine rechte Wange, als er wutschnaubend vor mir auftauchte. Seine Augen flammten vor Zorn wie kleine, lodernde Kohlen. Wie ein leibhaftiger Racheengel stapfte er auf mich zu und grabschte nach mir. Ich versuchte beiseite zu springen, war aber nicht schnell genug, so daß er mich zu fassen bekam und wie eine Strohpuppe schüttelte.

»Sind Sie jetzt zufrieden, Craven?« brüllte er. »Sehen Sie sich um – das alles ist Ihr Werk!« Damit versetzte er mir einen

Stoß, der mich nach vorne und auf die Knie taumeln ließ, riß mich aber sofort wieder hoch und holte mit der freien Hand aus, als wolle er mich schlagen. Aber er führte die Bewegung nicht zu Ende und irgend etwas in seinem Blick schien zu erlöschen; statt der brodelnden Wut, die ich noch einen Sekundenbruchteil zuvor darin gesehen hatte, machten sich Erschrecken und dann ein dumpfer Schmerz in seinen Augen breit.

»Verzeihen Sie«, murmelte er. »Ich habe einfach die Beherrschung verloren.«

»Schon gut«, log ich. Meine Knie schmerzten, so wuchtig hatte er mich zu Boden gestoßen. Trotzdem fiel es mir schwer, Slaughter wirklich böse zu sein. Ich glaube nicht, daß ich den Schock, den die Ereignisse für ihn bedeuteten, wirklich in vollem Umfang verstehen konnte. Beinahe tat er mir sogar leid.

Slaughter trat unruhig von einem Bein auf das andere. Sein Blick huschte über das Lager, dann über die Felsen, auf denen die Wächter gestanden hatten, und blieb schließlich wieder an mir haften.

»Und jetzt«, sagte er mühsam gefaßt, »werden Sie mir jetzt endlich sagen, was hier gespielt wird.«

Sein abermaliger Stimmungswechsel verwirrte mich ein wenig. Ich hatte nicht erwartet, daß er mir um den Hals fallen und Blutsbrüderschaft mit mir schließen würde, aber was jetzt geschah, ließ mich schaudern. Slaughters Wut war einem kalten, vielleicht noch schlimmeren Zorn gewichen.

»Ich weiß es nicht, Captain«, gestand ich.

Slaughters Augen wurden schmal. »Dann erzählen Sie mir doch einfach alles, was Sie *nicht* wissen«, sagte er lauernd. »Nur zu, Craven. Ich bin ganz Ohr.«

Zum Teufel, was sollte ich ihm erzählen? Ich wußte doch selbst nicht, was hier vorging. Die Templer waren zweifellos Überlebende der Streitmacht, die Necrons Burg vernichtet hatte – aber wenn, dann waren sie zumindest potentiell unsere Verbündeten. Warum sie uns angegriffen, war mir ein Rätsel. Und genau das sagte ich Slaughter. Diesmal unterbrach er mich nicht, sondern hörte schweigend zu, während ich versuchte, ihm so wenig wie möglich von der Wahrheit zu verraten, ohne direkt lügen zu müssen.

»Sie sagen, dieser ... Geheimbund und Sie wären Verbündete?« sagte er schließlich, als ich zu Ende gekommen war.

»Nicht direkt«, schränkte ich ein. »Aber wir sind auch alles andere als Feinde.«

»Den Eindruck hatte ich nicht«, grollte Slaughter. »Ein halbes Dutzend von meinen Männern ist tot, Craven. Irgend jemand wird dafür bezahlen, das schwöre ich Ihnen. Ich möchte nur wissen, wohin ich die Rechnung zu schicken habe.«

»Ich fürchte nur, Sie werden nichts mehr irgendwohin schicken können, Slaughter«, sagte ich ruhig. »Oder glauben Sie wirklich, der Kampf wäre schon vorüber?«

»Natürlich nicht«, erwiderte er kalt. »Aber das nächste Mal sind wir vorbereitet. Ich werde Ihren maskierten Freunden einen Empfang bereiten, mit dem sie bestimmt nicht rechnen.«

»Sie und Ihre Männer in Ehren, Captain«, entgegnete ich, »aber Sie stehen der besten Armee der Welt gegenüber. Den am besten ausgebildeten Soldaten, die es jemals gegeben hat.«

»Im Moment stehe ich nur ein paar Toten gegenüber«, antwortete Slaughter abfällig. »Sie haben uns überrascht. Das nächste Mal werden sie sich blutige Köpfe holen, verlassen Sie sich darauf.«

Ich sagte nichts mehr. Es hatte ja doch keinen Sinn.

»Alle deine Männer werden sterben«, sagte das *Ding*. Balestrano war allein mit ihm und der Nacht. Vor einer halben Stunde waren die Schüsse auf der anderen Seite des Berges verklungen, und keiner der acht Krieger, die er losgeschickt hatte, war zurückgekommen. Es würde auch keiner mehr kommen. Er hatte einen Fehler begangen, einen entsetzlichen, nicht wiedergutzumachenden Fehler. Zorn und Haß hatten sein Urteilsvermögen getrübt, nur für einen Augenblick, aber lange genug, eine Entscheidung zu treffen, die acht der zwölf Krieger, die ihm geblieben waren, das Leben kostete. Er hatte Robert Craven unterschätzt. Wieder einmal.

»Nun?« kicherte das *Ding*, das einmal André de la Croix gewesen war. »Bist du zufrieden, Bruder Jean? Deine Aufgabe ist fast erfüllt. Nur noch drei sind übrig. Gib ihnen Befehl, das Lager anzugreifen, und auch sie werden sterben.« Es lachte, ein böser Laut, der einen Moment lang im Wind mitschwang und dann verklang.

»Warum … tust du das?« stöhnte Balestrano. Er drehte sich um, starrte aus weit aufgerissenen Augen auf die nur schattenhaft erkennbare Gestalt und versuchte die Dunkelheit hinter ihr mit Blicken zu durchdringen. »Warum quälst du mich so?«

»Das ist eine äußerst dumme Frage für einen Mann deiner Intelligenz, Bruder«, kicherte das Ungeheuer.

»Ich weiß«, stöhnte Balestrano. »Aber warum tötet ihr mich nicht, wenn es das ist, was ihr wollt?«

Der Unheimliche lachte leise; ein Laut, der sich wie das Echo fernen Donners an der unsichtbaren Flanke des Berges brach und sonderbar verzerrt zurückhallte. »Weil du es nicht willst, Bruder«, zischelte er. »Du glaubst, du wärest bereit, aber es ist nur Feigheit. Oh, du würdest dich mit Freuden in dein eigenes Schwert stürzen, verlangte ich es, aber es wäre nicht ehrlich. Du hast uns verraten. Du hast unsere Seelen an den Teufel verschachert, aber du bist nicht bereit, dafür zu bezahlen. Du willst sterben, aber nicht, um zu büßen, sondern aus Feigheit. Sterben ist ja so leicht, nicht?«

Er kam näher, hob seine zu einer entsetzlichen Klaue gewordene Hand und berührte Balestrano flüchtig damit an der Wange. Der Templer fuhr schaudernd zurück. Die Haut des Ungeheuers war hart und heiß wie glühendes Sandpapier. »Der Tod ist der Ausweg der Feiglinge«, fuhr die Bestie fort. »Ein kurzer Schmerz, und alles ist vorbei, nicht? Aber so leicht kommst du uns nicht davon. Wir werden dich holen, aber erst, wenn du bereit bist.«

»Ihr wollt, daß andere für mich büßen«, murmelte Balestrano. Das *Ding* antwortete nicht, aber gerade sein Schweigen war Antwort genug. »Ihr tötet meine Männer, damit ich leide.«

»Wir?« kicherte das *Ding*. »Du warst es, der sie in den Tod geschickt hat. So wie uns. Aber es sind noch drei übrig. Was ist, Bruder? Worauf wartest du? Warum befiehlst du ihnen nicht, hinzugehen und die Soldaten anzugreifen?«

Balestrano schwieg. Seine Gedanken drehten sich wie im Kreis. Er wußte, daß das entsetzliche Wesen recht hatte, tausendmal recht, mit jedem Wort, das es sprach. *Ist mein Haß wirklich so groß?*, dachte er schaudernd. War sein Wille, Robert Craven zu vernichten, wirklich so übermächtig, daß er nun auch noch die wenigen verbliebenen Männer, die ihm ihr

Leben anvertraut hatten, in einen sinnlosen Tod schicken würde? Drei ... Drei von fünfhundert.

Plötzlich kam das entsetzliche Wesen abermals näher. Ein Funke von Mißtrauen glomm in seinen matten Knopfaugen auf. »Ich weiß, was du jetzt denkst, Bruder«, sagte es hart. »Aber das werden wir nicht zulassen.« Eine schwarze Klauenhand deutete in die Nacht und zum Gipfel des Berges hinauf, zu der Höhle, in der das magische Tor lag. »Du denkst, du könntest sie zurückschicken, damit sie überleben und du dir auf diese Weise auch noch dein Seelenheil erkaufen kannst, wie? Balestrano, der Märtyrer.« Es lachte böse. »So leicht kommst du uns nicht davon. Sie werden sterben, einer nach dem anderen und du wirst es sein, der für ihren Tod verantwortlich ist. Es wird genauso sein, als hättest du selbst sie umgebracht.«

»Warum?« stöhnte Balestrano. »Warum diese Grausamkeit, André? Nur aus Rache?«

»Weil wir Leben brauchen«, zischelte das Wesen. »Der Tod anderer erhält uns am Leben, Bruder. Worüber beschwerst du dich? Du warst es, der uns zu dem gemacht hat, was wir jetzt sind.«

»Leben?« Balestrano starrte ins Leere. Großer Gott, dachte er, ich bin hierher gekommen, um das Böse aus der Welt zu verbannen, und nun bin ich selbst zu seinem Werkzeug geworden.

»Aber ich mache dir einen Vorschlag«, fuhr der Unheimliche fort, wieder mit diesem leisen, satanischen Kichern in der Stimme. »Von den fünfhundert, die du mitgebracht hast, leben noch drei. Drei Narren, die dir trotz allem noch immer vertrauen. Du kannst sie haben. Schick sie zurück, wenn du dafür bezahlst.«

»Bezahlen? Aber womit denn?« stöhnte Balestrano.

»Mit anderen Leben«, kicherte das *Ding*. »Mit denen der unschuldigen Soldaten dort. Mit dem Leben Robert Cravens und seiner Freunde. Du kennst doch diese Art von Geschäften, nicht wahr? Unser Leben gegen die Vernichtung der Drachenburg. Jetzt biete ich dir einen Handel an. Die Leben deiner drei letzten Männer gegen die deiner Feinde. Erlaube uns, sie anzugreifen und deine Männer dürfen gehen.«

»Erlauben?« wiederholte Balestrano verstört. »Aber wie könnte ich es euch verbieten?«

»Gar nicht«, antwortete das Wesen hart. »Aber es ist nicht die Frage, ob du es kannst, Bruder. Es ist die Frage, ob du es willst.«

Und endlich begriff Balestrano.

Trotz allem hatte er die Bosheit des Ungeheuers unterschätzt, in das sich de la Croix verwandelt hatte. Es stand in seiner Macht, ihn und die drei anderen und die Männer auf der anderen Seite des Berges zu vernichten, so leicht, wie ein Mensch ein Insekt zertrat. Aber es wollte ihn quälen. Es wollte, daß er die Entscheidung traf, seine Männer oder die mehrfache Zahl von Unschuldigen zu opfern. Es wollte ihn zwingen, die *Schuld* an diesem entsetzlichen Gemetzel zu tragen.

»Nun?« fragte de la Croix, als Balestrano auch nach einer geraumen Weile noch nicht antwortete. »Wie ist es, Bruder? Einer deiner Freunde gegen sechs deiner Feinde. Ist das ein Angebot?«

»Du Teufel«, murmelte Balestrano.

Das *Ding* kicherte. »Zuviel der Ehre, Bruder. Und keine Antwort. Also?«

Balestrano antwortete nicht. Aber das war auch nicht nötig. Das *Ding* vor ihm las seine Gedanken so mühelos wie er ein aufgeschlagenes Buch. Nach einer Weile verschwand es ohne ein weiteres Wort. Und nach einer weiteren Weile – in der Balestrano starr und wie gelähmt dagestanden hatte, ohne sich zu rühren, ohne auch nur mit der Wimper zu zucken und ohne zu denken – glomm hoch über ihm dicht unter der Spitze des Berges ein mattgrünes Licht auf.

Dreimal.

Etwas fehlte. Ein Teil in dem gewaltigen Puzzle, dessen Auflösung Tod hieß und in dem auch wir nur kleine Bruchstücke waren, lag noch nicht an seinem Platz. Und irgendwie hatte ich das Gefühl, daß es lebenswichtig für uns war, es zu finden, ehe es einer unserer Feinde tat. Dabei hatte ich die Lösung praktisch schon in Händen gehabt, das spürte ich. Ich hatte sie nur nicht erkannt.

Ohne daß ich mir der Bewegung auch nur bewußt gewesen wäre, hob ich die Hand und berührte Priscyllas Finger. Ihre Haut fühlte sich eiskalt und irgendwie zu glatt für die Haut einer Lebenden an und ihr Puls ging so schnell, daß ich sein hektisches Rasen bis in ihre Fingerspitzen fühlen konnte. Sie hatte sich nicht geregt, seit ich das Zelt wieder betreten hatte, sondern lag noch immer starr da, mit geöffneten Augen, aber leerem Blick. Auf ihren Zügen lag noch immer dieser entsetzlich zufriedene Ausdruck, der mich schaudern ließ. Und ihre Linke umklammerte noch immer dieses fürchterliche Buch wie einen Schatz, von dem ihr Leben abhing.

Slaughter hatte sich so gut auf den zu erwartenden Angriff vorbereitet wie er es zu können glaubte – die Feuer waren bis auf eines dicht an der Felswand gelöscht worden, und seine Männer hatten sich aus dem Lichtkreis zurückgezogen, um keine Ziele mehr zu bieten.

Nur daß all diese Vorsichtsmaßnahmen nichts nutzen würden, glaubte mir Slaughter einfach nicht. Ich hatte auch keinen triftigen Grund für meine Überzeugung angeben können, aber ich spürte einfach, daß der Angriff, mit dem jeder von uns rechnete, völlig anderer Art sein würde, als der Captain glaubte. Es war nur eine Ahnung, aber wenn ich nicht schon vor Jahren gelernt hätte, auf meine Ahnungen zu hören, hätte ich die gleichen Jahre nicht mehr erlebt.

Es war kurz nach fünf Uhr. Bald würde die Sonne aufgehen. Und die Templer dort draußen müßten schon mehr als komplette Narren sein, wenn sie den Vorteil, den ihnen die Dunkelheit bot, nicht ausnutzten. Bei hellem Tageslicht hatten sie keine Chance gegen Slaughters Soldaten mit ihren modernen, weitreichenden Waffen. Und das wußten sie verdammt gut.

»Wie geht es dem Mädchen?« fragte Maatekaname plötzlich hinter mir.

Ich fuhr zusammen, blickte mich kurz nach ihm um und dann wieder auf Priscyllas bleiches, eingefallenes Gesicht herab. »Unverändert«, murmelte ich. »Sie reagiert nicht.«

Maatekaname nickte. »Die Mächte des Schicksals sind gegen uns«, murmelte er auf eine Art, als wären die Worte gar nicht für mich bestimmt. »Wäre der weiße Mann mit seinen Kriegern nur einen Augenblick später gekommen ...«

Verwirrt sah ich ihn an. »Wie meinst du das?«

»Wir waren nahe daran, Blitzhaar«, sagte Maatekaname. »Deine und meine eigenen Kräfte hätten – vielleicht – die Macht des Buches besiegen können. Doch es hat uns überlistet.«

»Aber wo ist der Zusammenhang?« widersprach ich, wenn auch eher aus Hilflosigkeit als aus echter Überzeugung. »Was hat das Auftauchen der Soldaten –«

Aber ich sprach nicht weiter, denn plötzlich wußte ich es. Von einer Sekunde auf die andere war der fehlende Mosaikstein da.

Für einen winzigen Augenblick glaubte ich die entsetzliche Szene noch einmal zu sehen: Priscylla, die hilflos an den bizarren Marterpfahl gefesselt war, das kalte, alles verzehrende Feuer, das aus dem Buch brach, die gleißenden, nur für mich sichtbaren Linien magischer Energie, die aus dem Buch züngelten …

Nicht alle hatten in Priscyllas Herz geendet.

Vier der dünnen, peitschenden Fühler aus purer Energie waren in der Nacht verschwunden, irgendwo in dem lauernden Dunkel, das das Lager umgab …

Ich sprang so heftig auf, daß Maatekaname instinktiv einen halben Schritt zurückwich und Ixmal erschrocken aufblickte. Großer Gott, was für ein Narr war ich gewesen! Ich hatte die Lösung praktisch die ganze Zeit über in Händen gehalten und war einfach zu dumm gewesen, sie zu erkennen! Dabei war es so einfach!

Unsere vereinigten Kräfte hatten das Buch bedroht, und es hatte nicht anders reagiert, als auch ein lebendes Wesen an seiner Stelle reagiert hätte – es hatte sich gewehrt. Seine unsichtbaren Fühler, die ich für eine winzigen Moment geschaut hatte, hatten in die Wüste hinausgegriffen und schlichtweg Hilfe herbeigerufen! Aber es hatte erst eines uralten Medizinmanns bedurft, mir die Augen zu öffnen!

»Du weißt, was du da sagst, Maatekaname?«

»Es ist das Buch, Blitzhaar«, sagte Maatekaname sehr ernst. »Es lebt noch immer. Und es wird uns alle töten, wenn wir es nicht zerstören.«

Ich starrte ihn an. Zerstören … Ja, vielleicht war es sogar möglich, das NECRONOMICON zu zerstören, denn obgleich es ein Born unendlich mächtiger finsterer Magie war, war es verwundbar. Aber das Buch zu zerstören, würde nichts anderes als Priscyllas Tod bedeuten. Vielleicht nicht ihren *körperlichen* Tod, aber der Unterschied war nur akademischer Natur. Der lebende, atmende und noch immer wunderschöne Körper, der vor mir auf dem Büffelfell lag, war nicht die Priscylla, die ich liebte. Es war nichts. Nur ein Stück lebendes Fleisch. Trennte ich die Verbindung zwischen ihr und dem Buch gewaltsam, würde er das bleiben, für alle Zeiten.

»Wir haben keine Wahl, Blitzhaar«, sagte Maatekaname leise. Und plötzlich begriff ich, daß er ganz genau wußte, was ich dachte. Er hatte *gewollt,* daß ich diesen Gedanken dachte.

»Nein«, sagte ich.

Maatekaname lächelte traurig. »Ich verstehe dich«, sagte er sanft. »Aber es steht mehr auf dem Spiel als ihr Leben. Wir alle hier werden die Nacht nicht überleben, wenn wir dem Bösen nicht Einhalt gebieten. Und vielleicht werden noch sehr viel mehr Menschen sterben, wenn sich das Böse ausbreitet.«

Er hatte recht. Es änderte nichts an meiner Liebe zu Priscylla und meinem verzweifelten Entschluß, ihr Leben zu verteidigen, aber er hatte recht. Die Mächte des NECRONOMICON, entfesselt und ungelenkt, die über eine ahnungslose Welt hereinbrachen – der Gedanke war unvorstellbar.

»Ich kann es nicht«, flüsterte ich. »Nicht um alles in der Welt, Maatekaname.«

»Ich weiß«, sagte der alte Indianer. »Wenn es dein Wunsch ist, dann werde ich es tun.«

»Es ... würde deinen Tod bedeuten«, sagte ich stockend. Obwohl ich mich mit aller Macht dagegen wehrte, füllten Tränen meine Augen. Meine Stimme begann zu zittern, so heftig, daß ich meine eigenen Worte kaum mehr verstand.

»Ich weiß«, antwortete Maatekaname ruhig. »Deshalb bin ich es, der dir diesen Vorschlag macht.« Er lächelte milde. »Ich bin ein alter Mann. Die Spanne, die ich noch zu leben habe, ist nicht mehr sehr lange. Der Tod schreckt mich nicht. Und ich rette das Leben sehr vieler anderer damit.«

»Vielleicht«, antwortete ich, noch immer verzweifelt nach Ausflüchten und Gründen suchend, die Maatekanames Vorhaben unmöglich machen würden. »Es ... es könnte sinnlos sein. Was, wenn ... wenn es dich umbringt, ohne daß du ihm schaden kannst?«

»Das wirst du verhindern«, antwortete er. »Nun – wie ist deine Entscheidung?«

Ich drehte mich mit einem Ruck um und starrte gegen die

Zeltwand. Tränen rannen über mein Gesicht, aber diesmal versuchte ich nicht einmal mehr, sie zurückzuhalten. In meiner Brust begann sich ein tiefer, unglaublich kalter Schmerz auszubreiten. *Verzeih mir, Priscylla,* dachte ich, immer und immer wieder. Und nach einer Weile hörte ich, wie Maatekaname hinter mir mit monotoner Stimme uralte Beschwörungsformeln zu flüstern begann ...

In einer halben Stunde würde die Sonne aufgehen und obwohl sie die Wüste binnen Minuten in einen einzigen gigantischen Backofen verwandeln würde, war es jetzt noch so kalt, daß mein Atem vor meinem Gesicht sichtbar wurde. Meine Hände zitterten und ich mußte mich zu jedem einzelnen Schritt zwingen. Unsichtbare Zentnerlasten zerrten an meinen Beinen, und in mir war eine lautlose Stimme, die immer und immer wieder schrie, daß ich herumfahren und Priscylla mit mir nehmen solle, um zu rennen, so weit ich nur konnte.

Statt dessen ging ich weiter auf das prasselnde Feuer zu. Priscylla lag schlaff in meinen Armen, schlafend, aber mit offenen Augen. Sie kam mir sonderbar leicht vor. Das glückliche Lächeln auf ihren Zügen war eine böse Verhöhnung der Gefühle, die in mir tobten.

Wie Maatekaname von Slaughter die Erlaubnis für eine zweite Beschwörung erlangt hatte, wird mir wohl auf immer ein Rätsel bleiben. Vielleicht hatte er ihn schlichtweg hypnotisiert – etwas, das ich dem alten Schamanen ohne weiteres zutraute. Aber gleich wie, es war alles bereit, und auch das Feuer loderte wieder so hoch wie beim ersten Mal. Slaughter Soldaten waren beinahe unsichtbare Schatten in der Dunkelheit ringsum.

Maatekaname blieb stehen und deutete mit einer Kopfbewegung zu Boden. Behutsam ließ ich mich auf die Knie sinken, bettete Priscylla vorsichtig vor mir auf den weichen Sand und blieb einen Moment reglos so hocken. Dann richtete ich sie wieder auf, lehnte ihren Oberkörper gegen meine Hüfte und hielt sie fest. So fest ich konnte.

Ixmal begann zu summen; nicht das monotone, einlullende Lied vom ersten Mal, sondern eine düstere, aggressive Melodie, die mein Herz zum Rasen brachte. Die Dunkelheit jenseits des Feuers zog sich zusammen wie ein riesiges körperloses Tier, das Schmerzen litt.

Maatekaname ging mit langsamen, gemessenen Schritten um mich herum, blieb einen Moment reglos stehen und beugte sich dann zu Priscylla herab. Seine Lippen flüsterten noch immer Worte einer indianischen Sprache. Er wirkte wie in Trance und war es vermutlich auch.

Und dann ging alles blitzschnell.

Mit einer raschen Bewegung riß Maatekaname Priscylla das Buch aus der Hand, richtete sich auf und fuhr herum. Priscylla schrie auf, sprengte meinen Griff mit unmenschlicher Kraft und sprang in einer schlichtweg unmöglichen Bewegung auf und hinter Maatekaname her. Sie verfehlte ihn, aber noch während sie fiel, klammerte sich ihre rechte Hand um Maatekanames Bein und riß es zurück. Der alte Schamane taumelte, fiel schwer auf die Seite und stieß einen keuchenden Schmerzlaut aus. Das Buch entglitt seinen Händen, schlitterte ein Stück weit auf das Feuer zu und blieb eine Handbreit davor liegen.

Priscylla kreischte immer noch wie von Sinnen. Abermals sprang sie auf, warf sich auf Maatekaname und begann ihn mit Fäusten und Fingernägeln zu bearbeiten. Ixmal und ich versuchten sie zurückzureißen, aber dieses zarte Mädchen entwickelte die Kräfte einer Tobsüchtigen. Ich sah, wie Ixmal von einem fast beiläufigen Hieb getroffen und meterweit davongeschleudert wurde, dann traf mich selbst ein mittelgroßer Vorschlaghammer unter dem Kinn und ließ mich steif wie ein Brett zurückfallen.

Etwas, das härter als der Sand, aber nicht ganz so hart wie Stein war, dämpfte meinen Aufprall. Eine glühende Hand strich über mein Gesicht und versengte mein Haar und meine Brauen.

Instinktiv griff ich zu und spürte steinhartes Leder unter meinen Fingern, dazwischen uraltes Pergament, das wie ein lebendes Wesen pulsierte und bebte. Das NECRONOMICON!

Und im gleichen Moment, in dem sich meine Finger um das uralte Buch des Bösen schlossen, hörte Priscylla auf, Maatekanames Gesicht zu bearbeiten.

Für einen Moment erstarrte sie. Langsam, wie eine Bewegung, die gegen ihren Willen geschah, wandte sie den Kopf und blickte mich an.

Ihr Gesicht war das einer Wahnsinnigen, eine verzerrte Grimasse, in dem die Augen wie kleine brennende Seen loderten. Ihre Lippen bebten. Speichel lief über ihr Kinn. »Robert«, flüsterte sie.

Und vielleicht war es gerade das, was den letzten Anstoß gab.

Sie sprach mit Priscyllas Stimme, jenem sanften, seidenweichen Flüstern, das ich vor so langer Zeit zum letzten Mal gehört hatte. Und plötzlich war Angst in ihren Augen, nackte, panische Angst.

»Robert, tu es nicht«, flehte sie. »Du tötest mich.«

Ich schrie auf, warf mich herum – und schleuderte das NECRONOMICON mit aller Macht in die Flammen.

Priscylla kreischte, fiel von Maatekanames Brust herunter und krümmte sich wie unter Schmerzen.

Und etwas anderes, sehr Großes, fiel von den Felsen über dem Lager und landete krachend im Feuer.

Der Anblick war so unglaublich, daß ich für einen Moment allen Ernstes an meinem Verstand zweifelte.

Inmitten der prasselnden Flammen stand ein *Mann*! Sein Aufprall hatte das Feuer auseinandergerissen und brennende Scheite und Funken in alle Richtungen spritzen lassen. Die Felsen waren zehn Yards hoch, und im Inneren des lodernden Scheiterhaufens mußten irrwitzige Temperaturen herrschen – aber er lebte! Er lebte und richtete sich mühsam auf. Torkelnd, wie benommen von dem harten Aufprall, stemmte er sich auf die Füße, blieb einen endlosen Augenblick lang regungslos stehen und *bückte sich dann nach dem NECRONOMICON* !! Seine Kleider und seine Hände brannten, aber das Buch war unversehrt, als er es aus den Flammen hob.

Dann trat er mit einem einzigen, raschen Schritt aus dem Feuer heraus und blieb dicht vor mir stehen.

Mein Herz wollte es ihm gleichtun, als ich sein Gesicht sah.

Ich konnte die Hitze spüren, die die unmögliche Gestalt ausstrahlte. Das Kettenhemd, das unter den verschmorten Resten seines Templergewandes sichtbar war, glühte. Dünne graue Rauchfäden kräuselten sich von seinen Schultern. Sein Gesicht und seine Hände waren schwarz.

Aber sie waren nicht verbrannt.

Das Ding, das vor mir stand, war kein Mensch.

Es war eine Kreatur, die wie das böse Hohnbild eines Menschen aussah.

Alles an ihm war schwarz, ein Schwarz von einer Tiefe wie ich es noch nie zuvor gesehen hatte. Seine Hände waren Klauen, verkrümmte schwarze Krallen aus Horn, und sein Gesicht eine Maske des Entsetzens, schmal, grausam, mit kleinen matten Knopfaugen wie Kugeln aus Stahl, der Mund ein Schlitz, aus dem ein fürchterliches, zischendes Lachen kam.

Hinter mir klang ein Schuß auf. Ich sah, wie die Kugel gegen seine Stirn schlug. Die Horrorgestalt wankte nicht einmal.

Plötzlich krachten irgendwo in der Dunkelheit hinter uns mehr Schüsse. Menschen schrien, ein Pferd kreischte, von einer fehlgeleiteten Kugel getroffen, dann krachte eine ganze Gewehrsalve.

Und endlich erwachte ich aus meiner Erstarrung. Mit einem verspäteten Schreckensschrei prallte ich zurück, stolperte über Maatekaname und schlug rücklings auf den Boden. Die Templer-Karikatur vor mir kicherte böse, folgte mir und blieb abermals stehen. Eine ihrer schrecklichen Klauen streckte sich aus und half Priscylla auf die Füße; die andere, noch immer schwelend, umklammerte das Buch. Es war nicht einmal angesengt.

Mühsam richtete ich mich auf, kämpfte die Mischung aus Entsetzen und ohnmächtigem Zorn nieder und versuchte den Blick des Unheimlichen zu fixieren. Mit aller Macht konzentrierte ich mich. »Laß es fallen«, sagte ich. »Wirf es ins Feuer!«

Die Gestalt zögerte. Irgend etwas änderte sich im Blick ihrer furchtbaren Augen, aber ich konnte nicht erkennen, was es war: Furcht oder Spott.

»Wirf es ins Feuer!« sagte ich noch einmal. Ich unterstrich meine Worte mit aller suggestiver Macht, die ich aufbringen konnte.

»Du verschwendest deine Kräfte, Robert Craven«, sagte eine Stimme hinter mir. Eine Stimme, die ich kannte.

Ich fuhr herum und erstarrte mitten in der Bewegung.

Das Lager hatte sich in ein Chaos verwandelt, einen Hexenkessel aus Schreien und Schüssen und rennenden Gestalten, aber von alledem sah ich kaum etwas. Mein Blick hing wie gebannt auf der schmalschultrigen, weißhaarigen Gestalt im

Zeremoniengewand eines Templers, die, begleitet von einem zweiten Monster-Mann, wenige Schritte hinter mir aufgetaucht war.

»Balestrano?« flüsterte ich. »Sie?«

»Ich.« In Jean Balestranos Stimme war eine Härte, die mich schaudern ließ. »Überrascht, mich zu sehen?«

Wieder krachten Schüsse, eine ganze Salve diesmal, die den Boden dicht neben Balestrano und seinem schrecklichen Begleiter aufspritzen ließ. Balestrano zuckte nicht einmal mit der Wimper. Sein Blick war starr auf mich gerichtet.

»Jetzt bezahlst du, Robert Craven«, sagte er. »Für alles.«

»Bezahlen? Was ...« Plötzlich begriff ich. »Das war Ihr Werk«, flüsterte ich entsetzt. »Sie haben diese ... diese Kreaturen gerufen.«

»Ja!« schrie Balestrano. »Um dich zu vernichten, Craven! Ich habe es geschworen und ich werde es tun! *Jetzt*!«

Und dann geschah etwas Sonderbares. Die Schatten hinter ihm hörten auf, miteinander zu kämpfen, und zwei weitere der schwarzen Alptraumgestalten erschienen neben Balestrano. Vereinzelt krachten noch Schüsse und ich hörte hastige, trappelnde Schritte. Aber der Kampf war so rasch vorbei, wie er begonnen hatte. Ich begriff, daß es nur diese drei Ungeheuer gewesen waren, die Slaughter und seine Soldaten angegriffen hatten.

Wie um meinen Gedanken zu bestätigen, tauchte in diesem Moment Captain Slaughter selbst hinter Balestrano auf, eine Winchester in der Hand, deren noch rauchende Mündung auf den Rücken des alten Mannes zielte. Er schien instinktiv erkannt zu haben, daß Balestrano der Anführer der Angreifer war.

»Nicht, Captain«, sagte ich hastig. »Es wäre Ihr Tod. Das hier«, fügte ich etwas leiser hinzu, »geht nur mich und Bruder Balestrano etwas an.«

Slaughter zögerte tatsächlich. Unsicher irrte sein Blick zwischen mir und Balestrano hin und her. Seine Hände krampften sich um das Gewehr.

»Du täuschst dich, Craven«, sagte Balestrano hart. »Sie alle werden sterben.«

»Ja, ja«, kicherte die Schreckensgestalt neben ihm. »Einer nach dem anderen, nicht wahr, Bruder?«

»Was bedeutet das?« fragte ich hilflos. »Wer ... wer sind diese Wesen, Balestrano? Warum greifen Sie uns an? Um Gottes willen, wir sind doch Verbündete!«

Balestranos Reaktion war ganz anders, als ich geglaubt hatte. Er schrie auf, sprang auf mich zu und schlug mir so hart mit der flachen Hand über den Mund, daß ich abermals auf die Knie fiel.

»Sprich dieses Wort nicht aus, du Verräter!« kreischte er mit überschnappender Stimme. »Schau sie dir an! Schau dir diese Männer an, Craven! Sie waren meine Freunde! Meine Brüder, die mir vertraut haben. Durch deine Schuld sind sie zu dem geworden, was sie jetzt sind! Durch deine Schuld sind fünfhundert ihrer Kameraden draußen in der Wüste verblutet! Durch deinen Verrat –«

»Sie sind ja verrückt«, unterbrach ich ihn stöhnend. Meine Lippe war aufgeplatzt und blutete, so stark hatte er zugeschlagen. »Wir stehen auf der gleichen Seite! Ich war ebenso Necrons Feind wie Sie!«

Balestrano schlug mich ein zweites Mal. »Lügner!« kreischte er. »Verdammter Lügner!«

»Aber er sagt die Wahrheit«, kicherte das entsetzliche Wesen hinter mir.

Balestrano erstarrte. Von einer Sekunde zur anderen wich alles Blut aus seinem Gesicht. Seine Augen quollen aus den Höhlen, als er den schwarzgesichtigen Dämon anstarrte. »Was ... hast ... du ... gesagt?« stammelte er.

»Daß er die Wahrheit spricht«, antwortete das Ungeheuer. Seine Stimme klang eindeutig *fröhlich*. »Er war immer dein Verbündeter. Dein treuester Verbündeter übrigens.«

»Aber das ... das kann nicht sein!« keuchte Balestrano. »Er ... er hat ... der Überfall, und ... und die Toten ...«

»Wovon sprechen Sie, Balestrano?« fragte ich alarmiert.

»Paris!« stammelte Balestrano. »Der ... der Überfall auf die Katakomben. Sie ... Sie waren doch dabei. Ich habe Sie doch *gesehen*!«

»Paris?« Ich schüttelte den Kopf und stand auf. »Ich schwöre Ihnen, daß ich nicht weiß, wovon Sie reden, Balestrano«, sagte ich. »Ich war in meinem ganzen Leben ein einziges Mal in Paris, und das war, als wir gemeinsam gegen Ihren übergeschnappten Bruder de Laurec gekämpft haben.«

»Aber das ist nicht wahr!« kreischte Balestrano. »Ich habe Sie erkannt. Sie haben Bruder Sarim befreit und –«

»Das hat er nicht«, sagte das Wesen hinter mir. Es kicherte. »Du hast dich täuschen lassen, Bruder. Es ist alles so, wie er behauptet. Übrigens – falls es dich interessiert – es war Robert Craven, der Necron getötet hat.«

Balestrano stöhnte wie unter Schmerzen. Er wankte, taumelte einen Schritt zurück und sank mit einem wimmernden Laut auf die Knie.

»Du hast dich geirrt, Bruder«, fuhr das entsetzliche Wesen fort. Die drei anderen stimmten mit einem hämischen Lachen zu. »Es war alles umsonst. Deine Brüder sind um eines Irrtums willen *getötet* worden. Ist das nicht ein entzückender Gedanke?«

»Ich habe versagt«, sagte Balestrano. Er krümmte sich, schlug die Hände vor das Gesicht und ließ ein trockenes, gequältes Schluchzen hören. »Mein Gott, was habe ich getan?« Plötzlich blickte er auf, starrte einen Moment lang Priscylla und dann das Buch in der Hand des schwarzgesichtigen Ungeheuers an.

»Das haben Sie nicht, Balestrano«, sagte ich, so ruhig ich konnte. »Sie ... wurden getäuscht. Sie haben getan, was Ihnen richtig erschien.«

»Das habe ich nicht!« brüllte Balestrano. Er schien nun wirklich den Verstand zu verlieren. Sein Blick begann zu flackern. »Sie verstehen nicht! Sie alle werden sterben! Diese vier werden Sie töten!«

»Das stimmt«, sagte einer der Dämonen fröhlich. »Wir haben ein kleines Geschäft mit Bruder Balestrano abgeschlossen. Euer Leben gegen das von drei seiner Brüder. So ähnlich wie du – nur umgekehrt.«

»Was bedeutet das?« fragte Balestrano. Wieder machte sich Schrecken auf seinen Zügen breit.

Ich erklärte es ihm.

Balestrano schwieg sehr, sehr lange, als ich ihm erzählt hatte, was der Preis für unser aller Überleben sein sollte. Als er endlich sprach, klang seine Stimme wie die eines Toten.

»Ihr habt das gewußt, nicht?« flüsterte er. Die Worte galten den vier Schreckensgestalten, aber er sah sie nicht an. Er sah überhaupt nichts an. Sein Blick ging ins Leere. »Ihr habt alles gewußt. Ihr habt gewußt wie er sich entscheiden würde. Das Leben des einzigen Menschen, den er liebt, gegen das von zwanzig Unschuldigen.« Er stöhnte. »Die gleiche Wahl, vor die ihr mich gestellt habt.«

»Aber er hat anders entschieden, Bruder«, kicherte der Unheimliche hinter mir. »Seine Wahl war richtig. Er hat sich für den Schmerz entschieden. Du für die Schuld.«

Balestrano atmete hörbar ein. »Tötet ... ihn nicht«, flüsterte er. »Ich flehe euch an, verschont ihn und die anderen. Sie sind unschuldig.«

Das ist ja gerade die Pointe«, kicherte der Dämon. »Nein, nein, das Geschäft gilt. Es sei denn, du bietest uns etwas.«

Balestrano nickte. Sein Gesicht war starr. »Der Schmerz oder die Schuld«, wiederholte er die Worte des entsetzlichen Wesens. »O mein Gott, was habe ich getan.« Er stand auf, blickte einen Moment auf Priscylla und mich herab, und atmete hörbar ein. »Ich habe mich entschieden«, sagte er dann. »Verschont ihre Leben.«

»Und was bietest du uns dafür, Bruder?« fragte das grauenhafte Wesen. Seine Hände bewegten sich gierig.

»Mich«, sagte Balestrano mit fester Stimme. »Ihr habt erreicht, was ihr wolltet, Brüder. Ich ... ich bin bereit. Nehmt mich.«

Und sie nahmen ihn.

Fünftes Buch

»STIRB, HEXER!«

Das Gesicht war in der Mitte gespalten. Ein klaffender Riß zog sich von seiner Kinnspitze bis zum Mund, spaltete Unter- und Oberlippe, zerteilte die Nase in zwei säuberlich getrennte Hälften und erweiterte sich über der Stirn zu einem fast handbreiten Dreieck, durch das man geradewegs in den Schädel des Mannes hineinblicken konnte. Aber darin war kein Gehirn. Keine mit Blut gefüllten Arterien und Venen, kein lebendes Fleisch. Im Kopf des Man-nes war nichts als ein kompliziertes Sammelsurium aus Drähten, kleinen, vielfach durchbrochenen Scheiben und sich surrend drehenden Zahnrädchen.

Langsam kam die Alptraumgestalt näher. Ihre Bewegungen waren eckig und sahen schwerfällig aus und unter ihren Schritten ächzte der Boden. Ich starrte sie an, gelähmt vor Schrecken – aber nicht nur allein *deshalb*. Da war noch etwas anderes; etwas, das ich mir im ersten Moment nicht erklären konnte, das mich aber nachhaltig daran hinderte, auch nur einen Finger zu rühren.

Der Unheimliche kam unerbittlich näher, erreichte mein Bett und blieb stehen. Langsam, ganz langsam drehte sich sein Kopf, wobei ein leises, surrendes Geräusch zu hören war, dann blickte sein gespaltenes Gesicht auf mich herab, und in den kunstvoll bemalten Glasaugen glomm ein düsteres rotes Feuer auf.

Und im gleichen Moment erkannte ich ihn.

Der Mann vor mir war Howard!

Oder wenigstens etwas, das wie Howard aussah …

Sein Gesicht, das nicht aus Fleisch, sondern aus *irgend etwas* bestand, war bis ins letzte Detail das seine, und doch war es nicht Howard, nicht einmal ein Mensch, ja nicht einmal ein lebendes Wesen, sondern eine Maschine, eine menschengroße, perfekt nachgebaute Puppe, die gekommen war, um mich zu töten!

Das Entsetzen gab mir zusätzliche Kraft. Verzweifelt bäumte ich mich in meinem Bett auf. Ich kam nicht frei, aber mein verzweifeltes Strampeln ließ die Decke ein Stück von mir herunterrutschen, so daß ich zumindest sehen konnte, warum ich nicht in der Lage war, mich zu bewegen.

Ich war gefesselt. Ein dünnes, tausendfach ineinandergedrehtes Gespinst aus haardünnen silbernen Drähten war aus dem Bettbezug *hervorgewachsen* und hatte sich wie eine zweite Haut über mein Nachthemd gelegt, so eng, daß hier und da dunkles Blut auf der weißen Seide sichtbar wurde. Seltsamerweise spürte ich nicht den mindesten Schmerz.

Dafür schrie ich vor Entsetzen auf, als die gräßliche Howard-Karikatur sich über mich beugte und ich ihre Hände sah.

Es waren nicht die Hände eines Menschen, sondern ein stählernes, mit Krallen versehenes Skelett, bei dem jemand vergessen hatte, das Fleisch daraufzutun.

Und sie kamen näher, gierig gespreizt und voller unmenschlicher Stärke. Näher und näher *und näher und* –

– ich erwachte mit einem Schrei, fuhr hoch und riß instinktiv die Hände vor das Gesicht, um mich vor dem Entsetzlichen zu schützen, das irgendwie den Weg in die Realität gefunden zu haben schien, denn die Angst wühlte weiter in mir. Ein Teil von mir begriff, daß alles nichts weiter als ein entsetzlicher Traum gewesen war, aber ein anderer, im Augenblick viel stärkerer, behauptete das Gegenteil. Alles war so unglaublich *real* gewesen. Nur mit äußerster Anstrengung gelang es mir, mich wenigstens äußerlich zur Ruhe zu zwingen.

Mein Herz raste zum Zerspringen, als ich die Arme herunternahm. Mein Nachthemd klebte in großen dunklen Flecken an meiner Haut, und mein Bett war schweißnaß. Die Decke lag irgendwo auf dem Boden. Ich mußte wie ein Kind gestrampelt und um mich getreten haben.

»Nur ruhig, alter Junge«, murmelte ich. »Es war nur ein Traum. Kein Grund, nervös zu werden.« Nicht, daß es irgendwie geholfen hätte. Die Angst war noch immer da, und als ich mich vollends aufsetzte und die Beine vom Bett schwang, zitterten meine Hände so stark, daß ich kaum die Kraft hatte, mich in die Höhe zu stemmen.

Mißtrauisch sah ich mich in dem nachtdunklen Zimmer um. Alles schien normal, so wie es immer gewesen war, vom ersten Tag an, den ich in diesem Haus lebte. Und doch …

Vielleicht war es nur eine Nachwirkung des Alptraumes, aber für einen Moment kam mir alles auf unmöglich in Worte zu fassende Weise *falsch* vor. Jedes Möbelstück stand an seinem Platz, jeder kleinste Fleck auf den Tapeten war so, wie ich ihn in Erinnerung hatte, und trotzdem – irgend etwas stimmte hier nicht. Es war, als wäre die Wirklichkeit um ein winziges Stückchen in die Richtung verschoben, in der die Alpträume und der Wahnsinn nisteten. Es war nichts, was wirklich zu sehen oder zu erkennen gewesen wäre, aber ich spürte es. Überdeutlich.

Seit Tagen verfolgten mich nun schon diese Alpträume. Sie hatten bereits auf der Schiffspassage von New York nach London begonnen und sie wurden von Tag zu Tag intensiver. Und das, obwohl ich im Haus meines Vaters eigentlich vor ihnen hätte sicher sein müssen. Dieses Gebäude war erfüllt von Roderick Andaras Magie, und es schützte mich vor allem, was mir schaden konnte. Normalerweise.

Aber vielleicht sah ich wieder einmal Gespenster. Vielleicht waren es wirklich nur ganz normale Träume, die sich nach ein paar weiteren Tagen wieder legen würden. Ich hatte schließlich genug erlebt, um eine Monatskarte Alpdruck einlösen zu können.

Die Tür wurde mit einem Ruck aufgestoßen, und eine sehr blasse Mrs. Winden erschien in meinem Zimmer, eine Gaslampe in der Rechten. »Was ist geschehen?« fragte sie aufgeregt.

»Geschehen?« Ich verstand nicht gleich.

»Sie haben geschrien, Robert«, erklärte Mary. »Ich war gerade auf dem Weg in die Küche, um mir ein Glas Milch zu holen, und da habe ich Sie schreien hören.« Ihr Blick irrte unstet durch den Raum, als fürchte sie, aus den Schatten könnten irgendwelche *Dinge* hervorspringen.

»Es ist nichts«, sagte ich. »Ich ... habe geträumt. Ein schrecklicher Alptraum. Aber jetzt ist es vorbei.«

In meiner Stimme war ein Ton, der deutlich sagte, daß ganz und gar *nichts* vorbei war, und Mrs. Winden wäre nicht Mrs. Winden gewesen, wenn sie ihn nicht gehört hätte. Ihr Blick richtete sich wieder auf mich und das Mißtrauen darin war zwar nun von gänzlich anderer Art, aber kaum weniger tief. »Nur ein Traum?« wiederholte sie.

Ich nickte, wurde mir plötzlich des Umstandes bewußt, daß ich im Hemd vor ihr stand, und bückte mich rasch nach meinem Hausmantel. Mary beobachtete mich scharf. Ich spürte ihre Blicke selbst noch, als ich mich herumdrehte und den Gürtel zuknotete.

»Fühlen Sie sich wohl, Robert?« fragte sie.

Ich nickte, schüttelte gleich darauf den Kopf und zuckte mit den Schultern. »So genau weiß ich das selbst noch nicht«, gestand ich. »Aber ich glaube schon. Es war ja nur ein Traum. Wenn auch ein sehr realistischer«, fügte ich mit einem gequälten Lächeln hinzu.

»Möchten Sie ihn mir erzählen?« fragte Mary. »Manchmal tut es gut.«

»Nein«, sagte ich. »Das möchte ich ganz und gar nicht.« Meine Worte waren ein wenig schärfer ausgefallen, als ich selbst gewollt hatte, und so lächelte ich entschuldigend. »Tut mir leid, Mary. Ich bin …«

»Nervös, ich weiß.« Mary nickte. »Es ist nicht das erste Mal, daß Sie träumen in den letzten Tagen.«

»Natürlich nicht«, antwortete ich. »Jeder Mensch träumt, in jeder Nacht.«

»Unsinn!« Mary machte eine unwillige Handbewegung, setzte ihre Lampe auf der Kommode ab und trat dicht an mich heran. Sie reichte mir gerade bis zum Kinn, als sie so vor mir stand, aber sie brachte es fertig, daß ich mir klein und hilflos ihr gegenüber vorkam. »Sie wissen ganz genau, daß ich das nicht meine, Robert«, sagte sie streng. »Was ist los? Was haben Sie in dieser Wüste erlebt, daß es Sie noch bis hierher verfolgt?«

Ich schwieg einen Moment, dann gab ich auf, lächelte ein flehendes Kapitulationslächeln und breitete die Hände aus. »Ich weiß es nicht«, gestand ich. »Aber seit ein paar Tagen wird es immer schlimmer. Vielleicht werde ich krank.«

»Vielleicht *sind* Sie es, Robert«, sagte Mary ernst. Sie schüttelte den Kopf, sah mich an, als wäre ich ein uneinsichtiges Kind, und seufzte hörbar. »Sie bringen sich um, Junge«, sagte sie. »Zum Teufel, Sie sollten einen guten Arzt aufsuchen und sich für ein paar Wochen in ein Sanatorium begeben.«

»Heda!« protestierte ich. »Ich bin noch nicht –«

»Sie sind ein verdammt zäher Bursche, Robert«, unterbrach sie mich. »Aber auch bester Schwedenstahl nutzt sich ab, wissen Sie? Sie sind gerade erst von einer Weltreise zurückgekommen, auf der Sie weiß Gott was erlebt haben, und Sie gönnen sich nicht einmal ein paar Tage, um sich zu erholen. Was haben Sie vor? Ist das Ihre Art, Selbstmord zu begehen?«

Ich widersprach nicht mehr. Mary Winden war eine der

sehr wenigen nicht unmittelbar beteiligten Personen, die wußten, daß ich mehr war als ein reicher, leicht beknackter Müßiggänger – ein Image, das ich mir für die Öffentlichkeit sehr mühsam aufgebaut hatte und sorgsam pflegte. Und auch, wenn sie es nicht *gewußt* hätte, hätte sie es mit Sicherheit gespürt.

»Ich fürchte, es ist ein wenig komplizierter, Mary«, sagte ich resignierend. »Ich würde Ihrem Rat von Herzen gerne folgen, aber es ist wohl eher so, daß ich pausenlos von einer Bredouille in die andere gestoßen werde, statt mich hineinzustürzen.«

Mary seufzte. In ihren Augen blitzte es kampflustig. Aber sie seufzte nur. Und plötzlich lächelte sie. »Wie ist es, Robert?« fragte sie. »Ich habe rein zufällig Kaffee gemacht – mögen Sie eine Tasse? Oder ziehen Sie es vor, wieder schlafen zu gehen?«

Einen Moment lang blickte ich auf mein Bett herab. Der Gedanke, mich wieder hineinzulegen und unter Umständen den abgebrochenen Traum zu Ende zu führen, erschien mir alles andere als verlockend. »Wie spät ist es?« fragte ich.

»Gleich drei«, antwortete Mary.

»Drei?« Ich seufzte. Dann fiel mir etwas auf. Mißtrauisch drehte ich mich zu Mary herum und sah sie scharf an. »Wie zum Teufel kommt es, daß Sie zu dieser nachtschlafenen Zeit Kaffee aufgebrüht haben?«

Mary sah plötzlich aus, als hätte ich sie beim Zuckerstehlen erwischt. »Ich ... konnte nicht schlafen«, sagte sie zögernd.

»Und warum nicht?«

Mary lächelte unsicher. »Ich hatte einen Alptraum«, gestand sie verlegen.

Der Tag hatte schon schlecht begonnen. Angus Peabody hatte alles andere als gut geschlafen, sich beim Frühstück an zu heißem Kaffee die Zunge verbrüht und vor Schreck das frische Hemd, das er angezogen hatte, mit Kaffee bespritzt – mit dem Ergebnis, daß er sich im letzten Moment hatte umziehen müssen, was seinen normalerweise auf die Minute geplanten Zeitablauf gründlich durcheinanderbrachte.

Was wiederum zur Folge hatte, daß er zu spät aus dem Haus kam, die Tramway verpaßte und dem von vier Pferden gezogenen Wagen ganze drei Haltestellen weit hinterherlaufen mußte – durch den strömenden Regen, der schon an sein Schlafzimmerfenster geklopft hatte, als er die Augen aufschlug.

Und das wiederum hatte zur Folge, daß er nicht nur völlig außer Atem, sondern auch noch bis auf die Wäsche durchnäßt und frierend und mit dem Kratzen einer bevorstehenden Erkältung im Hals an seinem Arbeitsplatz im Yard angekommen war; was ihm – quasi als letztes Glied der Kette, die mit einem zu heißen Schluck Kaffee begonnen hatte – nun auch noch den Spott seiner Kollegen eintrug.

Nein, dachte Angus Peabody übellaunig, während er die Lichtreflexe betrachtete, die die Flammen des Kaminfeuers in dem Glas in seiner Hand hervorriefen, *gut* hatte dieser Tag ganz gewiß nicht angefangen. Ganz gewiß nicht. Was nicht etwa bedeutete, daß er in irgendeiner Form *besser* weitergegangen wäre. Ganz im Gegenteil …

Es hatte am Morgen bei der täglichen Besprechung seinen Fortgang genommen, eine reine Routineangelegenheit – eigentlich –, die schon fast zum Zeremoniell erstarrt war und bei der sie alle nichts anderes taten, als im Halbkreis auf unbequemen Stühlen vor Inspektor Cohens Schreibtisch zu sitzen und einer nach dem anderen aufzustehen, um ihm im Telegrammstil die Ereignisse des vergangenen Tages zu berichten – die er ohnehin schon wußte. Aber etwas war anders gewesen an diesem Morgen: Nachdem sie ihren Frührapport beendet hatten, hatte Cohen sie fortgeschickt, wie immer – das hieß, die anderen, ihn nicht.

Peabody schloß die Hand so fest um das Glas, daß das geschliffene Kristall hörbar knirschte, und für einen Moment erfreute er sich an der albernen Vorstellung, es wäre Cohens Hals, den er da genüßlich zusammendrücken würde. Er glaubte seine Stimme direkt zu hören und vor allem den hämischen Unterton darin, als er ihm ohne Umschweife erklärt hatte, daß *gewisse höhere Dienststellen* eine Weiterführung seiner Untersuchungen gegen eine *gewisse* Gruppe nicht gutheißen würden. Außerdem würde man im Ministerium eine *Beförderung* Peabodys erwägen, die allerdings eine Versetzung nach Aberdeen in Schottland nach sich ziehen würde.

Cohen hatte sich gar nicht deutlicher ausdrücken müssen. Angus wußte auch so, daß er bei seinen Nachforschungen einigen hohen Tieren etwas zu heftig auf die Zehen getreten war.

Zuerst hatte er ja auch geglaubt, es ginge bei seinen Ermittlungen nur um einen kaum ernstzunehmenden okkult-religiösen Geheimbund, der sich durch Geld und Drohungen Einfluß und Macht verschaffen wollte, ein Vorhaben, an dem schon Legionen von Spinnern und Fanatikern gescheitert waren. Jetzt sah es aus, als müsse er diese Meinung gründlich revidieren. Dieser seltsame Orden hatte sich bereits genug Einfluß verschafft, um selbst die britische Polizei ausschalten zu können. Zumindest den Teil der britischen Polizei, der auf den Namen Angus Peabody hörte …

»Sie müssen sich nicht sofort entscheiden, Peabody«, hatte Cohen gesagt, mit einem Lächeln, das sehr deutlich machte, daß die Entscheidung in Wahrheit längst gefallen war und es ohnehin niemanden mehr interessierte, was er von dieser Beförderung hielt. »Aber spätestens in einer Woche müßten Sie Ihr Versetzungsgesuch einreichen. Es sei denn, Ihnen liegt etwas an einer weiten Reise.« Er hatte abermals gelächelt, aber auf eine Art, die sagte: *Zum Beispiel nach Kalkutta, mein lieber Angus. Der Posten des dortigen Amtsschreibers wäre noch frei.*

Verdammtes Arschloch, dachte Peabody zornig. Er hatte längst selbst begriffen, daß er nicht das Zeug zu einem wirklichen Spitzenpolizisten hatte und sein Leben wohl immer nur als nützliches, aber austauschbares Rädchen im gewaltigen Getriebe Scotland Yards verbringen würde. Aber es war einfach unfair! Zum allerersten Mal in seiner tristen Karriere war er einer wirklich großen Sache auf der Spur gewesen, er ganz allein.

Und Cohen dankte es ihm, indem er ihn schlichtweg in die Wüste schickte.

»Schauen Sie mich nicht so an, Peabody«, war er fortgefahren. »Mir tut die ganze Sache ebenso leid wie Ihnen. Sie waren ein verdammt guter Assistent. Ich werde Sie sehr vermissen. Kopf hoch, Junge! Reißen Sie sich am Riemen. Schottland liegt nicht am Ende der Welt und es soll durchaus seine Reize haben. Jetzt räumen Sie Ihren Schreibtisch auf, und dann gehen Sie nach Hause und ruhen sich von dem Schock aus. Sie sind bis zum Dienstantritt auf Ihrem neuen Posten beurlaubt!«

Für Angus war es wie ein Blitz aus heiterem Himmel gewesen. Gestern erst war es ihm endlich gelungen, sich auf die Spur eines Franzosen zu setzen, der zu den hochrangigsten Mitgliedern dieses seltsamen Geheimbundes zu zählen schien. Er hatte schon geglaubt, durch eine geschickte Überwachung de Laurecs tiefer in die Verbindung und Geheimnisse dieses Ordens eindringen und möglicherweise sogar etliche sonderbare Ereignisse der letzten Jahre erklären zu können, die ihm mit einem Male in einem ganz anderen Licht erschienen waren. Angus war sich sicher, diesen Templern, wie sie sich nannten, bei entsprechenden Nachforschungen mehr als ein paar kleine Vergehen nachweisen zu können.

Doch damit war es jetzt vorbei.

Aus, dachte er, fuhr sich mit der Hand über die Augen und kippte sein Glas in einem Zug hinunter; nur, um sich von einem Clubdiener sofort ein neues bringen zu lassen. Beiläufig grüßte er einen flüchtigen Bekannten, der den Club betrat, und wandte sich dann seinem Exemplar der *Times* zu, um den anderen zu zeigen, daß er in Ruhe gelassen werden wollte. Während sein Blick über die dicht bedruckten Zeilen glitt, ohne daß er in Wirklichkeit auch nur einen einzigen Buchstaben las, schweiften seine Gedanken wieder ab. Er war der Lösung so nahe gewesen. So verdammt nahe! Nein, es war einfach nicht fair.

Als Angus Peabody an diesem Punkt seiner Überlegungen angekommen war, spürte er, daß ihn jemand beobachtete. Er sah von seiner Zeitung auf, nippte gedankenverloren an seinem Glas und musterte die Männer im Club mit geübtem Blick. Die meisten gehörten wie er zu den Polizeioffizieren des Yard, wenngleich die meisten höheren Chargen entstammten, denn ein Mann wie er konnte sich einen Aufenthalt hier im Club nicht jeden Tag leisten. Allenfalls einmal im Monat. Oder wenn er gerade gefeuert worden war, fügte er bitter hinzu.

Trotzdem fuhr er – rein gewohnheitsmäßig – mit seiner Beobachtung fort. Ein paar Rechtsanwälte waren da, ein Richter des Old Bailey und mehrere Männer, die als Schöffen bei den Schwurgerichtsverhandlungen fungierten, wenn er sich richtig erinnerte. Angus kannte sie fast alle, seit er selbst Mitglied des Oldson-Clubs geworden war. Aber nur die allerwenigsten kannten ihn. Und keiner war darunter, der auch nur in seine Richtung blickte.

Trotzdem wurde das Gefühl, angestarrt zu werden, immer heftiger in Angus. Und es war ein sehr unangenehmes Gefühl.

So wie er jetzt, dachte er nervös, mußten sich wohl viele gefühlt haben, die er in Erfüllung seines Dienstes beschattet hatte. Damals hatte er über die oft hektischen Reaktionen der Leute gelächelt. Ja, er hatte sie sogar vorherberechnen können und in seine Planung einbezogen. Es war ihm niemals in den Sinn gekommen, daß er selbst einmal die gleichen Gefühle haben würde. Seine Handflächen wurden feucht. Unsicher faltete er die Zeitung zusammen, legte sie auf das kleine Kamintischchen neben sich und wischte sich die Hände an seinem Taschentuch ab.

Ein schlanker Mann in einem dunklen Prince-Albert-Rock betrat jetzt den Club und sah sich kurz um. Seine ohnehin gutgelaunte Miene hellte sich noch mehr auf, als er Angus allein an seinem Tisch sitzen sah. Er reichte einem Diener seinen Hut und den Schirm und steuerte zielstrebig auf Angus zu. »He, Peabody, willst du deinen letzten Tag im Rausch verbringen, oder feierst du eine Ein-Mann-Abschiedsparty?« fragte er. Seine Stimme war von geradezu aufreizender Fröhlichkeit. In seinen Augen blitzte es spöttisch.

Peabody schluckte im letzten Moment einen Fluch herunter und versuchte wenigstens, ein halbwegs freundliches Gesicht zu machen. Es blieb bei einem Versuch. Albert Edward Tailworthern, der zweite Assistent Cohens, der jetzt wohl seinen Posten erhalten würde, war nicht gerade der Mann, nach dessen Gesellschaft er sich sehnte. Zumal Tailwortherns Benehmen überdeutlich zeigte, daß er über das Gespräch am Morgen informiert war.

Angus hatte das Gefühl, in der rauchgeschwängerten Luft hier drinnen zu ersticken – und daß er gleich die Faust ballen und sie Tailworthern zum Abschied mitten in das grinsende Gesicht setzen würde. Er sprang so abrupt hoch, daß er dabei den Stuhl umstieß, drängte sich mit einer gemurmelten Entschuldigung an Tailworthern vorbei und stürzte zur Tür hinaus.

Erst als er vor dem Eingangsportal des Clubs stand, hatte er sich wieder soweit in der Gewalt, daß er stehenbleiben konnte, ohne sich auf den nächsten Passanten zu stürzen und ihn grün und blau zu schlagen.

Angus war sich der Tatsache bewußt, daß er im Moment wohl ganz zu der Gruppe gehörte, die er normalerweise zu verhaften pflegte: Menschen, die entweder zu viel getrunken oder zu viel erlebt hatten, um noch ganz zurechnungsfähig zu sein und dann Dinge taten, an die sie normalerweise nicht einmal *denken* würden. Bei ihm traf beides zu und er wußte es. Aber dieses Wissen nutzte nicht besonders viel.

Er lehnte sich an die Hauswand, sog die feuchtwarme Luft tief in die Lungen und schloß für einen Moment die Augen. Dichte Nebelschwaden zogen die Straße hinauf und dämpften das Licht der Gaslaterne neben dem Club zu einem düsteren, gelben Schimmer, der kaum bis zum Boden reichte. Es war kalt. Sein Herz jagte.

Plötzlich glaubte Angus jemand neben sich zu sehen, stieß sich von der Wand ab und schnellte erschrocken herum. Doch der Gehsteig vor ihm war leer. Nur ein Stück zerfetztes Papier lag vor seinen Füßen. Angus bückte sich danach – eigentlich ohne selbst zu wissen, warum – und hob es auf. Es war ein Teil einer alten Zeitung, den irgend jemand abgerissen hatte, um etwas darauf zu notieren. Neugierig geworden, trat Angus damit weiter unter die Lampe und überflog die hastig dahingekritzelte Zeile.

Peabody, wenn du dies liest, bist du schon tot! stand dort. *Du hast es bloß noch nicht gemerkt.*

Angus Peabody fuhr sich verstört mit der Linken über die Augen, hielt das Blatt höher ins Licht und starrte aus ungläubig geweiteten Augen auf die Worte. Aber sie blieben.

Einen Moment lang zweifelte Angus Peabody einfach an seinem Verstand. Den nächsten Moment überlegte er ernsthaft, ob er vielleicht mehr getrunken hatte, als gut war.

Und dann wußte er es.

»Tailworthern«, murmelte er. Natürlich. Dahinter steckte dieser infantile Idiot Tailworthern – und wahrscheinlich stand er jetzt in irgendeinem Schatten und lachte sich einen Ast, während er ihn belauerte.

Angus knüllte das Blatt wütend zusammen, ließ es fallen und kickte es mit dem Fuß davon. Von brodelndem Zorn erfüllt, sah er sich um. Sein Blick bohrte sich in die wattigen Nebelschwaden, die die Straße entlangtrieben. Im ersten Moment sah die Straße so aus wie immer. Und doch ... er vermißte die Passanten, die sonst um diese Zeit die Gehsteige bevölkerten. Keine einzige Kutsche ratterte über das Kopfsteinpflaster, ja nicht einmal eine streunende Katze war zu sehen. Außerdem herrschte eine Friedhofsstille, die von keinem einzigen Geräusch durchbrochen wurde.

Für einen Moment wich sein Zorn auf Tailworthern eisiger Furcht. Eine unsichtbare, kalte Hand schien seinen Rücken zu streifen. Unsicher drehte er sich zum Clubhaus um. Die Fenster des mächtigen, im frühviktorianischen Stil erbauten Hauses waren hell erleuchtet, aber es war unheimlich still. Kein Laut drang aus seinem Inneren auf die Straße. Und wenn doch, so schien ihn der Nebel zu verschlucken.

Verwirrt drehte sich Angus noch einmal im Kreise und trat auf das Portal zu. Doch seine Hand führte die Bewegung zum Türklopfer nicht zu Ende, als er daran dachte wie Tailworthern über ihn lachen würde, wenn er jetzt in den Club zurückkommen würde. Außerdem war ein Nebel wie dieser für London gar nichts Besonderes und es war auch nicht selten, daß der Nebel die Geräusche dämpfte.

Wenigstens versuchte er sich das einzureden.

Trotzdem beschloß er, sich an der nächsten Kreuzung eine Droschke zu nehmen. Doch als er sie erreichte, nach Minuten, die ihm wie Ewigkeiten vorgekommen waren, war weit und breit kein Wagen zu sehen. Zuerst wollte Angus schlichtweg warten, bis eine Droschke kam. Doch dann hörte er etwas, was ihn diesen Gedanken sehr schnell vergessen ließ – das harte, abgehackte Stapfen schwerer Schritte, aus dem seine überreizten Nerven und der Alkohol dumpfen Trommelschlag werden ließen. Angus spürte, wie sich die feinen Haare in seinem Nacken und auf seinem Handrücken vor Furcht aufstellten. Seine Kehle wurde trocken. Er schluckte mehrmals, um den widerlichen Geschmack der Angst fortzubekommen, der sich plötzlich in seinem Mund breitmachte.

Es sind nur Schritte! dachte er hysterisch. *Nichts als Schritte. Kein Grund, sich aufzuregen*!

Aber es waren eben nicht nur Schritte.

Angus spürte mit den über lange Jahre sensibilisierten Sinnen eines Polizisten, daß da kein harmloser Passant auf die Kreuzung zukam, sondern …

Er wußte es nicht.

Aber er hatte auch keine sonderliche Lust, es herauszufinden.

Alles, was er hatte, war erbärmliche Angst.

Er blickte hastig in die Nebenstraße, ob von dort nicht endlich eine Kutsche kam. Doch als auch dort alles gespenstisch ruhig blieb, ging er, von immer stärker werdender Angst getrieben, die er vergeblich mit dem harmloseren Wort *Unruhe* zu kaschieren versuchte, los.

Zuerst versuchte er sogar noch, gemächlich die Straße entlangzuschlendern, schon Tailwortherns wegen, der vielleicht hinter der nächsten Ecke stand und sich ausschüttete vor Lachen. Doch fast gegen seinen Willen wurde er von Schritt zu Schritt schneller. Er hörte, wie der Fremde hinter ihm die Kreuzung erreichte, kurz stehenblieb und dann hinter ihm herkam. Angus beschleunigte seine Schritte abermals, doch der Abstand zu dem anderen blieb gleich. Er ging langsamer. Auch der andere ging langsamer. Jetzt war Angus sicher, daß es kein Zufall war.

Und fast wäre er froh gewesen, hätte er wirklich Tailworthern hinter sich gewußt. Aber irgendwie war er sicher, daß es *nicht* Tailworthern war.

Angus blieb stehen – auch die Schritte seines unheimlichen Verfolgers brachen ab –, blickte konzentriert in die grauen Schwaden hinter sich, ohne indes mehr als einen verschwimmenden Schatten zu gewahren, und lief nach kurzem Zögern auf das nächstbeste Haus zu. Doch als er den Türöffner anschlug, blieb alles still. Nur die Schritte des Fremden drangen durch die Nacht. Und sie kamen immer näher.

Angus schlug mit beiden Fäusten gegen das rauhe Holz der Tür, doch das einzige, was er erreichte, war, daß er sich die Knöchel blutig schrammte. Voller jäh aufflammender Angst rannte er zu einem Fenster, rüttelte daran und versuchte kurzerhand die Scheibe einzuschlagen. Er hätte ebensogut gegen die Wand treten können. Das Glas schien härter als Stahl.

Der Fremde war keine zwanzig Yards mehr hinter ihm, als Angus endlich von dem Haus abließ, das sich ihm auf so unheimliche Weise verschlossen hatte, und wie von Furien gehetzt die Straße hinunterrannte. Für einen winzigen Augenblick schöpfte er Hoffnung, den Fremden im Nebel abschütteln zu können.

Aber nur für einen Moment.

Dann hörte er die Schritte wieder hinter sich. Und Augenblicke später glaubte er den Atem des anderen im Nacken zu spüren.

Die Uhr unten in der Halle schlug sieben, aber Mary und ich saßen noch immer in der Küche beieinander. Die Wärme in meinen Handflächen stammte von der mittlerweile sechsten Tasse von Marys höllisch starkem Kaffee, mit dem ich mein Herz malträtierte, und in meinem Kopf hatte sich jener dumpfe Druck ausgebreitet, der von zu wenig Schlaf und zu viel Koffein kündete.

Und trotzdem fühlte ich mich wohl wie seit langem nicht mehr. Mary und ich hatten geredet, die ganze Zeit über – das hieß, ich hatte geredet, und Mary hatte auf ihre unnachahmlich sanftmütige Art zugehört und mich mit frischem Kaffee versorgt. Wir hatten nichts Weltbewegendes diskutiert, sondern einfach über dies und jenes gesprochen, kleine Dinge des täglichen Lebens, die im Grunde völlig unwichtig waren. Aber manchmal tat es unbeschreiblich wohl, einmal *nicht* über den Untergang der Welt oder das Ende der menschlichen Rasse reden zu können.

»Noch einen Kaffee?« fragte Mary, als ich die Tasse geleert hatte. Ich nickte, und sie stand auf, um zum Ofen zu gehen. In diesem Moment drang der dumpfe Hall des Türklopfers aus der Halle zu uns herab.

Mary blieb stehen, runzelte demonstrativ die Stirn und sah auf die Uhr. Natürlich wäre es nicht ungewöhnlich, wenn um diese Zeit Lieferanten oder Dienstboten gekommen wären – London begann jetzt mit Macht zu erwachen und die Straßen hatten sich sicher schon mit Leben gefüllt. Aber es war eindeutig ungewöhnlich, daß jemand durch die Vordertür Einlaß begehrte, denn wer immer dieser Jemand war, er mußte wohl zu mir wollen – und es gab unter denen, die mich auch nur halbwegs kannten, absolut niemanden, der nicht gewußt hätte, wofür ich Besuche vor der Mittagsstunde hielt: für vorsätzliche Körperverletzung.

Verwirrt stand ich auf. »Ich gehe zur Tür«, sagte ich. »Harvey wird sicher noch schlafen.« Harvey Davidson war nun schon mein dritter Butler am Ashton Place, nach Henrys tragischem Tod und Charles' Abschiebung ob der Geschehnisse um die Killer-Motten.*

Mary war wie fast immer schneller. Sie schüttelte nur stumm den Kopf, stellte die Glaskanne mit dem frisch gebrühten Kaffee vor mir auf den Tisch und rauschte aus der Tür, ehe ich auch nur Zeit fand, zu widersprechen.

Augenblicke später hörte ich sie oben die Haustür öffnen, und in der nächsten Sekunde erkannte ich die Stimme meines alten Freundes Dr. Gray. Entspannt ließ ich mich wieder zurücksinken, schenkte mir einen neuen Kaffee ein und freute mich auf Grays Gesicht, wenn Mary ihn hereinführen würde.

Meine Erwartungen wurden erfüllt. Gray erstarrte mitten im Schritt, als er mich am Küchentisch sitzen sah. Sein Unterkiefer klappte herunter, und für einen Moment sah er ganz so aus wie jemand, der nichtsahnend um eine Ecke gebogen war und ein leibhaftiges Gespenst erblickt hatte. Aber er fing sich rasch wieder.

»Robert?« fragte er. »Sind Sie schon auf – oder noch?«

»Beides«, gestand ich, deutete mit einer Kopfbewegung auf einen freien Stuhl und gab Mary gleichzeitig zu verstehen, eine weitere Tasse zu bringen. »Ich konnte nicht schlafen und Marys Kaffee hat mir geholfen, den Rest der Nacht zu überstehen. Was führt Sie zu mir, Doktor?«

Gray nippte an seinem Kaffee und klappte seinen Aktenkoffer auf, um einen Moment darin herumzukramen. »Ich hoffe, du hast dich mittlerweile wieder in London eingewöhnt, Robert«, sagte er, allerdings ohne mich anzusehen oder den Blick auch nur von dem Notizzettel zu nehmen, den er seinem Koffer entnommen hatte. »Es geht doch nichts über ein gemütliches Zuhause, oder?«

Seine Worte brachten mich auf etwas, das ich beinahe vergessen hätte – und das zu erwähnen ich eigentlich keine Lust hatte. Der Morgen war trotz allem zu angenehm, um ihn mit Unangenehmem zu verderben. Aber wenn er schon einmal da war …

»Nun ja, *gemütlich* ist es nicht unbedingt«, sagte ich. Gray

* Aber das sind andere Geschichten, die längst erzählt wurden …

blickte mich über den Rand seines Zettels hinweg prüfend an, besaß aber nicht den Anstand, mir ein Stichwort zu geben, so daß ich gezwungen war, weiterzureden. »Wenn mich nicht alles täuscht, mein lieber Doktor, habe ich Ihnen doch aus den Staaten gekabelt, daß Sie das Haus renovieren lassen sollen, bevor ich nach London zurückkomme, oder? Aber wenn ich mich so umsehe, hätte ich mir das Telegramm auch sparen können. Das Haus ist um keinen Deut besser eingerichtet als bei meiner Abreise. Ich habe eher im Gegenteil das Gefühl, daß während meiner Abwesenheit alles noch mehr verfallen ist. Haben Sie mein Telegramm nicht bekommen?«

Gray legte sein Gesicht in kummervolle Falten und sah mich unglücklich an. »Doch«, sagte er.

»Und?«

Gray seufzte, ließ seinen Zettel vollends sinken und rückte seine Brille zurecht. »Robert, du weißt doch, daß ich jeden deiner Aufträge so schnell wie möglich ausführe«, sagte er vorwurfsvoll. »Natürlich habe ich auf dein Telegramm aus New York sofort reagiert. Du hättest das Haus vor drei Wochen sehen sollen – die reinste Großbaustelle.« Er warf einen beifallheischenden Blick in Marys Richtung, die auch gehorsam nickte.

»Und?« Allmählich begann ich wirklich ärgerlich zu werden. Gestern hatten der alte Harvey und Mrs. Winden ebenso herumgedruckst, als ich sie auf die nicht erfolgte Renovierung angesprochen hatte. Und jetzt schien Dr. Gray ebenfalls Gefallen daran zu finden, sich als faltige Sibylle zu produzieren.

»Jetzt sagen Sie klipp und klar, warum mein Haus nicht renoviert wurde«, verlangte ich. »Ist nicht mehr genug Geld auf meinem Konto?«

»Unsinn«, sagte Gray. Er beugte sich vor, gewann ein paar Sekunden damit, einen Schluck Kaffee zu schlürfen, und musterte mich weiterhin mit unglücklichem Blick. »Wir haben es ja versucht«, erklärte er. »Aber es ging nicht. Du weißt ja selbst, daß ich stets dafür war, Ashton Place 9 in einen Zustand zu bringen, der einem Haus wie diesem gebührt. Nicht, daß es verfallen aussieht. Wenigstens von außen nicht«, fügte er mit einem eindeutig unbehaglichen Blick in die Runde hinzu. »Tatsache ist, daß das Haus es nicht *zuließ*, daß etwas an seiner Bausubstanz geändert wurde.«

Ich starrte ihn an, suchte nach einer einigermaßen intelligenten Antwort und fand sie: »Hä?«

Gray nickte betrübt. »Wir haben es erst bemerkt, als die Handwerker schon im Haus waren. Zuerst fielen nur die neuen Tapeten während der Nacht wieder von der Wand, aber dabei hat sich keiner etwas gedacht. Ein paar arme Gesellen und Lehrburschen haben Prügel von ihren Meistern bezogen, das war alles. Dann sprang die neue Vertäfelung der Bibliothek aus der Wand, kaum daß der letzte Nagel eingeschlagen war. Schließlich nahmen die Wände nicht einmal die Farben an, die daraufgepinselt wurden. Als dann auch noch während der Arbeit die Leitern umfielen und sich ein Mann das Bein brach, kam es zu einem kleinen Aufstand. Die Leute zogen wutschnaubend ab.« Er seufzte. »Es hat mich – genauer gesagt, dich – eine schöne Stange Geld gekostet, die ganze Sache zu vertuschen.«

Gray meinte, was er sagte. Sein Gesicht war verknittert und zeigte einen unbestreitbaren Ausdruck von Enttäuschung – und Zorn. Jetzt erinnerte ich mich auch wieder, wie oft er mich gedrängt hatte, das zwar repräsentative, aber irgendwie düster wirkende Haus instandsetzen zu lassen. Jetzt hatte ich es endlich eingesehen – und er mußte begreifen, daß er mir einen schlechten Rat gegeben hatte. Und das ist wohl das Schlimmste, was einem Anwalt passieren kann. Ganz besonders, wenn er Dr. Dr. Gray hieß und nichts so wenig vertrug wie Kritik.

Trotz meines Ärgers verspürte ich fast Mitleid mit ihm. Er hatte das Beste gewollt.

»Dann versuchen wir es noch einmal«, sagte ich. »Beauftragen Sie einfach andere Handwerker. Männer von außerhalb meinetwegen. Sie wissen ja, warum ich darauf drängte, das Haus umzubauen. Ich will es Priscylla ersparen, in diese düstere Umgebung zurückzukehren, in der sie so viel Schlimmes erlebt hat.«

»Sie wollen sie wirklich wieder ins Haus nehmen?« fragte Gray zögernd.

»Warum nicht?«, antwortete ich. »In der Klinik, in der sie jetzt ist, kann sie auch nicht besser versorgt werden als hier. Mary wird sich um sie kümmern. Aber vorher muß dieses Haus in Ordnung gebracht werden. Möglicherweise hilft ihr eine heitere Umgebung, die entsetzlichen Ereignisse zu vergessen und wieder zu sich selbst zu finden.« Damit vereinfachte ich die Dinge zwar gehörig, aber ich hatte absolut keine Lust, Gray von bösen Geistern, verbotenen Büchern und magischen Ritualen zu erzählen.

»Ich tue mein Möglichstes«, sagte Gray achselzuckend. »Aber ich übernehme keine Garantie. Weiß der Teufel, was mit diesem Haus los ist.«

»Vielleicht sollte ich es aufgeben«, murmelte ich.

Gray starrte mich an. »Andara-House *aufgeben*?« wiederholte er ungläubig. »Robert, das kannst du nicht wirklich denken. Gerade jetzt, wo du die Chance hast, in die höchsten Kreise der Gesellschaft aufzurücken.«

Ich sah ihn fragend an.

»Ich war fleißig während deiner Abwesenheit«, erklärte Gray zufrieden.

»Ich habe dein Image kräftig aufpoliert, Robert. Du mußt dich natürlich in Zukunft aus den magischen Zirkeln der Stadt heraushalten, aber das wird dir sicher nicht schwer fallen. Stell dir doch vor, welch prächtigen Rahmen Andara-House für Abendgesellschaften und Parties abgäbe.«

»Wissen Sie, was mich Ihre sogenannten besseren Kreise können, Doktor?« fragte ich zornig. »Dr. Gray, Sie träumen. Ich bin nicht der Mann, der sich in diesen Kreisen wohl fühlen würde, und das wissen Sie. Ich will nur, daß Pri wieder gesund wird. Dazu ist mir jedes Opfer recht. Und dieses Haus hier zu verlassen, dürfte wohl das geringste Opfer sein.«

Der Nebel trieb auseinander und für einen Moment erhaschte Angus einen Blick auf die gegenüberliegende Straßenseite – und die schmale Lücke zwischen dem beiden Häusern, wo ein Stück Boden unbebaut geblieben war, zu schmal für eine Gasse, aber zu breit, um ihn mit Mauerwerk auszufüllen.

Und vielleicht die Rettung.

Ohne auch nur zu überlegen, fuhr er herum, überquerte im Laufschritt die Straße und fand sich in einer schmutzigen, nach abgestandenem Wasser und Abfällen riechenden Gasse wieder, die so schmal war, daß seine Schultern rechts und links an den feuchten Wänden entlangscheuerten. Es war so dunkel, daß er kaum die berühmte Hand vor Augen sehen konnte.

Nur der Nebel war da, denn die grauen Schwaden waren ihm auch hierher vorausgeeilt, wie ein Rudel spöttischer kleiner Tiere, das ihn bereits erwartete.

Angus verscheuchte die Vorstellung, lief weiter und fand sich plötzlich in einem kleinen, auf allen Seiten von hohen feuchtglitzernden Mauern umschlossenen Hinterhof wieder, auf dem sich Müll und Unrat türmten. Auf einem Mauervorsprung hockte eine dürre Katze und blickte Angus aus funkelnden gelben Augen an. Als er ihr zu nahe kam, sprang sie mit einem drohenden Fauchen hoch, ließ warnend die Krallen aufblitzen und verschwand in der Dunkelheit.

Es war das erste Zeichen von Leben, das Angus außer den harten Schritten seines Verfolgers registrierte, und obwohl es ein äußerst unfreundliches Zeichen gewesen war, spürte er nichts als *Erleichterung.* Der Nebel und die unheimlichen Schritte, die stets abbrachen, wenn er stehenblieb und nach seinem Verfolger Ausschau hielt, hatten ihn mit einer Angst erfüllt, die weit über die Grenzen des Erklärbaren hinausging. Für Momente hatte er wirklich an seinem Verstand gezweifelt. Und da war dieses Haus gewesen, dessen Fenster so hart wie Eisen gewesen waren und dessen Wände seine verzweifelten Schläge und Hilferufe verschluckt hatten …

Unsicher blickte er in die Richtung, aus der die Schritte kommen mußten. War er jetzt endlich diesem menschlichen Bluthund entkommen? Er wurde langsamer, blieb einen Moment stehen und lauschte mit geschlossenen Augen. Nichts. Alles blieb still. Er hörte nur das Rauschen seines eigenen Blutes in den Ohren, und er spürte den dumpfen Schlag seines Herzens bis in die Fingerspitzen. Keuchend und vollkommen erschöpft taumelte er gegen eine der Wände und lehnte sich dagegen. Der Gestank, der von den Abfällen hochstieg, verursachte ihm Übelkeit, und die Dunkelheit schloß sich wie eine erstickende Decke um ihn. Er war so schnell gerannt, daß die Atemzüge wie scharfe Messer in seine Kehle schnitten, und ein unbeschreiblich widerlicher Geschmack breitete sich auf der Zunge aus. Trotzdem hätte er diesen Ort gegen keinen anderen auf der Welt eingetauscht.

Bis zu dem Moment wenigstens, in dem er allmählich begriff, daß er keine Ahnung hatte, wo er sich überhaupt befand.

Es war beinahe lächerlich – aber Angus Peabody hatte sich verirrt. Er, der sich in London so gut auszukennen rühmte wie kein zweiter. Inspektor Cohen hatte ihn ja schon halb im Scherz einen lebenden Stadtplan genannt.

Doch an die Gasse, in der er sich jetzt befand, konnte er sich beim besten Willen nicht erinnern. Er wußte nur, daß sie in diesem halbwegs wohlhabenden Viertel ziemlich fehl am Platze wirkte. Allein dieser Gestank ...!

Angus zog seine Taschenuhr unter der Weste hervor, klappte den Deckel auf und versuchte im fahlen Licht der Mondsichel die Zeit abzulesen. Wenn das, was er auf dem Zifferblatt erkannte, stimmte, hatte er den Club erst vor einer knappen Viertelstunde verlassen. Das war viel zu wenig Zeit, um in eine so elende Gegend wie diese hier zu kommen, selbst wenn er aus Leibeskräften gerannt war. Und doch sah er die heruntergekommenen Häuser mit eigenen Augen. Und selbst wenn der Augenschein getrogen hätte, der *Gestank* war echt. Der Nebel mochte seine Augen narren – seine Nase und seinen Magen, der sich allmählich zu einem hornigen Klumpen zusammenzuziehen begann, nicht. Angus war so verwirrt, daß er im ersten Moment selbst den Grund seiner überhasteten Flucht vergaß.

Allerdings nur bis zu dem Augenblick, in dem sich der Klang schwerer Schritte in das Wispern des Nebels mischte ...

Peabody erstarrte, ließ vor Schrecken seine Uhr fallen und fuhr herum, um seine Flucht fortzusetzen.

Nur daß es nichts gab, wohin er hätte laufen können.

Der Hinterhof war an allen Seiten von zehn Yards hohen, fensterlosen Mauern umschlossen. Er saß in der Falle!

»Bleib stehen, Angus!« sagte eine Stimme hinter ihm.

Um ein Haar hätte zumindest Angus' Herz diesem Befehl Folge geleistet. Er schrie auf, wirbelte mit einem keuchenden Laut herum und prallte gegen die Wand. Seine Fingernägel scharrten über den feuchten Stein, als wollten sie sich einen Weg durch die massive Mauer graben.

Dann sah er die schattenhafte Gestalt, die am Ende der Gasse aufgetaucht war. Der Nebel umgab sie wie ein wogender Mantel grauer, aus sich selbst heraus leuchtender Nacht.

Es war ein Mann, ein sehr großer Mann, mit Hut und Mantel bekleidet, der einen schlanken Stab in der Rechten trug;

vielleicht einen Spazierstock. *Vielleicht auch einen Degen,* flüsterte eine hysterische Stimme in Angus' Gedanken.

»Was ... was wollen Sie von mir?« flüsterte er. Seine Stimme war ein tonloses Krächzen, das seine Angst mehr als alles andere verriet. Er zitterte.

»Dich, mein Freund«, antwortete der Mann. Er sprach ganz ruhig, und Angus erkannte deutlich den starken französischen Akzent. »Hast du unsere Nachricht nicht bekommen?«

»Wir ... wir können doch über alles reden«, stammelte Peabody. »Ich ... ich bin keine Gefahr mehr für euch. Man hat mir den Fall weggenommen. Ich werde die Stadt verlassen, gleich morgen, das schwöre ich!« Er versuchte sich an der Wand entlang zu schieben, fort von der entsetzlichen Schattengestalt, die sich nicht gerührt hatte. Aber es gab kein Entkommen. Unter seinen Fingern war nur kalter, eisenharter Stein. Er saß in der Falle. In einer Falle, in die er sich selbst hineinmanövriert hatte.

»O ja, mein Freund«, antwortete der Mann mit dem französischen Akzent ruhig. »Du wirst die Stadt verlassen. Noch heute abend. Für immer.«

»Ihr wollt mich umbringen!« keuchte Angus. Ein kaltes, lähmendes Entsetzen machte sich in ihm breit. Die Drohung, die von dem Fremden im Nebel ausging, war nicht körperlicher Natur, das spürte er einfach.

»Nein, nicht«, flehte er. »Hör mich doch an. Du ... du gehörst zu den Templern, nicht wahr? Es stört euch, daß ich euch in der letzten Zeit nachspioniert habe. Damit ist es vorbei. Die Ermittlungen sind eingestellt worden. Außerdem hat man mich versetzt. Ich kann euch gar nicht mehr gefährlich werden. Wenn ihr wollt, fahre ich schon morgen nach Aberdeen. Gleich ... gleich heute abend. Du kannst mich zum Bahnhof begleiten, wenn du willst. Ich gehe nicht einmal mehr nach Hause.«

Der Templer lachte leise. »Ausgerechnet so ein Feigling wie du wollte uns Steine in den Weg legen? Wäre es nicht so entsetzlich dumm, würde ich darüber lachen. Andere würden an deiner Stelle bis zum letzten Blutstropfen kämpfen. Doch du winselst um Gnade wie ein getretener Hund!«

Angus preßte sich panikerfüllt gegen die Wand, als der Mann näher kam. Der Nebel schien ihm zu folgen, verhüllte seine Gestalt noch immer wie ein rauchiger Mantel. Langsam hob er den Spazierstock, den er in der Rechten trug.

Angus schrie auf, stieß sich mit aller Kraft von der Wand ab und warf sich auf den Angreifer. Die Verzweiflung gab ihm zusätzliche Kraft. Für einen Moment gelang es ihm sogar, den anderen aus dem Gleichgewicht zu bringen, so daß er rücklings stolperte und fiel.

Aber seine Hand zuckte hoch und legte sich wie eine stählerne Klammer um Angus' Fußknöchel. Peabody kreischte voller Panik, fiel auf die Knie herab und trat blindlings zu. Er traf, aber die einzige Wirkung war ein stechender Schmerz, der bis in sein Knie hinaufschoß und ihn abermals aufschreien ließ. Dem Wahnsinn nahe, warf er sich herum und hob die Fäuste, um auf das Gesicht des anderen einzuschlagen.

Aber er tat es nicht, denn in diesem Moment war er dem Unheimlichen so nahe, daß er zum ersten Male dessen Gesicht erkennen konnte.

Es war nicht das Gesicht eines jungen Mannes.

Es war nicht einmal das Gesicht eines Menschen.

Angus Peabody begann zu schreien.

Aber nicht sehr lange.

Howard kam gegen neun, eine halbe Stunde, nachdem Gray gegangen war. Und er sah so aus wie ich mich fühlte: reichlich zerknittert und ziemlich müde. Er war allein, aber ich erkundigte mich erst gar nicht nach dem Verbleib seines Leibdieners Rowlf, sondern überfiel ihn schon auf der Treppe mit der Frage, die mir auf der Zunge brannte: »Hast du Antwort aus Paris?«

Howard grunzte etwas, das wahrscheinlich ein »Nein« bedeuten sollte, stürmte an mir vorbei und stieß die Tür zur Bibliothek mit dem Fuß auf, während er mit zitternden Fingern eine Zigarre aus der Rocktasche klaubte und anzündete. Als ich hinter ihm das Zimmer betrat, war er schon in eine blaugraue, stinkende Qualmwolke gehüllt.

Behutsam schloß ich die Tür, lehnte mich mit vor der Brust verschränkten Armen dagegen und seufzte tief. »Also nichts.«

Howard schüttelte wütend den Kopf, schnippte seine Asche auf den Teppich und nahm einen Aschenbecher zur

Hand – in dieser Reihenfolge. »Nein«, fauchte er. »Nichts. Ich habe alles versucht, jede Adresse, die ich nur kenne. Sie reagieren nicht.«

»Nach Balestranos Tod wird der Orden in Aufruhr sein«, vermutete ich. »Vielleicht sollte ich selbst nach Paris fahren.«

»Und dich umbringen lassen?« Howard schüttelte den Kopf. »Sei kein Narr, Junge. Wenn auch nur die Hälfte von dem stimmt, was du mir erzählt hast, dann hat dich Balestrano für einen Verräter und Mörder gehalten. Und er hatte keine Gelegenheit mehr, seine Brüder über diesen Irrtum aufzuklären.« Er sog an seiner Zigarre, blies eine stinkende blaue Wolke in meine Richtung und sah mich mit einer Mischung aus Sorge und Zorn an. »Es könnte sein, daß du eine Menge Ärger bekommst, Robert«, sagte er ernst. »Du kennst meine ehemaligen Brüder nicht. Ich schon. Ich habe zehn Jahre lang auf ihrer Todesliste gestanden.«

Nun, *ich* war durchaus der Meinung, die Templer inzwischen ganz gut zu kennen; schließlich war ich mehr als einmal mit ihnen zusammengetroffen. Aber natürlich hatte ich nicht Howards Erfahrung. Er war lange Zeit ein Mitglied dieses Geheimbundes – und sogar einer ihrer Master – gewesen, bis er erkannt hatte, daß die sich Ziele der Tempelritter nicht ausschließlich um das Wort Gottes drehten.

Also war er aus dem Orden ausgetreten.

Leider war ein solcher Passus in den Statuten der Templer nicht vorgesehen. Der Geheimbund war eben das, was das Wort bedeutete: geheim. Kein Außenstehender durfte je von ihm erfahren. Und so verhängten sie das Todesurteil über Howard.

Zehn Jahre lang war er vor ihnen geflohen – bis die Sache mit Sarim de Laurec geschehen war, der versucht hatte, das Kristallhirn der GROSSEN ALTEN zu zerstören, und dabei den Verstand verloren hatte. De Laurec war als *Master* des Ordens eine große Bedrohung für seine Brüder. So groß, daß sie selbst ihn nicht aufhalten konnten, als er einen nach dem anderen mit seinen mechanischen Puppen umbrachte.

Ich hatte ihn schließlich besiegt. Damals waren Jean Balestrano und ich zu Verbündeten geworden. Unter einer Bedingung. Der Todesbefehl für Howard Lovecraft sollte aufgehoben werden.

Nun stand ich selbst auf ihrer schwarzen Liste, durch einen Verrat, den ich nie begangen hatte. Und Howard mußte am besten wissen, was das bedeutete.

Er schnippte die Hälfte seiner Zigarrenasche in den Aschenbecher und die andere auf den Teppich und begann wie ein gefangenes Tier im Zimmer auf und ab zu laufen. »Möglicherweise passiert gar nichts«, murmelte er. »Balestranos Tod ist ein schwerer Schlag für den Orden und in der Schlacht sind verdammt viele Männer gefallen. Sie werden Zeit brauchen, sich zu reorganisieren. Vielleicht gelingt es ihnen nicht einmal. Wenn du Glück hast, vergessen sie dich einfach. Aber es kann genausogut sein, daß in diesem Moment schon ein paar freundliche Herren auf dem Wege hierher sind, um dir die Grüße von Balestranos Nachfolger zu überbringen.«

»Wer wird das sein?« fragte ich, den letzten Teil seiner Prophezeiung ganz bewußt ignorierend.

Howard hörte endlich auf, im Kreis zu laufen, zuckte mit den Achseln und paffte nervös an seiner Zigarre. »Ich weiß es nicht«, gestand er. »Fast die gesamte Führung des Ordens ist tot. Von den Männern, die ich gekannt habe, lebt nur noch eine Handvoll – vielleicht. Ich fürchte, wir werden es mit Männern zu tun bekommen, über die ich rein gar nichts weiß.«

»Wenn der Orden jemals wieder zu dem wird, was er war«, sagte ich. »All seine *Master* sind tot, vergiß das nicht.«

»Ich bin nicht sicher, daß es wirklich so ist«, entgegnete Howard. »Sie haben verdammt viele Leute mit außergewöhnlichen Begabungen. Nur die wenigsten werden jemals zum *Master* ernannt, aber das besagt nichts.« Er schüttelte den Kopf, um seine Worte zu bekräftigen, trat ans Fenster und brannte mit seiner Zigarre ein Loch in die Gardine, ohne es überhaupt zu merken. »Wir müssen vorsichtig sein. Ich werde ein paar Männer engagieren, die dich abschirmen.«

»Das wirst du schön bleiben lassen«, sagte ich. »Ich kann auf mich selbst aufpassen.«

»Ach?« sagte Howard spöttisch. »Kannst du das?«

Ich wußte genau, wie diese Worte gemeint waren, zog es aber vor, nicht darauf zu antworten. Ich hatte keine Lust, mit Howard zu streiten. Es mochte ja durchaus sein, daß er recht hatte. Aber ich hatte zum Teufel noch mal genug Probleme am

Hals und brauchte nicht auch noch ein paar religiöse Fanatiker, die mich für den Antichristen oder Schlimmeres hielten.

»Du siehst schlecht aus«, sagte Howard unvermittelt. »Bist du krank?«

»Nur müde.« Ich lächelte gequält. »Ich hatte einen miserablen Traum und konnte hinterher nicht mehr schlafen.«

»Was für einen Traum?«

»Einen Alptraum«, knurrte ich gereizt. »Du spieltest die Hauptrolle.«

»Wie interessant«, sagte Howard ungerührt. »Erzähle davon.«

Ich hatte keine sonderliche Lust dazu, und ich sagte es ihm, aber Howard blieb beharrlich. »Es ist nicht der erste schlechte Traum, den du hast, seit du zurück bist, sagst du?«

»Nein. In letzter Zeit träume ich öfters schlecht. Aber bisher noch nie von dir. So schlimm war es noch nie.«

Howard überging die Spitze. »Vielleicht solltest du das Haus verlassen«, murmelte er. »Oder das da wegschaffen.« Er deutete mit einer Kopfbewegung auf das kitschige Ölgemälde über dem Kamin. Nicht, daß es so schlimm gewesen wäre, daß darin die Ursache für meine Träume gelegen hätte. Aber hinter dem Bild verbarg sich ein geheimer Wandsafe. Und darin war das da, das Howard gemeint hatte; genauer gesagt, vier dieser das da: die vier *Siegel der Macht*, die ich mit zurück nach London gebracht und in meinem Safe eingeschlossen hatte.

»Nein«, sagte ich ruhig.

Howard seufzte, zog geistesabwesend sein Zigarrenetui aus der Tasche und steckte sich einen neuen Stinkstengel zwischen die Lippen. Offenbar hatte er die erst halb aufgerauchte Zigarre, die noch im Aschenbecher glomm, ganz vergessen. Ich tröstete mich mit dem Gedanken, daß ich das Haus ohnehin renovieren lassen wollte.

»Du solltest es dir überlegen«, sagte Howard zwischen zwei Zügen. »Diese Dinger sind keine harmlosen Souvenirs. Sie sind gefährlich. Möglicherweise sind sie der Grund für deine Träume.«

»Sie bleiben hier«, sagte ich bestimmt. »So lange, bis ich einen Weg gefunden habe, sie zu vernichten. Basta.«

Howard nickte, als hätte er nichts anderes erwartet. Er hatte es wohl auch nicht, denn es war weiß Gott nicht das erste Mal, daß sich unser Gespräch um dieses Thema drehte, seit ich zurück in London war. »Dann sehe ich nur noch eine Möglichkeit«, sagte er nach einer Weile. »Du mußt dieses Haus verlassen. Bis du eine Lösung für dein …« Er stockte einen winzigen Moment und blickte bezeichnend auf die in üppigen Farben gemalten Sonnenblumen über dem Kamin. » … dein Problem gefunden hast, solltest du in einem Hotel bleiben.«

Diesmal mußte ich über die Antwort gar nicht nachdenken. Allein die Vorstellung, das Haus für längere Zeit verlassen zu sollen, erfüllte mich mit Entsetzen.

»Nein!« sagte ich.

Howard starrte mich an, und erst in diesem Moment wurde mir selbst klar, daß ich das Wort nicht gesagt, sondern mit vollem Stimmaufwand geschrien hatte. So laut, als hätte er von mir verlangt, Selbstmord zu begehen.

Und – der Gedanke ließ mich schaudern, aber es war so – ganz genau so fühlte ich mich auch in diesem Moment.

»Mein Gott, Howard«, murmelte ich. »Was geschieht hier?«

Das Geräusch der Kutsche trieb den Mann in den Schatten der Toreinfahrt zurück. Obwohl sein dunkler Umhang völlig mit seiner Umgebung verschmolz und er wußte, daß er von der Straße aus vollkommen unsichtbar war, zog er ganz instinktiv die Kapuze tiefer in die Stirn und drehte sich zur Seite, während der Zweispänner näherkam und schließlich auf der anderen Seite des Platzes vor einem hochherrschaftlichen Gebäude stehenblieb.

Der Schlag des Wagens sprang auf und ein Mann stieg heraus. Er reichte dem Kutscher den Fahrlohn, verabschiedete sich mit einem flüchtigen Kopfnicken und ging die Treppe zum Haupteingang des großen Hauses hinauf. Er wirkte dabei äußerlich gelassen, doch der unsichtbare Beobachter spürte die Erregung, als wären es seine eigenen Gefühle.

Obwohl der Mann ihm den Rücken zukehrte, glaubte er sein Gesicht zu sehen, so deutlich, als stünde er vor ihm. Der Beobachter preßte die Lider zusammen, aber das Bild blieb – zehn Jahre jünger und um zehn Jahre energiegeladener, aber trotzdem das Gesicht des Mannes, den der Fremde wie keinen zweiten haßte, ausgenommen vielleicht den einen, den sie den

Hexer nannten – Robert Craven. Den Mann, der in dem prachtvollen Haus auf der anderen Straßenseite wohnte und dem er seine größte Niederlage zu verdanken hatte.

Und seinen größten Sieg.

Der heimliche Beobachter hob die Hand und berührte seine Schläfe. Seine Finger ertasteten frisches, noch warmes Blut, das aus der winzigen Schnittwunde gedrungen war. Er wischte es weg, obgleich er wußte, daß es sinnlos war. Die Wunde blutete seit einem Jahr, und sie würde nicht aufhören. Nie. Schon um ihretwillen hatte er dem Mann in dem Haus dort drüben den Tod geschworen. Ihm – und dem anderen, der jetzt gerade im hell erleuchteten Rechteck der Tür verschwand.

»Du wirst für deinen Verrat bezahlen, Bruder Howard«, murmelte er. »Bezahlen wie noch keiner vor dir.« Der Haß erstickte beinahe seine Worte. Er merkte nicht einmal wie die Kutsche wieder anfuhr und nach wenigen Augenblicken verschwand.

Erst nach einer Weile gelang es ihm, seiner Gefühle Herr zu werden und sich wieder auf das Haus auf der anderen Seite des Platzes zu konzentrieren. Er rieb sich nachdenklich über die Stirn, wischte einen neuen Blutstropfen ab, der ein bizarres Muster auf seine Schläfe gemalt hatte und gerade in seinem Kragen verschwinden wollte und überprüfte kurz seinen Plan nach irgendwelchen Schwachstellen. Er fand keine. Seine Vorbereitungen waren alle nach bestem Wissen getroffen.

Nein, dachte er überzeugt, es konnte einfach nichts schiefgehen. Und das durfte es auch nicht, wenn sich die Hoffnungen und Erwartungen, die er im geheimen hegte, erfüllen sollten.

Es stand ein wenig mehr auf dem Spiel als nur sein *Leben*.

Sehr viel mehr.

Inspektor Cohen starrte mißmutig auf das Mundstück seiner Pfeife, das er in seiner Erregung zerkaut hatte. Dann schob er mit einem Seufzer den Stuhl zurück und zog die Schublade seines Schreibtisches auf. Er fand einige Notizzettel, die längst veraltet waren, eine Dose Tabak, eine Schachtel Schwefelhölzer und einige Bleistifte, deren Enden so zerkaut waren wie das Mundstück seiner Pfeife. Dazu noch jede Menge anderen Krempel – darunter die Einzelteile seines Dienstrevolvers, den er irgendwann einmal auseinandergenommen hatte, ohne ihn jemals wieder zusammenzubekommen. Nur die Ersatzpfeife, die er suchte, war nicht da.

»Mist!« knurrte er, musterte die ruinierte Pfeife einen Moment lang feindselig und warf sie schließlich zu dem übrigen Gerümpel in die Schublade. Wütend ließ er sich in seinen Sessel zurücksinken, griff wahllos nach dem nächstbesten Aktendeckel auf seinem Schreibtisch und schlug ihn auf, um sich abzulenken. Doch seine Gedanken führten ein Eigenleben, das er nicht kontrollieren konnte. Die ruinierte Pfeife war nur der berühmte Tropfen, der das Faß endgültig zum Überlaufen brachte.

In letzter Zeit lief wirklich alles schief, war nur schiefgehen konnte. Nicht nur, daß die Ermittlungen in mehreren bedeutenden Fällen stockten, jetzt hatte man ihm in einem anderen Fall alle weiteren Ermittlungen untersagt und dazu auch noch seinen Assistenten Peabody ans Ende der Welt versetzt. Und die Ersatzpfeife nicht da! Cohen überlegte kurz, ob er sein Büro verlassen und sich im Laden an der Ecke eine andere Pfeife kaufen sollte. Doch dann ließ er es sein und wandte sich wieder der Akte auf seinem Schreibtisch zu.

Cohen haßte den Schreibkram wie die Pest. Er war ein Mann der Tat, der weitaus lieber die Fäuste als den Federhalter benutzte, und er zog eine Razzia in einem verrufenen Viertel dem Ausfüllen eines Berichtes allemal vor. Früher hatte ihm Peabody den größten Teil davon abgenommen, doch sein neuer Assistent Edward Tailworthern war auf diesem Gebiet eine Null. Ein *Minus,* verbesserte sich Cohen, als er an den Bericht dachte, den er Tailworthern gestern zum Schreiben gegeben hatte. Das krause Zeug, das dabei herausgekommen war, konnte er Staatsanwalt Ruthel unmöglich zumuten. Es blieb also an ihm, den Bericht neu zu verfassen.

Cohen nahm mißmutig ein Blatt Papier aus der Ablage und zückte den Federhalter. Die Tinte war so dickflüssig, daß er sie zuerst mit etwas Wasser verdünnen mußte, denn er benutzte sie allenfalls, um während eines Verhöres kleine Strichmännchen zu zeichnen, die an kleinen Strichgalgen hingen. Meistens ließ er die Blätter dann so liegen, daß der Delinquent auf der anderen Seite seines Schreibtisches wie durch Zufall sehen konnte, was er gemalt hatte. Die Wirkung war meist verblüffend.

Die Worte *Galgen* und *Delinquent* ließen ihn wieder an Tailworthern denken und somit an den Bericht, den er zu schreiben hatte. »Der Teufel soll diese verdammten Schreibstubenhengste holen!« knurrte er.

»Wie bitte?« fragte eine Stimme von der Tür her. Cohen zuckte zusammen und drückte dabei den Federhalter so heftig gegen das Papier, daß die Tinte auslief und einen großen häßlichen Fleck darauf hinterließ. Dann umwölkte sich seine Stirn. »Tailworthern«, sagte er zornig. »Sie sind der größte Trottel, der mir je untergekommen ist.« Cohen setzte sich auf, starrte wütend auf das ruinierte Blatt hinab und warf den unbrauchbar gewordenen Federhalter auf den Tisch, daß die restliche Tinte auch noch seinen Schreibtisch bespritzte.

Tailworthern versuchte zu lächeln, aber es wirkte etwas verunglückt. »Das tut mir außerordentlich leid, Inspektor«, stotterte er, zog ein Taschentuch aus der Jacke und versuchte einen Tintenfleck auf seinem weißen Rüschenhemd fortzuwischen.

»Davon wird der Bericht, den Sie gestern vermasselt haben, auch nicht fertig«, fauchte Cohen. »Stören Sie mich nicht, sonst schicke ich Ihr Geschmiere doch noch dem Staatsanwalt.« Cohen knüllte das mißglückte Schreiben zusammen und zielte damit auf den Papierkorb an der Ecke. Wie meistens traf er nicht, doch Tailworthern huschte wie ein Wiesel zum Papierkorb und legte den Papierball hinein. Cohen begann inzwischen seinen zweiten Versuch, den Bericht zu schreiben. Doch schon nach der ersten Zeile blickte er auf und musterte seinen Assistenten ungnädig.

»Was ist los?« fauchte er. »Warum sind Sie noch hier, Tailworthern? Haben Sie nichts zu tun? Das kann sich ändern.«

»Ein ... ein Bote hat ... hat einen Brief für Sie gebracht, Sir«, sagte Tailworthern hastig.

»Warum haben Sie mir das nicht gleich gesagt?« schnaubte Cohen. Er fuhr aus seinem Stuhl auf, beugte sich über den Tisch und riß Tailworthern das Schreiben ungeduldig aus der Hand.

Sein Gesicht verdüsterte sich, als er Peabodys charakteristische Schrift erkannte. Rasch überflog er die Einleitung, bis er zu einer Stelle kam, die ihn aufmerksam werden ließ.

... habe ich meine Ermittlungen in der bewußten Sache auf eigene Faust weitergeführt und bin jetzt dem Schuldigen auf der Spur. Als Hintermann dieser verbrecherischen Gruppierung und damit für alle ihre Taten verantwortlich habe ich einen gewissen Robert Craven entlarvt, der sich in der letzten Zeit schon mehrmals nur durch durchtriebene Manipulationen seiner Entlarvung entziehen konnte. Diesmal sind die Verdachtsmomente jedoch so erdrückend, daß er uns nicht mehr entkommen kann. Ich bin mir sicher, den Fall innerhalb eines Tages lösen zu können. Ich beende jetzt diesen Brief, dann breche ich auf, um den letzten, aber entscheidenden Beweis gegen Craven zu holen.

Ihr Angus Peabody.

Cohen saß auf seinem Stuhl, als hätte ihn der Schlag gerührt. Tailworthern starrte ihn besorgt an und überlegte, ob er seinem Vorgesetzten schnell ein Glas Wasser holen sollte, oder ob es vielleicht klüger wäre, möglichst unauffällig den Raum zu verlassen. Doch gerade, als er sich zur Tür umwenden wollte, wurde diese mit einem Ruck aufgestoßen, und ein schmieriger Typ in abgetragener Kleidung kam herein: einer der zahlreichen Spitzel, die im Auftrag des Yard die Unterwelt von London überwachten – oder umgekehrt. Das Gesicht des Mannes war schreckensbleich.

»Inspektor«, keuchte er. »Peabody ist tot!«

Cohen richtete sich kerzengerade in seinem Sessel auf, starrte den Mann einen Herzschlag lang aus ungläubig geweiteten Augen an und suchte vergeblich nach Worten. »Tot?« stammelte er. Sein Blick irrte zwischen dem Brief in seiner Hand und dem schreckensbleichen Gesicht des Spitzels hin und her. »Tot?« wiederholte er ungläubig.

»Ermordet, Inspektor«, bestätigte der Mann. »Und ich habe es gesehen.«

Ich hatte auch in dieser Nacht nicht gut geschlafen. Diesmal waren es keine Alpträume gewesen, die mich plagten, sondern ein dumpfer, gestaltloser Druck, der mich ein paarmal aufwachen und mit klopfendem Herzen in die Runde blicken ließ; eine Furcht vor etwas, das nicht greifbar war, aber vielleicht gerade deshalb um so schlimmer.

Infolgedessen war ich an *diesem* Morgen alles andere als guter Laune, obgleich Howard und Rowlf gegen elf eigens vorbeigekommen waren, mir beim Frühstück Gesellschaft zu leisten und alles Notwendige für Priscyllas bevorstehende Rückkehr mit mir zu besprechen. Das Vorhaben, das Haus zu diesem Anlaß von Grund auf renovieren zu wollen, hatte ich wieder aufgegeben, nachdem ich mich mit eigenen Augen – genauer gesagt, mit dem eigenen Daumen, der jetzt in allen Farben des Regenbogens schimmerte – davon überzeugt hatte, wie wenig sinnvoll es war, einen Nagel in eine Wand treiben zu wollen, die entschieden dagegen war …

»Hast du über meinen Vorschlag nachgedacht, das Haus zu verlassen?« fragte Howard, während er sich die dritte Zigarre anzündete. »Wenigstens für eine Weile, bis … diese sonderbaren Vorfälle geklärt sind?«

»Watten für Vorfälle?« fragte Rowlf in seinem unnachahmlichen Dialekt, der mir immer wieder ein Grinsen entlockte. Andere Menschen mochte Rowlf damit täuschen können, aber ich wußte, daß er keineswegs der etwas schwerfällige, grobschlächtige Kerl war, für den man ihn halten konnte. Ganz und gar nicht.

»Nichts«, sagte ich mit einiger Verzögerung. »Ich hatte ein paar Alpträume in letzter Zeit, das ist alles.«

»Alles?« Howard lachte, aber es klang nicht sehr lustig. »Mein lieber Junge«, begann er, während sein Gesicht allmählich hinter einer immer dichter werdenden graublauen Rauchwolke verschwand, in der das glühende Ende seiner Zigarre wie ein rotes Auge zwinkerte. »Jedermann in diesem Haus hat Alpträume und das ist lange nicht alles. Ich weiß nicht, was Gray dir erzählt hat, aber wenn ich dich so reden höre, war es nicht die Hälfte von dem, was wirklich passiert ist. Dieses Haus ist …«

»Ja?« fragte ich, als Howard ins Stocken geriet. »Sprich doch weiter – ich bin sicher, es hört dir gespannt zu.«

Howard starrte mich an, und sein Blick sagte mir, daß er meine Worte ganz und gar nicht komisch fand.

»Entschuldige«, murmelte ich.

Howard stieß seine Zigarre in den Aschenbecher und zündete sich mit der gleichen Handbewegung eine neue an. »Nein«, sagte er zornig. »Ich entschuldige nicht, Robert. Ich fürchte nämlich, daß du recht hast. Mit diesem Haus stimmt irgend etwas nicht.«

»Vielleicht will es nur nicht renoviert werden«, schlug ich mit einem etwas verunglückten Lächeln vor.

Howard blieb weiterhin ernst.

»Vielleicht will es auch nicht, daß wir weiter hierbleiben«, sagte er. »Oder es hat etwas gegen die Anwesenheit der *Siegel*.«

Ich seufzte. Wir hatten nicht weiter über die vier *Siegel der Macht* gesprochen, die sicher verwahrt in meinem Wandsafe lagen, aber Howard wäre nicht Howard gewesen, wenn er es so einfach dabei belassen hätte.

»Möglicherweise ist das, was in den letzten Tagen hier geschehen ist, nichts als eine Warnung«, fuhr er fort. Allmählich schien er Gefallen an seinem eigenen Gedanken zu finden. Und so gerne ich es getan hätte – ich konnte ihm nicht widersprechen. Schließlich wußte ich am besten, daß dieses Haus alles andere als ein *normales* Haus war. Was immer mein Vater damit gemacht hatte, es verfügte über eine Art ... Eigenleben. Ich war sicher, daß diese Bezeichnung ziemlich falsch war, aber sie kam der Wahrheit so nahe, wie ich es nur konnte.

Dieses Haus war nicht tot, sondern von einer düsteren, vielleicht nicht einmal freundlichen Macht beseelt, die jedermann, der es zum ersten Male betrat, sofort spürte – obgleich sich dieses Spüren bei Fremden meist nur in einem allgemeinen Unwohlsein ausdrückte; und einer spürbaren Erleichterung, sobald er Andara-House wieder verlassen konnte. Howard und mich selbst – und unsere engsten Freunde eingeschlossen – duldete es.

Wenigstens hatte es uns *bisher* geduldet.

»Du bist ja verrückt«, murmelte ich.

Howard lachte. »Ach ja? Dann erklär mir, was hier vorgeht. Zum Teufel, Robert, als ich vorhin hergekommen bin, hatte ich das Gefühl, in eine riesige Falle zu tappen, und ich habe es noch.«

»Warum bist du dann noch hier?« fauchte ich.

Howard erbleichte und auch ich erschrak zutiefst, als ich meine eigenen Worte hörte. Verwirrt stand ich auf, ging zum

Kamin und schenkte mir einen Sherry aus der Karaffe ein, die auf dem Sims stand.

»Entschuldige«, murmelte ich etwas verspätet. »Das ... das wollte ich nicht sagen.«

»Ich weiß«, antwortete Howard.

»So?« Ich lächelte unsicher, nippte an meinem Glas und lehnte mich gegen den Kaminsims.

Howard nickte ernsthaft. »Du selbst hast es vielleicht noch nicht gemerkt, aber du wirst immer aggressiver, sobald man dich auf das Haus ansprícht. Was ist los mit dir?«

Ich wollte antworten, aber irgendwie spürte ich, daß es wieder einen Streit gegeben hätte, hätte ich das ausgesprochen, was ich bei seinen Worten empfand. Zum Teufel – er hatte recht! Unsicher trank ich einen weiteren Schluck aus meinem Glas. Der Sherry schmeckte nicht besonders. Er war zu dickflüssig und zu süß und schmeckte eigentlich eher wie ...

Ich schrie auf, spie den vermeintlichen Sherry in hohem Bogen auf den Teppich und schleuderte das Glas davon. Ein Gefühl unbeschreiblichen Ekels krampfte meinen Magen zusammen. Keuchende und würgende Laute ausstoßend, prallte ich gegen den Kaminsims, krümmte mich wie unter einem Hieb und spie immer und immer wieder aus, während meine Hände wie wild und ohne mein Zutun über meinen Mund fuhren.

»Robert – um Gottes willen, was ist los?« Howard war mit einem Sprung bei mir und versuchte mich auf die Füße zu zerren.

Aber ich war wie von Sinnen vor Ekel und Entsetzen. Ich stieß ihn fort, so heftig, daß er gestürzt wäre, hätte Rowlf ihn nicht blitzschnell gepackt und aufgehalten, sprang mit einem Satz zum Tisch zurück und kippte den Rest kalten Kaffees aus Howards Tasse in mich hinein. Aber ich bekam den ekelerregenden Geschmack nicht von der Zunge.

»Verdammt noch mal – was ist denn los?« brüllte Howard.

»Blut!« wimmerte ich. »In der Flasche war ... war Blut, Howard!«

Trotz allem hätte sich Sarim de Laurec um ein Haar von seiner Wut hinreißen lassen, als das Portal des Hauses geöffnet wurde und Howard und Craven heraustraten. Für einen kurzen Moment wurde sein Haß übermächtig und für einen noch kürzeren Moment war er nahe daran, sich den nächsten unbelebten Gegenstand zu unterwerfen und gegen die beiden Männer zu verwenden. Er hätte seine rechte Hand darum gegeben, mit ansehen zu können, wie Howard von einem Gartenzaun aufgespießt wurde, der plötzlich lebendig wurde, oder von einem Kanaldeckel geköpft, der wie von Geisterhand bewegt aus seiner Starre erwachte.

Dies alles – und noch eine ganze Menge mehr – konnte de Laurec, seit er die *neue Macht* in sich fühlte. Doch ein Rest von Vernunft sagte ihm, daß es sinnlos wäre, im Affekt loszuschlagen. Es wäre zu schnell gegangen. Und er hatte seine Pläne nicht so exakt wie möglich durchdacht, um sie jetzt in einem Wutanfall über den Haufen zu werfen. Bei diesem Gedanken entspannte sich sein verzerrtes Gesicht ein wenig. Nein – er wollte den Tod dieser beiden, aber nicht so. Nicht, ohne daß sie auch nur begriffen, wer für ihr Schicksal verantwortlich war. Der *Puppet-Master* zwang seinen Blick zu Boden, atmete tief ein und schloß die Hände zu Fäusten, so heftig, daß die Fingernägel ins Fleisch schnitten. Er wußte, daß er warten mußte. Es ging nicht nur um Howards und Cravens Tod – wenn dies auch der einzige Teil des Planes war, der ihn wirklich interessierte.

Allmählich begann seine klare Überlegung wieder die Oberhand zu gewinnen. Sein Atem beruhigte sich, und er konnte die beiden Männer jetzt wieder ansehen, ohne vor Haß halb wahnsinnig zu werden. Trotzdem war Sarim de Laurec froh, als Howard eine Droschke heranwinkte und zusammen mit Craven hineinstieg.

Er blickte der Kutsche nach, bis sie verschwunden war. Dann drehte er sich abrupt um und schritt auf das große Gebäude auf der anderen Seite des Platzes zu. Er nutzte dabei so geschickt den Schatten der Häuser, daß niemand von ihm Notiz nahm.

Als er den Gehsteig vor dem Haus mit der Nummer 9 betrat, wuchs ein Schatten neben ihm aus dem Boden. Obwohl der *Puppet-Master* darauf vorbereitet gewesen war, fuhr er unwillkürlich zusammen und ballte wütend die Faust. Aber es war eher eine Wut auf sich selbst. Obwohl er sich am liebsten mit unbelebten Dingen umgab, die seinem Willen bedingungslos gehorchten, mußte er sich wieder mehr daran gewöhnen, normale Menschen um sich zu haben. So grüßte er den anderen mit scheinbarer Freundlichkeit. »Ist alles bereit?«

»Wie du befohlen hast, Bruder.« Selbst die Stimme des anderen klang wie die eines Schattens.

De Laurec nickte anerkennend. »Ich sehe, du hast deinen Auftrag gut erfüllt, Bruder Allisdale. Ich werde es im Gedächtnis behalten. Du weißt, was du als nächstes zu tun hast.«

»Ja, Meister. Alles ist bereit.«

»Gut«, murmelte de Laurec. »Doch dies ist erst die leichteste Aufgabe von allen. Noch heute müßt ihr den zweiten Auftrag erfüllen. Es ist wichtig, daß er vollständig ausgeführt wird, und vor allem, daß er geheim bleibt. Niemand darf auch nur das Geringste bemerken. Und jetzt geh. Was ihr später tun sollt, werdet ihr früh genug erfahren.«

Ohne Allisdale auch nur eines weiteren Blickes zu würdigen, ging Sarim weiter, bis er den Zaun erreichte, der das zum Haus gehörende Grundstück umschloß. Jetzt erst streifte Sarim seinen weiten Umhang ab und verstaute ihn in einer Tasche. Dann überzeugte er sich, daß seine Handschuhe fest saßen, warf einen letzten prüfenden Blick in die Runde und stieg schnell den Zaun hoch.

Er war froh, nicht länger mit Allisdale sprechen zu müssen. Der junge Templer war ein treuer Untergebener, der mit Freuden sein Leben für ihn geopfert hätte – irgendwann würde Sarim ihm Gelegenheit geben, diese Behauptung unter Beweis zu stellen –, aber seine Gegenwart machte ihn einfach nervös. Und nicht nur seine. Sarim de Laurec mied die Nähe von Menschen, wo er nur konnte. Sie waren so unzuverlässig, so verwundbar und fehlerhaft. Wenn es etwas gab, das er überhaupt liebte, dann war es Perfektion. Manchmal bedauerte er ehrlich, daß er selbst niemals so perfekt werden würde wie seine Geschöpfe, denn auch er war nur ein Wesen aus Fleisch und Blut.

Mit einer für einen Mann seines Alters erstaunlichen Behendigkeit überstieg er den Zaun, schwang vorsichtig erst das rechte, dann das linke Bein über die rostigen Eisenspitzen und ließ sich auf der anderen Seite herunterfallen. Er federte den Aufprall geschickt ab und nahm sofort eine kauernde Stellung ein, die ihn mit den Schatten der Büsche verschmelzen ließ. Auf dem Grundstück blieb alles ruhig. Auf dem Gehsteig konnte Sarim nur die schemenhafte Silhouette Allisdales sehen, der mit weit aufgerissenen Augen durch den Zaun starrte. Der junge Templer benahm sich für Sarims Geschmack etwas zu auffällig. Doch so wie Allisdale waren diese jungen Templer fast alle. Voll guten Willens und bemüht, die Aufträge, die man ihnen erteilte, nach bestem Wissen zu erfüllen. Doch sie neigten dabei sehr leicht zum Übereifer und waren so für die Feinde des Ordens leicht auszumachen. Es fiel de Laurec schwer zu glauben, daß sie der gleichen Schule entstammen sollten wie er oder Bruder Balestrano –

– oder Howard.

Wieder spürte er eine Woge heißen Zornes in sich aufsteigen und wieder unterdrückte er ihn. Lautlos wandte er sich um und huschte weiter.

Sehr spät in der Nacht kamen wir zurück. Howard und Rowlf mußten mich mehr aus der Kutsche tragen, als daß ich aus eigener Kraft ging. Es war eine der sehr seltenen Gelegenheiten gewesen, daß ich zu viel getrunken hatte – und zwar mit voller Absicht. Howard hatte mich quer durch die Londoner Pubs geschleift.

Keiner von uns hatte noch ein Wort über die Geschehnisse vom Tage verloren. Es war auch nicht nötig. Aber ich glaube, Howard und sein hünenhafter Freund fühlten sich ebenso unwohl in ihrer Haut wie ich, als wir – ich in der Mitte und bedenklich schwankend – auf das Portal von Andara-House zuschritten und ich in den Taschen meiner Jacke nach dem Schlüssel suchte.

Howard sah mir eine Weile stirnrunzelnd dabei zu, wie ich versuchte, mit drei Händen drei Schlüssel in drei Schlüssellöcher zu bekommen, dann schüttelte er den Kopf, nahm mir das eiserne Trio aus der Hand – wie durch ein Wunder vereinigten sie sich zu einem einzigen Schlüssel, kaum daß er sie berührt hatte –, schob es ins Schlüsselloch und wäre um ein Haar auf die Nase gefallen, weil die Tür in diesem Moment schwungvoll aufgerissen wurde und Harveys zerknautschtes Butlergesicht zu uns hinauslugte.

»Ich habe Sie kommen hören, Sir«, erklärte er steif. »Bitte, treten Sie ein.«

Ich kicherte, schwankte an Howard vorbei und ließ mich schwer gegen die Wand sinken. Für einen Moment drehte sich alles in meinem Kopf. Ich war betrunken, ziemlich stark sogar, und trotzdem arbeitete ein Teil meines Verstandes mit fast unangenehmer Klarheit – nämlich genau der Teil, den ich mit dem Alkohol zu betäuben versucht hatte.

Harvey wartete mit steinernem Gesicht, bis Howard und Rowlf ebenfalls das Haus betreten hatten, dann schloß er die Tür, drehte sich aufreizend langsam zu uns herum und fragte: »Wünschen die Herren hier zu übernachten?«

»Daschwünschenschie«, lallte ich mit schwerer Zunge.

»Ja«, pflichtete Howard bei. »Aber zuallererst wünschen wir einen starken Kaffee für Mr. Craven. Einen, in dem der Löffel stehenbleibt. Der Junge braucht eine Ausnüchterung.«

»Sehr wohl, Sir«, antwortete Harvey, deutete ein Nicken an und ging so steif, als hätte er einen Besen verschluckt, in Richtung Küche davon. Ich wollte ihm folgen, aber Rowlf ergriff mich kurzerhand beim Kragen, drehte mich herum und schleifte mich hinter sich her in den Salon. Während Howard die Gaslampen entzündete, ließ ich mich in einen Sessel fallen und schloß die Augen, riß sie aber sofort wieder auf, denn kaum hatte ich es getan, begann sich abermals alles in meinem Kopf zu drehen. Außerdem wurde mir übel.

»Oscheische«, lallte ich. »Ischschwöredaschischniewiederwaschtrinke.«

»Wat?« fragte Rowlf.

Howard antwortete mir etwas, das ich nicht verstand, aber ich schenkte ihm quasi auf Verdacht einen giftigen Blick, beugte mich vor, um nach der Karaffe auf dem Tisch zu greifen, und fuhr abrupt wieder zurück, als ich sah, daß sie Sherry enthielt. Ich würde mir ein anderes Lieblingsgetränk zulegen müssen.

Unten in der Halle wurde gegen die Tür geklopft. Ich setzte mich auf, tauschte einen fragenden Blick mit Howard – er zuckte mit den Achseln, während er sich eine Zigarre anzündete – und versuchte aufzustehen, beließ es aber bei einem Versuch, als das ganze Zimmer nach links kippte.

»Werimmerdaschisch, Harvey, schmeischen Schie ihn – hupps – rausch!« brüllte ich.

Harvey mußte meine Worte gehört haben, denn einen

Augenblick später hörte ich die Tür sich knarrend öffnen, dann seine Stimme: »Sie haben Mr. Craven gehört, Sir. Es tut mir sehr leid, aber der gnädige Herr ist zur Zeit etwas unpäßlich. Also kommen Sie bitte später wieder.«

»Braver Harvey«, sagte ich. »Isch schwar schon leischt schenil, aber gehorscht aufsch Wort.«

Die ungebetenen Besucher hingegen schienen sich einer weniger guten Erziehung zu erfreuen. Harvey versuchte tapfer, sie abzuwimmeln, aber der Lärm nahm nur noch zu. Etwas polterte, und dann hörte ich schwere Schritte die Treppe hochkommen. Ein paar Sekunden später füllten drei mir wohlbekannte Gesichter die drei Türrahmen des Salons aus.

»Sie?« entfuhr es Howard.

»Der schon wieda?« pflichtete Rowlf zu, und auch ich richtete mich abermals in meinem Sessel auf und steuerte ein »Cohen, altesch Hausch. Kommen Schie rein!« bei.

Inspektor Cohen trat ein. Aber er war nicht allein. Die beiden Doppelgänger, die ich dem Alkohol zugeschrieben hatte, waren durch und durch real, und sie waren derart unauffällig gekleidet, daß es schon kaum mehr auffälliger ging. Aber noch während ich versuchte, den Alkoholsumpf im meinem Kopf zu so etwas wie logischem Überlegen zu zwingen, packte mich einer der drei und zog mich auf die Füße, während der zweite mit etwas Metallischem, Blitzendem vor meiner Nase herumfummelte. Etwas klickte – und zwischen meinen Gelenken spannte sich die silberne Acht schwerer eiserner Handschellen.

»Hehehe!« protestierte ich. »Wascholldasch?«

»Was das soll, kann ich Ihnen gerne erklären«, sagte Cohen steif. »Sie sind verhaftet, Mr. Craven. Hier ist der Haftbefehl.« Er griff in die Tasche, zog ein säuberlich zusammengefaltetes, sehr amtlich aussehendes Stück Papier hervor, hielt es mir hin und reichte es dann mit einem Seufzen an Howard, der fassungslos zwischen ihm und mir hin und her blickte. »Im Moment können Sie wohl mehr damit anfangen, Lovecraft«, sagte er.

Howard griff gehorsam nach dem Haftbefehl, überflog ihn rasch und starrte Cohen abermals vollkommen fassungslos an. Dann verdunkelte Wut seinen Blick. »Sie begehen einen Fehler, Inspektor«, sagte er. »Möglicherweise ...«

»Möglicherweise den größten Fehler meiner Karriere«, unterbrach ihn Cohen. Er seufzte, auf eine Art, die deutlich machte wie oft er derartiges schon zu Ohren bekommen hatte. »Sparen Sie sich Ihre Belehrungen. Außerdem bin ich Ihnen keine Auskunft schuldig, Mr. Lovecraft. Sie sind weder ein naher Anverwandter noch der Rechtsbeistand Mister Cravens. Also halten Sie sich raus, oder ich lasse Sie gleich mit abführen. Ein Grund wird sich schon finden.«

Howard erbleichte. Seine Lippen zitterten. Aber er sprach nichts von dem aus, was ihm sichtlich auf der Zunge lag, sondern wandte sich mit einem Ruck zu Rowlf um. »Hol Doktor Gray«, sagte er knapp. »Sofort. Bring ihn im Nachthemd her, wenn es sein muß.«

Rowlf nickte, ballte kampflustig die Fäuste und rannte fast einen von Cohens Assistenten über den Haufen, als er aus dem Zimmer stapfte.

Cohen lachte leise. »Ich fürchte, Ihr Mr. Gray wird Craven jetzt auch nicht mehr helfen können, Mr. Lovecraft«, sagte er. »Und Sie sollten sich ebenfalls vorsehen. Ich bin sicher, daß auch Sie an Cravens Verbrechen beteiligt waren. Irgendwann werde ich es Ihnen auch beweisen können.«

Howard starrte ihn mit unverhohlenem Haß an, aber er sagte nichts mehr, und nach einem weiteren Augenblick gab auch Cohen das stumme Duell auf, überzeugte sich mit einem ganz und gar unnötigen Blick davon, daß meine Handschellen gut saßen, und begann – in der Art eines Mannes, der gerade nichts Besseres zu tun hat – im Zimmer auf und ab zu wandern.

»Was haben wir denn da?« sagte er, während er vor meinem Schreibtisch stehenblieb und die Papiere in die Hand nahm, die in chaotischer Unordnung die Platte bedeckten. »Pässe, Schecks, Kreditbriefe ... genau die Papiere, die man für eine schnelle Reise braucht, nicht wahr? Da sind wir wohl gerade noch rechtzeitig gekommen, wie?« Er grinste dämlich, sah mich an und stopfte meinen Paß und eine Anzahl anderer Papiere in seine Rocktasche, während er mir spielerisch mit dem Zeigefinger drohte. »Sie sind ein sehr unartiger Junge, Robert.«

»Was soll das Ganze?« fragte ich scharf. Hinter meiner Stirn drehte sich noch immer alles, aber ich war nicht mehr betrunken. Ganz und gar nicht. Es hatte einen Moment gedauert, aber jetzt war ich quasi schlagartig nüchtern geworden. Ich wußte nicht, ob ich mich sehr darüber freuen sollte.

»Maul halten«, fauchte der Mann, der mir die Handschellen angelegt hatte. »Du redest gefälligst nur dann, wenn der Inspektor dich etwas fragt!« Er bekräftigte seine Worte mit einem derben Stoß, der mich genau auf die Nieren traf. Während ich mich vor Schmerzen krümmte und gegen die aufsteigende Übelkeit ankämpfte, blieb Cohen auf den Fußsohlen wippend vor Howard stehen.

»Und nun zu Ihnen, Mr. Lovecraft. Ich habe Ihnen mitzuteilen, daß Sie London nicht verlassen dürfen, bevor die Untersuchungen in diesem Fall beendet sind. Außerdem haben Sie sich jeden zweiten Tag bei mir im Yard zu melden. Sollten Sie jedoch der Ansicht sein, diese Bedingungen nicht erfüllen zu müssen, leisten Sie Craven in seiner Zelle Gesellschaft. Ist das klar?«

»Ja«, antwortete Howard ruhig. »Aber Sie können sicher sein, daß ich alle Hebel in Bewegung setzen werde, damit Sie endlich den Dämpfer erhalten, der Ihnen gebührt.«

»So?« Cohens Stimme klang beinahe amüsiert. »Werden Sie das?«

»Howard – nicht!« sagte ich.

Aber Howard schien meine Worte gar nicht zu hören. Drohend trat er auf Cohen zu, ballte die Fäuste und blickte kampflustig auf den einen Kopf kleineren Scotland-Yard-Beamten hinab.

Aber Cohen wirkte ganz und gar nicht eingeschüchtert. »Nur zu, Mr. Lovecraft«, sagte er. »Glauben Sie mir – Sie würden mir damit einen großen Gefallen erweisen.«

Howards Gesicht nahm allmählich den Farbton einer überreifen Tomate an. Doch dann ließ er – wenn auch mit sichtlicher Überwindung – die Fäuste sinken und lehnte sich mit einem resignierenden Seufzer gegen die Wand.

Cohen seufzte enttäuscht, dann wandte er Howard demonstrativ den Rücken zu. »Tailworthern, Sie sind für den Gefangenen verantwortlich. Lassen Sie ihn ja nicht aus den Augen, verstanden. Der Kerl ist mit allen Wassern gewaschen.«

Ein großer, schlaksig wirkender junger Mann wieselte herbei und baute sich demonstrativ hinter mir auf. »Keine Sorge,

Inspektor. Cravens Tricks verfangen bei mir nicht«, erklärte er überzeugt.

»Gut.« Cohen wippte wieder auf den Absätzen hin und her und zog dabei ein weiteres Schreiben aus der Brusttasche seines Jacketts, um es mir vor das Gesicht zu halten und so schnell wieder wegzustecken, daß ich nicht einmal die Chance hatte, das Datum zu entziffern, geschweige denn seinen Inhalt.

»Damit alles seine Richtigkeit hat«, sagte er. »Dies hier ist der amtliche Durchsuchungsbefehl für Ihr Haus. Wollen Sie vorausgehen?«

So groß und beeindruckend das Haus von außen auch wirkte, so verwildert und ungepflegt war der Garten. Der kleinere, zur Straße hin gelegene Teil der parkähnlichen Anlage war vielleicht noch halbwegs ansehnlich – für die Augen eines Mannes, dem Grünzeug nichts bedeutete und der mit einem Achselzucken den Park zubetoniert und grün angestrichen hätte. Für *englische* Augen war schon der Vorgarten ein Sakrileg. Der hinter dem Haus verborgene größere Teil des Parkes grenzte an Majestätsbeleidigung. Der Rasen war ungepflegt und halb von Unkraut und wild wuchernden Blumen okkupiert, die Büsche darauf wild verwachsen und die Blumenrabatten verwildert.

Sarim kam der bemitleidenswerte Zustand des Gartens nur zugute, denn er erleichterte sein Vorhaben, ungesehen ins Haus zu gelangen. Er war sicher, daß sich seit Tagen niemand mehr im Garten aufgehalten hatte, wenn man von der kleinen Ecke absah, in der sich das Kräuterbeet der Köchin befand; ein fast rührender – aber vollkommen vergeblicher – Versuch, dem Anwesen so etwas wie Stil zu verleihen. De Laurec hingegen war das kleine Gemüsebeet eher ein Dorn im Auge, bedeutete es doch, daß seine Besitzerin unter Umständen hinauskommen und ihn überraschen konnte – oder, was schlimmer wäre, seine Leute, die in kurzer Zeit hier auftauchen mußten.

Aber er verschwendete nur einen flüchtigen Gedanken an diese Möglichkeit. Er wußte, daß das Haus sehr wenig Personal hatte, erbärmlich wenig, im Vergleich zu seiner Größe.

Und sollte das Unwahrscheinliche doch geschehen und er entdeckt werden – nun, auf einen Toten mehr oder weniger kam es nicht mehr an.

Lautlos, mehr einem Schatten als einem lebenden Wesen gleich, huschte der ehemalige *Puppet-Master* des Pariser Templerkapitels durch den verwilderten Garten, erreichte die Rückseite des Hauses und blieb vor dem Dienstboteneingang stehen, um sich ein letztes Mal umzusehen.

Er suchte mit der linken Hand das Schlüsselloch, steckte etwas hinein, das bei flüchtigem Hinsehen vielleicht wie ein Schlüssel ausgesehen hätte, und drehte es vorsichtig herum. Seine ganze Konzentration war jetzt auf das Werkzeug gerichtet. Lautlos befahl er den beweglichen Segmenten an seiner Spitze, die Stellung einzunehmen, die nötig war, den Mechanismus des Schlosses aufzusperren.

Es ging fast zu leicht. Der Mechanismus des Türschlosses war so alt und simpel, daß ihn jeder Dieb mit einer umgebogenen Haarklammer hätte knacken können. Für einen Augenblick wurde Sarim de Laurec unsicher. Das war weniger eine Abwehr gegen einen möglichen Eindringling, sondern eher eine *Einladung*.

Und vielleicht eine Falle ...

Für einen Moment mußte der *Puppet-Master* mit aller Macht gegen das immer stärker werdende Gefühl ankämpfen, beobachtet zu werden. Dabei war er vollkommen sicher, allein zu sein.

Für einen Moment – einen winzigen Moment nur – glaubte Sarim ganz deutlich zu spüren, daß es das Haus selbst war, das ihn beobachtete: auf eine boshafte, ungeheuer finstere Art und Weise, die nicht einmal er ganz verstand, der doch wußte, wie unbelebte Dinge mit Leben zu versehen waren.

Er vertrieb den Gedanken. Craven war mächtig, aber nicht so mächtig. Wahrscheinlich war er nur nervös.

Wütend über sich selbst stieß Sarim die Tür auf und trat in den dahinterliegenden Raum. Er war nicht sehr überrascht, sich in einer Art Gerümpelkammer zu finden. Er mußte sehr vorsichtig sein und mit weit vorgestreckten Händen gehen, um nicht im Dunkeln gegen ein Hindernis zu stoßen und damit das halbe Haus zu alarmieren, als er den Raum durchquerte. Prüfend rüttelte er an der Klinke der gegenüberliegenden Tür. Sie bewegte sich lautlos, aber die Tür rührte sich nicht.

Sarim brauchte nicht einmal fünf Sekunden, auch dieses Schloß zu öffnen.

Und wieder hatte er dabei das Gefühl, beobachtet zu werden. Auf eine Art und Weise wie eine Katze die blinde Maus beobachten würde, die schnurstracks auf ihr aufgerissenes Maul zumarschiert.

Sarim fror plötzlich. Sein Blick bohrte sich in die schattenerfüllte Schwärze, die die Kammer ausfüllte. Irgendwo hinter diesem Vorhang aus Dunkelheit – dessen war er sich jetzt ganz sicher – war etwas. Möglicherweise war dieses Haus doch nicht ganz so schutzlos, wie er bisher angenommen hatte.

Mit erzwungener Ruhe konzentrierte er sich wieder auf das, was auf der anderen Seite der Tür lag. Wenige Schritte vor ihm lag eine schmale, ausgetretene Treppe, die ihn geradezu dazu aufzufordern schien, sich ihr anzuvertrauen. Doch sein Ziel lag in der entgegengesetzten Richtung, unter der Erde, wo sich die ausgedehnten Kellerräume des Hauses befanden. Dort würde er das Versteck finden, das er für sein Vorhaben brauchte.

Sarim durchquerte einen langen, muffigen Gang und erreichte schließlich eine düstere Treppe aus brüchigen Steinen, deren Geländer abgebrochen war. Rasch und ohne sich auch nur noch einmal umzusehen stieg er sie hinab, blieb auf der untersten Stufe stehen und sah sich um. Seine Augen gewöhnten sich rasch an das blaßgraue Dämmerlicht, das den Raum erfüllte. Außerdem wußte er, wonach er zu suchen hatte: nach einer kleinen, staubverkrusteten Tür in einer der Seitenwände, deren Angeln sich in wuchernde Rostpflanzen verwandelt hatten und deren Ritzen von betonhartem Staub erfüllt waren, denn sie war seit einem Menschenalter nicht mehr geöffnet worden.

Er entdeckte sie nach kurzem Suchen. Jemandem, der den Grundriß des Hauses im Kopf gehabt hätte, wäre vielleicht aufgefallen, daß die Tür geradewegs in eine der Grundmauern eingelassen war und daß dort, wohin sie führte, eigentlich nichts mehr sein konnte. Aber das fiel Sarim de Laurec ebensowenig auf wie die Tatsache, daß es überall im Keller Schuhabdrücke gab – nur vor der Tür nicht.

Mit einem triumphierenden Lächeln näherte er sich der Tür, streckte die Hand nach der blind gewordenen Messingklinke aus –

– und zog sie wieder zurück.

Was wollte er überhaupt hier? Hinter dieser Tür war nichts von Belang, nur ein weiterer Keller, der mit Gerümpel und Müll vollgestopft war. Mit einem resignierenden Lächeln drehte er sich um, ließ sein Einbruchswerkzeug in der Tasche verschwinden und entfernte sich ein paar Schritte.

Aber nur, um abermals stehenzubleiben.

Ein betroffener, ja fast entsetzter Ausdruck breitete sich auf seinen Zügen aus. Verwirrt blickte er um sich, starrte dann wieder die Tür an. Für einen Moment hatte er das absurde Gefühl, so etwas wie ein höhnisches Grinsen zu *spüren*, obgleich das schlichtweg unmöglich war.

Immer nervöser werdend, näherte er sich der Tür ein zweites Mal.

Mit dem gleichen Ergebnis.

Nur, daß er diesmal für einen ganz kurzen Moment spürte, wie etwas nach seinen Gedanken griff und sie so lange verknotete, bis er überzeugt davon war, hinter dieser Tür absolut nichts als Staub und Gerümpel zu finden.

Sarims Hände begannen zu zittern. Für einen Augenblick hatte er nichts als Angst, eine panische, fast unwiderstehliche Angst, die ihn zwingen wollte, auf der Stelle herumzufahren und das Haus zu verlassen, so schnell er nur konnte. Ein dumpfer, pochender Schmerz breitete sich in seinem Schädel aus. Die winzige Wunde an seiner Schläfe blutete stärker. Aber dann gelang es ihm, den feindlichen Entschluß abzublocken; mit einer Kraft, die nicht seine eigene war.

Zitternd richtete er sich auf, trat steifbeinig auf die Tür zu und streckte die Hand nach der Klinke aus.

Seine Glieder wollten ihm nicht gehorchen. Es war, als klebe ein unsichtbarer, zäher Sirup an seinen Fingern. Schweiß bedeckte Sarim de Laurecs Stirn. Aber die *neue Macht* in seinem Schädel war stärker. Millimeter für Millimeter näherten sich seine Finger der Klinke, berührten schließlich das matte Metall und drückten es herunter.

Die Tür war nicht verschlossen.

Etwas Sonderbares geschah. Es ging so schnell, daß sich de

Laurec hinterher nicht einmal sicher war, ob es nun wirklich geschehen oder bloße Einbildung gewesen war, vielleicht ein neuer, böser Scherz, den ihm dieses Haus und seine Schutzgeister – oder was immer es war – spielten. Aber für einen ganz kurzen Moment hatte er das Gefühl, einen Ruck in der Wirklichkeit zu spüren. Es war, als würde er aus seiner Welt herausgerissen und im Bruchteil einer Sekunde in eine andere, fast – aber eben nur fast – identische versetzt. Alles war genau wie zuvor.

Und doch ...

Die Erkenntnis, daß irgend etwas ganz und gar nicht so war wie es sein sollte, kam um einen Sekundenbruchteil zu spät. Sarim stolperte nach vorne, verlor durch den unerwarteten Ruck das Gleichgewicht und fiel der Länge nach hin. Der Aufprall war so hart, daß er für die Dauer eines Herzschlages halb benommen liegenblieb.

Und als er aufblickte, sah er ganz und gar nicht das, was er hätte sehen sollen. Vor ihm war kein Keller. Keine Treppe. Keine stauberfüllten Gewölbe. Es war auch nicht mehr Nacht.

Es war heller Vormittag und Sarim de Laurec lag mit ausgestreckten Armen und Beinen auf einem kostbaren Berberteppich, mitten in einem holzgetäfelten, sehr weitläufigen Salon. In dem Aschenbecher, der auf einem kleinen Tisch stand, lag eine glimmende Zigarre, und durch die nur angelehnte Tür drangen Stimmen, ohne daß er die Worte verstand.

Dafür verstand er etwas anderes. Nämlich, daß jeden Moment die Tür des Salons aufgehen und jemand hereinkommen konnte.

Während Cohen und seine Leute das Haus durchsuchten, begann ich ganz allmählich den ersten Schock über meine Verhaftung zu verwinden. Und je nüchterner ich wurde, desto weniger wohl fühlte ich mich in meiner Haut. Es war nicht der Umstand allein, daß ich verhaftet war – so etwas war mir nicht zum ersten Mal passiert; ich hatte gewissermaßen Übung darin, unter falscher Anklage zu stehen. Aber Cohens Verhalten irritierte mich mehr und mehr. Ich kannte den alten Griesgram gut genug, um ihn weiß Gott nicht für einen liebenswerten Menschen zu halten – ganz im Gegenteil.

Aber was immer man ihm nachsagen mochte – er war ein durch und durch *gesetzestreuer* Mann. Und er hatte nicht mit der Wimper gezuckt, als mich einer seiner Männer brutal geschlagen hatte.

Trotzdem war ich im Grunde recht zuversichtlich. Rowlf mußte nun bald zurückkehren und der gute alte Gray würde die Sache schon hinbiegen. Wozu war er einer der besten Rechtsanwälte, die das britische Empire jemals hervorgebracht hatte?

Auch Howard hatte sich wieder so weit beruhigt, daß er Pläne bezüglich meiner möglichst raschen Freilassung schmiedete, nur manchmal abschweifend, um düstere Andeutungen bezüglich der Karriere eines gewissen Scotland-Yard-Beamten zu machen oder sich eine Zigarre anzuzünden. Ich konnte seinen Groll verstehen.

Er kannte ebenso wie ich das »Gästequartier« unter dem Yard und wußte, daß ich wenig Lust hatte, es zu beziehen.

Cohen kam nach weniger als einer halben Stunde zurück – eine Zeit, die nicht einmal gereicht hätte, auch nur das Erdgeschoß des Hauses gründlich zu durchsuchen, geschweige denn alle drei Etagen einschließlich des Dachgeschosses und des gewaltigen Kellerlabyrinths. Trotzdem machte er auf mich ganz den Eindruck eines Mannes, der sehr zufrieden mit dem war, was er erreicht hatte.

»Nun«, sagte ich spitz. »Haben Sie alles gefunden, Inspektor? Die Leichen im Keller und die zweiundzwanzig erwürgten Mädchen auf dem Dachboden?«

Cohen sah mich kalt an. »Das Lachen wird Ihnen bald vergehen, Craven«, sagte er ruhig. »Haben Sie etwas dagegen, wenn wir uns noch den Garten ansehen?«

»Meinetwegen graben Sie ein Loch und legen sich rein«, knurrte ich, stand aber gehorsam auf und ging zur Tür, ehe Tailworthern etwa auf die Idee kommen konnte, dem Wunsch seines Chefs mit ein paar Hieben in meinen Nacken Nachdruck zu verleihen. Cohen schluckte die Beleidigung, ohne mit der Wimper zu zucken, trat beiseite, um mich vorbeizulassen, und forderte auch Howard auf, mit uns zu kommen.

Das Haus wimmelte von Polizei, als ich aus dem Salon trat. Allein in der Halle lungerten ungefähr ein Dutzend Beamte herum und aus den angrenzenden Räumen hörte ich die typischen Geräusche einer Hausdurchsuchung, die sehr gründlich, aber nicht sehr vorsichtig durchgeführt wurde.

»Ihr kleiner Scherz wird den Yard eine hübsche Stange Geld kosten, Cohen«, sagte Howard wütend, aber Cohen schwieg auch darauf verbissen.

Allmählich machte mich seine bewußt zur Schau gestellte Siegesgewißheit wirklich nervös. Nervöser, als ich mir eingestehen wollte. Zum Teufel – ich kannte Cohen gut genug, um zu wissen, daß er niemals ein solches Aufheben getrieben hätte, wenn er seiner Sache nicht verdammt sicher gewesen wäre.

Als wir das Haus verließen, hielt eine Kutsche vor dem Grundstück und über die Köpfe der Beamten hinweg, die das Tor bewachten, erkannte ich Rowlf und Gray, die aus dem Wagen stiegen und sofort von Cohens Männern aufgehalten wurden.

»Laßt sie durch!« schrie Cohen. Die Männer traten gehorsam beiseite, und Rowlf und der Anwalt stürmten über den Kiesweg auf uns zu. Ich sah, daß Gray unter seinem hastig übergeworfenen Mantel wirklich noch das Nachthemd trug. Rowlf hatte Howards Befehl überaus genau genommen. »Robert – was ist hier los?« Gray trug noch Ringe des Schlafes unter den Augen, wirkte aber gleichzeitig sehr wach. Unter seinem rechten Arm klemmte eine abgewetzte Aktenmappe. »Was bedeutet das alles?«

»Das werden Sie gleich sehen, Doktor Gray«, sagte Cohen an meiner Stelle. »Wenn Sie mir noch wenige Augenblicke zugestehen, dann –«

»Ich gestehe Ihnen zu«, unterbrach ihn Gray kalt, »gefälligst den Mund zu halten und mich mit meinem Klienten reden zu lassen wie es das Gesetz vorschreibt.« Er bedachte Cohen mit der Art von Blick, die man normalerweise einem ekeligen Insekt zukommen läßt. Cohen preßte wütend die Lippen aufeinander, war aber klug genug, sich nicht auf ein Wortgefecht mit Gray einzulassen, sondern trat statt dessen einen halben Schritt zurück.

»Also«, sagte Gray noch einmal, »was zum Teufel geht hier vor?«

»Das hier.« Howard zog den Haftbefehl aus der Tasche und reichte ihn Gray. Der Anwalt überflog das Schreiben, zog die

Augenbrauen zusammen und starrte erst mich, dann Cohen ungläubig an. »Das ist ein Scherz«, murmelte er. »Aber ein verdammt schlechter.«

»Sie haben Robert geschlagen«, sagte Howard ruhig. »Ohne, daß er ihnen Grund dazu gegeben hätte. Ich bin bereit, das zu beeiden.«

»Immer mit der Ruhe, Howard.« Gray faltete den Haftbefehl sorgsam in der Mitte zusammen, ließ ihn in einer Tasche seines Mantels verschwinden und wandte sich an Cohen. »Also, Inspektor: Was ist hier los? Und keine Ausflüchte mehr, wenn ich bitten darf!«

Cohen gab ein abfälliges Geräusch von sich. »Sie können doch lesen, oder?«

»Humbug!« fauchte Gray. »Mord – Quatsch. Wo sind Ihre Beweise, Cohen?«

»Beweise?« Cohen lächelte humorlos. »Folgen Sie mir, Doktor, dann bekommen Sie Ihre *Beweise*. Na los!« fügte er hinzu, als Gray und ich zögerten.

Begleitet von einem ganzen Rudel Polizeibeamter gingen wir um das Haus herum und in den Garten und spätestens in diesem Moment wurde mir klar, daß seine Frage, ob ich *etwas dagegen* hätte, mir noch den Garten anzusehen, eine reine Phrase gewesen war.

Unweit der ersten Büsche war die Erde aufgewühlt. Ein gut zwei Yards langes und halb so breites Loch, das mich auf erschreckende Weise an ein frisch aufgeworfenes Grab erinnerte, gähnte im Rasen. Cohen marschierte zielstrebig darauf zu, sprang mit einem federnden Satz in das knietiefe Loch hinein und beugte sich nieder. Er hob einen Gegenstand vom Boden auf und betrachtete ihn mit gerunzelter Stirn. »Tailworthern«, fragte er, »für was würden Sie das halten?«

Ich verstand nicht gleich. Was Cohen in der Hand hielt, war ein kleiner, goldener Manschettenknopf. Und?

»Der Manschettenknopf gehört Peabody, Inspektor«, antwortete Tailworthern.

»Sind Sie sicher?«

»Vollkommen. Er hat mir das Paar gezeigt, als er sie gekauft hat.«

Cohen bedachte mich mit einem Blick, der einer Klapperschlange zur Ehre gereicht hätte. Dann schlug er den Manschettenknopf vorsichtig in ein weißes Tuch ein und steckte ihn in die Tasche.

»Was soll das, Inspektor?« fragte Gray scharf. »Für einen Mord ist das doch wohl sicher kein Beweis, oder?«

Cohen ignorierte ihn schlichtweg. Schnaufend kletterte er aus dem Loch hervor, blickte mich mit einer Mischung aus Verachtung und unterdrücktem Triumph an und klatschte in die Hände, woraufhin zwei Männer mit Hacken und Schaufeln in das Loch hinabsprangen und mit Graben fortfuhren.

Für die nächsten Minuten hörten wir die Geräusche, mit denen die Spaten in die Erde stachen, und das Keuchen der beiden Männer.

Nach einiger Zeit hielt der eine inne und wies mit der Spatenspitze auf ein Stück Stoff, das aus der Erde ragte. »Das ist die Jacke, die Peabody gestern anhatte«, murmelte Tailworthern.

»Genau die Jacke, die er anhatte, als er Ihnen auf der Spur war«, erklärte Cohen mit steinernem Gesicht. Er wies die Polizisten an, weiterzugraben. Ich wunderte mich nicht mehr, als kurze Zeit später eine bleiche, im Tode verkrampfte Hand und danach der ganze Körper eines Mannes freigelegt wurden.

»Nun, Craven?« fragte Cohen. »Was sagen Sie jetzt?«

»Gar nichts«, antwortete Gray hastig. »Mein Klient wird nichts mehr sagen, Inspektor. Wenn Sie Fragen haben, stellen Sie sie mir.«

Cohen zuckte mit den Achseln. »Wie Sie wollen. Dann eben Sie, Doktor Gray: Was sagen Sie jetzt?«

»Interessant«, antwortete Gray kalt. »Ein toter Mann, den jemand hier im Garten vergraben hat. Und?«

»Dieser *tote Mann*«, antwortete Cohen mit nur noch mühsam beherrschter Stimme, »war mein Assistent Angus Peabody. Und er ist nicht von *jemandem* hier vergraben worden, sondern von … von Ihrem Klienten.«

»Das sagen Sie«, sagte Gray kalt. »Wenn Ihre Beweise nur aus einer Leiche und einem Manschettenknopf bestehen, Inspektor, dann lassen Sie sich Ihr Lehrgeld wiedergeben.«

Cohens Augen flammten vor Zorn. Aber der Wutausbruch, auf den ich wartete, blieb aus. »Sie wollen also Beweise?« fragte er.

Gray nickte zornig. »Die will ich in der Tat, Inspektor. Und zwar verdammt gute!«

Cohen lächelte. »Wäre Ihnen die Aussage eines Augenzeugen Beweis genug?« fragte er ruhig.

Sarim de Laurec reagierte blitzschnell. Mit einem einzigen Satz war er auf den Füßen und bei der Tür, drückte sie ins Schloß und drehte den Schlüssel herum. Fast im gleichen Moment drückte jemand von außen auf die Klinke, rüttelte kräftig daran und verlangte mit barscher Stimme den Schlüssel, als sich die Tür nicht öffnen ließ.

Sarim wagte kaum zu atmen. Er fürchtete zwar die Leute vor der Tür nicht, doch würde seine vorzeitige Entdeckung seine Pläne empfindlich stören und eventuell sogar das feingesponnene Netz zerreißen, in dem sich sein Feind verfangen sollte. Insgeheim schimpfte er sich einen Narren, daß er der Versuchung, hierher zu kommen, um Cravens Niederlage mit eigenen Augen zu sehen, nicht hatte widerstehen können. Aber für Reue war es ein wenig zu spät.

Während draußen jemand immer heftiger an der Klinke zu rütteln begann, um sich Einlaß zu verschaffen, sah sich Sarim de Laurec gehetzt um. Den Gedanken, aus dem Fenster zu steigen, verwarf er so schnell wieder, wie er ihm gekommen war. Draußen war heller Tag, und selbst in einer so relativ ruhigen Gegend wie Ashton Place wäre ein Mann aufgefallen, der aus dem ersten Stock eines Hauses kletterte. Ganz davon abgesehen, daß de Laurec nicht sicher war, es zu schaffen – er war alles andere als sportlich, und Dinge wie Fassadenklettern überließ er normalerweise anderen. Aber er mußte hier heraus!

Wie zur Antwort erscholl in diesem Moment hinter ihm ein leises, metallisches Klicken. De Laurec fuhr herum. Seine Hand zuckte unter den Mantel und kam mit einer kleinen, doppelläufigen Pistole wieder zum Vorschein.

Aber hinter ihm war niemand, und das Klicken, das er gehört hatte, war das Geräusch gewesen, mit dem sich ein Teil der Wandvertäfelung gelöst und wie eine Tür ein Stück nach außen geschwungen war.

Es war eine Tür. Eine Geheimtür, genauer gesagt, so perfekt

eingepaßt, daß normalerweise nicht einmal ein haardünner Spalt zu sehen gewesen wäre. Jetzt stand sie einladend offen. Beinahe ein wenig zu einladend für Sarim de Laurecs Geschmack.

Aber welche Wahl hatte er schon? Er mußte hier heraus, ganz gleich wie, und die Tür, durch die er gekommen war, war verschwunden. Nicht, daß es dem ehemaligen Templer in diesem Moment aufgefallen wäre. Er hatte die Tür im gleichen Moment vergessen, in dem er hindurchgestolpert war. Aber er hatte selbst vergessen, daß er etwas vergessen hatte, und so war dieser geheime Ausgang für ihn im Moment der einzige Fluchtweg.

Vorsichtig öffnete er die Tür weiter, zog die beiden Hähne der kleinen Pistole zurück und spähte in die Dunkelheit, die dahinter lauerte. Staubtrockene Luft wehte ihm entgegen und reizte ihn zum Niesen, und ein Gefühl unbeschreiblichen *Alters* empfing ihn. Sarim hielt die Luft an, doch der Juckreiz war so stark, daß ihm Tränen in die Augen schossen. Halb blind stolperte er nach vorne, ertastete rauhen, mürbe gewordenen Stein in der Dunkelheit und konnte die Geheimtür gerade noch hinter sich ins Schloß ziehen, als er auch schon schallend niesen mußte. In dem winzigen Raum klang das Geräusch wie ein Kanonenschlag.

Sarim blieb wie versteinert stehen und lauschte. Doch es blieb still. Nicht der mindeste Laut drang von draußen in den schmalen Treppenraum herein, in dem er stand. Es war still wie in einem dunklen, vollkommen geschlossenen Grab.

Sarim kämpfte die Panik nieder, die sich seiner bemächtigen wollte, steckte seine Waffe wieder ein und preßte das Ohr gegen die Geheimtür. Da sie nur aus einer dünnen Bretterwand bestand, hätte er es sogar hören müssen, wenn jemand auf dem Korridor vor dem Nebenraum gesprochen hätte. Doch er hörte buchstäblich nichts.

Nach einer Weile gab Sarim auf und tröstete sich mit dem Gedanken, daß die Leute ein anderes Zimmer betreten hatten. Nicht zum ersten Male, seit er in dieses Haus eingedrungen war, schalt er sich in Gedanken einen Idioten. Er preßte beide Hände gegen die Geheimtür und suchte im Dunkeln nach dem Öffnungsmechanismus. Doch trotz seiner magischen Fähigkeiten fand er keine Spur mehr von dem Schloß. Nicht einmal …

Eine eisige Hand schien über sein Rückgrat zu streichen. Sarim spürte, wie sich die Haare in seinem Nacken und auf seinen Unterarmen aufrichteten wie Katzenfell, als er begriff, daß es keine Tür *gab*. Es war, als hätte sie nie existiert. Sarim begann plötzlich zu frieren, obwohl es verdammt warm in dem engen Schacht war. Nervös versuchte er sich über seine Lage klarzuwerden. Tausend Gedanken schossen ihm durch den Kopf. Tausend Erklärungen für das Unerklärliche, und eine unbefriedigender als die andere.

Er wußte nur eines mit Sicherheit: daß er sich wie ein Idiot benommen hatte. Er hatte die Macht, die dieses Haus beschützte, sträflich unterschätzt. Wenn sein Zeitgefühl nicht ebenfalls genarrt worden war und sein Plan erfolgreich ablief, dann waren die Beamten des Yard gerade dabei, Craven zu verhaften.

Wenn ... dachte er finster.

Wenn es nicht genau anders gekommen war und er sich längst in einer Falle befand, aus der es kein Entrinnen mehr gab.

Sarim konnte es kaum glauben, doch er hatte fast eine ganze Nacht und den halben Vormittag gebraucht, um eine einzige Treppe zu überwinden – und dabei war er sehr sicher, daß erst wenige Minuten vergangen waren, seit er das Haus betreten hatte. Und zu allem Überfluß war er statt in den Keller in den ersten Stock des Hauses geraten. Auch die Treppe, auf der er jetzt stand, führte nach oben. Vor ein paar Sekunden war sie noch nicht da gewesen, aber das fiel Sarim de Laurec ebensowenig auf wie der Umstand, daß er gerade in zwei aufeinanderfolgenden Gedanken das Gegenteil des jeweils anderen gedacht hatte.

Er wußte nur, daß ihm die Zeit davonlief. Wenn er Craven – und damit auch Howard – vollständig vernichten wollte, dann mußte er sich sputen, um ein Versteck zu finden, in dem er seine magischen Kräfte ungehindert entfalten konnte.

Und es gab nur einen einzigen Weg, der ihm offenstand – nach oben.

Vorsichtig begann er die morschen Stufen hinaufzugehen.

Und so wenig wie alles andere zuvor bemerkte Sarim de Laurec, daß die Treppe hinter ihm verschwand, kaum daß er den Fuß von dem morschen Holz gelöst hatte ...

Die kahlen Mauern meiner Zelle waren nicht einmal das Schlimmste. An solche und ähnliche Widrigkeiten hatte ich mich zeit meines Lebens gewöhnen müssen. Viel schlimmer war das Gefühl von Endgültigkeit, das ich verspürte. Es war nicht das erste Mal, daß ich in einer scheinbar ausweglosen Situation steckte – aber irgend etwas sagte mir, daß es diesmal schlimmer war als je zuvor. Es gibt nicht viele Dinge, bei denen die englische Polizei weniger Spaß versteht als den Mord an einem Kollegen. Tailworthern selbst hatte den Riegel vorgeschoben und die Tür zugeschlossen, so sorgfältig, als hielte er mich für eine Art Wundertier, das nach Belieben durch feste Mauern und stabile Türen spazieren konnte.

Ich hätte im Moment auch viel dafür gegeben, es zu können.

Gray und Howard hatten mich in der Kutsche begleitet, die mich zum Yard brachte, und Gray hatte versichert, noch in dieser Nacht alles zu tun, was in seiner Macht stand, mir hier heraus zu helfen.

Das war es, was er *gesagt* hatte.

Aber ich hatte seinen Blick dabei sehr wohl registriert. Seine Worte entsprachen nicht unbedingt dem, was er dachte. Gray hatte mich schon etliche Male aus Schwierigkeiten mit den Behörden herausgepaukt, doch diesmal stand mir das Wasser bis zum Hals – und ein wenig darüber hinaus. Und Cohen würde sich ein besonderes Vergnügen daraus machen, möglichst hohe Wellen zu schlagen.

Das Schlimme war, daß ich keine Ahnung hatte, wer mir diese Leiche in den Garten praktiziert hatte. Nicht, daß ich einen Mangel an Feinden gehabt hätte, auch nicht an *solchen*, die zu einer solchen Intrige bereit und auch fähig gewesen wären. Aber wer, zum Teufel noch mal!? Es mußte jemand hinter dem Ganzen stecken, der mich mit allen Mitteln vernichten wollte – und dem mit meinem Tod allein nicht gedient war.

Es müssen wohl zwei Stunden oder mehr gewesen sein, die ich mit offenen Augen auf der harten Pritsche lag und grübelte, ehe ich ein Geräusch von der Tür her hörte und aus meinen fruchtlosen Gedanken hochschreckte. Ich setzte mich auf, fuhr mir mit den Händen durch das Gesicht und sah zur Tür, darauf hoffend, Dr. Gray zu sehen, der mit der Nachricht kam, daß sich alles als Irrtum herausgestellt hatte.

Doch es war Tailworthern, der mit Handschellen auf mich zukam. Hinter ihm standen vier kräftige Burschen in Uniform und mit Gummiknüppeln in der Hand. Dem Ausdruck auf ihren Gesichtern nach zu schließen warteten sie geradezu darauf, daß ich mich zu wehren versuchte. Einen Moment lang überlegte ich ernsthaft, ihnen den Gefallen zu tun, verwarf die Idee aber sofort wieder. Selbst wenn ich hier herausgekommen wäre – was nicht sehr wahrscheinlich war –, ein besseres Geständnis hätte sich Cohen gar nicht wünschen können. Ich ließ mir die Handschellen widerstandslos anlegen. Doch als ich aufstehen wollte, zitterten meine Knie so stark, daß ich um ein Haar gefallen wäre.

Tailworthern lachte böse. »Nun, Mr. Craven? Sind wir nur müde, oder haben wir Angst vor dem Strick?« fragte er hämisch.

»Ich will meinen Anwalt sprechen«, sagte ich.

Tailworthern lächelte ein *Den-Spruch-kenne-ich-mein-Freund*-Lächeln. »Den werden Sie noch früh genug sehen«, sagte er. »Jetzt geht es erst einmal zur Vernehmung. Wenn der Inspektor zurückkommt, will er ein volles Geständnis sehen, ist das klar?«

»Von wem?« fragte ich.

Tailworthern preßte die Lippen aufeinander, hob die Hand, als wolle er mich schlagen – und schüttelte den Kopf. »Nein, den Gefallen tue ich dir nicht«, sagte er. »Spiel ruhig den Dummkopf, Craven.« Er versetzte mir einen Stoß, der mich aus der Zelle in die Arme eines der vier Gorillas taumeln ließ.

»Oh, Verzeihung«, meinte er fröhlich.

»Ich will meinen Anwalt sprechen«, sagte ich nur.

Zuerst hatte er noch geglaubt, die Treppe würde vom ersten Stock direkt bis zum Dachboden führen; ein geheimer Fluchtweg, den die Architekten dieses Hauses in seine mächtigen Grundmauern hineingebaut hatten.

Aber sie nahm kein Ende.

Er hatte versucht, die Stufen zu zählen, sich aber jedes Mal verhaspelt, kaum daß er bei zwanzig oder fünfundzwanzig angelangt war, und es schließlich aufgegeben, mehr frustriert als wirklich beunruhigt. Es war einfach *unmöglich*! Was nichts daran änderte, daß es so war.

Sarim verzog das Gesicht zu einer Grimasse und starrte nicht zum ersten Mal konzentriert nach oben. Es war unmöglich, daß diese Treppe so weit nach oben führte, nicht in einem Haus wie diesem – es war einfach nicht groß genug dazu. Er dachte kurz an die seltsame Treppe im Erdgeschoß, die ihn in das erste Stockwerk anstatt in den Keller gebracht hatte, aber der Gedanke bereitete ihm eher Kopfschmerzen, als Klarheit in dieses Rätsel zu bringen, und so ging er einfach weiter. Irgendwann *mußte* diese Wahnsinnstreppe ja ein Ende nehmen!

Ein ganz leises, boshaftes Lachen erscholl.

Sarim blieb stehen. Seine Augen weiteten sich, während er dem unheimlichen Echo lauschte und vergeblich die Richtung zu bestimmen versuchte, aus dem es kam.

Es ging nicht. Das Lachen hielt an, und es war irgendwie körperlos, eigentlich gar kein Laut, sondern etwas, das er eher spürte, als es zu hören. Und obwohl es ein Lachen war, war es ein Laut so voller Drohung und böser Vorfreude, daß sich etwas in Sarim zusammenzog wie unter einem Peitschenhieb.

Zitternd vor Furcht stieg er über das Gerümpel, das in unordentlichen Haufen auf dem Dachboden herumlag, und blieb vor einer alten Couch stehen, die nur noch drei Beine hatte. Mit einem Zipfel seines Mantels wischte er den Staub ab, der fingerdick auf dem Couchbezug lag, und setzte sich.

Couch?!

Sarim de Laurec hatte das Gefühl, von einer eisigen Hand berührt zu werden.

Gerümpel?!

Sarim de Laurec schrie auf, fuhr so schnell hoch, als hätte er sich auf eine glühende Herdplatte gesetzt statt auf das altersschwache Möbel, und starrte aus hervorquellenden Augen auf das Tohuwabohu, das den Dachboden ausfüllte. Die Treppe war verschwunden; statt der knarrenden Stufen, die sich gerade noch in schier endloser Folge unter seinen Füßen abgewechselt hatten, stand er auf den durchgebogenen Holzbohlen einer sehr großen Dachkammer, die seit Menschengedenken leerstehen mußte und als Aufbewahrungsort für all den Krempel diente, der eigentlich auf die Müllkippe gehörte, von dem sich die Besitzer des Hauses aber nicht hatten trennen können.

Nur, dachte Sarim de Laurec hysterisch, *daß es in diesem Haus keinen Dachboden gab!!!*

Er hatte die Pläne lange genug studiert – das gesamte Dachgeschoß des Hauses war umgebaut worden, vor weniger als zwei Jahren, um Platz für die Privatklinik zu schaffen, in der Craven seine geistesgestörte Verlobte untergebracht hatte! Er stand in einem Raum, den es seit zwei Jahren nicht mehr gab!

»Ich habe Ihren Kollegen nicht umgebracht!« sagte ich verzweifelt zum wahrscheinlich achtzigsten Male, seit Tailworthern mich hier heraufgebracht hatte, mindestens. Es war Tag geworden, schon vor Stunden. Draußen vor den schmalen, mit schmuddeligen Gardinen verhängten Fenstern schien die Sonne, und vor einer Weile war der Duft von frisch aufgebrühtem Tee durch die Türritzen gedrungen. Ich vermutete, daß es annähernd Mittag war. Aber genau vermochte ich das nicht zu sagen. Mein Zeitgefühl war ebenso unter Tailwortherns beharrlichen Fragen zerbröckelt wie mein Widerstand.

Es war wirklich nicht das erste Mal, daß ich unter falscher Anklage stand, aber ich hatte nie ein Verhör wie dieses erlebt. Meine vorschnell gefaßte Meinung über Cohens Assistenten hatte ich revidieren müssen – ich hielt ihn mehr denn je für einen Idioten, aber ich hatte rasch begriffen, daß er trotzdem ein Spezialist in seinem Fach war.

Niemals zuvor war ich so ausdauernd und auf so unbeschreiblich zermürbende Art verhört worden. Tailworthern ignorierte meine Antworten schlichtweg, solange sie nicht das enthielten, was er hören wollte, aber er schnappte zu wie eine ausgehungerte Kobra, wenn ich auch nur an der falschen Stelle zögerte oder mich verbesserte. Und dabei wirkte er noch immer so frisch und ausgeruht wie in der vergangenen Nacht, als das Marathonverhör begonnen hatte. Und so wie er auf seinem Stuhl hockte, verkehrt herum, so daß er die Arme auf der Rückenlehne aufstützen und das Kinn darauflegen konnte, sah er ganz so aus, als würde er das Spielchen auch weitere vierundzwanzig Stunden durchhalten. Mindestens.

»Glauben Sie mir doch, Tailworthern«, murmelte ich. »Ich weiß nicht, wer hinter dieser ganzen Intrige steckt. Ich bin so unschuldig wie –«

»Wie jeder, der auf diesem Stuhl sitzt«, sagte Tailworthern ruhig. »Ich weiß, Mr. Craven, ich weiß.«

»Zum Teufel, Sie wissen *nichts*!« brüllte ich. »Sie sind ein Arschloch, Tailworthern, das jeden, der hier hereingeschleift wird, von vornherein für schuldig hält!«

Tailworthern reagierte nur mit einem flüchtigen Lächeln auf die Beleidigung, und ich begriff, daß ich ihm nur einen Gefallen getan hatte. Ganz gleich, was ich ihm an den Kopf warf – jeder Wutausbruch meinerseits zeigte ihm, daß mein Widerstand zu zerbröckeln begann.

»Entschuldigung«, murmelte ich.

»Schon gut«, grinste Tailworthern. »Ich bin Schlimmeres gewöhnt.« Er stand auf, gähnte hinter vorgehaltener Hand und sah aus rot unterlaufenen Augen auf mich herab. »Ich schlage vor, wir legen eine kleine Pause ein und Sie beruhigen sich. Wenn Sie wollen, können Sie in der Zwischenzeit mit Ihrem Anwalt reden.«

»Gray ist hier?« entfuhr es mir.

»Seit vier Stunden«, antwortete Tailworthern ungerührt. »Vielleicht auch seit fünf, so genau weiß ich das nicht.« Er gab einem der beiden Gorillas, die wie lebende Statuen in der Ecke standen, einen Wink. »Bring Craven ins Anwaltszimmer, Prox. Und gib acht, daß er keinen Blödsinn anstellt.«

Die letzte Bemerkung war absolut überflüssig. Ich wäre nicht einmal mehr in der Lage gewesen, einen Fluchtversuch zu wagen, wenn mir Tailworthern den Schlüssel in die Hand gedrückt hätte.

Prox gebot mir mit einer ungeduldigen Geste, aufzustehen, und ich leistete dem Befehl trotz meiner Müdigkeit sehr schnell Folge, um nicht erneut Bekanntschaft mit seinem Gummiknüppel zu machen.

Gray erwartete mich in einem übelriechenden, fensterlosen Kabuff, der wohl das »Anwaltszimmer« sein mußte, von dem Tailworthern gesprochen hatte. Er saß, mit leicht hängenden Schultern und auf den Knauf seines Stockes gestützt, so reglos da, daß ich im ersten Moment glaubte, er würde schlafen, fuhr aber bei meinem Eintreten hoch und sah mich an. Ich lächelte erleichtert, aber Gray ignorierte mich und wandte sich sofort an Prox.

»Lassen Sie mich mit meinem Klienten allein«, sagte er.

»Soweit kommt's noch«, fauchte Prox und versetzte mir einen Stoß, der mich auf den harten Stuhl warf. »Sie haben eine halbe Stunde, mit ihm zu sprechen. Und«, fügte er mit einem kalten, sehr bösen Lächeln hinzu, »Sie haben nicht das Recht, *allein* mit ihm zu sprechen.«

»Das mag sein«, antwortete Gray ungerührt. In seiner Stimme schwang eine Kälte mit, die selbst mich überrascht aufsehen ließ. »So wenig wie Sie das Recht haben, mich geschlagene vier Stunden hier warten zu lassen. Oder meinen Klienten –« er hob seinen Stock und stocherte damit in meine Richtung, als wolle er mich aufspießen »– überhaupt zu verhören, solange ich nicht dabei bin.« Prox' Gesichtsausdruck war eher gelangweilt als beeindruckt. »Dann beschweren Sie sich doch bei Cohen«, sagte er. »Oder bei Angus Peabodys Witwe.«

»Das werde ich tun«, sagte Gray kalt. »Aber wohl besser bei Lordoberrichter Darender selbst. Und was Cohen angeht, junger Mann: Ich möchte nicht in Ihrer Haut stecken, wenn mein Klient wegen eines Verfahrensfehlers freigesprochen werden muß und er Ihnen die Schuld daran gibt. Ich fürchte, daß Sie sich dann als Verkehrspolizist am Himalaja wiederfinden.«

Prox atmete hörbar ein, setzte dazu an, etwas zu sagen, und starrte mich statt dessen einen Moment lang sehr böse an. Dann nickte er. »Gut«, fauchte er. »Zehn Minuten. Und die Tür bleibt offen, ist das klar?«

»*Ich* habe nichts dagegen«, sagte Gray ruhig. »Mr. Craven und ich haben nichts zu verbergen.«

Prox verzichtete auf die Antwort, die ihm sichtlich auf der Zunge lag, fuhr auf dem Absatz herum und stieß die Tür so wuchtig auf, daß sie draußen gegen die Wand prallte. Im Sturmschritt marschierte er durch den Gang und blieb in Sicht-, aber nicht in Hörweite stehen.

»Dem haben Sie's gegeben, Doktor«, sagte ich müde. »Wenn Sie sich in der Verhandlung ebenso gut schlagen, sehe ich der Zukunft gelassen entgegen.«

Grays Blick blieb ausdruckslos. »Ich fürchte, ich muß dich enttäuschen, Junge«, sagte er.

Ich erschrak. »Wie ... wie meinen Sie das?«

»Wie ich es sage«, antwortete Gray. »Einen kleinen Polizeibeamten einzuschüchtern, ist eine Sache, einen Mordprozeß zu führen, eine andere. Aber ich war nicht untätig, während sie dich durch die Mangel gedreht haben. Es sieht übel aus.«

»Was?« fragte ich alarmiert.

Gray zögerte, aber nur eine Sekunde. Dann seufzte er, lehnte sich zurück und begann mit seinem Stock zu spielen. Der Stuhl, auf dem er saß, ächzte hörbar unter seinem Gewicht, obgleich Gray keine hundert Pfund wog. Wie alles hier war er alt und starrte vor Schmutz.

»Auch ich habe gewisse ... Freunde im Yard und anderswo«, begann er zögernd. »Ich habe eine Menge erfahren, und wenig davon gefällt mir. Cohen hat mittlerweile ein halbes Dutzend Zeugen aufgetan, die Stein und Bein schwören, dich in der Gegend beobachtet zu haben, in der dieser Peabody ermordet worden sein soll. Darunter einige respektable Bürger, die kaum lügen werden. Und es kommt noch schlimmer. Er –«

»Verdammt noch mal, ich war es nicht!« fuhr ich auf.

»Ich weiß«, sagte Gray mit geradezu aufreizender Ruhe. »Aber die Richter wissen es nicht.« Er seufzte. »Tut mir leid, Robert, aber ich halte nichts davon, dir falsche Hoffnungen zu machen.«

»Was soll das heißen?« fragte ich. »Sie ...«

»Du hast keine große Chance«, sagte Gray kühl. Sein Blick war wie aus Eisen. Jedes bißchen Wärme und Väterlichkeit, das jemals darin gewesen war, war verschwunden. »Um ehrlich zu sein – wenn es sich nicht um *dich* handeln würde, würde ich die Verteidigung in diesem Fall glattweg ablehnen.«

»Das klingt ja so, als wäre ich bereits verurteilt!«

»So ungefähr ist es auch«, sagte Gray düster. »Cohen und Staatsanwalt Ruthel werden schwerstes Geschütz auffahren und sie werden alles aufbieten, was sie haben. Solange wir deine Unschuld nicht konkret beweisen können ...« Er seufzte erneut. »Aber soviel Zeit bleibt uns nicht. Gib mir ein Vierteljahr, und ich zerpflücke die Anklageschrift in der Luft. Aber so ...«

Er spielte weiter mit seinem Spazierstock, mit dem Ergebnis, daß er ihm aus den Händen glitt und zu Boden fiel. Automatisch bückte ich mich danach, ebenso wie er. Um ein Haar wären wir mit den Köpfen zusammengestoßen.

»Verschwinde, Robert«, flüsterte Gray, als wir uns für einen

Moment ganz nahe waren. »Deine einzige Chance ist die Flucht, glaube mir. Ich habe alles vorbereitet. Rowlf wartet mit einer Kutsche hinter dem nächsten Block, Geld und Papiere liegen bereit.«

»Das ist nicht Ihr Ernst«, keuchte ich. »Sie –«

»Ich meine es bitter ernst«, antwortete Gray gehetzt. »Tauch für ein paar Monate unter. Wenn du fort bist, werden Howard und ich die Sache schon irgendwie hinbiegen.«

»Heda!« brüllte Prox. »Was gibt's da zu tuscheln?!« Wütend kam er in die Zelle gestürmt, versetzte mir einen Knuff, der mich um ein Haar vom Stuhl hätte fallen lassen, und riß Gray an den Jackenaufschlägen in die Höhe.

Wenigstens wollte er es.

Was dann geschah, ging so schnell, daß ich nicht einmal mehr Zeit hatte, richtig zu erschrecken, ehe es auch schon zu spät war.

Gray machte eine ganz instinktive Abwehrbewegung, und da er seinen Spazierstock wieder in den Händen hielt, machte dieser die ruckhafte Bewegung mit.

Und prallte mit voller Wucht gegen Prox' Adamsapfel.

Der Polizeibeamte stieß einen würgenden Laut aus, ließ Gray los und schlug statt dessen beide Hände gegen den Hals. Er taumelte zurück, prallte gegen die Wand und sackte ganz langsam in die Knie. Sein Mund war weit aufgerissen.

Er starb, noch ehe ich bei ihm war.

Lordoberrichter James Darender wischte sich mit seinem Taschentuch den Schweiß von der Stirn und verfluchte zum x-ten Mal den Architekten, der den Schwurgerichtssaal im Old Bailey geplant hatte. Im Winter wurde es hier so kalt, daß kein Ofen den Saal heizen konnte. Dafür schwitzte man sich im Sommer schier zu Tode. Außerdem war die Luft zum Schneiden dick und der Fall, der jetzt kurz vor dem Ende angelangt war, so langweilig wie schon lange keiner mehr. Nun gut, letzteres war nicht unbedingt Schuld des Architekten – aber es hob seine Laune auch nicht gerade.

Darender war froh, als ihm der Gerichtsdiener die Mappe mit dem Urteilsspruch der Schöffen reichte und er das Urteil verlesen konnte. Wenig später führte der Gerichtsdiener den

Verurteilten hinaus, einen Mann, der im Vollrausch seine Frau schwer verletzt hatte. Darender klappte erleichtert die Mappe zu und erhob sich von seinem Stuhl.

»So, das war es wohl für heute, meine Herren. Ich glaube, Sie sind genauso froh wie ich, jetzt Ihre Ruhe zu haben.« Er lächelte den Schöffen jovial zu, deutete ein Nicken an und wollte den Raum verlassen, war aber noch nicht ganz von seiner Richterbank heruntergestiegen, als ihm jemand den Weg vertrat. Darender erkannte besagten Jemand als Inspektor Cohen und seine Laune sank um weitere Grade. Er mochte Cohen nicht. Niemand mochte Cohen, aber Darender mochte ihn *ganz besonders* nicht.

»Sir«, begann Cohen, »verzeihen Sie bitte die Störung. Ich muß Sie dringend sprechen.«

Darender erfreute sich einen Moment an dem Gedanken, was wohl geschehen würde, wenn er Cohen mitteilte, daß er die Störung *nicht* verzieh. Aber so etwas gehörte leider ins Reich der Wunschvorstellungen. Letztendlich war Cohen nicht nur ein Ekel, sondern auch ein sehr wichtiger Mann beim Yard. So blieb der Lordoberrichter ergeben stehen und sah Cohen fragend an.

»Inspektor. Egal was Sie wollen, die Sitzung ist geschlossen. Sollten Sie länger brauchen, dann kommen Sie morgen wieder. Ich werde gleich nach Hause fahren.« Es war Darenders Stimme anzumerken, daß er Cohen zum Kuckuck wünschte. Doch der Inspektor war viel zu aufgeregt, um es zu bemerken. Oder zu dreist, aber das blieb sich gleich.

»Wir haben Craven verhaftet!« erklärte er aufgeregt.

»Welchen Craven?« Darender überlegte einen Moment, dann nickte er. »Ach ja, diesen komischen Okkultisten, den Sie ganz besonders ins Herz geschlossen haben.« Er seufzte, trat unruhig von einem Fuß auf den anderen und bedachte Cohen mit einem unwilligen Stirnrunzeln. »Schreiben Sie Ihren Bericht nieder und reichen Sie ihn an die Staatsanwaltschaft weiter. Die wird schon wissen, was sie damit machen kann. Auf Wiedersehen, Inspektor!«

Cohen starrte den Lordoberrichter verwirrt an. »Aber Sir! Mir wurde gesagt, daß Sie sofort informiert zu werden wünschen, wenn wir dieses verbrecherische Subjekt dingfest gemacht haben«, stammelte er.

»So, hat man Ihnen das erzählt?« Darender grinste. »Dann sollten Sie sich Ihre Informanten das nächste Mal genauer anschauen«, antwortete er spitz, drehte sich auf dem Absatz herum und ließ den konsternierten Cohen einfach im Saal stehen. Ein eifriger Gerichtsdiener riß die Tür auf, die zu Darenders Umkleideraum führte, und stellte sich demonstrativ davor, als Cohen dem Richter folgen wollte.

James Darender ärgerte sich noch immer über den Inspektor, der ihn aufgehalten hatte, daß er seine Robe mit einem heftigen Ruck auszog und über einen Stuhl warf. Dann riß er die Tür zu seinem Kleiderschrank auf, um seine Zivilkleidung anzuziehen.

Vielleicht wäre alles anders gekommen, hätte er den Schrank mit den bedächtigen Bewegungen geöffnet, die ihm normalerweise zu eigen waren.

Aber wahrscheinlich hätte es nichts geändert.

Das *Ding*, das im Schrank auf Lordoberrichter James Darender wartete, war auf jede nur denkbare Reaktion vorbereitet.

Darender kam nicht einmal mehr dazu, einen Schrei auszustoßen. Eine gepanzerte Hand schoß zwischen den sorgsam aufgereihten Anzügen hervor und preßte sich auf seinen Mund, und eine zweite, ebenso starke Hand glitt blitzschnell in seinen Nacken.

Lordoberrichter Darenders letzter Gedanke war, was für ein absurdes Gefühl es doch war, sich plötzlich selbst ins Gesicht zu sehen.

Dann dachte er gar nichts mehr.

»Er ist tot, Gray.« Meine Stimme zitterte. Ein kaltes, ungläubiges Entsetzen hatte sich meiner bemächtigt, ein Schrecken von solchem Ausmaß, daß ich im Moment noch gar nicht richtig begriff. Fassungslos starrte ich auf Prox herunter, der mit weit aufgerissenem Mund und vor Entsetzen verzerrtem Gesicht dalag, halb gegen die Wand gelehnt und die Hände noch immer um den Hals gekrampft. »Mein Gott, der Mann ist tot!«

»Aber das ist doch nicht möglich«, flüsterte Gray. »Ich habe doch nur ... ich ... ich meine ... ich wollte doch nicht ...«

»Es war ein Unfall«, sagte ich.

»Den mir niemand glauben wird«, fügte Gray düster hinzu.

Trotz der schlechten Beleuchtung konnte ich erkennen wie blaß er geworden war.

»Natürlich wird man Ihnen glauben«, antwortete ich unwillig. »Sehen Sie sich Prox doch an – ein Kerl wie ein Baum, gegen Sie! Niemand wird im Ernst annehmen, Sie könnten einen solchen Koloß absichtlich umbringen!«

»Du redest Unsinn, Junge, und du weißt es«, sagte Gray ruhig. »Außerdem ...« Er zögerte, sah mich einen Herzschlag lang an und blickte dann wieder auf den Toten herab. »Außerdem fürchte ich, daß etwas ganz anderes geschieht«, fuhr er fort. »Du hast recht – niemand wird glauben, daß *ich* Prox angegriffen hätte. Sie werden denken, daß du es warst.«

Seine Worte trafen mich wie eine Ohrfeige, aber ich begriff im gleichen Moment, daß er recht hatte. Selbst wenn er zugeben würde, was geschehen war – Cohen würde ihn mitleidig anblicken und dann mit dem Finger auf *mich* deuten.

»Ein Grund mehr für dich, zu verschwinden«, fuhr Gray fort. »Jetzt hast du keine Wahl mehr. Komm.«

Unverzüglich wollte er sich herumdrehen und aus der Zelle stürmen, aber ich hielt ihn am Arm zurück. »Und Sie?« fragte ich.

Gray lächelte schwach. »Mach dir um mich keine Sorgen. Ich lasse dir Bescheid geben, wenn sich alles aufgeklärt hat. Wenn es dich beruhigt, kannst du mir ja einen Kinnhaken verpassen, damit ich aus dem Schneider bin.«

»Das wird Ihnen auch nichts mehr nutzen, Doktor Gray«, sagte eine Stimme hinter mir.

Gray und ich fuhren gleichzeitig herum – und blickten in das Gesicht eines sehr blassen Tailworthern, der wie aus dem Boden gewachsen hinter uns erschienen war. Seine Lippen bebten vor Wut.

»Diesmal sind Sie geliefert, Craven«, sagte er. »Auch Ihr Rechtsverdreher wird Ihnen nicht mehr helfen!«

Ich reagierte rein instinktiv – ohne zu überlegen, ob das, was ich tat, nun richtig oder falsch war.

»Das Ganze ist ein schrecklicher Irrtum, Tailworthern«, sagte ich – und legte alles, was von meinen hypnotischen Fähigkeiten übriggeblieben war, in diesen einen Satz hinein. »Ich bin unschuldig! Verstehen Sie. Ich weiß nicht, weshalb man mich hierher gebracht hat! Prox ist gestolpert und hat sich zu Tode gestürzt. Sie haben es doch gesehen!«

»Sie sind unschuldig und wissen nicht, warum Sie hier sind«, wiederholte Tailworthern mit ausdrucksloser Miene. »Es war ein schrecklicher Unfall. Ich habe es selbst gesehen.« Schweiß perlte in feinen, glitzernden Tröpfchen von seiner Stirn. Ich spürte, wie sich irgend etwas in ihm mit aller Macht gegen meinen geistigen Würgegriff wehrte.

Aber er war nicht stark genug.

»Sie wissen ebenfalls, daß ich unschuldig bin und bedauern, daß ich hier festgehalten werde«, setzte ich mein Spiel fort. Tailworthern nickte abgehackt.

»Sie müssen mich freilassen«, sagte ich eindringlich. »Und dann müssen Sie das Protokoll aufnehmen und diesen schrecklichen Unfall hier erklären.«

»Ich muß Sie freilassen«, sagte er mit tonloser Stimme, grinste dümmlich und drehte sich herum, um mit steifen Schritten aus dem Raum zu gehen. Gray und ich folgten ihm sofort, obwohl meine Beine zu zittern begannen und ich mich mit den Händen an der Wand abstützen mußte, um nicht vollends die Balance zu verlieren.

Über das, was ich nach meiner Freilassung anfangen wollte, machte ich mir noch keine Gedanken. Auch nicht darüber, daß mir eine Stunde später die gesamte Polizei des Empire auf den Fersen sein würde.

Zu Cohens Verwunderung trug der Richter noch immer seine Robe, als er aus dem Zimmer zurückkehrte. Er winkte energisch einen Gerichtsdiener zu sich und trug ihm auf, dafür zu sorgen, daß der Staatsanwalt und die Schöffen sofort in den Saal zurückkamen. Dann wandte er sich an Cohen.

»Inspektor, haben Sie Ihr Material über diesen Craven zusammengestellt?« Die Stimme des Richters klang härter als zuvor; irgendwie ... *metallisch*, dachte Cohen. Als hätte er Stimmbänder aus Stahl. Trotzdem nickte er ganz instinktiv.

»Selbstverständlich, Sir. Wenn ich bitten darf!« Cohen reichte dem Richter die hastig geschriebene Akte. Darender klappte sie auf und ließ die Blätter rasch durch die Finger gleiten. Es war beinahe unmöglich, dachte Cohen verstört, daß

Darender in dieser Geschwindigkeit *lesen* konnte. Aber auf seinen Zügen machte sich eine tiefe Bestürzung breit, während die engbeschriebenen Blätter vor seinen Augen vorbeihuschten.

»Das ist ja erschreckend«, sagte er, klappte die Mappe zu und sah Cohen kopfschüttelnd an. »Dieser Mann stellt eine Gefahr für die Allgemeinheit dar. Man kann beinahe schon sagen, daß seine Verbrechen die Grundsäulen des Empire bedrohen. Er muß so schnell wie möglich seiner gerechten Strafe zugeführt werden.«

»Dieser ... dieser Ansicht bin ich auch, Sir«, sagte Cohen. Aber er antwortete ganz automatisch, beinahe nur als Reflex, weil man einem Lordoberrichter eben nicht widersprach. Für einen Moment fühlte er sich sehr hilflos. Was war nur mit Darender geschehen? Der Mann, der vor ihm stand, schien ein ganz anderer geworden zu sein.

»Und dieser Tote ...« In Darenders Augen blitzte es mißtrauisch und Cohen wurde sich schmerzhaft des Umstandes bewußt, daß seine Gedanken wohl ziemlich deutlich auf seinen Zügen geschrieben stehen mußten.

»Angus Peabody, Sir«, antwortete er hastig. »Einer meiner fähigsten Mitarbeiter, der in Ausübung seines Dienstes von Craven ermordet wurde. Aber vorher hat er ihn als Oberhaupt einer kriminellen Gruppe entlarvt. Die Beweise sind erdrückend, Sir. Leider«, fügte er hinzu, »kann ich Ihnen nicht verhehlen, daß diese Gruppe bereits bedeutenden Einfluß auf entscheidende Kreise des Empire zu haben scheint. Wenn wir zu lange zögern, besteht Gefahr, daß diese Gruppe versucht, Craven der irdischen Gerechtigkeit zu entziehen.«

»Das soll ihnen nicht gelingen«, antwortete der Richter pathetisch. »Sie haben gute Arbeit geleistet, Cohen. Wir brauchen Männer wie Sie.« Er nickte, und um seine Worte zu bekräftigen, schlug er Cohen anerkennend auf die Schultern und wandte sich dann einem kleinen, untersetzten Mann zu, der so aussah, als hätte er seine Staatsanwaltsrobe in großer Hast übergestreift. »Gut, daß Sie noch im Old Bailey anzutreffen waren, Mr. Ruthel. Wir müssen noch heute einen Fall von staatstragender Wichtigkeit verhandeln.«

»Heute noch?« Ruthel runzelte die Stirn, während er mit

seiner widerspenstigen Robe kämpfte. »Das kommt aber überraschend, Sir. Um was handelt es sich?«

»Um Mord, Aufbau einer staatsfeindlichen Geheimgesellschaft und verschiedenes mehr. Jedes Verbrechen würde für sich allein ausreichen, um den Mann an den Galgen zu bringen.«

»Ein ›Hoffnungsloser‹ also.« Ruthel seufzte erneut und bedachte Cohen mit einem Blick, der sehr deutlich machte, wie wenig erfreut er von dieser Störung seines sorgsam vorgeplanten Tagesablaufes war. »Na, hoffentlich pfuscht mir der Verteidiger nicht allzusehr ins Konzept. Es wäre fatal, wenn er die Königin dazu bringen könnte, die Hinrichtung auszusetzen. Wir bezahlen den Henker doch nicht fürs Nichtstun.« Er ließ sich von Darender die Akte geben und blätterte sie desinteressiert durch.

Henker? dachte Cohen verstört. *Hinrichtung*? Was zum Teufel ging hier vor? Die beiden Männer unterhielten sich, als wäre die Verhandlung bereits vorüber!

»Craven?« Ruthel seufzte erneut. »Den Namen kenne ich von irgendwoher ...« Er klappte die Akte zu und starrte einen Moment zu Boden, als hoffe er dort die Antwort zu finden. »Ach ja, da war doch die Sache mit Lady McPhaersons Verschwinden, bei dem Craven angeblich seine Hände im Spiel gehabt haben soll, nicht wahr?«

Das Gesicht des Staatsanwaltes erinnerte Cohen an einen vollgefressenen, zufriedenen Kater, der vor einer Schüssel Milch sitzt. Ruthel blätterte Cohens Bericht kurz durch und brachte ein eng beschriebenes Stück Papier zum Vorschein. »Ah, und hier haben wir die Aussage eines Augenzeugen, der den Mord an diesem Polizisten beobachten konnte! Dieses Blatt bricht Craven ja schon allein den Hals. Der Verteidiger, der diesen Fall auszufechten bereit ist, kann einem direkt leid tun. Wer ist es übrigens?« Ruthel sah den Richter fragend an. Doch dieser gab die Frage an Cohen weiter.

»Cravens Interessen werden von Dr. Gray wahrgenommen«, antwortete Cohen. »Er wird ihn sicher auch vor Gericht verteidigen.«

Ruthel nickte, sah aber trotzdem nicht sehr beeindruckt aus. »Dr. Gray ist als guter Anwalt bekannt. Außerdem hat er verdammt gute Verbindungen nach oben. Ich schätze, da kommen wir über eine Einweisung in eine geschlossene Anstalt nicht hinaus«, brummte er. »Es sei denn, wir beeilen uns. So ein Gutachten kann Wochen andauern. Bis dahin kann die ganze Sache erledigt sein.« Er grinste, hob die Linke an den Hals und machte mit dem Zeigefinger eine bezeichnende Geste an seine Kehle, die Cohen mehr erschreckte als alles andere.

Was geht hier vor? dachte er entsetzt.

Der Richter maß Cohen und den Staatsanwalt mit einem kühlen Blick. Cohens Verwirrung schien ihm nicht entgangen zu sein. »Immer der Reihe nach, Ruthel«, sagte er. »Zuerst einmal müssen wir ihn verurteilen, nicht? Wenn er schuldig ist.«

Cohen wußte keine Grund dafür zu nennen – aber er hatte selten etwas gehört, das so *falsch* klang wie diese Worte.

»Lassen Sie den Gefangenen schnellstens hierherbringen, Inspektor«, fuhr Darender fort. »Und Sie, Ruthel, sorgen dafür, daß Dr. Gray informiert wird. Lassen Sie ihm ausrichten, daß sein Erscheinen von eminenter Bedeutung sei. Das Gericht der Königin kann keinen Mann hängen lassen, der nicht den Gesetzen gemäß verteidigt wurde!«

Tailworthern suchte umständlich den Schlüssel und sperrte geradezu entnervend langsam die Tür auf. Ich wagte es jedoch nicht, ihn anzutreiben, da ich Angst hatte, damit den hypnotischen Bann zu brechen, mit dem ich ihn unter Kontrolle hielt. Es fiel mir ohnehin immer schwerer, genügend Konzentration aufzubringen. Hinter meiner Stirn führten die Gedanken einen irren Veitstanz auf. Endlich knackte das Schloß, und die Tür schwang auf.

Ich schob mich an Tailworthern vorbei und hastete die Treppe hinab, dicht gefolgt von Gray, der trotz allem das Kunststück fertigbrachte, äußerlich vollkommen gelassen auszusehen.

Wir hatten Glück. Der in seiner Loge sitzende Pförtner schenkte seiner Zeitung mehr Beachtung als der Eingangstür, so daß ich ungesehen die schwere Klinke niederdrücken konnte. Das wuchtige Portal des Yard aufzuziehen, ging jedoch beinahe über meine Kräfte. Wieder war es Gray, der mir helfen mußte, und nicht umgekehrt.

Ich atmete erleichtert die frische Luft, die sich angenehm von dem Mief in Tailwortherns Büro unterschied, und wollte mich gerade zu Gray herumdrehen, als ich den Mann erkannte, der im Sturmschritt die Treppe hinaufgerannt kam und mich ungläubig anstarrte.

Es war niemand anders als Inspektor Cohen. Vielleicht hätte ich in dieser Situation immer noch entkommen können, wenn ich bei Kräften gewesen wäre. Cohen war nämlich so überrascht, daß er wie zur Salzsäule erstarrt stehenblieb und mich aus weit aufgerissenen Augen anglotzte.

Ich versuchte es auch – aber es blieb bei einem Versuch.

Ich war noch nicht einmal ganz auf gleicher Höhe mit ihm, als er aus seiner Starre erwachte und mit verblüffender Schnelligkeit reagierte. Er sprang mich wie eine wütende Dogge an und riß mich zu Boden. Noch im Fallen knallte er mir einen gut gezielten Haken unter den Rippenbogen, daß mir die Luft wegblieb.

Als ich wieder atmen konnte, blickte ich in die Mündung eines Revolvers, die ungefähr einen halben Inch vor meinem rechten Auge schwebte.

»Versuchen Sie es, Craven«, sagte Cohen leise. »Versuchen Sie einen Ihrer Zaubertricks – los. Ich bin gespannt, ob Sie schnell genug sind.«

Ich versuchte es nicht. Selbst wenn ich im Vollbesitz meiner Kräfte gewesen wäre, hätte ich es nicht gewagt, denn Cohens Zeigefinger hatte den Abzug der Waffe schon halb durchgezogen. Den Bruchteil eines Millimeters mehr …

»Ich gebe auf«, sagte ich.

Cohen schwieg, aber das Blitzen in seinen Augen verriet mir, daß er fast bedauerte, so leichtes Spiel zu haben. Und da war noch etwas. Enttäuschung?

»Aufstehen«, befahl er. »Ganz langsam.«

Ich hätte auch nicht schneller aufstehen können, wenn ich es gewollt hätte, denn sein Hieb war sehr kräftig gewesen. Ich hatte noch immer Mühe, zu atmen, und meine Rippen pochten, als hätte mich ein Pferd getreten.

»Sie sind ein verdammter Narr, Craven«, sagte Cohen zornig. »Und ich auch – ich hätte wissen müssen, daß Sie Tailworthern übertölpeln.« Er seufzte. »Und ich hatte gerade angefangen, Ihnen zu glauben.«

»Sie täten gut daran, damit weiterzumachen«, sagte Gray kalt.

Cohen lachte. »Ja, das sehe ich, Doktor. Es scheint, als hätten Sie Ihren Klienten nicht besonders gut beraten. Andererseits haben Sie mich vielleicht vor einem gewaltigen Fehler bewahrt.« Er stieß mir den Lauf seiner Pistole in den Rücken. »Vorwärts. Und diesmal sorge ich persönlich dafür, daß Sie keinen Fluchtversuch mehr unternehmen.«

Sarim de Laurec beobachtete interessiert eine Fliege, die sich im Netz einer Spinne verfangen hatte und sich zappelnd zu befreien versuchte. Doch gegen die klebrigen Fäden des Spinnennetzes kam sie nicht an; im Gegenteil. All ihr Strampeln und Bewegen verstrickte sie nur immer tiefer in das feine Gespinst, während die Spinne selbst in einiger Entfernung dahockte und in aller Ruhe wartete, bis ihr Opfer erschöpft genug war, es mit einem schnellen Biß zu erledigen.

Sarim lächelte. Er nahm es als gutes Omen für seine Pläne. So wie diese Fliegen im Netz der Spinne würden sich auch Craven und Bruder Howard nur immer tiefer in dem Netz fangen, das er ausgelegt hatte. Und das weit komplizierter und raffinierter war als das der Spinne.

Der ehemalige *Puppet-Master* (ehemalig?, dachte er amüsiert) hatte sich wieder in der Gewalt. Er verstand noch immer nicht, was in diesem Haus überhaupt vorging, welche Kräfte es waren, die ihn zu narren versuchten. Aber es war ihm auch gleich. Mochte der Schutzzauber Cravens seine Sinne narren, gefährlich konnte er ihm nicht werden. Die *neue Macht* schützte ihn.

Mit einem Ruck richtete er sich auf und sah sich aufmerksam in dem mit Gerümpel und Möbeln vollgestopften Dachboden um. Es wurde Zeit, daß er fortfuhr, an seinem eigenen Netz zu weben. Noch war es nicht fertig.

Er setzte sich wieder auf die Couch, konzentrierte sich und versuchte, telepathisch Kontakt mit seinen Assistenten aufzunehmen. Und er war beinahe überrascht, als es auf Anhieb gelang. Diesmal versuchte nichts, ihn zu behindern.

»Meister, endlich meldet Ihr euch. Wir waren schon in Sorge!« Allisdales gedankliche Stimme verriet, daß das, was er mit Sorge bezeichnete, in Wahrheit pure Angst war. Und er konnte die Erleichterung des anderen spüren, ebenso die unausgesprochene Frage, weshalb er erst so spät von sich hören ließ. Doch Sarim de Laurec dachte nicht im entferntesten daran, einem einfachen Mitglied des Ordens Rede und Antwort zu stehen. Alles, was er für Allisdale empfand, war Verachtung.

»Sind die Vorbereitungen getroffen?« fragte er knapp.

»Natürlich, Meister. Wir haben –«

»Mich interessieren keine unwichtigen Details! Ich will wissen, ob ich meine Pläne wie besprochen durchführen kann.«

»Es ist alles so geschehen, wie Ihr es befohlen habt«, erklärte Allisdale. Sarim nickte, obwohl er wußte, daß es der andere nicht sehen konnte, und löste ohne ein weiteres Wort die Verbindung zu ihm. Allisdale und seine Leute wußten, was sie zu tun hatten. Und vielleicht war es ganz gut, wenn sie ein bißchen Angst ausstanden.

Sarim atmete tief ein und berührte die winzige Wunde an seiner Schläfe mit den Fingerspitzen. Er fühlte warmes Blut, aber auch noch etwas anderes, ein dumpfes Pulsieren wie das Schlagen eines großen, unsäglich bösen Herzens.

Tastenden Fingern gleich suchten und fanden seine neugewonnenen magischen Kräfte die reglosen Werkzeuge seiner Rache, die er selbst geschaffen hatte. Seine Gedanken verbanden sich mit kaltem Metall, Leder und Kautschuk, und erfüllten sie mit Leben.

Sarim zitterte vor Erregung, als sich die Puppen ruckhaft zu bewegen begannen.

Die Fahrt zum Old Bailey wird immer ein Alptraum für mich bleiben; so wie alles, was danach geschah. Cohen hatte mich mit einem halben Dutzend Polizisten in eine Kutsche gezwängt, so daß keiner mehr als eine Handbreit zum Sitzen hatte. Ich war mit zwei Handschellen an Jenkins und Tailworthern gefesselt, der mich mit ständig größer werdender Nervosität ansah. Cohen selbst beobachtete mich durch eine Klappe und hielt mir dabei seinen Revolver vor das Gesicht. Immer wenn die Kutsche in ein Schlagloch fuhr, schwankte der Revolver so stark hin und her, daß die Polizisten neben mir es sichtlich mit der Angst zu tun bekamen.

Und nicht nur sie.

Schließlich bog die Kutsche in eine finstere Toreinfahrt ein und hielt in einem versteckten Hinterhof. Ein gutes Dutzend Polizisten erwartete uns. Ein paar von ihnen spannten die Pferde aus und führten sie weg, während die übrigen mit ihren Pistolen durch das Kutschenfenster auf mich zielten. Erst als man die Pferde weggebracht hatte, stieg Cohen vom Kutschbock und sperrte das Schloß an der Tür auf.

»Keine Tricks, Craven«, sagte er. »Sonst sind Sie schneller ein toter Mann, als Sie ›Piep‹ sagen können!« Er unterstrich seine Worte mit einer drohenden Bewegung seiner Pistole. Die neben mir sitzenden Polizisten stiegen bis auf die zwei, an die ich gefesselt war, aus der Kutsche und bildeten mit gezückten Waffen eine Gasse.

Jetzt stiegen auch Jenkins und Tailworthern aus dem Wagen. Sie achteten dabei sorgfältig darauf, nicht in die Schußlinie zu geraten. Dann stand ich auf dem unebenen Pflaster und versuchte durch die nebelige Dämmerung den Ort zu erkennen, an den man mich gebracht hatte. Da ich nur die Rückfront sah, hätte ich überall in London sein können. Die Uniformen der beiden Männer jedoch, die uns die Türen öffneten, waren so charakteristisch, daß ich einen Augenblick stehenblieb und sie anstarrte.

Was zum Teufel hatten wir zu dieser späten Stunde im Old Bailey zu suchen? Wenn mich ein Richter oder Staatsanwalt verhören wollte, so hätte es weitaus weniger Umstände bereitet, wenn er in den Yard gekommen wäre. Außerdem hatte ich nicht die Absicht, auch nur ein Wort zu sagen, solange Gray nicht bei mir war.

»Vorwärts!« knurrte Tailworthern. Rücksichtslos wurde ich weiter gezerrt. Ich hatte das Gefühl, in eine belagerte Festung zu kommen. Überall wimmelte es von Pistolen und Gummiknüppel schwingenden Polizisten, die alle nichts anderes zu tun hatten, als mich mit möglichst finsteren Mienen anzustarren. Wäre es mir besser gegangen, hätte ich mir trotz der Lage, in der ich mich befand, das Lachen nicht verkneifen können. Eigentlich kam mir in diesem Moment erst richtig zu Bewußtsein, was hier geschah. Ich wurde nicht nur wie der berühmte

Staatsfeind Nummer eins behandelt – in den Augen dieser Männer war ich es.

Cohen selbst öffnete die letzte Tür, und wenige Sekunden später stand ich im bedeutendsten Gerichtssaal des Empire. Jenkins und Tailworthern zogen mich weiter, drückten mich auf die Anklagebank und setzten sich zu meinen Seiten nieder. Die begleitenden Polizisten nahmen im Zuschauertrakt Platz, ohne ihre Waffen aus der Hand zu legen, während Cohen auf die Empore zutrat, auf der Richter, Staatsanwalt und Schöffen thronten. Alles kam mir mehr und mehr wie ein böser Alptraum vor. Aber es war kein Traum. Es war unmöglich und widersprach mindestens einem Dutzend Gesetzen und Erlassen, aber es war alles zum Prozeß bereit.

Der Richter blätterte in seinen Akten und stellte Cohen einige leise Fragen, während sich ein paar Schöffen flüsternd miteinander unterhielten. Die meisten wirkten verwirrt und wußten anscheinend genausowenig wie ich, was wir hier alle sollten.

Der Richter beendete sein Gespräch mit Cohen und schlug mit einem Hammer dreimal auf den Tisch. »Können wir die Verhandlung eröffnen?« fragte er. Seine Stimme klang seltsam – als hätte er Drähte anstelle von Stimmbändern im Hals.

Dr. Gray stürmte förmlich durch die Tür, warf einem Gerichtsdiener Mantel und Schirm, einem anderen den Bowler zu und eilte nach vorne zur Empore.

»Ich bitte Sie, meine Verspätung zu verzeihen, Euer Lordschaft. Aber ich wurde über diese gräßliche Sache erst informiert, als ich in meine Kanzlei zurückkam«, sagte er.

Lordoberrichter James Darender nickte gelangweilt. »Ich nehme Ihre Entschuldigung an, Dr. Gray. Doch ich muß Sie jetzt bitten, sich umzuziehen, damit die Verhandlung beginnen kann.«

»Selbstverständlich, Euer Lordschaft. Doch dürfte ich vorher noch kurz mit meinem Mandanten sprechen? Ich wurde von dem Fall so überrascht, daß ich keine Zeit fand, mich darauf vorzubereiten.«

Der Richter nickte. Gray kam zur Anklagebank und beugte sich zu mir herab. »Kein Wort über den Zwischenfall im Yard«, zischte er. »Ich glaube, ich kann alles vertuschen. Du sagst nichts ohne mein Einverständnis, klar?«

Ich nickte ganz automatisch. Nicht, daß ich auch nur noch ein Wort *verstanden* hätte. *Was zum Teufel ging hier vor*??!

»Kopf hoch, Robert«, fuhr Gray fort. »Irgendwie werden wir uns da schon herausarbeiten. Ich ziehe mich jetzt nur schnell um und dann zerrupfe ich diese sogenannte Anklageschrift in kleine Fetzchen. Vor Ruthels Augen!« Er lächelte aufmunternd, wandte sich um und folgte dem Gerichtsdiener, der ihm die Tür zu Darenders Zimmer aufhielt, wo er sich umziehen sollte.

Während wir auf Gray warteten, begann ich mich immer unbehaglicher zu fühlen. Irgend etwas *stimmte* hier nicht. Alles um mich herum war einfach *falsch*, ohne daß ich zu sagen wußte, warum. Es begann mit Darender selbst – er war im Gegensatz zu den meisten Schöffen und dem Staatsanwalt in keiner Weise von dem Geschehen beeindruckt, sondern wirkte kalt und irgendwie fremd. Auch als Gray zurückkam, konnte ich mich des Eindrucks nicht erwehren, eine leblose Puppe vor mir zu sehen. Das Gesicht des Lordoberrichters wirkte wie aus glattem, grauem Stein gehauen, und seine Augen überblickten uninteressiert und gläsern die Szene.

Gray setzte sich, ohne mich anzuschauen, auf den für ihn reservierten Platz und ließ sich von einem Gerichtsdiener die Akten reichen.

Der Richter stimmte unterdessen den üblichen Sermon an, der im Namen der Königin Gerechtigkeit versprach. Ich übersah ganz, daß sich die Anwesenden erhoben hatten, und wurde von Jenkins und Tailworthern rüde hochgezerrt. Langsam begann ich die beiden zu hassen – und alle anderen dazu. Das hier war keine Gerichtsverhandlung – es war ein Witz. Aber kein sehr guter.

»Du solltest deine Lage durch provokante Mißachtung des Gerichtes nicht noch schlimmer machen«, raunte mir Gray zu. Seine Stimme hörte sich jetzt ebenfalls so seltsam metallisch an, daß sich meine Haare aufstellten.

Was war hier los? dachte ich entsetzt. Warum tat Gray, als wäre diese Farce das Normalste der Welt?! »Doktor«, stammelte ich, »was –«

»Angeklagter, Ruhe!« herrschte mich der Richter an. Abermals schlug er mit seinem Hammer kräftig auf den Tisch. Die Schläge hallten dumpf in meinem Schädel wider. Für einen

Moment verlor ich vollends die Beziehung zur Wirklichkeit und für einen noch kürzeren, hysterischen Augenblick war ich hundertprozentig davon überzeugt, gleich die Augen aufzuschlagen und festzustellen, daß dies alles nichts als ein weiterer Alptraum war. Aber wenn es so war, wachte ich nicht auf.

Als ich wieder soweit war, daß ich die auf der Richterbank gesprochenen Worte verstehen konnte, war der Staatsanwalt bereits dabei, seine Anklage zu verlesen. Aber eigentlich war es keine Anklageschrift, sondern ein Pamphlet, das lächerlich gewirkt hätte, wäre der Name Robert Craven darin nicht so oft vorgekommen. Ruthel stellte mich als einen derartigen Unhold hin, daß selbst eine Kreatur wie Necron lauteres Gold dagegen gewesen wäre. Ich hatte selten einen größeren Unsinn gehört.

Das Dumme war nur, daß ich der einzige zu sein schien, der ihn nicht glaubte.

Außer Cohen, heißt das. Von allen hier – Gray eingeschlossen – war er der einzige, auf dessen Gesicht sich die gleiche Mischung aus Unglauben und Verwirrung spiegelte wie auch ich sie spürte. Immer öfter blickte er den Richter und Ruthel an und jedesmal wurde sein Stirnrunzeln ein wenig tiefer. Aber er schwieg beharrlich.

Ebenso wie mein Anwalt. Ich hätte es Gray nach allem, was geschehen war, nicht verübelt, wenn er erst gar nicht erschienen wäre, aber die Kälte, die er nun an den Tag legte, verstand ich nicht mehr. Er verfolgte die Tiraden des Staatsanwaltes, ohne sich auch nur ein einziges Mal die Mühe zu machen, dem Wortschwall ein Ende zu bereiten, sondern lehnte sich nur gemächlich in seinen Sitz zurück und brachte einige Notizen zu Papier. Seine Miene wirkte dabei etwa so engagiert wie die eines Katzenzüchters, den es auf die Jahresversammlung des britischen Doggenzuchtvereines verschlagen hat.

Der Richter sah im übrigen genauso aus. Auch bei einigen Schöffen glaubte ich diese Interesselosigkeit zu sehen.

Der Staatsanwalt hatte leichtes Spiel, seine Anklage vorzubringen. Seine Beweispunkte waren teilweise so hanebüchen, daß sie ein Kind hätte widerlegen können.

Leider war Gray kein Kind mehr …

Als sich Ruthel setzte, konnte ich mein Urteil in den Gesichtern der Schöffen bereits ablesen. Gray hätte ein Wundermann sein müssen, um noch eine Wendung zu meinen Gunsten herbeizuführen. Und ganz allmählich begann ich daran zu zweifeln, ob er es überhaupt *wollte*.

Gray stand etwas schwerfällig auf und blätterte nachdenklich in seinen Akten. Sein Gesicht war wie aus Stein. »Hohes Gericht«, begann er. »Ich will dem Staatsanwalt nicht Unwahrheit vorwerfen, doch erscheint mir seine Anklage ... ein wenig seltsam. Ich kenne meinen Mandanten seit mehreren Jahren und vertrat davor schon die Geschäfte seines Vaters. Robert Craven ist mir immer als wohlerzogener junger Mann erschienen, der Recht und Ordnung ohne jede Einschränkung akzeptiert, ja im Gegenteil ein vehementer Verfechter dieser beiden Grundpfeiler unserer Gesellschaftsordnung ist. Ich halte ihn gar nicht für fähig, einen Mord zu begehen. In diesem Lande wird kein Bürger allein deswegen schuldig gesprochen, weil mißliebige Leute eine fremde Leiche in seinem Garten vergraben. Das kann jedem von uns passieren, sogar dem Staatsanwalt.«

Gray setzte bei dieser Bemerkung ein Lächeln auf, das humorvoll wirken sollte. Mir jagte es jedoch einen Schauer über den Rücken. Obwohl er eigentlich recht gut begonnen hatte, zog ich unwillkürlich die Schulter ein und wartete auf den Schlag, der mich unweigerlich treffen würde.

Doch vorerst zerpflückte Gray die Argumente des Staatsanwaltes in einer Weise, daß dieser rot anlief. Wenn auch nicht vor Wut, sondern allerhöchstens vor Scham über seinen Kollegen. War Gray verrückt geworden?

»Ein einziger Mann wird von der Anklage als Zeuge vorgebracht«, fuhr er fort. »Er soll meinen Mandanten bei dem Mord beobachtet haben. Sehen Sie sich doch dieses Individuum an. Inspektor Cohen nennt ihn einen freien Mitarbeiter von Scotland Yards. Ich bezeichne so etwas als einen Polizeispitzel übelster Sorte, bereit, jeden zu verraten, wenn er nur gut bezahlt wird. Ist es nicht möglich, daß *er* Peabody ermordet hat und nun die Schuld meinem Mandanten in die Schuhe schieben will?«

»Das ist ja lächerlich«, sagte Cohen.

»Genau«, fügte der Richter hinzu.

»Ebendies«, bemerkte Ruthel.

»Vielleicht war es Cohen auch selbst«, schlug Gray vor. »Es

ist bekannt, daß Peabody und er nicht zum ersten Male gewisse Differenzen hatten. Und Inspektor Cohen ist als gewalttätiger Mensch aktenkundig. Mein Mandant wurde von seinen Mitarbeitern während der Verhaftung mißhandelt.«

Im Saal entstand ein Tumult, der Gray daran hinderte, weiterzusprechen. Der Richter trommelte mit seinem Hammer auf den Tisch und schrie, daß Gray gefälligst sachliche Argumente vorbringen solle, anstatt einen unbescholtenen Bürger schlimmster Verbrechen zu beschuldigen.

Cohen sagte gar nichts, sondern starrte Gray nur mit offenem Mund an.

»Doktor Gray, ich flehe Sie an – hören Sie auf!« stammelte ich.

Gray lächelte, wandte sich wieder an den Richter und fuhr unbeeindruckt fort: »Gut. Gestehen wir dem Informanten des Inspektors zu, daß er Peabody nicht ermordet hat, und unterstellen wir auch Cohen, daß er es nicht war. Dies ist jedoch noch lange kein Beweis dafür, daß mein Mandant der Mörder sein muß. Ich weiß zum Beispiel, daß der Inspektor ein persönlicher Feind meines Mandanten ist. Trotzdem will ich ihm nicht vorwerfen, in dieser Situation billige Rache zu suchen. Doch ich bin der festen Überzeugung, daß die Polizei – und hier vor allem Inspektor Cohen – meinen Mandanten als Täter sehen will!«

Diesmal war selbst der Richter nicht imstande, den entstehenden Tumult zu unterbinden. Die zuschauenden Polizisten stießen gellende Pfiffe aus, manche auch unfeinere Dinge, und mehr als eine Faust wurde gegen Gray geschüttelt. Selbst unter den Schöffen trat erhebliche Unruhe ein und als der Hammer des Richters zuletzt doch den Lärm zu übertönen begann, tuschelten die meisten Männer noch eifrig miteinander.

»Hohes Gericht, Eure Lordschaft. Der Vorwurf des Verteidigers ist derart schwerwiegend, daß ich mich gezwungen sehe, selbst darauf zu antworten«, rief Cohen plötzlich. Sein Gesicht war kalkweiß geworden, aber seine Augen sprühten vor Wut, als er nach vorne kam und Gray mit äußerstem Abscheu musterte.

»Bitte, Inspektor«, sagte Darender.

Cohen nickte wütend, stapfte in den Zeugenstand und begann, ohne sich zu setzen. »Es stimmt, ich bin kein Freund des Angeklagten, Hohes Gericht. Doch dies hat keine privaten, sondern dienstliche Gründe: Schon mehrmals geriet der Angeklagte unter den konkreten Verdacht, Verbrechen begangen zu haben. So ist zum Beispiel vor nicht ganz zwei Jahren eine junge Frau spurlos verschwunden, nachdem sie eine Stelle im Haus des Angeklagten angetreten hatte. Damals konnten wir Craven nichts beweisen. Dann der mysteriöse Tod seines Butlers, ebenfalls ein Fall, der bis zum heutigen Tage nicht aufgeklärt –«

Darender gähnte. »In Ordnung, das genügt, Inspektor«, sagte er. »Wir alle glauben Ihnen ja.« Er gähnte erneut, hob seinen Hammer und schlug dreimal auf den Tisch. »Und damit verurteile ich den Angeklagten zum Tode durch den Strang. Hat jemand was dagegen? Sie vielleicht, Doktor Gray?«

Gray stand auf, blickte mich traurig an und schüttelte den Kopf. »Anhand der schwerwiegenden Umstände verzichte ich im Namen meines Mandanten darauf, in die Berufung zu gehen.«

Für einen Augenblick war ich wie erstarrt. Das war doch unmöglich! Das war nicht einmal mehr eine Farce – das war schlimmstes Schmierentheater!

»Das ... das kann nicht Ihr Ernst sein, Gray«, stammelte ich. »Sie ...«

»Angeklagter, Ruhe«, blaffte Darender. Dann seufzte er, legte den Hammer beiseite und setzte ein sehr amtliches Gesicht auf.

»Ich danke der Staatsanwaltschaft und dem Verteidiger für ihre Bemühungen«, erklärte er gelangweilt. »Um jede Möglichkeit auszuschalten, den Angeklagten der irdischen Gerechtigkeit zu entziehen, werde ich persönlich dafür sorgen, daß die Königin das Urteil noch heute abend unterzeichnet. Die Exekution findet morgen früh im Hof des Gefängnisses von Newgate statt!«

Eine halbe Sekunde später fühlte ich mich gepackt und aus dem Saal geschleift. Ich hatte noch nicht einmal richtig begriffen, was überhaupt los war.

Das letzte, was ich sah, war Cohens fassungsloses Gesicht,

der sich wie vom Donner gerührt in den Stuhl im Zeugenstand fallen ließ und ganz offensichtlich an seinem Verstand zu zweifeln begann.

Es dauerte lange, bis Cohen in die Wirklichkeit zurückfand. Tailworthern hatte Craven längst fortgeschafft, und auch die meisten Schöffen waren bereits fort, aber der Inspektor saß noch immer da, als erwache er gerade aus einem tiefen, alptraumhaften Schlaf. Er fühlte sich auch genau so. Wie in Trance stand er auf, trat aus dem Zeugenstand heraus, sah hilflos in die Runde und steuerte schließlich auf Gray zu, der in aller Seelenruhe seine Papiere ordnete.

»Das darf doch alles nicht wahr sein, Doktor«, murmelte er. »Was ... was soll das bedeuten?«

Gray sah auf, schob seine Brille zurecht und musterte Cohen mit einem *Was-zum-Teufel-will-der-Kerl-von-mir*-Blick. Trotzdem antwortete er. »Das kann ich Ihnen sagen, Cohen: Craven wird baumeln. Gleich morgen früh. Das wollten Sie doch, oder?«

»Aber das ... das war doch keine ... keine Gerichtsverhandlung!« krächzte Cohen.

»Doch, doch«, antwortete Gray. »Ich muß das wissen. Ich bin Anwalt.« Er gähnte, klappte seine Aktenmappe zu und stand mit einem Lächeln auf. »Sind Sie vielleicht der Meinung, daß hier irgend etwas nicht seine Ordnung hatte?« fragte er. »Sie waren es doch, der Craven verhaftet hat, oder?«

»Aber ich ... das ...« Cohen brach verstört ab. Das alles mußte ein Alptraum sein! »Aber Sie können das doch nicht so hinnehmen!« begann er neu. »Das war doch keine Verhandlung! Das war –«

»Ja?« fragte Gray lauernd.

Cohen ballte in stummer Verzweiflung die Fäuste. »Zum Teufel, ich wollte, daß Craven hängt – wenn er schuldig gesprochen wird!«

»Ist er doch«, sagte Gray ruhig. »Oder?« Er runzelte in plötzlichem Ärger die Stirn. »Gehen Sie zum Richter, wenn Ihnen etwas nicht paßt«, fuhr er Cohen an. »Ich habe Ärger genug. Ich verliere einen meiner zahlungskräftigsten Kunden, wissen Sie? Und nun gute Nacht!«

Und damit ließ er einen vollkommen fassungslosen Inspektor Cohen einfach stehen und trollte sich.

Cohen blickte ihm nach, bis er den Gerichtssaal verlassen hatte. Er war allein; nur ein Gerichtsdiener stand noch unter der Tür und wartete sichtlich darauf, daß Cohen endlich ging und er Feierabend machen konnte.

Statt dessen drehte sich Cohen auf dem Absatz herum, durchquerte mit weit ausgreifenden Schritten den Saal und stürmte, ohne sich auch nur die Mühe zu machen, anzuklopfen, ins Richterzimmer.

Lordoberrichter James Darender war nicht sehr überrascht, ihn zu sehen. Ganz im Gegenteil – er lächelte, als hätte er auf ihn gewartet.

»Mein lieber Cohen«, sagte er. »Ich dachte mir, daß Sie kommen würden. Nun, wo Craven endlich hängen wird –«

»Aber das ist Wahnsinn!« unterbrach ihn Cohen. »Bei allem Respekt, Eure Lordschaft, aber das war keine Gerechtigkeit.«

»Natürlich nicht«, antwortete Darender gelassen.

Cohen ächzte. »Na-«

»-türlich nicht«, sagte Darender noch einmal. »Was haben Sie erwartet? Wir wollten Craven hängen und das wird uns gelingen. Alles andere zählt doch nicht, oder? Ich muß Sie nicht daran erinnern, daß Sie es waren, der Craven verhaftet hat.«

»Aber das war ... doch etwas anderes!« stöhnte Cohen. »Eure Lordschaft, ich flehe Sie an, Sie können nicht –«

Darender unterbrach ihn mit einem neuerlichen Seufzen. »Ich sehe schon«, sagte er enttäuscht, »Sie machen uns Schwierigkeiten. Sie sind ein sehr unartiger Junge, Inspektor, wissen Sie das? Ich fürchte, dagegen müssen wir etwas unternehmen.«

Und damit stand er auf, ging zu seinem Kleiderschrank und öffnete die Tür. Ein Mann trat heraus.

Und Inspektor Cohen von Scotland Yard stand sich selbst gegenüber.

Das Gefühl war wieder da, schlimmer als vorher.

Jemand beobachtete ihn.

Sarim de Laurecs Blick irrte unstet durch die stauberfüllte Halbdämmerung des Dachbodens. Es war zum Wahnsinnigwerden – nichts hatte sich verändert, seit er hier heraufgekommen war, und doch kam ihm seine Umgebung von Sekunde zu Sekunde fremder und furchteinflößender vor. Irgend etwas war da, etwas, das ihn belauerte, wartete, etwas Gieriges und unglaublich Mächtiges. Etwas, das –

Sarim schrie auf, als er seine Drehung beendete und sein Blick dorthin fiel, wo vor Augenblicken nur nacktes Mauerwerk gewesen war.

Ein Mann stand vor der Wand und blickte auf ihn herab. Sein schmales Gesicht wirkte ernst, ja fast streng. Die mageren Hände umklammerten einen Spazierstock, in dessen Kristallknauf ein funkelnder Stern eingegossen war, dessen Licht nicht von dieser Welt stammen konnte. Das gleiche Licht funkelte auch in den dunklen Augen des Mannes und zeugte von einem Wissen und einer Macht, denen Sarim de Laurec nichts Gleichwertiges entgegenzusetzen vermochte.

»Craven!« Sarim schrie abermals auf, prallte zurück und zerrte in einer Reflexbewegung die Waffe unter dem Mantel hervor.

Aber er drückte nicht ab.

Der Mann hatte sich nicht gerührt, und plötzlich begriff de Laurec, daß er sich auch nicht rühren würde, selbst wenn er auf ihn schoß.

Was er für einen Menschen gehalten hatte, war nur ein Bild.

Ein gewaltiges, lebensgroßes Portrait, das nicht Robert Craven, sondern dessen Vater zeigte, Roderick Andara, dem dieses Haus einmal gehört hatte.

Mit einem erleichterten Seufzen ließ Sarim de Laurec die Waffe wieder unter seinem Mantel verschwinden, wischte sich den Schweiß von der Stirn und schalt sich in Gedanken einen Narren, sich von einem Bild erschrecken zu lassen, das seit einem Jahrzehnt oder länger hier verstaubte.

Aber noch während er diesen Gedanken dachte, glaubte er ein tiefes, sehr, sehr böses Lachen zu hören, und im gleichen Moment war es, als sähe er ein spöttisches Lächeln über die schmalen Lippen des gemalten Gesichtes auf dem Bild huschen – was natürlich Unsinn war.

Dann erlosch dieser Eindruck wieder und Sarim sah das Bild so, wie es wirklich war: alt und von Rissen durchzogen. An mehreren Stellen war die Farbe bereits verblichen und in einer Ecke hatte eine Spinne ihr Netz so gewoben, daß es auch einen Teil von Roderick Andaras Gesicht bedeckte.

Nur ein Bild, hämmerte er sich ein. Nur ein Bild, nicht mehr.

Aber ganz sicher war er nicht.

Es war wie das Erwachen aus einem entsetzlichen Alptraum, dem ein anderer, noch schlimmerer folgte, der *Wirklichkeit* hieß.

Der Henker von London trug kein wallendes rotes Gewand und keine Kapuze, sondern eine etwas schäbige dunkle Hose und eine dunkelgraue Jacke mit Lederflicken auf den Ärmeln. Sein Gesicht war teigig und nichtssagend; eigentlich sah er nicht aus wie ein Henker, sondern eher wie ein biederer Handwerker, der sich gerade daran machte, ein paar Schuhe zu besohlen oder eine Kupferkanne zu löten. Nicht wie jemand, der vorhatte, einen Menschen nach allen Regeln der Kunst vom Leben zum Tode zu befördern.

Wahnsinn!, dachte ich. *Das alles ist Wahnsinn*! Nicht einmal die Berührung an meiner Schulter schien mir real, als der Henker mit geübtem Blick Maß nahm und seinem Gehilfen zurief, den Strick kürzer zu nehmen. »Muß alles seine Ordnung haben«, sagte er fachmännisch gelassen.

»Hören Sie mit dem Unsinn auf, Walters!« sagte Cohen streng. »Bringen wir es endlich hinter uns, damit ich zu meinem Frühstück komme.« Der Henker runzelte die Stirn, ohne übermäßig schuldbewußt auszusehen, sagte jedoch kein Wort mehr, sondern konzentrierte sich ganz darauf, eine Schlinge auf die passende Größe zurechtzuziehen.

Allmählich begann der kleine Raum vor meinen Augen zu verschwimmen. Ich fühlte mich …

Es ist unmöglich, zu beschreiben, was ich in diesem Moment wirklich empfand. Ich hatte keine Angst, sondern spürte im Gegenteil eine hysterische, immer stärker werdende Heiterkeit. Alles wirbelte in meinem Kopf durcheinander: die Verhandlung, die folgende Nacht, die ich in Ketten in einer winzigen feuchten Zelle verbracht hatte, der Morgen, die Henkersmahlzeit, der Besuch des Geistlichen … Ich war überzeugt davon, daß alles nur ein Alptraum sein konnte. Gleich würde ich aufwachen, oder die Tür würde aufgehen und Howard und Rowlf hereinkommen und mir erklären, daß alles nur ein böser Streich gewesen war, oder ...

Eine Hand legte sich schwer auf meine Schulter. Ich schrak hoch und starrte in das nichtssagende Gesicht des Henkers. »Kommen Sie«, sagte er. »Es ist soweit.«

Meine Beine setzten sich wie von selbst in Bewegung und trugen mich die Treppe zum Galgen empor. Die Stufen vibrierten unter meinen Füßen. Das monotone *klack-klack* meiner Schritte hallte wie dumpfe Trommelschläge in meinen Ohren wider. Meine Augen waren gebannt auf die leicht im Wind schwingende Schlinge gerichtet.

Ich würde sterben! dachte ich hysterisch. *Jetzt*!

Der Henker drehte mich herum und warf mir das Seil um den Hals. Er kontrollierte den Sitz der Schlinge mit pedantischer Genauigkeit und zog den Knoten zurecht, während ich wie betäubt auf Cohen und das halbe Dutzend Zeugen herabstarrte, die am Fuße des Galgens standen.

»Es ist soweit, Mr. Craven«, sagte Cohen kalt. »Haben Sie noch einen letzten Wunsch?«

Ich wollte etwas sagen – ganz gleich was, nur *irgend etwas*, um noch ein paar Sekunden zu gewinnen, noch einige kostbare Augenblicke länger am Leben zu bleiben, aber meine Stimmbänder versagten mir den Dienst, und so schüttelte ich nur den Kopf.

Cohen nickte, als hätte er nichts anderes erwartet.

»Dann möge Gott Ihrer Seele gnädig sein, Mr. Craven«, sagte er ruhig. Und fügte hinzu: »Henker von London, tu deine Pflicht.«

Seine Worte drangen wie aus weiter Ferne an mein Bewußtsein. Ich sah nach oben und starrte gegen die fleckige Decke, und absurderweise verspürte ich nichts als ein tiefes Bedauern, nicht darum gebeten zu haben, den Sonnenaufgang noch einmal sehen zu dürfen. Jetzt war es zu spät.

Ich fühlte mich plötzlich so leicht wie eine Feder; fast schwerelos. Alle meine Gedanken wirbelten um Howard und Priscylla und um das Haus am Ashton Place. Als der Henker den Hebel ergriff und mit einem kräftigen Ruck daran zog, war es für mich nicht mehr als die Bewegung eines undeutlichen Schattens.

Ich spürte nicht einmal, wie der Boden unter meinen Füßen

wegsackte, nur einen kurzen Moment wirklicher Schwerelosigkeit, und dann für einen noch kürzeren Moment den absurden Gedanken, daß ich irgendwo einmal gelesen hatte, hängen solle kein allzu schmerzhafter Tod sein. Aber das stimmte nicht.

Sechstes Buch

DIE SEELENLOSEN KILLER

»Er ist tot, Howard. Sie haben ihn umgebracht!« Die Augen des großen, rothaarigen Mannes waren verquollen von Tränen, sein Gesicht rot und verzerrt und zu einer Grimasse geworden, über die er längst jede Kontrolle verloren hatte.

»Er ist tot.« Immer und immer wieder stammelte er diese Worte, begleitet von einem ruckhaften, schmerzerfüllten Schluchzen, dasseinen Körper wie eine Folge schrecklicher Krämpfe schüttelte. »Robert ist tot!«

Howard reichte Rowlf mit zitternden Händen das siebente oder achte Glas Cognac – vielleicht waren es auch schon weit mehr, er hatte gar nicht erst versucht, sie zu zählen – aber der rothaarige Riese schüttete auch diesmal den Alkohol wie Tee in sich hinein, ohne auch nur mit der Wimper zu zucken, und die Wirkung, auf die Howard gehofft hatte, blieb ebenso aus wie bei den Gläsern zuvor. Ganz im Gegenteil schien sie – wenn überhaupt möglich – Rowlfs Verzweiflung nur noch zu verschlimmern. Seit drei Stunden, seit Gray mit der Nachricht von Robert Cravens bei Sonnenaufgang erfolgter Exekution gekommen war, weinte der sieben Fuß große Gigant wie ein kleines Kind. Zum ersten Mal, seit Howard ihn vor so langer Zeit kennen und schätzen gelernt hatte, war er es, der Rowlf zu beruhigen versuchte und einen klareren Kopf behielt, und nicht umgekehrt.

Auch wenn dies vielleicht nur äußerlich war. Ihn selbst hatte die Nachricht von Roberts Tod – obgleich nicht unvorbereitet – möglicherweise noch härter getroffen. Aber es war ein Schmerz ganz anderer Art, den er verspürte, etwas, das sehr viel tiefer ging und Zeit brauchen würde, um zu wirken. Die Ruhe, die er im Moment verspürte, erschreckte ihn beinahe selbst. Aber es war wohl eher Betäubung als Ruhe, eher Lähmung als Gelassenheit. Der wirkliche Schmerz würde später kommen und er würde entsetzlich sein. Fast beneidete er Rowlf darum, weinen zu können.

»Du mußt dich zusammenreißen, Rowlf«, sagte Gray ruhig. Er saß noch immer auf dem Stuhl unter dem Fenster, auf dem er sich vor drei Stunden niedergelassen hatte, und die fünf Worte waren die ersten überhaupt, die er seither hören ließ. Auch Gray schien eine Art von Betäubung zu spüren, dachte Howard. Er wußte, daß der alte Rechtsanwalt und Notar Robert auf seine Art ebenfalls geliebt hatte. Es war seltsam –

zu Lebzeiten schien Robert Craven ein Mann ohne Freunde gewesen zu sein, aber jetzt, da er tot war, fiel Howard erst auf, wie viele Menschen ihn gemocht, ja mehr noch, wie einen Bruder oder Sohn geliebt hatten.

»Zusamm'reiß'n?« Rowlf zog geräuschvoll die Nase hoch, schenkte sich selbst einen weiteren Cognac ein und starrte Gray mit unverhohlener Feindseligkeit an. »Un was nutzt dem Kleinen das jetz' noch?« fauchte er. »Wenn Sien bißchen bessere Arbeit geleistet hätt'n –«

»Rowlf!« sagte Howard scharf.

Rowlf verstummte schuldbewußt, aber Gray winkte nur ab und schüttelte betrübt den Kopf. »Laß ihn, Howard. Er hat ja recht. Ich mache mir schwere Vorwürfe. Ich habe versagt.«

»Unsinn!« sagte Howard ärgerlich. »Das Ganze war ein abgekartetes Spiel. Sie hatten keine Chance. Cohens sogenannte Beweise –«

»Waren nicht den Atem wert, den er brauchte, sie vorzutragen«, unterbrach ihn Gray. »Ich hätte sie in der Luft zerreißen müssen. Ich hätte zumindest das Todesurteil in eine lebenslange Haftstrafe umwandeln müssen, verdammt. Dann hätten wir Zeit gehabt, die wahren Schuldigen zu finden. Aber es ging alles so schnell.«

»Außerdem war's gesetzesverboten!« fauchte Rowlf. »Ne Hinrichtung gleich am andern Morgn! Das tuts doch gar nich' geb'n!«

Gray nickte. »Ich weiß. Vermutlich könnte ich Darender und Ruthel daraus einen schönen Strick drehen.« Er lachte, aber es klang eher wie ein Schrei. »Ich denke, ich werde es tun«, fuhr er nach einer Pause fort. »Die beiden Herrschaften werden wohl frühzeitig ihren Abschied einreichen müssen.«

»Das macht Robert auch nicht wieder lebendig«, sagte Howard düster. »Rache hat noch niemandem genutzt.«

»Ich weiß«, antwortete Gray. »Aber sie tut verdammt gut.« Er stand auf, ging zum Fenster und zog die Gardinen ein Stück zur Seite, um auf die Straße hinauszublicken. »Sie sind noch immer da.«

»Cohens Männer?«

Gray nickte. »Ja. Sie geben sich nicht einmal Mühe, unauffällig zu sein. Du solltest auf meinen Rat hören und die Stadt verlassen. Besser noch das Land.« Er drehte sich herum, verschränkte die Arme vor der Brust und lehnte sich in lässiger Haltung gegen die Wand. »Es wäre wirklich besser. Ich traue diesem Cohen nicht. Jetzt, nachdem er Robert erledigt hat, wird er alle Hebel in Bewegung setzen, dich auch noch zu kriegen.«

»Ich geh' runter un' schlag ihn' die Schädel ein!« verkündete Rowlf. »Denen werd' ich's zeigen, uns –«

»Nichts wirst du ihnen zeigen, Rowlf«, sagte Howard ruhig. »Darauf wartet Cohen doch nur. Du wirst etwas anderes tun.«

»Un' was?«

Howard zögerte. Für einen Moment zerbrach die Maske der Beherrschung, die auf seinem Gesicht lag, und für die Dauer von zwei, drei Atemzügen war der innerliche Kampf, den er durchstand, deutlich auf seinen Zügen abzulesen. Dann gab er sich einen Ruck, ging zum Schreibtisch und kritzelte eine Adresse auf einen von Roberts Briefbögen. Gray kam neugierig näher und versuchte über Howards Schulter hinweg einen Blick auf das Papier zu werfen, aber Howard faltete das Blatt schnell zusammen, drehte sich herum und reichte es Rowlf. »Du gehst zu dieser Adresse«, sagte er. »Und dort fragst du nach Viktor.«

»Viktor wer?«

»Nur Viktor«, beharrte Howard. »Sag ihm, daß ich seine Hilfe brauche.«

»Sonst nix?«

»Sonst gar nichts«, antwortete Howard betont. »Sag ihm nicht, was hier geschehen ist, hörst du? ›Howard braucht Ihre Hilfe‹, das ist alles, was er wissen muß. Und«, fügte er nach sekundenlangem Zögern hinzu, »paß auf, daß dir niemand folgt. Wenn Cohens Männer sich an deine Fersen heften, schüttele sie ab – irgendwie. Aber bitte keine Gewalt.«

Rowlf wirkte ein bißchen enttäuscht, griff aber gehorsam nach dem Blatt und verstaute es in seiner Jackentasche, während er sich mit der anderen Hand die Tränen aus dem Gesicht wischte. Ohne ein weiteres Wort verließ er den Salon. Wenige Augenblicke später hörten die beiden Männer unten die Haustür ins Schloß fallen.

»Viktor?« wiederholte Gray fragend, als sie allein waren. »Wer soll das sein?«

»Ein alter Freund von mir«, antwortete Howard ausweichend. »Eigentlich kein Freund, sondern eher ein guter Bekannter. Er schuldet mir einen Gefallen.«

»Aber du willst mir nicht sagen, welchen«, vermutete Gray. Er klang ein ganz kleines bißchen beleidigt.

»Ganz recht, Doktor«, sagte Howard. »Je weniger Sie wissen, desto besser. Es ist nichts Ungesetzliches, wenn es das ist, was Sie befürchten.«

»Genau das ist es, Howard«, sagte Gray ernst. »Ich fühle mich für dich und Rowlf verantwortlich. Im Augenblick seid ihr vor lauter Kummer nicht mehr ganz zurechnungsfähig, weißt du? Ich fürchte, daß du Dinge anstellst, die du hinterher bereuen würdest. Cohen wartet nur darauf, daß du ihm einen Vorwand gibst, dich in den Tower zu werfen und den Schlüssel wegzuschmeißen.«

Howard lächelte flüchtig, wurde aber sofort wieder ernst.

»Nur keine Sorge, Doktor«, sagte er. »Ich werde in den nächsten Tagen und Wochen ein wahrer Musterbürger sein. Ich werde nicht einmal auf den Gehsteig spucken, ohne Inspektor Cohen vorher um Erlaubnis gefragt zu haben.«

»Das hoffe ich, Howard«, sagte Gray. »Das hoffe ich sehr.« Er seufzte, klaubte seinen Spazierstock vom Stuhl auf und deutete mit einer Kopfbewegung auf die Tür. »Wenn du mich nicht mehr brauchst …«

»Gehen Sie ruhig, Doktor«, sagte Howard. »Im Moment können wir ja doch nichts tun.«

Gray sah ihn noch einmal sehr zweifelnd an, ging dann aber ohne ein weiteres Wort zu sagen zur Tür, während sich Howard umwandte und zum Fenster treten wollte.

Aber er führte die Bewegung nicht zu Ende, sondern blieb plötzlich mitten im Schritt stehen und starrte dorthin, wo Gray zuvor gestanden hatte.

Es war sonderbar und Howard fand absolut keine zufriedenstellende Erklärung dafür, so sehr er sich auch anstrengte, aber Dr. Gray, der – wenn es hochkam – hundert Pfund auf die Waage bringen mochte – hatte zwei deutliche Fußabdrücke im Parkettboden hinterlassen.

Irgend etwas war nicht so glatt verlaufen, wie er es geplant hatte. Sarim wußte nicht, woher dieses Wissen kam, und er hatte nicht einmal irgendeinen konkreten Anhaltspunkt dafür, daß auch nur eine Kleinigkeit schief gelaufen wäre, aber er wußte es einfach.

Müde stemmte er sich von der staubüberzogenen Couch hoch, auf der er geschlafen hatte, fuhr sich mit der linken Hand über die Augen und wischte dabei ganz automatisch das Blut fort, das seine Schläfe bedeckte. Sofort quoll ein neuer, glitzernd-roter Tropfen aus dem winzigen Schnitt in seiner Haut. Sarim de Laurec beachtete ihn gar nicht mehr. Während der ersten Tage und Wochen hatte er ernsthaft gefürchtet, an dieser Wunde zu verbluten, denn so klein sie auch war, sie schloß sich nicht, und der rote Strom, der aus seinem Körper floß, war dünn, aber beständig. Trotzdem hielt ihn die gleiche Macht, die sie daran hinderte zu heilen, auch am Leben. Und sie tat noch weitaus mehr ...

Sarim de Laurec verscheuchte den Gedanken, gähnte noch einmal und konzentrierte sich wieder auf naheliegendere Probleme.

Zum Beispiel das, wie er jemals wieder aus diesem verhexten Haus herauskommen wollte ...

Nicht, daß er sich ernsthafte Sorgen darum machte. Der geheimnisvolle Schutzmechanismus, mit dem Robert Craven sein Haus in eine magische Falle verwandelt hatte, hatte ihn genarrt und in die Irre geführt, aber das schien auch alles zu sein, wozu er fähig war. Wenn Sarim seine ganze Macht einsetzte, würden die Illusionen zerplatzen wie Seifenblasen. Hinzu kam, daß der Zauber jetzt wohl bald erlöschen würde, nach Cravens Tod.

Nein – Sarim de Laurec, *Puppet-Master* a.D. des Templerordens und Diener einer neuen, ungleich gewaltigeren Macht, machte sich keine ernsthaften Sorgen um sein Schicksal. Was ihm viel mehr Kopfzerbrechen bereitete, war die an Gewißheit grenzende Ahnung, daß irgend etwas seine Pläne störte – und er wußte zum Teufel noch mal nicht, was!

Er überlegte, ob es vielleicht damit zusammenhing, daß er sich so ausgebrannt fühlte wie noch nie nach dem Einsatz seiner Fähigkeiten. Es war, als sauge ihn irgend etwas in diesem Haus aus, eine Art magischer Vampir, der immer nur dann zuschlug, wenn er seine spezielle Begabung nutzte. Es konnte allerdings auch damit zu tun haben, daß etliche seiner Geschöpfe wie ganz spezielle Menschen aussehen und handeln mußten. Trotz aller Konzentration hatte Sarim mehrmals nur um Haaresbreite eine Entlarvung seiner Geschöpfe vermeiden können. Es war ein gewaltiger Unterschied, eine seiner Puppen nur menschenähnlich zu gestalten, oder sie wiederum so zu lenken, daß selbst die engsten Freunde ihrer Vorbilder den Unterschied nicht bemerkten. Sehr lange, das wußte er, würde er die Anspannung nicht mehr ertragen.

Aber das war auch gar nicht mehr nötig.

Der erste Teil seines Planes war gelungen. Jetzt mußte er den zweiten Teil vorbereiten, der zwar weit komplizierter, aber nicht halb so anstrengend war.

Doch als er sich aufrichtete, fühlte er sich gar nicht danach, etwas zu tun. Selbst die kleine Anstrengung des Aufstehens war ihm zuviel, und für einen Moment wurde ihm schwindelig. Seine Knie zitterten, und als er einen Schritt gehen wollte, war er so schwach, daß er stürzte. Nur mit Mühe schleppte er sich zur Couch zurück und legte sich darauf. Sein Herz raste, als wolle es jeden Augenblick zerspringen, und vor seinen Augen vollführten dunkle Schatten einen gespenstischen Tanz.

Seltsamerweise bildeten sie so etwas wie ein Gesicht. Ein schmales, von einem schwarzen, sorgsam gestutzten Vollbart eingefaßtes Gesicht, dessen dunkle Augen ihn mit einer Mischung aus Haß und Verachtung anstarrten.

Es dauerte einen Moment, bis Sarim begriff, daß es kein Trugbild war, was er sah, sondern das lebensgroße Ölgemälde Roderick Andaras, das an der gegenüberliegenden Wand lehnte. Für einen Moment hatten ihm Schwäche und Übelkeit die Illusion vorgegaukelt, es lebe wirklich.

Zornig auf sich selbst, stemmte sich Sarim in die Höhe, schüttelte die Benommenheit ab und preßte beide Fäuste gegen die Schläfen. Ein leiser, pochender Schmerz machte sich hinter seiner Stirn breit, aber das Schwindelgefühl und die Schwäche vergingen sofort und kurz darauf arbeiteten seine Gedanken wieder mit jener fast unheimlichen Klarheit, die sie immer hatten, wenn er sich der neuen Macht in seinem Schädel bediente. Mit einem Male war alles ganz einfach und klar.

Sarim de Laurec lächelte, lehnte sich zurück und schloß abermals die Augen. Kurz darauf erschlafften seine angespannten Züge. Aber diesmal war es nicht Schwäche, sondern pure Konzentration.

Während sein Atem immer flacher und langsamer ging, griff ein Teil von Sarim de Laurecs Geist hinaus in die Welt jenseits dieser verzauberten Mauern und nahm Kontakt mit seinen Dienern auf.

Hätte er auch nur eine einzige Sekunde länger gewartet, wäre ihm vielleicht aufgefallen, daß der Blick des gemalten Gesichtes auf der anderen Seite des Dachbodens plötzlich gar nicht mehr verächtlich wirkte.

In den dunklen Augen Roderick Andaras – oder war er es gar nicht? – stand jetzt Schmerz geschrieben. Und noch etwas anderes …

»Nein!« Viktor schlug mit der flachen Hand auf den Tisch, daß Tassen und Gläser klirrten, um seine Worte zu bekräftigen. »Nein, nein und nochmals nein, Howard«, sagte er. Seine Augen blitzten. »Ich habe geschworen, es niemals wieder zu tun, und auch Sie werden mich nicht dazu bringen, diesen Schwur zu brechen. Das letzte Mal war eine Katastrophe, bei der nur durch ein schieres Wunder nicht mehr Menschen zu Schaden gekommen sind, und –«

»Das letzte Mal«, unterbrach ihn Howard zornig, »war etwas ganz anderes, und das wissen Sie, Viktor! Sie haben Fehler gemacht, die Sie jetzt nicht mehr begehen würden. Sie haben genommen, was sie bekamen, zum Großteil untaugliches Material. Das Gehirn eines Verbrechers, der wahrscheinlich schon zu Lebzeiten geisteskrank gewesen ist. Glieder von Menschen, die seit Tagen, wenn nicht Wochen tot waren! Sie hatten eine unzureichende Ausrüstung, Sie –«

»Ich tue es nicht«, sagte Viktor hart. »Es tut mir leid, Howard. Ich vermute, daß Ihnen dieser Robert Craven sehr viel bedeutet hat, aber ganz gleich, es bleibt bei meinem Nein. Sie müssen das verstehen.« Er seufzte, nippte an seinem Kaffee und wich Howards Blick aus.

»Gut«, sagte Howard. »Wie Sie wollen, Viktor. Dann bitte ich Sie nicht mehr – ich verlange es. Sie sind es mir schuldig.«

Der vielleicht vierzigjährige, hellblonde Mann mit den gepflegten Händen eines Arztes und dem sanften Blick eines Poeten wurde bleich. Einen Moment lang suchte er sichtlich nach Worten, dann seufzte er abermals tief, schüttelte noch einmal den Kopf und stellte die Kaffeetasse ab, daß es klirrte. »Verstehen Sie mich doch, Howard«, sagte er. »Denken Sie denn, ich hätte mir meine Entscheidung nicht tausendmal überlegt? Glauben Sie denn wirklich, ich hätte mich aus purer Willkür entschlossen, meine Erfindung mit ins Grab zu nehmen? Die möglicherweise größte Entdeckung, die jemals ein Mensch gemacht hat? Das Wunder des Lebens?«

»Ich will nicht mehr mit Ihnen diskutieren, Viktor«, unterbrach ihn Howard. »Sie werden tun, was ich von Ihnen verlange. Noch heute nacht. Sie sind es mir schuldig.«

Viktor seufzte. Für einen Moment flammte Wut in seinem Blick auf, aber nur, um sofort einem Ausdruck unbestimmter Trauer Platz zu machen. »Wer war er?« fragte er plötzlich.

»Robert?«

Viktor nickte. »Sie scheinen ihn geliebt zu haben wie einen Bruder.«

»Mehr als das«, antwortete Howard nach kurzem Zögern. Plötzlich war aller Zorn und alle Entschlossenheit aus seiner Stimme gewichen. Wie er so vor Viktor saß, war er nichts weiter mehr als ein zerbrochener, leidender Mann, der am Ende seiner Kraft angelangt war.

»Er war ... der Sohn meines besten Freundes«, erklärte er mit stockender Stimme. »Der Sohn meines einzigen Freundes. Aber er war ... er war mehr. Ich kann es nicht erklären, Viktor, aber er ... Sehen Sie, als sein Vater damals starb, da war es, als stürbe auch ein Teil vom mir. Als Robert mit der Nachricht von Andaras Tod zu mir kam, da war ich der Verzweiflung nahe. Ich glaube, ich hätte es nicht verwunden, wäre Robert nicht dagewesen. Wenn er jetzt auch noch sterben sollte ...« Er schüttelte den Kopf, ballte kurz und heftig die Fäuste und starrte an Viktor vorbei ins Leere. »Ich würde es nicht ertragen. Nicht er auch noch.«

»Aber er *ist* tot, Howard«, sagte Viktor ganz leise. »Begreifen Sie es doch. Er ist vor mehr als zwölf Stunden gestorben. Keine Macht der Welt kann ihn wieder lebendig machen.«

»*Sie* können es!« behauptete Howard.

»Ich kann es nicht«, sagte Viktor ruhig. »Ich habe es einmal versucht, und statt Leben zu erschaffen, habe ich viele unschuldige Leben genommen. Und selbst, wenn – ich glaube nicht, daß ich es dürfte.« Er beugte sich vor, legte beide Hände flach nebeneinander auf den Tisch und sah Howard mit einer Mischung aus Schmerz und Entschlossenheit an. »Wie sollte ich mich verhalten, wenn morgen eine Mutter mit dem Leichnam ihres Babys zu mir käme? Sollte ich sie wegschicken? Sollte ich anfangen, die auszuwählen, die leben dürfen, und jene, die nicht? Wissen Sie, was Sie da von mir verlangen, Howard?«

»Ich verlange, daß Sie Ihre Schulden bezahlen, Viktor«, sagte Howard hart. »Ich habe Ihnen das Leben gerettet! Ohne mich wären sie damals von der Meute gelyncht worden – muß ich Sie daran erinnern?«

»Nein, zum Teufel, das müssen Sie nicht!« brüllte Viktor. Er fuhr halb aus seinem Stuhl auf, verharrte plötzlich mitten in der Bewegung und ließ sich wieder zurückfallen. Sein Gesicht verriet, wie mühsam er sich jetzt noch beherrschte. Trotzdem klang seine Stimme eher flehend als zornig, als er fortfuhr.

»Sie verlangen von mir, Gott zu spielen, Howard.«

»So sehen *Sie* es«, antwortete Howard kalt. »Ich nicht. Robert wurde ermordet und die, die dafür verantwortlich sind, werden vielleicht noch andere töten. Möglicherweise auch mich. Aber das spielt jetzt keine Rolle. Robert muß leben aus Gründen, die ich Ihnen nicht erklären kann. Sie werden es tun.«

»Nein.«

»Dann zwingen Sie mich zu einem Schritt, den ich nicht wollte«, fuhr Howard fort. »Wenn Sie bei Ihrem Nein bleiben, Doktor, liefere ich Sie noch heute den Behörden aus. Darüber hinaus –«

»Sie können mir nicht drohen«, sagte Viktor. »Nicht damit. Glauben Sie wirklich, ich würde mich erpressen lassen?«

»Darüber hinaus«, fuhr Howard ungerührt fort, »werde ich die Abschrift Ihrer Aufzeichnungen, die sich in meinem Besitz befinden, vervielfältigen lassen und an die hundert bekanntesten medizinischen Fakultäten der Welt schicken, desgleichen an eine Anzahl ausgewählter medizinischer Fachblätter – und die Boulevardpresse, nicht zu vergessen.«

Viktor starrte ihn an. Sein Gesicht verlor alle Farbe. »Das ... das meinen Sie nicht ernst«, sagte er. »Es gibt keine Abschrift. Ich habe alles vernichtet. Ich bin –«

»Sind Sie sicher, Doktor?« Howard lächelte, griff in die Brusttasche seiner Jacke und förderte ein engbeschriebenes, augenscheinlich sehr altes Blatt Papier zutage, das er Viktor über den Tisch reichte. Die Augen des Arztes wurden rund vor Schrecken, als er es auseinanderfaltete und überflog.

»Woher haben Sie das?« keuchte er.

»Das spielt doch wohl keine Rolle, oder?« sagte Howard kalt. »Sie können es behalten – ich bin in der Lage, beliebig viele Kopien davon anzufertigen. Nun?«

Eine Zeitlang wurde es sehr, sehr still im Salon des Hauses Nummer 9, Ashton Place. Howard starrte sein Gegenüber an, während sich hinter Viktors Stirn die Gedanken jagten. Sein Gesicht zuckte. Seine Hände spielten nervös an der Tischkante, ohne daß er es überhaupt bemerkte.

»Es geht nicht«, sagte er schließlich. »Selbst wenn ich wollte – ich habe nicht die technischen Gerätschaften, die notwendig wären.«

»Die besorge ich.«

Viktor lachte. »So etwas ist nicht so einfach zu besorgen, Howard. Es kostet ein Vermögen.«

Howard griff in die Jacke. »Ich stelle Ihnen einen Scheck aus«, sagte er ungerührt. »Wären eine Million Pfund Sterling genug? Oder lieber zwei?«

Viktors Augen wurden rund. »Das ist –«

»Nur ein Bruchteil dessen, was ich aufbringen kann, wenn es sein muß«, sagte Howard ungerührt. »Roderick Andara war ein vermögender Mann, Viktor. Und nach dem Tod seines Sohnes bin ich sein Universalerbe. In diesem Zusammenhang möchte ich erwähnen, daß ich Ihnen nach erfolgreicher Beendigung Ihres Auftrages eine größere Summe zur Verfügung stellen möchte, damit Sie Ihre Forschungen weiter betreiben können.«

»Behalten Sie Ihr verdammtes Geld«, fauchte Viktor. »Alles, was ich wirklich will, ist endlich meine Ruhe haben.«

»Sie können damit machen, was Sie wollen«, antwortete Howard ungerührt. »Meinetwegen verschenken Sie es an die Armen. Jetzt stellen Sie bitte eine Liste der Dinge zusammen, die Sie benötigen. Rowlf wird alles besorgen. Währenddessen werden wir zum Friedhof hinausgehen und Roberts Leichnam bergen.«

»Und wie?« fragte Viktor zornig. »Denken Sie, wir könnten einfach hingehen und ein Grab ausräumen, ohne daß es jemand merkt?«

»Oh, da überlasse ich mich ganz Ihrer Führung, Doktor«, sagte Howard lächelnd. »In solcherlei Dingen haben Sie doch Erfahrung. Nicht wahr, Doktor Frankenstein?«

Ich.

Nur dieses eine Wort – nein, nicht Wort, denn ein Wort setzt Sprache voraus, Kommunikation, eine komplexe Welt voller Dinge, die da sind und begriffen und beschrieben werden wollen. Nur dieser eine Begriff.

Ich. Ein Satz, den ich einmal in der Schule gehört und danach mehrmals gelesen hatte, ohne seinen Sinn wirklich zu erfassen: Cogito, ergo sum.

Ich denke, also bin ich.

War ich?

Erinnerungsfetzen:

Szenen aus meiner Jugend, die ich längst vergessen zu haben glaubte. Bilder aus meiner Schulzeit, aus den Jahren danach in den New Yorker Slums, Tante Maudes sanft-verständnisvolles Lächeln, ihr Stirnrunzeln, wenn ich etwas getan hatte, das ihr nicht gefiel, meine erste Begegnung mit Howard, mit Rowlf und Priscylla, Grays bedauerndes Achselzucken während der Verhandlung, der Blick des Henkers, in dem kein Bedauern, nicht einmal geschauspielertes Mitleid lag – alles wirbelt durcheinander, kommt in falscher Reihenfolge, manchmal gleichzeitig. Dann, mit der Wucht eines Hammerschlages:

»Henker von London, tu deine Pflicht«, und der entsetzliche Schmerz, als ich in die Tiefe stürze und das Gewicht meines eigenen Körpers mein Genick bricht.

Ich bin tot.

Und doch ...

Cogito, ergo sum.

Ich denke.

Ich BIN.

Aber wieso …?

Vor wenigen Minuten hatte Big Ben Mitternacht geschlagen, und obwohl sie Meilen um Meilen von Londons altehrwürdigem Zentrum entfernt waren, war der dumpfe Klang der Glocke fast überlaut an Howards Ohr gedrungen. Selbst jetzt, wo er schon längst verklungen war und die einzigen Geräusche seine, Rowlfs und Viktors knirschende Schritte auf dem Kiesweg waren, glaubte er das vibrierende Dröhnen noch immer zu hören.

Er lächelte nervös. Mitternacht auf einem Friedhof, dachte er. Selbst für einen Mann wie ihn, der mit dem Übernatürlichen so viel Erfahrung hatte, hatte der Gedanke etwas Bedrückendes.

Und er war nicht der einzige, der mit solcherlei Gefühlen zu kämpfen schien. Auch Frankenstein war immer stiller geworden, und selbst Rowlf, den normalerweise nichts, was deutlich unter der Größe eines wütenden Elefantenbullen lag, aus der Ruhe zu bringen vermochte, blickte immer öfter nach rechts und links, wo sich die Schatten der kleinen, meist verwahrlosten Grabsteine als bizarre Umrisse in der Dunkelheit abzeichneten.

Howard war mehr als nur erleichtert, als sie endlich ihr Ziel erreichten und der frisch aufgeschüttete Grabhügel vor ihnen lag. Mit einer Kopfbewegung gebot er den beiden anderen, zurückzubleiben, ging vor dem einfachen Holzkreuz in die Hocke und schnippte sein Sturmfeuerzeug an. Die winzige, flackernde gelbe Flamme verbreitete gerade genug Licht, die Inschrift auf dem Kreuz zu lesen: Robert Craven.

Weiter nichts. Kein Datum, keine Widmung – sie hatten ihn verscharrt wie einen Hund, dachte er zornig. Nein – wie einen gemeinen Mörder, der er ja in den Augen der Öffentlichkeit auch war.

Er verscheuchte den Gedanken, richtete sich wieder auf und streckte die Hand nach der Schaufel aus, die Rowlf ihm hinhielt. Ohne ein weiteres Wort begannen sie zu graben, während Frankenstein mit ständig wachsender Nervosität in zwei Schritten Entfernung dastand und abwechselnd sie und die näherkriechende Dunkelheit des Friedhofes betrachtete.

»Verdammt steinig hier«, murmelte Rowlf, stieß aber nichtsdestotrotz das Schaufelblatt nur um so wuchtiger in den Boden und warf eine Ladung Erde hinter sich, daß Frankenstein sich nur noch mit einem fast komisch anmutenden Hüpfer in Sicherheit bringen konnte.

Howard runzelte mißbilligend die Stirn. »Laß das«, sagte er. »Wir müssen hinterher wieder alles zuschaufeln. Wenn jemand merkt, daß Roberts Lei ... daß Robert nicht mehr da ist, verhaftet uns Cohen sofort.«

»Wahnsinn«, murmelte Frankenstein. »Das Ganze ist Wahnsinn. Es kann nicht gutgehen.«

Howard ignorierte ihn. Für die nächste Viertelstunde sprach keiner von ihnen ein Wort. Schweigend und ausdauernd schaufelten sie die frisch aufgeworfene Erde aus dem Grab, bis Rowlfs Spaten mit einem dumpfen Laut auf Holz stieß.

Howards Herz begann zum Zerreißen zu hämmern, während sie das Grab rings um den Sarg freilegten und die bereitliegenden Seile darunter durchzogen.

»Sie können ruhig mit zufassen«, sagte Howard, an Frankenstein gewandt. Der Arzt gehorchte, wenngleich sein Gesichtsausdruck dabei alles andere als begeistert war, und nach weiteren – diesmal sehr anstrengenden – Minuten hatten sie den einfachen Fichtensarg keuchend aus dem Grab gehoben und neben der Grube abgesetzt. Er stand ein wenig schräg, und trotz des sehr schlechten Lichtes kam Howard schmerzhaft zu Bewußtsein, wie schäbig er war – im Grunde nicht mehr als eine Kiste, auf die man sich nicht einmal die Mühe gemacht hatte, ein Kreuz einzubrennen. Der Deckel war lieblos daraufgenagelt worden. Einer der Nägel war krumm.

»Mach ... ihn auf«, sagte Howard stockend. Seine Hände zitterten so heftig, daß er nicht einmal mehr die Kraft hatte, den Strick zu halten.

Rowlf nickte, bückte sich nach dem Brecheisen und schob das gebogene Ende unter die dünnen Bretter. Sie brachen wie Sperrholz.

Howard starrte den Sarg an, als wolle er ihn mit Blicken durchdringen. Obwohl Rowlf sich beeilte und den Deckel rücksichtslos zerfetzte, dauerte es ihm viel zu lange, bis er sich schließlich hob. Ungeduldig schob Howard seinen Diener zur Seite, beugte sich nach vorne, um besser sehen zu können – und fuhr mit einem überraschten Schrei zurück.

Der Sarg war *leer*. Auf dem billigen weißen Leinen lag nichts als eine Schütte Stroh, die in den Kleidern steckte, mit denen man Robert begraben hatte.

»Was ist das?« sagte Frankenstein verstört. Er war auf die andere Seite des Sarges getreten und starrte nun mit kreidebleichem Gesicht auf das Stroh herab. »Wenn ... das ein Scherz sein soll«, sagte er unsicher, »dann war es kein guter, Howard.« Sein Blick flackerte, während er abwechselnd den aufgebrochenen Sarg und Howard ansah.

»Das ... das ist ...« Howard sprach nicht weiter. Seine Stimme versagte ihm den Dienst. Plötzlich begann sich alles in seinem Kopf zu drehen. Cohen, Robert, die Gerichtsverhandlung, sein Streit mit Viktor – alles wirbelte durcheinander. Der Boden unter seinen Füßen schien zu schwanken.

»Das ist doch ... das ist doch nicht möglich«, stammelte er.

»Ich fürchte, ich muß Sie enttäuschen, Mr. Lovecraft«, sagte eine Stimme hinter ihm. »Es ist sehr wohl möglich wie Sie sehen.«

Howard erstarrte für einen Moment, dann fuhr er mit einem Schrei herum – und prallte zum zweiten Male zurück.

Hinter ihm stand Inspektor Cohen. Aber das war es nicht, was ihn so überraschte – dessen Stimme hatte er erkannt, im gleichen Moment, in dem er die Worte gehört hatte.

Aber der Mann, der neben Cohen stand, war ungefähr der letzte Mensch auf der Welt, den er in diesem Moment und an diesem Ort zu sehen erwartet hätte.

»Gray?« keuchte er. »Sie?«

Dr. Gray nickte. Auf seinem Gesicht erschien ein Ausdruck tiefer Trauer. »Ich fürchte, ja«, sagte er. »Es tut mir außerordentlich leid, mein lieber Howard, aber Sie wissen, ich bin ein Mann des Gesetzes und was Sie hier tun, ist durch und durch ungesetzlich.«

Howard starrte ihn an. Er suchte vergeblich nach Worten, während er in Grays kalte, ausdruckslose Augen blickte.

Und dann, endlich, begriff er.

»Sie sind nicht Gray«, sagte er, und fügte, an Cohen gewandt, hinzu: »Und Sie sind auch nicht Cohen.«

»Wie kommen Sie darauf, Howard?« fragte Cohen freundlich.

»Wat soll'n dat heiß'n?« erkundigte sich Rowlf, der bisher kein Wort gesagt hatte – statt dessen hatte er die Schaufel aufgehoben, um sie wie eine Keule zu halten.

»Das soll heißen, daß die beiden nicht die sind, für die wir sie bisher gehalten haben«, sagte Howard ruhig. »Sie sind nicht einmal Menschen, Rowlf.«

»Wie recht Sie doch haben«, erklärte Gray fröhlich. »Nur fürchte ich, würde Ihnen niemand glauben – vorausgesetzt, Sie hätten Gelegenheit, Ihre Anschuldigungen irgendwo vorzubringen.«

»Die Sie nicht haben werden«, pflichtete ihm Cohen bei, griff unter seine Jacke und trat einen Schritt auf Howard zu.

Dann geschah alles unglaublich schnell. Howard schrie auf und warf sich mit weit ausgebreiteten Armen auf den vermeintlichen Gray, während Rowlf mit einem ungeheuren Brüllen seine Schaufel schwang und Cohen das Blatt ins Gesicht schlug.

Ein heller, peitschender Ton erklang. Das Schaufelblatt verbog sich wie dünnes Blech, und noch während Rowlf mit einem halb überraschten, halb schmerzhaften Keuchen zurücktaumelte, packte Cohen die Schaufel mit nur einer Hand und brach sie entzwei.

Rowlf brüllte abermals, tauchte unter seiner zupackenden anderen Hand hindurch und versuchte Howard zu Hilfe zu eilen, der mit aller Kraft an Grays Händen zerrte, die sich wie stählerne Klammern – und nichts anderes waren sie ja auch – um seinen Hals gelegt hatten und zudrückten.

Aber nicht einmal Rowlfs Riesenkräften gelang es, den Griff des Maschinenmenschen zu lockern. Und plötzlich fühlte auch er sich gepackt und zurückgezerrt. Ohne die geringste sichtliche Anstrengung hob die Cohen-Puppe ihn in die Höhe, nahm Schwung und schleuderte ihn in hohem Bogen von sich.

Wäre Rowlf gegen einen Grabstein oder auch nur gegen einen Baum geprallt, wäre es um ihn geschehen gewesen, denn der Wurf war mit der Kraft von Muskeln ausgeführt, die aus Stahl und Draht geschaffen waren. Doch obwohl der frisch ausgehobene Erdhügel seinen Sturz dämpfte, war der Aufprall hart genug. Rowlf schrammte über Schotter und steinharte Erde und spürte ein Knacken im Rücken, das mit einem stechenden Schmerz verbunden war.

Als er wieder sehen konnte, stand Cohen über ihm, die Hände weit geöffnet, wie um ihn zu packen, aber reglos.

»Gib auf!« schnarrte er, mit einer Stimme, die absolut nichts Menschliches mehr hatte. »Ich will dich nicht töten, aber du zwingst mich dazu!«

Rowlf stieß einen erstickten Schrei aus, denn sein ganzer Körper schien eine einzige Wunde zu sein, in der die Schmerzen rasten. Blut rann ihm warm die Stirn herab und verklebte seine Augen. Mühsam hob er die Hand und fuhr sich durch das Gesicht. Cohens Gestalt schien vor ihm zu verschwimmen. Alles war hinter einem blutroten Nebel verborgen. Aber vielleicht war es gerade das, was ihm noch einmal Kraft gab – der Anblick von Cohens gespaltenem Gesicht, hinter dem blinkendes Metall und dünne silbrige Drähte sichtbar waren.

Und Howards keuchender Schrei.

Mit einer Bewegung, die in ihrer Behendigkeit selbst Cohen überraschte, schnellte er hoch und packte mit weit vorgestreckten Armen den vermeintlichen Inspektor.

Und brachte ihn aus dem Gleichgewicht!

Einen Moment lang stand die menschliche Puppe mit wild rudernden Armen da, fast grotesk nach vorn und zur Seite gebeugt und in schlichtweg unmöglichem Winkel. Dann kippte sie rücklings über Rowlf hinweg in das geöffnete Grab hinein. Ein dumpfer, irgendwie klirrender Laut kündete von einem nicht sehr sanften Aufprall.

Rowlf verschwendete nicht einmal einen Blick an Cohen, sondern eilte Howard zu Hilfe. Gray hatte ihn mittlerweile zu Boden gerungen und seinen Griff gelockert; augenscheinlich war auch ihm nicht daran gelegen, seinen Gegner zu töten, sondern nur, ihn kampfunfähig zu machen. Rowlf packte Grays Kopf mit beiden Händen und legte alle Kraft in einen einzigen, unglaublich harten Ruck.

Ein heller, peitschender Laut erklang. Grays Gesicht drehte sich mit einem Male um hundertachtzig Grad nach hinten und grinste Rowlf an, während seine Hände noch immer um Howards Hals lagen und zudrückten.

Rowlf schrie auf, packte Grays Hände und versuchte seinen Griff zu sprengen, aber es gelang ihm nicht einmal, einen einzigen Finger zurückzubiegen!

»Weg!« keuchte Howard. »Lauf ... weg, Rowlf!«

Rowlf hätte nicht darauf gehört, hätte Frankenstein nicht in diesem Moment hinter ihm ebenfalls gellend aufgeschrien. Über dem Rand des offenen Grabes war eine schmutzige Hand erschienen; einer der Finger war fleischlos und blitzte wie Silber.

»Lauf ... weg!« keuchte Howard noch einmal.

Und endlich reagierte Rowlf. Blitzschnell war er beim Grab, holte aus und trat mit aller Gewalt zu, als Cohens gerissenes Gummigesicht über dem Rand der Grube erschien. Ein entsetzlicher Schmerz schoß durch sein Bein bis in seinen ohnehin schmerzenden Rücken hinauf. Rowlf krümmte sich und fiel auf die Knie, aber der Tritt schleuderte das Ungeheuer abermals in die Grube zurück.

Hinter ihm erscholl ein Laut, wie ihn keine menschliche Kehle jemals hervorbringen konnte. Rowlf fuhr herum und sah, daß Gray von seinem Opfer abgelassen hatte und mit gierig vorgestreckten Händen auf ihn zugeeilt kam. Sein Kopf pendelte dabei wild hin und her, denn Rowlfs erster Angriff hatte ihn seines Haltes beraubt.

Was das stählerne Ungeheuer um keinen Deut ungefährlicher machte!

Aber es erreichte Rowlf nicht. Mit ungeheurer Willensanstrengung stemmte sich Howard noch einmal hoch, griff mit beiden Händen nach Grays Beinen und klammerte sich daran fest. Genausogut hätte er versuchen können, eine Lokomotive mit bloßen Händen aufzuhalten – er wurde einfach mitgeschleift. Aber sein Angriff verschaffte Rowlf die Sekundenbruchteile, die er brauchte, sich vor den zupackenden Klauen der Bestie zur Seite zu werfen und aufzuspringen.

»Hau endlich ab!« brüllte Howard mit letzter Kraft.

Und diesmal gehorchte Rowlf. Als die Gray-Puppe ihn fast erreicht hatte, steppte er zur Seite, griff nach Frankensteins Arm und zerrte den völlig gelähmt Dastehenden einfach mit sich. Abermals erscholl dieser wütende, sonderbar metallisch klingende Laut, und Rowlf war kaum ein paar Yards davongestolpert, als Cohens Kunstgesicht schon wieder über dem

Grabesrand auftauchte. Aber er hatte einige Sekunden gewonnen, und zumindest Gray versuchte nicht, ihm zu folgen, sondern beschränkte sich darauf, Howard festzuhalten.

Wie von Sinnen rannte Rowlf weiter, Frankenstein einfach mit sich zerrend. Die Dunkelheit des Friedhofes nahm sie auf, und nach einigen weiteren Augenblicken waren die beiden Ungeheuer wie ein Spuk hinter ihnen verschwunden. Trotzdem rannte Rowlf weiter, so schnell er konnte.

Sie schafften es genau bis zum Zaun. Dann war Rowlf so fertig, daß er nicht einmal mehr auf einen Stuhl hätte klettern können. Keuchend lehnte er sich gegen die Eisenstäbe, ließ endlich Viktor Frankensteins Hand los und starrt so wütend an dem Zaun hoch, als könne allein sein Blick das Hindernis beseitigen. Doch es half nichts; er mußte darüber hinweg. Obwohl sich allmählich alles um ihn herum zu drehen begann, griff er mit beiden Händen zu und begann zu klettern.

Er kam genau einen halben Meter hoch, dann gab seine linke Hand nach, und er klatschte hart auf den Rasen. Der Aufprall preßte ihm einen Schrei aus der Kehle, der auf dem ganzen Friedhof zu hören sein mußte. Mit einem erschrockenen Laut kniete Frankenstein neben ihm nieder und streckte die Hand nach ihm aus.

Rowlf schlug sie beiseite, kämpfte sich mit schier übermenschlicher Energie noch einmal auf die Beine und taumelte verzweifelt am Zaun entlang. Nach einigen Metern tauchte eine eiserne Pforte vor ihm auf. Das Schloß sah sehr altertümlich, aber auch sehr massiv aus. Rowlf wußte, daß er die Tür selbst in seinen besten Tagen nicht aufgebrochen hätte. Jetzt konnte ihm nur noch ein Wunder helfen.

»Jetz isses … aus«, stöhnte er. »Alles vorbei.«

»Was ist vorbei?« Frankenstein sah ihn verwirrt an, drückte die eiserne Klinke herunter – und das Wunder geschah. Mit einem leisen Kreischen schwang das Eisengitter nach außen. »Was zum Teufel ist hier überhaupt los?« fuhr Frankenstein fort. Sein Atem ging so schnell wie Rowlfs, aber der Ausdruck in seinen Augen war mehr Verwirrung als Angst. Er schien nicht einmal richtig begriffen zu haben, in welcher Gefahr sie noch immer schwebten.

Rowlf beantwortete seine Frage allerdings auch jetzt nicht.

Statt dessen packte er ihn grob bei der Schulter und begann die Straße hinabzuhumpeln, so schnell er nur konnte.

Zuerst spürte er nichts als Kälte, jene besonders unangenehme, feuchte Art von Kälte, die sich beharrlich durch jegliche Kleidung wühlt und sich wie ein klammer Film auf die Haut legt. Dann einen pochenden Schmerz in beiden Schläfen, und schließlich Atemnot, verbunden mit der Erinnerung an dürre, stählerne Hände, die sich um seine Kehle legten und zudrückten …

Howard fuhr mit einem Schrei hoch und mit einem zweiten wieder zurück, als er mit der Stirn gegen harten Stein prallte. Im ersten Moment sah er nichts als feurige Kreise. Aber auch, als der neue Schmerz hinter seiner Stirn allmählich verebbte, sah er nicht viel mehr, denn statt der flimmernden Kreise gewahrte er nun Dunkelheit, in der sich formlose Schatten bewegten und die voller Geräusche war, mehr aber auch nicht.

Sehr viel vorsichtiger als beim ersten Male setzte er sich auf, griff mit der Hand nach oben und fühlte rauhen Stein, zwischen dem der Mörtel schon herausgebröckelt war. Etwas Kaltes, Hartes schmiegte sich schmerzhaft fest um sein rechtes Fußgelenk, und als er sich weiter aufsetzte und danach griff, spürte er, daß es ein stählerner Ring war, an dem eine Kette befestigt war, die wiederum zu einem zweiten, sehr viel massiveren Eisenring führte, der im Boden eingelassen worden war. Eine einfache, aber höchst effiziente Methode, ihn da festzuhalten, wo er war. Wütend zerrte Howard ein paarmal an seiner Fessel, erreichte damit aber nicht mehr, als daß der Ring noch heftiger in seine ohnehin wundgescheuerte Haut biß.

»Das nutzt überhaupt nichts«, sagte einer der Schatten neben ihm.

Howard fuhr zusammen, preßte die Augen zu schmalen Schlitzen und begriff erst jetzt, daß er nicht allein war. Der Raum – den vielfach widerhallenden Echos nach zu schließen, mußte er sehr groß sein – war zwar in fast vollkommene Dunkelheit getaucht, aber er glaubte trotzdem, mindestens drei weitere Mitgefangene zu erkennen.

»Wir haben es alle schon versucht«, fuhr die Stimme fort, die Howard allmählich bekannt vorzukommen begann. »Aber es hilft nichts. Die Ketten sind fest genug, einen Bullen zu halten.«

»Gray?« murmelte Howard verstört. »Sind ... sind Sie das?«

Der Schatten machte eine Bewegung, die mit viel Phantasie als Nicken zu erkennen war. »Ich fürchte ja, mein Freund«, antwortete der Anwalt. »Ich kann nicht unbedingt sagen, daß es mich freut, Sie wiederzusehen. Nicht hier. Ich hatte gehofft, daß zumindest Sie ihnen entkommen würden.«

»*Ihnen*? Wer soll das sein?«

»Die Antwort auf diese Frage hatte ich mir eigentlich von Ihnen erhofft«, antwortete eine andere Stimme aus dem Dunkel. Diesmal erkannte Howard sie sofort.

»Cohen!« keuchte er. »Sie sind auch hier?!«

Der Inspektor lachte, aber es klang nicht sonderlich belustigt. »Aber natürlich, Lovecraft«, sagte er. »Sie befinden sich in illustrer Gesellschaft, obgleich unser Quartier zu wünschen übrig läßt. Unsere Gastgeber haben einen ausgezeichneten Geschmack bei der Zusammenstellung ihrer kleinen Party walten lassen.«

Der Schatten, der Cohen sein mußte, hob die Hand und deutete auf einen weiteren, unförmig zusammengesunkenen Umriß. »Ich habe die Ehre, neben niemand anderem als James Darender zu sitzen, dem Lordoberrichter von London. Zu meiner Linken befindet sich Sir Frederik Ruthel, Generalstaatsanwalt ...« Cohen gab einen Laut von sich, der wohl ein Seufzen darstellen sollte. »Sie waren zwar nicht dabei, aber ich kann Ihnen versichern, daß praktisch das gesamte Gericht hier versammelt ist.«

»Dann ... dann sind Sie alle ...«

»Entführt worden, ja«, bestätigte Cohen. »Und zumindest in meinem und Dr. Grays Fall gegen perfekte Doppelgänger ausgetauscht. Und ich fürchte, nicht nur in unserem.«

»Deshalb also ist alles so schnell gegangen«, murmelte Howard. Er fühlte sich noch immer wie benommen und es fiel ihm schwer, Cohens Worten zu folgen. Aber plötzlich ergab alles einen Sinn.

»Wie lange sind Sie schon hier?« fragte er.

Cohen schnaubte. »Seit dieser sogenannten Farce von Verhandlung«, sagte er zornig. »Ich habe nicht einmal gemerkt, daß außer mir nur noch Ihr Freund Craven er selbst war. Wie geht es ihm überhaupt?«

Howard starrte fassungslos in die Richtung, aus der Cohens Stimme kam. »Sie ... Sie wissen ... es nicht?« keuchte er.

»Zum Teufel, was soll ich wissen?« fauchte Cohen. »Falls Sie es immer noch nicht verstanden haben – wir alle sitzen seit Tagen hier unten und wissen absolut nichts außer der Tatsache, daß wir eben nichts wissen. Ich bin nach der Urteilsverkündung in Lord Darenders Zimmer gegangen und hier unten wieder aufgewacht. Was ist geschehen, seit ich entführt wurde?«

Howard antwortete nicht. Im ersten Moment, als er Cohens Stimme gehört hatte, hatte er nichts als Zorn verspürt, später Bestürzung – und jetzt plötzlich einen eisigen, unglaublich tiefgehenden Schrecken.

»Zum Teufel, was ist los?« fauchte Cohen, als Howard auch nach einer Weile noch nicht antwortete, sondern nur weiter aus weit aufgerissenen Augen in die Dunkelheit hineinstarrte. »Haben Sie mit Craven gesprochen?«

»Robert ist tot«, sagte Howard leise.

»Tot?!« Cohen keuchte. Sein Schatten bewegte sich. Die Kette, mit der er wie Howard an den Boden gefesselt war, spannte sich mit einem Klirren. »Tot?« wiederholte er ungläubig. »Das ist unmöglich!«

»Er wurde heute morgen gehenkt«, sagte Howard leise. »Bei Sonnenaufgang.«

»Das ist vollkommen ausgeschlossen«, mischte sich eine dritte, Howard unbekannte Stimme ein. »Ganz egal, was er getan hat, ein Todesurteil kann nicht sofort vollstreckt werden. Es gibt Gesetze, die –«

»Es ist aber so!« Howard hatte plötzlich Mühe, nicht zu schreien. »Ich habe versucht, ihn im Gefängnis zu besuchen, aber man hat mich nicht einmal zu ihm gelassen. Das nächste, was ich hörte, war die Nachricht von seinem Tod.«

»Aber das widerspricht jedem Gesetz!« protestierte der Unbekannte. »Dem Verurteilten muß auf jeden Fall Zeit für ein Gnadengesuch gegeben werden. Selbst wenn es aussichtslos ist.«

»Das mag sein, Lord Darender«, mischte sich Cohen ein. »Aber ich glaube Lovecraft. Ich war bei dieser sogenannten Verhandlung dabei. Und glauben Sie mir – nichts, aber auch gar nichts daran entsprach auch nur irgendeinem Gesetz.«

»Aber Robert ... tot?« Grays Stimme zitterte hörbar. »Ich ... ich kann es nicht glauben.«

»Es ist aber so«, sagte Howard niedergeschlagen. »Und ich fürchte, uns steht ein ähnliches Schicksal bevor, jetzt, wo wir ungefähr vollzählig sind.«

Niemand lachte, nur ein paar der anderen Schatten bewegten sich unruhig.

»Es ... es tut mir aufrichtig leid, Lovecraft«, sagte Cohen nach einer Weile. »Ich weiß, daß Sie mir wahrscheinlich die Schuld geben, und ich kann es Ihnen nicht einmal verübeln. Aber ich habe nur getan, was ich tun mußte. Die Beweise waren eindeutig. Jedenfalls ...«, fügte er mit einem unmerklichen Stocken hinzu, »dachte ich, daß sie es wären.«

Howard hörte das unausgesprochene Flehen in seiner Stimme, die Bitte, seine Entschuldigung zu akzeptieren, nur ein einziges Wort zu sagen, um die Schuld von seiner Seele zu nehmen. Für einen Mann wie Cohen mußte der Gedanke, einen Fehler begangen zu haben, der einen Unschuldigen das Leben gekostet hatte, sicher unerträglich sein.

Aber er tat so, als hätte er es nicht gehört. Er begriff wohl, daß Cohen so schuldlos war wie er, nur ein weiteres Opfer, das in das raffinierte Netzt gegangen war, das ihre Feinde ausgelegt hatten, aber verdammt noch mal, auch er war ein Mensch mit Gefühlen und Empfindungen, und er war verletzt und zornig, und manchmal erleichterte es einfach, einem anderen weh zu tun, wenn man selbst Schmerz empfand.

»Wo sind wir hier überhaupt?« fragte er schließlich.

Cohen atmete hörbar aus. »Das weiß ich so wenig wie Sie«, antwortete er. »Irgendein Keller, vermutlich. Aber fragen Sie mich nicht, wo, oder wie wir hierhergekommen sind. Alle paar Stunden kommen einige maskierte Kerle in Faschingskostümen herein und bringen uns zu essen –«

»Kerle in Faschingskostümen?« Howard wurde hellhörig. »Wie meinen Sie das?«

»Templer«, antwortete Gray an Cohens Stelle. »Es sind

Templer, Howard. Es sieht so aus, als wären eure alten Freunde wieder aktiv geworden.«

»Sie kennen diese Burschen?« fragte Lord Darender.

Howard nickte, obgleich das keiner der anderen in der herrschenden Dunkelheit sehen konnte. Er war nicht einmal sonderlich überrascht – im Grunde genommen hatte er es gewußt, seit er Cohens und Grays Doppelgängern auf dem Friedhof begegnet war und befürchtet hatte er es schon seit sehr viel längerer Zeit.

Und wenn er erst einmal bereit war, die Tatsachen als gegeben und wahr zu akzeptieren, paßte alles perfekt ins Bild: Roberts Bericht von der plötzlichen Feindseligkeit der Templer, die doch eigentlich ihre Verbündeten gewesen waren, die lebenden Puppen, die zu erschaffen nur ein einziger Mensch auf der Welt fähig war, die ganze Heimtücke dieses ungeheuerlichen Planes, das tödliche Schweigen, das ihm aus Paris entgegengeschlagen war, als einzige Antwort auf seine beharrlichen Versuche, Kontakt mit dem dortigen Templerkapitel aufzunehmen …

Die Erklärung war so einfach wie entsetzlich:

Sarim de Laurec.

Irgendwie war es dem wahnsinnig gewordenen *Puppet-Master* gelungen, nach seiner Flucht nicht nur am Leben zu bleiben, sondern einen Teil seiner Macht zu behalten und sich sogar der Hilfe einiger anderer Templer zu versichern. Und jetzt war er hier, um sich an den beiden Männern zu rächen, die für seine Niederlage verantwortlich waren: an Robert und ihm.

»Verdammt, warum antworten Sie nicht?« fauchte Cohen zornig. »Lord Darender hat Ihnen eine Frage gestellt, und auch ich hätte die Antwort darauf gerne gehört.«

Howard nickte abermals. »Ich kenne diese Männer«, gestand er. »Vielleicht nicht die, die uns hier gefangen halten, aber zumindest den, der hinter dem Ganzen steckt. Aber das wird uns nicht helfen, hier herauszukommen. Ganz im Gegenteil.«

»Es wäre trotzdem überaus reizend, wenn Sie uns erzählen würden, was Sie wissen«, sagte Cohen böse. »Und sei es nur, um uns die Zeit zu vertreiben. Zum Bridge-Spielen fehlen uns nämlich die Karten, wissen Sie?«

Howard überging den beißenden Spott in Cohens Stimme. »Wie Sie wollen«, sagte er. »Diese Männer sind Templer. Ritter des Militärischen Ordens vom Tempel Salomons, um genau zu sein.«

»Das ist doch Unsinn«, sagte Darender. »Dieser Orden wurde vor fünfhundert Jahren aufgelöst.«

»Offiziell vielleicht«, sagte Howard. »Das ist es, was alle glauben sollen. In Wahrheit existierte er weiter bis auf den heutigen Tag. Und er ist so mächtig wie eh und je.«

»So eine Art Loge?« vermutete Cohen.

»Ungefähr«, sagte Howard. »Nur, daß er weit gefährlicher ist als die meisten Geheimlogen. Viele seiner Mitglieder verfügen über gewisse ... besondere Fähigkeiten.«

»Ach, so eine Art Zauberer, wie?« fragte Cohen spöttisch.

»So eine Art«, bestätigte Howard. »Zum Beispiel mit den Fähigkeit, perfekte Doppelgänger jeder beliebigen Person zu schaffen.«

Diesmal widersprach Cohen nicht mehr.

Selbst sein Schweigen wirkte eindeutig betroffen.

Wieder wußte er nicht, wieviel Zeit vergangen war. Er hatte geschlafen – er schlief jetzt sehr viel, denn selbst einen Mann wie ihn strengte es an, über so große Entfernung in geistigem Kontakt mit seinen Kreaturen und seinen Männern zu bleiben –, und als er erwachte, schien die Sonne unverändert durch die Ritzen des Daches. Es mochte aber ebensogut die Sonne eines neuen Tages sein, denn in seinem Mund war der schlechte Geschmack und auf seinen Augenlidern der dumpfe Druck von sehr, sehr langem Schlaf.

Sarim de Laurec setzte sich auf, fuhr sich mit beiden Händen durch das Gesicht und spürte klebrige Feuchtigkeit auf der Wange. Er erschrak, griff noch einmal hin und erschrak noch tiefer. Hastig stand er auf, stolperte durch das stauberfüllte Halbdunkel des Dachbodens und fand schließlich, was er gesucht hatte: eine staubige, von Sprüngen durchzogene Spiegelscherbe, groß genug, daß er sein Gesicht darin erkennen konnte.

Eine Sekunde später wünschte er sich, es nicht getan zu haben, denn was er sah, ließ ihn beinahe aufschreien. Die

Hälfte seines Gesichtes war von halb geronnenem Blut bedeckt wie von einer schrecklichen roten Maske – was nichts anderes bedeutete, als daß die Wunde in seiner Schläfe sehr viel heftiger blutete als normal, oder daß er sehr viel länger geschlafen haben mußte, als er bisher angenommen hatte.

Sarim wußte nicht, welcher Möglichkeit er den Vorzug geben sollte. Jede auf ihre Weise war gleich beunruhigend.

Unsicher ließ er die Spiegelscherbe sinken, hob sie aber dann wieder auf und fuhr mit einem Zipfel seines Mantels darüber, um den Staub herunter zu wischen.

Das Bild blieb: Der graue Schimmer auf seiner Haut war nicht im Spiegel, sondern Wirklichkeit. Und nicht nur das.

Er war – *alt*.

Nein, das stimmte nicht. Das Gesicht, das ihm aus dem blind gewordenen Spiegel entgegengrinste wie das eines Toten, war das seine, das schmale, fast aristokratisch zu nennende Gesicht eines Mannes Ende Fünfzig, der sich sein Leben lang in Form gehalten und stets auf seine Gesundheit geachtet hatte. Keinen Tag älter als es wirklich war. Aber es war … verfallen. Es sah so müde und schwach und kraftlos aus, wie er sich fühlte. Es war, als würde er innerlich ausgesaugt, als zehre etwas von seiner Lebenskraft, ohne daß er es direkt spürte, geschweige denn sich irgendwie zur Wehr setzen konnte.

Seine Hände zitterten plötzlich so stark, daß er die Spiegelscherbe fallen ließ, so daß sie klirrend zerbrach.

Das Geräusch explodierte in der Stille des Dachbodens wie ein Kanonenschuß. Und es hörte nicht auf, sondern hallte tausendfach gebrochen und verstärkt von den Wänden und den Dachschindeln wider, kam zurück und nahm immer mehr und mehr an Lautstärke zu, bis de Laurec mit einem gellenden Schrei zurücktaumelte und die Hände gegen die Ohren preßte. Erst dann verstummte es und machte einem irgendwie lauernden Schweigen Platz.

Zitternd richtete sich Sarim de Laurec auf. Seine Augen waren weit vor Furcht und sein Herz pochte so schnell, daß es weh tat. Er war in Schweiß gebadet. Und er hatte das Gefühl, ganz kurz vor dem Punkt zu stehen, an dem er den Verstand verlieren würde.

Seltsamerweise war es genau dieser Gedanke, der ihn in die Wirklichkeit zurückbrachte.

Plötzlich begriff er, daß er keiner Halluzination erlag und auch nicht verrückt wurde – was er spürte, war nichts anderes als ein heimtückischer Angriff auf rein geistiger Ebene, eine Attacke dieses Hauses … oder was immer es war, das Craven hier hinterlassen hatte.

Der Gedanke gab ihm neue Kraft. Eine Gefahr, die er kannte, konnte er bekämpfen – und Sarim de Laurec konnte sich nicht viele Gefahren vorstellen, mit denen er nicht fertig werden konnte, mit Hilfe der neuen Macht in seinem Kopf.

Mit einem Male wieder ganz ruhig, richtete er sich auf, strich sich glättend über den Mantel und sah sich um. Der Dachboden lag da wie immer: vollgestopft mit Gerümpel und ausrangierten Möbeln, über denen sich Staub wie eine flockige graue Decke ausgebreitet hatte. Die Luft roch schlecht und durch die zahllosen Ritzen und Spalten im Dach schien Sonnenlicht in stauberfüllten Streifen herein.

Und es gab keine Tür.

Es dauerte einen Moment, bis de Laurec es überhaupt bemerkte – aber nirgends in diesem gewaltigen, von freistehenden Balken durchzogenen und mit Gerümpel vollgestopften Dachraum gab es einen Ausgang.

Sekundenlang drohte er abermals in Panik zu geraten. Diesmal kostete es ihn erhebliche Anstrengung, einen klaren Kopf zu behalten. Mühsam versuchte er sich zu erinnern, wo die Tür verborgen lag, durch die er hereingekommen war.

Aber hatte es überhaupt jemals eine Tür gegeben?

Und dann …

Es ging so unmerklich und langsam, daß Sarim mehr als eine Minute brauchte, es überhaupt zu sehen.

Doch als er es begriff, steigerte sich seine Furcht endgültig in Panik.

Der Raum wurde kleiner.

Das Gefühl, sich zu bewegen, obwohl man keinen Körper hat.

Das Empfinden, zu stürzen, obwohl kein Raum da ist, durch den man stürzen kann.

Das Spüren, sich in einem irrsinnig schnell drehenden Karussell zu befinden, obgleich es kein oben und unten oder rechts und links gibt, durch das es sich drehen könnte.

Dann …

Eine Art Tunnel. Vielleicht ein Schlauch. Ein Schacht, gigantisch und auf unmögliche Weise in sich gewunden und verdreht, unendlich lang, von einem Ende der Ewigkeit zum anderen reichend, mit schwarzen Wänden aus erstarrter Zeit, durch den ich hindurchstürze, rasend schnell, millionen- und abermillionenmal schneller als das Licht, schneller als ein Gedanke. Trotzdem dauert der Sturz Ewigkeiten. Und schließlich, an seinem Ende, ein Licht, ein Schein, der so strahlend hell und von einer solchen Farbe ist, daß Worte nicht ausreichen, ihn zu beschreiben. Plötzlich ist das Wissen da, daß hinter diesem Licht etwas liegt, etwas Wunderschönes und Entsetzliches zugleich, etwas, das das Ziel jeglicher menschlichen Existenz sein muß und in das wir alle eines Tages eintauchen.

Aber ich erreiche es nicht.

Plötzlich ist ein Gesicht da, gigantisch und sonderbar vertraut – mein eigenes Gesicht. Und doch nicht. Älter. Weiser? Auf jeden Fall erfahrener. Härter auch. Und eine Stimme, die zu mir spricht, ohne zu sprechen. Dann greift irgend etwas nach mir, etwas Starkes und Düsteres, zerrt mich herum und wieder hinein in diesen finsteren Tunnel, den Weg zurück, den ich gekommen bin. Ich versuche mich zu wehren, denn ich will nichts mehr als dieses wunderschöne Licht berühren, der Verlockung nachgeben, die sich hinter ihm verbirgt, aber ich habe keinen Körper, um damit zu schlagen, keine Stimme, um zu schreien.

Mit ungeheurer Kraft werde ich zurückgerissen, fort von der himmlischen Helligkeit und hinab in –

– ja, wohin eigentlich?

Was ist das Gegenteil des Himmels?

Obwohl Mitternacht längst vorüber war und die Nacht dem nächsten Morgen näher als dem vorangegangenen Abend, war die Stadt noch voller Leben. Rowlf und sein unfreiwilliger Kampfgefährte waren länger als eine Stunde ziellos durch die Stadt geirrt, die Menschen, die hier im Zentrum trotz der späten Stunde noch unterwegs waren, als Deckung nutzend.

Frankenstein hatte wenig gesprochen und Rowlf spürte, wie schockiert er noch immer war. Niemand hatte es gewagt, sie anzusprechen – was wohl weniger an ihrem verdreckten und abgerissenen Aussehen als an Rowlfs zur Zeit überaus schlechtgelaunten zweihundertsiebzig Pfund Lebendgewicht lag, mit denen er für sich und Frankenstein freie Bahn schuf.

Schließlich waren es Müdigkeit und die immer stärker werdenden Schmerzen in seinem Rücken, die ihn zwangen, eine Pause einzulegen.

Sie hatten die City durchquert und Zuflucht in einem kleinen, an drei Seiten von hohen Mauern umschlossenen Hinterhof gesucht, wo sich Rowlf mit einem unterdrückten Stöhnen auf einen Mauervorsprung sinken ließ.

»Ich kann nich' mehr«, murmelte er. »Ich brauch' ... 'ne Pause. Nur'n Moment.«

»Sie brauchen etwas ganz anderes, mein Lieber«, sagte Frankenstein kopfschüttelnd. »Ziehen Sie die Jacke aus. Ich will mir Ihren Rücken ansehen.«

Er streckte die Hände nach Rowlf aus, aber der rothaarige Riese schlug seinen Arm mit einer zornigen Bewegung zur Seite.

»Mir fehlt nix!« fauchte er. »Ich brauch' nur'n bißchen Ruhe.«

Frankenstein seufzte, hob ganz langsam die Hand und berührte beinahe flüchtig Rowlfs Rücken.

Rowlf brüllte vor Schmerz.

»Ihnen fehlt also nichts, wie?« Frankenstein schüttelte den Kopf. »Mein lieber Freund, ich habe Ihre Rückenwirbel über eine Distanz von fünf Yards knacken hören. Von Rechts wegen sollten Sie eigentlich tot sein. Und jetzt ziehen Sie endlich die Jacke aus.«

Rowlf zögerte. Unsicher setzte er dazu an, Frankensteins Befehl nachzukommen, hielt dann aber mitten in der Bewegung inne.

»Versteh'n Se denn was davon?« fragte er mißtrauisch.

Viktor Frankenstein runzelte verärgert die Stirn. »Ich bin zufällig Arzt«, sagte er.

»Aber ich hab' gedacht, Sie schnippeln nur an Toten rum.«

Gegen seinen Willen mußte Frankenstein lachen. Aber er wurde sofort wieder ernst. »Möglicherweise werde ich das auch bald, wenn Sie nicht vernünftig sind, Rowlf«, sagte er. »Sie sind der stärkste Mensch, den ich jemals gesehen habe, aber auch Sie bestehen nur aus Fleisch und Blut.« Er seufzte. »Ganz im Gegenteil zu den beiden Männern, die Howard entführt haben«, fügte er hinzu, während er neben Rowlf in die Hocke ging. »Was waren das für sonderbare Wesen? Doch keine Menschen, oder?«

Rowlf sog hörbar die Luft ein, als Frankensteins Finger mit kundigen, aber alles andere als sanften Bewegungen über seinen Rücken fuhren.

»Ihre anderen Patienten sin' wohl nich' so zimperlich, wa?« fragte er.

Frankenstein lachte leise. »Kaum«, gestand er. »Aber Sie haben meine Frage nicht beantwortet. Wer waren diese beiden Männer? Mein Gott, Sie haben dem einen das Schaufelblatt direkt ins Gesicht geschlagen, und sein Hals ... er hat nicht einmal geschrien!«

»Kanner auch nicht«, sagte Rowlf mit zusammengebissenen Zähnen. »Das war nich' Gray. Der sah nur so aus. Das war 'ne verdammte Puppe.«

»Eine ... Puppe?« Frankenstein sah verwirrt auf.

»Weiß nicht, wie se wirklich heiß'n tun«, antwortete Rowlf achselzuckend. »H. P. hatse imma so genannt. Ich hatt' schoma mit som Blechkopp zu tun. Aber ich hab' gedacht, es gibt se gar nich' mehr. Au verdammt, tut das weh!«

»Das ist kein Wunder«, sagte Frankenstein nickend. »Gebrochen scheint nichts zu sein, aber Sie haben sich eine prachtvolle Prellung zugezogen. Die nächsten Tage sollten Sie sehr vorsichtig sein, wenn Sie sich bewegen. Das beste wäre, Sie blieben im Bett.«

Rowlf blickte ihn nur finster an und streifte seine Jacke wieder über. »Aber das werden Sie nicht tun, wie?« vermutete Frankenstein.

Rowlf nickte. »Nee. Ich werd' diesen nachgemachten Cohen suchen un' ihm jede Schraube einzeln rausschlagen, bisser mir verrät, wo Howard is. Un' der Kurze.«

»Wer?«

»Robert«, murrte Rowlf.

»Sie denken, er wäre noch immer am Leben?« fragte Frankenstein zweifelnd.

»Im Sarg warer jenfalls nich', oda?« fragte Rowlf unwillig. »Ach Scheiße, wenn ich wenigstens wüßte, wo die Biester mit eimal wieder herkomm'n tun. Wir ham gedacht, sie wär'n erledigt.«

»Sie hatten schon einmal mit ihnen zu tun?«

»Ja.« Rowlf stand auf, machte einen Schritt und verzog schmerzhaft das Gesicht. »Voriges Jahr, in Paris. Aber ich versteh' das nicht'. H. P. un' der Junge ham den Lausdreck doch erledigt!«

»Wen?« fragte Frankenstein.

»Sarim de Lausdreck«, erklärte Rowlf. »Der Kerl, der die Dinger bau'n tut. Hat sich selbst ›Puppenmacher‹ genannt. Aber ich dachte, der wäre hin.«

»Ganz offensichtlich ist er nicht ... hin«, sagte Frankenstein. »Er scheint mir im Gegenteil höchst aktiv zu sein.« Er seufzte. »Es ist ... unglaublich. Wenn ich es nicht mit eigenen Augen gesehen hätte ... Maschinen, die wie Menschen aussehen. Ich kann es immer noch nicht glauben.«

»Wär aba besser, sie täten's tun, Doktor«, antwortete Rowlf ernst. »Wir wern dem Mistkerl nämlich auf 'n Hals rücken, mein Wort drauf.«

»Wir?« Frankenstein blinzelte. »Wie meinen Sie das?«

»Wie ich's sage«, grollte Rowlf und schüttelte wie durch Zufall eine gewaltige Faust unter Viktor Frankensteins Nase. »Oda hamse gedacht, ich laß' H. P. un' den Kleinen in dem Lausdreck seinen Fängen?«

»Aber wir ... was sollen wir denn allein gegen diese Ungeheuer ausrichten?« stotterte Frankenstein. »Sie haben doch selbst erlebt, wie gefährlich sie sind. Und wir wissen nicht einmal, wo wir suchen sollen!«

»Ich find' ihn, Doktorchen«, versprach Rowlf. »Un' wenn ich die ganze Stadt auseinandernehm' muß.«

»Sie sind ja verrückt!« keuchte Frankenstein. »Ich habe Besseres zu tun, als mich mit lebenden Maschinen anzulegen. Wir müssen zur Polizei! Die Behörden müssen benachrichtigt werden!«

»Aber klar«, sagte Rowlf. »'s beste wird sein, Sie geh'n gleich zum Yard un' wenden sich an Cohen. Der wird sich echt freu'n, Sie wiederzuseh'n.«

Frankenstein sagte vorsichtshalber nichts mehr, bis Sie den Hof verlassen und wieder die Straße erreicht hatten.

Rowlf winkte einer Droschke, die auch prompt an den Straßenrand gerollt kam. Aber noch bevor Rowlf die Hand nach der Tür ausstreckte, ließ der Fahrer seine Peitsche knallen und jagte davon. Rowlf blickte ihm mit finsterer Miene nach, versuchte aber nicht noch einmal, einen Wagen heranzuwinken. Das nächste Mal war es Frankenstein, der die Hand nach einer Droschke hob, während sich Rowlf lange genug im Schatten hielt, um nicht gesehen zu werden.

»Wohin?« fragte Frankenstein, als sie sich gegenüber auf den gepolsterten Sitzen des geschlossenen Wagens Platz genommen hatten.

Rowlf schwieg einen Moment. Bei aller Kampfeslust hatte er bisher nicht ernsthaft über die Frage nachgedacht, wo sie mit ihrer Suche anfangen sollten. London war groß – und Sarim de Laurec konnte buchstäblich überall sein. Rowlf wußte nur zu gut, daß er nicht darauf angewiesen war, sich in unmittelbarer Nähe seiner Geschöpfe aufzuhalten.

Der Kutscher – durch den Anblick des zusätzlichen Fahrgastes, der im letzten Moment in den Wagen gesprungen war, ohnehin nicht gerade bester Laune – bewegte sich unruhig auf seinem Bock, und Frankenstein fragte noch einmal: »Wohin, Rowlf?«

»Zu ... zu Robert sein' Haus«, sagte Rowlf schließlich – und ganz offensichtlich allein aus dem Grund heraus, daß ihm nichts anderes einfiel. Aber Frankenstein widersprach nicht, sondern gab die Adresse halblaut an den Kutscher weiter und zog die Gardinen vor, während der Wagen anrollte.

Sie waren sehr schweigsam, während sie London ein zweites Mal und in entgegengesetzter Richtung durchquerten und sich dem Ashton Place näherten. Erst, als sie mehr als zwei Drittel der Strecke hinter sich gebracht hatten und die Häuser, die die Straße säumten, allmählich vornehmer – oder zumindest teurer – zu werden begannen, brach Frankenstein das Schweigen wieder.

»Wie wollen Sie vorgehen, Rowlf?« fragte er.

Rowlf zog eine Grimasse. »Ehrlich, ich hab' keine Ahnung nich'«, gestand er. »Aba irgendwie krieg' ich den Lausdreck schon am Wickel, mein Wort drauf, Doktor Fra–«

»Viktor«, fiel ihm Frankenstein rasch ins Wort. Er lächelte.

»Nennen Sie mich Viktor. Ich … ziehe es vor, nicht unbedingt unter meinem alten Namen aufzutreten.«

Rowlf nickte. »Vielleicht finden wir im Haus irgend'ne Spur«, fuhr er fort. »Würd' mich gar nich' wundern tun, wenn der Lausdreck da früher oder später auftauchen täte.«

»Jetzt, wo er Robert und Howard hat«, fügte Frankenstein mit einem Nicken hinzu, »sind Sie der letzte, nicht?«

Rowlf blinzelte. »Sie schalten schnell, Doktor«, sagte er. Frankenstein fiel auf, daß sein schauderhafter Dialekt mit einem Male wie weggeblasen war. Aber nur für eine Sekunde, denn Rowlf fuhr fort: »Kann schon sein, dasser mich nu' auch noch haben will. Aba den feinen Herrn werd' ich die Fresse polieren, wenn ich'n inne Finger kriege. Mindestens.«

Frankenstein lächelte, wurde aber sofort wieder ernst. »Warum spielen Sie den Idioten, Rowlf?« fragte er plötzlich.

Rowlf blinzelte abermals. »Äh?« machte er. »Ich spiel' nich'. Hab nie Glück im Spiel gehabt. Ich spar' mein Geld lieber.«

Frankenstein setzte dazu an, etwas zu sagen, beließ es aber dann bei einem neuerlichen Seufzen und konzentrierte sich für den Rest der Fahrt darauf, durch einen Spalt in den Gardinen nach draußen zu sehen.

Es dauerte ohnehin nicht mehr lange. Kaum zehn Minuten später hielt der zweispännige Wagen auf der dem Andara-House gegenüberliegenden Seite des Ashton Place, und sie stiegen aus. Frankenstein entlohnte den Fahrer, und sie warteten, bis der Wagen in der Nacht verschwunden war.

Es war sehr still. In keinem der wenigen, gepflegten Häuser, die den großen Platz säumten, brannte noch Licht. Der Mond schien von einem wolkenlosen Himmel und die in regelmäßigen Abständen auf dem Trottoir stehenden Gaslaternen spendeten mildes, gelbes Licht. Trotzdem herrschte eine fast unheimliche Dunkelheit. Und es war, wie Frankenstein schaudernd bemerkte, eine ganz andere Art von Dunkelheit, als er sie jemals erlebt hatte. Es war …

Ja, dachte er, und diesmal verspürte er mehr als nur einen Anflug von Entsetzen, es war, als wäre es nicht nur die Abwesenheit von Licht, sondern das Dasein von etwas anderem, etwas, das nicht in Worte zu fassen war, aber das er spürte, überdeutlich.

Und es war …

Böse.

So unendlich und abgrundtief böse, daß Frankenstein seine ganze Willenskraft aufbieten mußte, um nicht auf der Stelle herumzufahren und zu laufen, so schnell er nur konnte, sondern statt dessen an Rowlfs Seite zu treten und ihm zu dem dunkel daliegenden Haus mit der Nummer 9 zu folgen ...

Sarim schrie.

Panik hatte ihn überwältigt, nicht für einen kurzen Moment, sondern vollkommen. Eine Woge nackter, ungeheuer starker Angst spülte sein logisches Denken hinweg. Er schrie, schlug wie von Sinnen um sich und stolperte blindlings nach hinten. Sein Fuß verfing sich in einem Hindernis; er fiel, prallte schmerzhaft auf dem Boden auf und sah einen Schatten auf sich zurasen.

Blindlings riß er die Hände hoch, schlug nach dem vermeintlichen Angreifer und merkte zu spät, daß es nur ein Stuhl war, den er mit seinem Sturz aus dem Gleichgewicht gebracht hatte. Seine Faust traf das harte Holz und zerschmetterte es, aber auch seine Haut platzte auf und ein neuer Schmerz zuckte durch seinen Arm. Noch immer schreiend, sprang er wieder hoch, rannte blindlings weiter und prallte nach wenigen Schritten abermals gegen ein Hindernis.

Diesmal war der Schlag so heftig, daß er ihn fast betäubte. Sarim fiel, blieb einen Moment benommen liegen und fühlte Blut aus einer neuen, heftig schmerzenden Wunde auf seiner Stirn über sein Gesicht laufen.

Aber das dumpfe Dröhnen in seinem Schädel betäubte auch die Panik, und für einen Moment vermochte er seine Umgebung wieder halbwegs klar zu erkennen. Müde hob er den Kopf, wischte sich das Blut aus den Augen und fuhr abermals zusammen, als er das Hindernis erkannte, gegen das er gerannt war.

Es war eine Mauer.

Eine massive Wand aus braunroten Brandziegeln, die mindestens fünf Yards weiter entfernt gestanden hatte, als er sie das letzte Mal gesehen hatte.

Wieder drohte ihn Panik zu übermannen, als ihm die wahre Bedeutung seiner Beobachtung klar wurde.

Es war keine Illusion – der Raum schrumpfte wirklich!

Mit einem Keuchen sprang de Laurec hoch, sah sich gehetzt um und erkannte, daß auch die gegenüberliegende Wand um die gleiche Distanz näher gekommen war. Und hatte sich nicht auch das Dach gesenkt?

Waren die morschen Sparren nicht vorher ein gutes Stück höher gewesen?

Dann hörte er das Geräusch – einen dumpfen, irgendwie stöhnenden Laut, der aus dem Boden, den Wänden und dem Dach zugleich zu kommen schien, als stöhne das Haus selbst wie unter Schmerzen.

Sein Blick irrte unstet hierhin und dorthin, suchte verzweifelt nach einem Ausgang, einer Lücke im Mauerwerk oder im Dach, und fand keine. Voller Verzweiflung fuhr er herum, schlug einen Moment sinnlos mit den Fäusten auf die Ziegelmauer ein und hieb sogar nach den Dachschindeln, allerdings mit dem einzigen Ergebnis, sich die Fäuste blutig zu schlagen.

Wimmernd sank Sarim de Laurec in sich zusammen, preßte die Fäuste gegen die Schläfen und versuchte mit aller Macht, die Panik niederzukämpfen.

Es gelang ihm nicht.

So, wie die unheimliche Macht, die stärker als seine eigenen Kräfte war, ihm all dieses Schreckliche vorgaukelte, hinderte sie ihn auch daran, sich zu konzentrieren.

»Hilf mir!« wimmerte er. »So hilf mir doch!!!«

Aber auch die Stimme in seinem Schädel, die ihm bisher immer so zuverlässig gesagt hatte, war er tun mußte, schwieg. Die *neue Macht* war verstummt, als hätte es sie niemals gegeben. Der Stuhl, neben dem er gelegen hatte, stürzte polternd um. Sarim fuhr hoch und erkannte entsetzt, daß sich die Wand ein weiteres Stück auf ihn zubewegt hatte, wobei sie Möbel und Gerümpel vor sich herschob. Und auch auf der anderen Seite des Dachbodens wurde jetzt das helle Splittern und Krachen berstenden Holzes laut!

Und dann …

Ein entsetzlicher Schmerz schoß durch Sarim de Laurecs Schädel. Der *Puppet-Master* schrie auf, brach wie vom Blitz getroffen zusammen und krümmte sich. Sein Schädel schien zu zerspringen. Jeder einzelne Nervenstrang in seinem Kopf mußte sich in weißglühende Lava verwandelt haben.

Und dann sah er das Licht, einen grünen, unheimlichen Schimmer, sehr mild, aber trotzdem so hell, daß er selbst durch seine geschlossenen Lider drang und ihn jede winzige Einzelheit in seiner Umgebung mit phantastischer Klarheit erkennen ließ. Träge wie leuchtendes Wasser breitete sich der Schein in Schwaden im Raum aus, bildete Schlieren und vergängliche Formen, wuchs und dehnte sich in einem sonderbar pulsierenden, unheimlichen Rhythmus aus, bis er jeden Quadratzoll des Dachbodens auszufüllen schien.

Für einen Moment hatte Sarim de Laurec das Gefühl, dem Ringen zweier gleich starker, ungeheuerlicher Kräfte beizuwohnen, einem Kampf, der vollkommen lautlos, aber mit unbarmherziger Kraft geführt wurde.

Und was immer es war, das ihm half – es gewann.

Das Licht erlosch, zusammen mit dem Schmerz, aber als er die Augen öffnete, war der Speicher wieder normal, die Wände dort, wo sie sein sollten, und auch die Höhe der Decke stimmte wieder. Mit einem erleichterten Seufzen schloß Sarim erneut die Augen, ließ sich zurücksinken und atmete gezwungen tief und ruhig ein und aus. Irgend etwas in ihm regte sich, ein Gefühl, als würde ein großes finsteres Tier in seine Höhle zurückkriechen und sich – erschöpft, aber zufrieden – zusammenrollen.

Und plötzlich begriff er. Seine Hilferufe waren erhört worden. Es war das Ding in seinem Kopf gewesen, die *neue Macht,* die ihm geholfen hatte, den Schutzzauber dieses verfluchten Hauses zu überwinden. Ein Gefühl tiefer Dankbarkeit durchströmte ihn.

Als er sich nach einer Weile wieder erhob, war das Zittern seiner Hände verschwunden. Sein Gesicht war noch bedeckt mit eingetrocknetem Blut, aber wieder ruhig und gefaßt, und sein Atem ging regelmäßig.

Trotzdem hatte er noch lange nicht seine alten Kräfte zurückgewonnen. Er fühlte sich müde und ausgebrannt; jede noch so kleine Bewegung bedeutete eine Anstrengung. Doch Sarim war trotzdem so erleichtert wie noch nie zuvor in seinem Leben. Er hatte seinen Feind vernichtet und fühlte sich jetzt stark genug, auch den zweiten Teil seines Planes in die Tat umzusetzen.

Aufmerksam sah er sich in der Dachkammer um. Die Tatsache, daß er keinen Ausgang entdecken konnte, irritierte ihn noch immer, aber sie beunruhigte ihn nicht wirklich. Er war in diese Kammer hereingekommen, irgendwie, und er würde wieder herauskommen, irgendwie.

Sein Blick blieb kurz auf dem Gemälde Roderick Andaras hängen. Er wollte sich schon wieder umwenden und in seiner Inspektion fortfahren, aber irgend etwas bewegte ihn dann doch, noch einmal und etwas genauer hinzusehen.

Das Bild war ...

Sarim de Laurec fand keine passenden Worte, um den sanften Schauder zu beschreiben, der ihn beim Anblick des Bildes überfiel. Zu Anfang hatte er es für ein möglicherweise künstlerisch gelungenes, seinem Vorbild jedoch nicht sonderlich ähnliches Gemälde gehalten. Jetzt ...

Ja, dachte er schaudernd – jetzt wirkte es so lebensecht, als wolle Roderick Andara jeden Augenblick aus seinem Rahmen heraustreten ...

Schon der Garten war ein Alptraum gewesen. Rowlf hatte gar nicht erst versucht, das Haus durch den Vordereingang zu betreten, sondern Frankenstein mit Gesten zu verstehen gegeben, es ihm gleichzutun und den Zaun zu übersteigen, um sich dem Haus von der Rückseite her zu nähern. Insgesamt hatten sie sicher nicht mehr als fünf Minuten gebraucht, den parkähnlichen, aber vollkommen verwilderten Garten zu durchqueren und die kleine Hintertür zu erreichen – aber es waren fünf Minuten gewesen, die Frankenstein hinterher wie eine Ewigkeit vorgekommen waren.

Der Garten schien ... lebendig.

Es war absurd, durch nichts zu belegen und vollkommen unlogisch – aber auf jedem Schritt hatte Viktor Frankenstein das immer heftiger werdende Gefühl verspürt, beobachtet zu werden, belauert von Augen, die unsichtbar, aber sehr wach waren, und denen keine noch so kleine Bewegung entging, die er machte. Genau so, dachte er hinterher, mußte sich ein Kaninchen fühlen, das unter dem Blick der Schlange erstarrte. Nein – schlimmer noch. Das Kaninchen konnte seinen Feind wenigstens sehen, während die ... Dinge, die ihn und Rowlf belauerten, unsichtbar blieben.

Zu Rowlfs Überraschung – die er nach Kräften zu verbergen suchte, was ihm freilich nicht gelang – fanden sie die Tür unverschlossen. Und das unheimliche Gefühl, sich in der Nähe von etwas Unsichtbarem, aber nichtsdestotrotz höchst Tödlichem zu befinden, nahm in Frankenstein noch zu. Das Haus bot nicht den Schutz, den es versprach. Ganz im Gegenteil. Frankenstein begann sich allmählich wie eine Fliege zu fühlen, die dem Netz der Spinne zu entkommen trachtete und sich in Wahrheit nur immer weiter darauf zubewegte.

Das Haus war sehr still. In der großen Halle im Erdgeschoß, die sie erreichten, nachdem sie ein wahres Labyrinth von Kammern und Räumen und Treppenfluchten durchquert hatten, brannte Licht, aber nicht der mindeste Laut war zu hören. Frankenstein hatte niemals ein Haus betreten, das so still war.

Wo ist das Personal?« fragte er.

Rowlf gebot ihm mit einer unwilligen Geste zu schweigen, schob die Tür hinter sich ins Schloß und sah sich um. Seinem Gesichtsausdruck nach zu schließen schien er ebenso ratlos wie Frankenstein zu sein.

»Gehma nach oben«, sagte er schließlich. »Da wird sich schon 'ne –«

Hinter ihm erklang ein dumpfes Poltern. Rowlf verstummte mitten im Wort, sah sich erschrocken um – und sprang mit einem Satz in die Tür zurück, Frankenstein so rüde mit sich zerrend, daß er nicht einmal dazu kam, ein erschrockenes Schnauben auszustoßen.

Das Poltern wiederholte sich, dann wurde eine Tür unter der Treppe aufgestoßen, die Frankenstein bisher nicht einmal bemerkt hatte, und ein Mann trat in die Halle hinaus.

Hatte er bisher vielleicht noch insgeheim an alledem gezweifelt, was Howard und Rowlf ihm erzählt hatten – jetzt tat er es nicht mehr. Der Anblick, der sich ihm bot, hätte ihn wahrscheinlich auch wieder an den Weihnachtsmann glauben lassen, hätte Rowlf hinterher behauptet, es gäbe ihn.

Aus der Tür, die offensichtlich aus den Kellergeschossen des Hauses heraufführte, trat ein zweiter Mann, dann ein dritter. Er und der erste, der Frankenstein und Rowlf um ein Haar überrascht hätte, boten einen höchst sonderbaren Anblick – sie trugen dunkle, bis auf die Knöchel fallende Wettermäntel, darunter allerdings keine dazu passende Kleidung, sondern weiße, mit einem gleichschenkeligen roten Balkenkreuz bestickte Hemden und Hosen aus Kettengeflecht, als wären sie geradewegs aus einem romantischen Ritterroman entsprungen.

Aber ihr Anblick war nichts gegen den dritten Mann, der zwischen ihnen ging.

Genauer gesagt, das Ding, das Frankenstein im ersten Moment für einen Mann gehalten hatte ...

Soweit Frankenstein dies erkennen konnte, bestand es ganz und gar aus Eisen und sah ein bißchen aus wie ein wandelndes Skelett, denn es hatte keinen wirklichen Leib, sondern eine Art grobmaschigen Gitterkorb, aus dem die Glieder und der Hals herausragten und in dem sich allerlei mechanische Dinge drehten und bewegten. Mit sonderbar abgehackten, mechanischen Bewegungen stolzierte es zwischen den beiden Männern einher. Sein Kopf drehte sich unentwegt von rechts nach links und wieder zurück mit kleinen, vogelartigen Rucken. In den Augenhöhlen seines metallenen Totenschädels blinkten zwei winzige rote Lämpchen.*

Atemlos vor Schrecken sah Frankenstein zu, wie die beiden Männer und ihr bizarrer Begleiter wenige Schritte an ihrem Versteck vorüber und die Treppe hinauf gingen, um in einem Zimmer im oberen Geschoß zu verschwinden. Aber selbst, als alles wieder still geworden war, verharrte er noch lange reglos auf der Stelle und starrte die Treppe an.

»Was ... was war das?« stammelte er schließlich.

»Eine von dem Lausdreck sein' Puppen«, antwortete Rowlf düster. Seine gewaltigen Pranken öffneten und schlossen sich unentwegt, als hielte er sich nur noch mit Mühe davon zurück, den beiden Männern und der bizarren Kreatur nachzustürmen und über sie herzufallen. »War bloß noch nich' ganz fertig.«

»Dann ... dann sind sie ... *hier*?« stammelte Frankenstein. Das letzte Wort klang beinahe hysterisch.

Rowlf grinste. »Sieht so aus, Doktorchen. Wo diese Hampelmänner in ihren Affenkostümen auftauchen, da is auch der Lausdreck nich' weit, darauf könnse Gift drauf nehm'. Und jetz' –« Sein Grinsen wurde noch breiter, verlor dabei aber merklich an Humor, »– kauf ich mir die Halunken.«

* Und das 100 Jahre vor dem Terminator!

Es dauerte einen Moment, bis Frankenstein begriff. »Sie .. Sie wollen doch nicht etwa dort hinunter?« stammelte er mit einer Geste auf die nur halb geschlossene Kellertür.

»Aba sicher doch«, grinste Rowlf. »Sie könn' ja hierbleim, wennse woll'n.« Sprach's, stieß die Tür auf und stürmte mit kampflustig gesenktem Kopf durch die Halle.

»Hier ... bleiben?« flüsterte Frankenstein. Hier? Er sollte allein in diesem Haus zurückbleiben?!

Rowlf lief nicht gerade langsam die Kellertreppe hinunter. Trotzdem hatte Frankenstein ihn eingeholt, noch ehe er die Hälfte davon zurückgelegt hatte.

Es dauerte lange, bis das entsetzliche Gefühl des Fallens aufhörte, aber auch danach umgab mich weiterhin Dunkelheit; eine solch erstickende Schwärze, wie ich sie niemals zuvor erlebt hatte. Und dann ...

Er ist schwer, Empfindungen in Worte zu fassen, für die es keine Worte gibt. Nach dem endlos dauernden Sturz durch die Dimensionen des Wahnsinns kam ich irgendwo an, hatte mit einem Male wieder das Gefühl, einen Körper zu haben.

Trotzdem war dieses Gefühl sonderbar falsch.

Ein Körper.

Mein Körper.

Und trotzdem ein anderer.

Und ich war nicht allein.

Jemand – etwas? – war bei mir, um mich, in mir, überall und nirgends. Für einen Moment hatte ich das Gefühl, von einer großen, unendlich sanften, aber auch unendlich starken Hand berührt zu werden, einer Hand, die mir freundlich gesinnt war, die aber auch töten und vernichten konnte.

Ein sonderbares, nicht unbedingt angenehmes Empfinden von Tasten und Sondieren, ein Gefühl, als griffe etwas in meine Gedanken und suche darin herum, bis es etwas Bestimmtes gefunden hatte.

Dann – jäh und so heftig, daß ich vor Schrecken aufgeschrien hätte, hätte ich einen Körper gehabt – Zorn.

Ein Zorn von einer Intensität, wie ich ihn nie zuvor erlebt hatte.

Dann nichts mehr.

Nur das Gefühl, einen Körper zu haben, wurde stärker

Aber es war nicht mein Körper ...

Der Keller war so groß und düster und voller Staub und Gerümpel wie Frankenstein es bei einem Haus wie diesem erwartet hatte.

Und er war von der gleichen Art düster-lauernden Lebens erfüllt, das er befürchtet hatte: das gleiche, nicht greifbare, aber entsetzliche Gefühl, das ihn draußen im Garten überfallen hatte, nur daß es hier sehr viel stärker war. Er glaubte die Augen beinahe zu sehen, die ihn aus der Dunkelheit heraus anstarrten.

Aber eben nur beinahe.

Rowlf legte mahnend den Zeigefinger auf die Lippen, als Frankenstein etwas sagen wollte, deutete nach links und machte gleichzeitig mit der anderen Hand eine Geste, deren Bedeutung Frankenstein unklar blieb. Vorsichtshalber beschloß er, Rowlf zu folgen, als der rothaarige Riese geduckt durch den Keller zu schleichen begann.

Nach einer Weile hörten sie Stimmen: sehr leise und zu undeutlich, als daß sie die Worte verstehen konnten. Rowlf machte abermals eine Handbewegung, vorsichtig zu sein, brach quasi im Vorübergehen – und zu Frankensteins Erstaunen so gut wie lautlos – ein Bein eines herumstehenden Stuhles ab, schwang seine improvisierte Keule probehalber ein paarmal und bewegte sich noch vorsichtiger weiter.

Die Stimmen kamen näher. Sie wurden lauter, sonderbarerweise aber nicht deutlicher, und bald hörten sie auch andere Geräusche – ein leises, rauhes Lachen, das helle Klappern von Würfeln, mit denen die Männer sich die Zeit zu vertreiben schienen, dann Schritte, die sich ihrem Versteck aber nicht näherten.

Schließlich erreichten sie die Quelle der Geräusche: eine niedrige, mit einem wuchtigen, halbverrosteten Schloß versehene Tür in der südlichen Wand des Kellers. Wenn ihn sein Orientierungssinn nicht vollends im Stich gelassen hatte, dachte Frankenstein verwirrt, dann mußten sie den Keller mittlerweile zur Gänze durchquert haben – was nichts anderes hieß, als daß sich die Kellergeschosse dieses Hauses auch noch unter den Garten beziehungsweise die Straße erstreckten.

Nicht, daß ihn bei diesem Haus auch nur noch irgend etwas gewundert hätte …

Rowlf packte seine improvisierte Keule fester, sah noch einmal sichernd nach rechts und links und näherte sich der Tür auf Zehenspitzen. Auf seinem Gesicht lag ein entschlossener, beinahe schon verbissener Ausdruck, als er die Hand nach der Klinke ausstreckte.

Trotz ihres verwahrlosten Äußeren schwang die Tür vollkommen lautlos auf. Ja, mehr noch – für einen Moment hätte Frankenstein schwören können, daß sie sich Rowlfs Hand entgegenbewegte, als könne sie es kaum mehr erwarten, endlich geöffnet zu werden.

Aber das mußte eine Täuschung sein. In den letzten Stunden hatte er so viel Unmögliches und Unglaubliches erlebt, daß er wohl schon anfing, Gespenster zu sehen.

Ein heller Streifen flackernden gelben Lichtes wie das einer Petroleumlampe fiel ihnen entgegen, als sie die Tür öffneten, und die Stimmen wurden abermals lauter, waren aber noch immer nicht deutlicher zu verstehen – was nun allerdings eindeutig daran lag, daß sie sich nicht der englischen Sprache bedienten, sondern eines Idiomes, das Frankenstein zwar vage bekannt vorkam, das er aber nicht verstand. Ein kurzer, steil in die Tiefe führender Treppenschacht nahm sie auf. An seinem Ende befand sich eine zweite, offenstehende Tür.

Frankensteins Herz begann schnell und fast schmerzhaft hart zu schlagen, während er hinter Rowlf die ausgetretenen Stufen hinunterschlich.

Seine ganze Situation kam ihm mit jeder Minute lächerlicher vor – was zum Teufel tat er hier eigentlich? Er war drauf und dran, sich nicht nur in ein Abenteuer – gegen das er im Prinzip nichts einzuwenden gehabt hätte – zu stürzen, sondern in einen höchst unerfreulichen Tod, denn wenn in dem Raum dort unten noch mehr der bizarren Maschinenmenschen warteten, dann würden ihnen auch Rowlfs Riesenkräfte nicht mehr weiterhelfen. Und Frankenstein hatte das sichere Gefühl, daß sie ihr Glück zu sehr strapaziert hatten, um auf ein abermaliges Entkommen rechnen zu können.

Aber es war zu spät für solcherlei Überlegungen, denn in diesem Moment, fast als hätte er seine Gedanken gelesen, sprang Rowlf mit einem gellenden Schrei durch die Tür.

Bruder Carlsen und er hatten die Maschine in den Salon im oberen Stockwerk geschafft, wie Sarim de Laurec es ihnen befohlen hatte, und vor einer Stunde waren die anderen gekommen.

Seither warteten sie.

Es war sehr still in diesem großen, unheimlichen Haus. Nicht der mindeste Laut drang von der Straße herein und die einzigen Geräusche, die Bruder Allisdale seit einer geraumen Weile hörte, waren das regelmäßige Klicken und Summen der Maschine und das Ticken der bizarren Standuhr, die wie ein ganz bewußt häßliches Monstrum in einer Ecke des großen Raumes stand.

Allisdale wußte nicht, welches der beiden Dinge ihm mehr Angst einjagte – dieses Ungeheuer von Uhr mit seinem großen und den drei kleinen Zifferblättern, die alles mögliche anzeigen mochten, nur nicht die Zeit –, oder die Maschine, die reglos in einem Sessel hockte wie eine perfide Verhöhnung der menschlichen Form, die ihr Vorbild gewesen war. Nicht zum ersten Male, seit er in Sarim de Laurecs Dienste getreten – nun ja, im Grunde getreten worden – war, fragte er sich, ob ihr aller Tun wirklich richtig war. Konnte etwas so Gotteslästerliches wie eine Mensch-Maschine wirklich dem wahren Zweck dienen?

Und nicht zum ersten Male, seit er Gedanken solcher Art dachte, schien irgend etwas Unsichtbares, Böses durch sein Bewußtsein zu fahren und jede Spur von Zweifel hinwegzufegen. Von einer Sekunde auf die andere konzentrierte er sich wieder auf die Dinge, um derentwillen er hergekommen war.

»Die Zeit ist längst überschritten, Brüder«, sagte er. »Wir können nicht länger warten. Der Meister muß in Gefahr sein, sonst hätte er uns längst eine Nachricht zukommen lassen.«

Im ersten Moment antwortete keiner der anderen, obgleich Allisdale wohl nur ausgesprochen hatte, was sie alle dachten. Dann, nach einer Weile, stand der Däne Carlsen auf und rückte mit einer demonstrativen Bewegung sein Schwert zurecht. »Du hast recht, Bruder Allisdale. Wir sind gekommen, um diese Stätte des Teufels zu vernichten. Also laß uns nach oben gehen und nachsehen, was den Meister davon abgehalten hat –«

»Möglicherweise«, unterbrach ihn Bruder Jackson ruhig,

»wird den Meister absolut nichts mehr davon abhalten, dir die Zähne in den Hals zu schlagen, Carlsen.« Er grinste, erhob sich ebenfalls und machte erst eine Kopfbewegung auf die Maschine, dann zur Decke. »Unser Auftrag lautet, auf dieses Ding da aufzupassen und Sarim de Laurec nicht zu stören, nicht wahr? Allenfalls noch, ihn vor allzu neugierigen Fremden zu schützen, die vielleicht hierher kommen. Von Hinaufgehen hat er nichts gesagt. Jedenfalls mir nicht.«

Allisdale blickte den Yankee zornig an. Er konnte Jackson nicht leiden, und er hatte nie einen Hehl daraus gemacht. Um so mehr ärgerte es ihn, daß er so augenscheinlich recht hatte …

»Was fällt dir ein, in einem solchen Ton über den Meister zu reden?« fauchte er.

Jackson grinste. »Warum nicht? Er hört es doch nicht, oder?«

Allisdale setzte zu einer wütenden Entgegnung an, preßte aber dann nur die Kiefer aufeinander und wandte sich mit einem Ruck ab. Jackson wollte eine Konfrontation mit ihm provozieren, das war klar. Aber er würde sich nicht provozieren lassen – jetzt noch nicht. Wenn Jackson einen Kampf haben wollte, konnte er ihn bekommen, aber zu seinen Bedingungen.

»Ihr habt beide recht«, sagte Carlsen plötzlich. »Zwei von uns sollten hierbleiben und die Maschine bewachen. Die anderen können hinaufgehen und Bruder Sarim suchen.« Er starrte Jackson herausfordernd an. »Du siehst, Bruder, du kannst getrost hierbleiben.«

Jackson schluckte die Herausforderung wortlos hinunter, aber sein Gesicht verlor deutlich an Farbe. »Ich komme mit«, sagte er wütend.

»Bruder Frederik, Bruder Horst und ich auch.« Allisdale stand auf und starrte den Yankee mit einer Mischung aus Zorn und Triumph an. »Irgend jemand muß schließlich die Verantwortung übernehmen, oder?« fügte er hinzu.

Jackson schluckte auch diese neuerliche Provokation ohne Widerspruch. Er mußte wohl einsehen, daß der Moment schlecht gewählt war, seinen persönlichen Zwist mit Allisdale auszutragen. Aber seine Hand klatschte in einer Bewegung, die ganz und gar nicht so zufällig war, wie sie aussah, auf den langläufigen Colt, den er dort im Gürtel trug, wo seine Brüder ihre geweihten Schwerter trugen.

Es sah ziemlich albern aus, fand Allisdale. Außerdem verachtete er moderne Waffen; nicht nur bei Jackson. Ein Revolver machte für Allisdales Gefühl viel zuviel Lärm und war zudem keine geweihte Waffe. Zudem – und das war das Schlimmste – konnte jeder Idiot ihn abfeuern und damit Unsinn anstellen. Die wuchtigen Langschwerter, die er und seine Brüder zu ihrer Uniform zu tragen pflegten, waren viel präzisere Waffen. Jemand, der nicht damit umzugehen verstand, würde sich höchstens selbst einen Fuß oder einen Finger abschneiden. Aber in geübter Hand war ihre Wirkung verheerend.

Doch er sprach nichts von alledem aus, sondern trat stumm auf die Tür zu und machte eine auffordernde Kopfbewegung. »Geh voraus, Bruder Jackson.«

Jackson starrte ihn noch einen Moment lang zornig an, dann fuhr er auf dem Absatz herum und riß die Tür auf. Carlsen schüttelte den Kopf, als er an ihm vorbeistürmte.

»Irgendwann wird er sich selbst in den Fuß schießen mit diesem Ding«, murrte er, wohlweislich aber so leise, daß Jackson die Worte nicht verstehen konnte. »Ich weiß nicht, was sich der Meister dabei dachte, als er ihm erlaubte, diese Waffe zu tragen. Unter Balestrano hätte es das nicht gegeben«, setzte er giftig hinzu, als Allisdale nicht reagierte. »Wir –«

»Still jetzt«, sagte Allisdale scharf. »Du hast recht, Bruder, aber jetzt ist nicht der Moment, darüber zu streiten. Später.«

Carlsen blickte ihn einen Moment betroffen an, schwieg aber befehlsgemäß. Nebeneinander traten sie auf den Gang hinaus, wo Jackson bereits mit leicht gespreizten Beinen und angeschlagenem Colt Aufstellung genommen hatte, als gelte es, den Angriff einer ganzen Indianerhorde abzuwehren. Allisdale blickte ihn kopfschüttelnd an, gebot ihm mit einer Geste, weiterzugehen, und zog ebenfalls seine Waffe. Er fühlte sich einfach sicherer mit dem Gewicht des Schwertes in der Hand.

Jackson erreichte die kleine Tür am Ende des Ganges, die Sarim de Laurec ihnen beschrieben hatte, und untersuchte das Schloß. Mit einem zufriedenen Grinsen fingerte er in seiner Tasche herum und kramte einen Dietrich heraus. Doch bevor er ihn ins Schloß stecken konnte, schlug Allisdale mit seiner gepanzerten Rechten zu. Die Tür sprang krachend auf und gab den Weg frei. Allisdale übernahm die Führung. Mit gezogenem Schwert drang er in den Korridor ein. Carlsen und die anderen folgten ihm sofort. Jackson schlug leise fluchend die Tür zu und bedachte Allisdale mit einem wütenden Blick. Dann setzte auch er sich zögernd in Bewegung.

Wenigstens versuchte er es.

Wo vor dem Bruchteil einer Sekunde noch der Rücken von Bruder Frederik gewesen war, versperrte ihm plötzlich eine massive Wand den Weg; eine Wand, die seinen Vormarsch sehr abrupt – und alles andere als sanft – aufhielt.

Für Sekunden tanzten Sterne vor seinen Augen. Jackson taumelte zurück, preßte die Linke gegen die Nase und spürte warmes, klebriges Blut zwischen den Fingern. Erst dann – mit gehöriger Verspätung – sickerte die Erkenntnis dessen, was überhaupt geschehen war, in sein Bewußtsein durch.

Was nun nicht etwa bedeutete, daß er es verstand.

»Das ... das ist doch nicht möglich ...«, murmelte er. »Das gibt es doch einfach nicht!«

Wie zur Antwort erscholl in diesem Moment ein Lachen in seinen Ohren, ein Laut, der so bösartig klang, daß Jackson abermals vor Schrecken zusammenfuhr. Eine eisige Hand schien sich um sein Herz zu legen und zuzudrücken.

»Ruhig«, murmelte er. »Nur ruhig, alter Junge. Jetzt nicht die Nerven verlieren.« Er wechselte den Colt von der rechten in die linke Hand und tastete mit klopfendem Herzen die Wand vor sich ab. Sie bestand aus glattem, fugenlosen Ziegelmauerwerk. Jackson klopfte mit dem Kolben des Colts gegen die Mauer. Diesmal erfolgte eine Reaktion – wenn sie auch gänzlich anderer Art war, als Jackson erwartet hatte. »Ruhe, verdammt noch mal. Willst du das ganze Haus zusammentrommeln?« pfiff Allisdale ihn an. Seine Stimme war so klar, als stünde er direkt vor Jackson.

»Allisdale, Carlsen. Wo ... wo seid ihr?« stammelte Jackson. »Könnt ihr mich sehen?«

Alles blieb still. Eine Stille, die fürchterlich war. Jackson hörte ... nichts. Nicht einmal das Klopfen seines eigenen Herzens. Selbst das entsetzliche Lachen, das vor Augenblicken in seinen Ohren geklungen hatte, wäre ihm in diesem Moment wie eine Erlösung vorgekommen.

Aber alles blieb still. Nervös klopfte er noch einmal gegen

die Wand. Das Geräusch war so leise, daß er es kaum hören konnte.

»Bist du übergeschnappt, Jackson? Hör endlich auf, mit deiner Kanone auf die Wände einzuschlagen, und komm endlich her. Oder glaubst du, wir wollen hier unser Lager aufschlagen?« Allisdales Stimme klang jetzt gereizt.

Jackson drehte sich wie ein Kreisel um seine eigene Achse – und schrie entsetzt auf. Korridor und Tür waren ebenso spurlos verschwunden wie seine Gefährten. Dafür existierten plötzlich vier Wände, die ihn vollständig einschlossen. Sie waren so weit auseinander, daß er sie mit den Spitzen seiner ausgebreiteten Arme gerade noch erreichen konnte. Seine Angst schlug in jähe Panik um. »Allisdale, Carlsen, Frederik, wo seid ihr? Hört ihr mich denn nicht?« schrie er so laut er konnte.

»*Allisdale, Carlsen, Frederik, wo seid ihr*?« hallte das Echo höhnisch von den Mauern zurück. »*Wo seid ihr? Wo seid ihr? Wo seid ihr? Woseidihrseidihrseidihr*?!« Und dann dieses entsetzliche Lachen, dieses entsetzliche, gräßliche Lachen!

Jackson schlug die Hände gegen die Ohren und taumelte rücklings gegen die Mauer.

Sie gab wie noch nicht erstarrter Kautschuk nach. Gleichzeitig wuchsen Tentakel aus ihr heraus und schlangen sich um Jacksons Beine und seinen linken Arm.

Jackson versuchte sich loszureißen, doch je stärker er dagegen ankämpfte, desto fester schlossen sich die Fangarme um ihn. Nur seine rechte Hand blieb frei. Er schlug mit dem Coltgriff gegen die Fesseln, doch diese preßten sich so zusammen, daß er zu schreien begann. Dann schlang sich einer der dünnen, widerlich weichen Arme um seinen Hals.

»Hilfe!« kreischte er. »Helft mir doch, Brüder. Die Wand bringt mich um!« Doch um ihn war Schweigen.

Blind vor Panik riß er den Colt hoch und zog den Stecher durch. Der peitschende, in der Enge des Ganges vielfach widerhallende Knall zerriß ihm fast das Trommelfell.

Und dann geschah etwas Entsetzliches:

Vor seinen Augen lösten sich die Wände auf, wurden zu grauem Rauch, zu Schemen, dann zu nichts. Von einer Sekunde auf die andere waren sie verschwunden, so spurlos, als hätten sie niemals existiert. Ebenso wie die würgenden

Tentakel, die ihn vor einem Augenblick noch gehalten hatten.

Dafür sah er seine Gefährten wenige Meter vor sich stehen. Carlsen griff sich mit einem erstickten Laut an die Brust, blickte einen Sekundenbruchteil aus hervorquellenden Augen auf das frische rote Blut, das plötzlich auf seinen Fingern war – und kippte wie ein gefällter Baum zur Seite.

Allisdale war mit einem Sprung bei ihm, fiel auf die Knie herab und beugte sich über den Reglosen. Als er wieder aufstand, war sein Gesicht aschgrau.

»Jackson, du Narr. Du hast Carlsen erschossen«, flüsterte er mit tonloser Stimme.

»Aber das ... das ist ... großer Gott!« Jackson taumelte einen Schritt auf Carlsen zu, blieb wieder stehen, starrte auf den Revolver in seiner Hand und dann auf den Toten. »Die Wände«, flüsterte er. »Wo ... wo sind ...« Seine Stimme versagte. Ein hohes, fast hysterisches Wimmern kam aus seiner Kehle.

»Das wollte ich nicht«, stammelte er. »Bitte, Allisdale, du mußt mir glauben. Da waren plötzlich die Wände und ... und die Arme. Ich ...« Er brach hilflos ab und stolperte einen weiteren Schritt auf Allisdale zu. Dieser fuhr wie von einer Tarantel gestochen herum und riß sein Schwert hoch. Die Klinge funkelte wie ein gefangener Blitz in seiner Hand.

»Du verdammter Mörder«, zischte er. »Du ...«

»Allisdale – nein!« wimmerte Jackson. »Ich wollte es nicht. Ich –«

Aber Allisdale hörte nicht mehr zu.

Er hob sein Schwert und ließ es herabsausen.

Rowlf schnellte wie eine gespannte Stahlfeder in den Raum hinein, brüllend, mit weit ausgebreiteten Armen; ein Sprung, der ihn quer durch die kleine Kammer fliegen und zwei der drei Männer von den Füßen reißen ließ.

Den dritten begrub er unter sich.

Der Kampf dauerte alles in allem keine halbe Minute – aber Frankenstein konnte sich nicht erinnern, jemals ein solches Wüten gesehen zu haben wie das des rothaarigen Riesen.

Rowlf war so schnell wieder auf den Beinen, daß die drei Templer nicht einmal Gelegenheit fanden, überhaupt zu begreifen, was ihnen geschah. Mit einer blitzartigen Bewegung fuhr er hoch und herum, packte zwei der drei Burschen an den Kragen und schlug ihre Köpfe zusammen, daß sie bewußtlos hintenüber kippten. Der dritte – größte – Tempelritter beging den Fehler, nach seiner Waffe greifen zu wollen. Rowlf packte sein Handgelenk, verdrehte ihm den Arm und versetzte ihm einen Kinnhaken, der ihn gegen die Wand taumeln und zusammensinken ließ. Einen Moment lang blieb er noch stehen, geduckt, leicht nach vorne gebeugt und mit kampflustig geballten Fäusten, ehe er sich entspannte und zu Frankenstein umdrehte.

»Na, Doktorchen?« griente er. »War das nu' so schlimm?« Nicht einmal sein Atem ging schneller.

Frankenstein klappte verwirrt den Mund wieder zu, trat steifbeinig über einen der bewußtlos daliegenden Templer hinweg und sah sich um. Die Kammer war leer bis auf einen kleinen Tisch und fünf lehnenlose Hocker, von denen zwei während des Kampfes umgestürzt waren. In der jenseitigen Wand gab es eine weitere, mit wuchtigen eisernen Riemen beschlagene Tür.

»Wir ... sollten sie binden«, schlug Frankenstein schüchtern vor, als Rowlf die Hand nach der Tür ausstreckte und daran rüttelte. Sie war verschlossen.

Rowlf schüttelte den Kopf. »Wozu?« fragte er. »Die nächsten drei, vier Stunden steh'n die Heinis bestimmt nich' mehr auf. Un' wenn, werd'n se 'nen schönen Brummschädel ham.« Er betrachtete mißmutig das schwere rostige Vorhängeschloß, mit dem die Tür verriegelt war, nuschelte sich etwas in den Bart – und brach es mit einer fast gelangweilten Bewegung auseinander. Frankensteins Unterkiefer klappte nach unten.

Die Tür enthüllte eine neuerliche, wiederum ein gutes Stück in die Tiefe führende Treppe. Wie weit, dachte Frankenstein verstört, mochten sich die Eingeweide von Andara-House noch in den Leib der Erde hinab erstrecken? Sie waren schon in einem Keller unter dem Keller, und nun ging es noch einmal weiter hinab ...

Aber Rowlf gab ihm auch jetzt keine Gelegenheit, irgendwelche Zweifel oder Einwände zu äußern, sondern packte ihn kurzerhand am Arm und zerrte ihn mit sich. Eine weitere verschlossene Tür – die Rowlf auf die gleiche unkomplizierte Art öffnete wie die obere - erwartete sie am Ende der Treppe, und dahinter …

Dahinter lag ein Wirklichkeit gewordener Alptraum.

Frankenstein unterdrückte mit letzter Kraft einen Schrei, als er hinter Rowlf in den gewölbten Kellerraum trat und sah, was sie erwartete.

Längs der beiden Seitenwände hingen, an massiven daumendicken Fleischerhaken, fast ein Dutzend menschlicher Körper. Der Anblick war so entsetzlich, daß Frankensteins Atem für einen Moment stockte.

Dann sah er, was es wirklich war.

Die vermeintlichen Toten hatten niemals gelebt.

Es waren keine Menschen, sondern lebensgroße, ihren Vorbildern perfekt nachgebildete Maschinen …

»Großer Gott«, stammelte Frankenstein. »Was.. was ist das?«

»Dem Lausdreck sein Gruselkabinett«, antwortete Rowlf zornig. »Sin' alle da – seh'n se?« Er deutete der Reihe nach mit der Hand auf die schlaff dahängenden, nackten Gestalten. »Gray, Cohen, Lord Darender … die ganze Saubande.«

Frankenstein erkannte voller Schrecken, daß Rowlf recht hatte. Mehr als eines der jetzt erschlafften Gesichter erkannte er – und zwei davon hatte er ja erst im Laufe der vergangenen Nacht gesehen, unter höchst unerfreulichen Umständen.

Von einer Mischung aus Grauen und morbider Faszination erfüllt, näherte er sich der Cohen-Puppe und sah ihr ins Gesicht. Die Haut, die den metallenen Schädel bedeckte, war gerissen; blitzendes Eisen und dünne, zum Teil zerrissene kupferne Drähtchen und Leitungen waren darunter sichtbar. Frankensteins Hände begannen zu zittern.

»Wir müssen … sie zerstören«, murmelte er. »Das ist … das ist Gotteslästerung, Rowlf.«

»Das is' vor allem 'ne Riesensauerei«, stimmte Rowlf zu. »Aba jetz' suchen wer ersmal H. P. un' die andern. Danach könn'se die Blechheinis meinetwegen eigenhändig zu Klump hau'n, Doktorchen.«

Er grinste, drehte sich herum und streckte die Hand nach der Türklinke aus.

Aber er führte die Bewegung nicht zu Ende. Denn in diesem Moment schrie Viktor Frankenstein gellend auf.

Er hatte auch allen Grund dazu. Die Hand der Cohen-Puppe, neben deren schlaff aufgehängtem Körper er stand, hatte sich blitzartig um seinen Arm gekrallt und zugedrückt.

Sarim de Laurec erstarrte mitten in der Bewegung. Das Bild, das er gerade noch so gebannt angestarrt hatte, verschwamm vor seinen Augen, wurde unwichtig, ebenso wie alles andere.

Seine Geschöpfe waren in Gefahr!

Er wußte nicht, woher dieses Wissen kam, aber es war da, urplötzlich und mit unerschütterlicher Gewißheit. Für einen kurzen, sehr klaren Moment glaubte er zwei Gestalten zu sehen, die eine hünenhaft und breitschultrig, die andere klein, beinahe zierlich, und beide von einer spürbaren Aura des Feindlichen umgeben.

Sie hatten das Versteck gefunden!

Sarim fluchte ungehemmt, fuhr auf der Stelle herum und ließ sich wieder auf die Couch sinken, auf der er die Nacht verbracht hatte. Zitternd vor Aufregung schloß er die Augen, faltete die Hände auf der Brust und versuchte, sich mit Gewalt zur Ruhe zu zwingen. Er brauchte all seine Konzentration, um seine Geschöpfe über die große Entfernung hinweg zum Leben zu erwecken.

Ohne die *neue Macht* in seinem Schädel wäre ihm dies sicherlich nicht gelungen. Aber wie schon so oft zuvor meldete sich auch jetzt das finstere Tier in seinem Bewußtsein, stellte ihm seine Kraft und Energie zur Verfügung, und Sarim de Laurecs geistige Fühler griffen hinaus ans andere Ende der Stadt und berührten das geheimnisvolle Etwas in den Metallschädeln seiner Geschöpfe, das aus seelenlosem Eisen und Kupfer lebende, denkende Kreaturen werden ließ. Dann …

Sarim de Laurec spürte es, ehe es wirklich geschah.

Irgend etwas, das sich seinem Begreifen entzog, griff nach seinem Gehirn und tat irgend etwas mit jenem geheimnisvollen Teil, der für seine übersinnlichen Kräfte verantwortlich war. Aus den Strömen pulsierender, lebenerschaffender Energie wurde …

Sarim schrie auf und versuchte die Verbindung zu unterbrechen.

Aber es war zu spät.

Frankenstein warf sich zurück, verlor auf dem schlüpfrigen Boden den Halt und stürzte. Aber er fiel nicht, denn die stählerne Hand der Cohen-Puppe hielt ihn noch immer fest und preßte seinen Arm mit erbarmungsloser Gewalt zusammen. In den Augen des Maschinenmenschen war ein düsteres, unheimliches Lodern erschienen. Sein gespaltenes Gesicht verzerrte sich zu einer Grimasse der Wut.

Und er war nicht der einzige, der zum Leben erwachte!

Eine nach der anderen begannen sich sämtliche Puppen zu regen. Hände hoben sich, noch zitternd und ungelenk, Beine begannen zu strampeln, in gläsernen Augen glomm ein satanisches Feuer auf. Eine der Kreaturen griff nach oben, klammerte sich mit beiden Händen an den Haken, an dem sie baumelte, und hängte sich selbst ab.

»Halt aus, Viktor!« brüllte Rowlf. »Ich komme!«

Aber er erreichte Frankenstein nicht. Der nachgemachte Lord Darender, an dem er vorüberstürmte, griff blitzschnell mit beiden Händen zu, packte Rowlfs Kopf und hielt ihn fest. Rowlf stieß einen keuchenden Laut aus, verlor die Balance und wäre fast gestürzt. Mit aller Kraft begann er sich zu wehren und auf den Maschinenmenschen einzuschlagen, aber ebensogut hätte er versuchen können, Big Ben mit bloßen Händen einzureißen.

Was folgte, war der reine Irrsinn.

Die beiden Maschinen, die Rowlf und Frankenstein hielten, regten sich nicht – aber die anderen begannen der Reihe nach von ihren Haken herunter zu steigen und sich den beiden hilflosen Männern zu nähern. Eiserne Hände streckten sich nach Frankenstein aus; kalte, mit dünnem Kautschuk überzogene stählerne Finger tasteten nach seinem Gesicht, glitten über seinen Körper …

Und dann ertönte ein heller, peitschender Knall. Ein grellweißer Blitz blendete Frankenstein. Die Luft stank plötzlich nach verschmortem Gummi und heiß gewordenem Metall, und mit einem Male war der entsetzliche Druck auf seinem Arm verschwunden. Frankenstein taumelte, fiel hilflos zu Boden und sah, wie Rowlf ebenfalls zur Seite wankte und stürzte, als die Hände, die ihn gehalten hatten, erschlafften.

Wir durch einen Schleier hindurch sah Frankenstein eine der entsetzlichen Maschinenkreaturen auf sich zutaumeln, die

Hände gierig nach ihm ausgestreckt, ein mörderisches Glühen in den Augen.

Aber ihre Bewegungen waren seltsam ungelenk, beinahe ziellos. Und plötzlich nahm das Glühen in ihren Augen zu, wurde zu einem grellweißen Feuer, das lodernd aus ihren geschwärzten Augenhöhlen hervorbrach, glosende Finger aus Glut über den Schädel schickte, Metall und Gummi und falsches Haar in Brand setzte und sich weiterfraß, bis Kopf und Oberkörper des schrecklichen Geschöpfes zu einem flammenspeienden Vulkan zu werden schienen.

Und nicht nur diese eine Puppe brannte!

Die Vernichtung raste wie eine unsichtbare Sense durch den Raum. Eine nach der anderen begannen Sarim de Laurecs Puppen zu wanken. Grelles Feuer brach aus ihren metallenen Schädeln, erfüllte den Raum mit gleißendem Licht und schier unerträglicher Hitze. Frankenstein stöhnte, wälzte sich instinktiv auf den Bauch und verbarg das Gesicht in der Armbeuge, während die Maschinenmenschen in einer rasenden Orgie aus Hitze und Licht und peitschenden Explosionen vergingen.

Und dann war es vorbei. Das Krachen und Zischen verstummte, und als Frankenstein nach einigen weiteren Sekunden vorsichtig den Kopf hob, erblickte er nur noch ein Dutzend ausgeglühter, sonderbar verrenkt daliegender Gestalten, die nurmehr entfernt an menschliche Körper erinnerten. Die Hitze war noch immer unerträglich. Aber die Gefahr schien vorüber.

Eine Hand berührte ihn. Er schrak zusammen, fuhr hoch und blickte in Rowlfs hektisch gerötetes Gesicht.

»Alles klar?« fragte der rothaarige Riese.

Frankenstein lächelte schief. »Sicher doch«, sagte er. »Was soll schon sein? Abgesehen von der Tatsache, daß ich wahrscheinlich in der geschlossenen Abteilung des Irrenhauses sitze und mir das alles hier nur zusammenphantasiere, fehlt mir gar nichts.«

Rowlf grinste, lupfte ihn mit einer reichlich unsanften Bewegung in die Höhe und stieß eine in dunklem Rot glühende, skelettierte Metallhand mit dem Fuß zur Seite. »Sehn'se, Doktorchen«, sagte er. »Ihre Konkurrenz hat auch mit gewissen Schwierigkeiten zu kämpfen. Geht eben nix über die gute alte Methode, Menschen herzustellen, wa?«

Frankenstein fand Rowlfs Humor reichlich unpassend, zog es aber vor, zu schweigen. Mühsam richtete er sich ganz auf, fuhr mit der Hand über die tränenden Augen und sah Rowlf fragend an. »Und jetzt?«

Die Antwort auf diese Frage wurde Rowlf abgenommen, denn in diesem Augenblick flog die Tür auf, und ein wuchtiger, dunkler Schatten fiel in den Raum. Rowlf zuckte zusammen und hob ganz automatisch die Fäuste.

Wenigstens zur Hälfte. Dann öffnete er den Mund und starrte den kahlköpfigen Riesen in der Uniform der Tempelherren an, der unter der Tür erschienen war.

Frankenstein konnte Rowlfs Verblüffung nur zu gut verstehen. Vermutlich war es das erste Mal, daß sich Rowlf einem Mann gegenübersah, der noch größer war als er. Und ein gutes Stück massiger.

»Was geht hier vor?« fauchte der Templer. »Wer seid ihr?«

Mit einem Satz war der Mann bei Rowlf, packte ihn bei der Brust und drängte ihn gegen die Wand. Rowlf riß instinktiv die Arme hoch, doch der rechte Haken des Templers fegte seine Deckung beiseite und knallte sehr präzise gegen seine Kinnspitze.

Rowlfs Augen wurden glasig. Dem nächsten Hieb entging er nur, weil ihm die Knie weich wurden und er ein Stück in sich zusammensank. Die kinderkopfgroße Faust des Templers krachte unsanft gegen die Wand. Er schien es nicht einmal zu bemerken.

Als Rowlf wieder halbwegs klar denken konnte, lag er am Boden und sah den Tempelritter wie einen Baum über sich hochragen.

»Das war nich' fair«, knurrte Rowlf, stemmte sich halb hoch und spuckte den ausgeschlagenen Backenzahn aus.

»Zum Teufel, ich habe gefragt, wer ihr seid!« brüllte der Templer, versetzte Rowlf eine schallende Ohrfeige und holte gleichzeitig mit dem Fuß aus, um ihn zu treten.

Rowlf rollte sich blitzschnell zur Seite. Das war sein Glück. So bekam er nur einen Wischer über dem linken Ohr ab. Trotzdem reichte es, um ihn Sterne sehen zu lassen. Der Templer nützte seinen Vorteil eiskalt aus und deckte Rowlf mit einer Serie von Haken ein, die diesen abermals bunte Sterne sehen ließen.

Verzweifelt versuchte Rowlf, dem anderen Paroli zu bieten. Doch der Templer war um mindestens fünfzig Pfund schwerer als er – und dabei war kein Gramm Fett. Außerdem kaute Rowlf immer noch am ersten Haken herum. Trotzdem landete er einige Treffer auf dem breitflächigen Gesicht des anderen, die für den Templer wohl nicht mehr als Mückenstiche waren, die ihn höchstens nur noch wütender machten. Rowlfs Bewegungen wurden immer unkontrollierter und fahriger.

»Äh, Verzeihung, Sir«, sagte Frankenstein. »Wenn ich vielleicht auch –«

Der Templer erstarrte, fuhr mit einer schnellen Bewegung herum und grabschte mit seinen gewaltigen Pranken nach Frankenstein. »Was willst du, Zwerg?« brüllte er.

Seine Bewegung war vielleicht etwas zu schnell. Frankenstein versuchte nicht etwa, ihm auszuweichen, sondern trat dem Giganten im Gegenteil einen Schritt entgegen, duckte sich fast beiläufig unter seinen zupackenden Händen hindurch – und traf ihn mit dem Zeigefinger recht unsanft ins linke Auge.

Der Templer brüllte vor Schmerz und Wut, sprang zurück und schlug die Hand vor das schmerzende Auge.

Und so kurz diese Ablenkung war – sie reichte Rowlf.

Mit einem zornigen Knurren stieß er sich von der Wand ab, setzte seine zur Faust geballte Hand auf das andere Auge des Templers – und schickte noch eine Serie kurzer, harter Hiebe hinterher, die den Bullen aus dem Gleichgewicht brachten. Stöhnend taumelte er gegen die Wand, versuchte vergeblich, seinen Gegner auszumachen und ging gleich darauf vollends zu Boden.

Aber so hart der Schlag gewesen sein mochte, seine Kraft war noch nicht gebrochen. Plötzlich sprang der Riese wieder hoch, aber diesmal griff er weder Rowlf noch Frankenstein an, sondern stürmte mit gesenktem Schädel durch die nach oben führende Tür. Seine Schritte verklangen polternd auf der Treppe.

Frankenstein blickte ihm kopfschüttelnd nach. »Es ist immer dasselbe mit diesen großen, starken Männern«, sagte er. »Jede Menge Muskeln, aber nichts im Kopf.«

Rowlf warf ihm einen giftigen Blick zu, ging aber nicht weiter auf seine Bemerkung ein, sondern arbeitete sich fluchend in die Höhe und wischte sich das Blut aus dem Gesicht. »Den Kerl kauf' ich mir«, grollte er. »Sie bleim hier, Doktorchen. Schaun'se nach, ob H. P. un' die andern hier irgendwo sin'. Ich komm' zurück, sobald ich dem Ochsen das Gebiß gradegerückt hab'.« Damit fuhr er herum und stürmte hinter dem flüchtenden Tempelritter her.

»Rowlf!« kreischte Frankenstein. »Nein! Ich flehe Sie an, bleiben Sie hier! Sie ... Sie können mich doch hier nicht allein lassen!«

Aber Rowlf konnte.

»Bist du wirklich sicher, daß dies der richtige Weg ist, Bruder Allisdale?« Frederik blieb stehen und starrte mißmutig die Treppe hinauf, deren Stufen sich weit über ihnen im Nichts zu verlieren schienen. Seine Stimme klang sonderbar hohl, als befänden sie sich in Wahrheit in einer gewaltigen Höhle, nicht in einem engen, muffig riechenden Treppenschacht.

Allisdale antwortete nicht gleich. Es fiel ihm schwer, sich auf Bruder Frederiks Frage zu konzentrieren. Der Schock über Carlsens Tod saß ihm noch in den Knochen. Es war so ... so sinnlos gewesen.

Und er verstand es nicht. Bruder Jackson war alles andere als sein oder Carlsens Freund gewesen. Aber dieser kaltblütige Mord ...

»Bruder de Laurec hat mir seine Pläne bezüglich dieses Hauses nicht gänzlich enthüllt«, sagte er schließlich ausweichend. »Doch ich weiß genau, daß er das Dachgeschoß aufsuchen wollte, um von dort aus seine Aktionen durchzuführen. Außerdem fühle ich, daß dieser Weg zu ihm führt«, fügte Allisdale ungehalten hinzu. »Geht weiter.«

Frederik starrte ihn an, auf diese ganz bestimmte Weise, die Allisdale sagte, daß er mit seinen Worten alles andere als einverstanden war. Er rührte sich nicht.

»Ich habe dir einen Befehl gegeben«, sagte Allisdale scharf.

»Ich weiß«, antwortete Frederik. Seine Lippen verzogen sich zu einem dünnen, nervösen Lächeln. Seine Hand spielte am Griff des Schwertes. »Wir sollten hier verschwinden«, sagte er unvermittelt. »Dieses ... dieses Haus macht mir Angst, Bruder Allisdale. Etwas Schreckliches wird geschehen, wenn wir weitergehen. Ich fühle es.« Seine Stimme klang beinahe flehend, und für einen kurzen Moment spürte auch Allisdale die unsichtbare Bedrohung, die von den grauen Wänden und dieser auf sonderbare Weise ins Nichts führenden Treppe auszugehen schien.

Dann straffte er sich mit einem sichtlichen Ruck, fuhr herum und lief, immer zwei Stufen auf einmal nehmend, die Treppe hinauf. Er würde diesen Feiglingen zeigen, daß Sarim de Laurec ihn nicht von ungefähr zum Anführer der Gruppe ernannt hatte.

Aber keiner der beiden anderen folgte ihm.

Und mit einem Male war er allein.

Plötzlich war nur noch die Treppe da, der enge Schacht, der sich erstickend um ihn schloß, die muffig riechende Luft, die Stufen, die im Nichts endeten, und das immer stärker werdende Gefühl von Bedrohung.

Abrupt blieb er stehen, fuhr herum, starrte nach unten, dann wieder nach oben und versuchte vergeblich, der Angst Herr zu werden, die mit grauen Spinnenfingern nach seinem Verstand zu greifen begann.

Wo waren die anderen? Er war durch keine Tür gegangen, um keine Biegung – aber sie waren fort. In diesem Treppenschacht war niemand mehr außer ihm. Und die Stufen erstreckten sich weiter nach oben, als er sehen konnte.

»Heda!« rief er. »Frederik, de Granville – wo seid ihr? Antwortet doch!« schrie Allisdale.

Aber die einzige Antwort, die er bekam, war das Echo seiner eigenen Stimme, verzerrt und tausendfach gebrochen, so daß es eher wie höhnisches Gelächter in seinen Ohren klang.

Nein, nicht *wie*. Es war ein Lachen, ein tiefes, grollendes Lachen, das höhnisch auf seine Rufe antwortete. Allisdales Rechte umklammerte den Schwertgriff in seinem Gürtel. Mit aller Macht kämpfte er die aufsteigende Panik zurück und begann die steinernen Wände des Treppenganges zu untersuchen. Er konnte nirgendwo Anzeichen einer Geheimtür entdecken.

Um einiges unruhiger geworden, überprüfte er nacheinander die Stufen der Treppe, und als er auch da nichts fand, was auf einen verborgenen Gang hinwies, sah er zur Decke hoch.

Es war keine Decke mehr.

Der Gang schien auf den Kopf gestellt zu sein. Als wäre die Schwerkraft aufgehoben, erstreckten sich nun auch dort oben schmale, ausgetretene Holzstufen, wie in einem bizarren Spiegelbild, und auf ihnen ... Frederik und de Granville.

Oder das, was sie einmal gewesen waren.

Sie waren versteinert.

Erstarrt in dem Stein, der sich um sie geschlossen hatte. Nur einzelne Gliedmaßen, nun selbst zu Stein geworden, ragten noch aus der Decke heraus. Auf de Granvilles Gesicht war ein Ausdruck des Entsetzens erstarrt, das Bruder Frederiks war gnädig abgewandt, zum Teil mit der Wand verwachsen, gegen das es gepreßt war. Seine Hand streckte sich noch im Tod Allisdale entgegen.

Allisdale schrie vor Schreck auf und trat unwillkürlich einen Schritt zurück. Sofort verlor er den Halt, prallte hilflos gegen die Wand und stürzte rücklings die Treppe hinab. Er überschlug sich mehrmals, schlug hart mit dem Hinterkopf gegen eine Stufe und verlor für Sekundenbruchteile das Bewußtsein, gewann die Besinnung jedoch zurück, noch ehe sein rasender Sturz zu Ende war. Doch dann reagierte sein kampfgestählter Körper fast von selbst.

Allisdale lenkte seinen Fall so, daß er mit dem Rücken gegen die Wand prallte. Der Stoß preßte ihm die Luft aus den Lungen, bunte Kreise tanzten vor seinen Augen. Der wahnsinnige Treppenschacht kippte vor ihm zur Seite, schien sich für einen entsetzlichen Moment zu drehen und zu biegen wie ein zu gräßlichem Leben erwachter Schlauch. Wieder hörte er dieses böse Lachen, ein Laut, der ihm schier das Blut in den Adern gerinnen ließ. Er hatte nur noch Angst.

Irgendwie gelang es ihm, den Sturz mit den Armen abzufangen und sich an einer Stufe festzuhalten. Stöhnend wälzte er sich auf den Rücken und setzte sich auf. Sein Blick streifte die Decke. Seine toten Gefährten waren wieder genau über ihm.

Frederiks Gesicht war ihm jetzt direkt zugewandt.

Und der Ausdruck des Entsetzens darin hatte sich in ein boshaftes, durch und durch zynisches Lächeln gewandelt. Er ...

Er lebte noch!!!

Allisdale brüllte auf, sprang hoch und begann die Treppe

hinaufzurennen wie von Furien gehetzt und blind vor Entsetzen.

Der Rest war schon beinahe zu leicht. Frankenstein hatte noch wenige Augenblicke verstört dagestanden und die Tür angestarrt, durch die Rowlf verschwunden war, aber schließlich war das Entsetzen, mit dem ihn dieser mit ausgeglühten metallenen Teilen übersäte Raum erfüllt hatte, stärker gewesen als seine Furcht; er hatte ein armlanges Eisenstück aufgenommen und sich der Tür genähert, durch die der Riese aufgetaucht war.

Dahinter erstreckte sich ein kurzer, von einer brennenden Fackel erhellter Gang, in dessen Stirnwand eine Tür aus niedrigen Eisenbohlen eingelassen war, zu Frankensteins Erleichterung jedoch nur mit einem wuchtigen Riegel verschlossen.

Er hatte eine sehr bestimmte Ahnung von dem, was er hinter dieser Tür finden würde. Trotzdem begann sein Herz vor Aufregung zu jagen, als er seine improvisierte Keule von der rechten in die linke Hand wechselte und den Riegel zurückzog.

Im ersten Moment sah er nichts außer Schwärze. Unsicher trat er zurück, löste die Fackel aus ihrer Halterung und trat geduckt durch die niedrige Tür.

Der flackernde rote Lichtschein des brennenden Holzes ließ die zusammengekauerten Gestalten von fast einem Dutzend Menschen aus der Dunkelheit treten. Die meisten von ihnen schienen zu schlafen oder starrten mit leerem Blick vor sich hin, aber einer von ihnen hob den Kopf, als Frankenstein eintrat.

»Howard!« rief er. »Gottlob, du lebst!«

Howard starrte ihn an, öffnete den Mund, um etwas zu sagen, brachte aber keinen Laut hervor. Als er die Hände zu heben versuchte, sah Frankenstein, daß sie mit einer Kette zusammengehalten und zusätzlich mit einem eisernen Ring im Boden verbunden waren. Rasch kniete er neben Howard nieder, zerrte einen Moment ebenso sinnlos wie vergeblich an den rostigen eisernen Gliedern und kam endlich auf die Idee, seinen Eisenstab als Hebel zu benutzen, um Howard zu befreien.

»Viktor«, murmelte Howard. »Wie ... wie kommst du hierher?«

»Das ist eine lange Geschichte«, antwortete Frankenstein ausweichend. »Bedank dich bei deinem Freund Rowlf. Ohne ihn hätte ich euch niemals gefunden.« Er hatte das erste Glied der Kette aufgebogen, ließ keuchend die Arme sinken und sah zu, wie Howard sich selbst befreite. »Alles in Ordnung?«

»Ich ... denke schon«, antwortete Howard ausweichend. »Was ist mit –«

»Immer der Reihe nach«, unterbrach ihn Frankenstein. »Hilf mir, die anderen zu befreien.«

Howard gehorchte. Mit Frankensteins improvisiertem Hebel gelang es ihnen innerhalb kurzer Zeit, das knappe Dutzend Gefangener zu freizubekommen und Frankenstein war nicht besonders überrascht, als er nicht nur Dr. Gray und Lordoberrichter Lord Darender, sondern auch alle anderen Gesichter wiedererkannte, die er draußen – aus Stahl und Gummi nachgeahmt – vorgefunden hatte. Einige der Männer befanden sich in einem bemitleidenswerten Zustand. Wie Howard ihm erklärte, waren sie zum Teil seit Tagen hier unten gefangen.

Wenn Frankenstein erwartet hatte, sofort mit Fragen bestürmt zu werden, so sah er sich getäuscht. Die meisten Männer schienen schlichtweg froh zu sein, endlich aus ihrem lichtlosen Gefängnis herauszukommen, und fragten nicht viel nach dem Wieso und Woher ihres so unerwartet aufgetauchten Retters. Zudem befanden sich zumindest drei von ihnen in einem körperlichen Zustand, der – vorsichtig ausgedrückt – als kritisch zu bezeichnen war.

Erst als die drei Männer halbwegs versorgt waren, nahm Howard Frankenstein beiseite und begann ihn auszufragen.

»Das Beste wird sein, ich zeige es euch«, sagte Frankenstein. Er wandte sich zu Darender um. »Fühlen Sie sich kräftig genug, mitzukommen, Sir?«

Darender stemmte sich schnaubend hoch und schloß sich ihm und Howard an, ebenso wie Cohen, der bisher kein Wort gesprochen hatte, sondern Frankenstein nur so finster anstarrte, als wäre er der Alleinschuldige an ihrer ganzen Misere.

Der Zorn auf seinen Zügen schlug in jähe Betroffenheit um, als sie den Gang durchquerten und in die Maschinenkammer gelangten. Auch Lord Darenders Augen wurden rund vor Unglauben und Entsetzen – vor allem, als er niederkniete und in einem der halb zerschmolzenen Kunstgesichter sein eigenes Konterfei erblickte.

»Großer Gott«, flüsterte er. »Was ist das?«

»Wie Rowlf es ausdrückte – de Lausdrecks Gruselkabinett«, antwortete Frankenstein.

»Wessen?« fragte Howard.

»Sarim de Lausdreck«, antwortete Frankenstein. »Er sagte, du würdest ihn kennen.«

Howards Mundwinkel zuckten, aber er nickte bloß, ließ sich auf ein Knie sinken und drehte eine der bizarr zusammengeschmolzenen Metallskulpturen auf den Rücken. »Was ist hier geschehen?« fragte er. »Wart ihr das?«

Frankenstein lachte humorlos. »Nicht unbedingt«, sagte er. »Ich muß gestehen, daß ich keine Ahnung habe, was überhaupt passiert ist. Rowlf und ich sind in den Keller gegangen –«

»In welchen Keller?« unterbrach ihn Cohen. »Woher wußten Sie überhaupt, daß wir hier sind?«

»Wir wußten es nicht«, antwortete Frankenstein, etwas schärfer, als er eigentlich beabsichtigt hatte. »Nachdem wir von Ihrem und Dr. Grays Doppelgänger um ein Haar ermordet worden wären, sind wir zu Mr. Cravens Haus zurückgekehrt. Wir fanden es von Tempelrittern besetzt. Rowlf und ich folgten ihrer Spur und gelangten hierher. Das war alles. Sie sehen«, fügte er spitz hinzu, »es ist kein Verrat und keine Heimtücke im Spiel, mein lieber Inspektor.«

»Cravens Haus?« wiederholte Cohen ungläubig. »Das hier ist der Keller von Andara-House?«

»Genau«, bestätigte Frankenstein.

»Das ist der Gipfel der Unverschämtheit«, grollte Cohen. »Erzählen Sie weiter.«

»Es gibt nicht mehr viel zu erzählen«, sagte Frankenstein. »Wie gesagt, wir kamen hierher und entdeckten diese Puppen. Kaum hatten wir den Raum betreten, griffen sie uns an. Was dann geschehen ist, weiß ich einfach nicht. Auf jeden Fall ist eine nach der anderen regelrecht explodiert. Zu unserem Glück. Eine Minute später …«

»Und Rowlf?« fragte Howard besorgt.

Frankenstein deutete mit einer Kopfbewegung nach oben. »Er verfolgte einen ihrer speziellen Freunde, Howard. Ich denke, er wird ihn erwischt haben. Wäre es anders, wären wir bisher wohl kaum unbehelligt geblieben.«

»Aber wieso –«, begann Cohen, wurde aber sofort wieder von Howard unterbrochen:

»Später Inspektor. Jetzt lassen Sie uns einmal die Verletzten hier herausbringen. Um Sarim de Laurec und seine Anhänger kümmern wir uns danach.«

Er lächelte matt. »Sarims größte Waffe ist die Heimtücke. Und jetzt, wo wir alle wissen, was gespielt wird, werden wir auch mit ihm fertig.« Er wandte sich an Frankenstein. »Wie viele Templer sind im Haus?«

»Woher soll ich das wissen?« fragte Frankenstein. »Ich sah zwei in die Bibliothek hinaufgehen. Drei, die wir überwältigen konnten. Dazu den einen, den Rowlf verfolgte ... Aber es können genausogut zwei Dutzend sein. Ich würde vorschlagen, wir machen einen kleinen Umweg über Scotland Yard und lassen uns eine Hundertschaft Polizeibeamter mitgeben.«

»Warum nicht gleich die Royal Navy?« fragte Cohen spitz. Er zog eine Grimasse. »Nur keine Sorge. Mit diesen Blechidioten werden wir auch so fertig.« Er ballte kampflustig die Fäuste. »Gehen wir.«

Sie verließen den Keller. Cohen, Frankenstein und Howard stützten die drei kritischen Fälle, die kaum mehr die Kraft hatten, auf eigenen Füßen zu stehen, während Lord Darender und Gray, der trotz seines Alters eine erstaunliche Zähigkeit an den Tag legte, vorauseilten. Sie durchquerten den zweiten Raum, in dem die drei Templer lagen, die Rowlf ausgeschaltet hatte, nahmen die Treppe in Angriff und standen wenige Augenblicke später vor der Tür, die in den oberen Keller von Andara-House hinaufführte.

Genauer gesagt, hinaufgeführt hatte.

Frankenstein prallte überrascht zurück, als Lord Darender die Tür aufstieß und statt des erwarteten Gerümpelkellers das samtene Blau des Nachthimmels über ihnen lag.

»Andara-House?« murmelte Cohen mißtrauisch.

Frankenstein sagte vorsichtshalber gar nichts. Mit einem

Satz war er bei der Tür, drängte Gray unsanft beiseite und erstarrte mitten im Schritt.

Die Wand, in der die Tür eingelassen war, gehörte zu einem baufälligen Lagerschuppen, der in einer schier endlosen Reihe gleichförmiger Gebäude stand. Vor ihnen, nur einen Steinwurf entfernt, schimmerte das Wasser der Themse. Ein finsterer Schatten glitt in einiger Entfernung vorüber.

Es war völlig unmöglich, dachte Frankenstein entsetzt – aber sie befanden sich nicht in Robert Cravens Haus, sondern in unmittelbarer Nähe des Hafens. Am anderen Ende der Stadt.

Allisdale rannte wie von Furien gehetzt die Treppe hinauf. Es war ihm egal, wohin sie führte. Er wollte nur endlich aus dem Treppengang heraus. Immer wieder sah er im Laufen nach oben, aber die versteinerten Körper seiner Gefährten blieben immer auf gleicher Höhe mit ihm, als bewegte er sich in Wahrheit gar nicht von der Stelle oder als folgten sie ihm. Das Lächeln auf Bruder Frederiks Zügen war zu einer höhnischen Teufelsfratze geworden. Sein Mund formte Worte, nein – Laute, wie sie keine menschliche Kehle jemals hervorbringen konnte, während sich seine steingewordenen Hände langsam aus der Wand lösten, dünne, klebrig glitzernde Fäden hinter sich herziehend, und seine Hand sich Allisdales Gesicht entgegenstreckte.

Allisdale kreischte vor Angst, kam aus dem Tritt und stolperte über eine Stufe. Er fiel, prallte gegen die Wand und zerrte in einer reflexhaften Bewegung das Schwert aus dem Gürtel. Fast, als gehorche sie einem eigenen, schrecklichen Willen, bewegte sich die Klinge nach oben, beschrieb einen perfekten Halbkreis und prallte gegen die gierig ausgestreckte Steinklaue, die nach seinem Gesicht greifen wollte.

Der Laut von Stahl, der auf Stein trifft, blieb aus. Blut tropfte herab. Und Allisdale begann zu begreifen, daß er einer gräßlichen Täuschung erlegen war. Aber seine Arme bewegten sich weiter, wie von einem mörderischem Willen beseelt, packten das Schwert fester und ließen die Klinge wirbeln.

Dann war es vorbei.

Die Treppe war wieder eine Treppe, der entsetzliche

Schacht nichts als ein von Staub verhangenes Treppenhaus und Allisdale sah sich den Körpern seiner beiden Kameraden gegenüber, de Granville tot, Bruder Frederik dem Tode nahe.

Allisdales Magen schien sich zu einem festen, harten Klumpen zusammenzuziehen, als er endgültig begriff, war er getan hatte. Was geschehen war. Bruder Frederik starrte ihn an. Seine Augen waren groß und dunkel vor Schmerz, und eine Düsternis war darin, die mit jedem Herzschlag zunahm. »Du … du hast uns … du hast uns umgebracht, Bruder«, flüsterte er.

Allisdale ließ das Schwert sinken, fiel vor Frederik auf die Knie und streckte die Hände aus, als wolle er ihn berühren. »Gott«, stammelte er. »Was … was habe ich getan? Das … das wollte ich nicht.« Plötzlich kam ihm zu Bewußtsein, daß dies fast genau die gleichen Worte waren, die Jackson benutzt hatte. Und er begann zu ahnen, was dem Amerikaner widerfahren war …

»Es tut mir leid, Brüder«, murmelte er. »Das wollte ich nicht. Vergebt mir.«

Aber er bekam keine Antwort mehr. Die beiden Templer waren tot. Und nach einer Weile stand er auf, drehte sich herum und begann, mit schleppenden Schritten die Treppe weiter emporzusteigen.

Irgendwann hörte er hölzerne Stufen unter seinen Füßen knacken. Er blieb überrascht stehen und fand sich auf einer schwankenden Stiege wieder, die auf eine halb geöffnete Tür zuführte. Allisdales Blick wanderte unwillkürlich zur Decke. Die schrecklichen Visionen waren ebenso verschwunden wie die steinernen Stufen, die scheinbar endlos in die Höhe geführt hatten.

Aber welcher neue Schrecken, dachte er matt, mochte hinter dieser Tür lauern?

Und irgendwie wußte er, daß es der Tod war.

Wenn er Glück hatte.

Sehen.

Nach einer Endlosigkeit, die ich durch Finsternis gestürzt war, konnte ich wieder sehen – graue, flache Schemen zuerst, ein Bild, das unscharf war und ohne Farbe, wie eine nicht sonderlich gelungene fotografische Aufnahme, dann mehr und mehr Einzelheiten, die jedoch alle flach und ohne die dritte Dimension blieben, die den Dingen erst Leben verleiht, dann, ganz allmählich, blasse Farben.

Ich hatte noch immer das sehr intensive Gefühl, endlich wieder einen Körper zu haben – und noch immer das ebenso intensive Empfinden, daß es alles andere als mein Körper war. Ich versuchte mich zu besinnen, was geschehen war, wie ich hierher kam und wo dieses Hier überhaupt sein mochte, aber die Gedanken wirbelten wild und unkontrollierbar hinter meiner Stirn durcheinander. Ganz instinktiv versuchte ich, die Hand zu heben.

Es ging nicht.

Ich erschrak, versuchte es noch einmal und sah endlich ein, daß ich mich nicht bewegen konnte. Ich konnte auch nicht atmen, ja, nicht einmal blinzeln. Ich brauchte es auch nicht.

Wo zum Teufel war ich??!

Für einen Moment übermannte mich schiere Panik. Hätte ich es gekonnt, ich hätte geschrien und um mich geschlagen, aber das Was-immer-es-sein-mochte, in dem ich gefangen war, war selbst der allerkleinsten Bewegung unfähig.

Irgendwo am Rande meines Gesichtsfeldes bewegte sich etwas, wurde deutlicher, wuchs zu einer Gestalt heran und –

Abermals hatte ich das Bedürfnis, aufzuschreien, als ich erkannte, wen ich da vor mir hatte.

Ich starrte Sarim de Laurec an, ohne zu begreifen, was mit mir geschehen war. Etwas in mir beharrte darauf, daß ich noch lebte. Dabei spürte ich noch immer den Druck des sich zusammenziehenden Strickes um meinen Hals und in meinen Ohren hallte noch das Echo meines eigenen geistigen Todesschreies wider. Für einen ganz kurzen, dem Wahnsinn sehr nahen Augenblick war ich davon überzeugt, in der Hölle zu sein, zusammen mit Sarim de Laurec, dem wahnsinnig gewordenen Puppet-Master des Templerordens. Dann, sehr viel später, gewann mein klarer Verstand wieder die Oberhand, und ich begriff, daß ich weder tot noch in Luzifers Gefilden war.

Aber ich lebte auch nicht.

Mir wurde flau im Magen – oder dem, was ich an dessen Stelle hatte. Ich war tot und war es doch nicht. Mein Körper mochte zerstört sein, doch mein Geist existierte weiter. Und es war eine grauen-

hafte Existenz, denn ich war gefangen in etwas, das ich nicht sehen konnte, das mich aber wie mit eisernen Ketten hielt.

Gefangen.

Auf ewig gefangen. Vielleicht gab es die biblische Hölle nicht wirklich und dies war die ewige Verdammnis, von der alle Religionen in der einen oder anderen Art berichteten.

Konnte es etwas Schlimmeres geben als für alle Zeiten zu sehen, zu hören und zu denken –

– und sonst nichts?!

Sarim de Laurec bewegte sich unstet auf und ab. Sein Hasten erinnerte mich an die Bewegungen eines gefangenen Tigers, der in seinem Käfig hin und her lief, und jetzt, als er mir – was immer ich sein mochte – näher kam, erkannte ich auch, daß er sich verändert hatte.

Ich hatte Sarim de Laurec als asketischen, aber durchaus gesunden und sportlichen Mann kennengelernt. Die Jammergestalt, die jetzt vor mir auf und ab ging, hatte nichts mehr mit dem Franko-Araber gemein, den ich in Paris getroffen hatte.

Er war so ausgemergelt, daß er fast wie ein Skelett wirkte. Sein Gesicht war eingefallen und grau, ein grinsender Totenschädel, in dem die Augen wie dunkle Löcher wirkten. Blut lief aus einer kaum fingernagelgroßen Wunde in seiner Schläfe und versickerte in seinem Kragen, aber er schien es nicht einmal zu bemerken. Seine Bewegungen waren ruckhaft und irgendwie mühsam; sie erinnerten eher an die Bewegungen eines seiner Maschinengeschöpfe als an die eines lebenden Menschen.

Dann kam er näher, und als ich in seine Augen blickte, vergaß ich sein bizarres Aussehen sofort.

Denn in seinen dunklen Pupillen war nicht nur die Angst – sondern auch ein winziges Spiegelbild meiner selbst.

Des entsetzlichen Dinges, in dem ich gefangen war.

Ein lebensgroßes, farbiges Gemälde, in einen goldbesetzten Rahmen gefaßt und achtlos gegen die Wand gelehnt.

Und im gleichen Moment überflutete mich Wissen wie eine feurige Woge.

Plötzlich war alles so klar. All die geheimnisvollen Dinge,

die ich mit und in diesem Haus schon erlebt hatte. Howards innerste Andeutungen, daß Andara-House alles andere als ein lebloses Gebilde aus Stein und Mörtel war. Das Bildnis meines Vaters, das ich bei meinem ersten Eintreffen unten in der Halle bemerkt hatte und das mich mit solch sanftem Spott zu betrachten schien. Die gigantische, unsichtbare Hand, die mich während meines Umherirrens im Raum zwischen Tod und Leben berührt und zurückgezogen hatte – es war nichts anderes als dieses Haus.

Der Geist dieses Hauses, das letzte, finale Erbe meines Vaters, ein gewaltiges, vielleicht nicht einmal unbedingt freundlich gesonnenes Etwas, das dieses Haus erfüllte – nein: *beseelte*! – und es beinahe zu einem lebenden Wesen werden ließ. Einem Wesen, das nicht nur Sarim de Laurecs Männern heftigen Widerstand entgegensetzte, sondern mich gleichsam beschützt, meinen entfliehenden Geist zurückgezerrt und in diesem Bild materialisiert hatte. Eine zweite Chance.

Und im gleichen Moment, in dem ich diesen Gedanken dachte, spürte ich, wie das Leben endgültig in meinen Körper zurückfloß.

Rowlf war so sehr außer Atem, daß er mehr aus der Tür stolperte als daß er ging. Für Sekunden begann sich der finstere Keller um ihn zu drehen, der scharfe Geschmack, der eine bevorstehende Übelkeit ankündigte, breitete sich in seinem Mund aus, und er glaubte jeden einzelnen Hieb des Templers noch immer mit der gleichen Wucht wie im ersten Moment zu spüren.

Was seinen Kampfeswillen nun keineswegs dämpfte.

Ganz im Gegenteil.

Für die Dauer von drei, vier mühsamen Atemzügen blieb er stehen, wartete, bis das Schwindelgefühl hinter seiner Stirn nachließ, und sah sich wild um. Von dem Templer war keine Spur mehr zu sehen, aber Rowlf hörte seine schweren, tappenden Schritte.

Schritte, die näherkamen!

»Zum Teufel noch mal, wo bist du Feigling!« brüllte er. »Komm raus und zeig dich!« Er hatte kaum damit gerechnet, daß der Mann seiner Aufforderung wirklich folgen würde – aber er tat es.

Ein gewaltiger Schatten wuchs zwischen den Kistenstapeln vor Rowlf auf, größer als er selbst, ein tödliches Blitzen in der rechten Hand.

»Es war ziemlich dumm von Ihnen, mir zu folgen«, sagte der Templer ruhig. »Ich muß Sie töten, daß ist Ihnen hoffentlich klar.«

Rowlf schürzte abfällig die Lippen. »Versuch's doch, Männeken«, sagte er. »Mit dem Käsemesser da würd' ich auch 'ne dicke Lippe riskieren.«

Ein kurzes amüsiertes Lächeln huschte über die Lippen des Riesen. Aber er steckte seine Waffe nicht ein, wie Rowlf insgeheim gehofft hatte, sondern packte das Schwert im Gegenteil mit beiden Händen und spreizte leicht die Beine, um einen festen Stand zu haben.

»Es tut mir leid«, sagte er. »Ein Kampf zwischen uns wäre sicherlich eine interessante Erfahrung – aber leider bleibt mir keine Zeit, fair zu sein.«

Und damit schlug er zu.

Rowlf hatte mit dem Hieb gerechnet und die Klinge keinen Sekundenbruchteil aus den Augen gelassen. Trotzdem entging er dem Schlag nur um Haaresbreite und mit einem Hüpfer, der ihn aus dem Gleichgewicht brachte und rücklings zu Boden stürzen ließ.

Der Templer brüllte triumphierend, vollführte eine unglaublich schnelle Pirouette und ließ sein Schwert niedersausen. Rowlf rollte sich zur Seite, versuchte gleichzeitig eine Beinschere anzusetzen und trat ins Leere, als der Templer mit einer eleganten Bewegung beiseite steppte. Dann sauste das Schwert zum dritten Male nieder und diesmal sah Rowlf schon im Ansatz, daß der Hieb treffen würde. Er war zu schnell und zu präzise, als daß ein Ausweichen noch möglich gewesen wäre.

Aber der Schmerz kam nicht.

Der Templer strauchelte. Einer der Steine, auf denen er stand, gab urplötzlich unter seinem Körpergewicht nach. Der Mann taumelte, und der Hieb verfehlte sein Ziel.

Noch bevor der Riese sein Gleichgewicht wiederfand, sprang Rowlf auf ihn zu und versetzte ihm einen Stoß, der den Giganten haltlos zurücktaumeln ließ

Direkt in die offenstehende Tür hinein.

Sie fiel zu.

Ganz von selbst und mit so ungeheurer Wucht, daß sie den Mann wie ein titanischer Faustschlag treffen und kopfüber die Treppe hinunterkatapultieren mußte.

Aber das dumpfe Poltern, auf das Rowlf wartete, kam nicht. Statt dessen erscholl auf der anderen Seite der Tür ein Knirschen und Mahlen, ein fürchterlicher Laut, dem eine halbe Sekunde später ein ersticktes Keuchen folgte.

Dann war Stille.

Langsam, die rechte Hand zum Schlag erhoben, näherte sich Rowlf der Tür und streckte die Linke nach dem Schloß aus.

Die Tür schwang wie von Geisterhand auf, noch ehe seine Finger die rostige Klinke berührten.

Und was er sah, ließ ihm das Blut in den Adern erstarren.

Da war keine Treppe mehr. Kein Gang. Keine Fortsetzung des Kellergewölbes. Statt dessen stand er vor einer massiven, mit Moos und schmierigem grauem Schimmel bewachsenen Wand.

Eine Wand, aus der gerade noch eine Hand des Templers geragt hatte – bis sie mit einem saugenden Geräusch im Stein verschwand …

Sarim de Laurec starrte das Bild an. Er wußte nicht, warum, aber irgend etwas schien ihn magisch daran anzuziehen, etwas, das es ihm unmöglich machte, sich auf andere, viel wichtigere Dinge zu konzentrieren. Er spürte, daß seine Pläne im Scheitern begriffen waren. Jemand – etwas hatte seine eigenen Kräfte genutzt, um seine Geschöpfe zu vernichten. Zudem hatte er den Tod seiner Männer miterlebt, mit den gleichen, ihm selbst unverständlichen Kräften, mit denen er solche Gewalt über sie gehabt hatte.

Und trotzdem schien all dies unwichtig geworden zu sein. Seine ganze Aufmerksamkeit galt diesem Bild.

Es war unmöglich und vollkommen verrückt, aber er war einfach sicher, daß es sich bewegt hatte. Irgend etwas hatte sich geändert, etwas, das er nicht in Worte fassen konnte, aber um so deutlicher spürte. Das Lächeln Roderick Andaras war … böse.

Ja, das war es, dachte er schaudernd. Das gemalte Gesicht starrte ihn voll bösem Triumph an, und es war eine Sicherheit in diesem Triumph, die ihn abermals erschauern ließ.

Er hob die Hand wie um das Bild zu berühren – und konnte es nicht. So sehr er sich auch bemühte – es ging nicht. Irgend etwas, das stärker war als sein freier Wille, hinderte ihn nachdrücklich daran, sich dem Gemälde Roderick Andaras weiter als auf einen halben Yard zu nähern.

Roderick Andaras ...?

Sarim de Laurec betrachtete das Gemälde genauer.

Das ... das war nicht Roderick Andara. Der Mann mit dem scharfgeschnittenen Gesicht und der weißen Strähne im Haar war –

– Robert Craven!!!

Und dann begann sich das Bild zu bewegen.

Sarim de Laurec schrie.

Es dauerte lange, bis Rowlf sich von dem schrecklichen Anblick losreißen konnte. Wie war das möglich? Die Mauer hatte den Tempelritter verschlungen, hatte ihn wie ein durstiger Schwamm in sich aufgenommen.

Mit weit ausgestrecktem Arm griff Rowlf nach der Tür, warf sie ins Schloß und fuhr mit einem Ruck herum. Aber das Bild verfolgte ihn noch lange, auch, als er sich endlich aus seiner Starre löste und den Keller über die nach oben führende Treppe verließ.

Er erreichte die Halle, blieb einen Moment stehen und lauschte, aber der einzige Laut, den er überhaupt hörte, war das dumpfe Hämmern seines eigenen Herzens, ein Geräusch, das ihm so laut schien, als müsse man es in jedem Winkel des Hauses hören.

Auf Zehenspitzen ging er die Treppe hinauf, blieb auf dem obersten Absatz stehen und sah aufmerksam nach rechts und links. Nichts. Das Haus schien wie ausgestorben. Aber schließlich hatte er die beiden Tempelritter gesehen, die aus dem Keller gekommen waren. Und das Ding, das sie mitgebracht hatten.

Vorsichtig ging er weiter, erreichte die Bibliothek und

preßte für einen Moment das Ohr gegen die Tür. Er hörte noch immer nichts, aber irgendwie war er sicher, daß sie da waren – die beiden Templer und die Puppe.

Sein Herz begann wie rasend zu schlagen, als er die Hand auf die Klinke legte und sie Millimeter für Millimeter herunterdrückte. Ein schmaler, gelbweißer Lichtstreifen fiel auf den Gang hinaus, wurde zu einem hell erleuchteten Dreieck und wuchs weiter, als Rowlf die Tür vollends aufstieß.

Die beiden Templer waren da. Aber sie stellten keine Gefahr mehr dar.

Sie waren tot.

Der eine lag vor der Tür, als hätte er im letzten Moment noch versucht, sie zu erreichen, und auf seinen erloschenen Zügen war das gleiche ungläubige Entsetzen zu lesen wie auf denen des Templers im Keller. Um seinen Hals lag die Kante eines großformatigen Berberteppichs, zu einem Strang gedreht.

Rowlf trat behutsam über den Toten hinweg, drückte die Tür wieder ins Schloß und näherte sich dem zweiten Templer, der in sonderbar verrenkter Haltung vor dem Kamin lag. An dem steinernen Sims über ihm klebte eingetrocknetes Blut.

Rowlf wußte für den Moment nicht, welches Gefühl stärker in ihm war – seine Erleichterung oder das prickelnde Entsetzen, das ihn beim Anblick der beiden Toten überfiel. Es war, dachte er entsetzt, als kämpfe dieses Haus selbst gegen die Eindringlinge. Aber das war unmöglich.

Er verscheuchte den Gedanken, richtete sich wieder auf und hielt nach der Puppe Ausschau.

Sie war nicht mehr da. Er durchsuchte jeden Schrank im Zimmer und blickte selbst in den Kamin hinauf, aber die Puppe war verschwunden.

Mit einem Gefühl immer stärker werdender Beunruhigung verließ Rowlf die Bibliothek, blieb einen Moment unschlüssig stehen und machte sich dann daran, das Haus Zimmer für Zimmer zu durchsuchen.

Es dauerte fast eine halbe Stunde, bis er die Treppe zum Dachgeschoß hinaufstieg.

Es war ein verzweifelter Wettlauf mit der Zeit. Und ich wußte, daß ich ihn verlieren würde.

Ich spürte wie das Leben immer stärker in meinen Körper zurückkehrte. Schon konnte ich die Finger ein wenig bewegen, atmen, blinzeln; mein rechter Fuß hatte sich schon ganz aus dem Bild gelöst.

Sarim de Laurec, der bisher wie erstarrt vor dem Bild gestanden hatte, begann sich wieder zu regen. Wenn er seine Überraschung erst überwunden hatte, würde mir auch das Haus nicht mehr helfen können, das wußte ich.

Mit aller Kraft stemmte ich mich gegen den Sog, der mich im Bild festhalten wollte. Es war grauenhaft. Ich hatte das Gefühl, in Stücke gerissen zu werden, nein, schlimmer noch, mich selbst in Stücke zu reißen. Tränen stiegen mir in die Augen und rannen an meinen Wangen herab. Immer wieder verschwamm der Raum vor mir und immer wieder geriet ich in Gefahr, wieder in den schwarzen Strudeln zu versinken. Der Tod verlangte sein Recht.

Sarim erhob sich taumelnd und glotzte mich mit blödem Ausdruck an. Dann verzog sich sein Gesicht zu einer Grimasse tödlichen Hasses. Er machte einen Schritt in meine Richtung, hob die Hand, und plötzlich erkannte ich die Mündung einer kleinen, aber mit Sicherheit tödlichen Derringer-Pistole zwischen seinen Fingern.

»Du lebst also noch, du verdammter Hund!« knurrte er, mit einer Stimme, die nichts Menschliches mehr hatte. »Aber diesmal schützt dich dein Zauber nicht!«

Die Dielenbretter unter seinen Füßen knackten hörbar. Sarim keuchte, kämpfte einen Moment lang mit wild rudernden Armen um sein Gleichgewicht – und brach mit dem rechten Fuß ein.

Und ich erhielt einen heftigen Stoß in den Rücken, der mich förmlich aus dem Bild hinausfegte. Mit dem linken Arm wehrte ich Sarims Schußwaffe ab und rammte ihm gleichzeitig das rechte Knie in den Leib. Sarim klappte zusammen und stürzte röchelnd zu Boden. Ich trat ihm die Pistole vollends aus der Hand und blieb über ihm stehen.

»Geben Sie auf, de Laurec«, sagte ich. »Es ist aus. Sie haben verloren!«

»Das glaubst du!« keuchte er. Und stieß mit dem Fuß nach

mir. Ich sprang beiseite und besann mich plötzlich der Tatsache, daß ich zwar auf wunderbare Weise wiedergeboren war, aber nicht etwa nackt wie einst Adam.

Die Klinge des Stockdegens glitt wie von selbst aus ihrer Hülle und verharrte einen halben Inch vor Sarim de Laurecs Kehle.

»Geben Sie auf, de Laurec«, sagte ich noch einmal. »Oder ich schwöre Ihnen bei Gott, daß ich Sie töten werde.«

Meine Drohung schien Sarim de Laurec nicht sonderlich zu beeindrucken. Ganz im Gegenteil. Statt vor Furcht zu erstarren, wie es sich gehört hätte, verzog er sein Gesicht plötzlich zu einem häßlichen Grinsen. Seine Augen funkelten mich tückisch an.

»Töte ihn nicht, Allisdale«, sagte er. »Ich will ihn lebend.«

Ich lächelte geringschätzig. »Dieser Trick ist ein wenig zu alt, Sarim«, sagte ich. Im gleichen Augenblick sah ich einen Schatten aus den Augenwinkeln und wirbelte herum.

Den Bruchteil einer Sekunde zu spät. Ich sah in das verzerrte Gesicht des Templers und erkannte mit entsetzlicher Klarheit, daß es zu spät war. Verzweifelt versuchte ich, meinen Degen zu heben, aber die Bewegung war zu langsam. Allisdale holte aus dem Handgelenk aus und knallte mir die Breitseite seines Schwertes vor den Schädel, daß ich für Sekunden nur noch Sterne sah.

Ich taumelte, fiel auf die Knie und drängte die aufkommende Bewußtlosigkeit mit aller Macht zurück. Trotzdem konnte ich nicht richtig sehen. Die Gestalten Sarim de Laurecs und des so jäh aus dem Nichts aufgetauchten Tempelritters verschwammen immer wieder vor meinen Augen. Ein heftiger Schmerz tobte in meinem Schädel. Sie werden mich töten, dachte ich matt. Ich war von den Toten zurückgekehrt, aber nur, um gleich noch einmal – und diesmal endgültig – umgebracht zu werden.

Aber der tödliche Streich kam nicht. Noch nicht.

Sarim de Laurec starrte mich einen Herzschlag lang haßerfüllt an, stand umständlich auf und gebot Allisdale mit einer herrischen Geste, zurückzutreten.

»Du lebst«, zischte er. »Ich weiß nicht wie, aber du lebst, Craven. Gut.« Er ballte seine dürre Hand zur Faust. »Ich könnte dich töten, gleich hier und jetzt. Aber es wäre zu ehrenvoll, durch eine heilige Klinge zu sterben. Du hast das Anrecht auf einen langsamen, qualvollen Tod, Robert Craven. Wir sehen uns wieder, mein Wort darauf. Vielleicht eher, als du es dir träumen läßt. Und dann werde ich dich zertreten wie eine Natter.«

Und damit wandte er sich um und ließ mich zurück, so verblüfft und erleichtert wie wohl noch nie zuvor in meinem Leben.

Was danach geschah, vermag ich beim besten Willen nicht mehr genau zu sagen. Irgendwie gelang es mir wohl, auf die Füße zu kommen und den Dachboden zu verlassen und irgendwie schaffte ich sogar die Hälfte der Treppe, ohne mir den Hals zu brechen.

Dann tauchte ein rothaariger Hüne unter mir auf, stieß einen ungläubigen Schrei aus und fing mich auf, als mir endgültig die Sinne schwanden.

Als ich wieder zu mir kam, lag ich auf der Couch in meinem Arbeitszimmer, und Howard massierte meine Schläfen. Ich schloß für einen Moment die Augen, stöhnte leise und öffnete sie sehr behutsam wieder. Nein, es war keine Halluzination – das Gesicht über mir gehörte tatsächlich meinem alten Freund Howard Lovecraft.

»Wo … wo kommst du her?« murmelte ich verstört.

Howard runzelte die Stirn, hörte auf, meine Schläfen zu massieren, und sah mich beinahe strafend an. »Das ist eine lange Geschichte«, sagte er. »Aber findest du nicht, daß du uns erst einmal die gleiche Frage beantworten solltest?«

Wen meinte er mit uns? Verwirrt setzte ich mich auf, schwang die Beine von der Couch und wäre fast hinterhergefallen, weil mir prompt schwindelig wurde. Howard stützte mich.

Howard war nicht allein. Außer ihm befanden sich noch Rowlf, Dr. Gray, der Lordoberrichter Darender, mein ganz spezieller Freund Cohen und ein etwa vierzigjähriger, sehr blasser Mann im Raum, der mir vollkommen fremd war.

»Also, Craven – wo zum Teufel sind Sie gewesen?« fauchte Cohen.

Ich starrte ihn an, grinste schief und sagte: »Ganz in seiner Nähe, mein lieber Freund.«

Cohens Gesicht verfinsterte sich. »Was soll das heißen?«

fauchte er. »Wie wäre es mit einer klaren Antwort auf eine klare Frage?«

»Lassen Sie ihn, Cohen«, mischte sich Lord Darender ein. »Sie sehen doch, daß er noch nicht vollends bei Sinnen ist.«

»Oh«, murmelte ich, »wenn es das nur wäre. Ich fürchte, das Schlimme ist gerade, daß ich wach bin.«

Lord Darenders Gesicht verwandelte sich in ein fleischgewordenes Fragezeichen. »Was soll das heißen?«

»Sie haben doch selbst meine Hinrichtung angeordnet, oder?« fragte ich. »Nun, ich wurde hingerichtet.«

»Aber das ist –«

»Es ist mir egal, was Sie davon halten«, unterbrach ich ihn ungeduldig. »Nehmen Sie zur Kenntnis, daß ich noch lebe. Und daß ich beabsichtige, diesen Zustand noch mindestens fünfzig Jahre beizubehalten«, fügte ich mit einem finsteren Blick in Cohens Richtung hinzu.

Howard erstickte den drohenden Streit im Keim, indem er eine herrische Handbewegung machte und auf Rowlf deutete. »Rowlf hat uns erzählt, was hier geschehen ist – soweit er es wußte, heißt das. Aber sein Bericht weist gewisse ... Lücken auf. Was ist hier wirklich passiert?«

»Verdammt, ich weiß es nicht!« fauchte ich. »Glaub es, oder glaub es nicht, aber ich war tot!«

»Interessant«, sagte der vierte, mir unbekannte Mann. »Und Sie erinnern sich an diesen – äh ... Zustand?«

Ich warf ihm einen schrägen Blick zu und überging die Frage.

»Später, Viktor«, sagte Howard rasch. »Ich bin sicher, Robert wird dir später zur Verfügung stehen. Im Moment sollten wir ihm vielleicht ein wenig Ruhe gönnen. Uns allen«, fügte er mit einem hörbaren Seufzer hinzu. Er lächelte. »Ich habe mir erlaubt, bei Mrs. Winden eine Kanne ihres berühmten Kaffees zu bestellen. Danach können wir in aller Ruhe reden.«

Wie auf ein Stichwort hin klopfte es in diesem Moment an der Tür. »Das wird sie sein«, sagte Howard, wandte sich um und drückte die Klinke herunter.

Vor der Tür stand nicht Mrs. Winden.

Vor der Tür stand –

– ich.

Eine Sekunde lang starrte Howard Robert Craven II aus hervorquellenden Augen an, dann stieß er einen komischen Laut aus, taumelte zurück – und ging keuchend zu Boden, als ihm der nachgemachte Hexer in den Leib boxte.

Und dann brach die Hölle los.

Cohen riß eine Pistole aus der Rocktasche und feuerte, vier-, fünf-, sechsmal hintereinander, bis der Hammer klickend ins Leere schlug. Jeder einzelne Schuß traf. Ich sah, wie die Haut meines Doppelgängers weggerissen wurde. Aber darunter kamen kein Blut und Fleisch zum Vorschein, sondern blinkendes Metall.

Ungerührt marschierte die Puppe weiter, schlug quasi im Vorübergehen Lord Darender und Viktor nieder, und näherte sich mir.

Cohen brüllte vor Wut, schleuderte ihr seine leergeschossene Waffe entgegen und riß einen Stuhl hoch.

Sarim de Laurecs Schreckensgebilde machte sich nicht einmal die Mühe, den Hieb abzuwehren. Cohen zerschmetterte den Sessel auf ihrem Schädel und ging gleich darauf zu Boden, als das Ungeheuer ihn mit einer fast flüchtigen Geste beiseite fegte.

Und endlich erwachte auch ich aus meiner Lähmung.

Ich sprang hoch, tauchte unter einer zupackenden Stahlklaue hindurch und warf mich mit einem verzweifelten Satz auf die Tür zu.

Und um ein Haar in die Spitze des Schwertes, das mir Bruder Allisdale entgegenstreckte.

Im letzten Moment korrigierte ich meinen Sprung, landete reichlich unsanft an der Wand und sank halb benommen zu Boden.

Das erste, was ich sah, als die bunten Kreise vor meinen Augen erloschen, war Sarim de Laurecs ausgemergeltes Totenkopfgesicht, das zu einem höhnischen Grinsen verzogen war.

»Nun, Craven?« kicherte er. »Habe ich dir nicht gesagt, daß wir uns wiedersehen werden? Es hat allerdings ein wenig länger gedauert, als ich ursprünglich beabsichtigte«, fügte er zynisch hinzu. »Ich muß mich für die Verzögerung entschuldigen. Aber ich wollte warten, bis wir vollzählig sind. Wie ich sehe, hat es sich gelohnt.« Er kicherte irre, versetzte mir einen rüden Stoß vor die Brust und trat an Bruder Allisdale vorbei ins Zimmer. Sein Blick glitt über die Gestalten der anderen, die sich – mit Ausnahme Cohens, der das Bewußtsein verloren hatte – nur mühsam vom Boden hochrappelten.

»Es tut mir leid, daß ich Ihnen solche Unbill bereiten muß, meine Herren«, sagte er höhnisch. »Aber ihre unqualifizierte Einmischung hat meine Pläne ein wenig durcheinander gebracht, so daß ich mich gezwungen sah, zu improvisieren.«

»Du Wahnsinniger!« keuchte Howard. »Hast du noch immer nicht genug Schaden angerichtet?«

Sarims Lächeln wurde eisig. »Ah, Bruder Howard«, sagte er, in einem Ton, als sähe er Howard jetzt tatsächlich zum ersten Mal. »Immer noch der alte, wie? Aber ich fürchte, diese Runde gewinne ich.« Er deutete auf den Maschinenmenschen mit meinem Gesicht. »Wie schade, daß du nicht mehr erleben wirst wie perfekt mein zuverlässiger Freund hier die Rolle Robert Cravens spielen wird. Wer weiß – vielleicht ist es ganz gut, daß er noch lebt. Ein lebender Craven mag nützlicher sein als ein toter. Zumal, wenn ich mir seiner Loyalität so sicher sein kann wie in diesem Fall.«

»Damit kommst du nicht durch!« sagte Howard ruhig. »Der Orden –«

»Der Orden«, unterbrach ihn Sarim de Laurec eisig, »existiert nicht mehr. Dank dem Eingreifen deines idiotischen Freundes ist er seiner gesamten Führungsspitze beraubt worden. Es wird ein paar Jahre dauern, bis er sich reorganisiert hat.« Er kicherte. »Und ich habe das Gefühl, ich kenne den Namen des neuen Großmeisters.«

»Du bist ja wahnsinnig«, murmelte Howard. »Größenwahnsinnig!«

»Das mag sein«, sagte Sarim kichernd. »Aber besser wahnsinnig als tot, meinst du nicht?« Sein Lächeln erlosch. »Und nun –«

Von der Tür her erscholl ein dumpfer Schlag. Sarim fuhr herum und sah gerade noch, wie Bruder Allisdale mit verdrehten Augen in die Knie brach und gleich darauf zur Seite kippte.

»Un' nu«, führte Rowlf den angefangenen Satz zu Ende, »isses endgültig genug, Lausdreck.« Er ballte die Fäuste. »Ich hab' die Schnauze voll von dir un' deinen blöden Puppen.«

Sarim de Laurec starrte ihn an, wohl eher betäubt vor Unglauben über eine solche Dreistigkeit denn vor Furcht, schien etwas sagen zu wollen, brachte aber nur einen keuchenden Laut hervor.

Mit wütend geballten Fäusten stapfte Rowlf auf Sarim de Laurec zu und hob die Hand, um ihn zu schlagen. Sarim wich im allerletzten Moment zur Seite, wirbelte herum und starrte meinen mechanischen Doppelgänger an. Sein ausgestreckter Arm wies auf Rowlf. »TÖTE!« befahl er.

Die Puppe setzte sich nahezu lautlos in Bewegung, die Hände gehoben und zu Krallen geformt.

»Um Gottes willen!« schrie ich. »Rowlf, tu es nicht!«

Aber Rowlf schien blind für die tödliche Gefahr, in der er schwebte.

Es war wie eine getreuliche Wiederholung der Szene, die ich vor etwas mehr als einem Jahr in Paris erlebt hatte. Auch damals hatte Rowlf den Fehler begangen, eine dieser entsetzlichen Kreaturen angreifen zu wollen.

Und ganz genau wie einst holte Rowlf zu einem Schwinger aus, in dem die ganze ungeheuerliche Kraft seiner Muskeln lag. Damals in Paris hatte er sich die Hand gebrochen.

Ein dumpfer, knirschender Laut erscholl. Ich sah, wie Rowlfs Körper unter der Wucht des Hiebes erbebte, wie sich sein Gesicht zu einer Grimasse der Qual verzerrte.

Aber auch die Puppe wankte.

Ein langer, gezackter Riß erschien in ihrem Gummigesicht. Ein helles Zischen erklang, dann sprühten winzige weißblaue Funken aus ihren Augen. Die bizarre Kreatur wankte, streckte wie in einem blinden Reflex noch einmal die Arme nach Rowlf aus –

– und stürzte wie ein gefällter Baum zu Boden. Ihr Kopf zerbarst vollends, als sie aufschlug.

»Was ...«, keuchte Sarim de Laurec. Aus hervorquellenden Augen starrte er sein zerstörtes Geschöpf an, sichtlich unfähig, zu begreifen, was überhaupt geschehen war.

Aber auch ich rang mühsam um meine Beherrschung und blickte fassungslos immer wieder von Rowlf zu der gestürzten Puppe und zurück. »Wie in Dreiteufelsnamen hast du das gemacht?« flüsterte ich.

»Blöde Frage«, nuschelte Rowlf. »Ich kenn' die Blechköppe

inzwischen, oda?« Er warf Viktor einen wütenden Blick zu, dessen Sinn ich zwar nicht verstand, unter dem dieser aber sichtlich in sich zusammenzuschrumpfen schien. »Von wegen nur Muskeln und kein bißchen Gehirn. Auf die Typen fall' ich bloß einma' rein«, nuschelte er – und ließ das Hufeisen fallen, das er sich über die rechte Faust gestreift hatte …

Siebtes Buch

IN DER FESTUNG DES DSCHINN

Die Arabische Wüste, im September 1865.

Das Heulen des Windes klang wie das Wehklagen verfluchter Seelen, für immer den schrecklichen Qualen des Höllenfeuers ausgesetzt. Der Sand, der vom Sturm hochgewirbelt, legte sich einem Schleier gleich vor das rote Auge der sinkenden Sonne und ließ die Wüste grau und düster erscheinen.

Dennoch war es nicht dunkel genug, um die Verfolger von ihrer Spur abzubringen. Im Gegenteil: näher und näher kamen sie heran, unbeugsame Entschlossenheit in den harten Gesichtern und den Tod im Blick …

Während er sein Pferd antrieb, wandte Sir William Hamptonshore immer wieder den Kopf und versuchte den Abstand abzuschätzen, der ihn und seinen arabischen Diener Chalef noch von den Dharan trennte.

Wäre die Situation nicht so ernst gewesen, hätte er gelacht, wenn er an das ›Verbrechen‹ dachte, das er begangen hatte. Getrieben von nichts anderem als der neugierigen Wißbegierde eines Forschungsreisenden hatte er im Nomadenlager der Beduinen ein Frauenzelt betreten, um die Schönen des Stammes einmal in unverschleiertem Zustand betrachten und studieren zu können. Daß dieses für ihn als aufgeklärtem Europäer des neunzehnten Jahrhunderts völlig harmlose Tun in den Augen der Araber einer unverzeihbaren Untat entsprach, war ihm erst in dem Augenblick bewußt geworden, in dem mehrere Beduinenkrieger mit unverblümter Mordlust im Blick auf ihn losgingen. Nur die überstürzte Flucht aus dem Nomadenlager hatte ihn davor bewahrt, gleich an Ort und Stelle umgebracht zu werden.

Aber mit der Flucht allein war diese Angelegenheit leider nicht aus der Welt geschafft – ganz und gar nicht. Der halbe Stamm war hinter ihm her.

Mindestens.

»Wenn … uns … werden sie … töten!«

Die Worte Chalefs, der mit verbissenem, von Furcht geprägtem Gesicht an seiner Seite ritt, wurden halb vom Heulen des Windes verschluckt, ließen jedoch an Deutlichkeit nichts zu wünschen übrig. Und er hatte recht. Die Hartnäckigkeit der Dharan, die trotz des immer heftiger werdenden Sandsturmes nicht im Traum daran dachten, die Verfolgung aufzugeben, sprach für sich.

Sir William stieß einen Fluch aus und griff nach dem Gewehr, das im Sattelholster seines Pferdes steckte. Er entsicherte die Waffe, wandte abermals den Blick und feuerte dicht hintereinander mehrere Schüsse ab. Natürlich bestand nicht die geringste Chance, einen der Verfolger zu treffen, aber das war auch gar nicht seine Absicht. Er wollte die Beduinenkrieger nur erschrecken, nicht verletzen oder gar töten.

Aber seine schwache Hoffnung, die Dharan einschüchtern zu können, erfüllte sich nicht. Im Gegenteil. Die Schüsse schienen die Beduinen nur noch zorniger zu machen. Fernes Wutgebrüll, so laut, daß es selbst das Heulen des Windes übertönte, erscholl als Antwort auf seine Salve. Hamptonshore steckte die Waffe ins Holster zurück und konzentrierte sich darauf, sein Pferd zu noch schnellerem Galopp anzutreiben. Chalef hatte Mühe, nicht den Anschluß an seinen Herrn zu verlieren.

Trotz allen Bemühens jedoch, trotz des wütenden Sturms, trotz des dunkler und dunkler werdenden Himmels schmolz der Abstand zu den Verfolgern zusehends. Inzwischen waren sie so nahe herangekommen, daß eine Gewehrkugel jetzt vielleicht doch Aussichten gehabt hätte, ihr Ziel zu treffen. Dennoch machte Sir William keine Anstalten, abermals nach dem Gewehr zu greifen. Auch wenn er möglicherweise sein Leben aufs Spiel setzte, widerstrebte es ihm zutiefst, auf Männer zu schießen, die letzten Endes nur den Gesetzen ihrer Kultur gehorchten.

Die Dharan machten allerdings ebenfalls keinen Gebrauch von ihren Feuerwaffen. Ein gutes Zeichen? Wohl eher ein böses, dachte Hamptonshore düster. Offenbar wollten ihn die Beduinen lebend in die Hände bekommen. Und was sie dann mit ihm anstellen würden …

Er beugte sich tiefer über den Hals seines Reittiers, um dem Wind möglichst wenig Widerstand entgegenzusetzen und das Fortkommen zu erleichtern.

Aber es war aussichtslos. Die Dharan schlossen dichter und dichter auf. Schon war deutlich ihr heiseres Triumphgeschrei zu vernehmen. Sie wähnten sich ihres Opfers völlig sicher.

Noch zehn Pferdelängen, acht, sechs, vier …

Sir William Hamptonshore war schon im Begriff, sein Reittier zu zügeln und schlichtweg aufzugeben, als es geschah.

Plötzlich zuckte ein gleißender Blitz nieder, begleitet von

einem krachenden Donnerschlag, der den Männern fast die Trommelfelle platzen ließ, und schlug genau in der Mitte zwischen Verfolgern und Verfolgten in den Wüstensand ein. Doch es war kein Blitz wie er bei einem normalen Gewitter vorkam. Es war ein Blitz, wie er weder Hamptonshore und Chalef noch den Beduinen jemals zu Augen gekommen war.

Grell zwar und schmerzhaft für die Netzhaut des menschlichen Auges, aber nicht lichtweiß, sondern von einem krankhaft leuchtenden Rot, das unwillkürlich an ... Blut denken ließ. Und in seiner gleißenden Säule konnte man eine scharf umrissene Kontur erkennen!

Die Gestalt eines tanzenden Derwischs, eines Dschinns oder eines rächenden Engels.

Sekundenlang hing der geheimnisvolle Blitz wie zu Eis erstarrt zwischen Himmel und Erde. Die Pferde der Beduinenkrieger bäumten sich auf, als seien sie gegen eine Wand geprallt, und mehr als eines warf seinen Reiter ab und ging schlichtweg durch. Die Dharan, nicht weniger erschrocken als ihre Reittiere, zerrten heftig an den Zügeln, rissen die Pferde herum und jagten in wilder Flucht in die Richtung zurück, aus der sie gekommen waren. Sie schienen Hamptonshore und seinen Diener völlig vergessen zu haben.

Die grellroten Linien des Blitzes verblaßten. Und fast so, als ob das Verschwinden der Leuchterscheinung ein geheimes Zeichen der Natur gewesen wäre, kam auch der Sturm zum Erliegen. Die hochgepeitschten Sandkörner sanken zu Boden, mit einem Male ihrer Kraft beraubt, das Heulen des Windes wurde zu einem Säuseln, der Schleier vor der untergehenden Sonne zerriß. Plötzlich lag eine friedvolle Wüste im sanften Abendrot vor Sir William und seinem Diener.

Die beiden brauchten eine ganze Weile, um sich von dem Schock zu erholen. Chalef war der erste, der wieder Worte fand.

»Allah hat uns gerettet«, sagte er und deutete zum Himmel hinauf. »Er hat uns einen Dschinn gesandt, um die Dharan zu vertreiben.«

»Einen Dschinn?« wiederholte Sir Hamptonshore verwirrt. »Nun, ich würde eher sagen, daß es ein guter Engel war.« Dann erst kam ihm recht zu Bewußtsein, was er da von sich gegeben hatte, und er lachte laut auf.

Dschinns?

Engel?

Er glaubte weder an das eine noch an das andere. Er war ein nüchterner, aufgeklärter Mensch, der mit beiden Füßen fest auf dem Boden der Tatsachen stand. Für übernatürliche Dinge war in seinem Denken kein Platz. Sie gehörten in den Bereich von Ammenmärchen, Aberglauben und krankhafter Einbildung.

»Alles Unsinn«, sagte er. »Es war ein Blitz, sonst nichts!«

Chalef schüttelte heftig den Kopf. »Kein Blitz! Die riesenhafte Gestalt, die wir gesehen haben …«

»Eine Luftspiegelung«, erklärte Hamptonshore überzeugt. »So etwas wie eine Fata Morgana. Schließlich befinden wir uns in der Wüste, nicht wahr?«

»Das war keine Fata Morgana«, widersprach Chalef. »Ich habe schon mehr als eine gesehen. Und wie ist es zu erklären, daß der Sturm so plötzlich abbrach? Eine höhere Macht hat ihm Einhalt geboten!«

»Jeder Sturm geht einmal zu Ende.«

»Aber nicht von einem Augenblick zum anderen«, beharrte Chalef im Brustton der Überzeugung. »Nur eine höhere Macht …«

»Allah!« Sir Hamptonshore grinste.

Chalef erwiderte das Grinsen nicht. Im Gegenteil, er wurde noch ernster und nickt nur bekräftigend.

Sir William Hamptonshore verspürte keine Neigung, die fruchtlose Diskussion fortzusetzen. Er kannte seinen Diener gut genug, um zu wissen, daß er den braven Burschen doch nicht überzeugen konnte. Chalef war so abergläubisch wie eine irische Waschfrau.

»In Ordnung«, sagte er deshalb. »Danken wir also Allah für unsere wundersame Rettung vor dem heiligen und gerechten Zorn der Wüstenkrieger.«

Und vor diesem Zorn waren sie in der Tat jetzt sicher. Die Dharan hatten sich in ihrer Panik so schnell davongemacht, daß sie längst am Horizont verschwunden waren. Nichts sprach dafür, daß sie ihren Sinn noch ändern und zurückkehren würden.

Erst jetzt wurde sich Sir William bewußt, daß ihn die wilde Hetzjagd viel von seiner Kraft gekostet hatte. Auch die Pferde ließen erschöpft die Köpfe hängen; flockiger Schaum stand vor ihren Nüstern. Ihnen allen konnte eine Rast nur guttun. Außerdem würde es jetzt sehr schnell dunkel werden. Und mit der Dunkelheit kam die Kälte, die in der Wüste auf sehr unangenehme Grade fallen konnte. William Hamptonshore richtete sich kurz im Sattel auf und ließ seinen Blick über die endlose Wüste schweifen.

»Wie weit ist es bis zum nächsten Wasserloch?« fragte er seinen Diener.

»Mehrere Stunden«, antwortete Chalef sofort. Hamptonshore sah ihn kritisch an; diese Antwort kam ihm etwas zu schnell. Aber er hatte keinen Grund, ihm nicht zu glauben. Chalef kannte sich in der Arabischen Wüste bestens aus, das hatte er schon des öfteren bewiesen.

»Schön«, sagte Sir Hamptonshore. »Weiterreiten hat also keinen Sinn. Bleiben wir gleich an Ort und Stelle und suchen uns einen Platz für das Nachtlager.« Da sie ihre Wasservorräte im Zeltdorf der Dharan aufgefüllt hatten, würden sie in dieser Beziehung keinen Mangel leiden müssen.

Chalef erhob keine Einwände gegen Hamptonshores Vorschlag. Mit erhobener Hand deutete er zu einer Düne hinüber, die kaum hundert Yards entfernt lag.

Wenig später hatten die beiden Männer den Fuß der Düne erreicht und stiegen aus den Sätteln. Während Sir Hamptonshore daran ging, die Pferde aus einem der mitgeführten Wasserschläuche zu tränken, begann Chalef, das Zelt aufzubauen.

Der arabische Diener hatte noch nicht die zweite Zeltstange in den Wüstensand gerammt, als er einen kurzen, angsterfüllten Schrei ausstieß.

Sir William hob den Kopf und blickte zu ihm hinüber. Chalef stand da wie zur Salzsäule erstarrt. Mit weit aufgerissenen Augen und einem Gesichtsausdruck, in dem sich alle Schrecken dieser Welt widerspiegelten, starrte er auf den Boden zu seinen Füßen.

»Was ist passiert?« fragte Sir William.

Chalefs Mund bewegte sich, aber es kamen nur unartikulierte Töne hervor, Laute eines Entsetzens, das sich nicht in Worte kleiden ließ.

Aufs höchste alarmiert, wandte sich Sir William Hamptonshore von den beiden Pferden ab und trat an die Seite seines arabischen Dieners. Weitere Fragen waren überflüssig. Und er mußte zugeben, daß auch ihn selbst ein eiskalter Schauder überlief.

Vor ihm lag, halb vom Wüstensand begraben, ein ... Mensch. Er war tot, schon seit langer, langer Zeit. Ganz offensichtlich hatte er all die Jahre über völlig vom Sand bedeckt dagelegen und war erst jetzt durch den Sturm wieder ans Tageslicht gebracht worden. Die Sandschichten hatten seinen Körper völlig mumifiziert, so daß er aussah wie ein gegerbtes Leder oder Pergament. Dennoch ließ sein verschrumpeltes Gesicht auch jetzt noch einen Ausdruck erkennen, der dem Chalefs auf erschreckende Weise ähnlich sah: Entsetzen und Todesangst hatten sich in seine vertrockneten Züge gegraben.

Der Mann war ermordet worden. Ein Pfeil hatte seinen Hals durchbohrt und seinem Leben ein jähes Ende gesetzt.

William Hamptonshore kratzte sich nachdenklich am Kinn, als er auf den Toten hinabblickte. Der Mann war kein Araber gewesen, sondern ganz eindeutig ein Europäer, doch seine Kleidung war so bizarr, daß Sir Hamptonshore sich zu dieser Schlußfolgerung nur mühsam durchringen konnte. Er trug einen weißen, weit geschnittenen Umhang, auf dessen Brustteil ein rotes, gleichschenkliges Balkenkreuz prangte. Auf dem Kopf trug er einen metallenen Helm, und in einer Scheide an seiner Seite steckte ein Schwert. Sir Hamptonshore war ein gebildeter und belesener Mensch und nach den ersten Sekunden der Verwirrung dämmerte ihm, wen er hier vor sich hatte.

Der Tote war ein Templer. Ein Angehöriger jenes sagenumwobenen geistlichen Ritterordens, den die Kreuzfahrer Anfang des zwölften Jahrhunderts gegründet hatten.

Eine gewisse Ehrfurcht überkam William Hamptonshore, als er sich bewußt wurde, daß der ehemalige Tempelherr wahrscheinlich seit länger als achthundert Jahren hier lag, in seinem sandigen Grab gefangen ...

Er sah auf und wandte sich wieder an Chalef, der den Toten nach wie vor mit starrem Blick und offenkundigem Entsetzen betrachtete. Fast so, fuhr es Hamptonshore durch den Sinn, als befürchte er, der Templer könne jeden Augenblick von den Toten auferstehen und ihm an die Gurgel fahren.

»Du brauchst keine Angst zu haben«, sagte er. »Der Mann ist seit vielen Jahrhunderten tot.«

»Seit vielen Jahrhunderten?« wiederholte Chalef fast tonlos. Dann schüttelte er bedächtig den Kopf. »Nein, er ist vielleicht erst vor wenigen Tagen oder …« Er brach ab und blickte sich gehetzt nach allen Seiten um, wobei sich der angstvolle Ausdruck in seinen Zügen noch verstärkte.

Sir William lachte. Erst jetzt wurde ihm klar, daß sein Diener keine Angst vor dem Toten hatte, sondern vor demjenigen, der den Templer einst ermordet hatte. Daß dieser Mörder ebenfalls schon vor Jahrhunderten das Zeitliche gesegnet haben mußte, begriff er in seiner Einfalt gar nicht.

»Ja, paß nur gut auf«, spottete Hamptonshore, noch immer lachend. »Vielleicht sitzt der Killer … da oben?« Er deutete zum Gipfel der Düne empor, die gut dreißig Yards in die Höhe ragte.

Chalef folgte dem Blick seines ausgestreckten Zeigefingers. Offenbar hielt er es tatsächlich für möglich, daß dort oben jemand lauerte, der seinen Pfeil schon auf die Bogensehne gelegt hatte und bereit war, ihn jeden Augenblick losschnellen zu lassen.

Hamptonshore achtete nicht weiter auf seinen Diener. Der Tempelherr interessierte ihn im Augenblick ungleich mehr. Er ging in die Knie und beugte sich zu dem mumifizierten Gesicht des Toten herab. Natürlich war kein Leichengeruch wahrzunehmen, was er nach achthundert Jahren wohl auch kaum erwarten konnte.

Er wagte nicht, den Leichnam zu berühren. Nicht etwa, weil er Ekel oder gar Angst davor verspürt hätte. Nein, seine Bedenken waren rein wissenschaftlicher Natur. Er konnte nicht ausschließen, daß der Mumifizierte bei einer Berührung zu Staub zerfiel. Und das wäre Hamptonshore wie ein Sakrileg erschienen. Seit unvorstellbar langer Zeit hatte der Tempelritter körperlich nahezu unversehrt hier im Wüstensand geruht und Hamptonshore wollte nicht die Ursache dafür sein, daß dieser Zustand ein so abruptes Ende fand. Dennoch drängte es ihn danach, irgend etwas von dem Toten in seinen Besitz zu bringen, diesmal allerdings nicht so sehr aus wissenschaftlicher Neugier, sondern mehr aus dem Wunsch heraus, ein Souvenir zu bekommen, das ihn nach der Rückkehr in sein Heimatland Großbritannien an diese ungewöhnliche Begegnung erinnern würde.

Von den furchtsamen Blicken Chalefs begleitet, streckte er die rechte Hand aus, um nach dem Schwert des Templers zu greifen. Wenn es ihm gelang, die Klinge ganz vorsichtig aus der Scheide zu ziehen …

Schnell merkte er, daß das Schwert festsaß. Er würde Gewalt anwenden müssen, um es aus der Scheide zu lösen, und den Toten dabei letzten Endes doch in ein Häufchen Staub verwandeln. Er ließ von der Waffe ab und überlegte noch, ob er das Risiko eingehen sollte, als sein Blick auf einen kleinen, eigenartig geformten Gegenstand fiel, der halb unter dem Umhang des Tempelherren verborgen lag. Ohne zu zögern griff Sir Hamptonshore danach und wand es unter dem brüchigen Stoff hervor.

Es war eine … Rose! Eine Rose aus Sand!

Verblüfft zog William Hamptonshore die Augenbrauen hoch. Was für eine seltsame Laune der Natur war dies? Wie hielt die Rose zusammen? Als er sie in die Hand nahm, hätte sie zerbröckeln müssen. Aber davon konnte keine Rede sein. Obgleich er keinen Moment daran zweifelte, daß sie tatsächlich aus purem Wüstensand bestand, war ihre Struktur so fest gefügt, als würde es sich bei dem Material um soliden Fels handeln. Und als Sir William die Rose mit aller Kraft zusammenpressen wollte, stöhnte er vor ungläubiger Überraschung auf. Die Form des Objekts veränderte sich nicht um den Bruchteil eines Zolls! Allenfalls seine Finger schmerzten – ganz so, als habe ihn die Rose gestochen.

Hamptonshore wandte sich seinem Diener zu. »Chalef, hast du eine Ahnung, was es mit diesem Ding hier auf sich hat?« Er hielt dem Araber die Sandrose hin.

Chalef zuckte zurück, als würde ihm eine hochgiftige Viper entgegenzüngeln. Die Angst in seinen Zügen schien sich noch zu steigern. Er murmelte etwas Unverständliches vor sich hin und machte mit der Hand eine Gebärde, die wohl sinngemäß dem Kreuzzeichen eines Christen entsprach.

»Sill el Mot«, flüsterte Chalef.

»Sill el … what?«

»Sill el Mot«, wiederholte Chalef nur. Er schien sich nicht weiter über dieses Thema auslassen zu wollen.

Die Arabischkenntnisse Sir Hamptonshores waren ziemlich unterentwickelt. Nicht zuletzt aus diesem Grund hatte er ja auf die Dienste eines einheimischen Dieners zurückgreifen müssen. Mit dem Begriff »Sill el Mot« konnte er nicht das Geringste anfangen.

»Wer oder was soll das sein?« erkundigte er sich.

Wieder murmelte Chalef etwas vor sich hin, das unverständlich blieb. Und Sir William war eigentlich auch gar nicht mehr interessiert daran, was sein Diener da zum besten gab. Die Angst Chalefs, die nur von albernem Aberglauben genährt werden konnte, ärgerte ihn über alle Maßen.

»Bau das Zelt weiter auf«, wies er den Araber mit scharfer Stimme an, steckte die geheimnisvolle Sandrose in die Tasche und ging dann wieder zu den Pferden hinüber, um sie weiter zu tränken.

Eine gute halbe Stunde später hatten die beiden Männer ihr Abendessen verzehrt und sich im Zelt zum Schlafen niedergelegt. Was nicht etwa bedeutete, daß sie wirklich hätten einschlafen können. Hamptonshore hörte, wie sich Chalef unruhig auf seiner Decke hin und her warf, glaubte ein paarmal sogar ein Zähneklappern seines Dieners wahrnehmen zu können. Doch auch er, das mußte er sich selbst widerwillig eingestehen, fühlte sich mittlerweile unbehaglich. Immer wieder kreisten seine Gedanken um den toten Tempelritter draußen vor dem Zelt. Und um den geheimnisvollen roten Blitz. Wenn er recht darüber nachdachte, dann mußte er zwangsläufig zu der Erkenntnis gelangen, daß er und Chalef ohne diese Naturerscheinung niemals auf den mumifizierten Leichnam gestoßen wären. So albern es auch war – der Gedanke, daß vielleicht doch eine höhere Macht am Werke gewesen war, wurde für Sir William Hamptonshore allmählich zur fixen Idee.

Schließlich, nach Stunden unruhigen Wachens, glitt er doch noch in die dunklen Gefilde des Schlafes hinüber. Aber auch im Halbschlaf wurde er die Vorstellung nicht los, daß ihn die toten Augen des Templers durch die Zeltwände hindurch drohend anstarrten.

London, im Oktober 1886.

Londons Wetter machte seinem schlechten Ruf wieder einmal alle Ehre. Der Himmel hatte seine Schleusen geöffnet. Es goß zwar nicht in Strömen, wohl aber in Form jenes penetranten Nieselregens, der einem das Gefühl gab, unversehens in ein klebriges, kühles Dampfbad geraten zu sein. Nebelschwaden trieben durch die Straßen und ließen Passanten und Pferdekutschen zu huschenden grauen Schemen werden. Düstere Wolken verbannten den Gedanken, daß es so etwas wie eine Sonne überhaupt gab, ins Reich der Legende.

Warum es mich ausgerechnet an diesem unfreundlichen Tag aus meinem Haus am Ashton Place getrieben hatte, wußte ich selbst nicht. Wahrscheinlich hatten die Geschehnisse der letzten Woche nicht gerade dazu beigetragen, Andara-House in mein Herz zu schließen. Obgleich mir das Haus das Leben gerettet hatte, war ich von dem Gedanken beseelt, seine düsteren Mauern für eine Zeit zu verlassen und durch die Straßen zu wandern.

London ist eine riesige Stadt. Ich lebte noch nicht lange genug hier, um jederzeit auf Anhieb sagen zu können, in welchem Teil der Millionenstadt ich mich befand. Ich hatte mich allein vom Zufall und meinen Füßen leiten lassen und ging jetzt eine Straße entlang, in der ich noch nie gewesen war.

Es war eine Häuserschlucht irgendwo in der City, trotz des Regens voll von pulsierendem Leben. Die Menschen drängten sich auf dem nassen Trottoir, in den Pubs, Gasthäusern und Geschäften.

Eine seltsame Unruhe erfüllte mich. Es war um die frühe Mittagsstunde; ich hatte gerade ausgiebig gefrühstückt und meinen Butler angewiesen, den Lunch heute ausfallen zu lassen. Ich hatte also genügend Zeit, zudem während der letzten Tage niemand mehr versucht hatte, mir einen Mord in die Schuhe zu schieben oder mich gegen einen mechanischen Doppelgänger auszutauschen. Dennoch hastete ich, ohne es eigentlich bewußt zu wollen, die Straße entlang wie jemand, der befürchten mußte, einen überaus wichtigen Termin zu versäumen.

Gewaltsam zügelte ich meine hektische Ungeduld und zwang mich dazu, die Füße so gemessen voreinander zu setzen, wie es sich für einen Gentleman geziemt. Aus Gründen, für die ich keine Erklärung fand, fiel mir dies ausgesprochen schwer. Und nach wenigen Schritten fiel ich erneut in eine schnelle Gangart zurück.

Nach etwa zweihundert Yards passierte ich einen Antiquitätenladen. Das heißt, ich *wollte* ihn passieren ... und blieb, wie von einer unsichtbaren Hand gestoppt, vor der Eingangstür stehen. Und ehe ich mich versah, hatte ich bereits die Schwelle erreicht und die Klinke heruntergedrückt.

Zwischen Tür und Angel kam ich endlich zu Bewußtsein. Was, zum Teufel, machte ich da? Dieser Laden war mir völlig unbekannt. Und da ich mich nicht eben für antike Stücke interessierte, lag nicht der geringste Grund vor, ihn zu betreten. Dennoch war ich im Begriff, eben dies zu tun.

Ich biß die Zähne zusammen, riß mich geradezu von der Tür los und trat wieder auf die Straße. Mühsam Fuß vor Fuß setzend, entfernte ich mich von dem Geschäft.

Ich war vielleicht zehn Schritte gegangen, als mir Übelkeit aus dem Magen in die Kehle hinaufkroch. Kalter Schweiß trat mir auf die Stirn und ich merkte, daß ich schwankte wie jemand, der zu tief ins Whiskyglas geschaut hat.

Alle Kraft zusammennehmend, ging ich weiter. Einige der Passanten warfen mir verwunderte Blicke zu – offenbar sah ich so aus wie ich mich fühlte. Ein junger Mann sprach mich sogar an und fragte, ob er mir irgendwie helfen könne. Ich schüttelte nur stumm den Kopf und setzte meinen Weg fort.

Aber ich kam nicht weit. Eine Art Magnet schien an mir zu zerren, schien mich zurückreißen zu wollen.

Zurück zu dem Antiquitätenladen!

Augenblicke kämpfte ich noch gegen das unerklärliche Geschehen an. Dann jedoch, als die Übelkeit immer stärker wurde, gab ich den Kampf auf.

Und kaum hatte ich den Widerstand gegen mich selbst eingestellt, als ich mich auch schon auf dem Absatz umdrehte und den Weg zurückging, den ich gerade gekommen war. Schnurstracks steuerte ich auf die Eingangstür des Ladens zu und betrat ihn, diesmal, ohne auch nur eine einzige Sekunde zu zögern.

Eine düstere, geradezu unheimliche Umgebung nahm mich auf. Der ganze Raum war fast bis zum letzten Quadratyard und bis unter die Decke angefüllt mit uraltem Gerümpel verschiedenster Art, und überall an den Wänden hingen Gemälde, Spiegel und uralte Leuchter, dazwischen gar die furchteinflößenden Köpfe ausgestopfter Tiere. Beinahe hätte ich den Inhaber des Ladens inmitten dieses Chaos übersehen.

»Sie wünschen?« Der meiner Schätzung nach ungefähr zweihundert Jahre alte Greis, der hinter einem holzwurmzerfressenen Schreibtisch gehockt und in einer Zeitung gelesen hatte, musterte mich aus zolldicken Brillengläsern, als ich eintrat. Und während er noch die einsilbige Frage hervorbrachte, steuerte ich bereits eine gläserne Vitrine an, die links von mir an einer der überfüllten Wände stand.

Auf der Stirn des Mannes bildete sich eine Falte offenkundiger Mißbilligung, als ich nicht gleich antwortete. In der nächsten Sekunde wurde mir selbst bewußt wie unmöglich ich mich benahm. Das gehörte bestimmt nicht zu den Gepflogenheiten eines Gentleman und war eigentlich ganz und gar nicht meine Art. Aber etwas in dieser Vitrine ließ mich alle Etikette vergessen und zog mich wie magisch an.

Ich riß mich mühsam davon los und brachte eine leichte, aber durchaus höfliche Verbeugung zuwege.

»Bitte entschuldigen Sie«, stieß ich hervor und wandte mich schon wieder der Vitrine zu. »Ich bin auf der Suche nach –« Da ich selbst noch nicht wußte, was ich denn eigentlich suchte, trat ich rasch an das gläserne Möbel heran. Mein Blick suchte und fand den Gegenstand meines unheimlichen Verlangens innerhalb einer Sekunde.

Es war eine Rose. Eine Rose aus hellem Sand!

Während ich verblüfft dastand und auf dieses seltsame Kleinod starrte, kam der Alte um seinen Schreibtisch herum und trat gebückt an meine Seite. Sein Blick folgte dem meinen.

»Ah!« ließ er sich vernehmen. »Sie interessieren sich für diese Sandrose?«

Meine Kehle war wie zugeschnürt; ich brachte keinen Ton hervor. So fuhr er schließlich fort:

»Ja, ein besonders schönes Stück. Einzigartig, möchte ich sagen. Und mit einer sehr interessanten Vorgeschichte.« Er fragte gar nicht erst, ob ich seine Geschichte überhaupt hören wollte. Interessante Details hoben den Wert eines Gegenstands oft mehr als ein prachtvolles Äußeres. »Es stammt aus dem Nachlaß des bekannten Forschers Sir William Hamptonshore, der vor zwei Jahren verstarb – unter recht mysteriösen Umständen, möchte ich behaupten. Ich habe noch weitere Stücke aus seiner umfangreichen Arabiensammlung hier, aber diese Sandrose ist ohne Zweifel das schönste. Meinen Sie nicht auch?«

Ich nickte nur. Alles in mir fieberte danach, die Tür der Vitrine aufzureißen – oder gleich ohne Umschweife einzuschlagen – und die Rose zu berühren.

»Ich kann Sie Ihnen sogar zu einem recht günstigen Preis überlassen, Sir«, fuhr der alte Händler fort. Und fügte mit vorsichtig abwägendem Tonfall hinzu: »Sagen wir … einhundert Pfund?«

Die Summe, die er nannte, war schlichtweg lächerlich, selbst wenn die Sandrose aus dem Nachlaß König Arthurs gestammt hätte. Aber ich wollte keine Zeit damit vergeuden, um den Preis zu feilschen.

Die Augen des Alten wurden rund wie Golfbälle, als ich kurzerhand meine Börse zückte und ihm einen Hundert-Pfund-Schein in die Hand drückte. Noch bevor er seiner Verblüffung Herr werden konnte, hatte ich die Tür der Vitrine aufgerissen und griff nach der Sandrose.

Ein Schlag wie von elektrischem Strom durchzuckte mich, im gleichen Moment, da ich die Rose berührte. Und *irgend etwas* geschah mit mir. War ich bis jetzt nur von einem magischen Bann angezogen und geleitet worden, so war es nun, als würde mein Denken und logisches Handeln hinweggefegt. Ich wußte kaum, wie mir geschah, als ich die Sandrose an mich riß, herumfuhr und den Alten zur Seite stieß. Mit eiligen Schritten verließ ich den Laden.

Später konnte ich nicht einmal genau sagen wie ich eigentlich zurück in mein Haus am Ashton Place gekommen war. Eine fast hysterische Unruhe trieb mich voran, lähmte mein Denken und ließ nur ein Ziel vor meinem inneren Auge entstehen: die Standuhr im Salon von Andara-House.

Und das *Tor*, das sich darin verbarg.

Endlich angekommen, läutete ich Sturm, rempelte den alten Harvey wortlos zur Seite, noch bevor er mich begrüßen konnte, und stürmte die Treppen zum Salon hinauf. In diesen Augenblicken, da die Gier tief in meinem Inneren ihren Höhepunkt erreicht hatte, dachte ich weder an Howard oder Rowlf, die sich beide im Haus aufhalten mußten, noch an Priscylla, die ich eigentlich heute nachmittag aus dem Summers-Sanatorium nach Hause hatte holen wollen. Mein freier Wille war gänzlich ausgeschaltet.

Die Sandrose noch immer fest umklammert, trat ich an die

monströse Standuhr heran, griff ohne Zögern nach dem Knauf des Uhrkastens und öffnete ihn.

Vor mir lag ein Bild des Grauens – ein gewundener, blutrot und feucht glänzender Tunnel, der geradewegs in die Unendlichkeit führte. Ein Schacht, der auf furchtbare Weise lebte, der sich wand und drehte und wie mit Spinnenfingern nach meinem Geist zu greifen schien.

Aber diesmal blieb die Furcht aus, die mich bislang stets ergriffen hatte, wenn ich das *Tor* der GROSSEN ALTEN sah. Für Angst war kein Platz in meinem verwirrten Geist, der nur ein Bestreben kannte: einzutauchen in diese fremde, bizarre Welt, allen Gefahren zum Trotz, die dort auf mich lauerten. Obwohl ich nicht einmal wußte, wo die Reise durch den Wahnsinn enden würde.

Ich wurde förmlich in das *Tor* hineingezerrt. Und noch während sich mein Körper zwischen den Dimensionen verlor, während mein Geist sich endgültig verwirrte und eine gnädige Ohnmacht mich umfing, zerfiel die Rose in meiner Hand zu feinem Sand.

Sie hatte ihre Aufgabe erfüllt ...

Rot. – Alles hier war rot. Angefangen von den schweren Brokatvorhängen, die die Wände bedeckten, über die polierten Bodenplatten bis hin zu dem Kissen, auf das die Krieger Scheik Achmed gestoßen hatten. Und auch der Stoffbezug des vor ihm stehenden Thrones war rot, in allen nur denkbaren Schattierungen und Tönen.

Es war die Farbe Nizars.

Die Farbe frischen Blutes.

Von der gleichen Farbe war auch der weite Umhang Nizars selbst, der wie eine feiste Kröte auf seinem Thron saß und scheinbar gedankenverloren mit einem prächtigen Rubin spielte, der an einer langen, goldenen Kette um seinen Hals baumelte. Und obwohl er mit schon übermäßig zur Schau gestellter Teilnahmslosigkeit dahockte und seinen Ring betrachtete, als gäbe es nichts Interessanteres auf der Welt, wirkte diese aufgesetzte Ruhe erschreckender und drohender auf Scheik Achmed als alles, was ihm Nizars Schergen bisher angetan hatten. Fast wäre er erleichtert gewesen, hätte Nizar gedroht oder geschrien – oder ihn wenigstens beachtet.

Auch die drei Frauen, die neben dem Thron standen und Achmed keinen Augenblick aus den Augen ließen, trugen rote Gewänder. Nizar schien eine extreme Vorliebe für diese Farbe zu besitzen – und besonders für dieses ganz spezielle Rot. Denn es war nicht das strahlende Rot der aufgehenden Sonne oder ehrfurchtgebietendes Purpur, sondern das dunkle, satte Rot vergossenen Blutes. So wie alles in diesem Raum mit Blut geschwängert zu sein schien. Selbst die schwülwarme Luft, die zwischen den Vorhängen hindurchwehte, brachte den bedrückenden, süßlichen Geruch von Tod und Sterben mit sich.

Aber vielleicht war es nur seine eigene Angst, die er roch. Scheik Achmeds Magen krampfte sich zu einem festen, schmerzhaften Klumpen zusammen. Seine Finger zitterten. Vergeblich rezitierte er in Gedanken eine Sure des Korans. Doch die Kraft und Stärke, die ihm die Worte des Propheten sonst immer geschenkt hatten, kamen nicht. Im Gegenteil – seine Angst wuchs mit jedem Schlagen seines Herzens weiter. Er fühlte sich so schwach wie ein neugeborenes Lamm, das sich unversehens dem Löwen gegenübersieht. Aber es war nicht die Angst um sein Leben allein, die seine Glieder und viel mehr noch seinen Willen lähmte, sondern vor allem der Ekel vor dem Mann auf dem Thron.

Dabei sah Nizar mit seinem Kugelbauch, den die lose fallende Jellaba vergeblich zu kaschieren suchte, den kleinen, beinahe hinter den Speckwülsten auf seinen Wangen verschwindenden Augen und seinen über die Maßen mit Ringen beschwerten kurzen Wurstfingern auf den ersten Blick eher lächerlich als gefährlich aus. Ein Mann, den jeder, der ihn nicht kannte und ihm zum ersten Mal begegnet wäre, als harmlosen Spinner abgetan hätte.

Doch Scheik Achmed wußte, wie sehr dieser Eindruck täuschte. Nizar war ungefähr so harmlos wie ein schlechtgelaunter Wüstenskorpion oder ein eisbedeckter Vulkan, der kurz vor dem Ausbruch stand.

Nizar ließ den Rubin fallen wie ein Spielzeug, dessen er überdrüssig geworden war, wuchtete seinen massigen Leib in eine bequemere Lage und sah Scheik Achmed mit einem fast übertrieben freundlichen Lächeln an. Er wirkte jetzt wie ein arabischer Märchenerzähler, der es sich auf dem Teppich bequem gemacht hatte, um seine Zuhörer zu unterhalten. Nur, dachte Achmed fröstelnd, daß er einzig Geschichten von Tod und Angst zu erzählen hatte.

»Nun, wie lautet deine Antwort, mein Freund?«

Nizars Stimme war – soweit überhaupt möglich – noch eine Spur freundlicher als seine Miene. Doch Scheik Achmed schrumpfte ängstlich ein weiteres Stück in sich zusammen und zermarterte sich das Gehirn, um eine Antwort zu finden, die Nizar zufriedenstellen würde, ohne daß er indes gezwungen war, sich endgültig festzulegen.

»Du ... du forderst zuviel von mir«, sagte er schließlich zögernd. Er hatte nicht die Kraft, Nizars Blick dabei standzuhalten. Konnte man einen Mann wie Nizar überhaupt belügen?, dachte er. Laut fuhr er fort:

»Ohne die Versammlung der Ältesten zu befragen, kann ich keine für den Stamm so ungeheuer wichtige Entscheidung treffen. Das mußt du verstehen!«

Unsicher sah er auf. Und schon der erste Blick in Nizars spöttisch verzogenes Gesicht ließ die vorsichtige Erleichterung, die er empfand, wie eine Seifenblase zerplatzen.

»Ich ... ich wollte sagen, daß mir meine Leute nicht gehorchen werden, wenn ich ihnen sage, daß sie ab jetzt dich, mächtiger Nizar, als Herrn anerkennen müssen«, fügte er unsicher hinzu. »Die Krieger der Beni Assar haben niemals einen Herrn über sich anerkannt. Wir haben weder dem Vizekönig von Ägypten noch dem Sultan von Stambul gehorcht oder ihnen Steuer gezahlt. Wir waren immer frei wie der Wind und die Wüste gehörte stets uns!« Außerdem würden wir uns noch eher den Ungläubigen aus Inglistan oder Frankistan unterwerfen als dir, du Abschaum des Schejtans, setzte er in Gedanken hinzu. Möge Allah uns vor dir bewahren – oder dich besser gleich mit der Krätze an deinen edelsten Körperteilen schlagen.

In Nizars Augen blitzte es einen Moment zornig auf, fast, als habe er die Gedanken des alten Scheiks verstanden. Doch statt des erwarteten Wutausbruches lächelte er plötzlich, wenngleich mit der Freundlichkeit einer Hyäne, und nahm den Rubin wieder in die Hand, um ihn an seiner Kette kreisen zu lassen.

»Weißt du, Achmed«, begann er versonnen, »ich habe irgendwie den Eindruck, daß du dir über das Ausmaß meiner Macht nicht ganz im klaren bist. Wenn ich wollte, könnte ich dich und deine Beni Assar so vollständig vom Angesicht der Erde tilgen, daß sich niemand mehr an euch erinnern würde. Da ich heute jedoch ausnehmend gnädig gesinnt bin«, fügte er mit einem süffisanten Lächeln hinzu, »will ich dir eine Stunde Bedenkzeit geben. Dann wirst du meine Hand küssen und mich Herr nennen. Das schwöre ich dir!«

Daß er noch immer mit diesem durch und durch freundlichen Lächeln redete, machte alles nur noch schlimmer. Scheik Achmed fühlte sich mehr und mehr wie das Kaninchen vor der Schlange. Nicht, wenn Allah mir hilft, du Sohn einer syphilitischen Spinne, dachte er verzweifelt, während sich Nizar zu den drei Frauen niederbeugte und eine davon im Nacken kraulte, als wäre es eine große Katze.

»Was seid ihr so müßig, meine Schönen?« fragte er. »Ich habe einen Gast! Wollt ihr, daß er hungrig bleiben muß und der Durst ihm die Kehle verbrennt – und das Gehirn?« Nizar bedachte Scheik Achmed mit einem ebenso verächtlichen wie spöttischen Blick.

Die Frauen glitten geschmeidig hoch und verbeugten sich mit vor der Brust gekreuzten Armen vor ihrem Herrn. Sie bewegten sich auf höchst sonderbare, schwer in Worte zu kleidende, furchteinflößende Weise, dachte Achmed. So absolut gleich, als wären sie in Wirklichkeit eins, nicht drei. Ihre kleinen Füße berührten kaum den Boden, als sie mit flinken Bewegungen einen kleinen Tisch und etliche schwer beladene Silberplatten in den Raum trugen und vor Scheik Achmed aufbauten. Und sie bewegten sich lautlos. Nicht leise oder *beinahe* lautlos, sondern völlig still. Nicht einmal das Rascheln ihrer Kleider war zu hören.

Trotz seiner immer stärker werdenden Furcht zwang sich Achmed, die drei Frauen genauer zu betrachten. Sie waren sehr verschieden, und doch hatten sie etwas an sich, das sie zu Schwestern machte. Die eine war groß und stattlich und besaß Formen, die zu jeder anderen Zeit Scheik Achmeds Herz entzündet und seine Phantasie in Zeiten zurückgeführt hätten, als er noch jung und kraftvoll war. Sie trug weite Pluderhosen und ein eng anliegendes Jäckchen, das der schwellende Busen schier zu sprengen drohte. Ihr Gesicht war braun und hübsch, doch als Scheik Achmed in ihre Augen sah, erinnerten sie ihn an die einer Löwin, die er vor vielen Jahren einmal gejagt hatte. Der gleichen Löwin, der er die handspannlange Narbe auf seinem Rücken verdankte, die ihn in besonders kalten Nächten vor Schmerzen nicht schlafen ließ.

Es war sonderbar – die Frau zog ihn an, so stark, wie eine Frau einen Mann nur anziehen konnte, und gleichzeitig stieß sie ihn ab, als hafte ihr ein übler Geruch an, den er nicht wirklich spürte, der aber irgend etwas in seinem Inneren berührte.

Die zweite Frau war so dunkel wie eine Negerin. Auch sie besaß die schräg gestellten Raubkatzenaugen, die eine wilde, ungezähmte Kraft und eine derart unersättliche Gier ausstrahlten, daß Scheik Achmed unwillkürlich vor ihr zurückwich. Die Drohung, die von ihr ausging, war irgendwie direkter.

Die letzte der drei schließlich war um einiges kleiner und zierlicher als ihre beiden Gefährtinnen. Sie besaß ein kurzes Gesicht, eine kleine, an der Spitze dunkler gefärbte Nase, und leckte sich immer wieder mit der Zunge über die Lippen. Wie eine Katze, die an der Sahneschüssel geschleckt hat.

Nachdem die eine einen großen Silberteller bis an den Rand mit gekochter Hirse und gebratenen Fleischstücken angehäuft, die zweite einen silbernen Pokal aus einer bauchigen Kanne gefüllt und die dritte eine Wasserpfeife entzündet hatte, legten sie sich wie zufriedene große Katzen auf den Boden und spielten mit ihren Halsbändern, von denen jedes einen großen Edelstein trug.

Was für eine sinnlose Verschwendung von Sklavinnen, dachte Scheik Achmed voller Neid, während er den Becher zur Hand nahm und trank. Ein fremdartiger, aber nicht unbedingt unangenehmer Geschmack breitete sich auf seiner Zunge aus. Eine sonderbare Wärme erfüllte ihn, und plötzlich begriff Scheik Achmed, was er da trank!

Mit einem Schrei schleuderte er den Becher von sich und spie die noch im Mund befindliche Flüssigkeit auf den Boden.

»Allah!« keuchte er, hin und her gerissen zwischen Ekel, Entsetzen und purer Wut. »Willst Du mich um das Paradies bringen? Du weißt doch, daß der Prophet Mohammed dieses Teufelsgetränk verflucht hat, und alle, die davon trinken!«

»Sagt dir etwa mein Wein nicht zu?« fragte Nizar fröhlich und hielt seinen Rubin vor das rechte Auge, so daß er Scheik Achmed wie durch ein rotes Monokel ansah. »Tz, tz – du bist sehr undankbar, mein Freund. Ich habe keine Kosten und Mühen gescheut, dieses famose Getränk für dich herbringen zu lassen und du dankst es mir, indem du meinen Boden bespuckst und mich beleidigst.« Seine Stimme wurde um eine Winzigkeit schärfer. »Nun sieh mich wenigstens an, wenn ich mit dir rede.«

Achmed gehorchte –

– und erstarrte mitten in der Bewegung.

Der durch den Rubin verstärkte Blick des Zauberers traf ihn wie ein Hammerschlag, eine weißglühende Flamme, die sich sengend in sein Gehirn hineinfraß und eine Spur aus Schmerzen und Lähmung zurückließ. Er versuchte, sein Gesicht mit den Händen zu schützen, doch der unsichtbare Feuerstrahl brannte sich unbarmherzig tiefer. Die Schmerzen wurden so stark, daß Scheik Achmed das Gefühl hatte, sein Körper wäre nur noch eine einzige, zuckende Wunde, jeder einzelne Nerv von weißglühenden Zangen ergriffen und verbrannt. Haltlos stürzte er nach vorne und schlug sich Stirn und Lippen am Boden blutig. Aber er hatte nicht einmal mehr die Kraft für ein Stöhnen.

»Du wirst meinen Wein trinken!« drang Nizars Stimme in seine Gedanken ein. »Und du wirst auch das Schweinefleisch essen, das auf dem Teller liegt, egal, wie sehr Mohammed den Genuß von Wein und Schweinefleisch verboten hat!«

Der Gedanke, das Undenkbare tun zu sollen, gab Scheik Achmed noch einmal Kraft. Für einen winzigen Moment gelang es ihm sogar, die entsetzliche Lähmung zu überwinden, mit der ihn Nizars Blick erfüllte. »Nein! Niemals!« heulte er. Mühsam wälzte er sich herum, stemmte sich mit der Kraft der Verzweiflung auf Knie und Ellbogen hoch und versuchte vor Nizar davonzukriechen. Nizar lachte nur und verstärkte die Kraft seines magischen Blickes, bis der alte Araber mit einem letzten Schrei zusammensank und bewußtlos liegenblieb.

Mit einem beinahe bedauernden Seufzen senkte Nizar den

Rubin und gab der größten der drei Frauen einen knappen Wink.

Als Scheik Achmed aus seiner feuerverzehrten Ohnmacht erwachte, stand der Becher frisch gefüllt vor ihm, und seine rechte Hand lag auf dem Teller. Er starrte beide Dinge voller Abscheu an und wollte sie wegstoßen, doch seine Hände gehorchten ihm nicht mehr, sondern erwachten zu einem gespenstischen Eigenleben. Die Finger seiner Rechten ergriffen das größte Fleischstück, packten es und führten es zu seinem Mund.

Als das Fleisch seine Lippen berührte, biß er die Zähne zusammen. Doch auch seine Kiefer versagten ihm den Dienst und öffneten sich so weit, daß ihm beinahe die Mundwinkel aufgerissen wurden. Dann stopfte seine Rechte das Fleisch in den Mund. Sofort begannen seine Zähne, den Bissen zu zerkauen, die Muskeln in seinem Hals machten sich selbständig und schluckten gegen seinen Willen. Weißglühende Lava schien seinen Magen zu erfüllen. Ein kaltes, jeder Beschreibung spottendes Entsetzen erfüllte seinen Geist. Gleichzeitig schloß sich die Linke um den Weinbecher und schüttete den ganzen Inhalt in seine Kehle. Scheik Achmed erstickte fast, da ihm ein Teil des Weines in die Luftröhre geriet, und sank hustend und nach Luft ringend zu Boden.

»Nun kennst du meine Macht!« sagte Nizar freundlich. »Möchtest du noch mehr? Nur keine falsche Bescheidenheit, mein lieber Freund. Es ist genug da.« Er kicherte böse.

Scheik Achmed starrte ihn aus leeren Augen an. Sein Gehirn war wie betäubt, denn das Entsetzen hatte die Grenzen des Vorstellbaren überstiegen. »Ich kenne sie«, flüsterte er. »Doch ich beuge mich nicht deinem Teufelsspuk.« Er stöhnte, preßte die Hände auf den Leib und versuchte, den Inhalt seines Magens hervorzuwürgen, aber seine Kraft reichte nicht aus. Schon die wenigen Worte hatten mehr Überwindung von ihm gekostet, als er eigentlich aufzubringen in der Lage war.

Nizars Freundlichkeit verschwand von einer Sekunde auf die andere. »Du bist stark«, sagte er böse. »Du bist ein alter Mann, aber du bist stark. Doch es wird dir nichts nutzen! Du wirst dich mir unterwerfen!« Nizar schnippte zornig mit den Fingern.

Sofort griff Scheik Achmeds Rechte wieder zum Teller und

stopfte den nächsten Bissen in den Mund. Diesmal spürte er keine Schmerzen mehr, nur einen entsetzlichen Ekel, der ihn beinahe den Verstand verlieren ließ. Aber er würde standhalten, ganz egal, was Nizar ihm antun mochte. Allah würde wissen daß es nicht seine Schuld war. Er hatte nicht aus freiem Willen gegen die Worte des Propheten gesündigt, auch nicht aus Schwäche, sondern durch schwarze Magie und die Macht des Schejtans, dessen Handlanger Nizar zweifellos war. Nein, dachte er noch einmal, mochte Nizar ihn zu Tode foltern, mochte er ihn zwingen, unaussprechliche Dinge zu tun – er würde standhalten.

Er wußte, daß es Nizar nicht allein um die Herrschaft über seinen Stamm ging. Er wollte vor allem seine unsterbliche Seele beherrschen und versklaven, so wie er schon viele Seelen beherrscht und versklavt hatte, um sie später in die tiefsten Schlünde der Hölle zu versenken, ganz wie er es dem Schejtan als Preis für die ihm verliehenen Zauberkräfte gelobt hatte.

Scheik Achmed war zeit seines Lebens ein vorsichtiger Mann gewesen, der sich selbst stets den notwendigen Wert zugemessen hatte. Er hätte viel dafür gegeben, noch einige Jahre zu leben und vielleicht noch die Söhne seines Sohnes heranwachsen zu sehen. Doch er war auch ein tief gläubiger Moslem. Und sein größter Wunsch war es, nach seinem Tod ins Paradies zu gelangen und den Propheten zu sehen.

Doch dies würde niemals geschehen, wenn er Nizar Macht über seinen Stamm und seine Seele gab. Scheik Achmed war nicht einmal traurig, als er sich der einzig möglichen Konsequenz bewußt wurde, die es für ihn noch gab. Um seinen Stamm brauchte er sich keine Sorgen zu machen. Ali würde schon wissen, wie er sich Nizars Zugriff entziehen konnte.

Achmed fragte sich, auf welche Art er sterben würde. Durch einen dieser altertümlich gerüsteten Krieger, die wie vertrocknete Mumien aussahen? Oder würde ihn Nizar mit seinem Zauberblick töten?

Nizar betrachtete den alten Mann lauernd, der schwer atmend vor ihm saß. Er nahm sein Schweigen als Zeichen, daß Scheik Achmed aufgegeben hatte. Er streckte gebieterisch die Rechte aus und erwartete, daß der andere sie ehrfürchtig küssen würde.

Scheik Achmed küßte seine Hand nicht.

Er tat etwas ganz anderes.

Mit einer schier unmenschlichen Anstrengung richtete er sich auf und lachte dem Zauberer ins Gesicht.

»Beim Barte des Propheten und bei meinem eigenen, nein!« preßte er hervor. »Ich werde mich dir niemals unterwerfen. Und auch mein Stamm wird es nicht tun! Möge Allah dich in den tiefsten Schlund der Dschehenna schleudern, wo du hingehörst, du Kreatur des Schejtans!«

Nizars Gesicht nahm ganz langsam die Farbe des Thrones an, auf dem er saß. Seine Finger krallten sich in die Lehne, als wollten sie das kostbar geschnitzte Holz zermalmen. Dann atmete er hörbar aus und gab den drei Frauen einen kurzen Wink.

Scheik Achmed wunderte sich ein wenig, als die drei auf ihn zukamen und ihm die Hände auf die Schultern legten. Er blickte von einer zur anderen und sah Funken in ihren Augen sprühen und wieder konnte er an nichts anderes denken als an Raubkatzen. Die Angst packte ihn erneut und schlimmer als zuvor. Er wich langsam zurück, bis sein Rücken die Wand berührte und es nichts mehr gab, wohin er fliehen konnte. Die Frauen ließen ihn nicht los. Und dann geschah etwas Entsetzliches.

Vor Scheik Achmeds ungläubig geweiteten Augen begannen sie sich zu verändern. Ihre Fingernägel wuchsen zu scharfen Krallen, die sich schmerzhaft in seine Haut und in sein Fleisch bohrten. Auch die Gesichter veränderten sich, wurden kürzer und breiter und überzogen sich mit feinem, seidig glänzenden Fell; ebenso ihre Körper, die sich in schlanke, geschmeidige Raubkatzenleiber verwandelten.

Einen kurzen Moment kosteten die drei zu einer Löwin, einer schwarzen Pantherkatze und einer Gepardin gewordenen Frauen das Grauen des alten Mannes noch aus.

Dann öffneten sie ihre Rachen zu einem tiefen, gierigen Grollen.

Scheik Achmed sah die langen Reißzähne dicht vor seinem Gesicht blitzen und stieß einen Schrei aus, der im Kreischen der Raubkatzen unterging.

Einige lange Augenblicke vergingen, bis ich begriff, daß alles vorbei war. Und ich glaubte es erst, als ich sah, daß der Knauf meines Stockdegens kein gelbes Licht mehr ausstrahlte, daß der Shoggotenstern darin nur noch schattenhaft erkennbar war.

Und es dauerte noch länger, bis ich allmählich zu begreifen begann, was überhaupt geschehen war ...

Ich hatte das geheimnisvolle Transportsystem der GROSSEN ALTEN ja schon mehr als einmal benutzt, doch so schlimm wie diesmal war es noch nie gewesen. Ich erinnerte mich kaum, wie ich in das Tor gekommen war, geschweige denn, was während des Transportes wirklich geschehen war. Hinter mir lag eine nicht zu bestimmende Zeit – Sekunden oder Jahrhunderte, das blieb sich gleich – voll gestaltlosem Schrecken und dumpfem Wahnsinn, der mich gepackt hatte. Meine Kehle war rauh und spannte, als hätte ich stundenlang geschrien, und in meinen Muskeln saß die allmählich verblassende Erinnerung an einen sehr tiefgehenden Schmerz. Irgend etwas hatte sich während des Durchgangs an mich geklammert und versucht, mich in der Zwischenzeit festzuhalten. Es hatte nicht viel gefehlt und es wäre ihm gelungen.

Verwirrt richtete ich mich vollends auf, fuhr mir mit dem Handrücken über die Augen und spürte erst jetzt, daß ich mir bei meiner recht unsanften Landung auf dem Boden die Nase blutig geschlagen hatte.

Außerdem war die Sandrose nicht mehr da.

Außer meiner Nase schien auch mein Gehirn bei dem unfreiwilligen Sprung durch das *Tor* gelitten zu haben, dachte ich verwirrt. Irgend etwas war ... Zum Teufel, irgend etwas war schief gegangen. Aber was? Ich hatte die Sandrose in der Hand gehalten, als ich das *Tor* betrat, und jetzt war sie fort, und dies hier war mit Sicherheit nicht das Arbeitszimmer in meinem Haus in London.

Wenn mich nicht alles täuschte, war es nicht einmal mehr London ...

Ich versuchte, meine Gedanken zu einem einigermaßen vernünftigen Ablauf zu zwingen, preßte die Augenlider so fest zusammen, bis ich bunte Kreise sah, und atmete gezwungen tief und ruhig ein.

Als ich die Augen wieder öffnete, war ich zwar immer noch nicht in London, aber ich war wenigstens ruhig genug, mich in meiner neuen Umgebung umzusehen.

Soweit es etwas zu sehen gab.

Ich befand mich in einem dunklen Raum, dessen Einrichtung zum größten Teil aus Staub und Leere zu bestehen schien. Hier und da hockte ein Schatten in der graubraunen Dunkelheit und ein sehr sonderbarer Geruch lag in der Luft, aber es war einfach zu dunkel – und ich war noch immer zu verwirrt –, um auch nur erraten zu können, wohin es mich verschlagen hatte.

Nun war es gewiß nicht das erste Mal, daß ich mich notgedrungen auch auf das Unerwartete einstellen mußte, und es gab ein paar recht einfache Tricks, die in Situationen wie diesen halfen.

Ich drehte mich noch einmal um meine Achse – ohne mehr als Dunkelheit und staubverhangene Spinnweben zu sehen – löste vorsichtshalber die Verriegelung meines Stockdegens und tastete mich im Halbdunkel auf die Tür zu.

Eine Sekunde später war ich so gut wie blind, denn nach dem staubigen Halbdunkel hier drinnen war das gleißende Sonnenlicht, das mir entgegensprang, geradezu unerträglich.

Aber ich sah immerhin genug, um die Handvoll abgerissener Gestalten zu erkennen, die das Knarren der Tür unter einer Dattelpalme hochscheuchte, in deren Schatten sie den Tag verdösten.

Dattelpalme ...?

Ich blinzelte, fuhr mir abermals mit der Hand über das Gesicht und zwang meine tränenden Augen, in das grellweiße Licht jenseits der Tür zu blicken.

Vor mir lagen eine staubig-heiße Dorfstraße, ein paar halbverhungerte Esel, die sich an einer Dornenhecke gütlich taten, und eine Anzahl schwarz verschleierter Wesen, die mit spitzen Schreien hinter Hofmauern verschwanden, kaum daß sie meiner ansichtig geworden waren.

Nein, nach London sah dieser Ort wirklich nicht aus ...

Ich stand da, als hätte jemand einen Kübel Eiswasser über mich ausgeleert, so starr vor Schrecken, daß ich im ersten Augenblick nicht einmal recht begriff, daß der Tumult, der mit einem Male auf der Straße losbrach, keinem anderen galt als mir.

Und als ich es begriff, war es beinahe zu spät.

Die Männer, die bislang phlegmatisch unter der Palme gelegen hatten, sprangen wie von der Tarantel gestochen auf.

Andere Männer quollen lärmend aus Toreingängen und Häusern, brüllten durcheinander und schüttelten Fäuste und Knüppel. Sicher nicht durch Zufall standen sie so, daß sie mir auf jeden Fall den Weg versperrten. Schmutzige, sonnenverbrannte Hände schlossen sich um die Holzgriffe krummer Dolche und aus den mehr überraschten als wirklich zornigen Schreien, die ich im ersten Moment gehört hatte, wurde ein vielstimmiges, feindseliges Murmeln und Raunen.

»Giaur!« brüllte eine Stimme. »Moscheenschänder!« eine andere. Ich begriff noch immer nicht, was überhaupt los war, drehte mich aber instinktiv herum – und sah, daß es sich bei dem Gebäude, aus dem ich eben gekommen war, um einen gewaltigen Bruchsteinbau handelte, der die übrigen Häuser des Ortes an Größe weit übertraf. Daneben stand ein etwa zehn Yards hoher, viereckiger Turm, der mich fatal an ein Minarett erinnerte. *Moscheenschänder*? Hatten sie wirklich *Moscheenschänder* gerufen?, flüsterte eine dünne, hysterische Stimme in meinen Gedanken.

Wenn ja, war ich nicht unbedingt in einer beneidenswerten Lage.

Als ich mich wieder herumdrehte, war die Menge ein gutes Stück näher gekommen und der Ausdruck auf den dunklen Gesichtern war nicht eben der orientalischer Gastfreundschaft. In mehr als einer Hand blitzte geschliffener Stahl.

Unschlüssig trat ich der Menge einen Schritt entgegen und blieb wieder stehen. Einen Moment lang spielte ich ernsthaft mit dem Gedanken, mich wieder in die Moschee zu flüchten. Aber nur einen Moment. Ebensogut konnte ich hierbleiben und mich der mittlerweile auf stolze hundert Seelen angewachsenen Menge stellen.

Ganz allmählich begann mein Verstand wieder wie gewohnt zu arbeiten. Von allen scheinbar ausweglosen Situationen, in denen ich mich je befunden hatte, war dies wohl die am wenigsten scheinbare. Ich hatte eine gewisse Übung darin, mich gegen einen zahlenmäßig überlegenen Gegner zur Wehr zu setzen – gegen die hundert fanatischen Araber, die einen Giaur in kleine Fetzchen zerreißen wollten, hatte ich jedoch keine Chance. Vor allem dann nicht, wenn ich mir auch nur das geringste Anzeichen von Angst anmerken ließ.

Also raffte ich das bißchen Mut, das ich in einem Winkel

meiner Seele fand, zusammen, zauberte ein geradezu unverschämt freundliches Grinsen auf meine Züge, ging der Menge betont forsch entgegen und versuchte mir selbst einzureden, daß die Behauptung »Frechheit siegt« einen kleinen Kern Wahrheit enthielt. Nun gut – von den Fällen, in denen sie nicht gesiegt hatte, hörte man wohl seltener.

Den Gedanken, meine hypnotischen Fähigkeiten einzusetzen, um aus dieser prekären Situation zu entkommen, verwarf ich rasch wieder. Gegen diese Menschenmenge waren sie nicht mehr als der berühmte Tropfen auf den heißen Stein.

Ich blieb vor einem alten, graubärtigen Mann stehen, der sich in den Vordergrund geschoben hatte. Trotz seines Alters schien er so etwas wie der Rädelsführer zu sein.

»Salem Aleikum«, sagte ich, streckte ihm die Hand entgegen und lächelte freundlich.

Der Alte sah mich aus zusammengekniffenen Augen an, ohne meinen Gruß zu erwidern. Dann verzerrte er die Lippen, bleckte die braunen Stummel, die früher wohl einmal Zähne gewesen sein mußten – und spie mir vor die Füße. Einige andere kamen näher an mich heran. Eine Hand griff nach meinem Ärmel und zerrte daran, eine andere grabschte wenig sanft nach meiner Schulter.

Ich versuchte, mir mit Ellbogenstößen Raum zu schaffen und tastete gleichzeitig nach meinem Stockdegen, obwohl er in meiner momentanen Situation eine mehr als erbärmliche Waffe darstellte. Außerdem zermarterte ich mir das Gehirn, auf welche Weise ich diese Orientalen davon abhalten konnte, mich in Stücke zu reißen. Mit meiner zur Schau gestellten Ruhe sah ich mich um, perfekt den überheblichen Gecken spielend, der aus lauter Unwissenheit in ein fünf Meilen tiefes Fettnäpfchen gestolpert war. Lächerlichkeit ist manchmal eine gute Verteidigung. Manchmal auch die letzte.

»Gestatten«, begann ich, »mein Name ist Craven. Robert Craven aus London, Großbritannien. Ich hoffe, mein Erscheinen hat Ihnen keine Ungelegenheiten bereitet!«

Der Mann sah mich an, als hätte er einen Wahnsinnigen vor sich – was er in diesem Moment zweifellos auch glaubte –, und wich einen Schritt zurück, bis ihn die Menge aufhielt. Doch dann gewann sein Zorn wieder die Oberhand.

»Du verfluchter Giaur!« radebrechte er in miserablem Englisch. »Du Moscheenschänder!« Er packte mich mit einer Hand am Jackett und fuchtelte mir mit der anderen vor dem Gesicht herum. Ich widerstand im letzten Moment der Versuchung, sie zu packen und zwischen seine Stummelzähne zu schieben. Ein winziger Fehler und ich war so tot wie es nur eben ging.

»Schlagt den ungläubigen Hund tot!« schrie eine Stimme aus dem Hintergrund. Andere fielen in das Geschrei mit ein und drängten nach vorne. Der Alte wurde gegen mich gedrückt und krallte sich mit seinen knochigen Fingern an meiner Kehle fest.

Ich beschloß, meine Taktik zu ändern, trat mit dem Knie zu und stieß ihn zurück, als er zusammenklappte. Doch sofort hängten sich drei, vier der Kerle an mich und versuchten, mich zu Boden zu zerren. Ich schüttelte zwei von ihnen ab, packte die Faust des dritten und schlug damit die Nase des vierten Muselmanen blutig. Ein Schatten erschien in meinem Augenwinkel. Ich fuhr herum und trat dem Kerl kräftig in die Seite. Plötzlich hatte ich wieder den Alten am Hals, der vor lauter Zorn geiferte und spie wie ein tollwütiger Dackel. Blitzschnell packte ich ihn, drehte ihn an den Schultern herum und versetzte ihm einen Tritt in den Hintern, der ihn zum zweiten Male in die Menge zurücktaumeln ließ.

Für einen ganz kurzen Moment hatte ich Luft, denn meine unerwartet heftige Gegenwehr hatte die Angreifer wohl doch überrascht. Nicht, daß ich mir ernsthafte Chancen ausrechnete, mich wirklich halten zu können, wenn sie sich erst zu zehnt auf mich stürzten.

Aber dazu kam es nicht. Einem weiter hinten stehenden Mann dauerte die Sache offensichtlich zu lange. Er bückte sich, hob einen Stein auf und schleuderte ihn über die Köpfe der anderen hinweg.

Der Stein sauste um Haaresbreite an meinem Ohr vorbei und traf einen neben mir stehenden Araber an der Schläfe. Der Mann seufzte, griff sich an den Kopf, blinzelte verwirrt, als er Blut an seinen Fingerspitzen bemerkte, und sah mich eine geschlagene Sekunde lang vorwurfsvoll an.

Dann fiel er steif wie ein Brett nach hinten.

Es war das Signal zum totalen Chaos. Plötzlich regnete es von allen Seiten Steine und Holzstücke. Alles drängte nach vorn, um mich endlich zwischen die Finger zu bekommen. Einige Männer stiegen sogar den vor ihnen Stehenden auf die Schultern und traten sie zu Boden. Es war keine Horde lynchwütiger Männer mehr, sondern ein einziger, aus hundert Körpern und zweihundert wütend ausgestreckten Armen bestehender Mob, der sich auf mich warf.

Ich hob die Fäuste, sprang einen Schritt zurück und spreizte die Beine, um einen festeren Stand zu haben. Ich brachte sogar das Kunststück fertig, die beiden ersten Angreifer abzuwehren, aber dann wurde ich von der Masse der Araber schier begraben und zu Boden gedrückt. Im Liegen schlug, trat und biß ich um mich und wurde selbst geschlagen, gebissen und getreten. Zu meinem Glück behinderten sich die fanatischen Moslems in ihrer Wut gegenseitig, so daß ich zunächst zwar jede Menge Schrammen und Beulen abbekam, jedoch noch keine ernsthafte Verletzung.

Doch es konnte nur noch Sekunden dauern, bis mich die Kerle in Stücke gerissen hatten.

Jeder der drei Männer war so groß, daß Nizar sich bei ihrem Anblick eines raschen, heftigen Anfluges von Neid nicht erwehren konnte. Ihre schlanken, aber trotzdem sehr muskulösen Körper steckten in festen Kettenpanzern, über denen sie weiße, mit einem roten Kreuz geschmückte Waffenröcke trugen. Die gepanzerten Handschuhe lagen auf den Griffen langer Schlachtschwerter, die an einfachen Waffengurten hingen. Eiserne Topfhelme, die nur schmale Augenschlitze besaßen, verbargen ihre Gesichter. Und jeder Zoll ihrer Erscheinung versinnbildlichte alles, was Nizar haßte.

Es war nicht einmal das Kreuz auf ihrer Brust, denn obgleich es das Symbol der Christen und somit seiner Feinde darstellte, war es ihm herzlich egal, welcher Religion die drei angehörten. Ob Kreuz oder Halbmond oder was auch immer, für Nizar waren es allesamt falsche Götzenbilder. Solange Nizar denken konnte, hatte es nur einen Gott gegeben, an den er glaubte, und der war kurzbeinig und dick und hatte eine ausgeprägte Vorliebe für die Farbe Rot.

Nein, das Kreuz war es nicht, was ihn innerlich so sehr vor Zorn brodeln ließ. Zum ersten Mal seit Äonen hatte es jemand gewagt, ihn aufzufordern, sich einer anderen Macht zu beugen! Ihn, der bislang immer andere unterworfen hatte.

Trotzdem ließ er sich von seiner Wut nicht zu unüberlegten Handlungen hinreißen, sondern belauerte die drei Männer mit seinen magischen Sinnen. Es waren keine solchen harmlosen Narren wie der alte Scheik, dessen Blut seine Diener erst Augenblicke vor dem Eintreffen der drei Tempelritter vom Boden aufgewischt hatten. Jeder der drei war ein Träger großer magischer Kraft und gefährlicher als ein ganzes Heer, das spürte Nizar einfach.

Und entsprechend vorsichtig formulierte Nizar seine Antwort, obgleich er in Wahrheit nicht übel Lust hatte, die Topfhelme der drei samt ihrem Inhalt auf lange Spieße stecken und seine Festungsmauer damit schmücken zu lassen. »Meine Antwort lautet nein, edle Herren«, sagte er und fügte mit einem raschen, freundlichen Hyänenlächeln hinzu: »Ich kann Euer Ansinnen verstehen, doch was Ihr verlangt, ist unmöglich. Es tut mir leid, daß Ihr den langen Weg zu meiner Festung umsonst gemacht habt.«

Auf den Gesichtern der drei war keine Regung zu erkennen – was nicht zuletzt daran liegen mochte, daß ihre Gesichter unter den silberglänzenden Helmen nicht zu erkennen waren –, aber Nizar spürte ihre Gefühle fast besser, als hätte er ihr Mienenspiel beobachtet. Er fühlte den mühsam unterdrückten Zorn Gouvin du Tourvilles und den heiß lodernden Haß Renard de Banrieux' so klar, als wären es seine eigenen Gefühle.

Nur Guillaume de Saint Denis, dem dritten Templer, gelang es, seine Gedanken vor den tastenden Geistfühlern des Magiers abzuschirmen. Dennoch war auch ihm anzumerken, daß er verärgert war. Oder den Ärger nur vortäuschte? dachte Nizar verwirrt.

Instinktiv umklammerte seine Rechte den Rubin auf seiner Brust.

»Laß die Hand von dem Stein!« sagte Renard de Banrieux. Seine Stimme klang scharf und die Hand des Templers schloß sich um den Schwertgriff. Der Anblick ließ Nizars Zorn zu heller Wut auflodern. Was bildeten sich diese Ungläubigen ein, mit der Waffe in der Hand an seinen Hof zu kommen und ihm auch noch zu drohen?, dachte er wütend.

Als hätte er seine Gedanken gelesen, legte Guillaume de St.

Denis seinem Kameraden beruhigend die Hand auf den Unterarm. »Laß ihn, Renard. Der Rubin stellt für uns keine Gefahr dar.« Er schüttelte den Kopf, um seine Worte zu bekräftigen, dann wandte er sich wieder an Nizar: »Du solltest dir unseren Vorschlag noch einmal überlegen«, sagte er ruhig. »Um die Wüstenstämme, die du dir unterworfen hast, unter Kontrolle zu halten, brauchst du das *Auge des Satans* nicht. Dazu reicht die Kraft deines Rubins allein. Außerdem bieten wir dir die Unterstützung unseres Ordens an, wenn du uns das *Auge des Satans* übergibst. Du weißt, wir besitzen mehr Macht, als du mit dem Auge jemals erringen könntest. Außerdem«, fügte er in fast – aber eben nur fast – freundlichem Ton hinzu, »wäre es nur eine … nun, sagen wir: Leihgabe. Ein jeder von uns gibt dir sein Wort als Ehrenmann und Ritter, daß du das *Auge* unbeschädigt zurückerhältst.«

»Würdet ihr mit euren Köpfen dafür haften?« fragte Nizar lauernd.

»Nein«, fauchte Renard. »Aber vielleicht mit deinem.«

St. Denis brachte seinen Begleiter mit einer unwilligen Geste zum Verstummen. »Schlag ein«, fuhr er fort, Renards Worte ganz bewußt übergehend, »und wir garantieren, daß ab sofort deine Feinde auch unsere Feinde sind. Wir werden jeden vernichten, der dich und dein Reich bedroht!«

Nizar starrte den Templer an. Das Wort Größenwahn war ihm bisher fremd gewesen, obwohl – oder vielleicht weil – er von Geburt an sehr ausgeprägt an dieser Krankheit litt, aber Guillaume de Saint Denis' Worte klangen in seinen Ohren mehr als nur großspurig. Er kannte die Macht der Templer, auch wenn er bislang noch nie persönlich mit einem Angehörigen dieses Ordens zusammengetroffen war. Doch was konnten sie von der geheimnisvollen Kraft des Auges schon wissen? Märchen und Gerüchte vielleicht, nichts als das erschreckende und angstmachende Geschwätz, das darüber im Umlauf war – und das er selbst zu einem guten Teil in die Welt gesetzt hatte, um seine Macht noch mehr zu festigen.

Was wußten sie schon, diese Narren! Er hatte seinen Blick in das Auge versenkt und die Kräfte, die es wie ein nie versiegender Quell verströmte, in sich aufgenommen. Nur er allein wußte, was das *Auge des Satans* vermochte.

»Nein«, sagte er, jetzt ohne die geringste Spur von Freundlichkeit. »Es bleibt dabei. Und es wäre besser, ihr verschwindet jetzt. Aus meiner Burg und aus meinem Reich. Bevor die Wüstensonne eure Knochen bleicht«, fügte er gelassen hinzu.

Renard de Banrieux riß sein Schwert mit einem Wutschrei aus der Scheide und stürmte auf Nizar zu, noch bevor ihn Guillaume zurückhalten konnte. Der Magier wich mit einer Behendigkeit, die man einem Mann seines Aussehens gar nicht zugetraut hätte, einen halben Schritt zurück und zeichnete mit der Hand einen Kreis in die Luft. Wie aus dem Boden gewachsen stand plötzlich ein gutes Dutzend Krieger um ihn herum, reglos, aber bereits mit gezückten Krummsäbeln.

Aber statt stehenzubleiben, schrie de Banrieux noch wütender auf und schwang seine gewaltige Klinge. Nizars Leibwächter zogen sich hastig zu einem lebenden Schutzwall um ihren Herrn zusammen, eine Mauer aus drohend vorgestreckten Schwertern und Schildern, an der sich der Templer selbst aufspießen mußte. Und wahrscheinlich hätte er es, blind vor Wut, auch getan, hätte ihn nicht der scharfe Befehl Saint Denis' im letzten Moment zurückgerufen.

»Halt, Renard! Das Schwert nieder!« befahl der Templer scharf. »Wir sind als Gesandte zu Nizar gekommen und nicht, um mit diesen Kreaturen des Teufels zu kämpfen!«

Tatsächlich hielt de Banrieux mitten im Schritt inne und senkte sogar sein Schwert, aber in seinen Augen blitzte der blanke Haß. »Du befiehlst mir, feige zu sein, de Saint Denis?« fragte er aufgebracht.

»Ich befehle dir nicht, feige zu sein, sondern klug«, antwortete Guillaume. Er sprach zu seinem Kameraden, aber sein Blick war weiter starr auf Nizar gerichtet; ein Blick, unter dem sich der Zauberer mehr als nur unwohl zu fühlen begann. »Unser Auftrag heißt uns nur, das *Auge des Satans* von Nizar zu fordern, nicht jedoch, den Kampf mit ihm zu beginnen!« Einen Moment lang starrte er Nizar noch auf diese unheimliche, beinahe furchteinflößende Weise an, dann zog er sehr langsam sein eigenes Schwert aus dem Gürtel, trat auf den lebenden Schutzwall aus Kriegern zu und machte eine herrische Bewegung mit der Rechten. Tatsächlich wichen die Krieger ein Stück vor ihm zurück, blieben jedoch mit kampfbereit erhobenen Schwertern stehen.

»Jetzt höre, was ich dir zu sagen habe, Heide«, fuhr St.

Denis fort. »Ich kam mit offener Hand hierher und mit einem Angebot des Friedens. Doch du schlägst es aus und für diesen Fall soll ich dir dieses sagen: Wenn du uns das *Auge des Satans* verweigerst, so wird dich die Macht des Auges selbst vernichten, noch ehe der Mond sich wendet.«

Nizar erbleichte vor Schrecken und Zorn. Nie hatte es jemand gewagt, ihm so unverhüllt zu drohen, noch dazu hier, in den Mauern seines eigenen Palastes! Jeden anderen hätten diese Worte auf der Stelle das Leben gekostet. Nicht so diesen Tempelritter.

Vielleicht war es das erste Mal in seinem Leben, daß Nizar Angst kennenlernte. Die Drohung im Blick des Tempelherren war bar jeden Zornes, aber von einer Kälte und Entschlossenheit, die ihn schaudern ließ. Es war etwas darin, das ihm vollkommen fremd war. »Geht«, sagte er nur. Seine Stimme zitterte. Ein schlechter Geschmack war in seinem Mund. Seine Hände waren plötzlich feucht vor Schweiß. »Geht, de Saint Denis, solange meine Langmut noch anhält. Zwischen Euch und mir ist kein Streit und so soll es bleiben.«

Guillaume lächelte, und obwohl Nizar nur seine Augen erkennen konnte, erschauderte er. »Vergiß den Mond nicht, Nizar«, sagte er. »Bevor er sich wieder rundet, wirst du nicht mehr unter den Lebenden sein!« Und damit stieß er sein Schwert in die Scheide zurück, wandte sich mit einem Ruck um und ging, gefolgt von seinen beiden Ritter-Kameraden.

»Sollen wir diese Hunde verfolgen?«

Nizar hatte Mühe, sich auf die Worte des Kriegers zu seiner Rechten zu konzentrieren. Verwirrt schüttelte er den Kopf und ballte zornig die Fäuste. Nizar wußte es nicht, aber es waren seine eigenen Waffen, mit denen Guillaume ihn angegriffen hatte. Und er verstand sich auf den Umgang damit ungleich besser als Nizar. Verwirrt schüttelte er den Kopf.

»Laßt sie fliehen«, sagte er zögernd. »Wir haben Besseres zu tun.«

Der Krieger sah ihn erstaunt an, und auch auf den Gesichtern der anderen machte sich Verwirrung breit.

Aber keiner von ihnen wagte es, Nizar auch nur mit einem Wort zu widersprechen.

Es waren nur Sekunden, aber wie oft in solchen Augenblicken zogen sie sich endlos dahin.

Die Menge hatte sich wie eine braungraue Flutwelle über mir geschlossen und hatte ich im ersten Augenblick noch das Glück gehabt, daß sich die Araber eher darum schlugen, wer mich schlagen durfte – ich verpfände mein Ehrenwort, daß das nicht halb so lustig war wie es sich anhören mag! –, so vergingen doch nur Augenblicke, bis ein wahrer Hagel von Hieben und Tritten auf mich herunterprasselte. Dem Lärm und den Schreien nach zu urteilen, mußten rings um mich herum die wildesten Raufereien im Gange sein, aber davon hatte ich herzlich wenig. Ich hatte alle Hände und Füße voll damit zu tun, am Leben zu bleiben.

Ein Fuß traf meine Seite und trieb mir die Luft aus den Lungen. Ich packte ihn, verdrehte ihn samt dem daranhängenden Bein und warf den Kerl in hohem Bogen von meiner Brust herunter, bekam in der nächsten Sekunde einen gemeinen Hieb gegen die Kehle und schlug blindlings zurück, während ich würgend nach Luft rang. Eine Hand krallte sich in mein Haar und zog meinen Kopf zurück und jemand versuchte, mit einem Dolch an meine Kehle heranzukommen.

Ich riß das Knie hoch, trat zu und traf, und der Dolch verschwand – aber nur, um gleich darauf von einer schmutzigen Faust abgelöst zu werden, die mir die Nase blutig schlug.

Ich biß kurzerhand hinein.

Eine Sekunde später bekam ich einen Hieb gegen die Schläfe, der mich halb besinnungslos in die Arme meiner Peiniger sinken ließ.

Plötzlich mengten sich in das Heulen und Toben der entfesselten Araber andere Geräusche; Laute, die ich im ersten Moment nicht zu identifizieren wußte. Aber ich registrierte zumindest, daß sich irgend etwas im Heulen der arabischen Lynchgesellen änderte. Mit einem Male klangen die Schreie mehr erschrocken als zornig. Dann hörte ich ein dumpfes, monotones Stampfen, das mir in diesem Moment herrlicher erschien als der Engelschor, auf den ich eigentlich vorbereitet gewesen war: den Tritt fester Stiefel und das Klirren von Metall. Dann klang eine harte befehlsgewohnte Stimme auf, so laut, daß sie selbst über dem Kreischen der Muslims deutlich zu verstehen war.

»Achtung! Kompanie rechts schwenkt! Halt! Erstes Glied, legt an! Feuer!«

Der peitschende, lang nachhallende Knall einer Gewehrsalve ließ das Dorf erzittern. Die Araber, die mich gepackt hatten, fuhren heulend herum, erblickten das Karree der Rotröcke, bei dem eben das zweite Glied vortrat und die Gewehre anlegte, und ließen mich endlich los. Von einer Sekunde auf die andere verwandelte sich der Mob in eine kreischende, kopflos flüchtende Menge, die jegliches Interesse an dem Ungläubigen verloren hatte.

Stöhnend richtete ich mich auf, tastete mit den Fingerspitzen über meine geschwollenen Lippen und stöhnte ein zweites Mal, als ein scharfer Schmerz durch meinen Kiefer schoß. Rings um mich verwehte die Staubwolke, die der eilige Rückzug meiner Gegner hinterlassen hatte, aber in der Luft lag noch immer der deutliche Geruch nach Mord und Blut und für einen Augenblick drohte ich nun wirklich das Bewußtsein zu verlieren.

Ich kämpfte die Dunkelheit zurück, die nach meinen Gedanken greifen wollte, stand mit wackeligen Knien auf und wischte mir mit dem Handrücken das Blut aus dem Gesicht.

Dann blickte ich zu meinen Rettern hinüber – und zweifelte für einen Augenblick an dem, was ich da sah. Das britische Empire hatte tatsächlich im richtigen Augenblick eine Kompanie strammer Highlander in die Wüste geschickt, um mich zu retten!

Umständlich klopfte ich mir den Staub von den Kleidern und hob meinen Stockdegen auf. Die Klinge war ein Stück aus der hölzernen Hülle gerutscht, aber die Waffe schien unbeschädigt, was man von ihrem Besitzer nicht unbedingt sagen konnte. Mein Jackett war an zahllosen Stellen zerrissen und mit Blut- und Schmutzflecken übersät und meine Hose brauchte dringend Faden und Zwirn, denn beide Knie blickten durch große Löcher und von meinem rechten Hosenbein fehlte das untere Stück. Nun gut, dachte ich sarkastisch, besser von ihr als von dem Bein, das darin steckte …

Jetzt erst fühlte ich mich in der Lage, die britische Armee zu begrüßen und mich für die unerwartete Hilfe zu bedanken. Es handelte sich tatsächlich um eine Kompanie schottischer Hochlandsoldaten, die mit ihren Kilts und Pelztaschen in dieser Umgebung reichlich fehl am Platz wirkten. Gott sei Dank.

Sie standen so steif wie bemalte Statuen in drei Reihen gestaffelt vor mir und hatten den Blick starr geradeaus gerichtet. Ein Sergeant mit martialisch aufgezwirbeltem Schnurrbart trat einen Schritt vor und bellte seine Befehle mit einer Lautstärke, als gälten sie den in den hintersten Winkeln des Dorfes versteckten Arabern und nicht den hundert Soldaten vor ihm.

Die Truppe schwenkte wie ein Mann herum und gab mir den Blick auf ihren Kommandanten frei – wenigstens vermutete ich, daß es ihr Kommandant war: ein hagerer Militär um die Fünfzig, der so aussah, als wäre er gerade aus einem Modejournal für Armeeoffiziere entsprungen und nicht aus der Wüste. Sein roter, mit goldenen Tressen und Binsen besetzter Uniformrock war aus bestem Material und saß wie angegossen. Ebenso die dunklen Reithosen, die in blitzblank geputzten Stiefeln steckten, in denen ich mich hätte spiegeln können.

Der Offizier sah mir aus kleinen grauen Augen entgegen, steckte seinen Revolver mit einer eckigen Bewegung in die Gürteltasche zurück und legte beide Hände um den Griff seines prunkvollen Säbels. Seine linke Augenbraue sank etwas herab, als er noch einmal Luft holte und mit schnarrender Stimme zu sprechen begann: »Hatten verfluchtes Glück. Wenn nicht zufällig einer meiner Späher gesehen hätte wie die verwünschten Eingeborenen über Sie herfielen, wären Sie jetzt ein verdammt toter Mann.«

Ich nickte, versuchte zu lächeln und verzog statt dessen schmerzhaft das Gesicht, als meine Unterlippe abermals aufriß. »Besten Dank«, sagte ich gequält. »Das war wirklich Rettung in letzter Sekunde! Wenn Sie einen Augenblick später gekommen wären ...«

Der Offizier blinzelte, kam mit steifen Schritten auf mich zu und maß mich mit der Art von herablassend-abschätzendem Blick, zu der auf der ganzen Welt nur Soldaten der höheren Charge fähig sind. »Sind Sie ein verdammter Yankee oder ein guter Englishman?« fragte er, sichtlich über meinen amerikanischen Akzent befremdet.

»Ich bin Robert Craven aus London, Ashton Place 9«, antwortete ich automatisch.

Meine Worte zeigten eine größere Wirkung, als ich selbst gehofft hatte, denn der Offizier riß die Augen auf, daß ihm das Monokel herausgefallen wäre, hätte er eines getragen. Ganz offensichtlich kannte er London, und ebenso offensichtlich wußte er, was die Adresse zu bedeuten hatte, dich ich ihm nannte. Immerhin gibt es in Old London nur wenige noch feudalere Gegenden als den Platz, an dem Andara-House liegt – Schloß Windsor zum Beispiel und die Houses of Parliament gehören dazu. Das Stadtviertel, aus dem der Colonel stammte, mit Sicherheit nicht.

Er räusperte sich mehrmals, bis er sich wieder gefaßt hatte, verschränkte die Hände hinter dem Leib und begann abwechselnd auf Zehenspitzen und Absätzen zu wippen, während sein Blick finster über das Dorf glitt. »Man muß diesen verdammten Eingeborenen immer wieder einmal zeigen, daß wir die Herren sind. Sonst werden sie verdammt frech und fallen über unsereins her. Auch wenn wir nicht gerade wie ein Gentleman aussehen!«

Ich ging gutmütig über die kleine Spitze hinweg und überlegte, wie ich die Soldaten jetzt nur noch dazu bringen konnte, mir den Weg in die Moschee freizumachen, damit ich an das darin verborgene *Tor* und auf diese Weise wieder nach Hause kam. Das dumme Gesicht, das der Colonel machen würde, wenn ich vor seinen Augen verschwand, konnte ich dann zwar nicht mehr sehen, mir aber jetzt schon lebhaft vorstellen.

Doch der Offizier hatte ganz andere Absichten bezüglich meiner Person. Offensichtlich hatte er mein Schweigen falsch gedeutet, denn er räusperte sich abermals, hörte endlich auf, auf der Stelle zu wippen, und blieb auf den Zehenspitzen stehen, wodurch er mir immerhin fast bis zur Krawattennadel reichte. »McFarlane!« brüllte er. »Wir marschieren in unser verdammtes Lager zurück!«

Sprach's, drehte sich auf der Stelle herum und stieg auf sein Pferd, das von einem arabischen Diener herbeigeführt wurde.

»Los, mitkommen!« Der Sergeant schnauzte mich an wie einen seiner Rekruten, als ich dem Colonel nicht sofort folgte.

»Aber ich muß –«, protestierte ich, kam aber nicht weiter, denn McFarlane schnitt mir mit einer herrischen Bewegung das Wort ab.

»Gar nichts müssen Sie! Wir haben Sie nicht aus den Klauen

dieser Kerle geholt, um Sie jetzt zurückzulassen! Verstanden?« brüllte er. Gleichzeitig winkte er zwei Soldaten aus dem Glied, die ernsthafte Anstalten machten, mich einfach unter den Armen zu fassen und mitzuschleifen.

Ich verfluchte die Borniertheit des Sergeanten, hatte jedoch keine Chance, dem eisenharten Griff der Soldaten zu entkommen. Es waren baumlange Schotten, die glattweg Brüder Rowlfs sein konnten. Jeder von ihnen sah ganz so aus, als könne er mit bloßen Fäusten einen ausgewachsenen Ochsen niederschlagen; einen ausgewachsenen Robert Craven allemal.

Ich versuchte erst gar nicht, mich zu wehren. Nicht zuletzt, weil ich wenig Lust verspürte, den Kampf mit meinen arabischen »Freunden« gegen eine Prügelei mit einer Kompanie englischer Soldaten einzutauschen.

Gegen Mittag war es so heiß geworden, daß die Pferde einfach nicht mehr weiter konnten. Ein leichter, aber beständiger Wind wehte von Norden und trug Wärme in klebrigen Wogen aus der Wüste heran und der Sand, der hier fast weiß war, reflektierte das Licht der Sonne wie ein gewaltiger welliger Spiegel.

Nirgends zeigte sich auch nur das mindeste Anzeichen von Leben. Selbst die Staub- und Sandwolken, die die Hufe der Pferde aufgewirbelt hatten und die ihren Weg markierten, erinnerten Guillaume an beigebraune Leichentücher.

Obgleich die Sonne wie ein weißglühender Fleck geschmolzenen Eisens am Himmel hing und ihm die Tränen in die Augen trieb, zwang er sich, nach oben zu blicken, um die ungefähre Zeit abschätzen zu können. Sie waren den Abend, die ganze Nacht und den halben Tag geritten, bis Hitze und Erschöpfung die Pferde einfach nicht mehr weiterlaufen ließ und die einzige Linderung, die sie den geschundenen Tieren und sich selbst gönnen konnten, war der allmählich mit der Sonne mitwandernde Schatten des mächtigen Felsbrockens, der drei Manneslängen hoch aus dem Wüstensand ragte. Das Wasser, von dem sie einen mehr als großzügigen Vorrat mitgenommen hatten, war jetzt fast aufgebraucht, und auch Guillaume fühlte sich schwach und kraftlos wie ein neugeborenes Kind, obwohl sie ihre Waffen und die schweren Kettenhemden und Helme abgelegt hatten, kaum daß Nizars Festung außer Sichtweite gekommen war.

Trotzdem wartete er voller Ungeduld darauf, daß die Sonne endlich weiterwanderte und sie ihren Weg fortsetzen konnten. Die große arabische Wüste, an deren Rand sie jetzt seit anderthalb Tagen entlangritten, war nicht ganz so tödlich und leer wie die meisten Menschen glaubten. Es gab ein Wasserloch, vielleicht noch vier, fünf Stunden entfernt, und wenn sie es erst einmal erreicht hatten, lag das Schlimmste hinter ihnen.

Oder erst vor ihnen, je nachdem.

Guillaume hatte seit dem vergangenen Abend fast ununterbrochen darüber nachgedacht wie er Philippe de Valois die schlechte Nachricht am besten beibringen konnte, ohne sich seinen Zorn zuzuziehen und in Ungnade zu fallen. De Valois war ein tapferer Streiter Christi, aber er war nicht unbedingt zimperlich in der Wahl seiner Mittel. Und – was schlimmer war – er war ein Choleriker wie Gott der Herr nur einen geschaffen hatte. Es mochte gut sein, daß Guillaume und die beiden anderen sich beim Reinigen der Latrinen wiederfanden, nachdem sie Valois die Kunde vom Fehlschlag ihrer Mission überbracht hatten.

Guillaume verfluchte insgeheim Renards aufbrausendes Wesen, dem sie letztlich das endgültige Scheitern ihrer Mission zu verdanken hatten. Er war sicher gewesen, daß es ihm gelingen würde, Nizar zur Herausgabe des magischen Auges zu überreden, irgendwie. Renards Herausforderung hatte alles zunichte gemacht, denn er hatte sich wohl oder übel vor seinen Kameraden stellen müssen, wollte er nicht vor dem Heiden das Gesicht verlieren.

Nicht, daß Guillaume Renard wirklich grollte – er konnte seine Gefühle Nizar gegenüber nur zu gut verstehen, denn er teilte sie, obgleich er weniger Zorn als vielmehr Verachtung für den fettleibigen Möchtegern-Magier empfand. Nizar war kein wirklicher Zauberer. Er gebot über große Macht, aber es war nicht seine eigene, sondern eine Kraft, die er dem *Auge* entliehen – genauer gesagt, *gestohlen* – hatte, und die ihn eines Tages selbst vernichten würde. Guillaume dagegen kannte

Männer mit echten magischen Kräften. Philippe de Valois gehörte dazu, oder André de la Croix, der *Storm-Master* des Ordens, der sie so überraschend verlassen hatte und auf dessen Rückkehr sie alle schon seit Wochen warteten. Oder er selbst, wenngleich seine eigenen magischen Kräfte eher bescheiden zu nennen waren.

Nein – Nizar war nicht das Problem. Spätestens nach Bruder de la Croix' Rückkehr aus Paris konnten sie ihn zertreten wie einen Wurm.

Das Problem war, daß sie nicht so viel Zeit hatten.

Es hatte Jahre gedauert, den neuen Standort der Teufelsrose zu finden, und niemand wußte zu sagen wie lange sie in jenem Wüstental drei Tagesritte nördlich von hier bleiben würde. Und ein Angriff ohne das *Auge des Satans* würde vielleicht – nur vielleicht – erfolgreich sein, aber ungeheure Opfer fordern.

»Nun, Bruder Guillaume?«

Renards Stimme riß den Templer jäh in die Wirklichkeit zurück. Er sah auf, blinzelte einen Moment gegen die Sonne in das schmale Gesicht Renards hinauf und beschattete die Augen mit der Hand.

»Woran denkst du?« fragte Renard. »An Bruder Philippe?«

Guillaume lächelte flüchtig. »Nun«, sagte er. »Er wird nicht sehr erbaut sein, wenn wir mit leeren Händen zurückkommen.«

»Hättest du mich nicht zurückgehalten –«, begann Renard, wurde aber von Guillaume unterbrochen:

»Wären wir jetzt alle tot, und zwischen Nizar und unseren Brüdern würde Krieg herrschen.«

Renard spie aus. »Unsinn. Dieser Heide hätte es nicht gewagt, die Hand gegen einen Tempelherren zu erheben.«

»Er nicht, aber seine Krieger bestimmt«, murmelte Guillaume. Aber dann lächelte er traurig. »Nein, Bruder, das ist es auch gar nicht, was mir Sorge bereitet. Philippe wird vielleicht zornig sein, aber er beruhigt sich auch wieder. Ich denke an unsere Brüder, die fallen werden, wenn wir die Teufelsrose ohne Bruder de la Croix' Unterstützung angreifen müssen. Und ohne das Auge.«

»Wenn sie fallen, dann für Gott den Herrn«, sagte Renard überzeugt.

Guillaume blickte ihn stirnrunzelnd an. »Ich halte ein Leben für den Herrn für sinnvoller, Bruder«, sagte er ernst. »Wir brauchen das *Auge des Satans*. Schon, um es nach getaner Arbeit zu vernichten. Es ist ein Werk des Teufels, das nicht sein darf.«

»Dann laß es uns holen.« Renard griff schon wieder zum Schwert. »Reiten wir zurück und erschlagen Nizar.«

»Wir kämen nicht einmal in seine Nähe«, murmelte Guillaume. »Nein, Bruder – er ist gewarnt und wird vorsichtig sein. Wir müssen einen ... einen anderen Weg finden.«

Renard erbleichte, denn er begriff sehr wohl, was die Worte Guillaumes zu bedeuten hatten. Und auch Guillaume erschrak über seinen eigenen Vorschlag, denn er hatte ihn ausgesprochen, ohne darüber nachzudenken. Die Worte waren wie von selbst über seine Lippen gekommen. Fast, dachte er schaudernd, als hätte sie ihm jemand eingeflüstert ...

»Die ... die *Schwarze Stadt*?« flüsterte Renard.

Guillaume nickte. »Die *Schwarze Stadt*.«

»Das ist Ketzerei«, murmelte Renard.

»Unsinn!« Guillaume drehte sich zornig herum und ballte die Faust. »Auch das *Auge des Satans* ist Teufelswerk, und trotzdem werden wir es benutzen, um das Böse damit zu vernichten. Wir haben keine andere Wahl.«

»Und unsere Seelen?« fragte Renard.

Diesmal dauerte es länger, bis Guillaume antwortete. »Sie werden keinen Schaden nehmen«, sagte er. »Ich nehme euch die Beichte ab, ehe wir aufbrechen, und werde euch die Absolution erteilen.«

»Wir.« Renard nickte. »Und du?«

»Ich fürchte den Teufel nicht«, erklärte Guillaume überzeugter, als er sich bei diesen Worten fühlte. »Und selbst wenn ich ihm anheimfallen sollte, so opfere ich mich gerne für das Leben unserer Brüder.«

Renard antwortete nicht mehr.

Aber weniger als eine halbe Stunde später ritten die drei Tempelritter, nun wieder voll gerüstet, weiter.

Ziemlich genau in die entgegengesetzte Richtung, in die sie ihr Weg eigentlich führen sollte.

Nämlich direkt in die Wüste hinein.

Nach einem etwa einstündigen Marsch durch die Wüste erreichten wir das Lager, das aus nur einer Handvoll schmuckloser Militärzelte bestand, die sich im Schatten einiger Palmen drängten. Eine Anzahl Soldaten, die wohl als Wache zurückgeblieben waren, kam uns entgegen, verfolgt von einer lärmenden Horde neugieriger Araber in schreiend bunten Kleidern, die ebenso neugierig wie die Highlander, aber weit weniger zurückhaltend waren, denn sie begannen sofort, den fremden *Inglese* mit dem sonderbaren Haar anzustarren und zu begrabschen und an seinen Kleidern zu zupfen, bis McFarlane mit einem urgewaltigen Brüllen dafür sorgte, daß ich wenigstens genug Platz zum Atmen behielt. Zu meiner Überraschung gewahrte ich sogar eine junge, sichtlich englische Lady, die jedoch am Rand der Oase zurückblieb und uns mit geziemlicher Zurückhaltung, aber eindeutig erwartungsvoll entgegensah.

Die geordnete Formation, in der wir bisher marschiert waren, löste sich fast augenblicklich auf, kaum daß wir das Lager erreichten. Ich hielt nach dem Offizier Ausschau, der – wie ich von McFarlane erfahren hatte – auf den guten alten englischen Namen Cedric Harold Lucius Mandon Trouwne hörte und im Range eines Colonels stand, konnte ihn aber in dem allgemeinen Durcheinander nicht ausmachen. Das Chaos hielt jedoch nur wenige Augenblicke an, ehe es von einem zornigen Befehl McFarlanes beendet wurde. Die Hast, mit der die Soldaten Haltung annahmen, bestärkte mich in meiner Überzeugung, daß McFarlane zu mehr Dingen fähig war als zu schreien. Auch wenn er das zweifellos am besten konnte.

Trouwne sprengte auf seinem Hengst heran und zügelte das nervöse Tier neben dem Sergeanten. »McFarlane! Lassen Sie die verdammte Kompanie in das Lager einrücken. Und dann sorgen Sie verdammt noch mal dafür, daß Mr. Craven mit ordentlicher Kleidung versorgt wird und einen Platz in einem Zelt erhält!«

Der Sergeant schlug knallend die Hacken zusammen und legte die Hand an den weißen Tropenhelm.

»Verstanden, Sir. Kompanie einrücken lassen und Mr. Craven versorgen!« Er drehte sich mit einer eckigen Bewegung um und bellte seine Befehle über die Truppe, etwas gerafft, dafür aber dreimal so laut wie Trouwne zuvor. Innerhalb weniger Augenblicke hatten sich die Soldaten zwischen den Zelten verteilt und ihre Gewehre zu ordentlichen Pyramiden zusammengestellt.

»Verdammt gut, McFarlane«, sagte Trouwne von der Höhe seines Pferdes herab. »Mr. Craven, ich erwarte Sie in einer verdammten Stunde in meinem Zelt zum Dinner!« Er deutete ein Nicken an, riß sein Pferd auf der Stelle herum und hätte dabei um ein Haar McFarlane über den Haufen geritten.

Sein Ziel war die junge englische Lady, die noch immer fast reglos an ihrem Platz unter der Palme stand, mich noch immer von Kopf bis Fuß musterte und dabei ungeduldig ihren Sonnenschirm kreisen ließ. Sie blickte mir noch nach, als der Colonel längst abgestiegen war und sein Pferd einem Diener übergeben hatte. Ich sah noch, wie sie heftig auf ihn einzureden begann, dann baute sich McFarlane vor mir auf.

»Mitkommen!« brüllte er, in einer Tonlage, die er wohl für ein Flüstern hielt.

Eine Stunde später war ich unterwegs zum Zelt des Colonels. Ich war von einem arabischen Diener, der für die Kompanie als Barbier arbeitete, frisch rasiert und mit Rosenwasser einbalsamiert worden; außerdem hatte McFarlane das seiner Ansicht nach Beste geleistet und mir seine Reserveuniform ausgeborgt. Meine eigene Kleidung befand sich nämlich in einem Zustand, der ein Erscheinen vor den Augen einer Dame nicht mehr zuließ.

Was nicht etwa hieß, daß ich mich irgendwie wohler gefühlt hätte als in den Fetzen, in denen ich hergekommen war. Da McFarlane der Sergeant eines Hochlandregimentes war, bestanden die Beinkleider seiner Uniform nämlich nicht aus Hosen, sondern aus einem karierten Kilt. Der Wind, der um meine nackten Knie strich, gab mir das unangenehme Gefühl, in Unterhosen herumzulaufen. Da half auch der rote Uniformrock wenig, zumal die pelzbesetzte Tasche, die zum Kilt gehörte, bei jedem Schritt unangenehm gegen meine Oberschenkel schlug.

Ein weiterer arabischer Diener erwartete mich vor Trouwnes Zelt und öffnete mir die Plane. Ich trat schicksalergeben ein und sah, daß der Colonel und seine Tochter bereits an einem kleinen Tischchen saßen und mich erwarteten.

Für einen Moment gelang es ihnen sogar, mir halbwegs gelassen entgegenzublicken. Dann begann die Lady zu kichern und preßte schließlich die Hände gegen den Mund, um nicht lauthals herauszuplatzen, während die Adern auf der Stirn des Colonel bei meinem Anblick bedenklich anschwollen.

»McFarlane, verdammt!« brüllte er, daß die Zeltwände wackelten. Keine fünf Sekunden später schoß der Sergeant wie eine Kanonenkugel im rotweißen Kilt in das Zelt herein und blieb vor dem Colonel stehen.

»McFarlane!« wiederholte Mandon Trouwne schneidend. »Sehen Sie sich verdammt noch mal diesen Mann an!«

»Yes, Sir!« Der Sergeant salutierte und drehte sich zackig zu mir um.

»Was ist das, McFarlane, verflucht noch mal?« schnaubte der Colonel. Er stand halb auf, funkelte McFarlane mit kampflustig gesträubtem Schnauzbart an und wies auf den rechten Ärmel des Uniformrockes. »Sie haben vergessen, daß Craven ein verdammter Zivilist ist und kein Angehöriger unserer ruhmreichen Armee!«

McFarlane erbleichte, schluckte sichtbar und riß mir mit einer blitzschnellen Bewegung die Sergeantenwinkel und das Kompanieabzeichen vom Ärmel.

»Gut, McFarlane! Sie können verflucht noch mal abtreten!« erklärte Mandon Trouwne, nicht unbedingt ruhiger, aber wenigstens halbwegs zufriedengestellt. Der Sergeant klemmte sich die Abzeichen unter den Arm und stiefelte erleichtert aus dem Zelt. Mandon Trouwne blickte mich noch einen Moment lang mißtrauisch an, dann nickte er unmerklich, drehte sich herum und winkte dem Diener, mir ein Glas Wein zu bringen.

»Willkommen am verflucht schützenden Busen des britischen Empire, Mr. Craven«, sagte Trouwne, schmetterte zackig die Absätze zusammen und leerte sein Glas mit einem Zug – was ihm einen strafenden Blick seiner Tochter einbrachte.

Ich deutete eine knappe Verbeugung an, nippte vorsichtig an meinem Glas und schenkte Trouwnes Tochter ein eher pflichtschuldiges als herzliches Lächeln, ehe ich mich wieder an den Colonel wandte. »Ich danke Ihnen für den Schutz, den Sie mir angedeihen ließen, Colonel. Und Ihnen für Ihre Gastfreundschaft, Madam!«

»Miß«, korrigierte sie mich und senkte errötend den Kopf, ohne mich jedoch auch nur einen Sekundenbruchteil lang aus den Augen zu lassen.

Trouwne räusperte sich übertrieben, und ich wandte meine Aufmerksamkeit von seiner Tochter ab. »Darf ich vorstellen?« erklärte Trouwne umständlich. »Mr. Robert Craven aus dem verflucht schönen London. Meine Tochter Letitia. Sie ist in den verwünschten Sudan gekommen, um Captain Ebenezer Flawsthorn zu heiraten. Doch leider ist ihr Verlobter vor der Hochzeit in einem Gefecht mit den räudigen Hunden dieses verdammten Madhi gefallen. Da ich der Ansicht bin, daß dieser verfluchte Sudan keinen sicheren Aufenthaltsort für eine unverheiratete Lady darstellt, bringe ich Letitia wieder nach Aden zurück.«

»Das halte ich für einen lobenswerten Entschluß, Colonel!« erklärte ich pflichtschuldig. Aden? dachte ich verwirrt. Daß es mich in den vorderen Orient verschlagen hatte, hatte ich mittlerweile begriffen, aber Aden? Wenn ich meinen Atlas richtig im Kopf hatte, waren wir also nicht weit vom Indischen Ozean entfernt!

»Sie soll auch zum Teufel noch mal wieder unter junge Menschen kommen, habe ich mir gesagt. Außerdem ist es für sie an der Zeit, sich einen verdammten Ehemann zu suchen und ein Dutzend schreiender Bälger zu bekommen. Sind Sie eigentlich schon verheiratet?«

Wahrscheinlich war es eher der Umstand, daß der Colonel den letzten Satz weder mit einem »Verdammt« noch irgendeiner anderen Verwünschung verziert hatte, der mich aufhorchen ließ.

»Verheiratet?« wiederholte ich gedehnt, um Zeit zu gewinnen. »Nun nicht direkt, aber –«

»Na, wenn das kein verdammter Zufall ist!« sagte Trouwne.

»– aber verlobt«, fuhr ich fort. »Und mit sehr ernsten Absichten, Sir.«

Trouwnes Schnauzbart sank enttäuscht herab.

Hastig wandte ich mich an Letitia. »Ich bedauere Ihren Verlust außerordentlich«, sagte ich, und das war nicht einmal gelogen. Ich kannte Ebenezer Flawsthorn nicht, aber die Aussicht, die Gesellschaft dieser heiratswütigen Dame und ihres Vaters länger ertragen zu müssen als unbedingt notwendig, trieb mir den Schweiß auf die Stirn.

Dabei war Letitia Trouwne nicht gerade unansehnlich. Ihre Figur war für meine Geschmack etwas zu üppig, aber durchaus noch mehr als akzeptabel. Sie besaß den typisch hellen Teint, den die im Orient lebenden europäischen Frauen mit riesigen Hüten und Sonnenschirmen so tapfer verteidigten. Ihr Gesicht war etwas rundlich und die Nase zu kurz, um nicht darin unterzugehen. Am interessantesten fand ich noch ihre großen, intensiv blau strahlenden Augen und ihr langes, goldblondes Haar.

Mit einem Wort, sie sah stinklangweilig und fad aus. Doch die jungen Offiziere an der Front hatten wahrscheinlich aus Ermangelung an Besserem (und nicht zuletzt aus Furcht vor ihrem Vater) eine schwärmerische Bewunderung für sie an den Tag gelegt. Es war nicht sehr schwer, sich vorzustellen, wie sie auf den kleinsten Wink ihres Fingers hin gesprungen waren. Und nun hielt sie sich wohl für unwiderstehlich und hatte sich eben ein neues Opfer erkoren.

Mich.

Nur verspürte ich keine besondere Lust, mich erlegen zu lassen.

Letitia schien den langen Blick, mit dem ich sie musterte, gründlich mißzuverstehen, denn sie setzte sich in Positur und nippte geziert an ihrem Glas.

»Ich freue mich, daß Sie uns bis Aden begleiten werden, Mr. Craven«, begann sie. »Mein Vater stellt das Militär zwar über alles, doch ich sage immer, daß man einen Gentleman nicht allein durch eine Uniform erkennen kann.«

Selbst wenn sie so schön gewesen wäre wie Aphrodite selbst, und wenn es Priscylla nicht gegeben hätte, die daheim in London auf mich wartete, hätten diese wenigen Worte Letitias letzte Chance, Mrs. Letitia Craven zu werden, zunichte gemacht. Ich habe etwas gegen vorschnelle Urteile, aber in diesem Fall wußte ich einfach, daß sie dumm wie Bohnenstroh war.

Und wenn ich etwas hasse, so sind es Frauen, die mangelnden Verstand durch Schönheit ausgleichen zu können glauben. Vor allem, wenn sie nichts haben, was als Ausgleich herhalten könnte.

Ich bemühte mich, während des Gespräches nicht zu unhöflich zu wirken. Gottlob übernahm Mandon Trouwne den größten Teil der Unterhaltung, indem er seine sämtlichen Feldzüge aufzählte und diese Berichte mit jeder Menge von *Goddams* würzte. Seine Tochter versuchte, mich über meine Vermögensverhältnisse auszuhorchen, doch ich entging der Falle, indem ich den Colonel zu einem weiteren Feldzug animierte und mich betont auffällig den Speisen widmete.

Mandon Trouwne gehörte zu jener Art Menschen, die schon in Uniform auf die Welt gekommen sein mußte. Das ganze Dinner wurde nämlich aus den Beständen der britischen Armee bestritten. Es gab marinierte Rinderzunge – in Büchsen –, gekochtes Hammelfleisch aus Wales – in Büchsen – und Bohnen aus Herefordshire – in Büchsen. Als Nachtisch tischte uns der Colonel natürlich nicht so etwas Ordinäres wie Datteln auf, die draußen zuhauf an den Bäumen hingen, sondern eingelegte Apfelscheiben aus Sussex – in Büchsen –, und Trockenpflaumen, auf deren natürliche Wirkung ein Europäer in diesen Breiten normalerweise verzichten kann.

Ich tröstete mich damit, daß die Speisen zumindest genießbar aussahen und ich halbwegs satt wurde. Schließlich räumte der Diener Teller und Bestecke ab und brachte dafür die Portweinkaraffe und zu meiner Erleichterung zwei Gläser. Nicht, daß es mich überrascht hätte, hätten wir aus Büchsen getrunken. Der Colonel ließ sich einschenken und stand auf.

»Auf das Wohl Ihrer Majestät, der Königin Viktoria!« Ich erhob mich notgedrungen und nippte von dem Getränk. Es schmeckte nach Armee. Ich begann, Mandon Trouwne um seinen eisernen Magen zu beneiden. Um weiteren Attacken auf meine Geschmacksnerven zu entgehen, erklärte ich, daß mich der aufregende Tag erschöpft hätte, und bat den Colonel, mich zurückziehen zu dürfen.

»Gehen?« Trouwne starrte mich über den Rand seines Glases hinweg an. »Aber wieso denn gehen, verdammt? Der gemütliche Teil beginnt doch gerade erst, zum Teufel! Setzen Sie sich, verdammt!«

Instinktiv gehorchte ich. Trouwne schenkte mir ein joviales Lächeln, ließ sich ebenfalls wieder auf seinen Stuhl sinken und nahm eine entspannte Haltung an – was hieß, daß er die Beine übereinanderschlug und dasaß, als hätte er einen Besenstiel verschluckt.

»Nachdem Sie jetzt alles über mich und meine Tochter wissen, wäre es da nicht verdammt noch mal an der Zeit, daß Sie uns nun etwas über sich erzählen?« fragte er. »Es kommt nicht alle Tage vor, daß meine Einheit einen verdammten Stutzer wie Sie aus einer Menschenmenge pflücken muß, die gerade dabei ist, ihn zu lynchen. Verdammt, was haben Sie in dieser Moschee gesucht?«

»Pilze«, antwortete ich hastig.

Trouwne starrte mich an, riß die Augen auf und setzte zu einer zornigen Entgegnung an. Aber sie kam nicht, denn meine Geduld war nun endgültig erschöpft. Und Trouwne war wahrscheinlich der allerletzte, der in der Lage gewesen wäre, sich gegen einen suggestiven Befehl zur Wehr zu setzen. Statt der wütenden Entgegnung, zu der er Atem geschöpft hatte, breitete sich ein fast glückliches Lächeln auf seine Zügen aus, dann nickte er.

»Natürlich, was sonst?« Ein ganz kleines bißchen klang es irritiert, aber das lag vielleicht daran, daß in meinem lautlosen Befehl jegliches *verdammt* oder *zur Hölle* gefehlt hatte.

»Und nach einem so anstrengenden Tag, lieber Colonel«, fuhr ich fort, »sehen Sie es mir sicherlich nach, wenn ich nochmals um die Erlaubnis bitte, mich zurückziehen zu dürfen.«

»Gehen Sie ruhig, junger Mann«, sagte Trouwne fast hastig. »Ich werde McFarlane Befehl geben, daß er morgen früh ein Kamel für Sie satteln läßt.« Miss Letitia schenkte mir noch ein sehr freundliches Lächeln.

Die Luft war angenehm kühl, und die Sterne glänzten wie goldene Lichter auf schwarzem Samt, als ich in die Wüstennacht hinaustrat. Es war ein Bild des Friedens. Und doch konnte ich das Gefühl drohenden Unheils, das immer stärker an mir zu nagen begann, nicht abschütteln. Wenn ich gekonnt hätte, wäre ich auf dem schnellsten Wege in das Araberdorf zurückgekehrt. Aber ganz davon abgesehen, daß ich es nicht konnte – was hätte es mir schon genutzt?

Es war wie beim ersten Mal. Die Angst war da, und die Schatten, die wie lautlose Tiere aus den finsteren Winkeln der Wirklichkeit gekrochen waren. Und die Kälte, die dem grellen Glanz der Sonne Hohn sprach – und immer wieder die Angst.

Guillaume de Saint Denis blickte schaudernd auf die chaotische Ansammlung formloser schwarzer Basaltbrocken hinab, die sich zwischen den Sanddünen erhoben wie Klippen aus einem bizarren, erstarrten Meer. Es war noch immer Tag, wenngleich er sich auch jetzt allmählich dem Ende zuneigte und in weniger als einer Stunde die kurze Dämmerung der Wüste hereinbrechen würde, aber dort unten, zwischen den sanft gewellten Flanken der Sanddünen, herrschte bereits Dunkelheit.

Es war eine sehr eigenartige Dunkelheit, etwas wie ein finsterer Vorhang, hinter dem sich Dinge verbargen, an die er lieber nicht denken mochte. Und es war eine ebenso seltsame, irgendwie körperlose Kälte, die ihm und den beiden anderen Tempelrittern aus der Ruinenstadt entgegenschlug. Beides war auf angsteinflößende Weise nicht real.

So wie diese ganze Stadt, dachte Guillaume. Er wußte nicht, woher er die Überzeugung nahm, aber er wußte, daß diese Stadt – wenn schon nicht real – so doch ganz bestimmt nicht von dieser Welt stammte. Alles an ihr war falsch.

»Es wird bald dunkel, Bruder«, sagte Gouvin du Tourville. »Wir sollten uns beeilen.« Seine Stimme drang nur verzerrt unter dem Helm hervor, den er – wie die beiden anderen Templer – wieder übergestülpt hatte, aber trotzdem konnte Guillaume den Unterton von nur noch mühsam unterdrückter Angst darin deutlich hören. Und irgendwie war er froh, mit seiner Furcht nicht allein zu sein.

Sie ritten weiter. Ihre Tiere begannen zu scheuen, als sie sich den Ruinen näherten, aber diesmal waren es nicht Hitze und Durst, die sie gegen die Befehle ihrer Reiter aufbegehren ließen. Die Tiere spürten das Fremde, Böse, das von der *Schwarzen Stadt* ausging, so deutlich wie ihre Herren. Vielleicht deutlicher.

Und wie die beiden ersten Male, als sie hiergewesen waren, weigerten sie sich, der Stadt näher als dreißig Schritte zu kommen.

Es war ein Jahr her, daß Guillaume de Saint Denis, Gouvin

du Tourville und Renard de Banrieux die Ruinen der *Schwarzen Stadt* hier im Wüstensand entdeckt hatten, durch einen jener unglaublichen Zufälle, die sich bei genauerer Betrachtung meist als alles andere denn als Zufall entpuppten.

Es war während eines Sandsturmes gewesen, der sie jäh überrascht hatte. Sie hatten Deckung zwischen den Dünen gesucht, um nicht von den entfesselten Naturgewalten umgebracht zu werden, und statt eines Versteckes hatten sie diese bizarren schwarzen Ruinen gefunden: nur ein paar Brocken zuerst, die der Sturm freigelegt hatte. Aber schon eine erste, flüchtige Untersuchung hatte ihnen gezeigt, daß die schwarzen Klippen nur die obersten Türme und Mauerspitzen einer ganzen Stadt waren, die die Wüste vor Urzeiten verschlungen hatte.

Und daß es eine Stadt des Teufels war.

Zumindest war dies Guillaumes feste Überzeugung. Er konnte den Atem des Satans fühlen, der jedem einzelnen dieser lichtschluckenden schwarzen Brocken innewohnte. Und er war keineswegs so erloschen wie die, die diese Stadt erbaut hatten.

Für einen Moment überkamen Guillaume de Saint Denis noch einmal Zweifel, während sie absaßen und durch den lockeren Sand auf das würfelförmige Gebäude zugingen, in dem er den Eingang zu der unterirdischen Stadt wußte. Sicher – er selbst war es gewesen, der die beiden anderen überredet hatte, hierherzukommen und sich der Hilfe zu versichern, die sie brauchten, um in den Besitz des Auges des Satans zu gelangen.

Aber war es wirklich richtig?

Möglicherweise, dachte er bedrückt, tauschten sie ein Übel gegen ein anderes und größeres ein. Möglicherweise entfesselten sie einen Waldbrand, um einen brennenden Busch zu löschen.

Gouvin du Tourville blieb plötzlich stehen. Seine Hand fiel klatschend auf das Schwert an seiner Seite, während sein Kopf hochruckte und sein Blick mißtrauisch die umliegenden Dünenkämme absuchte.

»Was ist?« fragte Renard de Banrieux besorgt. Auch er griff zum Schwert, zog die Waffe aber noch nicht.

Gouvin du Tourville antwortete nicht sofort, sondern

drehte sich einmal um seine Achse, während sein Blick weiterhin mißtrauisch die gewellte Horizontlinie absuchte. Dann nahm er mit sichtlicher Überwindung die Hand von der Waffe und zuckte mit den Achseln. »Ich ... weiß nicht«, gestand er zögernd. »Irgend etwas ist ...« Er brach ab, suchte einen Moment nach Worten und hob schließlich abermals die Schultern. »Vielleicht habe ich mich getäuscht«, murmelte er. »Ich hatte das Gefühl, jemand beobachtet uns.«

Guillaume de Saint Denis sah den Templer verwirrt an. Gouvin war mit seinen Gefühlen ganz und gar nicht allein. Auch er hatte schon seit geraumer Zeit das Empfinden gehabt, von unsichtbaren Augen angestarrt zu werden, es aber auf seine eigene Nervosität und Furcht geschoben. Andererseits ...

»Nizar?« fragte Renard de Banrieux.

»Du meinst, er hat uns verfolgen lassen?«

Renard nickte. »Zuzutrauen wäre es ihm. Er hat uns ein wenig zu rasch wegreiten lassen, für meinen Geschmack. Vielleicht hat er einige seiner Kreaturen auf unsere Spur gesetzt.«

»Kaum«, antwortete Guillaume. »Sie hätten hundert gute Gelegenheiten gehabt, uns zu töten, unterwegs.« Aber seinen Worten fehlte die rechte Überzeugung. Möglicherweise hatten sie Nizar unterschätzt. Daß der Magier wie eine Witzfigur aussah, mochte durchaus Berechnung sein – wer fürchtet schon einen Mann, dessen bloßes Aussehen zum Lachen reizt? Und möglicherweise war es ganz genau das gewesen, was Nizar damit bezweckt hatte, sie so ohne weiteres laufen zu lassen, nachdem Gouvin du Tourville ihn beleidigt und er, Guillaume, ihm gar den Tod prophezeit hatte. Vielleicht wußte er um die Existenz der *Schwarzen Stadt* und hatte nur darauf gewartet, daß sie ihm den Weg hierher zeigten.

»Wir sollten trotzdem vorsichtig sein«, sagte Gouvin du Tourville. »Vielleicht wäre es besser, wenn einer von uns als Wache hier zurückbliebe. Schon wegen der Pferde.«

Guillaume de Saint Denis schwieg einen Moment. Der Gedanke, nur in Renard de Banrieux' Begleitung – oder gar allein – in die Bleikammer hinunterzusteigen, in der der Grund für ihr Kommen verborgen lag, verursachte ihm Übelkeit.

Aber dann nickte er doch. »Du hast recht, Bruder Gouvin«,

sagte er. »Bruder Renard und ich werden allein gehen. Du bleibst hier zurück und deckst unsere Rücken.«

Es gelang Gouvin du Tourville nicht vollends, ein erleichtertes Aufatmen zu unterdrücken. Aber Guillaume de Saint Denis tat so, als hätte er es nicht bemerkt. Gouvins Verhalten hatte nichts mit Feigheit zu tun. Jedes denkende Wesen, das der Angst fähig war, hätte versucht, eine Ausrede zu finden, um nicht in die schwarze Wahnsinnsstadt hinabsteigen zu müssen.

Renard und er gingen weiter, während Gouvin fast überhastet zu den Pferden zurückeilte und seinen Wachtposten bezog. Der Eingang war zum Großteil mit Flugsand verschüttet, so daß sie weitere kostbare Minuten damit verschwenden mußten, sich mit den Händen einen Durchgang zu schaufeln, durch den sie ins Innere des Gebäudes hineinkriechen konnten.

Der Tag blieb hinter ihnen zurück, aber es wurde nicht dunkel. Die Wände selbst strahlten ein unangenehmes, irgendwie krank wirkendes Licht aus, die gleiche Art von widerwärtiger Helligkeit, die den größten Teil der *Schwarzen Stadt* beleuchtete, und die Kälte sprang sie an wie ein unsichtbares Raubtier mit gläsernen Krallen. Aber all das kannte Guillaume de Saint Denis. Alles war so wie das erste Mal, als sie hiergewesen waren.

Nur eines war anders, dachte er schaudernd, als er sich neben Renard de Banrieux aufrichtete und mit einer Kopfbewegung auf die steinerne Treppe deutete, die vor ihnen in die Tiefe führte.

Das erste Mal waren sie vor dem Grauen geflohen, das in der bleiverkleideten Kammer im Herzen der *Schwarzen Stadt* lauerte.

Diesmal waren sie gekommen, es mit sich zu nehmen …

Etwas, das sich wie das Winseln eines geprügelten Hundes anhörte, weckte mich. Im ersten Moment fiel es mir schwer, den Laut zu identifizieren, denn obgleich ich am vergangenen Abend noch lange wach gelegen und die durchscheinende Zeltbahn über meinem Kopf angestarrt hatte, hatte ich doch sehr tief und traumlos geschlafen, und ich wachte nicht sofort und vollständig auf, wie es ansonsten meine Angewohnheit war, sondern glitt für einen Moment in dem schmalen Bereich zwischen Schlaf und Wachsein dahin.

Aber dann wiederholte sich das Winseln, ich schlug die Augen auf, blinzelte in das helle Licht einer erbarmungslosen arabischen Morgensonne, das von dem dünnen weißen Stoff des Zeltes kaum gedämpft wurde, und setzte mich gähnend – und noch immer nicht ganz wach – auf. Eine Sekunde später fiel ein röhrender Saurier in das Gewimmer des mißhandelten Hundes ein und riß mich endgültig aus meinem angenehmen Traum, in dem ich durch das *Tor* in der Moschee in mein Haus zurückgekehrt war.

Mein Blick klärte sich nur langsam. Meine Augen brannten, und mein Kopf war schwer, denn obgleich ich von Trouwnes Wein nur sehr wenig getrunken hatte, war er doch ein verdammt schweres Getränk gewesen. Halb blind und wankend vor Müdigkeit suchte ich nach meinen Kleidern und fand statt der Hose ein eigenartiges Ding, das sich wie ein kurzer Rock anfühlte. Nur allmählich dämmerte es mir, daß das, was ich für einen Alptraum gehalten hatte, die schnöde Wirklichkeit war. Ich befand mich tatsächlich in einem Militärlager in der arabischen Wüste und hatte eine heiratswütige Offizierstochter am Hals.

Wütend starrte ich den Kilt an, knüllte ihn schließlich zusammen und schlüpfte statt dessen in meine eigenen Hosen, die fürsorgliche Hände neben dem Feldbett bereitgelegt hatten. Meine Kleider waren sogar halbwegs gereinigt worden und Hemd und Jacke machten einen durchaus passablen Eindruck, bedachte man, was sie mitgemacht hatten. Anders die Hose. Auch wie war leidlich sauber, aber ein übereifriger Muselmane hatte Flicken auf die durchgescheuerten Knie genäht – mit dem unnachahmlichen Farbempfinden, das seinem Volk zu eigen ist. Ich kam mir vor wie ein Harlekin, als ich aus dem Zelt trat.

Die Kompanie war bereits in voller Uniform angetreten, obwohl die Sonne noch nicht einmal ganz aufgegangen war. Der Hund winselte noch immer und ich begann mich zu wundern, weil mir sein Gejammer irgendwie bekannte Töne vorgaukelte. Diesem Mandon Trouwne war es durchaus zuzutrauen, daß er einem Hund *God Save the Queen* beigebracht hatte. Aber woher hatte er diesen verdammten Saurier, der jetzt wieder zu röhren begann?

Noch immer schlaftrunken, blinzelte ich in die Richtung, aus der der Lärm kam, und erkannte einen Soldaten, der aus Leibeskräften auf einem Dudelsack blies und damit diese schauerlichen Geräusche erzeugte. Neben ihm stand der Colonel mit gezogenem Säbel, während sich Letitia, ihre arabische Zofe und die restlichen einheimischen Diener im Hintergrund hielten und zusahen wie der Union Jack in einer für die Ohren Mandon Trouwnes würdevollen Zeremonie niedergeholt wurde.

Drei Soldaten nahmen das Fahnentuch in Empfang und legten es zusammen. McFarlane brüllte einen Befehl. Die Soldaten schlugen die Hände klatschend gegen die Kolben ihrer Gewehre. Dann kehrten sie zum Lager zurück und begannen die Zelte abzubrechen.

Ich ging ins Zelt zurück, zog mich vollständig an und nahm auch meinen Stockdegen mit, ehe ich mich zu einer kleineren Gruppe Soldaten gesellte, die sich um einen Kessel gescharrt hatten. Ein Diener schöpfte mit einer großen Kelle eine dunkle, noch dampfende Flüssigkeit in die Blechbecher, die ihm entgegengehalten wurden. Als mich der Diener sah, scheuchte er die Soldaten einen Schritt zurück und reichte mir einen gefüllten Becher.

Ich verbrannte mir fast die Zunge an der heißen, entsetzlich schmeckenden Brühe, die mit Sicherheit nur in Armeekreisen Kaffee genannt wurde. Aber immerhin weckte die Wärme des Getränkes meine Lebensgeister vollständig.

Inzwischen luden die Soldaten die Zelte und die Feldküche sowie das persönliche Gepäck des Colonels auf ein gutes Dutzend Lastkamele. Nach einem letzten Befehl McFarlanes stellten sie sich in Viererreihen auf, schulterten ihre Gewehre und waren zum Abmarsch bereit. Mandon Trouwne stieg auf sein Pferd und ritt der Truppe voran, während Letitia in einer Kamelsänfte Platz nahm und mich erwartungsvoll ansah. Es dauerte eine Weile, bis ich begriff, daß man wohl von mir erwartete, ebenfalls auf eines dieser Wüstenschiffe zu klettern.

Ich leerte meinen Kaffee, drückte die Blechtasse dem ersten Soldaten in die Hand, der das Pech hatte vorbeizukommen und näherte mich meinem Reittier.

Man muß ein Kamel selbst gesehen haben, wie es dasitzt, die entsetzlich langen Beine unter den Leib geschlagen und mit dem dämlichsten Gesicht der Welt wiederkäuend, um zu begreifen, wie ich mich fühlte.

»Nur zu, mein lieber Craven!« dröhnte McFarlanes Stimme hinter mir. »Es ist nicht viel schwerer als Kutschfahren.«

Ich schenkte ihm einen bösen Blick, kletterte umständlich zwischen die beiden Höcker des Kamels – und fiel auf der anderen Seite wieder herunter, als das Tier die Hinterläufe auseinanderfaltete und sich in die Höhe stemmte. Hier und da begannen ein paar Männer zu lachen und auch in Letitias Augen blitzte es amüsiert, als ich mich fluchend aufrichtete, mir den Staub aus den Kleidern klopfte und wartete, bis einer der allgegenwärtigen arabischen Diener herbeigeeilt war und das Kamel wieder zum Hinlegen überredete. Beim zweiten Versuch war ich darauf vorbereitet, daß sich das heimtückische Ungeheuer mit dem Hinterteil zuerst erhob.

Nicht darauf vorbereitet war ich, daß es nach rechts kippte, kaum daß es auf seinen unmöglich langen Beinen stand. Immerhin konnte ich mich an seinem borstigen Fell festklammern, so daß ich wenigstens nicht wieder im Dreck landete. Aber ich machte alles andere als eine gute Figur.

Mühsam krabbelte ich wieder in die sattelähnliche Konstruktion, die zwischen den Höckern angebracht war, suchte vergebens nach so etwas wie einem Zügel, und krallte mich im letzten Augenblick wieder fest, als das heimtückische Vieh diesmal zur anderen Seite kippte und mich von seinem Rücken zu schütteln versuchte.

Das schadenfrohe Lachen aus den Reihen der Highlander war mittlerweile deutlich lauter geworden und auch McFarlane grinste dämlich, während ich versuchte, das Kamel in die Richtung zu lenken, in die es gehen sollte. Es dauerte eine Weile, bis ich begriff, daß das hinterhältige Schütteln meines Reittieres keineswegs eine besondere Gehässigkeit darstellte, sondern die ganz normale Fortbewegungsart des Kamels. Ich begann zu ahnen, warum man diese Tiere »Wüstenschiffe« nannte.

Habe ich schon erwähnt, daß ich Schiffe hasse? Ganz egal, welche Vorsilbe vor ihnen steht?

Miß Letitia, ein Dutzend Lastkamele und meine Wenigkeit bildeten den Abschluß der langen Kolonne, die das Lager unter den Dattelpalmen verließ. Wir wandten uns nach Süden, was meine Hoffnung, dieses ungastliche Stück Erde in absehbarer Zeit verlassen und in die Zivilisation zurückkehren zu können, ein wenig aufleben ließ. Den Plan, in das Araberdorf zurückzukehren und in der Moschee nach irgendwelchen Spuren des Tores zu suchen, durch das ich hergekommen war, hatte ich fast ebenso schnell wieder aufgegeben wie ich ihn erwogen hatte. Ich gehörte vielleicht zu dem kleinen Grüppchen Auserwählter, das überhaupt von der Existenz dieses die ganze Welt umspannenden Transportsystems wußte – aber das bedeutete noch lange nicht, daß ich in der Lage war, damit umzugehen. Ich konnte praktisch auf einem *Tor* stehen, ohne es auch nur zu bemerken, solange es nicht aktiviert war.

Und ich hatte keine Ahnung, wie man das tat. Doch selbst wenn, wäre das Risiko zu groß gewesen, mich vielleicht auf dem Gipfel des Himalaja wiederzufinden. Oder fünfhundert Faden tief unter Wasser. Oder in der liebevollen Umarmung eines schleimigen Tentakelwesens. Nein – für meinen Weg zurück nach London gab es nur eine Möglichkeit: die lange, beschwerliche Reise über Land und per Schiff.

Als ich an diesem Punkt meiner Überlegungen angekommen war, bemerkte ich, daß Miss Letitia einem ihrer arabischen Diener etwas zuflüsterte. Augenblicke später wieselte der Mann heran und zerrte die drei hochbeladenen Lastkamele zurück, die sich noch zwischen mir und Mandon Trouwnes unverheirateter Tochter befunden hatten, während Letitia ihr Reittier mit einer nicht sehr eleganten, aber dafür gekonnten Bewegung auf mich zu und an meine Seite trieb.

»Auf diese Weise können wir uns am besten unterhalten, Mr. Craven«, sagte sie zuckersüß. »Der Weg ist recht weit, wissen Sie, und es gibt ja nichts Grauenvolleres als diese Langeweile hier.«

In diesem Punkt war ich entschieden anderer Meinung, aber meine Höflichkeit verbot es mir, sie über ihren Irrtum aufzuklären.

»Und Sie wohnen wirklich in diesem wunderschönen Haus am Ashton Place, Mr. Craven?« begann sie. »Ich habe es in London immer bewundert. Es ist so groß und stattlich und hat so ein gewisses Etwas, das man kaum erklären kann. Man hat fast das Gefühl, als wenn dieses Haus einen eigenen Charakter besitzt!«

Wenn du wüßtest, dachte ich verärgert, ohne jedoch eine Lösung zu finden, wie ich Letitias Süßholzraspeln ein Ende bereiten konnte. Ihr Gerede begann mir bereits jetzt auf die Nerven zu gehen. Außerdem spürte ich eine Spannung in mir aufkommen, die mich von Minute zu Minute nervöser werden ließ. Trotzdem lächelte ich pflichtschuldig und antwortete mit ein paar Belanglosigkeiten, die sie entschieden in den falschen Hals bekam, denn sie fuhr fort, das zu tun, was sie für ein Flirten hielt.

Die nächsten zwei Stunden erspare ich mir an dieser Stelle. Letitia redete und redete, wobei sie immer vertraulicher wurde und mir immer näher kam. Als sie schließlich begann, mir gewisse intime Dinge mitteilen zu wollen, Dinge, die normalerweise nur gute Freundinnen einander anvertrauen, rettete mich ihr Vater, der auf seinem Hengst herbeigesprengt kam und uns mitteilte, daß wir bald Rast machen würden, denn die Mittagsstunden wären selbst für seine verdammt harten Highlander-Jungens zu verdammt heiß.

Ich hätte ihn küssen können, zumal er sein Pferd zwischen mein Kamel und Letitia drängte, was ihm einen enttäuschten Blick seiner Tochter einbrachte.

»Wie lange wird unsere Reise dauern?« erkundigte ich mich.

Trouwne zuckte mit den Achseln. »Verdammt schwer zu sagen«, antwortete er nach kurzem Überlegen. »Drei Tage, vielleicht auch vier – in diesem verfluchten Land ist es kaum möglich, eine verdammte Voraussage zu treffen.« Er lächelte. »Aber Sie haben ja das verdammte Glück, in bester Gesellschaft zu reisen.«

Ich fragte ihn vorsichtshalber nicht, wie er diese Worte meinte, sondern beschloß, ein wenig Konversation zu machen – und bei dieser Gelegenheit vielleicht das eine oder andere über meine eigene Lage herauszufinden.

»Was tun Sie überhaupt in dieser gottverlassenen Gegend, mein lieber Colonel?« fragte ich. »Ich meine, das alles hier steht zwar unter englischer Verwaltung, aber ...«

Trouwne nickte heftig, sichtlich erfreut, daß ich ihm Gelegenheit gab, über seinen Auftrag zu reden. »Ach, ihr verdammten Zivilisten wißt ja nichts«, begann er. »Ihr sitzt in euren Häusern in London und guckt allenfalls mal auf die

Karte dieses verfluchten Landes, aber von dem, wie es hier wirklich zugeht, habt ihr verdammt wenig Ahnung.« Er seufzte so tief, daß er mir fast leid tat.

»Die verdammte Verwaltung in Aden hat mich hergeschickt, um für Ordnung zu sorgen«, fuhr er fort. »Sie wissen, daß im Sudan die Hölle los ist? Dieser Madhi treibt alle Kaffer zu einem verfluchten Aufstand und in Aden hat man Angst, daß die Beduinen hier verdammt noch mal mittun werden. Gibt da einen gewissen Nizar, ungläubiger Heidensohn, der angeblich jede Menge Beduinen um sich scharen soll. Werde ihm auf die verdammten Finger klopfen!«

»Werden Sie?« fragte ich.

»Verdammt, ja«, erwiderte Trouwne erregt. »Kein Brite oder Schotte wird zu Schaden kommen, nicht, solange ich und meine Jungs hier sind.«

Ich blickte nachdenklich zu Letitia hinüber, die prompt errötete und verschämt den Blick senkte. »Die Kampfkraft Ihrer Männer in allen Ehren, Colonel«, begann ich vorsichtig, »aber ein solcher Auftrag scheint mir nicht der richtige, eine junge Lady mitzunehmen.«

Trouwne zog eine Grimasse. »Kann dem verdammten Gör nichts abschlagen«, sagte er. »Außerdem ist es nicht gefährlich, mein Wort darauf. Sollen nur kommen, diese ungläubigen Hunde! Werde sie in ihre verdammte Dschellaba schicken.«

»Dschehenna«, korrigierte ich ihn.

»Auch gut«, knurrte er. »Ich werde verdammt noch mal –«

Die Kolonne blieb mit einem einzigen Schlag stehen.

»Was zum Teufel ... ?« knurrte Trouwne, blickte einen Moment aus eng zusammengekniffenen Augen nach vorn und gab seinem Pferd die Sporen. Ich zögerte nur eine Sekunde, ihm zu folgen, und obgleich Trouwne sehr schnell ritt, begann ich sogar aufzuholen – Kamele sind nämlich ein gutes Stück schneller als Pferde.

Der Colonel ritt einige hundert Meter weiter und stellte sich in den Steigbügeln auf. Dann riß er sein Pferd herum und galoppierte zurück, dabei schon Befehle brüllend, die McFarlane in entsprechender Lautstärke weitergab. Die Soldaten bildeten drei versetzte Reihen und luden ihre Gewehre. Alles ging sehr schnell und präzise.

»Was ist los, Colonel?« fragte ich aufgeregt.

»Ein Trupp verdammter arabischer Banditen reitet auf uns zu. Aber keine Sorge, meine braven Schotten werden mit diesen verfluchten Hunden im Handumdrehen fertig!« brüllte Mandon Trouwne. Er zog seinen Revolver, ließ den Hahn zurückschnappen und sah über die Schulter zurück. Auch ich gewahrte jetzt eine graubraune Staubwolke am Horizont, aber mehr auch nicht – woher Trouwne wissen wollte, daß es sich dabei um Angreifer handelte, blieb mir schleierhaft.

Es verging weniger als eine Minute, bis sich Trouwnes Highlander zu einer perfekten Kampfformation aufgestellt hatten. Wenn wir wirklich angegriffen würden, dachte ich beeindruckt, würde ich ein Gemetzel erleben.

Die Kameltreiber führten ihre Tiere hinter eine Sanddüne und redeten auf sie ein, sich hinzulegen. Auch ich wurde ein Stück weit von der Truppe fortgeführt und sprang in den Sand hinab, ehe mein Reittier etwa auf die Idee kam, mich kurzerhand abzuwerfen. Ich wollte zu Trouwne und den Soldaten zurückeilen, aber kaum stand ich auf festem Boden, da hing Letitia schon an meinem Arm.

Sie zeigte allerdings nicht die geringste Spur von Angst.

»Oh, wie aufregend, Mr. Craven«, hauchte sie. »Endlich eine Abwechslung in dieser fürchterlichen Langeweile.«

Eine Sekunde lang starrte ich sie nur an und in meinem Blick muß wohl etwas gewesen sein, das ihr ganz und gar nicht gefiel, denn sie löste ihre Hand von meinem Arm, trat einen halben Schritt zurück und sah mich voller Verwirrung und Bestürzung an.

»Was ... was haben Sie, mein lieber Robert?« fragte sie.

Ich antwortete nicht, sondern übergab sie in die Obhut eines Arabers, drehte mich endgültig herum und eilte zu Trouwne und McFarlane zurück. Der Colonel runzelte höchst mißbilligend die Stirn, als er mich mitten zwischen seinen Highlandern gewahrte, enthielt sich aber jeglicher Kritik und deutete statt dessen mit dem Lauf seines Revolvers in die Wüste hinaus.

Die Staubwolke war größer geworden. Sehr viel größer. Und an ihrem Fuße jagte eine Meute von sicherlich vier-, fünfhundert Beduinen heran; Männer zu Pferde und Kamel, deren Gesichter ich über die große Entfernung noch nicht erkennen konnte, die aber einen höchst entschlossenen Eindruck machten. Die einhundert Gewehrläufe, die ihnen entgegenstarrten, schienen sie nicht im mindesten zu beeindrucken. Ihre weißen und schwarzen Burnusse flatterten im Wind. Lanzenspitzen und die Läufe ihrer langen Gewehre funkelten im Sonnenlicht und unter das dumpfe Dröhnen der Pferdehufe mischte sich das kampflustige Geschrei aus Hunderten und Aberhunderten Kehlen.

Und das Lachen der Soldaten, die sicher waren, die Angreifer mit zwei, drei Salven von der Wüste zu fegen.

Aber da war noch etwas.

Die Reiter rasten auf uns zu, eingehüllt in eine gewaltige graubraune Staubwolke, aber mit ihnen kam noch etwas anderes, etwas Unsichtbares, aber sehr Mächtiges, das wohl nur ich allein spürte.

Aber als ich begriff, was es war, war es zu spät.

Wie beim ersten Mal, als er zusammen mit seinen Brüdern in diesen schwarzen Schlund der Erde hinabgestiegen war, wußte Guillaume nicht zu sagen, wieviel Zeit verging. Damals hatte er hinterher erstaunt festgestellt, daß sie nur kurz in der unterirdischen Stadt gewesen sein konnten, denn die Sonne war kaum weitergewandert, als sie das Tageslicht wieder erreichten, aber vorgekommen war es ihm wie Stunden.

Und das gleiche bedrückende Gefühl verspürte er auch jetzt. Sie hatten die gigantische, mit Trümmern und formlosen Brocken vollgestopfte Halle erreicht, von der der Schacht abzweigte, und Guillaume hatte das Gefühl, seit einer Ewigkeit durch dieses schwarze, von widerwärtigem grünlichem Licht erfüllte Labyrinth zu gehen. Dabei konnten es in Wirklichkeit erst wenige Minuten sein. Aber die Angst hatte sie zu Millenien gedehnt.

»Dort vorne.« Renard de Banrieux deutete mit einer fahrigen Geste auf zwei übermannshohe, nachtschwarze Basaltbrocken, die gegeneinandergestürzt waren und so ein umgedrehtes »V« bildeten. Der Wüstensand war im Laufe der Jahrhunderte selbst hier hinunter gekrochen und knirschte leise unter ihren Stiefeln, als sie sich dem steinernen Tor näherten. In Guillaumes Ohren klang das Geräusch wie ein leises, böses Lachen vielleicht auch das Huschen und Knistern winziger horniger Krallen, die irgendwo hinter ihnen in der Dunkelheit gewetzt wurden.

Und immer noch hatte er das sichere Gefühl, beobachtet zu werden.

Es war nicht nur Einbildung. Die Dunkelheit starrte ihn an. Irgendwo waren Augen, verborgen hinter dem Schleier wattigen, grünen Lichtes, das nur den Eindruck von Helligkeit vermittelte. Sie waren nicht allein in der *Schwarzen Stadt*.

De Banrieux hatte das steinerne »V« erreicht und kniete nieder. Behutsam begann er, mit der behandschuhten Rechten den Sand fortzuwischen, bis der schwarze Basaltboden wieder bloß und glänzend dalag.

Auf dem sorgsam geglätteten Stein waren Symbole zu erkennen: ineinander verschlungene Schlangenlinien, die einen sonderbar asymmetrischen – und unmöglich zu beschreibenden Umriß bildeten. Renard zögerte, und Guillaume spürte deutlich, wieviel Überwindung es ihn kostete, seine Angst noch einmal niederzukämpfen und das Schwert aus dem Gürtel zu ziehen.

Die armlange Klinge knirschte bedrohlich, als Renard de Banrieux sie in den schmalen Spalt im Stein schob und als Hebel benutzte. Für einen winzigen Moment sah es eher so aus, als würde sie unter seinem Druck zerbrechen, statt den Spalt im Fels zu erweitern, aber dann erscholl ein sonderbar heller, seufzender Laut, und vor den Füßen der beiden Tempelritter schwang ein guter Quadratmeter des schwarzen Steines in die Tiefe, nahezu lautlos und sanft wie eine Feder. Guillaume hatte den Mechanismus, der diese steinerne Falltür so sacht zu bewegen vermochte, bei seinem ersten Besuch vergeblich zu ergründen versucht. Diesmal verschwendete er keinen Gedanken daran.

Hintereinander schwangen sich die beiden Tempelritter in die Tiefe. Das grüne Leuchten war auch hier allgegenwärtig, so daß sie die schmalen, in die Wand eingemeißelten Stufen deutlich erkennen konnten. Irgendwo, wenige Meter unter ihnen, verloren auch sie sich in grüner Unendlichkeit, als wäre der Schacht mit leuchtendem Wasser gefüllt, und einen Moment lang mußte sich Guillaume mit aller Gewalt gegen die Vorstellung wehren, daß dieser Höllenschacht geradewegs bis ins Zentrum der Erde hinabführte und ein einziger Fehltritt einen Sturz über Meilen und Meilen zur Folge haben würde. Der Schacht war nur wenige Meter tief, das wußte er. Aber es war ein entsetzliches Gefühl, nicht zu sehen, wohin einen der nächste Schritt führen würde.

Selbst als sie den Grund des Schachtes erreichten und wieder festen Boden unter den Füßen hatten, wurde es nicht besser. Die Angst gehörte so sehr zu der *Schwarzen Stadt* wie ihr lichtschluckender Fels und der grüne Schein.

Sie befanden sich in einer kleinen, vollkommen runden Kammer, von der zahllose niedrige Stollen abzweigten; offenbar der Ausgangspunkt eines ungeheuerlichen Labyrinthes, das sich weit unter der *Schwarzen Stadt* und der Wüste erstreckte. Guillaume dachte einen Moment darüber nach, welche finsteren Geheimnisse und üblen Dinge sich wohl noch in ihren schwarzen Eingeweiden verbergen mochten, zog es aber vor, nicht weiter darüber nachzudenken, und suchte statt dessen nach der Markierung, die Renard und er das letzte Mal zurückgelassen hatten.

Er fand sie fast sofort: eine schmale, von der Klinge eines Schwertes stammende Scharte auf halber Höhe der Wand, die wie ein Pfeil auf einen der Gänge wies.

Noch einmal zögerte er, der Einladung zu folgen, dann duckte er sich und drang mit raschen Schritten in den felsigen Gang ein. Irgendwo hinter ihm bewegte sich etwas, sehr deutlich diesmal, und Guillaume war sicher, daß es nicht Renard gewesen war – aber er schob den Gedanken mit aller Willenskraft von sich und zwang sich dazu, sich nur auf das vor ihm liegende Stück Weges zu konzentrieren.

Es war nicht sehr weit. Schon nach einem guten Dutzend Schritten endete der Gang vor einer gewaltigen schwarzen Tür aus Basalt, auf der sich die sinnverdrehenden Muster und Linien der Falltür wiederholten. Diesmal mußten sie ihre Schwerter nicht zu Hilfe nehmen, um weiterzukommen: Die Tür schwang wie von Geisterhand (wieso wie? dachte Guillaume hysterisch. Es waren Geisterhände!!!) bewegt auf und gewährte ihnen Einblick in die dahinterliegende Kammer.

Es war der einzige Teil der *Schwarzen Stadt*, der nicht aus lichtfressendem Basalt erbaut war. Die Wände waren grau, vom unangenehmen matten Grau blind gewordener Spiegel –

die Farbe der fingerdicken Bleiplatten, die sie bedeckten. In seiner Mitte erhob sich ein schmuckloser, ebenfalls bleiverkleideter Quader von halber Manneshöhe.

Auf seiner Oberfläche lag das, was zu holen sie gekommen waren.

Es sah vollkommen harmlos aus: eine kleine, staubige Flasche, die in ein kunstvolles Geflecht aus haardünnen Bleidrähten eingesponnen war, versehen mit einem roten Siegel, unter dessen Farbe sich ebenfalls Blei verbarg. Aber Guillaumes Herz begann zum Zerreißen zu hämmern, als er danach griff.

Diesmal wußte er, was sie erwartete. Trotzdem war der Schrecken so entsetzlich wie beim ersten Mal, denn es war eine Art von Angst, an die man sich nicht gewöhnen konnte und die nichts von ihrem Schrecken verlor, so oft er ihr ausgesetzt war.

Ein sanftes, hellblaues Licht glomm im Inneren der Flasche auf, und für einen Moment glaubte Guillaume, den verschwommenen Umriß eines winzigen menschlichen Körpers zu erblicken, war sich aber nicht sicher. Dann erlosch das Leuchten, und die Flasche war wieder eine Flasche und sonst nichts.

Und im gleichen Augenblick hörte er die Stimme.

Ich stehe euch zu Diensten, meine Meister …

Meine erste Schätzung war falsch gewesen. Es waren nicht vier- oder fünfhundert Beduinen, die wie ein schwarzer Sturm aus der Wüste herangeprescht kamen, sondern mindestens tausend, und es war kein grölender Haufen aufgeputschter Fanatiker, sondern eine Armee!

Trotzdem hätte ich im Normalfalle jede Wette auf Trouwnes Highlander gehalten, denn trotz ihres manchmal lächerlichen Auftretens verbarg sich hinter ihrer Fassade doch eine der am besten ausgebildeten Truppen der Welt: das Heer, auf dessen Schlagkraft letztendlich die Größe des britischen Empire fußte. Ein Verhältnis eins zu zehn hätte ein Mann wie McFarlane oder Trouwne normalerweise wohl als unfair bezeichnet – den Arabern gegenüber.

So warteten die Männer zwar angespannt, aber nicht ernsthaft besorgt darauf, die erste Salve abfeuern zu können.

Wahrscheinlich war ich der einzige, der den viel gefährlicheren, unsichtbaren Gegner spürte, der mit den Beduinen heranraste. Es war etwas Finsteres, Böses, ein dumpfer Druck, der sich auf meine Seele legte und irgend etwas in mir zum Erstarren brachte. Mein Warnschrei ging im Höllenlärm der heranrasenden Reiterhorde unter.

Er hätte auch nicht mehr viel genutzt.

Trouwnes Männer feuerten, als die Beduinen noch fünfzig Yards entfernt waren. Ein orangeroter Zaun aus Mündungsflammen schlug den Reitern entgegen, und das Krachen der Salve klang wie ein einziger, dutzendfach nachhallender Peitschenhieb.

Eine halbe Sekunde später zerbarst die Front der Reiter, als wäre sie gegen eine unsichtbare Mauer geprallt. Pferde und Kamele bäumten sich auf, Männer stürzten aus den Sätteln, und aus dem johlenden Kriegsgeschrei der Araber wurde ein Chor entsetzter, gepeinigter Stimmen, in dem Mensch und Tier durcheinanderschrien. Viele der Reiter stürzten, von den Kugeln der Highlander getroffen oder von ihren scheuenden Tieren abgeworfen, und die nachdrängenden Krieger vergrößerten das Chaos noch, denn kaum einem gelang es, sein Tier rechtzeitig herum oder zurückzureißen.

Die zweite Salve machte das Chaos komplett. Die gewaltige Front der Beduinenreiter verwandelte sich in ein tobendes Knäuel aus in- und übereinanderstürzenden Menschen- und Tierleibern.

»Uuuuuuuuuuund – Feuer!« brüllte McFarlane über das Crescendo hinweg.

Es waren die letzten Worte, die ich je von ihm hörte.

Ich spürte es, den Bruchteil einer Sekunde, ehe es heran war: eine Woge finsterer Angst, die im gleichen Tempo wie die Reiter zuvor heranraste und die Highlander erreichte, eine halbe Sekunde, ehe sie Gelegenheit hatten, die dritte Salve auf die Angreifer zu feuern. Rein instinktiv schirmte ich meinen Geist ab, ohne selbst zu wissen, wie, und taumelte ein paar Schritte zurück. Ich spürte wie die unsichtbare Macht über mich hinwegschwappte, ohne den geistigen Schirm, den ich errichtet hatte, durchdringen zu können.

McFarlane und seine Männer hatten diesen Schutz nicht.

Es war reine Panik, die sie ergriff, eine ungeheuer starke

Angst, die keinen Grund brauchte, aber dafür um so schrecklicher unter den Soldaten wütete. Ich sah, wie die vorderste Reihe der Soldaten, die niedergekniet waren, um ihre Gewehre neu zu laden, wie von einer gigantischen unsichtbaren Sense erreicht und gefällt wurden, dann die zweite, schließlich die letzte und mit ihnen auch McFarlane und Trouwne. Es ging unglaublich schnell, aber ich sah jede noch so winzige Einzelheit. Die Gesichter der Männer verzerrten sich wie unter einem entsetzlichen Schmerz; manche begannen zu schreien, einige stürzten, andere schleuderten ihre Waffen fort und rannten kopflos davon, aus Leibeskräften brüllend.

Und die Araber sprengten heran. Der unsichtbare Würgegriff finsterer Magie löste sich von seinen Opfern, aber dafür wüteten nun die Beduinen um so schlimmer unter den Männern.

Auch ich sah mich plötzlich von gleich drei in schwarze Burnusse gekleideten Gestalten umringt, die mit schrillem Geheul auf mich eindrangen. Zwei von ihnen schwangen lange, gebogene Säbel, während der dritte eine übermannslange Lanze trug, mit der er mich von der Höhe seines Kamelsattels aus aufzuspießen versuchte.

Ich wich dem Stoß aus, packte die Lanze, die keine Handbreit neben meiner Wange vorbeizischte, und zerrte mit aller Kraft daran. Der Mann wurde nicht aus dem Sattel gehebelt, wie ich gehofft hatte, aber wenigstens ließ er seine Lanze los.

Nicht, daß es mir sehr viel genutzt hätte, jetzt wenigstens eine Waffe zu haben, denn die beiden anderen griffen sofort wieder an, diesmal gleichzeitig und von zwei Seiten, so daß mich der eine erwischen mußte, wenn ich versuchte, den anderen niederzustechen.

Ich tat nichts dergleichen. Statt dessen packte ich die Lanze dicht hinter der Klinge, drehte mich in einer blitzartigen Pirouette auf der Stelle und schwang den zwei Yards langen Knüppel wie einen überdimensionalen Dreschflegel. Dicht hintereinander gingen die beiden Angreifer zu Boden.

Aber meine Lage blieb aussichtslos. Ich war umringt von Feinden, inmitten eines ganzen Heeres von Arabern, von denen ich nicht einmal wußte, warum sie uns angriffen. Daß ich überhaupt noch am Leben war, grenzte an ein Wunder.

Verzweifelt hielt ich nach Trouwne Ausschau und gewahrte

ihn schließlich inmitten eines kleinen Häufchens von vielleicht zwanzig Überlebenden, das sich rings um ihn geschart hatte. Sein Gesicht war eine Maske des Entsetzens und in seinen Augen loderte der Wahnsinn. Immer wieder und wieder feuerte er seinen Revolver ab, aber wenn er überhaupt traf, dann war in dem allgemeinen Chaos nichts davon zu sehen.

Ich duckte mich, um einem heranzischenden Speer auszuweichen, hörte einen scharfen Knall und sah den Boden zwei Inches vor meinen Füßen aufspritzen. Entsetzt sprang ich zurück, prallte gegen ein Kamel und schlug ganz instinktiv mit meiner Lanze nach oben. Ein Schrei erklang, und der Säbel, der auf meinen Kopf gezielt hatte, entglitt der Hand seines Besitzers und blieb zitternd zwischen meinen Füßen im Boden stecken.

Hastig ließ ich den Speer fallen, riß den Krummsäbel an mich und begann, im Zickzack und hakenschlagend auf die Düne zuzulaufen, hinter der Letitia und ihre arabischen Diener Schutz gesucht hatten. Trouwnes Revolver krachte noch immer, aber die Hälfte seiner Männer war bereits tot, und auch die anderen würden sich nur noch Sekunden gegen die erdrückende Übermacht halten können. Ich versuchte erst gar nicht, zu ihnen zu gelangen.

Dann schlug der Hammer von Mandon Trouwnes Revolver ins Leere, mit einem Klicken, das ich gegen jede Logik trotz des Schlachtenlärms fast überdeutlich hören konnte. Mandon Trouwne sah die Waffe wie einen Freund an, der ihn in schlimmster Not verraten hat, und ließ sie fallen.

Ein Speer zischte heran, traf seine Brust und bohrte sich hinein. Mandon Trouwne umklammerte den Schaft der Waffe mit beiden Händen, als wolle er sie herausreißen und weiterkämpfen. Dann verzerrte sich sein Gesicht zu einer schmerzerfüllten Grimasse. Seine Knie gaben unter ihm nach, er stolperte einen Schritt zurück, drehte sich halb um seine Achse und fiel nach vorne.

Ein gellender Schrei übertönte den Schlachtenlärm. Ich sah auf und erkannte Letitia, die allen Warnungen zum Trotz den Dünenkamm erstiegen und den Kampf beobachtet hatte. Einen Moment lang stand sie reglos da, beide Hände vor den

Mund geschlagen, dann rannte sie los, den noch immer tobenden Kampf und die Horden von Arabern schlichtweg ignorierend. Mit wehenden Röcken stürmte sie heran, erreichte ihren Vater und blieb abermals stehen, das Gesicht noch immer eine Grimasse puren Entsetzens. Sie mochte erst jetzt begriffen haben, was das Handwerk ihres Vaters wirklich war. Aber dieses Begreifen kam ein wenig zu spät.

Der Kampf endete so schnell wie er begonnen hatte. Plötzlich gab es nur noch Letitia und mich und vielleicht vier oder fünf verletzte Highlander, die sich mit Mühe auf den Beinen hielten und von den Arabern zusammengetrieben wurden. Auch ich bekam einen Kolbenstoß in den Rücken, ließ hastig meinen Säbel fallen und stolperte auf Trouwnes Leichnam zu, während die Beduinen bereits damit begannen, die Toten auszuplündern und ihre Gepäckstücke aufzuschlitzen. Hier und da entbrannte ein heftiger Streit um die Beute.

Aber das Durcheinander dauerte nicht lange. Ein einzelner Gewehrschuß peitschte, und die Raufereien endeten abrupt. Als ich neben der zitternden Letitia anlangte, war es beinahe unheimlich still.

Ein einzelner, überraschend junger Reiter kam auf uns zugesprengt, zügelte sein Pferd neben der Leiche des Colonels und sprang mit einer kraftvollen Bewegung aus dem Sattel. Einen Moment lang starrte er mich an, dann – einen deutlich längeren Moment – Letitia, schließlich drehte er sich zu der Leiche des Colonels herum und spie aus.

»Schade, der ungläubige Hund ist schon zur Dschehenna gefahren. Dabei wollte ich wissen, wieviel dieser Königin Viktoria das Leben einer ihrer Offiziere wert ist«, knurrte er.

Letitia schrie gellend auf, riß sich aus dem Griff ihrer Bewacher los und stürzte sich mit Fäusten und Fingernägeln auf den Araber. Der Mann wich ihren Schlägen geschickt aus, packte blitzschnell mit der Linken ihr Handgelenk und griff mit der anderen Hand in ihr Haar, um sie zur Räson zu bringen. Letitia kreischte, jetzt aber vor Schmerz. Gottlob besaß sie wenigstens die Geistesgegenwart, sich nicht weiter zur Wehr zu setzen.

Der Araber lachte schallend. »Diese Wildkatze ist mein Beuteanteil«, schrie er, ließ Letitias Hand los und kniff ihr feixend in den Hintern.

Mit einer Kraft, die ich Letitia gar nicht zugetraut hätte, riß sie sich los, versetzte dem Muslim eine schallende Ohrfeige und rannte auf mich zu. »Nein!« kreischte sie. »Robert, retten Sie mich vor diesem Barbaren!«

Sie erreichte mich nicht einmal. Der junge Araber lachte, holte sie mit einem raschen Schritt ein und griff abermals in ihr Haar. Als sie diesmal nach ihm schlagen wollte, riß er sie an sich und küßte sie gewaltsam. Letitia kreischte, versuchte, ihm das Knie zwischen die Beine zu rammen, und biß ihm kräftig in die Lippe, als dies mißlang.

Diesmal klang das Lachen des Arabers nicht mehr ganz so amüsiert, als er Letitia von sich stieß. Er hob die Hand, tastete über seine Unterlippe und betrachtete stirnrunzelnd das frische Blut, das plötzlich auf seinen Fingern war. Dann bückte er sich, riß Letitia wieder auf die Füße – und küßte sie zum zweiten Mal.

Letitia versuchte nicht mehr, sich zu wehren, aber ihr Gesicht war eine Maske aus Ekel und Entsetzen, als der Schwarzgekleidete endlich von ihr abließ. Ihre Augen waren groß und dunkel vor Angst, als sie mich ansah.

»Helfen Sie mir, Robert!« flehte sie.

Der Araber drehte sich herum und sah mich an, als erblicke er mich zum ersten Mal, und auch ich musterte ihn aufmerksam. Er war noch relativ jung – Anfang zwanzig, schätzte ich, aber sein Gesicht war schon jetzt markant. Und sehr hart. Seine Augen erinnerten mich an Stahlkugeln, die ein begnadeter Künstler mit Leben erfüllt hatte. Nein, dachte ich – Gnade hatten wir von diesem Mann nicht zu erwarten.

»Du willst ihr helfen?« fragte er lauernd. »Wie?«

Es war Letitia, die an meiner Stelle antwortete. »Das ist Mister Robert Craven, ein reicher Gentleman aus London«, sagte sie. »Er wird für unsere Freiheit viel Geld bezahlen!«

Ein sehr mäßiges Interesse blitzte im Blick des Arabers auf. Er musterte mich genauer. Für einen Moment schien sein Blick geradewegs durch mich hindurchzugehen, dann lachte er böse und schüttelte den Kopf.

»Dieser Mann sieht nicht aus, als wäre er reich«, sagte er spöttisch. »Oder laufen die Edlen eures Volkes immer in Lumpen herum?«

»Sie sagt die Wahrheit«, sagte ich rasch. »Ich kann bezahlen.«

»Oh, wir wollen viel«, antwortete der Araber, und er tat es auf eine Art, die mir sehr unangenehm klarmachte, daß es vielleicht nicht nur Geld war, worauf er und seine Leute aus waren. »Wahrscheinlich mehr, als du uns geben kannst, Inglese.« Sein Lächeln erlosch. »Tötet ihn«, sagte er beinahe beiläufig.

Letitia schrie auf und wollte sich abermals auf ihn stürzen, wurde aber von zwei Beduinen grob zurückgerissen, während zwei andere meine Arme auf den Rücken bogen und ein dritter einen kurzen, gebogenen Dolch zückte und an meiner Kehle Maß nahm.

Ich tat das einzige, was mir noch blieb.

Der Kerl mit dem Dolch kreischte, als sich in seinen Augen die Waffe plötzlich in eine fette, schwarzgraue Spinne verwandelte, die wie besessen in seinem Griff zappelte, taumelte zurück und krümmte sich wimmernd im Sand, während die beiden Burschen, die meine Arme hielten, plötzlich stocksteif umfielen. Aber damit war meine suggestive Kraft auch schon fast aufgebraucht. Es ist eine Sache, jemanden zu hypnotisieren, der nichts Übles ahnt oder einem gerade ein Glas Portwein anbietet, wie Trouwne am Abend zuvor, aber eine ganz andere, einen Menschen gegen seinen Willen – und Widerstand! – geistig auszuschalten. Hätte ich versucht, auch die anderen Muslims auf die gleiche Weise außer Gefecht zu setzen, hätte ich die nächsten Sekunden kaum überlebt.

Aber ich versuchte es nicht, sondern trat, mit dem ruhigsten Lächeln, zu dem ich noch fähig war, auf den Schwarzgekleideten zu und schenkte ihm einen Blick, der vor Verachtung nur so troff.

»Wie ist dein Name?« fragte ich herrisch.

Der Araber starrte mich an, gab einen sonderbar keuchenden Laut von sich und murmelte irgend etwas, das sich wie »Hassan Ben Ismail Ibn Sadr El Gundir As Afzar An Ubr Bei Kurz« anhörte.

»Du bist ein Narr, Hassan Ben Ismail«, sagte ich kalt, »und deine Augen sind mit Blindheit geschlagen. Schau her!« Ich griff in die nicht vorhandene Tasche meiner Jacke, zog eine nicht existierende Brieftasche hervor und entnahm ihr ein

Bündel ebenso nicht existenter Banknoten. »Diese Geldpapiere sind in Inglistan viele Kamele wert, Hassan Ben Ismail. Glaubst du nun, daß ich Lösegeld bezahlen kann, für mich und diese junge Lady?«

Hassan Bei Kurz starrte mich aus hervorquellenden Augen an, klappte endlich den Mund wieder zu und blickte einen Moment lang irritiert auf die drei Männer herab, die vor seinen Augen zusammengebrochen waren, als hätte sie der Blitz getroffen. Dann streckte er behutsam die Hand nach den nicht existierenden Banknoten aus und blätterte sie durch. Ich sandte ein Stoßgebet zum Himmel, daß er keine Ahnung hatte, was sie wert waren. Mein Unterbewußtsein hatte ein wenig zuviel des Guten getan, denn das, was er da nicht in Händen hielt, entsprach etwa dem Gegenwert ganz Arabiens …

»Du kannst noch mehr haben, Hassan Ben Ismail«, sagte ich hochmütig. »Du kannst mich allerdings auch töten. Doch dann werden viele Männer mit Gewehren kommen, denn meine Familie gehört zu den mächtigsten überhaupt in Inglistan. Du hast die Wahl zwischen dem Tod all deiner Brüder oder sehr viel Geld.«

Hassan Bei Kurz überlegte angestrengt, blickte verwirrt von mir zu Letitia und dem vermeintlichen Geldbündel in seiner Hand, und dann –

Und dann geschah genau das, was ich befürchtet hatte.

Diesmal war es keine Angst, keine düster dräuende Woge unsichtbarer Energie, die den Verstand verwirrte, sondern eher das Gegenteil. Irgend etwas, das meinen hypnotischen Kräften hoffnungslos überlegen war, fuhr durch Hassan Bei Kurz' Bewußtsein und ließ die Illusion zerplatzen, die ich ihm aufgezwungen hatte. Von einer Sekunde auf die andere sah er genau das, was er wirklich in Händen hielt – nämlich rein gar nichts.

»Du Hund!« keuchte er. »Schejtan! Das ist schwarze Magie!«

Ich wollte antworten, aber Bei Kurz machte eine blitzartige Bewegung mit der Linken und eine Sekunde später traf ein gemeiner Schlag meinen Hinterkopf und löschte mein Bewußtsein aus.

Gouvin du Tourville wurde immer nervöser. Es konnte noch nicht länger als eine halbe Stunde her sein, daß Guillaume und Renard unter der schwarzen Basaltkappe des Turmes verschwunden waren, aber es kostete ihn immer mehr Mühe, wenigstens äußerlich gelassen und ruhig zu erscheinen. Alles in ihm schrie danach, einfach davonzureiten, ganz gleich, ob die beiden anderen es ihm als Verrat oder Feigheit auslegen würden.

Noch beherrschte er sich. Aber er wußte nicht, ob seine Kraft noch reichen würde, wenn die Sonne erst einmal untergegangen war.

Der knapp vierzigjährige Tempelherr war alles andere als ein Feigling – als ein solcher hätte er niemals das weiße Templergewand mit dem blutfarbenen Kreuz getragen –, aber die *Schwarze Stadt* machte ihm einfach Angst und der Gedanke, nach Einbruch der Dunkelheit auch nur in ihrer Nähe zu verweilen, trieb ihn schien in den Wahnsinn.

Erneut suchte sein Blick die Sonne. Die Hälfte der Frist, die den beiden anderen blieb, rechtzeitig vor Dunkelwerden zurückzukehren, war bereits abgelaufen. Gouvin versuchte sich zu erinnern, wie weit der Weg war, den die beiden zurücklegen mußten, aber es gelang ihm nicht. Damals waren sie den Weg in heller Panik gelaufen, während Renard und Guillaume jetzt ganz bewußt dort hinuntergegangen waren, den Schrecken zu entfesseln, vor dem sie seinerzeit geflohen waren.

War es richtig?, dachte Gouvin unsicher. Hatten sie das Recht, das Böse zu entfesseln, um ein anderes Böses zu vernichten? Durfte man Feuer mit Feuer bekämpfen?

Niemand hatte je eine befriedigende Antwort auf diese Frage gefunden, und auch Gouvin du Tourville fand sie nicht, und nach einer Weile gab er den Gedanken auf und fuhr fort, auf dem Dünenkamm über der Ruinenstadt auf und ab zu gehen.

Dann hörte er ein Geräusch.

Es war nicht besonders laut, aber der Tempelherr fuhr trotzdem wie von der Tarantel gestochen zusammen, wirbelte herum und zog die Waffe halb aus der Scheide. Im allerersten Moment glaubte er, es wären Guillaume und Renard, die zurückkehrten. Aber er konnte den halb zugewehten Eingang von seinem Standort aus gut überblicken und dort rührte sich nichts.

Dafür bewegte sich der Sand, nicht sehr weit von ihm entfernt. Gouvin war sich im ersten Moment nicht einmal sicher, ob ihm nicht seine Nerven einen bösen Streich spielten. Aber dann lief er ein paar Schritte weit die Düne hinab und blieb wieder stehen und im gleichen Augenblick bewegte sich der Sand erneut, diesmal so heftig, daß Gouvin du Tourville sich nicht mehr einreden konnte, einer Täuschung zu erliegen.

Ein flacher, kreisrunder Trichter begann sich in der Flanke der Düne zu bilden. Das leise Rascheln, das er gehört hatte, war das Geräusch des Sandes, der darin verschwand. Irgendwo unter ihm, dachte Gouvin unruhig, mußte ein Hohlraum zusammengestürzt sein, vielleicht ein Teil der Ruinenstadt, und nun sickerte der Sand beharrlich nach.

Voller Schrecken dachte er an Renard und Guillaume, die irgendwo dort unten waren. Möglicherweise hatten sie mit ihrem Tun den verborgenen Mechanismus einer Falle ausgelöst oder die uralten Gemäuer gaben einfach unter ihren Schritten nach und stürzten ein. Oder ...

In der nächsten Sekunde begriff Gouvin du Tourville, daß nichts von alledem geschehen war. Die Wahrheit war viel entsetzlicher.

Wie gelähmt stand er da und starrte das *Ding* an, das aus dem Sand zu kriechen begann ...

Ich war an Hand- und Fußgelenken gefesselt, als ich zu mir kam; das war das erste, was ich spürte, und es war weiter kein Wunder, denn die groben Hanfstricke waren so fest zusammengeknotet, daß meine Hände und Füße abgestorben zu sein schienen und sich kalt und taub anfühlten.

Ich lag auf dem Rücken und unter mir war nicht mehr der heiße Wüstensand, sondern das rauhe Leder eines Kamelsattels, der sich mit magenverdrehender Regelmäßigkeit in alle nur denkbaren Richtungen neigte. Mühsam versuchte ich, die Augen zu öffnen, schaffte es aber nicht gleich; etwas Hartes verklebte meine Augenlider. Es dauerte einen Moment, bis ich begriff, daß mir mein eigenes Blut ins Gesicht gelaufen und dort geronnen war.

Ich versuchte es erneut, bekam diesmal die Lider auseinander, auch wenn es ganz erbärmlich weh tat, und blickte in einen Nachthimmel, der sich wie ein schwarzes Tuch über die Wüste spannte. Der Schlag, der mich zu Boden geschmettert hatte, mußte verdammt heftig gewesen sein, wenn ich mehr als zwölf Stunden ohne Bewußtsein gewesen war, dachte ich erschrocken. Sonderbarerweise spürte ich nicht den leisesten Schmerz, sah ich vom Schneiden meiner Fesseln ab. Aber was nicht war, konnte ja durchaus noch kommen, fuhr eine dünne böse Stimme hinter meiner Stirn fort. Im Zweifelsfalle mit Hilfe von Hassan Bei Kurz.

Und da ich schon immer zu jenen bedauernswerten Menschen gehörte, die eine überaus gut funktionierende Phantasie ihr eigen nennen, begann die gleiche gehässige Stimme, mir auf der Stelle alle Geschichten aufzuzählen, die ich je über die Folterkünste gewisser arabischer Beduinenstämme gehört hatte – und es waren eine Menge.

Ich vertrieb solcherlei unerfreuliche Gedanken, versuchte mich zu bewegen und stellte fest, daß es nicht ging, denn ich war regelrecht auf den Kamelrücken geschnürt worden. Aber zumindest gelang es mir, den Kopf zu heben und so die Aufmerksamkeit meiner Bewacher auf mich zu lenken.

Sie wurde mir auch fast sofort zuteil – in Form eines Kolbenstoßes, der mir die Luft aus den Lungen trieb. Augenblicke später griffen harte Hände nach mir, lösten einen Teil meiner Fesseln und setzten mich unsanft auf. Sehr vorsichtig, um die Muslims nicht durch eine hastige Bewegung dazu zu verleiten, abermals auf mich einzuschlagen, hob ich die aneinandergebundenen Hände ans Gesicht und versuchte mir das eingetrocknete Blut aus den Augen zu wischen.

Es blieb bei dem Versuch. Meine Hände waren taub. Ich vermochte nicht einmal, einen Finger zu rühren.

Ein neuerlicher, wenn auch nicht mehr ganz so heftiger Kolbenstoß lenkte meine Aufmerksamkeit nach rechts; genauer gesagt, auf den schwarzgekleideten Kamelreiter, der sein Tier neben das meine gedrängt hatte und mich über den Rand seines Gesichtstuches hinweg mit einer Mischung aus Feindseligkeit und fast wissenschaftlichem Interesse anstarrte. Es dauerte einen Moment, bis ich Hassan Bei Kurz erkannte.

»Nun, Giaur?« fragte er. »Hast du wohl geruht?«

Ich zog es vor, nicht darauf zu antworten, hob abermals die Arme und versuchte, mir mit den Handrücken die Augen freizuwischen. Hassan Bei Kurz verfolgte jede einzelne meiner Bewegungen voller Mißtrauen. Ich sah, daß seine Hand auf dem Griff des Krummsäbels lag, den er an der Seite trug.

»Wenn du einen deiner Zaubertricks versuchst, Inglese«, sagte er fast freundlich, »schneide ich dir die Kehle durch.«

Gegen das, was mich in seinem Lager erwarten mochte, klang dieses Angebot beinahe verlockend. Aber ich zog es vor, dies nicht auszusprechen. Statt dessen setzte ich mich so gerade auf wie es das hin und her torkelnde Kamel unter mir zuließ und musterte ihn mit aller Feindseligkeit, die ich aufbringen konnte. »Was habt ihr mit uns vor?« fragte ich.

Bei Kurz lachte, ein Laut, der mir einen eisigen Schauer über den Rücken laufen ließ. »Etwas, woran du Gefallen finden wirst, Giaur«, sagte er. »Sehr viel Gefallen. Sagen wir – ein Ende, das einem so großen Magier wie dir sicherlich würdig ist.«

»Ich bin kein Magier«, antwortete ich ruhig. »Ich beherrsche ein wenig die Kunst der Täuschung, das ist alles.«

»Du hast mich belogen«, sagte Bei Kurz vorwurfsvoll.

Ich zuckte mit den Achseln. »Ich habe versucht, meine Haut zu retten. Hättest du das nicht auch an meiner Stelle getan?«

»Sicher«, gestand Bei Kurz lakonisch. »Aber ich hätte es weniger dumm angestellt.« Er seufzte. »Du hast mich vor meinen Kriegern zum Narren gemacht, Robert Craven aus Inglistan. Und ich fürchte, das ist etwas, das ich nicht so einfach hinnehmen kann.«

»Ihr wollt mich töten«, vermutete ich.

»Töten?« Der Araber blickte einen Moment in den wolkenlosen Nachthimmel hinauf, als müsse er ernsthaft über meine Frage nachdenken. Dann nickte er und schüttelte gleichzeitig den Kopf; ein Kunststück, das wohl nur Araber fertigbringen. Vielleicht, weil sie große Übung darin haben. »Möglicherweise wirst du dir auch bald wünschen, ich hätte es getan. Du wirst Nizar übergeben.«

»Nizar?«

»Unserem Herren«, antwortete Bei Kurz. Und ich war fast sicher, in diesen beiden Worten echte Angst zu hören. »Einem *wirklichen* Zauberer«, fügte er hinzu.

»Dann laßt wenigstens Miss Letitia gehen«, sagte ich nach einer Weile.

»Die junge Wildkatze mit dem Goldhaar?« Bei Kurz lachte, schüttelte den Kopf und blickte mich an, als hätte ich ihn gebeten, die Wüste mit bloßen Händen umzugraben. »Aber warum sollte ich das tun?« fragte er, und die Verwunderung in seiner Stimme war nicht einmal gespielt. »Sie ist meine legitime Beute. Meine Männer haben um sie gekämpft und nicht wenige sind ihretwegen gestorben.«

»In einem Punkt habe ich dir die Wahrheit gesagt«, antwortete ich ruhig. »Ich bin ein sehr reicher Mann, Hassan Ben Ismail. Ich könnte dafür sorgen, daß du ein fürstliches Lösegeld bekommst.«

»Niemand zahlt Lösegeld für einen toten Mann«, gab Bei Kurz zu bedenken.

»Nicht für mich«, sagte ich rasch. »Ich meine die junge Lady. Ich könnte dir ... gewisse Papiere ausstellen, auf die du sehr viel Geld bekommst, wenn du sie freigibst.«

»Papier?« Hassan seufzte. »Dein Angebot klingt verlockend, Robert Craven. Aber wer sagt mir, daß sie das wert sind, was du versprichst? Und wer«, fügte er mit einem fast verschmitzten Lächeln hinzu, »sagt dir, daß ich nicht dein Papier nehme und die junge Löwin trotzdem behalte?«

»Vertrauen gegen Vertrauen«, antwortete ich ernst. »Ich mag dich nicht besonders, Hassan Ben Ismail, aber ich halte dich für einen ehrlichen Mann.«

Bei Kurz lachte, aber nur für einen Moment. »Und ich dich für einen sehr klugen Mann, Robert Craven«, sagte er dann.

»Letitia ist Britin«, fuhr ich unbeeindruckt fort. »Man wird sie suchen, wenn sie verschwindet. Das Empire ist in diesem Punkt sehr eigen und das solltest du wissen. Stirbt ein Soldat, ist das nicht so schlimm – dazu sind Soldaten da. Aber wegen eines einzigen Zivilisten sind bereits Kriege begonnen worden. Und selbst«, fuhr ich mit leicht erhobener Stimme fort, als ich sah, daß er widersprechen wollte, »wenn es nicht so kommt – du hättest nicht lange Freude an ihr. Sie ist sehr schön, aber sie ist eine Europäerin. Sie ist anders als die Frauen, die du kennst.«

»Und wenn es gerade das ist, was mich reizt?« fragte Bei Kurz.

»Gerade das ist es«, behauptete ich. »Aber der Reiz des Neuen läßt bald nach, Hassan Ben Ismail, bedenke das. Es könnte sein, daß du dich plötzlich mit nichts als Problemen am Hals wiederfindest.«

Einen Moment lang blickte mich der Araber deutlich verwirrt an, dann warf er den Kopf in den Nacken und begann schallend zu lachen.

Aber er antwortete nicht auf meine Worte, sondern ritt einen Augenblick später schweigend davon.

Renard blieb so abrupt stehen, daß Guillaume, der dicht hinter ihm ging, es nicht mehr rechtzeitig bemerkte und gegen ihn prallte. Instinktiv senkte er die Hand auf das Schwert, führte die Bewegung aber nicht zu Ende, als Renard rasch und warnend die Hand hob und mit einer Kopfbewegung nach vorne wies. Lautlos trat Guillaume neben ihn und spähte in die Halle hinein.

»Was ist los?« flüsterte er.

Renard zuckte mit den Achseln und legte warnend den Zeigefinger auf die Lippen. »Still«, flüsterte er. »Ich habe etwas gehört.« Er huschte einen Schritt zur Seite, um in die Deckung eines zyklopischen schwarzen Basaltbrockens zu gelangen, bedeutete Guillaume mit Gesten, ihm zu folgen, und zog nun doch seine Waffe aus dem Gürtel allerdings sehr langsam, wobei er die Klinge zwischen Daumen und Zeigefinger der Linken hindurchgleiten ließ, damit sie kein verräterisches Scharren verursachte.

Auch Guillaume griff nach seinem Schwert. Seine Hand berührte dabei flüchtig die bleiumsponnene Flasche, die er an einer Öse seines Gürtels befestigt hatte, und ein rascher Schauer von Furcht lief durch seinen Körper. Die Stimme des Geistes, der in dem Behältnis gefangen war, war erloschen, aber er glaubte, ihren Klang noch immer sehr deutlich zu hören. Es war die Stimme einer Frau, eine Stimme, die sehr sinnlich und sanft war und fast sofort das Bild eines berückend schönen, verführerischen Mädchens mit langem Engelshaar und einem fordernden roten Mund in

Guillaume aufleuchten ließ – ohne Zweifel ein Werk des Teufels.

Was nichts daran änderte, daß sie Gedanken und Empfindungen in Guillaume weckte, die er nicht denken und fühlen durfte.

»Dort vorn!«

Guillaume war fast dankbar, als ihn Renards Flüstern wieder in die Wirklichkeit zurückriß. So rasch, als hätte er glühendes Eisen berührt, nahm er die Hand von der Flasche und umfaßte statt dessen sein Schwert fester. Sein Blick bohrte sich in die grünleuchtende Dunkelheit, die sich vor ihnen erstreckte.

Sie hatten es nicht mehr weit bis zum Ausgang. Der Schacht unter dem umgedrehten Basalt-»V« lag bereits hinter ihnen. Sie mußten nur noch diese Halle durchqueren, um die letzte Treppe zu erreichen und zu Gouvin zurückzukehren.

Aber die Halle war nicht mehr leer.

Jetzt, als ihn Renard darauf aufmerksam gemacht hatte, sah er es auch: Inmitten des grünen Lichtes bewegte sich … etwas.

Guillaume konnte nicht erkennen, was es war – das grüne Leuchten verwischte alles, was weiter als wenige Schritte entfernt lag bis zur Unkenntlichkeit –, aber es war groß und massig, und es bewegte sich.

»Gouvin?« fragte Renard. »Bist du das, Bruder?«

Seine Stimme hallte unheimlich von den schwarzen Wänden wider und der Schatten hörte für einen Moment auf, sich zu bewegen. Dann kam er weiter auf sie zu. Und irgend etwas an ihm war entsetzlich falsch.

Guillaume unterdrückte im letzten Moment einen Schrei, als der Schatten näher kam und zu einer menschlichen Gestalt wurde.

Der Mann war tot.

Er mußte schon vor langer Zeit gestorben sein, denn seine Haut war grau und trocken wie schmutziges altes Pergament geworden und hier und da schimmerte der blanke Knochen durch große Löcher, wo einmal Fleisch gewesen war. Er war in die Fetzen einer ehemals sicherlich prachtvollen Kriegsrüstung aus Leder gekleidet und in seiner rechten Hand lag ein rostiges Schwert, während der linke Arm schlaff herabhing, von dem Gewicht eines sonderbaren, siebeneckig geformten

Schildes nach unten gezerrt. Seine Lippen waren verwelkt, so daß sich seine Zähne zu einem schrecklichen Grinsen bleckten, und wo seine Augen sein sollten, waren nur ausgefranste schwarze Löcher. Guillaume wußte wie ein Toter aussah und dieser Mann *war* tot.

Was ihn nicht daran hinderte, aufrecht auf den Beinen zu stehen und auf Guillaume und Renard zuzukommen ...

Er bewegte sich torkelnd wie ein Betrunkener, kam immer wieder vom rechten Weg ab und wäre mehr als einmal um ein Haar gestürzt, aber ebenso oft fand er zu seiner ursprünglichen Richtung zurück. Und hinter ihm, vom grünen Teufelslicht des unterirdischen Labyrinths zu verschwimmenden Schatten aufgelöst, torkelten noch mehr Gestalten heran ...

Renard stieß einen krächzenden Schrei aus, schlug mit der linken Hand das Kreuzzeichen vor Stirn und Brust und sprang der Kreatur mit gezücktem Schwert entgegen, ehe Guillaume ihn zurückhalten konnte. Der lebende Tote hob seine eigene Waffe als er den Tempelritter auf sich zukommen sah und versuchte gleichzeitig, Renards Hieb mit seinem Schild zu parieren.

Das gewaltige Breitschwert des Templers ließ die rostige Klinge des Unheimlichen wie ein Stück trockenes Holz zersplittern. So gewaltig war der Hieb Renards, daß er auch noch den Schild zermalmte und den Arm, der ihn hielt, glattweg abschnitt. Der lebende Leichnam torkelte zurück, fiel schwer zu Boden und versuchte sich wieder hochzustemmen. Sein Armstumpf blutete nicht. Er schien unempfindlich gegen jeglichen Schmerz.

Aber Renard gab ihm keine Chance. Mit einer blitzartigen Bewegung setzte er ihm nach, schwang seine Waffe mit beiden Händen und enthauptete ihn.

Mittlerweile waren die anderen Mumienkrieger jedoch näher gekommen, und als Guillaume endlich die Lähmung überwand, mit der ihn der entsetzliche Anblick erfüllt hatte, sahen sich die beiden Tempelherren mehr als einem Dutzend schartiger Klingen gegenüber. Guillaume tauschte ein paar Hiebe mit einem der Mumienkrieger, zertrümmerte einen Helm und einen Schild und wich mit einem Sprung zurück, denn die Phalanx der Angreifer kam unbeirrt näher.

Auch Renard hatte von seinem Gegner abgelassen und kam

mit zwei, drei schnellen Schritten an seine Seite. Sein Atem ging schwer und die Augen hinter dem schmalen Sehschlitz seines Helmes waren weit und dunkel vor Angst. »Was ... was ist das, Bruder Guillaume?« keuchte er.

»Ich weiß es nicht«, antwortete Guillaume, sprang einen Schritt zur Seite, um einer ungeschickt, aber mit enormer Kraft geschleuderten Axt auszuweichen, und zog Renard mit sich, als die Mumienkrieger weiter näher kamen. »Vielleicht eine Art Wächter. Vielleicht ... vielleicht haben wir sie geweckt, als wir die Flasche aus ihrem Versteck entfernten.«

So ist es, ihr Herren, wisperte die Stimme hinter seiner Stirn. *Die Festung des Dschinn ist voller Gefahren, die einen Unwissenden töten können.*

»Du ... weißt von diesen Kreaturen?« keuchte Guillaume.

Sie sind meine Wächter, antwortete die Frauenstimme in seinem Kopf. *Der, der mich in dieses Behältnis verbannte, erschuf auch sie, einen jeden zu töten, der mich befreien will.*

»Warum hast du uns nicht gewarnt, du Teufel?« brüllte Guillaume, sah eine Bewegung aus den Augenwinkeln und sprang mit einem fast grotesken Hüpfer zur Seite, um einem niedersausenden Schwert auszuweichen. Renard durchbohrte den Mumienkrieger, der sich aus der Reihe der anderen gelöst hatte, mit seiner Klinge. Die Kreatur ging zu Boden, versuchte aber fast sofort wieder, sich aufzurichten. Renard stieß ein zweites und drittes Mal zu.

»Laß das!« sagte Guillaume keuchend. »Du kannst sie nicht verletzen. Sie sind doch schon tot!« Wütend preßte er die Hand um die Flasche an seiner Seite, so fest, daß das uralte Glas zu knirschen begann.

»Warum hast du uns nicht gewarnt, du Teufel!« brüllte er noch einmal.

Aber dann hättet ihr mich noch niemals aus meinem Kerker befreit, antwortete die lautlose Stimme. Sie klang eindeutig amüsiert. Guillaume fühlte eine Woge heißer, hilfloser Wut in sich aufflammen. Für einen Moment war er nahe daran, die Flasche von seinem Gürtel zu reißen und an der Wand zu zerschmettern. Aber vermutlich hätte er dem Ungeheuer damit nur einen Dienst erwiesen.

»Dann hilf uns!« verlangte er. »Beschütze uns gegen diese Kreaturen des Teufels!«

Das kann ich nicht, antwortete die Geisterstimme. *Meine Macht ist gebunden, so wie ich selbst in diesem magischen Behältnis gebunden bin. Öffne es, und ich werde euch retten.*

»Niemals!« keuchte Renard, der die Worte so deutlich verstanden hatte wie Guillaume. »Eher hacke ich diese ganze Bande in Stücke!« Er hob sein Schwert, als wolle er seine Ankündigung sofort in die Tat umsetzen, aber in diesem Moment meldete sich die Geisterstimme erneut:

Halt, Herr! Es würde nichts nutzen! Sie sind unverwundbar, und ihre Zahl ist groß. Wenn ihr versprecht, mich freizulassen, zeige ich euch einen Weg, auf dem ihr aus der Stadt kommt.

Guillaume überlegte einen Moment. Die Mumienkrieger kamen näher und obgleich sie sich sehr langsam und unsicher bewegten wie Betrunkene oder Kranke, würden sie sie früher oder später einholen, wenn seine und Renards Kräfte erlahmten. Und dann ...

»Gut«, sagte er. »Unter einer Bedingung. Du mußt etwas für uns tun, wenn wir aus der Stadt heraus sind.«

Dann folgt meinen Worten, wisperte die Geisterstimme. *Nach rechts, Sidi. Zurück in den Schacht, aus dem ihr gekommen seid. Und eilt euch. Der Weg ist sehr weit.*

Die ganze Nacht hindurch ritten wir nach Norden, ohne auch nur ein einziges Mal zu rasten. Das Beduinenheer, das selbst nach dem Gemetzel an Trouwnes Männern noch gute neunhundert Köpfe zählen mochte, schmolz in dieser Zeit mehr und mehr dahin, denn immer wieder trennten sich kleinere oder auch größere Gruppen von der Hauptmasse und verschwanden in der Nacht, und einmal – es mußte nach Mitternacht sein – beobachtete ich Bei Kurz wie er erregt mit einem sehr alten Beduinen diskutierte – auf typisch orientalische Art, bei der Hände und Füße eine nicht unwichtige Rolle spielten – und diese Diskussion um ein Haar in einen handfesten Streit ausartete. Zum Schluß zog Bei Kurz sogar für einen Moment seinen Säbel, schob die Waffe aber sehr schnell wieder zurück und beendete das Gespräch statt mit einem Schwerthieb mit einer knappen, herrischen Geste.

Kurz darauf löste sich ein Trupp von sicherlich zwei- bis dreihundert Reitern von unserem Heer und verschwand in nordwestlicher Richtung. Ich begann allmählich zu begreifen, daß Hassan Ben Ismails Streitmacht nicht annähernd so groß war, wie ich ursprünglich geglaubt hatte. Vielmehr schien es sich um mehrere Gruppen zu handeln, die sich eigens zu dem Zweck zusammengerottet hatten, Trouwne und seine Highlander niederzumachen, und unter denen keineswegs eitel Freundschaft herrschte.

Wovon Letitia und ich allerdings herzlich wenig hatten.

Bis in die frühen Morgenstunden ging es so weiter. Mehr und mehr Beduinen verschwanden in der Wüste und als die Sonne schließlich aufging, zählte unser Trupp nurmehr knapp hundert Reiter – noch immer eine erdrückende Übermacht gegen einen einzelnen Hexer aus London, die jeden Gedanken an eine Flucht schlichtweg lächerlich erscheinen ließ.

Und dazu kam noch etwas.

Ein Teil von mir wehrte sich mit aller Macht gegen den bloßen Gedanken – aber ich war nicht sicher, daß ich wirklich noch fliehen wollte. Letztendlich war ich zwar alles andere als freiwillig hierher gekommen, aber doch nicht unbedingt gegen meinen Willen.

Es war die Sandrose gewesen, die mich hierhergebracht hatte, wenngleich ich keine Ahnung hatte, wie und warum. Dennoch mußte es einen Grund für mein Hiersein geben. Und der Angriff des unsichtbaren Wesens auf Trouwnes Truppen war die erste konkrete Spur, die ich hatte. Möglicherweise eine Spur, die geradewegs in den Tod führte – aber welche Wahl blieb mir schon?

Ein vielstimmiger Aufschrei aus den Reihen meiner Begleiter riß mich abrupt in eine Wirklichkeit zurück, die nur wenig freundlicher war als die düsteren Gedanken, denen ich mich hingegeben hatte. Ich sah auf und bemerkte, daß unsere Marschordnung nun vollends auseinandergebrochen war. Der Großteil von Hassan Bei Kurz' Reitern war einfach losgesprengt, wobei sie schrille Freudenschreie ausstießen, Arme und Säbel und Gewehre schwenkten oder auch in die Luft schossen. Nur Bei Kurz selbst und ein knappes Dutzend seiner Krieger waren zurückgeblieben, um Letitia und mich zu bewachen.

Ich rieb mir die Müdigkeit aus meinen entzündeten Augen und erkannte im ersten Licht der Sonne vor uns eine kleine Oase, unter deren Palmen sich eine große Zahl niedriger schwarzer Beduinenzelte duckte; ohne Zweifel Hassan Beis

Heimat. Das Zeltdorf spie in rascher Folge Menschen aus: Alte, Frauen und Kinder – jeder waffenfähige Mann schien den Bei begleitet zu haben –, die uns zu Fuß entgegenrannten, und ein paar junge Burschen, die sich auf die bloßen Rücken von Pferden geschwungen hatten und sich an den wehenden Mähnen festhielten.

Für einen Moment kam unser Vormarsch ins Stocken, als die zu unserer Begrüßung herbeieilenden Araber ihren Bei und uns derart einkeilten, daß ein Weiterkommen einfach nicht mehr möglich war; aber wie schon einige Male zuvor bewies Ben Ismail auch diesmal, daß er trotz seiner Jugend unumstrittener Herr seines Stammes war – ein einziger, scharf gerufener Befehl reichte aus, die Meute auseinanderspritzen zu lassen, so daß wir weiterreiten konnten und nach wenigen Augenblicken das Lager erreichten.

Es war weit größer, als ich im ersten Augenblick geglaubt hatte – hinter dem schmalen Halbkreis aus Dattelpalmen, der das trübe Wasserloch einrahmte, reihten sich an die fünfzig der runden schwarzen Zelte, und ein jedes war groß genug, einer kompletten Beduinenfamilie Unterschlupf zu bieten. Der Anblick ließ mich unwillkürlich an das denken, was mir Mandon Trouwne vor Tagesfrist erzählt hatte – dies hier war alles andere als ein normales Beduinenlager. Irgend etwas ging in diesem Lande vor.

Möglicherweise hatte ich das Pech gehabt, Augenzeuge des ersten Scharmützels einer ausgewachsenen Revolution zu sein. Ich war plötzlich sicher, daß sich das Beduinenheer ganz bestimmt nicht zusammengerottet hatte, Trouwne und sein Häufchen Schotten niederzumachen. Wahrscheinlich hatte der alte Kauz nur das Pech gehabt, im falschen Moment am falschen Ort zu sein und Ben Ismail und seinen Verbündeten willkommene Gelegenheit für eine Generalprobe zu bieten.

Hassan Ben Ismail schien meine Gedanken, wenn schon nicht gelesen, so doch mindestens erraten zu haben, denn er versetzte mir einen eher freundschaftlichen Rippenstoß, um meine Aufmerksamkeit zu erregen und deutete mit einer weit ausholenden Bewegung auf die Ansammlung runder schwarzer Zelte. »Mein Volk!« erklärte er stolz. »Du bist der erste Inglese, der dieses Bild sieht, Robert Craven. Das Kriegslager der Beni Ugad! Aber du wirst nicht der Letzte sein, mein Wort darauf.«

»Dann hatte Trouwne also recht«, murmelte ich. »Ihr plant eine Revolution.«

»Eine Revolution?« Bei Kurz runzelte die Stirn. »Ich weiß nicht, was dieses Wort bedeutet, Robert Craven, aber ich will dir gerne sagen, was in diesem Land geschehen wird. Wir werden die fremden Herrscher dorthin zurückjagen, wo sie hergekommen sind, ganz gleich, ob es Briten oder Osmanen sind.«

»Genau das bedeutet dieses Wort«, sagte ich, und fügte mit einem traurigen Lächeln hinzu: »Und meistens geht es schief. Wollt ihr euch dem Madhi anschließen?«

»Dem Madhi?« Bei Kurz sprach das Wort aus, als hätte ich ihn gefragt, ob er sich dem Osterhasen unterordnen wolle. Dann schüttelte er heftig den Kopf. »Nein, Robert Craven«, sagte er. »Die Inglesen mögen dies glauben, doch es stimmt nicht. Unser Verbündeter ist tausendmal mächtiger, als es der Madhi jemals sein wird. Sein Name ist Nizar.«

»Der Zauberer, von dem du mir erzählt hast?«

Hassan Ben Ismail nickte. »Du wirst ihn kennenlernen, Robert Craven«, sagte er. »Dir wird etwas vergönnt sein, wessen sich nur die wenigsten Sterblichen rühmen können. Schon bald sogar. Aber ich weiß nicht, ob ich dich darum beneiden soll.«

Einen Moment lang blickte er mich noch ernst an, dann schwang er sich mit einer müden Bewegung vom Rücken seines Kamels, klatschte in die Hände und deutete auf mich. Ein Beduine packte den Zügel meines Reittieres, brachte das Kamel mit einem raschen Ruck dazu, sich schwankend hinzulegen, und ein anderer zerrte mich aus dem Sattel.

Ich fiel prompt auf die Nase, denn meine Füße waren abgestorben und so nutzlos wie Eisklötze, die an meinen Beinen hingen. Sie fühlten sich auch ungefähr so an. Der Aufprall war so hart, daß mir für einen Moment die Sinne zu schwinden drohten.

Ein Guß lauwarmen Wassers und ein Peitschenhieb rissen mich jäh wieder in die Höhe. Ich stöhnte, biß schmerzerfüllt die Zähne zusammen und stemmte mich wenigstens auf die Knie hoch, um weiteren Prügeln zu entgehen.

»Komm mit, Robert Craven«, sagte Bei Kurz ruhig. Zwei

seiner Krieger ergriffen mich unter den Armen, versuchten mich auf die Füße zu stellen und schleiften mich kurzerhand mit sich, als sie begriffen, daß ich nicht aus eigener Kraft gehen konnte. Ihr Ziel war jedoch keines der Zelte, sondern ein runder Fleck sorgsam geglätteten Wüstensandes in der Nähe des Wassers, aus dessen Mitte drei übermannshohe Pfähle emporragten.

An einem von ihnen stand ein Mann. Seine Hände waren über dem Kopf zusammengebunden, und zwischen den Stricken spannte sich ein wuchtiger Eisenring, der in den oberen Teil des Pfahles eingelassen war. Er war wach, aber sein Gesicht war bleich wie das eines Toten und in seinen Augen saß ein Ausdruck tiefen Schmerzes.

Auf ein weiteres Händeklatschen Hassans hin wurde ich an den zweiten Pfahl gestellt und auf die gleiche Weise gefesselt wie der Mann neben mir. Die beiden Araber, die mich banden, lösten meine Fußfesseln und selbst die Hanfstricke um meine Handgelenke wurden ein wenig gelockert. Ich stöhnte vor Schmerz, als das Blut in die schon fast abgestorbenen Glieder zurückzufließen begann.

Irgendwie hatte ich erwartet, daß Hassan Bei Kurz noch einmal mit mir reden würde. Aber er stand nur noch einen Moment reglos da, blickte mich mit einer Mischung aus Schadenfreude und Mitleid an, dann drehte er sich um und tauchte in der Masse der anderen unter.

Aber ich sah ihn noch einmal, kurze Zeit darauf, als er Letitia in eines der schwarzen Zelte hineinzerrte.

Es war spät in der Nacht, als sie wieder an die Oberfläche kamen. Guillaume hatte längst vergessen, wie viele schwarze Gänge sie durchquert, durch wie viele Schächte sie gekrochen und wie viele Treppen sie hinaufgestolpert waren. Die Geisterstimme hatte Wort gehalten – die lebenden Mumien waren nicht wieder aufgetaucht, sondern so rasch und lautlos hinter ihnen zurückgeblieben wie sie gekommen waren.

Wovor sie ihr unsichtbarer Führer nicht hatte schützen können, war die Angst. Sie war mit ihnen gegangen wie ein zweiter, unsichtbarer Schatten, und das Entsetzen in Guillaumes Seele hatte einen Grad erreicht, den er sich vor wenigen Stunden nicht einmal hätte vorstellen können. Und er wußte, daß er es niemals mehr würde vergessen können. Ganz gleich, was geschah – etwas in ihm hatte sich verändert. Für immer.

Keuchend stemmte er sich in die Höhe, wartete, bis auch Renard wieder genug Kraft gesammelt hatte, auf eigenen Beinen zu stehen, und sah sich um. Es war sehr dunkel und die Wüste schien sich in alle Richtungen zu erstrecken, so weit der Blick reichte.

»Wo sind wir?« fragte er.

Nicht weit von der Stelle entfernt, an der ihr die Stadt betreten habt, antwortete die Stimme in seinem Kopf. *Ich habe einen Weg gewählt, der euch zurück in die Nähe eurer Pferde bringt. Geht nach Norden.*

Sie gehorchten. Es war wirklich nicht sehr weit – nach weniger als einer halben Stunde tauchte das Dünental mit den schwarzen Ruinen vor ihnen auf. Ihre Pferde standen noch so da wie sie sie zurückgelassen hatten.

Aber von Gouvin du Tourville war keine Spur zu entdecken.

Während Renard im Laufschritt zu den Tieren hinabeilte, um ihre Fußfesseln zu lösen und sie zu holen, rief Guillaume mehrmals laut Gouvins Namen. Aber die einzige Antwort, die er bekam, war das Flüstern des Windes und das leise Rascheln des Sandes, mit dem er spielte.

Es hätte des entsetzten Ausdruckes, der bei seiner Rückkehr auf Renards Zügen lag, nicht einmal mehr bedurft, Guillaume zu sagen, was geschehen war.

»Er ist tot, nicht?« fragte er.

Renard nickte, reichte ihm schweigend den Zügel seines Pferdes und starrte an ihm vorbei in die Wüste hinaus. »Ja«, sagte er, sehr leise und sehr bitter. »Er muß sich tapfer gewehrt haben, so wie es aussieht. Aber sie haben ihn erwischt. Diese verdammten Ungeheuer.«

Guillaume wollte antworten, sagte aber dann doch nichts, sondern schwang sich ohne ein weiteres Wort auf den Rücken seines Pferdes und griff nach den Zügeln, ritt aber noch nicht los.

Und nun laßt mich frei, meldete sich eine leise Stimme hinter seiner Stirn. Sie klang ungeduldig, beinahe drohend. *Ich habe Wort gehalten. Ihr seid entkommen.*

»Und unser Bruder ist tot!« erwiderte Renard heftig. »Ein hoher Preis für deine Freiheit.«

Er wäre noch am Leben, hätte er euch begleitet, antwortete die Stimme kalt. *Er starb den Tod aller Feiglinge. Und es ist nicht meine Schuld. Ich hätte ihn nicht warnen können, selbst wenn ich es gewollt hätte! Laßt mich frei!*

»Nein«, antwortete Guillaume hart. »Unser Bruder ist nicht gestorben, nur damit du deine Freiheit zurückerlangst, Geschöpf des Teufels. Du mußt etwas für uns tun. Danach gebe ich dir die Freiheit – vielleicht.«

Was ihr verlangt, ist unmöglich. Das Auge des Satans *ist Teil der* Schwarzen Stadt. *Ein Teil jener Magie, die mich bannte. Meine Macht ist groß, aber nicht so groß. Ihr ahnt nicht, mit welchen Gewalten ihr euch einlassen wollt!,* antwortete die Stimme.

»Du ... du weißt, warum wir hergekommen sind?« fragte Guillaume verwirrt.

Ein lautloses, gedankliches Lachen klang hinter seiner Stirn auf. *Nichts, was du denkst, ist mir verborgen, Sidi,* antwortete die Stimme. *Doch dein Ansinnen ist unmöglich. Ich bin nur ein kleiner, schwacher Geist. Dem* Auge des Satans *wäre allenfalls ein wahrer Magier gewachsen. Du siehst, du kannst mich getrost freigeben. Meine Gefangenschaft nutzt euch nichts.*

»Deine Freiheit auch nicht!« schrie Guillaume wütend. Der Gedanke, daß alles umsonst gewesen, daß Bruder Gouvin für nichts und wieder nichts gestorben sein sollte, machte ihn rasend. »Wenn es so ist, dann werde ich dich zurücklassen. Meinetwegen kannst du in der Wüste bleiben, bis der Jüngste Tag hereinbricht!« Außer sich vor Zorn riß er die Flasche von seinem Gürtel und holte aus, um sie in die Wüste hinauszuschleudern.

Halt, Sidi! flehte die Stimme. *Ich sagte, ich kann euch nicht in den Besitz des* Auges *bringen. Doch ich kann euch helfen!*

Guillaume erstarrte. Einen Moment lang zitterte seine Hand so heftig, daß er die Flasche beinahe gegen seinen Willen fallengelassen hätte. Sein Gesicht verzerrte sich zu einer Grimasse, als er den Arm senkte. »Wie?« fragte er.

Nur ein wahrer Magier vermag Nizar zu schlagen, wisperte die Stimme. *Ein Mann großer zauberischer Macht. Ich weiß einen solchen Mann. Einen, der Nizar nicht wohlgesonnen ist, denn der Zauberer ist für den Tod vieler seiner Freunde verantwortlich. Gelingt es euch, ihn gegen Nizar zu stellen, könnt ihr das* Auge *erlangen.*

»Dann bring uns zu ihm!« sagte Guillaume gepreßt. »Doch wenn du diesmal nicht die Wahrheit sagst ...«

Ich lüge niemals, antwortete die Geisterstimme. *Reitet nach Westen.*

Spät am Nachmittag wurde uns zu essen gebracht: Schalen mit einem unappetitlich aussehenden, aber wohlschmeckenden grauen Brei, dazu so viel Wasser wie wir nur trinken wollten. Zwei schwarzverhüllte Beduinenfrauen kühlten meine Stirn mit nassen Tüchern und auch mein Leidensgenosse, der bisher außer einem gelegentlichen Stöhnen keinen Laut von sich gegeben hatte, wurde auf die gleiche Weise versorgt. Offenbar hatte man nicht vor, uns einfach hier stehen zu lassen, bis wir starben.

Aber Hassan Bei Kurz hatte ebenso offenbar dazugelernt. Die Frauen, die uns fütterten und wuschen, blickten nicht einmal zu mir auf, und ich sah aus den Augenwinkeln, daß ein gutes halbes Dutzend Männer im Halbkreis hinter uns Aufstellung nahm und ihre Gewehre auf uns anlegte. Ich war sehr sicher, daß ich mich von Kugeln durchsiebt wiederfinden würde, wenn ich auch nur versuchte, eine unserer Helferinnen zu hypnotisieren.

Ganz davon abgesehen, daß ich nicht mehr die Kraft dazu gehabt hätte. Das Wasser hatte meinen Durst halbwegs gestillt und auch die Schmerzen in meinen Hand- und Fußgelenken hielten sich in erträglichen Grenzen, jetzt, nachdem meine Wunden gewaschen worden waren. Aber die Wüstensonne hatte das letzte bißchen Kraft aus meinem Körper herausgebrannt. Ich bezweifelte, daß ich noch genug Energie gehabt hätte, davonzukriechen, selbst wenn meine Fesseln gelöst worden wären.

Zumindest hatte das Wasser meine Lebensgeister weit genug geweckt, daß ich den Kopf drehen und zum ersten Male meinen Leidensgenossen wirklich betrachten konnte, und fast, als spüre er meinen Blick, hob in diesem Moment auch er den Kopf und sah mich aus roten, beinahe zugeschwollenen Augen an.

Es war ein sehr junger Mann, jünger noch als Hassan Ben Ismail. Sein Gesicht war verquollen und zeigte die Spuren von Schlägen, mit denen man ihn mißhandelt hatte, bevor er hier angebunden worden war. Aber trotz des erbarmungswürdigen Zustandes, in dem er sich befand, gewahrte ich in seinen Augen unbeugsamen Stolz. Und als er sah, daß ich seine Blicke erwiderte, rang er sich sogar zu einem gequälten Lächeln durch.

»Wie ist dein Name, Giaur?« fragte er, mühsam und in gebrochenem, aber sehr deutlich akzentuiertem Englisch.

»Robert«, antwortete ich. »Und deiner, Muslim?«

Der Araber lachte leise; er hatte genau verstanden, warum ich das letzte Wort auf die gleiche Weise betont hatte wie er den Giaur. »Ali«, sagte er. Er hustete, rang einen Moment mühsam nach Atem und lachte wieder. »Robert«, wiederholte er meinen Namen. »Es ist gut, wenigstens den Namen des Mannes zu wissen, an dessen Seite man sterben wird.«

»Werden wir das denn?« fragte ich.

Ali nickte. »O ja«, sagte er. »Schau dich nur gut um, Robert. Die Sonne, die du dort oben am Himmel siehst, wird die letzte sein. Sobald es dunkelt, werden sie kommen.«

»Wer?« fragte ich.

Ali sah mich verwirrt an. »Das weißt du nicht? Wer bist du, daß du Nizars Kreaturen geopfert werden wirst, ohne jemals von ihnen gehört zu haben?«

»Jemand, den das Schicksal damit geschlagen hat, ständig zur falschen Zeit am falschen Ort zu sein«, antwortete ich und zog eine Grimasse. »Und du? Gehörst du zu den Beni Ugad?«

In Alis Augen blitzte es auf. »Du beleidigst mich, Sterbensgenosse!« Er spie aus. »Diese verfluchten Hunde haben meinen Vater und zahlreiche meiner Brüder getötet und du fragst mich, ob ich zu ihnen gehöre?«

»Verzeih«, sagte ich. »Ich wollte dich nicht verletzen. Was ist passiert?«

»Mein Vater, Scheik Achmed, weigerte sich, sich Nizar zu unterwerfen!« sagte Ali. Seine Stimme bebte vor Wut. »Sie haben ihn getötet. Nizars Kreaturen brachten seinen Leichnam in unser Lager und forderten uns auf, uns zu unterwerfen. Als wir uns weigerten, kam Hassan Ben Ismail mit seinen Mördern. Sie haben unser Lager niedergebrannt, viele unserer Weiber und Kinder verschleppt und ein Dutzend unserer tapfersten Krieger geschlachtet. Mich haben sie mitgenommen, um mich Nizar zu opfern, damit meine Krieger nicht länger Widerstand leisten!« Er lachte böse. »Dieser Hund Hassan irrt, wenn er glaubt, meine tapferen Brüder auf diese Weise einschüchtern zu können!« behauptete er. »Sie werden kämpfen, bis der letzte von ihnen tot ist.« Er schwieg einen Moment, starrte in die hitzeflimmernde Luft über dem Lager und seufzte tief. Als er weitersprach, klang seine Stimme völlig verändert.

»Hast du Angst?« fragte er.

»Vor dem Sterben?« Ich nickte. »Jedermann hat Angst vor dem Sterben. Du nicht, Ali?«

Ganz instinktiv wollte er den Kopf schütteln, aber dann zögerte er, sah mich auf sehr sonderbare Weise an und fuhr sich mit der Zunge über die aufgeplatzten Lippen. »Ich ... weiß nicht«, gestand er. »Wenn ich ehrlich sein soll, habe ich niemals darüber nachgedacht. Ich glaubte, noch Zeit zu haben. Aber jetzt werde ich Allah gegenüberstehen, ehe die Sonne das nächste Mal aufgeht.«

»Noch sind wir nicht tot«, sagte ich.

»Aber bald«, behauptete Ali. »Nizars Kreaturen sind unbesiegbar.«

»Wer ist das ... Nizar?« fragte ich, ohne auf seine Behauptung einzugehen. »Ich habe diesen Namen jetzt schon oft gehört, ohne daß mir jemand mehr über ihn erzählt hätte.«

»Aus gutem Grund«, antwortete Ali. Ganz unwillkürlich senkte er bei diesen Worten die Stimme. »Er ist der Schejtan persönlich, oder zumindest sein Abgesandter. Er ist ein Zauberer.«

»Und Hassan steht in seinen Diensten?«

»Hassan haßt und fürchtet ihn so wie wir alle«, erwiderte Ali haßerfüllt. »Aber er ist ein Feigling und wagt es nicht, ihm die Stirn zu bieten. Dafür wird er sterben, Robert. Ich werde nicht mehr dasein, ihm das zu geben, was er verdient, aber dafür werden es andere tun.« Er nickte bekräftigend, zerrte voller Wut an seinen Fesseln und sank wieder zurück. Sein Gesicht glänzte vor Schweiß.

»Besteht eine Chance, daß deine Leute kommen und dich befreien?« fragte ich nach einer Weile.

»Besteht die Chance, daß es die deinen tun?« fragte Ali lakonisch zurück.

Ich zog es vor, keine weiteren diesbezüglichen Fragen zu stellen.

Seit dem Tode ihres Vaters hatte Letitia sich in einer Art Starre befunden, die sie die Umgebung und alles, was mit ihr geschah, wie durch einen dichten Schleier hatte wahrnehmen lassen. Nur als Hassan Ben Ismail sie an sich reißen wollte, war sie für einen kurzen Moment aus ihrem Dämmerzustand erwacht, jedoch sofort wieder darin versunken, als Robert Cravens verzweifelter Fluchtversuch gescheitert war.

Erst als die Beduinen ihr Lager erreicht hatten und sie von dem Kamel gezerrt wurde, auf das man sie wie einen Sack gebunden hatte, begriff sie, daß sie die Beute dieses grausamen Mannes war; aber die wirkliche Konsequenz dieser Erkenntnis begriff sie immer noch nicht.

Vielleicht wollte sie es auch nicht.

Nicht einmal, als Hassan Ben Ismail sie an den Haaren in sein Zelt schleifte, wachte sie vollends aus dem Dämmerzustand auf, in dem sich ihr Bewußtsein wie ein verwundetes Tier verkrochen hatte. Sie wehrte sich zwar, aber etwas in ihr blieb kalt und teilnahmslos und beobachtete alles, was ihr geschah, als geschähe es in Wahrheit einer Fremden.

Hassan Ben Ismail warf sie zu Boden und fesselte ihre Arme an zwei Zeltstangen, so daß sie hilflos auf den stinkenden Teppichen lag, die sein Bett darstellen mochten.

Erst als er sich über sie beugte und seinen Mund hart auf ihre Lippen preßte, erkannte sie, was nun folgen würde …

Und plötzlich war die Angst da; ein Entsetzen, das ihr schier übermächtige Kräfte gab. Mit aller Macht warf sie sich zurück, stieß mit den Füßen nach Ismail und schob ihn tatsächlich ein Stück von sich fort. Aber wie schon einmal schien ihr Widerstand die Gier des Arabers eher noch anzustacheln. Er lachte, beugte sich über sie, wobei er ihren strampelnden Beinen mit fast spielerischer Leichtigkeit auswich, griff mit einer raschen Bewegung in den Ausschnitt ihres Kleides und zerriß den Stoff mit einem heftigen Ruck. Letitia stieß einen gellenden Schrei aus und versuchte ihn abermals mit den

Füßen wegzustoßen. Doch Hassan warf sich einfach auf sie und drückte sie mit seinem Gewicht nieder. Seine Hände waren schier überall, griffen unter ihr Mieder und öffneten in fieberhafter Hast die Verschlüsse ihres Kleides.

Letitia begriff, daß sie keine Chance gegen den viel stärkeren und zu allem entschlossenen Mann hatte, und tat instinktiv das einzig Richtige: nichts. Sie erschlaffte, schloß die Augen und betete darum, daß es wenigstens nicht zu weh tun und einigermaßen schnell gehen würde.

Und ihre Gebete wurden erhört – es tat überhaupt nicht weh, und es ging *sehr* schnell, denn Hassan Ben Ismail kam nicht einmal mehr dazu, den letzten Verschluß ihres Mieders zu öffnen, als draußen vor dem Zelt ein ganzer Chor schriller Stimmen zu kreischen begann. Wenige Augenblicke später stürzte eine hochgewachsene Gestalt in das Zelt, fiel vor Hassan auf die Knie und stammelte ein paar Worte, die Letitia nicht verstand.

Hassan fluchte, fuhr wütend hoch und herum – und erstarrte vor Schreck. Letitia konnte sehen wie er unter der Sonnenbräune alle Farbe verlor, während der andere Araber schnell und mit sich fast überschlagender Stimme weitersprach.

Schließlich ordnete Hassan Ben Ismail fluchend seine Kleider, bückte sich nach seinem Säbel und verließ hinter dem Araber das Zelt.

Das Schreien und Lärmen draußen auf dem Platz hielt an und wenige Augenblicke später hörte Letitia das Geräusch dumpfer Hufschläge, das rasch näher kam.

Sie waren lebende Alpträume.

Ihre hageren Gesichter waren wie mit altem, schlecht gegerbtem Leder überzogen. Die Zähne in ihren Mündern sahen stumpf und gelb zwischen den halb geöffneten Strichen hervor, zu denen ihre Lippen zusammengeschrumpelt waren. Ihre Augen wirkten wie glanzlose Murmeln aus altem, von Rissen durchzogenen Elfenbein.

Sie sahen wie Mumien aus, aber sie bewegten sich, und auf eine entsetzliche Art waren sie von etwas wie Leben erfüllt.

Und die Araber fürchteten sich vor ihnen, als wären sie leibhaftige Teufel.

Hassans Krieger waren wie unter einer Gewehrsalve auseinandergespritzt, als das Dutzend reitender Mumien auf dem Hügel über dem Lager erschienen war, und von den vier- oder fünfhundert Menschen, die sich im Kriegslager der Beni Ugad aufhielten, waren vielleicht noch dreißig zu sehen – die Tapfersten oder die Dümmsten, je nachdem. Alle anderen, unsere Bewacher eingeschlossen, waren in heller Panik davongerannt.

»Großer Gott«, murmelte ich. »Was ist das, Ali? Nizar?«

»Nein«, antwortete mein Mitgefangener leise und mit einer Stimme, die vor Angst zitterte. »Dschakid. Nizars Statthalter. Aber er ist fast noch schlimmer. Siehst du den Reiter an ihrer Spitze?«

Ich nickte. Der Mann war nicht zu übersehen, denn es war der einzige Mensch in dieser Armee lebender Toter, wenngleich er seinen Begleitern an Häßlichkeit nicht sehr viel nachstand. Und als ich seinem Blick begegnete, hatte ich das Gefühl, innerlich zu Eis zu erstarren. Sah ich einmal von Necron ab, hatte ich niemals einen Menschen getroffen, in dessen Augen eine solche Kälte lag wie in denen Dschakids.

Aus dem rasenden Galopp der toten Reiter wurde ein gemächlicher Trab, in dem sie schließlich auf Ali und mich zukamen und in einem weit geschwungenen Halbkreis anhielten. Sie trugen altmodische Kettenpanzer, spitze Helme und Rundschilde, die an die Soldaten der alten Kalifen erinnerten. Ihre Waffen und ihre Kleidung waren so rot wie Blut. Ohne ein Wort zu sagen, sprangen sie aus den Sätteln, trieben ihre Pferde mit ein paar Schlägen davon und bildeten mit gezogenen Krummsäbeln einen Kreis um uns.

Einzig Dschakid erstarrte nicht zur Reglosigkeit, sondern kam mit gemessenen Schritten auf uns zu, starrte einen Moment lang Ali an und verzog das Gesicht zu einem durch und durch bösen Lächeln, bevor er sich an mich wandte. Drei Rubine, die er auf der Brust trug, kennzeichneten ihn auch äußerlich als Anführer der Wahnsinnsarmee.

»Wer bist du?« fragte er.

Ich antwortete nicht.

Dschakid starrte mich einen Moment mit wachsender Wut an, dann hob er die Hand und schlug mir so hart über den Mund, daß meine Unterlippe abermals aufplatzte. »Bist du deiner eigenen Sprache nicht mehr mächtig, Inglese?« fragte er zornig.

»Antworte ihm«, sagte Ali ruhig. »Du gewinnst nichts. Und er schlägt gerne.«

Dschakid bewies es, indem er ihn schlug. Ali krümmte sich, spie Blut und Speichel aus und fügte gequält hinzu: »Besonders Männer, die gefesselt sind und sich nicht wehren können.«

Dschakid fauchte vor Wut, ballte die Faust und holte aus, um den Wehrlosen abermals zu schlagen.

»Nicht«, sagte ich rasch. »Ich werde antworten.«

Dschakid wirkte deutlich enttäuscht. Aber er ließ die Faust wieder sinken und wandte sich abermals an mich.

»Mein Name ist Craven«, sagte ich. »Robert Craven. Ich bin ein Reisender aus England und –«

Dschakid boxte mir in den Leib. »Du bist ein Zauberer, Robert Craven«, sagte er. »Und ein Lügner. Aber kein guter.«

Mühsam rang ich nach Luft, drängte die Übelkeit zurück, die aus meinem malträtierten Magen emporstieg, und sah ihn durch die nebligen Schleier an, die vor meinem Blick auf und ab tanzten. »Warum ... fragst du, wenn du alles weißt?« keuchte ich.

Der Araber lachte böse. »Vielleicht um zu sehen, ob du die Wahrheit sprichst. Gib dir keine Mühe, mich zu belügen. Ich weiß alles über dich.«

»Dann weißt du ja auch, daß ich mit eurem Krieg nichts zu schaffen habe«, stöhnte ich. »Ihr könnt mich also getrost laufen lassen. Ich werde auf eine Anzeige wegen groben Unfuges verzichten.«

Zu meiner eigenen Überraschung lachte Dschakid schallend über meine Worte. Aber nur für einen ganz kurzen Moment; dann wurde er übergangslos wieder ernst, drehte sich herum und ballte abermals die Fäuste. »Wo ist Ismail?!« brüllte er.

»Ich ... ich komme schon, Herr!« antwortete eine verschüchtert klingende Stimme. Hassan Ben Ismail kam tatsächlich auf Dschakid zu – allerdings nicht ganz freiwillig, denn eine der lebenden Leichen hatte ihn am Kragen gepackt und zerrte ihn rücksichtslos hinter sich her. Zu meinem Schrecken gewahrte ich dicht hinter den beiden einen zweiten Kalifenkrieger, der Letitia auf den Armen trug. Ihre Kleider hingen in Fetzen, und ihrer Haltung nach zu urteilen mußte sie das Bewußtsein oder gar ihr Leben verloren haben.

Der Krieger stieß Hassan Ben Ismail in den Sand. Hassan rappelte sich wieder auf, sah aus schreckgeweiteten Augen auf Dschakid und verbeugte sich so tief, daß er fast wieder gefallen wäre. »Was ist dein Begehr, o großmächtiger Dschakid, du Schwertarm des gewaltigen Nizar?« fragte er mit untertäniger Miene. »Ich ... ich habe dich erst am Abend erwartet.«

»Ich weiß«, antwortete Dschakid kalt. »Das ist der Grund, aus dem ich jetzt schon komme.« Er lächelte, doch seine Hand legte sich bei den letzten Worten demonstrativ auf den Knauf seines Säbels.

»Ich bin unschuldig, o Herr der Heerscharen Nizars. Alles wurde so verrichtet wie du befohlen hast.«

»Alles?« Dschakid lachte böse. »Und dieser Mann? Robert Craven?«

»Wird sterben!« versicherte Hassan überhastet. »Du siehst, das Opfer ist –«

»Du Narr!« brüllte Dschakid. »Einen Mann wie ihn willst du töten? Du bist nicht mehr als ein Wurm, verglichen mit diesem da! Es wäre deine Pflicht gewesen, uns unverzüglich zu benachrichtigen. Hätte ich nicht auf anderem Wege von der Existenz des Zauberers erfahren, hättest du alles verdorben, du hirnloser Sohn einer räudigen Schakalin!« Er trat dicht an Hassan heran und beugte sich zu ihm herab. »Und was ist mit der englischen Frau?« fragte er lauernd. »Hast du vergessen, daß Nizar verboten hat, Geiseln zu nehmen? Oder Gefangene zu machen, um deines eigenen Vergnügens willen?«

Hassan wurde bleich wie der Tod. Er öffnete den Mund, um auf diese Beschuldigung zu antworten, doch Dschakid brachte ihm mit einer knappen Handbewegung zum Schweigen.

»Du kennst Nizars Gesetz! Und du weißt, daß es niemals gebrochen werden darf!« fauchte er. Hassan nickte und sank zitternd auf die Knie.

»Verzeiht, Herr«, wimmerte er. »Ich kenne Nizars Worte. Doch die Schönheit dieses Weibes hat mein Auge geblendet.«

Er hob flehend die Hände. Dschakid musterte ihn mit einem verächtlichen Blick.

»So waren deine Augen schuld, daß du Nizars Gesetz gebrochen hast! Es wird nicht mehr geschehen!«

Und noch bevor ich erkannte, was er damit meinte, berührte Dschakid die Rubine auf seiner Brust. Ein grellweißer, nadeldünner Lichtstrahl schoß zwischen seinen Fingern hervor und schlug in Hassans Gesicht ein. Eine grelle Stichflamme verzehrte die Züge des Beduinenfürsten.

Der junge Scheik schrie gellend auf, taumelte zurück und brach in die Knie, beide Hände gegen das Gesicht geschlagen.

Dschakid wandte sich ab und sah die übrigen Beni Ugad mit einem bösen Lächeln an. »Das Gesetz ist heilig. Merkt euch das! Sollte einer von euch wagen, es dennoch zu brechen, so soll ihm das Schicksal dieses Hundes hier als Warnung dienen!« Er versetzte dem daliegenden Hassan noch einen Fußtritt, lachte böse und wollte sich wieder umwenden, bückte sich aber dann doch noch einmal zu ihm herab und zog etwas unter seiner Kleidung hervor. Als er sich aufrichtete, erkannte ich, daß es nichts anderes war als mein Stockdegen, den Hassan mir abgenommen hatte.

Dschakid drehte die getarnte Waffe in den Händen, hielt den taubeneigroßen Kristallknauf ins Sonnenlicht und fuhr bewundernd mit dem Daumen darüber. »Das ist eine gute Beute«, flüsterte er. »Ich spüre die Kraft, die in diesem Stab liegt. Er ist ein Zeichen großer, magischer Macht, das Nizar mit Sicherheit erfreuen wird. Ich nehme ihn als seinen Anteil an der Beute. Oder hast du etwas dagegen, Inglese?«

Ich antwortete vorsichtshalber nicht darauf. Dschakid schob den Stockdegen unter seinen Gürtel und deutete mit einer befehlenden Geste auf Ali und mich.

»Macht sie los«, sagte er. »Wir nehmen sie mit uns. Und die Frau auch!«

»Wozu?« keuchte Ali erschrocken. »Was wollt ihr noch von mir?«

»Das wirst du früh genug erfahren«, sagte Dschakid. »Und nun schweig, ehe ich dir den Mund zunähen lasse!«

Ali widersprach nicht mehr und auch ich starrte Dschakid nur voller stummer Wut an, was ihn allerdings höchstens zu amüsieren schien. Zwei seiner entsetzlichen Kreaturen lösten unsere Fesseln, während die anderen weiter mit gezückten Schwertern einen Kreis um uns und den sterbenden Hassan bildeten. Der Platz begann sich nun allmählich wieder mit Menschen zu füllen, wenngleich keiner der Beni Ugad den lebenden Leichen näher als zwanzig Schritte kam.

Dschakids Krieger führten drei gesattelte Reitkamele herbei. Auf eines von ihnen wurde Letitia gebunden, die zwar das Bewußtsein wiedererlangt hatte, aber seltsam teilnahmslos dahockte und alles mit sich geschehen ließ. Dann deutete Dschakid mit einer befehlenden Geste auf die beiden anderen Kamele.

»Steigt auf!« sagte er.

Im gleichen Moment kam ein brennender Pfeil herangeflogen und bohrte sich in Hassan Ban Ismails Zelt.

Es ging so schnell, daß nicht einer im Lager überhaupt begriff, was geschehen war, ehe das Zelt nicht in hellen Flammen stand. Dann kamen ein zweiter und fast im gleichen Moment ein dritter Pfeil herangesaust; dünne Rauchfahnen hinter sich herziehend, trafen sie die beiden Zelte rechts und links von dem des Scheiks und setzten sie ebenfalls in Brand.

Und im gleichen Moment brach im Lager der Beni Ugad ein unbeschreiblicher Tumult los.

Aus der Menge, die vor Augenblicken noch wie erstarrt dagestanden hatte, wurde ein grölender Mob, der kopflos durcheinanderstürmte. Schüsse peitschten. Säbel und Lanzen wurden geschwungen und Männer rannten zu ihren Pferden und Kamelen. Nur die allerwenigsten kamen auf den Gedanken, die brennenden Zelte löschen zu wollen.

Ich handelte, ohne wirklich zu denken. Blitzschnell fuhr ich herum, versetzte dem lebenden Leichnam, der mich hielt, einen gewaltigen Stoß, und schlug gleichzeitig nach Dschakid. Mein Hieb war zu schnell und ohne die nötige Kraft, einen Mann wie ihn wirklich auszuschalten, aber ich trieb ihn doch ein paar Schritte zurück und das war alles, was ich wollte.

Mit einem verzweifelten Satz zog ich mich auf den Rücken des Kamels hinauf, griff nach den Zügeln und hielt nach Letitia und Ali Ausschau. Der junge Araber hatte ebenso schnell reagiert wie ich und war auf sein Kamel gesprungen, während Letitia noch immer teilnahmslos dahockte und auf das tobende Chaos hinabstarrte, als ginge sie das alles nichts an.

Mit einer verzweifelten Bewegung riß ich das Kamel herum, versuchte es an Letitias Seite zu dirigieren und hörte Dschakid mit überschnappender Stimme Befehle brüllen. Einer seiner lebenden Toten rannte auf mich zu, sprang mit weit ausgebreiteten Armen nach mir und wurde mitten im Sprung von einem Pfeil getroffen und herumgerissen. Ein zweiter versuchte, mir mit weit ausgebreiteten Armen den Weg zu verstellen.

Ich ritt ihn kurzerhand nieder.

Mehr als ein halbes Dutzend Zelte brannten, als ich Letitia erreichte, und die Flammen griffen rasend schnell um sich. Zudem jagten noch immer Pfeile heran, nicht sehr viele, aber präzise und unglaublich regelmäßig abgeschossen. Letitias Kamel begann zu scheuen, trat wild aus und wich vor mir zurück – und kam dabei in gefährliche Nähe eines brennenden Zeltes.

Aber die lodernden Flammen hielten auch die Beni Ugad nachhaltig davon ab, sich auf Letitia oder mich zu stürzen. Nicht so Dschakid und seine seelenlosen Kreaturen. Die Stimme des Arabers überschlug sich fast und seine Krieger rückten in breiter Front auf Letitia und mich zu. Verzweifelt griff ich nach den Zügeln von Letitias Reitkamel, erreichte damit aber nichts weiter, als das Tier noch einen Schritt zurückzutreiben – weiter auf das brennende Zelt zu!

Es schrie vor Schmerz, als die Flammen über seine Hinterläufe leckten, bäumte sich auf und hätte Letitia abgeworfen, wäre sie nicht im Sattel festgebunden gewesen. Ich beugte mich vor, ergriff den Zügel und zerrte mit aller Gewalt daran.

Etwas Hartes, Eiskaltes krallte sich an meinem Bein fest und zerrte daran. Ich fuhr herum und entdeckte einen Mumienkrieger, der mich aus dem Sattel zu ziehen versuchte. Ich stieß nach ihm und trat ihm ins Gesicht, aber das Ungeheuer schien meinen Hieb nicht einmal zu spüren.

Verzweifelt änderte ich meine Taktik. Statt weiter zu versuchen, den Unhold von mir zu stoßen, zerrte ich ihn mit beiden Händen zu mir herauf – und warf ihn auf der anderen Seite des Kamels wieder hinunter, geradewegs in die Flammen hinein.

Er stürzte, blieb einen Moment wie benommen liegen – und richtete sich wieder auf. Sein uralter, zundertrockener Körper brannte wie eine Pechfackel. Aber ich beachtete ihn gar nicht mehr, sondern verwandelte mein letztes bißchen Kraft dazu, Letitias bockendes Kamel unter Kontrolle zu bekommen.

Als ich es endlich geschafft hatte, waren Dschakids Krieger fast heran. Noch drei, vier Schritte, und die Phalanx der lebenden Toten mußte Letitia und mich erreichen und von den Kamelen zerren.

Was ich dann tat, entsprang purer Verzweiflung.

Mit aller Macht riß ich mein und Letitias Kamel gleichzeitig herum, konzentrierte mich ein letztes Mal und schaltete den Willen der Tiere aus.

Und zwang sie, geradewegs in die lodernden Flammen hineinzuspringen!

Ich spürte ihren Schmerz wie meinen eigenen, als sie das brennende Zelt niederstampften und die Flammen ihr Fell und ihre Haut versengten. Dann waren wir hindurch, und zwischen uns und Dschakids Kreaturen war das einzige, was diese Ungeheuer aufzuhalten vermochte – Feuer.

Aber unsere Lage hatte sich kaum gebessert, denn statt eines Dutzends lebender Leichen sah ich mich plötzlich einigen hundert durcheinanderstürmender und schießender Beni Ugad gegenüber! Ein Schatten auf einem gewaltigen Reitkamel tauchte neben mir auf – Ali! Er gestikulierte wild mit den Armen, deutete in die Richtung, aus der noch immer die Pfeile herangeflogen kamen, und schrie etwas, das ich nicht verstand. Aber ich begriff, was er meinte. Instinktiv schlug ich meinem Kamel die Absätze in die Flanken und sprengte los.

Letitias Reittier zwischen uns und tief über den Hals unserer eigenen Kamele gebeugt, jagten wir den Hügeln entgegen, während hinter uns mehr als einhundert Beni Ugad zu ihren Pferden rannten, um die Verfolgung aufzunehmen.

Achtes Buch

DAS AUGE DES SATANS

Die Gesichter der Männer waren verzerrt vor Wut. Die Wüste hallte wider von ihren schrillen, überschnappenden Schreien, dem rasenden Stakkato der Pferdehufe und dem unablässigen Peitschen der Schüsse. Sie waren noch zu weit entfernt und auf den bockenden Pferde- und Kamelrücken war ein Zielen so gut wie unmöglich, so daß nur dann und wann eine verirrte Kugel in unserer unmittelbaren Nähe in den Boden einschlug oder gegen einen Fel-sen klatschte, um als heulender Querschläger abzuprallen. Aber sie kamen näher. Unaufhaltsam.

»Schneller!« brüllte Ali. »Schneller, Giaur, oder du findest heraus, ob es die Hölle deines christlichen Aberglaubens wirklich gibt!«

Wie um seinen Worten den gehörigen Nachdruck zu verleihen, schlug in diesem Moment eine ganze Salve von Gewehrschüssen gegen einen der Felsen und überschüttete mich mit einem wahren Hagel von Stein- und glühenden Metallsplittern. Mein Reitkamel stieß einen schrillen Schmerzlaut aus und machte einen Satz, der mich um ein Haar von seinem Rücken geschleudert hätte. Mit letzter Kraft klammerte ich mich fest, versuchte ebenso tapfer wie vergeblich, das Tier wieder unter meine Kontrolle zu bringen, und sah mich gehetzt um.

Daß wir überhaupt noch lebten, verdankten wir eher unserer Umgebung als unserer Schnelligkeit. Für gut zehn Minuten waren wir durch offene Wüste geprescht, in der unsere Kamele zwar weit ausgreifen und ihre ganze Schnelligkeit ausspielen konnten, wir aber nicht die mindeste Chance gehabt hatten, uns irgendwie zu verbergen, geschweige denn die Beni Ugad abzuschütteln. Ali war es gewesen, der mit seinen scharfen Augen die Felsformation am westlichen Horizont entdeckt hatte, und er war es auch gewesen, der lange vor mir die Schlucht ausmachte, in die wir uns geflüchtet hatten. Ein Teil der Beduinen hatte auf dem felsigen Boden auch tatsächlich unsere Spur verloren. Aber leider nur ein Teil.

Der Abstand zwischen uns und den Beni Ugad war weiter zusammengeschmolzen. Das Chaos, das der überraschende Angriff in ihrem Kriegslager hervorgerufen hatte, hatte uns Zeit zur Flucht verschafft, vielleicht sogar einen winzigen Vorsprung – aber lange nicht genug, die Beduinen wirklich abzuschütteln. Ich schätzte, daß es an die dreißig waren, die uns noch verfolgten; vielleicht ein Zehntel der ursprünglichen Meute, aber immer noch mehr als genug, uns in Sekunden in der Luft zu zerreißen, wenn sie unserer habhaft wurden. Und so wie es aussah, gab es nicht sehr viel, was dagegen sprach …

Dicht neben mir jagten Ali und Letitia dahin, und für einen ganz kurzen Moment sah es beinahe so aus, als würde unser Vorsprung doch noch reichen.

Aber wirklich nur für einen Moment.

Dann erreichten wir die Biegung der schmalen Sandsteinschlucht und all meine Hoffnungen zerplatzten wie eine Seifenblase.

Die Schlucht setzte sich noch dreißig, vielleicht vierzig Yards weit fort – und endete vor einer lotrecht emporsteigenden, mindestens hundert Fuß hohen Wand aus sandbraunem Fels!

Im ersten Augenblick war ich so schockiert, daß ich um ein Haar in vollem Kamelgalopp gegen den Fels gerast wäre, denn mein Reittier stürmte blindlings weiter. Erst im allerletzten Moment erwachte ich aus meiner Starre, riß verzweifelt am Zaumzeug des Tieres und brachte es kurz vor der Felswand zum Halten; eine Sekunde, bevor auch Letitia und Ali mit ihren Reittieren in einer Staubwolke zum Stehen kamen. Ali fluchte ungehemmt in seiner Muttersprache, sprang mit einem federnden Satz aus dem Kamelsattel und stürmte auf die Wand los. Letitia und ich folgten ihm, wenn auch weit weniger elegant.

»Hinauf!« brüllte der junge Beduinenprinz. »Wir müssen klettern – rasch!« Ich sah, was er meinte. Die Wand strebte zwar vollkommen lotrecht in die Höhe, war aber übersät von Vorsprüngen und Rissen, so daß es unter normalen Umständen sicher nicht einmal allzu schwer gewesen wäre, die hundert Fuß – nur gute zwanzig Yards – zu überwinden. Aber die Umstände waren nicht normal. Wir waren erschöpft bis zum Rande des Zusammenbruches, und einen halben Gewehrschuß hinter uns raste eine ganze Meute blutdurstiger Beni Ugad heran. Auf der Wand gaben wir perfekte Zielscheiben ab!

Aber das war nur der eine Teil von mir, der diese Gedanken erwog. Der andere – und im Moment stärkere – pfiff auf Logik und Chancen und rannte, so schnell er nur konnte. Vor allem, als hinter uns das Geheul der Beduinen noch an Lautstärke zunahm und die vorderste Reihe der Horde um die Biegung geprescht kam. Ihre Wutschreie wandelten sich zu Triumphschreien, als sie die Falle erkannten, in die wir uns freundlicherweise selbst hineinmanövriert hatten.

Ali packte Letitia unter dem Arm und gebot mir mit einer herrischen Geste, es ihm gleichzutun, während seine freie Hand und sein Fuß bereits nach Halt in der Felswand tasteten. Und ich beschloß endgültig, das einzige zu tun, was in dieser Situation noch Sinn machte – mein logisches Denken abzuschalten und zu klettern, so schnell und so lange ich es noch konnte. Letitia zwischen uns, die sich noch immer in einer Art Schockzustand zu befinden schien und alles widerstandslos mit sich geschehen ließ, begannen Ali und ich uns an der Felswand emporzuhangeln.

Zumindest verzichteten die Beni Ugad darauf, uns in aller Seelenruhe von der Wand herunterzuschießen – was nicht etwa bedeutete, daß unsere Lage dadurch auch nur um einen Deut besser geworden wäre, denn sie sprangen sofort von ihren Pferden und begannen mit schrillem Geheul hinter uns herzuklettern. Und sie waren sehr viel schneller als Ali und ich, die durch Letitia stark behindert wurden.

Wir hatten kaum ein Drittel der Wand erstiegen, da spürte ich auch schon den Griff einer kräftigen Hand um mein Fußgelenk. Ein triumphierender Schrei erscholl. Mit der Kraft der Verzweiflung riß ich mich los und trat kräftig auf die Finger, die mich vor einer halben Sekunde noch gepackt hatten.

Aus dem Triumph- wurde ein Schmerzens- und gleich darauf ein Entsetzensschrei, dem ein dumpfer Aufprall folgte, und gleich darauf ein ganzer Chor wütend brüllender Stimmen, aber ich gab mich nicht eine Sekunde der Illusion hin, damit auch nur irgend etwas gewonnen zu haben.

Letitia schrie neben mir auf. Ein harter Ruck ging durch ihren Leib, und als ich nach unten sah, blickte ich direkt in das hämische Grinsen eines Beni Ugad, der sich mit beiden Armen an Letitias Beine geklammert hatte und so ganz nebenbei noch unter ihren Rock stierte.

Sein Grinsen wurde etwas gequält, als Ali ihm seinen rechten Fuß hineinsetzte, und verschwand eine Sekunde später vollends – zusammen mit seinem Besitzer, der mit einem gellenden Schrei nach hinten fiel und in der Tiefe verschwand.

Trotzdem war es aussichtslos. Von den dreißig Beduinen, die uns verfolgten, kletterten mehr als zwanzig hinter uns her – und sie hatten aus dem Schicksal ihrer beiden etwas übereifrigen Kameraden gelernt! Sie versuchten jetzt nicht mehr, uns von unten zu packen und von der Wand zu zerren, sondern kletterten geschickt rechts und links an uns vorbei und attackierten uns mit ihren Schwertern; nicht, um uns zu töten, sondern um uns zu zwingen, wieder hinunter zu klettern.

Hätten sie versucht, uns umzubringen, wäre es in eben dieser Sekunde um uns geschehen gewesen. Gleich zwei der Burschen hingen neben mir und schlugen mit Fäusten und den stumpfen Seiten ihrer Krummsäbel auf mich ein, und da ich beide Hände brauchte, um Letitia und mich selbst festzuhalten, hatte ich nicht mehr sehr viel, womit ich mich zur Wehr setzen konnte. Ich versuchte zwar, nach den Kerlen zu treten, aber es blieb bei einem Versuch. Dann tauchte ein Schatten über mir auf und ein Fuß traf mein Gesicht, als ich dämlich genug war, tatsächlich nach oben zu sehen.

Für einen Moment drohte ich das Bewußtsein zu verlieren. Die Wand schien sich unter mir zu biegen; Himmel und Erde drehten sich wie in einem tödlichen Kaleidoskop um mich, und Letitias Gewicht wollte mich in die Tiefe zerren. Mit der Kraft der Verzweiflung krallte ich mich an den heißen Fels, kämpfte die Dunkelheit in meinen Gedanken nieder und biß die Zähne zusammen, um nicht vor Schmerz aufzuschreien.

»Gib auf, Giaur«, stöhnte Ali. Seine Stimme wehte wie von weit, weit her an mein Ohr. Mühsam drehte ich den Kopf, blinzelte das Blut weg, das mir in die Augen gelaufen war, und sah ihn an. Auch er schien sich nunmehr mit letzter Kraft an der Wand zu halten. Sein Gesicht war verquollen und voller Blut.

»Sie haben uns«, stöhnte er, hob den Kopf und fügte ein Wort in seiner Muttersprache hinzu, das ich zwar nicht verstand, dessen Bedeutung mir aber klar war. Und tatsächlich hörten die Beni Ugad auch auf, auf mich und ihn einzuprügeln. Statt dessen richtete sich ein ganzer Wald von Messer- und Schwertspitzen auf uns.

Der Weg nach unten war wie ein Alptraum. Ich schätze, daß

wir eine gute Viertelstunde für ein paar Yards brauchten, und als ich endlich wieder sicheren Boden unter den Füßen hatte, war ich so erschöpft, daß ich schlichtweg zusammenbrach. Sofort wurde ich gepackt, von rauhen Händen wieder auf die Beine gezerrt und gegen den Felsen geworfen. Ein paar Schläge trafen mein Gesicht, aber ich spürte sie kaum noch.

Dann packten sie mich, bogen mir die Arme auf den Rücken und schleiften mich zurück zu dem Kamel, auf dem unsere vergebliche Flucht begonnen hatte.

Die beiden Tempelritter zügelten ihre Pferde auf dem Kamm des Felsens, auf halber Strecke zwischen der Biegung der schmalen Schlucht und der lotrechten Wand, auf der sich das Ende des Dramas abzuzeichnen begann. Ihre weiße Kleidung und die gleichfarbigen Schabracken der Streitrosse verschmolzen beinahe mit dem sonnendurchglühten Sand, so daß sie selbst ein zufällig in ihre Richtung schweifender Blick kaum entdeckt hätte.

Aber es war nicht die Furcht vor Entdeckung, die Guillaume de Saint Denis bewog, diese Deckung aufzusuchen, wußte er doch, daß sie auf der Seite Christi und somit der Gerechten kämpften, was ihren Sieg von vornherein wahrscheinlich machte. Nein – das Warten gehörte ganz einfach zu seinem Plan.

Renard de Banrieux, der zweite Tempelritter, in seiner weißen Prachtuniform Guillaume fast zum Verwechseln ähnlich, nur eine halbe Handspanne kleiner, zeigte in letzter Zeit zunehmende Anzeichen von Nervosität, wie Guillaume besorgt feststellte. Er konnte das Gesicht des anderen nicht sehen, denn auch er trug den schweren, bis auf einen kaum fingerbreiten Schlitz über den Augen geschlossenen Helm, aber sein Körper und seine unbewußten Bewegungen redeten in einer eigenen Sprache.

Renard war nervös und er hatte Angst. Nicht erst seit jetzt. Es war schlimmer geworden, seit sie in die *Schwarze Stadt* eingedrungen waren, ganz allmählich, aber unaufhaltsam.

Der Templer starrte mißmutig auf die drei Flüchtlinge, die unter ihnen wie kleine Käfer die Felswand zu erklettern versuchten, dann auf die brüllende Beduinenhorde, die waffenschwingend hinter ihnen herhetzte und mit jedem Herzschlag Boden gutmachte.

»Die Beni Ugad haben Craven und seine Leute bald eingefangen«, sagte Renard. Seine Hand begann, mit kleinen nervösen Bewegungen mit dem Knauf seines Schwertes zu spielen. Guillaume sah wie es in den Augen seines Kameraden erschrocken aufblitzte, als er selbst sein Schwert aus der Scheide zog und sein Schlachtroß antraben ließ.

»Was hast du vor, Bruder?« fragte er.

De Saint Denis zügelte sein Pferd noch einmal. »Wozu, Bruder, glaubst du wohl, haben wir das Lager der Heiden niedergebrannt? Damit sie Craven und die beiden anderen jetzt wieder gefangennehmen und doch noch umbringen?« Er schüttelte zornig den Kopf. »Nein.«

»Es sind über dreißig!« wandte Renard ein. »Achtundzwanzig«, korrigierte ihn Guillaume ruhig. »Ich habe sie gezählt.«

Aus der Schlucht drang ein gellender Schrei zu ihnen empor und eine der erdbraunen Gestalten, die Craven und seine beiden Freunde verfolgten, verlor ihren Halt und fiel wie ein Stein in die Tiefe.

»Siebenundzwanzig«, sagte Guillaume ruhig, löste den mächtigen dreieckigen Schild mit dem roten Balkenkreuz des Templerordens von seinem Sattelgurt und ließ sein Pferd abermals antraben. Diesmal folgte ihm Renard de Banrieux widerspruchslos.

Als wenig später ein neuer Schrei aus der Schlucht emporwehte, waren die beiden Tempelritter schon nicht mehr da, um ihn zu hören.

Es war nicht das erste Mal, daß ich auf diese Art auf einem Kamel ritt – quer über den Sattel geworfen wie ein aufgerollter Teppich, Hände und Füße mit einem rauhen Strick zusammengebunden, der unter dem Leib des wild schwankenden Wüstenschiffes hindurchführte. Zumindest hatte ich diesmal Gesellschaft – Letitia und Ali, die auf die gleiche, äußerst wirkungsvolle Weise daran gehindert wurden, auch nur an eine neuerliche Flucht zu denken.

Was unsere Zukunft bringen mochte, wagte ich mir nicht

einmal vorzustellen. Nach unserem mißlungenen Fluchtversuch würden die Beni Ugad uns mit Sicherheit keine zweite Chance geben; und ich hatte das sichere Gefühl, daß sie sich für die verheerenden Schäden, die der Überfall auf ihr Lager hinterlassen hatte, rächen würden. An uns. Wenn es etwas gibt, in dem arabische Wüstenvölker noch erfindungsreicher sind als im Erfinden von Schimpfworten und Beleidigungen, dann sind es Folterarten. Wenn auch nur der zehnte Teil dessen stimmte, was ich über ihr Talent in dieser Beziehung gehört hatte, wäre es besser gewesen, ich wäre von der Felswand gestürzt und hätte mir das Genick gebrochen.

Meine Gedanken mußten sich ziemlich deutlich auf meinem Gesicht abzeichnen, denn Ali, der neben mir ritt und so auf das Kamel gelegt worden war, daß er mich mit einiger Mühe anblicken konnte, grinste plötzlich. »Angst, Giaur?« fragte er spöttisch.

Ich starrte ihn an, suchte in meiner Erinnerung nach einem passenden Schimpfwort für eine Gelegenheit wie diese und sagte schließlich: »Ja.«

»Ich auch«, gestand Ali. »Sie werden uns töten.«

»Auch?« fragte ich spitz. »Glaubst du wirklich?«

Ali nickte ernsthaft. »Aber keine Sorge, Giaur«, fügte er hinzu. »Die Beni Ugad sind ein einfältiges Volk. Ihre Phantasie reicht nicht weiter als bis zur nächsten Düne. In zwei, spätestens drei Tagen sind wir erlöst.«

Ich starrte ihn an, klappte den Mund auf und wieder zu, als mir klar wurde, daß er das, was er da gerade gesagt hatte, vollkommen ernst meinte.

»Zwei ... drei Tage?« murmelte ich verstört.

Ali nickte. »Es hätte schlimmer kommen können. Wäre ich an ihrer Stelle, würde es Wochen dauern.«

Es war sonderbar – aber mit einem Male war mir Ali nicht mehr ganz so sympathisch wie bisher. Vielleicht sollte ich in Zukunft bei der Auswahl meiner Freunde etwas weniger vorschnell sein. Wenn ich so etwas wie eine Zukunft noch hatte.

»Ich habe diese engstirnigen Hunde belauscht«, fuhr Ali nach einer Weile fort. »Sie sagen, du bist ein Zauberer. Ist das wahr?«

»Ja und nein«, antwortete ich zögernd. »Ich ... beherrsche ein paar Tricks, das stimmt. Aber ich weiß, was du jetzt sagen willst. Vergiß es. Mein Können reicht vielleicht aus, ein paar Kinder zu erschrecken, aber kaum, dreihundert aufgebrachte Beni Ugad in die Flucht zu schlagen.«

Ali schien kein bißchen enttäuscht. Er hatte wohl nichts anderes erwartet. »Wenn es so ist, können wir nur noch zu Allah beten, die Zeit schnell vergehen zu lassen. Oder uns einen Skorpion zu schicken.«

»Oder einen Sandsturm«, pflichtete ich ihm bei. »Aber vielleicht erledigt ja auch die Hitze die Hauptarbeit.«

»Seid ihr beiden eigentlich nur vor Angst übergeschnappt, oder haben sie euch schon das Hirn rausgeprügelt?« meldete sich Letitia zu Wort. Ihre Stimme klang schrill und außer Hysterie und Erschöpfung war auch eine gehörige Portion Wut darin – was ich nur zu gut verstehen konnte, als ich mir den Hals verdrehte, um sie anzusehen.

Sie hing wie Ali und ich bäuchlings über einem Kamelsattel, wandte uns aber nicht das Gesicht, sondern dessen genauen Gegenpol zu. Die Burschen, die sie gefesselt hatten, waren so dreist gewesen, ihre Röcke hochzuschlagen, so daß ihr knielanges Spitzenhöschen sichtbar war. Unter anderen Umständen hätte mich der Anblick sicherlich erfreut. Im Augenblick war es mir eher peinlich.

Nicht so Ali. Der junge Wüstenprinz stieß einen bewundernden Pfiff aus und rief ein Wort in seiner Muttersprache, von dem ich ganz froh war, es nicht zu verstehen, das jedoch zwei unserer Bewacher zu grölendem Gelächter veranlaßte.

»Ich weiß zwar nicht, was Sie gesagt haben, Sie Barbar«, sagte Letitia zornig. »Aber Sie können Ihrem Gott danken, daß ich an Händen und Füßen gefesselt bin.«

Ali lachte schallend. »Ist sie nicht herrlich, diese Rose aus Inglistan?« sagte er. »Oh, ich liebe Sie jetzt schon. Wie schade, daß wir keine Zeit mehr haben werden, gemeinsam glücklich zu sein, du Perle des Weltenkreises. Aber dein Anblick wird mir den Tod erleichtern.«

»Wenn ich die Hände frei hätte, täte ich es selbst«, versprach Letitia. »Bewahren Sie wenigstens genug Anstand, in eine andere Richtung zu blicken, Sie Flegel!«

Ali lachte, spitzte den Mund und warf ihr einen Kuß zu. Letitia begann zu toben, so weit dies mit gefesselten Händen und Füßen möglich war, und spuckte in seine Richtung.

Ein Beni Ugad trieb sein Pferd zwischen sie und unsere Kamele, schrie Ali an und versetzte ihm einen Schlag mit dem Handrücken, der seinen Kopf zurückwarf und seine Lippe aufplatzen ließ. Alis Gesicht verzerrte sich, allerdings eher vor Wut als vor Schmerz. Ein einzelnes, selbst in einer mir unverständlich bleibenden Sprache noch obszön klingendes Wort kam über seine Lippen. Der Beni Ugad brüllte vor Wut, beugte sich im Sattel herab und schlug ihn erneut, diesmal so hart, daß er fast das Bewußtsein verlor.

»Verdammt noch mal, hör auf!« schrie ich, und zu meiner Überraschung gehorchte der Beni Ugad sogar.

Allerdings nur, um sich nun mir zuzuwenden. Eine schwielige Faust streifte mich an der Stirn und ließ mich für Augenblicke nichts anderes als bunte Sterne sehen.

»Du still!« radebrechte er. »Du sterben. Ganz viel langsam!« Sein ohnehin nicht sehr ansehnliches Gesicht verzog sich bei diesen Worten zu einer Grimasse der Vorfreude.

»Giaur Angst?« fragte er kichernd.

»Ach, fahr doch zur Hölle«, stöhnte ich.

Und ganz genau das tat er dann auch, kaum eine Sekunde, nachdem ich die Worte ausgesprochen hatte …

»Vorwärts!« befahl Guillaume de Saint Denis mit rauher Stimme. Ohne sich auch nur davon zu überzeugen, daß de Banrieux seinem Befehl nachkam, gab er seinem Pferd die Sporen, griff in vollem Galopp in den Köcher, um einen Pfeil hervorzuziehen, und spannte den Bogen. Die schmale Felsenschlucht raste an ihnen vorüber. Die Hufschläge der Pferde erzeugten helle, rasend schnelle Echos an den Wänden. Sein Herz hämmerte vor Aufregung. Aber er hatte nicht die leiseste Angst. Er wußte, daß sie siegen würden.

Sie erreichten die Biegung, trieben ihre Pferde noch einmal zu schnellerem Lauf an und brachen wie zwei Ungeheuer aus Stahl und weißem Entsetzen über die total überraschten Beni Ugad herein.

De Banrieux schoß, noch ehe die Beduinen überhaupt begriffen haben konnten, was geschah. Sein Pfeil jagte eine Handbreit am Gesicht des vordersten Reiters vorbei und tötete einen Beni Ugad, der sich über Craven gebeugt hatte, um ihn zu schlagen.

Noch ehe er aus dem Sattel sank, legte de Banrieux einen weiteren Pfeil auf die Sehne, ließ ihn fliegen und schmetterte dem ersten Beduinen, der in seine Reichweite kam, den Bogen gegen den Schädel. Die Waffe zerbrach, aber auch dieser Mann sank kraftlos vom Rücken seines Pferdes.

De Saint Denis wütete nicht minder schrecklich unter den noch immer überraschten Wüstensöhnen. Fünf von ihnen lagen tot oder verletzt im Sand, noch ehe der erste überhaupt auf die Idee kam, seine Flinte hochzureißen und auf die Tempelritter anzulegen.

De Banrieux duckte sich hastig zur Seite, riß sein Schwert aus dem Gürtel und fegte den Mann mit einem blitzschnellen Hieb aus dem Sattel. Dann brachen er und de Saint Denis wie zwei leibhaftige Dämonen in die Phalanx der Beduinen.

Ihr jähes Auftauchen und die bewußte Grausamkeit, mit der sie den Angriff führten, hatte genau die beabsichtigte Wirkung. Kaum einer der noch knapp zwanzig Beduinen, denen sie sich gegenübersahen, leistete im ersten Moment ernstzunehmenden Widerstand.

Sieben, acht Beni Ugad starben, ehe die anderen endlich ihre Tiere mit schrillem Geschrei herumrissen und zum Gegenangriff ansetzten. Abermals hörte Guillaume de Saint Denis den peitschenden Knall eines Gewehrschusses und diesmal kam seine Reaktion einen Sekundenbruchteil zu spät. Die Kugel, aus weichem Blei gegossen, vermochte seine schwere Kettenpanzerung zwar nicht zu durchschlagen, aber der Hieb trieb ihm die Luft aus den Lungen. Er taumelte, wäre um ein Haar aus dem Sattel gestürzt und fand sein Gleichgewicht wieder, indem er einem Beduinen das Schwert in den Leib stieß. Ein Schatten tauchte neben ihm auf. De Banrieux duckte sich, spürte einen heftigen, brennenden Schmerz im Oberschenkel und schlug den Mann mit seiner gepanzerten Linken aus dem Sattel. Aber er begriff, daß der Augenblick der Überraschung vorbei war. Trotz der Lücke, die ihr Angriff in die Reihen der Heiden gerissen hatte, sahen sie sich noch immer einer erdrückenden Übermacht gegenüber – und es waren durchaus Männer, die ihre Waffe zu führen wußten.

Ein Speer stach nach ihm, glitt von seinem Kettenhemd ab,

verletzte ihn aber erneut am Oberschenkel. Warmes Blut lief an seinem Bein herab, und wenn er auch im Moment den Schmerz kaum spürte, so konnte sich dies sehr schnell ändern. Und jeder Tropfen Blut, den er verlor, schwächte ihn weiter.

»Zurück!« befahl er. De Banrieux wirbelte im Sattel herum und blickte ihn durch die schmalen Sehschlitze seines Topfhelmes verwirrt an. Guillaume wiederholte seinen Befehl, riß sein Pferd auf den Hinterläufen herum und ritt einen Beni Ugad, der mit gezücktem Krummsäbel auf ihn eindringen wollte, schlichtweg über den Haufen. Mit einem einzigen, gewaltigen Satz war er neben dem Kamel, auf dessen Rücken Craven gebunden war, schwang seine Klinge und durchtrennte die groben Hanfstricke, die ihn hielten. »Rette dich!« schrie er, fuhr herum und versuchte, das gleiche zu tun, was er Craven gerade empfohlen hatte.

Aber die Beduinen hatten aus dem Schicksal ihrer Kameraden gelernt. Zum dritten Male traf eine Speerspitze sein verwundetes Bein, und diesmal wäre er um ein Haar aus dem Sattel gestürzt.

Die Beni Ugad heulten triumphierend auf und drangen wie ein Mann auf ihn ein.

Alles war so unglaublich schnell gegangen. Ehe ich mich recht besann, lag ich auch schon am Boden, denn das Kamel, durch die Schreie und den Kampf in Panik geraten, preschte kopflos davon und warf mich schlichtweg ab. Ich blieb einen Moment benommen liegen und starrte verdattert auf meine Hände, die mit einem Male nicht mehr gefesselt waren. Hinter mir erscholl ein ganzer Chor teils wütender, teils erschreckter Schreie, dann das dumpfe Geräusch schwerer Körper, die im Kampf aufeinanderprallten, und der furchtbare Klang von Stahl, der durch Stoff und Fleisch schnitt.

»Beeil dich, Giaur!« brüllte Ali. »Mach mich los! Beim Schejtan – schnell!«

Sein Schrei riß mich abrupt in die Wirklichkeit zurück. Ich stemmte mich hoch, torkelte unbeholfen auf den Wüstenprinz zu und zerrte einen Moment vergeblich an seinen Fesseln, ehe ich endlich auf die Idee kam, mir von einem der getöteten Beni Ugad einen Dolch auszuleihen. Aber selbst dann bereitete es mir extreme Mühe, die Hanfstricke durchzuschneiden, die Ali hielten. Meine Hände waren taub, denn die Fesseln waren so fest angelegt gewesen, daß sie mir das Blut abschnürten.

Mit einem erstaunlich behenden Satz sprang Ali vom Rücken des Kamels, riß mir den Dolch aus der Hand und hetzte auf Letitia zu, um auch sie zu befreien.

Währenddessen wandte ich mich um und fragte mich zum wahrscheinlich fünfundzwanzigsten Male, was hier überhaupt vorging. Alles war so schnell gegangen, daß ich kaum etwas mitbekommen hatte – mit Ausnahme der Tatsache, daß die Beni Ugad angegriffen wurden.

Und ich sah erst jetzt, daß es sich bei den beiden rotweiß gemusterten Dämonen, die wie ein Sturmwind unter die Beduinen gefahren waren, um Tempelritter handelte.

Es waren nur zwei, und sie standen einer noch immer gut sechsfachen Übermacht gegenüber. Sieben oder acht der Beduinen waren bereits tot oder kampfunfähig, und die gewaltigen Schwerter der Ritter wüteten mit erbarmungsloser Kraft weiter.

Eine Hand packte mich an der Schulter und riß mich herum. Instinktiv hob ich die Hände und machte eine abwehrende Bewegung, erkannte aber im letzten Moment Ali, der sich Letitia wie eine Teppichrolle über die Schulter geworfen hatte und heftig gestikulierend in die Schlucht deutete. »Schnell, Giaur!« schrie er. »Laß uns fliehen, solange sie noch abgelenkt sind.«

Letitia strampelte wie wild mit den Beinen und schrie irgend etwas, das ich nicht verstand, aber Ali dachte nicht daran, sie loszulassen, sondern rannte unverzüglich los. Ich wollte ihm folgen, aber dann blickte ich noch einmal zurück.

Wenige Schritte hinter mir kämpfte mein Retter gegen ein gutes Dutzend Beni Ugad – und das Schlachtenglück begann sich merklich zu wandeln. Jetzt, nachdem die Beni Ugad ihren Schrecken überwunden hatten, kam ihre rein zahlenmäßige Überlegenheit voll zum Tragen. Ich sah, wie mein Retter von einer Lanze am Bein getroffen wurde und sich krümmte. Ganz instinktiv schlug er mit seinem Schwert zu und verschaffte sich so noch einmal Luft, aber seine Bewegungen wurden bereits schwächer. Noch wenige Augenblicke, und die Beduinen würden ihn schlichtweg überrennen.

»Worauf wartest du?« brüllte Ali.
»Wir müssen ihnen helfen!« schrie ich. »Sie töten sie sonst!«
Ali blieb stehen, starrte mich an, als zweifle er an meinem Verstand – was er wohl auch tat –, und setzte zu einer Antwort an.

Aber ich hörte nicht mehr zu. Die Lage begann allmählich mehr als nur ernst zu werden und wenn ich auch nur eine Sekunde zu lange zögerte, war es nicht nur um die beiden Tempelritter geschehen, sondern wohl auch um uns. Ich mußte irgend etwas tun. Aber was??

Und in diesem Moment fiel mir wieder ein, was Ali gesagt hatte – wozu zum Teufel hatte ich denn meine magischen Kräfte?

Ich schloß für einen Moment die Augen, konzentrierte mich, soweit ich dazu überhaupt in der Lage war, und starrte gebannt auf einen Punkt hinter den Kämpfenden. Im ersten Moment geschah nichts. Dann ...

Erst war es nicht mehr als das Flimmern erhitzter Luft über dem Wüstenboden. Dann erschien ein Schatten. Ein zweiter, dritter, vierter ... schließlich ein, dann zwei Dutzend, noch schemenhaft und verschwommen, ein fließendes Blitzen von Silber und Weiß und Rot.

Zu unscharf. Ich konzentrierte mich weiter, fügte hier etwas hinzu, nahm dort eine Nuance weg. Geräusche, die dem Bild erst Leben gaben: das dumpfe Dröhnen zahlloser eisenbeschlagener Pferdehufe auf dem Boden, das Schreien und Schnauben der Pferde, die erbarmungslos vorangetrieben wurden.

Das Bild wurde klarer, verfestigte sich weiter, gewann Farbe und schließlich die dritte, entscheidende Dimension.

Plötzlich zerriß ein vielstimmiger Aufschrei den Schlachtenlärm. Die Beni Ugad, gerade noch im sicheren Bewußtsein ihres Sieges, verwandelten sich von einer Sekunde auf die andere in einen kopflos auseinanderstiebenden Mob, als sie sich plötzlich nicht mehr zwei, sondern gut dreißig gewaltigen Tempelherren gegenübersahen, die mit gezückten Schwertern auf sie zusprengten.

Der Canyon verwandelte sich endgültig in einen Hexenkessel. Die knapp zwanzig Beni Ugad versuchten kopflos zu flüchten, behinderten und verletzten sich dabei gegenseitig oder rannten einfach schreiend davon. Nur ein einziger Mann besaß den Mut – wahrscheinlich war es eher Verzweiflung –, seine Waffe zu heben und sich den gepanzerten Reitern entgegenzuwerfen.

Ich veränderte die Wirklichkeit in seiner Umgebung ein bißchen. Nur eine Nuance – aber sie reichte, ihn dort, wo freier Raum war, eine Felswand sehen zu lassen, und offenes Gelände, wo sich die Canyonwand erhob. In vollem Galopp krachte er gegen den Felsen, wurde aus dem Sattel geschleudert und blieb reglos liegen.

Ich sah nicht weiter hin, sondern fuhr auf dem Absatz herum und rannte zu Ali zurück, der die ganze unglaubliche Szene aus schreckgeweiteten Augen verfolgt hatte. Aber er besaß zumindest genug Geistesgegenwart, in diesem Moment keine Frage zu stellen, sondern sich mir wortlos anzuschließen.

Wir erreichten die Felsen ungefähr in dem Moment, in dem die Beni Ugad auf die Armee der Tempelritter treffen mußten. Ich schickte ein Stoßgebet zum Himmel, daß ihre Panik noch einen gehörigen Moment anhalten würde, bis sie begriffen, daß das Reiterheer nur in ihrer Einbildung und sonst nirgends bestand. Und ein zweites Gebet, daß die beiden echten Templer genug Geistesgegenwart besaßen, ihre Chance zu nutzen.

Endlich tauchten wir in den Schutz der Felsen ein. Nicht, daß wir damit schon in Sicherheit gewesen wären. Aber zumindest ich konnte, kaum hatten wir die ersten Felsblöcke passiert, keinen Schritt mehr weiter. Dabei war es nicht einmal so sehr die rein körperliche Erschöpfung, die mir zu schaffen machte. Ich bin kein Herkules, aber auch alles andere als ein Schwächling und das Leben, das zu führen ich gezwungen war, hatte mich Strapazen zu ertragen gelehrt.

Aber ich fühlte mich innerlich wie ausgebrannt. Leer und erschöpft wie nach einem Zwanzig-Meilen-Lauf. Die Anstrengung, den Beni Ugad das Bild einer heranstürzenden Templerarmee vorzugaukeln, war zuviel gewesen. Ein Teil meines Bewußtseins war sich der Tatsache, daß wir jetzt wahrscheinlich gegen die restlichen Beni Ugad kämpfen mußten, vollkommen bewußt. Aber dem anderen, weitaus größeren Teil war dies herzlich egal. Mein Körper besaß sicher noch genug Energie, zu kämpfen – aber mein Wille war erschöpft.

Ich ließ mich zu Boden fallen, taumelte gegen einen Felsen, sank kraftlos daran zu Boden und schlief auf der Stelle ein.

»Bei unserem Herrn Jesu Christi – was war das?« Bruder Renards Stimme zitterte vor Erschöpfung, aber das Entsetzen, das ihn gepackt hatte, war trotzdem deutlich in seinen Worten zu hören. Sie waren geritten, als wäre der Teufel persönlich hinter ihnen her; eine, zwei, drei Meilen, bis ihre Pferde einfach nicht mehr konnten und unter dem Gewicht der Männer zusammenzubrechen drohten. Renard war mehr aus dem Sattel gefallen, als er vom Pferd gestiegen war und Guillaume hatte ihm helfen müssen, den Helm und die Handschuhe abzustreifen. Er blutete aus einem Dutzend Wunden, die jede für sich nicht gefährlich waren, ihn in ihrer Gesamtheit aber sehr schwächen mußte. Doch er schien die Schmerzen nicht einmal zu spüren, in diesem Moment.

»Was war das?« wiederholte er stammelnd. »Woher kamen diese Männer, Bruder? Und wo ...«

»Ich weiß es nicht«, unterbrach ihn Guillaume leise. Auch sein Atem ging schnell und stoßweise. Sein linkes, dreifach verwundetes Bein drohte immer wieder unter seinem Körpergewicht nachzugeben. Schweratmend drehte er sich herum und blickte zurück nach Norden, in die Richtung, aus der sie gekommen waren. Die Felsgruppe, in der Craven und die beiden anderen zurückgeblieben waren, war nur noch als blasser Schatten am Horizont zu erkennen. Die Hitze ließ ihre Konturen immer wieder verschwimmen.

»Teufelswerk«, murmelte de Banrieux. »Das war schwarze Magie, Bruder. Das Werk des Satans.«

»Der würde uns wohl kaum helfen«, murmelte Guillaume, freilich mehr zu sich selbst gewandt als zu Renard. »Nein.« Er setzte sich neben den anderen in den Sand und streckte mit zusammengebissenen Zähnen sein verwundetes Bein aus. Ein dunkler, häßlicher Fleck begann sich auf dem zerrissenen Kettengeflecht seiner Hose auszubreiten. »Erinnerst du dich an die Worte, die der Geist in der Flasche sprach?« fragte er. »Dieser Craven ist ein Mann großer Macht. Es muß sein Werk gewesen sein.«

»Dann ist er mit dem Teufel im Bunde«, behauptete Renard.

Sein Gesicht war bleich wie das eines Toten. »Wir sollten von diesem Mann ablassen, Bruder«, fuhr er fort. »Es kann nur Übles bringen ...«

»Unverrichteter Dinge zurückkehren?« fiel ihm Guillaume ins Wort. »Nein, Bruder – was gerade geschehen ist, bestärkt mich eher in meiner Meinung. Robert Craven dürfte der einzige sein, der die Macht besitzt, es mit Nizar und seinen Kreaturen aufzunehmen. Du weißt«, fügte er hinzu, sehr ernst und mit einem hörbar drohenden Unterton in der Stimme, »was geschieht, wenn wir ohne das *Auge des Satans* zurückkehren. Das Leben zahlloser anderer steht auf dem Spiel.«

»Die Beni Ugad werden wiederkommen«, sagte Renard leise. »Sie werden Craven nicht entkommen lassen. Und uns auch nicht.«

Guillaume de Saint Denis blickte sehr lange und nachdenklich in die Wüste hinaus, ehe er antwortete. Sein Bruder hatte nur zu recht, das wußte er. Von den sechsundzwanzig Wüstenkriegern, die sie angegriffen hatten, lebten vielleicht noch zehn – aber diese befanden sich bereits auf dem Rückweg in ihr Lager. In weniger als zwei Stunden würde es hier von Heiden wimmeln, die nach ihrem und Cravens Blut lechzten. Und weder er noch de Banrieux waren in der Verfassung, einen weiteren Kampf mit den Beduinen durchzustehen.

Aber es gab noch etwas anderes, das er tun konnte.

Eine Zeitlang starrte er Renard de Banrieux wortlos an, dann stand er auf, humpelte zu seinem Pferd und nahm die kleine, bleigefaßte Flasche aus der Satteltasche, die sie aus der *Schwarzen Stadt* geborgen hatten ...

»Sie sind fort.«

Letitia sah müde auf, als Alis Stimme den Schleier aus Schwäche und Furcht durchbrach, der sich über ihre Gedanken gelegt hatte. Im ersten Moment sah sie nichts als einen Schatten, groß und finster und sehr drohend. Ihr Herz begann vor Schrecken zu rasen. Dann beugte sich Ali zu ihr hinab, ergriff ihre Hand und lächelte aufmunternd.

»Du brauchst keine Angst mehr zu haben, Rose aus Inglistan«, flüsterte er. »Die feigen Hunde von Beni Ugad sind geflüchtet. Im Augenblick sind wir in Sicherheit.«

Letitia sah hilflos zu Boden, erwiderte Alis Lächeln schüchtern und wandte sich beinahe hastig zu Craven um. Dieser war stöhnend in den Sand gesunken und hatte alle viere von sich gestreckt. Seine Lippen waren aufgesprungen und voller blutigem Schorf, und seine fiebrig glänzenden Augen starrten blicklos gen Himmel.

»Keine Sorge«, sagte Ali. »Er ist nur erschöpft.« Er seufzte. »Was vorhin geschah, diese ... Geister. Wie hat er das gemacht?«

»Ich weiß nicht«, antwortete Letitia. »Ich ... kenne ihn ja kaum.«

Aus einem Grund, den sie nicht verstand, schien diese Antwort Ali aufs Äußerste zu erfreuen. »Er ist wohl doch ein größerer Zauberer, als er zugeben will«, sagte er. »Aber was er getan hat, hat ihn völlig erschöpft. Ein zweites Mal wird er uns kaum helfen können. Fühlst du dich kräftig genug, um zu reiten?«

»Reiten?« wiederholte Letitia verwirrt.

Ali nickte. »Die Beni Ugad waren freundlich genug, uns Kamele und Pferde zurückzulassen«, erklärte er. »Dazu Wasser und so viele Waffen, wie wir nur wollen. Komm mit und hilf mir.«

Der Anblick, der sich Letitia bot, war entsetzlich.

Es mußten an die zwanzig Männer sein, die erschlagen im sonnendurchglühten Sand lagen. Ein halbes Dutzend Pferde und drei oder vier Kamele standen herrenlos herum, noch einmal die gleiche Anzahl Tiere lag verendet zwischen den Reitern. Letitia wurde übel.

Aber aus irgendeinem Grunde wollte sie nicht, daß Ali ihre Schwäche bemerkte. So riß sie sich mit aller Kraft zusammen, folgte dem hünenhaften Beduinen und begann gehorsam, die Wasserschläuche von den Sätteln zu lösen, wie Ali es ihr auftrug. Währenddessen durchsuchte der junge Wüstenprinz die Toten – vorgeblich, um an Waffen und Nahrung zu gelangen. In Wahrheit plünderte er sie aus, wie Letitia keineswegs entging.

Sie brauchten eine halbe Stunde, bis sie alles zusammengetragen hatten, was für eine weitere Flucht notwendig war.

Ali sprach es nicht aus, aber Letitia war klar, daß ihre momentane Sicherheit von höchst trügerischer Art war. Die Beni Ugad würden zurückkommen. Bald.

Ali lächelte ihr aufmunternd zu, reichte ihr einen Wasserschlauch und machte eine Handbewegung, zu trinken. Sie zögerte.

»Du solltest dich stärken, du Perle des Abendlandes«, sagte er lächelnd. »Ich werde unterdessen die Kamele vorbereiten.«

»Kamele?« Letitia ließ den Wasserschlauch, den sie schon halb angesetzt hatte, wieder sinken. »Es sind genug Pferde da. Ich reite nicht gerne auf Kamelen.«

»Ich weiß«, erklärte Ali mit einem *Was-glaubst-du-wohl-wie-egal-mir-das-ist*-Lächeln. »Aber wir werden die Wüste durchqueren müssen, um den Beni Ugad zu entkommen. Ein Pferd würde Hitze und Durst nicht lange aushalten. Es tut mir leid, aber wir werden die Kamele nehmen müssen. Du wirst dich daran gewöhnen«, fügte er hinzu. Sein Blick glitt dabei auf eine Art über ihren Körper, daß ihr gleichzeitig heiß und kalt wurde.

Sie senkte den Kopf, um die Bewunderung, die aus seinen Augen leuchtete, nicht mehr sehen zu müssen. Das war nicht der ergebene Blick, den sie von den jungen Offizieren der Sudanarmee kannte, sondern eine wilde, fordernde Glut, die Erfüllung forderte. Und irgend etwas in ihr erwiderte dieses Gefühl sogar, auch wenn sie sich mit Macht dagegen zu wehren versuchte.

Hastig hob sie den Wasserschlauch und trank das seltsam bitter schmeckende Wasser mit ungeahntem Genuß. Den Rest trug sie zu Craven hin und benetzte sein Gesicht und seine aufgesprungenen Lippen.

Er öffnete die Augen, erkannte sie und verzog das Gesicht zu einer Grimasse, die wohl ein Lächeln darstellen sollte. »Danke«, flüsterte er, seufzte tief – und schlief auf der Stelle wieder ein.

Wenige Augenblicke später tauchte Ali neben ihr auf und präsentierte Letitia vier Kamele, die er eingefangen hatte. Er befahl den Tieren, sich zu legen, und überprüfte mit geschickten Handgriffen den Sitz ihrer Sättel. Anschließend schnallte er die Wasserschläuche und einen Sack Datteln auf den Sattel des Lasttieres und legte Craven auf das zweite Kamel, wo er ihn sorgfältig festband. Zuletzt hob er Letitia auf das dritte Tier und schwang sich auf das letzte.

Er nahm die Zügel aller vier Kamele in die Hand und trieb sie mit einem kehligen Laut hoch. Letitia hatte alle Mühe, sich auf dem hin und her schaukelnden Tier zu halten. Doch sie biß die Zähne zusammen und klammerte sich am Sattelhorn fest.

Ali drehte sich zu ihr um und sah sie an. Er sprach kein Wort – aber der Blick, mit dem er sie bedachte, ließ Letitia abermals erschauern.

Guillaumes Hände zitterten, als er die Flasche hob. In seinem Mund war plötzlich ein bitterer Geschmack, der nicht einzig von der Hitze und der Erschöpfung stammte. Und er glaubte Renards Blicke wie kleine, glühende Pfeile im Rücken zu spüren. Wenn sein Vorhaben mißlang, das wußte er, dann würde er von de Banrieux keine Rückendeckung haben. Was er hier tat, das hätten seine Vorgesetzten mit ziemlicher Sicherheit als Häresie bezeichnet.

Aber er hatte keine andere Wahl.

Nicht, wenn er seine Pläne verwirklichen wollte. Wenn es ihnen gelang, das *Auge des Satans* in die Hände zu bekommen, und wenn sie mit seiner Hilfe die Sandrose und ihren monströsen Bewohner vernichteten ... nun, man würde sehen, wer dann der nächste Großmeister des arabischen Templerkapitels wurde. De la Croix war noch immer nicht von der geheimen Mission zurück, auf die ihn Bruder Balestrano geschickt hatte. Möglicherweise würde er eine Überraschung erleben bei seiner Rückkehr.

Guillaume de Saint Denis vertrieb solch lästerliche Gedanken aus seinem Schädel und konzentrierte sich wieder auf die Flasche, die er in Händen hielt. Sie sah so harmlos aus – und doch enthielt sie mehr als nur den Tod.

Meister?

Die Stimme war direkt in seinem Kopf, ohne Umweg über sein Gehör. Und wie immer war es eine sanfte, sehr weibliche – und sehr verlockende – Stimme.

»Wir brauchen noch einmal deine Hilfe«, sagte Guillaume.

Ich weiß, flüsterte der Dschinn. *Ich habe gesehen, was sich zutrug. Habe ich zuviel versprochen, als ich euch diesen Mann nannte?*

»Nein«, antwortete Guillaume verärgert. »Aber wenn du alles weißt, dann weißt du auch, daß Craven und seine Begleiter keineswegs in Sicherheit sind. Und Bruder Renard und ich sind nicht mehr in der Lage, ihnen beizustehen.«

Bruder Renard und du, antwortete die lautlose Stimme amüsiert, *werdet bald nicht mehr in der Lage sein, irgend jemandem beizustehen. Nicht, wenn ihr nicht binnen einer Stunde aus diesem Teil der Wüste flieht. Es sind Beni Ugad auf dem Weg hierher. Sehr viele.*

Guillaume erschrak und sah instinktiv auf. Noch war der Horizont leer. Aber er wußte, wie schnell sich dies ändern konnte. »Hilf uns«, verlangte er.

Euch oder Craven? erkundigte sich der Dschinn. *Was ihr von mir verlangt, ist viel. Ich kann Craven zu Nizar bringen, oder euch von hier fort. Beides zugleich übersteigt meine Kräfte!*

Guillaume überlegte fieberhaft. Er wußte, daß ihnen ein qualvoller Tod bevorstand, fielen sie den Beduinen in die Hände. Aber er wußte auch, daß alle seine Pläne unwiderruflich zum Scheitern verurteilt waren, wenn es ihm nicht gelang, Robert Craven zu einer Konfrontation mit Nizar zu zwingen.

»Gut«, sagte er schließlich. »In welche Richtung müssen wir reiten, um den Beni Ugad zu entkommen?«

Nach Westen, antwortete der Dschinn. *Also hast du dich entschieden. Es ist Craven, dem ich mit meiner Macht beistehen soll.*

»Für diesmal, ja«, antwortete Guillaume.

Es wird kein nächstes Mal geben, Herr, sagte der Dschinn. *Um den Weißen Magier und seine Begleiter in Sicherheit zu bringen, brauche ich meine ganze Kraft. Ihr müßt mich befreien.*

»Niemals!« sagte Guillaume.

Dann wird er abermals in die Hände der Beni Ugad fallen, erwiderte der Dschinn. *Diesmal werden sie ihn töten. Ihr müßt mich freilassen. Ich werde euren letzten Befehl ausführen und dann meiner Wege gehen.*

»Was soll mich daran hindern, dich in deiner Flasche versauern zu lassen?« fauchte Guillaume wütend.

Nichts, Herr. Die Stimme des Dschinn klang beinahe amüsiert. *Es würde mir nicht gefallen, aber ich habe Zeit. Was sind hundert Jahre?*

»Das … das ist Erpressung!« stöhnte Guillaume.

Die Bedeutung dieses Wortes ist mir unbekannt, antwortete der Dschinn ungerührt. *Ich schlage euch einen Handel vor. Meine Freiheit gegen die Verwirklichung eurer Pläne. Überlegt es euch. Aber überlegt nicht zu lange. Die Beni Ugad kommen rasch näher. Und*

Craven und die beiden anderen können ihnen nicht entkommen, so erschöpft wie sie sind.

»Das ... das ist nicht dein Ernst!« keuchte Renard. Er hatte die stumme Unterhaltung mit angehört. Sein Gesicht war grau. »Ich flehe dich an, Bruder – du kannst diesen Dämon nicht befreien, nur um ...«

»Nur um was?« unterbrach ihn Guillaume kalt. »Nur um einen weit größeren Dämon zu vernichten? Oder das Leben von hundert oder mehr unserer Brüder zu retten?«

Renard schwieg, aber sein Blick flackerte unstet. Guillaume starrte ihn noch einen Moment an, dann drehte er sich um –

– und schleuderte die Flasche mit aller Macht gegen einen Felsen.

Das in ein dünnes Netz aus Blei eingeschlossene Glas zerbarst klirrend. Für einen Moment hatte Guillaume das Gefühl, etwas Kleines, Dunkles davonhuschen zu sehen wie einen Wurm, der hastig davonkroch. Dann begann grauer Dampf aufzusteigen ...

Und mit einem Male sahen sich die beiden Tempelritter einer hochgewachsenen, dunkelhaarigen Frau gegenüber, die wie aus dem Nichts vor ihnen erschien.

Renard schrie auf, brach in die Knie und schlug mehrmals hintereinander das Kreuzzeichen vor der Brust, und auch Guillaume prallte erschrocken zurück. Aber er hatte sich weit genug in der Gewalt, sofort wieder stehenzubleiben und den Dschinn zu mustern.

»Du bist ...«

»Ich bin, was ich bin«, unterbrach ihn die Frau. »Ich habe diese Gestalt gewählt, um dich nicht zu erschrecken. Ich hoffe, sie gefällt dir. Ich sah dieses Bild in deinen Gedanken.«

Guillaume schluckte ein paarmal. Erst jetzt sah er wie schön die Frau war – sie war keine reine Araberin, aber auch keine reinblütige Europäerin, sondern hatte von jeder Rasse etwas; eine Mischung, die eine unglaublich faszinierende Wirkung auf Guillaume ausübte. Was er sah, war die Frau seiner Träume, das Idealbild, das jeder Mann – und umgekehrt jede Frau – in sich trägt und niemals wirklich findet. Jetzt stand es vor ihm, lebend, warm, unglaublich verlockend; ein Sturm, der über seine Sinne und Gefühle hereinbrach.

Mit aller Macht zwang sich Guillaume in die Wirklichkeit

zurück. »Teufel«, stammelte er. »Du … du willst mich versuchen. Weiche von mir!«

»Wie du befiehlst, Herr«, antwortete die Frau. Ihre Stimme war wie Samt. Ein eisiges, aber unglaublich wohltuendes Prickeln rann über Guillaumes Rücken, als er ihren Klang hörte. Stockend, als gehorche er nicht mehr seinem eigenen Willen, tat er einen Schritt auf die Frau zu, hob die Hände und blieb wieder stehen. In seiner Brust tobte ein wahrer Sturm einander widerstrebender Gefühle.

»Ich werde gehen«, flüsterte die Samtstimme. »Ich werde tun, was ich euch versprach, und dann gehen. Aber ein Wort von dir, Guillaume, und ich kehre zurück. Was immer du von mir haben willst, es sei dein.«

Guillaume stöhnte. Die Lippen der Frau glänzten feucht, während sie diese Worte sagte und in ihren Augen war ein Versprechen, das etwas in ihm in Flammen setzte.

»Nein«, wimmerte er. »Du … du bist kein Mensch.«

»Für dich kann ich es sein«, sagte der Dschinn. »Bedenke deine Entscheidung gut, Guillaume. Meine Macht als Geist ist begrenzt, doch als Frau gehöre ich dir. Wann immer du willst.«

Es geschah ebenso schnell wie ihr Auftauchen – ein grauer Dampf, der aus dem Nichts kam, verhüllte ihre Gestalt, und eine Sekunde später war sie verschwunden.

Zumindest für Renard.

Guillaume de Saint Denis würde sie niemals mehr vergessen können.

Sie kamen näher. Vor einer halben Stunde war eine blasse graubraune Staubwolke über der Wüste aufgetaucht, nicht mehr als ein flüchtiger Schleier wie ihn die Hitze oder eine der hier oft auftretenden Sandhosen verursacht haben konnten. Aber dann hatte Ali mit finsterem Gesichtsausdruck auf die winzigen dunklen Punkte gedeutet, die sich am Grund der Staubwolke bewegten und im gleichen Augenblick hatte ich begriffen, daß es Reiter waren. Sehr viele Reiter – achtzig, möglicherweise auch hundert oder mehr. Und über ihre Identität – und erst recht ihre Absichten – brauchte ich mir nicht lange den Kopf zu zerbrechen. Unser Vorsprung war nicht sehr weit zusammengeschrumpft – wenn unsere Kamele nicht die Kraft verließ oder die Beni Ugad dramatisch an Tempo zulegten, würden noch Stunden vergehen, bis sie uns einholten.

Aber sie würden uns einholen, und das war der entscheidende Punkt.

»O Allah, o Mohammed, o ihr Kalifen«, seufzte Ali. »Diese Hundesöhne von Beni Ugad sind wie die Krätze – überflüssig und widerwärtig, aber man wird sie nicht los. Wir bräuchten ein Wunder, um sie noch einmal abzuschütteln.«

Bei diesen Worten sah er mich eindeutig fragend an, aber ich schüttelte nur ganz leicht mit dem Kopf; fast unmerklich deshalb, weil ich Letitia nicht unnötig aufregen wollte. In der Begleitung einer Frau zu sein, war schon schlimm genug, angesichts der Situation, in der wir uns befanden. Ich legte keinen besonderen Wert darauf, auch noch eine *hysterische* Frau neben mir zu haben. Aber wenn Ali hoffte, daß ich meine außergewöhnlichen Fähigkeiten – die er noch immer mit Zauberei bezeichnete – ein zweites Mal einsetzen konnte, um unsere Verfolger abzuschütteln, so mußte ich ihn enttäuschen. Es war mir auch beim ersten Male nur gelungen, weil mir die Verzweiflung schier übermenschliche Kräfte gegeben hatte; außerdem waren die Beni Ugad voll und ganz damit beschäftigt gewesen, die beiden Tempelritter niederzumetzeln. Diesmal sah die Sache gänzlich anders aus.

»Und wenn wir uns irgendwo verbergen?« fragte Letitia.

Ali schüttelte bedauernd den Kopf. »Es gibt hier nichts, wo wir uns verstecken können, Zierde deines Volkes. Auf anderthalb Tagesritte liegt nichts als Wüste vor uns.« Er schüttelte abermals den Kopf, um seine Worte zu bekräftigen, wandte sich im Sattel um und sah zu den Reitern zurück. »Wenn wir lange genug durchhalten, verlassen ihre Pferde vielleicht die Kräfte«, murmelte er. »Unsere Kamele sind ausdauernder.«

Letitia sagte nichts mehr, aber ihr Gesichtsausdruck sprach Bände. Sie mußte so deutlich wie ich spüren, daß diese Worte nichts als ein gutgemeinter Versucht waren, sie zu trösten.

Plötzlich stieß Ali einen Ruf in seiner Muttersprache aus und deutete zu den Beni Ugad zurück. »Seht doch!« rief er. Auch ich wandte mich um – und erschrak.

In den wenigen Augenblicken, die vergangen waren, seit ich mich das letzte Mal zu den Beduinen herumgedreht hatte,

hatte sich das Bild total verändert. Der Himmel hinter den Reitern war jetzt nicht mehr blau, sondern von einer sonderbar dumpfen, bleigrauen Färbung; einer Farbe, in der sich irgend etwas zu bewegen schien – und die das Blau des Firmamentes mit rasendem Tempo auslöschte.

»Was ist das?« flüsterte Letitia entsetzt.

»Ein Sandsturm«, murmelte Ali. Sein Gesichtsausdruck wirkte mit einem Male verbissen.

Ich rieb mir mit der rechten Hand über die Augen, tauschte einen langen, erschrockenen Blick mit Letitia und starrte erneut in die dunkle, wogende Wolkenwand, die schräg hinter uns den Himmel beherrschte und mit irrsinniger Geschwindigkeit auf uns zukam. Die Gestalten der Beni Ugad wirkten winzig und verwundbar vor dem Hintergrund des gigantischen Gebildes.

»Was ... sollen wir tun?« stammelte Letitia. Sie versuchte, sich möglichst wenig von ihrer Angst anmerken zu lassen, aber es blieb bei einem Versuch.

Statt einer Antwort löste Ali die verknoteten Zügel der Kamele und zog Letitias Reittier das Leinenende über die Kruppe. Das Kamel schrie erschrocken auf und raste los; so schnell, daß Letitia beinahe abgeworfen worden wäre, ehe sie ihren Schrecken überwand und sich am Sattelhorn festklammerte.

Ein Kamel folgte Letitias Tier mit raumgreifenden Schritten. Hinter mir mühte sich Ali mit dem Lasttier ab. Doch der näherkommende Sturm, den das Tier bereits witterte, hatte es schier um den Verstand gebracht. Es versuchte auszubrechen und behinderte Alis Kamel so sehr, daß dieser den Zügel freigab und das Lasttier samt unserer Wasser- und Nahrungsvorräte seinem Schicksal überließ.

Verzweifelt blickte ich zurück. Der Himmel überzog sich mit roten und violetten Schlieren, und in der bleigrauen Wand des Sturmes blitzte es immer wieder auf – ein fahles, schwefelgelbes Wetterleuchten, das mit nichts zu vergleichen war, das ich jemals erlebt hatte.

Auch unsere Verfolger mußten die drohende Gefahr längst bemerkt haben, denn ich sah, wie die Masse dunkler Punkte auseinanderspritzte, als die Reiter ihr Heil in einer verzweifelten Flucht suchten. Dann erreichte die Sturmfront die Beni Ugad, überrollte und verschlang sie, so schnell und spurlos, als hätte es sie niemals wirklich gegeben.

Binnen weniger Augenblicke frischte der warme Wüstenwind zum Orkan auf und zerrte an unseren Kleidern und Haaren. In sein schrilles Heulen mischte sich ein entsetzlicher, rasch anschwellender Ton und ich glaubte den Boden unter den Hufen meines Kamels zittern zu fühlen.

Ali lenkte das Tier neben Letitias Kamel, griff hinüber und legte ihr einen Zipfel des Burnusses wie einen Schleier vor das Gesicht. Ich folgte dem Beispiel und bekam wenigstens für eine kurze Zeitspanne wieder mehr Luft als Sand in Mund und Nase.

Doch der Sturm wurde immer stärker. Der Sand prasselte mit entsetzlicher Kraft auf uns herab und kroch unter meine Kleidung, in meinen Mund, meine Ohren und Augen und in meine Nase. Ich spie immer wieder aus, um den Mund freizuhalten. Meine Augen begannen zu tränen. Und es wurde immer schlimmer.

»Schneller, Robert!« schrie Ali über das Toben des Sturmes hinweg. »Wenn er uns nur streift, haben wir vielleicht eine Chance!«

Wie um seine Worte augenblicklich ad absurdum zu führen, brach in diesem Moment eine neue, tobende Sturmbö über uns herein, schlug mit unsichtbaren Riesenfäusten auf uns ein und nahm mir vollends die Sicht. Ali und Letitia wurden zu verzerrten Schatten. Mein Kamel bäumte sich auf, versuchte auszubrechen und sprang mit einem gewaltigen Satz nach vorn. Mit aller Kraft klammerte ich mich am Sattelhorn fest, um nicht abgeworfen zu werden. Wenn ich jetzt fiel, war das mein Ende.

Und dann traf uns der eigentliche Sturm.

Ich hatte bis jetzt gedacht, daß es schlimm wäre. Aber das stimmte nicht. Es war nur ein sanftes Vorspiel gewesen, ein Präludium zu dem Weltuntergang, der folgte.

Eine Walze aus Sand und glühendheißer Luft raste über der Wüste heran, warf mich nach vorn und gegen den Kamelhals und drückte mich im nächsten Moment zur Seite. Mein Reittier taumelte, stieß einen schrillen Schrei aus und brach zusammen. Ich wurde in hohem Bogen aus dem Sattel geschleudert und landete auf heißem, plötzlich gar nicht mehr weichem Sand. Es war schieres Glück, daß ich nicht unter das Kamel geriet und zu Tode gequetscht oder erstickt wurde.

Rings um mich herum erlosch die Welt.

Mit einem Male war es dunkel, eine Dunkelheit solcher Intensität, wie ich sie niemals zuvor erlebt hatte. Selbst die brüllenden Staubschleier waren verschwunden, als der Sturm mit seiner ganzen Gewalt über uns hinwegraste und auch noch das letzte bißchen Sonnenlicht fraß.

Ich krümmte mich zusammen, verbarg den Kopf zwischen den Armen und versuchte in den Sand hineinzukriechen, um der weißglühenden Hand zu entgehen, die meinen Rücken aufreißen wollte.

Und plötzlich ...

Es ist schwer, etwas, wofür es keine Worte gibt, in Worte zu fassen – es war wie ein körperloser Eishauch, der aus dem Nichts kam. Die erbarmungslose Hitze und der Sand waren noch immer da, aber gleichzeitig spürte ich auch die Berührung von etwas Kaltem, ungeheuer Mächtigem.

Trotz der Schmerzen und der grausamen Hitze hob ich den Kopf und blinzelte zwischen den Fingern hindurch. Sand biß mir in die Augen, so daß ich nur verschwommen sehen konnte – aber ich erkannte trotzdem das gigantische finstere Etwas, das da mit dem Sturm heranraste. Ich wußte nicht, was es war – aber es gehörte eindeutig nicht in einen normalen Sturm.

Und plötzlich war ein Schatten vor mir, Bewegung, die nicht tobender Sand, Laute, die nicht das Heulen des Orkanes waren.

Der Anblick gab mir noch einmal neue Kraft. Ich stemmte mich hoch, stolperte weiter und erblickte einen gigantischen Granitbrocken, der dicht vor mir aus dem Sand wuchs. Der Schatten, den ich bemerkt hatte, wurde zu Ali, die Bewegung zu seiner Hand, die sich mir entgegenstreckte und mich in den Schutz des Felsens zerrte. Ich fiel auf die Knie, spuckte Sand und rieb mir über die Augen, um wenigstens halbwegs deutlich sehen zu können.

Der Felsen bildete keine wirkliche Schlucht, sondern nur einen schmalen, nach wenigen Schritten enger werdenden Spalt, in den sich Ali und Letitia gerettet hatten.

»Wir haben es geschafft, Giaur! Wir sind gerettet!« schrie er durch das Heulen des Sturmes. »Bist du verletzt?«

Ich schüttelte den Kopf, kämpfte mich mühsam auf die Füße und lehnte mich keuchend gegen den Stein. Für einen kurzen Moment kam mir zu Bewußtsein, daß es diesen Felsen eigentlich gar nicht geben dürfte, denn wir hatten die Wüste auf Meilen hinweg überblicken können, ehe der Sturm losbrach. Einen Brocken von dieser Größe hätten wir gar nicht übersehen können.

Ich hatte den Gedanken kaum zu Ende gedacht, da raste die Sandwalze schon über den Felsen hinweg. Für einen kurzen Moment glaubte ich ein riesiges, wirbelndes *Etwas* im Zentrum des Sturmes zu sehen, das mit ungeheurer Kraft Wind und Sand gegen uns trieb. Dann war nur noch das Heulen des Windes und das Zittern der Erde und der entsetzliche Laut, mit dem der Sturm glühenden Sand gegen den Felsbrocken schleuderte.

Über der Wüste lag noch der Geruch verbrannter Luft und glühender Steine und obgleich der Blick wieder so weit reichte wie vorher, glaubte Guillaume de Saint Denis noch das Wirbeln des Sandes zu sehen, das Toben und Heulen der entfesselten Naturgewalten.

Es war unmöglich!, dachte er entsetzt. Sie hatten einen gewaltigen Bogen geschlagen, um die Beduinen von ihrer Spur abzubringen, und waren schließlich sogar in deren Rücken gewesen. Sie hatten gesehen, wie der Sturm losgebrochen war und wie sein Toben die Beni Ugad und Augenblicke später auch Craven und seine beiden Begleiter verschlungen hatte.

Und dann, von einer Sekunde auf die andere, war er erloschen. Nicht abgeflaut oder weitergezogen, sondern *erloschen*.

Und mit ihm waren Craven und die beiden anderen verschwunden. Spurlos.

»Aber das … das ist nicht möglich«, stammelte Renard. Der Tempelritter hatte geschwiegen, seit sie den Dschinn befreit hatten. Und auch jetzt war es wohl nur das Entsetzen, das ihn seinen Zorn auf Guillaume vergessen ließ.

»Wo . wo sind sie?«

Guillaume antwortete nicht sofort. Sein Blick tastete unsicher über die verstreut herumliegenden Kleiderfetzen, die zerbrochenen Waffen, die Kadaver der Pferde … alles, was von der Armee der Beni Ugad geblieben war. Er war sicher, daß keiner der Heiden den Sturm überstanden hatte.

Aber Craven und die beiden anderen waren vollkommen verschwunden.

»Wo … wo sind sie, Bruder?« keuchte Renard noch einmal. »Sie … sie können doch nicht einfach … einfach verschwunden sein. Das ist doch nicht … nicht möglich!« Die beiden letzten Worte hatte er fast geschrien.

»Sie sind nicht verschwunden, Bruder«, antwortete Guillaume leise. Er beugte sich vor und streichelte scheinbar gedankenverloren den Hals seines Pferdes. »Sie sind dort, wo der Dschinn sie hinzubringen versprach«, fügte er hinzu. »Bei Nizar.«

»Aber es sind anderthalb Tagesritte bis zu seiner Festung!« keuchte Renard.

Guillaume nickte. »Ich weiß.« Er richtete sich im Sattel auf, atmete hörbar ein und wischte sich mit der Linken den Schweiß von der Stirn. Er hatte Durst, aber er widerstand der Versuchung, zu seinem Wasserschlauch zu greifen. Der Weg, der vor ihnen lag, war weit.

»Um so weniger Zeit haben wir zu verlieren«, sagte er nach einer Weile. »Komm, Bruder. Ich habe Nizar ein Versprechen gegeben, und ich möchte nicht zu spät kommen, um es einzulösen.« Renard wollte widersprechen, aber Guillaume gab ihm keine Gelegenheit dazu.

Irgendwann hatte ich den Eindruck, daß das Toben des Sturmes ein wenig nachließ. Die Felsen, zwischen denen wir Schutz gesucht hatten, zitterten noch immer wie unter den Faustschlägen eines unsichtbaren Riesen.

Ich sah meine Begleiter schemenhaft neben mir auftauchen, hörte Alis Stimme, die Letitia Mut zusprach, und das krampfhafte Schluchzen, mit dem sie antwortete.

Dann und wann trug der Sturm kleine Felssplitter und Steine heran, um sie wie winzige Geschosse nach uns zu schleudern. Einmal stoben Funken aus dem Felsen dicht vor meinem Gesicht, als eine dieser steinernen Granaten dicht neben mir einschlug, und ein anderes Mal verspürte ich einen jähen, stechenden Schmerz zwischen den Schulterblättern. Wenn dieser Sturm noch lange anhielt, dann würden wir regelrecht gesteinigt werden.

Aber wir hatten Glück, wenigstens dieses eine Mal noch. Das ungeheuerliche Brüllen und Toben der Naturgewalten ebbte allmählich ab und der Himmel klarte wieder auf. Von einer Sekunde auf die andere wurde es heiß, so unerträglich heiß, daß mir der Schweiß in Strömen über den Rücken lief.

Mühsam richtete ich mich auf und überzeugte mich mit einem raschen Blick davon, daß ich nicht ernsthaft verletzt war. Dann kroch ich die paar Schritte zu Ali und beugte mich über ihn.

Der junge Wüstenprinz sah übel aus. Sein Gesicht war blutig und in seinen Augen stand ein fiebriger Glanz. Aber er war bei Bewußtsein und obwohl er starke Schmerzen leiden mußte, wehrte er meine Hilfe mit einem entschiedenen Kopfschütteln ab und stemmte sich stöhnend in die Höhe, um nach Letitia zu sehen.

Das Mädchen schluchzte ununterbrochen. Sie schien seine beruhigenden Worte überhaupt nicht zu hören, und als er sie an der Schulter berührte und in die Höhe ziehen wollte, schrie sie auf und kroch so weit davon wie es der Felsspalt zuließ. Ihr Blick flackerte. Der Ausdruck in ihren Augen erinnerte mich an den einer Wahnsinnigen.

Ich beugte mich herab, schob Ali sanft beiseite und packte Letitias Hände. Ihr Schreien wurde zu einem hysterischen Kreischen. Sie trat nach mir. Es gelang mir nur mit größter Anstrengung, sie überhaupt zu halten.

»Tu ihr nicht weh, Giaur«, sagte Ali hinter mir. Seine Stimme klang so besorgt, als hielte ich sein eigenes Kind in den Armen.

»Keine Sorge«, antwortete ich. »Ich bin ganz vorsichtig.« Dann ließ ich ihre Hände los, holte aus und versetzte Letitia eine schallende Ohrfeige.

Ali brüllte, als hätte ich ihn geschlagen, sprang in die Höhe und hob die Fäuste, beherrschte sich dann aber im letzten Moment, als er sah, wie Letitia urplötzlich verstummte.

»Alles wieder in Ordnung?« fragte ich leise.

Letitia starrte mich an, zog hörbar die Nase hoch und

tastete mit den Fingerspitzen nach ihrer Wange. Meine Finger hatten eine deutliche rote Spur darauf hinterlassen.

»Es … es geht wieder«, schnüffelte sie. »Verzeihen Sie, daß ich die Beherrschung verloren habe. Es war … es war so entsetzlich.«

»Schon gut.« Ich lächelte, ging vor ihr in die Hocke und streckte ihr die Hand entgegen. Letitia zögerte einen Moment, danach zu greifen, stand unsicher auf – warf sich mir schluchzend an den Hals.

»Ist es vorbei?« wimmerte sie. »Sagen Sie mir, daß es vorbei ist, Robert, ich flehe Sie an.«

»Es ist vorbei«, sagte ich. »Keine Angst mehr, Letitia. Wir sind in Sicherheit. Der Sturm ist vorüber.« Behutsam löste ich ihre Arme von meinem Hals, schob sie ein Stück weit von mir fort und drehte mich herum.

Ich erschrak, als ich Alis Blick begegnete.

Die Augen des jungen Wüstenprinzen flammten vor Zorn – jedenfalls dachte ich, daß es Zorn wäre, im allerersten Moment.

Dann erkannte ich, was es wirklich war: Eifersucht.

»Ist es bei euch in Inglistan üblich, Frauen zu schlagen?« zischte er.

Ich sah ihn kühl an. »Wenn sie hysterisch werden, schon«, antwortete ich. »Männer übrigens auch.«

Ali ignorierte den letzten Teil meiner Antwort geflissentlich. »Du hast ihr geholfen, Giaur«, sagte er. »Dafür danke ich dir. Und trotzdem – merke es dir gut, denn ich werde es kein zweites Mal sagen: rührst du sie noch einmal an, dann töte ich dich.«

Ich setzte zu einer geharnischten Antwort an, beließ es aber dann bei einem stummen Kopfschütteln. Ich hatte wahrlich keine Lust, mich jetzt auch noch mit Ali zu streiten – um einer Frau willen, die mich nicht die Bohne interessierte.

Den Felsspalt zu betreten, war weitaus leichter gewesen, als ihn wieder zu verlassen, denn der Sturm hatte tonnenweise Sand gegen unser Versteck geschleudert, so daß ich mich gezwungen sah, das letzte Stück auf Händen und Knien zu kriechen, um die jäh ansteigende, neugeschaffene Düne zu überwinden; ebenso wie Letitia übrigens. Nur Ali schien es unter seiner Würde zu finden, sich auf allen Vieren fortzubewegen, und schritt mit stolz erhobener Nase hinter uns her – mit dem Ergebnis, daß er in dem feinen Flugsand ausglitt und auf selbige fiel. Als er sich hochrappelte, warf er mir einen derart zornigen Blick zu, als hätte ich ihm ein Bein gestellt.

Von unseren Kamelen – oder gar unserer Ausrüstung – war keine Spur mehr zu sehen. Die Wüste war glatt und leer, leergefegt im wahrsten Sinne des Wortes. Vor uns erstreckte sich gelbbrauner Sand so weit das Auge auch nur reichte.

Ali stieß einen verblüfften Laut aus. Seine Augen waren ungläubig geweitet. »Was beim Schejtan ...«, murmelte er, brach ab, fuhr sich verwirrt mit den Händen über die Augen und blickte nach rechts und links.

»Was hast du?« fragte ich.

Ali antwortete erst nach einigen Sekunden. Seine Lippen preßten sich zu schmalen, blutleeren Strichen zusammen. »Das ist Zauberei!« behauptete er. »Das ist ... das ist nicht der Teil der Wüste, in dem wir waren, als der Sturm losbrach, Giaur! Das ist ...« Er brach mitten im Wort ab, fuhr auf der Stelle herum und begann, an der Flanke des gewaltigen Granitblockes entlangzulaufen, der uns das Leben gerettet hatte.

Einen Moment lang starrte ich ihn an, blickte dann wieder auf die Wüste hinaus und fragte mich, woher zum Teufel er wissen wollte, in welchem Teil der Wüste wir waren? Hier sah doch eine Düne aus wie die andere! Dann aber wandte ich mich ebenfalls um, gab Letitia ein Zeichen, mir zu folgen, und lief durch den knöcheltiefen Sand hinter Ali her.

Um ein Haar hätte ich ihn über den Haufen gerannt, denn Ali war so abrupt stehengeblieben, als wäre er vor eine unsichtbare Wand gelaufen.

Und als ich an ihm vorbeisah, verstand ich auch, warum.

Plötzlich wußte ich, daß er recht hatte. Mir selbst war es sonderbar vorgekommen, daß wir die Felsen zuvor nicht gesehen haben sollten, in deren Schutz wir uns verkrochen hatten. Aber bei unserer Erschöpfung und Aufregung wäre dies immerhin noch möglich gewesen.

Aber die gewaltige schwarzbraune Festung, die sich auf der anderen Seite des Felsens erhob, zu übersehen – das war schlichtweg unmöglich.

»Sie kommen, Herr«, sagte Dschakid.

Nizar nickte. Sein feistes Gesicht zeigte keine Regung, während er den Worten seines Heerführers lauschte. Dschakid sagte ihm nichts, was er nicht bereits durch die Macht des Auges gewußt hätte. Nur seine rechte Hand, die den Nacken des riesigen Leopardenweibchens streichelte, das neben seinem Thron lag, hielt einen Moment in ihrer Bewegung inne.

»Dann geh hinaus und begrüße unsere Gäste wie es Ihnen zukommt«, sagte er schließlich. »Und sei vorsichtig, Dschakid. Ich möchte nicht, daß ihnen auch nur ein Haar gekrümmt wird. Sie sind meine Gäste und ich will, daß sie so behandelt werden wie es die Regeln der Gastfreundschaft verlangen.«

Dschakid entfernte sich demütig. Die Leopardin auf Nizars Schoß stieß ein tiefes, zufriedenes Schnurren aus.

Beinahe hörte es sich wie ein Lachen an.

Es dauerte lange, bis ich meine Überraschung überwand und mehr von meiner Umgebung wahrnahm, und es kostete mich große Mühe, den Blick von der bizarren Festung zu lösen.

Ali hatte recht – dies war nicht mehr der Teil der Wüste, in dem wir uns befunden hatten, als uns der Sturm überfiel.

Hinter uns erstreckten sich die monoton gewellten Sanddünen, aber hier, auf der anderen Seite des Granitfelsens, bot sich unseren Blicken eine gewaltige Steinwüste dar, gänzlich aus Fels und glasig-schwarz erstarrter Lava geschaffen.

Die Festung, ein Alptraum aus schwarzem Granit und schier unmöglichen Formen, erhob sich auf einem flachen Hügel, der ganz von dem burgähnlichen Bauwerk beherrscht wurde. So weit man ihre Form überhaupt beschreiben konnte, war sie rechteckig angelegt, mit hohen, zackig gekrönten Mauern und von einem gewaltigen, sich nach oben verjüngenden Turm beherrscht, der wie ein erstarrter Riesenfinger in den Himmel wies. Das Bauwerk verströmte eine Aura von Furcht und Fremdartigkeit, die mich schaudern ließ.

»Die Festung des Dschinn«, flüsterte Ali.

Verwirrt drehte ich mich zu ihm herum. »Was?«

»Die Festung des Dschinn!« sagte Ali noch einmal, und jetzt hörte ich deutlich die Angst, die für ihn allein mit diesem Wort verbunden war.

»Was soll das sein?« fragte ich vorsichtig. *»Die Festung des Dschinn?«*

»Es ist … Nizars Burg«, antwortete Ali stockend. Sein Blick war unverwandt auf die schwarze Alptraumfestung vor uns gerichtet. Ich konnte direkt sehen wie sich die Gedanken hinter seiner Stirn überschlugen. »Die Burg des Mannes, der … der meinen Vater getötet hat. Aber das ist unmöglich«, fügte er flüsternd hinzu. »Wir waren mehr als einen Tagesritt entfernt, und …« Er sprach nicht weiter, sondern schüttelte ein paarmal den Kopf, fuhr sich mit der Hand über das Gesicht und sah mich auf sehr sonderbare Weise an. »Seit ich auf dich getroffen bin, beginnen sich die Dinge zu verändern, Giaur«, sagte er. »Aber ich weiß noch nicht, ob mir diese Veränderung gefällt. Es ist Zauberei im Spiel.«

Ich begriff ziemlich genau, worauf er hinauswollte. »Ich wünschte, es wäre so, Ali«, antwortete ich. »Ich wüßte nichts, was ich jetzt lieber täte, als einen Zauberspruch aufzusagen und uns nach Alexandria oder besser gleich nach London zu hexen.«

Ich hatte meine Worte eigentlich mehr im Scherz gemeint, doch Ali blickte mich weiter mit großem ernst an. Und in die Sympathie, die ich trotz allem bisher in seinen Augen gelesen hatte, mischte sich eine deutliche Spur von Mißtrauen. Jene Art von nur allmählich aufkeimendem, aber sehr tiefsitzendem Mißtrauen, das sehr schwer wieder zu entkräften war. Ich kannte diese Art von Blick nur zu gut.

»Ali«, begann ich, »ich muß dir erklären …«

»Vielleicht«, unterbrach mich Letitia, »würde ja schon ein kleiner Zauberspruch reichen, mein lieber Robert. Einer, der die Männer dort wegzaubert, zum Beispiel.«

»Welche Männer?«

Letitia seufzte. »Die, die gerade dabei sind, uns zu umzingeln.«

Ich fuhr zusammen, drehte mich überhastet herum – und erstarrte wieder. Letitia hatte vielleicht eine recht makabre Art von Humor, wenn sie nicht gerade in Panik war, aber sie hatte auch recht – hinter uns war ein gutes halbes Dutzend dunkel gekleideter Männer aufgetaucht und als hätten sie nur darauf gewartet, daß wir sie entdeckten, schwang in diesem Moment in dem gewaltigen Burgtor eine kleinere Tür auf und weitere zwei, drei Dutzend zerlumpte Gestalten quollen ins Freie.

»Allah!« keuchte Ali – und ich für meinen Teil konnte mich gerade noch zurückhalten, ein Großer Gott hinzuzufügen.

Was ich auf den ersten Blick für ganz normale Krieger gehalten hatte – soweit in Leder und Eisen gepanzerte und bis an die Zähne bewaffnete Krieger irgendwie *normal* sein konnten – entpuppte sich auf den zweiten als eine Armee lebender Mumien; Schauergestalten der gleichen Art wie sie uns bereits im Kriegslager der Beni Ugad begegnet waren.

Und sie wurden von dem gleichen Mann angeführt, dem ich schon dort begegnet war.

Sein Gesicht war verhüllt, aber ich hätte die drei Rubine auf den sich kreuzenden Lederstreifen vor seiner Brust nicht sehen müssen, um zu wissen, daß es sich bei dem Mann um denselben Dschakid handelte, der meinen Stockdegen als Beuteanteil für seinen Herrn mitgenommen hatte. Ich spürte es einfach. Er mochte vielleicht der einzig lebende Mensch in dieser Armee von Toten sein, aber seine Nähe erfüllte mich mit einem eisigen Schauer.

»Schejtan!« flüsterte Ali. Seine Hand kroch zum Schwert. »Wenigstens ihn werde ich mitnehmen, wenn es schon ans Sterben geht.«

Rasch legte ich ihm die Hand auf den Unterarm. »Mach keinen Unsinn, Ali. Schau sie dir an. Sie wollen uns nicht töten.«

Ali schürzte trotzig die Lippen, nahm die Hand aber vom Schwert. Die Mumienarmee schien es wirklich nicht darauf angelegt zu haben, uns umzubringen – wäre dies ihre Absicht gewesen, hätten sie es längst tun können. Sie waren uns zwanzig zu eins überlegen. Selbst wenn ich im Vollbesitz meiner Kräfte gewesen wäre, ein höchst unfaires Verhältnis. Dazu kam noch, daß sich Tote schlecht hypnotisieren lassen …

Aber zumindest im Augenblick schienen wir nicht in unmittelbarer Lebensgefahr. Dschakid – bei dessen Annäherung die leicht vergammelten Krieger auseinanderwichen – blieb vor uns stehen und musterte uns mit einem halb verwunderten, halb schadenfrohen Blick. Dann sah er einen seiner Krieger an. Der Mann verbeugte sich tief.

»Diese Fremdlinge sind wie aus dem Nichts vor der Festung erschienen, großer Dschakid. Wir können es uns selbst nicht erklären. Sollen wir sie töten?«

Dschakid berührte die Rubine auf seiner Brust mit der rechten Hand. Für eine kurze Zeit versank er in einer unnatürlichen Starre und schien in sich hineinzulauschen. Dann schüttelte er den Kopf.

»Nein, noch nicht. Unser Herr will sie sehen. Wir werden sie in die Festung bringen, damit der Gewaltige sein Urteil über sie fällen kann!«

»Der Gewaltige?« flüsterte Letitia.

»Er meint das gewaltige Arschloch, für das er arbeitet«, antwortete Ali ebenso leise.

Trotzdem schien Dschakid die Worte sehr wohl verstanden zu haben, denn in seinen Augen blitzte es haßerfüllt auf. Seine Hand krampfte sich um den Dolch, der aus seinem Gürtel ragte. Mit Ausnahme meines Stockdegens, den er wie ein Schwert trug, seine einzige Waffe.

»Es ist nur die Gastfreundschaft, die dich schützt, du Hund«, fauchte er. »Aber sei gewiß, daß ich deine Worte nicht vergesse. Und nun packt sie!«

Sofort stürzten sich gleich vier Kerle auf mich, packten mich unter den Armen und schleiften mich auf das Tor der Festung zu. Ali erging es nicht anders, und auch Letitia wurde von zwei Kriegern gepackt und mitgezerrt. Sie begann wieder zu schreien und mit den Beinen zu strampeln, aber die Mumienkrieger beachteten ihre Gegenwehr gar nicht.

Auch ich schenkte meinen beiden Mitgefangenen wenig Beachtung, denn mit jedem Schritt, den wir uns dem geöffneten Tor näherten, das wie eine Wunde in der schwarzen Wand der Festung gähnte, wurde die Ausstrahlung des Bösen stärker. War es vorhin, aus der sicheren Entfernung der Granitfelsen, nur eine gewisse Unruhe gewesen, mit der mich der Anblick der Festung erfüllte, so wuchs dieses Gefühl nun rasch zu reiner Angst. Eine Angst sonderbar körperlicher Qualität, die uns wie ein fauliger Geruch einhüllte, durch die Poren der Haut und über die Sinnesorgane drang und mir schier den Atem nahm, bis ich mich vor Ekel und Furcht krümmte und von den Kriegern mehr getragen wurde als selber ging.

Noch schlimmer wurde es, als wir in die Dunkelheit eines

langen Ganges eindrangen, an dessen anderem Ende ein düsteres, rotes Licht zu sehen war.

Ich erhielt einen Stoß in den Rücken, der mich nach vorne stürzen ließ. Das Licht schlug wie eine blutige Woge über mir zusammen, gegen alle Logik zäh und warm und widerlich klebrig. Mir war, als hätte man mich in wirkliches Blut getaucht. Für einen Moment bekam ich keine Luft mehr. Ich ruderte verzweifelt mit den Armen wie um mich vor dem Ertrinken zu retten, bis mein Verstand meine Gefühle wieder beherrschte und mir bewußt wurde, daß ich mich nicht in einem Blutsee, sondern in einem großen Gewölbe befand.

Der Raum war so düster, daß ich die neben mir kniende Letitia nur als Schemen sah und von Ali nicht mehr als einen Schatten wahrnahm. Und alles hier war rot.

Es war ein Rot, das eine sehr beunruhigende Wirkung auf mich ausübte. Auch jetzt, als ich den Wahnsinn, der für einen Moment mit dürren Knochenfingern an den Türen meines Verstandes gekratzt hatte, zurückdrängen konnte, machte mich diese Farbe mehr als nur nervös. Sie war allgegenwärtig. Selbst die Luft schmeckte irgendwie rot, als wäre sie mit dieser Farbe getränkt.

Einzig der wuchtige Thron, der den größten Teil der gegenüberliegenden Wand einnahm, war in helles – natürlich gleichfalls rotes – Licht getaucht, so daß der Mann, der darauf saß und uns entgegenschaute, deutlich zu erkennen war.

Nach Alis finsteren Andeutungen hatte ich eine arabische Ausgabe Necrons erwartet, zumindest jedoch einen irgendwie finster gearteten, drohenden Mann.

Der Kerl auf dem Thron war eine Witzfigur.

Er war klein, dabei aber so wohlbeleibt, daß er wie eine Kugel mit Armen und Beinen wirkte, und sein Gesicht glänzte, als wäre es mit Fett eingerieben. Es war ein Gesicht, das alles andere als anschaulich aussah – rund und feist und mit kleinen, tückisch blinzelnden Äuglein, die voller stummer Bosheit waren, ein fleischiger Mund, der über einer wahren Prachtausgabe eines doppelten Doppelkinns saß, und wabbelige Hängebacken, die ihn wie eine Kreuzung zwischen einem Dobermann und einem Schwein aussehen ließen. Kurze, stummelige Wurstfinger, die unter dem Gewicht rubinbesetzter Ringe schlaff auf seinem mächtigen Bauch lagen, komplettierten das Bild. Das sollte Nizar sein, der Magier, bei dessen bloßer Erwähnung Ali schon vor Furcht zu zittern begann?

Der Mann schenkte mir und Letitia zunächst nur kurze Beachtung, sah Ali aber mit um so größerem Interesse an. Sein Blick spiegelte mit einem Male große Zufriedenheit wider.

»Sieh an«, begann er, »Ali, der Sohn Achmeds, des Narren! Welch unerwartete Freude, dich als Gast in meinem Hause willkommen heißen zu dürfen.« Er lachte, kippte seine gewaltige Körpermasse ein wenig nach vorn und spielte gedankenverloren mit seiner goldenen Halskette, an der ein besonders großer Rubin hing.

Der Schatten, der Ali war, bewegte sich in der roten Lohe. Ich konnte sein Gesicht nicht erkennen, aber ich hörte den unlöschbaren Haß in seiner Stimme, als er antwortete: »Nizar, du Sohn des Schejtans. Was hast du mit meinem Vater gemacht?«

Nizar lehnte sich gemächlich zurück und sah spöttisch auf Ali herab. »Du brauchst deinen Vater nicht zu betrauern. Er hätte meinetwegen der Scheik eures Stammes bleiben können. Es war Narretei, mir zu trotzen. So erhielt er, was er verdiente! Was hast du erwartet?«

Ali keuchte. »Du ... du ...«

»Keine Beleidigungen, bitte«, unterbrach ihn Nizar ruhig. »Du stehst unter dem Schutz des Gastrechtes, mein Freund, doch dieser Schutz ist begrenzt. Sehr begrenzt.« Er kicherte, hob den Rubin, der an seiner Halskette hing, und hielt ihn wie ein bizarres Monokel vor das Auge.

»Du hast ihn getötet«, murmelte Ali.

Nizar nickte. »Ganz recht, du junger Narr.«

Ali gab einen sonderbaren Laut von sich. »Narr?« wiederholte er. »O ja, du hast recht, Nizar – ich bin ein Narr. Ein Narr, daß ich nicht auf mein Gefühl hörte, das mir sagte, daß du Teufel meinen Vater hast entführen lassen. Ich hätte sofort mit all unseren Kriegern gegen diese Festung anstürmen und ihn befreien müssen!«

»Wenn ich dir so zuhöre«, seufzte Nizar, »habe ich den Eindruck, daß du ein noch größerer Narr als dein Vater bist. Tapferkeit, mein lieber junger, dummer Freund, macht allein noch keinen Mann. Ich hätte deine paar Schafdiebe ohne Mühe vernichten können, egal, ob sie gegen meine Festung anrennen oder sich in der Wüste verkriechen, was ich von diesen Schakalen auch eher annehme.« Er senkte sein Rubin-Monokel, schüttelte den Kopf und blickte einen Moment auf Letitia und mich herab, ehe er sich wieder an Ali wandte. »Doch ich bin gnädig gestimmt. Unterwirf dich mir und meiner Macht, und deine Beni Assar bleiben am Leben. Und du wirst ihr Scheik sein als mein verlängerter Arm!«

Nizar schwieg einen Moment und beobachtete Alis Mienenspiel. Dann, nach einer genau berechneten Pause, deutete er mit einem seiner kurzen Stummelfinger auf Letitia. »Gehorche mir, Scheik Ali, und dieses Weib aus Inglistan gehört dir.«

»Du … du weißt …«

»Es gibt nicht viel, das ich nicht wüßte«, unterbrach ihn Nizar eisig. »Ich kann dir sagen, mein lieber Ali, daß diese Rose aus Inglistan deine Gefühle durchaus erwidert, auch wenn sie selbst es noch nicht wahrhaben will. Aber mit meiner Hilfe wirst du sie schon gefügig machen. Nun – gefällt dir mein Angebot?«

Ali stand wie vom Donner gerührt. Fast schien es, als könne er Nizars Worte nicht begreifen. Dann sah er Letitia mit einem unendlich liebevollen und gleichzeitig traurigen Blick an, so als wenn er sie um Verzeihung bitten würde. Nach einigen Sekunden riß er sich schweratmend von ihrem Anblick los und stand auf. Er hielt den Kopf gesenkt, während er langsam auf den Thron zuging.

»Bleib stehen!« befahl Nizar scharf.

Aber Ali blieb nicht stehen. Im Gegenteil.

Wie eine bis zum äußersten angespannte Stahlfeder schnellte er auf den Thron zu. Noch im Sprung zauberte er einen Dolch aus seinem weiten Gewand hervor, stieß einen gellenden Schrei aus und hackte nach Nizars Brust.

Nizar reagierte erst, als die Klinge sein rotes Gewand traf – und in einem feurigen Funkenschauer verglühte. Noch während Ali den nutzlos gewordenen Griff beiseite schleuderte, machte Nizar mit der rechten Hand eine knappe Bewegung. Ali wurde wie von einer unsichtbaren Riesenfaust in die Höhe gerissen und quer durch den Raum gegen die gegenüberliegende Wand geschleudert. Er stieß noch einen erstickten Schrei aus und blieb dann mit verrenkten Gliedern liegen.

Letitia schrie erschrocken auf und wollte zu ihm eilen, aber sie hatte kaum zwei Schritte getan, da verstellte ihr einer von Nizars Kriegern den Weg und hob drohend seinen Speer.

»Packt ihn«, sagte Nizar kalt. »Werft ihn in den Kerker! Dieser Hund hat es gewagt, die Hand gegen mich zu erheben! Dafür wird er den schlimmsten Tod erleiden!« Von der Ruhe, die er bisher zur Schau gestellt hatte, war nichts mehr geblieben; ganz im Gegenteil. Er schäumte vor Wut! »Und bringt endlich das Weib fort!« kreischte er. »Ich werde später entscheiden, was mit ihr geschehen soll!«

Dschakid eilte wie ein Schatten herbei, um die Befehle seines Herrn auszuführen. Die Wache packte Letitia grob unter den Armen und zerrte sie davon, während weitere Krieger, die wie unheimliche Schemen aus dem roten Lichtermeer auftauchten, Ali an Armen und Beinen ergriffen und zwischen sich davontrugen. Ganz automatisch wollte ich aufstehen und ihnen folgen, aber Nizar gab mir mit einem unwilligen Laut und einer entsprechenden Geste zu verstehen, daß ich noch nicht entlassen sei.

Gehorsam blieb ich wieder stehen. Ich hatte längst begriffen, daß es gefährlich war, diesen Mann nach seinem Aussehen zu beurteilen.

Nizar richtete den Blick seines rechten Auges durch den vorgehaltenen Rubin auf mich.

Es war die Berührung glühenden Eisens. Für Sekunden sah ich nichts als dieses Auge, ein gigantisches, unförmig aufgequollenes Auge, das die ganze Welt zu beherrschen schien und durch mich hindurchsah wie durch Glas.

Ich spannte mich innerlich an, als ich seinen Blick auf mich gerichtet fühlte und die forschende Kraft bemerkte, die ihm innewohnte. Nizar versuchte, in mein Bewußtsein einzudringen und meine Gedanken zu lesen; mehr noch als dies, mich umzustülpen wie einen alten Sack und alle meine Erfahrungen und mein Wissen aus mir herauszupressen. Es war nicht das erste Mal, daß ich auf einen Menschen mit hypnotischen oder telepathischen Fähigkeiten stieß – aber bei Nizar war es anders. Sein Tasten und Suchen war über die Maßen unangenehm. Seine gedanklichen Fühler fühlten sich schleimig an.

Er mußte spüren, daß irgend etwas nicht so verlief wie er es gewohnt war, denn für einen kurzen Moment sah ich Verwirrung über seine Züge huschen, als er auf Widerstand stieß, wo er sonst nur Angst und Entsetzen las.

Aber seine Macht war schier unerschöpflich – und er setzte sie gnadenlos ein. Ein geistiger Hieb ungeheurer Kraft traf meinen unsichtbaren Schutzschild und ließ ihn wie Glas zerspringen.

Mein ganzer Körper schien in Flammen zu stehen. Ich spürte, wie irgend etwas nach den verborgenen Energievorräten meines Körpers tastete, sie fand – und sie auszusaugen begann.

Ich schloß die Augen und versuchte mich zu konzentrieren. Es war, als wollte ich gegen einen reißenden Strom anschwimmen. Beinahe verzweifelt rang ich darum, noch einmal die gleiche Kraft aufzubringen, die es mir ermöglicht hatte, die Beni Ugad zu narren ...

Und irgendwie gelang es mir tatsächlich, Nizars Einfluß abzublocken und wieder Herr meiner selbst zu werden.

Für einen Moment.

Dann heulte Nizar wie von Sinnen auf, beugte sich noch weiter vor und starrte mich durch sein schreckliches Rubin-Monokel an.

Es war wie ein geistiger Strudel ungeheurer Kraft, in den ich hineingesogen wurde. Was immer ich tat, war falsch. Griff ich Nizar an, saugte er meine Energie auf und fügte sie seiner eigenen hinzu, versuchte ich mich zu schützen, durchbrach er meine Deckung und nahm mir meine Lebensenergie.

Schließlich griff ich zu einem letzten, verzweifelten Mittel: ich lenkte meine Energien wieder auf mich zurück und machte aus meinen Gedanken ein verwobenes Knäuel an Fäden, die immer wieder in sich selbst endeten. Die Chancen, aus diesem selbstgeschaffenen Labyrinth wieder herauszukommen, waren sehr gering, das wußte ich. Aber die Alternative war der Tod. Noch Sekunden, und Nizar würde mich aussaugen wie eine Spinne ihr wehrlos gefangenes Opfer.

Wie lange der magische Kampf dauerte, weiß ich nicht. Irgendwann zog sich ein sehr enttäuschter Nizar aus mir zurück, und sehr viel später gelang es mir, den selbstgeschaffenen Vorhang aus Wahnsinn um meine Gedanken zu zerreißen und mühsam in die Wirklichkeit zurückzufinden.

Ich lag auf dem Boden und der Raum drehte sich beständig um mich herum. Ein Geschmack wie nach Blut war in meinem Mund und ich fühlte mich schwach wie ein neugeborenes Kind.

Aber auch mein Kontrahent hatte Federn gelassen – Nizar lag schnaufend auf seinem Thron, alle viere von sich gestreckt, soweit dies bei seinem Körperbau möglich war, das Gesicht glänzend vor Schweiß. Sein Atem ging schnell und stoßweise. Er blickte mich mit einer Mischung aus Wut und Furcht an. Als könne er noch nicht so recht begreifen, was überhaupt geschehen war, hielt er seinen Rubin vor das Auge und ließ ihn wieder sinken, ohne einen weiteren Angriff auf mich zu wagen. Er sah erschöpft aus, noch viel mehr aber verärgert.

Schnaubend richtete er sich auf und schnippte mit den Fingern. Zwei seiner halb mumifizierten Wächter traten aus dem roten Licht heraus und zerrten mich roh auf die Füße. Ich versuchte mich zu wehren, aber gegen die beiden Kreaturen hatte ich keine Chance.

»Du bist stark«, sagte Nizar. »Du bist wie ich ein Träger der Kraft, Fremder. Doch du hast ihre Quelle gut verborgen, denn ich kann sie nicht erkennen.«

Es dauerte einen Moment, bis ich begriff, was Nizar überhaupt meinte. Er glaubte wohl, daß ich zur Manifestierung meiner Kräfte ein Medium benötigte wie es sein eigenartiger Rubin darstellte, der sich mit magischen Energien vollgesogen hatte. Ich schwieg.

Nizar ärgerte sich sichtlich, daß ich nicht antwortete. »Wie du willst, Ungläubiger!« fauchte er. Er hob die Hand. »Zieht ihn aus!«

Abermals versuchte ich mich zu wehren, aber ich hatte keine Chance – die beiden Mumienkrieger rissen mir das, was von meinen Kleidern noch übrig geblieben war, vom Leib, und trugen alles zu Nizar hin. Der Magier untersuchte jedes Teil aufs genaueste, ehe er mir meine Kleider mit einer wütenden Bewegung wieder vor die Füße schleuderte. Ich wollte mich danach bücken, bekam aber einen Schlag in den Nacken, der mich halb besinnungslos zu Boden fallen ließ.

Als die roten Schleier vor meinen Augen allmählich aufrissen, hob Nizar die Hände und klatschte einmal kurz. Eine Frau trat aus der Tür in den nur schemenhaft sichtbaren Wänden, blieb vor Nizars Thron stehen und verbeugte sich tief, aber nicht sehr demütig. »Herr?«

Sie war groß und stattlich und fast ebenso üppig gebaut wie Letitia. Obwohl ich mehr für zierliche Frauen schwärme, mußte ich zugeben, daß sie schön war. Nur die gelben Augen mit den seltsam schrägen Pupillen störten diese Schönheit ein wenig. Sie verneigte sich vor Nizar und berührte mit der Hand ihr Halsband, das mit einem wertvollen Rubin geschmückt war.

»Wie du siehst, Rubin«, sagte Nizar kalt, »habe ich einen Gast. Begleite ihn in das Gastgemach und sorge dafür, daß er sich wohlfühlt!« Dann wandte sich Nizar mit betont freundlicher Stimme an mich.

»Willkommen, Bruder in der Magie. Ich freue mich, dich bei mir zu haben. Sei mein Gast und fühle dich wohl!«

Ich starrte ihn an, suchte vergeblich nach Worten und wurde mir plötzlich der Tatsache bewußt, daß ich keinen Faden am Leibe hatte. Hastig bückte ich mich nach meinen Kleidern und bedeckte meine edelsten Körperteile. Rubin musterte mich mit ausdrucksloser Miene. Aber in ihren Augen blitzte es amüsiert. Ich konnte direkt spüren, wie sich die Farbe meines Gesichtes der dieses Raumes anglich.

Der Weg war nicht sehr weit und er führte durch finstere, vollkommen lichtlose Gänge, in denen ich mich schon nach wenigen Schritten hoffnungslos verirrt hätte, wäre ich allein gewesen.

Aber das war ich nicht – in meiner Begleitung befanden sich mindestens zwei von Nizars Kriegern (ich spürte ihre Schwerter, die sie mir zwischen die Schulterblätter drückten) und das Mädchen Rubin, das den Weg mit traumwandlerischer Sicherheit fand und keinerlei Licht zu benötigen schien.

Nach wenigen Dutzend Schritten und einer steilen Treppe, deren Stufen ich nur ertasten konnte, betraten wir eine kleine Kammer, deren Wände mit roten Samttapeten verhangen waren und deren größtes Möbel aus einem bequemen Diwan bestand, zu dem mich Rubin mit sanfter Gewalt lotste. Zu meiner Verblüffung blieben die beiden Mumienkrieger draußen auf dem Gang zurück.

Und ich war doppelt überrascht, hatte ich doch erwartet, mich sofort wieder meiner Haut wehren zu müssen. Statt dessen brachte die Frau ein Tablett mit köstlichen Speisen herbei, schenkte heißen Mokka in winzige Tassen und begann dann, meine Verletzungen mit sanften Händen zu versorgen. Meine mehrmaligen Versuche, wenigstens in meine Unterhosen zu schlüpfen, machte sie sanft, aber sehr nachdrücklich zunichte.

»Was soll das, Rubin?« fragte ich schließlich, mehr verlegen als wirklich ärgerlich. »Du weißt, daß ich Nizars Gefangener –«

»Du hast gehört, was mein Herr gesagt hat«, unterbrach sie mich sanft. »Ich soll dich behandeln wie einen Gast und es dir an nichts fehlen lassen.« Sie stand auf, kam mit einer hölzernen Schale voll frischem Obst zurück und stieß dabei wie zufällig meine Kleider mit dem Fuß beiseite, gerade, als ich mich danach bücken wollte. »Willst du nicht essen, Sidi?« flüsterte sie, mit einer Stimme, die mich an das Schnurren einer Katze erinnerte.

»Nein, nicht bevor Nizar das Salz der Gastfreundschaft mit mir geteilt hat«, antwortete ich in Ermangelung irgendwelcher anderer sinnvoller Worte – was nicht zuletzt daran liegen mochte, daß sie ihr kurzes Herumdrehen ausgenutzt hatte, die Knöpfe ihrer ohnehin knapp bemessenen Bluse zu öffnen. Darunter trug sie ebensoviel wie ich.

»Oh, Sidi, laß dir von mir das Salz reichen«, schnurrte sie. Sie setzte erst die Schale und dann sich selbst neben mich auf den Diwan und lehnte ihren Kopf an meine Schulter. Mit mehr gutem Willen als Erfolg versuchte ich sie abzuwehren, aber Rubin entwickelte plötzlich eine erstaunliche Kraft. Sie rückte ihre Vorzüge noch in besseres Licht, indem sie mich in die Kissen drückte und sich über mich beugte, um sich eine Schramme auf meiner Stirn anzusehen und sie behutsam abzutasten. Ich war ein wenig erstaunt, wie weit nach dem Geschmack arabischer Frauen eine Stirn reichen kann …

»Rubin … nicht«, flüsterte ich. »Ich … ich bin …« Ich suchte vergeblich nach einer passenden Ausrede, zumal ein immer größer werdender Teil meiner Selbst gar keine Entscheidung mehr finden wollte, sondern Rubins Tun als höchst angenehm empfand. »Ich bin verheiratet!« log ich schließlich, erleichtert, doch noch eine Ausrede gefunden zu haben.

Aber ich hatte Rubins Einfallsreichtum unterschätzt. Sie rückte keineswegs schockiert zur Seite, sondern lächelte nur. »Wie praktisch, Sidi«, meinte sie. »Das erspart mir langwierige Erklärungen, findest du nicht?«

Ich gab endgültig auf.

Die Dämmerung brach herein und nach ihr die Nacht, aber die beiden Tempelritter jagten weiter durch die Wüste, ohne zu rasten, ohne eine Pause einzulegen, ja selbst ohne ihren Pferden Gelegenheit zu bieten, ihren Durst oder Hunger zu stillen.

Der Moment, da die beiden Tiere unter der Belastung schlichtweg zusammenbrechen mußten, war abzusehen, aber Guillaume de Saint Denis trieb sein und das Pferd des anderen unbarmherzig weiter. Es war ihm gleich, ob sie die Pferde zuschanden ritten. Es war ihm selbst gleich, ob Renard, der schwerer verletzt war als er, den höllischen Ritt überstehen würde.

Hätte Renard de Banrieux ihn gefragt, warum er ihrer beider Leben aufs Spiel setzte, um Nizars Festung noch vor Morgengrauen zu erreichen, hätte er geantwortet, daß es einzig das *Auge des Satans* sei, das ihn zu dieser Eile trieb.

Aber das wäre nicht die Wahrheit gewesen.

In Wirklichkeit sah Guillaume ein ganz anderes Bild vor sich.

Das Bild einer jungen, schwarzhaarigen Frau.

Als ich die Augen wieder aufschlug, rieb Rubin die Schramme auf meiner Stirn mit einer wohlriechenden Salbe ein. Ihre Finger gingen dabei so geschickt und sanft zu Werke wie bei dem, was sie zuvor getan hatten, wenngleich diese Behandlung auch nicht halb so anstrengend war. Sie lächelte. Es war ein sehr entspanntes, zufriedenes Lächeln – und doch … es war etwas darin, das irgendwo in meinem Bewußtsein eine Alarmglocke anschlagen ließ. Ein Funke von … ja, von Gier, der mich schaudern ließ.

Ich setzte mich auf, schob ihre Hand mit sanfter Gewalt zur Seite und versuchte sie zu küssen, aber diesmal entzog sie sich mir, sprang lachend auf und trug die Schale mit Verbandszeug und Salbe davon. Als sie sich wieder zu mir umwandte, war das Lächeln von ihren Zügen verschwunden. Und irgend etwas war ...

Ich vermochte das Gefühl nicht in Worte zu fassen, aber etwas an ihr war verändert. Ihre Kleidung bestand noch immer aus nichts anderem als dem breiten ledernen Band um ihren Hals, an dem der hier anscheinend unvermeidliche Rubin glomm, und ihr Körper war schlank und verlockend wie zuvor, aber ...

Aber ihre Augen waren nicht mehr die eines Menschen!

Wie beim allerersten Male, als ich sie gesehen hatte, erinnerten sie mich jetzt fast an die einer Katze – schräggestellt, schmal, mit geschlitzten, kleinen Pupillen, in denen eine unlöschbare Gier loderte.

»Nun, Sidi, hat es dir Spaß gemacht?« fragte sie.

Auch ihre Stimme hatte sich verändert, auf entsetzliche, schwer in Worte zu fassende Weise.

»Was ... bedeutet das?« fragte ich mißtrauisch.

In Rubins Augen blitzte es spöttisch auf. Sie bewegte die Hände auf eine Art, die mich abermals an eine Katze denken ließ, eine menschengroße, aufrecht stehende Katze.

Und plötzlich sah ich sie mit ganz anderen Augen. Hatte ich sie zuerst nur für eine Dienerin gehalten, die in Nizars Geheimnisse eingeweiht war, und die er zu mir geschickt hatte, um mich quasi zu bestechen, so änderte ich diese Ansicht nun sehr schnell. Sie war ebenso wie Nizar selbst ein Hort ungeheurer magischer Kräfte, ein Wesen, das so tödlich war wie Nizar selbst.

Sie war zu einer lebenden Waffe geworden, die jeden Augenblick losschlagen konnte.

Mit einem Male war ich mir nicht einmal mehr sicher, daß sie überhaupt ein Mensch war. Angesichts der vergangenen anderthalb Stunden erfüllte mich diese Vorstellung mit Scham und Zorn.

Abrupt stand ich auf, schlüpfte in meine Hosen und Hemd und starrte Rubin an. »Wer bist du?« fragte ich zornig. »Hat Nizar dich geschickt, um mich zu demütigen?«

»Nein«, sagte Rubin leise. Sie lächelte. Ich sah, daß ihre beiden oberen Eckzähne plötzlich ein gutes Stück über die anderen hinausstanden.

Und dann ...

Die Veränderung ging innerhalb von Sekunden vonstatten, aber ich sah jedes noch so winzige Detail mit entsetzlicher Klarheit.

Rubin verwandelte sich.

Ihr Kopf schrumpfte, nahm die charakteristische runde Katzenform an, ihr dunkelbrauner Teint wurde zu beigem, seidig schimmerndem Fell. Die Nase floß auseinander, färbte sich dunkel, der Mund wurde zu einem großen, mit mächtigen Reißzähnen bestückten Löwenmaul, und ihre Fingernägel wuchsen zu langen, messerscharfen Krallen aus. Gleichzeitig begann sich ihr Körper auf entsetzliche Weise zu biegen und zu verdrehen. Sie stöhnte, sank auf Hände und Füße herab, die plötzlich die muskelbepackten Läufe einer mindestens hundertfünfzig Pfund schweren Löwin waren, und stieß ein tiefes, kehliges Fauchen aus. Der Rubin an ihrem Halsband leuchtete wie eine winzige gefangene Sonne.

Ich hatte mit einem magischen Angriff gerechnet und nicht mit simpler körperlicher Gewalt, auch wenn diese durch Zauberei vorbereitet wurde. Das wurde beinahe zu meinem Verhängnis. Denn Rubin stürzte sich auf mich, ohne ihre vollständige Verwandlung abzuwarten.

Ich warf mich beiseite und entging so der heranzuckenden Pranke um Haaresbreite. Doch die Löwenfrau glitt geschmeidig herum, traf mich mit der linken, noch nicht verwandelten Hand an der Schulter und stieß mich auf den Diwan herab.

Sie war über mir, ehe ich reagieren konnte. Ein fürchterlicher Prankenhieb traf mich, hämmerte mich ein gutes Stück weit in die Polster des Diwans hinein und raubte mir fast das Bewußtsein. Wären die fingernagellangen Krallen an den Enden ihrer Pranken bereits vollständig umgewandelt gewesen, so hätte mich wohl schon dieser erste Hieb getötet. So blieb mir wenigstens noch genug Zeit, dem Ungeheuer die Faust gegen die Kehle und das Knie in den Leib zu rammen.

Rubin fauchte vor Wut und Schmerz, fegte meine Hand mit

der Pranke beiseite und riß das Maul auf, um mir mit einem einzigen Biß den Schädel zu zermalmen. Es gelang mir, dem zuschnappenden Maul auszuweichen und mit beiden Händen das Fell unter ihrem Kiefer zu packen, so daß ich sie ein Stück weit von mir wegdrücken konnte. Doch ich wußte, daß ich der Kraft dieses sehnigen Raubtierkörpers nicht lange widerstehen konnte. Rubins Hinterläufe wühlten wie besessen auf dem Diwan; die messerscharfen Krallen zerfetzten Kissen und Stoff wie dünnes Pergament. Wenn sie auf die Idee kam, das gleiche mit meinem Bein zu machen …

Die Löwin fauchte wütend, riß den Kopf zurück und entschlüpfte so meinem Griff. Plötzlich hatte ich nur noch ein wenig ausgerissenes Fell zwischen den Fingern.

Und das Halsband mit dem riesigen Rubin …

Die Wirkung übertraf meine kühnsten Erwartungen. Ich hatte gehofft, daß das Halsband zu einem Teil für ihre Kraft verantwortlich war, aber was ich sah, ließ mich vor Entsetzen erstarren.

Rubin schrie auf, ein Schrei, der eine entsetzliche Mischung zwischen Tier- und Menschenstimme war. Wie von einem glühenden Dolch durchbohrt, bäumte sie sich auf, fiel rücklings von mir herunter und blieb zuckend vor dem Diwan liegen. Ihr Körper begann sich abermals zu verwandeln.

Aber sie wurde nicht mehr zur Menschenfrau, sondern zu einem entsetzlichen Mischwesen: halb Löwin, halb Frau. Rubin krümmte sich und stieß wimmernde, halb tierische, halb menschliche Laute aus. Sie bot einen Anblick, der mich schier vor Grauen lähmte – ein Teil ihres Körpers und Teile ihres Gesichts waren wieder menschlich geworden, aber eben nur Teile. Was ich sah, war ein entsetzlicher Zwitter, halb Mensch, halb Löwe, ein verunstaltetes, verwachsenes *Ding*, das schauerliche Töne ausstieß und sich rasend schnell, aber nichtsdestotrotz ungelenk bewegte.

Und plötzlich fuhr Rubin mit einem kreischenden Schrei hoch. Mit einem Schlag stieß sie mich zurück. Ihre Hand traf die meine, und der Hieb riß mir das Halsband aus den Fingern und ließ es quer durch den Raum fliegen.

Rubin erstarrte. Ich konnte direkt sehen, wie alle Kraft aus ihrem Körper wich. Ein entsetzlicher, röchelnder Laut drang aus ihrer Kehle. Mit plötzlich sehr müden Bewegungen kroch sie von mir herunter, versuchte auf die Füße zu kommen und schleppte sich in die Richtung, in der das Halsband verschwunden war.

Und endlich begriff ich. Nizars magischer Rubin gab ihr noch immer Kraft, auch wenn sie ihn nicht unmittelbar am Körper trug. Aber diese Kraft nahm rasend schnell ab, wenn die Entfernung größer als wenige Inches war.

Blitzschnell sprang ich auf, packte das schreckliche Zwitterwesen im Nacken und stieß es davon, in die entgegengesetzte Richtung und so heftig, daß es haltlos nach hinten kippte und mit zuckenden Gliedmaßen liegenblieb.

Ich durchquerte den Raum, blieb über dem Halsband stehen und hob den Fuß, wie um es zu zermalmen. Rubin erstarrte.

»Nicht, Sidi!« wimmerte sie. »Ich flehe dich an, tu es nicht!«

Und ich zögerte tatsächlich.

Das Wesen, das vor wenigen Augenblicken noch eine Bestie und davor eine berückend schöne Frau gewesen war, wand sich unter Krämpfen am Boden. Blutiger Speichel lief aus seinem Mund, einem Mund, der eine entsetzliche Mischung zwischen Menschen- und Tiermaul darstellte. Ihr Körper, zum Teil mit Fell, zum Teil mit dunkelbrauner Haut bedeckt, zuckte, als bewegten sich kleine schnelle Insekten unter seiner Haut. Blut lief aus ihren Augenwinkeln.

Plötzlich tat sie mir nur noch leid. Ich verspürte nicht einmal mehr Zorn, obgleich sie noch vor wenigen Sekunden versucht hatte, mich umzubringen.

»Sidi, ich … flehe dich … an«, krächzte sie. »Gib mir … den Stein!«

Ich reagierte noch immer nicht, senkte den Fuß aber auch nicht weiter auf das Halsband herab, und so begann sie, unendlich mühsam auf mich zuzukriechen. Ihre Bewegungen waren unsicher, zitternd und schwerfällig, aber sie kroch weiter. Und ich sah, wie sie an Kraft gewann, mit jedem Zoll, den sie sich mir näherte. Schließlich war ihre rechte, zu einer entsetzlichen Skelettkralle verkrümmte Hand nur noch wenige Fingerbreit von meinem Fuß entfernt. Ihre Stimme klang schon kräftiger.

»Gib mir das Halsband, Sidi. Sonst soll dich der Schejtan holen!« fauchte sie.

Und sprang.

Ihre Hand schloß sich um meinen Fuß; die andere zuckte in einer schier unmöglich erscheinenden Bewegung nach meinem Gesicht.

Aber ich hatte den Angriff erwartet. Blitzschnell fuhr ich zurück, riß meinen Fuß los und klaubte das Halsband vom Boden hoch, ehe ich mit zwei, drei Sätzen die gesamte Breite des Raumes zwischen sie und mich brachte.

Rubin drehte sich schwerfällig zu mir um. Doch nun besaß sie nicht mehr die Kraft, mir zu folgen. Mittlerweile war der Verfall ihres Körpers in erschreckender Weise fortgeschritten. Ihre Haut spannte sich wie rissiges Pergament über ihren Knochen, das Fell wirkte struppig und begann auszufallen und ihr Kopf war eine entsetzlich deformierte Masse, jetzt weder Mensch noch Tier. Anstelle der tödlichen Reißzähne grinste mich ein fauliges Stummelgebiß zwischen ihren Lippen hindurch an. Ihr rechtes Auge war stumpf und blind.

Eine Sekunde später sank sie ächzend in sich zusammen. Und der Zerfall ging weiter.

Ich wandte mich ab, schloß für einen Moment die Augen und wartete, bis die fürchterlichen Laute, die auf der anderen Seite des Raumes erklangen, allmählich abnahmen. Als ich wieder zu ihr hinsah, lag nur noch ein Häufchen grauer Asche am Boden.

Gleichzeitig wurde das Halsband in meiner Hand glühendheiß. Ich schleuderte es instinktiv beiseite. Es fiel genau auf die Kleider der Löwenfrau und flammte noch einmal auf, wie ein winziger Stern, der seine gesamte Energie mit einem Schlag abgab. Der Stoff loderte auf und zerfiel. Und mit ihm der Stein.

Ich starrte Rubins Überreste an und atmete erleichtert auf. Diesmal war es verdammt knapp gewesen. Nizars Geheimwaffe hätte wirklich nur zwei, drei Herzschläge länger aushalten müssen, um mich endgültig zu erledigen.

Trotzdem sah meine Lage alles andere als rosig aus – ich mochte vielleicht Rubin entkommen sein, doch ich war noch immer ein Gefangener in dieser Festung des Dschinn. Die entscheidende Auseinandersetzung mit Nizar stand erst noch bevor.

Wenn es überhaupt dazu kam, flüsterte ein besonders gehässiger Teil meiner Gedanken. Ich hatte einen von Nizars

Schergen besiegt und wenn ich ganz ehrlich war, so wohl mehr durch Zufall und Glück als aus irgendeinem anderen Grund. Um aus dieser Festung zu entkommen und nebenher auch noch Letitia und Ali zu befreien, brauchte ich nicht nur ein, sondern gleich ein ganzes Dutzend Wunder.

Oder ein bißchen Hexerei …

Es war sonderbar: So logisch mir dieser Gedanke erschien – es war nicht mein Gedanke. Ich hörte die Worte ganz deutlich wie ein lautloses Flüstern, das direkt in meinem Denken erscholl, aber eindeutig von außerhalb kam.

Als gäbe es da eine unsichtbare Macht, die jeden meiner Schritte genauestens verfolgte.

Und plötzlich, als wäre ein unsichtbarer Schleier von meinen Gedanken gezogen worden, fiel mir noch mehr auf. Kleinigkeiten, denen ich bisher keine Beachtung geschenkt hatte – wie zum Beispiel der Umstand, daß ich das Zauberkunststück am Morgen, mit dem ich die Beni Ugad in die Flucht geschlagen hatte, normalerweise aus eigener Kraft niemals hätte bewerkstelligen können.

Oder die Frage, was zum Teufel ich in dieser verdammten Festung überhaupt tat …

Eine Zeitlang blieb ich einfach stehen und lauschte in mich hinein, von der vagen Hoffnung erfüllt, daß sich die lautlose Stimme noch einmal melden und mir einen Weg aus dieser Falle weisen würde.

Aber es blieb bei einer Hoffnung. Der unsichtbare Beobachter schwieg, und auch meine eigenen Überlegungen führten zu nichts. Möglicherweise würde es mir gelingen, aus diesem Zimmer zu entkommen, und möglicherweise würde ich selbst mit den beiden Mumienkriegern fertig werden, die zweifellos auf dem Gang Wache hielten.

Und dann?

In den lichtlosen Gängen dieses aus Lava und Granit errichteten Labyrinthes mußte ich mich in wenigen Augenblicken hoffnungslos verirren. Und selbst wenn ich wie durch ein Wunder den Weg nach draußen fand, und wenn ich durch ein zweites Wunder Nizars Schergen entkam, die er in Scharen hinter mir herschicken würde …

Da waren noch Letitia und Ali, die ich unmöglich ihrem Schicksal überlassen konnte.

Auf dem kleinen Tisch neben der Couch stand noch das kleine Töpfchen Salbe, mit der Rubin vor ihrem Angriff meine Verletzungen versorgt hatte, um mich in Sicherheit zu wiegen. Da mir diese Behandlung gutgetan hatte, sah ich keinen Grund, meine neuen Wunden nicht auch damit einzureiben.

Die Salbe roch erfrischend nach Pfefferminze. Obwohl sie ein wenig brannte, als ich sie auf meine aufgeschürften Hautpartien auftrug, machte sich doch bald eine wohlige Wärme bemerkbar, die meine verspannten Muskeln lockerte und den Schmerz vertrieb.

Ich warf der Tür einen finsteren Blick zu. So wenig mir der Gedanke gefiel – es gab nur einen einzigen Weg aus diesem Zimmer hinaus: den durch diese Tür. Und an Nizars Kriegern vorbei.

Ich setzte mich auf den Diwan, schloß die Augen und versuchte, mich zu konzentrieren. Aus irgendeinem Grund, den ich zu ahnen begann, der mir aber nicht besonders gefiel, arbeitete das magische Erbe meines Vaters mit ungeahnter Kraft, seit ich dieses Land betreten hatte. Und ich hatte das sichere Gefühl, daß ich jedes Quentchen davon nötig haben würde, wollte ich es in demselben Zustand wieder verlassen, in dem ich gekommen war – nämlich lebendig.

Im ersten Augenblick war ich einfach zu aufgeregt, um jenen entspannten, schon fast tranceähnlichen Zustand zu erreichen, in dem ich über die geheimnisvollen Kräfte meines Bewußtseins am besten gebieten konnte. Ich versuchte es mit einigen Atemübungen und ein paar Yoga-Tricks, die mir Howard beigebracht hatte. Dennoch dauerte es noch einige Zeit, bis ich mich darauf konzentrieren konnte, meine Gedankenfühler auszustrecken.

Es war, als hätte ich weißglühendes Eisen berührt. Ich sah eine Flammenwand, spürte einen entsetzlichen Sog und versuchte mich dagegenzustemmen, aber meine Kräfte reichten nicht. Ich raste in die lodernde Feuerwand hinein und verglühte schier in dem roten Nebel, der mich umgab und mich zu bremsen suchte. Dann war ich hindurch und fand mich in einem großen Saal wieder, dessen Decke durch eine riesige Kuppel aus Kupfer gebildet wurde.

Etwas Schwarzes, Entsetzliches griff nach mir, versuchte

mich mit peitschenden Tentakelarmen zu umschlingen, tastete nach meiner Seele, meinem Verstand, meinem Körper …

Im buchstäblich allerletzten Moment gelang es mir, die geistige Nabelschnur zu kappen, die mich mit dem Monster verband, was immer es war. Keuchend sank ich auf den Diwan zurück, versuchte die entsetzlichen Bilder aus meinem Bewußtsein zu verdrängen und wartete, bis meine Hände aufgehört hatten wie verrückt zu zittern. Auf diesem Wege würde ich jedenfalls nicht aus der Festung entkommen, das war mir klar.

Aber es gab ja noch einen anderen. Auch wenn er mir noch weniger gefiel.

Schweren Herzens richtete ich mich auf, trat zur Tür und öffnete sie.

Im ersten Moment sah ich nichts; nichts als die Schwärze, die so zu dieser Festung gehörte wie ihre üble Ausstrahlung und die Angst, die sich in ihren Mauern eingenistet hatte. Dann glaubte ich ein Rascheln zu hören; Sekunden später gewahrte ich eine schattenhafte Bewegung. Nizars Mumienkrieger waren also noch da.

Ich überlegte einen Moment, ob ich hinausgehen und mich ihnen dort zum Kampf stellen sollte, wo ich wenigstens den Vorteil der Überraschung auf meiner Seite hatte, entschied mich dann aber dagegen. Was nutzte mir die größte Überraschung, wenn ich den, den ich überraschte, nicht einmal sah?

Also trat ich einen Schritt von der Wand zurück, streckte das Bein aus und rief schneidend: »Wache!!!«

Die Reaktion ließ keinen Augenblick auf sich warten. Trappelnde Schritte wurden laut, dann stürmten die beiden Mumienkrieger dicht hintereinander in den Raum.

Der erste stolperte geradewegs über meinen vorgestreckten Fuß, versuchte auf den spiegelglatten Steinfliesen vergebens, mit Gesicht und Kniescheiben zu bremsen, und knallte mit voller Wucht gegen die Wand. Der zweite kollidierte reichlich unsanft mit der Tür, die ich blitzschnell wieder zuwarf.

Allerdings nur, um sie eine Sekunde später wieder aufzureißen und ihn vollends über den Haufen zu rennen.

Noch während er versuchte, wieder auf die Beine – oder das, was davon übrig war – zu kommen, jagte ich den Gang hinunter, spürte plötzlich die oberste Stufe einer in der Dunkelheit verborgenen Treppe unter den Füßen und überwand die nächsten drei mit wild rudernden Armen, ehe ich recht unsanft auf hartem Granit aufschlug, mich acht-, neun-, zehnmal überschlug und schließlich von einer ebenfalls unsichtbaren Wand gebremst wurde. Von schierer Angst getrieben, sprang ich wieder hoch, streckte beide Arme vor und rannte weiter.

Mitternacht war längst vorüber, aber die beiden Tempelherren ritten noch immer. Sie waren langsamer geworden, sehr viel langsamer, denn die Kräfte ihrer beiden Tiere begannen jetzt merklich nachzulassen, aber Guillaume de Saint Denis trieb sie unbarmherzig weiter. Er mußte Nizars Festung erreichen, ehe die Sonne aufging.

Denn er wußte, daß *sie* dort auf ihn wartete.

Ich erspare mir die weiteren unerfreulichen Einzelheiten meiner Flucht an dieser Stelle, denn es gibt nicht viel zu berichten – ich schätze, daß ich eine halbe Stunde durch die pechschwarzen Eingeweide von Nizars Alptraumburg irrte, vollkommen blind und nur auf das angewiesen, was mir mein Gehör und meine tastend ausgestreckten Hände verrieten. Nach einer Weile hörte ich auf zu rennen und ging in vorsichtigem Schrittempo weiter. Trotzdem prallte ich noch gegen ein Dutzend Wände und kugelte zwei oder drei Treppen hinunter. Es glich einem Wunder, daß ich mir dabei nicht den Hals brach.

Schließlich hielt ich erschöpft inne und verkroch mich in eine Wandnische, die ich ertastete. Ich blieb sehr lange dort hocken, erschöpft und in düsteres Brüten versunken. Meine Lage war aussichtsloser denn je. Nizars Burg war groß genug, daß ich den Rest meines Lebens – die paar Stunden, die mir noch blieben – blind in ihr herumstolpern konnte, ehe ich mir entweder irgendwo das Genick brach, den Schädel einrannte oder von Nizars Soldaten aufgespürt wurde, die ja offensichtlich in dieser Dunkelheit sehen konnten. Der Gedanke, auf eine derart unwürdige und überflüssige Weise ums Leben kommen zu sollen, erfüllte mich mit hilfloser Wut.

Nach einer Weile hörte ich Geräusche und plötzlich tauchte ein mattes, flackerndes Licht am Ende des Ganges auf. Erschrocken preßte ich mich enger gegen die Wand, schickte ein Stoßgebet zum Himmel, daß mein Versteck so gut war, wie es sich angefühlt hatte, und machte mich bereit, ein zweites Mal durch die Dunkelheit stürmen zu müssen.

Das Licht und die Schritte kamen näher. Bald erkannte ich, daß es das Licht einer Pechfackel war, in dem sich drei Gestalten meinem Versteck näherten: zwei von Nizars vertrockneten Leibwächtern – und Dschakid, der einer der wenigen Menschen in dieser Burg zu sein schien!

Ich preßte mich so eng gegen die Wand, wie ich nur konnte. Dschakid und seine beiden unappetitlichen Freunde schlenderten eher gemächlich dahin. Sie unterhielten sich dabei, und es dauerte eine Weile, bis ich begriff, daß ich ihre Worte verstand, obwohl sie mir nicht den Gefallen taten, englisch zu reden. Aber ich dachte über dieses neuerliche Wunder nicht einmal mehr nach. Wer immer es war, der auf meiner Seite stand und mir half – er hatte originelle Ideen. Und einen Humor, über den ich mich mit ihm unterhalten mußte, wenn ich seiner habhaft werden sollte.

»... mir genausowenig wie dir, du Kreatur«, sagte Dschakid gerade. »Aber wenn Nizar befiehlt, daß wir hinuntergehen sollen, dann gehen wir hinunter.«

»Aber Herr, ich –«

»Wenn dir irgend etwas an diesem Befehl nicht paßt«, fuhr Dschakid schneidend fort, »dann sag es ruhig. Du kannst gleich dableiben, wenn du willst.«

Die andere Stimme widersprach nicht mehr, dafür meldete sich der zweite Krieger zu Wort: »Es ist nur so, daß wir genug sind, mit den beiden Fremden fertig zu werden, Herr. Und die Gefahr –«

»Ist mir bekannt«, sagte Dschakid hart. Die drei näherten sich meinem Versteck und für einen Moment fiel der Lichtschein von Dschakids Fackel direkt in meine Nische. Wenn einer von ihnen auch nur hersah, war ich verloren. Dschakid würde sich höchstpersönlich ein Vergnügen daraus machen, mich zu Kebab zu verarbeiten.

Aber sie sahen nicht her, sondern gingen mit gemächlichen Schritten weiter.

»Es geht auch nicht um den Zauberer aus Inglistan«, fuhr Dschakid fort. »Nizar ist dabei, das *Auge* zu beschwören, um ihn aufzuspüren und zu vernichten. Aber einer der Wächter meldete, daß an die dreihundert Beni Assar auf dem Wege hierher seien und wir …«

Seine Stimme wurde leiser und verklang schließlich vollends. Aber ich hatte genug gehört. Ich verstand zwar kaum die Hälfte von dem, was Dschakid meinte, aber dieses wenige reichte. Sie wollten hinunter, wo immer das auch sein mochte. Vielleicht sogar außerhalb der Festung. Und die Beni Assar – nun, wenn ich mich recht erinnerte, waren das Alis Krieger. Wenn es mir gelang, mich zu ihnen durchzuschlagen und ihnen zu berichten, was hier geschehen war …

Möglicherweise würde mein Freund Nizar eine Überraschung erleben.

Lautlos erhob ich mich aus meiner Deckung und folgte dem Lichtschein von Dschakids Fackel.

Der Weg in das Unbekannte hinab war sehr weit. Ein paarmal verlor ich den auf und ab hüpfenden Lichtpunkt aus den Augen, wenn Dschakid um eine Ecke bog oder eine Treppe hinabging, und einmal wäre ich fast auf ihn gestoßen, als er und seine beiden Begleiter hinter einer Biegung stehenblieben und in einen heftigen Streit gerieten.

Nach einer Ewigkeit hellte sich die Finsternis vor uns auf. Eine gewaltige, anscheinend natürlich gewachsene Höhle, von einem unheimlichen, graurot flackernden Licht erfüllt, verschlang Dschakid und seine beiden Begleiter.

Und wenn sie auch auf natürliche Weise entstanden sein mochte, so war sie doch eindeutig künstlich bearbeitet worden. Gewaltige Reliefarbeiten zierten die zyklopischen Wände. Die riesigen Stützpfeiler, die die Decke trugen, waren künstlich geglättet und mit kabalistischen Zeichen verziert worden, und hier und da standen barbarische Skulpturen, deren Bedeutung ich nicht zu erraten vermochte, die mich jedoch mit einer schwer zu ignorierenden Unruhe erfüllten.

Dschakid und seine beiden Begleiter durchquerten diese Höhle und verschwanden in einem offensichtlich künstlich geschaffenen Durchgang auf der gegenüberliegenden Seite. Ich folgte ihnen, wenn auch noch vorsichtiger als bisher und von einer ständig wachsenden Unruhe erfüllt.

Ein kurzer, sorgfältig bearbeiteter Gang nahm mich auf, dann folgte eine Treppe mit absurd unterschiedlich geformten Stufen, schließlich eine Art Korridor, dessen rechte Wand schräg gegen die gegenüberliegende gekippt und von sorgfältig hineingemeißelten Rissen durchzogen war.

So ging es weiter. Ich weiß nicht wie lange ich Dschakid und den beiden Kriegern folgte, aber unser Weg mußte uns tief in den Leib der Erde hinabführen. Doch es war keine Höhle, die wir durchstreiften, sondern eine titanische, gänzlich unterirdisch gelegene Stadt, deren ganzes Ausmaß ich nicht einmal zu schätzen wagte.

Schließlich erreichten wir einen weiteren, gewaltigen Raum – und ich unterdrückte im letzten Moment einen Schrei, als ich ihn erkannte.

Es war der riesige Kuppelsaal, den ich in meiner Vision erblickt hatte, ein titanisches Gewölbe mit einer Decke aus Kupfer, unter der sich unbeschreibliche Dinge erhoben. Voller Schrecken dachte ich an das tentakelbewehrte *Ding*, das ich gesehen und das mich um ein Haar getötet hätte.

Von dem namenlosen Schrecken war keine Spur zu entdecken – aber ich sah andere Dinge, die mir schier das Blut in den Adern gerinnen ließen.

Der Saal war mit Leichen übersät.

Es waren Männer, Krieger in den gleichen schwarzledernen Rüstungen, wie sie Dschakids Begleiter trugen, auf flachen schwarzen Steinpodesten aufgebahrt, Hunderte, vielleicht Tausende.

Und in der Mitte des Raumes, auf einem halb mannshohen Podest, erhob sich der gewaltigste Rubin, den ich jemals zu Gesicht bekommen hatte. Er war so groß wie eine Kokosnuß, und er glühte wie unter einem inneren Feuer. Als Dschakid und seine beiden Begleiter an ihm vorübergingen, flammten zwei winzige Punkte an den Hälsen der Mumienkrieger auf.

Und endlich begriff ich.

Es war kein Zufall, daß Rot die Lieblingsfarbe Nizars war.

Es waren Rubine, die seine Macht überallhin übertrugen. Ein Rubin, der das gleichnamige Mädchen in eine mörderische Bestie verwandelt hatte. Ein Rubin, den er als Monokel benutzte, um seine eigenen übersinnlichen Kräfte zu verstärken. Und Rubine, die an den Körpern der Untoten angebracht waren, um sie zu gräßlichen Karikaturen lebender Menschen zu erwecken.

Meine nächste Beobachtung bestätigte meinen Verdacht, denn Dschakid kniete neben einer der steinernen Bahren nieder, öffnete einen Lederbeutel, den er unter dem Burnus getragen hatte, und zog einen winzigen Rubinsplitter heraus. Für einen ganz kurzen Moment flammte der Riesenstein in der Mitte der Halle in hellerem Licht, als er den Edelsteinsplitter in den Hals des Leichnams trieb.

Im nächsten Augenblick begann sich der Tote zu bewegen ...

Dschakid nickte zufrieden, klaubte eine ganze Handvoll Rubinsplitter hervor und verteilte sie an seine beiden Begleiter, die sich unverzüglich daranmachten, ihre mumifizierten Genossen zu erwecken. Dschakid war dabei, eine ganze Armee dieser Schreckensgestalten zu rekrutieren!

Was ich nun tat, war der schiere Wahnsinn – logisch betrachtet. Aber ich dachte nicht mehr logisch in diesem Moment, sondern folgte nur noch meinem Instinkt.

Meine Hand tastete über den Boden, fand einen faustgroßen, glatten Stein und schloß sich darum. Mit einem Ruck richtete ich mich auf, holte aus, sah, wie Dschakid herumfuhr und nach seinem Säbel griff, zielte, sah das Erschrecken in seinen Augen, und schleuderte den Stein. Dschakid brüllte einen Befehl, und zwei seiner Krieger rasten mit Riesensätzen auf mich zu, rostige Schwerter in den Fäusten.

Im gleichen Augenblick traf mein Wurfgeschoß sein Ziel.

Und der Rubin zersplitterte.

Für einen Moment war die Halle von blendend hellem, grellrotem Licht erfüllt. Ein ungeheures Krachen erscholl. Der Boden zitterte. Steine und Kupferplatten regneten von der Decke. Ich taumelte zurück und schlug geblendet die Hände vor die Augen, aber das Licht war so grell, daß ich trotzdem sah, wie sich das Feuer ausbreitete, wie weißglühende Flammen plötzlich auch aus den kleineren Rubinen in den Körpern der Mumienkrieger brachen und die ganze Höllenbrut in Sekundenbruchteilen zu Asche zerfiel.

Auch den beiden Kriegern, die auf mich zueilten, erging es nicht besser. Innerhalb einer Zehntelsekunde flammten ihre Körper auf, verwandelten sich in absurde, brennende Fackeln – und vergingen. Ihre Waffen und die brennenden Lederteile ihrer Rüstung polterten zu Boden.

Als das grausam helle Licht endlich verebbte, war ich allein mit Dschakid. Auf den steinernen Bahren lagen noch immer die Toten, aber Dschakid besaß nun keine Möglichkeit mehr, sie zu erwecken.

»Du!« keuchte er.

Ich nickte. »Ich«, bestätigte ich. »Jetzt wollen wir sehen, ob du alleine noch immer so mutig bist, Dschakid.« Ich lächelte böse, richtete mich zu meiner vollen Größe auf und trat mit gemessenen Schritten auf Dschakid zu.

Aber es schien, als hätte mich meine Menschenkenntnis abermals im Stich gelassen, denn Dschakid war nicht ganz der Feigling, für den ich ihn gehalten hatte. Er wich zwar vor mir zurück, aber nur, um blitzschnell einen Dolch aus dem Gürtel zu ziehen.

»Dann komm, Giaur!« fauchte er. »Kämpfe wie ein Mann!«

Ich hatte nichts dergleichen vor, aber ich schwieg und näherte mich ihm sehr langsam. Mein Blick fixierte den Griff meines Stockdegens, den er noch immer im Gürtel trug. Mit ein wenig Glück ...

Dschakid täuschte einen Ausfall an und ich tat so, als fiele ich darauf herein. Aber noch während er grinsend seinen Dolch in die Richtung stieß, in der ich auszuweichen schien, verlagerte ich mein Körpergewicht auf die andere Seite, griff unter seiner Waffenhand hindurch und bekam den Griff meines Spazierstockes zu fassen.

Dschakid brüllte vor Wut, verletzte mich mit einem hastig geführten Stich am Arm und umklammerte den Stockschaft mit der freien Hand, während er mit dem Dolch zum entscheidenden Hieb ausholte.

Mehr wollte ich nicht. Eine winzige Bewegung des Daumens, ein kaum hörbares Klicken – und die Degenklinge glitt scharrend aus ihrer hölzernen Umhüllung heraus, schlitzte

Dschakids Burnus und die darunterliegende Haut und verharrte unter seinem Kinn. Dschakid erstarrte.

»Laß den Dolch fallen«, befahl ich.

Dschakid fuhr sich nervös mit der Zunge über die Lippen und bog den Kopf in den Nacken, aber die Degenspitze folgte seiner Bewegung. Ein einzelner Blutstropfen sickerte dort hervor, wo sie sich gegen seine Kehle preßte. »Das … das war –«

»Nicht fair, ich weiß«, unterbrach ich ihn. »Aber sehr wirkungsvoll, nicht? Also laß den Dolch fallen, ehe dein Kopf fällt.«

Das Argument schien ihn zu überzeugen. Er ließ das Messer fallen, wich einen weiteren Schritt zurück und hob die Hände über den Kopf. »Töte mich nicht«, sagte er.

»Töten?« Ich überlegte einen Moment. »Ich hatte zwar nichts dergleichen vor, aber immerhin – keine schlechte Idee.« Dschakid wurde blaß. »Es sei denn«, fuhr ich fort, »du beantwortest mir ein paar Fragen.«

»Jede, Sidi«, antwortete er hastig.

»Dieser Rubin …«, ich deutete mit der freien Hand auf den zerborstenen Riesenrubin, » … war er die Quelle von Nizars Macht? Ist sie jetzt gebrochen?«

Dschakid nickte – ein wenig zu schnell, wie ich fand. Ich piekste ihn ein wenig heftiger mit dem Degen. »Lüg mich lieber nicht an«, sagte ich. »Denn du wirst mich begleiten, Dschakid. Und ich finde bestimmt noch Zeit, dich zu töten, sollte sich herausstellen, daß Nizar mir noch immer überlegen ist.«

»Ich … Ich habe mich getäuscht«, sagte Dschakid hastig. »Er lenkte nur die Krieger. Aber alle Krieger, Sidi, das schwöre ich.«

»Alle?« Ich runzelte demonstrativ die Stirn. »Überlege dir deine Antwort gut. Wenn wir noch einen einzigen von ihnen zu Gesicht bekommen, Dschakid, wird sein Anblick das letzte sein, das du jemals sehen wirst.«

»Ich sage die Wahrheit!« keuchte Dschakid, der den Kopf mittlerweile so weit in den Nacken gelegt hatte, daß er jeden Moment nach hinten zu kippen drohte. Ich lockerte den Druck der Degenklinge ein wenig.

»Gut. Wo sind Letitia und Ali?«

»Der … der Beni Assar befindet sich im Kerker«, stöhnte Dschakid. »Wo die Frau ist, weiß ich nicht.«

Und diesmal spürte ich, daß er die Wahrheit sprach. Er hatte viel zuviel Angst, um mich zu belügen.

»Im Kerker«, wiederholte ich. »Gut. Dann wirst du mich jetzt dorthin bringen.«

»Das ist unmöglich!« keuchte Dschakid. Sein Gesicht verlor alle Farbe. Er war der erste kreidebleiche Araber, den ich sah.

»Warum?« fragte ich. »Wenn Nizars Krieger ausgeschaltet sind, droht doch keine Gefahr mehr, oder?«

Dschakid schluckte ein paarmal. Aber er sagte nichts mehr.

Der Weg zurück erschien mir weiter als der hinab in die *Schwarze Stadt*, aber Dschakid reagierte auf meine dementsprechenden mißtrauischen Fragen nur mit einem ebenso dümmlichen wie ausdauernden Lächeln.

Da er wie ich ein Mensch und somit auf Licht angewiesen war, um zu sehen, wäre es mir vermutlich ein leichtes gewesen, ihm die Fackel wegzunehmen und ihn im wahrsten Sinne des Wortes im Dunkeln stehenzulassen. Aber ich traute Dschakid nicht einmal so weit, wie ich ihn sehen konnte. Der Bursche war alles andere als ein Dummkopf – vermutlich hätte er auch mit verbundenen Augen den Weg hinauf zu Nizar fünfmal schneller gefunden als ich. Wenn es überhaupt einen Platz gab, an dem Dschakid im Moment sicher aufgehoben war, dann war es der an der Spitze meiner Degenklinge.

Ich atmete instinktiv auf, als wir die *Schwarze Stadt* verließen und wieder in die Kellergewölbe von Nizars Alptraumburg vordrangen – die freilich nichts als eine Fortsetzung des unterirdischen Labyrinthes darstellte. Trotzdem hatte ich das Gefühl, mit einem Male wieder freier atmen zu können. Selbst wenn es Kreaturen wie Dschakid und Nizar waren – dieser Teil der Festung wurde von *Menschen* bewohnt, während der Rest …

Für Augenblicke sah ich noch einmal das entsetzliche *Ding*, das mir um ein Haar den Verstand geraubt hätte. Allein die Erinnerung daran ließ mich schaudern. Ich verscheuchte das Bild.

Nach einer guten halben Stunde blieb Dschakid stehen, drehte sich vorsichtig um und drückte mit spitzen Fingern und einem vergebungsheischenden Lächeln die Degenspitze zur Seite, die auf seine Nase deutete. »Wir sind da, Sidi«, sagte er. »Gleich am Ende des Ganges hier.«

»Dann geh voraus«, sagte ich.

Dschakid nickte, wandte sich um und wollte einen Schritt machen, aber ich hielt ihn mit einem scharfen Befehl zurück. Seine plötzliche Kooperationsbereitschaft war mir nicht ganz geheuer.

»Vielleicht gehst du besser hinter mir«, sagte ich. »Du wirst mir wohl kaum in den Rücken fallen, oder?«

Dschakid schluckte und trat verlegen von einem Fuß auf den anderen.

»Das sicher nicht, Sidi«, sagte er. »Aber wenn ich es recht bedenke ...«

»Ja?« fragte ich, als er nicht weitersprach.

Dschakid warf einen sehnsüchtigen Blick zur Decke hinauf. »Ich war lange nicht hier unten, Sidi«, sagte er. »Aber jetzt erinnere ich mich. Es gibt da gewisse ... Gefahren.«

»Wie zum Beispiel eine Bodenplatte, die die halbe Decke herabstürzen läßt, wenn man darauf tritt?« schlug ich vor.

»Nicht ... ganz«, erwiderte Dschakid mit einem gequälten Lächeln. »Aber hier war früher ein Schacht, und ich habe keine Ahnung, wie stabil die Decke ist.«

Ich lächelte milde, was Dschakid noch mehr erbleichen ließ. »Nicht, daß ich dir nicht traue, Dschakid«, sagte ich. »Aber was, wenn du dich nun täuscht und der, der zuerst geht, stürzt in ein Loch, das irgendein vergeßlicher Maurer nicht richtig geschlossen hat. Weißt du – ich halte es für das Klügste, wenn wir nebeneinander gehen. Hand in Hand, wie alte Freunde.«

Dschakids ohnehin etwas gequältes Grinsen gefror zu einer Grimasse.

»Nun?« fragte ich fröhlich.

»Mein Gedächtnis, Sidi«, jammerte Dschakid. »Ich bin ein törichter Narr, der alles vergißt. Gerade fällt mir ein, daß Nizar mich erst letzte Woche warnte, diesen Gang zu betreten.«

»Er scheint mir ein wenig baufällig«, pflichtete ich ihm bei.

Dschakid atmete hörbar auf. »Ja. Aber keine Sorge, Sidi, ich weiß einen anderen Weg zum Kerker. Er ist ein wenig weiter, aber sehr viel sicherer.«

»Gut«, erklärte ich. »Dann geh voraus. Aber warte.« Ich hob die Hand, nahm eines seiner Barthaare zwischen die Finger und riß es ihm aus. Dschakid brüllte, hüpfte auf einem Bein herum und wimmerte, als hätte ich ihm ein weitaus edleres Körperteil ausgerissen.

»Warum quälst du mich, Sidi?« jammerte er. »Gerade erst habe ich dir das Leben gerettet!«

»Ebendrum«, sagte ich, hob das Barthaar vor die Augen und machte mit der freien Hand eine kreisende Bewegung darum, während ich eine Reihe zwar vollkommen sinnloser, aber sehr beeindruckend klingender Worte murmelte. Dann ließ ich das Haar fallen, klatschte demonstrativ in die Hände und schob meinen Degen in seine Hülle zurück. »Das brauchen wir jetzt nicht mehr.«

Dschakid blinzelte mißtrauisch. Seine Hand preßte sich noch immer gegen den Mund, als fürchte er, ich würde ihm auch noch den Rest seiner männlichen Zierde ausrupfen.

»Ich sehe schon, ich muß es dir erklären«, sagte ich freundlich. »Die Sache ist ganz einfach, Dschakid. Du hast mir das Leben gerettet und dafür bin ich dir endlos dankbar. Durch die Beschwörung, deren Zeuge du warst, bist du jetzt geschützt. Du wirst leben, solange ich lebe. Keinen Augenblick weniger. Oder länger.«

Es dauerte einen Augenblick, bis Dschakid begriff. »Du ... du hast ...« Er straffte sich. »Ich glaube dir kein Wort. Du lügst, Giaur!«

Ich lächelte, hob meinen linken Arm und kniff kräftig hinein. Gleichzeitig suggerierte ich Dschakid einen scharfen, stechenden Schmerz an der gleichen Stelle. Er kreischte, sprang so heftig zurück, daß er gegen die Wand prallte, und preßte die Hand auf den Arm.

»Schejtan!« keuchte er. »Du hast mich verhext.«

»Zuviel der Ehre«, sagte ich freundlich. »Ich habe mit eurem Schejtan nichts zu schaffen. Er war bisher klug genug, mir nicht über den Weg zu laufen«, fügte ich mit einem schon fast übertrieben boshaften Lächeln hinzu.

Eine innere Stimme warnte mich, den Bogen nicht zu überspannen, aber Dschakids Aberglaube war tatsächlich noch größer als seine Heimtücke. Er begann zu röcheln, machte eine Reihe komplizierter, irgendwie beschwörend wirkender Gesten vor dem Gesicht und wimmerte wie ein getretener Hund, als ich nur die Hand hob.

»Wir haben genug Zeit verschenkt«, sagte ich. »Bring mich jetzt zu Ali. Und keine Tricks mehr.«

Dschakid hatte es plötzlich sehr eilig, meine Befehle auszuführen.

Das Fauchen einer Raubkatze sagte mir, daß wir diesmal auf dem richtigen Weg waren. Der Laut erscholl irgendwo in der samtschwarzen Dunkelheit vor uns, nicht sehr weit entfernt, dann hörte ich ein zorniges Brüllen, einen klatschenden Schlag und einen Schrei, der mich abrupt stehenbleiben ließ.

»Ali!« keuchte ich. Ich machte einen Schritt in die Dunkelheit hinein, blieb stehen und fuhr zu Dschakid herum. »Wo ist er?« fragte ich scharf.

»In ... in seinem Verlies«, antwortete Dschakid stotternd. »Aber es ist zu spät, Sidi. Hört doch! Nizars Leopardin tötet ihn!«

»Nicht, wenn ich es verhindern kann«, sagte ich, packte Dschakid grob an der Schulter und versetzte ihm einen Stoß, der ihn haltlos vor mir hertaumeln ließ.

Eine Tür tauchte vor uns auf: ein rotumrandeter Umriß, hinter dem das allgegenwärtige blutige Licht Nizars flackerte. Wieder das entsetzliche Fauchen der Raubkatze. Ich stieß Dschakid weiter, riß den Riegel zurück und wäre um ein Haar gestürzt, als Dschakid sich mit aller Kraft an meinen Arm klammerte und mich festzuhalten versuchte.

»Nicht, Sidi!« kreischte er. »Sie wird Euch vernichten. Und dann ist es auch um mich geschehen!«

»Dann hilf mir!« sagte ich barsch und riß die Tür vollends auf.

Das Bild, das sich mir bot, war mir nur zu vertraut.

Nur wenige Schritte vor mir lag Ali am Boden. Er wehrte sich verzweifelt gegen eine riesige Leopardin, deren Reißzähne ihn jeden Augenblick zerfleischen konnten. Sein Körper war bereits mit zahllosen blutigen Schrammen übersät und in seiner linken Schulter klaffte eine häßliche, stark blutende

Wunde. Das alles war sehr deutlich zu sehen, denn das einzige Kleidungsstück, das er trug, war sein Turban.

Ohne noch lange zu überlegen, rannte ich los, versetzte der Leopardin einen kräftigen Tritt in die Seite und sprang ihr auf den Rücken.

Die Raubkatze bäumte sich auf und schleuderte mich mit einer fast spielerischen Bewegung beiseite; eine Zehntelsekunde, bevor meine Hand ihr Halsband ergreifen konnte. Mit einem Satz war die Leopardin über mir und schnappte nach meiner Kehle. Wäre Ali nicht im letzten Moment dazwischengesprungen und hätte sie zurückgerissen, wäre es um mich geschehen gewesen. Aber selbst unsere vereinten Kräfte reichten kaum aus, die tobende Wildkatze zu bezwingen.

»Dschakid – hilf uns!« keuchte ich.

Ali riß die Augen auf und starrte mich an, aber Dschakid reagierte wie ich es gehofft hatte.

Mit einem gellenden Schrei warf er sich vor und zog einen Dolch. Die Klinge blitzte auf, drang in den Hals des Tieres und zertrennte das diamantbesetzte Halsband, das den riesigen Rubin trug. Dschakid schrie triumphierend auf und schleuderte das Halsband mit einer kraftvollen Bewegung bis auf den Gang hinaus.

Die Leopardin warf sich zu Boden, begann wie besessen um sich zu schlagen und zu beißen und stieß eine Reihe gräßlicher, wimmernder Töne aus. Gleichzeitig begann die gleiche entsetzliche Veränderung, die ich bereits bei der Löwenfrau beobachtet hatte. Noch einmal bäumte sie sich auf, schnappte knurrend nach Dschakid und erwischte ihn auch tatsächlich an der Schulter. Aber Dschakid drehte sich geschickt weg, so daß nur ein Stück Stoff und ein paar Fetzen Haut zwischen ihren Zähnen blieben.

Dann ging es zu Ende. Die Leopardin erschlaffte, während sich ihr Körper auf entsetzliche Weise zu verändern und schließlich aufzulösen begann.

Dschakid taumelte zurück, fiel auf die Knie und umklammerte wimmernd seine verletzte Schulter.

Dann sah er mich an. Und erstarrte.

Meine Hände waren voller Blut. Die Wunden waren zwar harmlos und schmerzten nicht einmal besonders, aber sie bluteten stark.

Dschakids Hände waren unversehrt.

»Oh«, sagte er.

»Paß auf, Dschakid«, sagte ich hastig. »Du mußt die Sache so sehen: Bisher haben wir ...«

»Du hast mich belogen, Sidi«, flüsterte Dschakid tonlos.

»Nur ein kleines bißchen«, verteidigte ich mich. »Wirklich, es war kaum der Rede wert, Dschakid.«

Dschakid knurrte, stand ganz langsam auf und griff nach seinen Dolch. »Deine ganze Beschwörung war erlogen«, stellte er fest.

Und damit stürzte er sich auf mich, den Dolch vorgestreckt.

Er kam genau drei Schritte weit. Exakt bis zu der Stelle, an der er über Alis vorgestrecktes Bein stolperte.

Was dann kam, ging zu schnell, als daß ich es noch hätte verhindern können.

Dschakid stolperte wunschgemäß, aber Ali schien sich nicht damit zufriedengeben zu wollen. Blitzschnell packte er ihn, versetzte ihm noch mehr Schwung, als er ohnehin schon hatte, und verbog gleichzeitig seine Hand.

Dschakid rannte sich seinen eigenen Dolch in den Leib und war tot, noch ehe er zu Boden stürzte.

Ich blickte betroffen auf ihn herab, sah dann Ali an und schüttelte niedergeschlagen den Kopf. »Das war nicht nötig, Ali«, sagte ich leise. »Du hättest ihn nicht umbringen müssen.«

»Dieser Hund hat mitgeholfen, meinen Vater zu ermorden«, antwortete Ali hart. Er versetzte Dschakid einen Tritt. »Ein solch schneller Tod war eine Gnade für ihn. Ich hatte ihm ein anderes Ende vorherbestimmt.« Er ballte die Faust, um seine Worte zu bekräftigen, richtete sich auf und sah kurz auf die Überreste der Leopardenfrau hinab.

»Diese Festung ist wahrlich verhext«, sagte er. »Du hättest nicht später kommen dürfen, Giaur.« Er schüttelte den Kopf. »Du würdest mir nicht glauben, wenn ich dir erzählte, was geschehen ist.«

»Oh, ich denke doch«, antwortete ich. »Auch ich hatte Besuch. Von einer sehr zuvorkommenden Dienerin Nizars.« Plötzlich grinste ich. »Die reinste Löwin, kann ich dir sagen.«

Ali erwiderte mein Grinsen, blickte plötzlich an sich herab und fuhr peinlich berührt zusammen, als er erkannte, daß seine Kleidung nicht unbedingt komplett war. Hastig bückte er sich nach seiner Jellaba und streifte sie sich über.

Ich machte mich unterdessen an eine Inspektion des Zimmers. Wenn ich Nizars eigene Worte in Betracht zog, nach denen es sich bei diesem Raum um ein Verlies handelte, so überraschte mich sein Inneres doch – die Wände waren mit schweren (roten) Samtvorhängen behangen, auf dem Boden lagen kostbare (rote) Teppiche, und der unvermeidliche Diwan (na – welche Farbe hatte er wohl?) war groß genug, einer ganzen Kompanie Kosaken als Schlafstatt zu dienen.

Aber irgendwie paßte diese Verschwendung zu dem Mann, der diese Burg bewohnte. Nizar schien mir ganz der Typ Mann zu sein, der auch noch goldene Klobrillen als gewöhnlich bezeichnet hätte, solange sie nicht mit eingelegten Diamanten – beziehungsweise Rubinen – verziert waren.

Ali hatte sich endlich fertig angezogen und gab mir durch ein dezentes Räuspern zu verstehen, daß ich ihn jetzt wieder wahrnehmen durfte.

»Allah sei Dank, daß ich dich gesund wiedersehe, Giaur!« sagte er, als ich mich zum ihm herumdrehte. »Jetzt erzähle – wie ist es dir ergangen? Wie hast du es geschafft, aus Nizars Kerker zu entfliehen und wieso hast du dir so viel Zeit gelassen, hierher zu kommen, während ich um mein Leben kämpfte?«

Ich schüttelte den Kopf über so viel Unverfrorenheit, verbiß mir im letzten Moment die Bemerkung, daß ich eine sehr bestimmte Vorstellung davon hatte, auf welche Weise er die letzten beiden Stunden um sein Leben gekämpft hatte, und begann so sachlich wie möglich zu erzählen. Nicht alles natürlich – aber Alis Gesichtsausdruck verdüsterte sich auch bei der Hälfte dessen, was er zu hören bekam, schon zur Genüge.

»Die *Schwarze Stadt*«, murmelte er. »So gibt es sie also wirklich.« Er schüttelte den Kopf. »Giaur, du mußt ein Lieblingskind deines heidnischen Gottes sein, daß du noch lebst. Niemand ist bisher lebend aus der *Schwarzen Stadt* zurückgekehrt.«

»Und wieso weißt du dann von ihrer Existenz?« fragte ich ruhig.

Ali blinzelte, suchte einen Moment nach einer passenden Antwort und beschloß dann, die Frage zu ignorieren.

»Also sind Nizars Todeskrieger vernichtet«, murmelte er.

»Und deine Männer sind auf dem Wege hierher«, fügte ich hinzu.

Ali lächelte, aber nur ganz flüchtig, starrte einen Moment zu Boden und seufzte hörbar. »Der Weg von unserem Wadi hierher ist weit«, sagte er. »Sie werden bis zum morgigen Tage brauchen, herzukommen. Und so lange, fürchte ich, können wir kaum warten. Nizar ist ein mächtiger Magier. Auch er allein ist gefährlich.«

»Du denkst an Letitia«, vermutete ich.

Ali nickte. »O ja, Giaur. Du wirst es nicht verstehen, doch ich leide Höllenqualen, seit ich sie das erste Mal sah. Mein Herz steht in Flammen. Ich werde nie wieder eine andere Frau anblicken können.«

Statt einer Antwort musterte ich nachdenklich den Diwan. Seine Kissen und Decken waren in einem Zustand, daß ich das Zimmermädchen fristlos gefeuert hätte, wäre dies mein Haus gewesen.

»Ich mußte gute Miene zum bösen Spiel machen«, verteidigte sich Ali, als er meinen Blick bemerkte. »Glaube mir, Giaur, ich habe Höllenqualen durchlitten in den letzten Stunden. Nur der Gedanke an Letitia hat mir die Kraft gegeben, sie durchzustehen.«

Er tat mir wirklich von Herzen leid. »Suchen wir Letitia«, sagte ich knapp.

Ohne ein weiteres Wort verließen wir die Zelle. Auf dem Gang lagen die verschmorten Überreste lederner Rüstungen, dazwischen funkelte mattes Eisen. Ali bückte sich, klaubte zwei rostige Krummsäbel vom Boden auf und warf mir mit einem knappen: »Fang!« einen davon zu.

Ganz instinktiv gehorchte ich und fing die Waffe auf, wenngleich ich mich alles andere als wohl dabei fühlte. In der Hand eines Mannes, der damit umzugehen verstand, mochten diese langen, gebogenen Säbel mit ihren rasiermesserscharfen Klingen eine fürchterliche Waffe sein. Ich würde mir allerhöchstens selbst ein paar Zehen damit abschneiden. Nein – da verließ ich mich schon lieber auf meinen guten alten Degen. Ich schleuderte die Waffe wieder davon, kassierte einen halb verwunderten, halb zornigen Blick Alis und folgte ihm. Dschakids Fackel vertrieb die Dunkelheit aus unserer Umgebung.

Wir verloren nicht die Orientierung, denn wir hatten ja nie eine gehabt. Wir taten einfach das, was in unserer Situation noch einen Sinn machte – wir folgten dem Gang und schlugen, wenn wir an Treppen oder schräge Rampen kamen, von denen es eine erstaunlich große Anzahl gab, prinzipiell die Richtung ein, in der Nizar und Letitia sein mußten: nach oben.

Es mochte vielleicht eine Viertelstunde vergangen sein, bis sich die Dunkelheit vor uns abermals aufhellte. Diesmal war es nicht das Licht von Fackeln, sondern der blutige Schein von Nizars Rubinen.

Ali gebot mir mit einer Geste, stehenzubleiben, senkte seine Fackel, so daß er mit dem Körper ihren Lichtschein abschirmte und lauschte einen Moment mit geschlossenen Augen.

Dann rannte er los wie von Furien gehetzt.

Ich folgte ihm dichtauf, wenn auch mehr aus dem Grund, ihn von einer Unüberlegtheit abzuhalten. Nach wenigen Dutzend Schritten schon erreichten wir ein prachtvolles, edelsteinbesetztes Tor, und nun hörte auch ich spitze, panikerfüllte Schreie …

Letitia!

Ali zerrte an der Klinke, doch sie war verschlossen. Wütend trat er zurück, nahm Anlauf und warf sich mit aller Kraft gegen die Tür.

Zu meiner Überraschung sprang sie tatsächlich auf, obgleich sie massiv genug schien, dem Ansturm eines wütenden Elefantenbullen standzuhalten. Wir gelangten in ein großes, rot verkleidetes Zimmer, das von einem riesigen Diwan beherrscht wurde, auf dem Nizar wie eine fette Kröte saß. Neben dem gewaltigen Thron erhob sich eine gut zwei Yards hohe Bronzestatue, die einen Mann mit einem skelettierten Schädel zeigte. Sie fiel mir sofort auf – es war das einzige Ding hier im Raum, das nicht rot war.

Nizar warf uns nur einen kurzen, verärgerten Blick zu und wandte dann seine Aufmerksamkeit wieder auf die uns gegenüberliegende Seite des Zimmers, wo Letitia auf dem Boden hockte, auf die gleiche, äußerst knappe Weise bekleidet wie Ali vorhin; nur daß sie nicht einmal einen Turban trug. Ihr

Gesicht war hektisch gerötet. Ihr Atem ging schnell. Neben ihr hockte eine gewaltige, fast menschengroße Raubkatze, die sich mit einem zufriedenen Schnurren die Pfoten leckte.

»Nizar!« schrie Ali mit überschnappender Stimme.

Nizar schenkte ihm einen Blick, den man nur noch mit dem Wort *gelangweilt* bezeichnen konnte, und wandte seine Aufmerksamkeit wieder Letitia und der Raubkatze zu. Im Gegensatz zu dem Magier hatte Letitia unser Eindringen nicht einmal bemerkt. Sie starrte gebannt auf die riesige Raubkatze und in ihrem Blick spiegelte sich eine sonderbare Mischung aus Erschrecken, Furcht und überraschter Zufriedenheit.

»Nun, mein Täubchen«, sagte Nizar, »kommst du nun zu mir auf den Diwan? Oder muß ich dich zwingen?«

Letitia starrte mit weit aufgerissenen Augen auf die Raubkatze, dann auf Nizar. Sekundenlang kämpfte sie sichtlich mit sich, streifte dann Nizar mit einem neuerlichen, ekelerfüllten Blick und schüttelte heftig den Kopf.

»Niemals, du Ungeheuer!«

»Nizar!« brüllte Ali.

Nizar seufzte, drehte den Kopf in den Fettwülsten herum, die er für einen Hals halten mochte, und gähnte ungeniert. »Ah, mein Freund Ali, der Narr. Und der Zauberer aus Inglistan«, sagte er in einem Ton, als erblicke er uns jetzt das erste Mal. »Seid ihr gekommen, um zuzusehen?« Er grinste anzüglich. »Nur keine Hemmungen, meine Freunde. Es macht mir nichts aus. Und der Rose aus Inglistan sicherlich auch nicht.«

Ali wollte auffahren, aber ich trat mit einem raschen Schritt neben ihn und brachte ihn mit einer Geste zum Verstummen. »Gib auf, Nizar«, sagte ich ruhig. »Du hast verloren. Dschakid ist tot. Deine Dämonenkrieger sind vernichtet, zwei deiner drei Katzenfrauen ebenso. Du hast keine Chance mehr. Gib auf, und ich schenke dir dein Leben.«

»Ich nicht«, murmelte Ali, wohlweislich aber so leise, daß Nizar die Worte nicht hören konnte.

Meine Drohung schien Nizar auch nicht sonderlich zu beeindrucken. »Das werden wir sehen«, sagte er kichernd. Und mit diesen Worten hob er gebieterisch die Hand.

Irgend etwas geschah, das ich nicht richtig beschreiben konnte – es war wie ein rasches, rotes Zucken der Wirklichkeit, als verschöben sich die Dinge ein ganz kleines bißchen in die Richtung, in der die Alpträume und der Wahnsinn zu Hause sind.

Und die gewaltige Bronzestatue hinter Nizar setzte sich wie eine von dämonischem Leben erfüllte Maschine in Bewegung.

Ali schrie auf, packte seinen Säbel mit beiden Händen und spreizte die Beine, um dem Ansturm des Ungeheuers gewachsen zu sein.

Aber das gewaltige Ding beachtete ihn gar nicht.

Es war Letitia, auf die es zustapfte …

Ali schrie gellend auf und warf sich mit einem wahren Panthersatz zwischen die lebende Statue und das Mädchen.

Der Bronzemann fegte ihn mit einer fast nachlässig wirkenden Bewegung beiseite, ging ungerührt weiter und zerrte Letitia vom Boden hoch. Seine riesigen Hände schlossen sich um ihre Taille.

»Nun?« fragte Nizar, während seine Statue damit begann, das Leben aus Letitias Körper herauszupressen. Einen Augenblick lang hielt das Mädchen dem mörderischen Druck noch stand. Dann schrie sie vor Schmerzen auf, warf sich zurück – und erschlaffte in den Pranken des Kolosses.

Ali sprang wieder hoch, schwang mit einem wilden Kampfschrei seinen Säbel und drang abermals auf den metallenen Giganten ein.

Er hätte genausogut auf einen Felsblock einhacken können. Doch seine Tat rettete Letitia – zumindest für den Moment – das Leben, denn die Statue hielt in der Bewegung inne, ließ das Mädchen achtlos fallen und drehte sich knarrend herum. Ihre blicklosen Augen musterten Ali wie ein störendes Insekt, bei dem sie sich noch nicht ganz schlüssig war, ob sie es zerdrücken oder ignorieren sollte.

Aber dieses Zögern währte nur eine Sekunde. Ali wich den ersten, mit ungeheurer Kraft geführten Schlägen der bronzenen Fäuste geschmeidig aus und wehrte die nächsten mit seinem Säbel ab. Doch für mich gab es keinen Zweifel am Ausgang des Kampfes. Ali mochte stark sein, aber er kämpfte nicht gegen einen lebenden Gegner, sondern gegen ein Ding, das weder Erschöpfung noch Schmerzen kannte.

Nizar verfolgte den ungleichen Kampf mit sichtlichem Genuß.

»Wenn dieser Hund von einem Beni Assar tot ist, bist du an der Reihe, verfluchter Zauberer aus Inglistan!« versprach er.

Ich achtete nicht auf seine Drohung, sondern überlegte verzweifelt, wie ich Ali helfen konnte. Mich ebenfalls auf die Statue zu stürzen und mit meinem Degen auf sie einzuhacken, erschien mir reichlich sinnlos. Ich sah nur eine einzige Chance für uns: Ich mußte die unheimliche Kraft, die diese Statue zum Leben erweckte, zum Versiegen bringen.

Zuerst hielt ich den magischen Rubin, den Nizar wie immer in seiner Hand hielt, für die Quelle allen Übels, und konzentrierte mich darauf. Der Edelstein gab jedoch nicht mehr Energie ab als ein ausgeglühtes Stück Kohle. In fieberhafter Hast durchforstete ich den Raum und spürte einen steten Strom magischer Kraft nahe dem Diwan scheinbar aus dem Nichts hervorquellen.

Nur für einen Moment. Dann zerriß das rote Licht neben Nizars Thron mit einem spürbaren Ruck, und plötzlich war ein weiterer Raum da, vollkommen leer bis auf ein mit roten Kacheln verkleidetes Bassin, das von einem schwarz gezeichneten, magischen Kreis umgeben war. In einer fluoreszierenden Flüssigkeit schwamm eine flache Schale, die aus einem einzigen Rubin geschnitten war. Und diese Schale trug eine handtellergroße Linse aus einem dunklen Material, das so fremdartig war, daß es nicht von dieser Erde stammen konnte.

Es dauerte eine Sekunde, bis ich die Ausstrahlung dieser Linse identifizierte.

Es war die Kraft der GROSSEN ALTEN, die wie ein mächtiger Strom aus ihr herausfloß und Nizar mit neuen Energien versorgte! Auch die Statue verdankte ihr unheilvolles Leben dieser Linse, die mir wie ein bösartiges Auge entgegenleuchtete.

Und dann begriff ich.

Ich war nicht durch Zufall hierher, in Nizars Alptraumburg gekommen, in der das *Auge des Satans* aufbewahrt wurde. Nun endlich ergab diese verrückte Reise einen Sinn! Die magische Sandrose mußte den Instinkt in mir geweckt haben, der mich schon zu zwei anderen der *Sieben Siegel der Macht* geführt hatte. Wahrscheinlich hatte die Rose in enger Verbindung mit dem *Siegel* gestanden, und ein Teil seiner Aura war auf sie übergegangen.

Und nun hatte ich das fünfte *Siegel* gefunden …

Ein gellender Schrei, gefolgt von Nizars höhnischem Gelächter, riß mich in die Wirklichkeit zurück.

Während mein Blick fassungslos auf dem *Auge des Satans* geruht hatte, war Alis Position immer aussichtsloser geworden. Die Statue hatte ihn bis an die Wand zurückgetrieben und wollte ihn eben packen, um ihm endgültig den Garaus zu machen.

Hastig konzentrierte ich mich auf das *Siegel* und versuchte den Kraftstrom abzulenken, der sich zwischen ihm und Nizar spannte. Aber wieder schien es, als hätte ich den fetten Zauberer unterschätzt. Es gelang mir nur, das Band aus unsichtbarer Energie etwas ins Schwanken zu bringen, nicht, es zu zerreißen. Doch dies reichte aus, um die Statue für einen Moment erstarren zu lassen.

Ali nützte die Chance, die ihm geboten wurde, auf der Stelle. Er faßte den Griff des Säbels mit beiden Händen, riß die Waffe empor und führte einen gewaltigen Hieb gegen den Schädel seines metallischen Gegners. Diesmal durchschlug die Schwertklinge krachend die Bronzehaut und spaltete der Statue den Kopf bis auf den Hals.

Mit einem zornigen Kampfruf zog Ali die Waffe zurück und gab der wankenden Statue einen Fußtritt, der sie nach hinten kippen ließ. Der Raum erzitterte, als der Metallkoloß zu Boden schlug und die kostbaren roten Fliesen zermalmte. Gleichzeitig breiteten sich Risse nach allen Seiten aus. Der schwarze Kreis, der um das Bassin mit dem geheimnisvollen *Auge* lag, zersprang klirrend und wurde matt. Die Flüssigkeit im Bassin schwappte über. Die Rubinschale trieb gegen den Rand und geriet in Gefahr, umzukippen und im Bassin zu versinken.

Der Energiestrom versiegte mit einem Schlag. Nizar sank kraftlos auf seinen Diwan zurück und starrte mich aus entsetzt geweiteten Augen an. Seine Überheblichkeit war im gleichen Moment erloschen wie seine magische Kraft. »Gnade, Sidi!« wimmerte er. »Töte mich nicht! Ich werde dir alle Schätze der Erde geben, wenn du mich am Leben läßt!«

»Glaube ihm … nicht«, keuchte Ali. Er war in die Knie

gebrochen, am Ende seiner Kräfte. Doch irgendwoher nahm er noch die Energie, auf Händen und Knien zu Letitia hinüberzukriechen und sie in die Arme zu schließen. Sie schluchzte erleichtert auf und lehnte sich mit ihrem ganzen Gewicht gegen den jungen Araber. Obwohl Ali Mühe hatte, nicht zu Boden zu gehen, lächelte er Letitia an und hauchte ihr eine Flut von Worten ins Ohr, die ich zwar nicht verstand, deren Bedeutung jedoch nicht schwer zu erraten war. Ich sah den beiden kopfschüttelnd zu und wandte mich wieder an Nizar.

»Töte ihn«, sagte Ali, ohne den Blick von Letitia zu nehmen.

»Nein!« Nizars Stimme war nur noch ein heiseres Kreischen. Und diesmal war die Angst darin echt.

»Ich sollte es wirklich tun«, sagte ich grimmig. »Wenn jemand den Tod verdient hat, dann wohl du.«

Nizars Gesicht verschwand fast vollständig in den Fettwülsten seines Doppelkinns, als er vor mir zurückzuweichen versuchte. Seine Stimme wurde zu einem kläglichen Wimmern.

»Aber ich werde es nicht«, fuhr ich fort. Nizar und Ali sahen mit einem Ruck auf, der eine vorsichtig erleichtert, der andere mißtrauisch und voller Unglauben.

»Ich werde etwas anderes tun«, sagte ich. »Die Behörden in Aden interessieren sich schon lange für den Mann, der die Eingeborenen gegen sie aufzubringen versucht. Ich werde dich ihnen ausliefern, Nizar. Wer weiß«, fügte ich achselzuckend hinzu, »vielleicht gefällt dir das Gefängnis sogar. Es ist dort fast so dunkel und ungemütlich wie hier.«

Für die Dauer eines Herzschlages starrte Nizar mich an. Sein Mund klappte auf, aber er brachte keinen Laut hervor. Dafür konnte ich direkt sehen, wie sich die Gedanken hinter seiner Stirn überschlugen.

Und dann tat er etwas, womit ich so ziemlich als allerletztes gerechnet hatte.

Er griff mich an.

Nicht mit einer Beschwörung, nicht mit irgendeinem hinterhältigen arabischen Zaubertrick, sondern ganz direkt mit seinen Fäusten.

Ich war viel zu überrascht, um mich überhaupt zu wehren. Nizar hüpfte wie eine kleine Kugel aus Fett von seinem Thron herab, stieß mir seine Fäuste in den Leib und trat nach meinem Gesicht, als ich mich krümmte. Ich fiel, versuchte instinktiv, ihn festzuhalten, und hatte plötzlich einen roten Stoffetzen in Händen, als er mir entschlüpfte. Mit einem Schrei fuhr Nizar herum und hetzte auf das Bassin mit dem *Auge des Satans* zu. Seine Hände vollführten rasche, komplizierte Bewegungen.

Dann geschah alles gleichzeitig.

Etwas Schwarzes, Gigantisches mit peitschenden Tentakeln aus Rauch löste sich aus dem *Siegel* – das *Ding* aus meiner Vision. Nizar kreischte triumphierend. Ich versuchte aufzuspringen und ihm nachzuhechten, und Ali zerrte einen Dolch aus seinem Gewand hervor und schleuderte ihn.

Mein Sprung war zu kurz; gottlob. Denn Alis Dolch zischte wie ein silberner Blitz durch den Raum, verfehlte mein Gesicht so knapp, daß ich seinen Luftzug spüren konnte – und grub sich bis zum Heft zwischen Nizars Schulterblätter, im gleichen Moment, in dem die schwarzen Rauchtentakel den Magier berührten.

Die Wirkung war entsetzlich.

Ich hatte keine Ahnung, was dieses *Auge des Satans* wirklich war, aber nach allem, was ich beobachtet hatte, mußte es wohl eine Art Gedankenverstärker sein, etwas, das Nizars Wünsche und Empfindungen und Gedanken auffing und milliardenfach stärker in die Tat umsetzte.

Und alles, was er im Augenblick empfand, war ein entsetzlicher Schmerz.

Die glänzende Flüssigkeit im Becken erstarrte wie Eis.

Nizar ebenfalls. Seine Hand, die sich nach dem *Auge* ausgestreckt hatte, blähte sich auf, wurde rot, dann schwarz – und zerplatzte.

Und nicht nur seine Hand. Ein gewaltiges, rotschwarz wallendes Etwas hüllte ihn ein, ein wirbelnder Sog aus purem Chaos. Nizar wurde vor unseren Augen regelrecht zerfetzt, so schnell, daß wir nur ein konvulsivisches Zucken und ein widerwärtiges Sprudeln von Rot sahen.

Nur einen Herzschlag später zerfloß die leere Hülle des Magiers zu einer rot schillernden Lache, die ebenfalls vom Auge verschlungen wurde.

Als ich wieder halbwegs klar denken konnte, kniete ich am Rande des Bassins und mußte mich mit den Händen abstützen, um nicht ganz zu Boden zu fallen. Schwarze Schlieren tanzten vor meinen Augen, für lange Zeit hörte ich nur das Rauschen meines eigenen Blutes. Erst viel, viel später drangen fremde Laute an mein Ohr, die ich mit Mühe als menschliche Stimmen identifizierte. Die Stimmen Letitias und Alis.

Ich drehte mich langsam um und wartete, bis die Sterne vor meinen Augen verblaßten und dafür zwei Schatten Konturen angenommen hatten. Wäre die Situation etwas weniger ernst gewesen, hätte ich vielleicht sogar gelacht.

Ali hatte seinen Burnus abgewickelt und um Letitias Schultern gelegt, die sich so eng an ihn kuschelte, als wolle sie in ihn hineinkriechen. Das Gesicht des jungen Scheiks strahlte wie ein frisch poliertes Fünf-Pence-Stück.

»Hallo«, sagte ich müde. »Alles in Ordnung?«

»Ja, Sidi«, antwortete Ali strahlend.

»In Ordnung?« fauchte Letitia. »Da schleppen Sie mich durch die Wüste in dieses verhexte Schloß und lassen zu, daß ich diesen schrecklichen Ungeheuern zum Fraß vorgeworfen werde. Da werde ich fast vergewaltigt, von irgendwelchen Tieren angeknabbert und zum Schluß von einem kleinen dicken Mann angestarrt, vor dem ich mich ausziehen muß. Und da fragen Sie mich, ob alles in Ordnung ist?«

Alis Grinsen wurde nun eindeutig unverschämt, aber ich tröstete mich mit dem Gedanken, daß ich Letitias Gesellschaft wohl schlimmstenfalls noch wenige Tage ertragen mußte.

Und er – wenn er Pech hatte und seinen Willen bekam – für den Rest seines Lebens. Ich beneidete ihn nicht unbedingt darum.

Statt den fruchtlosen Streit fortzusetzen, beugte ich mich vor und nahm das *Auge des Satans* an mich. Die kleine Kristallinse fühlte sich kalt und glatt in meiner Hand an. Täuschend harmlos. Einen Moment lang drehte ich sie unschlüssig in Händen, dann schüttelte ich den Kopf, ließ sie in meiner Hosentasche verschwinden und stand auf.

Als ich mich herumdrehte, stand ich Ali gegenüber. Sein Blick war sehr ernst. Er trug einen Säbel in der rechten Hand.

»Das *Auge*«, sagte er. »Du hast es genommen.«

Ich nickte und schwieg.

»Ich habe geschworen, es zu zerstören«, fuhr er fort.

»Ich weiß«, antwortete ich. »Aber das wirst du nicht können. Niemand kann das, Ali. Nicht einmal ich. Aber ich kann es an einen Ort bringen, an dem es keinen Schaden mehr anrichtet.«

Ali schwieg sehr lange, aber schließlich nickte er. »Du bist seinetwegen gekommen, nicht wahr?« fragte er. »Du hast den weiten Weg von Inglistan gemacht, um es zu holen?«

»Und wenn?«

»Ich habe nur eine einzige Frage«, sagte Ali. »Und sei bitte ehrlich. Ich würde es wissen, würdest du mich belügen. Wirst du es mißbrauchen wie Nizar oder zum Wohle der Menschen einsetzen?«

»Weder noch«, antwortete ich. »Ich kann dir jetzt nicht erklären, was das Ding, das du das *Auge des Satans* nennst, wirklich ist, aber man kann es nicht zu irgend jemandes Wohl einsetzen. Denke an Nizar – selbst, wenn man sich seiner Kräfte bedient, wird es einen zerstören. Irgendwann.«

»Und was willst du dann damit?« fragte Ali. Seine Hand schloß sich fester um den Schwertgriff.

»Es vernichten«, antwortete ich ernst. »Sobald ich eine Möglichkeit gefunden habe.«

Ali starrte mich weiter an. Die Zeit schien stehenzubleiben. Ich spürte, daß er dicht davor war, mich zu töten.

Aber dann nickte er.

»Gut«, sagte er mit einem tiefen, beinahe erleichtert klingenden Seufzer. »Ich glaube dir, Giaur. Nimm es und bring es sehr weit fort.«

Ohne ein weiteres Wort drehte er sich herum und ging zu Letitia zurück, während ich einfach dastand und die Hand auf die Tasche legte, in der ich das *Auge* trug.

Mir graute, als ich daran dachte, wieviel Leid dieses unscheinbar aussehende Ding über die Völker der Wüste gebracht hatte. Am liebsten hätte ich das *Auge* irgendwo in dieser Ruine verscharrt. Doch die Gefahr war zu groß, daß jemand es entdecken und für seine finsteren Ziele verwenden würde. Es war nicht zerstört. Seine Kräfte schlummerten nur.

Und dann, kurz bevor ich zu Ali und Letitia ging und mich zusammen mit ihnen auf die Suche nach dem Ausgang machte, dachte ich etwas, das die ganze Zeit über in meinem Bewußtsein gewesen war. Ein Gedanke, den ich bisher sorgsam zurückgehalten und unterdrückt hatte. Jetzt war er da und er ließ sich auch nicht mehr vertreiben.

Irgend etwas war nicht so wie es sein mußte. Ich hatte die Macht des Auges zu spüren bekommen, nur ganz flüchtig, aber ich hatte sie gespürt. Von allen *Siegeln,* die ich bisher in meinen Besitz gebracht hatte, war dies das mächtigste. Ich hatte es besiegt.

Aber es war zu leicht gewesen. Trotz allem.

Viel zu leicht.

Neuntes Buch

DIE RACHE DES SCHWERTES

Das Licht blendete mich, gleichzeitig drang es durch meine Haut, sickerte wie flüssiges Feuer in meinen Körper und begann ihn zu verzehren. Obwohl ich fühlte, daß dieses Licht einst ein Teil meiner selbst, etwas Vertrautes und Freundschaftliches gewesen war, brannte es jetzt unerträglich: die Kraft, die es mir einst gegeben hatte, verzehrte mich nun. Schreiend wälzte ich mich herum und versuchte, das Feuer mit meinen Händen zu ersticken. Aber sie glit-ten durch die Flammen, ohne sie fassen zu können. Waren es überhaupt *Hände*?

Ich erwachte schreiend. Mein Körper war mit kaltem, klebrigem Schweiß bedeckt und mein Herz hämmerte so schnell, als hätte ich einen Zehn-Meilen-Lauf hinter mir. In meinen Ohren war ein dumpfes, an- und abschwellendes Rauschen; bizarre Erinnerungsfetzen und Bilder schossen durch meinen Kopf, Szenen, die ich niemals gesehen oder erlebt hatte. Es dauerte lange, bis ich dem Griff des Alptraumes weit genug entronnen war, um abermals die Augen öffnen zu können.

Diesmal war meine Umgebung so wie sie sein sollte: Ich blickte gegen die Decke eines kleinen, nur auf zwei Stangen errichteten Zeltes, durch die das helle Licht der Sonne sickerte. Der Eingang stand offen.

Wind blies den feinen Wüstensand in das Zelt herein und hatte bereits damit begonnen, mich damit zuzudecken. Sand knirschte zwischen meinen Zähnen.

War es wirklich nur einer meiner Alpträume gewesen, die mich nun auch hier in Arabien weiter zu verfolgen schienen? Ich hatte ... Dinge gesehen. Eine Gestalt mit schwarzen Tentakelarmen, die mir erschreckend real vorgekommen war.

Ich verscheuchte die unangenehmen Bilder aus meinem Bewußtsein – zumindest versuchte ich es –, setzte mich auf und tastete mit vom Schlaf verklebten Augen nach der Wasserflasche. Mein Gaumen brannte, und in meinem Mund war ein bitterer Geschmack, daß mir beinahe übel wurde. Hastig öffnete ich den Verschluß des Wasserschlauches, registrierte unbewußt wie sonderbar leicht er sich anfühlte und schüttelte ihn ein paarmal.

Er war leer. Sonderbar – ich hätte schwören können, daß er am Abend zuvor noch mindestens halbvoll gewesen war. Aber Wasser war nun gottlob das kleinste meiner Probleme, obgleich ich mich an einem der trockensten Orte des Erdballes aufhielt. Ich wälzte mich herum und steckte den Kopf aus dem Zelt.

»He, Mahmoud, reich mir doch mal einen vollen Wassersack rüb–« Ich verstummte mitten im Wort, denn die Stelle, wo sich mein Begleiter gestern abend zum Schlafen niedergelegt hatte, war ebenso leer wie der Wasserschlauch. Der Sand hatte sogar den Abdruck seines Körpers schon wieder zugeweht. Ebenso wie seine Spuren.

Noch immer nicht ganz wach, aber bereits von einem bohrenden Gefühl der Unruhe erfüllt, kroch ich aus dem Zelt, schüttelte mir den Sand aus den Haaren und rieb mit dem Handrücken über meine aufgesprungenen Lippen. Ausgerechnet jetzt meldete sich der Durst mit einer Heftigkeit, die mir sehr drastisch vor Augen führte wie heiß es in diesem Teil der Wüste war. Und jetzt fiel mir auch auf wie hoch die Sonne bereits am Himmel stand. Gestern abend hätte ich Mahmoud am liebsten erwürgt, als er gesagt hatte, daß wir um vier Uhr in der Frühe aufbrechen würden – einer Stunde, um die ich normalerweise *zu Bett* zu gehen pflegte. Jetzt war es mindestens zehn Uhr morgens und von Mahmoud war weit und breit nichts zu sehen. Von seinem Kamel übrigens auch nicht.

Ebensowenig wie von meinem. Oder dem Packtier.

Um präzise zu sein, war unser gesamtes Lager verschwunden. Nur mein Zelt stand noch verlassen im Sand.

Ich vergaß schlagartig die letzte Spur von Müdigkeit, fuhr mit einem erschrockenen Laut herum und starrte in die Wüste hinaus. Nichts. So weit ich blicken konnte, erstreckten sich die gelbbraunen Sanddünen, nur hier und da unterbrochen von einem kantigen Felsen, der wie ein Riff aus den erstarrten Wellen eines blauen Meeres emporragte.

Es gab keinen Zweifel – Mahmoud hatte sich im wahrsten Sinne des Wortes aus dem Staube gemacht!

Und mich unter Umständen damit dem sicheren Tod preisgegeben.

Meine Lage war weniger spaßig, als ich im Moment bereits zuzugeben bereit war. Vier Tage waren vergangen, seit ich das Lager der Beni Assar verlassen hatte, um nach Alexandria zu reisen. Ali, der junge Scheik, hatte mir die drei Kamele geschenkt und mir Mahmoud als Begleiter mitgegeben, um seine Dankesschuld für die Errettung seines Stammes aus den Klauen des wahnsinnigen Magiers Nizar abzutragen. Außerdem wollte er mich wohl aus dem Lager entfernen, bevor Letitia Mandon Trowne ihren Entschluß bereuen konnte, ihn zu heiraten.

Mir war es recht. Ich hätte wirklich nur ungern diese junge Dame in die Zivilisation zurückbegleitet. Unmittelbar nach den Ereignissen in der Festung des Dschinn hatte sie zwar Angst, ja fast schon Abscheu vor mir und meiner magischen Macht empfunden, doch mittlerweile hatte der Gedanke an mein Bankkonto diese Furcht arg gedämpft, so daß ich froh war, das Beduinenlager verlassen zu können. Und ich hatte eine ziemlich deutliche Vorstellung davon, wer die Heirat wohl eher bereuen würde als Letitia.

Jetzt bedauerte ich, so rasch zum Aufbruch gedrängt zu haben.

Obwohl sich etwas in mir noch gegen diesen Gedanken sträubte, mußte ich die Tatsache hinnehmen, daß mich Mahmoud nicht nur führer-, sondern auch wasser- und lebensmittel- und zu allem Überfluß völlig orientierungslos zurückgelassen hatte. Und das war ganz und gar nicht komisch, denn ich hatte weder eine Ahnung, wo ich war, noch in welche Richtung ich zu gehen hatte, um irgendwohin zu kommen.

Die nächsten fünf Minuten verbrachte ich damit, Mahmoud nach Kräften zu verfluchen und alle Schimpfworte herunterzubeten, die ich von Ali gelernt hatte. Dieses diebische Stück hatte wirklich keine Zeit verloren. Selbst wenn der Wind nicht gemeinsame Sache mit ihm gemacht und seine Spur bereits verweht hätte, hätte es wenig Sinn gehabt, ihm zu folgen. Die Wüste zu Fuß zu durchqueren, war vollkommen aussichtslos. Die Temperaturen pflegten hier gegen die Mittagszeit vierzig oder fünfzig Grad Celsius zu betragen.

Im Schatten. Aber es gab keinen.

Als wäre dieser Gedanke ein Anstoß gewesen, spürte ich plötzlich wie stark die Sonne schon jetzt am Himmel brannte. Die Wüste war bereits so aufgeheizt, daß die Hitze durch die Sohlen meiner Schuhe drang. Ich war in Schweiß gebadet, obgleich ich mein Nachtlager erst vor wenigen Augenblicken verlassen hatte.

Ich stolperte zum Zelt zurück und kroch auf Händen und

Knien hinein. Aber auch hier fand ich keinen Schutz gegen den Biß der Sonne, die durch die dünne Leinwand hindurchbrannte, als wäre sie gar nicht vorhanden. Die Luft hier drinnen war so stickig und heiß, daß jeder Atemzug schmerzte. Verzweifelt öffnete ich die Schnur des Wasserbeutels und sog die wenigen Tropfen, die noch in ihm waren, gierig heraus. Es reichte nicht einmal aus, meine Lippen zu benetzen.

Ich fragte mich, welchen Grund Mahmoud für seinen Verrat gehabt hatte. Im Normalfall ließ ein Beduine niemanden, der ihm anvertraut war, im Stich. In meiner ersten Überlegung unterstellte ich ihm Habgier. Mein Stockdegen, der ihm vielleicht hätte reizen können, lag jedoch halb vom Sand verdeckt neben der Decke, auf der ich geschlafen hatte. Rasch tastete ich den kleinen Beutel ab, in dem ich meine persönliche Habe verstaut hatte. Es war noch alles vorhanden, auch das *Siegel*, dessen magische Energien ich selbst durch den Stoff und das Leder hindurch spürte.

Damit blieben nur die Kamele übrig. Drei Dromedare stellten für einen armen Araber sicherlich eine Verlockung dar. Aber sie gegen den Zorn Scheik Alis einzutauschen, der ihn um die halbe Welt jagen würde, wenn er von seinem Verrat erfuhr – nein, so dumm konnte Mahmoud nicht sein.

Angst?

Es war möglich. Obgleich ich ihren Scheik gerettet und ihr Volk vor der Knechtschaft bewahrt hatte – zumindest hatte ich mitgeholfen, es zu tun –, hatte ich die Furcht gespürt, mit der die Beni Assar mich anblickten, wenn sie glaubten, ich merkte es nicht. Mahmoud konnte in mir ... *irgend etwas* eben gesehen haben. Vielleicht einen Abgesandten des Schejtan. Vielleicht einen Dschinn. Dazu war ich noch ein Ungläubiger für ihn, ein Giaur. Somit würde ihm der Verrat, den er mir gegenüber begangen hatte, nicht den Eintritt ins Paradies verwehren.

Allerdings war ich zu diesem Zeitpunkt dem Paradies weit näher als Mahmoud. Ich war mir alles andere als sicher, ob ich den heutigen Tag ohne Wasser überhaupt überstehen würde. Ich würde mich frühestens am Abend auf den Weg machen können, und bis dahin hatte mich die Hitze wahrscheinlich schon so ausgelaugt, daß ich nicht mehr in der Lage war, ein Bein vor das andere zu setzen.

Die verschiedensten Ideen schossen mir durch den Kopf, wie ich meine Kräfte erhalten konnte. Die meisten von ihnen waren von vornherein sinnlos, da mir die Möglichkeiten fehlten, sie in die Tat umzusetzen. Die einzige Chance, die ich noch sah, war, mich wie ein Skorpion im Sand einzugraben. Ich raffte meine Decken zusammen, legte sie griffbereit neben mich und begann zu schaufeln. Der Sand fühlte sich unter meinen Händen so heiß an, daß ich mein Vorhaben beinahe aufgegeben hätte. Außerdem rutschte er immer wieder in das Loch zurück, so daß ich große Mühe hatte, mir die Grube zu graben, die hoffentlich nicht mein Grab werden würde. Meine Muskeln begannen sich schon bald zu schmerzhaften Stricken zusammenzuziehen. Wahrscheinlich war es nur noch meine Wut auf Mahmoud, dem ich die Pest auf den Hals wünschte, die mir die Kraft gab, weiterzumachen. Schließlich behauptete mein überanstrengter Körper, daß das Loch groß genug sei. Ich legte mich hinein und schaufelte den Sand über mich, so daß nur mein Gesicht freiblieb. Zu meiner Überraschung fühlte sich der Sand in der Grube angenehm kühl an. Erleichtert schloß ich die Augen, schickte Mahmoud noch einen lautlosen Fluch hinterher und fiel in einen Dämmerzustand, der halb zwischen Schlafen und Wachen lag, um meine Kräfte zu schonen.

»Er kommt.«

Guillaume de Saint Denis hörte Bruder Renards Worte kaum. Er fühlte sich wie im Fieber. In seinen Ohren rauschte das Blut, und die Hitze, die sich unter seinem zum größten Teil aus Kettengeflecht bestehenden Templergewand gestaut hatte, dörrte seinen Körper unbarmherzig weiter aus. Seine Augen tränten ununterbrochen.

Aber das alles lag weniger an der Wärme und den jetzt seit Tagen dauernden Strapazen, als er Renard de Banrieux Glauben machen wollte. Es hatte einen anderen Grund. Einen gänzlich anderen.

Sie waren zu spät gekommen. Robert Craven, der Magier aus England, den sie durch geschickte Manipulationen dazu gebracht hatten, sich Nizar zu stellen und ihn zu bekämpfen, hatte ein wenig zu gut gearbeitet. Als sie den Marathonritt zu

Nizars Wüstenfestung hinter sich gebracht hatten, hatten sie gerade noch gesehen, wie die Burg zu zerfallen begann; eine Ruine, die jetzt, da die magischen Kräfte, die sie erhalten hatten, erloschen, in wenigen Stunden einen Verfall erlebte, der normalerweise Jahrtausende gewährt hätte.

Trotzdem waren sie in das zusammenbrechende Gemäuer eingedrungen. Aber sie hatten weder von Robert Craven noch vom Auge des Satans auch nur eine Spur gefunden.

Und auch sie war nicht da gewesen.

Guillaume hätte sich wohl eher die Zunge herausreißen lassen, ehe er diesen Umstand zugegeben hätte – aber es war nicht mehr allein sein Haß auf Nizar, nicht mehr der Befehl, das *Auge* zu beschaffen, nicht mehr sein Wille, die *Sandrose* zu erstürmen, die ihn weitertrieben. Es war die Frau.

Die Dschinn.

Nur einmal, und nur für wenige Sekunden, hatte er sie gesehen, aber diese Augenblicke hatten gereicht, sein Leben zu verändern. Guillaume wußte, daß er nie wieder der alte sein würde. Nicht, wenn er sie nicht wiedersah. Und erst recht nicht, wenn es ihm gelang.

»Hörst du, was ich sage, Bruder?« fragte Renard. »Der Heide kommt.«

Guillaume fuhr hoch, lächelte entschuldigend und tat so, als wäre ihm das mißtrauische Stirnrunzeln Renards nicht aufgefallen. Schlimmstenfalls konnte er sich darauf herausreden, daß er jetzt seit einer Woche fast ununterbrochen im Sattel saß und zu Tode erschöpft war. Nein, die Gefahr, daß sein finsteres Geheimnis entdeckt wurde, bestand nicht.

Nicht von Menschen, hieß das.

Und was sein Seelenheil anging – wenn es so etwas gab dann hatte er es bereits verloren. Und er war bereit, es zu opfern, wenn er sie nur wiedersah. Er *mußte* sie haben. Er mußte einfach.

Um Renards Mißtrauen nicht noch weiter zu schüren, wandte er sich mit einer bewußt raschen Bewegung um und trat neben ihn, die rechte Hand auf dem Schwert. Sein Blick tastete über den Rand des geborstenen Felsens hinweg in die Wüste und saugte sich an der in schwarzen Stoff gekleideten Gestalt fest, die hoch zu Kamel auf ihre Deckung zuritt.

Zwei weitere beladene Kamele folgten dem Mann. Guillaume lächelte dünn. Craven hatte sie überlistet – freilich unabsichtlich und ohne es zu ahnen –, aber noch war das Spiel nicht vorbei. Noch lange nicht.

Die beiden Tempelritter warteten schweigend, bis der Mann näher kam und in einiger Entfernung absaß. Es war ein Beni Assar, wie sie an seiner Kleidung erkannten, ein hochgewachsener, sehr schlanker Mann unbestimmbaren Alters, dessen Gesicht fast völlig von einem struppigen schwarzen Vollbart verborgen wurde.

Mit gemessenen Schritten – die rechte Hand wie durch Zufall auf dem Griff des Krummsäbels an seiner Seite – näherte er sich der Felsgruppe und blieb erst stehen, als er Renard de Banrieux' ansichtig wurde.

Guillaume preßte sich in den schwarzen Schlagschatten des Felsens und bemühte sich, möglichst flach zu atmen. Er wußte, daß diese Wüstensöhne manchmal über schier übermenschlich scharfe Sinne verfügten.

»Hast du getan, was wir verlangten?« begann Renard.

Mahmoud nickte. »Der fremde Zauberer ist allein«, sagte er. »Nicht weit von hier. Eine Stunde, mit euren Pferden.« Eine braune, alles andere als saubere Hand tauchte unter dem Stoff seiner schwarzen Jellaba auf. Einen Moment lang blickte Renard diese Hand mit bewußt übertrieben geschauspielertem Unverstehen an, dann nickte er, griff in seinen Beutel und nahm drei Goldmünzen hervor, händigte sie Mahmoud jedoch noch nicht aus.

»Du bist sicher, daß niemand davon erfährt?« fragte er.

Mahmoud nickte ungeduldig. »Ich werde eine Woche fortbleiben und dann in unser Lager zurückkehren«, sagte er. »Niemand wird es wissen. Wenn ihr euer Wort haltet und ihn wirklich wegschafft, heißt das.«

»Wir halten unser Wort«, sagte Renard. »Er wird an einen Ort gebracht werden, wo seine Zauberkräfte keinen Schaden mehr anrichten können.«

»Ich hoffe, du sagst die Wahrheit«, versetzte Mahmoud. »Die Giaur reden mit gespaltener Zunge, das weiß jeder.«

»Besser eine gespaltene Zunge als ein gespaltener Schädel, nicht?« sagte Guillaume, während er aus seinem Versteck hervortrat.

Mahmoud fuhr zusammen, wirbelte herum und versuchte

seine Waffe zu ziehen, als er den zweiten Tempelritter mit hoch erhobenem Schwert hinter sich stehen sah.

Er schaffte es beinahe.

Kurz bevor die Sonne unterging, wühlte ich mich aus meinem Loch heraus und kämpfte mich ins Freie. Die Gluthitze, die vor dem Zelt herrschte, traf mich wie ein Hammerschlag. Mein Durst erwachte zu jäher Agonie. Ich hatte das Gefühl, kleingehacktes Sandpapier zu atmen. Für einen Moment drohte mich die Verzweiflung zu übermannen. Alles in mir schrie danach, einfach loszustürmen, ganz egal wohin, nur weg.

Aber jetzt blindlings loszurennen, wäre wohl das Dümmste, was ich überhaupt tun konnte. Ich wäre keine hundert Yards weit gekommen, in diesem Glutofen.

Ich raffte alles, was ich mitnehmen wollte – unter anderem den leeren Wasserschlauch – zusammen und wickelte zum Schluß eine meiner Schlafdecken zu einem primitiven Turban zusammen, den ich mir über den Kopf stülpte. Auf jeder arabischen Modenschau wäre ich damit durchgefallen, aber ich hoffte, daß ich so wenigstens der schlimmsten Hitze Paroli bieten konnte.

Mit dem letzten Licht des Tages verließ ich das Zelt, wandte mich nach Norden und stieg keuchend die größte Düne hoch, um mich zu orientieren – eine Mühe, die ich mir hätte ersparen können, denn es gab absolut nichts, was der Kletterei wert gewesen wäre. Nichts als Sand, Sand, Sand, soviel ich nur wollte. Und noch eine ganze Menge mehr.

Mein Mut sank, soweit das überhaupt noch möglich war. Aber ich marschierte tapfer los. Was blieb mir auch anderes übrig?

Die Wüste kühlte merklich ab, nachdem die Sonne jenseits der Dünen untergegangen war. Zunächst fand ich es nach der entsetzlichen Hitze des Tages recht angenehm. Doch die Temperaturen sanken immer weiter, bis sie beinahe den Gefrierpunkt erreichten. Längst hatte ich meine Jacke, die ich um die Hüften getragen hatte, wieder übergezogen, aber auch das nutzte nur wenig. Die Kälte drang mir durch meine Kleidung bis ins Mark. Nach einer Weile begann sie mir ernsthaft zuzusetzen. Und nach einer weiteren Weile begann ich mir fast die Hitze des Tages zurückzuersehnen.

Ich rieb mir mit den Händen über die klammen Arme und den Oberkörper, um mir durch die Reibung zumindest das Gefühl von Wärme zu geben. Doch ich merkte schnell, daß mich jede überflüssige Bewegung Kraft kostete. Und ich hatte keine Kraft zu verschwenden. Meine Beine fühlten sich ohnehin schon an wie hölzerne Stelzen mit weichen Gummigelenken anstelle von Knien und Hüften.

Hinzu kam, daß der Sand in diesem Teil der Wüste zwar immer wieder von kantigen Felsbrocken durchsetzt, aber ansonsten fein wie Wasser war. Immer wieder rutschte ich aus und fiel. In meinen Schuhen schleppte ich beinahe schon mehr Sand mit mir herum, als es in dieser verdammten Wüste überhaupt gab. Obwohl ich sie immer wieder ausleerte, rieb ich mir dennoch schon auf der ersten Meile die Füße wund. Dazu kratzte mir der Sand den Kragen und andere, edlere Stellen wund. Ich dachte an Mahmoud und warf alles über den Haufen, was ich ihm anzutun mir im Laufe des Tages ausgedacht hatte. Mit jedem Schritt, den ich tat, kamen mir bessere Ideen.

Dann – es mußte Mitternacht sein – sah ich die Palmen.

Sie tauchten so plötzlich hinter einer Düne auf, daß ich im ersten Moment fest davon überzeugt war, einer Fata Morgana zum Opfer zu fallen. Aber sie waren real: ein halbes Dutzend dünner, gebogener Schatten, die sich schwarz vor dem samtblauen Nachthimmel abzeichneten und deren Blätter traurig herunterhingen. Ich blieb stehen, rieb mir über die Augen, ging in die Hocke und machte einen Luftsprung – eine der wenigen Methoden, eine Fata Morgana wirklich als das zu erkennen, was sie war –, aber die Palmen blieben unverrückbar dort, wo sie waren.

Der Anblick gab mir neue Kraft. Nicht einmal die Kälte vermochte mir jetzt noch etwas anzuhaben.

In den ersten beiden Stunden.

Irgendwann in der Nacht frischte der Wind auf. Er schien aus der Antarktis zu kommen, so kalt war er. Es hätte mich auch nicht gewundert, wenn plötzlich Schneeflocken vom Himmel gefallen wären. Und mehr als einmal hatte ich den

Verdacht, doch einer jener heimtückischen Luftspiegelungen aufgesessen zu sein, die sich hinter dem so harmlos klingenden Namen Fata Morgana verbargen, denn die Palmengruppe wollte und wollte nicht näherkommen. Schließlich gab ich es auf, alle fünf Minuten nach vorne zu schauen, sondern trottete im Halbschlaf weiter und achtete nur darauf, die Richtung nicht zu verlieren.

Ich kicherte bei der Vorstellung, der Weihnachtsmann würde plötzlich auftauchen und seinen Schlitten anhalten, um mich mitzunehmen – egal wohin.

Oder hatte der Weihnachtsmann in der Wüste Kamele vor seinen Schlitten gespannt?

Ich steigerte mich so in diesen Gedanken hinein, daß ich beinahe an den Palmen vorbeigelaufen wäre. Erst als etwas zuerst auf meine Kopf und dann vor meine Füße fiel, blieb ich stehen. Ich bückte mich und hob das Ding auf. Es war eine reife Dattel. Mühsam drehte ich mich um und starrte die kleine Oase wie ein Wunder an. Erst jetzt und nur sehr, sehr langsam, drang die Erkenntnis an mein Bewußtsein, daß ich während der letzten Stunden in einer Art Trance gewesen sein mußte. Wahrscheinlich das Vorstadium des Deliriums.

Aber ich war gerettet.

Ein gutes Dutzend verwilderter Dattelpalmen gruppierte sich um einen Tümpel, der an der tiefsten Stelle der Oase lag. Die Pfütze war so winzig, daß ein einziges Kamel sie hätte aussaufen können. Doch sie war mit Wasser gefüllt. Alles andere war mir in diesem Augenblick egal.

Ich stieß einen krächzenden Schrei aus, ließ meinen Beutel und meinen Degen fallen und begann zu laufen. Dann hatte ich den Teich erreicht, fiel neben ihm in die Knie und wollte mit den Händen ins Wasser greifen.

Ich stockte mitten in der Bewegung. Mein Herz schien sich zu einem schmerzhaften Klumpen zusammenzuziehen. Eine eisige Hand strich über meinen Rücken.

Auf dem Grunde des Teiches, nur mit wenigen Inches Wasser bedeckt, lag ein grinsender Totenschädel. Davor zwei gekreuzte Knochen, so perfekt, daß es einfach kein Zufall sein *konnte*.

Ich kämpfte die hysterische Stimme in meinen Gedanken nieder, die mir zuschrie, daß ich mich gefälligst den Teufel um dieses geschmacklose Souvenir kümmern und trinken solle, bis ich platzte, und wich zitternd einen Schritt zurück.

Und jetzt entdeckte ich auch die Knochen, die um den Teich herumlagen und selbst noch den Hang bedeckten. Das Mondlicht tauchte sie in ein seltsames weißes Licht, in dem sie fast lebendig erschienen, sonderbar eckige weiße Larven, die mich aus augenlosen Schädeln anstarrten.

Ich stand schwerfällig auf und sah mir die Knochen genauer an. Ein großer Teil von ihnen konnte nicht verleugnen, daß er von Menschen stammte. Doch auch die Gerippe vieler Tiere, darunter von Dromedaren, einigen Pferden, Gazellen und selbst von einem Löwen lagen um den Teich verstreut.

Das Wasser war vergiftet! All diese Menschen und Tiere hatten wie ich vom Durst gepeinigt Rettung gesucht und waren ihm zum Opfer gefallen. Eine kleine, genau überlegte Bosheit des Schicksals: ein kristallklarer See inmitten eines Glutofens. Wer immer hierher kam, würde wie ich an nichts anderes denken als daran, endlich zu *trinken*. Aber ein einziger Schluck dieses kristallklaren Wassers, und ich würde nie wieder Durst haben.

Doch mein von Hitze und Überanstrengung ausgelaugter Körper schrie mit aller Gewalt nach Wasser. Ich wußte, daß ich sterben würde, wenn ich trank. Aber es war mir – fast – egal. Wenn ich nicht trank, starb ich ebenfalls, nur wahrscheinlich um einiges qualvoller. Wieder näherte ich mich dem Teich, kniete davor nieder und streckte die Hände aus, um sie in das kühle, köstliche Naß zu tauchen.

Aber noch war mein klarer Menschenverstand stärker als mein Durst; ich richtete mich wieder auf, kroch ein Stück weit vom Tümpel fort und legte mich in den Sand, so, daß ich den See nicht sehen konnte, wenn ich die Augen aufschlug.

Wenn ich sie noch einmal aufschlagen sollte.

Hätte ER so etwas wie Zorn gekannt, so wäre ER sehr zornig gewesen, zornig über sich selbst. Je mehr ER in die Tiefen seiner Erinnerung vordrang, die durch den Rückstrom seiner Energien und der Gedächtnisinhalte Nizars und aller anderen, die der magische Sog mitgerissen hatte, erweitert worden war, um so stärker erkannte ER, daß ER Fehler begangen hatte, die zu vermeiden IHM ein leichtes gewesen wären. Doch sein Bestreben, die Schlupfwinkel *Der Dreizehn* zu entdecken und sie zu vernichten, hatte seinen Sinn für die Realität getrübt.

So hatte ER seine Macht nur deshalb jenseits der Zeitbarriere verankert, um *Die Dreizehn* daran zu hindern, ihre eigene Macht dort ungestört auszubauen. ER konnte im nachhinein nicht mehr begreifen, weshalb ER so dilettantisch vorgegangen war. So hatte ER sich weder um die Machtverhältnisse jener Epoche gekümmert, noch sich genauer mit den dort existierenden Geschöpfen befaßt.

Es war schon ein großer Fehler gewesen, sich einige dieser Wesen als seine Diener zu erwählen, ohne sie und ihre Gedanken genauer zu kennen. Sein fatalster Irrtum war es jedoch gewesen, daß ER sich beim Aufbau seiner Bastionen anscheinend im Kontinent geirrt hatte. ER hatte sie nicht dort errichtet, wo die dunkle Festung Necrons lag, sondern in jener großen Wüste, die sich im Nordosten der »Afrika« genannten Landfläche erstreckte.

Oder hatte ER damals einen Grund gehabt, seine Bastionen auf diesem Teil der Erde zu verankern? Irgendwie verspürte ER plötzlich dieses Gefühl, ohne jedoch sagen zu können, weshalb, denn der geistige Kampf gegen *Die Dreizehn* hatte ihn doch so sehr geschwächt, daß er viel Wissen um das, was früher geschehen war, verloren hatte.

Auf alle Fälle war es IHM nicht gelungen, seine Bastionen in die direkte Konfrontation mit dem Handlanger *Der Dreizehn* zu bringen. Zudem hatte ER sich dadurch noch ein weiteres Problem aufgeladen. Jene Geschöpfe nämlich, die unter dem Zeichen seines Erzfeindes und ehemaligen Herrn ihr eigenes Spiel trieben. Da das Treiben dieser Leute nicht von Verstand und Logik, sondern von wirren Emotionen gelenkt wurde, hatten diese *Tempelritter* seine Festungen als Bedrohung angesehen und bekämpft.

Dabei wollte ER die Vernichtung *Der Dreizehn* genauso wie sein Erzfeind auch, der auf diese fremden Wesen von den Sternen ebenfalls seine Kämpfer angesetzt hatte. Einer von ihnen hatte versagt, war Necron in die Hände gefallen und hatte alles nur noch schlimmer gemacht.

Die Kampfansage der Tempelritter hatte ER als so lächerlich empfunden, daß ER keinen zweiten Gedanken daran verschwendete, zumal ER seine Bastionen gut verteidigt glaubte. Immerhin hatte ER ein magisches Kleinod, das vor undenklichen Zeiten geschaffen worden war, *Die Dreizehn* zu bannen, für seine Zwecke genutzt. Auf dieses *Yighhurat*, das Nizar *Das Auge des Satans* nannte, konnten seine Diener in Zeiten der Gefahr zurückgreifen.

ER glaubte alles so gut durchdacht, daß ER keinen Gedanken an ein mögliches Scheitern seiner Diener verschwendet hatte. Und doch war es den Tempelrittern gelungen, seine Bastionen aufzuspüren und zu vernichten. Und das alles, weil ER nicht beachtet hatte, daß seine Diener eigene Gedanken und eigene Pläne entwickeln würden.

Nizar vor allem, dessen Ehrgeiz und Machtgier ER völlig übersehen hatte. Doch wer mit *Den Dreizehn* kämpfte, der durfte nicht den Fehler begehen, sich überraschen zu lassen. Vor allem nicht durch die eigenen Diener. Nizar hatte die Macht, die ER ihm übertragen hatte, nicht zum Kampf gegen die Handlanger *Der Dreizehn* benutzt, sondern dazu, sich einen eigenen Machtbereich zu schaffen. Damit hatte Nizar seinen Plänen geschadet.

Nizar würde IHM zwar nun nicht mehr schaden können. Doch durch seine Fehler war das *Yighhurat* in die Hände des Feindes gefallen. Und dies war verhängnisvoll. Denn nun konnten die Tempelritter die Kraft des *Yighhurat* gegen IHN einsetzen.

ER begriff plötzlich, daß ER schon wieder dabei war, einen Fehler zu begehen – nämlich eine Hypothese aufzustellen, deren Fakten ER nicht überprüft hatte. Dies durfte nicht mehr geschehen. Seine Position in der Zukunft war schon so stark erschüttert, daß es seines persönlichen Erscheinens bedurfte, um sie überhaupt noch retten zu können. ER hätte ihren Schutz niemals niedrigen Kreaturen anvertrauen dürfen, sondern sich selber darum kümmern müssen.

ER lenkte seine Gedankenströme in die Zukunft, um sich dort zu manifestieren. Es ging leichter, als ER erwartet hatte, da die magische Barriere, die seine Zeit von der Zukunft trennte, von einem magisch befähigten Handlanger *Der Dreizehn* niedergerissen worden war. ER spürte wie seine Sinne einen Gegenpol fanden, so fremdartig menschlich und doch irgendwie aus dem äonenlangen Kampf mit *Den Dreizehn* vertraut. Er vertraute sich dem Sog an, der auf ihn wirkte, und löste sich aus der ihn umgebenden Zeit. Schon kurz darauf verlor ER die Fähigkeit zu denken. Klammer Nebel umgab IHN, und ein schrilles Geräusch, das sich wie kristallsanddurchsetzter, pfeifender Wind anhörte, peinigte seine Sinne.

Je weiter ER sich von seiner eigenen Zeit entfernte, um so kälter wurde der Nebel; der jaulende Wind steigerte sich bis zum grellen Stakkato. Doch ER mußte nicht befürchten, sich in den unergründlichen Tiefen des Wahnsinns zu verlieren. Wie sein Erzfeind auch, war ER unsterblich, solange das Universum existierte. Solange jede Kraft eine Gegenkraft benötigte, um zu bestehen.

Nach einer Weile erlosch das Heulen mit einem klagenden Laut. ER tauchte aus dem Dunkel empor, das IHN umschlungen hatte, und öffnete seinen Geist zum ersten neuen Gedanken, so wie ein neugeborenes Kind seine Lungen zum ersten Atemzug des Lebens füllt. Dann blickte ER sich um, musterte die Bastion, in der ER sich materialisiert hatte, und entsandte seine magischen Fühler, um zu prüfen, ob ER schon in der Lage war, seine Umgebung zu beherrschen.

Obwohl alles vom dunklen Hauch der Todfeinde durchdrungen schien, gehorchten IHM die Kristallformationen sofort. ER fühlte eine gewisse Befriedigung und begann sich in seiner neuen Bastion einzurichten. Mehr zufällig lenkte ER einen Gedankenfühler in die Umgebung und …

Es traf IHN wie ein Schock. Die Templer hatten IHN erwartet! Und sie standen zum Angriff bereit!

Gleichzeitig verspürte ER die Ausstrahlung des *Yighhurats,* suchte den Kontakt zu ihm und schaute hindurch. Im ersten Augenblick verblüffte IHN die magische Kraft des Menschen, in dessen Besitz sich das *Auge* befand. Doch schnell erkannte ER, daß es sich um keinen Templer handelte und um kein Geschöpf, das ER von vorneherein als Feind ansehen mußte. Auch nicht als Freund, denn diesen Begriff kannte ER nicht.

Doch so stark die magischen Sinne dieses Menschen auch ausgeprägt waren, sein Körper zeigte Spuren tiefer Erschöpfung. Er würde keinen einzigen Kampf mehr überstehen können. Und die Feinde saßen auf seiner Spur. Wenn es ihnen gelang, das *Yighhurat* in ihre Hände zu bekommen, würden sie es gegen IHN verwenden. Dies durfte um keinen Preis der Welt geschehen!

Rasch suchte ER Kontakt zu dem letzten Dienergeschöpf, das ER in dieser Zeit noch besaß, und begann ihm seine Befehle zu übermitteln.

Als ich erwachte, stand die Sonne schon eine gute Handbreit über dem Horizont. Ich mußte wieder einen Alptraum durchlitten haben, denn auch jetzt fiel es mir sehr schwer, Wahrheit und Trug auseinanderzuhalten. Inmitten des unerträglich gleißenden Sonnenlichtes glaubte ich zwei Gestalten zu erkennen, weiß und silbern und rot wie schreckliche Racheengel.

Dann erwachte ich vollends, rieb mir mit der Hand über die Augen und setzte mich mühsam auf.

Die beiden Reiter waren noch immer da. Sie standen vielleicht zwanzig Yards von der Oase entfernt. Nur ihre Umhänge und die Satteldecken ihrer großen Pferde bewegten sich im warmen Wüstenwind.

Ich richtete mich schweratmend auf und blickte mit schräggehaltenem Kopf zu ihnen auf. So mußten die Ritter ausgesehen haben, die mit Richard Löwenherz ins heilige Land gezogen waren. Ihre Pferde glichen dem wuchtigen Schlag jener Streitrosse, die ihre Reiter mitsamt der schweren Rüstungen ohne Mühe tragen konnten.

Templer, dachte ich verstört. Bei den Reitern konnte es sich nur um Templer handeln. Doch sie unterschieden sich von den Angehörigen des Ordens in Europa. Und das nicht allein wegen ihrer massigeren Rüstungen, ihren längeren Schwertern und den wuchtigen Topfhelmen, die sie trugen.

Irgend etwas hinter meiner Stirn machte ganz deutlich *Schnapp*, und ich begriff, daß ich mich wie ein kompletter Idiot benahm. Ob Templer, Beduinen oder Zulus – die beiden Männer bedeuteten *Wasser*!!!

Mit einem krächzenden Schrei taumelte ich auf sie zu. »Wasser!« stöhnte ich. »Ich flehe Sie an – einen Schluck Wasser!«

Der rechte, ältere Ritter sah mir mit steinernem Gesicht entgegen. Langsam beugte er sich vor, löste eine mit Leder umwundene Feldflasche vom Sattel seines Pferdes und warf sie mir zu. Ich versuchte sie zu fangen, war aber so ungeschickt und entkräftet, daß sie zwischen meinen Fingern hindurchglitt und im Sand landete. Mit einem Schrei warf ich mich hinterher, grub sie aus und öffnete mit fliegenden Fingern den Verschluß. Ich merkte nicht einmal, daß ich mir dabei einen Fingernagel abbrach.

Das Wasser war schal und warm ... und das Köstlichste, was ich jemals getrunken hatte. Ich leerte die Hälfte der Feldflasche in einem Zug, ehe ich sie absetzte und ihrem Besitzer einen fragenden Blick zuwarf. Der Templer nickte fast unmerklich und ich trank weiter.

Hinterher war mein Durst kaum weniger groß als zuvor und meine Lippen brannten wie irre. Aber der entsetzliche Schmerz in meinen Eingeweiden begann allmählich abzuklingen.

Ich reichte die Flasche zurück, versuchte zu lächeln und sah meine beiden Retter erwartungsvoll an. Der Ritter, der mir die Flasche gegeben hatte, blickte kühl auf mich herab. Der Ausdruck in seinen Augen war nicht unbedingt feindselig – aber er war auch alles andere als *freundlich*.

»Ich danke Ihnen«, sagte ich mühsam. Meine Stimme war ein schrilles Krächzen, das mir fast den Dienst verweigerte. »Ohne Sie wäre ich gestorben. Sie schickt der Himmel.«

»Nicht unbedingt, Bruder Robert«, antwortete der grauhaarige Ritter, »aber es war sehr klug von dir, nicht von diesem Wasser dort zu trinken. Diese vergiftete Quelle ist schon so manchem zum Verhängnis geworden.«

Ich nickte, blickte unwillkürlich zu dem tödlichen Wasser zurück – und begriff erst jetzt richtig, was er gesagt hatte.

»Bruder ... Robert?« wiederholte ich mißtrauisch.

Der Templer lächelte, aber es wirkte kalt.

»Ist das nicht dein Name?«

»Doch«, gestand ich. »Aber ich ... erinnere mich nicht, ihn genannt zu haben.«

Der Tempelherr reagierte nicht auf meine Worte, aber sein Lächeln wurde noch eisiger. Und mit einem Male fielen mir eine Menge Dinge ein, Geschichten, die ich in Alis Lager und auch zuvor bei den Beni Ugad gehört hatte. Geschichten von Männern, die im Zeichen eines blutroten Kreuzes kämpften und eine Spur aus Leid und Tod hinterließen, wo immer sie auftauchten.

»Sie … Sie sind die Männer, die Ali, Letitia und mich gerettet haben, als die Beni Ugad uns angriffen«, sagte ich. Wieder nickte der Ritter nur, ohne direkt zu antworten. Er mußte wohl den unguten Ton in meiner Stimme verstanden und richtig gedeutet haben. Die beiden Ritter hatten mir zweimal hintereinander das Leben gerettet, das stimmte schon. Aber ich hatte das entsetzliche Gemetzel nicht vergessen, das sie dabei unter den Beduinen angerichtet hatten.

Schließlich brach der grauhaarige Templer das Schweigen. »So ist es, Bruder Robert«, sagte er. »Wir waren es, die dich aus den Klauen der Heiden befreiten, und wir waren es auch, die die Ungläubigen angriffen, als sie dich und deine Gefährten im Felsental stellten. Hätte uns der Sandsturm nicht getrennt, wären wir schon früher zu dir gestoßen. Doch der Weg zu Nizars Festung war weit. Und als wir ankamen, warst du schon fort. Zusammen mit etwas, das uns gehört«, fügte er hinzu. Er lächelte, beugte sich vor und streckte seine rechte, in einem Panzerhandschuh steckende Hand aus. »Und unseren Dank dafür, daß du uns die Vernichtung dieses Heidenfürsten Nizar abgenommen hast. Doch damit endet auch deine Verwendbarkeit für uns. Nimm es als Zeichen der Gnade, daß du den Sieg über den schlimmsten Dämon der Hölle – den *Antichrist* – vorzubereiten halfst. Und daß wir dir das Leben schenken. Und nun – das *Yighhurat*. Du kennst es unter dem Namen *Auge des Satans*.«

Sprachlos starrte ich den Ritter an. Ich war ja von diesen Leuten einiges an Pathos gewohnt, doch diese geschwollene Rede übertraf alles. Der Sinn seiner Worte war mir jedoch glasklar. Diese Kerle waren dafür verantwortlich, daß mich Nizar in die Finger bekommen hatte, und sie trugen – zumindest durch Untätigkeit – auch die Schuld an der Vernichtung von Colonel Mandon Trownes Kompanie. Und nachdem ihnen nun alles, was sie geplant hatten, gelungen war, wollten sie auch mich erledigen.

Meine Gedanken überschlugen sich derart, daß ich nicht mehr auf die Rede des Templers hörte. Erst als er die rechte

Hand abermals ausstreckte und seine Worte wiederholte, begriff ich, was er von mir wollte.

»*Das Auge*!«

Instinktiv griff ich zu dem Ding, das ich in meiner Tasche trug. Es vibrierte förmlich unter meinen Fingern. Und es versorgte mich mit frischer Kraft!

Ich spürte die Aufforderung, die sich auf mich übertrug, den Ruf, sich der magischen Energien des *Yighhurats* zu bedienen. Es war nicht das erste Mal, daß ich spürte wie meine normalerweise schwachen magischen Fähigkeiten von irgend etwas unterstützt und ins Ungeheuerliche gesteigert wurden. Aber niemals zuvor hatte ich so deutlich erkannt, daß es das *Auge des Satans* war, dem ich diese Kräfte verdankte.

Und niemals zuvor war mein Widerwille, sie anzuwenden, so groß gewesen.

Ich versuchte es auf eine Methode, die mir schon oft zum Erfolg verholfen hatte (böse Zungen behaupteten, es fiele mir besonders leicht): Ich stellte mich dumm.

»Wovon sprechen Sie?« fragte ich. »Welches Auge?«

Der Tempelritter schürzte abfällig die Lippen. »Du scheinst mich für einen Narren zu halten, Bruder Robert. Du hast die Wahl – gib uns das Auge und geh deiner Wege oder –«

Er sprach nicht zu Ende, doch bei dem Oder legte er in einer sehr bezeichnenden Geste die Hand auf den Griff des gewaltigen Schwertes, das an seinem Gürtel hing.

Ich trat einen halben Schritt zurück, sah die beiden Ritter abwechselnd an und bereitete mich darauf vor, mein Leben so teuer wie möglich zu verkaufen. Mit einem entschlossenen Griff löste ich den Sicherungsriegel des Stockdegens. Zu meiner Überraschung glitt die Waffe fast wie von selbst aus der Scheide.

»Du hast genug geredet, Bruder Guillaume«, knurrte der zweite Templer, zog sein Schwert mit einem häßlich zischenden Laut blank und sprang aus dem Sattel.

»Gib acht, Bruder Renard«, sagte sein Kamerad, ohne mich dabei aus dem Auge zu lassen. »Der Mann ist ein Teufel. Du weißt, was uns die Brüder aus Paris über ihn berichtet haben!«

»Hab keine Angst, Bruder Guillaume. Dieser Anglais wird meinem Schwert nicht entkommen!« Trotz dieser hitzigen Worte kam er um einiges vorsichtiger auf mich zu.

Es tat mir gut zu sehen, daß sie mich fürchteten, auch wenn ich keine Chance sah, diese Furcht aufrechtzuerhalten – oder ihr Berechtigung zu verleihen. Mein Stockdegen war eine ausgezeichnete Waffe, wenn es darum ging, mich eines Shoggoten oder irgendeiner anderen unerfreulichen Überraschung meiner dämonischen Freunde zu erwehren. Gegen das mächtige Breitschwert des Templers war er nicht mehr als ein Zahnstocher. Ein einziger Hieb dieser Klinge mußte reichen, ihn um ein Stück kürzer zu machen. Und mich gleich mit. »Überlegt euch, was ihr tut«, sagte ich nervös. »Wenn ihr wißt, daß ich ein Magier bin, solltet ihr vielleicht versuchen, euch gütlich mit mir zu einigen.«

»Aber natürlich«, sagte Bruder Renard – und griff mit einem beidhändig geführten Hieb an.

Ich wich der Klinge im letzten Moment aus, tauchte unter seinen Armen hindurch und stieß mit dem Degen zu. Renard versuchte zurückzuweichen, aber seine schwere eiserne Rüstung behinderte ihn. Der Stockdegen traf seine Brust, bog sich durch – und wurde mir fast aus der Hand geprellt. Das Geflecht des Kettenhemdes hatte er nicht einmal angekratzt.

Die nächsten Sekunden hüpfte ich wie ein Frosch im Sand umher, um den wilden Angriffen zu entgehen, die meinem Angriff antworteten. Es hatte keinen Sinn, die Schläge des Schwertes mit der dünnen Klinge meines Degens zu parieren. Meine einzige Chance bestand darin, meinem Gegner nahe genug zu kommen, um einen der wenigen Körperteile zu treffen, die *nicht* gepanzert waren.

Ich spürte den Ärger des Tempelritters, der sich mit jedem vergeblichen Hieb steigerte. Trotzdem schüttelte er wütend den Kopf, als sein Kumpan aus dem Sattel steigen wollte, um ihm zu Hilfe zu eilen. »Das ist meine Sache, Bruder Guillaume. Er gehört mir!«

Ich war da etwas anderer Meinung, aber Bruder Renard schien nicht unbedingt in der Stimmung, mit mir über diesen Punkt diskutieren zu wollen. Und wenn, so mit Argumenten, denen ich nichts entgegenzusetzen hatte. Ein halber Zentner geschliffener Schwertstahl vermag eine Diskussion ganz schön einseitig werden zu lassen.

»Geh kein Risiko ein«, sagte Guillaume ruhig. »Du weißt

wie gefährlich dieser Mann ist.« Bei diesen Worten zog er einen Bogen aus der Satteltasche, legte einen Pfeil auf und bedachte mich mit einem Blick, der meine letzten Zweifel darüber zerstreute, was er tun würde, sollte ich seinen Kameraden wider Erwarten besiegen. Aber es war sonderbar – ich hatte das sichere Gefühl, daß ihm dies nicht einmal so unpassend käme.

»Ich habe ihn gleich«, zischte Renard und riß seine Waffe hoch – zu hoch, denn für einen Moment war sein Körper ungedeckt.

Ich sprang vor, wollte ihm den Degen in den Oberschenkel bohren und begriff ein wenig zu spät, daß ich auf einen Trick hereingefallen war.

Er ließ sein Schwert fallen, packte meinen Degen mit der gepanzerten Hand und hielt ihn fest. Gleichzeitig versetzte er mir mit der Linken einen Faustschlag, der mich zurücktorkeln und halb besinnungslos in den Sand sinken ließ.

Plötzlich gellte ein schriller Pfiff durch die Wüste. Im nächsten Augenblick hörte ich einen kurzen, trockenen Schlag und wunderte mich, weshalb der Schmerz ausblieb, der dazugehörte. Erst dann fiel mir auf, daß nicht *ich* es gewesen war, der getroffen wurde.

Bruder Renard erstarrte mitten in der Bewegung. Er wankte, preßte beide Hände stöhnend auf seinen Bauch und sank ganz langsam in die Knie.

Jetzt erst sah ich den Pfeilschaft, der zwischen seinen Fingern herausragte – und den roten, immer größer werdenden Fleck auf seinem weißen Waffenrock. Dann kippte der Templer haltlos zur Seite und schlug scheppernd zu Boden.

Bruder Guillaume wirbelte herum, riß ungläubig die Augen auf – und trieb sein Pferd auf den Kamelreiter zu, der auf dem Kamm der Düne aufgetaucht war. Im vollen Galopp riß er sein Schwert aus der Scheide. Der Kampfschrei erstarb ihm auf den Lippen, als der Fremde erneut den Bogen hob und den Pfeil mit gnadenloser Präzision ins Ziel setzte. Das wuchtige Schwert des Tempelritters flog durch die Luft und blieb senkrecht im Sand stecken. Aus seiner Hand ragte ein zitternder Pfeil.

Der Templer keuchte, beugte sich weit im Sattel vor, und riß den Pfeil mit einem gellenden Schmerzensschrei aus seiner

Hand heraus. Dunkles Blut spritzte auf sein weißes Zeremoniengewand und verschmierte die Umrisse des roten Templerkreuzes.

Dann riß er sein Pferd herum, zog mit der unverletzten linken Hand das Schwert aus dem Sand und steckte den rechten Arm ungeschickt durch die Halteschlaufen seines Schildes. Dann zwang er das Schlachtroß abermals herum – und galoppierte, schneller und schneller werdend, auf den Dromedarreiter zu!

Wurde der Templer von Haß und Rachsucht beherrscht-, so war sein Gegner so kalt wie Eis. Ich hatte fast das Gefühl, daß er den Angriff nicht einmal ernstnahm. Sein Dromedar trabte beinahe gemütlich der Stelle entgegen, wo sich die beiden treffen mußten.

Er machte keine Anstalten, irgendeine Waffe zur Hand zu nehmen. Er hatte sogar den Bogen wieder an das Sattelhorn gehängt. Jedem anderen Angreifer gegenüber wäre ein solches Verhalten vielleicht dreist, aber angesichts seiner Überlegenheit noch immer verständlich erschienen. Aber der Mann in der weißen Robe war ein Templer. Ein Mitglied des gefährlichsten und im Kampfe am besten ausgebildeten Ordens, den es jemals gegeben hatte.

Und trotzdem blieb mir die Warnung, die ich dem Schwarzgekleideten zurufen wollte, im Halse stecken. Wie gelähmt stand ich da und sah den beiden scheinbar so ungleichen Kämpfern zu.

Zwanzig Yards trennten sie noch, dann zehn ... fünf ... Bruder Guillaume stellte sich mit einem gellenden Schrei in den Steigbügeln auf und packte sein Schwert mit beiden Händen, um den Kampf mit einem einzigen Schlag zu entscheiden. Doch schneller als ein Blitz hielt der Araber plötzlich seinen Bogen in der Hand und schoß den Pfeil aus kürzester Entfernung ab.

Der Templer warf sich beiseite und stürzte beinahe vom Pferd. Mit einiger Mühe gelang es ihm, sich im Sattel zu halten. Er verlor allerdings sein Schwert dabei. Seine Rechte zuckte zum Dolch, doch er schien vergessen zu haben, daß sie verwundet war. Er vermochte die Waffe zwar zu ziehen, nicht aber festzuhalten. Sie entglitt seinen kraftlosen Fingern und gesellte sich zu dem Schwert auf den Boden.

Der Araber verhielt sein Dromedar und legte fast gemächlich den nächsten Pfeil auf die Sehne.

»Stirb, du Hund von einem Giaur!« schrie er. Seiner hellen Stimme nach konnte er nicht älter sein als ich selbst. Er zielte kurz und ließ den Pfeil fliegen.

Der Templer beugte sich tief über den Hals seines Pferdes und entging dem Geschoß um Haaresbreite. Der Araber stieß einen enttäuschten Laut aus und langte zum Köcher, um den nächsten Pfeil herauszuziehen. Doch der Tempelritter nutzte die winzige Zeitspanne aus und stieß seinem Streitroß die Sporen in die Flanken, daß es mit einem schmerzhaften Wiehern davonstob.

Mit einem heftigen Fluch trieb der Araber sein Dromedar an, doch das Pferd gewann mit jedem Galoppsprung mehr an Boden. Schon hatte der Templer weit über die Bogenschußweite hinaus Vorsprung – und er trieb sein Reittier gnadenlos weiter an. Ich gab dem Araber nur dann eine Chance, ihn zu erwischen, wenn die Verfolgung über eine Stunde dauerte. Denn ich schätzte, daß erst dann die bessere Ausdauer des Kamels den Ausschlag geben würde.

Doch mein so unvermutet aufgetauchter Retter schien gar kein Interesse an einer lang andauernden Verfolgungsjagd zu haben. Nach vielleicht zwei-, dreihundert Schritten zügelte der Araber das Dromedar, setzte es erneut in Bewegung – und hielt wieder an. Ich hatte fast das Gefühl, als würden zwei Seelen in seiner Brust einen Kampf gegeneinander ausfechten. Ich empfand seinen Drang, den Templer zu verfolgen, mit einer Intensität, als wären es meine eigenen Gefühle. Gleichzeitig aber spürte ich noch etwas in diesem Menschen, etwas so unsagbar Fremdes, daß ich unwillkürlich davor zurückschreckte.

Der Schwarzgekleidete wendete sein Kamel und kam langsam auf mich zu geritten. Jetzt erst konnte ich ihn mir genauer ansehen. Und was ich sah, reichte aus, um mich aufspringen und den Stockdegen ergreifen zu lassen. Nicht, daß ich ihn für eine geeignete Waffe gegen einen Bogen hielt. Aber er gab mir zumindest das Gefühl, nicht völlig wehrlos zu sein. Wenn es auch nur ein Selbstbetrug war …

Hendrik van Retten verzog angewidert das Gesicht. Das Wasser schmeckte schal und abgestanden. Außerdem war es so warm, daß es ihn nicht mehr erfrischte, sondern seinen Durst eher schlimmer werden ließ. Er hatte das Gefühl, den ganzen Schlauch leertrinken zu können und dennoch vor Durst halb verrückt werden zu müssen. Doch das Wasser war streng rationiert und er hatte seine Ration gerade voller unbeherrschter Gier in sich hineingeschüttet. Das nächste Wasser würde es erst wieder nach dem Kampf geben.

Wenn er dann noch Wasser brauchte.

Hendrik verfluchte die Sonne, die ihm schier das Mark aus den Knochen brannte, die Wüste, die sich scheinbar endlos und eintönig um ihn erstreckte, und am meisten sich selbst, weil er so närrisch gewesen war, sich freiwillig für diesen Auftrag zu melden.

Aber die Wüste war nun einmal anders, als er es sich im Ordenshauptquartier in Paris hatte vorstellen können. Dort war der Gedanke an die Hitze von der Vorstellung schattenspendender Palmen und dem frischen Wasser lieblicher Oasen verbrämt gewesen. Und natürlich von der Achtung, die die im Orient lebenden Brüder dem Abgesandten des Großmeisters gegenüber empfinden würden.

Statt dessen hockte er nun in voller Rüstung auf einem Dünenkamm, ungeschützt der sengenden Sonne preisgegeben und allmählich innerlich verschmorend, und starrte auf dieses seltsame Gebilde dort unten im Tal. Trotz seiner Größe sah es eher skurril als gefährlich aus, auch wenn Hendrik das beklemmende Gefühl, das es ausstrahlte, nicht ableugnen konnte. Aber diese riesige Sandrose für die Festung allen Übels zu halten – das konnten seiner Ansicht nach auch nur die von allen Aberglauben des Orients verseuchten Ordensbrüder im Nahen Osten.

Er hielt die hiesige Sektion des Ordens ohnehin für recht eigenartig – diplomatisch ausgedrückt. Sie beteten zwar nicht weniger als er selbst und die Brüder, die er in Europa kannte. Doch in ihren Stimmen klang dabei ein harter Unterton mit, so als würden sie von Gott eine Gegengabe für ihre Gebete erwarten. Zudem bestand diese Sektion des Ordens zumeist aus Franzosen. Aber es waren keine x-beliebigen Franzosen, sondern Edelleute, deren Stammbaum bis mindestens in die Zeit Philipps des Schönen zu verfolgen war. So wimmelte es nur so von Namen wie de Mere, de Saint Denis, de Banrieux, de Guise, de Navarre und anderen, denen Hendrik zwar eine gewisse Bedeutung für europäische Geschichtsbücher, jedoch nicht für einen christlichen Orden beimaß.

Ordensbrüder, die nicht aus dem alten Adel Frankreichs stammten, hatten kaum eine Chance, in diesem illustren Kreis akzeptiert zu werden, vor allem dann nicht, wenn es sich um Bürgerliche oder gar um Engländer handelte.

Anglais war auch ihr liebstes Schimpfwort.

Hendrik hatte es in den drei Monaten, seit denen er sich bei dieser Sektion befand, schon mehrere Dutzend Male zu hören bekommen, obwohl er kein Engländer, sondern ein Holländer war, der zudem eine entfernte Verwandtschaft zum niederländischen Königshaus aufweisen konnte – die ihm im übrigen ebenso egal war wie die Titel seiner Brüder hier.

Kurz und bündig gesagt, hielt Hendrik die hiesigen Templer für einen Haufen Verrückter, der in seinen Adelshochmut eingesponnen eher ein Relikt aus dem Mittelalter als eine funktionierende Unterabteilung des Ordens darstellte.

Ja, er hielt sie sogar für gefährlich für den Orden selbst, da sie in ihrem Wahn, sich für die auserwählte Elite des Ordens zu halten, ein verderbliches Eigenleben entwickelt hatten und sich nur noch dann um Anweisungen aus dem Hauptquartier kümmerten, wenn diese mit ihren eigenen Plänen und Absichten harmonierten. Vielleicht war es kein Zufall, daß Balestrano sie im wahrsten Sinne des Wortes in die Wüste geschickt hatte, sinnierte er.

Diesen Charakterzug hatte Hendrik am eigenen Leib erfahren. Er war als Abgesandter des Großmeisters hier erschienen und wurde behandelt wie der letzte Bettler, für den der schlechteste Platz am Mittagstisch gerade gut genug ist. Man hatte ihm auch deutlich zu verstehen gegeben, welch hohe Ehre es für ihn sei, Seite an Seite mit den edelsten Geschlechtern Frankreichs gegen den Feind zu kämpfen, ohne ihm jedoch zu sagen, um wen es sich bei diesem Feind genau handelte.

Vielleicht wußten sie es selbst nicht so genau, dachte er

spöttisch. Möglicherweise existierte dieser Feind nur in den Köpfen dieser übergeschnappten Fanatiker, und diese gigantische Sandrose unter ihm war nichts als ein Wunder der Natur – das natürlich, da es nicht *ausdrücklich* als von Gott geschaffen gekennzeichnet war, nur Schlechtes bedeuten konnte.

Hendrik amüsierte sich eine Weile mit der Vorstellung, wie die obersten Spinner dieses Haufens von Verrückten jeden Stein in der Wüste umdrehten, um nach dem Stempel: *Made by Heaven, Inc.* Ausschau zu halten.

Auf seine drängenden Fragen waren die Antworten einfach ausgeblieben. Er hatte sie schließlich gefordert und zuletzt gedroht, nach Paris zurückzukehren und den Großmeister zu informieren.

Die Leute hatten sich nicht darum gekümmert. Sie wußten, daß er vor dem Kampf nicht zurückstehen konnte, ohne als feige zu gelten. Ihm war gar nichts anderes übriggeblieben, als seinen Zorn hinunterzuschlucken, seine Waffen zu nehmen und mit ihnen zu reiten.

Sie hätten ebenso irgendwelche Beduinenstämme in der Wüste angreifen können oder versuchen, die heiligen Stätten von Jerusalem und Nazareth aus der Hand der Osmanen zu befreien. Hendrik hätte sich auch nicht gewundert, wenn die französischen Ritter aus reinem Nationalegoismus die englischen Truppen, die im Sudan gegen die aufständischen Derwische des Madhi kämpften, angreifen wollten. Doch statt dessen hatten sie es sich in den Kopf gesetzt, die Welt vom *Fürsten der Hölle, dem Antichristen,* zu befreien.

Dieser Gedanke lenkte seinen Blick wieder auf jenes bizarre Kristallgebilde.

Und plötzlich erschien irgend etwas damit zu geschehen.

Hendrik vermochte die Veränderung nicht in Worte zu fassen, aber er spürte sie, sehr, sehr deutlich. Dort unten bereiteten sich Dinge vor, die jenseits allen menschlichen Denkens waren. Was war das? dachte er bestürzt. Spürte er dieses … *Fremde* wirklich, oder hatte er einfach zu lange in der Sonne gesessen?

Hendrik sah sich nach den anderen Templern um, die wie er in der glühenden Wüste warteten. Ihre Gesichter wirkten jetzt weit weniger steif und blasiert als in der Ordensburg. Ihre Hochnäsigkeit schien mit dem Näherrücken des Kampfes zu weichen. Zu seiner Überraschung erwiderten sie seinen Blick und lachten ihm sogar zu.

»Bald ist es soweit, Bruder van Retten. Bald wird das Blut der Höllengeschöpfe in Strömen von unseren Schwertern rinnen«, rief Noel de Guivac und klopfte ihm auf die Schulter. Hendrik konnte sich nicht erinnern, daß ihn der andere bis zu diesem Tag überhaupt angesprochen hatte. Gut, dachte er. Es mögen arrogante Pinsel sein, aber sie werden im Kampf ihren Mann stehen. Und darauf kommt es ja auch in erster Linie an. Wenngleich er sich auch dessen nicht vollkommen sicher war. Letztlich wußte er ja nicht einmal, gegen wen sie überhaupt kämpften. Geschweige denn, warum.

Van Retten hatte all den Unfug vom *Antichristen* keine Sekunde lang geglaubt. Er war ein stenggläubiger Templer, der jeden töten würde, der eine Gefahr für seinen Orden oder die Christenheit darstellte – aber das bedeutete nicht, daß er an einen leibhaftigen Satan mit Klumpfuß und Quastenschwanz glauben mußte.

Die Unruhe unter den Templern, dieses Herbeifiebern des Kampfes, nahm mit jeder Sekunde zu. Alle Augen richteten sich auf den Mann, der abseits von ihnen auf einer Sanddüne stand und wie gebannt in das Tal hinabschaute.

»Roi Philippe lauscht dem Atem der Wüste«, flüsterte de Guivac voller Ehrfurcht.

Hendrik sah mit einer Mischung aus Interesse und Tadel zu dem Mann hinüber, den er noch vor wenigen Tagen wie die Pest gehaßt hatte. Roi Philippe – da Philippe de Valois einem der alten Herrschergeschlechter Frankreichs entstammte. Aber mittlerweile war seine Verachtung langsam, aber sicher zu einer Mischung aus Mißtrauen und echter Furcht geworden.

Hendrik erinnerte sich, daß de Valois lange Zeit als ernsthafter Konkurrent Balestranos für den Rang des Großmeisters gegolten hatte. Doch zu seinem Pech waren kurz vor der Entscheidung mehrere Tempelritter in der Wüste umgebracht worden, ohne daß es de Valois und seinen Leuten gelungen war, den Mörder, der von den Einheimischen *Sill el Mot* genannt wurde, zur Rechenschaft zu ziehen.

Aus diesem Grund wurde Balestrano zum Großmeister gewählt, während für Philippe de Valois nur der Posten des Meisters der Wüste blieb. Genauer gesagt, dessen *Stellvertreter*, solange André de la Croix abwesend war. Doch nach allem, was Hendrik von ihm wußte, war diese Bezeichnung nicht nur ein leerer Titel. Philippe de Valois war der *Desert-Master* des Ordens zumindest war er ihm ebenbürtig.

Der selbsternannte *Desert-Master* atmete tief durch und wandte sich an das hundertköpfige Heer. Ein zufriedenes Lächeln spielte um seine Lippen, die so schmal waren, daß sie wie Striche wirkten. »Der Dunkle ist erschienen! Macht euch bereit, denn sobald Bruder de Saint Denis erscheint, werden wir angreifen!«

»Gott will es!« brüllten die Templer begeistert.

Und zu seiner eigenen Überraschung stimmte Hendrik van Retten in diesen Ruf ein.

Der Araber hielt sein Dromedar keine zwanzig Schritte vor mir an. Ich sah, wie er mich aus seinen dunklen Augen abschätzend musterte, und erwartete jeden Moment seinen Angriff. Statt dessen befahl er seinem Dromedar mit einem kehligen Laut, niederzuknien, und glitt geschmeidig aus dem Sattel.

Er war einen guten Kopf kleiner als ich und schlank, ohne jedoch so hager zu sein, wie es die meisten von der Wüstensonne ausgedörrten Beduinen sind. Seine Gestalt wurde von einem dunklen Gewand verhüllt. Darüber trug er einen weißen Haik, dessen Kapuze er sich eben abstreifte. Nicht, daß ich nun mehr von ihm gesehen hätte, denn er hatte die Enden seines Turbans so vor das Gesicht geschlungen, daß nur seine Augen freiblieben.

Mehr denn je glaubte ich, einen von Necrons Drachenkriegern vor mir zu sehen. Zumal an seinem Gürtel ein gewaltiges Schwert hing, dessen Knauf von etwas geschmückt wurde, das mich sehr unangenehm an einen stilisierten Drachenkopf erinnerte. Es war eine Waffe wie ich noch keine zuvor gesehen hatte, so prachtvoll und ehrfurchtgebietend, daß ich mehr auf sie als auf den Krieger starrte. Ich spannte mich, trat einen halben Schritt zurück und packte meinen Degen fester. In diesem

Moment hob er die Hand und begrüßte mich in einem westarabischen Dialekt:

»Eßßelamu Alikum!«

»Aleikum es Salem«, antwortete ich verblüfft. In den schwarzen Augen meines Gegenüber blitzte es amüsiert auf. Einen Moment lang starrte er mich noch an, dann kam er näher, so langsam, als wolle er mir bewußt Gelegenheit geben, ihn in aller Ruhe in Augenschein zu nehmen. Ich tat ihm den Gefallen und sah ihn mir genauer an.

Einen Moment später schalt ich mich in Gedanken einen hysterischen Narren. Es *gab* Unterschiede zu den Drachenkriegern; Unterschiede, die nicht zu übersehen waren. Die Kleidung des Arabers war zwar dunkel, jedoch nicht schwarz. Außerdem saß sie sehr locker auf seinem Körper und war nicht so enganliegend wie bei Necrons Kriegern. Und die abstrakte Verzierung, die den Knauf seines Schwertes schmückte, hatte wohl auch nur ich für einen Drachenkopf halten können.

Der Araber war ebensowenig ein Anhänger Necrons wie ich einer der GROSSEN ALTEN. Ich begann zu glauben, daß er den Friedensgruß vollkommen ehrlich meinte. Und doch hatte ich ihm gegenüber ein eigenartiges Gefühl. Ich fand ihn einerseits vertrauenserweckend, gleichzeitig machte sich jedoch ein großer Knoten in meinem Magen bemerkbar. Alles in mir schrie: Vorsicht! – ohne daß ich für eines der beiden Gefühle auch nur die Spur einer logischen – oder meinetwegen auch unlogischen – Begründung hätte finden können.

»Du bist ein großer Held, Sidi, denn es ist dir gelungen, den Verderber der Adjibh zu vernichten. Doch laß mich nun nach deinen Wunden sehen.«

Seine Stimme drang mir ins Mark. Sie war weich und fließend, eher die Stimme eines Knaben als die eines erwachsenen Mannes. Außerdem spürte ich die ehrliche Bewunderung, die aus ihr sprach – und bekam prompt rote Ohren vor Verlegenheit.

Außerdem hatte ich nicht den Schimmer einer Ahnung, was er mit seinen Worten überhaupt *meinte* …

»Sei nicht so bescheiden, Sidi. Es gibt keinen unter den Beni Arab, der das vollbracht hätte. So nimm ruhig meinen Dank dafür, daß du mit Allahs Hilfe die Wüste von diesem Ungeheuer befreit hast.« Mit diesen Worten ging er zu seinem Kamel, öffnete die Satteltasche und holte Verbandszeug hervor. Wovon, zum Teufel, *sprach* der Kerl? Von Nizar?

Ich sah den prall gefüllten Wassersack hinter dem Sattel hängen und wollte ihn bitten, mich trinken zu lassen. Doch da füllte er bereits einen Kupferbecher mit dem lebensspendenden Naß und reichte ihn mir mit einer freundlichen Geste, fast, als hätte er meine Gedanken erraten. Aber möglicherweise war das auch kein Kunststück, wenn man mitten in der Wüste einen Mann in meinem Zustand traf.

»Trinke zuerst nur diesen Becher, Sidi, damit sich dein Magen wieder an Wasser gewöhnt. Danach wirst du genug bekommen, um deinen Durst stillen zu können.«

Ich faßte den Becher mit beiden Händen und führte ihn so hastig an meine aufgesprungenen Lippen, daß ein Teil des Wassers überschwappte, meine Brust herabrann und das verkrustete Blut und den Sand zu einem bizarren Gemälde vermischte. Ich setzte den Becher erst wieder ab, nachdem ich ihn bis auf den letzten Tropfen geleert hatte. Auffordernd hielt ich ihn meinem Retter entgegen. Doch der Araber legte seine Hände auf meine Arme und schüttelte den Kopf.

»Halte ein, Sidi. Es wäre gefährlich, jetzt hastig zu trinken. Komm – laß mich nach deinen Wunden sehen.« Er gab nicht eher Ruhe, bis ich mich im Schatten einer Palme auf den Boden gesetzt und mein Hemd ausgezogen hatte. Dann untersuchte er meine Verletzungen. Er besaß kundige Hände und er war äußerst geschickt. Innerhalb kurzer Zeit hatte er all die zahllosen kleinen Verletzungen mit einem Minimum an Wasser peinlich sauber gewaschen. Dann strich er eine gelbe, streng riechende Salbe auf die größten Wunden und verband sie mit einigen langen Leinenstreifen.

Auch meine übrigen Blessuren versorgte er sehr rasch. Zum Dank, daß ich alles still und ohne zu jammern über mich hatte ergehen lassen, erhielt ich einen zweiten Becher Wasser und einige Datteln. Während ich diese karge Mahlzeit mit Genuß verzehrte, bemühte sich der Araber, die bescheidenen Reste meiner Kleidung in einen tragbaren Zustand zu versetzen. Ich erinnerte mich daran, daß ich es bis jetzt versäumt hatte, mich für meine Rettung zu bedanken, und beschloß, dies schleunigst nachzuholen.

»Du bist gerade noch zur rechten Zeit gekommen«, begann ich, und setzte mit einem etwas verunglückten Lächeln hinzu: »Sonst hätten mich diese Kerle um meinen Kopf erleichtert. Besten Dank dafür!«

Irrte ich mich, oder trat wirklich ein unwirscher Schimmer in die großen, dunklen Augen?

»Hätte ich dich aus den Händen von Räubern befreit, so besäßest du vielleicht Grund, mir zu danken. Doch diese Templer sind es nicht wert, daß du deinen Atem an sie verschwendest. Ich habe es nicht für dich getan.«

Ich spürte den Haß in seinen Worten, einen Haß, der den Templern galt. Ich begann mich über die seltsame Persönlichkeit des Fremden zu wundern.

»Mein Name ist Robert Craven. Ich komme aus London«, sagte ich, um das unbehaglich werdende Schweigen zu brechen, das zwischen uns entstanden war.

Der Fremde warf meine ruinierte Jellaba endgültig fort und holte aus seiner Satteltasche einen anderen Überwurf. Er war so dunkel wie der, den er selber trug. Und er strömte denselben, düsteren Hauch aus wie mein Retter selbst.

»Trage ihn mit dem Wissen, Mann aus Inglistan, in der Kleidung dem Schatten des Todes gleich zu sein. Denn so nennt man mich – Sill el Mot.«

Ein Kübel Eiswasser, der plötzlich aus heiterem Himmel über mir ausgegossen worden wäre, hätte mich kaum mehr erschrecken können. Für einen Moment stockte mir der Atem.

»Sill … el … Mot?« wiederholte ich stockend.

Ich kannte diesen Namen. Jeder, der sich mit dem Orden der Tempelritter beschäftigte, kannte ihn. Vor mir stand ein Mann, der schon lange zur Legende geworden war. Niemand wußte seinen wirklichen Namen. Doch wo immer er auch auftauchte, legte sich der Tod wie ein dunkler Schatten über das Land. Deswegen hatten die abergläubischen Bewohner der Wüste ihm auch diesen Namen gegeben: *Schatten des Todes*.

Sill el Mot galt als erklärter Todfeind der Tempelritter. In den Annalen des Ordens standen viele Brüder verzeichnet, die seinen Pfeilen und seinem Schwert zum Opfer gefallen waren. Der Orden hatte schon oft versucht, Sill el Mot zu jagen. Doch so sehr sie sich auch anstrengten, der Gejagte schien wie von der Wüste verschlungen. Nur die toten Templer, die man von

Zeit zu Zeit halb vom Sand begraben fand, zeugten davon, daß er noch existierte und wieder zum Jäger geworden war. Ich sah mir diese lebende Legende genauer an, spürte die Kraft, die in ihm ruhte.

Und stieß wieder auf dieses unsagbar Fremde in ihm, das mir trotzdem noch irgendwie vertraut vorkam. Auch bei Necron und einigen seiner auserwählten Drachenkrieger hatte ich ähnlich empfunden. Aber eben nur ähnlich.

Die Sagengestalt füllte mir einen weiteren Becher Wasser und fragte mich wie ein fürsorglicher Arzt, ob sie noch etwas für mich tun könne.

»Tun?« Ich zog eine Grimasse. »Wenn ich ehrlich sein soll – ja. Ich habe allmählich genug von der Wüste. Wäre es dir vielleicht möglich, mich zu einem Zeltdorf zu bringen, wo ich ein Kamel und Vorräte kaufen kann? Außerdem bräuchte ich einen Führer, der mich nach Alexandria bringt.«

Sill el Mot hob den Kopf und blickte sinnend in die Wüste hinaus. Irgend etwas ging in ihm vor. Ich spürte förmlich den Kampf, den er mit sich selbst ausfocht. Dennoch war ich mehr als überrascht, als er mir den Kopf zuwandte und sagte:

»Ich werde dich selbst nach Alexandria begleiten, Sidi!« Als er diese Worte aussprach, überkam mich ein seltsames Gefühl. Einerseits schien es mir, als wenn gerade dies das letzte gewesen wäre, was er zu tun beabsichtigt hatte. Doch andererseits spürte ich instinktiv, daß ich mich auf ihn verlassen konnte. Sill el Mot meinte es ehrlich. Er hatte den festen Willen, mich wirklich nach Alexandria zu bringen.

Sogar lebendig.

Und das war eine Menge mehr, als die meisten anderen Bewohner dieses ungastlichen Landes vorgehabt hatten.

Hendrik van Retten zog den Sattelgurt stramm, streifte seine Panzerhandschuhe über und schwang sich in den Sattel. Mit einer antrainierten Bewegung richtete er sein Schwert und probierte aus, ob es sich leicht genug aus der Scheide ziehen ließ.

Für einen flüchtigen Moment dachte er daran, daß die Menschheit zwar mächtige Waffen wie Panzerschiffe, Kanonen und Schnellfeuergewehre entwickelt hatte. Doch gegen den Feind, dem ihr Angriff gelten würde, stellten noch immer die geweihten Schwerter der Ordensritter die wirkungsvollste Waffe dar.

Für einen kurzen Moment empfand er fast so etwas wie Verwunderung über seine eigenen Gedanken, die so gar nicht zu ihm paßten, und für einen noch kürzeren Moment hatte er das entsetzliche Gefühl, daß es da irgend etwas gäbe, irgendeine grausame Macht, die sein Denken *steuerte*. Aber auch dieser Gedanke entschlüpfte ihm, ehe er ihn wirklich fassen konnte.

Sein Blick schweifte über die gut hundert Reiter, die sich unter der sengenden Sonne der Wüste bereitmachten. Vierzig von ihnen waren Ordensritter wie er. Bei dem Rest handelte es sich um Mamelucken; Kriegssklaven, die von den hier heimischen Templern als Knaben aus den Eingeborenendörfern geraubt und im Geiste des Christentums erzogen wurden.

Dafür, daß sie in ihren Herzen das christliche Paradies dem siebenten Himmel Mohammeds vorzogen, durften sie das Kanonenfutter für die Blüte des Rittertums, wie sich die französischen Ordensbrüder in stolzer Verblendung nannten, spielen.

Während die Templer ihre abendländischen Rüstungen aus der Gründerzeit des Ordens trugen, waren die Mamelucken in malerische Sarazenenkostüme gekleidet. So ritten jene, die in der Frühzeit des Ordens erbittert um die heiligen Stätten gestritten hatten, brüderlich – nun ja, vielleicht *nicht ganz* brüderlich – vereint gegen einen Feind, der für de Valois und seine Leute die Verkörperung allen Übels darstellte. Einen Augenblick überkam Hendrik der ketzerische Gedanke, ob die Welt nach diesem Sieg wirklich besser würde.

Doch er wußte die Antwort schon im voraus, die Philippe de Valois oder der Großmeister ihm geben würden: Man habe den Größten der Teufel bezwungen. Doch die Welt sei noch voll von kleinen Teufeln, die es noch zu vernichten gelte. Und auch ein kleiner Teufel sei schließlich ein Teufel, oder?

Früher hatte Hendrik van Retten manchmal das Gefühl gehabt, selbst einer dieser kleinen Teufel zu sein. Auch jetzt dachte er daran, daß eine Welt der Guten und Reinen doch etwas zu langweilig wäre. Vor allem aber würde der Orden in einer solchen Welt seine Existenzberechtigung verlieren.

»Herr van Retten. Der Meister der Wüste wünscht dich zu sehen!« Ein Mameluck blieb vor Hendrik stehen und verbeugte sich mit ergebener Miene.

»Was sagst du?« Hendrik glaubte, sich verhört zu haben. Was sollte Philippe de Valois wohl von ihm wollen?

Doch der Mameluck wiederholte seine Worte. Hendrik folgte ihm, mehr verwirrt als neugierig. Immerhin konnte er sich die wenigen Male, die ihn der selbsterwählte *Desert-Master* in den letzten Monaten zum Gespräch empfangen hatte, an seiner linken Hand abzählen. Und er hatte nur noch vier Finger daran, seit er den kleinen Finger in einem Kampf gegen Necrons Drachenkrieger verloren hatte.

»Ah, da seid Ihr ja, Bruder van Retten. Ich wollte Euch bitten, diesen Kampf an meiner Seite mitzuerleben, damit ihr dem Großmeister in allem genau Bericht erstatten könnt!«

Philippe de Valois versuchte seiner Stimme den Anschein der Leutseligkeit zu geben, doch Hendrik war klar, daß diese »Bitte« ein Befehl war, dem er sich nicht widersetzen konnte. *De jure* hatte Roi Philippe ihm nichts zu befehlen – aber *de facto* war er hier der Chef, solange de la Croix nicht zurück war. Und die Wüste war voller Gefahren. Wie leicht, dachte Hendrik mit einer Mischung aus Zorn und Unsicherheit, konnte er stolpern und in ein Schwert fallen. Oder gleich in dreißig.

Philippes Beweggründe waren ihm klar: Er sollte den Triumph des *Desert-Masters* aus nächster Nähe mitansehen, durfte vielleicht sogar den entscheidenden Schwerthieb gegen den *Antichrist* führen. Doch die Art wie dieser Kampf geplant worden war, stellte eine Kampfansage gegen Großmeister Balestrano selbst dar.

Seltsamerweise erinnerte sich Hendrik in diesem Augenblick daran, daß es de Valois und seinen Leuten bis heute nicht gelungen war, diesen sagenumwobenen Templerjäger Sill el Mot zu erwischen.

Er blickte in das hagere Gesicht des Ersatz-*Desert-Masters*, das eine Spur zu streng und unduldsam aussah, um asketisch zu wirken. De Valois' helle Augen strahlten zwar eine gewisse Aura der Macht aus, doch sie standen zu eng über der messerrückenscharfen Adlernase, um wirklich majestätisch zu wirken. Van Retten erinnerten sie eher an einen Aasgeier als an einen Adler. Der *Desert-Master* war sicherlich kein Dutzendmensch, doch er war auch kein Roi Philippe. Hendrik hatte instinktiv das Gespür, daß de Valois ein Mann war, der sich leicht in eine Sache verrennen und dabei Fehler begehen konnte.

»Bruder de Saint Denis müßte schon längst wieder hier sein«, wagte ein Ritter zu bemerken. De Valois warf ihm einen Blick zu, der deutlich zeigte, daß er solche Äußerungen als unliebsame Kritik betrachtete. Dennoch bequemte er sich zu einer Antwort.

»Guillaume de Saint Denis wird in weniger als fünf Minuten hier sein. Der Sand meldet mir sein Erscheinen!«

Für Hendriks Geschmack ritt Roi Philippe von eigenen Gnaden ein wenig zu sehr auf seinem Können herum. Aber er wagte es nicht, auch nur zweifelnd die Stirn zu runzeln, sondern blickte wie alle anderen in die Wüste hinaus.

Tatsächlich verging nicht einmal eine Minute, ehe sie den Reiter sahen. Einen einzelnen, nicht sehr schnellen Reiter.

»Da stimmt etwas nicht! Das Pferd ist zu Tode erschöpft und Bruder Guillaume liegt kraftlos im Sattel!« rief Noël de Guivac verblüfft. Der *Desert-Master* preßte besorgt die Lippen zusammen und gab zwei Mamelucken, die in seiner Nähe warteten, einen Wink.

Die Sarazenenreiter preschten De Saint Denis entgegen, parierten ihre flinken Pferde neben seinem mächtigen Streitroß und fingen Guillaume gerade noch auf, bevor er aus dem Sattel fallen konnte. Noël de Guivac trieb sein Pferd mit einem Fluch an, um dem Ordensbruder zu Hilfe zu kommen. Doch noch schneller als er war der *Desert-Master* selbst bei de Saint Denis.

Die Mamelucken hatten den verletzten Ritter vom Pferd gehoben und legten ihn nun in den Sand. Einer der Männer streifte seinen Haik ab und hielt ihn so, daß de Saint Denis vor der Sonne geschützt war. Ein abgebrochener Pfeilschaft ragte aus der rechten Hand des Verletzten; sein Waffenhemd war blutüberströmt.

»Was ist geschehen? Wo ist das *Auge*?« De Valois' Fragen

prasselten hageldicht auf de Saint Denis nieder. Dieser richtete sich stöhnend auf und öffnete sein Visier.

»Verrat«, murmelte er. »Wir sind ... angegriffen worden. Bruder Renard und Bruder Gouvin sind ... tot.« Seine Stimme war sehr schwach. Er hatte hohes Fieber.

»Angegriffen?« Roi Philippe beugte sich vor und begann den Verletzten rücksichtslos zu schütteln. »Was ist geschehen?« schrie er. »Rede!«

»Wir ... wir hatten Craven schon gefangen«, stammelte Guillaume, »und wollten das Teufelsamulett gerade an uns nehmen, als dieser Wüstendämon erschien.«

»Der Wüstendämon?« Philippe der Selbstgekrönte wurde bleich. »Sill?« keuchte er. »Sill el Mot?«

»Er tötete de Banrieux schneller, als ich denken konnte, und schoß mir einen Pfeil durch das Panzerhemd, bevor ich ihn angreifen konnte«, stöhnte de Saint Denis.

»Verdammt!« Die Kiefer des *Desert-Masters* mahlten vor Zorn. Er hieb sich mit der geballten Faust auf die königlichen Oberschenkel.

»Was sollen wir tun?« fragte Hendrik leise. De Valois bedachte ihn mit einem Blick, in dem alle Verachtung lag, die er empfinden konnte.

»Angreifen, was sonst. Ich habe nicht umsonst ein halbes Leben daran gearbeitet, diese Verkörperung des *Antichristen* in meine Falle zu locken. Ich lasse mir diesen Erfolg nicht nehmen!«

»Aber das *Auge*? Und was ist mit Sill el Mot?«

»Dieser Verfluchte wird meiner Rache nicht entgehen!« erklärte Roi Philippe. »Bruder Guillaume, fühlst du dich wohl genug, um mit einigen Kriegern die Verfolgung aufnehmen zu können, wenn deine Wunde verbunden ist?«

Hendrik atmete hörbar ein, aber zu seinem Erstaunen nickte de Saint Denis, stemmte sich mit ungeheurer Kraftanstrengung hoch und blieb vor seinem Reserve-König stehen.

»Natürlich, Meister«, sagte er. »Ich hätte Euch ohnehin um diese Gnade gebeten. Ich hoffe nur, ich bin stark genug, um diesem Bastard den Hals umzudrehen!«

»Die Brüder de Cadoux, de Mere und de Guivac werden dich begleiten. Außerdem wirst du zwanzig Mamelucken mitnehmen. Das wird wohl ausreichen, um diesem Wüstenstrolch das lange verdiente Ende zu bereiten!« Ohne ein weiteres Wort zu vergeuden, stieg der *Desert-Master* auf sein Pferd und hob die Hand zum Zeichen, daß der Angriff begann!

»Wir brauchen ein zweites Hedschin, Sidi. Mein Kamel kann uns beide nicht mehr lange tragen«, erklärte Sill el Mot besorgt. Ich warf einen Blick auf das Dromedar, das mit hängendem Kopf neben uns stand und kaum an den Futterdatteln kaute, die mein Begleiter vor ihm ausgebreitet hatte. Selbst als Laie sah ich auf den ersten Blick wie erschöpft das Tier war. Es handelte sich um eine kleine Stute, die den Worten meines Begleiters zufolge von einer sehr edlen Rasse abstammte. Sie konnte einen Reiter sicher mit großer Geschwindigkeit und Ausdauer durch die Wüste tragen. Aber eben nur einen Reiter. Wir zwei waren für das zartgliedrige Tier einfach zu schwer, zumal es ja auch noch die Wassersäcke mitschleppen mußte.

»Die Weidegründe der Beni Dschaffar liegen ganz in der Nähe. Wenn die Mondsichel den halben Weg bis zum Morgen durchmessen hat, werde ich aufbrechen und einen zweiten Hedschin besorgen. Du wartest an dieser Stelle, bis ich zurückkomme!«

Ich spürte, daß ich Sill el Mots Entscheidung nicht beeinflussen konnte. Er liebte sein Dromedar zu sehr, um ihm bewußt Schaden zuzufügen. Doch mir gefiel der Ton nicht, in dem er das »Besorgen« gesagt hatte. Mein Begleiter dachte bestimmt nicht daran, den Beni Dschaffar das Kamel abzukaufen. Wenn sein Plan schiefging, hatten wir morgen einen blutrünstigen Beduinenstamm auf unserer Fährte.

Es war nicht allein die nächtliche Kälte, die mich zittern ließ, sondern mehr der Gedanke, erneut hilflos in der Wüste alleingelassen zu werden. Sicher, ich hatte mich an dem vergangenen Tag schon zweimal mit meinem Ende abgefunden. Aber ich war dem Tod jedesmal im letzten Augenblick von der Schippe gesprungen und ich hatte keine Lust, dasselbe noch einmal zu erleben. Mein Bedarf an Gefahr war mehr als genug gedeckt. Ich hatte nur noch einen Gedanken: so schnell wie möglich nach Alexandria zu kommen und das erste Schiff zu besteigen, das Richtung England fuhr. Ich stellte mir vor, wie schön es war, mit Howard zusammen in meiner Bibliothek zu sitzen und ein Glas guten Portweins zu trinken.

Diese hoffnungsvolle Überlegung machte Sill el Mots Kamel nun zunichte. Obwohl es idiotisch war, wurde ich ärgerlich. »Was soll ich machen, wenn du aus irgendeinem Grund nicht zu mir zurückkannst?« Meine Stimme klang mehr wie die eines maulenden Schuljungen. Sill el Mot schien es auch so zu empfinden, denn sein Blick wurde zornig. Aber es war ganz und gar jene Art von Zorn, die man einem unerzogenen Kind gegenüber empfindet.

»Niemand kann den Schatten des Todes von seinem Weg abbringen, Mann aus Inglistan. Kein Templer, und kein Beni Arab. Merke dir das. Wenn ich sage, daß ich zu dir zurückkehre, so ist dies wie ein Schwur, den ich beim Barte des Propheten und der Kalifen geleistet habe«, wies er mich zurecht.

»Auch bei deinem Barte?«

»Auch bei meinem Bart!« Es klang sehr bissig, als er das sagte, und es lag ein Unterton darin, der mich warnte. Ich wußte plötzlich, daß diese letzten Worte eine Lüge waren. Und auch wieder nicht. Doch mir war nicht klar, wieso.

Ich spürte, daß ihn ein Geheimnis umgab, ein Geheimnis, dem ich zuletzt sehr nahe gekommen war. Zu nahe für sein Gefühl, denn er hatte mit seiner Rechten zum Griff seines Schwertes gegriffen. Er löste sie jedoch schnell wieder und sah mich streng an.

»Wage es nicht noch einmal, mich zu reizen, Inglistani. Ich habe Menschen getötet, die mir weniger taten!«

Dies war keine Warnung mehr, sondern eine unverschleierte Drohung. Da ich den Mann kämpfen gesehen hatte, besaß ich wenig Interesse, mich mit ihm anzulegen, vor allem nicht aus einem derart sinnlosen Grund.

»Ich möchte mich entschuldigen, Sill el Mot. Du bist der Mann der Wüste und mußt entscheiden, was hier richtig und falsch ist!«

»Deine Worte sind klug«, sagte Sill, in einem Ton, der mich fast frieren ließ. »Du bist der Fremde hier. Wären wir in Inglistan, so würde ich deinen Rat befolgen, so wie du meinen hier befolgen wirst. Doch verzeih auch mir, denn ich vergaß, daß die Wüste einen Fremden erschreckt und ihn Dinge sagen läßt, die sonst niemals über seine Lippen kommen würden!«

Nachdem wir uns auf diese Weise diplomatisch den kalten Krieg erklärt und ihn gleich darauf wieder beendet hatten, breiteten wir unsere Decken aus und legten uns zum Schlafen nieder. Zuerst hatte ich das Gefühl, auf Dornen zu liegen, so sehr schmerzten meine Verletzungen. Doch dann forderten die Strapazen der vergangenen Tage ihren Tribut.

Die schwarzen Streitrosse der Tempelritter und die leichten Sarazenenpferde der Mamelucken setzten sich in Bewegung. Der Kampfruf der Kreuzritter, »Gott will es!«, brauste aus fast hundert Kehlen über die Wüste. Hendrik van Retten hörte, wie ein einziger Mameluck ein »Allahu akbar!« ausstieß. Doch in der Anspannung des Angriffs achteten die Templer nicht darauf. Hätten sie es getan, hätte der arme Kerl einen Augenblick später Gelegenheit gehabt, seine Behauptung zu überprüfen.

Sie kamen dem *Gebilde* rasch näher. Es war riesig. Hendrik hielt es für größer als die Pyramiden. Dabei lief es nicht spitz zu wie jene, sondern endete in unzähligen Kristallrosetten, in denen sich der Wind fing und eine heulende Begleitmusik zu dem Angriff sang. Hendrik starrte auf die rauhe Oberfläche der *Sandrose,* die keinen einzigen Zugang zeigte, und fragte sich, wie de Valois den Eintritt erzwingen wollte.

Doch der *Desert-Master* ritt ohne Zögern auf die Felswand zu, stellte sich in unvermindertem Tempo kurz davor im Sattel auf und hob die Hand zu einer gebieterischen Geste. Eine Sekunde später hatte er die Wand erreicht – und ritt durch sie hindurch.

Hendrik spürte einen jähen Schreck, als sein Pferd ohne anzuhalten dem Hengst Philippe de Valois' folgte.

Aber der schreckliche Aufprall, auf den er wartete, kam nicht. Es gab keine Wand. Er tauchte in eine Schwärze ein, die tiefer und undurchdringlicher als alles war, was er bisher gesehen hatte. Für einen Augenblick erloschen alle Geräusche bis auf ein Knistern und Raunen, das nicht von dieser Welt zu kommen schien. Panik packte ihn; er wollte schreien. Doch seine Lippen blieben so stumm wie die Welt um ihn. Der

Desert-Master, seine Ordensbrüder, ja selbst das Pferd unter ihm schienen wie von der Schwärze verschlungen. Allein seine Angst war noch real. Eine Angst, wie er sie noch niemals zuvor in seinem Leben empfunden hatte.

Gerade als sich der Gedanke, für immer in dieser ewigen Dunkelheit gefangen zu sein, lähmend auf sein Bewußtsein zu legen begann und die Furcht übermächtig zu werden drohte, schollen die begeisterten Rufe seiner Kameraden auf, und er begriff, daß alles gutgegangen sein mußte. Erleichtert riß er sein Schwert aus der Scheide und brüllte sich seine Anspannung und seine Angst aus der Kehle.

Plötzlich schlug ihm grelles, schmerzhaftes Licht entgegen. Hendrik schloß geblendet die Augen und legte, als das nichts half, die linke Hand schützend vor die Sehschlitze seines Helmes. Doch das Licht drang mit einer Leichtigkeit durch den Panzerhandschuh, als bestünde dieser aus Glas. Hendrik erkannte kaum, daß sie in eine weite Halle eingedrungen waren, deren glatte Wände und Decken so gnadenlos hell wie flüssiges Eisen strahlten.

Die Reiterschar der Templer, die sich nun in der Mitte des Saales sammelte, um auf de Valois' Befehle zu warten, glich weit eher einer ängstlichen verwirrten Hammelherde, die sich unter dem Heulen des Wolfes duckte, als einer stolzen Erobererschar.

Nur den *Desert-Master* schien das Licht nicht zu irritieren. Er reckte die rechte Faust zur Decke empor und rief mit hallender Stimme ein einziges, finster klingendes Wort. Die Wände flackerten – und erloschen mit einem zischenden Laut! Doch bevor sich die Dunkelheit über die Halle niedersenken konnte, setzte der *Desert-Master* erneut seine magischen Sinne ein. Eine gelbe Lichtspur huschte durch die Halle und formte sich zu einer großen, glühenden Schlange, die über die Decke kroch. Sie verströmte genug Licht, um den Saal zu erhellen und wies gleichzeitig den Templern den weiteren Weg.

Der *Desert-Master* winkte seinen Leuten, ihm zu folgen, und ritt auf ein großes Loch in der Wand zu, bei dem Hendrik sich sicher war, daß er an dieser Stelle vorhin noch blanken Sandstein gesehen hatte.

»Zeige dich, du Höllenkreatur!« brüllte de Valois.

Er kam keine zehn Meter weit. Plötzlich brach der Boden

der Halle mit einem infernalischen Krachen vor ihm auf. Ein armdicker Sandstrahl raste aus der entstandenen Öffnung und mit der Gewalt eines Geschosses zwischen die Templer.

Reiter wurden aus den Sätteln gefegt, Pferde stürzten wiehernd zu Boden und schlugen panikerfüllt um sich. Menschen und Tiere verkeilten sich heillos ineinander und flogen wie Spreu durch die Luft.

Und dann eskalierte das Chaos zu einem infernalischen Höhepunkt. Plötzlich lösten sich große Felsblöcke aus den Wänden. Sie rollten den Pferden vor die Hufe – und formten sich zu alptraumhaften, trollartigen Wesen, die sich mit wildem Geschrei auf die Templer stürzten.

Ich erwachte, als mich Sill el Mot heftig schüttelte. »Willst du jetzt aufbrechen?« fragte ich schlaftrunken. Ein Lachen antwortete mir, dann trat mein Begleiter zur Seite. Anstelle eines Kamels standen jetzt derer drei in unserer Nähe. Sill el Mots Stute und ein hochbeiniger Hengst waren bereits gesattelt, während dem dritten Tier – das ich im übrigen für äußerst häßlich hielt – unser Gepäck und die Wasserschläuche aufgeladen waren.

Ich spähte zum Himmel hoch. Der östliche Rand des Horizontes wurde bereits vom silbernen Widerschein des Tages erhellt.

So schnell wie diesmal war ich schon lange nicht mehr auf den Beinen. Besorgt sah ich mich um – ich konnte ja nicht wissen, ob die Beni Dschaffar Sill el Mot schon auf den Fersen saßen – und schickte mich an, eilig zu den Kamelen zu laufen.

»Sollten wir nicht zuvor einen Becher Kaffee trinken? Ich habe genug getrockneten Dung gefunden, um ein Feuer anzünden zu können«, sagte Sill el Mot verwundert.

Eine Tasse starken, heißen Kaffees war genau das gewesen, was ich in den letzten Tagen am meisten vermißt hatte. Doch ich war zu unruhig, um in dieser Situation darauf warten zu können, bis das Gebräu fertig war. Ich nahm mir nur eine Handvoll getrockneter Datteln aus dem Proviantsack und setzte mich in den Sattel.

»Wenn du dich vor den Beni Dschaffar fürchtest, Sidi, so kann ich dich beruhigen. Sill el Mot hinterläßt keine Spur, der ein Mensch folgen kann!« Der Spott in seiner Stimme hätte mich fast dazu gebracht, ihm zu beweisen, daß ich keine Angst hatte. Doch zum Glück fiel mir schnell genug eine Ausrede ein. »Ich bin in Sorge wegen des geflohenen Templers. Was, wenn er auf andere Ritter seines Ordens gestoßen ist? Ich kenne diese Leute gut genug, um vor ihrer Rache auf der Hut zu sein!«

Sill el Mot fuhr kaum merklich zusammen. Seine Augen weiteten sich. Dann nickte er.

»Du hast recht, Sidi.« Verwirrt griff er sich mit der Hand an den Kopf. »Der Templer! Ich hatte ihn ganz vergessen! Wir haben jetzt genug Reittiere und könnten ihm ... ach nein, das hat keine Sinn. Wir müssen zu –« Er schwieg und setzte sich verwirrt in den Sand.

Ich war nicht weniger verwirrt als er. Zu schnell hatte seine Stimme ihren blutrünstigen Klang verloren, als daß dies natürlich sein konnte. Ganz sacht meldete sich ein häßlicher Verdacht in mir – nämlich der, daß Sill el Mot vielleicht ein sehr netter, nichtsdestotrotz aber auch sehr verrückter Mann war. Ich schluckte heftig an dem Kloß, der in meiner Kehle saß, und starrte Sill el Mot an. Je mehr ich nachdachte, um so stärker wurden die Indizien, die für die Störung seines Geistes sprachen. So hatte er das Tuch, das sein Gesicht verbarg, nicht einmal in der Nacht abgelegt. Er hatte auch nicht mit mir zusammen gegessen. Selbst beim Trinken hatte er sich stets zur Seite gedreht, damit ich sein Gesicht ja nicht sehen konnte. Soviel ich wußte, war dies nicht einmal bei den Tuareg üblich, die ja ihr Gesicht ebenfalls verhüllen.

Wieder stand ich einer Zahl von Fragen gegenüber, auf die ich keine Antwort wußte. Nur eins war mir jetzt endgültig klar: Ich durfte diesem Mann weder offen widersprechen, noch ihn irgendwie reizen. Ich konnte nur hoffen, daß er sein Versprechen einhielt und mich nach Alexandria brachte. »Wie lange werden wir nach Alexandria brauchen?« erinnerte ich ihn.

»Alexandria ...? Ach ja, wir werden es bald erreichen!« antwortete er mit tonloser Stimme. Ohne mich weiter zu beachten, nahm er die Zügel des Lastkamels und stieg auf seine Stute. Mit einem kurzen, kehligen Laut ließ er die Tiere aufstehen und ritt in die Wüste hinaus.

Nach der ersten Viertelstunde begann ich Sill el Mot zu verfluchen. Das Kamel, das er gebracht hatte, mochte vielleicht schnell und ausdauernd sein, doch als Pferd hätte man es in jeder Trabrennbahn wegen unreiner Gangart disqualifiziert. Das Vieh lief in ruckartigen Bewegungen, deren Stöße mich bis ins Mark erschütterten, und schwankte dabei wie ein Schiff im Sturm. Ich hatte genug zu tun, um nicht vom Sattel herabgeschleudert zu werden und war froh, daß der Hengst Sill el Mots Stute aus freien Stücken hinterherlief. Lenken hätte ich ihn nicht gekonnt.

Erst nach geraumer Zeit hatte ich mich soweit an das Schaukeln gewöhnt, daß ich mich ein wenig umsehen konnte.

Sand und Dünen, so weit mein Auge reichte. Nur im Norden wurde die fürchterliche Öde durch einige kleine dunkle Punkte unterbrochen. Da ich mir nicht sicher war, ob sich diese Punkte bewegten, preßte ich die Augen zusammen und beschattete sie mit meiner rechten Hand, um genauer sehen zu können.

Tatsächlich, irgend etwas folgte unserer Spur und holte dabei rasch auf. Die Beni Dschaffar, war mein erster Gedanke, da mir die Anzahl der Punkte für Templer zu groß erschien. Doch irgendwie sahen diese Punkte nicht nach Kamelen aus. Ich wußte nicht, wonach sie aussahen – aber eindeutig *nicht* nach Kamelen.

»He, Sill el Mot, sind das da hinten Hyänen?« rief ich, um meinen Begleiter auf die Punkte aufmerksam zu machen. Der Beduine warf einen Blick zurück und stieß eine heftige Verwünschung aus.

»Bei allen Teufeln der Hölle! Das sind Menschen! Wir müssen fliehen!« Mit diesen Worten faßte er die Leine des Lasttieres kürzer, peitschte auf seine beiden Kamele ein und raste davon. Ich wollte ihm folgen, doch da begann mein Hengst zu bocken.

»Vorwärts!« schrie ich das Tier an und schlug ihm die Zügelenden gegen den Hals. Doch statt den beiden anderen Kamelen nachzulaufen, wurde das Vieh noch störrischer und blieb stehen. Sill el Mot hatte schon fast eine halbe Meile gewonnen, während hinter mir die Punkte rasch größer wurden. Schon konnte ich erkennen, daß es Reiter auf Pferden waren, und sah ihre weißen Umhänge im Wind flattern. Ich hielt sie jetzt endgültig für Beduinen von dem Stamm, bei dem Sill el Mot die Kamele entliehen hatte, und ich stellte mir vor, was sie mit mir anstellen würden, wenn ich in ihre Hände geriet.

Das Ergebnis dieser Überlegung war nicht sehr ermutigend. Verzweifelt schlug ich mit beiden Fäusten auf den Hengst ein und brüllte ihn an, daß es meine Verfolger hören mußten. Doch mein Kamel stieß nur einen kollernden Laut aus, der wie ein Lachen klang, und streckte seinen Kopf zwischen der Vorderbeinen hindurch.

Da tauchte neben mir ein Schatten wie aus dem Nichts auf. Ich riß den Stockdegen hoch und wollte in einer Reflexbewegung zustechen, als ich Sill el Mot erkannte. Er beugte sich weit über den Hals der Stute und faßte die Zügel des bockigen Kamels. Die Leine spannte sich mit einem Ruck, als Sill el Mot sein Tier antrieb und den Hengst förmlich hinter sich her schleifte.

Dann begann das Vieh endlich zu laufen. Innerhalb weniger Sekunden holte er Sills Stute ein … und biß sie in die Hinterbacken. Die Stute schrie empört auf und machte einen Satz, der Sill fast von ihrem Rücken schleuderte.

»Versuch den Hengst zurückzuhalten!« schrie er.

Das war leicht gesagt. Doch das Tier dachte nicht daran, auch nur einem meiner Befehle zu folgen. Es hatte Spaß daran gefunden, die Stute in die Beine zu kneifen. Und diesen Spaß ließ er sich auch von mir nicht verderben. Zur Abwechslung schnappte er auch mal nach dem Lastkamel, bis es sich wie närrisch gebärdete und mit allen vieren um sich schlug.

Mit einem Mal schwirrte etwas mit dem Geräusch einer zornigen Hornisse an meiner Wange vorbei. Einen Augenblick hörte ich einen trockenen Schlag und ein erschrecktes Blöken. Die Verfolger hatten weit genug aufgeschlossen, um uns unter Beschuß zu nehmen.

Der erste Pfeil bohrte sich tief in den Hals des Lasttieres. Sill el Mot versuchte das schnaubende und bockende Tier noch unter Kontrolle zu halten, doch es fetzte ihm den Zügel förmlich aus den Händen und lief quer zu unseren Verfolgern in die Wüste hinein.

Sill el Mot zog im ersten Reflex seine Stute herum, um dem Lasttier zu folgen. Doch mittlerweile flogen und die Pfeile so dicht um die Ohren, daß wir die Beine unserer Kamele in die

Hand nehmen mußten, um noch die winzige Chance zu wahren, unseren Verfolgern zu entkommen.

Ich sah mich kurz um – und wünschte mir gleich darauf, es nicht getan zu haben.

Unsere Verfolger waren keine Beduinen. Solch gewaltige Schlachtrösser ritten keine Beduinen!

Es waren Templer.

Aber nicht nur sie. In ihrer Begleitung befanden sich fast zwei Dutzend kleine, braunhäutige Reiter auf drahtigen, sehr flinken Ponys, die uns mit schrillem Kriegsgeheul beschossen.

Jetzt erkannte ich auch die roten Templerkreuze auf den Waffenröcken der Reiter und fühlte gleichzeitig Sill el Mots Haß wie einen glühenden Funken auf mich überspringen, als gäbe es eine Verbindung zwischen unseren Seelen. Nicht, daß das nötig gewesen wäre. Meine Meinung über die Tempelritter begann sich allmählich zu ändern – um ungefähr hundertachtzig Grad, um genau zu sein. Ich hatte diesen religiösen Fanatikern schon mehrmals in schwierigen Situationen geholfen und ihnen die Kastanien aus dem Feuer geholt. Doch stets war ich es gewesen, der am Ende die Zeche dafür hatte bezahlen dürfen.

Ich mußte wieder an das *Auge des Satans* denken. Oder *Yighhurat,* wie sein wirklicher Name lautete. Ich wußte, daß es den Templern vor allem um dieses magische Kraftpotential ging. Wäre es mir möglich gewesen, ich hätte das *Auge* auf der Stelle zerschmettert, nur um sie um diesen Erfolg zu bringen. Doch es war – wie alle der *Sieben Siegel der Macht* – scheinbar unzerstörbar.

»Es hat keinen Sinn mehr, Sidi! Wir können ihnen nicht entkommen! Es ist besser, wir stellen uns jetzt zum Kampf, als daß wir damit warten, bis wir vom Durst und der Sonne zermürbt sind!« schrie Sill. Gleichzeitig zerrte er an den Zügeln seiner Dromedarstute und brachte das Tier zum Stehen. Mein Hengst lief noch einige Schritte weiter, doch dann konnte ich ihn zügeln und zu Sill el Mot zurückkehren.

»Nimm, Sidi. Diese Waffe ist zwar gegen den Zauber der Reiter des Kreuzes wertlos. Doch versuche, so viele von ihren Sklaven wie möglich in die Dschehenna zu schicken!« Mit diesen Worten drückte mir Sill el Mot einen reichlich altmodischen Revolver in die Hand und legte selbst den ersten Pfeil auf die Sehne.

Er zielte auf den vordersten der vier Templer, doch der Mann riß sein Pferd im vollen Lauf zur Seite und entkam dem Geschoß um Haaresbreite. Bevor Sill el Mot einen zweiten Pfeil abschießen konnte, zügelten die Templer ihre Pferde und blieben knapp außerhalb der Reichweite der Pfeile stehen.

Sill senkte wütend seinen Bogen, ohne die Waffe jedoch zu entspannen. »Wo bleibt ihr, ihr Feiglinge?« schrie er. »Kommt, meine Pfeile dürsten nach eurem Blut!«

Tatsächlich ließ sich einer der Templer provozieren, hob Schild und Schwert und wollte wütend sein Pferd antreiben, aber der Anführer des kleinen Heeres hielt ihn am Arm zurück.

»Warte!« befahl er. »Es ist klüger, diese beiden Hunde von den Mamelucken erledigen zu lassen.« Mit einer zornigen Bewegung wandte er sich an seine arabischen Krieger. »Los, deckt sie mit euren Pfeilen ein! Die schönste Sklavin in der Ordensburg dem, der diesen verfluchten Sill el Mot erledigt! Und einen Beutel Gold für den, der mir den Kopf Robert Cravens bringt!«

Seine Stimme kam mir bekannt vor, doch es war Sill el Mot, der wütend seinen Namen knurrte. »Guillaume de Saint Denis! Ich hätte diesem Hund folgen und ihn erschlagen sollen!« Außer sich vor Wut jagte er seinen Pfeil in de Saint Denis' Richtung. Er traf auch, doch das Geschoß hatte durch den weiten Weg soviel von seiner Wucht verloren, daß es das Panzerhemd des Templers nicht mehr durchschlagen konnte.

Sill el Mots nächster Pfeil galt einem vorwitzigen Mamelucken, der speerschwingend auf uns zustürmte. Ein gellender Schrei hallte durch die Wüste, dann trabte das Pferd mit leerem Sattel zurück.

»Kommt, ihr Verräter, und verdient euch den Preis, den dieser Bastard auf meinen Kopf ausgesetzt hat!« schrie Sill, als die Mamelucken erschreckt ihren Kreis erweiterten.

Guillaume de Saint Denis begann zornig zu brüllen. »Feiglinge! Ich werde jeden eigenhändig töten, der flieht! Was seid ihr nur für Kreaturen!? Sie sind nur zwei, und ihr zwanzig!« Er hob sein Schwert – mir fiel auf, daß er die Waffe mit der Linken führte – und deutete befehlend auf Sill.

»Vorwärts, Mamelucken! Tötet ihn! Der *Desert-Master* wartet nicht gerne!« Die Mamelucken rückten tatsächlich wieder einige Yards vor, ganz offensichtlich allein durch die Erwähnung des *Desert-Masters* eingeschüchtert. Doch Sill el Mot mußte nur seinen Bogen heben, um sie wieder zum Stehen zu bringen.

Es war fast zum Lachen. Die Templer und ihre Handlanger würden mit Sicherheit keine zehn Sekunden brauchen, uns niederzumachen. Doch die abergläubische Furcht, die Sill el Mots düsterer Ruf in die Herzen der Mamelucken gepflanzt hatte, erwies sich als stärker als die Autorität de Saint Denis'. Vor ihm mochten sie Angst haben – doch Sill el Mot war ein Dämon für sie, ein Geschöpf der Dschehenna, das sie mehr fürchteten als den Tod.

Trotzdem gab ich mich keinen falschen Hoffnungen hin. Letztlich würde die Autorität der Templer siegen. Nach allem, was ich mit Guillaume de Saint Denis und seinen kreuztragenden Kameraden erlebt hatte, zweifelte ich keine Sekunde daran, daß er einen oder auch mehrere seiner Mamelucken umbringen würde, um die anderen einzuschüchtern.

Und die vier Templer wurden jetzt sichtlich unruhig. Zwei von ihnen begannen den Kreis ihrer Mamelucken abzureiten und redeten heftig auf sie ein, wobei sie die Hände in kaum mehr verhohlener Drohung auf ihre Schwerter legten.

Schließlich zog der Templer, der bei de Saint Denis zurückgeblieben war, sein Schwert mit einer dramatischen Geste blank und hob es über den Kopf. »Vorwärts, Mamelucken!« schrie er. »Mehr als zwei oder drei von uns kann er nicht erwischen!« Er gab seinem Pferd die Sporen. Drei, vier Mamelucken lösten sich auch gehorsam aus dem Kreis, um ihm zu folgen. Doch der Rest blieb stehen. Der Ritter sprengte noch zehn, fünfzehn Schritte weiter, verhielt sein Pferd und sah sich unsicher um.

Guillaume de Saint Denis machte eine besänftigende Geste.

»Es hat keinen Sinn, den Helden spielen zu wollen, Bruder Guivac«, sagte er. »Diese Memmen geben doch nur Fersengeld, wenn dir dieser Kerl einen Pfeil durch den Leib schießt.«

De Guivac hielt sein Pferd mit einem gräßlichen französischen Fluch an und drohte den Mamelucken mit der gepanzerten Faust. »Verdammte Hunde, wollt ihr jetzt gehorchen? Sonst schlage ich euch eigenhändig die Schädel ein!«

Obwohl ich sein Gesicht wegen des geschlossenen Visiers nicht sehen konnte, merkte ich, daß Saint Denis nervös wurde. Ich kannte die Oberen des Templerordens gut genug, um zu wissen, daß sie für eine Niederlage nur selten eine Entschuldigung gelten ließen. Und de Saint Denis stand nur knapp vor einer solchen. Einer Niederlage, die nicht Sill el Mots Bogen und mein Revolver ihm beibringen würden, sondern seine mangelnde Autorität über die eigenen Leute.

Er starrte fast hilflos zu uns herüber. Sein Gesicht war hinter dem mattglänzenden Eisen seines Helmes verborgen, aber es war wahrhaftig nicht schwer, seine Gedanken zu erraten.

Auch die anderen Templer schienen nicht genau zu wissen wie sie sich verhalten sollten. Die Herren hatten wohl zu lange ihren Mamelucken die Drecksarbeit überlassen, um sie jetzt so ohne weiteres selbst erledigen zu wollen. Vor allem de Guivac wurde immer nervöser. Immer wieder blickte er wie gebannt auf sein Schwert, dann plötzlich fuhr er hoch und schrie: »He, du elendes Wüstenschwein! Mit dem Bogen kann jedes Kind umgehen. Doch des Kriegers wahre Waffe ist das Schwert! Komm her, wenn du dich traust, und ich werde dich in zwei Teile spalten!«

»Willst du kläffender Hund etwa mit mir kämpfen?« höhnte Sill el Mot.

De Guivac lachte. »Kämpfen? Ich kämpfe nicht mit Kindern. Aber komm her und hol dir eine Tracht Prügel ab, die einem Großmaul wie dir zusteht!«

Sill ballte zornig die Fäuste – und hängte demonstrativ den Bogen über den Sattelknauf. »Bei Allah, er will es wirklich, Sidi.« Er schüttelte den Kopf und sah mich an. »Er scheint der einzige dieser Bande räudiger Schakale zu sein, der noch einen Rest von Ehre im Leib hat. Gib auf die Mamelucken acht, ich traue diesen Schurken nicht über den Weg.«

De Guivac kam mit klirrender Rüstung auf uns zugeritten. Sill el Mot zurrte sich in aller Ruhe das Turbanende zurecht, das sein Gesicht verhüllte, warf mir seinen Haik zu und riß mit einem gellenden »Allahu akbar!« sein Schwert aus der Scheide. »Ich bin bereit, Christenhund, mit dem Schwert der

Rache gegen dich zu kämpfen! Doch ich fordere meinen Preis, wenn ich gewinne!«

De Guivac zügelte sein Pferd und sah zu de Saint Denis zurück. Der Templer nickte fast unmerklich.

»Was willst du?« fragte de Guivac.

»Dein Anführer und deine Gefährten sollen schwören, daß Craven und ich frei sind und unbehindert reiten können, wenn ich dich besiege.«

De Guivac lachte. »Schwört es ihm ruhig, Brüder«, sagte er, ohne sich auch nur zu den drei anderen Templern herumzudrehen. »Er wird keine Möglichkeit bekommen, diesen Schwur von euch zu fordern.«

Die anderen Templer zögerten. Eine spürbare Nervosität begann sich unter den Männern breitzumachen.

»Was ist, Bruder de Saint Denis, Bruder de Cadoux, Bruder de Mere? Habt ihr kein Vertrauen mehr zu meinem Schwertarm?« De Guivacs Stimme klang gereizt. Es war zu spüren, daß er sich in seiner Ehre gekränkt fühlte. Um ihn nicht noch mehr zu verärgern, nickten de Mere und de Cadoux und baten ihren Anführer, den Kampf zu gestatten.

»Gut, ich verspreche, daß ihr unbehelligt reiten könnt!« erklärte de Saint Denis mit gepreßter Stimme. Ich merkte ihm an, daß er in diesem Kampf einen Wink des Schicksals sah, die verfahrene Situation zu seinen Gunsten zu entscheiden. Anscheinend hatte sich de Guivac bei ähnlichen Begebenheiten schon öfters ausgezeichnet.

»So schwöre, was du versprochen hast, bei dem Kreuz auf deiner Brust und bei deinem Gott!« rief Sill.

Die Templer quittierten diese Forderung mit empörten Rufen. Nur de Saint Denis blieb ruhig und starrte den schwarzgekleideten Templerjäger voll unverhohlenem Haß an. Ich spürte den inneren Kampf, der in ihm tobte. Doch ich wußte genau wie er, daß die Zeit für ihn noch schneller verrann als für uns.

»Ich schwöre es bei Gott und dem Kreuz«, krächzte er nach einigen Sekunden.

»Dann können wir beginnen.« Sill hob sein prachtvolles Schwert und machte Anstalten, sein Dromedar antraben zu lassen. Aber diesmal war es de Guivac, der abwehrend den Arm hob.

»Willst du etwa auf deinem baumlangen Vieh gegen mich kämpfen? Ist das deine Auffassung von Fairness, du schwarzer Floh?« schrie er aufgebracht.

»Dann steig ab«, entgegnete Sill. »Ich habe nichts dagegen, dich zu Fuß zur Dschehenna zu schicken, Giaur.«

De Guivac schüttelte den Kopf. »Wir werden wie Männer zu Pferde streiten. Auch wenn du Heide diese Ehre nicht zu schätzen weißt«, sagte er. Sein Vorschlag gefiel mir nicht – schon allein deswegen, weil weder de Saint Denis noch einer der anderen Templer etwas dagegen einzuwenden hatte.

»Paß auf, Sill«, murmelte ich. »Der Kerl führt etwas im Schilde!«

Doch mein Begleiter ließ sich durch mein Mißtrauen nicht beirren. Er sprang von seiner Stute und ging auf den Mamelucken zu, der das Pferd des Toten eingefangen hatte.

»Bring es her!« forderte er gebieterisch. Der Mann warf einen erschreckten Blick auf de Guivac. Als dieser nickte, ritt er vorsichtig auf Sill el Mot zu. Er nahm sich kaum die Zeit, ihm die Zügel zu reichen, sondern riß sein Pferd sofort wieder herum und raste wie von Furien gehetzt zu seinen Gefährten zurück. Sill el Mot sandte ihm einen verächtlichen Blick nach und schwang sich mit einer eleganten Bewegung auf den Rücken des Tieres.

Ich bemerkte zufrieden, daß er zu Pferd einen ebenso geschickten Eindruck wie im Sattel seiner Kamelstute machte. Wenn de Guivac darauf gerechnet hatte, ihn in eine für ihn ungünstige Position zu manövrieren, so hatte er sich getäuscht.

Dennoch fragte ich mich, weshalb der Zweikampf jetzt als *fair* gelten sollte. Zum einen trug der Templer einen Kettenpanzer, während Sill el Mot ungerüstet in den Kampf ritt, und zum anderen besaß de Guivacs Riesengaul ein mindestens um zehn Zoll höheres Stockmaß als die zierliche Araberstute Sill es Mots. Und dazu war er kaum langsamer als diese.

Auch Sill el Mot wußte, daß die Karten recht ungleich verteilt waren, zumal der Templer sein eigenes Tier ritt, während er es mit einem fremden Pferd zu tun hatte. Doch er schien sich seiner Sache weit sicherer zu sein als ich. Er ließ die Stute mit tänzelnden Schritten antraben und umkreiste die Kamele und mich, bevor er auf seinen Gegner zuritt.

De Guivacs Streitroß explodierte förmlich und schoß wie eine Lawine aus Fleisch und Panzerplatten los. Das lange Schwert des Templers sauste pfeifend durch die Luft. Ich hielt unbewußt den Atem an und wartete auf den tödlichen Schlag. Doch in dem Moment, wo ihn de Guivacs Klinge treffen mußte, glitt Sill el Mot blitzschnell an der Flanke der Stute herab.

Er schwang sich jedoch sofort wieder in den Sattel und versetzte dem Templer zwei rasche Hiebe, bevor er selbst wieder dem Schwert des anderen ausweichen mußte.

Der Kampf verlief zunächst in den gleichen Bahnen. De Guivac versuchte mit Gewalthieben zum Erfolg zu kommen, während Sill el Mot seinen Angriffen geschmeidig auswich und darauf lauerte, daß sich der Templer eine Blöße gab. Dann jedoch schlug er blitzschnell zu. Wenn seine Hiebe auch nicht mit der gleichen Wucht wie die seines Gegners geführt wurden, so trafen sie wenigstens.

De Guivacs heftiges Atmen übertönte schon bald das Schnauben der Pferde. Allmählich kamen seine Schläge nicht mehr so schnell und sie besaßen auch nicht mehr die fürchterliche Kraft wie zu Anfang. Während ich Hoffnung zu schöpfen wagte, wurden die Stimmen der Templer und Mamelucken immer erregter.

»Halte durch, Bruder de Guivac! Vernichte den verdammten Heiden!« rief de Saint Denis beschwörend, während er und seine beiden Begleiter immer näher auf die Kämpfenden zukamen. Ich begann zu befürchten, daß sie de Guivac unterstützen würden, auch wenn dies nicht zum Ehrenwort eines Templers passen würde. Aber wer sollte wohl von ihrem Verrat erzählen, wenn die beiden einzigen Zeugen tot waren?

Auch die Mamelucken zogen ihren Ring enger um uns. Drei von ihnen griffen sogar zu ihren Bögen, um Sill el Mot einen Pfeil in den Rücken zu jagen.

»Die Hände von den Waffen!« sagte ich scharf. Ich fuchtelte drohend mit meinem Revolver in der Luft herum und gab einen Warnschuß ab, dicht über ihre Köpfe hinweg. Das Peitschen des Schusses ließ die Kerle herumwirbeln. Für einen Augenblick deuteten die Spitzen ihrer Pfeile auf mich. Ich sah den Willen zum Töten in ihren Augen aufflammen, doch angesichts der drohenden Mündung erlosch der Funke schnell wieder. Und schließlich senkten sie die Waffen.

»Danke, Sidi«, rief Sill el Mot und winkte mir zu. De Guivac versuchte diese scheinbare Unaufmerksamkeit zu nutzen und schlug sofort zu. Doch sein Schwert zerteilte nur zum x-ten Mal die Luft, während Sills Waffe wie eine stählerne Schlange zustieß und sich tief in die Schulter des Templers biß.

De Guivac heulte vor Schmerz auf und ließ beinahe sein Schwert fallen. Doch er faßte rasch nach und zwang seinen Hengst, rückwärts zu gehen. Er schien schwer angeschlagen – doch ich fühlte, daß er alle Muskeln anspannte.

»Vorsicht, Sill!« brüllte ich, da sauste das Schwert des Templers auch schon heran. Sill riß seine Klinge mit einer Bewegung herum, der mein Auge nicht einmal mehr zu folgen vermochte.

Doch der Schlag de Guivacs galt nicht Sill el Mot, sondern traf den Hals der Araberstute. Das Tier schrie gequält auf und blieb mit zitternden Flanken stehen. »Jetzt stirb, du Hund!« brüllte der Templer, trieb sein Schlachtroß an und rannte die kleine Stute schlichtweg über den Haufen.

Für einen Augenblick sah ich nur die ineinander verkeilten Pferdeleiber und durch die Luft wirbelnde Hufe. Das Triumphgebrüll der Templer gellte in meinen Ohren, während die Mamelucken auf die Kämpfer zustürmten und mir fast die Sicht auf meinen Gefährten nahmen.

Keiner achtete mehr auch mich, denn alle Augen richteten sich auf Sill el Mot, der schwerfällig aufstand und mit taumelnden Schritten de Guivacs Riesenroß auszuweichen versuchte.

Innerhalb von Augenblicken war ich von waffenschwingenden Arabern umringt. Sie hätten mich am liebsten in Stücke gehackt, doch noch hielt sie die Furcht vor der Schußwaffe in meiner Hand zurück.

De Guivac spielte unterdessen weiter Katz und Maus. Er hätte Sill el Mot schon längst den entscheidenden Schlag geben können. Doch er wollte sich für die Wunde rächen, die Sill ihm beigebracht hatte. Immer wieder ließ er seinen Riesengaul antraben und riß ihn so scharf herum, daß Sill ein ums andere Mal von dem Pferdeleib in den Sand gestoßen wurde.

Die Templer und Mamelucken jubelten begeistert, als Sill das Schwert aus der Hand geprellt wurde und einige Meter von ihm entfernt in den Sand fiel. Er wollte der Waffe sofort nach, doch de Guivac drängte ihn mit dem Pferd zurück. Ein Mameluck trat vor und hob das prachtvolle Schwert auf.

»So, du Wüstenfloh«, sagte de Guivac böse. »Jetzt zeig, was du kannst.« Und damit sprengte er abermals los.

»Sohn einer Hündin und eines räudigen Schakals!« brüllte Sill. Im nächsten Moment mußte er schon wieder hastig beiseite springen.

»Mach ein Ende, Bruder de Guivac«, forderte de Saint Denis mit scharfer Stimme.

De Guivac ließ sein Pferd einige Schritte rückwärts gehen und hob sein Schwert zum entscheidenden Schlag.

Im selben Moment schnellte Sill el Mot nach vorn, packte mit der rechten Hand die Nüstern des Hengstes und bog seinen Kopf mit einer schnellen Bewegung herum. Den Bruchteil einer Sekunde stand das Pferd noch auf seine vier Beinen. Dann knickte er mit den Vorderbeinen ein und stürzte wie vom Blitz gefällt zu Boden.

De Guivac landete scheppernd im Sand und blieb bewegungslos liegen. Bevor die wie erstarrt stehenden Templer und Mamelucken reagieren konnten, war Sill schon bei ihm, trat ihm das Schwert aus der Hand und öffnete sein Visier.

Das Gesicht dahinter war bleich, die Augen weit geöffnet. Aber sie sahen nichts mehr. De Guivac war tot.

Er hatte sich das Genick gebrochen.

Sill erhob sich und trat schwer atmend einige Schritte zurück. »Der Kampf ist vorbei. Ich habe ihn besiegt. Erinnere dich an deinen Schwur!« rief er, als die Mamelucken vor Wut und Enttäuschung heulend von ihren Pferden sprangen.

Guillaume de Saint Denis blieb still auf seinem Streitroß sitzen, als seine Leute über Sill herfielen. Sill konnte nicht einmal das Schwert des toten Templers benutzen, so eng hingen die Mamelucken an ihm. Mit einer gewaltigen Kraftanstrengung schüttelte er zwei oder drei der Kerle von sich ab, trat einem die Beine unter dem Leib weg und stieß einem anderen den Dolch in den Arm.

Dann traf ihn de Mere mit einem brutalen Schlag seines Speerschaftes am Handgelenk und prellte ihm die Waffe aus der Hand.

De Saint Denis deutete auf mich. *»Packt ihn!«*

Ich feuerte den Revolver in rascher Folge leer und schleuderte die nutzlos gewordene Waffe dem nächstbesten Mamelucken ins Gesicht. Drei, vier Männer wichen schreiend zurück, aber sofort füllte ein halbes Dutzend anderer die Lücke.

Einige der Kerle kletterten wie Affen an meinem Kamel hoch, faßten nach meinen Kleidern und versuchten mich aus dem Sattel zu ziehen. Einen konnte ich mit dem Stockdegen abwehren. Dann legte sich eine Schlinge von hinten um meinen Hals. Ich griff mit beiden Händen zu. Bevor ich meine Finger unter den Strick zwängen konnte, wurde ich gepackt, vom Kamel gezerrt und entwaffnet, alles in Bruchteilen von Sekunden. Schläge und Tritte prasselten auf mich herab.

Dann sah ich einen Speerschaft auf mich zurasen und spürte einen harten Schlag.

Und dann nichts mehr.

Als ich wieder zur Besinnung kam, hatten drei Mamelucken mich so kunstgerecht verschnürt, daß ich mich nicht mehr rühren konnte. Sill el Mot lag neben mir im Sand, gefesselt wie ich, aber in verkrümmter Haltung, um den Tritten und Kolbenstößen auszuweichen, mit denen ihn die Mamelucken traktierten. Trotzdem kam nicht der mindeste Schmerzlaut über seine Lippen. Aber seine Augen flammten förmlich vor Zorn, als er Guillaume de Saint Denis erblickte. Mühsam rollte er sich herum und kämpfte sich in eine halb kniende, halb liegende Haltung hoch.

»Du eidbrüchiger Schakal!« keuchte er. »Du Diener eines räudigen Schweines und Gefährte von quiekenden Ratten! Dafür wird dich die Dschehenna verschlingen! Euer Christengott wird dich in die Hölle schicken, wenn es ihn gibt!«

Guillaume de Saint Denis starrte mit unbewegtem Gesicht auf ihn herab. Dann – noch immer, ohne eine Miene zu verziehen – gab er Sill einen Fußtritt, der ihn abermals hintenüber kippen und sich stöhnend im Sand krümmen ließ.

»Das war für den Pfeil, den du mir in die Hand geschossen

hast«, sagte er. Er versetzte Sill einen zweiten, noch gemeineren Tritt. »Und das für Bruder Renard.«

»Hör endlich auf«, sagte ich wütend.

Guillaume fuhr herum, starrte mich einen Moment aus kalt glitzernden Augen an und schien zu überlegen, ob er auch mir einen Tritt geben solle. Aber dann lächelte er nur kalt, ließ sich vor mir in die Hocke sinken und brachte sein Gesicht ganz dicht an das meine heran.

»Mein Freund aus England«, sagte er. »Wie schön, dich wiederzusehen, Bruder Robert. Ich hoffe, du hast dich nicht zu sehr gelangweilt während meiner Abwesenheit.« Und damit versetzte er mir einen Fausthieb, der meine kaum geheilte Lippe wieder aufplatzen ließ.

»Hund!« stöhnte Sill. Guillaume wandte den Kopf und sah ihn mit betont desinteressiertem Gesichtsausdruck an. »Verdammter feiger Hund«, fuhr Sill fort. »Jetzt, wo wir gefesselt und hilflos sind, fühlst du dich stark, du elender Feigling. Doch den Kampf hast du anderen überlassen. Ist das eure Ritterehre, Christ?«

»Du wirst in der Hölle schmoren, Heide. Allein schon wegen deiner Dummheit«, antwortete Guillaume lächelnd. Er schüttelte den Kopf. »Oder hast du wirklich geglaubt, daß ein Schwur, den ich dir leiste, vor Gott Gültigkeit besitzt? Du bist ein Ungläubiger.«

»Sie haben diesen Schwur auch mir gegenüber geleistet«, sagte ich, obwohl ich mir der Gefahr bewußt war, mir weitere Schläge einzuhandeln. Trotzdem fügte ich hinzu: »Und ich bin ein Christ! Was sagt Ihr Gewissen dazu?«

Für einen Augenblick merkte ich ihm den Schrecken deutlich an. Seine rechte Hand berührte unwillkürlich das Kreuz auf seiner Brust, auf das er den Schwur geleistet hatte. Doch er hatte sein Gewissen schnell wieder beruhigt.

»Christ?« wiederholte er fragend. »Du bist kein Christ, Bruder Robert. Wenn du es jemals warst, dann hast du einen Anspruch darauf längst verspielt. Du bist ein Ketzer. Leute wie du sind noch zehnmal schlimmer als das Heidengesindel, das in dieser Wüste lebt!«

»Warum bringen wir die Kerle nicht endlich um, damit wir ihr Wimmern nicht mehr hören müssen?« fragte de Cadoux knurrend.

»Warum?« wiederholte de Saint Denis und nahm den Helm ab, um sich den Schweiß von der Stirn zu wischen. »Warum sollen wir sie hier töten, Bruder? Ich halte es für besser, die beiden de Valois vorzuführen. Der *Desert-Master* wird zufrieden sein, wenn er dem *Schatten des Todes* mit eigener Hand ein Ende macht.« Er setzte sich vollends in den Sand, beugte sich vor und zog mir mit einer raschen Geste das *Yighhurat* aus dem Gürtel. Einen Moment lang drehte er den so harmlos aussehenden Kristall in der Hand, dann zuckte er mit den Achseln, verbarg ihn unter seinem Gewand und sah wieder prüfend auf mich herab. »Du bist ein sonderbarer Mann, Bruder Robert. Ein Ketzer, sicher, aber eigentlich kein Narr. Warum hast du das *Auge* nicht benutzt, um uns zu vernichten?«

Die Antwort auf diese Frage hätte mich selbst brennend interessiert. Aber ich schwieg verbissen. Und irgendwie hatte ich das Gefühl, daß ich es nicht einmal gekonnt hätte, hätte ich es gewollt.

Guillaume seufzte erneut, richtete sich wieder auf und beugte sich über Sill. »Nun wollen wir sehen, welches Schurkengesicht sich hinter dieser Maske verbirgt«, knurrte er, streckte die Hand nach Sills Turban aus und riß ihn mit einem heftigen Ruck ab.

Seine Augen weiteten sich. Das höhnische Lachen, das sich auf seinen Zügen ausgebreitet hatte, erstarrte. Ein Ausdruck ungläubiger Überraschung trat in seine Augen.

Und plötzlich wurde es still. Sehr still.

Auch ich schluckte, als ich Sills feingezeichnetes, ovales Gesicht sah, ihre dünnen, wie mit schwarzen Tuschestrichen gezeichneten Brauen, das lange, bis zu den Hüften fallende, dunkelbraune Haar.

Sill el Mot, der sagenumwobene Templerjäger, war eine Frau!

ER wurde unsicher. Etwas war geschehen, das ER nicht erwartet hatte. ER war sich so sicher gewesen, daß die Angreifer nicht über seine erste Verteidigungsstellung hinwegkommen würden.

Einige Augenblicke hatte es auch so ausgesehen. Der von

IHM erzeugte Sandstrahl hatte die Feinde und ihre Reittiere in Panik versetzt und wie Blätter im Wind verweht.

Seine aus den Felsen geschaffenen Krieger schienen nur noch die Reste der Angreifer beiseite räumen zu müssen. Doch ER hatte sich von diesem augenscheinlichen Anfangserfolg blenden lassen und den Anführer der Feinde, der noch immer unbeirrt auf seinem Pferd saß, im ersten Moment gar nicht beachtet.

Bis es zu spät gewesen war. Plötzlich hatten andere magische Energien das Spiel seiner Kraftströme gestört und IHM die Kontrolle über den Sandstrahl entrissen. Fassungslos mußte ER miterleben, wie der Mensch die Kraft des Sandstrahles noch verstärkte und ihn dann gegen die Felstrolle einsetzte. Innerhalb von Sekunden war seine erste Verteidigungslinie vernichtet.

Die Templer stürmten von diesem Sieg beflügelt weiter und drangen tiefer und tiefer in die Wüstenfestung ein. Zunächst hatte ER sich ihrem Vormarsch mit aller Kraft entgegengestemmt, hatte um jeden Meter Boden gerungen. Was hatte ER ihnen nicht alles in den Weg gelegt: aus dem Nichts geschaffene Barrieren aus Kristallgestein, das so scharfkantig war, daß niemand darüber hinwegklettern konnte. Doch die magische Kraft des Anführers hatte die künstlichen Gebilde in wenigen Augenblicken zerfallen lassen.

Ein Sandsturm war das nächste Hindernis gewesen und zuletzt hatte ER versucht, die Eindringlinge in einem Raum der Wüstenburg einzumauern. Doch jedesmal war es dem Anführer der Templer gelungen, die Energien zu absorbieren und unwirksam zu machen, ja, er hatte die Kraft sogar gegen IHN selbst gerichtet. IHN schauderte, als ER sich der Schmerzen erinnerte, die IHN während des magischen Kampfes gepeinigt hatten.

Sicher konnten sich die Zauberkräfte des *Desert-Masters* nicht im geringsten mit seinen eigenen Energien messen. Doch ER mußte mit den Waffen kämpfen, die IHM sein Gegner aufgezwungen hatte. Und diese Wahl war nicht gerade zu seinen Gunsten ausgefallen.

Zudem mußte er damit rechnen, daß auch die Kräfte des *Yighhurat* schon bald gegen IHN eingesetzt wurden. Es war bereits in die Hände der Templer gefallen. Und wenn der

Mann, der es gerade trug, auch nichts mit seinen magischen Möglichkeiten anzufangen wußte, der *Desert-Master* wußte dies gewiß.

Wenn es soweit war, sanken seine Chancen, sich in dieser Zeitebene zu halten, auf den Nullpunkt. Schon jetzt lieferte ER den eindringenden Templern nur noch hinhaltenden Widerstand, denn ER hatte erkannt, daß seine Kräfte in den Außenregionen der Burg nicht stark genug waren, um den *Desert-Master* zu besiegen.

ER würde sich mit fortdauernden, heftigen Kämpfen nur sinnlos erschöpfen. ER brauchte Zeit, bis ER die Templer in den Teil der Festung gelockt hatte, in dem seine Kräfte stark genug waren, um sich mit dem *Master* messen zu können. Doch gerade Zeit war das wenigste, was ER besaß. Schon in wenigen Stunden würde der Abgesandte des *Desert-Masters* mit dem *Yighhurat* eintreffen.

ER überlegte schon, ob er sich ganz aus dieser Zeit zurückziehen sollte, selbst auf die Gefahr hin, sie niemals wiederzufinden. Doch zu fliehen hieß, *Den Dreizehn* diese Zeitepoche zu überlassen. Und das durfte nicht geschehen. Denn wenn *Die Dreizehn* in gerade dieser Epoche endgültig erwachten, würde er sie nicht mehr aufhalten können.

Dann war die Erde verloren – für ihn genauso wie für seinen Erzfeind. Denn dann gab es hier kein *Gut* oder *Böse* mehr.

Sondern nur noch den Tod ...

Hendrik van Retten spaltete dem Felstroll mit einem schnellen Schlag den Rumpf mittendurch. So entsetzlich die Wesen aussehen mochten – zwei Meter hohe Giganten aus scharfkantigem Fels, mit grob gehauenen Gesichtern und Händen, die stark genug erschienen, einen Mann mit einer spielerischen Bewegung zu zermalmen –, so verwundbar waren sie. Schon ein kräftiger Tritt ließ sie zerbrechen. Unter den gewaltigen Schwertern der Tempelritter zerbarsten sie zu Dutzenden.

»Bravo, Bruder van Retten! Du verstehst zu kämpfen wie ein Franzose!« lachte de Saint Vire, der Sekretär des *Desert-Masters,* der für diese Schlacht seinen Federkiel mit dem Schwert vertauscht hatte.

»Vorsicht!« schrie Hendrik und führte einen pfeifenden Hieb gegen einen Felstroll, der hinter de Saint Vire auftauchte. Der kleine Franzose wirbelte herum und riß das Schwert hoch. Doch dann krachte Hendriks Klinge zum zweitenmal auf den Troll nieder und beendete dessen Existenz.

»Merci bien, Bruder!«

»Nicht schwätzen, kämpfen«, fauchte Hendrik und stürmte weiter, um wieder an de Valois' Seite zu gelangen. Er hatte jeden Zweifel, jede Verwirrung und jede Furcht verloren.

Sie waren seit mehr als einer Stunde in dieser entsetzlichen Festung des Wahnsinns, und van Retten vermochte die verschiedenen Schrecken, die auf sie eingestürmt waren, schon gar nicht mehr zu zählen. Der Weg hierher war nicht nur mit den zerborstenen Überresten ihrer Feinde, sondern auch den Leichen der Mamelucken und schmerzhaft vieler Tempelritter markiert.

Aber an all dies dachte Hendrik van Retten nicht einmal. Jetzt fühlte er sich in seinem Element. Hier war das Schwert eines Mannes und der Arm, der es schwang, wichtiger als sein Rang und sein Name. Er schalt sich beinahe wegen seiner Kleinmütigkeit, die er während der Vorbereitungen zu dieser Schlacht gezeigt hatte, und bat den *Desert-Master* in Gedanken um Vergebung. Er empfand es beinahe als Gnade, diesen Tag erleben zu dürfen.

Hendrik van Retten war nicht mehr der Mann, als der er hergekommen war. Aber das merkte er nicht einmal.

»Gott will es!« hallte sein Schlachtruf von den Wänden wider.

»So ist es, Bruder van Retten«, hörte er de Valois' Stimme durch das Kampfgetöse hindurch. »Gott will es!« Unter diesem Ruf kämpften sich die Templer Schritt für Schritt voran, geleitet von dem schier unerschöpflichen Willen des *Desert-Masters,* der für sie jene leuchtende Feuersäule darstellte, die schon Moses aus Ägypten in das gelobte Land geführt hatte.

Eine weitere Felsmauer tauchte vor ihnen auf, funkelnd wie tausend Edelsteine. De Valois schritt durch sie hindurch, ohne sie überhaupt zu beachten. Hendrik und de Saint Vire wollten ihm folgen, da hörten sie die überraschten Schreie einiger Kameraden.

»Diamanten und Rubine, welch ein Reichtum!« – »Schnell,

laßt uns einige Steine herausbrechen!« – »Es wäre eine Schande, diese Pracht unbeachtet zu lassen!«

De Saint Vire versuchte sich Gehör zu verschaffen. »De Lougniere, de Reilliand, kommt, laßt das Zeug in Ruhe!« schrie er die Männer an. »Es ist Teufelswerk!«

Er erntete nur geringschätzige Blicke. Die beiden Templer schleuderten ihre Schilde zu Boden, griffen zu den größten Edelsteinen in der Wand und brachen sie mit ihren Schwertern los; faustgroße, schimmernde Brocken, die wie kleine Sterne in ihren Händen flammten.

In der ersten Sekunde.

Dann wurden sie schwarz und zogen sich blitzartig zusammen – und die beiden Templer begannen zu schreien. Ihre Körper glühten von innen heraus auf. Kleine weiße Flämmchen hüllten ihre Hände ein, rasten an ihren Armen und Schultern empor und setzten ihre Kleider und Haare in Brand.

Als de Valois zurückkehrte, fand er nur noch zwei qualmende Aschehäufchen vor. Sein Gesicht wurde noch schmaler, als es schon war, als er das Kreuz über die Überreste der Gefährten schlug und sich dann mit zorniger Stimme an die anderen Templer und Mamelucken wandte.

»Wir führen hier keinen Krieg gegen Heiden oder menschliche Feinde, sondern stehen dem Verderben selbst gegenüber. Alles um uns ist vom unreinen Atem des *Antichristen* befleckt und der ewigen Verdammnis anheim gegeben. Hier gibt es keine Beute zu erringen, sondern unsterblichen Ruhm für unsere Seelen.« Er legte eine genau bemessene Pause ein und fuhr mit dramatisch erhobener Stimme fort: »Vergeßt nie, daß das Böse in vielen Verkleidungen an euch herantritt. Seid stark im Herzen und im Geiste, Brüder, und streitet wacker für Gott und das Heil!«

»Für Gott und das Heil!« antworteten die Templer im Chor.

Der *Desert-Master* nickte zufrieden. Als de Valois diesmal den Raum verließ, sah sich keiner mehr nach den glitzernden Steinen um. Hendrik selbst war es, der als erster hinter de Valois den nächsten Saal betrat.

Jetzt, wo wir besiegt waren und sich die lebende Legende Sill el Mot als Frau entpuppt hatte, nahmen die Mamelucken ihre Mäuler reichlich voll. Sie überschütteten Sill und mich derart mit Beleidigungen und Anzüglichkeiten, daß es zuletzt selbst de Saint Denis zuviel wurde und er die Eingeborenen mit scharfen Worten zur Ordnung rief. Die Mamelucken wären wahrscheinlich noch bis zum Abend an dieser Stelle geblieben, um ihren Sieg zu feiern.

De Saint Denis gab Befehl, uns auf unsere eigenen Kamele zu binden. Als wir losritten, schlug er ein zügiges Tempo an. Die nächste Zeit hatte ich wieder mit der Kamelkrankheit zu ringen. Als ich mich schließlich wieder an das Schaukeln des Tieres gewöhnt hatte, beschäftigten sich meine Gedanken weniger mit dem, was mich erwarten würde – sie galten vielmehr Sill el Mot. Obwohl ich jetzt vieles begriff, gab es doch noch etliche Geheimnisse, die ich nicht enträtseln konnte.

Eigentlich mehr als zuvor.

Aufgrund der Berichte über den legendären Templerjäger hatte ich mir einen Mann an der Grenze zum Greisenalter vorgestellt. Doch die Frau, die auf dem zweiten Kamel hing, war vielleicht zwanzig, allerhöchstens fünfundzwanzig Jahre alt, wahrscheinlich sogar noch jünger, da orientalische Frauen sehr viel schneller altern als europäische. Die einzige logische Erklärung schien mir zu sein, die Tochter oder Enkelin des Legendenbegründers vor mir zu sehen, die nach dessen Tod in seine Maske geschlüpft war.

Doch das erklärte nicht ihre seltsame Ausstrahlung, die mich unwiderstehlich anzog und gleichsam vor ihr zurückschrecken ließ. Ich fand den Gedanken zuerst verrückt, doch sie erinnerte mich irgendwie an Priscylla. Dabei war sie mit ihrer leicht gebräunten Haut und ihren dunklen Haaren und Augen ein ganz anderer Typ. Und wo Priscylla sanft und zärtlich war, war Sill hart wie Diamant und trotz ihres südlichen Temperamentes kalt wie Gletschereis. Und doch war sie Priscylla auf eine seltsame Weise ähnlich.

Ich kämpfte gegen meine Fesseln an, um sie besser betrachten zu können, und sah, daß sie meinen Blick erwiderte. Ihr Gesicht wirkte wie erstarrt; nur in ihren Augen war noch Leben, wenngleich sie jetzt nicht mehr vor Zorn flammten, sondern allenfalls glommen wie erlöschende Kohlen.

Und plötzlich wurde mir klar, daß ich mich nicht geirrt hatte. Sie erinnerte *wirklich* an Pri. Doch nicht an die sanfte Priscylla mit ihrem verwirrten Geist, sondern an die Priscylla, die ich zuerst kennengelernt hatte – an den Körper, der vom Geist der Hexe Lyssa beherrscht worden war.*

Und diese Ähnlichkeit war so frappierend, daß ich erschrak. Sill besaß die gleiche zeitlose Ausstrahlung wie Lyssa. Doch als ich mich an ihren Geist herantastete, erkannte ich die Unterschiede. Sill war zwar hart und sie konnte grausam sein, doch es war keine Grausamkeit um ihrer selbst willen. Ihr fehlte das Böse, das Lyssa besessen hatte. Ich entdeckte in ihr zwar etwas unsäglich Fremdes, doch es stand mir nicht von Grund auf feindlich gegenüber. Es schien mich eher abzuschätzen. Und es strahlte eine eigenartige Ruhe und Zuversicht aus, die mir seltsamerweise meine Lage leichter ertragen half.

De Saint Denis trieb seine Leute zu größtmöglicher Geschwindigkeit an. Die Sanddünen flogen förmlich an uns vorüber.

Nach einiger Zeit verließen wir die Dünenlandschaft und bogen in ein tief eingeschnittenes Tal ein. Ich schüttelte die Gedanken, die mich bewegten, ab und konzentrierte mich auf das, was vor uns lag.

Ich spürte die Ausstrahlung des *Dinges* lange, bevor ich es sah. Es war, als würde ich in eine Mischung aus Feuer, Wasser und Dunkelheit eintauchen, etwas, das es nicht geben konnte. Die erste Empfindung bestand aus einem Grauen, das mich mit aller Gewalt packte. Das wie eine dunkle, alles verschlingende Wolke über dem Tal lag und mich zu verschlingen drohte.

»Sidi, was ist?« fragte Sill erschrocken. Ihre Stimme drang nur verzerrt und unendlich leise in mein Unterbewußtsein vor, doch sie half mir, mich aus den mit schwarzem Schrecken erfüllten Tiefen emporzureißen, in denen ich mich zu verlieren drohte. Mein Herz schlug wie rasend und obwohl meine Lungen so schnell arbeiteten, daß sie schmerzten, hatte ich das Gefühl, zu ersticken.

Mir kamen Gesprächsfetzen in den Sinn, die ich während des Rittes von den Templern und Mamelucken gehört hatte. Einer der legendären *Master* des Ordens stand im Begriff, mit

* siehe das Taschenbuch »DER HEXER VON SALEM«

seinen Leuten irgendeine *Festung des Verderbens* anzugreifen.

Das nächste, das ich klar vor meinen Augen sah, war die Verbindung, die zwischen dieser unbekannten Kraft und Sill bestand.

Ich erschrak. Sill war ein Geschöpf dieses *Dinges*!

Doch sie war nicht seine Sklavin, wurde mir im gleichen Augenblick klar. Dies überraschte mich. Bis jetzt war ich gewöhnt, daß Wesen wie die GROSSEN ALTEN oder mächtige Magier wie Necron in ihren Dienern nur ein Werkzeug sahen, das man benutzen – und wegwerfen – konnte, wie es ihnen beliebte.

Doch hier lag die Sache anders. Das *Wesen* gab ihr die Kraft (und vielleicht sogar die Jugend), die Sill für ihren Feldzug gegen die Templer brauchte. Dafür war sie bereit, für es zu arbeiten. Es war ein Geschäft auf Gegenseitigkeit, in dem der freie Wille beider Partner entschied.

Und so ging es weiter. Während ich scheinbar reglos über dem Rücken des Kamels hing, ergoß sich ein Strom von *Wissen* in mein Bewußtsein, von dem ich nicht wußte, woher es kam, an dem aber kein Zweifel bestand. Es war keine Stimme, keine bewußte Übermittlung von Worten oder Begriffen. Ich *wußte* einfach. Es war, als hätte ich all diese Dinge schon immer gewußt und nur für eine Weile vergessen.

Gut eine Stunde ritten wir zwischen sich abwechselnden Sand- und Felsformationen hindurch, und während all dieser Zeit sickerte Wissen in mein Bewußtsein, mehr und deutlicher, je weiter wir uns dem Quell dieser düsteren Ausstrahlung näherten.

Und dann erreichten wir das Tal.

Guillaume de Saint Denis war der Verzweiflung nahe. Äußerlich war ihm nichts anzumerken: Der grauhaarige Templer ritt mit unbewegtem Gesicht an der Spitze der kleinen Kolonne, hoch aufgerichtet, trotz der leicht hängenden Schultern und der verkrampften Haltung, in der er die rechte, verwundete Hand auf den Sattel vor sich gebettet hatte.

Sein Gesicht glänzte vor Schweiß und seine Augen hatten einen matten, leicht fiebrigen Glanz angenommen. Wem immer dies aufgefallen wäre, hätte es auf die Verwundung zurückgeführt und auf die tagelangen Strapazen, die er durchgestanden hatte. Und es wäre nicht einmal falsch gewesen – Guillaume de Saint Denis war mit seinen Kräften am Ende. Er hatte körperlich mehr gegeben, als so mancher andere Mann in seinem Alter gekonnt hätte, und selbst ihn würden die Strapazen umbringen, wenn er sich nicht bald die Ruhe gönnte, nach der sein Körper schrie.

Und doch verschwendete er kaum einen Gedanken daran, ebensowenig wie an Sill el Mot, den Templerjäger, den … nein, *die* sie nach so langer Zeit nun endlich in ihrer Gewalt hatten, oder an Robert Craven, den englischen Magier, der ihm so viele Schwierigkeiten bereitet hatte – nicht einmal an das *Auge des Satans,* das er nun endlich zu seinen Brüdern bringen und mit dessen Hilfe sie die Festung des Antichristen vernichten konnten.

Er hätte all dies getauscht gegen eine einzige Stunde mit *ihr*.

Gegen eine Minute.

Gegen einen einzigen Blick aus ihren unergründlichen, dunklen Augen.

Guillaume merkte kaum, daß sie der Sandrose immer näher kamen; er befand sich in einem Zustand, der irgendwo zwischen Schlaf und Wachen, zwischen Trance und totaler Erschöpfung war. Bis vor kurzem hatte er noch etwas gehabt, womit er sich ablenken konnte – die Jagd auf Robert Craven und Sill el Mot. Sie hatten ihn längst nicht mehr wirklich interessiert, so wenig wie ihn die Sandrose interessierte, die anderen Templer, selbst sein Glaube, für den er noch vor wenigen Tagen mit Freuden sein Leben geopfert hätte. Aber sie war ihm gerade recht gekommen, seine Gedanken abzulenken, *ihr* Bild – wenigstens für eine Weile – aus seinem Geist zu verdrängen.

Jetzt ging nicht einmal mehr das.

Sie ritten durch die Wüste, die an dieser Stelle eine bizarre Mischung aus ineinanderfließenden Fels- und Sandformationen war, aber er sah nichts von all den bizarren Schöpfungen einer launischen Natur. Er sah nur sie.

Hatte sie nichts gesagt, daß sie kommen würde, wann immer er sie rief? Sie, die Frau, die nach seinen Gedanken und Wünschen erschaffen worden war, das Weib seiner Träume, dem all sein Sehnen galt – immer gegolten hatte, auch lange bevor er sich dessen bewußt geworden war.

Und er hatte sie gerufen, tausendmal.

Er hatte in seinen Gedanken verzweifelt nach ihr geschrien, immer und immer wieder.

Aber sie war nicht gekommen.

Guillaume de Saint Denis wußte, daß er sterben würde, wenn es ihm nicht gelang, sie wiederzusehen.

Fast ohne sein Zutun kroch seine Hand zum Gürtel, schmiegte sich um das *Yighhurat*, das er darunter verborgen hatte, und zog sie so hastig wieder zurück, als hätte er glühendes Eisen berührt.

Nein, dachte er.

Er würde der Versuchung widerstehen.

Noch war er stark genug dazu.

Noch …

Der Anblick der Wüstenfestung traf mich wie ein Schock. Ich hatte ein altes römisches Kastell erwartet, eine arabische osmanische Trutzburg, vielleicht sogar etwas so Bizarres wie Nizars Alptraumfestung – aber nicht *das*!

Unser kleiner Trupp hatte angehalten, als wolle Guillaume de Saint Denis Sill und mir ausreichend Gelegenheit geben, das *Ding* zu bewundern, das unter uns lag, halb im lockeren Flugsand der Wüste versunken, halb mit dem zerschundenen Fels verwachsen, der aus ihm hervorblickte.

Es war das phantastischste Gebilde, das ich jemals gesehen hatte. Keine Festung der GROSSEN ALTEN. Keine arabische Ausgabe der Drachenburg. Nichts von alledem, was ich zu sehen erwartet hatte.

Unter uns lag eine gigantische Sandrose, ein berggroßes Ding aus erstarrtem Salz und Kristall, übersät mit Tausenden bizarrer Auswüchse, die sich wie die Zweige eines Baumes über das Tal erstreckten und sich wohl auch unter der Wüste fortsetzten.

Eine *Sandrose*! Damit schloß sich der Kreis! Ein Gebilde der gleichen Form – wenngleich auch tausendmal kleiner – hatte mich hierher nach Arabien gelockt, und in einer Sandrose sollte meine Reise enden.

Nizar, Sill el Mot, der Krieg der Templer, das *Auge des Satans* – alles stand miteinander in Verbindung. Aber das Puzzle fügte sich noch nicht zusammen. Als würde der letzte, entscheidende Stein noch fehlen.

Vier Mamelucken standen am Fuß der Sandrose; winzige bunte Spielzeugfiguren vor dem Hintergrund des gewaltigen Gebildes. Als sie uns erkannten, liefen sie uns entgegen und ergriffen die Zügel, die ihnen die Templer zuwarfen.

»Wo ist Bruder Valois?« fragte de Saint Denis hastig.

Einer der Mamelucken antwortete in einem mir unbekannten Dialekt und deutete heftig gestikulierend auf die Sandrose. De Saint Denis fluchte ungehemmt. Wütend sprang er aus dem Sattel, lief einen Schritt auf das unmögliche Gebilde zu und blieb wieder stehen.

Es dauerte einen Moment, bis ich begriff. Die Templer waren *dort drinnen*!

Ich erschauderte.

»Ich werde Bruder Valois das *Auge* bringen«, sagte Guillaume. »Mit den Gefangenen befassen wir uns später, wenn der Sieg errungen ist. Brüder de Cadoux und de Mere – ihr haftet mit eurem Leben für sie. Die anderen kommen mit mir, um unsere Verluste auszugleichen. Adschoub wird uns führen!«

»Seid Ihr bereit, Herr?« Der Genannte trat auf de Saint Denis zu und kreuzte die Arme vor der Brust.

De Saint Denis nickte. »Vier Mann bleiben hier, um die Gefangenen zu bewachen«, ordnete er an. »Der Rest folgt mir!« Mit diesen Worten ging er auf die Wand der Sandrose zu – und verschwand in ihr! Er trat nicht etwa hindurch und teilte sie wie weiland Moses das Rote Meer – nein, er *verschwand*. Von einer Sekunde auf die andere war er fort, so spurlos, als hätte es ihn niemals wirklich gegeben. Und die Mamelucken folgten ihm, ohne auch nur einen Augenblick zu zögern. Innerhalb weniger Sekunden blieben nur die beiden Templer und ihre vier Handlanger zurück.

Es war de Cadoux und de Mere anzumerken, daß sie nicht gerade begeistert waren, auf uns aufpassen zu müssen, während ihre Gefährten ins Innere der Sandrose vordrangen. Aber ich glaubte auch eine gewisse Erleichterung zu erkennen, obwohl sie sich alle Mühe gaben, äußerlich unbewegt zu erscheinen. Was mochte in diesem gewaltigen Kristallgewächs auf die Männer lauern?

Sie befahlen den Mamelucken mürrisch, uns von den

Kamelen zu binden und an die Kristallwand zu legen. Als sie die Pferde und Kamele in den Schatten trieben, waren Sill und ich für einige Augenblicke uns selbst überlassen.

Ein warnendes Blitzen in den dunklen Augen der Frau ließ mich aufhorchen. Sill lag neben mir, aber ihre scheinbar resignierte Haltung täuschte. Ihr Körper war angespannt wie eine Stahlfeder. Sie rollte sich mühsam herum, bis sie mit den auf den Rücken gefesselten Händen zur Wand lag, und bedeutete mir, das gleiche zu tun.

Die Kristallwand fühlte sich kalt an, obwohl die Sonne unbarmherzig vom Himmel brannte. Gleichzeitig spürte ich, wie sie sich unter meinen Händen zu verändern begann. Etwas Kantiges, Scharfes glitt über mein Handgelenk und ritzte meine Haut. Eine Sekunde später schloß es sich um die Stricke.

Einen Augenblick lang wurden die Fesseln so stramm gezogen, daß ich vor Schmerz aufstöhnte. Dann war es vorbei. Die Stricke lagen nur noch locker um meine Handgelenke. Ich versuchte vorsichtig, den linken Arm zu bewegen. Es ging ohne Mühe.

Ich hielt inne und spähte zu Sill hinüber. Sie nickte mir mit verbissenem Gesicht zu und sah dann lauernd auf die beiden Templer, die nahe der Kristallwand standen und den Mamelucken bei der Arbeit zusahen.

Es ging so schnell, daß ich den Geschehnissen kaum folgen konnte. Plötzlich wuchsen zwei Kristallarme aus der Wand und schlossen sich um die Kehlen der Templer, steinernen, fingerlosen Händen gleich, die mit erbarmungsloser Kraft zudrückten. De Cadoux öffnete den Mund zum Schrei, doch er brachte nur ein Stöhnen hervor, das sofort wieder erlosch, während sich de Meres Augen vor Entsetzen weiteten und seine Arme zu der steinernen Würgeschlinge hochschnellten.

Doch es war zu spät. Die kristallenen Hände packten mit ungeheurer Kraft zu, ergriffen nun auch die Arme und Hände der beiden Ritter und hielten sie fest. Dann begannen sie sich zusammenzuziehen.

Ich schloß die Augen und wandte mich ab. Als ich die Lider vorsichtig wieder hob, waren die beiden Körper erschlafft, während sich die Kristallwand hinter ihnen rot zu färben begann.

Jetzt erst bemerkten die Mamelucken, daß irgend etwas geschehen war. Sie ließen die Sättel fallen, die sie gerade den Pferden abgenommen hatten, ergriffen ihre Waffen und kamen im Laufschritt auf uns zu. Sill sprang wie ein Blitz auf die Beine und schnappte sich das Schwert de Cadoux'. Ich versuchte, es ihr gleichzutun.

Als ich das Schwert des zweiten Templers aus der Scheide zog, hatte ich das Gefühl, einen Bleibarren in den Händen zu halten, so schwer kam es mir vor. Doch ich hatte keine Zeit, meiner Schwäche nachzugeben, denn die Mamelucken waren keine zehn Yards mehr von uns entfernt.

Sill mußte wohl begreifen, daß ich ihr keine große Hilfe sein konnte, und stürzte lautlos vorwärts, ohne auf mich zu warten. Ihre Klinge glitzerte im Sonnenlicht, als sie pfeifend niedersauste und den ersten Mamelucken traf. Zwei andere versuchten, Sill in die Zange zu nehmen, doch sie hielt sie mit knappen Hieben auf Distanz und lauerte auf einen Fehler der Feinde.

Ich für meinen Teil hatte genug mit dem vierten Mamelucken zu tun. Der Mann deckte mich mit einem Hagel von Schlägen ein, die ich mit dem schweren Schwert kaum parieren konnte. Seine Klinge durchbrach zwei-, dreimal meine Verteidigung, doch zu meinem Glück waren die Verletzungen, die ich erhielt, nicht so schwer, um mich wehrlos zu machen – im Grunde nur Kratzer, die allerdings gemein weh taten.

Ich stolperte einige Schritte seitwärts, um etwas Raum zwischen die Mamelucken und mich zu bringen, und hielt ihm die Spitze meines Schwertes entgegen. Er versuchte ihr zu entgehen, doch ich machte die Bewegung mit.

Plötzlich schlug er mit seinem Säbel gegen mein Schwert, um die Klinge beiseite zu schieben, und stürmte auf mich zu. Ich brachte die Waffe gerade noch hoch. Das rettete mein Leben.

Und beendete das seine. Ich spürte einen Ruck, als er haltlos nach vorn taumelnd in die Klinge lief ...

Der Weg war die Hölle. Guillaume de Saint Denis wußte längst nicht mehr, wie vielen Schrecken sie begegnet waren, wie viele steinerne Hände aus den Wänden nach ihnen gegriffen, wie viele felsige Mäuler nach ihnen geschnappt, über wie viele Tote sie gestolpert waren.

Das *Yighhurat* schützte sie, das wußte er – keine der Gefahren, die die Sandrose gegen sie aufbot, vermochte ihm und seinen Begleitern jetzt noch etwas anzuhaben.

Wogegen es ihn nicht schützen konnte, war das Grauen.

Er sah Tote – Mamelucken, aber auch Templer, entsetzlich *viele* Templer – von steinernen Händen erwürgt, von Felsnadeln durchbohrt, zu Tode gestürzt in jäh aufklaffenden Abgründen. Ein paarmal glaubte er entsetzlich verzerrte menschliche Gestalten zu erkennen, die zur Gänze in die kristallenen Wände eingeschlossen waren, dann wieder einen Templer, dessen Beine bis zur Hüfte hinauf zu Stein erstarrt waren.

Was er sah, war das, was er hatte verhindern wollen.

Er war zu spät gekommen. Das *Yighhurat*, das er brachte, war vielleicht noch in der Lage, die Sandrose und ihren satanischen Beherrscher zu vernichten – aber die Leben seiner Brüder würde es nicht mehr retten.

Und er, Guillaume de Saint Denis?

Seltsamerweise dachte er nicht an sein eigenes Leben. Wie von Furien gehetzt, rannte er durch die labyrinthischen Gänge der Rose, der Spur aus Toten folgend, die ihn zu Valois führen mußte.

Aber alles, was er sah, war das Gesicht einer schwarzhaarigen Frau.

»Ist alles in Ordnung, Sidi?« Sill el Mot wischte ihr Schwert am Haik eines toten Mamelucken ab, während sie sich zu mir umsah. Ich ließ das Schwert fallen, das mir jetzt endgültig zu schwer wurde, und nickte. In Wirklichkeit war ganz und gar *nichts* in Ordnung, aber ich hatte das Gefühl, daß eine Diskussion über diesen Punkt ziemlich sinnlos wäre.

»Ich bin okay«, murmelte ich, und fügte »Völlig in Ordnung«, hinzu, als Sill mich fragend ansah.

»Fühlst du dich kräftig genug, mir zu folgen?«

»Dort hinein?« fragte ich zweifelnd und deutete auf die Sandrose.

Sill nickte. Mit einem Male sah sie sehr ernst aus. »Die

Templer dürfen nicht siegen. Doch du brauchst eine Waffe, denn wir werden kämpfen müssen!«

Ich nickte abermals, hob das Schwert wieder auf und drehte es grimassenschneidend in den Händen. Das Ding wog mindestens einen Zentner.

Sill drehte sich ohne ein weiteres Wort um und lief zu den Pferden, wo die Mamelucken das Gepäck aufgeschichtet hatten. Schon nach wenigen Augenblicken kehrte sie zurück, nahm mir das Schwert ab und legte mir statt dessen meinen Stockdegen in die Hand.

Wir sprachen kein Wort mehr, während wir uns der Stelle näherten, an der Guillaume und die anderen verschwunden waren.

Aber ich hatte das Gefühl, vor Angst schlichtweg im Boden zu versinken ...

Der Kampf wurde immer härter. Hendrik van Rettens Arme waren taub von den vielen Schlägen, die er geführt hatte, doch die Armee der Felstrolle schien unerschöpfliche Reserven zu besitzen. Zwar tat der *Desert-Master* sein Möglichstes, um die Ungeheuer zu vernichten, bevor sie seinen Leuten gefährlich werden konnten, doch die Schwerter Hendriks und seiner Gefährten bekamen noch genug Arbeit, da de Valois mit seinen magischen Kräften immer nur ein paar Felstrolle auf einmal bekämpfen konnte.

Van Retten hatte längst begriffen, daß es absolut kein Zufall war, daß sie so tief in die gigantische Sandrose hatten eindringen können. Es war eine Falle – eine teuflische, ausweglose Falle, in die sie blindlings gestolpert waren. So viele Ungeheuer sie auch vernichteten, es kamen immer neue, und so gering ihre Verluste waren – sie *hatten* Verluste, und ihre Zahl war geschrumpft, fast unmerklich, aber unaufhaltsam. Sie konnten nicht mehr siegen. Alles, was ihnen jetzt noch blieb, war, ihr Leben so teuer wie möglich zu verkaufen.

Hendrik führte einen wuchtigen Schlag gegen einen kantigen Troll, der eher einem Felsbrocken als einem menschenähnlichen Geschöpf glich. Die Klinge prallte an dem Sandstein ab und klirrte gegen den Boden. Bevor er sie wieder vollends heben konnte, hatte ihn der Troll gepackt.

Schon spürte er die steinernen Klauen an seiner Kehle, da ließ ihn das Ungeheuer plötzlich wieder los, und er stürzte zu Boden. Als die roten Schleier von seinen Augen gewichen waren, sah er in das grinsende Gesicht de Saint Vires, der eben sein Schwert aus den Überresten des Felstrolles zog.

»Ein Franzose begleicht stets seine Schulden, mein Freund!« lachte er. Dann, als er Hendriks suchenden Blick bemerkte: »Das war der letzte Troll! Wir sind die Sieger!«

Doch Hendrik war sich da gar nicht so sicher. Irgendwie war es ihm, als würde der Satan lediglich all seine Kräfte für den entscheidenden Angriff sammeln. Aus diesem Gefühl heraus nahm er sein Schwert mit einem Ruck vom Boden auf.

Ein feines kristallines Klirren erfüllte den Gang, schwoll an, bis die Trommelfelle zu dröhnen begannen – und erlosch mit einem Schlag. Im nächsten Moment war ein Geräusch zu hören, das wie das Kratzen vieler kleiner, krallenbewehrter Pfoten klang.

Sehr vieler Pfoten.

Entsetzlich vieler Pfoten!

»Mon dieu!« schrie de Saint Vire auf, als sich Wände und Boden des Ganges in eine Unzahl dunkler Leiber von Rattengröße auflösten, die sich wie eine steinerne Flutwelle auf die Templer zuwälzten.

Der *Desert-Master* streckte der dunklen Woge in einer raschen, hastigen Geste beide Hände entgegen. Hunderte der kleinen Felsgeschöpfe zerfielen zu Sand und Staub. Doch für jede vernichtete Steinratte stürmten sechs andere heran. Innerhalb weniger Sekunden hatten sie de Valois erreicht, schnappten nach seinen Beinen und wurden von der Wucht der nachdrängenden Tiere an seinem Körper hochgetragen.

Nur wenige Augenblicke später kämpften die Templer wieder um ihr Leben. Ihre Schwerter zuckten den kleinen Teufeln entgegen und zertrümmerten sie zu Dutzenden. Doch dafür hingen Hunderte an jedem Mann und verbissen sich in seinen Körper. Hendrik sah, wie de Saint Vire neben ihm von der Woge zu Boden gerissen wurde. Ein entsetzter, überschnappender Schrei klang auf. Dann sank die Schwerthand des

Franzosen nieder und er lag still, während seine Mörder weiterstürmten.

Hendrik warf sein in diesem Kampf nutzloses Schwert beiseite, pflückte sich die Steinratten mit den gepanzerten Handschuhen vom Leib und schleuderte sie zu Boden, um sie unter seinen Füßen zu zerstampfen.

Einige andere Templer folgten seinem Beispiel. Ihre Rüstungen schützten sie größtenteils vor den Zähnen der kleinen Ungeheuer; dennoch bluteten die meisten schon nach kurzer Zeit aus einer Vielzahl von Wunden. Und die Zahl derer, die unter der Masse der Ratten verschwanden, wuchs von Sekunde zu Sekunde.

Hendriks Beine wurden schwer und er spürte, daß er von dem Gewicht der an ihm hängenden Steinratten jeden Augenblick zu Boden gerissen würde. Verzweifelt zerrte er die bissigen Geschöpfe von seinem Hals und zerschmetterte sie an der Wand.

Endlich konnte De Valois sich mit einer verzweifelten Anstrengung seiner magischen Kräfte freikämpfen und kam nun seinen Männern zu Hilfe. Innerhalb von Sekunden zerfielen die bissigen Ungeheuer zu Staub.

Und dann war es vorbei. Hendrik klopfte sich den Staub voller Ekel von der Rüstung und blickte sich um. Was er sah, versetzte ihm einen Schock. Nur ein gutes Drittel seiner Ordensbrüder und ein kläglicher Rest der Mamelucken stand noch auf den Beinen. Von den übrigen kündeten nurmehr aufgeworfene Hügel aus Staub und Geröll.

Erschöpft taumelte Hendrik dorthin, wo de Saint Vire gefallen war, und kniete sich neben dem steinernen Sarg nieder. Der Schatten des *Desert-Master* fiel verzerrt auf ihn. Er schaute auf und erkannte den Schrecken, der sich in den Augen Philippe de Valois festgesetzt hatte. Das Gesicht des *Desert-Masters* jedoch wirkte wie aus Stein gemeißelt.

Unter dem magischen Blick de Valois' zerfiel der steinerne Sarg zu Staub und Asche. Ein Templer schrie auf, als er die gebleichten Gebeine und vermoderten Rüstungsteile sah, die von de Saint Vire übriggeblieben waren.

»Ich glaube, wir können darauf verzichten, uns die anderen Opfer anzusehen«, sagte de Valois mit tonloser Stimme und verschloß das Grab seines Sekretärs wieder. Dann straffte er seinen Körper und warf einen flammenden Blick in die Runde.

»Auch das wird den *Antichristen* nicht vor unseren Schwertern retten!«

Da wurde es plötzlich unruhig hinter ihnen. Drei, vier Mamelucken stolperten mit zerfetzten Gewändern in den Gang. Guillaume de Saint Denis folgte ihnen auf dem Fuße. Hinkend pflückte er sich eine letzte Steinratte aus dem Genick und schleuderte sie gegen die Wand, daß sie in tausend Stücke zerschellte. In der anderen Hand schwenkte er einen leuchtenden Gegenstand, der nur notdürftig von einem Tuch umhüllt war.

Während der *Desert-Master* de Saint Denis mit einem jubelnden Ruf entgegeneilte, streifte Hendrik mit einem Blick die Decke – und sah, daß sie sich zu einem Stalaktitenmeer formte. Er stieß einen gellenden Warnruf aus, der de Valois herumfahren ließ. Doch als der *Desert-Master* die neue Gefahr entdeckte, war es bereits zu spät.

Für einen Augenblick sah es aus, als wenn de Saint Denis in einen Sumpf geraten wäre, denn er sank bis zu den Knien im Felsboden ein. Einen Lidschlag lang wurde der Boden wieder zu festem Stein und mauerte de Saint Denis' Füße ein. Der Templer stürzte vom eigenen Schwung getragen vornüber und schrie vor Schmerz auf.

Gleichzeitig lösten sich die ersten Stalaktiten mit einem singenden Ton von der Decke. De Saint Denis' Schreien brach ab, als eine meterlange Kristallspitze seinen Rücken durchschlug.

In den nächsten Sekunden waren die meisten Templer und Mamelucken wie mit dem Boden verwurzelt. Nur Hendrik und einige andere, die direkt neben dem *Desert-Master* standen, konnten sich noch frei bewegen. Doch auch auf sie prasselte der steinerne Regen nieder. Die Schreie der sterbenden Männer erfüllten den Gang mit einem grausigen Stakkato. Hendrik sprang in verzweifelter Hast zwischen den niedersausenden Stalaktiten umher und erwartete jeden Augenblick sein Ende.

Da wurde sein Blick auf de Saint Denis gezogen, dessen Hand sich um das leuchtende Auge geschlossen hatte. Der Mann mußte tot sein, doch plötzlich bewegte er den Kopf und starrte einen Moment verwirrt auf das Chaos aus Stein und niederprasselndem Verderben. Dann bleckte er die Zähne zu einer fürchterlichen Grimasse, hob mit unendlicher Mühe die Hand und schleuderte das *Auge* nach vorn.

Philippe de Valois hechtete auf den Boden, packte das Auge, bevor es der Fels verschlingen konnte, und reckte es hoch in die Luft.

Ein Zittern durchlief den Gang. Steinsplitter sprangen von den Wänden. Einer traf Hendriks Gesicht und riß eine blutige Furche in seine Wange. Doch er bemerkte es nicht einmal, starrte nur mit weitaufgerissenen Augen zur Decke, die sich wie die Oberfläche eines sturmgepeitschten Meeres bewegte. Doch kein einziger Stalaktit regnete mehr auf die erschöpften Männer herab, die noch gar nicht begreifen konnten, daß sie diesen letzten Angriff des Satans überlebt hatten.

Aller Augen richteten sich auf Philippe de Valois, der hochaufgerichtet in der Mitte des Korridors stand und das *Auge* umklammerte. Seine Gestalt schien wie unter einem inneren Feuer zu erglühen.

Ein Schrei ertönte, so laut und so schrecklich, daß sich die Männer wimmernd am Boden wälzten, Sand und Steine rieselten von Decken und Wänden. Die ganze Wüstenburg begann zu beben und zu zittern. Feine Risse bildeten sich im kristallinen Gestein und wuchsen in rasender Eile zu breiten, alles verschlingenden Spalten.

»Schnell! Hinaus!« übertönte de Valois' Stimme das infernalische Tosen. »Die Sandrose wird jeden Moment zerfallen!«

Der Schlag war so hart, daß er mich gegen Sill prallen ließ. Halb aneinandergeklammert stürzten wir zu Boden, während rings um uns herum Stein und scharfkantige Kristalldolche von der Decke prasselten. Zwei, drei kleinere Splitter trafen mich. Ich fühlte den Schmerz, versuchte ihn zu ignorieren und stemmte mich wieder hoch, beide Hände über den Kopf geschlagen, um nicht von einem tödlichen Kristallgeschoß erschlagen zu werden. Nicht, daß es mir genützt hätte, wäre ich wirklich getroffen worden.

Das Innere der Sandrose war ein einziges Labyrinth des Grauens. Enge, vielfach gewundene Gänge wie die Freßspuren gigantischer Würmer durchzogen das Gebilde, sich vielfach kreuzend und gabelnd oder in jäh aufklaffenden Abgründen endend. Und überall lagen Tote, Mamelucken und Tempelritter, die auf die entsetzlichsten Weisen ums Leben gekommen waren. Kein einziger war durch ein Schwert oder irgendeine andere Waffe getötet worden. Die Wüstenrose selbst hatte sie attackiert – wie die beiden Ritter, die draußen vor unseren Augen zu Tode gequetscht worden waren.

Ich taumelte weiter, wurde abermals an der Schulter getroffen und stolperte über einen Toten. Erneut bebte der Boden, und diesmal folgte dem Beben und dem Steinhagel ein entsetzlich tiefes, unglaublich *mächtiges* Stöhnen, als begänne das ganze gewaltige Gebilde um uns herum auseinanderzufallen. Es hörte sich fast an wie ein Schrei. So, als brülle die Sandrose ihren Schmerz heraus.

Gleichzeitig bebte der Boden unter unseren Füßen so heftig, daß wir alle Mühe hatten, uns auf den Beinen zu halten. Die Kristallwände um uns knisterten wie altes Holzgebälk. Sand rieselte wie braungelbes Blut aus den Wänden. Wenige Schritte vor uns zerteilte ein breiter, vielfach gezackter Riß den Boden wie ein erstarrter Blitz.

»Es ist zu spät!«

Ich hatte Mühe, Sills Worte durch das Weltuntergangsgetöse überhaupt zu verstehen. Der Staub war so dicht, daß ich ihr Gesicht nur noch als hellen Fleck vor mir sah. Instinktiv streckte ich die Hand aus, griff nach ihrem Arm und tastete mich daran entlang, bis ich ihre Finger berührte.

Sie wich der Berührung nicht aus; im Gegenteil. Beinahe verzweifelt klammerte sie sich an mir fest. Und für einen Moment war sie mir ganz nahe.

Es war absurd, verrückt und vollkommen unlogisch – aber plötzlich vergaß ich das tobende Chaos rings um mich herum, die einstürzende Sandrose, ja sogar die Templer und das *Yighhurat*. ich hatte nur noch Augen für sie, Sill. Nicht Sill el Mot, den Templerjäger. Nicht die lebende Kampfmaschine, als die ich sie erlebt hatte. In diesem Augenblick war sie nur noch eine Frau für mich.

Und als ich in ihre Augen blickte, wußte ich, daß sie dieses Gefühl erwiderte.

Aber nur kurz. Ein stechender Schmerz durchfuhr meinen Kopf, breitete sich in rasendem Tempo in meinem Körper aus und ließ mich vor Schmerz aufstöhnen. Ich hätte vor Qual schreien können, doch mein Mund schien mir nicht mehr zu gehören. Nur der Schmerz war noch da und die Frau, deren Blick mich bannte. Ihre Gedanken und Sinne lagen offen vor meinem Geist, als warteten sie nur darauf, daß ich nach ihnen griff und mich ihrer bediente. Es war wie die sonderbare Übermittlung von Wissen vorhin, nur intensiver, tausendmal *intensiver.*

Ich wollte ihre Hand loslassen, doch ich war nicht länger Herr meiner Kräfte, sondern nurmehr ihr Sklave. Ich sah Sills magisches Potential vor mir und tauchte in sie ein wie ein Verdurstender in einen kühlen See. Ich wurde sie – und blieb dennoch ich. Und mehr noch – ich wurde zu dem Wesen, mit dem Sill sich verbündet hatte und das vom Zaubersturm des *Desert-Master* und von dem *Auge* schwer getroffen in seinen Kavernen tief im Bauch der Sandrose lag. Es suchte die Kraft, die das Verderben verursachte, und spürte sie auf. Es war der Zauber des *Yighhurat,* den der *Desert-Master* geweckt hatte.

Die Parallelen zu den Ereignissen in der *Festung des Dschinn* erschreckten mich. Ich fühlte mich sterbenselend und schwach, doch das Erbe meines Vaters, meine magische Kraft, erwachte zu eigenem Leben. Verschmolz mit Sills Geist und dem Herrn der Burg, faßte nach dem Auge und dämpfte seine zerstörerische Kraft. Doch ich wußte, daß damit die endgültige Vernichtung der Burg und meiner Existenz nur hinausgezögert wurde, solange der *Desert-Master* das *Yighhurat* in Händen hielt.

ICH blickte durch die massiven Felswände, als bestünden sie aus Glas.

ICH sah überlebende Templer und Mamelucken in panischer Flucht dem Ausgang zustreben. Und ICH sah den *Desert-Master,* der sie anführte.

Er erschien MIR wie eine dunkle Wolke der Arroganz und Selbstzufriedenheit – und war doch nur ein Narr, der Kräften den Kampf angesagt hatte, derer er niemals Herr werden konnte.

Er hatte jene Geschöpfe vernichtet, die ICH als Wächter

gegen die Handlanger *Der Dreizehn* ausersehen hatte, und damit die Macht des Verderbens, die er brechen wollte, nur noch gestärkt.

Mit einem Schritt stand ICH vor ihm und sah das Entsetzen, ja den Irrsinn in seinen Augen glühen.

Dann sah ICH mich in de Valois' Gedanken selbst. Und hatte Mühe, nicht im selben Augenblick dem Wahnsinn zu verfallen, obwohl ICH wußte, daß ICH nicht mich selbst sah, sondern den Geist, mit dem ICH verschmolzen war. Und dem de Valois' Gedanken nach seiner eigenen, ganz persönlichen Hölle Gestalt verliehen.

Das Aussehen, das ICH angenommen hatte, war der Schrecken, das ultimative Grauen selbst. ICH überragte de Valois um mehr als eine Körperlänge. Meine dunkle Haut war von einem dichten, drahtähnlichen Fell bedeckt, das nur das Gesicht mit der scharfgebogenen Nase, dem spitzen Kinn und den glühenden roten Augen freiließ.

Eines meiner Beine endete in einem wuchtigen Pferdehuf, und ICH schlug meinen in einer buschigen Quaste endenden Schweif erregt auf den Boden. Das Auffälligste an MIR waren jedoch die unterarmlangen, gebogenen Hörner, die auf meinem Kopf wuchsen und die ICH jetzt gegen den *Desert-Master* senkte.

Sein Gesicht wurde bleich wie Kalk. Seine Augenlider zitterten, und sein Mund formte lautlose, irre Worte, während er die Hände auf sein Herz preßte.

Das *Yighhurat* fiel zu Boden und erlosch mit einem letzten Flackern, als ICH es ergriff und seine Kräfte gierig den meinen einverleibte.

»Weiche, Satanas!« schrie de Valois mit überschlagender Stimme und streckte mir das Kreuz entgegen.

Er hätte mich sicher auch mit Weihwasser bespritzt, wenn er welches bei sich geführt hätte. So blieb ihm zumindest die Enttäuschung erspart, auch dieses Mittel versagen zu sehen.

ICH hob das *Auge* hoch über den Kopf und stimmte ein meckerndes Gelächter an, das den *Desert-Master* heulend zurückweichen ließ.

»Komm her, du bist *mein*!« dröhnte meine Stimme durch die Wüstenburg und brachte ihre Wände zum Erzittern. Der *Desert-Master* wand sich wie ein Wurm am Boden und flehte um Gnade, doch ICH beachtete ihn nicht mehr, sondern sammelte alle magische Energie, derer ICH habhaft werden konnte und setzte sie mit einem Schlag frei.

Meine Gedanken vibrierten vor Anstrengung, als ICH die Wüstenburg in eine glühende, magische Aura hüllte.

Für einen Augenblick überstrahlte dieses Feld sogar das Licht der Sonne.

Dann implodierte es mit einem donnernden Knall und riß die Burg, die Templer und mich mit sich.

Hendrik van Rettens Gesicht war von Grauen verzerrt. Sein Verstand weigerte sich, als Tatsache anzuerkennen, was seine Augen sahen. »Wo ist die Wüstenburg, wo meine Ordensbrüder? Und wo ist der Feind?« fragte er sich beim Anblick der leeren, endlosen Wüste verzweifelt. Die Angst, allein und hilflos in diese Öde verschlagen zu sein, brachte ihn schier um den Verstand. Da entdeckte er in der Ferne einige Reiter auf schnellen arabischen Pferden, die in vollem Galopp auf ihn zuhielten.

Er starrte auf ihre sarazenischen Gewänder und ihre Krummschwerter, die sie über dem Kopf schwangen, und sank auf die Knie, um zu beten. »Mamelucken«, krächzte er, während ihm Tränen der Erleichterung über die Wangen rannen.

Der vorderste Reiter stoppte sein Pferd so abrupt, daß der von den Hufen aufgewirbelte Sand über Hendrik hinwegfegte und ihn für einen Moment blind machte.

»Deinen Kopf für Sultan Saladin!« schrie der Araber haßerfüllt. Das Pfeifen einer Schwertklinge erfüllte die Luft. Hendrik hörte noch den klatschenden Schlag, mit dem die Waffe seinen Hals traf. Dann wurde es schwarz um ihn.

»Gnade! Verschone mich, Satanas!« hallte eine schrille Stimme in Philippe de Valois' Ohren. Er preßte die Hände dagegen, um diese Stimme nicht mehr hören zu müssen, bis er begriff, daß er es selbst war, der diese Worte immer wieder aus sich herausschrie.

Entsetzt hielt er inne, öffnete die Augen und starrte auf die sonnendurchglühten Felsen, die wirr durcheinandergeworfenen Riesenbauklötzen gleich herumlagen.

Ein Geräusch ließ ihn herumwirbeln. Drei schwarzvermummte Gestalten stürmten mit erhobenen Schwertern auf ihn zu. De Valois verzog sein Gesicht zu einer erleichterten Grimasse, als er die feuerspeienden Drachen aus Gold an den Griffen glitzern sah. »Necrons Knechte!« lachte er und streckte gebieterisch die Hand aus.

Der Ansturm der drei Drachenkrieger wurde mit einem Schlag gestoppt. Ihre Körper flimmerten einen kurzen Moment wie farbiges Glas, um dann eins mit der Wüste zu werden. De Valois warf noch einen verächtlichen Blick auf die drei neu entstandenen Felsnadeln, an denen sich der Wind rieb, und ging mit raumgreifenden Schritten in die Wüste hinaus.

Alles um ihn herum war schwarz. Er lag auf Stein, und ein sonderbar fremder, gleichzeitig aber auch vertrauter – und ein wenig erschreckender – Ton drang von irgendwoher an sein Gehör.

Guillaume de Saint Denis öffnete stöhnend die Augen, wälzte sich herum – und stieß einen erschrockenen Schrei aus.

Seine Umgebung hatte sich vollkommen verändert. Er war nicht mehr in der Sandrose, sondern in einem gewaltigen, würfelförmigen Raum, beinahe leer bis auf einige sonderbar anmutende Möbelstücke, etwas, das ein Altar sein mochte, und fließende, zumeist schwarze Teppiche an den Wänden, die das wenige Licht auch noch aufzusaugen schienen.

Dann sah er das Mädchen.

Sie!

Guillaume fuhr mit einem Keuchen hoch. *Sie* war da! *Sie* hatte Wort gehalten. Er hatte nach ihr geschrien, in seinen Gedanken, als er glaubte, sterben zu müssen. Nach *ihr*, nicht nach Gott oder der heiligen Jungfrau, sondern nach *ihr*, der Frau seiner Träume.

Und sie war gekommen.

Er wollte sich ihr nähern und sah, wie sie vor ihm zurückwich, ein verlockendes Lächeln auf den Lippen und Spott in den Augen.

»Warte«, krächzte er. »Ich komme.«

Aber sie wich weiter vor ihm zurück.

Guillaume folgte der Dschinn, immer schneller, schließlich laufend und aus Leibeskräften nach ihr schreiend, bis sie den Eingang erreichte und mit dem gleißenden Tageslicht verschmolz.

»So bleib doch stehen!« kreischte er. »Ich muß dich haben! Bleib stehen!«

Aber die Frau war verschwunden. Statt dessen glaubte er für einen winzigen Moment etwas Schwarzes, sich Windendes, Wurmartiges davonhuschen zu sehen und so etwas wie Gelächter zu hören, tief drinnen in seinen Gedanken.

Erst dann fiel ihm auf, wo er war.

Der Platz war gigantisch. Eine schier himmelhohe Mauer schirmte ihn nach allen vier Seiten hin ab, und vor ihr, dicht an dicht, vor Entsetzen zur Lautlosigkeit erstarrt, drängte sich eine nach Tausenden zählende Menschenmenge.

Alle Gesichter waren ihm zugewandt.

Ihm und dem Gebäude, aus dem er herausgetreten war.

Langsam drehte sich Guillaume herum und sah an dem riesigen, nachtschwarzen Block hoch.

Seine Augen weiteten sich. Entsetzen trat an die Stelle der Verwirrung, als er begriff, wo er war.

Der gewaltige schwarze Bau in Form eines Würfels war fast zur Gänze mit kostbaren Riesenteppichen bedeckt. Die ungeheuerliche Einfassungsmauer, die seinen Stein vor den Blicken Ungläubiger beschützen sollte. Die Pilger, die über Hunderte und vielleicht Tausende von Meilen herbeigekommen waren, um sich einmal im Leben nicht *gen*, sondern *in* Mekka zu verneigen.

Der riesige Steinquader war die Kaaba.

Und er, Guillaume de Saint Denis, stand vor ihrem Eingang; ein Tempelritter, ein Kreuzfahrer in voller Uniform, im weißen Waffenrock mit dem blutigroten Kreuz, das Schwert in der Hand.

Ihm blieb nicht einmal mehr die Zeit, zu seinem Gott zu beten, bevor er die Reise zu ihm antrat ...

Das erste, was ich wieder bewußt empfand, waren Schmerz und Übelkeit. Mein ganzer Körper schien nur aus diesen beiden Empfindungen zu bestehen. Dazu hatte ich einen Durst, der mich schier um den Verstand brachte.

»Wasser«, stöhnte ich und wunderte mich, weil man mir sofort ein Gefäß an die Lippen hielt. Das Wasser schmeckte brackig und schal, doch im Moment stellte es für mich das Köstlichste dar, was ich jemals getrunken hatte.

Erst als das brennende Gefühl in meinem Inneren ein wenig abgeklungen war, wühlten sich die ersten Fetzen der Erinnerung aus dem dunklen Abgrund des Nichts, der mein Gehirn verschlungen hatte. Für einen Moment schien ich in flüssiges Feuer zu tauchen und schrie vor Entsetzen auf.

»Ruhig, Sidi. Es ist vorbei«, hörte ich eine sanfte, beschwörende Stimme und fühlte mich gleichzeitig von zärtlichen und doch kräftigen Armen umklammert. Ich riß die Augen auf und sah in das Gesicht einer schönen Frau. Sie lächelte mich an und wischte mir den Schweiß von der Stirn.

»Sill?« fragte ich, da ich nicht genau wußte, ob diese Person Wirklichkeit oder nur ein Teil eines Traumes war.

»Ich bin es, Sidi. Oh, du warst wunderbar!« Ihre Stimme klang wie Honig und Zucker zusammen und erinnerte mich vollends an die unfaßbaren Ereignisse. Ich setzte mich abrupt auf und starrte verwirrt auf die kleine Oase, in deren Schatten wir uns befanden.

»Wo ist die Wüstenburg, wo die Templer, und wo ist ER?«

»Verschwunden, Sidi! Du hast seine Kraft und die meine mit der deinen verschmolzen und die Templer durch Zeit und Raum verstreut. Die Entladung war so stark, daß sich auch ER sich nicht mehr in dieser Zeit halten konnte, sondern in seine Epoche zurückgeschleudert wurde. Ich danke dir, daß du mich aus diesem Strudel des Verderbens gerettet hast.«

Diesmal schwang ein ehrfürchtiger Unterton in ihren Worten, der mich fast peinlich berührte. Und ein Hauch von Angst. War ich jetzt auch für sie zu einem Ungeheuer geworden? Zu einem … *Hexer*?

Ich sah sie genauer an. Nein, das war nicht der Blick einer Frau, die sich fürchtet. Eher im Gegenteil. Sie bewunderte mich, und diese Bewunderung tat meinem kranken Herzen trotz allem gut. Und sie war noch immer die Sill el Mot, die ich kannte. Das bewiesen ihre nächsten Worte.

»Du hast die Templer und Mamelucken in alle Epochen verstreut, Sidi. Die Gefahr ist vorüber.«

»Was ist denn überhaupt –«, begann ich – und verstummte mitten im Satz, als ich etwas Kleines, Glattes in der Hand spürte.

Es war das *Yighhurat*, das *Auge des Satans*, das mir Guillaume abgenommen hatte. Es war wieder da, als wäre nichts geschehen. Und doch war etwas anders. Es dauerte einige Sekunden, bis ich es erkannte. Das Auge war kalt und tot. Erloschen.

»Das ist eine lange Geschichte, Sidi«, antwortete Sill auf meine Frage. »Zu lang, sie dir jetzt zu erzählen. Das Wesen, das diese Sandrose schuf, ist ein Feind derer, die auch du bekämpfst. Aber auch nicht dein Freund«, fügte sie hinzu.

»Und ... du?«

»Ich bin frei«, erklärte Sill, mit einer Überzeugung, die keinen Zweifel zuließ. »Mein Teil der Abmachung, die ich mit IHM getroffen habe, ist erfüllt. Ich bin frei und kann tun, was ich will. Ohne die Macht, die ER mir gab, werde ich altern und in Frieden sterben können, wenn meine Zeit gekommen ist.« Plötzlich wurde sie wieder sehr ernst. »Aber ich kann nicht mehr zu meinem Stamm zurück«, sagte sie. »Er existiert nicht mehr. Die Templer haben ihn ausgelöscht, vor mehr als hundert Jahren schon.«

Ich spürte den Schmerz, der in ihrer Seele wühlte, und ergriff ihre Hände.

»Dann komm mit mir«, sagte ich.

»Nach Anglistan?« Sill zögerte eine Sekunde, dann nickte sie und versuchte ein Lächeln. Fast wäre es ihr sogar gelungen. »Gut, Sidi. Mein Kampf hier ist beendet. Ich gehe mit dir.«

England! Eigentlich hätte ich bei diesem Gedanken Freude in mir verspüren müssen. Endlich heimkehren nach all den Gefahren und Strapazen. Aber irgend etwas sagte mir, daß es noch nicht vorbei war.

Ganz und gar nicht.

Zehntes Buch

GEISTERSTURM

Es war eine Welt aus Nebel und Licht. Ein Land ohne Form, ohne Farben, ohne feste Körper.

Noch.

Die gleißenden Kugeln aus purer Energie, die über der Nebelwelt hingen, sanken langsam tiefer und formierten sich zu einem Kreis, in dem eine weitere Kugel schwebte, kleiner und schwächer als dieanderen. Sekundenlang verharrten die Geistgebilde in schweigender, fast andächtiger Ruhe.

Dann eine Stimme: »Im Namen des einen Herrn!«

Das Licht erlosch.

Die Welt versank.

Die Zeremonie begann.

»Der Garten der Beratung«, sprach die Stimme, und aus den grauen Nebelschwaden schälten sich erste Konturen: schlanke, hohe Bäume, die sich in leichter Brise wiegten, und saftiges grünes Gras unter einem sternenklaren nächtlichen Himmel.

»Der Brunnen der Wahrheit«, fuhr die Stimme fort, und wieder wallte der Nebel auf, zog sich zusammen und verlieh einem kleinen Pavillon Gestalt, zwischen dessen Säulen ein leise murmelndes Rinnsal sich über goldene Kaskaden in ein kreisrundes Becken ergoß.

»Es ist alles bereit«, sagte die Stimme. »So nehmt Gestalt an, Schwestern.«

Und die gleißenden Kugeln sanken hernieder auf das Gras und wuchsen wieder empor zu schlanken Körpern, Alabaster gleich und gehüllt in seidene Gewänder aus Licht und Schatten. Allein der Geist in ihrer Mitte wählte eine andere Gestalt, denn über ihn sollte der Schuldspruch gefällt werden im Garten der Beratung. Und doch – in seiner Haltung war nichts, was Schuld erkennen ließ. Aufrecht und stolz stand die junge, dunkelhaarige Frau inmitten ihrer Schwestern, die Hände trotzig, ja provozierend fast in die Hüften gestemmt, den Kopf hoch erhoben.

Doch sie wußte nur zu gut, daß sie die anderen nicht täuschen konnte. Sie alle *wußten*, wie es in ihrer Seele aussah, daß sie nur mit Mühe die Fassade der Gleichgültigkeit bewahren konnte.

Sie war tot, gestorben unter der grausamen Hand eines sadistischen Magiers, und wenn eine El-o-hym auch nicht wirklich sterben konnte, so hatte sie doch ihren Körper verloren; neben der Seele das höchste und heiligste Gut, das ihr von IHM gegeben war.

In ihren Augen flackerte Furcht, als sie die Blicke der Schwestern erwiderte. Doch auch sie mußte sich an das Zeremoniell halten, wollte sie nicht die letzten Sympathien leichtfertig verspielen, die ihr verblieben waren. Ihre Stimme zitterte unmerklich, als sie die Frage stellte.

»Wer ist als Vorsprecherin bestimmt, um mich zu richten?«

Eine der bleichen Schwestern trat vor und senkte ihr Haupt vor den anderen. »Ich bin bestimmt nach SEINEM Willen. So vereint eure Geister und seht.«

Mit diesen Worten öffnete sich der Kreis und wandte sich dem Brunnen zu. Die Vorsprecherin neigte sich über die Schale kristallklaren Wassers und legte die sechs Finger ihrer rechten Hand darauf.

Das goldene Becken begann zu glühen. Feurige Funken tanzten über das Wasser. Und mit ihnen kamen die Bilder …

Eine finstere Burg inmitten einer hitzeflirrenden Wüste, von steinernen Drachen bewacht. Ein Verlies, tief unten in den Gewölben der Festung. Eine Gestalt am Boden – helles, zartes Fleisch in blutbefleckten Ketten; zerbrochene Flügel, ihrer Federpracht beraubt; ein im Todeskampf verzerrtes Gesicht unter goldenem Haar.

»Dein Tod, Schwester«, klang die Stimme der Vorsprecherin auf. »Der Brunnen der Wahrheit kann nicht irren. Du bist nun wahrlich zu dem geworden, was du unter den Menschen warst – ein Schatten. Und Shadow soll von nun an auch in unseren Gefilden dein Name sein, bis du geläutert bist vom Herrn.«

»Nein!« Shadow war vorgetreten und fuhr mit ihrer *menschlichen* Hand über das Wasser. Das Bild verschwamm. »Nur mein himmlischer Körper ist gestorben. Ich selbst lebe. Und ich habe meine Mission noch nicht erfüllt!«

Ein erschrockenes Raunen ging durch den Kreis. Die Wirkung ihrer Worte war so groß, daß viele der Schwestern das Gebot vergaßen, sich nur auf gedanklicher Ebene mit den Ratsmitgliedern zu verständigen. Geflüsterte Worte von *Ungehorsam* und *Blasphemie* schwangen wie unheilvolle Schatten durch die Nacht. Die Vorsprecherin hob rasch die Hände und brachte den Kreis augenblicklich zum Verstummen. Lange

Zeit stand sie reglos da, sichtlich um Fassung bemüht, bevor sie sich wieder an die *menschliche* Frau in ihrer Mitte wandte.

»Du weißt, daß du dich fügen mußt«, sagte sie fast flehend. »Die Gesetze –«

»Die Gesetze irren«, unterbrach Shadow sie. Wieder klang entsetztes Gemurmel auf, und zwei der Schwestern mußten sich auf ihre Gefährtinnen stützen, einer Ohnmacht nahe.

»Kann es Blasphemie sein, das Böse von der Pforte des Paradieses abzuwenden?« fuhr Shadow rasch fort, noch ehe die Vorsprecherin sich wieder gefangen hatte. »Ich sage euch, Schwestern: Die Dunkle Macht steht kurz vor dem Sieg, wenn wir ihr nicht Einhalt gebieten! Necrons Tod allein hat die Macht der *Sieben Siegel* nicht gebrochen! Die GROSSEN ALTEN werden ihre Kerker verlassen, wenn sich die Siegel zusammenfügen!«

»Das wird nie geschehen«, erklärte die Vorsprecherin, mit einer Stimme, die keinen Widerspruch zuließ. »In den Chroniken steht nichts über –«

»Aber so begreift doch!« fuhr Shadow abermals auf. »In den Chroniken *kann* nichts darüber stehen, weil die Siegel nicht hier geformt wurden, nicht im Machtbereich unseres Herrn. Sie wurden geschaffen von den ÄLTEREN GÖTTERN –«

Ein Schrei ging durch die Reihen der El-o-hym. Einige von ihnen taumelten blind zurück, andere verloren ihren Körper und wurden wieder zu Kugeln aus reiner Energie. Nur die Vorsprecherin blieb unbewegt, doch in ihren Augen blitzte ein gefährliches Feuer. Langsam ging sie auf Shadow zu, die Hände unter den weiten Ärmeln zu Fäusten geballt und ein leises Gebet murmelnd, als hätten Shadows Worte sie beschmutzt.

Sie blieb dicht vor ihr stehen und sah sie lange und eindringlich an. Und als sich ihre Lippen endlich wieder öffneten, hörte nicht nur Shadow, daß ihre Stimme rauh war und zitterte.

»Ich habe es geahnt und sehe es nun bestätigt«, sagte die Vorsprecherin. »Du bist schon zu sehr Mensch geworden, um noch eine der unseren zu sein, Shadow. Du hast dir Wissen angeeignet, das uns verboten ist. Du hast das Gesetz der Keuschheit gebrochen, um dich mit einem Menschen zu vereinen. Du bist zu weit gegangen auf deiner Mission, und du hast die wahren Ziele vergessen.« Sie hielt inne und atmete tief ein. Ihre nächsten Worte, das spürte Shadow mit jeder Faser ihres Geistes, würden der letzte rettende Strohhalm sein, an den sie sich klammern konnte.

»Es gibt nur eine Rettung für deine Seele, Shadow. Kehre dich ab von deiner bisherigen Existenz. Trete die Reise an in SEINE Gefilde und beginne ein neues Sein. Du weißt, daß ER vergibt, daß ER dir einen neuen Körper und einen neuen, gesunden Geist geben wird. Löse dich von deiner Erinnerung und dem, was du in dir trägst.«

»Genug!« Shadow preßte die Handflächen mit aller Macht gegen ihre Ohren. »So versteht mich doch, Schwestern! Ihr seid ... verblendet. Ihr kennt nicht mehr die Welt dort draußen. Ich jedoch habe sie gesehen! Ich weiß, welche Gefahren darauf lauern, das Glück dieser Welt zu zerstören. Ich sehe nun, welchen furchtbaren Fehler der Mensch Robert Craven in seiner Unwissenheit begeht und ich muß ihm beistehen, um es zu verhindern.«

»Du hältst weiter den Kontakt zu ihm?« fragte die Vorsprecherin erschrocken.

Shadow senkte den Blick. »Nein, ich ... ich schicke ihm Träume, die ihn warnen sollen, aber er begreift ihren Sinn nicht. Nun hat er bereits das fünfte Siegel an sich gebracht, und er sieht das Offensichtliche immer noch nicht. Morgen schon kann alles zu spät sein!« Sie hob den Kopf wieder und sah die Vorsprecherin flehend an. »So versteht doch – ich *kann* nicht zu IHM gehen, nicht jetzt! Ich würde das Wissen verlieren um den letzten Weg, die Erde und all ihre Kreaturen zu retten.«

»So maßt du dir an, ein Messias zu sein?«

Die Frage der Vorsprecherin war rein rhetorisch und Shadow wußte, daß es keine Antwort darauf geben konnte. Trotzdem schüttelte sie ernst den Kopf. »Nein, Schwester. Ein Werkzeug Gottes, das in SEINEM Willen handelt. Und es muß SEIN Wille sein, denn die Erde ist SEIN Werk. Wie könnte ER zulassen, daß sie vernichtet wird?«

Sie drehte sich langsam im Kreis und bedachte jede der Schwestern mit einem offenen Blick aus ihrer tiefsten Seele, um ihnen ihre Ehrlichkeit zu offenbaren. Und tatsächlich konnte sie spüren wie einige der El-o-hym in ihrem Entsetzen schwankten und zu begreifen schienen.

Sie wußte, daß dies ihre Chance war; die einzige – die letzte. Die Schwestern waren uneins. Das Urteil konnte nicht gefällt werden, bevor der Rat nicht erneut zusammengefunden hatte. Mit einem schnellen Ruck wandte sich Shadow wieder der Vorsprecherin zu.

»Gebt mir Zeit«, bat sie eindringlich und mit fester Stimme. »Ich kehre zurück.«

Und wurde zu einem Ball flammender Helligkeit.

Die Vorsprecherin stürzte vor, die Hände ausgestreckt, doch sie kam zu spät. Aus schreckgeweiteten Augen sah sie den Feuerball verblassen, als Shadow die Dimension der El-o-hym wieder verließ.

Für Minuten noch verharrte der Kreis schweigend und betroffen. Kein Zweifel: Die Worte ihrer Schwester waren blanker Ungehorsam gewesen, gegen die ehernen Gesetze und gegen das Volk der El-o-hym. Und doch – sie alle hatten den Hauch von Wahrheit darin gespürt.

Und vielleicht war es das, was sie so erschreckte; nicht Shadows Flucht zurück auf die Erde.

Sie waren aus ihrem trügerischen Schlaf des Friedens und der Eintracht geweckt worden. Und was konnte es Schlimmeres geben für einen Engel ...?

Auf den ersten Blick war es ein Moor wie jedes andere auch. Gasblasen zerplatzten mit leisem Blubbern und verströmten einen schwachen, aber trotzdem durchdringenden Fäulnisgestank. Ein paar verkrüppelte Bäume und Büsche hatten ihre Wurzeln in den morastigen Untergrund gekrallt. Äußerlich gab es keinen Unterschied zu Dutzenden anderer Sumpfgebiete.

Doch nur auf den ersten Blick.

Auf den zweiten wirkte es furchteinflößend. Und mehr noch als das: gefährlich!

Und es wirkte nicht nur so ...

Etwas stimmte nicht.

Ich konnte das Gefühl nicht richtig in Worte kleiden, aber es erschien mir fast, als sei die Gegend von einer unsichtbaren, nur unterschwellig spürbaren Aura des Bösen durchdrungen. Jeder Stein, jeder Busch und jeder der wenigen verkrüppelten

Bäume schien Gefahr auszuatmen, ein unbestimmtes, vages Grauen, das wie auf dürren Spinnenbeinen in meine Seele kroch und mich mit einem ständig wachsenden Gefühl des Unbehagens erfüllte.

Unbehaglich sah ich mich um. Ich hatte gelernt, auf meine Ahnungen zu hören. Es war bisher der sicherste Weg, am Leben zu bleiben.

Aber da war nichts.

Nur das Moor: Ein Weg, gerade breit genug, um halbwegs sicher darauf gehen zu können, schlängelte sich vor und hinter mir zwischen den Moorgewächsen durch, die auf eine bizarre, mit dem Auge nicht zu erfassende Art tot anmuteten.

Nebelstreifen stiegen aus dem Sumpf. Wie die oktopoiden Arme eines gestaltlosen Ungeheuers schienen sie über die Pflanzen zu tasten, um ihnen alles Leben zu entziehen und die Atmosphäre der Düsternis noch zu vertiefen.

Über mir spannte sich ein grauer, an Quecksilber erinnernder Himmel. Am Horizont zeigten sich noch letzte rötliche Streifen und erinnerten an den Sonnenuntergang, der erst wenige Minuten zurückliegen konnte. Aber das Licht verblaßte rasch. Immer rascher breiteten sich die Schatten der Abenddämmerung über die Landschaft aus und deckten sie wie ein finsteres Tuch aus gestaltgewordener Nacht zu.

Ich ließ meinen Blick ziellos umherirren, doch in allen Richtungen zeigte sich das gleiche trostlose Bild. Nirgendwo gab es auch nur den geringsten Hinweis darauf, wo ich mich befand.

Ich wußte nicht einmal wie ich hierher gekommen war.

Aber das war auch gleichgültig. Viel wichtiger war für mich wie ich von hier wegkam und das möglichst schnell.

Die bizarre Mondlandschaft flößte mir Angst ein. Eine Angst, die sich nicht allein durch meine Situation oder die trostlose Öde des Sumpfes erklären ließ.

Es war auch nicht allein der düstere Odem der Verderbnis und des Todes, der über diesem Landstrich zu liegen schien.

Es war eine Mischung aus allem, gepaart mit dem Gefühl einer von Sekunde zu Sekunde größer werdenden Gefahr. Ich konnte beinahe körperlich spüren wie sich irgend etwas näherte, lautlos schleichend und unter dem brodelnden Morast verborgen.

Ein schwacher Windhauch, der den Geruch nach Moder und Verwesung mit sich trug, zerzauste mein Haar. Gleichzeitig spürte ich eine leichte Bewegung am Fuß.

Ich schrie vor Schreck auf und sprang zurück. Der Stockdegen glitt wie von selbst in meine Hand. Dann erst merkte ich, daß mich nur ein vom Wind bewegtes Schilfgewächs genarrt hatte, das mein Bein streifte. Erleichtert strich ich mir mit der Hand den kalten Schweiß von der Stirn.

Aber das Gefühl einer nahenden Gefahr blieb und wurde immer noch stärker. Ich glaubte es wie einen unsichtbaren Reif zu spüren, der um meine Brust lag und mir die Luft abschnürte.

Willkürlich entschied ich mich für eine Richtung und lief den Weg entlang. Nun ja – *Weg* war fast zu viel gesagt. Es handelte sich um einen schmalen Trampelpfad, der sich wie eine gezackte Narbe durch den Sumpf zog. Nur die leichte Färbung des hier helleren Bodens und das Gras, das den Pfad einsäumte, zeigten an, wo der Untergrund fest war, mein Gewicht zu tragen. Wenigstens hoffte ich es.

Nach einigen Dutzend Yards blieb ich stehen. Die Ahnung von Gefahr war sprunghaft noch stärker geworden.

Ich mußte dem Ursprung der Bedrohung entgegengelaufen sein! Ein paarmal drehte ich mich um die eigene Achse. Nirgendwo war etwas zu entdecken, das konkreten Anlaß zur Sorge geboten hätte.

Und doch …

Angst überschwemmte mein Denken und löschte es aus. Angst vor einer so direkten, kreatürlichen Art, daß ich hilflos dagegen war. Blindlings rannte ich den Weg wieder zurück, vorbei an der Stelle, wo ich zuvor gestanden hatte, und tiefer hinein ins Ungewisse. Ich floh vor etwas, von dem ich nicht einmal wußte, was es war – aber daß es dieses *Etwas* gab, spürte ich mit jeder Faser meines Körpers.

Allein schon die Tatsache, daß ich nichts über die Art der Bedrohung und die Identität meines unheimlichen Gegners wußte, trieb mich schier zur Raserei.

Die stickige, drückend schwüle Luft machte den Lauf zu einer Qual. Jeder Atemzug schien meine Lunge zum Bersten zu bringen. Die Seitenstiche waren so schmerzhaft, als ob jemand ein Messer in meine Hüfte stieße. Mein Herz raste, als wolle es zerspringen. Klebriger Schweiß bedeckte mein Gesicht und rann mir in die Augen.

Doch selbst wenn ich gewollt hätte, hätte ich nicht stehenbleiben können. Meine Beine bewegten sich wie von selbst, als wären sie meinem Willen entzogen, ja, als gehörten sie gar nicht mehr zu mir.

Ich strauchelte über einen Erdbrocken. Mit wild rudernden Armen versuchte ich, das Gleichgewicht zu halten.

Es gelang mir nicht.

Instinktiv wollte ich meinen Sturz mit den Händen abfangen, aber der Stockdegen behinderte mich. Hart prallte ich zu Boden und mit dem Kopf gegen einen faustgroßen Stein. Dabei konnte ich bei meiner Ungeschicklichkeit noch von Glück sagen, daß ich mir beim Fallen die Klinge des Degens nicht selbst in den Leib rammte, sondern mir nur einen unbedeutenden Schnitt am linken Handgelenk beibrachte.

Für Sekunden war ich benommen, bevor ich mich wieder auf die Beine quälen und taumelnd meinen Lauf fortsetzen konnte.

Ich kam nicht einmal drei Schritte weit.

Etwas Schwarzes, Formloses brach wie ein absurd langer Wurm neben mir aus dem Boden, peitschte in die Höhe und schlang sich blitzschnell um meinen Knöchel. Ein harter Ruck brachte mich zu Fall.

Ich strauchelte und schlug erneut schmerzhaft irgendwo mit dem Hinterkopf auf. Für einen Moment drohte ich das Bewußtsein zu verlieren, aber es gelang mir, den Schmerz zurückzudrängen. Mühsam blinzelte ich die roten Schlieren weg, die vor meinen Augen wogten.

Einen Moment später wünschte ich mir, ich hätte es nicht getan.

Ich sah einen kaum fingerdicken, mit schwarzglänzenden Schuppen bedeckten Tentakel, der sich blitzschnell an meinem Bein höherschlängelte. Angeekelt schlug ich mit dem Degen zu.

Die Klinge fraß sich in die schuppige Panzerhaut und zerschnitt den Fangarm. Schwarzes Blut quoll aus der Wunde. Wo es den Boden berührte, verdorrte das Gras und die Erde schien zu kochen. Das abgetrennte Ende des Tentakel verdorrte und zerfiel binnen weniger Sekunden zu Staub. Ein entsetzlich schriller Laut drang an mein Ohr.

Und im nächsten Moment explodierte neben mir der Sumpf!

Mit gespenstischer Lautlosigkeit barst der Boden in einer gewaltigen, zwanzig, dreißig Yards hohen Fontäne aus Erdreich, Pflanzenteilen und stinkendem Wasser auseinander und überschüttete mich mit Schlamm. Etwas Großes, ungeheurer Finsteres wuchs wie ein schwarzer Berg neben mir in die Höhe. Mehr als ein Dutzend Tentakel peitschten gleichzeitig auf mich zu.

Zwei konnte ich zerstören, bevor die anderen wie ein Wall einander verschlungener Schlangenleiber auf mich niederprasselten.

Vor panischer Angst schrie ich auf und schlug blindlings um mich; ich schrie und schrie und bäumte mich auf. Etwas traf mit furchtbarer Wucht meinen Kopf –

– und dann war das Moor plötzlich verschwunden!

Um mich herum lastete Dunkelheit, aus der sich langsam vage bekannte Konturen schälten, als meine Augen sich daran gewöhnten. Die Einrichtung meines Zimmers. Die Schatten des Alptraumes wichen zurück und langsam fand ich in die Wirklichkeit zurück.

Ich lag in meinem Bett in Andara-House, und was mich am Kopf getroffen hatte, war nichts anderes als das hölzerne Bettgestell, gegen das ich gestoßen war, als ich mich im Traum aufbäumte.

Der Schmerz zwang mich auf mein Lager zurück. Noch immer drehte sich alles vor meinen Augen. Benommen strich ich mir über das Gesicht.

Wieder war der Alptraum so ungeheuer real gewesen. Ich glaubte noch immer, die Berührung der stinkenden, glitschigen Tentakel auf meiner Haut zu spüren. Ich fühlte mich besudelt und spürte das Verlangen, Schlamm und schwarzen

Schleim von meiner Haut zu wischen, obwohl ich wußte, daß es beides in Wirklichkeit nicht gab.

Alles was ich spürte, war eine beträchtliche Beule, die sich an meinem Hinterkopf bildete und heiße Schmerzwellen durch meinen Körper sandte, sobald ich sie berührte.

Hastige Schritte ertönten, die Tür wurde aufgerissen. Gegen die vom Gang hereinfallende Helligkeit hob sich Howards schlanke Gestalt als dunkler Schattenriß ab.

»Robert, was ist los?« keuchte er und entzündete die Gaslampe neben der Tür. Er bewohnte das Zimmer vis-à-vis und mußte ebenfalls schon geschlafen haben. Sein Haar war zerzaust, seine Augen noch vom Schlaf getrübt. Eine wahrhaft atemberaubende Wolke von Tabakgestank umgab ihn. Einen Moment lang fragte ich mich ernsthaft, ob er wohl auch im Schlaf noch rauchte ...

Ich verscheuchte den Gedanken, versuchte die Benommenheit wegzublinzeln und richtete mich auf.

»Schon gut«, antwortete ich. »Es ist nichts.«

»Nichts?« Howard kam näher. Sein besorgtes Gesicht zeigte, daß er sich mit dieser Erklärung ganz und gar nicht zufriedengab.

»Ich habe schlecht geträumt«, fügte ich deshalb rasch hinzu. »Kein Grund zur Beunruhigung.«

Sein Gesicht zeigte, daß er auch jetzt noch ganz anderer Ansicht darüber war. »Geträumt? Mein Gott, du hast wie am Spieß geschrien.«

Er trat ein paar Schritte näher. Seine linke Augenbraue rutschte ein Stück nach oben, als er auf meine Hände herabsah.

»Du blutest ja«, sagte er erstaunt.

Verwirrt betrachtete ich meine Hände. Am linken Handgelenk entdeckte ich einen kleinen Schnitt, aus dem etwas Blut quoll. Die Wunde tat nicht weh.

Trotzdem spürte ich selbst wie mir alle Farbe aus dem Gesicht wich.

Ich war gestolpert und gefallen, und dabei hatte ich mich an der Klinge des Stockdegens geschnitten und ...

Unsinn, schalt ich mich, konnte die jäh in mir aufkeimende Angst aber nicht ganz unterdrücken. Alles, was sich im Moor ereignet hatte, war nichts weiter als ein Traum gewesen, und im Traum konnte man sich nicht verletzen.

Oder?

Ein eisiger Schauer lief über meinen Rücken. Es gelang mir nicht, die Furcht ganz zurückzudrängen. Da war etwas, was ich nicht wußte und was wichtig war. Ich hatte es vergessen (*vergessen? verdrängt!*), aber es war wichtig ...

Ungeheuer wichtig.

Mit klopfenden Herzen sah ich mich um. Der Stockdegen lag mehr als drei Schritte von mir entfernt auf dem Tisch, die Klinge in der hölzernen Hülle verborgen. Aber es war doch unmöglich!

»Also, was war los?« fragte Howard noch einmal.

»Ich sagte doch schon, ein Alptraum«, wiederholte ich hastig. »Ich habe schlecht geträumt und dabei wohl geschrien. So etwas kommt vor«, fügte ich etwas schärfer hinzu.

Natürlich genügte Howard diese Erklärung ganz und gar nicht. Er trat an die Pritsche, ergriff meinen Arm und betrachtete die Wunde.

»Nichts von Bedeutung«, sagte ich rasch. »Wahrscheinlich habe ich mir im Schlaf mit einem Fingernagel die Haut geritzt.« Mir fiel nichts Besseres ein, obwohl ich wußte, wie dürftig die Erklärung war. Auch Howard wußte es, aber er schwieg und sah mich nur an.

Auf eine Art, die mir ganz und gar nicht gefiel.

»Also gut, sprechen wir morgen darüber«, sagte er nach ein paar Sekunden.

»Da gibt es nichts zu besprechen. Ich hatte einen Alptraum, das ist alles«, entgegnete ich wider besseres Wissen.

»Das ist alles«, echote er spöttisch, mit einer Stimme, die das genaue Gegenteil ausdrückte.

Wenn er nur endlich gehen würde!

Etwas hielt mich davon ab, ihm von meinen Träumen zu erzählen, die mich seit Wochen heimsuchten. Also machte ich ihm durch ein übertrieben heftiges Gähnen deutlich, daß ich allein sein wollte.

Er musterte mich noch einige Sekunden lang, dann wandte er sich ab und ging schulterzuckend zur Tür zurück.

Kaum hatte er mein Zimmer verlassen, stand ich auf und eilte zum Tisch. Ich griff nach dem Stockdegen und löste die Arretierung. Mit einem leisen, quietschenden Laut glitt die Klinge aus ihrer hölzernen Umhüllung heraus.

Und obwohl ich geahnt hatte, was mich erwartete, erschreckte mich der Anblick zutiefst.

Auf der Klinge glänzte ein Tropfen frischen, noch nicht einmal geronnenen Blutes.

Mein Blut!

Ich wußte, daß es mein Blut war, obwohl ich den Gedanken gleichzeitig verdrängte, um nicht den Verstand zu verlieren.

Ein Zufall, versuchte ich mir einzureden, nichts als ein dummer Zufall, den ich nicht ernst nehmen konnte, nicht weiter beachten durfte. *Großer Gott, was geschah hier?!*

Ich blickte an mir herab. Mein Herz raste.

Weder entdeckte ich Schlamm noch sonst irgendeinen Hinweis darauf, daß auch nur das Geringste an dem Traum Realität gewesen sein könnte. Selbst wenn das Blut an der Klinge meines war, gab es noch eine ganz harmlose Erklärung dafür. Ich konnte im Schlaf unbewußt aufgestanden sein und nach der Waffe gegriffen haben, auch wenn ich bisher noch nie schlafgewandelt hatte.

Natürlich, das war es!

Ich ärgerte mich, daß ich nicht gleich auf den naheliegenden Gedanken gekommen war. Halbwegs beruhigt kehrte ich in mein Bett zurück, lag aber noch lange wach, bevor ich endlich wieder in einen leichten Schlummer fiel. Irgend etwas war da, eine dünne, böse Stimme, die mich bis in den Schlaf verfolgte und meine Träume vergiftete und die darauf bestand, daß diese Erklärung vielleicht die naheliegendste, aber auch die falscheste von allen denkbaren sei.

Wie stets ließ Professor Denham seine Hand einen Augenblick lang auf der Klinke liegen und atmete tief durch, bevor er die Tür des Zimmers mit der Nummer siebenunddreißig öffnete. Jedesmal aufs neue verspürte er ein dumpfes Unbehagen, wenn er diesen Raum betrat.

Etwas an der Frau, die allein in dem Zimmer lag, war seltsam, ohne daß er sich erklären konnte, was ihn an ihr beunruhigte.

Als man sie hierhergebracht hatte, war sie apathisch gewesen; sie hatte auf keinerlei Reize reagiert und sich vollkommen in sich selbst zurückgezogen.

Doch dieser Zustand hatte nicht lange angehalten. Schon wenige Tage darauf war sie aus ihrem schockartigen Zustand erwacht, und wenn sie sich heute noch von den anderen Patienten des Summers-Sanatoriums unterschied, dann nur in positiver Hinsicht: Sie war stets freundlich, wirkte humorvoll und war sogar zu äußerst anspruchsvollen und geistreichen Gesprächen in der Lage. Sie zeigte sich kooperativ, randalierte nicht – alles in allem konnte man sie als eine geradezu mustergültige Patientin für eine Nervenheilanstalt bezeichnen.

Man hätte sie ohne weiteres für kerngesund halten können, wenn nicht diese gelegentlichen traumatischen Rückfälle gewesen wären; manchmal mehrere Stunden währende Phasen totaler Apathie, in denen sie sich von ihrer Umwelt völlig abkapselte, wie in Trance mit geöffneten Augen in ihrem Bett lag und nichts um sich herum wahrnahm. Es war die einzige, harmlose Form, in der sich ihre geistige Verwirrung äußerte.

Aber dennoch ...

Denham konnte sein Unbehagen niemals ganz unterdrücken. Eine leichte Gänsehaut überfiel ihn, wenn er Zimmer siebenunddreißig betrat. Als wäre die Patientin von einer Aura des Geheimnisvollen umgeben. Wäre er sich dabei nicht selbst lächerlich vorgekommen, so hätte sich Denham vielleicht eingestanden, daß sie ihm Angst machte.

Er verdrängte die Grübeleien und lächelte, während er die Tür ganz öffnete und ins Zimmer trat.

»Guten Morgen, Priscylla«, sagte er. Von seiner Besorgnis war ihm nichts mehr anzumerken, wenigstens äußerlich nicht. Denham war lange genug Arzt, um zu wissen, wie wichtig es war, sich immer freundlich und gutgelaunt zu geben.

Die hübsche junge Frau, deren dunkles Haar in sanften Wellen über ihre Schultern fiel, hatte sich im Bett aufgerichtet. Sie erwiderte strahlend sein Lächeln.

»Hallo, Professor«, sagte sie mit glockenheller Stimme, die sein Unbehagen fortwischte.

Vielleicht war es einfach nur ihre Schönheit, die ihn so verwirrte, dachte er.

Er mochte sie mehr, viel mehr, als für ein ungezwungenes Verhältnis zwischen Arzt und Patient gut sein mochte. Manchmal erschien es ihm, als würde sie diese Sympathie durchaus erwidern, doch er hatte von ihr erfahren, daß sie verlobt war und seine Bewunderung für ihre Schönheit somit keine Hoffnung auf eine tiefere Zuneigung hatte; ganz abgesehen von dem Altersunterschied, der sie trennte. Er hätte ohne weiteres ihr Vater sein können, auch wenn sein Haar noch dunkel war und er wesentlich jünger als vierundfünfzig Jahre aussah.

»Wie fühlen Sie sich heute?« fragte er, während er sich einen Stuhl heranzog und neben ihrem Bett Platz nahm.

»Prächtig. Ich könnte Bäume ausreißen. Gehen Sie wieder mit mir im Park spazieren?«

Bedauernd schüttelte Professor Denham den Kopf. »Das wird heute nicht möglich sein«, sagte er und fügte hinzu, als er Priscyllas Enttäuschung bemerkte: »Wir haben in ein paar Minuten eine wichtige Konferenz, bei der ich nicht fehlen darf. Ich wollte vorher nur kurz bei Ihnen hereinschauen. Vielleicht finde ich heute nachmittag etwas mehr Zeit. Ansonsten wird eine Schwester sie begleiten.«

»Eine Konferenz?« hakte Priscylla neugierig nach. »Erzählen Sie mir mehr davon. Um was geht es?«

Einen Herzschlag lang glaubte Denham, eine stumme Forderung in ihrem Blick zu entdecken. Er verdrängte den Gedanken. Sie war nur neugierig, und er sah keinen Grund, ihre Neugier nicht zu befriedigen.

»Es geht um die die Behandlung verschiedener Patienten«, erklärte er geduldig. »Diese Konferenzen führen wir jeden Monat. Dann beraten wir über besonders schwierige Fälle und Heilmethoden, über Neuaufnahmen, aber auch über eine Entlassung, wenn eine Krankheit geheilt werden konnte ...« Er breitete die Hände aus und lächelte, um anzudeuten, daß sich die Aufstellung zwar beliebig fortsetzen ließ, sie aber bestimmt nicht interessieren würde.

»Und wann werde ich endlich entlassen?« fragte Priscylla. »Ich bin doch gesund und will nicht mehr länger hier eingesperrt bleiben.«

Denham seufzte. Vielleicht war es doch ein Fehler gewesen, zu redselig zu sein.

»Von Einsperren kann doch gar keine Rede sein, Priscylla«, sagte er geduldig. »Sie dürfen sich auf dem Gelände weitgehend frei bewegen, und bald können wir sicherlich auch einen Ausgang in Begleitung in Betracht ziehen. Sie sind eben noch nicht völlig gesund. Bisher ist es uns noch nicht gelungen, herauszufinden, wie es zu diesen seltsamen Trancezuständen kommt.«

»Ich träume einfach gerne für eine Weile«, entgegnete Priscylla. Sie zog einen Schmollmund. »Deshalb bin ich aber doch nicht verrückt.«

»Von einer Verrücktheit im herkömmlichen Sinne kann sicherlich keine Rede sein«, sagte Denham, selbst für seinen Geschmack eine Spur zu hastig. Er lächelte verlegen. »Es dient Ihrem eigenen Schutz, wenn Sie noch hierbleiben. Stellen Sie sich nur vor, Sie bekommen einen solchen ... *Anfall,* wenn Sie gerade allein über eine Straße gehen, und eine Kutsche kann nicht rechtzeitig stoppen.«

»Das ist doch Unsinn«, wehrte Priscylla ab. Sie streckte ihre Hand aus und berührte Denham sanft an der Wange. Ihre Finger glitten weiter und streiften seinen Mund.

»Priscylla, was tun Sie?« rief er. Er wollte ihre Hand wegschieben, konnte sich aber nicht bewegen. Die Berührung elektrisierte ihn regelrecht.

»Schauen Sie mir in die Augen«, sagte Priscylla leise, während sie ihn streichelte. »Schauen Sie mich an. Sehe ich so aus, als könne ich nicht auf mich selbst aufpassen?«

»Nein, das ist –« Er verstummte. Der leidenschaftliche Blick ihrer unergründlichen blauen Augen verwirrte ihn und fegte alle Überlegungen hinweg. Sein Herz schlug schneller. Er konnte diesem liebreizenden Geschöpf nicht mehr widerstehen. Er wußte, daß es falsch war, ein Fehler, ein entsetzlicher Fehler, der ihn mit Sicherheit seine Stellung und vielleicht noch mehr kosten würde, aber plötzlich war ihm dies alles egal.

»Küssen Sie mich«, hauchte sie. Ihre Lippen öffneten sich ein wenig und er sah ihre Zunge, die flüchtig über ihre weißen Zähne glitt. Gleichzeitig richtete sie sich im Bett auf und schlang ihre Arme um seinen Nacken. Sanft, aber bestimmt zog sie ihn näher an sich heran. Ihre Finger spielten mit seinem Haar.

Denham stöhnte. Verzweifelt versucht er sich zu wehren, sich selbst zur Ordnung zu rufen, aber er kam nicht gegen den suggestiven Klang ihrer Stimme an. Beinahe entsetzt registrierte er wie sich seine Hände hoben, wie sein Gesicht sich dem ihren näherte. Er wollte es nicht, aber er war wehrlos;

nicht mehr als ein hilfloser Gefangener in seinem eigenen Körper, verbannt zur Rolle eines Zuschauers, der unfähig war, in das Geschehen einzugreifen.

Seine Lippen berührten die ihren.

Es war wie ein Stromstoß, der durch seinen Körper fuhr. Jähe Begierde überfiel ihn und schwemmte auch den letzten Rest seines klaren Verstandes hinweg. Er glaubte in ihren Augen zu ertrinken. Die Welt um ihn herum verblaßte zu einem fernen Nichts. Für ihn existierte nur noch diese Inkarnation all dessen, was eine Frau begehrenswert macht.

Leidenschaftlich preßte er sie an sich und erwiderte ihren Kuß. Plötzlich war es ihm egal, welche Konsequenzen sein Tun hatte. Nur noch der Moment – *dieser Moment* – zählte!

Seine Hände streiften über ihren Rücken, verkrallten sich in ihrem Haar und glitten dann über ihr Nachthemd, bis er ihre Brüste berührte. Sie sträubte sich nicht gegen die Berührung, preßte sich in entfesselter Leidenschaft sogar noch fester an ihn. Etwas schien aus ihrem Körper in ihn überzuströmen; es war wie ein Hauch ihrer Gedanken, der seinen Geist streifte, ein Gefühl höchsten Glücks. Für einen Sekundenbruchteil glaubte er, mit ihrem Bewußtsein völlig zu verschmelzen, eins mit ihr zu sein.

Dann löste sie sich aus seiner Umarmung, als er fast rasend vor Begierde geworden war. Er wollte wieder nach ihr greifen, doch sie entzog sich ihm und stieß ihn energisch zurück.

»Glauben Sie immer noch, daß ich nicht gesund bin?« fragte sie.

»Nein, natürlich sind Sie gesund«, keuchte er. Die Worte kamen fast von allein aus seinem Mund, als würde jemand anders an seiner Stelle sprechen.

Aber er war überzeugt davon, daß sie recht hatte.

Priscylla fehlte nichts, es wäre nicht richtig, sie länger hier festzuhalten. Er erschauderte bei dem Gedanken, bedeutete eine Entlassung doch, daß er sie nicht mehr jeden Tag sehen konnte, doch das war jetzt bedeutungslos.

»Dann werden wir dafür sorgen, daß man mich entläßt? Ich muß zu Robert zurück.«

Der Name ihres Verlobten versetzte ihm einen schmerzhaften Stich.

»Das ... habe ich nicht allein zu entscheiden«, antwortete

Denham stockend. Kalter Schweiß perlte auf seiner Stirn. *Was tat er?!* »Diese Entscheidung muß gemeinsam von allen Ärzten getragen werden, und –«

»Sie werden die anderen schon davon überzeugen können, da bin ich mir ganz sicher«, unterbrach sie ihn. »Und wenn Sie etwas erreicht haben, dann kommen Sie am besten direkt zu mir.« Wieder öffnete sich ihr Mund ein wenig wie zu einem verheißungsvollen Versprechen, und ihre Zungenspitze glitt sanft über die Lippen.

Denham schluckte. Widerstrebend riß er sich von ihrem Anblick los und stand auf. Er würde alles tun, was sie von ihm verlangte.

Alles.

Vor den Fenstern meines Arbeitszimmers lastete tiefschwarze Dunkelheit wie eine massive Wand.

Schneeregen klatschte gegen die Scheiben, unregelmäßig und im willkürlichen Takt, den ihm der böige Wind aufzwang, so daß es sich anhörte wie Trommeln und fernes Murmeln. Eisige Luft fauchte durch den geöffneten Fensterflügel herein, aber ich nahm die Kälte nicht wahr.

Genausowenig nahm ich wahr wie aus den Decken und Winkeln des Zimmers gestaltlose Schatten hervorkrochen und mit rauchigen Fingern in das blasse Licht der Petroleumlampe auf meinen Schreibtisch griffen; düstere Boten der Alpträume, die wieder auf mich warteten, falls ich einschlafen sollte.

Aber ich wußte, daß ich keinen Schlaf finden würde. Heute so wenig wie in der Nacht zuvor.

Und es lag nicht nur an dem Traum, den ich immer noch nicht ganz verwunden hatte. Die Sache mit der seltsamen Verletzung beunruhigte mich zwar noch, aber im Augenblick beschäftigten sich meine Gedanken mit etwas ganz anderem.

Ich sah immer wieder Priscyllas Gesicht vor mir.

Schon vor fast drei Wochen hatte ich sie aus dem Summers-Sanatorium nach Hause holen wollen – bevor ich, von der Sandrose geleitet, durch das *Tor* nach Arabien gelangt war. Was ich nach meiner gestrigen Rückkehr erfahren hatte, war unglaublich – und fast zu schön, als daß ich es hätte glauben können.

Priscylla galt als beinahe geheilt. Tage nach ihrer Einweisung schon war sie aus ihrer Apathie erwacht und ihr Zustand hatte sich seitdem kontinuierlich gebessert. Man wollte sie noch zwei Tage lang einer gründlichen abschließenden Untersuchung unterziehen. Wenn diese positiv ausfiel, galt Pri als endgültig geheilt und konnte entlassen werden.

Morgen sollte die Entscheidung fallen.

Und eben davor hatte ich Angst. Pri war nicht in Ordnung, das fühlte ich. Ihr Geist hatte sich mit dem NECRONOMICON verbunden und ich konnte einfach nicht daran glauben, daß Matekanames indianische Beschwörung doch noch den geplanten Erfolg gezeigt hatte.

Ich wußte nicht, wie lange ich bereits reglos am Fenster stand und in die Nacht hinausstarrte, als die Tür hinter mir geöffnet wurde.

Jede Bewegung fiel mir schwer, als ich die Gardine fahren ließ, das Fenster schloß und mich umwandte. Einen Herzschlag lang sah ich mein Spiegelbild in der Scheibe. Ich erschrak vor mir selbst. Meine Wangen waren eingefallen; sie verliehen meinem ohnehin hageren Gesicht einen asketischen, hungrigen Ausdruck. Schwere dunkle Ringe lagen unter meinen geröteten Augen. Meine Haut sah so aus wie ich mich fühlte – krank und übermüdet.

Mir war, als würde ich nach langem tiefen Schlaf wieder in die Welt zurückkehren. Zuvor hatte ich gar nicht wahrgenommen wie stark sich die Luft durch den Schneeregen abgekühlt hatte, doch nun spürte ich wie ich trotz des im Kamin glimmenden Feuers fror. Kein Wunder – der Kontrast zu der Wüstenhitze Arabiens hätte nicht größer sein können.

Ich kreuzte die Arme vor der Brust und massierte sie ein wenig, um mich aufzuwärmen. Meine Finger waren steif und taub vor Kälte.

»Sie sollten zu Bett gehen, Robert.« Mrs. Winden, meine Haushälterin, legte ein neues Scheit in das erlöschende Kaminfeuer. Es knisterte, als die Flammen danach leckten und daran hochloderten.

Mary sah ebenso übernächtigt aus wie ich. Auch sie machte sich Sorgen um Pri, wenngleich sie es nicht so offen zeigte.

Zudem war sie in der ganzen Zeit kaum von Sill el Mots Seite gewichen. Mit geradezu missionarischem Eifer bemühte sie sich, die junge Araberin an das Leben in der Großstadt zu gewöhnen; eine Aufgabe, um die ich sie nicht beneidete. Das Mädchen war in einem ganz anderen Kulturkreis groß geworden und in vielerlei Hinsicht befand sich Arabien noch auf einer Entwicklungstufe, die dem europäischen Mittelalter vergleichbar war. London mußte für Sill eine völlig fremde und erschreckende Welt darstellen.

Nun, für den nächsten Nachmittag hatte Dr. Gray es übernommen, Sill durch London zu führen und ihr einige Sehenswürdigkeiten zu zeigen. Ich mußte unwillkürlich lächeln. Dr. Gray war regelrecht aufgeblüht, seit er Sills Bekanntschaft gemacht hatte. Ich war mir sicher, er hätte sie auf der Stelle adoptiert, wenn sein Stand und seine Arbeit dies erlaubt hätten.

Ich warf einen Blick auf die abgrundtief häßliche Standuhr in der Ecke des Raumes. Es war bereits nach Mitternacht.

»Ich habe gar nicht gemerkt, daß es schon so spät geworden ist«, sagte ich mit einiger Verspätung entschuldigend. »Warum gehen Sie nicht wenigstens schlafen, Mary?«

Ihre Augen funkelten amüsiert. Sie versuchte zu lächeln, doch die Erschöpfung machte eher eine Grimasse daraus.

Sofort wurde sie wieder ernst.

»Sie richten sich zugrunde, Robert«, sagte sie in vorwurfsvollen Ton, ohne auf meinen Vorschlag einzugehen. »Hören Sie auf meinen Rat und legen Sie sich für ein paar Stunden ins Bett. Sie haben sich einfach zuviel zugemutet auf Ihrer Reise.«

Ihr Blick wurde fordernd. Ich versuchte einige Sekunden lang, ihm standzuhalten, dann mußte ich den Kopf abwenden.

Die Sorge in Marys Stimme war echt und zeigte mir wieder einmal deutlich, daß sie weit mehr als nur eine Angestellte für mich war. Schon eher ein Ersatz für meine Mutter, die ich niemals kennengelernt hatte. Mit Ausnahme von Harvey, meinem reichlich senilen alten Butler, war sie der einzige Mensch, der es länger als ein paar Wochen in meinem Dienst ausgehalten hatte. Auf eine schwer zu beschreibenden Art liebte ich sie; anders, als es bei Pri der Fall war, aber dennoch konnte man von Liebe sprechen.

Sie war einer der ganz wenigen Menschen, denen ich

bedingungslos vertrauen konnte, neben Howard und Rowlf vielleicht sogar der einzige, und sie hatte nie einen Zweifel daran gelassen, daß sie die gleiche Zuneigung auch für mich empfand.

»Würden Sie mir bitte noch einen Kaffee kochen?« bat ich.

Mrs. Winden schüttelte entschieden den Kopf. »Das werde ich nicht tun«, sagte sie fest. »Ich habe nicht die Absicht, ihren Selbstmord auf Raten auch noch zu unterstützen.«

»So schlecht ist ihr Kaffee auch wieder nicht«, sagte ich lächelnd, aber Mary schien im Moment nicht in der Stimmung, auf den Scherz zu reagieren. Sie blickte mich nur böse an.

»Hören Sie mit dem Unsinn auf und gehen Sie ins Bett, mein Junge«, antwortete sie ärgerlich. Sie sagte noch mehr, aber ich verstand ihre Worte nicht mehr.

Es war wie ein Blitzschlag, der urplötzlich durch meinen Geist fuhr.

Unerträgliche Hitze und Helligkeit schien mein Gehirn zu verbrennen. Die Finsternis selbst formte sich zu einem gigantischen Schatten, der mit gierigen Tentakelarmen durch meine Seele peitschte und sie mit Höllenglut erfüllte.

Zeit und Raum waren wie ein in sich gewundenes Band aus geflochtener Unendlichkeit, das Shadow umhüllte.

Ihre Gedanken vermochten die Kalte Wüste nur mühsam zu erforschen und zu durchdringen, in deren Weiten sie sich befand. Es war eine Sache, den Schwestern zu sagen, sie würde in die Welt der Menschen zurückkehren, und eine ganz andere, es zu tun.

Ihr materieller Körper war vernichtet. Alles, was ihr blieb, war ihre körperlose Seele.

Es war eine Ironie des Schicksals: Sie befand sich in derselben Lage wie die Wesen, deren Erwachen sie verhindern mußte. Und doch war sie gegenüber den GROSSEN ALTEN im Vorteil, denn sie schlief nicht.

Sie würde einen Weg finden, sich aus dieser Welt zwischen den Dimensionen zu befreien, aber dazu benötigte sie mehr Kraft, als ihr zur Verfügung stand. Und sie mußte Robert Craven warnen.

Immer noch spürte Shadow das unsichtbare Band, das es zwischen ihr und Craven gab. Und behutsam begann sie auf ihn einzuwirken, sandte erneut ihre Träume aus, um ihm einen Hinweis zu geben.

Der Plan, den die GROSSEN ALTEN geschmiedet hatten, war wahrlich teuflisch, und er würde die Welt ins Verderben stürzen.

Sie mußte es mit allen Mitteln verhindern und hoffte inbrünstig, daß Robert Craven endlich die Wahrheit erkennen würde, damit sie nicht zum Äußersten greifen mußte.

Denn sie durfte nicht zusehen wie das Verhängnis seinen Lauf nahm. Eher würde sie gezwungen sein, Robert Craven zu töten …

Ich schrie auf und preßte gepeinigt die Hände gegen den Kopf, ohne den entsetzlichen Schmerz dadurch auch nur im mindesten lindern zu können.

Jeder Nerv meines Körpers schien in Flammen zu stehen. Die Welt um mich herum versank hinter einem Vorhang aus grellem Licht. Schreiend taumelte ich umher, bis meine Beine unter mir nachgaben und ich in die Knie brach.

Immer stärker wurde der fremde Einfluß; der Schmerz steigerte sich ins Unermeßliche und fegte mein Denken mit Urgewalt hinweg. Schreiend wälzte ich mich auf dem Boden. Mein Kopf schien zu explodieren.

Gleichzeitig erwachte etwas tief in meinem Inneren. Ich spürte etwas Dunkles in mir aufsteigen und an Macht gewinnen. Das magische Erbe meines Vaters, das mein Bewußtsein überflutete und den Kampf gegen die fremde Kraft aufnahm.

Ohne mir dessen bewußt zu sein, hatte ich die in mir schlummernden Kräfte in diesem Moment größter Pein geweckt. Verzweifelt klammerte ich mich daran. Irgendwie gelang es mir, die Schmerzen ein wenig zurückzudrängen und eine geistige Blockade in meinem Gehirn zu errichten.

Langsam ebbte der Schmerz ab.

Das Hämmern meines Herzschlages ließ nach, doch ich blieb noch liegen, reglos und mit geschlossenen Augen, auf einen neuen Angriff gefaßt und bereit, erneut dagegen anzukämpfen.

Aber es geschah nichts, und schließlich wagte ich es, die Augen wieder zu öffnen. Mary kniete neben mir und schaute besorgt und aufgeregt auf mich herab.

»Robert, was ist mit Ihnen? Robert, sagen Sie doch etwas!«

Stöhnend massierte ich meine Schläfen. Ich hatte die vage Erinnerung an glühende Lava, die in meinen Adern zu fließen schien, das Gefühl, daß etwas aus mir herausgebrannt würde, dann …

Meine Gedanken rissen ab.

Es war, als stieße ich an eine massive Mauer, die meine Erinnerung blockierte. Ich stemmte mich auf die Ellenbogen hoch und schüttelte benommen den Kopf, als könne ich dadurch die Mauer um mein Gedächtnis niederreißen.

Die Schmerzen waren verschwunden, aber tief in mir hatten sie ein Gefühl der Taubheit hinterlassen, das Gefühl, einen Teil von mir verloren zu haben.

»Es … geht schon wieder«, stieß ich mühsam hervor. »Ein Schwächeanfall. Ich habe mir wohl wirklich zuviel zugemutet. Alles wieder in Ordnung.«

Mary musterte mich skeptisch, half mir beim Aufstehen und trat einige Schritte zurück. Ihr Blick besagte deutlich, daß für sie noch längst nicht wieder *alles in Ordnung* war. Meine Schreie hatten gezeigt, welche Schmerzen ich gehabt hatte, doch davon war bis auf leichte Kopfschmerzen nichts mehr geblieben.

»Fühlen Sie sich wirklich besser?« fragte Mary. »Soll ich nicht lieber einen Arzt rufen?«

»Nein, nein«, wehrte ich ab. »Ein Arzt ist nicht nötig, wirklich.« *Und er könnte mir hierbei auch bestimmt nicht helfen,* fügte ich in Gedanken hinzu, hütete mich aber, es laut auszusprechen. Ich wollte Mary nicht noch mehr beunruhigen.

Was ich erlebt hatte, war alles andere als ein Schwächeanfall gewesen, sondern ein magischer Angriff, aber von einer Form und Stärke wie ich es bislang noch nicht erlebt hatte. Doch ich behielt diese Gedanken wohlweislich für mich.

»Ich muß mich nur etwas hinlegen«, sagte ich statt dessen und bemühte mich, ein Lächeln zustande zu bringen.

»In der Tat«, stimmte sie immer noch mißtrauisch zu. »Mindestens vierundzwanzig Stunden lang, dann ginge es Ihnen wahrscheinlich wieder besser.«

»Sie wissen, daß das nicht geht«, entgegnete ich. »Ich muß morgen früh zur Klinik. Genauer gesagt heute früh«, verbesserte ich mit einem Blick zur Uhr.

»Ja, und danach gibt es sicherlich auch wieder einen Grund, um aufzubleiben«, sagte Mary gereizt. »Mit ein paar Litern Kaffee und einem Dutzend Tabletten können Sie es bestimmt noch ein paar Stunden aushalten, falls Sie vorher nicht wieder vor Schwäche zusammenbrechen. Robert, Sie richten sich zugrunde. Meinen Sie wirklich, Priscylla damit helfen zu können? Hören Sie auf mich, Junge, versuchen Sie wenigstens, bis zum Morgen noch ein paar Stunden zu schlafen.«

Unter normalen Umständen hätte ich ihr Recht gegeben und wäre spätestens jetzt ihrer Aufforderung gefolgt und hätte mich hingelegt. Was mich davon abhielt, war nicht mehr nur das Wissen, daß ich mich hinterher nur um so müder fühlen würde.

Es war Angst.

Nackte, panische Angst vor weiteren Träumen.

Vor eine Alptraum, der mich dazu treiben würde, im Schlaf unbewußt irgendwelche Dinge zu tun, so wie ich mich am Stockdegen verletzt hatte. Der magische Angriff gerade hatte gezeigt, daß ich auch in diesem Haus nicht vor dem fremden Einfluß geschützt war. Im Schlaf hätte ich mich gegen die Beeinflussung nicht wehren können, hätte sie nicht einmal *wahrgenommen.* Und wenn, dann erst nach dem Aufwachen – nachdem ich mir mit dem Degen möglicherweise nicht mehr nur das Handgelenk geritzt, sondern die Kehle durchgeschnitten hätte.

Ich wandte mich ab, um mir meine Unsicherheit und Angst nicht allzu deutlich anmerken zu lassen – und im gleichen Augenblick zuckte ich zusammen.

Der Raum hatte sich verändert.

Ich wußte nicht zu sagen, worin die Veränderung bestand, aber sie war da:

Auf den ersten Blick schien alles wie zuvor, alle Möbel standen noch an ihrem Platz, das Feuer im Kamin brannte noch und doch war alles mit einem Schlag *anders* geworden.

Die Veränderung war mit dem Auge nicht wahrzunehmen, aber ich spürte sie so deutlich, als ob ich alles sehen könnte.

Die Atmosphäre im Raum hatte sich auf furchterregende

Art gewandelt, jeder Gegenstand schien ein unheimliches und bedrohliches Eigenleben zu entwickeln. Ich hatte den Eindruck, als wären die Schatten in den Ecken länger und stofflicher geworden, als würden sie aus ihren Winkeln hervorkriechen, um mit unsichtbaren Armen nach mir zu greifen.

Ich vernahm unheimliche Geräusche, Laute, die nicht an mein Ohr drangen, sondern direkt in meinem Gehirn aufklangen. Sie waren düster und so unvorstellbar fremdartig, daß sie sich jedem Versuch einer Beschreibung entzogen.

Ich wußte einfach, daß ich in Gefahr war, wenngleich die Bedrohung auch gänzlich anderer Art war als der magische Angriff zuvor. Deutlich spürte ich, daß sich etwas *Fremdes* eingeschlichen hatte. Es war wie ein Pesthauch, der mich mit einem Mal einhüllte.

Und dann erkannte ich, was mich so erschreckte.

Die Petroleumlampe auf meinem Schreibtisch und das zuckende Kaminfeuer reichten nicht aus, das Zimmer vollständig zu erhellen. Aber sie genügten, daß ich selbst einen deutlichen Schatten warf, der bei jeder meiner Bewegungen unruhig über die Möbel und Wände huschte.

Aber es war nicht *mein* Schatten, obwohl ich ihn verursachte ...

Es war der Schatten eines *Dinges*, größer als ich, so verzerrt, daß er wie die boshafte Karikatur eines menschlichen Wesens anmutete, doch mit einem Paar riesiger Flügel versehen und von einer Schwärze, die mehr war als nur die Abwesenheit von Licht.

Vielmehr eine Finsternis, die wie ein gestaltgewordenes Nichts wirkte, als würde die Welt dort, wo mein Schatten sie berührte, zu existieren aufhören.

Ich spürte eine Berührung am Arm und schrie auf. Doch sofort beruhigte ich mich wieder, als ich erkannte, daß es nur Mary war.

»Robert, was ist nun schon wieder?«

Ich gab keine Antwort, sondern konzentrierte mich weiterhin auf den Schatten. Mit Entsetzen stellte ich fest, daß mein erster Eindruck richtig gewesen war.

Der Schatten kam näher, fast unmerklich, aber zu deutlich, als daß ich es als Einbildung abtun konnte. Ich wich zurück, doch sofort vollzog die gestaltlose Kreatur die Bewegung nach und rückte wieder einige Handbreit näher.

Natürlich, kein Mensch konnte vor seinem eigenen Schatten fliehen.

Ich hatte derartiges schon einmal erlebt; es lag Jahre zurück, und doch erinnerte ich mich so deutlich daran, als ob es gestern gewesen wäre. Als ich die Manifestierung eines GROSSEN ALTEN getötet hatte, eine schreckliche, im Vergleich zu Cthulhus Gezücht jedoch vergleichsweise unbedeutende Kreatur, hatte sie sich in mir eingenistet und versucht, meinen Schatten als Werkzeug zu benutzen, um mich zu töten. Die weiße Strähne in meinem Haar erinnerte mich immer wieder aufs neue an jene Tage des Schreckens.

»Robert, was ist los?« fragte Mary noch einmal, drängender als zuvor.

»Der Schatten«, hauchte ich. »Sehen Sie es nicht, mein Schatten –«

»Jetzt aber marsch ins Bett«, unterbrach sie mich. »Sie leiden ja schon an Halluzina-«

Die Bestie nutzte meine sekundenlange Unachtsamkeit. Einer der rauchigen Schattenarme peitschte gedankenschnell auf mich zu. Im letzten Moment konnte ich mich darunter hinweg bücken und versetzte Mary einen Stoß, der sie auf den Schreibtisch zutaumeln ließ. Es gab nur eine einzige Möglichkeit, der Bestie zu entkommen.

»Das Licht!« schrie ich. »Löschen Sie das Licht, schnell!«

Mary schaute mich nur verständnislos an, wahrscheinlich hielt sie mich für vollends übergeschnappt.

Mit einem verzweifelten Satz sprang ich vor, um die Lampe selbst vom Tisch zu schlagen. Ich kam nicht einmal einen Schritt weit. Der Schatten sprang mich wie ein Raubtier an, umklammerte mich und verwandelte sich gleichzeitig in etwas gänzlich anderes.

Wieder spürte ich, wie eine Feuerlohe durch meinen Körper tobte. Ich sah meinen Körper unter mir zusammenbrechen, während mich ein unvorstellbarer Sog packte und mit sich fortriß. Ein gigantisches, über und über mit sinnverwirrenden Symbolen bedecktes Portal erschien vor mir und schwang auf.

Ich stemmte mich gegen den Sog, doch er war zu stark und riß mich weiterhin auf das Portal zu. Verzweifelt versuchte ich, mich irgendwo festzuklammern, aber um mich herum war nur das Nichts.

Dann stürzte ich haltlos durch das Portal, hinein in die Unendlichkeit …

Erschrocken starrte Mary auf den regungslos vor ihren Füßen liegenden Körper herab. Sie trat einen Schritt vor und streckte ihre Hand nach Robert aus, führte ihr Vorhaben jedoch nicht zu Ende. Etwas hielt sie davon ab, den Körper zu berühren.

Ein Schwächeanfall, durchzuckte es sie. Roberts Kreislauf war zusammengebrochen.

Zugleich aber wußte sie, daß dies nicht die einzige Erklärung sein konnte. Robert war nicht einfach nur zusammengebrochen. Immer noch glaubte sie seine gellenden Schreie zu hören. Kein Kreislaufkollaps, nicht einmal ein Herzanfall konnte *solche* Schmerzen verursachen.

Und auch sein merkwürdiges Verhalten, nachdem es so ausgesehen hatte, als ob er sich von dem Anfall erholte, ging ihr nicht aus dem Sinn.

Er hatte etwas über seinen Schatten gesagt und sie hatte den Eindruck gehabt, als fühle er sich davon *bedroht*. Es wäre einfach, das mit seiner Erschöpfung zu erklären, aber sie ahnte, daß auch das nicht die einzige Erklärung war. Seit sie Robert kennengelernt hatte, hatte sie so viel Unbegreifliches erlebt, daß sie das Wort »unmöglich« aus ihrem Sprachschatz gestrichen hatte.

Und hier war etwas geschehen, das sie auch nicht begreifen konnte. Und eigentlich auch nicht wollte. Sie begriff nur, daß Robert in Gefahr war.

»Mr. Lovecraft!« schrie sie. »Mr. Lovecraft, *schnell*!«

Erst dann wurde ihr bewußt, daß sich das Arbeitszimmer in einem ganz anderen Flügel des Hauses befand als die Schlafzimmer. Niemand konnte ihre Rufe durch die dicken Mauern hören.

Einen Moment lang zögerte sie noch und sah fast verzweifelt auf Robert herab. Alles ihn ihr sträubte sich dagegen, ihn allein zu lassen. Dann begriff sie, daß sie nur wertvolle Zeit verlor.

Mary eilte in die Halle und die Treppe hinauf. »Mr. Lovecraft!« rief sie noch einmal, mit schriller, fast überschnappender Stimme.

Irgendwo wurde eine Tür aufgerissen, doch nicht Howard kam herbeigelaufen, sondern Rowlf. Er war vollständig angezogen. Anscheinend hatte auch er noch nicht im Bett gelegen.

»Was'n los?« fragte er.

»Robert ist zusammengebrochen«, erklärte sie hastig, während sie bereits in den ersten Stock zurückeilten. »Schnell, Rowlf, holen Sie Dr. Gray!«

Rowlf warf nur einen kurzen Blick in das Arbeitszimmer, dann nickte er und stürmte die Treppe hinab, immer zwei, drei Stufen auf einmal nehmend und so lautstark, daß das gesamte Haus unter seinen Schritten zu erbeben schien. Mary wußte, daß er den Arzt und Notar auf dem schnellsten Wege herbeischaffen würde, und wenn er ihn packen und im Nachthemd hinter sich herschleifen mußte. In seiner Fürsorglichkeit für Robert kannte Rowlf keine Grenzen.

»Was ist geschehen?« vernahm sie eine Stimme hinter sich. Howard kam die Treppe herab, dichtauf gefolgt von Sill, die in ihrem bodenlangen Nachthemd viel von der Aura der Wüstenkriegerin verloren hatte. Sie taumelte leicht vor Müdigkeit. Verständlich – bis sie sich hier in London akklimatisiert hatte, würden wohl noch einige Tage vergehen.

Howard war in aller Eile nur in seine Hosen und ein Hemd geschlüpft, das auch noch falsch geknöpft war. In seinem rechten Mundwinkel klebte eine erloschene Zigarre. Ein ungewöhnlicher Anblick bei dem sonst stets übermäßig korrekt gekleideten Mann, aber Mary hatte keinen Blick dafür. In aller Eile sprudelte sie hervor, was geschehen war.

»Rowlf ist bereits zu Dr. Gray unterwegs«, schloß sie. »Ich ... ich hoffe, er kommt bald.«

Howard trat an ihr vorbei ins Arbeitszimmer. Hastig kniete er neben Robert nieder und streckte die Hände aus, um ihn bei den Schultern zu ergreifen und herumzudrehen.

Aber noch in der Bewegung verharrte er. Ein verwunderter Ausdruck erschien auf seinem Gesicht. Unwillig schüttelte er den Kopf, hob seine Hand vor die Augen und betrachtete sie stirnrunzelnd.

Noch einmal streckte er die Hand aus, aber wieder hinderte ihn irgend etwas daran, den reglosen Körper zu berühren.

»Warten wir, bis ... bis Dr. Gray kommt«, sagte er unsicher und richtete sich wieder auf. Mary glaubte, einen Unterton von Angst in seiner Stimme zu hören.

»Was ist los?« ließ sich Sill vernehmen und trat näher an Robert heran.

Howard schien einen Moment zu überlegen, dann rückte er zur Seite. »Versuchen Sie, ihn umzudrehen«, bat er sie.

Sill el Mot sah ihn verständnislos an, beugte sich dann aber rasch hinunter – und verharrte wie Howard zuvor. Ein Ausdruck tiefen Erschreckens glitt über ihr Gesicht.

»Da ... ist irgend etwas«, stieß sie hervor, wollte es aber gleich noch einmal versuchen. Howard hielt sie zurück.

»Warten wir besser auf den Doktor«, sagte er.

Die Minuten dehnten sich zu Ewigkeiten, bis Dr. Gray endlich kam. Auch der Arzt hatte sich nur in aller Eile und reichlich unordentlich angekleidet. Rowlf mußte ihm unterwegs bereits erklärt haben, um was es ging, denn er murmelte nur einen flüchtigen Gruß und kümmerte sich sofort um Robert.

Auch er hatte Mühe, den Bewußtlosen zu berühren, überwand sich aber schließlich selbst und drehte ihn herum. Er griff nach Roberts Handgelenk und fühlte den Puls. Seine Augen weiteten sich in fassungslosem Entsetzen, als er die Hand wie ein glühendes Stück Eisen wieder losließ.

Sekundenlang starrte er Howard aus ungläubig geweiteten Augen an, dann beugte er sich herab und griff noch einmal nach Roberts Handgelenk.

»Was ist, Doc?« fragte Howard ungeduldig.

Gray starrte ihn an. Seine Augen waren dunkel vor Schrecken. »Kein ... kein Puls«, keuchte er. »Ich fühle keinen Puls, Howard!«

Der Innenraum der St. Paul's Cathedral war gewaltig. Immer wieder glitt mein Blick zu der fast neunzig Yards hohen Kuppel über meinem Kopf, der zweitgrößten der Welt. Mehrere Galerien liefen an den Wänden entlang, von denen die unterste, die »Flüstergalerie«, weit über London hinaus bekannt geworden war. Wenn man gegen die Wand flüsterte, waren die Worte noch weit entfernt zu hören. Ein akustisches Phänomen.

Ich drängte die Gedanken beiseite und versuchte, mich auf die Predigt zu konzentrieren, aber es gelang mir nicht.

Ich war nervöser, als ich mir selbst eingestehen wollte.

Nun ja – schließlich heiratete ich auch zum ersten Mal im Leben.

Neben der verschleierten Priscylla kniete ich auf einer niedrigen Bank vor dem Altar. Vor uns stand der Priester, der die Hochzeitsmesse zelebrierte, aber seine Worte waren ein fernes Murmeln, das ich nicht verstand.

Mein Blick schweifte über die zahlreichen Menschen, die zur Trauung gekommen waren. Die Kathedrale war bis auf den letzten Platz besetzt. Ich wunderte mich flüchtig, wer die vielen Menschen waren. Die meisten waren mir unbekannt oder kamen mir höchstens vom Ansehen her ganz vage bekannt vor, aber überall in der Menge verstreut entdeckte ich auch vertraute Gesichter. Es war ein sehr angenehmes Gefühl, zum ersten Mal seit so langer Zeit wieder unter Freunden zu sein.

Mary Winden waren ebenso da wie Howard, Rowlf, Harvey und Dr. Gray, Kapitän Bannermann, Jean Balestrano, Sarim de Laurec, Shannon, Matekaname und Ixmal, Nizar, Sill und Shadow, die El-o-hym. Selbst Necron hatte sich die Ehre gegeben. Zufrieden lächelte ich ihm zu und sah wie eine einzelne Träne der Rührung über seine faltige Wange lief. Es tat gut, so viele gute Freunde an diesem Freudentag um mich zu wissen, die mein Glück mit mir teilten.

Kurz darauf entdeckte ich auch Roderick Andara, meinen Vater, der zusammen mit einer hübschen Frau ein Stück seitlich von mir saß. Ohne sie je gesehen zu haben, wußte ich, daß die Frau meine Mutter war.

Mein Vater! Meine Mutter!

Ich wollte auffahren, war aber wie gelähmt.

Etwas stimmte nicht. Meine Eltern waren tot, vor vielen Jahren gestorben, ebenso wie zahlreiche andere Anwesende.

Sie waren tot! Tot! *TOT!*

Der Gedanke entglitt mir wieder, bevor ich ihn richtig fassen konnte. Ich nickte kurz in Andaras Richtung.

Alles in Ordnung, Dad, du kannst stolz auf mich sein und

du auch, Mum. Ich bin froh, daß ihr gekommen seid. Nachher werden wir Gelegenheit haben, uns ausführlich über alles zu unterhalten.

Erneut versuchte ich, mich auf die Worte des Priesters zu konzentrieren. Erst jetzt erkannte ich, daß es sich um Dagon handelte. Wo er stand, bildete sich langsam eine grünlich schimmernde Pfütze auf dem Stein.

Schließlich war es soweit, daß Pri und ich die Trauringe wechselten und dann wurde sie von Dagon aufgefordert, den Schleier zu lüften, damit ich unsere Trauung mit einem Kuß besiegeln konnte.

Mit einem Ruck schlug sie den Schleier zurück.

Ich schrie gellend auf.

Zwei schleimige, fast schwarze Blutfäden rannen aus den zerfransten Löchern, die einmal ihre Augen gewesen waren. Kleine weiße Maden krochen über ihre Lippen. Ihre Haut war nicht glatt und zart wie ich sie kannte, sondern faltig wie die einer uralten Frau; zudem mit Warzen und Runzeln übersät. Eine abgrundtief häßliche Fratze grinste mich an, doch damit war das Grauen noch nicht beendet.

Priscylla *(Priscylla???)* alterte noch weiter. Binnen weniger Sekunden verflossen für sie Jahre, binnen einer Minute Jahrzehnte. Ihr Gesicht trocknete aus und fiel ein, das Fleisch verdorrte und schließlich spannte sich nur noch mumifizierte, an Pergament erinnernde Haut über ihren Knochen, bis auch diese zu Staub zerfielen und nur ein Totenschädel übrig blieb, in dessen leeren Augenhöhlen immer noch ein verzehrendes Feuer brannte und auf dessen Zügen auch jetzt noch ein satanisches Grinsen lag. Ihre verfaulten Zahnstümpfe bewegten sich, als sie zu sprechen versuchte.

»Nun sind wir für alle Zeit vereint, Robert«, sagte sie mit brüchiger Stimme. Es klang wie das Knistern jahrhundertealten Papiers.

Es war spät geworden.

Die Untersuchungen waren schon seit fast einer Stunde abgeschlossen und so lange saßen sie in dem Konferenzraum zusammen, ohne daß sie bisher eine Einigung hatten erzielen können. Träge schwebte eine übelriechende Wolke aus Zigarren- und Pfeifenrauch unter der Decke. Ein paarmal waren die Fenster schon geöffnet worden, ohne daß es viel half, denn bei der hereinfauchenden Februarkälte und dem Schneeregen konnten sie nicht lange geöffnet bleiben, ohne daß man die Wahl zwischen Ersticken oder Erfrieren hatte.

Die Fronten lagen klar. Denham ließ seinen Blick über die Gesichter der anderen gleiten.

Williams und Porter hatten sich aufgrund der Untersuchungen seiner Meinung angeschlossen, daß Priscylla kerngesund wäre und es keinen Grund gäbe, sie noch länger in der Klinik zu halten. Es gab viele Anmeldungen und das Bett wurde dringend gebraucht.

Brown, Parker und Jameson waren anderer Ansicht, was einen Stimmengleichstand bedeutete, während eine Zwei-Drittel-Mehrheit für eine Entscheidung erforderlich wäre.

»Sieht schlecht aus«, sagte Williams leise und beugte sich herüber. »Wenn wir nicht bald eine Einigung erzielen können, werde ich ebenfalls für eine weitere Beobachtung stimmen. Meine Frau erwartet mich, ich möchte endlich nach Hause.«

Denham beachtete ihn nicht, aber seine Verbitterung wuchs. Er ließ seinen Blick zu Jameson weiterwandern. Das Wort des Chefarztes und Klinikleiters besaß besonderes Gewicht. Wenn er ihn überzeugen könnte, hätte er gewonnen. Parker war noch jung und zudem überaus ehrgeizig. Denham war überzeugt, daß ihm völlig egal war, was er selbst zu diesem Fall dachte. Er hatte sich Jamesons Meinung lediglich angeschlossen, weil er sich berufliche Vorteile davon versprach. Er würde auch einen Stimmungsumschwung des Chefarztes wieder mitvollziehen.

Frank Brown hingegen würde auf seiner jetzigen Meinung bestehen, gleichgültig, wie gut die ins Feld geführten Argumente auch sein mochten. Er war ein sturer alter Dickschädel und seine Gründe, gegen die Entlassung zu stimmen, waren durchaus stichhaltig.

Sicher, die Untersuchungen hätten weder eine organische Krankheit erkennen lassen, noch Hinweise für eine geistige Verwirrung geliefert. Aber die letzte Zeit hätte ja gezeigt, daß die Anfälle sporadisch auftraten, während Priscylla zwischenzeitlich ganz normal gewirkt hatte. Deshalb wäre es günstiger, die junge Frau noch eine Weile unter Beobachtung zu halten.

Jameson argumentierte genauso, doch Denham konnte sich des Eindrucks nicht erwehren, daß es dem Klinikleiter in erster Linie darauf ankam, das sehr hohe Honorar, das Craven zahlte, weiterhin zu bekommen. An diesem Punkt mußte er einhaken. Es war sinnlos, weiterhin nur vom medizinischen Standpunkt aus zu diskutieren.

»In zwei Wochen wird eine Inspektion des Sanatoriums durchgeführt, nicht wahr?« sagte er. »Es wird schwierig werden, dem Londoner Ärztekollegium diesen Fall zu erklären.«

Er sah wie Jamesons Gesicht sich verdunkelte und erkannte, daß er auf dem richtigen Weg war.

»Wenn nun jemand auf die Idee kommt, diesen Fall genauer zu untersuchen, würde er zweifellos zu dem Schluß gelangen, daß eine weitere Behandlung überflüssig sei und nur noch aus finanziellen Aspekten weitergeführt würde. Meinen Sie nicht, daß ein solcher Verdacht unserer Klinik schadet?«

Potter und Williams nickten zustimmend; Parker warf Jameson einen unsicheren Blick zu, und als von dessen Gesicht keine eindeutige Regung abzulesen war, zog er es ebenfalls vor, nicht zu reagieren. Brown hingegen blickte in die Runde, als hätte man ihm gerade einen Eimer Wasser über den Kopf geschüttet.

»Das kann doch wohl nicht Ihr ernst sein, meine Herren!« fuhr er auf. »Vergessen Sie nicht, wir sind Ärzte und als solche nur unserem Gewissen und der Medizin verpflichtet. Hier geht es um das Schicksal eines Menschen, da dürfen wir unsere Entscheidung nicht durch mögliche Unannehmlichkeiten von seiten dieser ohnehin sinnlosen Ärztekammer beeinflussen lassen.«

»Professor, Ihre Ansicht über die Ärztekammer steht hier nicht zur Diskussion«, ermahnte Jameson ihn scharf.

»Das Zimmer Priscyllas ist ursprünglich für drei Personen gedacht, nicht wahr?« sagte Denham mit nachdenklichem Blick, als würde er nur laut denken. »Wir könnten gleich drei andere Patienten dort unterbringen. Es liegen Anmeldungen von Familienangehörigen sehr einflußreicher und wohlhabender Personen vor, die wir ablehnen müssen, weil wir keine Kapazitäten mehr freihaben.«

Er sah das unmerkliche Zucken, das über Jamesons Gesicht glitt, und wußte im gleichen Moment, daß er gewonnen hatte.

Alles weitere war nur noch ein Rückzugsgefecht des Chefarztes.

»Wie lange, sagten Sie, ist es her, daß zuletzt ein Anfall der Patientin auftrat?« erkundigte sich Jameson mit plötzlich neu erwachendem Interesse an den medizinischen Fakten.

»Über eine Woche. Zuvor traten die Anfälle zwei bis dreimal pro Tag auf. In meinen Augen ist die Gefahr endgültig gebannt.«

»Aber was ist, wenn es wieder einen Rückfall gibt? Die Folgen könnten für uns sehr unangenehm sein. Craven besitzt die Möglichkeiten, uns wegen einer solchen Fehldiagnose die Hölle heiß zu machen.«

»Nun«, sagte Denham gedehnt, »ihm ist aber auch sehr daran gelegen, daß seine Verlobte die Klinik möglichst rasch verläßt. Ich bin sicher, daß er eine Erklärung unterschreiben wird, daß er im Falle eines Rückfalles das Sanatorium von jeglicher Schuld freisprechen wird. Vergessen Sie nicht, daß die Patientin nicht eingewiesen, sondern freiwillig von ihm eingeliefert wurde, so daß er auch gegen unseren Willen das Recht hat, jederzeit eine Entlassung zu erwirken.«

Er machte eine kurze Pause und sah sich gespannt um. Der Stimmungswandel des Chefarztes war nicht mehr zu übersehen.

»Mittlerweile ist auch mir klargeworden, warum Mr. Craven so daran interessiert ist, Priscylla frei zu sehen«, spielte Denham seinen letzten Trumpf aus. »Sie ist weder eine Verwandte von ihm, noch eine bloße Bekannte. Wie ich inzwischen erfahren habe, sind die beiden verlobt. Mr. Craven möchte Priscylla so bald wie möglich heiraten!«

Es versetzte ihm einen Stich, davon zu sprechen. Er sah Priscyllas Gesicht vor sich, und er sah Cravens Gesicht, und mit aller Kraft drängte er die Vorstellung zurück, daß Priscylla mit diesem Mann bald vor den Traualtar treten würde. Er konzentrierte sich wieder auf die Konferenz.

Gemurmel war um ihn herum laut geworden. Selbst Williams und Porter blickten verdutzt und tuschelten leise miteinander.

»Bitte Ruhe, meine Herren«, bat Jameson und erhob sich. »Unter diesen Umständen ist wohl abzusehen, daß Mr. Craven ohnehin in nächster Zeit auf eine Entlassung seiner Verlobten drängen wird.

Ohne unsere Zustimmung würde das ein schlechtes Licht auf das Sanatorium werfen. Falls er also bereit ist, die Verantwortung auf sich zu nehmen, stimme ich für eine Entlassung.«

Parker nickte zustimmend, wodurch die nötige Mehrheit sogar überschritten wurde.

»Damit steht die Entscheidung fest«, sagte Jameson. »Ich schließe die Konferenz.«

Ich war gelähmt vor Grauen. Ich konnte einfach nicht begreifen, was ich sah. Die Gedanken überschlugen sich in meinem Kopf.

Ich wollte schreien, doch nur ein trockenes Schluchzen entrang sich meine Kehle. Ich wehrte mich nicht einmal, als ich an den Armen gepackt und von zwei Männern auf einen schwarzen Sarg zugeschleift wurde, der plötzlich hinter dem Altar stand.

Ich wurde in den Sarg gestoßen. Der Deckel schloß sich über mir. Durch ein kleines Fenster sah ich, wie die Schrauben angezogen wurden. Trauermusik drang durch das Holz gedämpft an mein Ohr.

Erst jetzt begriff ich vollends, daß ich nicht an meiner Trauung, sondern an meiner eigenen Beerdigung teilnahm. Aber ich war nicht tot! Es handelte sich um einen grausamen Irrtum!

Wieder versuchte ich zu schreien oder zumindest ein geringes Lebenszeichen von mir zu geben. Es ging nicht. Ich hatte jede Kontrolle über meinen Körper verloren.

In einer langen Reihe zogen die Trauergäste an dem Sarg vorbei. Mary und Sill schluchzten, Andara mußte meine Mutter stützen. Sie war mit ihren Kräften am Ende. Mit ausgebreiteten Armen warf sie sich auf den Sarg und umklammerte ihn. Ihre Tränen tropften auf den hölzernen Deckel. Es hörte sich an wie das Klopfen knochiger Totenfinger. Andara führte sie fort.

Als nächster erschien Necron. Äußerlich zeigte auch sein Gesicht Trauer, doch in einem unbeobachteten Augenblick zwinkerte er mir höhnisch zu. Ich begann zu begreifen. Er war – *(tot!)* – nicht meine Freund, sondern mein eingeschworener Feind und ihm hatte ich es zu verdanken, daß man mich lebendig begraben wollte.

In den Händen hielt er einige seltsame Gegenstände. Sieben Stück zählte ich, und im gleichen Augenblick erkannte ich, um was es sich handelte.

Die *Sieben Siegel der Macht*! Zusammengefügt ergaben sie den Schlüssel zu den Kerkern der GROSSEN ALTEN und sobald sie gebrochen wurden, bedeutete das die Freiheit für Cthulhu und seine Brut.

Aber fünf der *Siegel* befanden sich noch in meinem Besitz und Necron war gestorben, als er versucht hatte, das vierte *Siegel* in seinen Besitz zu bringen!

Der Gedanke zerstörte den Bann, der mich bislang gelähmt hatte. Mit äußerster Kraftanstrengung brachte ich die Lippen auseinander.

»Du bist tot!« krächzte ich. »Es gibt dich gar nicht mehr!«

Kaum hatte ich die Worte ausgesprochen, als Necron verschwand. Ungläubiger Schrecken verzerrte sein Gesicht. Seine Gestalt wurde durchsichtig wie Glas und löste sich in Luft auf.

Im gleichen Moment begann die Erde zu beben, und ich vernahm ein gewaltiges Donnern über mir. Ein breiter Riß klaffte plötzlich in der Decke der Kathedrale und breitete sich rasend schnell aus, bis er die gesamte Kuppel spaltete und mit einem Netzwerk feiner Verästelungen überzog.

Ein mannsgroßer Gesteinsbrocken stürzte herab und zerbarst mit ohrenbetäubendem Krachen dicht neben dem Altar.

Ein gemeinsamer, von panischer Angst erfüllter Schrei ging durch die Menge der Trauergäste. Bänke wurden umgestoßen und das Trampeln unzähliger Füße wurde laut, als die Menschen versuchten, aus der Kathedrale zu fliehen. Weitere Gesteinsbrocken stürzten herab und begruben einige der Gäste unter sich. Die großen Glasfenster zerbarsten und überschütteten die Menschen mit einem tödlichen Splitterregen. Schreie gellten in meinen Ohren.

Ich stemmte mich gegen den Sargdeckel und hörte ein leises Knirschen. Die Enge des Sarges behinderte meine Bemühungen, aber ich verstärkte meine Anstrengungen noch. Immer mehr Trümmer brachen aus der Decke. Über kurz oder lang würde einer auch den Sarg treffen und mich zermalmen, wenn es mir nicht gelang, hier heraus zu kommen.

Wieder hörte ich etwas knirschen. Es klang wie Musik in meinen Ohren, aber die Schrauben hielten auch weiterhin fest. Auf diese Art konnte ich mich nicht befreien.

Mir kam ein anderer Gedanke. So weit ich konnte, zog ich die Beine an und stieß sie ruckartig vor. Das Holz am Sargende splitterte, hielt aber noch.

Die Angst verlieh mir Riesenkräfte.

Noch einmal trat ich zu und noch einmal, bis ich keinen Widerstand mehr traf. Wie ein Aal schlängelte ich mich aus dem Sarg. Ein kleines Steinchen traf mein Bein. Ich hielt die Luft an und krampfte vor Entsetzen die Fäuste zusammen, in dem sicheren Glauben, binnen der nächsten Sekunde würde ein mindestens hundertmal größeres Geschoß folgen.

Aber nichts geschah und nach einigen Sekunden konnte ich vollends aus der Totenkiste herauskriechen.

Ein Bild des Schreckens bot sich mir.

Ich hatte Schlimmes erwartet, aber was ich sah, übertraf an Grauen alles, was ich mir ausgemalt hatte.

Fast die Hälfte der Gäste lagen auf dem Boden, begraben unter riesigen Gesteinsbrocken oder zerfetzt von den Scherben der großen bunten Kirchenfenster.

Die Überlebenden drängten sich vor dem Portal oder taumelten auf der verzweifelten Suche nach einem weiteren Ausgang in der Halle umher. In ihrer Panik behinderten sie sich gegenseitig. Jeder wollte der erste sein, der die einstürzende Kathedrale verließ, um wenigstens sein eigenes Leben zu retten. Die Frauen und die wenigen Kinder wurden achtlos niedergetrampelt.

Der Anblick ließ meinen Magen rebellieren, lähmende Übelkeit würgte mich.

Ein Beben durchlief den Boden und riß mich von den Füßen.

Ich schrie, schürfte mir beim Sturz Knie und Handflächen auf und quälte mich wieder auf die Beine. Staub drang in meine Kehle und legte sich schwer auf meine Lunge. Ich hustete und spuckte. Meine Augen brannten.

Verzweifelt schaute ich mich nach einem Fluchtweg um. Immer rascher stürzte die Kathedrale ein. Das Kuppeldach bestand nur noch aus gezackten Trümmerstücken, wie ein bizarr ausgefranstes Leichentuch spannte es sich über der Halle. Durch die Löcher war der Himmel zu sehen.

Auch in den Wänden zeigte sich jetzt erste Risse, die sich in rasendem Tempo ausbreiteten. Mit peitschendem Knall explodierte eine der Marmorsäulen, die das Dach stützten.

Wieder sackte die Kuppel ein Stück ab. Weitere Trümmer regneten herab und begruben mehr als ein Dutzend Menschen unter sich.

Hinter dem Altar gab es noch eine kleine Tür, die wohl in die Sakristei führte, aber auch dort hatte sich bereits eine Menschentraube gebildet. Ich sah, wie eine Frau von einem Steinbrocken am Kopf getroffen wurde und zusammenbrach. In ihren Armen wimmerte ein Kind. Ich hob es auf und preßte es an mich.

Nicht weit von mir entdeckte ich mit einem Mal Rowlf. Auch er hatte mich gesehen und eilte auf mich zu. Wie ein Schaufelbagger bahnte er eine Gasse für sich und Howard, der direkt hinter ihm folgte.

Ein Warnschrei blieb mir im Hals stecken. Ich sah, wie eine der mehr als dreifach mannsdicken Säulen sich neigte. Als Rowlf die Gefahr erkannte, war es bereits zu spät, um noch zu reagieren. Die Säule stürzte genau auf ihn und Howard herab.

Ich schlug die Hand vor die Augen, um ihren Tod nicht mitansehen zu müssen. Mein Mund öffnete sich zu einem Schrei, doch kein Laut kaum über meine Lippen. Schmerz und Verzweiflung schnürten mir die Kehle zu.

Ich vergaß das um mich herum tobende Inferno. Der Tod meiner einzigen Freunde war mehr, als ich ertragen konnte. Zitternd blieb ich stehen und wartete auf das Ende.

Ein Stein traf meine linke Schulter, schleuderte mich zu Boden und lähmte meinen Arm. Ich spürte den Schmerz kaum und quälte mich wieder auf die Beine.

Im nächsten Moment brach das Dach endgültig zusammen.

Ich sah wie die tonnenschwere Kuppel herabsackte und dann versank die Welt um mich herum hinter einem Vorhang aus Dunkelheit und ewigem Schweigen …

Sekundenlang war niemand fähig, sich zu rühren oder auch nur einen Laut von sich zu geben. In grotesker Haltung stand Howard da, mitten in der Bewegung versteinert, und starrte Dr. Gray an. Rowlf stand auf der Schwelle und preßte seine Hand so fest um den Türrahmen, daß das Holz knirschte.

Mary Winden öffnete ihren Mund zu einem Schrei und wollte sich die Hände vors Gesicht schlagen, führte die Bewegung jedoch nicht zu Ende. Sie verdrehte die Augen und sackte ohnmächtig in sich zusammen. Mit einem Sprung war Sill bei ihr, fing sie auf und ließ sie zu Boden gleiten.

»Was?« keuchte Rowlf. »Ist doch –«

Er schob Dr. Gray wie eine Puppe zur Seite und beugte sich über Robert. Obwohl er wußte, daß der Arzt sich nicht irrte, weigerte er sich, an das Unvorstellbare zu glauben. Mit zitternden Fingern tastete er über den Hals des Toten, klammerte sich verzweifelt an die Hoffnung, wenigstens noch ein schwaches Lebenszeichen zu spüren …

Es gab keines.

Trotzdem gab Rowlf noch nicht auf. Er versuchte es mit Mund-zu-Mund-Beatmung, während Dr. Gray in rhythmischen Abständen Roberts Brustkorb zusammenstauchte und das Herz massierte. Minutenlang mühten sie sich verbissen ab, bis der Arzt seine Hände sinken ließ.

»Es hat keinen Zweck«, murmelte er mit erstickter Stimme. Er schien in den wenigen Minuten um ein Jahrzehnt gealtert zu sein.

»Machen Sie weiter!« brüllte Rowlf ihn an und vergaß vor Aufregung sogar seinen Akzent. Sein Gesicht war weiß wie ein Laken.

Weitere zehn Minuten versuchten sie alles Menschenmögliche, um dem Tod doch noch ein Schnippchen zu schlagen, bis auch Rowlf die Sinnlosigkeit ihrer Bemühungen einsah. Tränen schossen ihm in die Augen, der kraftstrotzende Hüne, den sonst scheinbar nichts aus der Bahn zu werfen vermochte, weinte wie ein kleines Kind. Wieder und wieder murmelte er Roberts Namen.

Plötzlich klammerte sich Gray an seinen Arm. Seine Augen waren immer noch weit aufgerissen, aber nicht mehr vor Entsetzen, sondern unbegreifliches Erstaunen hatte sich in seinen Blick geschlichen.

»Das ist ... seltsam!« stieß er hervor. Er packte Roberts Hände und befühlte sie, schob dann in plötzlicher Hektik die Hosenbeine des Toten hoch und befühlte auch seine Waden.

»Was ist?« fragte Rowlf aufgeregt. Ein schwacher Hoffnungsschimmer trat in seine Augen.

»Wann ist er zusammengebrochen?« fragte Dr. Gray in Howards Richtung.

Lovecraft zuckte mit den Schultern. Auch sein Gesicht war kalkweiß. Er stürzte sich auf die Lehne eines Stuhls, als fürchtete er, nicht mehr aus eigener Kraft stehen zu können.

»Vor zwanzig Minuten etwa«, stammelte er. »Eher etwas mehr.«

»Zwanzig Minuten«, wiederholte Gray. Noch einmal betastete er Roberts Hände und Beine, legte ihm eine Hand auf die Stirn und bog seine Finger in verschiedene Richtungen. »Es muß einen Herzschlag erlitten haben und beim Zusammenbrechen bereits tot gewesen sein, sonst wäre sein Gesicht nicht so verzerrt geblieben.«

»Sag'n Se endlich, wasse meinen!« fauchte Rowlf ungeduldig. Ihm war nicht entgangen, wie sonderbar der Arzt das Wort *tot* betonte.

»In diesen zwanzig Minuten hätte das Blut bereits gerinnen müssen. Er müßte sichtlich bleich, seine Körpertemperatur deutlich abgesunken sein. Selbst eine Leichenstarre müßte bereits begonnen haben. Für nichts davon gibt es auch nur das geringste Anzeichen!«

»Sie meinen ...«, begann Howard, sprach aber nicht weiter.

»Roberts Herz schlägt nicht mehr, aber er ist auch nicht tot«, murmelte Gray. »Es gibt keine medizinische Erklärung für das, was wir hier erleben. Meine Kunst ist am Ende. Hier kann es sich nur um Magie handeln.«

Howard schloß die Augen. Er konzentrierte sich mit aller Kraft. Vor vielen Jahren war er Mitglied des Ordens der Templer gewesen; nicht nur ein einfaches Mitglied, sondern der *Time-Master*. Er war in der Lage, den Ablauf der Zeit kraft seines Willens zu verändern, und diese Fähigkeit wandte er nun an.

Genauer gesagt: er versuchte es.

Etwas störte seine Konzentration. Eine fremde Macht schien sich in seine Gedanken zu schleichen, mit seiner eigenen Kraft zu kollidieren und sie auf unbegreifliche Art zu blockieren. Er paßte sich dem plötzlichen fremden Einfluß an, versuchte ihn zu ergründen und folgte ihm mühsam bis zu seinem Ursprung.

Und als er die Quelle ausgemacht hatte, zuckte er heftig zusammen. Sekundenlang blieb er zitternd und mit geschlossenen Augen stehen, bis er sich einigermaßen zur Ruhe zwingen konnte und mit einem Ruck die Augen öffnete.

Die Quelle der fremden Macht lag bei Robert selbst!

Wie konnte aber jemand, der tot war, magische Kraft aussenden?

»Er lebt!« sagte Howard stockend. »Ich weiß nicht wie das sein kann, aber er lebt.« Sanft ergriff er Robert an den Schultern. »Nimm seine Beine, Rowlf«, sagte er. »Wir bringen ihn ins Bett.«

Während sich Dr. Gray um Mary kümmerte, trugen sie Robert ins Schlafzimmer und legten ihn auf das Bett. Dabei rutschte seine Uhr aus der Westentasche. Howard klappte den Deckel auf. Die Zeiger bewegten sich nicht, aber das Glas war auch nicht gesprungen, und Robert war auf die andere Seite gefallen, so daß die Uhr keinen Stoß abbekommen haben konnte.

Und plötzlich begriff er!

Die stehende Uhr, der fehlende Puls, die konstante Körpertemperatur, die Kraft, die verhindert hatte, daß er in den Zeitablauf eingriff, das Gefühl, das ihn im ersten Moment davon abgehalten hatte, den Körper zu berühren – alles bekam plötzlich einen Sinn.

Robert war nicht tot. Sein Herz hatte auch nicht aufgehört zu schlagen, zumindest nicht in seiner eigenen Wahrnehmung.

Die Zeit war für ihn stehengeblieben!

Es war unfaßbar, aber Robert war in ein eigenes Zeitfeld eingeschlossen, so daß für ihn während seines Zusammenbruchs nicht eine einzige Sekunde vergangen war.

Nachdem er einmal wußte, wonach er suchen mußte, konnte Howard das Feld deutlich spüren: es hatte sich wie eine zweite Haut um Robert gelegt und unterdrückte jede Lebensfunktion.

Mary, Sill el Mot und Dr. Gray erschienen im Türrahmen.

Hastig erzählte Howard, was er herausgefunden hatte. Er glaubte geradezu den Stein hören zu können, der den Gefährten vom Herzen fiel.

»Begreif ich zwar nicht, aber soll wohl heiß'n, daß'm Kleenen nix passiert is«, brummte Rowlf erleichtert. Wie üblich verbarg er seine Gefühle hinter der Maske aufgesetzter Ruppigkeit. »Mitter Zeit kennste dich ja aus. Wann kommt er'n wieda zu sich?«

Howard zuckte mit den Schultern. Natürlich ging es nicht um ein einfaches Aufwachen, sondern sie hatten es hier mit Kräften zu tun, die das menschliche Vorstellungsvermögen überschritten. Er suchte erfolglos nach Worten, um den abstrakten Vorgang darzustellen.

Es war unmöglich, jemandem etwas über eine Zeitmanipulation zu erzählen, der noch nie selbst den Fluß der in die Gegenwart mündenden Vergangenheit gespürt und in den Zyklus der Ewigkeit eingegriffen hatte. Es war, als versuche man einem von Geburt an Blinden zu erklären, was eine Farbe sei.

Ein völlig unmögliches Unterfangen.

Statt dessen konzentrierte Howard sich wieder auf das Zeitfeld. Rowlfs Frage, so ungeschickt sie auch gestellt war, schnitt doch das Problem an, um das es ging. Theoretisch konnte das Feld in der realen Zeit ewig bestehen, ohne daß für Robert auch nur eine einzige Sekunde verging – was einem Tod im Grunde gleichkam.

Er mußte versuchen, das Feld von außen aufzubrechen. Mit geistigen Fühlern tastete er den magischen Käfig ab und versuchte, seine Struktur zu ergründen. Der Aufbau war komplizierter, als er gedacht hatte. Immer wieder stieß er an eine undurchdringliche Mauer und mußte wieder von vorne anfangen. Verbissen verfolgte er einen Faden des Geflechts nach dem anderen, suchte nach einem Ansatzpunkt, von dem aus er sich in das Innere des Kokons vorarbeiten konnte, um das Feld aufzubrechen.

Schweiß perlte auf seiner Stirn. Gespannt beobachteten die anderen seine Bemühungen. Unverständnis und Hoffnung spiegelte sich auf ihren Gesichtern. Eine fühlbare Spannung lag in der Luft.

»Es ... geht nicht«, preßte Howard nach einer Weile hervor.

»Ich brauche eine Pause. Bitte, Mrs. Winden, würden Sie einen Kaffee kochen?«

Mary nickte stumm und ging in die Küche hinunter. Sie hatte die Nachwirkungen ihrer Ohnmacht noch nicht ganz überwunden und schwankte leicht, so daß Sill sich ihr anschloß und sie stützte.

»Was'n nu los?« wollte Rowlf wissen. »Wie sieht's aus?«

Noch bevor Howard antworten konnte, sprang Dr. Gray plötzlich von seinem Stuhl auf.

»Er hat sich bewegt!« rief er mit überschnappender Stimme. »Robert atmet wieder!«

Howard fuhr herum. Tatsächlich hob und senkte sich Roberts Brust. Gleichzeitig schlug er die Augen auf. Das Zeitfeld war verschwunden. Verwirrt strich er sich mit der Hand übers Gesicht.

»Die Kirche«, keuchte er. »Howard ... Rowlf ... ihr lebt?«

»Wir ja, Jungchen«, rief Rowlf freudestrahlend. »Aber bevor de dich's nächste Mal tot stell'n tust, sagste uns Bescheid, ja?«

Ich lächelte unsicher und wollte mich hochstemmen. Ein scharfer Schmerz zuckte durch meine Schulter und ließ mich aufstöhnen. Mein linker Arm fühlte sich taub und gefühllos an.

So gefühllos, als ob er von einem Steinbrocken getroffen worden wäre!

Priscylla nahm die Nachricht von ihrer Entlassung ohne sichtliche Gefühlsregung auf. Sie schien keinen Augenblick ernsthaft am Ergebnis der Untersuchungen gezweifelt zu haben.

»Gut gemacht«, sagte sie mit ausdrucksloser Stimme. »Ich wußte, daß ich mich auf Sie verlassen kann, Professor.«

Erst jetzt lockerte sich ihr Bann ein wenig. Es erforderte zu große Kraft, ihn über eine lange Zeit zu beeinflussen, so daß Denham seinen freien Willen teilweise zurückerhielt. Er schrak zusammen und wich einen Schritt in Richtung Tür, als hätte man ihn geschlagen. Sein Gesicht wurde blaß, seine Augen weiteten sich.

»Was ... haben Sie getan?« keuchte er. »Gott, was geschieht mit mir?«

»Was meinen Sie?« fragte Priscylla unschuldig. Gleichzeitig verstärkte sie wieder ihren Druck auf sein Bewußtsein und lenkte seine Gedanken in ihr wohlgesonnene Bahnen.

Der zornige Ausdruck in seinem Blick zerbrach schlagartig. Doch sie spürte, daß sie zu schwach war, um ihn sich noch einmal ganz zu unterwerfen. Sie kam vorläufig nicht ohne direkten Kontakt aus, um ihn für längere Zeit zu bannen.

Noch war das Fremde in ihr nicht stark genug, um mit geballter Kraft zuschlagen zu können.

Noch.

Sie mußte sich auf anderes konzentrieren. Es gab Wichtigeres als diesen Narren, der ihr allerhöchstens für eine Weile als nützliches Werkzeug dienen konnte. Vorläufig aber konnte er ihr noch behilflich sein.

»Was ich meine?« stieß er hervor, unternahm aber keinen Versuch mehr, das Zimmer zu verlassen. »Das wissen Sie genau! Ich weiß nicht wie Sie das gemacht haben, aber es wird Ihnen nichts nützen. Sie sind noch nicht gesund, das wissen Sie so gut wie ich. Warum haben Sie solche Angst vor Spiegeln, daß Sie keinen im Zimmer dulden? Ihr letzter Anfall liegt auch noch nicht eine Woche zurück, sondern nur zwei Tage. Nein, Sie sind noch lange nicht gesund und wir werden Sie nicht entlassen. Ich werde mit Professor Jameson sprechen und ihm die Wahrheit erzählen.«

»Aber natürlich bin ich gesund«, widersprach Priscylla sanft. »Soll ich es Ihnen beweisen? Kommen Sie.«

Sie unterstrich ihre Aufforderung durch einen gedanklichen Hieb, der seinen Widerstand schlagartig brach.

Gehorsam wie eine Marionette trat er zu ihr. Sie hauchte ihm einen flüchtigen Kuß auf den Mund und starrte ihm einige Sekunden lang tief in die Augen.

»Ich denke nicht, daß Sie irgendwelche Dummheiten machen werden, nicht wahr?« sagte sie. »Meine Entlassung ist doch beschlossene Sache, warum also sollte sich daran etwas ändern?«

Statt einer Antwort preßte Denham sie an sich und küßte sie leidenschaftlich. Sein Atem ging schnell. Sie spürte wie er zu zittern begann.

Priscylla ließ es gelangweilt über sich ergehen.

Mochte er sich in sie verlieben, das machte es ihr nur einfacher, ihn zu beherrschen. Verliebte Männer waren Dummköpfe. Er würde auch weiterhin wie Wachs in ihren Händen sein.

Nach einer Weile ging ihr seine Zudringlichkeit zu weit. Mühelos wehrte sie ihn ab.

Mit einem enttäuschen Keuchen ließ er von ihr ab.

»Gehen sie!« befahl sie.

Er nickte verwirrt, sah sie noch einmal leidenschaftlich an und verließ mit hängenden Schultern das Zimmer.

Priscylla blickte ihm böse nach. Kaum hatte er die Tür hinter sich geschlossen, ließ sie sich im Bett zurücksinken.

Worte, die wie zungenbrecherische, unmenschliche Laute klangen und einer uralten Sprache entsprangen, die nicht für Menschen geschaffen war, kamen ihr über die Lippen.

Worte einer Sprache, die mehr als Abermillionen Jahre alt war …

Schockiert blickte ich auf meine linke Schulter. Dr. Gray hatte das Hemd aufschneiden müssen, weil es mir unmöglich gewesen war, es auszuziehen. Meine Schulter und der daran hängende Arm waren gelähmt. Und jetzt sah ich auch wieso ich solche Schmerzen hatte.

Ein dicker Bluterguß hatte die Schulter rot und blau anlaufen lassen, zudem hing der Arm sonderbar verdreht aus dem Gelenk. Jede Bewegung tat höllisch weh.

»Ausgerenkt«, sagte Dr. Gray nüchtern, nachdem er den Knochen abgetastet hatte. »Es wird weh tun, aber ich muß die Schulter wieder einrenken.«

Ich verzog das Gesicht zu einem schmerzlichen Lächeln. Er packte meinen Arm und riß ihn dann ruckartig nach hinten. »Wehtun« hatte er gesagt. Es war wohl die größte Untertreibung des Jahres. Wie eine Feuerlohe raste der Schmerz durch meinen Arm und trieb mir die Tränen in die Augen. Ich konnte einen lauten Schrei nicht unterdrücken und schnappte nach Luft.

»Schon vorbei«, sagte Gray. Das Wörtchen *schon* klang wie bittere Ironie in meinen Ohren.

Howard hatte seine Augen zu schmalen Schlitzen zusammengekniffen. Tiefe Sorge stand in seinem Gesicht geschrieben.

»Woher kommt das?« fragte er scharf. »Das stammt unmöglich von deinem Sturz. Du bist auf die andere Seite gefallen. Mein Gott, *was ist passiert?*«

Ich wollte die Achseln zucken, besann mich aber noch rechtzeitig eines Besseren.

»Ich weiß es nicht«, sagte ich lahm. Der Schmerz klang langsam ab. Die Gedanken jagten sich in meinem Kopf. Ich war immer noch zu benommen, um die wahre Bedeutung des Geschehens erfassen zu können. Und es war, als sträube sich sogar etwas in mir dagegen, die Erklärung zu finden.

Genau wie bei dem Kampf gegen den Shoggoten im nächtlichen Moor war mir auch diese Vision so real erschienen, daß ich nach dem Aufwachen Schwierigkeiten hatte, in die Realität zurückzufinden. Sollte ich Howard sagten, daß ich *geträumt* hatte, von einem herabstürzenden Stein getroffen worden zu sein, wie ich letzte Nacht auch *geträumt* hatte, mich an dem Stockdegen zu verletzten? Und diese Wunde nach dem Aufwachen wirklich gehabt hatte?

Verdammt – wie sollte ich etwas erklären können, was ich selbst nicht begriff?

Aber Howard fiel auch von allein auf, wie parallel diese Ereignisse lagen. »So, wie du dir gestern die Haut aufgekratzt hast, nicht wahr?« sagte er. Er lächelte, aber sein Ton klang einseitig lauernd. »Du warst nicht ohnmächtig. Du warst in ein Zeitfeld eingehüllt und wir hielten dich für tot.«

Er brach ab und atmete ein paarmal tief durch. »Du hast wieder geträumt, nicht wahr?« hakte er nach einigen Sekunden nach.

Ich nickte widerwillig.

»Und im Traum hast du dich an der Schulter verletzt.« Es war eine Feststellung, keine Frage.

Wieder nickte ich.

Während Gray meine Schulter mit einem nassen Tuch kühlte, lief Howard kopfschüttelnd im Zimmer auf und ab. Ich kannte ihn lange genug, um zu wissen, daß er innerlich nicht annähernd so ruhig war wie er den Anschein erweckte. Ein sicheres Anzeichen dafür war, daß er zum Abstreifen seiner

Zigarrenasche tatsächlich einen Aschenbecher statt des Teppichs benutzte wie er es für gewöhnlich tat.

»Du besitzt gewaltige Fähigkeiten, aber auch du kannst die Zeit nicht beeinflussen«, fuhr er fort. »Also muß es einen Einfluß von außen geben. Deine Träume werden real, Robert, begreifst du das! Sie können möglicherweise *tödlich* werden!«

Ich schwieg auch weiterhin. Howards Worte konnten mich nicht erschrecken, nicht wirklich. Was er sagte, war mir schon selbst klar geworden. Es war unmöglich, widersprach jeder Logik und doch bildeten die Verletzungen einen nicht zu widerlegenden Beweis. Howard wollte auf etwas Bestimmtes hinaus, aber ich war zu müde, um zu erkennen, in welche Richtung er das Gespräch lenken wollte.

»Es sind die *Siegel*«, sagte er düster. »Sie werden dich umbringen, wenn du sie weiterhin behältst. Schaff sie fort, und wenn du es nicht tust, werde ich es machen, bevor sie uns allen gefährlich werden können.«

»Nein!« Ich schrie die Antwort, selbst überrascht, daß mich der Gedanke an eine Trennung von den *Siegeln* so erschreckte. »Sie sind im Safe sicher eingeschlossen«, fügte ich lahm hinzu.

»Es ist Wahnsinn, sie in diesem Haus aufzubewahren. Sie stellen eine Zeitbombe dar, bilden die größte Gefahr in ... in diesem Universum. Und du Narr bildest dir ein, sie beherrschen zu können, weil du sie in einen lächerlichen Panzerschrank eingeschlossen hast? Niemand kann die *Siegel* beherrschen, nicht einmal dein Vater hätte es gekonnt. Aber er wäre so vernünftig gewesen, sie an der tiefsten Stelle des Meeres oder direkt in einem Vulkan zu versenken.«

Ich wollte etwas sagen, aber Howard schnitt mir mit einer herrischen Geste das Wort ab.

»Ich weiß, was du sagen willst. Auch dort wären die *Siegel* nicht sicher. Aber sie haben Jahrmillionen sicher in ihren Verstecken geruht. Und sie wären auch noch dort, wenn du sie nicht wie harmlose Souvenirs eingesammelt hättest. Willst du die Gefahr nicht erkennen? Merkst du nicht, wie du zum Helfer der GROSSEN ALTEN wirst?«

»Das stimmt nicht«, widersprach ich mit mühsam erzwungener Ruhe. »Du weißt selbst, daß die *Siegel* auch ohne mich längst nicht mehr in ihren Verstecken wären. Necron hätte sie längst an sich gebracht und gebrochen. Wäre dir das vielleicht lieber gewesen?«

»Es käme aufs gleiche heraus, als wenn du es tust. Und wenn du so weitermachst, werden sie dich bald dazu bringen können«, gab Howard zornig zurück und starrte mich finster an.

Ich hielt seinem Blick nur ein paar Sekunden lang stand, dann mußte ich den Kopf abwenden.

»Gebt mir die Dinger, und ich hau se zu Klump. Dann is Schluß mittem ganz'n Spektakel«, sagte Rowlf. Niemand lachte über den Scherz.

Mary und Sill brachten Kaffee. In beider Augen sah ich die Freude darüber, mich wach und gesund vorzufinden, und ich spürte eine tiefe Dankbarkeit in mir aufsteigen. Es tat wahrlich gut, solche Menschen um sich zu haben. Gierig schlürfte ich das heiße Getränk, um den Kopf wenigstens einigermaßen klar zu bekommen, und wußte doch, daß es mir nicht gelingen würde. Meine Erschöpfung hatte einen Punkt erreicht, an dem nicht einmal alle Aufputschmittel Londons meine Müdigkeit noch hätten zurückdrängen können. Wenn ich trotzdem nicht auf der Stelle einschlief, lag es allein an dem Alptraum und seinen möglicherweise schrecklichen Folgen, der mich noch wachhielt.

»Bring wenigstens zwei oder drei der *Siegel* an einen anderen Ort«, nahm Howard das Gespräch wieder auf. »Fünf der *Sieben Siegel der Macht* zusammen aufzubewahren, das ist wie ... wie ...« Er brach ab, als ihm kein passender Vergleich einfiel. Selten hatte ich Howard so erregt und gleichzeitig hilflos gesehen. Es kam mir vor, als hätte die Müdigkeit meinen Blick noch geschärft, als nähme ich meine Umgebung überdurchschnittlich deutlich wahr, ohne daß etwas davon richtig in mein Bewußtsein drang.

»Wie ein Sprung in ein Becken voller Piranhas, in der Hoffnung, daß sie keinen Hunger haben«, führte ich den Satz zu Ende. Trotz des versuchten Scherzes war mir keineswegs zum Lachen zumute. Ich wußte, daß Howard recht hatte, aber etwas in mir sträubte sich gegen den Gedanken, die *Siegel* fortzugeben.

»Schlimmer, Robert, tausendmal schlimmer. Hier geht es nicht nur um dich oder mich. Deponiere einige der *Siegel* bei einer Bank, wenn du dich schon nicht von allen trennen willst. Oder kehre Andara-House für eine Weile den Rücken. Du siehst doch, welche Wirkung die *Siegel* auf dich ausüben. Bislang waren die Verletzungen harmlos. Was passiert, wenn du deinen eigenen Tod träumst?«

»Es gibt kein sichereres Versteck als Andara-House«, murmelte ich. »Und meine Abwesenheit nutzt auch nichts. Ich hatte auch in Arabien diese Träume, mehr als tausend Meilen weit entfernt.«

»Aber das Haus kann dich auch nicht schützen«, warf Howard hitzig ein. »Du mußt –«

»– dringend schlafen«, unterbrach Mary ihn resolut. »Sehen Sie nicht, daß er restlos erschöpft ist, Mr. Lovecraft? Morgen ist auch noch ein Tag.«

Howard wollte auffahren, doch Mary schob ihn bestimmt in Richtung Tür. Sill el Mot, Rowlf und Dr. Gray schlossen sich an.

Noch bevor Mary das Licht löschte, war ich bereits eingeschlafen. In dieser Nacht war ich zu erschöpft, um überhaupt irgend etwas zu träumen.

Erschöpft zog Shadow ihre geistigen Fühler zurück und kapselte sich völlig von ihrer Umgebung ab, um neue Kräfte zu sammeln. Man hätte sie für tot halten können – wenn es irgend jemanden gegeben hätte, der sie sah. Doch sie war allein, allein in einer Welt, die aus den Träumen der GROSSEN ALTEN geschaffen war.

Die Kalte Wüste, die Welt jenseits der Welt; keine Wirklichkeit, und doch existent.

Jeder Stein, jede der bizarren, verdorrten Pflanzen, sogar der Boden und die Luft selbst waren vom Pestodem des Bösen erfüllt und strahlten Haß und absolute Fremdartigkeit aus. Die Blumen und Büsche waren abgrundtief häßliche und abstoßende Dinge, Blüten und Blätter formten sich zu gierig klaffenden Mäulern mit rasiermesserscharfen Reißzähnen, die Zweige der Bäume peitschten wie Tentakel auf den Suche nach einem Opfer umher. Der Boden war nicht fest, sondern ein stinkender modriger Sumpf.

Allein der Anblick des toten Landes mit seinen unzähligen Fallen und Gefahren, seiner auf unbegreifliche Weise in sich verdrehten Symmetrie und den Winkeln, die es nach menschlichem Vorstellungsvermögen nicht geben durfte, die sich um mehr als dreihundertsechzig Grad krümmten und selbst parallel verlaufende Linien sich kreuzen ließen, hätte ausgereicht, einen Menschen binnen weniger Minuten in Wahnsinn und Tod zu treiben.

Aber Shadow war kein Mensch, selbst wenn sie als solcher gestorben war. Sie nahm alles um sich herum deutlich wahr, doch sie verlor nicht den Verstand und die Schrecken konnten ihr nichts anhaben. Sie vermochte die fremde Symmetrie zu begreifen, spürte den Biß der reißenden Zähne und den Sumpf, der wie mit schlammigen Händen nach ihren Füßen griff und sie in seine schwarze Tiefe hinabzureißen versuchte. Aber sie konnte nicht sterben, weil kein Engel jemals wirklich starb.

Denn das war sie.

Eine El-o-hym.

Ein Engel.

Was ihr hier und jetzt aber auch nicht viel half. Seit Äonen irrte sie durch diese Unendlichkeit, auf der Suche nach einem Weg zurück in die Welt der Menschen. Sie wußte, daß er hier irgendwo sein mußte – der Riß in den Dimensionen, durch den schon die träumenden Geister der GROSSEN ALTEN geschlüpft waren.

Die einzige Chance, die sie hatte, war, es den schlafenden Dämonen gleichzutun. Und da sie nicht schlief, konnte es ihr sogar gelingen, jenseits des Risses Gestalt anzunehmen.

Sie hatte gesündigt, sich gegen die eheren Gesetze ihres Volkes aufgelehnt. SEINE Gesetze. Und warum?

Aus Liebe, gab sie sich selbst die Antwort; Liebe zu einem Menschen, der dieses Gefühl nicht einmal erwidert hatte: Robert Craven. Und aus der Gewißheit, daß die Erde verloren war, wenn sie ihn nicht hinderte … oder tötete.

Sie wußte nicht, wieviel Zeit vergangen war, bis sie ihre Sinne wieder für ihre Umgebung öffnete. Es erforderte selbst für sie einen immensen Kraftaufwand, sich hier zu behaupten. Das allgegenwärtige Böse war tückisch, es drang wie ein schleichendes Gift in ihr Bewußtsein. Wenn es noch lange dauerte, sich vollends zu befreien, würde ihre Seele Schaden nehmen. Vielleicht würde sie dann selbst zu einem Wesen, wie die GROSSEN ALTEN es waren.

Wenn Craven nur endlich verstehen würde, was um ihn herum geschah! Aber weder er noch sein so scharfsinniger Freund Lovecraft begriffen die Wahrheit, sondern suchten nach anderen Ursachen für alles, was sie nicht verstanden.

Shadow schrak zusammen, als sie die plötzliche Veränderung ihrer Umwelt wahrnahm. Etwas war in ihrer Nähe aufgetaucht und sandte Geistfühler aus, um sie zu finden! Etwas, das so finster und fremdartig war wie das Land, das sie umgab.

Etwas, das hier zuhause war!

Während Shadow noch wie erstarrt dastand und auf das fremde Suchen und Tasten lauschte, verdunkelte sich der Himmel über ihr noch mehr und ein Sturm zog auf. Kein gewöhnlicher Wind, keine bewegte Luft, denn Luft gab es hier in der Kalten Wüste nicht.

Es war ein Sturm aus gequälten Geistern, die Shadow umtosten und schrien und ihren eigenen Geist wie mit eisigen Stacheln durchbohrten. Gleichzeitig spürte die El-o-hym, wie das fremdartige Tasten ihre Seele berührte.

Das Ding hatte sie gefunden! Und sie besaß nicht die Kraft, sich ihm zu widersetzen!

Verzweifelt griff Shadow erneut nach Cravens Geist, um die kurze Zeit zu nutzen, die ihr noch blieb.

Das Wetter am nächsten Morgen schien ein exaktes Spiegelbild meines Seelenzustandes zu sein. Die Uhr zeigte bereits nach zehn, trotzdem war es bislang noch nicht richtig hell geworden und es sah auch nicht danach aus, als ob sich das ändern würde.

Es war, als weigerte sich die Nacht, dem Tag zu weichen, und die Dämmerung schien überhaupt nicht zu enden. Der Wind trug den Geruch nach Kälte und Schnee mit sich und kündigte eine Rückkehr des winterlichen Frostes an.

Ein leichter Nieselregen fiel vom Himmel und tauchte die Welt in ein monotones Grau, so als würde man durch einen dichten Schleier sehen, verwischte er die Konturen der Gebäude und verlieh ihnen ein gespenstisches, unwirkliches Aussehen. Graue Klötze, die sich wie bizarre Obelisken aus dem nebeligen Grau ihrer Umgebung schälten.

Kurzum – das Bild, das London an diesem Vormittag bot, war trostlos.

Und genauso fühlte ich mich.

Mary hatte mich vor etwas mehr als einer halben Stunde geweckt – wie sie sagte, hatte sie mehr als fünf Minuten dazu gebraucht – und grimmig darauf hingewiesen, daß ich im Halbschlaf mein Kopfkissen nach ihr geschleudert hätte.

Obwohl ich fast sieben Stunden geschlafen hatte, kam es mir vor, als hätte ich mich gerade erst hingelegt. Ich fühlte mich wie zerschlagen, noch erschöpfter als in der vergangenen Nacht. Liebend gern wäre ich Marys Rat gefolgt, einfach weiterzuschlafen und das Gespräch mit den Ärzten um ein paar Stunden zu verschieben, aber meine Ungeduld ließ es nicht zu.

Howard schlief noch, zumindest ließ er sich beim Frühstück nicht blicken. Als ich ihm gestern anbot, mich ins Sanatorium zu begleiten, hatte er es abgelehnt. Er hatte nie einen Zweifel daran gelassen, daß ihm Priscylla nach wie vor unheimlich war und sie seiner Meinung nach bis zu ihrem Tod am besten in der Klinik aufgehoben wäre.

Eine eiskalte Dusche und eine halbe Kanne schwarzen Kaffees hatten mich einigermaßen wach gemacht und dann war Dr. Gray schon erschienen, um mich abzuholen.

Trotz der nächtlichen Störung quoll er vor guter Laune fast über. Vielleicht war es die Vorfreude auf den Nachmittag, den er zusammen mit Sill verbringen würde. Vielleicht versuchte er auf diese Art auch nur, mich ein wenig aufzuheitern, doch er erreichte mit seinem anhaltenen Lächeln und seinen spaßigen Bemerkungen das genaue Gegenteil.

Unter normalen Umständen empfand ich Besuche vor der Mittagsstunde als tätliche Körperverletzung ... und heute ganz besonders. Ohne die Verabredung hätte ich Gray die Pest und alle anderen mir bekannten Krankheiten an den Hals gewünscht.

»Nun zieh doch nicht so ein Gesicht«, sagte er, während wir in einer Kutsche durch die Straßen schaukelten. »Schau dich lieber um. Der Winter weicht zurück, bald kommt der Frühling. Stell dir die Sonne vor, dann ist es doch ein wunderbarer Morgen.«

»Wunderbar«, knurrte ich ungnädig zurück. Allein der Gedanke daran, daß ich in wenigen Minuten Pri wiedersehen und sie mich möglicherweise sogar auf der Heimfahrt begleiten würde, um für immer bei mir zu bleiben, hielt mich davon ab, ihm weitere sarkastische Bemerkungen an den Kopf zu werfen.

Das Lächeln wich ein wenig aus seinem Gesicht.

»Wie geht es eigentlich deiner Schulter?«

»Sie tut weh, nachdem heute nacht ein Arzt daran herumgebogen hat, was denn sonst?« Ich erkannte, daß ich den Bogen zu überspannen drohte, und fügte im versöhnlicheren Tonfall hinzu: »Es geht wieder. Ich kann den Arm fast frei bewegen.«

Ich blickte aus dem Fenster, um einem weiteren Gespräch auszuweichen. Seine Frage hatte mir den Traum der Nacht wieder ins Bewußtsein gebracht, nachdem ich mich bemüht hatte, nicht daran zu denken. Jetzt, wo ich nicht mehr ganz so erschöpft war, quälten mich die Erinnerungen um so schlimmer.

Noch einmal lief die furchtbare Vision vor meinem inneren Auge ab und das Schlimmste war nicht einmal die real gewordene Verletzung, sondern der Inhalt des Traumes.

Er hätte einem der Schreckensbilder entstammen können, die Howard als notorischer Schwarzseher mit Vorliebe entwarf, übertraf sie aber noch bei weitem.

Die Hochzeit mit Pri würde mich ins Verderben stürzen und den Tod meiner Freunde bedeuten. Das war die Aussage des Traumes, wenn man ihn von allem Beiwerk befreite.

Für den Bruchteil einer Sekunde hatte ich das Gefühl, einer Erklärung für die Vision ganz nahe zu sein. Es war eine Art von *déjà-vu*-Erlebnis, doch wie es die Eigenart dieser seltsamen Gefühle war, entglitt es mir schneller, als ich es zu fassen vermochte.

Natürlich war eine solche Deutung des Traumes völliger Unsinn. Howard hatte mich mit seiner Schwarzseherei schon fast angesteckt und nur deshalb kam ich auf so abwegige Gedanken.

Ein Stoß mit dem Ellenbogen schreckte mich aus meinen Grübeleien auf.

»Wir sind da«, sagte Gray.

Ich nickte zerstreut und stieg schwerfällig aus der Kutsche. Eine junge Krankenschwester begrüßte uns und führte uns in einen Konferenzraum, wo bereits ein halbes Dutzend Ärzte auf uns wartete. Wir nahmen am Tisch Platz. Einer der Anwesenden, von dem ich wußte, daß es sich um Professor Jameson, den Leiter der Klinik, handelte, erhob sich.

»Ich heiße Sie, auch im Namen meiner Kollegen, herzlich willkommen, Mr. Craven. Es –«

Ich nahm seine weiteren Worte nicht mehr wahr, denn in diesem Augenblick wurde die Tür erneut geöffnet. Eine Krankenschwester führte Priscylla in den Raum.

Priscylla!

Ich unterdrückte im letzten Moment einen freudigen Ruf.

Wie lange hatte ich auf diesen Augenblick gewartet? Es war, als ob nach Monaten ununterbrochenen Regens plötzlich die Sonne aufginge. Der klägliche Rest meines klaren Verstandes wurde samt meinen Befürchtungen von ihrem Anblick hinweggespült.

Ein Orkan von Gefühlen durchtobte mich. Ich sog ihren Anblick geradezu in mich auf, alles andere um mich herum verschwamm zu fernen Schemen. Die Luft schien zu knistern, ich war wie elektrisiert. Pris Blick traf den meinen und ich glaubte in ihren Augen zu ertrinken.

Ich weiß nicht wie lange wir uns einfach nur gegenseitig ansahen, bis sich Pri schließlich als erste aus ihrer Erstarrung löste.

»Robert!«

Sie schrie meinen Namen, riß sich von der Krankenschwester los und kam auf mich zugerannt.

Ich sprang von meinem Stuhl hoch und fing sie in meinen Armen auf. Ohne mich um die anwesenden Ärzte zu kümmern, hob ich sie hoch und wirbelte sie um mich herum. Sie klammerte sich wie eine Ertrinkende an mich, ich schlang meine Arme um sie und preßte sie so fest an mich, daß es ihr weh tun mußte. Immer wieder hauchte ich ihren Namen.

Jede Erklärung der Ärzte war unnötig. Schon der erste Blick in Pris Augen hatte mir gezeigt, daß sie wieder völlig gesund war, und das auf überzeugendere Art, als jede medizinische Diagnose es vermocht hätte. Genauso überflüssig war es, mir das Ergebnis der Untersuchungen mitzuteilen.

Priscylla war vollständig angezogen und die Krankenschwester hielt einen kleinen Koffer mit den Sachen in der Hand, die Pri mit ins Sanatorium gebracht hatte. Die ganze Zeit über hatte ich befürchtet, man würde sie schon aus dem einfachen Grund festhalten wollen, um mein Geld auch weiterhin zu bekommen. Deshalb hatte ich Gray gebeten, mich zu begleiten. Als Anwalt würde er dafür sorgen, daß man sie notfalls auch gegen den Willen der Direktion freiließ. Allerdings wurde durch die positive Entscheidung der Ärzte alles wesentlich vereinfacht.

Jameson war verstummt, nachdem er eingesehen hatte, daß ich ihm ohnehin nicht mehr zuhörte. Nun hüstelte er ein paarmal vernehmlich.

Widerstrebend löste ich mich von Priscylla, ließ aber einen Arm um ihre Schultern gelegt, so daß ich ihren Körper an meiner Seite spüren konnte.

Irgendwo in einem verborgenen Winkel meines Gehirns hielt sich immer noch die absurde Angst, auch dies alles könnte sich als Traum entpuppen; Pri könnte sich in Nichts auflösen, wenn ich sie auch nur für einen Sekundenbruchteil losließe.

»Wie Sie wissen, hat Professor Denham Ihre Verlobte in den letzten Wochen behandelt«, sagte Jameson. »Ich möchte Sie bitten, ihm noch einen Augenblick zuzuhören.«

Denham erhob sich.

»Ich werde mich so kurz wie möglich fassen«, begann er. »Aber einige Dinge sollten Sie doch noch erfahren. Wir konnten bei Priscylla in letzter Zeit keine Anzeichen einer geistigen Labilität oder Verwirrung mehr feststellen. Deshalb sind wir zu dem Entschluß gekommen, einer Entlassung zuzustimmen, allerdings nur unter der Bedingung, daß Sie das Sanatorium im Falle einer neuen Krise von jeder Schuld freisprechen. Wir haben ein Formular vorbereitet, in dem Sie –«

»Was soll das bedeuten?« fiel Dr. Gray ihm ins Wort. »Ich denke, Priscylla ist gesund? Warum also eine solche Erklärung? Sie wissen, daß so etwas nicht üblich ist.«

»Sicher ist Priscylla gesund«, entgegnete Denham ruhig. »Aber unter normalen Umständen würden wir sie noch eine Weile zur Beobachtung hierbehalten, um jedes Risiko auszuschließen. Deshalb können wir die Verantwortung nicht übernehmen. Wenn wir uns überhaupt jetzt schon einverstanden erklären, dann ist das nur ein Entgegenkommen unsererseits, da wir die Gefahr für sehr gering halten. Falls es Ihnen allerdings anders lieber ist, Mr. Craven –«

»Geben Sie schon her, ich unterschreibe«, rief ich, ohne meinen Blick von Pri abzuwenden.

»Laß mich das Schriftstück wenigstens vorher lesen«, bat Gray. Fordernd streckte er die Hand aus. Denham gab ihm das Formular.

»Sie erhalten natürlich auch ein Protokoll über den Verlauf der Krankheit und der Behandlung«, fuhr er an mich gewandt fort. »Ein paar Dinge muß ich Ihnen allerdings noch selbst erklären.«

In den nächsten Minuten ließ er sich über die Geisteskrankheit Priscyllas aus, entgegen seiner anfänglichen Ankündigung keineswegs knapp, sondern reichlich ausschweifend wie es mir vorkam.

Ich verstand kaum ein Wort von dem, was er sagte. Mir fiel auf, daß er Pri immer wieder seltsame Blicke zuwarf, die ich nicht deuten konnte. Warm spürte ich ihren Körper an meiner Seite und ihre Blicke machten mich fast verrückt. Meine Ungeduld wuchs von Minute zu Minute, bis ich es schließlich nicht mehr länger aushielt.

»Wie Sie sagten, kann ich das ja alles dem Protokoll entnehmen. Es ist also unnötig, es mir zu erzählen«, platzte ich heraus. Denham war mir einen bitterbösen Blick zu. Ich ignorierte ihn. »Was ist mit dem Formular?«

»Ich rate dir von einer Unterschrift ab«, antwortete Gray. »Aber da du ohnehin nicht auf mich hörst ... Rein rechtlich ist die Erklärung in Ordnung.«

Ich griff nach dem Papier und unterschrieb.

»Damit wäre dann wohl alles geklärt«, sagte ich laut und kümmerte mich auch diesmal nicht um die bösen Blicke, die mein Verhalten erntete. »Auf Wiedersehen, meine Herren.«

Ich verabschiedete mich hastig und wandte mich gemeinsam mit Gray und Priscylla zur Tür. Denham ergriff meinen Arm.

»Einen Augenblick noch, Mr. Craven«, bat er so leise, daß nur ich es hören konnte.

»Was ist denn noch?« fragte ich ungeduldig.

»Ich muß Ihnen noch etwas Vertrauliches unter vier Augen

sagen. Es ist wirklich wichtig und wird nur einen Augenblick dauern.«

Etwas in seiner Stimme ließ mich aufhorchen. Widerwillig löste ich mich von Priscylla. »Geh schon mit Gray vor, ich komme sofort nach«, sagte ich und trat einige Schritte zur Seite. »Also, was gibt's?«

»Auch wenn Ihre Verlobte weitgehend gesund ist, zeigt sie doch manchmal noch ein seltsames Verhalten«, stieß der Arzt leise hervor. »Sie reagiert allergisch, und zwar ziemlich heftig auf Spiegel. Ich würde Ihnen empfehlen, diese für eine Weile aus Ihrem Haus zu entfernen.«

Großer ernst schwang in seiner Stimme mit. Ich schluckte meinen Ärger hinunter.

»In Ordnung«, sagte ich. »Danke für den Hinweis.«

Dann eilte ich Priscylla nach. Als ich das Portal des Sanatoriums durchschritt, überfiel mich für einen Sekundenbruchteil leichter Schwindel. Ich hatte das vage Gefühl, anstelle der zweiflügeligen Holztür etwas ganz anderes zu sehen, doch die Zeit reichte nicht aus, um zu erkennen, um was es sich handelte. Das Gefühl verflog so schnell wie es gekommen war.

Und als ich Priscylla gleich darauf erreichte, vergaß ich es vollends. Gray hatte auf der gegenüberliegenden Sitzbank Platz genommen und schaute diskret aus dem Fenster der Kutsche, während die Welt bei einem langen und leidenschaftlichen Kuß um uns herum verblaßte.

Reglos starrte Shadow dem Wesen entgegen, das vor ihr in einer Wolke absoluter Schwärze Gestalt annahm. Der Geistersturm schwoll noch einmal an, umtoste Shadow – und verebbte dann so rasch, wie er gekommen war.

Vor ihr stand eine Kreatur, deren Gestalt sie nicht erkennen konnte, so sehr sie sich auch bemühte.

Da war ein gewaltiger Balg aus gestaltgewordenem Tod, da waren Tentakel und ledrige Schwingen und unzählige, finster blickende Augen, in denen ein unheiliges Feuer gloste. Es war eine Kreatur des Wahnsinns. Einer der GROSSEN ALTEN.

»Ein Engel hier in unserer Welt!« klang seine Stimme auf, und obwohl er die Worte in einem fremden Idiom aussprach, konnte Shadow sie verstehen. »Wie kann das sein? Ich dachte, kein Wesen, ob

lebend oder tot, könne die Barriere überwinden. Was willst du hier, El-o-hym?«

»Verzeiht mir, Herr«, antwortete Shadow demütig und haßte sich selbst dafür, aber sie war der Kreatur auf Gedeih und Verderb ausgeliefert. Sie hatte sich von ihrer Rasse losgesagt, weil es in ihren Augen der einzige Weg war, noch schlimmeres Unheil zu verhindern. Wenn sie jetzt versagte, war alles verloren. »Ich bin keine El-o-hym, nicht mehr. Mein Volk hat mich ausgestoßen und in diese Dimension verbannt, so wie auch Ihr vor undenklichen Zeiten gebannt wurdet.«

»So bist du von deinem Glauben abgefallen?« fragte der GROSSE ALTE, und Shadow glaubte so etwas wie Interesse in seiner Stimme zu hören.

»Ich bin ein Gefangener wie Ihr, Herr«, entgegnete sie ausweichend – und spürte im gleichen Moment, daß diese Antwort der Kreatur nicht genügte. »Warum also sollte ich weiterhin zu meinem Herrn stehen?« fügte sie daher rasch hinzu.

Der GROSSE ALTE schwieg für einen Moment. Seine nächste Frage klang lauernd: »Du würdest also neuen Herren dienen, El-o-hym?«

Shadow war zutiefst entsetzt über dieses Angebot. Aber nun konnte sie nicht mehr zurück. Es stand zu viel auf dem Spiel. Sie war schon zu weit auf ihrem verhängnisvollen Weg gegangen, um jetzt aufzugeben.

»Es wäre nur zu deinem Nutzen«, fuhr das Wesen fort. »Ich könnte dir den Weg aus diesem Kerker weisen, in die Welt der Menschen. Wir haben einen unserer Verbündeten verloren. Du könntest seinen Platz einnehmen.«

Das gab den Ausschlag – die Chance, aus dieser Welt zu entkommen. Shadow wußte, daß ihre Seele nun auf immer verdammt sein würde, aber es war die einzige Möglichkeit, den Plan der ALTEN zu vereiteln.

»So sei es«, sagte sie leise.

Im gleichen Moment erkannte sie ihren grauenvollen Irrtum, als die Illusion zusammenbrach.

»Nein!« kreischte sie in höchstem Entsetzen.

Die Inkarnation des GROSSEN ALTEN zerfloß vor ihren Augen und begann, eine andere Gestalt anzunehmen. Shadow war vor

Grauen wie gelähmt, als sie erkannte, wer in der Maske der ALTEN wirklich zu ihr gekommen war.

Das Wesen hatte die Gestalt angenommen, in der es sich früher bevorzugt den Menschen gezeigt hatte. Es hatte sich in einen hünenhaften Körper mit wallenden blonden Haaren und scharfgeschnittenem Gesicht verwandelt. Seine Augen glühten in verzehrendem Feuer. In der Hand hielt es ein gewaltiges Schwert.

Ihre Verfolger hatten sie gefunden.

Das Wesen entstammte ihrer eigenen Rasse.

Es war der mächtigste der El-o-hym!

Erst als Dr. Gray die Tür der Kutsche aufstieß, merkte ich, daß wir den Ashton Place erreicht hatten. Widerstrebend löste ich mich von Priscylla und half ihr beim Aussteigen. Sie bedankte sich mit einem strahlenden Lächeln.

Ich zog meine Brieftasche, um den Kutscher zu entlohnen, aber Gray drückte meine Hand herab.

»Ich werde direkt nach Hause weiterfahren«, erklärte er, und ein Lächeln flog über sein Gesicht. »Ich muß noch ein paar Arbeiten erledigen, bevor ich Sill abhole. Sagen Sie ihr bitte, ich käme gegen halb zwei.«

Ich reichte ihm die Hand. »Bis gleich also, Dr. Gray. Vielen Dank für Ihre Hilfe.«

»Schon gut.«

Wir schritten durch den Vorgarten. Ich wunderte mich, daß niemand zu Pris Begrüßung aus dem Haus kam, obwohl man die Kutsche bestimmt gehört hatte. Wahrscheinlich steckte Howard dahinter, der ihr von Anfang an zeigen wollte, daß sie nicht willkommen wäre.

Ich nahm mir vor, ein paar sehr ernste Worte mit ihm zu reden, wenn er sein Verhalten nicht änderte. Auch meine Geduld war einmal erschöpft und ich würde es nicht dulden, daß er Priscylla aufgrund seines übersteigerten Mißtrauens aus dem Haus zu ekeln versuchte. Vor allem nicht, wenn es sich dabei um mein Haus handelte …

»Sieht so aus, als wäre niemand zu Hause«, sagte Pri. Ich sah, wie ein Schatten über ihr Gesicht glitt.

»Wahrscheinlich hat man uns nicht gehört«, antwortete ich rasch und kramte meinen Schlüssel aus der Tasche.

»Was für ein riesengroßes Haus. Und hier wohnst ... werden wir zusammen wohnen? Ich kann es kaum glauben.«

»Du warst doch schon hier«, rutschte es mir erstaunt heraus.

»Schon einmal hier?« Sie lächelte unsicher und runzelte die Stirn. »Nein, bestimmt nicht. Oder ...?«

»Ich habe mich wohl getäuscht«, stieß ich hastig hervor. Ich hätte mich selbst ohrfeigen können. Pri erinnerte sich kaum mehr an etwas, das vor ihrer Gefangenschaft durch Necron geschehen war. Sie wußte nicht einmal mehr, daß der sadistische alte Magier existiert hatte und es war besser für sie, wenn sie überhaupt nichts über die Ereignisse erfuhr.

Sie schaute mich einen Herzschlag lang irritiert an und zuckte dann mit den Schultern. Ich hoffte, daß sie mir meinen ›Irrtum‹ abnahm und nicht länger darüber nachgrübelte. Vorläufig war es wohl besser, alles von ihr fernzuhalten, was mit ihrer Krankheit zu tun hatte, damit sie diese schrecklichen Jahre möglichst schnell vergessen konnte.

Ich hatte den falschen Schlüssel erwischt und schob es auf meine Nervosität. Automatisch probierte ich den zweiten und stutzte erst, als auch dieser nicht ins Schloß paßte.

Ich betrachtete den Bund genauer.

Der erste war doch der richtige gewesen. Ich probierte es erneut, aber auch diesmal paßte er nicht.

»Was ist los?« fragte Pri verwundert. »Warum schließt du nicht auf?«

Ein Verdacht keimte in mir auf, als ich den Schlüssel trotz aller Bemühungen nicht ins Schloß stecken konnte, aber ich verdrängte den Gedanken sofort wieder.

Howard würde nicht so weit gehen, das Schloß auszuwechseln, nur um Priscylla nicht ins Haus zu lassen. Er wußte nur zu gut, daß er trotz unserer Freundschaft in Andara-House nur ein geduldeter Gast war. Wenn er auch meinem Vater über viele Jahre wesentlich näher gestanden hatte als ich, war ich doch Andaras Erbe und somit auch der Besitzer dieses Hauses. Nein, so einen Schritt würde Howard nicht wagen, denn damit würde er auch mich selbst aussperren.

Abgesehen davon hätte die kurze Zeit, die ich fort war, bei dem hinlänglich bekannten Arbeitstempo der Londoner Handwerker kaum ausgereicht.

»Ich … habe wohl den falschen Schlüssel eingesteckt«, erklärte ich Pri mit einem entschuldigenden Lächeln.

Sie deutete kopfschüttelnd auf das Portal. »Wie wäre es denn damit, den Türklopfer zu bedienen? Robert, was ist heute bloß mit dir los?«

Ich schaute sie einen Moment lang irritiert an. Etwas an ihr kam mir seltsam vor. Ich konnte mich nicht daran erinnern, jemals eine ironische Bemerkung von ihr gehört zu haben und hatte es auch jetzt nicht erwartet. Irgendwie kam sie mir wie ein hilfloses und schutzbedürftiges Kind vor. Ich hatte mich noch nicht daran gewöhnt, daß sie wieder völlig gesund war, ein ganz normaler Mensch, eine eigenständige Persönlichkeit.

Howard hatte mich mehr als einmal gefragt, ob meine Liebe für sie nicht nur Mitleid sei. Ich war mir sicher, daß es nicht so war, aber darauf würden erst die folgenden Tage und Wochen eine endgültige Antwort bringen, wenn es mir gelang, mein bisheriges Bild von ihr abzustreifen.

Fast überhastet griff ich nach dem wuchtigen Türklopfer und schlug den Messinglöwen gegen das Portal.

Ein lautes Dröhnen erscholl, das selbst einen Toten hätte aufwecken können. Ich hörte den Widerhall des Schlages im Inneren des Hauses.

Trotzdem erschien niemand, um die Tür zu öffnen.

Neben mir wurde Priscylla unruhig, sagte aber nichts. Allmählich wurde ich wütend, doch in noch stärkeren Maße fühlte ich Mißtrauen in mir aufsteigen, gepaart mit dumpfer Beklemmung und einer fast noch stärkeren unterschwelligen Furcht.

Jeder im Haus wußte, daß ich etwa zu dieser Zeit zurückkommen würde und es war so gut wie unmöglich, daß ungeachtet dessen alle ausgegangen waren. Harvey verließ das Haus so gut wie nie und Mary würde sich von Howard bestimmt nicht gegen mich aufwiegeln lassen. Auch sie hatte Priscylla ins Herz geschlossen und freute sich sicherlich auf das Wiedersehen.

Bei Sill war ich mir da nicht so sicher. Sie hatte zwar immer wieder betont, wie sehr sie sich darauf freue, Priscylla endlich kennenzulernen, aber irgendwie hatte ich das Gefühl, als sei sie nicht ganz aufrichtig dabei. War da etwa Eifersucht im Spiel?

Unsinn! schlug ich mir den Gedanken aus dem Kopf. Gut, Sill, sah noch immer einen großen Magier in mir – eine Verehrung, die mir ganz und gar nicht recht war und die ich in den folgenden Wochen zu entkräftigen bemüht sein würde – aber *Liebe*? Nein.

Noch einmal betätigte ich erfolglos den Türklopfer.

»Scheint niemand zu Hause zu sein«, sagte ich nicht gerade übermäßig scharfsinnig.

»Aber Robert, du wirst doch wohl in dein eigenes Haus hineinkommen können«, entgegnete Pri. Wieder funkelten ihre Augen ironisch. Ich mußte wie ein völliger Idiot auf sie wirken. Doch mir entging nicht, auf welch seltsame Art sie *mein Haus* betonte. Wenn es nicht so abwegig wäre, hätte man annehmen können, sie wüßte Bescheid über die zwiespältigen Gedanken, die ich Andara-House gegenüber oft hegte.

Auch wenn es mir gehörte, war es doch niemals ganz *mein* Haus gewesen, sondern stets das meines Vaters, das manchmal sogar ein regelrecht unheimliches Eigenleben entwickelte und mir dadurch schon öfters das Leben gerettet hatte.

»Gehen wir hinten herum«, sagte ich, darum bemüht, mir meine Unsicherheit und wachsende Sorge nicht allzu deutlich anmerken zu lassen. Ich ergriff Pris Hand.

Gemeinsam umrundeten wir das Haus auf einem schmalen Weg, der sich zwischen der Pflanzenwildnis schlängelte, die für englische Augen eine geradezu tödliche Beleidigung darstellte. Niedrig hängende Zweige streiften mein Gesicht und ließen mich immer wieder zusammenzucken. Die Hauswand an meiner Seite strahlte eine unangenehm spürbare Kälte aus, wie ein eisiger Hauch aus einer fremden Welt. Es hatte zwar zu regnen aufgehört, aber graue Nebelschwaden bedeckten noch immer den Boden, so daß ich den Kies unter meinen Füßen nicht sehen konnte, sondern nur das Knirschen unserer Schritte hörte.

»Du solltest den Gärtner wechseln«, kommentierte Pri.

Ich nickte nur. Bislang hatte ich mich nie sonderlich um den Zustand des Hauses und Gartens gekümmert. Wenn ich fortan hier mit Pri zusammenlebte, war das Grund genug, endlich alles etwas freundlicher herzurichten.

Die wie gespenstische Fäden zwischen den Büschen hängenden Nebelschleier verliehen allem ein unwirkliches Aussehen. Sie schienen die Realität um eine winzige Nuance in den Bereich des Geisterhaften zu verschieben, ins Reich der Schatten und gestaltgewordener Alpträume. Ich glaubte, unwirkliche, huschende Bewegungen gerade noch am Rande des Wahrnehmbaren zu entdecken, doch sobald ich mich genauer darauf konzentrierte, stellten sich die Bewegungen als Einbildung oder das profane Zittern eines Blattes im Wind heraus. Meine Nerven waren überreizt und gaukelten mir Dinge vor, die es nicht gab.

Unwillkürlich ging ich schneller. Auch der Druck von Pris warmer Hand vermochte meine Angst nicht ganz zu verdrängen. Immer noch fragte ich mich, wieso mein Schlüssel plötzlich nicht mehr paßte und warum niemand auf mein Klopfen reagiert hatte.

Wir erreichten die kleine Terrasse hinter dem Haus, ein Stück vom Dienstboteneingang entfernt. Hier gab es eine reichlich altersschwache Tür zur Küche. Ein Schwachpunkt im Sicherheitssystem des Hauses und geradezu eine Einladung für jeden Einbrecher. Ich hatte mir schon ein paarmal vorgenommen, die Tür durch eine massivere ersetzen zu lassen, war aber nie dazu gekommen. Nun gereichte es mir zum Vorteil. Zwar war die Tür von innen verriegelt, aber auch das stellte kein Hindernis dar.

Ich winkelte meinen Arm an, um mit dem Ellenbogen das dünne Glas des Sichtfensters einzuschlagen, als mich ein Aufschrei Pris herumfahren ließ.

Ein kahler, fingerdicker Zweig hatte sich geschmeidig wie eine Schlange um ihren Hals gewunden und riß sie mit einem harten Ruck nach hinten …

»Nein!«, schrie Shadow noch einmal. Sie taumelte zurück, als hätte sie ein Schlag getroffen, doch der haßerfüllte Blick ihres Gegenübers traf sie härter, als jeder körperliche Angriff es vermocht hätte.

Sie hatte gewußt, daß sie sich der Rache für ihren Verrat nicht immer entziehen konnte, aber sie hatte gehofft, sich vor ihren Verfolgern so lange verbergen zu können, bis die unmittelbare Gefahr durch Priscylla und Robert Craven gebannt wäre.

Jetzt war es zu spät, noch einmal zu fliehen. Sie mußte sich der Konfrontation stellen und wußte doch, daß sie verloren war.

»Bruder«, hauchte sie mit erstickter Stimme.

»Schweig!« donnerte er. »Du hast kein Recht mehr, mich Bruder zu nennen. Ich habe dich einst wie eine Schwester geliebt und deinen Verrat nicht glauben können. Deshalb habe ich dich auf die Probe gestellt. Nun gibt es wohl keinen Zweifel mehr, auf welcher Seite du stehst.«

»Nein, du irrst dich! Es stimmt, ich habe die El-o-hym verraten, aber es geschah nur, um Schlimmeres zu verhindern. Ich habe nie auf der anderen Seite gestanden!«

»Lüge! Gestehe deine Verfehlungen wenigstens jetzt ein. Du bist auf deine Art noch schlimmer als Lucifer, der seinen Verrat wenigstens zugab. Er ließ sich blenden, du aber wolltest dich in kalter Berechnung mit unseren Todfeinden verbünden.«

Entsetzt bemerkte sie, wie ein schattenhaftes Etwas hinter ihrem Bruder Gestalt annahm. Es war hinter einem undurchdringlichen Schleier aus Schwärze verborgen, so daß sie nicht erkennen konnte, um was es sich handelte, aber ein grauenvoller Verdacht krampfte ihr das Herz zusammen.

»Wenn die Siegel gebrochen werden, bedeutet das das Ende allen Lebens«, stieß Shadow hervor. »Ich stelle mich dem Urteil der El-o-hym, wie immer es auch aussehen mag, aber laß mich mein Werk noch zu Ende führen und das Schreckliche verhindern!«

»Und das Verhängnis damit vollständig machen? Wenn ich dich nicht besser kennen würde, könnte man fast annehmen, du wüßtest nicht einmal, welches Unheil du anrichtest. Hast du Robert Craven nicht geholfen, die Siegel in seine Gewalt zu bekommen?«

»Ich wollte verhindern, daß Necron sie bricht«, verteidigte sich Shadow.

»Necron? Unsinn, er war völlig unbedeutend. Die GROSSEN ALTEN hatten von Anfang an geplant, daß Craven die Siegel erhält, und nichts wird jetzt mehr verhindern können, daß sie gebrochen werden … es sei denn, er würde sterben. Wir sind geschaffen, Leben zu erhalten. Wir dürfen es nicht vernichten. Du hast selbst diesen unseren ehrsten Grundsatz gebrochen und verletzt die Prinzipien unseres Seins weiter, indem du auf ihn einwirkst.«

»Diese Prinzipien sind überholt!« rief Shadow. »Wie können wir Grundsätzen treu bleiben, wenn sie millionenfach Tod bedeuten? Ich will Craven nicht töten. Er soll nur erkennen, was er anrichtet.«

»Schon dieser Eingriff ist zuviel. Wage es nicht noch einmal, die Grundlagen der Schöpfung in Frage zu stellen und deinen Verrat noch zu verschlimmern.«

Die Gestalt fuhr herum und deutete auf das finstere Etwas hinter ihm.

»Vernimm nun das Urteil der El-o-hym, Abtrünnige. Wir können dich nicht töten wie du weißt. Aber für deinen Verrat hast du die härteste Strafe verdient, die einen von uns treffen kann. Deine Existenz wird in dem DER-HINTER-DEN-SCHATTEN-WANDELT aufgehen.«

Er machte eine Geste mit der linken Hand. Seine Gestalt löste sich auf und im gleichen Moment verschwand der nebelige Schleier, der das Etwas hinter ihm bislang vor ihren Blicken verborgen hatte.

Shadow schrie in panischem Entsetzen gellend auf.

Der Anblick ließ mich erstarren, nicht so sehr vor Furcht oder Schrecken, sondern weil mein Gehirn sich schlichtweg weigerte zu akzeptieren, was ich sah.

Von einer Sekunde zur anderen begann mein Herz zu hämmern, so rasch, daß mir trotz der Kälte der Schweiß ausbrach. Für die Dauer von ein, zwei Herzschlägen spürte ich nichts als eine eisige, tödliche Leere in mir, war ich vor Grauen wie gelähmt.

Binnen weniger Sekunden hatte sich der Garten völlig verändert.

Die Büsche waren zu unförmigen, namenlosen *Dingen* verdorrt, die mit froschartigen Glupschaugen und lippenlosen Mündern und nadelspitzen Reißzähnen übersät waren. Einer der Bäume schien aus einem elastischen Material zu bestehen; im Rhythmus einer lautlosen Musik schwang er hin und her und neigte sich dabei immer weiter herab. Wie überdimensional lange Arme glitten die Äste durch die Luft. Die Zweigspitzen waren zu gierigen Klauen geformt, die in langen spitzen Krallen endeten.

Pri schrie aus Leibeskräften. Sie schlug blindlings um sich und versuchte verzweifelt, irgendwo mit den Füßen einen Halt zu finden.

Es gelang ihr nicht. Die Äste rissen sie langsam vom Haus fort. Ein schrilles Kichern entrang sich den unzähligen Mündern der Buschwesen. Gierig schnappten die entsetzlichen Zahnreihen aufeinander. Schon befand sich Pri kaum mehr als eine Körperlänge von ihnen entfernt und sie wurde immer weiter gezerrt. Weitere Äste schnellten heran und schlangen sich wie Fesseln um ihre Hand- und Fußgelenke, schlängelten sich daran höher und überzogen sie mit einem dunklen Pflanzengeflecht.

Unfähig zu begreifen, was ich sah, starrte ich auf das schreckliche Geschehen. Erst nach einigen Sekunden riß mich Priscyllas Schreien aus der Erstarrung. Ich griff zum Gürtel, in dem der Stockdegen stak, und riß die Waffe aus der hölzernen Hülle.

Wie von Sinnen hieb ich auf die Pflanzenarme ein. Das Holz erwies sich als ungeheuer zäh. Die Klinge hieb tiefe Scharten hinein, doch fast noch schneller schlossen sie sich wieder. Pris Schreie wurden leiser und verstummten ganz, als die Pflanzenfinger sich noch fester um ihre Kehle zusammenzogen. Sie bekam keine Luft mehr. Ihr Gesicht lief rot an, die Augen waren weit aufgerissen.

Wieder und wieder schlug ich zu, bis ich endlich den Ast zerschmettert hatte und das abgetrennte Ende von Pris Hals reißen konnte. Keuchend schnappte sie nach Luft.

Sofort schlug ich auf die Äste ein, die ihre Hände und Füße umschlangen. Andere Zweige griffen nach mir und peitschten auf mich ein. Sie bewegten sich recht langsam und wenn ich den meisten Attacken auch ausweichen konnte, bekam ich doch einige schmerzhafte Hiebe ab. Wie Peitschenschnüre bissen die Zweige in meine Haut. Schmerz, Angst und das immer schriller werdende Kichern und Kreischen der Büsche trieben mich zur Raserei. Trotz der Kälte war mein Gesicht schweißüberströmt. Meine Armmuskeln verkrampften sich, aber ohne mir eine Sekunde Pause zu gönnen, hieb ich immer wieder zu.

Ich wußte hinterher nicht mehr wie lange der unwirkliche Kampf gedauert und woher ich die Kraft zum Durchhalten geschöpft hatte. Ich hatte aufgehört zu denken, hob immer nur wieder den Arm und ließ die Klinge herabsausen.

Irgendwann war es vorbei Priscylla konnte sich wieder frei bewegen. Ich riß sie mit mir auf die Tür zu. Mit dem Knauf des Stockdegens zerschmetterte ich die Scheibe. Ohne auf den Schmerz zu achten, als einige Scherben in meine Haut schnitten, zog ich den Riegel auf der Innenseite zurück und warf mich gegen die Tür. Wir taumelten ins Innere des Hauses. Noch während ich zu Boden sank, trat ich nach der Tür, so daß sie krachend zuschlug. Das Kreischen und Toben der Büsche brach ab. Eine beinahe unheimliche Stille breitete sich aus.

Zitternd blieb ich mit ausgestreckten Armen und Beinen auf dem Boden liegen. Alles drehte sich vor meinen Augen, mein Herz raste, jeder Atemzug brachte meine Lunge zum Brennen. Im Rhythmus meines Herzschlages pulsierte rasender Schmerz durch meinen Körper. Glühende Nadeln schienen meine Armmuskeln zu durchbohren.

Ich schloß die Augen und versuchte, etwas Ruhe in meine wild durcheinanderwirbelnden Gedanken zu bringen und meine Muskeln zu entspannen. Einige Herzschläge lang gab ich mich der Illusion hin, gerettet zu sein. Dann vernahm ich ein hartes Kratzen von der Tür her, wie das Schaben unzähliger winziger Krallen und Hornfüße. Etwas berührte mich an der Schulter.

Mit einem Schrei fuhr ich hoch, doch es war nur Pri, die ihre Hand auf meine Hand gelegt hatte. Ihr von fassungslosem Schrecken gezeichnetes Gesicht befand sich dicht vor mir. Ihre Haare waren zerzaust, das Gesicht schmutzig und mit zahlreichen blutigen Kratzern übersät. Sie hatte die Augen vor Entsetzen weit aufgerissen und für einen Sekundenbruchteil glaubte ich, neuerlichen Wahnsinn in ihrem Blick flackern zu sehen.

»Robert!« hauchte sie und klammerte sich so fest an mich, daß sich ihre Fingernägel in meine Haut bohrten. Ihre Stimme klang so leise, daß sie nicht zu hören gewesen wäre, wäre es bis auf das leise Scharren an der Tür nicht so unnatürlich still gewesen. Tränen rannen über ihr Gesicht. Sie barg ihr Gesicht in meinem Arm, schluchzte und stammelte sinnlose Worte.

Wie eine entsetzlich entstellte Klauenhand erschien ein Astende am Fenster, verharrte einen Augenblick, als müsse es sich erst orientieren, glitt dann schlangengleich an der Innenseite der Tür herab und wand sich auf uns zu. Weitere Äste und Zweige folgten ihm.

Ich sprang auf und zog auch Priscylla auf die Beine.

»Wir müssen weiter ins Haus hinein!« schrie ich. Sie nickte stumm und verstört.

Wir hasteten auf die gegenüberliegende Tür zu und erreichten den Korridor. Die Tür bestand aus massiven Eichenholz und würde auch die dämonischen Äste aufhalten. Zumindest hoffte ich es. Schweratmend lehnte ich mich gegen eine Wand.

»Bist du ... in Ordnung?« wandte ich mich an Pri.

»Was ... was ist das?« stammelte sie anstelle einer Antwort. »Robert ... mein Gott, was hat das zu bedeuten? Was ist mit den Bäumen –« Ihre Stimme versagte, und wieder schossen ihr Tränen in die Augen. »Halt mich fest«, schluchzte sie. »Halt mich ganz fest.«

»Ich weiß nicht, was mit den Bäumen ist«, log ich und strich ihr übers Haar. Auch jetzt mußte ich mich mühsam zur Ruhe zwingen. Der Angriff des Pflanzenmonsters hätte ausgereicht, viele geistig völlig gesunde Menschen in den Wahnsinn zu treiben. Ich wußte nicht, wie stabil Priscyllas Persönlichkeit wirklich war, aber dafür wußte ich um so besser, daß ich es nicht ertragen würde, wenn sie erneut den Verstand verlieren sollte. Keine noch so tröstenden Worte konnten ihr den Schrecken nehmen, aber es gab etwas anderes, was ich tun konnte. Es widerstrebte mir, ihr den freien Willen zu nehmen, doch die Gefahr war zu groß, und alles geschah nur zu ihrem Besten, so daß ich meine Skrupel rasch überwand.

Ich starrte ihr starr in die Augen und konzentrierte mich so gut wie es mir unter den gegebenen Umständen möglich war. Behutsam griff ich mit magischer Kraft nach Pris Gehirn, drang in ihr Bewußtsein und sandte dabei beruhigende Impulse aus. Ihr Gesicht entspannte sich. Sie hob den Kopf, wischte sich die Tränen mit dem Handrücken ab und brachte sogar ein schwaches Lächeln zustande.

Erleichtert zog ich mich aus ihrem Geist zurück. Einen Herzschlag lang schaute ich sie prüfend an, dann drehte ich mich halb um und blickte aus zusammengekniffenen Augen zur Tür. Dort erklang jetzt auch das Schaben und Kratzen der dämonischen Pflanzen. Einige harte Schläge trafen die Tür. Das massive, dicke Eichenholz begann sich langsam zu biegen, als laste ein ungeheurer Druck auf ihm. Die Tür knirschte und ächzte; armlange Späne splitterten aus dem Holz. Mit einem gewaltigen Krachen riß das Türblatt der Länge nach auf. Ein handbreiter Spalt entstand, durch den sich vorsichtig einer der Äste vortastete.

»Wir müssen in die Bibliothek«, stieß Pri plötzlich hervor. Ihre Stimme klang monoton und leiernd, wie es der Art aller Beeinflußten entsprach, doch ich spürte, daß es nicht nur an der Trance lag, in die ich sie durch meine Hypnose gebracht hatte. Es war noch etwas anderes, das ich mir nicht erklären konnte etwas wie das plötzliche Wissen um Dinge, über die sie von allein gar nichts wissen dürfte.

»Was meinst du?« fragte ich alarmiert, immer wieder rasche Blicke in Richtung der zerstörten Tür werfend. Noch wagten sich die Pflanzenarme nicht in den Flur.

Ich packte ihre Arme. »Was ist mit dir? Pri, was hast du?«

Ihr Blick war starr und ging durch mich hindurch sie schien mich nicht zu sehen, obwohl ich direkt vor ihr stand. Ich schüttelte sie, um sie wieder zur Besinnung zu bringen. Mühelos löste sie sich aus meinem Griff und wandte sich ab, ohne mich auch nur eines weiteren Blickes zu würdigen. Mit mechanisch wirkenden Schritten ging sie zur Treppe und stieg die Stufen hinauf. Ich ahnte, was sie vorhatte, hätte sie aber höchstens mit Gewalt aufhalten können. Zuerst aber wollte ich sehen, ob sich mein Verdacht bewahrheitete.

Am Ende der Treppe trat sie in den Korridor und von dort aus in die Bibliothek. Suchend blickte sie sich im Raum um. Die Wände wurden von deckenhohen Regalen eingenommen, auf denen sich Bücher stapelten. Größtenteils handelte es sich um Werke über Magie und Okkultismus, die Howard und mein Vater gesammelt hatten, darunter befanden sich zahlreiche seltene Exemplare und uralte Handschriften. Sammler hätten ein Vermögen dafür bezahlt, aber ich kannte die Gefahr, die von einigen der Schriften ausging und dachte nicht im Traum daran, auch nur eines der Bücher zu verkaufen.

Unschlüssig verharrte Priscylla in der Mitte des Raumes und ließ ihren Blick umherschweifen. Sie bewegte sich mal in die eine, dann in die andere Richtung. Für Bruchteile von Sekunden war ihr Spiegelbild deutlich in der Fensterscheibe zu sehen.

Der Anblick traf mich wie ein Schlag und wahrscheinlich schrie ich nur deshalb nicht, weil ich viel zu erschrocken dazu war.

In der Scheibe war Pris Gesicht zu sehen, aber es war nicht das vertraute Gesicht des jungen Mädchens. Es war die eingefallene, mit Narben, Falten und Runzeln übersäte Fratze einer uralten Frau mit rotglühenden, haßerfüllten Augen.

Das Gesicht, das ich schon während des Alptraumes von unserer Hochzeit gesehen hatte!

Priscylla wandte sich wieder um und im gleichen Moment erkannte ich, daß meine Nerven mir nur einen Streich gespielt hatten. Ihr Gesicht war wieder jung und schön wie immer.

Sie schien endlich gefunden zu haben, wonach sie suchte. Mein Verdacht bestätigte sich. Sie trat direkt zu dem Kamin mit dem Ölbild darüber, hinter dem sich der Wandsafe mit den *Siegeln der Macht* verbarg. Sie riß das Bild achtlos herunter. Irritiert schaute sie die Drehknöpfe einen Moment lang an und machte sich dann an den Zahlenschlössern zu schaffen. Dabei murmelte sie ein einzelnes Wort; nein, kein Wort, mehr einen kehligen, unglaublich düster klingenden Laut, der geeignet war, jedem Menschen einen Knoten in die Stimmbänder zu zaubern.

Ich zuckte zusammen. Eine Gänsehaut rann über meinen Rücken und ich glaubte, für einen Sekundenbruchteil die Anwesenheit von etwas ungeheuer *Fremdartigen* zu spüren, das durch ihren Ruf herbeigelockt worden war. Obwohl sie nur leise gesprochen hatte, schien der düstere Laut von den Wänden widerzuhallen und bei jedem Echo noch an Stärke zu gewinnen.

Ich durfte nicht mehr länger zögern. Auch wenn Priscylla die Kombination des Safes nicht kannte, war ich mir plötzlich gar nicht mehr sicher, ob sie ihn nicht trotzdem zu öffnen vermochte. Es war nicht das erste Mal, daß ich einen Laut wie diesen gehört hatte. Sie hatte ein Wort der *Macht* gesprochen, ein sicherer Beweis, daß sie unter den Einfluß eines fremden Willens geraten war, bei dem es sich nur um ein gespenstisches Eigenleben der *Siegel* in dem Safe handeln konnte.

»Laß es, Pri«, sagte ich und trat an sie heran, um sie zurückzuziehen. Noch bevor ich sie berühren konnte, fuhr sie blitzartig herum.

Ein eisiger Splitter schien in mein Herz zu fahren.

Wahnsinn und übermenschlicher Haß hatten Priscyllas Gesicht verzerrt. Ihr Mund war weit aufgerissen; Schaum stand vor ihren Lippen. Ihre Augen waren auf entsetzliche Art verdreht, so daß fast nur noch das Weiße der Augäpfel zu sehen war.

Ohne auch nur auszuholen, versetzte sie mir mit der Hand

einen Schlag, der mich quer durch den Raum schleuderte, bis eines der Regale meinen Sturz reichlich unsanft abbremste. Abermals splitterte Holz.

Halb ohnmächtig sank ich an der Wand entlang zu Boden.

Binnen weniger Stunden hatte Zimmer siebenunddreißig ein völlig anderes Gesicht angenommen, auch wenn es weniger an den äußerlich sichtbaren Veränderungen lag. Der Raum war geputzt, das Bett frisch bezogen und zwei weitere Betten hineingestellt worden. Die Atmosphäre war wieder steril wie in fast jedem Krankenzimmer, das nicht belegt war, zumindest so lange nicht, bis in wenigen Stunden neue Patienten eintreffen würden.

Es ist, als ob Priscylla gestorben wäre, dachte Denham. Und im Grunde machte es für ihn auch keinen Unterschied, aus welchem Grund sie das Sanatorium verlassen hatte. Für ihn war sie tot, ihm blieben nur die Erinnerungen. Alles, was auf ihre Anwesenheit hingedeutet hatte, war verschwunden. Ihre Sachen hatte sie mitgenommen, den Blumenstrauß, den er ihr vor zwei Tagen geschenkt hatte, hatten die Putzfrauen weggeworfen. Es war, als ob auch ein Teil von ihm selbst gestorben wäre.

Denham saß auf einem Stuhl und starrte ins Nichts.

Er begriff nicht, was mit ihm geschah. Die Frau hatte *irgend etwas* mit ihm gemacht, hatte ihn verzaubert, und er kam nicht dagegen an. Wenn er die Augen schloß, sah er sie immer noch in ihrem Bett liegen, glaubte er ihre Stimme zu hören und den Duft ihres Parfüms zu riechen. Er glaubte wieder ihre weichen Lippen auf seinem Mund zu spüren, und seine Hände schienen über ihren vollendeten Körper zu gleiten.

Er war verwirrt wie nie zuvor, fühlte sich elend und schwach wie nach einer langen, schweren Krankheit. Er hatte Williams erklärt, daß ihm nicht gut wäre und den Kollegen gebeten, seine Krankenbesuche mit zu übernehmen, um sich nach dem Abzug der Putzfrauen und Krankenschwestern in diesem Zimmer zu verkriechen. Er mußte Ruhe in seine aufgewühlte Gefühlswelt bringen. Wenn es ihm nicht gelang, seine Empfindungen in den Griff zu bekommen und sich über sich selbst klar zu werden, würde er die Trennung nie überwinden.

Denham schluckte und wischte sich eine Träne aus den Augenwinkeln. Es lag lange zurück, daß er zuletzt geweint hatte, so lange, daß er sich kaum noch daran erinnern konnte.

Aber jetzt weinte er wie ein kleines Kind. Hatte er Priscylla wirklich geliebt? War es überhaupt möglich, sich in so kurzer Zeit derart in einen Menschen zu verlieben, daß die Trennung ihm solchen Schmerz bereitete? Sicher, er hatte sie wegen ihrer Schönheit begehrt, obwohl er gegen dieses Gefühl angekämpft hatte.

Aber Liebe?

»Oh, Priscylla«, murmelte er mit brüchiger Stimme. »Priscylla, was hast du mir angetan?«

Sein Verhalten mochte auf einen unbeteiligten Beobachter lächerlich wirken, aber er besaß nicht mehr die Kraft, gegen seine Empfindungen anzukämpfen.

Vor dem Gespräch am heutigen Morgen hatte er Craven nur ein oder zweimal kurz gesehen und ein paar flüchtige Worte mit ihm gewechselt. Bisher hatte Denham diesen Craven für einen vernünftigen Menschen gehalten, doch der heutige Auftritt hatte gezeigt, daß er nichts weiter als ein arroganter, eingebildeter Schnösel war. Er würde Priscylla niemals so glücklich machen können wie Denham es von sich selbst glaubte, aber sie hatte sich für Craven entschieden und nichts konnte daran etwas ändern.

Wirklich?

Eine vage Idee keimte in Denham auf. Obwohl er sich innerlich dagegen sträubte, nahm die Idee in seinem Unterbewußtsein immer mehr die Gestalt eines hinterhältigen Planes an. Sein klares Denken war ausgelöscht, untergegangen in einem wahren Taumel der Sinne, in dem so etwas wie Logik oder Vernunft nichts mehr zu suchen hatte. Er merkte nicht einmal wie etwas anderes die Gewalt über seinen Willen an sich riß.

Wenn er Priscylla nicht haben konnte, dann sollte es auch niemand sonst und schon gar nicht dieser Craven!

Ruckartig stand Denham auf. Natürlich, das war die Lösung. Er verstand nicht, wieso er nicht schon früher darauf gekommen war. Er mußte Priscylla und anschließend auch ihren Verlobten töten. Sobald es die beiden nicht mehr gab, würde er seinen inneren Frieden wiederfinden. Ohne noch länger zu zögern, verließ er das Sanatorium und machte sich auf den Weg zum Ashton Place ...

Ein greller Schmerz, als ob ich in zwei Teile gerissen würde, fuhr durch mein Rückgrat, raste durch meinen Körper und explodierte in meinem Nacken. Alles verschwamm vor meinen Augen, ein blutiger Nebel senkte sich über mein Bewußtsein. Der unvorstellbare Schmerz lähmte mich. Selbst meine Stimmbänder verweigerten mir den Dienst, als ich schreien wollte.

Eine dunkle, betäubende Woge spülte mein Bewußtsein hinweg. Alles um mich herum versank in Finsternis und der Wunsch wurde fast übermächtig, mich in dieses nachtschwarze Dunkel hineinfallen zu lassen, um dem Schmerz und der fast noch schlimmeren Verzweiflung wenigstens für eine Weile zu entfliehen.

Aber irgendwo in einem verborgenen Winkel meines Gehirns regte sich Widerstand, ein letztes Aufbegehren meines Verstandes, das mich zwang, gegen die beginnende Ohnmacht anzukämpfen. Ich durfte das Bewußtsein nicht verlieren, sonst konnte es gut sein, daß mein Schlaf um einige tausend Jahre länger ausfiel, als mir lieb sein konnte.

Priscylla! Um Gottes willen, was geschah mit Priscylla? Sie durfte nicht ...

Der Gedanke verlieh mir noch einmal neue Kraft.

Mit aller Macht stemmte ich mich gegend die saugende Schwärze. Mühsam hob ich den Kopf und versuchte die Benommenheit fortzublinzeln. Die Schleier vor meinen Augen lichteten sich ein wenig, gerade so weit, daß ich meine Umgebung wieder schemenhaft erkennen konnte.

Priscylla kümmerte sich nicht weiter um mich. Sie hatte sich wieder umgedreht, so daß ich ihr entstelltes Gesicht nicht sehen konnte. Ihre Hände lagen noch immer auf den Zahlenschlössern. Ich sah wie ein fast unmerklicher Ruck durch ihren Körper ging. Sie ließ ihre Hände herabsinken, riß sie dann in einer blitzartigen Bewegung wieder hoch –

– und stieß sie durch die Tür des Safes!

Der gehärtete, handbreite Stahl wurde geradezu auseinandergefetzt, als handele es sich um Papier. Ein unnatürliches, grünliches Leuchten drang aus dem Spalt. Ohne sichtliche

Anstrengung riß Priscylla die ganze Vorderfront ab. Kreischend gab das Metall nach. Mörtel rieselte aus den Fugen, und ein Teil des Putzes und der Tapete bröckelten ab, als der gesamte eingemauerte Safe mit unvorstellbarer Wucht ein Stück weit aus der Wand gerissen wurde. Das grünliche Leuchten verstärkte sich noch.

Ich versuchte auf die Beine zu kommen und ließ mich stöhnend zurücksinken, als erneut ein glühender Dolch mein Rückgrat zu spalten schien.

Priscylla griff in den Safe und zog ein bizarr geformtes Gebilde heraus, das wie ein unmenschliches Herz zu pulsieren schien und in seinem Innern das kalte, grünliche Leuchten gebar. Es war jetzt so stark, daß es sogar durch ihre Hände drang.

Es dauerte einige Sekunden, bis ich begriff, um was es sich bei dem Gebilde handelte.

Die fünf *Siegel* hatten sich trotz ihrer völlig unterschiedlichen Formen auf unmöglich anmutende Art zu einem Ganzen zusammengefügt, einem fremdartigen *Ding* mit Linien und Formen, die es gar nicht geben durfte. Winkel, die auf sinnverwirrende Art in sich gekrümmt waren, hatten sich gebildet und die Verschmelzung der *Siegel* möglich gemacht. Wenn sie vorher wie (nun, ja halbwegs) irdische Gegenstände angemutet hatten, so zeigte sich nun deutlich, daß sie nicht von dieser Welt stammten, sondern aus einem Reich, in dem gänzlich andere Naturgesetze galten, wenn überhaupt.

Der Anblick ließ mich aufstöhnen. Ich spürte, wie sich allein durch den Anblick des Gebildes etwas Düsteres wie ein schleichendes Gift in meine Seele stahl. Der Hauch des Bösen kroch auf dürren Spinnenbeinen durch meine Gedanken. Ich wollte den Kopf abwenden, konnte mich aber nicht von dem Anblick losreißen.

Unter der Berührung Priscyllas begannen sich die *Siegel* zu verwandeln. Es war keine mit den Augen wahrnehmbare Veränderung, aber ich spürte sie wie die Berührung einer finsteren Hand.

»Nein!«, krächzte ich. »Um Gottes willen … Pri, hör auf!«

Sie beachtete mich nicht einmal, sondern fuhr in ihrem schrecklichen Werk fort.

Die *Siegel* wurden gebrochen!

Aber das war unmöglich! Ich besaß nur fünf der sieben *Siegel*, und um die GROSSEN ALTEN zu erwecken, waren alle nötig!

Noch einmal versuchte ich mich hochzustemmen, doch wieder gaben die Beine unter meinem Gewicht nach.

Mit der Kraft der Verzweiflung kroch ich auf Priscylla zu.

Ihr Gesicht war kaum noch zu erkennen, so sehr hatte der Wahnsinn es entstellt. Geifer troff von ihren Lippen und ununterbrochen murmelte sie finster klingende Worte einer längst untergegangenen Sprache.

Jede Bewegung bereitete mir unvorstellbare Pein, aber mit einer Kraft, von der ich im Nachhinein nicht mehr wußte, woher ich sie nahm, zwang ich mich Zoll um Zoll vorwärts. Es war seltsam, aber je weiter ich mich Pri näherte, desto mehr Kraft schien in meinen Körper zurückzukehren.

»Laß die *Siegel* fallen!« ertönte hinter mir eine harte, fast hysterisch klingende Stimme. Begleitet wurde sie von dem charakteristischen Klicken, mit dem der Hahn eines Revolvers gespannt wird.

Pri erstarrte, hielt die *Siegel* aber immer noch fest.

Ich wandte den Kopf.

Howard stand auf der Türschwelle, einen Trommelrevolver in der Hand. Sein Gesicht schien wie aus Stein gehauen und in seinen Augen lag ein gefährliches Funkeln.

»Laß sie fallen oder ich schieße!« rief er noch einmal. Der Klang seiner Stimme ließ keinen Zweifel aufkommen, daß er seine Drohung wahrmachen würde.

»Nicht, Howard«, stammelte ich. Es widersprach jeder Logik. Priscylla stand im Begriff, unermeßliches Elend über die Welt zu bringen, sie hatte sich in eine ekelerregende Kreatur verwandelt und doch liebte ich sie noch und würde nicht zulassen, daß man ihr etwas antat.

Sie war selbst nur ein Opfer, nicht mehr als eine Marionette, die einem fremden Willen gehorchte. Howard aber haßte sie als Person und ich wußte, daß er sie töten würde, ob sie ihm gehorchte oder nicht.

Mit jeder Sekunde ließen die Schmerzen in meinem Rücken nach und ich spürte wie neue Kraft in meinen Körper strömte.

Immer noch stand Priscylla reglos vor dem zerstörten Safe und hielt das bizarr geformte Gebilde fest, aber sie war verstummt und wirkte nicht mehr auf die *Siegel* ein. Das unruhige Pulsieren des *Dinges* war erloschen.

Howard hob die Pistole, so daß die Mündung genau auf Pris Kopf gerichtet war. Er trat zwei Schritte vor. »Nimm sie ihr ab«, sagte er an mich gewandt. »Los, mach schon!«

Ich nickte verwirrt und stemmte mich hoch. Die Schmerzen und meine Schwäche waren wie fortgewischt, aber ich ließ meine Bewegungen bewußt schwerfällig und mühsam wirken, um ihn zu täuschen.

Langsam trat ich einen Schritt in Pris Richtung, fuhr dann aber blitzschnell herum – und warf mich auf Howard.

Mein Angriff kam so überraschend, daß er nicht mehr ausweichen konnte. Gemeinsam stürzten wir zu Boden.

Ich kam über ihm zu liegen, packte seine Waffenhand und schlug sie hart auf den Boden. Sein Gesicht verzerrte sich vor Schmerz, aber er ließ den Revolver nicht los.

»Was tust du?« schrie er und versuchte, sich aus meinem Griff zu winden. »Sie wird uns alle vernichten, wenn ich sie nicht töte!«

»Du wirst ihr nichts tun!« brüllte ich.

Verbissen rangen wir um den Besitz des Revolvers. Ich kämpfte wie ein Berserker um Pris Leben. Für einen Augenblick ließ ich Howard los und knallte ihm die Faust ans Kinn. Ich hatte nicht viel Schwung holen können, aber die Wucht des Schlages reichte aus, Howard erschlaffen zu lassen.

Erst zu spät erkannte ich, daß er sich nur verstellt hatte. Als ich mich ein wenig aufrichtete, zog er die Beine an und schleuderte mich zurück.

Für einen Sekundenbruchteil flackerte der Schmerz in meinem Rücken wieder auf, aber er verging ebenso schnell wieder. Ich sah, wie Howard sich aufrichtete und die Waffe auf die immer noch reglose Priscylla anlegte.

»Neiiin!«

Ich war mir nicht einmal bewußt, daß ich es war, der den Schrei ausgestoßen hatte. Mit aller Kraft stieß ich mich vom Boden ab und sprang Howard an. Ich bekam den Revolver zu packen und drehte seine Hand mit einem harten Ruck herum.

Ein Schuß löste sich. Gleichzeitig sackte Howard in sich

zusammen. Ein ungläubiger Ausdruck erschien auf seinem Gesicht. Ein, zwei Herzschläge lang starrte er mich anklagend an, dann brach er endgültig zusammen. Reglos blieb er auf dem Boden liegen. Blut sickerte aus einer Wunde in seiner Brust.

Unberührt von allem setzte Priscylla ihre Beschwörung fort. Die düsteren Worte klangen wie bitterer Hohn in meinen Ohren.

»Hör auf!« schrie ich und fuhr herum. Der Ausdruck des Wahnsinns war aus ihrem Gesicht gewichen. Es zeigte wieder das engelhaft schöne Antlitz, das ich so liebte, aber gerade dadurch schienen die Beschwörungsformeln in der Sprache der GROSSEN ALTEN noch grausamer zu klingen.

»Hör auf!« schrie ich noch einmal und taumelte auf sie zu.

Im gleichen Moment hörte ich hinter mir ein Geräusch. Mit letzter Kraft hatte Howard noch einmal den Revolver gehoben und diesmal hatte ich keine Chance mehr, ihn rechtzeitig zu erreichen. Der Knall des Schusses hallte wie eine abgefeuerte Kanone in dem engen Raum und wurde von einem noch gewaltigeren Bersten übertönt. Geistesgegenwärtig riß Priscylla das aus den *Siegeln* gebildete Ding hoch. In einer gewaltigen Explosion barst es auseinander, als es von der Kugel getroffen wurde. Eine Feuerlohe fauchte mir entgegen und raste brüllend über mich hinweg. Ich spürte die Flammen wie die Berührung einer glühenden Hand auf meiner Haut.

Und im gleichen Moment zersplitterte die Welt!

Das Wesen schien aus gestaltgewordenem Nichts zu bestehen. Es war von absoluter Finsternis, aber weit mehr als nur Schatten und Dunkelheit. Wo es sich befand, klaffte ein Riß in der Wirklichkeit, ein in seiner Form unbeständig wallendes Etwas, in dem es nachtschwarz zuckte und waberte.

DER-HINTER-DEN-SCHATTEN-WANDELT.

Nicht der Tod, denn Engel sind unsterblich, sondern ein tausendmal schlimmeres Wesen. Nicht einmal ein Geschöpf der Hölle, sondern eine absolut fremdartige Lebensform aus dem Abgrund jenseits der Sterne. Etwas, das sich am ehesten mit einem lebenden Tor vergleichen ließe, das jeden, den es verschlang, aus diesem Universum tilgte und ins absolute Nichts verbannte, eine Hölle ewigwährender Pein, von wo es keine Rückkehr mehr geben konnte. Es gab Schicksale, die schrecklicher waren als der Tod.

Shadow begann zu laufen und wußte doch, daß sie dem Wesen nicht entkommen konnte. DER-HINTER-DEN-SCHATTEN-WANDELT gab niemals auf, wenn er sich einmal auf der Spur eines Opfers gesetzt hatte und es gab keine Chance, ihn abzuschütteln. Er würde sie ewig hetzen, so lange, bis sie nicht mehr fliehen konnte. Aber sie mußte versuchen, Zeit zu gewinnen, mußte Robert Craven warnen, den letzten, endgültigen Schritt zu tun.

So hastete sie durch die tote Wüstenlandschaft, und wenn sie sich auch nicht umwandte, wußte sie doch, daß ihr Verfolger dicht hinter ihr war. Und näher kam, immer näher.

Sie spürte, wie ihr der Kontakt zu Robert Craven entglitt. Auch dieser Versuch war fehlgeschlagen und das Schicksal würde seinen Lauf nehmen, weil sie nicht mehr die Kraft besaß, noch einmal auf die Ereignisse einzuwirken.

Und mit dieser Erkenntnis schwand Shadows Wille, noch weiter zu fliehen. Warum auch? Robert Craven war verloren und mit ihm die ganze Menschheit. Keine Macht der Welt (und des Jenseits) konnte mehr verhindern, was geschehen mußte.

In diesem Augenblick spürte sie den Sog. Schon glaubte sie, DER-HINTER-DEN-SCHATTEN-WANDELT griffe nach ihr, um sie mit sich zu reißen. Doch dann erkannte Shadow, daß der Sog aus jener Richtung kam, in die sie lief.

Noch wußte sie nicht, was es bedeutete. Hoffnung? Ein Trick ihres Verfolgers? Oder einer der GROSSEN ALTEN, der auf sie lauerte?

Aber ganz gleich, was es war – für eine Todgeweihte spielte es keine Rolle. Und Shadow nahm noch einmal alle Kraft zusammen und lief darauf zu …

Die Feuerlohe, der Raum um mich herum, Howard, Pri … alles löste sich in Nichts auf.

Ich befand mich in der Eingangshalle von Andara-House. Rowlf und Mary standen mit schreckensbleichen Gesichtern neben mir. Auch Priscylla befand sich bei ihnen.

Und Howard.

Howard!

Der stinkende Zigarrenrauch, den er mir entgegenblies, überzeugten mich, daß es sich um kein Trugbild handelte.

Aber ich hatte ihn doch erschossen! Deutlich sah ich seinen toten Körper ein paar Schritte entfernt liegen und …

»Was …?« murmelte ich und schaute genauer hin.

Es war nicht Howards Körper. Der Mann hier war kleiner und nicht ganz so hager. Mit zwei Schritten erreichte ich den Leichnam und drehte ihn herum. Jetzt erkannte ich, um wen es sich handelte. Es war Professor Denham. Er hielt den Revolver noch in der Hand. Die Kugel hatte sein Herz getroffen, genau wie ich es im Traum bei Howard gesehen hatte.

»Wieder … ein Traum«, stammelte ich. Nur langsam fand ich in die Realität zurück. Jetzt erinnerte ich mich auch wieder vage daran, daß ich beim Verlassen des Sanatoriums für einen Sekundenbruchteil das mit seltsamen Symbolen beschlagene Portal gesehen hatte.

Zu diesem Zeitpunkt mußte der Traum bereits begonnen haben.

Aber er war anders gewesen als die vorigen Male. Ich hatte nicht still gelegen, sondern mich bewegt und gehandelt.

»Er wollte mich umbringen«, hauchte Pri. »Er hätte mich erschossen, wenn du nicht –« Sie führte den Satz nicht zu Ende. Ihr Blick flackerte, dann verdrehte sie die Augen und sank ohnmächtig zusammen. Mary fing sie auf.

»Ich muß allein mit dir sprechen«, wandte ich mich unsicher an Howard. Es hatte nichts damit zu tun, daß ich Mary oder Rowlf nicht mehr vertraute, aber Howard konnte ich am ehesten zu erklären versuchen, was ich selbst nicht verstand.

Wir traten in den Salon. Ich schenkte mir ein Glas Cognac ein und schüttete den Alkohol mit einem Schluck in mich hinein. An meiner rechten Hand befanden sich frische Schnittwunden.

»Was ist geschehen?« murmelte ich.

»Was geschehen ist?« Howard runzelte die Stirn. »Aber das mußt du doch am besten …«

»Ich habe wieder geträumt«, murmelte ich. »In der Vision lief alles ganz anders ab.«

Er starrte mich irritiert an, sog ein paarmal an seiner Zigarre, schnippte die Asche auf den Teppich und zuckte kopfschüttelnd die Achseln.

»Du bist zusammen mit Priscylla hergekommen. Kaum ward ihr hier, als dieser Irre auftauchte. *›Wenn ich sie nicht kriege, soll sie keiner haben‹*!, brüllte er und zielte mit der Waffe auf Priscylla. Du hast dich auf ihn gestürzt. Beim Handgemenge löste sich ein Schuß und traf ihn.« Wieder sog Howard an seiner Zigarre und blies mir eine Rauchwolke entgegen. »Ich freue mich schon darauf, Inspektor Cohen wieder im Haus zu haben und ihm alles zu erklären«, fügte er dann mit einem irgendwie gequält wirkenden Lächeln hinzu.

Ich erklärte ihm, was ich erlebt hatte. Ungläubig starrte er mich an, unterbrach mich jedoch kein einziges Mal uns schwieg auch noch mehrere Minuten, nachdem ich geendet hatte.

»Das ist unglaublich«, ergriff er schließlich wieder das Wort. »Hätte ein anderer mir diese Geschichte erzählt … Aber wir werden wohl nie herausfinden, wo die Grenze zwischen Traum und Wirklichkeit verlief.«

»Vielleicht doch«, murmelte ich. Ich schaute auf die frischen Wunden an meiner Hand, sprang dann auf und rannte so schnell in die Küche, daß Howard Mühe hatte, mir zu folgen. Das Fenster der Außentür war unversehrt. Ich lief in die Eingangshalle zurück und kniete neben Denham nieder. Hastig ergriff ich den Revolver, öffnete die Trommel und schüttelte die Patronen in meine Hans.

Zwei leere Hülsen befanden sich darunter. Sie waren noch ein wenig warm; beide Schüsse konnten also erst vor wenigen Minuten abgefeuert worden sein.

»Wie oft hat er geschossen?« fragte ich Howard.

»Einmal. Der Schuß war direkt tödlich.«

Ich nickte, hatte keine andere Antwort erwartet. Schweigend kehrten wir in den Salon zurück. Ich trat ans Fenster. Der Garten sah aus wie immer.

»Etwas versucht mit aller Gewalt, mich von Priscylla zu trennen«, stieß ich hervor. »Aber ich werde den GROSSEN ALTEN einen Strich durch die Rechnung machen. Ich habe lange genug gewartet. Nun werde ich Pri heiraten und nichts kann mich mehr davon abhalten. Ich werde gleich morgen zu Gray gehen und ihn das Nötige in die Wege leiten lassen. Morgen? Unsinn, ich gehe sofort zu ihm!«

Und noch bevor Howard etwas sagen konnte, stürmte ich aus dem Raum.

Elftes Buch

HOCHZEIT MIT DEM TOD

»Sie dürfen die Braut nun küssen, Mr. Craven«, sagte der Priester mit einem gütigen Lächeln. Ich wandte mich Priscylla zu.

Mit einem Ruck schlug sie den Schleier zurück.

Und ich schrie gellend auf.

Zwei schleimige, fast schwarze Blutfäden rannen aus den zerfransten Löchern, die einmal ihre Augen gewesen waren. Kleine weiße Maden krochen über ihre Lippen. Ihre Haut war nicht glatt undzart wie ich sie kannte, sondern faltig wie die einer uralten Frau, zudem mit Warzen und Runzeln übersät. Ihre verfaulten Zahnstümpfe bewegten sich, als sie zu sprechen versuchte.

»Nun sind wir für alle Zeit vereint, Robert«, sagte sie mit brüchiger Stimme. Es klang wie das Knistern jahrhundertealten Papiers. »Für immer, Robert!«

Ich schrie, riß entsetzt die Hände vor das Gesicht und taumelte zurück, stolperte, fiel auf den harten Steinboden und versuchte aufzuspringen.

Priscylla folgte mir.

Ein gräßliches, blubberndes Geräusch drang aus dem zerfransten Loch, das einmal ihr Mund gewesen war. Grüner Schleim sickerte aus ihren leeren Augenhöhlen.

Ich taumelte rücklings davon und prallte gegen eine der schweren Eichenbänke.

Priscylla folgte mir weiter, langsam, mit schleppenden Schritten und erhobenen Armen. Wo sie ging, hinterließen ihre faulenden Füße feucht-braune Abdrücke auf dem Boden.

Ich fuhr herum – und schrie wieder auf.

Dutzende von Händen streckten sich mir entgegen. Aber es waren keine helfenden Hände.

Es waren Klauen, gräßliche verkrümmte Klauen, wie eine lebende peitschende Wand, die mich zurückprallen ließ.

Aber all diese Männer und Frauen waren doch meine Freunde!

»Howard!« kreischte ich. »Rowlf, Mary … so … so helft mir doch!«

Niemand rührte auch nur einen Finger, mir zu helfen. Und hinter mir waren noch immer die schlurfenden Schritte des gräßlichen Ungeheuers, in das sich Priscylla verwandelt hatte!

Es war nahe. Entsetzlich NAHE!

Schließlich fand mein Blick den meines Vaters. Doch auch in Roderik Andaras Augen las ich keine Spur von Mitleid. Das einzige Gefühl, das ich darin erkannte, war ein dumpfer Zorn.

»Vater!« wimmerte ich. »So hilf mir doch!«

»Narr«, antwortete Andara. »Du verdammter Narr. Du hast versagt!«

Plötzlich sprang er hoch, deutete mit anklagend ausgestrecktem Zeigefinger auf mich und schrie noch einmal mit lauter Stimme: »DU HAST VERSAGT, DU NARR!«

Ich wollte antworten, aber ich kam nicht mehr dazu.

Die Schritte hinter mir verstummten.

Und dann berührte mich etwas ...

Ich schrie auf, warf mich herum und sah die grinsende Totenfratze Priscyllas direkt vor mir.

»Robert!« krächzte ihre Stimme. »Komm her! Jetzt gehörst du zu mir! Wir sind zusammen. Für alle Zeiten zusammen!«

Etwas in mir schien zu zerbrechen. Ich warf mich wie von Sinnen zurück und hämmerte mit beiden Fäusten auf die entsetzliche Grimasse ein, in die sich das Gesicht meiner geliebten Priscylla verwandelt hatte.

Es war, als hätte ich gegen Stahl geschlagen. Die Haut an meinen Knöcheln platzte auf, aber der Totenschädel kam immer näher. Ich sah das weiße Wimmeln der Maden in den leeren Höhlen, die einmal ihre Augen gewesen waren, roch den entsetzlichen Gestank und hörte ihr hämisches Kichern, aber ich konnte mich nicht einmal mehr bewegen.

»Komm, Liebling!« kicherte Priscylla. »Küß mich!«

Ich wollte herumfahren und davonstürzen, aber es ging nicht. Priscyllas entsetzliche Knochenhände packten meine Oberarme und hielten sie mit der Kraft von Schraubstöcken. Der schreckliche Totenschädel näherte sich meinen Lippen, und –

– ich erwachte mit einem gellenden Schrei.

Mein Herz raste. Ich saß aufrecht im Bett. Die Decke war von meiner Brust geglitten und zu Boden gefallen und ich spürte die Kälte, die durch das nur angelehnte Fenster hereinströmte.

Trotzdem war ich in Schweiß gebadet.

Meine Ohren hallten wider von meinem eigenen Schrei und meine Kehle tat weh.

Ein Traum, dachte ich verzweifelt. *Es war nur ein Traum, nicht mehr.*

Nur ein Traum.

Natürlich war es ein Traum gewesen. Aber nicht *irgendein*

Traum, sondern der Traum, der eine, entsetzliche Traum, der mich seit zwei Wochen verfolgte, Nacht für Nacht. Und der immer schlimmer wurde.

Für einen Moment hatte ich nicht einmal den Mut, die Augen zu öffnen, aus reiner Angst, das Entsetzen könnte wahr geworden sein.

Natürlich war es nicht so. Als ich die Augen öffnete, sah ich nichts außer den vertrauten blassen Konturen meines Zimmers. Ich war allein.

Wenigstens noch für die nächsten Sekunden.

Dann wurden draußen auf dem Flur polternde Schritte laut und Howard stürmte ins Zimmer, ohne sich die Mühe zu machen, anzuklopfen. In der linken Hand hielt er eine rußende Petroleumlampe, im rechten Mundwinkel einen kaum weniger qualmenden Zigarrenstummel.

Ohne ein weiteres Wort stellte Howard die Laterne auf den Tisch und entzündete die große Gaslampe unter der Decke, ehe er sich zu mir umwandte.

Das plötzliche grelle Licht ließ mich blinzeln. Ich hob die Hand vor die Augen und zog eine Grimasse.

»Wieder derselbe Traum?« fragte Howard. Nein, korrigierte ich mich in Gedanken. Es war keine Frage. Es war eine Feststellung.

Ich nickte, obwohl ich das Gefühl hatte, es besser nicht zu tun. Ich konnte mir ungefähr vorstellen, was nun kam.

Ich sollte recht behalten.

Howard sog an seiner Zigarre, stellte fest, daß sie weit genug heruntergebrannt war, daß die Glut fast seine Lippen berührte, und schnippte den Stummel zielsicher einen halben Yard neben den Kamin, wo er der ansehnlichen Ansammlung von Brandflecken im Teppich ein weiteres Exemplar hinzufügte. Mit der gleichen unnachahmlichen Sicherheit angelte er eine neue Zigarre aus seiner Tasche und zündete sie an.

»Du solltest –«

»Nein«, unterbrach ich ihn ruppig. »Sollte ich nicht.«

Howards linke Augenbraue rutschte ein Stück nach oben. Aber er sagte kein Wort. Während der letzten beiden Wochen hatten wir dieses Gespräch an die zehn Mal geführt. Und jedesmal hatte es mit einem fürchterlichen Streit geendet.

»Gut«, sagte er schließlich. »Wie du willst. Brauchst du mich noch?«

Ich schüttelte den Kopf. Warum ging er nicht endlich? Zum Teufel, ich hatte wahrlich genug mit mir selbst zu tun. Reichte es nicht aus, daß mein eigenes Unterbewußtsein sich offensichtlich vorgenommen hatte, mich nach allen Regeln der Kunst fertigzumachen?

Howard starrte mich noch einen Moment lang an, ehe er sich umdrehte und mit steifen Schritten zur Tür ging. Als er sie öffnete, sah ich einen riesigen Schatten, der davor Aufstellung genommen hatte. Rowlf. Unwillkürlich lächelte ich. Der Gute hatte meine Schreie offensichtlich ebenfalls gehört. Aber leider kämpfte ich gegen einen Feind, dem er mit seinen Titanenkräften nicht beikommen konnte.

»Howard«, sagte ich leise.

Er verharrte mitten im Schritt, blieb stehen und sah mich fragend an.

»Es tut mir leid«, sagte ich.

Howard antwortete nicht.

»Ich bin einfach nervös«, fuhr ich fort, mit einem Male von dem absurden Bedürfnis erfüllt, mich zu entschuldigen. »Immerhin heirate ich zum ersten Mal.«

Howard schwieg noch immer. Aber es war auch gar nicht nötig, daß er irgend etwas sagte. Ich wußte ja nur zu gut, was er von meinen Heiratsplänen hielt.

Und genau das war es, was so weh tat.

Zum Teufel, es gab auf der ganzen Welt nur zwei Menschen, die ich wirklich liebte. Der eine war Priscylla, das Mädchen, das ich in wenigen Stunden zur Frau nehmen würde, und der andere war Howard. Und sie mißtrauten einander wie die Fliege der Spinne, ohne daß ich bisher herausgefunden hatte, wer von beiden nun wer war.

Kurzum – es war eine Scheißsituation.

»Ich werde etwas gegen diese Träume unternehmen«, sagte ich. »Ich verspreche es dir. Gleich wenn ... wenn Priscylla und ich von unserer Hochzeitsreise zurück sind.«

»Natürlich«, sagte Howard düster. »Dann kann ich ja gehen.«

Diesmal hielt ich ihn nicht zurück.

Aber ich ließ mich auch nicht wieder zurücksinken, als ich

allein war. Die altmodische Standuhr in der Ecke verriet mir, daß es nicht ganz halb fünf Uhr war, also die Zeit, in der ich normalerweise zum ersten Mal ernsthaft den Gedanken erwog, mich schlafen zu legen. Aber irgend etwas sagte mir, daß ich ohnehin keinen Schlaf mehr finden würde.

Außerdem war heute kein x-beliebiger Tag.

Es war mein Hochzeitstag.

In gut sechs Stunden, gegen halb zehn, würde ich Priscylla zum Traualtar führen und eine halbe Stunde später waren wir Mann und Frau.

Die Hochzeit würde nicht in der St. Paul's Cathedral stattfinden, wie mir mein Traum vorgegaukelt hatte und auch nicht im Kreis all meiner guten *Freunde* wie Nizar, Necron oder Dagon, sondern in aller Stille, in einer namenlosen Kapelle im Süden Londons. Außerdem hoffte ich doch, daß sie ein wenig erfreulicher endete als die entsetzliche Vision.

Was nichts daran änderte, daß die Träume mir Angst machten.

Sicher – jedermann hat von Zeit zu Zeit Alpträume. Aber dieser Traum war alles andere als normal.

Begonnen hatte er vor dreizehn Tagen, kurz bevor ich Priscylla aus dem Sanatorium geholt hatte und wir um ein Haar von einem krankhaft eifersüchtigen Arzt umgebracht worden waren. Nun, wir hatten das Attentat abgeschlagen, wie so oft mit mehr Glück als Verstand, und seither war nichts mehr geschehen.

Nichts außer dem Traum. Er war geblieben.

Und er wurde jede Nacht ein wenig schlimmer.

Ich verscheuchte die düsteren Gedanken, schwang endgültig die Beine aus dem Bett und bückte mich nach meinen Kleidern. Wenn ich sowieso keinen Schlaf fand, konnte ich genausogut in die Küche hinuntergehen und schauen, ob ich eine Tasse des gezuckerten Teeres erwischte, den Mrs. Winden *Kaffee* nannte.

Als ich das Zimmer verließ, hatte ich für einen Moment das Gefühl, daß die Schatten sich bewegten wie große, finstere Tiere, die dazu ansetzten, mich zu verfolgen, im letzten Moment aber von irgend etwas zurückgehalten wurden.

Aber natürlich war das pure Einbildung.

Howard ging nicht in sein Zimmer zurück, wenigstens nicht sofort. Er war müde, denn in den letzten beiden Wochen war kaum eine Nacht vergangen, in der er nicht wenigstens einmal – manchmal auch öfter! – durch Roberts Schreie aus dem Schlaf gerissen worden wäre.

Anfangs hatte er noch versucht, sich einzureden, daß es die ganz normale Angst um einen Freund war, die er verspürte. Aber das stimmte nicht. Es war eine gestaltlose, aber immer heftiger werdende Furcht, als spüre etwas in ihm eine Gefahr, die von Augenblick zu Augenblick wuchs, ohne sie greifen zu können.

Und es hatte irgendwie mit Priscylla zu tun.

Der Gedanke wurde von einem heftigen Schuldgefühl begleitet. Robert liebte dieses Mädchen und Howard war nun wahrlich der letzte Mensch auf der Welt, der dem Jungen ein wenig Glück mißgönnte.

Und dennoch …

Das Schlimmste war vielleicht, daß er seine Bedenken nicht einmal in Worte fassen konnte. Es gab objektiv nichts – nicht viel, jedenfalls – was *gegen* Priscylla sprach, im Gegenteil. Seit ihrer Rückkehr aus dem Summers-Sanatorium schien sie wirklich wieder normal zu sein. Abgesehen davon, daß sie noch immer einen großen Bogen um jeden Spiegel machte. Aber gut – eine kleine Macke hatte wohl jeder.

Und trotzdem spürte Howard, daß da mehr war.

Etwas Entsetzliches würde geschehen, wenn Robert das Mädchen wirklich heiratete. Und irgendwie wußte er auch, daß diese Gefahr nicht nur ihm galt.

Howard erwachte aus seiner Erstarrung, als er durch die Tür hinter seinem Rücken Geräusche hörte und begriff, daß auch Robert sich nicht wieder schlafen gelegt hatte, sondern aufgestanden war und sich anzog. Hastig winkte er Rowlf, mit ihm zu kommen. Aus einem Grund, den er selbst noch nicht ganz begriff, wollte er Robert jetzt nicht sehen.

Sie gingen die Treppe hinunter. Das Haus war sehr still, denn außer Robert und ihnen beiden schlief wohl noch alles. Aber das würde sich ändern.

Howard dachte mit sehr gemischten Gefühlen an den Tag,

der vor ihnen lag. Mrs. Winden war schon seit einer Woche aufgeregt wie eine Legehenne, die ihr erstes Ei ausbrütet, dachte Howard amüsiert. Jemand, der über die Verhältnisse in Andara-House weniger gut informiert gewesen wäre als er, hätte durchaus glauben können, daß Robert ihr Sohn sei, so sehr bemutterte sie ihn. Und auch Priscylla ...

Howard blieb stehen, runzelte nachdenklich die Stirn und blickte die Treppe hinauf, die sie gerade erst heruntergestiegen waren.

Etwas an dem Gedanken an Priscylla störte ihn. Aber, zum Teufel, er wußte einfach nicht, was! Das Mädchen war ein durch und durch liebreizendes Geschöpf. Warum mißtraute er ihr nur? Ein wenig kam er sich vor wie ein Betrüger. Und ja, es war eine Art Verrat an Robert. Es war ...

»Geh in dein Zimmer zurück, Rowlf«, sagte er ruhig.

Rowlf blinzelte. Er sah müde aus. Die schweren Tränensäcke unter seine Augen ließen sein Bulldoggengesicht noch mißmutiger erscheinen, als es ohnehin der Fall war. »Was'n los?« nuschelte er.

Howard zögerte, lächelte verlegen. »Ich ... weiß nicht«, gestand er. »Ich will noch einmal mit Priscylla sprechen.«

Rowlf riß die Augen auf. »Jetzt?« fragte er entgeistert. »Aber's is mitten inne Nacht! Die Kleene wird sauer sein.«

»Kaum«, antwortete Howard lächelnd. »Ich glaube kaum, daß sie sehr ruhig schläft.« Er wurde übergangslos wieder ernst. »Es dauert sicher nicht lange«, fuhr er fort. »Ich ... ich bin es Robert einfach schuldig, glaube ich. Geh schon. Ich beeile mich.«

Rowlf sah ihn zweifelnd an, widersprach aber nicht mehr, sondern schlurfte mit hängenden Schultern in sein Zimmer zurück, während Howard auf Zehenspitzen die Treppen wieder hinaufschlich, damit Robert seine Schritte nicht hörte und sah, was er nun zu tun im Begriff stand.

Howard war sehr sicher, daß Robert sehr wenig Verständnis für sein Handeln aufbrächte. Ihr Verhältnis war seit Priscyllas Rückkehr ... ein wenig belastet. Vorsichtig ausgedrückt.

Aber er hatte Glück. Robert hantierte lautstark in seinem Zimmer herum, als er an der Tür vorüberging, kam aber nicht heraus. Und auch Sill el Mot würde ihn nicht überraschen können. Die junge Araberin hatte sich vor einer Woche auf eigenen Wunsch in einer Privatschule vor den Toren Londons einschreiben lassen. Sie war von einem geradezu unheimlichen Wissensdurst beseelt und sog all die neuen Erfahrungen wie ein trockener Schwamm in sich auf.

Howard erreichte unbehelligt die Treppe, die weiter nach oben führte, und ging weiter. Priscylla bewohnte wieder die Räumlichkeiten, in denen sie schon bei ihrem ersten Einzug in Andara-House gelebt hatte, nur daß es diesmal keine Krankenzimmer waren, sondern eine sehr behaglich eingerichtete kleine Wohnung. Und daß die Tür nicht von außen verschlossen war.

Sie war nicht einmal zu.

Howard blieb einen Moment lang überrascht stehen, als er sah, daß die gepolsterte Tür nur angelehnt war. Dahinter glomm gelbes Lampenlicht. Er hörte gedämpfte Geräusche, ohne sie identifizieren zu können. Priscylla war also ebenfalls schon wach.

Gut. Das ersparte ihm wenigstens die Peinlichkeit, sie wecken zu müssen. Howard fragte sich ohnehin, was er ihr überhaupt sagen wollte.

Trotzdem ging er weiter. Er schloß die Tür hinter sich, schon, um wenigstens gewarnt zu sein, sollte Robert doch heraufkommen, sah sich unsicher um und ging schließlich in die Richtung weiter, aus der die Geräusche kamen.

Ihr Ursprung war Priscyllas Schlafzimmer.

Auch dessen Tür stand offen. Die Geräusche wurden lauter.

Und es waren ... sehr sonderbare Laute, wie sie Howard noch nie zuvor gehört hatte. Keine menschlichen Laute, aber auch nicht die von Tieren. Es waren ...

Nein, er wußte es nicht. Er hatte so etwas nie zuvor gehört, ja konnte es nicht einmal beschreiben, denn es ähnelte nichts, was er gekannt hätte.

Aber es erfüllte ihn mit Unbehagen. Fast mit Furcht.

Ärgerlich verscheuchte Howard den Gedanken, ging mit raschen Schritten weiter und klopfte gegen den Rahmen, ehe er das Zimmer betrat.

Wie er erwartet hatte, war Priscylla wach. Sie saß, nur in ein halbdurchsichtiges Negligé gehüllt, vor der Frisierkommode. Howard registrierte überrascht, daß das weiße Tuch über dem Spiegel entfernt worden war. Priscylla blickte jedoch nicht hinein, sondern sah direkt in seine Richtung. Sie lächelte.

»Hallo, Howard«, begrüßte sie ihn. »Kommen Sie immer mitten in der Nacht ins Schlafzimmer einer fremden Frau?« Sie lachte leise, als sie die Verlegenheit bemerkte, in die sie ihn mit ihren Worten brachte, und machte eine besänftigende Handbewegung.

»Nichts für ungut, Howard«, sagte sie. »Ich habe Sie erwartet.«

»So?« sagte Howard verwundert.

»Natürlich«, antwortete Priscylla. Wieder lächelte sie, aber es war etwas in ihrem Lächeln, das Howard warnte. Wenn er nur gewußt hätte, was!

»Man kann sogar sagen, daß ich Sie gerufen habe«, fuhr Priscylla fort. »In gewisser Hinsicht, jedenfalls.«

»Gerufen?« Howard blickte sie mißtrauisch an. »Was soll das heißen?«

Priscylla lachte spöttisch. »Aber Howard«, sagte sie. »Stellen Sie sich nicht dümmer, als Sie sind. Sie sind hier, um mit mir über Robert zu sprechen, nicht wahr? Genauer gesagt, über unsere Hochzeit.«

Howard nickte widerstrebend. Das warnende Gefühl in ihm wurde stärker.

»Dann sollten wir das tun«, sagte Priscylla. Sie stand auf. Howard registrierte sehr unangenehm berührt, wie durchsichtig ihr Nachthemd war. Selbst bei der schlechten Beleuchtung konnte er ihren Körper fast so deutlich sehen, als hätte sie gar nichts an.

»Sie sollten ... sich etwas anziehen«, sagte er stockend.

Priscylla lachte leise. »Bringe ich Sie in Verlegenheit, Howard?« fragte sie. »Das wollte ich nicht. Immerhin gehöre ich Robert, nicht Ihnen. Oder?«

»Was ... was soll das?« fragte Howard. »Priscylla, Sie –«

Irgend etwas in Priscyllas Gesicht änderte sich. Die Verwandlung war nicht mehr mit Worten zu beschreiben, aber unübersehbar. Sie war noch immer dieselbe, eine sehr junge – und sehr hübsche! – Frau. Aber sie wirkte plötzlich ... anders. Kalt, dachte Howard. Eiskalt.

»Sie wollen mit mir über die Hochzeit sprechen, nicht?«

fragte Priscylla mit einer Stimme, die wie klirrendes Eis klang.

Howard schwieg. Er konnte nicht reden. Er war wie gelähmt. Seine Gedanken überschlugen sich.

»Sie sind dagegen, daß Robert und ich heiraten«, fuhr Priscylla fort, während sie immer noch näher kam. »Sie trauen mir nicht. Und soll ich Ihnen etwas sagen, Howard?« Sie kicherte. »Sie haben recht.«

Sie kam weiter näher. Ein kleines, durch und durch *böses* Lächeln erschien auf ihren Zügen. Howards Hände begannen zu zittern. Kalter Schweiß bedeckte seine Stirn.

»Oder sind Sie nur neidisch, Howard?« fragte Priscylla. »Ich bin eine gutaussehende Frau, nicht?« Sie kicherte. »Und Sie sind ein Mann – oder?«

Sie war jetzt ganz nahe bei ihm. Howard roch den Duft ihres Haares, das schwache, aber sehr erregende Parfum, das sie aufgetragen hatte. Und dann –

– berührte ihre Hand seine Brust, verharrte einen Moment darauf und wanderte tiefer. Sie kicherte. Ihre Lippen waren nur noch einen Zoll von seinem Gesicht entfernt.

»Willst du mich haben, Howard?« fragte sie.

NEIN!, dachte Howard verzweifelt. *Nicht das!* Er konnte es Robert nicht antun und auch nicht sich selbst.

Aber er war hilflos. Etwas lähmte ihn.

Priscyllas Hände glitten weiter an seinem Körper herab, taten Dinge, die nicht sein durften und die ihn doch erregten, obgleich er vor Schande und Scham am liebsten gestorben wäre.

Priscylla lachte leise. »Komm«, flüsterte sie. »Du kannst mich haben, wenn du willst. Komm!«

Sanft, aber mit großem Nachdruck, schob sie ihn zum Bett und drückte ihn auf die aufgeschlagene Decke. Sie beugte sich über ihn. Ihre Lippen berührten die seinen.

Und in diesem Moment fiel Howards Blick in den Spiegel.

Er sah:

Das Zimmer, spiegelverkehrt, aber in jeder noch so kleinen Einzelheit abgebildet.

Sich selbst, reglos und in fast grotesk anmutender Haltung erstarrt.

Und Priscylla, die halb über ihn gebeugt dastand, nur in ein dünnes Negligé gehüllt, so daß er ihren Körper darunter deutlich erkennen konnte.

Und als er das tat, begann er zu schreien.

Aber nicht lange. Priscyllas – *Priscyllas???* – Lippen preßten sich auf seinen Mund und erstickten seinen Schrei, während ihre Hände fortfuhren, seine Weste aufzuknöpfen, dann das Hemd …

DER-HINTER-DEN-SCHATTEN-WANDELT war nahe. Sie konnte ihn nicht sehen, so wenig, wie irgend jemand seit Anbeginn der Zeit ihn jemals gesehen hatte, aber sie spürte ihn, seine Nähe, die die Wirklichkeit um sie herum wie ein unsichtbarer Pesthauch vergiftete, und sie wußte, daß ein Entkommen unmöglich war. Irgendwann würde er sie stellen. Vielleicht in der nächsten Sekunde, vielleicht erst in tausend oder auch hunderttausend Jahren, aber er würde sie stellen. Niemand, auf dessen Spur er sich einmal gesetzt hatte, konnte ihm entkommen.

Shadow verscheuchte den Gedanken und konzentrierte sich wieder auf den Sog, der sie ergriffen hatte und immer stärker an ihr zerrte.

Und dann konnte sie sehen, was ihn erzeugte.

Es war ein Riß – ein Riß in der Wirklichkeit. Eine Wunde, die einst in die Grenze dieser Dimension geschlagen und mit sieben Siegeln wieder verschlossen worden war.

Die Pforte zu den Kerkern der GROSSEN ALTEN!

Shadow schrie vor Überraschung auf. War dies ihre letzte Chance? Konnte sie dem DER-HINTER-DEN-SCHATTEN-WANDELT entkommen – wenigstens für die kurze Zeit, die sie noch brauchte?

Als die El-o-hym den Riß erreichte, tobte um sie herum das Chaos. Es war tatsächlich eine Wunde und sie blutete, seit sie vor undenklichen Zeiten geschlagen worden war. Raum und Zeit zweier Dimensionen vermischten sich hier und schufen ein Inferno, in dem kein Wesen für längere Zeit überleben konnte. Plötzlich war sich Shadow gar nicht mehr so sicher, daß hinter dem Tor die Freiheit auf sie wartete.

Sondern vielmehr der Tod …

Trotzdem zögerte sie keine Sekunde, sondern trat mit einem einzigen Schritt hinaus in die Wirklichkeit und wurde zum Menschen.

Es war noch sehr früh. Die Nacht lag wie ein schwarzes Leichentuch über der Stadt, und die schmale Straße in einem der heruntergekommenen Viertel Londons, halb von Unrat übersät und wohl mehr von Ratten und anderem Ungeziefer bewohnt als von Menschen, war sogar noch dunkler als die Nacht selbst.

Auch wenn jemanden aufgefallen wäre, daß die schlanke, goldhaarige junge Frau, die plötzlich auf der Straße stand, vor einem Sekundenbruchteil noch nicht dagewesen war, wäre es gleichgültig gewesen. Hier lebte jeder nur für sich selbst.

Aber es war niemanden aufgefallen.

So wenig wie sie irgend jemanden auffiel, als sie sich nach einem letzten sekundenlangen Zögern umwandte und nach Süden wandte, dem Stadtzentrum zu.

Ich hörte den Schrei, als ich auf der untersten Treppenstufe war. Im ersten Moment war ich mir nicht einmal sicher, mich nicht getäuscht zu haben, denn ein Haus von dieser Größe ist nicht wirklich *still*, nicht einmal um fünf Uhr morgens.

Aber dann erscholl der Schrei erneut, deutlicher und weitaus lauter jetzt – und diesmal erkannte ich die Stimme.

Priscyllas Stimme!

Ein eisiger Schrecken durchfuhr mich. Es war Priscylla, die da schrie, und sie schrie nicht in der Art einer Frau, die sich vor einer Maus oder einer Spinne erschrak.

Sondern in panischer Angst.

Wie von Sinnen fuhr ich herum und raste die Treppe wieder hinauf. Unter mir flogen Türen auf, die bewiesen, daß ich den Schrei nicht als einziger gehört oder mir gar eingebildet hatte, und als ich die Treppe zu Priscyllas Junggesellinnenwohnung unter dem Dach in Angriff nahm, hörte ich Rowlfs schwere Schritte die Treppe heraufpoltern.

»Priscylla!« schrie ich. »Halte aus! Ich komme!«

Wie zur Antwort erscholl der gellende Schrei zum dritten Mal. Ich rannte noch schneller, nahm jetzt drei, manchmal vier Stufen auf einmal –

– und wäre um ein Haar rücklings die Treppe wieder heruntergekugelt, denn die Tür zu Priscyllas Zimmerflucht, gegen die ich in vollem Lauf stürmte, war abgeschlossen.

Der Aufprall tat weh, und ich konnte mich gerade noch am Treppengeländer festhalten, ehe ich von meinem eigenen Schwung zurückgeworfen wurde. Aber der Schmerz riß mich auch wieder in die Wirklichkeit zurück.

Verzweifelt griff ich nach der Türklinke und begann daran zu rütteln. Priscylla schrie erneut. Kampfgeräusche drangen durch die gepolsterte Tür. Aber ich versuchte erst gar nicht, sie mit der Schulter einzurennen. Innerlich verfluchte ich jetzt meine damalige Fürsorge, eine besonders widerstandsfähige Tür eingebaut zu haben.

Meine Gedanken überschlugen sich. Es gab Reserveschlüssel für jede Tür im Haus, aber ihn zu suchen und zu holen, dauerte im günstigsten Fall Minuten, selbst wenn ich ihn auf Anhieb fand, was äußerst zweifelhaft war.

Und ich spürte, daß ich wahrscheinlich nur noch Sekunden hatte, Priscylla zu retten. Sie schrie noch immer, aber ihre Schreie wurden bereits leiser, und die Kampfgeräusche waren ganz verstummt.

»Aus'm Weg da!« brüllte eine Stimme hinter mir.

Ich fuhr herum, sah Rowlf wie einen Stier mit gesenktem Kopf die Treppe heraufrasen und sprang ganz instinktiv zur Seite.

Hätte ich es nicht getan, wäre ich vermutlich plattgewalzt worden, denn Rowlf stürmte mit unverändertem Tempo weiter, drehte sich im letzten Moment ein wenig herum und rammte mit seinem ganzen ungeheuren Gewicht gegen die Tür.

Sie zerbarst.

Es war unglaublich – ich hatte selbst zugesehen, wie der Zimmermann die Tür aus zollstarkem Eichenholz eingebaut hatte –, aber Rowlf rannte einfach hindurch! Das Holz zersplitterte. Ein Stück des Schlosses und Trümmer des Türrahmens flogen durch die Luft, und Rowlf ging mit einem Schmerzensschrei zu Boden, rappelte sich aber sofort wieder auf.

Trotzdem war ich schneller.

Ich flankte über ihn hinweg, raste mit riesigen Schritten den Korridor hinab und zog noch im Laufen meinen Stockdegen, den ich glücklicherweise bei mir trug. Wenn meiner Priscylla etwas passiert war, dann würde –

Der Anblick traf mich wie ein Faustschlag.

Mitten in der Bewegung blieb ich stehen, so abrupt, daß Rowlf, der hinter mir hereingestürmt kam, nicht mehr rechtzeitig stoppen konnte und schmerzhaft gegen mich prallte.

Ich spürte es nicht einmal, in diesem Moment.

Es war unmöglich.

Alles in mir, jede Faser meiner Seele, weigerte sich, das entsetzliche Bild als wahr zu akzeptieren, das sich mir bot.

Es war *un-mög-lich*!

Und doch sah ich es.

Priscylla, die zu schreien aufgehört hatte und mit vor Entsetzen verzerrtem Gesicht auf dem Bett lag, ihr Negligè zerfetzt, so daß ich ihre nackten Brüste und die Oberschenkel sehen konnte, die langen, blutigen Kratzer darauf ...

Und den Mann, der halb auf ihr lag, mit wirrem Haar und hektisch gerötetem Gesicht, mit nacktem Oberkörper und halb heruntergelassenen Hosen.

Und sein Gesicht.

Howards Gesicht!

»Das ... das ist doch nicht möglich ...«, stammelte ich. »Das ...«

Und dann schien irgend etwas in mir zu zerbrechen. Haß, ein alles vernichtender, brodelnder Zorn wischte jeden Rest klaren Denkens davon.

Ich schrie auf, war mit einem winzigen Satz am Bett und zerrte Howard in die Höhe. Meine Hand krallte sich in sein Haar, riß seinen Kopf zurück, dann landete meine Rechte in seinem Gesicht, mit solcher Wucht, daß Howard mit einem gurgelnden Schrei bis zum Kamin zurücktaumelte und zusammenbrach.

Sofort setzte ich ihm nach, zerrte ihn in die Höhe und schlug noch einmal zu. Sein Gesicht war blutüberströmt, schon von meinem ersten Hieb, aber ich kannte kein Halten mehr.

Wieder brach er zusammen, und wieder riß ich ihn in die Höhe und rammte ihm das Knie in den Leib.

Wahrscheinlich hätte ich ihn totgeschlagen, hätte Rowlf mich nicht gepackt und zurückgerissen.

Verzweifelt bäumte ich mich auf. Der Zorn gab mir solche

Kraft, daß ich sogar Rowlfs Griff sprengen konnte. Ich stieß ihn zurück und versetzte Howard einen Tritt, der ihn fast ins Kaminfeuer hineinschleuderte.

Er krümmte sich und riß verzweifelt die Arme über den Kopf, um dem Hagel von Schlägen zu entgehen, den ich auf ihn niederprasseln ließ.

Rowlf packte mich, riß mich grob zurück und versetzte mir eine Ohrfeige, die mich quer durchs Zimmer schleuderte.

Diesmal dauerte es einen Moment, bis ich den Schmerz abschütteln und wieder klar sehen konnte. Als sich die roten Schlieren vor meinem Blick lichteten, stand Rowlf über mir, mit grimmigem Gesichtsausdruck und drohend geballten Fäusten. »Nu isses genuch«, sagte er. »Hör auf, eh ich grob werd'!«

Wahrscheinlich hätte ich mich trotzdem auf ihn gestürzt, aber in diesem Moment stieß Priscylla einen hohen, wimmernden Ton aus, und ich vergaß Rowlf und Howard, wenigstens für den Augenblick.

Mit einem Satz war ich auf den Beinen und bei ihr.

Sie lag zusammengekrümmt auf der Seite und weinte krampfhaft. Die Fetzen des zerrissenen Nachthemdes hatte sie gegen den Leib gepreßt, aber sie reichten nicht, die blutigen Kratzer und Schrammen zu verdecken, die sie davongetragen hatte.

»Priscylla, Liebes«, flüsterte ich.

»Was ist –«

»Lassen Sie das, junger Mann«, sagte eine strenge Stimme hinter mir. »Das ist Frauensache.«

Ich drehte mich herum und blickte in Mary Windens Gesicht. Erst in diesem Moment wurde mir bewußt, daß wir nicht mehr allein waren: die Schreie und der Kampflärm waren im ganzen Haus gehört worden. Nicht nur Mary war aufgewacht und herbeigelaufen – unter der Tür stand Harvey, und hinter ihm drängelte sich das ganze Personal, das in den letzten Tagen die Vorbereitungen zur Hochzeit getroffen hatte.

»Gehen Sie«, sagte Mary sanft, als ich zögerte. »Ich kümmere mich um sie.«

Ich ging nicht. Dafür drängte ich Harvey und das ganze Personal auf den Korridor hinaus und sperrte die Tür ab. Dann schloß ich für einen Moment die Augen und versuchte, den Sturm von Gefühlen zu beruhigen, der in meinem Innern tobte.

Als ich mich zu Howard und Rowlf herumdrehte, fühlte ich ... nichts mehr.

Ich war ganz ruhig, aber dafür erfüllt von einer Kälte, die mich selbst erschreckte, als ich auf Howard zutrat.

»Warum?« fragte ich leise.

Howard sah auf. Sein Gesicht bot einen schlimmen Anblick. Seine Lippen waren gerissen, das rechte Auge beinahe zugeschwollen und seine Wangen begannen sich allmählich grün und blau zu verfärben. Ganz kurz kam mir zu Bewußtsein, daß nicht viel gefehlt hatte, und ich hätte ihn totgeschlagen. Howard war niemals ein kräftiger Mann gewesen. Selbst ein viel schwächerer Gegner als ich hätte ihn schlimm zurichten können. Es war wahrlich keine Heldentat, diesen Mann zusammenzuschlagen! Aber ich empfand weder Mitleid noch Bedauern in diesem Augenblick.

»Warum?« fragte ich noch einmal. Als Howard nicht antwortete, ging ich weiter auf ihn zu und streckte die Hände aus, wie um ihn vom Boden hochzureißen.

Rowlf stieß ein drohendes Knurren aus, und ich führte die Bewegung nicht zu Ende.

»Gut«, sagte ich kalt. »Ich werde dich nicht umbringen, obwohl du es verdient hättest. Aber ich –«

»Robert«, murmelte Howard. »Es ... es war anders, als du glaubst.«

Ich lachte schrill. »Anders?« Meine Hand deutete anklagend auf das Bett zurück. »Spar dir die Mühe, dir eine Ausrede einfallen zu lassen!« schrie ich. »Was ich gesehen habe, war wohl eindeutig genug.«

Howard antwortete nicht. Selbst Rowlf schwieg. In seinem Blick lag eine Unsicherheit, die ich niemals zuvor an ihm bemerkt hatte.

»Bitte, Robert«, murmelte Howard. »Ich weiß selbst nicht, was –«

»Aber ich«, unterbrach ich ihn haßerfüllt. »Verschwinde, Howard. Pack deine Sachen und geh. Und komm nie wieder!«

»Robert ...«

»*GEH!*« brüllte ich.

Howard widersprach nicht mehr. Rowlf mußte ihn stützen, als er aufstand. Sein Gesicht war blutüberströmt und an der Art, in der er sich bewegte, sah ich, daß ich ihm mindestens eine Rippe gebrochen hatte. Trotzdem rührte ich keinen Finger, um ihm zu helfen.

Schweigend sah ich zu wie er aus dem Zimmer humpelte, mehr auf Rowlf gestützt denn aus eigener Kraft. Ehe er den Raum verließ drehte er sich noch einmal zu mir herum.

»Gib mir eine Chance, Robert«, sagte er beinahe flehend.

»Die bekommst du«, antwortete ich kalt. »Ich gebe dir Zeit, das Haus zu verlassen, bis ich herunterkomme. Wenn du dann noch da bist, erschieße ich dich.«

Und ich meinte es ernst, in diesem Moment. Howard mochte mein bester Freund sein – *gewesen sein* –, aber ich war in diesem Augenblick entschlossen, ihn umzubringen, wenn er mir noch einmal begegnete.

Howard schien das zu spüren, denn er sagte nichts mehr, sondern gab Rowlf einen Wink, weiterzugehen.

Ich wartete, bis die beiden das Zimmer verlassen und die Tür wieder hinter sich geschlossen hatten, dann trat ich leise an das Bett heran und beugte mich über Priscylla.

Mrs. Winden hatte ihren Schal ausgezogen und um sie gewickelt. Priscylla weinte still in sich hinein. Ihre Hand preßte Mary so fest, daß es weh tun mußte.

»Großer Gott, Priscylla, was ... was ist geschehen?« fragte ich leise. Ich streckte die Hand aus, um sie an der Schulter zu berühren, aber Mary sah mich rasch und warnend an und schüttelte den Kopf. Ich zog den Arm zurück.

»Nicht jetzt, Robert«, sagte Mary leise. »Nicht jetzt. Das Beste wird sein, Sie ... lassen uns allein.«

»Nein!« Priscylla schrie fast. »Bitte nicht. Ich ... ich ...« Ihre Stimme versagte. Wieder schluchzte sie hemmungslos, löste aber nach einem Moment den Kopf von Marys Brust und sah mich aus tränenfeuchten Augen an.

»Es ... es war so entsetzlich, Robert«, stammelte sie. »Er ... er ist hereingekommen und ... und hat gesagt, daß er nicht zulassen wird, daß du mich bekommst. Er hat gesagt, er wird dafür sorgen, daß ich ... daß ich dir nichts tun kann.«

»Daß du mir *nichts tun* kannst?« wiederholte ich ungläubig.

Priscylla nickte. »Ja«, antwortete sie schluchzend. »Er ... er hat gesagt, er wüßte, daß ich dich ... daß ich dich töten will, und ... und er wüßte auch, was er dagegen tun könnte.«

»Aber das ergibt doch keinen Sinn!« keuchte ich. »Howard wollte dich ...« Selbst jetzt fiel es mir noch schwer, das Wort über die Lippen zu bekommen. »Er wollte dich vergewaltigen, Priscylla«, stieß ich schließlich hervor.

»Ja«, sagte Priscylla. »Ich weiß. Er ... er hat es mir gesagt, ehe er über mich hergefallen ist. Er sagte, er wüßte, daß der Zauber einer Hexe nur so lange anhält, wie sie noch ... wie sie noch Jungfrau ist. Und deshalb ...«

Ihre Stimme versagte abermals. Sie konnte nicht weitersprechen. Wieder begann sie krampfhaft zu schluchzen und preßte sich wie ein kleines Kind an Marys Brust. Mary hob die Hände und begann ihr Haar zu streicheln. »Es ist alles gut, Kind«, flüsterte sie. »Es ist ja nichts passiert. Wir sind rechtzeitig gekommen.« Sie sah auf. »Gehen Sie, Robert«, sagte sie, sehr leise, aber auch mit großem Nachdruck. »Ich kümmere mich um sie.«

Alles in mir sträubte sich dagegen, Priscylla in ausgerechnet diesem Moment zu verlassen. Aber ich wußte auch, daß sie bei Mary in den besten Händen war. Vermutlich hatte Mary ganz recht, wenn sie sagte, daß dies hier Frauensache war.

Ohne ein weiteres Wort wandte ich mich um und ging.

Es war absurd – aber sie konnte sich dem Haus nicht nähern! Da war etwas, das sie zurückhielt wie eine unsichtbare, aber unüberwindliche Mauer aus Watte, die fester wurde, je weiter sie in sie vorzudringen versuchte.

Sie hatte den Ashton Place erreicht, Andara-House lag vor ihr, nur noch durch den Platz und das schmale Trottoir von ihr getrennt. Aber es war ihr nicht möglich, diese wenigen Schritten zu tun!

Shadow begann nervös zu werden, ein Gefühl, das ihr bisher so gut wie fremd gewesen war. Ihr Blick saugte sich an der finster daliegenden Fassade des gewaltigen Herrenhauses fest. Robert war so nahe! Und doch war es unmöglich, sich ihm zu nähern.

Ihr Vorhaben, ihm von Angesicht zu Angesicht gegenüberzutreten, ihn vor dem Furchtbaren zu warnen, das bald über die Erde hereinbrechen würde, war damit gescheitert. Irgendeine fremde Kraft hinderte sie daran, eine Kraft, die aus dem Haus selbst zu kommen schien.

Aber es gab noch einen letzten Weg, selbst wenn Shadow bis jetzt davor zurückgeschreckt war, ihn zu gehen. Nach wie vor konnte sie Robert ihre Träume schicken. Es waren Warnungen gewesen, Visionen, wie es sein würde, wenn die GROSSEN ALTEN triumphierten.

Bis jetzt.

Aber die Zeit der Warnungen war vorüber. Wenn es keine andere Chance mehr gab, bedeutete Robert Cravens Schicksal nichts gegen das Schicksal der ganzen Menschheit.

Sie mußte ihn töten.

So lautlos wie sie gekommen war, wandte die junge Frau mit dem goldfarbenen Haar sich wieder um und verschwand im Morgennebel.

Draußen vor den Fenstern ging die Sonne auf, aber ich hatte die Vorhänge noch nicht zurückgezogen, so daß es in der Bibliothek dunkel blieb. Nur durch die Spalten der schweren Samtgardinen sickerte ein schmaler Streifen grauen Morgenlichtes, der lautlos und sehr langsam auf mich zukroch.

Ich nippte an meinem Glas, verzog das Gesicht, als ich das Brennen des unverdünnten Whiskys auf Zunge und Gaumen spürte, und unterdrückte ein Husten. Der Whisky schmeckte entsetzlich.

Trotzdem leerte ich das Glas bis auf den letzten Rest und stand auf, um es neu zu füllen. Hinter meiner Stirn tobte noch immer ein wahrer Orkan, obgleich mehr als eine Stunde vergangen war, daß ich in die Bibliothek gekommen war.

»Ich würde das nicht tun«, sagte eine Stimme hinter mir.

Ich setzte das Glas ab, fuhr mit einem Ruck herum und holte Luft zu der wütenden Entgegnung, die mir auf der Zunge lag. Dann erkannte ich Mary und schluckte die scharfen Worte herunter.

»Sie wollen doch nicht betrunken zu Ihrer eigenen Hochzeit gehen, oder?« fragte sie mit einer Geste auf das Glas in meiner Hand. Sie schüttelte den Kopf, kam näher und nahm mir mit sanfter Gewalt das Glas ab, ehe sie mich vor sich herschob und in den Sessel bugsierte. Ich wehrte mich nicht.

»Wieviel haben Sie getrunken?« fragte sie.

»Drei Glas«, log ich. »Vielleicht vier.«

Mary schnüffelte demonstrativ. »Vielleicht auch sieben oder acht, wie?« sagte sie. »Damit helfen Sie niemanden, Robert.«

»Nein«, fauchte ich. »Aber es schadet auch keinem.«

»Außer Ihnen.« Mary seufzte, schüttelte abermals den Kopf und sah mich vorwurfsvoll an. »Ich gehe jetzt in die Küche hinunter und brühe erst einmal einen starken Kaffee auf«, sagte sie. »Und das wird das einzige sein, was Sie in den nächsten Stunden anrühren, ist das klar?«

»Was ist mit Pri?« fragte ich.

»Sie schläft«, antwortete Mary. »Lassen Sie sie bloß in Frieden, oder Sie kriegen es mit mir zu tun. Was sie jetzt braucht, ist Ruhe. Und ein bißchen Zeit ist ja noch.«

»Zeit?« Ich sah sie fragend an. »Wozu?«

»Jedenfalls nicht, sich zu betrinken!« antwortete Mary ärgerlich. »Zum Teufel, heute ist Ihr Hochzeitstag, Robert – schon vergessen?«

Nein – *vergessen* hatte ich das nicht. Aber … Ich starrte sie verständnislos an. »Sie … Sie meinen, Pri will –«, stammelte ich. »Ich meine, sie besteht nicht darauf –«

»Die Hochzeit abzublasen?« Mary seufzte. »Natürlich nicht. Sie besteht sogar ganz im Gegenteil darauf, so zu tun, als wäre gar nichts passiert. Schon Ihretwegen, Junge. Und Sie werden das Gleiche tun, verstanden?«

Ich nickte ganz automatisch. In Marys Stimme und Gesicht war jener ganz bestimmte Ausdruck erschienen, der keinen Widerspruch duldete. Nicht einmal Cthulhu persönlich hätte es gewagt, ihr zu widersprechen.

Trotzdem schüttelte ich nicht verstehend den Kopf. »Aber wieso …«

»Aber wieso was?« unterbrach mich Mary grob. »Was soll das arme Ding schon tun? Und vor allem, was wollen Sie tun? Die Hochzeit platzen lassen? Alle Gäste wieder ausladen und Ihnen mitteilen, daß aus der Feier nichts wird, weil die Braut am Morgen vom besten Freund des Hauses fast vergewaltigt worden wäre?«

Betroffen starrte ich sie an. Natürlich hatte Mrs. Winden recht, hundertmal recht. London war eine moderne Stadt, in der es lange nicht so prüde zuging wie auf dem Land, aber selbst hier war es undenkbar, irgend jemanden erfahren zu lassen, was geschehen war!

»Daran ... habe ich noch gar nicht gedacht«, gestand ich kleinlaut.

»Aber ich!« sagte Mary. »Das ist wieder einmal typisch Mann. Vergeht in Selbstmitleid und Rachegedanken, aber an das arme Ding dort oben denkt er nicht.«

Sie schüttelte den Kopf, trat ein Stück zurück und machte eine befehlende Geste. »Und jetzt Schluß«, sagte sie streng. »Sie sollten sich einmal selbst ansehen, Robert! Abmarsch unter die Dusche, und danach will ich Sie in der Küche sehen, um Sie mit Kaffee vollzuschütten. Sich selbst leid tun können Sie später, wenn alles vorbei ist.«

Ich wagte es nicht, zu widersprechen.

Um so weniger, da Mary vollkommen recht hatte. Es mußte nach acht sein, und das hieß, daß in einer knappen Stunde die Kutsche vorfahren würde, die Pri und mich zur Kirche brachte. Es bestand zwar noch kein Grund zur Hetze, aber viel Zeit zu verschenken war auch nicht.

Also stand ich auf, ging unter Mrs. Windens mißtrauischen Blicken am Barwagen vorbei und öffnete die Tür zum Badezimmer. Die Wanne war bereits eingelassen und dampfte vor sich hin. Frische Handtücher und sauber gefaltete Kleider lagen daneben.

»Also, bis gleich«, verabschiedete sich Mary. In ihrer Stimme war eine Drohung, die ich schwerlich überhören konnte.

Ich lächelte ihr dankbar zu, schloß die Tür hinter mir und begann mich auszuziehen. Wie immer hatte Mary recht mit dem, was sie sagte. Und wie zwar nicht immer, aber doch reichlich oft in letzter Zeit mußte ich mir eingestehen, daß ich mich wie ein kompletter Idiot benommen hatte. Selbst Howard ...

Ich dachte den Gedanken nicht zu Ende, denn ich spürte, wie schon wieder der Zorn in mir aufzusteigen begann. Statt dessen riß ich mir die letzten Kleider vom Leibe, stieg in die Wanne mit heißem Wasser und lehnte mich zurück.

Ich begann die Wirkung des Alkohols nun doch zu spüren, den ich in der letzten Stunde ich mich hineingeschüttet hatte. Ich war nicht betrunken, aber auch nicht mehr vollkommen nüchtern, ein Zustand, der eigentlich sogar recht angenehm war. Oder es gewesen wäre, unter anderen Umständen.

Ich schloß die Augen, drängte das Schwindelgefühl zurück und versuchte an nichts zu denken.

Etwas berührte meinen Fuß.

Es dauerte einen Moment, bis ich die Berührung überhaupt registrierte. Und dann vergingen noch einmal Sekunden, ehe mir auch die anderen Dinge auffielen – etwa, daß das Badewasser nicht halb so warm war, wie es sein sollte, oder die Geräusche, die nicht in mein Badezimmer, ja nicht einmal nach London gehörten, sondern –

Mit einem Ruck öffnete ich die Augen – und schrie gellend auf.

Ich war nicht mehr in meiner Badewanne.

Ich war auch nicht mehr in meinem Haus.

Rings um mich herum erstreckte sich …

Moor.

Ein schwarzes wie aus Pech gegossenes Moor, von einer unsichtbaren, nur unterschwellig spürbaren Aura des Bösen durchdrungen. Jeder Stein, jeder Busch und jeder der wenigen verkrüppelten Bäume atmete Gefahr aus, ein unbestimmtes, vages Grauen, das wie auf dürren Spinnenbeinen in meine Seele kroch.

Ein Weg, gerade breit genug, um halbwegs sicher darauf gehen zu können, schlängelte sich zwischen den Moorgewächsen durch, die auf eine bizarre, mit dem Auge nicht zu erfassende Art tot anmuteten.

Nebelstreifen stiegen aus dem Sumpf. Wie die oktopoiden Arme eines gestaltlosen Ungeheuers schienen sie über die Pflanzen zu tasten, um ihnen alles Leben zu entziehen und die Atmosphäre der Düsternis noch zu vertiefen.

Ich ließ meinen Blick ziellos umherirren, doch in allen Richtungen zeigte sich das gleiche trostlose Bild. Nirgendwo gab es auch nur den geringsten Hinweis darauf, wo ich mich befand.

Ich wußte nicht einmal, wie ich hierhergekommen war.

Aber ich konnte beinahe körperlich spüren wie sich irgend etwas mir näherte, lautlos schleichend und unter dem brodelnden Morast verborgen.

Ein schwacher Windhauch, der den Geruch nach Moder und Verwesung mit sich trug, zerzauste mein Haar. Gleichzeitig spürte ich eine leichte Bewegung am Fuß.

Ich schrie vor Schreck auf und sprang zurück. Der Stockdegen glitt wie von selbst in meine Hand. Dann erst merkte ich, daß mich nur ein vom Wind bewegtes Schilfgewächs genarrt hatte, das mein Bein streifte. Erleichtert strich ich mir mit der Hand kalten Schweiß von der Stirn.

Aber das Gefühl einer nahenden Gefahr blieb und wurde immer noch stärker. Ich glaubte es wie einen unsichtbaren Reif zu spüren, der um meine Brust lag und mir die Luft abschnürte.

Willkürlich entschied ich mich für eine Richtung und lief den Weg entlang. Ein paarmal drehte ich mich um die eigene Achse. Nirgendwo war etwas zu entdecken, das konkreten Anlaß zur Sorge geboten hätte. Und doch …

Die stickige, drückend schwüle Luft machte den Lauf zu einer unerträglichen Qual. Jeder Atemzug schien meine Lunge zum Bersten zu bringen. Die Seitenstiche waren so schmerzhaft, als ob jemand ein Messer in meine Hüfte stieße. Mein Herz raste, als wollte es zerspringen. Klebriger Schweiß bedeckte mein Gesicht und rann mir in die Augen.

Doch selbst wenn ich gewollt hätte, hätte ich nicht stehenbleiben können. Meine Beine bewegten sich wie von selbst, als wären sie meinem Willen entzogen, ja gehörten gar nicht mehr zu mir. Ich rannte so schnell ich nur konnte, ohne auch nur im geringsten zu spüren, daß das Gefühl der Bedrohung nachließ.

Dann strauchelte ich über einen Erdbrocken.

Mit wild rudernden Armen versuchte ich das Gleichgewicht zu halten. Es gelang mir nicht.

Instinktiv wollte ich meinen Sturz mit den Händen abfangen, aber der Stockdegen behinderte mich. Hart prallte ich zu Boden und knallte mit dem Kopf gegen einen faustgroßen Stein. Dabei konnte ich bei meiner Ungeschicklichkeit noch von Glück sagen, daß ich mir beim Fallen die Klinge des Degens nicht selbst in den Leib rammte, sondern mir nur einen unbedeutenden Schnitt am linken Handgelenk beibrachte.

Etwas Schwarzes, Formloses brach wie ein absurd langer Wurm neben mir aus dem Boden, peitschte in die Höhe und schlang sich blitzschnell um meinen Knöchel. Ein harter Ruck brachte mich zu Fall, als ich aufzuspringen versuchte.

Ich strauchelte und schlug erneut schmerzhaft irgendwo mit dem Hinterkopf auf. Für einen Moment drohte ich das Bewußtsein zu verlieren, aber es gelang mir, den Schmerz zurückzudrängen. Müh-

sam blinzelte ich die roten Schlieren weg, die vor meinen Augen wogten.

Einen Moment später wünschte ich mir, ich hätte es nicht getan.

Ich sah einen kaum fingerdicken, mit schwarzglänzenden Schuppen bedeckten Tentakel, der sich blitzschnell an meinem Bein hochschlängelte. Angeekelt schlug ich mit dem Degen zu.

Die Klinge fraß sich in die schuppige Panzerhaut und zerschnitt den Fangarm. Schwarzes Blut quoll aus der Wunde. Wo es den Boden berührte, verdorrte das Gras, und die Erde schien zu kochen. Das abgetrennte Ende des Tentakel verdorrte und zerfiel binnen weniger Sekunden zu Staub. Ein entsetzlich schriller Laut, fast wie ein unmenschlicher Schmerzensschrei, drang an mein Ohr.

Und im nächsten Moment explodierte neben mir der Sumpf!

Mit gespenstischer Lautlosigkeit barst der Boden in einer gewaltigen, zwanzig, dreißig Yards hohen Fontäne aus Erdreich, Pflanzenteilen und stinkendem Wasser auseinander und überschüttete mich mit Schlamm. Etwas Großes, ungeheuer Finsteres wuchs wie ein schwarzer Berg neben mir in die Höhe. Mehr als ein Dutzend Tentakel peitschten gleichzeitig auf mich zu.

Zwei konnte ich zerstören, bevor die anderen wie ein Wall ineinander verschlungener Schlangenleiber auf mich niederprasselten.

Vor panischer Angst schrie ich auf und schlug blindlings um mich, ich schrie und schrie und bäumte mich auf. Etwas traf mit furchtbarer Wucht meinen Kopf. Der Traum! Es war der Traum, der zurückkehrte, tausendfach intensiver und tödlicher als beim ersten Mal. Aber er hörte nicht auf, sondern ging weiter, und ich spürte das entsetzliche Würgen des Fangarmes, der sich um meinen Hals wickelte, mir die Luft abschnürte und mich gleichzeitig nach unten zog. Der schwarze Morast kroch an meinem Gesicht hoch, erreichte meine Wange, meinen Mund, die Nase … Ich bekam keine Luft mehr. Grellbunte Kreise tanzten vor meinen Augen.

Die Verzweiflung gab mir neue Kraft. Ich bäumte mich auf, griff mit beiden Händen nach dem so trügerisch dünnen Tentakel und lockerte seinen Würgegriff ein wenig. Für einen Moment bekam ich den Kopf über den Schlamm, holte japsend Luft und hustete schwarzen Morast und stinkendes Wasser aus. Dann tauchten neue, peitschende Tentakel aus dem Sumpf auf, wickelten sich wie dünne schneidende Schnüre um meine Arme und Beine und zerrten mich abermals zurück. Wieder wurde mein Kopf unter Wasser gerissen. Im letzten Moment widerstand ich dem Impuls zu schreien.

Meine Kräfte erlahmten. Ich wehrte mich noch immer, aber der Druck der Tentakel war unbarmherzig und die Atemnot wurde immer schlimmer. Ein unsichtbarer stählerner Reif schien um meine Brust zu liegen und sich rasend schnell zusammenzuziehen. Ich mußte atmen!

Und dann geschah etwas Merkwürdiges.

Es gab nichts mehr, was ich dem Ungeheuer hätte entgegensetzen können. Schon tanzten blutige Kreise vor meinen Augen, meine Bewegungen erlahmten und es würde nur noch Sekunden dauern, bis der schwarze Morast meine Kehle zu füllen begann.

Aber dann – vollkommen unerwartet – lockerte sich der Griff um meinen Hals und ich spürte wie ich an die Oberfläche des schwarzen Moors getrieben wurde. Im nächsten Moment packten mich unmenschliche starke Hände, rissen mich aus dem Sumpf heraus und schüttelten mich weiter, und plötzlich bekam ich Luft.

Keuchend sank ich auf die Knie, erbrach Wasser und schwarzen Schlamm und hustete qualvoll. Luft, unendlich süße wohltuende Luft füllte meine Lungen.

Erst nach Weile brachte ich die Kraft auf, den Kopf zu heben und mich nach meinem Retter umzusehen.

Es war Rowlf. Er stand mit schreckensbleichem Gesicht über mir, die Hände halb geöffnet wie um mich erneut zu packen, sollte es nötig sein. Die zersplitterten Reste der Tür hinter ihm bewiesen, wie er hier hereingekommen war.

»Dan … ke«, stöhnte ich. Ich konnte kaum sprechen. Meine Arme und Beine zitterten so stark, daß ich fast zusammengebrochen wäre. Das Badezimmer *(Badezimmer? Wo war der Sumpf geblieben?!)* verschwamm vor meinen Augen. Ich stöhnte, versuchte mich aus der Wanne herauszuarbeiten und sank kraftlos zurück.

»Alles in Ordnung?« fragte Rowlf.

Ich nickte. »Okay«, keuchte ich. »Ich bin … okay. Ich … ich danke dir. Du hast mir … das Leben gerettet.«

»Wasn passiert?« fragte Rowlf mißtrauisch.

»Ich weiß … nicht«, log ich. »Ich muß wohl … ausgeglitten sein. Gott, um ein Haar wäre ich … ertrunken.«

Rowlf antwortete nicht, aber sein Blick bewies, daß er mir kein Wort glaubte. Langsam richtete er sich auf, drehte sich herum und begann das Badezimmer Zoll für Zoll zu untersuchen.

Ich ließ ihn gewähren. Ich war sogar ganz froh, daß er mir auf diese Weise Zeit verschuf, ein wenig zu Atem zu kommen. Mühsam kletterte ich aus der Wanne, angelte meinen Morgenmantel vom Stuhl und wickelte mich hinein. Das Zimmer war wieder ein ganz normales Zimmer, der Boden unter meinen Füßen normaler gefliester Badezimmerboden und das Wasser, in dem ich fast ertrunken wäre, ganz normales, parfümiertes Badewasser. Aber zum Teufel – ich hatte den widerlichen schwarzen Sumpf *geschmeckt*, der mich fast ertränkt hatte!

»Also«, sagte Rowlf, nachdem er seine Inspektion beendet und weder Cthulhu noch einen seiner Shoggoten in meinem Bad gefunden hatte. »Was war los?«

»Nichts«, antwortete ich knapp. »Ich sagte doch schon, ich bin ausgerutscht. Du hast mir vermutlich das Leben gerettet. Danke.« Ich gab meiner Stimme ganz bewußt einen kalten, abweisenden Klang, und er zeigte Wirkung. Der Ausdruck von Sorge in Rowlfs Gesicht machte Betroffenheit Platz. Aber ich gab ihm keine Chance, irgend etwas zu sagen.

»Was tust du überhaupt noch hier?« fragte ich kalt. »Ich hatte Howard gebeten zu gehen.«

Diesmal war es Zorn, der in Rowlfs Blick aufflammte. Wütend preßte er die Kiefer aufeinander, so heftig, daß ich seine Zähne knirschen hörte. Aber der erwartete Wutausbruch blieb aus.

»Isser auch«, sagte er mit mühsam beherrschter Stimme. »Aber er hat gesagt, ich soll dableib'n, um auf dich aufzupass'n.«

»So«, sagte ich. »Hat er das?«

»Das hatter«, bestätigte Rowlf wütend. »Aber wenns dir nich pass'n tut, dann mußtes nur sag'n. Ich geh gern.«

Meine groben Worte taten mir leid. Ich schüttelte den Kopf, sah Rowlf beinahe traurig an und rettete mich in ein verlegenes Lächeln.

»Natürlich nicht«, sagte ich. »Entschuldige, Rowlf. Es … es tut mir leid.«

»Ja«, fauchte Rowlf. »Das solltes auch.« Plötzlich seufzte er. »Aber ich kann dich sogar versteh'n, Kleiner. Ehrlich, ich ... ich tät's nich glaub'n, wennichs nich mit mein' eigenen Aug'n gesehen hätt. Ich ... ich versteh einfach nich, was in H. P. gefahr'n is.«

»Ich auch nicht«, sagte ich, schon wieder etwas schärfer. »Und ich will es auch gar nicht wissen.«

Rowlf fuhr zusammen wie unter einem Schlag. »Er ... er hat gesacht, ich soll dir sag'n, dasses ihm leid tut«, murmelte er, ohne mich anzusehen. »Und dasser dir später mal alles erklär'n werden tut.«

Ich antwortete nicht, sondern drehte mich wortlos um und ging hinaus.

Sie hatte versagt – einmal mehr. Doch diesmal nicht aus Nachlässigkeit, sondern aus einem Gefühl heraus, das sie als El-o-hym zu kennen geglaubt hatte und das ihr nun, da sie Mensch war, erst richtig offenbar wurde. Liebe.

Shadow hatte Robert Craven einen Traum gesandt, der ihn töten sollte, ertränken im Moor einer Vision, die nur in seinem Kopf war – und doch mächtig genug, ihn *wirklich* sterben zu lassen.

Aber dann hatte sie gezögert, im letzten Augenblick. Sie brachte es nicht fertig, den Mann zu vernichten, den sie liebte. Etwas tief in ihr, das sie sich selbst nicht erklären konnte, hielt sie davon ab. Gerade so, als wäre ein Teil von Robert Craven auf sie übergegangen ...

Erschrocken versuchte sie den Gedanken zu verdrängen. Das war doch nicht möglich! Oder doch? Schließlich war sie keine vom Volk der El-o-hym mehr, auch wenn ihr einige ihrer magischen Kräfte geblieben waren. Sie war ein menschliches Wesen, mit allen Konsequenzen dieser Art von Existenz.

Aber vielleicht war gerade dies eine weitere Chance.

Und Shadow begann, ihre Geistfühler *in sich selbst* zu versenken ...

Mein Herz schlug schnell und hart wie das eines Primaners, der seinem ersten Rendezvous entgegensieht. Und wenn ich ehrlich sein soll – ich fühlte mich auch so: Meine Handflächen waren feucht. Meine Knie zitterten. Schweiß bedeckte meine Stirn und rann in meinen Kragen, obwohl es geradezu gotterbärmlich kalt war. Mein Gaumen war so trocken, als hätte ich tagelang gedürstet.

Aber gut – ich hatte einen Grund nervös zu sein.

Schließlich heiratet man nicht alle Tage.

Die Kutsche hatte gehalten, aber ich zögerte noch, die Tür zu öffnen und auszusteigen. Vielleicht war es einfach das absurde Bedürfnis, den Moment zu genießen, vielleicht auch einfach Angst – auf jeden Fall vergingen Sekunden, bis ich mich vorbeugte. Und auch dann öffnete ich noch nicht die Tür, sondern schlug erst den Vorhang beiseite, der vor dem Fenster hing.

Und es war wohl auch sehr gut, daß ich es tat.

Wäre ich nämlich einfach ausgestiegen, hätten vielleicht die versammelten Hochzeitsgäste den Ausdruck puren Entsetzens gesehen, der plötzlich auf meinem Gesicht lag.

Der Anblick traf mich wie eine schallende Ohrfeige.

Ich erinnerte mich sehr gut, Dr. Gray und Howard ausdrücklich aufgetragen zu haben, eine ganz bestimmte, relativ kleine Kapelle im Süden Londons für die Trauungszeremonie vorzubereiten. Ich war sogar zusammen mit Priscylla dort gewesen, hatte mit dem Pfarrer und dem Küster gesprochen und ein erkleckliches Sümmchen in den Opferstock geworfen, damit auch alles ja klappte.

Nun, was die Vorbereitungen anging – sie hatten geklappt. Das Portal der Kirche stand weit offen und war über und über mit Blumen geschmückt. Ein dunkelroter Teppich reichte von der Stelle, an der die Kutsche gehalten hatte, bis ins Innere der Kirche, Glocken läuteten, und eine Anzahl unauffällig gekleideter, aber ausnahmslos sehr kräftig geratener Herren hielt die Schaulustigen zurück, die gleich in Scharen gekommen waren, um zu sehen wie Londons vermögendster Junggeselle heiratete.

Nur – die Kirche war nicht *die* Kirche.

Es war die St. Paul's Cathedral.

Von allen Kirchen Londons so ungefähr die letzte, in der ich zu heiraten wünschte.

Für einen sehr kurzen, aber entsetzlichen Augenblick glaubte ich mich jäh in meinen Traum zurückversetzt.

Die St. Paul's Cathedral! Ausgerechnet sie! Hörte denn der Wahnsinn niemals auf?!

Ich wurde mir der Tatsache bewußt, daß ich schon ziemlich lange in der Kutsche saß und zögerte, auszusteigen. Mit einem Ruck stieß ich die Tür auf, versuchte einen möglichst unbefangenen Ausdruck auf mein Gesicht zu zaubern und stieg aus dem Wagen.

Ein unruhiges Murmeln lief durch die Menge, die meine bezahlten Helfer zurückhielt. Da und dort blitzte das Karbidlicht eines Fotografen auf, denn auch die Klatschpresse hatte es sich nicht nehmen lassen, zu kommen; ein paar Blumensträuße flogen in meine Richtung.

Aber ich beachtete all dies nicht, sondern eilte fast im Sturmschritt über den roten Teppich und auf Mrs. Winden zu, die mich bereits erwartete.

»Was geht hier vor?« fauchte ich, so laut, daß Mrs. Winden erschrocken zusammenfuhr und mir einen warnenden Blick zuwarf. »Was zum Teufel bedeutet das?« fragte ich mit einer wütenden Kopfbewegung auf die Kirche; allerdings etwas leiser als beim ersten Mal. Es war ja nun wirklich nicht nötig, daß die Scharen von Neugierigen mitbekamen, was hier vorging. »Ich wollte nicht hier heiraten, das wissen Sie genau! Wer hat angeordnet, daß die Trauung hier stattfinden soll?«

»Miß Priscylla«, antwortete Mary.

»Priscylla?« Ich starrte sie ungläubig an. »Aber –«

»Es war ihr sehnlichster Wunsch«, unterbrach mich Mary. »Ich konnte ihn ihr einfach nicht abschlagen, und Dr. Gray auch nicht.«

»Gray?« wiederholte ich stirnrunzelnd. »Der gehört also auch zu diesem kleinen Komplott, wie?«

»Seien Sie nicht zu streng, Robert«, sagte Mary. »Das arme Ding hat sich so gefreut, in der St. Paul's Cathedral heiraten zu dürfen. Und als sie dann überraschend beschlossen haben, in diese komische Kapelle zu wechseln, war sie unglaublich enttäuscht.«

Sie sah mich fast flehend an. Natürlich – wir hatten schon lange beschlossen, wenn überhaupt, dann *hier* zu heiraten.

Und ich mußte gestehen, daß ich nicht einmal auf die Idee gekommen war, es könne Priscylla irgend etwas ausmachen, statt dessen in einer kleinen Kapelle mit dem Mann ihrer Träume liiert zu werden. Statt Wut empfand ich mit einem Male heftige Gewissensbisse.

»Warum hat sie denn nichts gesagt?« murmelte ich hilflos.

»Weil sie Sie nicht beunruhigen wollte«, antwortete Mary. »Aber sie war so enttäuscht, daß es einfach nicht mehr mit anzusehen war.«

»Und da sind Sie auf die famose Idee gekommen, hinter meinem Rücken doch noch alles zu ändern«, vermutete ich.

Mary grinste. »Genau. Sie werden sehen, es wird einfach wundervoll, Robert. Und nun seien Sie kein Spielverderber und lassen Sie dem Kind die Freude.«

Spielverderber?

Gott, ich war der letzte, der Priscylla irgend etwas abschlagen würde. Aber diese Kirche war ...

Ich zwang mich, den Gedanken nicht zu Ende zu denken, und schalt mich im stillen einen Narren. Es waren nur *Träume*, nicht mehr. Und bisher waren sie immer nur gekommen, wenn ich allein war. Jetzt war ich inmitten von Menschen und nicht wenige davon waren meine Freunde.

Nein, ich war in Sicherheit.

Wenigstens redete ich es mir ein.

Mary schien mein Schweigen reichlich falsch zu deuten, denn sie lächelte triumphierend und sagte: »Sehen Sie, ich hatte recht. Es macht Ihnen nichts aus.«

»Nein«, murmelte ich. »Fast gar nichts.«

Dann geschah etwas, was meine Gedanken schlagartig in andere Bahnen lenkte:

Priscylla kam.

Mrs. Winden hatte darauf bestanden, daß wir in getrennten Kutschen zur Kirche fuhren, was mich in den letzten Tagen zu etlichen spitzen Bemerkungen veranlaßt hatte. Aber als der schneeweiße Vierspänner vorfuhr und Priscylla in Begleitung Grays ausstieg, dankte ich ihr im stillen dafür.

Und nicht nur dafür. Ich wußte ja am besten wie wenig Zeit sie gehabt hatte, Pri für diesen Moment herauszuputzen – alles in allem nicht einmal mehr eine Stunde.

Aber sie hatte wahre Wunder bewirkt in dieser Zeit.

Priscylla sah umwerfend aus.

Sie trug ein weißes, mit winzigen silbernen Blumen besticktes Brautkleid, dessen Schleppe von vier ebenfalls weißgekleideten Mädchen getragen wurde, die hinter ihr aus der Kutsche stiegen, dazu einen raffinierten Schleier, der ihr Gesicht nur erahnen ließ, ellenbogenlange Handschuhe und kleine silberne Schuhe. Mit graziösen, durchaus auf Wirkung bedachten Bewegungen entstieg sie der Kutsche, blieb genau einen bemessenen Moment lang stehen, um sich gebührend bewundern zu lassen und kam schließlich mit gemessenen Schritten auf mich zu.

Mein Herz begann zu rasen. Ich vergaß die St. Pauls Cathedral und meine üblen Träume. In diesem Moment bestand die Welt nur noch aus Priscylla und mir.

Sie bewegte sich sehr langsam, fast majestätisch, auf das Kirchenportal zu. Und ich genoß jeden Augenblick. Endlich, endlich war es soweit. Ich hatte es geschafft. Ich war um die halbe Welt gereist, hatte mich mit Mächten angelegt, deren Macht der von Göttern nahe kam, hatte Schlachten geschlagen und gegen Ungeheuer gekämpft, und alles letztlich nur, um Priscylla zu befreien. Mehr als einmal war ich dem Tod nur um Haaresbreite entronnen und in Situationen geraten, die mir selbst im nachhinein noch die Haare zu Berge stehen ließen.

Aber dies war eine der Geschichten, in denen am Ende doch die Guten gewannen.

Es hatte sich gelohnt. Priscylla war frei, sie war gesund – und in wenigen Minuten würde sie meine Frau sein: Mrs. Priscylla Andara-Craven, Besitzerin eines der größten Häuser der Stadt, Herrin eines der größten Vermögen des Landes und Ehefrau des ansehnlichsten, tapfersten, bescheidensten und nettesten Mannes des Empires.

Mir

Etwas geschah …

Es ging unglaublich schnell und ich wußte hinterher auch nicht, was es wirklich gewesen war: Es war wie ein Ruck, der durch die Realität ging, ein rasches, kaum merkliches Zucken, als wäre das ganze Geschehen vor mir nichts als ein Spiegelbild im Wasser, in das ein Stein geworfen wurde.

Das Gefühl verging so rasch, wie es gekommen war.

Aber etwas hatte sich geändert.

Mit einem Male schien es kälter zu sein. Die Schatten waren länger und tiefer und bedrohlicher und ich meinte überall Bewegung zu sehen, wo keine war, ein Kriechen und Schleichen und Schleimen, das mich schaudern ließ. Das aufgeregte Murmeln der Menge klang plötzlich drohend in meinen Ohren. Ich fror.

Priscylla kam langsam näher, blieb zwei Schritte vor mir stehen und lächelte mir zu, selbst durch den Schleier hindurch konnte ich es sehen.

»Alles in Ordnung, Liebes?« flüsterte ich.

»Natürlich«, antwortete sie ebenso leise. Und fügte hinzu: »Mit dir auch?«

Der Unterton von Sorge in ihrer Stimme war unüberhörbar. Sah man mir meine Nervosität so sehr an? dachte ich betroffen.

Ich nickte überhastet, rettete mich in ein verlegenes Grinsen und deutete mit dem Daumen über die Schulter zurück. »Ich war nur etwas überrascht«, gestand ich.

»Du ... bist doch nicht böse, oder?« fragte Priscylla.

»Natürlich nicht. Im Gegenteil«, versicherte ich. »Es war eine phantastische Idee. Und jetzt komm. Wir sollten den Oberpriester nicht warten lassen.«

»Er heißt nur Priester«, verbesserte mich Priscylla lächelnd, obwohl sie genau gespürt hatte, daß es ein absichtlicher Versprecher gewesen war.

Ich ergriff Mary Windens dargebotenen Arm, setzte einen möglichst gewichtigen Gesichtsausdruck auf und begann mit gemessenen Schritten in die Kirche hineinzugehen. Die gewaltige Kirchenorgel begann zu spielen, leise, sehr ruhig und sanft zu Anfang, aber mit jedem Schritt lauter werdend, bis die dunklen Töne zu einem gewaltigen Orkan aus Musik anschwollen.

Ich bin niemals ein sehr religiöser Mensch gewesen, aber in diesem Moment verspürte ich doch eine sehr deutliche, tiefe Regung. Vielleicht lag es auch an diesem Gebäude. Es war wohl kein Zufall, daß große Kirchen die Menschen schon immer fasziniert haben. Und die St. Paul's Cathedral war eine wahrlich *große* Kirche. Ich mußte daran denken, was Howard einmal über die Kathedrale gesagt hatte: das steingewordene

Wort Gottes. Und er hatte recht. In dieser Kirche hatten Könige geheiratet.

Ganz langsam näherten wir uns dem Altar. Die Musik schwoll weiter an, dann fiel der Chor ein, den Gray oder Mary bestellt haben mußten. Schließlich, nach einer Ewigkeit wie es mir schien, verstummte die Musik und der Priester gebot Priscylla und mir, auf der samtbezogenen Bank vor dem Altar niederzuknien. Wir gehorchten. Während er begann, auf lateinisch die Messe zu zelebrieren, sah ich mich um.

Der Innenraum der St. Paul's Cathedral war gewaltig. Immer wieder glitt mein Blick zu der fast neunzig Yards hohen Kuppel, an deren Wänden mehrere schmale Galerien entlangliefen, deren unterste, die »Flüstergalerie«, weit über London hinaus bekannt geworden war. Wenn man gegen die Wand flüsterte, waren die Worte noch weit entfernt zu hören. Ein akustisches Phänomen, für das es sicher eine Menge wissenschaftlicher Erklärungen gab, das die Menschen aber trotzdem faszinierte. Auch jetzt war sie nicht leer. Eine einsame, schlanke Gestalt mit langem, wallendem, goldenen Haar stand dort oben und blickte auf die versammelte Gemeinde und uns herab. Irgendwie kam sie mir bekannt vor, ohne daß ich zu sagen wußte, woher.

Ich verscheuchte den Gedanken und versuchte, mich auf die Predigt zu konzentrieren. Aber es gelang mir nicht. Ich war nervöser, als ich mir eingestehen wollte. Mein Blick glitt zärtlich über Priscyllas verschleierte Gestalt, die neben mir auf der niedrigen Bank kniete. Vor uns stand der Priester, der die Hochzeitsmesse zelebrierte, aber seine Worte waren ein fernes Murmeln, das ich nicht verstand.

Mein Blick schweifte über die zahlreichen Menschen, die zur Trauung gekommen waren.

Die Kathedrale war bis auf den letzten Platz besetzt. Ich wunderte mich flüchtig, wer die vielen Menschen waren. Die meisten waren mir unbekannt oder kamen mir höchstens vom Ansehen her ganz vage bekannt vor, aber überall in der Menge verstreut entdeckte ich auch vertraute Gesichter. Es war ein angenehmes Gefühl, zum ersten Male seit so langer Zeit wieder unter Freunden zu sein. Es tat allenfalls ein bißchen weh, daß Howard nicht dabei war.

»Tu es nicht, Robert«, flüsterte eine Stimme.

Ich unterdrückte im letzten Moment einen überraschten Ausruf, sah hoch und blickte mich wild um. Aber alles, was ich sah, war eine Mauer aus ausdruckslosen Gesichtern. Niemand außer mir schien die Worte gehört zu haben!

Aber ich war doch nicht verrückt!

»Tu es nicht, Robert!« wisperte die Stimme erneut.

Und plötzlich wußte ich, woher sie kam.

Die Frau. Die fremde Frau auf der Flüstergalerie!

Mit einem Ruck sah ich auf. Sie stand noch da, zu weit entfernt, als daß ich ihr Gesicht sehen konnte, und vollkommen reglos. Aber irgendwie spürte ich, daß sie auf mich herabstarrte, und ich wußte auch, daß es *ihre* Stimme war, die gerade jetzt zum dritten Male sagte: »Tu es nicht, Robert, ich flehe dich an!« so deutlich, als stünde sie neben mir.

Aber wieso hörte außer mir niemand diese Worte?

Ich begann aufzufallen. Priscylla berührte mich leicht an der Hand und schüttelte fast unmerklich den Kopf und auch der Priester schenkte mir einen bösen Blick, fuhr aber mit seiner Litanei fort. Fast schuldbewußt senkte ich den Kopf und versuchte, die Frau dort oben auf der Galerie zu ignorieren. Weiß der Geier, um was für eine Verrückte es sich handelte. Wenn sie die Hochzeit weiter störte, würde ich sie hinauswerfen lassen.

Einen Moment lang versuchte ich mich wirklich auf die Gebete des Priesters zu konzentrieren, aber es gelang mir nicht. Die so erschreckend unwirkliche Zeremonie nahm ihren Fortgang, während ich mich weiter in der Kirche umsah. Mein Blick streifte die beiden steinernen, überlebensgroßen Engelsfiguren an der Wand hinter dem Altar.

Eine von ihnen ... *bewegte die Flügel*!

Es ging so schnell, daß ich sehr sicher war, daß außer mir niemand die Bewegung wahrnahm, aber verdammt, ich war ebenso sicher, daß sie sich bewegt hatte. Was um alles in der Welt geschah hier? Verlor ich allmählich den Verstand? Oder hatte mir meine Freunde aus den Dimensionen des Wahnsinns ein ganz besonderes Hochzeitsgeschenk gemacht?

Wieder bewegte der steinerne Engel die Flügel. Für einen ganz kurzen Moment blitzte sein Granithaar wie gesponnenes Gold und für einen noch kürzeren Moment glaubte ich etwas erschreckend Vertrautes in seinem gemeißelten Zügen zu erkennen.

»Tu es nicht, Robert«, sagte er ganz deutlich. »Es wäre dein Tod!«

Ich weiß nicht, woher ich die Selbstbeherrschung nahm, nicht aufzuschreien. Aber ich versteifte mich so plötzlich, daß Priscylla überrascht den Kopf wandte und selbst der Priester einen Moment lang in seinem Genuschel innehielt, um mich strafend anzublicken.

Seine Züge verschwammen. Für den Bruchteil einer Sekunde glaubte ich darunter ein entsetzliches Gesicht zu erkennen, ein Gesicht, das viel eher einem riesigen Fisch gehörte als einem Menschen und

(Dagon!)

zu einem hämischen Grinsen verzogen war. Dann verschwand die Illusion, so schnell, wie sie gekommen war.

»Was ist mit dir, Liebling?« flüsterte Priscylla neben mir. »Du zitterst.«

»Nichts«, wisperte ich. »Es ist nichts, wirklich. Ich bin nervös.«

Beinahe hilfesuchend blickte ich das gewaltige Kruzifix über dem Altar an.

Das Gesicht des geschnitzten Jesus verzerrte sich zu einer Grimasse der Qual. Blutige Tränen quollen aus seinen Augen und zogen rote Spuren über seine Wangen. »Tu es nicht, mein Sohn«, sagte er schwach. »Du brächtest großes Leid über dich und die Welt.«

Mein Traum! Es war der Traum, der wahr wurde!!!

»Nein«, stöhnte ich. Die Kirche begann sich um mich herum zu drehen. »Tu es nicht«, wisperte die Stimme in meinem Kopf. Die Gestalten des Priesters, Priscyllas und all der anderen begannen zu verschwimmen. Plötzlich war ein dumpfes, an- und abschwellendes Brausen in meinem Kopf. Ich stöhnte.

»Robert, was hast du?«

Diesmal sprach Priscylla so laut, daß ihre Stimme einfach gehört werden mußte. Ein erschrockenes Raunen lief durch die Menge hinter meinem Rücken, und selbst der Priester hörte auf mit seinen lateinischen Gebeten und sah verstört auf mich herab.

»Was ist mit dir, Liebling?« fragte Priscylla erschrocken. Ihre Hand berührte meine Schulter.

Und es war sonderbar – im gleichen Moment erloschen die Visionen. Es war, als ströme neue Kraft aus Priscyllas Fingern in meinen Körper.

Verwirrt sah ich auf, registrierte bestürzt, daß sich aller Aufmerksamkeit nun wirklich auf mich konzentrierte, und versuchte mich in ein Lächeln zu retten, das aber wohl eher zu einem dämlichen Grinsen geriet.

»Es ist … nichts«, sagte ich ausweichend. »Es tut mir leid. Ich … hatte einen Schwächeanfall.«

»Ist alles in Ordnung, Mr. Craven?« fragte der Priester von seinem Altar herab.

»Sicher«, antwortete ich. »Normalerweise ist es ja das Privileg der Bräute, in Ohnmacht zu fallen, aber ich bin für Gleichberechtigung, wissen Sie? Machen Sie weiter.«

Sein Gesichtsausdruck verriet, wie wenig komisch er meinen Scherz fand. Er schüttelte kaum sichtbar den Kopf und fuhr mit seiner Litanei fort.

Die Visionen kamen nicht wieder. Und die ganze Zeit lag Priscyllas Hand auf der meinen, was der Priester sehr wohl bemerkte, aber diskret überging.

Schließlich war es soweit:

Aus dem *Rharbarberrhabarber* des Priesters wurde verständliches Englisch, als er mich fragte:

»… willst du, Robert Andara-Craven, Priscylla zur Frau nehmen, sie lieben und ehren, in guten wie in schlechten Zeiten, bis daß der Tod euch scheidet?«

NEIN! dröhnte eine Stimme in meinem Kopf. *Tu es nicht, Robert! Sie bringt dich um!* Der steinerne Engel an der Wand bäumte sich auf wie in Qual. Das Gesicht des geschnitzten Jesus zuckte. Blut quoll aus den Seiten der aufgeschlagenen Prachtbibel auf dem Altar. *Tu es nicht,* dröhnte die Stimme in meinem Kopf.

Ich stöhnte. Priscyllas Hand glitt von meinen Fingern herunter. Für einen Moment verzerrte sich ihr Gesicht, wurde zu einer entsetzlichen Fratze, in deren Augen ein satanisches Feuer glomm.

»Nein ...«, stöhnte ich. Mir wurde übel.

»Was?« fragte Priscilla verdutzt. »Was hast du gesagt?« Wieder glitt ihre Hand über die meine.

Und wieder durchströmte mich diese ungeheure Ruhe und Kraft.

Mit einem Male kam ich mir lächerlich vor. Zum Teufel, war ich verrückt geworden? Ich war dabei, meine eigene Hochzeit zu schmeißen!

»Willst du, Robert Andara-Craven?« fragte der Priester noch einmal.

»Natürlich will ich«, unterbrach ich ihn grob. »Wozu bin ich wohl sonst hier? Ja, zum Teufel!«

Der Unterkiefer des Priesters klappte herunter. Aus den Zuschauerbänken hinter mir erhob sich ein unruhiges Murren, und auch Priscyllas Lächeln wirkte mit einem Male etwas verkrampft – vorsichtig ausgedrückt.

Aber sie bewahrte Haltung und auch der Priester versuchte wenigstens so zu tun, als wäre nichts geschehen, und wandte sich nun Priscylla zu, um ihr die gleiche Frage zu stellen.

Eine fast hysterische Heiterkeit begann sich in mir breitzumachen. Der Priester in seinem rotgolden gestreiften Gewand, die Kirche und die vielen Leute hinter uns – all das kam mir mit einem Male unsäglich dumm und albern vor. Verdammt, wir waren erwachsene Menschen, was brauchten wir diesen Mummenschanz, nur um miteinander ins Bett gehen zu dürfen?

Aber gleichzeitig spürte ich auch, daß dies nicht meine Gedanken waren.

Das Drängen und Wispern in meinem Kopf hatte aufgehört – aber die aggressive Heiterkeit, die ich plötzlich verspürte, war nichts als ein neuerlicher Angriff, der diesmal aus einer ganz anderen Richtung kam.

Ich zwang mich, den Blick zu heben und zur Flüstergalerie hinaufzusehen. Die junge Frau mit dem goldenen Haar stand noch da. Ihr schwarzer Mantel bauschte sich, als verberge sich ein Paar gewaltiger Flügel darunter. Trotz der großen Entfernung spürte ich das Brennen ihres Blickes. Die steinernen Engel über dem Altar schlugen wie wild mit den Schwingen.

Mein Traum. Dies alles war nicht die Wirklichkeit! Es war der Traum, der zurückkehrte!

»... und so erkläre ich euch zu Mann und Frau«, sagte der Priester in diesem Moment.

Ich schrak hoch, blickte ihn einen Moment verstört an und fragte mich, warum er so grinste. Erst dann sickerten seine Worte ganz allmählich an mein Bewußtsein.

»Zu ... Mann und Frau?« vergewisserte ich mich.

Das unwillige Murren in den Bänken hinter mir nahm zu, aber der Priester bewahrte eine schon fast bewundernswerte Ruhe.

»Ja«, sagte er freundlich. »Sie dürfen die Braut küssen, Mr. Craven.«

Wir tauschten die Ringe, und dann hob Priscylla die Hände, um den Schleier zu lüften.

Das Gesicht! Nicht das Gesicht!

Meine Bewegung kam so schnell, daß ich selbst machtlos dagegen war. Blitzartig griff ich zu und umklammerte ihre Arme, Bruchteile von Sekunden, ehe sie den Schleier lüften konnte.

Priscylla keuchte überrascht. Einen Moment lang versuchte sie ganz instinktiv, ihre Hände loszureißen. Aber natürlich war ich viel zu stark für sie. »Was ... was tust du, Robert?« fragte sie verwirrt.

Der Schleier! Es würde geschehen, wenn sie den Schleier lüftete!

»Sie dürfen Ihre Frau küssen, Mr. Craven«, sagte der Priester noch einmal.

Meine Hände begannen zu zittern. Ich benahm mich wie ein Idiot. Das Murren hinter mir wurde lauter. Aber ich konnte nicht loslassen. Wenn ich es tat ...

Meine Hände lösten sich. Priscylla atmete erleichtert auf und hob den Schleier. Das Gesicht dahinter –

Zwei schleimige, fast schwarze Blutfäden rannen aus den zerfransten Löchern, die einmal ihre Augen gewesen waren. Ihre Haut war nicht glatt und zart, wie ich sie kannte, sondern faltig wie die einer uralten Frau, zudem mit Warzen und Runzeln übersät – war Priscyllas Gesicht, ihr wunderschönes, liebreizendes Gesicht, keine Teufelsfratze, und trotzdem – *alterte es noch weiter, binnen weniger Sekunden verflossen für sie Jahre, binnen einer Minute Jahrzehnte. Ihr Gesicht trocknete aus und fiel ein; das Fleisch ver-*

dörrte und schließlich spannte sich nur noch mumifizierte, an Pergament erinnernde Haut über ihren Knochen, bis auch diese zu Staub zerfiel und nur ein Totenschädel übrig blieb, in dessen leeren Augenhöhlen immer noch ein verzehrendes Feuer brannte und auf dessen Zügen auch jetzt noch ein satanisches Grinsen lag. Ihre verfaulten Zahnstümpfe bewegten sich, als sie zu sprechen versuchte –

Ich zitterte. Ein dumpfes, schmerzhaftes Stöhnen entrang sich meinen Lippen, ein Laut, der mir selbst fremd und entsetzlich vorkam.

Der Traum! Er wurde wahr!

»Küß mich, Liebling«, flüsterte Priscylla.

Ich war gelähmt. Ich konnte mich nicht bewegen. Nicht sprechen. Nicht atmen. Nicht einmal denken. Priscyllas Gesicht näherte sich dem meinen.

»Nun sind wir für alle Zeit vereint, Robert«, sagte sie mit brüchiger Stimme. Es klang wie das Knistern jahrhundertealten Papiers. »Für immer, Robert!«

Unfähig, mich zu rühren, starrte ich sie an. Sie war die Priscylla, die ich kannte und liebte, niemand anderes. Das entsetzliche Alptraumwesen entstammte nur meiner Phantasie. Ich sah jedes winziges Detail ihres Gesichtes, jeden Zoll ihrer seidenen Haut, ihre schwarzglänzenden Haare, den vollen sinnlichen Mund, der mehr versprach als einen flüchtigen Kuß vor dem Traualtar, aber gleichzeitig hörte ich auch –

ein gräßliches, blubberndes Geräusch, das aus dem zerfransten Loch drang, das einmal ihr Mund gewesen war.

»Küß mich endlich«, flüsterte Priscylla. »Alle sehen schon zu uns her!«

Ich sah ein weißes Wimmeln in den leeren Höhlen, die einmal ihre Augäpfel geborgen hatten, roch den entsetzlichen Gestank und hörte ihr hämisches Kichern, aber ich konnte mich nicht einmal mehr bewegen.

Ihre Lippen berührten die meinen.

Und es waren die weichen, sinnlichen Lippen eines Mädchens, nicht der harte Knochen eines Totenschädels.

Und sie küßte ganz und gar nicht so, wie die Braut ihren Bräutigam zu küssen hatte, in aller Öffentlichkeit und noch dazu in einer Kirche! Ihr Kuß war sinnlich, voller Verlangen und unausgesprochener Verheißungen. Ihre Zunge glitt über meine Lippen, und –

verwandelte sich in einen schleimigen, faulenden Wurm, der mich mit einem Gefühl unbeschreiblichen Ekels erfüllte, und –

die Illusion verging endgültig.

Im gleichen Moment, in dem wir uns küßten, fand ich in die Wirklichkeit zurück. Mit fast schmerzhafter Wut erwachte ich.

Aber ganz kurz, den Bruchteil eines Sekundenbruchteiles zuvor, spürte ich wie etwas Körperloses, unglaublich Starkes sich von mir zurückzog.

Dann fiel ich in Priscyllas Armen in Ohnmacht.

Sie war der Verzweiflung nahe. Sie hatte es versucht, mit aller Kraft, die sie aufbringen konnte, aber das Fremde war stärker geworden. Auch die letzte Warnung, die sie Robert geschickt hatte, hatte keine Wirkung gezeigt. Wie so viele Male zuvor. Es war hoffnungslos, so lange sie in seiner Nähe war.

Shadow war erschöpft. Sie war diesen menschlichen Körper nicht gewohnt. Diesen *sterblichen* Körper! In ihm war die ehemalige El-o-hym hilflos und verwundbar. Wenn der, DER-HINTER-DEN-SCHATTEN-WANDELT, sie fand, würde er sie ohne Mühe vernichten können. Und auch andere, vielleicht schlimmere Feinde, die –

Shadow dachte den Gedanken nicht zu Ende. Sie hatte wahrlich anderes zu tun, als sich in Selbstmitleid zu üben.

Es waren noch dreizehn Stunden bis Mitternacht. Denn zu dieser Stunde würde es geschehen. Zeit genug, den *letzten Plan* in die Tat umzusetzen …

Es war nur ein kurzer Schwächeanfall, keine wirkliche Ohnmacht. Ich erwachte, noch bevor die ersten Hochzeitsgäste ganz von ihren Plätzen aufgesprungen und zu mir geeilt waren, und stemmte mich mühsam hoch.

Irgendwie spürte ich, daß es vorbei war. Die fremde Macht – was immer es war – hatte es versucht, ein letztes Mal und mit aller Kraft, aber sie war gescheitert. Von nun an würde ich Ruhe haben.

Vielleicht war dies auch nur bloßes Wunschdenken, aber

wie auch immer – es half. Ich grinste verlegen, stand vollends auf und wehrte die zahllosen hilfreichen Hände ab, die sich nach mir ausstrecken wollten. Schon fast überhastet nahm ich meine frisch angetraute Ehefrau an der Hand, verließ die Kirche und eilte auf die wartende Kutsche zu.

Es war nur die erste in einer ganzen Kolonne von Fuhrwerken und Wagen, die uns zum *Hilton* begleitete. Howard hatte das Hotel in einem Anfall von Bescheidenheit gleich für den ganzen Tag angemietet.

Normalerweise gehöre ich durchaus zu den Leuten, die einer Feier nicht abgeneigt sind, aber heute sah ich dem uns bevorstehenden Bankett mit gemischten Gefühlen entgegen. Es war soviel geschehen, daß ich eigentlich gar nichts anderes als meine Ruhe wollte, zusammen mit Priscylla, versteht sich.

Aber es mußte wohl sein.

Und irgendwie überstand ich den Tag sogar, bis Pri und ich uns unter einem fadenscheinigen Vorwand verabschiedeten und es den zahllosen Gästen – von denen ich die allerwenigsten überhaupt kannte – überließen, die Bar des *Hilton* leerzutrinken. Die anzüglichen Blicke, die uns folgten, als wir in die wartende Kutsche stiegen, ignorierte ich.

Es war gegen elf Uhr, als wir nach Hause kamen, und das Haus lag still und ausgestorben da wie ein gewaltiges Grab. Es war sonderbar, daß sich mir ausgerechnet dieser Vergleich aufdrängte, denn ich hatte eigentlich jeden Grund, in Hochstimmung zu sein, aber er tat es, und er mischte sich wie ein Tropfen bitterer Galle in die Euphorie, die von mir Besitz ergriffen hatte.

Natürlich *wußte* ich, warum das Haus so still war. Ich selbst hatte ja dem Personal freigegeben und dafür gesorgt, daß meine frisch angetraute Frau und ich von niemandem gestört wurden. Alles war so vorbereitet, wie ich es angeordnet hatte: im Kamin im kleinen Salon brannte ein behagliches Feuer, auf dem Tisch stand eine kleine Mahlzeit für zwei, Kerzen brannten ... und Mary hatte noch einiges mehr getan, wofür ich sie im nachhinein noch umarmt hätte, wäre sie dagewesen. Zum Beispiel den Myrtenkranz über der Eingangstür, die aus Blumen gesteckten Worte »*Herzlich willkommen, Mrs. Craven*«, die den größten Teil der Halle einnahmen, und all die anderen Kleinigkeiten, die irgendwie zu einer

Hochzeit gehörten und auf die wohl nur eine Frau kommen konnte.

Und trotzdem …

Etwas war nicht so, wie es sein sollte.

Vielleicht lag es nur an meiner Erschöpfung. Trotz allem war der Tag nicht so abgelaufen, wie ich es mir vorgestellt hatte, und ich hatte eine beinahe durchwachte Nacht und jede Menge Aufregung (vorsichtig ausgedrückt) hinter mir.

Dazu kam der Alkohol. Ich hatte zwar nur das obligatorische Glas Champagner getrunken und an zwei oder drei Sherry genippt, aber dazu gesellten sich die acht Whisky, die ich am Morgen in mich hineingeschüttet hatte.

Kurz – ich fühlte mich nicht unbedingt so wie sich ein frischgebackener Bräutigam eigentlich fühlen sollte.

Und da war noch etwas. Etwas in diesem Haus. So liebevoll Mary es hergerichtet hatte und so freundlich die Blumen und all die anderen Kleinigkeiten wirkten – irgend etwas hier stieß mich ab. Es war nicht greifbar, nicht körperlich, aber ich spürte die Ablehnung, die dieses Haus mir und Priscylla entgegenbrachte.

Was war das nur?

Ich weiß nicht, ob Priscylla es auch fühlte – aber auf jeden Fall fiel ihr wohl meine Nervosität auf, denn schon während wir uns dem Haus näherten, bedachte sie mich mit sehr sonderbaren Blicken. Als wir die Treppe zum Salon hinaufgingen, sagte sie:

»Ihr gefallt mir überhaupt nicht, mein frisch angetrauter Herr Gatte. Fühlt Ihr euch nicht wohl?«

Ich ging auf das Spiel ein und antwortete in der gleichen Art. »Es ist nichts, geschätzte Gemahlin. Wir sind ein wenig indisponiert, das ist alles.«

»Falls es dir leid tut«, antwortete Priscylla, »dann kommt das zu spät. Du hättest nein sagen können.« Sie lachte leise. »Mich jetzt wieder loszuwerden, wird ziemlich teuer.«

Ich antwortete vorsichtshalber nicht darauf. Irgendwie hatte ich das ungute Gefühl, daß ihre Worte nicht ganz so scherzhaft gemeint waren, wie sie sich anhören sollten.

»Es ist nichts«, sagte ich ausweichend. »Es war alles ein bißchen viel, glaube ich.« Ich grinste. »Jedenfalls werden die

Klatschkolumnen morgen ihre Sensation haben: Robert Craven fällt vor dem Traualtar in Ohnmacht!«

Priscylla nickte. »Ich habe eben eine umwerfende Wirkung auf Männer. Die Schlagzeile sollten wir ausschneiden und uns einrahmen lassen«, sagte sie. Und fügte hinzu: »Vielleicht wäre es besser, wenn ich dich über die Schwelle trage, statt umgekehrt?«

Ich funkelte sie mit gespieltem Zorn an, zog eine beleidigte Grimasse und öffnete mit einer übertriebenen Verbeugung die Tür zum Salon.

»Bitte, Gnädigste«, sagte ich. »Es ist angerichtet.«

Priscylla nickte geziert, ging an mir vorbei und blieb einen Moment stehen, um den Tisch und das darauf vorbereitete Essen zu begutachten. »Eigentlich bin ich gar nicht so hungrig«, sagte sie mit einem Lächeln, das mir einen kalten Schauer den Rücken herunterlaufen ließ. »Andererseits …« Ihr Blick wanderte zur Uhr und verharrte einen Moment lang auf dem Ziffernblatt. »Es ist noch Zeit.«

»Zeit? Wozu?«

Priscylla lächelte vielsagend, ließ ihren Schal von den Schultern gleiten und setzte sich. Ihre Hand griff nach dem Weinglas und führte es zum Mund. Aber sie trank nicht, sondern sah mich nur über den Rand des Glases hinweg auf sehr sonderbare Weise an.

Auf eine Weise, die mir abermals einen eisigen Schauer über den Rücken jagte …

»Irgendwie … kann ich es immer noch nicht begreifen«, murmelte ich, nachdem ich auch Platz genommen hatte. »Es ist vorbei.«

»Was?« fragte Priscylla. Sie trank immer noch nicht, hielt das Glas aber weiter an den Lippen. Ihre Zunge tastete über seinen geschliffenen Rand. Es sah … obszön aus. Und so verrückt der Gedanke war – ich war in diesem Moment vollkommen sicher, daß genau dies die Wirkung war, die sie bezweckte.

Ich verscheuchte den Gedanken. »Alles«, murmelte ich. »Necron, die *Siegel*, der Kampf gegen die GROSSEN ALTEN …«

»Bist du sicher?« fragte Priscylla lauernd. Sie mußte mein Erschrecken bemerkt haben, denn sie lächelte und fügte hastig hinzu: »Aber natürlich. Welch dumme Frage. Es ist vorbei, Robert. Jetzt gehören wir zusammen. Für alle Zeiten.«

Seltsam – aber das waren fast die gleichen Worte, die ich in meinem Traum gehört hatte. Trotz des behaglich flackernden Kaminfeuers war mir plötzlich kalt. Etwas war *falsch.* Aber was?

Abermals wanderte Priscyllas Blick zur Uhr und wieder hatte ich das sehr sichere Gefühl, daß es mehr als eine bedeutungslose Geste war. In diesem Moment machte sie auf mich den Eindruck eines Menschen, der auf etwas wartet.

Auf etwas ganz Bestimmtes.

»Was hast du?« fragte ich.

Priscylla lächelte. »Was soll ich haben?«

Kalt. Ihr Lächeln war kalt wie Eis.

»Du ... siehst dauernd auf die Uhr«, erklärte ich stockend. Ein dicker, schmerzhafter Kloß saß plötzlich in meiner Kehle. Ich hatte Angst. Panische Angst, ohne auch nur den mindesten Grund dafür zu haben. *Was geschah hier?*

»Es ist nach elf«, erklärte Priscylla und stand auf. »Wir sollten allmählich ... nach oben gehen.«

»Nach oben?«

»Heute ist unser Hochzeitstag«, erinnerte Priscylla stirnrunzelnd. »Es gibt da etwas ganz Bestimmtes, das frisch angetraute Eheleute in der ihm folgenden Nacht zu tun pflegen, weißt du?«

Ihre Worte ließen mich erschaudern, aber nicht aus dem Grund, den sie anzunehmen schien. Das Gefühl, einen entsetzlichen Fehler zu begehen, wurde immer stärker in mir.

Trotzdem nickte ich, lächelte verkrampft und stand auf, um sie in die Arme zu nehmen und zu küssen.

Priscylla entschlüpfte mir mit einer raschen Bewegung, schüttelte den Kopf und wandte sich zur Tür. »Oben«, sagte sie einfach.

Zorn machte sich in mir breit. So hatte ich mir unsere Hochzeitsnacht gewiß nicht vorgestellt. Verdammt, ich war zwar kein Casanova, aber auch kein Klosterschüler und schon gar nicht prüde. Aber Priscylla machte alles kaputt, mit wenigen und – und das war genau das Schlimme – sehr genau überlegten Worten.

Ich schluckte die ärgerliche Bemerkung herunter, die mir auf der Zunge lag, leerte mein Champagnerglas mit einem einzigen Schluck und stellte es so heftig auf den Tisch zurück, daß der dünne Stiel zerbrach. Priscyllas Blick folgte jeder meiner Bewegungen. In ihren Augen blitzte es spöttisch auf.

Gut, vielleicht war auch für sie alles zuviel gewesen, versuchte ich mir einzureden. Immerhin hatte sie nicht nur eine Menge hinter sich – die Entführung, die jahrelange Gefangenschaft in Necrons Kerker, und um all dem noch die Krone aufzusetzen, eine versuchte Vergewaltigung am Morgen ihres Hochzeitstages.

Aber das allein war es nicht.

Irgend etwas in ihrem Blick war … falsch. Etwas fehlte – oder etwas Neues war da, was nicht hineingehörte.

Bevor wir das Zimmer verließen, sah ich auch noch einmal zur Uhr. Es war halb zwölf.

Noch eine halbe Stunde bis Mitternacht.

Es geschah.

Jetzt.

Shadow spürte, wie sich die Macht zusammenballte, uralte Teile eines vor undenkbaren Zeiten auseinandergerissenen Ganzen sich wieder vereinten.

Der Kreis schloß sich. Immer schneller und schneller bewegten sich seine Enden aufeinander zu. Sie würden sich berühren.

Jetzt und hier. Und keine Macht der Welt – nicht einmal die des einen Gottes – vermochte es noch zu verhindern.

Aber sie selbst würde es nicht mehr erleben.

Sie fühlte sein Kommen, noch ehe sie die Bewegung hinter sich spürte und und den Schatten sah.

Einen Moment lang überkam sie Furcht, doch das Gefühl verging so rasch, wie es gekommen war. Für eine Sekunde schloß sie die Augen, öffnete sie wieder, drehte sich herum und blickte den hochgewachsenen blonden Mann an. Hinter ihm begann sich ein Schatten zu materialisieren, ein graues, wogendes, formloses Ding.

»Du Närrin«, sagte der Engel mit dem Flammenschwert. »Du hast alles nur noch schlimmer gemacht.«

»Ich hatte nichts zu verlieren«, antwortete Shadow leise. Sie sprach mit großem ernst, und der El-o-hym schien dies zu spüren, denn in den Ausdruck von Zorn auf seinen Zügen mischte sich Erstaunen, dann fast so etwas wie Schrecken.

»Du ... liebst diesen Menschen«, murmelte er.

Das formlose graue Ding hinter ihm flackerte stärker. Es kam näher, nahm – fast – Gestalt an und trieb wieder auseinander. Nichts konnte es jetzt noch zurückhalten.

»Aber Liebe ist ein Gefühl der Menschen«, fuhr der El-o-hym fort. »Unser Volk ist nicht dazu geschaffen ...« Er stockte, sah Shadow einen endlosen Moment lang sehr nachdenklich an – und lächelte plötzlich.

»Du bist endgültig ein Mensch geworden«, sagte er.

Shadow nickte. Sie schwieg. Etwas löste sich von ihr, wie eine unsichtbare Last, die sie all die zahllosen Jahrmillionen ihres Lebens mit sich herumgetragen hatte, ohne sie auch nur zur spüren.

»Du weißt, was du damit aufgibst«, fuhr der El-o-hym fort. »Unser Volk wurde erschaffen, um zu kämpfen. Wir sind Wächter. Hüter des Lichtes.«

»Aber wir können ... wählen«, sagte Shadow stockend.

»Einmal«, bestätigte der El-o-hym. »Und es ist nicht rückgängig zu machen.«

»Ich weiß«, flüsterte Shadow.

»Und du willst es trotzdem tun?«

»Ja.« Shadows Stimme war fest, trotz der brodelnden Furcht, die sie verspürte.

»Du gibst deine unsterbliche Seele auf«, sagte der El-o-hym fassungslos. »Du wirst zu einem Menschen, Shadow. Du wirst altern wie ein Mensch und sterben wie ein Mensch. Nichts wird von dir bleiben.«

»Ich weiß.«

»Und alles nur, weil du einen Menschen liebst?« Der El-o-hym schüttelte verstört den Kopf. »Aber du wirst ihm nicht einmal helfen können«, sagte er, »in deiner menschlichen Gestalt schon gar nicht!«

Shadow schwieg. Ihr Entschluß stand fest.

Und nach einer Weile begann die hochgewachsene Gestalt mit dem brennenden Schwert in der Hand vor ihr zu verblassen.

Mit ihr verging DER-HINTER-DEN-SCHATTEN-WAN-

DELT. Seine Aufgabe war unwichtig geworden. Seine Strafe konnte sie nicht mehr treffen, denn es war eine Strafe, die nur die Unsterblichen als eine solche empfanden. Welchen Unterschied machte es, ob sie noch dreißig oder vierzig Jahre lebte oder jetzt starb?

Nein, er würde ihr nichts mehr zuleide tun. Für die El-ohym war sie eine Verlorene. Es war ihr nicht einmal möglich, sich dem Haus zu nähern, in dem Robert war, und der MACHT.

Es gab nur noch eine Sache, die sie tun konnte.

Und sie hatte entsetzliche Angst davor.

Es war nicht so, wie ich es mir vorgestellt hatte; ganz und gar nicht.

Ich war Priscylla nach oben gefolgt – nicht in unser gemeinsames Schlafzimmer wie ich eigentlich angenommen hatte, sondern ganz nach oben, in die Zimmerflucht, die sie bisher bewohnt hatte – und wir hatten getan, was Frischvermählte eben in ihrer Hochzeitsnacht zu tun pflegten.

Aber es war alles falsch, von der ersten Sekunde an.

Das ungute Gefühl, das ich gehabt hatte, als ich ihr die schmalen Stufen hinauf folgte, war immer stärker geworden. Ich fühlte mich verlegen, fehl am Platze. Und Priscylla tat nichts, aber auch gar nichts, irgend etwas an diesem Gefühl zu ändern.

Oh, sie gab sich Mühe, sicherlich. Sie tat alles, was ein frischgebackener Ehemann von seiner Frau erwarten konnte, und ich umgekehrt auch. Aber Priscylla verdarb alles. Ich erspare mir die Einzelheiten, denn sie waren wahrlich nicht besonders erfreulich, aber sie schaffte es, unser erstes Beisammensein zu einer Pflichtübung werden zu lassen, die mich beinahe anwiderte.

Ich war froh, als es vorbei war, nach wenigen Minuten. Und auch Priscylla sah mich nur kalt und trotzdem sonderbar zufriedengestellt an und drehte sich mit einem lautlosen Achselzucken auf die Seite.

Es war keine Zufriedenheit sexueller Art, die ich in ihren Augen las.

Es war die Zufriedenheit eines Raubtieres, das nach langer

Jagd endlich seine Beute bekommen hatte; nein, schlimmer, die Zufriedenheit einer Spinne, die die Fliege in ihrem Netz betrachtet.

Was waren das für Gedanken?

Großer Gott, was geschah hier?

Warum mußte alles so enden? War es wirklich mein Fluch, daß mir nichts, nicht einmal das mindeste bißchen Glück gegönnt war?

Ich begriff, daß ich schon wieder dabei war, in Selbstmitleid zu versinken, schlug mit einer wütenden Bewegung die Decke zurück und stand auf. Hastig schlüpfte ich in meine Kleider, verließ das Schlafzimmer und ging wieder hinunter in den Salon, mit der festen Absicht, mich zu betrinken.

Sinnlos zu betrinken.

Aber nicht einmal das gelang mir.

Der Champagner schmeckte schal, obwohl ich die Flasche wieder verschlossen und in den Eiskübel zurückgestellt hatte. Ich versuchte ein Glas Whisky zu trinken, bekam aber nur einen winzigen Schluck herunter und schleuderte das Glas in einem Anfall sinnloser Wut gegen die Wand.

Das Klirren hallte überlaut in meinen Ohren wider. Für einen Moment drohte ich fast in Raserei zu geraten. Eine völlig grundlose, aber auch fast völlig unbezwingbare Wut ergriff von mir Besitz. Ich stöhnte, schloß die Augen und preßte die Lider so fest zusammen, bis flammende Sterne vor meinen Augäpfeln erschienen. Mit einem Mal hatte ich das Gefühl, ersticken zu müssen.

O Gott, hatte Howard am Ende recht behalten? War meine Liebe nichts als ein Irrtum gewesen, ein gräßlicher, unbeschreiblicher brutaler Scherz des Schicksals, mit dem es das böse Spiel krönte, das es seit Jahren mit mir trieb?

War Priscylla …

Ich weigerte mich fast, den Gedanken zu Ende zu denken, aber er machte sich selbstständig.

War sie vielleicht wirklich nur eine Verrückte und war das, was ich zu spüren geglaubt hatte, am Ende nichts als Mitleid gewesen?

Tränen liefen über mein Gesicht, ohne daß ich es spürte. Was war das?, dachte ich immer wieder. Was war geschehen, und – schlimmer noch – was *würde* geschehen?

Die Uhr hinter mir begann zu schlagen. Ein tiefer, irgendwie schwermütig wirkender Gong hallte durch den Raum, berührte irgend etwas in mir und brachte es zum Erzittern. Ich blickte hoch, sah, daß sich die beiden Zeiger auf der Zwölf getroffen hatten und wandte mich zum Fenster, ehe der zweite Schlag ertönte.

Mitternacht.

Mit dem dritten düsteren Gong trat ich ans Fenster und zog die Gardine zur Seite.

Der Platz lag schwarz und still wie ein See aus geschmolzenem Pech unter mir, ein finsteres Loch in der Welt. Die Lichter Londons schienen unendlich weit fort, nicht realer als die Sterne, die Millionen Meilen über mir am Himmel blinkten.

Der vierte Schlag. Er schien düsterer und unheilschwangerer zu sein als die drei davor. Und irgendwie hatte ich das Gefühl, daß er mehr bedeutete, als ich in diesem Moment schon ahnen mochte.

Mitternacht ...

Was war so wichtig an diesem Gedanken? Irgend etwas war da, etwas unglaublich Wichtiges, das ich vergessen hatte.

Der fünfte, dumpfe Gong, lang nachhallend und so düster und drohend, daß ich mich unwillkürlich umwandte und die Uhr anstarrte. Aber natürlich war es nichts als eine Uhr, eine ganz normale, schon reichlich altmodische Standuhr.

Der sechste Gong.

Ich wandte mich wieder um zum Fenster. Irgend etwas geschah dort draußen, aber ich vermochte noch nicht zu sagen, was. Eine immer stärker werdende Unruhe hatte von mir Besitz ergriffen.

Etwas geschah ...

Mit dem siebten Gong begannen sich Wolken über mir am Himmel zusammenzuziehen, die wie brodelnder schwarzer Nebel aus dem Nichts kamen und sich rasend schnell ausbreiteten; ein schwarzer Tintenfleck, der das Firmament auffraß.

Der achte Schlag. Die Hälfte des Himmels war verschwunden. Regen klatschte gegen die Fensterscheiben und ich hörte den Wind wie das Heulen unheimlicher gigantischer Sturmwölfe. Was war das?, dachte ich entsetzt. Nie hatte ich ein Unwetter erlebt, das so schnell heraufgezogen war. Es war unmöglich. Vollkommen ausgeschlossen!

Die Uhr schlug zum neunten Mal.

Mitternacht. Es war Mitternacht. Priscylla hatte von Mitternacht gesprochen. Sie hatte gesagt, daß wir es tun sollten und sie hatte dafür gesorgt, daß wir es vor Mitternacht taten. Warum? Was war es, das ich übersehen hatte?!

Die Uhr schlug zum zehnten Mal, und in den wenigen Sekundenbruchteilen, bis sie es tat, hatten sich Wolken und Regen zu einem Sturm zusammengeballt, der wie mit unsichtbaren Fäusten an den Fenstern rüttelte. Blitze zuckten.

Mitternacht. *Was geschah um Mitternacht?*

Der elfte Schlag. Der vorletzte. Noch eine halbe Sekunde.

Der Boden bebte. Blitz auf Blitz zuckten vom Himmel. Hagelkörner mischten sich in den Regen. Der Sturm tobte. Das ganze Haus schüttelte sich, ächzte wie ein waidwundes Tier, dann traf eine Sturmbö wie eine Faust das Fenster vor mir und zerschmetterte es. Glassplitter und Schnee und eisiger Regen überschütteten mich. Ich schrie vor Schrecken auf und taumelte zurück, aber der Sturm riß mir die Laute von den Lippen.

Hinter mir erscholl ein ungeheuer dumpfer, dröhnender Gong.

Die Uhr schlug Mitternacht.

Und am Himmel über London erloschen nacheinander die Sterne …

Es war selbst für diesen Teil Londons ein ungewöhnlicher Anblick: Jedermann, der zuweilen in dieser Straße verkehrte, war vornehme Kutschen und prachtvolle Fuhrwerke gewöhnt, die vor dem *Hilton* standen – aber eine solche Ansammlung von Prachtkaleschen wie heute war nun wirklich etwas Außergewöhnliches.

Die Straße war fast auf ganzer Breite blockiert, und noch immer rollten weitere Wagen herbei und entließen vornehm gekleidete Männer und Frauen, die im hell erleuchteten Portal des Nobelhotels verschwanden, freilich nicht, ohne vorher von einer Anzahl diskret gekleideter, aber ausnahmslos auffallend muskulöser Herren in Empfang genommen und freundlich nach ihren Einladungen gefragt worden zu sein.

Aus dem Hotel drangen gedämpfte Musik und die typischen Geräusche eines Banketts heraus. Es gab kein Fenster in dem riesigen Bauwerk, das nicht strahlend hell erleuchtet gewesen wäre.

Dem Mann, der schräg gegenüber dem Hotel auf der anderen Straßenseite stand und aus brennenden Augen das Portal anstarrte, bedeutete all dies nichts. Er war nicht aus Neugier hier wie die anderen. Auch nicht, weil er sich auf dem einen oder anderen Weg illegal Zugang zum Hotel verschaffen wollte.

Sicher hätte er es versucht, hätte er sich eine Chance dazu ausgerechnet, aber das tat er nicht.

Er wußte besser als alle anderen wie gut das *Hilton* an diesem Abend abgeriegelt war, ganz besonders gegen uneingeladene Gäste. Schließlich hatte er selbst einen guten Teil der vergangenen zwei Wochen damit zugebracht, den Sicherheitsplan auszuarbeiten. Und er selbst hatte die Männer ausgesucht, die Robert und seine frisch angetraute Gattin beschützten.

Jetzt verfluchte sich Howard innerlich für seine Gründlichkeit. Nicht einmal eine Maus wäre an diesem Abend uneingeladen ins Hotel hineingekommen – und er war wesentlich größer als eine Maus.

Aber er *mußte* einfach hinein. Er mußte zu Robert.

Er wußte selbst nicht, warum, aber er spürte mit unerschütterlicher Sicherheit, daß es wichtig war. Irgend etwas Entsetzliches würde geschehen und er mußte dabei sein, um vielleicht das Allerschlimmste verhindern zu können.

Howard hatte es längst aufgegeben, darüber nachzudenken, was am Morgen geschehen war. Er erinnerte sich an nichts. Nur daran, daß er zu Priscylla hinaufgegangen war – warum eigentlich? – und sich plötzlich am Boden wiedergefunden hatte, halb nackt und mit hochgerissenen Armen, um die Schläge abzuwehren, die auf ihn herunterprasselten. Robert hatte ihn aus dem Haus geworfen, und – von seiner Sicht aus – sogar mit Recht.

Nein, Howard wußte nicht, was geschehen war.

Er hatte auch das Gefühl, daß es unwichtig war. Er war nur ein Teil eines viel gewaltigeren, mörderischen Planes, der in seine Endphase trat, ohne daß er auch nur einen Schimmer hatte, worum es sich überhaupt handelte.

Aber er glaubte zu spüren, daß er trotz allem noch Glück gehabt hatte. Die fremde Macht, die ihn manipulierte, hätte ihn mit ebensolcher Leichtigkeit töten können. Daß er noch lebte, verdankte er einzig der Tatsache, daß sie mit ihm spielen wollte.

Wieder suchte sein Blick das *Hilton*, die hellerleuchtete Glasfassade und die Wachen, die in einer doppelten Reihe davor Aufstellung genommen hatten. Wenn er wenigstens die Möglichkeit gehabt hätte, Robert eine Nachricht zukommen zu lassen.

Aber im Moment war er wahrscheinlich von allen Menschen auf der Welt der letzte, von dem Robert Craven eine Nachricht entgegennahm …

Howard wäre mit Sicherheit noch sehr viel mehr beunruhigter gewesen, hätte er geahnt, daß sein Schützling und dessen frisch angetraute Braut das Hotel schon längst verlassen hatten, in Abänderung des von ihm so minutiös ausgearbeiteten Planes durch einen Nebeneingang und in einer unauffälligen Kutsche.

Irgendwo hinter ihm bewegte sich etwas. Das war nichts Besonderes, denn Howard befand sich auf einer belebten Straße und das rauschende Fest dort drüben hatte zusätzlich Scharen von Neugierigen und Gaffern angezogen. Aber etwas an dieser Bewegung war … anders.

Howard drehte sich herum, preßte die Augen zu schmalen Schlitzen zusammen und versuchte die nachtschwarze Dunkelheit hinter sich mit den Blicken zu durchdringen. Nach dem Anblick des strahlend hell erleuchteten Hotels fiel es ihm doppelt schwer.

Trotzdem erkannte er nach einigen Sekunden eine Gestalt: schmal, in einen dunklen, fließenden Umhang gekleidet und mit sehr langem Haar. Eine Frau. Sie stand wenige Schritte hinter ihm, an die Wand gelehnt und in sonderbar verkrampfter Haltung.

»Ist … ist Ihnen nicht gut?« fragte er. Zögernd trat er auf die nur schattenhaft erkennbare Gestalt zu. »Mylady?«

Ein halblautes, sehr gequält klingendes Stöhnen antwortete ihm. Plötzlich begriff Howard, daß mit der Frau hinter ihm wirklich etwas nicht stimmte. Sie war keine Neugierige, die hergekommen war, um das Brautpaar zu sehen.

»Kann ich Ihnen helfen, Ma'am?« fragte Howard.

Das Stöhnen wiederholte sich. Die Gestalt wankte, krümmte sich wie unter Schmerzen und versuchte einen Schritt in seine Richtung zu tun.

Howard konnte gerade noch hinzuspringen, als sie stürzte.

Seine Besorgnis wich jähem Schrecken. »Was ist mit Ihnen?« keuchte er. »Was –« Er verstummte, als er die Gestalt genauer erkannte, die in seinen Armen zusammengebrochen war.

Es war eine junge Frau von undefinierbarem Alter. Ihr Haar hatte die Farbe reines Goldes (und ja, dachte Howard verblüfft, es fühlte sich auch so an!), und ihr Gesicht …

Es war absurd. Auf der einen Seite war Howard vollkommen sicher, diese Frau noch nie im Leben gesehen zu haben – ein Gesicht wie dieses vergaß niemand, der es einmal gesehen hatte –, auf der anderen Seite aber war etwas unglaublich Vertrautes an ihren Zügen.

Dann sah er noch etwas, das ihn zutiefst erschreckte.

Die Frau war von sehr schlankem Wuchs, aber sie war auch hochschwanger …

Seine Hände, die sie hielten, berührten ihren Leib, und ganz plötzlich wußte er, warum sie zusammengebrochen war.

»Um Gottes willen!« keuchte er. »Mylady, Sie –«

»Nicht …«, unterbrach ihn die junge Frau. »Reden Sie … nicht, Howard. Wir haben … keine Zeit.«

»Howard?« wiederholte Howard verstört. »Kennen wir uns?«

Die Frau versuchte zu lächeln, aber der Schmerz machte eine Grimasse daraus. »Ich kenne sie … gut«, stöhnte sie. »Aber das spielt jetzt … keine Rolle mehr. Wir müssen …«

»Wir müssen schnellstens ins Hospital«, unterbrach Howard sie bestimmt. Zum Teufel, er hatte wahrlich andere Sorgen, als sich um ein unvernünftiges junges Ding zu kümmern, das ausgerechnet hier und jetzt ein Kind bekommen mußte!

Aber er konnte sie auch nicht einfach liegenlassen. Behutsam ließ er die junge Frau gegen die Wand sinken, überzeugte sich davon, daß sie aus eigener Kraft stand, und deutete über die Straße.

»Ich werde mir eine Kutsche ausleihen«, sagte er. »Halten Sie es einen Moment allein aus?«

»Natürlich«, stöhnte die junge Frau. »Bitte be … beeilen Sie sich, Howard. Es ist … fast Mitternacht.«

»Natürlich«, sagte Howard, der jetzt überhaupt nichts mehr verstand. Wahrscheinlich hatte sie Fieber, überlegte er, und redete wirr. Trotzdem fuhr er auf dem Absatz herum, eilte mit weit ausgreifenden Schritten über die Straße und hielt auf das erste Fuhrwerk zu, das er sah: eine Prachtkalesche, deren Fahrer ihn mit einer Mischung aus dienstbotenmäßiger Verachtung und Neugier ansah.

»Sir?« fragte er näselnd. »Was –«

Howard sprang kurzerhand auf den Kutschbock hinauf. Seine Hand glitt unter den Rock und kam mit einem ganzen Bündel zusammengerollter Fünf-Pfund-Noten wieder zum Vorschein. »Ich brauche den Wagen!« sagte er. »Schnell.«

Der Mann zögerte. In seinen Augen blitzte es gierig auf, als er die Banknoten sah, aber er war deutlich hin und her gerissen zwischen Gier und Pflichtbewußtsein.

Das Pflichtbewußtsein siegte.

»Das geht nicht, Sir«, sagte er mit einem bedauernden Blick auf das kleine Vermögen in Howards Hand. »Der Wagen gehört mir nicht. Aber ich bin dafür –«

»Verdammt, das weiß ich selbst!« unterbrach ihn Howard wütend. »Aber dort drüben liegt eine schwangere junge Frau, die jeden Moment ihr Baby bekommen kann. Und sie wird sterben, wenn es hier geschieht, klar? Nehmen Sie das verdammte Geld und fahren Sie sie ins Hospital. Ich bleibe solange hier. Wenn Sie Ärger mit Ihren Herrschaften kriegen, nehme ich das auf mich.«

Der Mann zögerte noch immer. Howard schüttelte zornig den Kopf, steckte ihm das Geldbündel kurzerhand in den Kragen und sprang wieder vom Kutschbock. »Folgen sie mir!« rief er. Dann rannte er los, ohne noch einen Blick zurück zu werfen.

Aber seine Rechnung ging auf. Das vierspännige Fahrzeug begann schwerfällig zu wenden, als er wieder bei der blonden Frau angekommen war. Howard wartete ungeduldig, bis der Wagen herangekommen war, riß die Tür auf und drehte sich wieder zu der Schwangeren um. Sie taumelte auf ihn zu, verkrampft, beide Hände auf den Leib gepreßt und mit schweißnassem Gesicht.

Howard half ihr behutsam, in den Wagen einzusteigen, bettete sie vorsichtig auf den plüschbezogenen Bänken und lächelte aufmunternd. »Sie haben es gleich geschafft, Kind«, sagte er. »Der Fahrer wird Sie ins Hospital bringen, wo sich ein Arzt –«

»Nicht ins Hospital«, unterbrach ihn die Frau. Ihre Lippen zitterten, aber der Ausdruck in ihren Augen war nicht der von Schmerz, sondern panische Angst. »Zum ... Ashton Place«, murmelte sie. »Wir müssen ... zu Robert.«

»Ash-« Howard verstummte. Seine Augen weiteten sich ungläubig. »Wer ... wer sind Sie?« stammelte er.

»Keine ... Zeit«, antwortete die Fremde. »Bitte. Beeilen Sie sich, oder ... oder alles war ... war umsonst.«

»Sie werden sterben, wenn Sie nicht ins Hospital kommen«, sagte Howard lahm. Aber irgendwie spürte er, daß das sowieso geschehen würde, und mit der gleichen unerschütterlichen Sicherheit spürte er auch, daß es keine Rolle mehr spielte.

Er widersprach nicht mehr, sondern zog die Tür hinter sich zu und nannte dem Fahrer die Adresse des Andara-House.

Es begann zu regnen, als sie losfuhren.

Die Dunkelheit war so vollkommen, als hätte sich eine Glocke aus schwarzem Stahl über die Stadt gestülpt.

Hinter den Fenstern war nichts mehr. Der Garten, die Mauer, der Platz, die Stadt *(die ganze Welt!)* waren verschwunden. Fort, als hätte es sie nie gegeben. Der Sturm heulte und tobte weiter um das Haus, aber nun war er unsichtbar. Ich fühlte die Urgewalt des Bösen, die das Gebäude erzittern ließ, spürte das heiße elektrische Zischen der Blitze und hörte das ungeheure Dröhnen und Bersten, mit dem sie einschlugen, nicht sehr weit entfernt.

Mühsam arbeitete ich mich auf die Beine, sah mich im Zimmer um – und erstarrte zum zweiten Mal, als mein Blick auf die Zeiger der Uhr fiel.

Sie waren stehengeblieben.

Im gleichen Moment, in dem der zwölfte, endgültige Schlag erklungen war, waren sie erstarrt, als wäre die Zeit selbst stehengeblieben.

Vielleicht war sie es.
Vielleicht war ...
Ich wußte es.
Ich wußte, was das Unwetter bedeutete. Mitternacht. Priscyllas Worte. Ihr entsetzliches Benehmen. Das Beben. Die Schwärze. Das Verschwinden der Sterne.
Ich hatte es gewußt, noch ehe die Uhr zum zweiten Mal schlug, aber ich hatte mich geweigert, es zu begreifen, und ich weigerte mich auch jetzt noch.
Es war unmöglich.
Es konnte nicht sein, weil es nicht sein durfte.
Und doch war es wahr.
Endlos, sicher länger als eine Minute, stand ich so erstarrt da, gelähmt vor Entsetzen und Grauen und unfähig, den Blick von den Zeigern der Uhr zu wenden, die stehengeblieben waren, weil
die Zeit stehengeblieben war!
Dann hörte ich Schritte.
Sie waren leise. Nicht wie die eines Menschen, der sich bemühte zu schleichen, aber leise wie von weit, unendlich weit her. Und etwas in ihrem Klang war entsetzlich falsch. Es war irgendwie ein Platschen, ein schreckliches, nasses Geräusch wie von etwas Großem, unmenschlich Massigem, das sich die Treppe hinunterbewegte.
Aber außer mir und Priscylla war doch niemand im Haus!
Langsam, wie unter einem Zwang und fast gegen meinen Willen, ging ich zur Tür und trat auf den Gang hinaus.
Es war Priscylla.
Und auch wieder nicht.
Sie bewegte sich ein Stück vor mir, langsam, ohne Hast, hoch aufgerichtet und mit starrem Blick, und es war Priscylla, aber ihr Schatten war nicht der eines Menschen, und ihre Schritte erzeugten dieses entsetzliche feuchte Schlurfen, und wo sie entlangging, blieben dunkelbraune schmierige Flecken auf dem Teppich zurück. Und unter ihrem Arm trug sie ein uraltes, verwittertes Buch. Ein Buch, das ich nur zu gut kannte ...
Einen Moment lang betete ich darum, wahnsinnig zu werden.

Aber selbst diese Gnade blieb mir verwehrt.

Ich folgte Priscylla. Hinter meinem Rücken tobte der unsichtbare Höllensturm weiter gegen das Haus und unter meinen Füßen bebte die Erde. Ein tiefes, unsäglich qualvolles Stöhnen lief durch die Wände des Hauses. Ich spürte die ungeheuren magischen Energien, die in die Struktur dieses Gebäudes eingebettet waren und die sich aufbäumten wie ein titanisches Raubtier.

Und versagten.

Was immer es war, das Priscylla entfesselt hatte, es war stärker.

Priscylla erreichte das Erdgeschoß, wandte sich nach rechts und blieb stehen.

Mein Herz machte einen entsetzten Sprung, als sie sich zu mir herumdrehte und mich ansah. Ihre Augen waren ...

O Gott, ihre Augen!

Ich durfte nicht in ihre Augen sehen. Nicht in diese entsetzlichen AUGEN!

»Worauf wartest du, Liebling?« fragte Priscylla lächelnd. »Es ist Zeit. Siehst du das Buch? Komm, wir müssen in die Bibliothek.«

Ihre Stimme klang monoton und leiernd, war aber von ungeheurem suggestivem Zwang, dem ich mich nicht widersetzen konnte.

Mechanisch wie eine Puppe setzte ich mich in Bewegung.

Trotzdem blieb ich Herr meines Bewußtseins. Ich hatte meinen Willen verloren, aber wie um mich noch mehr zu quälen, hatte dieses entsetzliche DING, in das Priscylla sich verwandelt hatte, mir meine Fähigkeit des freien Denkens belassen.

Der Traum!

»Wir müssen in die Bibliothek«, wiederholte Priscylla.

Es war der Traum. Es waren die Worte, die sie in meinem Traum gesprochen hatte, und mit einem Male begriff ich, daß es kein Traum gewesen war, sondern eine Warnung, eine entsetzliche Vision dessen, was nun geschah.

Und ich hatte es nicht begriffen. Wie konnte ich nur eine Sekunde lang annehmen, Priscylla sei geheilt? Hatte ich nicht selbst die Macht gespürt, die das NECRONOMICON über sie hatte? Nun wurde mir klar, daß sie verhindert hatte, daß mir diese Gedanken kamen.

In Priscyllas Augen *(Augen?!)* blitzte es spöttisch auf, als lese sie meine Gedanken. Wahrscheinlich hatte sie es vom allerersten Moment an getan. Ein düsteres, unendlich böses Wesen flammte im Blick ihrer leeren Augenhöhlen.

Ihre Hand machte eine einladende Bewegung. »Komm, Liebling«, sagte sie. »Es ist Zeit.«

Zeit? *Wozu?!*

Mit verzweifelter Kraft bäumte ich mich gegen den suggestiven Zwang auf. Aber es war, als versuchte ich eine Springflut mit bloßen Händen aufzuhalten. Das war nicht einmal mehr ein Mensch.

»Priscylla«, wimmerte ich. »Bitte. Du ...«

Priscylla lachte. Es war ein Laut, wie ich ihn niemals zuvor in meinem Leben gehört hatte. »Komm, Liebling«, kicherte sie. »Wehre dich nicht. Es ist soweit.«

Ihr Gesicht zerfiel. Wurde zu der entsetzlichen Grimasse aus meinem Traum, nur daß es diesmal kein Traum, sondern *Realität* war, und daß ich nicht einfach daraus erwachen konnte.

Und ich gehorchte. Meine Arme und Beine bewegten sich ohne mein Zutun. Wie eine Puppe folgte ich ihr in die Bibliothek.

Es war kein Verdacht mehr gewesen, sondern Gewißheit, und trotzdem schrie ich wie unter Schmerzen auf, als ich sah, wie Priscylla direkt zu dem Kamin mit dem Ölbild darüber trat, hinter dem sich der Wandsafe verbarg.

Und in ihm fünf der *Sieben Siegel der Macht.*

Der Alptraum wurde wahr. In jeder Einzelheit.

Priscylla legte das Buch behutsam auf den Kaminsims. Sie riß das Bild achtlos herunter, blickte die Drehknöpfe dahinter einen Moment lang irritiert an und machte sich dann an den Zahlenschlössern zu schaffen. Dabei murmelte sie ein einzelnes Wort, nein, kein Wort, mehr ein kehliger, unglaublich düster klingender Laut, der etwas in mir sich wie unter Schmerzen krümmen ließ.

Ich schrie auf. Eisiger Schrecken lähmte mich, ein Grauen, das mir schier den Verstand raubte. Überdeutlich spürte ich die Anwesenheit von etwas ungeheuer Bösem, das durch ihren Ruf herbeigelockt worden war. Obwohl sie nur leise gesprochen hatte, schien der düstere Laut von den Wänden widerzuhallen und bei jedem Echo noch an Kraft zu gewinnen.

Ich durfte nicht mehr länger zögern. Auch wenn Priscylla die Kombination des Safes nicht kannte, wußte ich, daß sie ihn öffnen würde. Gott, was war ein Safe gegen ein Wesen von ihrer *Macht*!?

»Priscylla«, stöhnte ich. »Nicht!«

Priscylla fuhr blitzartig herum.

Ein eisiger Splitter schien in mein Herz zu fahren.

Wahnsinn hatte ihr Gesicht verzerrt. Ihr Mund war weit aufgerissen, Schaum stand vor ihren Lippen. Ihre Augen waren voller schwarzer, gräßlicher Bewegung.

Ohne auch nur auszuholen, versetzte sie mir mit der Hand einen Schlag, der mich quer durch den Raum schleuderte, bis eines der Regale meinen Sturz reichlich unsanft abbremste. Holz splitterte.

Halb ohnmächtig sank ich an der Wand entlang zu Boden.

Ein greller Schmerz fuhr durch mein Rückgrat, raste durch meinen Körper und explodierte in meinem Nacken. Alles verschwamm vor meinen Augen, ein blutiger Nebel senkte sich über mein Bewußtsein. Der unvorstellbare Schmerz lähmte mich; selbst meine Stimmbänder verweigerten mir den Dienst, als ich schreien wollte.

Eine dunkle, betäubende Woge spülte mein Bewußtsein hinweg. Alles um mich herum versank in Finsternis und der Wunsch, mich in dieses nachtschwarze Dunkel hineinfallen zu lassen, um dem Schmerz und der fast noch schlimmeren Verzweiflung wenigstens für eine Weile zu entfliehen, wurde übermächtig.

Aber irgendwo in einem verborgenen Winkel meines Gehirns regte sich ein Widerstand, ein letztes Aufbegehren meines Verstandes, das mich zwang, gegen die beginnende Ohnmacht anzukämpfen.

Ich mußte … aufstehen. Kämpfen.

Es schienen nicht meine Gedanken zu sein, die dies dachten.

Da war etwas in mir, etwas, das mich zwang, am Leben zu bleiben, die Bewußtlosigkeit zurückzudrängen und mich stöhnend in die Höhe zu stemmen.

Mühsam hob ich den Kopf und versuchte die Benommenheit fortzublinzeln. Die Schleier vor meinen Augen lichteten sich ein wenig, gerade so weit, daß ich meine Umgebung wieder schemenhaft erkennen konnte.

Priscylla kümmerte sich nicht weiter um mich. Sie hatte sich wieder umgedreht, so daß ich ihr entstelltes Gesicht nicht sehen konnte. Ihre Hände lagen noch immer auf den Zahlenschlössern. Ich sah, wie ein Ruck durch ihren Körper ging. Sie ließ ihre Hände herabsinken, riß sie dann in einer blitzartigen Bewegung wieder hoch –

– und stieß sie durch die Tür des Safes!

Der gehärtete, handbreite Stahl wurde geradezu auseinandergefetzt, als handele es sich um Papier. Ein unnatürliches, grünliches Leuchten drang aus dem Spalt. Ohne sichtliche Anstrengung riß Priscylla die ganze Vorderfront ab. Kreischend gab das Metall nach. Blut lief in breiten, dunklen Strömen an Priscyllas nackten Armen herab. Mörtel rieselte aus den Fugen und ein Teil des Putzes und der Tapete bröckelten ab, als der gesamte eingemauerte Safe mit unvorstellbarer Wucht ein Stück weit aus der Wand gerissen wurde. Das grünliche Leuchten verstärkte sich noch.

Ich versuchte auf die Beine zu kommen und ließ mich stöhnend zurücksinken, als erneut ein glühender Dolch mein Rückgrat zu spalten schien.

Aber ich durfte nicht aufgeben. Niemand würde kommen, der das Siegel im letzten Moment zerstörte. Es würde brechen, sobald Priscylla es zusammengefügt hatte, und unbeschreibliches Leid würde über die Welt kommen. Ich mußte WACH-BLEI-BEN!

Priscylla griff in den Safe und zog ein bizarr geformtes Gebilde heraus, das wie ein Herz zu pulsieren schien und in seinem Innern das kalte, grünliche Leuchten gebar. Es war jetzt so stark, daß es sogar durch ihre Hände drang. Selbst das Blut, das an ihren Armen herablief, schimmerte grün. Und das gleiche unheimliche grüne Licht erfüllte ihren Schädel, dessen Inneres ich durch die leeren Augenhöhlen überdeutlich sehen konnte.

Die fünf *Siegel* hatten sich trotz ihrer völlig unterschiedlichen Formen auf unmöglich anmutende Art zu einem Ganzen zusammengefügt, einem fremdartigen Ding mit Linien und Formen, die es gar nicht geben durfte. Winkel, die auf sinnverwirrende Art in sich verkrümmt waren, hatten sich gebildet und die Verschmelzung der *Siegel* möglich gemacht.

Der Anblick ließ mich aufstöhnen. Ich spürte, wie sich allein durch den Anblick dieses unmöglichen Gebildes etwas Düsteres wie ein schleichendes Gift in meine Seele stahl. Der Hauch des Bösen kroch auf dürren Spinnenbeinen durch meine Gedanken. Ich wollte den Kopf abwenden, konnte mich aber nicht von dem Anblick losreißen.

Für Sekunden hielt Priscylla die *Siegel* regungslos in beiden Händen, dann ließ sie sie sinken – unendlich langsam und mit fast andächtiger Behutsamkeit – und bettete sie auf den uralten, gegerbten Lederrücken des Buches.

Auf das NECRONOMICON.

Auf das *sechste Siegel*!

Die Erkenntnis traf mich wie ein körperlicher Schlag. Natürlich – das NECRONOMICON! Warum wohl hatte Necron alles daran gesetzt, es in seine Gewalt zu bringen, wie die anderen *Siegel* auch? Wie hatte ich nur so blind sein können!?

Aber das NECRONOMICON ist vernichtet! flüsterte eine verschwindend leise Stimme in meinen Gedanken. *In den Trümmern der Drachenburg verbrannt und zu Asche zerfallen!*

Und trotzdem kannte ich die Antwort längst. Ich wußte sie schon, als ich das Buch unter Priscyllas Arm gesehen hatte.

Die Antwort auf ihren Wahnsinn.

Die Antwort auf all meine schrecklichen Alpträume.

Die Antwort auf … mein Schicksal.

Priscylla war das Buch. Und das Buch war in ihr. Schon seit ich sie aus Necrons Gewalt befreit hatte, und wahrscheinlich schon lange vorher.

Sie hatte gewartet, das war alles. Gewartet, bis ich hirnloser Idiot die anderen *Siegel* aus allen Ländern der Erde zusammengeklaubt hatte. Bis sie – nein, bis das NECRONOMICON sich endlich manifestieren und die Kontrolle über die *Siegel* übernehmen konnte.

Aber noch waren es nur sechs der *Sieben Siegel der Macht*. Der Kerker der GROSSEN ALTEN konnte noch nicht brechen! Wie ein Ertrinkender klammerte ich mich verzweifelt an diesem einen Gedanken fest, obwohl all meine Sinne mir sagten, daß es geschah. Jetzt, in diesem Moment!

Unter Priscyllas Händen begannen die *Siegel* zu verschmelzen. Es war keine Veränderung, die ich bewußt wahrgenommen hätte, doch ich spürte sie wie die Berührung einer finsteren Hand. Und ich schrie vor Entsetzen auf.

Die *Siegel* wurden gebrochen!

»Nein!« krächzte ich. »Um Gottes willen ... Pri, hör auf!«

Sie beachtete mich nicht, sondern fuhr in ihrem schrecklichen Werk fort. Noch einmal versuchte ich mich hochzustemmen, doch wieder gaben meine Beine unter meinem Gewicht nach.

Mit der Kraft der Verzweifelung kroch ich auf Priscylla zu.

Ihr Gesicht war kaum noch zu erkennen, so sehr hatten Wahnsinn und fanatischer Haß es entstellt. Geifer troff von ihren Lippen und ununterbrochen murmelte sie finster klingende Worte einer längst untergegangenen Sprache, während das entsetzliche *Ding,* das sich zwischen ihren Händen formte wie ein entsetzlicher Embryo, der das absolut Böse gebären würde.

Jede Bewegung bereitete mir unvorstellbare Pein, aber mit einer Kraft, von der ich im nachhinein nicht mehr wußte, woher ich sie nahm, zwang ich mich Zoll um Zoll vorwärts. Es war seltsam, aber je mehr ich mich Priscylla näherte, desto mehr Kraft schien in meinen Körper zurückzukehren.

Schließlich lag ich vor ihr, so nahe, daß ich sie mit den Händen berühren konnte.

Ich starb. Ihr Hieb hatte irgend etwas in mir zerbrechen lassen, das fühlte ich. Der Schmerz wich allmählich einer entsetzlichen Kälte, die meine Beine hinaufkroch und sie lähmte.

Aber irgendwoher nahm ich noch immer Kraft. Meine Hände packten zu, schlossen sich um ihre Fußgelenke und zerrten daran. Ich fühlte die Berührung, als hätte ich in faulendes nasses Fleisch gegriffen.

Aber ich ließ nicht los, sondern zerrte mit aller Kraft.

Und das Unglaubliche geschah.

Priscylla fiel.

Sie wankte, kämpfte einen Moment lang vergebens um ihr Gleichgewicht und stürzte schließlich mit haltlos rudernden Armen nach hinten, wobei sie das *Siegel* fallen ließ.

Ohne auch nur zu denken, griff ich zu und fing das entsetzliche Gebilde auf.

Meine Hände glitten in weißglühende Lava.

Ein unbeschreiblicher Schmerz raste durch meine Arme. Ich brüllte wie ein todwundes Tier, warf mich herum und versuchte das schreckliche Ding loszulassen, aber es ging nicht.

Meine Hände brannten.

Der Schmerz überstieg die Grenzen des Vorstellbaren und stieg weiter, aber ich verlor nicht das Bewußtsein und ich starb auch nicht. Ich sah, wie meine Haut schwarz wurde, mein Fleisch zu brennen begann und sich in großen nassen Blasen von den Knochen schälte, wie die Flammen meine Unterarme hinaufkrochen, aber ich verlor noch immer nicht das Bewußtsein, und ich konnte das entsetzliche Ding auch nicht loslassen.

Und es verwandelte sich weiter.

Es ... es wuchs.

Etwas entstand, für das ich keine Worte hatte, weil es nichts ähnelte, was ich jemals zuvor gesehen hatte. Etwas unbeschreiblich Entsetzliches, Grauenhaftes.

Das *Siegel* brach.

Jetzt.

Und dann hörte ich Priscylla lachen. Leise, fast perlend, aber unglaublich BÖSE.

Trotz der unbeschreiblichen Schmerzen sah ich auf und blickte durch einen Schleier von Tränen in das, was einmal ihr Gesicht gewesen war.

»Du Narr«, sagte sie leise. »Du dummer, romantischer Narr. Hast du es denn noch immer nicht begriffen?«

»Was?« stöhnte ich. Ich wußte nicht, woher ich die Kraft nahm, überhaupt noch zu sprechen. Meine Hände brannten. Großer Gott, meine Arme standen in Flammen, aber ich konnte noch sprechen!

»Sie brechen«, kicherte Priscylla. »Begreifst du es immer noch nicht, Robert? Die *Sieben Siegel der Macht* werden gebrochen. Jetzt!«

»Aber ... wie ...«, keuchte ich. »Es sind nur sechs, selbst mit dem NECRONOMICON. Wo ... wieso ...«

»Nur sechs?« Priscylla lachte, ein meckernder, entsetzlicher Laut, der fast schlimmer war als der Schmerz in meinen Händen.

»Nur sechs?« wiederholte sie kichernd. »Ja, verstehst du denn immer noch nicht?

Das siebente *Siegel* – bist *DU*!«

Der Kutscher jagte seine Tiere auf den wenigen Meilen fast zu Tode, und das lag mit Sicherheit nicht nur an dem Trinkgeld, das Howard ihm in Aussicht gestellt hatte. Jetzt bog der Wagen so abrupt um eine Ecke, daß Howard fast um ein Haar von der Sitzbank gerutscht wäre. Hastig setzte er sich wieder auf, warf einen besorgten Blick auf das Gesicht der blonden Frau neben sich und erwiderte ihr mattes Lächeln.

Trotzdem klang seine Stimme sehr besorgt. »Ich halte es nicht für sehr klug, diesen Umweg zu machen«, sagte er. »Es könnte gefährlich werden für Sie.«

»Das spielt … keine Rolle«, sagte Shadow mühsam. Ihre Stimme war sehr leise, aber etwas war darin, das Howard schaudern ließ.

»Es hat mit … Robert zu tun, nicht wahr?« fragte er stockend. Warum fiel es ihm nur so schwer zu sprechen? Fast war es, als hätte etwas in ihm Angst vor den Antworten, die er auf seine Fragen bekommen konnte.

Shadow nickte. »Mit ihm und … dem Mädchen«, stöhnte sie. Howard registrierte sehr wohl, daß sie nicht *Priscylla* sagte, obgleich sie den Namen sehr wohl wußte.

»Priscylla?«

»Priscylla«, bestätigte Shadow. Ein dröhnender Donnerschlag durchbrach die Nacht, wie um ihren Worten noch mehr düsteres Gewicht zu geben. »Sie ist nicht die –«

»– für die du mich hältst, du Narr«, sagte Priscylla kalt. »Ich war es nie.«

Ein kaltes, unbeschreiblich böses Lächeln glomm in ihren Augen. Ihr Gesicht war …

Es war unbeschreiblich.

Sie war die Priscylla, die ich seit Jahren kannte und liebte. Nichts an ihren Zügen hatte sich *wirklich* verändert. Und doch war sie auch gleichzeitig etwas anderes, als schimmerten die

Züge einer zweiten, fürchterlichen Kreatur durch die Lücken der Wirklichkeit.

Sie war Priscylla, und sie war das Ungeheuer.

»Warum?« stöhnte ich. Ich konnte kaum mehr sprechen. Etwas saugte die Kraft aus meinem Leib, zehrte an meiner Lebensenergie und ließ mich schwächer werden, mit jeder Sekunde. Die Schmerzen in meinen Händen waren unerträglich. Ein kleiner, aus irgendeinem Grund noch zu logischem Denken fähiger Teil meines Bewußtseins flüsterte mir zu, daß ich eigentlich keine Schmerzen mehr spüren dürfte, weil ich gar kein Recht mehr hatte, am Leben zu sein. Die Verletzungen, die ich erlitten hatte, hätten mich umbringen müssen, auf der Stelle.

Aber die gleiche unbegreifliche Macht, die meine Lebenskraft aufzehrte, hielt mich auch gleichzeitig am Leben.

Dann begriff ich, daß es Priscylla war, die beides tat.

Sie tötete mich, aber sie sorgte auch dafür, daß dieses Sterben nicht zu schnell ging.

»Wie lange habe ich auf diesen Moment gewartet«, flüsterte sie. »Wie lange. Oh, wie unendlich lange.«

»Wer ... bist ... du?« stöhnte ich. »Wer ... bist du wirklich, Pri?«

»Nicht der, für den du mich hältst«, kicherte Priscylla, und für einen Moment verlor sie jede Ähnlichkeit mit einem Menschen, war nur noch ein Ungeheuer, Monster, Hexe, Dämon, alles in einem und doch nichts von allem.

»Ich habe auf dich gewartet, Robert«, sagte sie kichernd. »Sehr, sehr lange. Erst auf deinen Vater und dann, als ich erfuhr, daß es ihn nicht mehr gab, auf dich. Und du bist gekommen.« Sie lachte wieder, nahm das entsetzliche grünlodernde Ding aus meinen verbrannten Händen und stand auf. Ich sah, wie auch ihre Haut unter der Hitze schwarz wurde und verkohlte, aber ihr Körper war nur eine Hülle; ein Werkzeug, das seinen Dienst – fast – getan hatte und ruhig zerstört werden konnte.

»Du bist gekommen«, wiederholte sie. »Du bist gekommen, um das Werk zu vollenden.«

Sie sah mich nicht an bei diesen Worten. Ihr Blick war starr auf das zuckende glühende Ding in ihren Händen gerichtet. Das grüne Licht spiegelte sich in ihren Augen, aber da war noch etwas; etwas Unheimliches, Totes, das mich fast schreien ließ.

»Wer … bist du?« stöhnte ich.

»Dein Schicksal«, kicherte Priscylla. »Du hast gedacht, du könntest vor mir davonlaufen, wie? O ja, eine Weile ist es dir sogar gelungen, aber jetzt habe ich dich eingeholt.«

»Dann … dann warst du nie … Priscylla? Alles nur Illusion?« wimmerte ich. Der Gedanke war schlimmer als die Schmerzen, schlimmer als das untrügliche Wissen, sterben zu müssen, nicht irgendwann und irgendwo, sondern jetzt, hier und in den nächsten Augenblicken. Dies alles sollte falsch gewesen sein? Alles, was ich zu spüren geglaubt hatte – ihre Liebe, ihre Sanftheit, ihre Zuneigung – es war unmöglich.

»Nicht alles«, sagte Priscylla hart. »Dieser Körper ist nur ein Werkzeug, einer von Tausenden, deren wir uns bedient haben. Aber durch deine Hilfe ist er zum letzten Werkzeug geworden. Es wird geschehen. Nichts kann es jetzt mehr aufhalten. Nichts!«

Damit hob sie das grün flimmernde Ding, das sich aus den *Siegeln* gebildet hatte, hoch über den Kopf.

Von draußen drang ein ungeheurer Donnerschlag herein.

Instinktiv sah ich zum Fenster.

Auch das letzte bißchen Licht war erloschen. Die Dunkelheit lastete wie eine Mauer vor dem Fenster, und es war mehr als bloße Dunkelheit, mehr als die pure Abwesenheit von Licht. Etwas war da, etwas, das Licht und Geräusche und alle Dinge meiner Welt durch seine bloße Anwesenheit vertrieb, und das näher kam. Näher und näher und immer näher. Der Boden zitterte. Ein tiefes, schmerzhaft klingendes Stöhnen lief durch das Haus. Die Blitze zuckten immer rascher.

Und dann traf einer das zerborstene Fenster.

Eine Linie aus unerträglich grellem, zischendem Licht jagte im Zickzack über den Boden, brannte eine rauchende Spur in die Dielen, berührte fast spielerisch die Bücherregale und setzte sie in Brand, huschte weniger als einen Yard an mir vorbei –

– und bohrte sich in das grüne Ding in Priscyllas Händen.

Das *Siegel* und ihr Körper glühten auf. Ein entsetzlicher,

durch und durch unmenschlicher Schrei übertönte das Heulen des Sturmes und das unheimliche elektrische Zischen des Blitzes. Ich spürte die ungeheure Energie, die durch das *Siegel* floß und *irgend etwas* in Gang setzte, etwas, das ich nicht verstand, dessen Konsequenzen aber entsetzlich sein mußten.

Der Blitz erlosch nicht.

Er erstarrte.

Es war unmöglich, widersprach allen Naturgesetzen, aber es geschah: der Blitz fror regelrecht ein, wurde zu einem zuckenden Tentakel aus purer, blauweiß knisternder Energie, der beinahe liebkosend über den grünen Riesenkristall strich.

Dann traf ein zweiter ungeheuerlicher Schlag das Haus.

Diesmal explodierte die Tür der Bibliothek.

Wie von einem Hammerschlag getroffen, flog sie nach innen, prallte mit solcher Wucht gegen die Wand, daß sie in mehrere ungleich große Teile zerbarst, und fing Feuer. Ein zweiter blauweißer Blitz fraß sich seinen Weg durch Mauerwerk und Holz und traf das grüne Etwas in Priscyllas Händen. Eine Hitzewelle ließ den hereinwirbelnden Schnee verdampfen. Ich bekam kaum noch Luft.

Ein dritter Blitz stanzte wie eine Lanze aus purem Licht durch das Dach des Hauses, brannte ein mannsgroßes Loch durch Fußböden und Decken und traf zielsicher das Siegel. Der Einfluß verstärkte sich. Priscylla schrie jetzt nicht mehr. Ihr Körper war zur Unkenntlichkeit verbrannt, aber etwas hielt ihn noch aufrecht. In ihren Augen war noch Leben.

Und ich wußte, daß es noch nicht vorbei war.

Dreizehn GROSSE ALTE.

Ein Blitz für jeden. Irgendwie war dieses Wissen mit untrüglicher Sicherheit in mir, von einem Moment auf den anderen. Wenn der dreizehnte Blitz herabzuckte und das Siegel traf, würde es geschehen.

Wieder rollte der Donner, und wieder brannte sich ein armdicker Tentakel aus gleißendem Licht in seine Bahn durch das Haus. Überall waren Flammen. Die Luft, die ich atmete, schien zu kochen. Aber ich mußte zu ihr! Ich mußte sie aufhalten!

Mit einer Kraft, von der ich selbst nicht mehr wußte, woher ich sie nahm, stemmte ich mich in die Höhe und taumelte auf Priscylla zu.

»Nein!« keuchte ich. »Priscylla – *tu es nicht*!«

Ich sah den Hieb nicht einmal kommen.

Priscylla fuhr mit einem entsetzlichen, zischelnden Laut herum, hielt den Kristall für einen Moment nur mit einer Hand und schlug mit der anderen zu.

Es war wie der Tritt eines wütenden Giganten.

Wie ein Spielzeug wurde ich durch die Luft gewirbelt, flog quer durch die verwüstete Bibliothek und prallte gegen das brennende Bücherregal, das unter meinem Gewicht krachend zerbarst. Ich versuchte den Sturz abzufangen und spürte, daß ich plötzlich keine Kraft mehr in den Beinen hatte.

Der vierte Blitz zerfetzte die Wände und hämmerte in das Ding in Priscyllas Händen …

Obwohl die rasende Fahrt zu Ende war und sie angehalten hatten, zitterten der Wagen noch immer, denn die Pferde waren halb wahnsinnig vor Angst; der Kutscher vermochte sie kaum zu halten. Die Nähe des Feuers trieb sie fast zur Raserei.

Howard starrte aus ungläubig aufgerissenen Augen auf das brennende Gebäude.

Andara-House brannte wie eine Fackel. Ein Teil des Dachstuhles war bereits zusammengebrochen; ganze Wolken von weißglühenden Funken stoben wie leuchtende Höllenkäfer aus dem Haus, und überall waren Flammen, Flammen, Flammen …

Aber das war nicht das Schlimmste. Das Schlimmste war das halbe Dutzend Blitze, das sich wie ein Bündel leuchtender Feuerlanzen aus den Wolken herabgesenkt hatte und im Inneren des Hauses verschwand. Es waren Blitze, die gegen jedes Naturgesetz nicht erloschen, sondern weiterbrannten.

Und Howard wußte nur zu gut, daß es keine normalen Blitze waren.

»Robert«, flüsterte er.

Obwohl er sehr leise gesprochen hatte, verstand Shadow das Wort und reagierte darauf.

»Du kannst nichts mehr für ihn tun«, sagte sie. Ihre Stimme war voller Trauer und Schmerz, und für einen Moment hatte Howard das absurde Gefühl, daß sie unmittelbar in seinem Bewußtsein erklang. »Alles kommt, wie es kommen muß.«

»Dann war … alles umsonst?« flüsterte Howard. Er drehte sich nicht herum. Sein Blick hing wie gebannt auf dem lodernden Scheiterhaufen, in den sich das Haus verwandelt hatte.

Selbst hier, fast fünfzig Schritte entfernt, war die Hitze fast unerträglich. Dort drinnen konnte niemand mehr leben.

»Vielleicht nicht«, flüsterte Shadow. »Es gibt noch eine Chance. Etwas, das er tun kann. Vielleicht.«

Sie sprach nicht weiter und irgend etwas an der Art des Schweigens ließ Howard herumfahren und zur Kutsche zurückeilen.

Er war nicht sehr überrascht.

Sie war kein Mensch und sie brauchte keine Hilfe wie Menschen sie gebraucht hätten.

Das Kind war geboren und lag in ihren Armen, und im gleichen Moment, in dem Howard in die Augen des Knaben blickte, wußte er, daß seine Mutter sterben würde.

Der Gedanke entsetzte ihn. Sie war ein Wesen, dessen Existenz in Millionen Jahren gerechnet werden mußte, und sie hatte diese Existenz geopfert, um einem sterblichen Menschenkind das Leben zu schenken.

»Warum?« flüsterte er, obwohl er die Antwort kannte.

»Weil es ... sein muß«, antwortete Shadow mit schwächer werdender Stimme. »Der Ring ... darf nicht durchbrochen werden. Es war alles ... geplant. Wir sind nur Figuren, selbst ich. Figuren in einem Spiel, das nie ... endet.«

»Es ist Roberts Kind, nicht?« fragte er.

Shadow nickte. Ihr Gesicht zuckte vor Schmerz, und in ihren Augen war bereits der Schatten des Todes. »Ja. Paß ... gut darauf auf, Howard. Beschütze ... meinen ...«

Sie war tot, noch bevor Howard sich behutsam vorbeugte und das Neugeborene aus ihren Armen nahm.

Hinter ihm begann Andara-House zusammenzubrechen. Flammen leckten gegen den Himmel, und die Hitze wurde nun auch hier fast unerträglich, aber Howard sah nicht einmal mehr hin. Sein Blick war auf das Gesicht des Kindes gerichtet und ein eisiger Schauer durchfuhr ihn.

Der Junge hatte Roberts wache Augen, und der Haarflaum war schwarz und ungewöhnlich dicht, und –

»Mein Gott«, flüsterte Howard. »Das ... das kann doch nicht –«

Fassungslos fuhr er abermals herum und starrte auf das lodernde Haus. Für einen ganz kurzen Moment, den Bruchteil einer Sekunde nur, glaubte er den Strom reiner mentaler Energie zu sehen, der sich, einer Nabelschnur gleich, aus dem Gebäude wand, das Kind traf – und im nächsten Moment abriß.

Und über dem linken Auge des Kindes begann sich eine kaum fingerbreite, schlohweiße Strähne zu bilden, die sich wie ein gezackter Blitz bis zu seinem Scheitel emporzog.

Howard schloß die Augen. Erleichterung und unendliche Trauer stritten in seiner Seele miteinander. Noch einmal sah er – wie in einer Vision – Robert Craven vor sich, sein schmales Gesicht mit dem sorgsam gestutzten Bart und der gezackten Strähne im Haar.

Eine einzelne Träne lief über Howards Wange, als er das Kind fest an sich preßte.

Er hörte kaum mehr das Donnern und Krachen des zusammenstürzenden Hauses, spürte nicht die gnadenlose Hitze der Flammen, die noch einmal in einem feurigen Crescendo zum Himmel emporschlugen.

Robert Craven war tot, das wußte er in diesem Augenblick mit unerschütterlicher Gewißheit.

Robert war tot.

Doch der Hexer lebte weiter.

Es sind jetzt neun oder zehn Blitze, die wie Fäden eines entsetzlichen Spinnennetzes aus purer Energie in Priscyllas Händen zusammenlaufen. Ich weiß nicht, wie viele genau. Ich kann nicht mehr zählen. Selbst diese kleine Anstrengung ist zuviel für meinen Geist.

Ich sterbe.

Mein Leben zählt nur noch Sekunden, bestenfalls Minuten, aber irgendwie weiß ich auch, daß es zuvor geschehen wird, daß Priscylla – das entsetzliche, unmenschliche Ding, das von ihr Besitz ergriffen hat – dafür sorgen wird, daß ich es miterlebe.

Wieder rast ein Blitz durch das Haus und brennt sich in das *Siegel,* das jetzt die Form einer gewaltigen grünleuchtenden Energiekugel angenommen hat. In ihrem Inneren … bewegt sich etwas. Etwas so Entsetzliches, daß mein Geist sich weigert, seine wirkliche Form zur Kenntnis zu nehmen.

Ich muß … etwas tun.

Ich bin nicht weit von ihr entfernt, nur ein paar Schritte, und doch könnten es ebensogut Meilen sein. Meine Beine sind taub. Irgend etwas in meinem Rücken ist zerbrochen. Unterhalb meines Bauches spüre ich nichts mehr. Meine Beine brennen, aber ich fühle nicht einmal mehr den Schmerz.

Dann fällt mein Blick auf etwas, das neben mir liegt.

Mein Stockdegen …

Ganz kurz blitzt ein Gedanke hinter meiner Stirn auf: ich weiß genau, daß ich ihn nicht mitgebracht habe, als ich hierhergekommen bin. Jetzt ist er da.

Und er *beginnt sich zu verändern …*

Der gelbe Kristall in seinem Knauf beginnt zu glühen, erstrahlt in einem schwefeligen, unangenehmen Licht. Schließlich pulsiert er wie ein unheimliches, schlagendes Herz aus Energie.

Eine letzte Chance? Ein letztes Erbe meines Vaters, der all dies vorausgesehen hat und mir eine allerletzte Waffe hinterließ, das Ensetzliche doch noch zu verhindern? Oder ein weiterer böser Scherz Priscyllas? Aber ich muß es versuchten.

Meine Hände hinterlassen blutige Abdrücke auf dem Teppich, als ich nach dem Degen greife. Der Stahl fühlt sich kalt an, gleichzeitig ist er von etwas … Fremdem erfüllt, etwas, das fast so schrecklich ist wie das grüne *DING* in Priscyllas Hand. Vielleicht stärker.

Der nächste Blitz. Rings um mich herum brennt das Haus wie eine Fackel, aber irgend etwas, eine unbeschreibliche, finstere Macht, schützt Priscylla und mich vor der Hitze, die die Bücher in den Regalen aufflammen und den Teppich zu grauer Asche zerfallen läßt. Das körperlose *DING* in der Energiekugel nimmt immer mehr und mehr Gestalt an. Ich erkenne peitschende Tentakel, einen amorphen, aufgedunsenen Balg, von plumpen Elefantenfüßen getragen, glotzende gelbe Augen über einem entsetzlichen Papageienschnabel …

Ich muß es tun.

Aber ich kann es nicht. Meine Beine sind gebrochen, meine Hände nurmehr nutzlose Klumpen Fleisch, in denen kein Gefühl ist, und der Weg zu Priscylla ist so weit, so entsetzlich weit.

Aber ich muß. Noch Sekunden, und das Unbeschreibliche wird Wirklichkeit. Ich muß … zu ihr.

Der Degen … die letzte Chance …

Meine Hände krallten sich in den verkohlten Teppich. Ich muß zu ihr, ganz egal, wie.

Ich habe noch Sekunden, aber wenn ich es nicht schaffe, wird die Welt untergehen, nicht im übertragenen Sinne, sondern ganz konkret, hier und jetzt.

Ich muß es schaffen.

Der zwölfte Blitz.

Über mir beginnt das Haus zusammenzubrechen, aber ich bin Priscylla jetzt nahe. Etwas in mir hat mir die Kraft gegeben, mich trotz meines zerschmetterten Rückgrats auf sie zuzuziehen. Ich bin ihr nahe. Noch einen halben Yard … einen halben …

Hier enden die Aufzeichnungen Robert Cravens, soweit sie mir übermittelt worden sind; auf einem Weg, über den zu schweigen ich geschworen habe. Niemand weiß, was aus Robert Andara-Craven wurde. Meine diesbezüglichen Nachforschungen, die ich mit großem ernst angestellt habe, verliefen ausnahmslos im Sande.

Aber wenn schon keinen Aufschluß über das weitere Schicksal Roberts, so brachten sie doch ein anderes Ergebnis: Wohin ich auch kam, wen immer ich auch ansprach, der mir in der Lage schien, Auskünfte über das zu erteilen, was vor beinahe genau einhundert Jahren in London geschah – überall stieß ich auf eine Mauer aus Furcht und Schweigen, die zu beweisen scheint, daß es sich bei den mir zugespielten Manuskripten um mehr handelt als um die Phantasien eines Wahnsinnigen.

Ja, jetzt, wo alles zu Ende ist und ich Zeit und Muße finde, darüber nachzudenken, scheint mir vieles klarer, was vor einem Jahrhundert geschah. Wir alle wissen, daß die GROSSEN ALTEN die Welt nicht vernichteten, in jener Nacht. Aber etwas ist geschehen, damals. Etwas hat begonnen, das bis heute nicht sein Ende gefunden hat. Was bedeutet ein Jahrhundert für Wesen, die in Jahrmillionen zu rechnen gewohnt sind?

Und seit einer Weile geschehen seltsame Dinge in meiner Umgebung: Menschen, die ich für Freunde hielt, wenden sich vor mir ab, andere verschwinden einfach und zwei sind unter höchst sonderbaren Umständen ums Leben gekommen. Manchmal habe ich das Gefühl, daß die Schatten in meiner unmittelbaren Nähe finsterer geworden sind; irgendwie massiv. Fast, als lebten sie. Und – merkwürdig genug – all meine Katzen sind vor mir geflohen in einer einzigen Nacht.

Und es ist kalt. Gleich wie warm ich mich anziehe, ich friere jetzt immer. Dazu kommt der Geruch – ein bestialischer Gestank wie von faulendem Aas, der immer in meiner Nähe ist und stärker wird, egal, womit ich ihn zu bekämpfen versuche.

Etwas geschieht. Etwas Entsetzliches.

Was ist das dort? Das Geräusch am Fenster? Der Schatten? Ich muß –

Großer Gott, NEIN! Nicht das! NICHT DAS!!! NICHT DIE –

ENDE

Die grossen Alten sind zurück!

Vor undenklichen Zeiten herrschten schreckliche Gottheiten über jedwede Kreatur: die GROSSEN ALTEN. Ihr Frevel rief mächtigere Götter von den Sternen herbei, und in einer einzigen feurigen Nacht verbannten sie die GROSSEN ALTEN. Bis heute, denn der Tag ist nicht mehr fern, da die Siegel ihres Kerkers gebrochen werden sollen ...

Band 14 339

In jener Nacht, in der das letzte Siegel fiel und dreizehn der abgrundtief bösen Götter in die Wirklichkeit entkamen, in jener Nacht wurde der Sohn des Hexers geboren. Ein Teil von Robert Cravens Geist und Magie ging auf den Knaben über und machte ihn zum Erben der Macht – und zum gefährlichsten Feind der GROSSEN ALTEN.

Band 14 340

London, 1892. Das geschäftigeTreiben der Metropole wird gestört, als vor der Küste eine Insel mit einem geheimnisvollen Labyrinth aus dem Meer auftaucht. Fortan treibt das Böse sein Unwesen in der Stadt. Zusätzlich schildert dieser Band die Vorgeschichte der Hexer-Bände mit Robert Cravens Vater Roderick Andara.

Band 14 341

Irgendwo im Herzen Europas, in einem vom Krieg erschütterten Land, liegt ein geheimnisvolles Tal. Man nennt es das Wolfsherz. Es ist das Tor zu einer anderen, erschreckenden Wirklichkeit. Und die Wesen, die dort wohnen, sind keine Menschen.

In seinem neuen Roman erzählt Wolfgang Hohlbein, einer der erfolgreichsten deutschen Autoren phantastischer Literatur, die faszinierende Geschichte eines Findelkindes. Die junge Eva wird nach Deutschland gebracht, nachdem sie nackt und frierend in einem Tal gefunden wird, das auf keiner Karte verzeichnet ist. Sie wirkt wie ein Relikt aus einer anderen Zeit, ein Zwitterwesen, von einer geheimnisvollen Aura umgeben – einer Aura gesteigerter Sinneswahrnehmung, in der etwas abgrundtief Böses liegt: das Gefühl der Gefahr, die mythische Furcht der Menschen vor dem Wolf.

Eine überraschende Umkehrung des Werwolfthemas, ein spannender Abenteuerroman, ein neues Meisterwerk von Wolfgang Hohlbein.

ISBN 3-304-14197-0

BASTEI LÜBBE

Ein Feuerball stürzt **auf die Erde hinab.** Seine Größe und Zerstörungsgewalt sprengen jede Vorstellungskraft. Ist ein Stern vom Himmel gefallen? Nur eine Handvoll Männer sind Zeugen des ungeheuerlichen Vorfalls, der die Tundra in eine Ödnis verwandelt. Viele Jahrzehnte müssen vergehen, ehe man dem Geheimnis des Feuersterns auf die Spur kommt. Der Journalist Hendrick Vandermeer gerät eher durch Zufall in den Strudel der unheimlichen Geschehnisse, an denen sowohl Geheimdienste beteiligt sind als auch eine Gruppe seltsam begabter Menschen mit ungewöhnlichen Fähigkeiten ...

Wieder einmal entführt WOLFGANG HOHLBEIN den Leser in eine Sphäre jenseits der Grenzen unserer vertrauten Wirklichkeit. Ein mitreißendes Abenteuer, eine Mischung aus Thriller und Fantasyroman, von einem der erfolgreichsten Autoren Deutschlands.

3-404-13969-0